第一部

亲 情

（加）南海北海　著

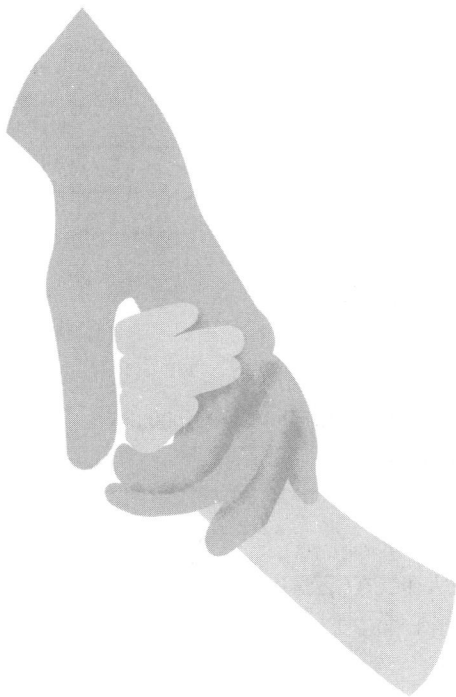

九州出版社
JIUZHOUPRESS

图书在版编目（CIP）数据

等闲女人的旧事 /（加）南海北海著. -- 北京：九州出版社，2023.12

ISBN 978-7-5225-1410-9

Ⅰ. ①等… Ⅱ. ①南… Ⅲ. ①自传体小说－加拿大－现代 Ⅳ. ①I711.45

中国版本图书馆CIP数据核字（2022）第218817号

等闲女人的旧事

作　　者	（加）南海北海　著
责任编辑	李　品
出版发行	九州出版社
地　　址	北京市西城区阜外大街甲 35 号（100037）
发行电话	（010）68992190/3/5/6
网　　址	www.jiuzhoupress.com
电子信箱	jiuzhou@jiuzhoupress.com
印　　刷	三河市龙大印装有限公司
开　　本	710 毫米 ×1000 毫米　16 开
印　　张	65
字　　数	1060 千字
版　　次	2024 年 1 月第 1 版
印　　次	2024 年 1 月第 1 次印刷
书　　号	ISBN 978-7-5225-1410-9
定　　价	168.00元（全三册）

目 录／CONTENTS

第一部　亲情

第一章　生日 …………………………………… 003

第二章　离别 …………………………………… 007

第三章　单位 …………………………………… 011

第四章　新家 …………………………………… 015

第五章　母亲 …………………………………… 018

第六章　大日子的礼物 ………………………… 021

第七章　亲人——第一顿晚餐 ………………… 024

第八章　带我走吧 ……………………………… 029

第九章　离愁泪几行 …………………………… 033

第十章　陌生 …………………………………… 036

第十一章　露天电影——耳光 ………………… 039

第十二章　尿盆 ………………………………… 043

第十三章　大学——母亲和父亲 ……………… 048

目 录／CONTENTS

第十四章　宛怜···051

第十五章　开学——同桌···055

第十六章　朋友···061

第十七章　被子···065

第十八章　大伯父的信——血亲······································069

第十九章　爷爷奶奶的家··074

第二十章　无法抗衡··078

第二十一章　有一个美丽的地方······································082

第二十二章　燕子——孺子可教否····································085

第二十三章　花子和小黑··089

第二十四章　垂手可得的乐趣··092

第二十五章　两件大事··097

第二十六章　凯哥结婚··100

第二十七章　最浓的年味··103

第二十八章　奶奶的小院··107

第二十九章　春芳过后 112

第三十章　原乡高中 116

第三十一章　搬家 120

第三十二章　母亲的执着 125

第三十三章　彩色电视 129

第三十四章　高考 133

第三十五章　西安 138

第三十六章　迥然不同的开学 142

第三十七章　回家 146

第三十八章　装病 150

第三十九章　生存还是死亡 155

第四十章　香消玉殒 160

第四十一章　春节——去成都（高甫的父母家）的火车......... 164

第四十二章　美食——三个小矮人 169

第四十三章　成都之行的花和果 175

目 录／CONTENTS

第四十四章　江军钢 181

第四十五章　喧哗和骚动 185

第四十六章　权浩健 189

第四十七章　美丽又短暂的樱花——毕业 194

第四十八章　吴安 199

第四十九章　北风的凉意 204

第五十章　　耿洛涛 207

第五十一章　暂时逃避——艾卫扬 211

第五十二章　无惊无喜的第一次 216

第五十三章　短命的性和爱 218

第五十四章　我行我素的程玲璐 222

第五十五章　灯红酒绿 226

第五十六章　出走之前 229

第五十七章　没有离愁的别绪——旅途 232

第一部 亲情

第一章　生日

秋天是多伦多最美的季节，传统的悲秋好像是不合时宜的。宛溪站在窗前，看着外面缤纷的树叶，有红色，金色，黄色，橙色，棕色，深紫，每一个颜色都有不同的色调。比如，看似简单的红色，就有粉、桃、胭脂、樱桃和火一样的红，像极了姹紫嫣红的娇艳繁花，很难和即将凋零的落叶联系到一起。不过，要想看到这样的灿烂，并非那么容易，必须仰仗上苍的恩赐。如果温度高了，叶子会变成黄褐色，然后夹杂着少许绿色落下枝头，这种情况下，霜林醉染、丹枫欲燃的瑰丽景象只能在脑海中勾画一下。如果太冷，叶子会在红黄相间的时候飘落，不会有如火如荼的二月花景象，正所谓"天寒红叶稀"。即便温度刚好，绚丽似锦的叶子也只有短暂的辉煌。只要两场雨，三阵风，满树的五彩就会在旦夕之间消失，剩下的只有光秃秃的枝条和满地被踩踏和碾过的烂叶子，脆弱得不堪一击。随着行人的反复踩踏和车子的碾压，很多叶子变成了粉末。如果是梅花，即便零落成泥，碾作粉尘，还会留下香气。可这些叶子没有任何让人眷恋的气息，也看不出颜色和形状。它们厚厚地堆在马路边和人行道上，然后被风吹到某个看不见的角落，遭到彻底遗忘。如果叶子刚好落在有人住的院子里，也许不会变成稀烂凌乱的一堆，但最终还是会被扫在一起，装在和某些落叶颜色类似的棕褐色纸袋子里，作为垃圾被处理掉。宛溪正在出神，就看到外面高高在上的树枝开始剧烈摇晃，然后几片枯黄和绛色的叶子追随着风的方向旋转飘零，有的贴着地面，有的升到空中，不管飞得多高，最终都会无声无息地落下来。她努力忘记六岁时就会背的"漠漠平芜天四垂"和"平林漠漠烟如织"，想着橙黄橘绿的盎然生机。然而，跟自己搏斗了半天后，她还是放下一切徒劳，无奈地轻叹"已惊白发冯唐老，又起清秋宋玉悲"。

其实，她并非真的悲叹什么，因为每年的秋天都是这样，无数个秋季就在这样的年复一年中过完了，只是看到这样的场景有些可惜，难免生出美人迟暮般的感慨。宛溪相貌平平，无法切身体会这是一种什么样的感受。她也没有报效家国之类的大理想，不会把草木零落上升到某个高度。说到底，她只能在个人的小情绪中打转，虽然明知一切有形和无形的东西都在永恒轮回中生生不息，但还是希望秋叶长存，秋色永驻。

宛溪把视线从窗外收回，坐在桌前，对着镜子，仔细地端详自己。虽然脸上没有什么皱纹，但两鬓若隐若现的白发和眼角细细的鱼尾纹清晰地宣告着她的年龄。作为一个生活在异国他乡四十七岁的女人，已经很久不曾对镜自怜了。上班的日子，早上吃完简单的早餐后，就急忙出门，汇在为了同样目的而奔忙的人海车流里。下班时的路途虽然换了方向，但拥挤的程度没有减轻。回到家里忙着做饭，吃完后洗碗、整理厨房，准备好第二天的午饭。一切收拾停当后，读书、上网或者看电视，到点睡觉。周末出去采购食物和日用品，做清洁卫生。这就是宛溪十几年的生活轨迹，就像两句歌词："我的生活如此乏味，生命像花一样枯萎"。回望之下，实在乏善可陈。她本来就不喜欢照镜子，这种情形之下，更加缺乏"对镜贴花黄"的心情。镜子是很多女人的心爱之物，如果一个女人极少照镜子，大概有两种情况。一是照再多的镜子，还是一切如故，不会给生活增添色彩，而且看着日益老去的样子，只能徒增伤感，叹息着"镜里朱颜改"。第二，有点类似从军十年的花木兰，不是戎机万里，就是寒光铁衣，哪里有闲情整理红妆云鬓呢！宛溪属于前者，然而，今天是她四十七岁的生日，女人最美的年华已经过去。她即将进入知天命的年龄，可是对于"命运"二字依然迷惘。而且，在这个识尽愁滋味的年龄，她徒然生出了许多无病呻吟的感慨。

在四十七年的生命历程中，除了在奶奶家的时候，几乎没有人记得她的生日，所以她好像也忘记了自己的生日。其实，更准确地说，她是一个被遗忘的人，生日又算什么呢！

有趣的是，很多人都会庆祝自己的生日，世界上被传唱最广的歌曲之一就是《生日快乐》。既然是快乐的事情，就应该欢庆。那么生日应该是快乐的吗？这个世界上没有一件事情可以让所有的人给出相同的答案，不管籍籍无名还是声名显赫，每个人都会有自己的观点。没有人在意无名之辈的想法，大名鼎鼎的人则不然，他们的观点可以通过自己著书立说或者别人的记载，对后世产生影响。比如四月，它只是随着时光流转，周而复始的一个普通月份。在林徽因的眼里，它"是爱，是暖，是希望"。可是，那首令无数人绞尽脑汁的名诗《荒原》，第一句就是"四月最残忍"。那么四月到底是希望还是残忍呢？时至今日，大家还是各执一词。一个简单的四月都能如此，何况那些彪炳千秋的人物呢！李清照说"至今思项羽，不肯过江东"；杜牧说"包羞忍辱是男儿"；而《项羽本纪》是《史记》中最浓墨重彩的一篇，司马迁不惜花费大量笔墨，写得层层叠叠，对项羽充满了赞扬和惋惜之情。项羽到底该做人杰、鬼雄，还是应该卷土重来？谁知道呢！就算李清照和杜牧坐在一起辩论三天三夜，也不会有任何结果。

每人都有一个生日，只是到底应该怎么对待生日，没有标准答案。比如，电视台采访路人，有时会问"你幸福吗？"大家会说姓"赵钱孙李，周吴郑王……"各种答案层出不穷，当然也会有人说姓"福"。电视台费尽心思，总算得到了想要的答案。不过，电视台掌握着大量资源，能得到预想的答案也在情理之中，可惜不是每个人都能姓"福"。所以，在生日的这一天，就有了形形色色的众生相。有人眉飞色舞，年年庆祝，乐此不疲；有人淡然处之，大部分时候忘记，偶尔记得时，感叹一下岁月如梭，又老了一岁……

每当宛溪看到或听到有人举行盛大的聚会庆祝生日时，她都会羡慕地想：他们为何如此开心、隆重地对待自己的生日呢？感谢父母给了他们生命？欢庆来到人世的喜悦？她也曾经多次参加过同学和朋友的生日聚会，可是从来都不刻意去记他们的生日，所以也不会主动为别人过生日。被邀请的时候，她也无惊无喜，就当充个数。有时甚至是无法推托的时候，她才勉为其难地出现。每次到那个场合的时候，尽管也会跟着大家一起拍手称庆，喊着某个人的名字，高唱《生日快乐》，可内心深处，总是有一个声音对她说："热闹是他们的，我什么也没有"。对于像贾母那样，一个生日从七月二十八过到八月初五的盛况，以及荣宁二府的人变着法子搞出的各种生日宴会，她更是只能当作彼岸花一样远远地观赏。她也曾试着感谢父母让她来到了这个世界，让她体会了生命的美好。可是，在她还不能完全释怀时，每当这种念头出现的时候，总是包含着一种巨大的讽刺。直到多年以后，她才不再跟自己和世界较劲，从而也理解和原谅了别人。每个人都有很多不得已，既然她可以为了某些事情耿耿于怀，怨天怨地，反复咀嚼那些应该忘记的东西，长久地陷在别人如何亏欠了她的情绪里，那么其他人也有同样的权力。她肯定不是一个无懈可击的人，如果有人想找理由跟她过不去，绝对是轻而易举的事情。作为一个境界并不高尚的普通女人，在很长一段时间，与其说谅解别人，不如说是担心自己被嫌弃憎恶。后来从他人即地狱联想到每个人都有自己的地狱，才学会放下沉重的包袱，真正忘记所有不应该记住的事情。

离开奶奶家以后，宛溪对待生日的态度基本没变，但这已经和那些不愉快的记忆无关，也不是怨恨什么，纯粹是心境问题。如果年轻的时候都不想过生日，那么年纪渐长以后，她更加没有这份心情。也许等她七老八十，白发苍苍，或者没有头发的时候，在生日那天，会邀请仅存的两三个朋友，叫上一堆外卖，望着彼此，把对方沟壑纵横的脸当作自己的镜子，然后一起伸出枯树皮一样的手，颤巍巍地举起酒杯，含糊不清地说"生日快乐"。结果酒水洒了一地，喝到嘴里的没有几滴；满桌的菜都没有动，因为干瘪的嘴巴里，不是只剩下几颗松动摇晃的牙齿，就是全掉光了，什么都吃不了。

第二章　离别

　　小时候的宛溪没有广阔博大的胸怀和无与伦比的宽容精神，所以在一个谈不上爱的环境里，她的感受就是父母对她从来没有温情，兄弟姐妹之间形同陌路，一点都不亲密。在一个不算短的时间维度内，每当和原生家庭有关的话题在有意无意中被触及，她的脑袋就开启了另外一个模式。可以说从回到父母家的第一天起，就是冷漠和责骂。就算她想自欺欺人地幻想一下，也找不出什么和温馨有关的记忆。

　　回到父母家，宛溪已经十一岁了。在此之前，对于母亲，她没有任何记忆。对于父亲，也只有朦胧记忆中的模糊轮廓。如果没有人引见，她与生命中本来应该是最亲近、最重要的两个人——父亲和母亲，完全是走在对面都不相识的陌生人。

　　宛溪出生在四川的一个小镇，一岁多时由父亲带到安徽跟随奶奶长大，同时带去的还有三岁多的哥哥宛频。不过，宛频在两年后就被父亲带走了。她对于父亲的记忆，就是这一次他来接宛频时在奶奶家匆匆逗留的两天。按道理说，一个三岁多的孩子，是不可能记住什么的。然而，奇妙的是，她居然清晰地记得当时的一个场景，就像一个定格的电影镜头，永远地留在了她当时尚未发育完全的小脑袋里以及后来逐渐健全成熟的脑海里。那个镜头是这样的：她抱着小黑怯生生地站在父亲面前，听到"小狗身上有跳蚤"这样一句话。她听懂了父亲说的每一个字，但依然定定地抱着自己的小狗，充满好奇地看着对面那个疏离的人。父亲转过头，没有再看她。

　　宛频走后，宛溪留下来跟着奶奶一家住在那个山清水秀的小镇——南涧。她在这里跟着奶奶、大伯父、大伯父的儿子——凯哥，生活了九年多，或者说度过了整个的童年时光。离开南涧后的很多年，她完全和快乐绝缘了，因为童年应该是与快乐相随相伴的，所以她的童年在离开南涧的那一刻就结束了。

宛溪十岁多的时候，奶奶的身体没有以前硬朗了。作为一个八十一岁的老人，健康状况日益下降也是生命的自然规律。虽然小小的宛溪不能完全理解生老病死的事情，但是看着奶奶躺在床上的时间越来越多，忙进忙出的大伯父和凯哥，还有一刻不得闲的芳姐（芳姐是在三年多前和凯哥结婚的，当时在南涧算是轰动新闻），她感觉到生活中将会发生重大的变故。

宛溪常常给奶奶端茶送饭，守在床前看她喝汤吃药，给她讲些道听途说或者照本宣科的奇闻轶事，逗她开心。

这样的日子持续了几个月，就在宛溪对一切都习以为常时，有一天，在她毫无防备的时候，大伯父说："溪儿，目前奶奶的身体很差，海涛两岁，洪波才一个月。现在家里的情况一团糟，你也看到了，每天都是忙乱不堪的，不利于你的成长。而且南涧是个小地方，我们总是为了温饱奔波。无论从哪方面来说，对你的未来都没有帮助。所以，跟你的爸爸妈妈商量后，决定今年暑假送你回去。"

她清晰地记得，大伯父说这番话的时候，是六月的一天下午。那天，和煦的阳光温暖地洒在奶奶家的小院。大门开着，徐缓的穿堂风吹过地上的花瓣树叶，轻摇着天井里嫩绿的葡萄叶，绿油油的葡萄藤无声地和架子纠缠着。风儿在大伯父饱经沧桑的脸上稍作停留，就溜向了后院。在那里，凯哥带着海涛在梨树、桃树、枣树和石榴树之间穿梭，躲避着飞舞采花的蜜蜂，忙着和缤纷的蝴蝶为伍。紧接着，又有一阵微风隔着窗子吹入房间。奶奶依然躺在正屋的床上，芳姐带着洪波在厢房睡觉。无论从哪个方面看，这都是一个平常的下午，所有的一切都宁静安详，和往常没有丝毫区别。可是，大伯父的话让她感觉到平地起惊雷，莫名地慌乱。

除了那句"小狗身上有跳蚤"，她想不出来其他任何与父母有关的事情，根本不知道他们是谁。虽然奶奶和大伯父偶尔也会说起送她回父母家，但从来都没有认真过。在宛溪的心里，一直认为奶奶的家就是她的家。第一次听到大伯父郑重其事地说送她回去，宛溪非常恐惧。她拉着大伯父说不走，大伯父爱怜地看着她，轻轻地摸着她的头，没有说话。过了一会儿，她放开大伯父，跑到正屋，抱着奶奶，泪如雨下。奶奶显得非常虚弱和无能为力，但还是伸出抖动的手，替她擦掉了眼泪，然后不易察觉地拍了两下她的背。

奶奶的病情日益严重，到七月底的时候，她几乎不能下床了。大伯父痛下决心，让凯哥立刻送宛溪去她的父母家。说这种话时，大伯父的表情和语态都是极为认真的。宛溪非常生气，每天都问他："这里就是我的家，你为什么非要让我离开家？"

大伯父耐心地解释所有的事情，她还是无法理解。

到了要走的那一天，宛溪死死地抱着堂屋的大门，任凭大伯父和凯哥磨破嘴皮，就是不松手。因为怕伤到她，或者担心她被门夹到，两个比她高大许多的男人显得束手无策。虽然凯哥一只手就能把她拎起来，但他一点蛮力都不敢使。正在僵持不下之际，奶奶由芳姐扶着颤巍巍地走了出来。奶奶本来在正屋的床上躺着，芳姐跟她说了情况后，她不得已下了床。宛溪看到奶奶，风一样地跑过去抱住她。如果不是芳姐用力扶住，奶奶几乎摔倒。奶奶慢慢地摸着宛溪的脸，慈爱地说："溪儿，你在这里，奶奶不能安心养病。你先去爸爸妈妈那里，等我身体好了，再接你回来。"

尽管宛溪个性倔强，但是对于奶奶说的话，她很少违抗。而且，奶奶在说这几句话的时候，非常吃力，停顿了好几次才说完。她不想让奶奶耗费精力，说更多的话。再加上刚才迅速地冲过去，差点把她撞倒，让宛溪既愧疚又难过。所以虽然心里一万个不愿意离开，她还是希望奶奶安心养病。而且奶奶说以后会接她回来，这是一个巨大的希望。人只要有希望，就能够克服很多困难和障碍。

就这样，宛溪怀着失望和希望，跟着凯哥坐了一路颠簸的汽车，然后又上了哐当哐当的火车，离开了快乐，驶向了一个陌生又恐惧的地方。火车过了三门峡以后，一路上话不太多的凯哥说快要到了。听到这简单的几个字，她小小的身体不由自主地缩成了一团，突然抽搐。同时，她的心跳开始混乱，忽快忽慢，像是一个小动物感受到即将面临的危险而出现的自然反应。

直到今天，宛溪都不愿意去回想当时离别的具体细节。经过了这件事，她突然领悟了很多古诗词的深意。大伯父以前教她时，她一直抱怨晦涩难懂。大伯父不理睬，只管让她背诵，说有一天她会明白的。亲历了一次痛彻骨髓后，那些描述生离就像死别的古诗词源源不断地涌出来，仿佛清冽的潭水，无论多深，她都能一眼看到底。那是她第一次知道心是会碎掉的，眼泪是流不尽的，语言是无法描述肝肠寸断的。尽管以后的生活中也有过类似的体验，但都无法和这次相比。所以，有很长一段时间，她都一度认为自己在小小年纪就经历了生活中最忧伤的事情，心如刀割不过如此，没有什么能够让她再次泪如雨下，凄凄惨惨。不曾想，很多年后，还是发生了一件能够和这次的悲痛欲绝相提并论的事情。

第三章　单位

初到父母家，宛溪惊恐地注视着家里的每一个人。十三岁的宛频安静寂然，九岁的宛嫪骄横跋扈，大嗓门的母亲，漠然的父亲。这些原本生命中最亲的人，谁都不欢迎她，更不想和她亲近。作为一个十一岁的小女孩，宛溪无力改变自己的命运，只有无奈地生活在一个奇怪的氛围中，以至于多年以来只要一想到家人，最深的印象就是每天与骨肉至亲相伴，却从来不知道亲情为何物。除了这些荒诞不经的感受，基本的记忆就是无边无际的冷漠。

到父母家的第三天，宛溪就领教了母亲的厉害。

父母的家在陕西的一个小镇上，名字极具地方风味，叫作原乡。原乡属于陵武县，离陵武不到八公里。宛溪去过陵武无数次，印象最深刻的就是满大街横冲直撞的笨重自行车和飞扬的尘土。尤其是无所不在的尘土，虽然卑微细小，却让人避无可避，汽车开过以后更是如此。即使车开出去很远，黄黑色的灰尘还在飞舞，贴在脸上，钻入鼻孔、嘴巴和耳朵，让人眉头直皱。人们对自行车的热爱远远超过对飞尘的憎恶，因为那是不可缺少的东西，如果没有的话，生活质量和便利程度都会大大下降。仿佛是嫌自行车还不够笨重，所以连后座都没有空闲的时候，不是带着人就是驮着东西。如果跟在汽车后面，无论是骑车的人还是后座上的人，或者是走在路上的人，都会经常用手捂着鼻子嘴巴，希望减少灰尘的侵袭。冬天的时候，大部分人戴着口罩，既保暖又挡灰。因为特立独行要受到非议或者围攻，人们都遵循明哲保身的原则，从思想到穿着逐渐统一，所以大家都带着白色的口罩。为了彰显口罩的防尘功能，鼻孔附近的白色口罩很快就透出两个黑印子。陵武县辖区有三个高中，陵武高中在县城里，原乡高中在原乡，另外一个高中在离原乡二十多公里外的一个镇上。

原乡只有两条街道，东西方向的叫学街，不知是否是因高中在这条街上而得名，父母的单位和家都在这条街上。原乡高中在学街的西边，高中被三面围墙包住。家属院在学街的中段，和高中相隔两百多米，中间散落着几间平房，有些做生意的人住在这里。高中的西边也住了几户人家，这些房子走到尽头就是南北方向的市街，大概因为街道热闹，所以起了这个名字。市街比学街略长一些，镇上的人大都住在这里。除此之外，市街上还有饭店、粮站、肉铺、布店、卖针头线脑的店铺和卖小菜的。那些没有门面又想参与经济活动的人，就在有空位的地方摆小摊。摊位里卖吃的、画报、明星贴纸、古旧书籍，还有孩子们最喜爱的小人书。

学街的长度超过两公里，有些闲得发慌又爱较真的人用两只脚量过以后说是二点六三公里。学街的最东端是父亲和母亲的单位。单位是一个长方形的院子，三面都有一米多高的围墙，一个黑色的大铁门向南开。早晨上班和晚上下班的时候，大铁门会敞开半个小时。过了这段时间，门就关上了，变成了一个独立王国般的院子。大铁门的左边是门卫室，在上班期间和下班之后，如果有人出入，都要在门卫处登记。不过，周末的时候，大铁门全天打开。因为澡堂开放，大家都忙进忙出，去单位洗澡。每个周末，单位都格外热闹。大家一手拿着脸盆，里面有肥皂、洗头膏之类的东西；另外一只手提着小袋子，装着换洗衣服。人们风尘仆仆地进去，红光满面，头发湿漉漉地出来。除了门卫特别熟悉的人，其他人进出时都必须登记，哪怕是每天看到的职工都不例外。

进了大铁门，前行两百米后，有些平房和两层高的长条形小楼，它们散落在院子的左中右三个方向。这些房子的用途是单位的办公室、后勤科、食堂、公共澡堂和子弟学校。其中有一幢两层小楼明显比较新，外墙洁白，这是招待所。领导来视察或者兄弟单位的人来交流学习时，都住在这里。院子的最右边是块很大的空地，搭了个不到一米高的舞台，两边都有台阶。这个地方有三个用途：第一，开会，听领导训话。由于大小领导都喜欢开会，所以临时会场占了绝大多数时间；第二，放露天电影。夏天时，一两个星期放一场，冬天要一个月才有一场；第三，文艺演出。逢年过节时，单位职工或者子弟学校的学生会在这里表演节目给大家看。

在院子的最后面，有一个高高的水塔。塔身是灰白色的水泥，有个黑色的铁梯嵌在坚实的塔身上。顺着铁梯爬到上面，有一个圆圆的灰白色的水箱。从下到上，大概有十几米。原乡基本上都是平房，只有单位和家属院有几幢两层的建筑。在单位没有修建超过两层楼的房子之前，这个水塔是原乡最高的建筑物。因此，很长一段时间以来，水塔一直非常醒目。无论从哪个方向看，都不会错过。高高的塔身骄傲地耸立着，站得笔直，从来不在乎世人轻蔑、评判、嫉妒、羡慕或者观赏的目光。

院门外是一段柏油路，一年四季都黑乎乎的。夏天时，太阳一晒，路面还会熔化，走在上面，到处都黏糊糊的。薄薄的鞋底上沾满了一团一团的黑东西，仿佛是赤脚踩在不断分泌浓稠黏液的某种生物上，令人反胃。

这是一个部属事业单位，主管部门多年如一日地蛰伏在北京的某个大院里。在北京那样一个遍地都是部级单位的地方，想必这个主管部门没有什么不寻常的地方。可是，对于单位的人来说，能够去北京的大院里走一遭是莫大的荣幸。所以，大部分时候，是单位的人怀着虔诚之心去北京汇报工作，大院里的人偶尔下来视察一下。单位的职工和家属加在一起有七百多人，绝大多数的职工是拖家带口的。那个年代鼓励多生多育，父母单位的人群基本上都是中规中矩、响应国家号召的知识分子，所以在生孩子这件事情上也是服从命令，不敢马虎。听话的结果就是有三四个小孩的家庭成为单位的主力军，两个孩子的家庭凤毛麟角。然而由于不同的原因，单位里也有三个独生子女家庭。

一个独生子女家庭是因为母亲身体极差，再次生育会有性命之忧。另外一个独生子女的父母几乎每天都吵着要离婚，所有的空闲时间都用来吵架和冷战了，没有时间和心情再造另外一个小人儿。还有一个家庭是罕见的一孩政策的先行者，她的父母居然共同决定只要一个孩子，其共识是养孩子责任重大，没有孩子是遗憾，但一个足够了，不敢多生。

除了极少的两个孩子的家庭和更加稀少的三户独生子女家庭，大多数家庭都人口众多。有趣的是，整个单位，没有一个家庭是不能生育的。如果想要孩子，总是能够如愿，从来没有人为了不孕不育烦恼。既然无人为了此事常年与医院或者医生为伍，自然没有一个孩子是吃药打针得来的，全是人类最自然最原始活动之后的结果。有些双职工家庭，还有老人同住。家属院里，大概有一百多户是拖家带口的。另外，还有二三十个从不同院校毕业的本科生、大专生和少数中专生。虽然他们有不同的学校和学历，来自不一样的地方，但共同的特点是二十七八岁以下，都是单身。他们住在集体宿舍里，每个宿舍有五六个人。

父母单位的员工就是由这些来自五湖四海的人组成的，他们说着夹杂各种乡音的普通话，为了一个共同的革命目标走到了一起。家属的来源就五花八门了，什么学历和背景的都有，也有人大字不识几个。只要不是单位的职工，就不会有人在意他们的受教育程度。

父亲是单位的工程师，母亲是单位子弟学校的语文老师，偶尔帮音乐老师代一下课。父亲的办公室在院子正中间一个建筑物的二楼，母亲工作的学校在院子的最左边。

学校是大院子中的独立小院落，一个大铁门向东开，上学时间和放学后都锁起来。两排长长的平房分列左右，一年级到五年级的教室在左边的平房里，初一到初三的教室在右边。两边教室的后面各有一排短一点的平房，这些是老师的办公室。中间是一块空地，作为操场和课间休息的活动场所。

单位和学校占据了学街的东头，家属院和单位之间有一小片松柏。大人在学街上走路或者骑车来往于单位和家属院之间，孩子们放学以后一股脑儿冲进松柏林。尽管走了无数遍，有些孩子还是会饶有兴致地看着柏树上面苍劲的斑纹。更多的人则踩着松针和柏树的落叶，穿过小道一路向西，闹哄哄、慢吞吞地往家走。到了家属院门口，孩子们有时会一哄而散，大多数时候是在院子里你追我赶，或者搞些"科学研究"。比如，聚精会神地看蚂蚁搬家；围观树上的"吊死鬼"如何靠一根细丝悬着，就是不掉下来；观察小虫子怎么落在蜘蛛网上，奋力挣扎也没有用。孩子们总是忘乎所以，直到院子里响起"死妮子，就知道疯玩""臭小子，再不回家，没有饭吃""把那摆设一样的耳朵揪下来做下酒菜"的叫声，所有人才各回各家。吃完晚饭以后，有的孩子回到院子里继续未完的"事业"，等到各种催促声再次重复无数遍时，才不舍地陆续离开。

第四章　新家

家属院里除了一幢两层的小楼房，其他的全是平房。家属院和单位一样，既有围墙和大铁门，也在白色的墙上写了"早日实现四个现代化""为共产主义而奋斗"等鼓舞人心的黑色或者红色大字。

单位是个生活便利的小社区，除了睡觉，所有的事情都可以在里面解决。如果和家属院联通起来，即便和外界隔绝，关上大门多日，人们的日常生活也不会受到丝毫影响。

父母的家在院子西边的一个平房里。外面的白色墙皮有些脱落，大门朝北，房门是一个老旧的分不清颜色的木头门。进门后，映入眼帘的是黑色地面上一个个凸出的小疙瘩。因为地面是泥的，没有弄平整，所以就变成了很多泥疙瘩。在房子的左边，门的边上，有一个窗子。一张黑色的长方形桌子放在窗子下面，两个浅褐色的条凳和两个油漆斑驳的板凳胡乱放在桌子的四边。桌子和板凳虽然离房门有段距离，但由于周围堆满各种杂物，有时要挪动一下，才能把门关上。一个高高的厚重的深褐色木柜放在桌子后面，占据了外面这个房间的大部分位置。柜子的顶上有一个九寸的东芝黑白电视机。桌子、凳子、木柜和杂物基本上把房间的前面占满了，而且由于柜子过于宽大，几乎把路都堵住了。不知父母是如何丈量的，反正在大柜子的右手边留出了一条小小的过道。穿过这条窄窄的过道，有一张木床贴着木柜放着。因为木柜的高度和长度都超过床，所以只有走过深褐色的柜子，才能够看到床。

被子和一些衣物杂乱地堆在床上，被面是蓝花绿底的，被里是泛着黄色的白色，军绿色的床单在满床的杂物下面露出小小的一块儿。两个颜色污浊的枕巾各自放在两个褪色的绣花枕头上，床单下面是一床深黄色的棉花，这是父母的床。一个脸盆一样的搪瓷盆放在床的对面，紧挨着墙。盆子的好几个地方搪瓷都脱落了，露出黑色的斑斑点点，散发着一股尿骚味。

父母的床尾对着过道，床头靠着墙。这堵墙把房子分割成了两个部分，但是没有门，只有一个门洞，门洞上挂了一个灰色的布帘。布帘后的房间比外面的小，不到二十平方米。

撩开布帘，左手边有一张木床，是靠着父母床头的墙竖着放的。床上是褪色的红花绿叶的床单和同样花色的被面，床单下面是一床黑黄的板硬的棉花，这是宛嫪的床。与之相望的一张床靠着另外一堵墙，床上是深蓝色的床单和被面，床单下面是这个家里最白最软的一床棉花，这是宛频的床。在两张床的中间，靠着墙放了一个几乎触到房顶的军绿色柜子，这个柜子的体积比外面的柜子小很多。一张细长的暗红色木桌放在门洞边靠窗的位置，桌子上是深浅不一，大小不均的坑。两个板凳放在桌下，一个刷着锃亮的油漆，另外一个板凳接近木头的原色。房子里没有厨房，没有厕所。

有个小房间搭在房子右边一百多米的地方，靠近门口的地方有三个蜂窝煤炉子，每个炉子旁边都整齐地摆放着一摞摞的蜂窝煤。小房间有个和蜂窝煤颜色一样的门，但是从来不锁，而且常年开着，几乎没有关过。房子里面凌乱地放了几个柜子和桌子，各种锅碗瓢盆看似随意实则有序地堆在桌上和柜子里。这是三家人共用的厨房。

离厨房不到一百米的地方有个用水泥建造的公用水池，水池上有四个水龙头。除了这个高高的大水槽和四个水龙头，两旁各有一个高度只有一半的小水槽，里面各有一个水龙头。住在平房里的人家，所有的用水都依靠院子里的这个公用水池。两层的小楼里住了十几户人家，是单位各部门的头头脑脑，小楼里有自己的公用水房。

厕所在院子的最后面，男厕所和女厕所的建筑风格一模一样，都是一个黑色的平屋顶扣在灰白的砖墙上，只是在门口的墙上用红笔写了男和女，但没有比邻而居，中间相隔的距离可以作为一个小型排球场。这样的距离，性别不同的人上厕所时，虽然经常碰面，但不会产生尴尬。

虽然男女厕所之间有足够的距离分割开，但是进入厕所就必须做好"相看两不厌"的心理准备。厕所里面九个蹲坑一字排开，除此之外，别无他物，因此所有的人都要在彼此面前暴露自己最隐秘的身体部位。人都有羞耻之心，所以这并不是人们喜欢的场景。然而无论内心多么不情愿，都毫无选择，因为人生最重要的五件事，其中的两件必须用这样的方式解决。无遮无拦的厕所成了一个大家不得不坦诚相见的地方，然而，"坦诚相见"的后果令人沮丧。蹲在坑上时，即使可以做一只修炼千年的狐狸，专注于自己的内功，最多也只能做到对于蹲坑上的其他人佯装不存在。不过道行再高，也无法回避那些等待上厕所的人。在他们焦灼目光的注视下，谁都做不到镇定自若。尤其是早晨，厕所门口一直排队，等待的人急需排泄出废物，却又不得不痛练各种忍字功。在身体的极端不适之下，每个等待的人都恨不得把蹲坑上的人提起来，扔出去，自己能够第一时间占住那个坑。所以，宛溪一直非常理解大家为何痛恨那些"占着茅坑不拉屎"的人。在她想上厕所时，也会对那些人恨得牙痒痒。

后来，宛溪知道，人只要有了便意，就应该马上如厕。否则，就会便秘，造成很多废物在体内堆积。长此以往，会极大地损害身体健康。当她偷偷用余光扫过排队上厕所的人时，发现大家都是眉头深锁，脸上毫无光泽。毫无疑问，这是长期便秘造成的。

宛溪每次夹杂在焦急等待的人群中时，都在幻想自己以后住在一个全是厕所的房子里，并且给厕所排上序号，起好名字，根据心情用不同的厕所。就像皇帝翻牌子一样，虽然说要雨露均沾，但如果是心爱的嫔妃，翻牌子的次数必然多一些。

人的一生快乐也罢，痛苦也好，每一天都要分秒不差地度过。到了一定的年纪，有人就会总结自己人生的悲喜剧。四十七岁的宛溪在回望自己的生命历程时，只能无奈地想，人生的悲催就是从早晨憋着一肚子亟待卸掉却又必须等待的废物开始的。都说一日之计在于晨，可是她像很多人一样无精打采，排在长长的队伍里，一步一挪地等待着公共厕所上的那个坑。就算哪一天有幸成了某个坑上的头牌，也没有丝毫优势。在虎视眈眈的注视下，最终只能快速地狼狈逃窜。

第五章　母亲

凯哥带着宛溪，先坐汽车，然后换火车，后来又坐汽车。经过四天三夜，在八月初的一个下午，终于到了原乡。站在街上一问，很容易就找到了家属院。进了院子后，凯哥问了一个中年女人，找到了父母住的地方。到了门口，一把黑色的锁挂在门上。见此情景，凯哥便把两个装满东西的编织袋放到地上，然后在院子里捡了一块破损的红砖，拿到父母家门口，坐在上面靠着墙休息。经过一路的颠簸劳顿，他确实累了。

宛溪初到一个陌生的地方，毫无倦意，她走来走去地东张西望。院子的地面有些坑洼不平，眼睛所到之处，只有一幢两层的小楼在院子的东侧，其余的全是平房。院子后面和墙边种了榆树、槐树、杨树和松柏，还有几颗枝繁叶茂的大树。地面和墙角处有些红色、黄色和紫色的野花自娱自乐地开着。生命力最顽强的是喇叭花，不管长在哪里都到处攀爬，并且色彩最丰富，有蓝色、白色、紫色和淡红色。整个院子无遮无拦，只要宛溪不走到最后面，凯哥都看得见她。

八月的下午，正是酷热难当之时。火球一样的太阳威力四射，知了在树上此起彼伏地叫着，树梢间，空气里，整个院子都被一股挥之不去的热气笼罩着。宛溪走了一会儿，汗水便从额头一直流到脖子里。她走到公用水池边，洗了把脸。清凉的水从脸上滑过，打湿了衣服，宛溪觉得清爽了些。她刚刚关掉水龙头，就听到一个声若洪钟的人说着什么。由于口音奇怪，她没有听懂。恍惚间，她转往说话的方向，只见十几米外站着一个身材高大、体态臃肿的女人，正冲着宛溪高声地说着什么。从宛溪有记忆开始，她的生活范围就是以南涧及其周围二十多公里的范围。上学以前，她能够听懂和会说的话就是南涧方言。上学以后，学校的大部分老师讲的是带着一些口音的普通话。除了这两种熟悉的话语，她没有听过其他带有地方口音的话。所以对于这个女人说话的口音，宛溪是完全陌生的。

宛溪不认识这个女人，也听不懂她在说什么，所以茫然地站在原地。见此情景，女人非常不耐烦，冲过来搂着她的胳膊飞快地走着，一边走一边说。宛溪惊慌失措，身不由己地跟着她。

这样走了二十多米后，凯哥急匆匆地过来，拉着宛溪的手说："这是你妈妈，她刚才有事去了另外一个老师家里。你妈妈看我坐在门口，猜到是我们来了。我们说了几句话，因为没看到你，她就关心地问你在哪里，我说你在水池边洗脸。然后她就过来叫你，你可能没有听懂。"

闻听此言，宛溪惊恐地抬起头，注视着这个身材壮硕、顶着一头齐耳短发的女人，由于内心恐慌，她无法把这样一个陌生的女人和"妈妈"联系起来。虽然她不知道母亲的样子，但是想到读过的书和看过的电影，除了少数芦衣顺母中那样使坏的继母，妈妈们基本上都是温和慈祥、轻言细语的。即使是看似粗鲁的妈妈，言行之间，对儿女也是充满关爱的。

可是，母亲竟然以这样天差地别的形象和举止出现在她的面前。虽然凯哥说母亲关心地问起她，但她丝毫没有体会到关爱，只感受到被强行拖着快速走路的不适。

凯哥刚说完，母亲又连珠炮般地说了什么。由于离得太近，宛溪只觉得她的声音异常洪亮，直刺耳膜。宛溪不知道她说的是什么，但被她生拉硬拽地拖到门口，胳膊隐隐作痛。对于初次见面的母亲，她只觉得不胜其扰。

虽然宛溪一路没怎么睡觉，也挺累的，但是到了一个新地方难免有好奇之心，就把连日的旅途辛劳抛开了。此刻，母亲的言谈举止和她心中的期许相去甚远，所有的举动都让她难以适应，非常不舒服，加上毒辣的太阳直直地照在头顶，她觉得头痛，还有种晕眩感，突然眼前一黑……如果不是被凯哥拉住，也许她就真的倒在地上了。

离开奶奶家之前，宛溪理所当然地以为生活是温暖甜蜜的。可是，从踏进原乡家属院的那一刻起，那些电影中的话语就在她的眼前晃动。她知道了什么是"烈火中迎考验重任在肩"。对于"正晌午时分说话，谁也没有家"有了不同的理解。后来她看了电影《简·爱》，虽然早就切身体会了"人活着就是含辛茹苦"，但这句话仍然像个魔障，让她无法摆脱。

虽然宛溪一岁多时便经过千里跋涉，由四川到了安徽，就算科学已证明一岁多的孩子有记忆，但即使用一千零一种方式回忆，她也无法想起那次旅途中的任何事情。父亲自然知道，但他从来没有向她或者任何人提及。不过，因为还有宛频同行，所以父亲一定会全心全意照顾他，冷眼相待宛溪。然而，宛溪自己猜想，不管父亲对她如何弃之不顾，她能做的无非就是哭哭啼啼加上睡觉。据奶奶讲，父亲把他们两个送到后，由于工作太忙，第三天就离开了。刚到奶奶家时，宛频没有什么让人特别操心的地方，只是哭了两天。但是宛溪上吐下泻了一个星期，奶奶几乎不眠不休地到处求医，又去寻找各种偏方，她才没有小命呜呼。

这次从安徽到陕西的旅程是宛溪有了认知和记忆后第一次出远门，这次的远行和上次截然不同。上次是一张白纸，只要不是把纸剪断撕碎捣烂，再怎么勾勒，都不会太差。就算不知道画的是什么，也可以归为现代派。尽管没有几个人能看懂，但毕竟还是在艺术的大范围内，拿出去附庸风雅或者唬唬人还是绰绰有余的。

这次出行，离开奶奶家，来到父母的家，她不再是一张白纸，而是画满了各种图案的半成品。如果有人愿意修饰，她或许可以成为一个很好甚至接近完美的作品；如果有人无视这些初具形状但还须精心描绘的图案，那么她这个可怜的雏形不知要历经多少磨难才能以一个相对完整的形态展现出来。

母亲不关心宛溪在离开她的茫茫十年里，有过什么样的体验。虽然奶奶他们用心地在她这张单薄的纸上画出了美丽，但父母从来没有正眼看过。而且从一开始，父母就肆无忌惮地毁了这张纸，毫无怜惜爱护之情。或者说她的那些亲人们在纸的背面画满了各种丑陋阴暗的东西，但这两种图案永远都不能同时出现。在没有复印机的年代，这张纸总是一面朝上，一面朝下，不会同时出现，也不知哪一面出现得机会比较多。可悲的是，无论多么斑斓的美好或者多么珍贵的生命历程，在母亲他们那里都一文不值。

尽管路途上的宛溪一直忐忑惶恐，像个惊弓之鸟，但不是没有想过父母会像奶奶那样爱怜地牵着她的手。然而，母亲没有牵着她，只是用了蛮力。还没进家门，就遭到了如此粗暴的对待，让她心底发冷。在骄阳似火的炎夏，她蓦地想起"北风那个吹，雪花那个飘"的场景。不过，出去躲账的杨白劳还给喜儿扎了二尺红头绳呢！然而，进了父母家的门以后，宛溪从来没有见过红头绳，只是反复体验磨难。其实，和以后的种种经历相比，母亲在她进入家门前的这个粗暴举止根本不值一提。

第六章　大日子的礼物

快到门口时，母亲突然丢开宛溪，疾走几步站住，掏出钥匙开门。进门后，母亲让凯哥把东西拿到房里。凯哥打开两个编织袋，把所有的东西拿出来放在桌子上。一个编织袋装的是安徽特产，这些特产一部分是大伯父他们在南涧准备的，还有一些是凯哥在转车的县城和另外一个较大的城市买的。另外一个编织袋里放了凯哥的几件衣服，其他的是宛溪的书、文具、衣服鞋子之类的，还有一床被子。

被子是宛溪临走前奶奶特意让芳姐给她准备的，新弹的棉花柔软白净，摸着温暖舒适。被里和被面是一样的，都是淡绿色的底子，白色的小碎花和鹅黄色的花蕊。对于这个有着特殊意义的被里和被面，宛溪有着深厚的感情。

这块布是一年前年的秋天，奶奶带着宛溪在南涧的街上买的。那一天阳光灿烂，但并不炙热，而是和煦，加之微风拂面，让人觉得浑身舒畅。正是赶集的日子，她拉着奶奶在街上悠闲地漫步，在各种卖东西的小摊贩前走走停停。在卖布的摊位前，宛溪停了下来，抬头看着各种挂在竹竿上的布料，随着风儿轻轻地摆来荡去。

在一片单调的灰蓝黑中，她一眼就看中了这块绿底白色小碎花的棉布，只觉得有一股清凉但又暖洋洋的气息扑面而来，就像那天的微风和阳光。宛溪痴痴地望着不愿离去，但是布料有点贵。因为经济条件有限，如果在平时，奶奶是会有所犹豫的，不过那天她非常爽快地答应了，而且还买了很大的一匹。回家后，宛溪目不转睛地盯着布，用手摩挲着，在心里想象着做成什么样子的衣服。奶奶和芳姐去了厨房，没过多久，芳姐端一碗面条，绿油油的青菜上面飘着同样颜色的细碎葱花，最上面还有一个煎鸡蛋。宛溪的视线从布料转移到面条上，诱人的香味让她情不自禁地吞了下口水。自从芳姐嫁给凯哥后，厨房里的事情基本上都归她管，奶奶已经很少下厨了。宛溪正在想着什么特殊的日子，居然让她们两个人同时在厨房里忙活，而且还做了一碗色香味俱佳的面条，就听到奶奶跟在芳姐后面说："小寿星，今天是你的十岁生日，赶快把长寿面吃了。"

在南涧的时候，宛溪从来不记得自己的生日，因为奶奶按照农历给她过生日，所以每年的时间都不一样。但不管什么日子，奶奶从来没有忘记过，每年都会给她过生日，因此她根本不需要记得。生日时，奶奶会做点好吃的，或者买个什么东西，总之一定会有惊喜。宛溪也可以有些小小特权，提一些平时不能满足的愿望。在奶奶看来，十岁是个大日子，所以买了漂亮的布料，又吃了一碗有煎蛋的面。很巧的是，那碗面里的颜色就是布料的颜色，也是绿白黄三个颜色。一圈圆圆的蛋白围着一个稍微突起的蛋黄，铺在绿色的菜上面，散掉的一点蛋白如同布料上的小碎花，只是布料的绿色稍微浅一些。

吃完面后，奶奶和芳姐商量着到底用那块布给宛溪做什么衣服，裤子还是裙子，一直确定不下来。奶奶看着小脸兴奋得发红的宛溪，问她为什么要买那块布。宛溪原来想做一件花衣服，但自从得知那天是自己的生日后，她就改变想法，变得贪心了，因为每年的这一天她都可以有一个特别的要求。而且布料很多，一件衣服根本用不完，所以在吃面的过程中她已经想好了。一听到奶奶的问话，就毫不犹豫地说："做成被子，我要被里和被面都用这块布，盖在身上就会想起今天的太阳。被子软，太阳暖。"

听了此话，奶奶和芳姐对看了一眼，有些犹豫，宛溪马上拉着奶奶撒娇。奶奶笑眯眯地看着她，听着她那些不经过大脑的傻话，很快就说："你这个小鬼头，还挺会说话的，看来真是长大了，学也没白上。今天你十岁了，是你这个小人儿的大日子，奶奶满足你的所有要求。"

宛溪的欢喜明明白白写在脸上，浮现在眼睛里，她像以前的无数次那样，快乐地抱住了奶奶。奶奶也不厌其烦地摸着她的头，让她把两根凌乱的小辫子重新梳一下。

在宛溪看来，做被子是一件大事。首先要弹棉花，弹棉花的人很久才来一次。当街上响起"弹棉花喽"的叫声后，芳姐会把家里面那些有破洞或发硬的棉花拿出去。棉花弹过后，又会变得松软。弹好棉花后，还必须照着棉花的尺寸做一个被里和被面，然后把它们缝到一起，才能变成一床被子。被里通常是便宜的白色棉布，或者是几块碎布拼在一起。被面的布料和花色都要比被里好。其实，被里是长时间直接接触身体的，按理说应该更好才对，但家家户户都是这么做的。每隔半个月或者一个月，又要把被里和被面拆下来清洗。洗涤后，再把它们重新缝起来。全家几床被子，每年都要这样周而复始地拆线，清洗，缝线，的确是一个大工程。

大伯父经常会教宛溪一些古诗词，很多时候，她并不明白意思，只是按照大伯父的要求，把它们背下来。亲眼看到了做被子、洗被子相关的过程后，宛溪才明白了"布衾多年冷似铁，娇儿恶卧踏里裂"这两句诗的意思。棉花要用被里和被面包起来，旧了破了就要更换，如果太破旧，就会被睡觉不老实的孩子踢破。被里被面也要经常清洗，棉花当然不能终年不弹，否则会变得冷冰冰、硬邦邦的。

很多事情就像被子一样，需要亲身经历才能明白日复一日的苦辣酸甜；盖在身上，才会知道其中的舒适冷暖。

宛溪想要一床被里和被面一样好看的被子，在那个物质匮乏的年代，是个奢侈的要求。奶奶之所以买了那么大一匹布，应该是有其他用途的，或许是想从头到脚，给她做一套全新的衣物鞋帽。做了被子以后，什么布料都没有剩下来，所以她没有新衣服，但是她对这个被子的珍视程度超过任何一件衣服。她一直想要一床里子和面子一样的被子，就像她经常希望穿漂亮的新衣服一样，是一个小女孩的爱美之心，天性使然。终于在十岁生日的时候，奶奶帮她实现了这个愿望。

离开南涧之前，奶奶让芳姐把棉花重新弹过，被里被面拆下来洗净晒干，然后再缝上去。当被子装进编织袋的时候，宛溪还闻到阳光晒过的芳香。

第七章　亲人——第一顿晚餐

母亲的话特别多，嗓门奇大，和凯哥说话时，像吵架一样。宛溪听着他们家长里短地说了近两个小时，慢慢地熟悉了母亲的口音，并听懂了她说的话。之所以很快能够听懂，主要是因为母亲已经在陕西生活了一段时间，平时也是用椒盐普通话和大家交流。再加上她是语文老师，调到子弟学校后，必须按照要求用普通话上课。所以她的四川话也不是很纯粹了，只能说是带着川味的普通话吧。

母亲把凯哥拿出来的安徽特产留了一点在桌子上，其他的全部装进另外两个装过大米和面粉的布袋子里，然后把它们放在地上。看到桌上放着宛溪的衣服鞋袜，母亲说："我想你肯定会带衣服鞋子过来的，所以就没有给你准备，现在看来我完全是对的。只是没有想到你还带了一床被子，这样更好，省去了我的麻烦。家里只有一床多余的棉花，被里被面都没有，我还在想用什么布拼凑呢，这下所有的事情都解决了。"

母亲的话音刚落，走进来一男一女两个小孩。男孩瘦瘦高高，脸型方正，眼睛大小适中，肤色白皙，有种女孩子的清秀。女孩的高度刚到男孩的肩膀，大大的眼睛嵌在圆圆的脸上，小巧的鼻子下是薄薄的嘴唇。女孩看到桌子上的衣服和被子，眼睛骨碌碌地转了好几圈。

宛溪怯怯地看着他们，母亲挥了下手说："这是你的哥哥和妹妹。"

宛频和宛嫘漫不经心地看了宛溪一眼，很快地走到桌前。宛频坐了下来，宛嫘站在宛频旁边，悄悄地对着他耳语。说完以后，他们两个看着宛溪，有些嘲弄地笑了起来。宛溪惶惑地站着，不知如何应对。

宛溪还没来得及做出任何反应，宛嫘的注意力已经转移到桌上的特产了。因为宛溪的被子放在旁边，挡住了那些特产，宛嫘的视线刚才受到阻碍，没有及时看到桌上的花生、烘糕、酥糖和藕粉桂花糖糕。猛然看到这些，宛嫘立刻两手抓了酥糖和烘糕，迫不及待地塞满了整个嘴巴。由于东西太多，嘴巴必须完全张开才能咀嚼。宛嫚一边用力地张大嘴吞咽，一边又开始剥花生。嘴里的东西还没吃完，她又开始把花生一颗颗地填进去。这样吃东西的后果就是被噎住。所以，宛嫚的嘴巴和喉管都在剧烈运动，但是卡住的东西纹丝不动。她只能一直伸着脖子，仰着头，猛灌了几大口水，才勉强咽下去。

在南涧的时候，大伯父已经把父母和家人的状况都告诉宛溪了。除了父母的工作，她还知道有一个姐姐，一个哥哥，一个妹妹。姐姐叫宛怜，比宛频大四岁，后面三个孩子之间的年岁差都是两岁。宛溪在十一岁的时候第一次真正地面对了十三岁的宛频和九岁的宛嫚。

由于宛频在南涧生活过两年，奶奶他们会经常提及，所以宛溪一直都知道这个比自己大两岁的哥哥。虽然没有印象，但心里面并不陌生，甚至觉得很亲近。然而，这次骤然相见，宛频对于宛溪没有丝毫亲热劲儿，完全像一个陌生人。宛嫚在胡吃海塞的时候，宛频面无表情地坐着，随意地拿起桌上的藕粉桂花糖糕吃了几口。

宛嫚的手和嘴都停不下来，一直去拿桌上的东西吃，母亲也跟着她一起把桌上的东西吃了个遍。直到桌上的东西所剩无几时，母亲才制止了宛嫚。宛溪看到各种粉和渣掉在了地下，同时，她的衣服和被子上也落了很多。母亲把宛溪的衣服随意地抖了一下，落下了一些点心渣子，又在被子上粗枝大叶地划拉了几下。然后母亲用右手把点心渣子扫到左手里，再把左手送到嘴边，一仰头全部吃了。

宛溪看到心爱的被子上依然有些点心渣子，就走过去轻轻地拍了几下，又抱起来抖了抖。母亲对着她说："三妹子，把衣服放到里面房间的柜子里去，被子放到四妹子的床上。"

四川人把女孩叫作妹子，男孩叫作娃。无论在家还是外面，母亲从来没有叫过他们的名字，按照排行分别叫他们"二娃、三妹子、四妹子"。

宛溪进到这个家里不超过三个小时，一直在外面听母亲和凯哥说话，对于"三妹子、四妹子"的叫法也很茫然。母亲看她不动，不耐烦地重复了一遍。凯歌也轻声地说了母亲的意思。她没有进到里面的房间，不知道里面的柜子是什么，也不知道宛嫚的床在哪里。既然母亲说里面，她便抱着被子走过甬道般的窄小过道，一直往里面走。她掀开灰色的门帘，凭着本能，把被子放到了红花绿叶的床上。被子放下后，她出来拿衣服。宛溪先把衣服放到宛嫪的床上，然后打开柜子的门。她看到柜子的下面几格已经放满了东西，于是只好搬出桌下的板凳，站在上面，把自己的衣服放到最高的地方。

刚放完，还没从板凳上面下来，母亲洪亮的声音又响了起来："三妹子，把你的鞋子放到门口，书和铅笔盒放到里面的桌子上。"

宛溪赶快从凳子上下来，走出去，母亲已经把她的书和铅笔盒装在一个打着补丁的白色布口袋里。她拿着袋子，走到小房间里靠窗放着的桌子边上。暗红色的桌子上堆满了书、作业本、铅笔、橡皮和暑假作业。宛溪把桌上的东西稍作挪动，腾了一点地方出来，然后把布袋子放在桌上。放好袋子后，生怕母亲的大嗓门又要响起，她马上走出来准备放鞋子，但凯哥已经把她那双崭新的布鞋放在了门口。说是门口，其实并没有地方，鞋子是放在其他杂物上面的。

母亲从袋子里又拿了一块烘糕和少许花生装进碗里，宛嫪立刻抓了烘糕和一些花生，像之前一样地吃起来。母亲端起碗里剩下的几颗花生，一边往外走，一边跟凯哥说："我去做饭了。"

凯哥说："我帮你吧。"

话音没落，他们就一起去了厨房。

母亲和凯哥刚离开，宛频一言不发地去了里面的小房间，宛嫪艰难地完成咀嚼工程后，也进去了。房子里瞬间安静下来。在一片突然而至的寂静中，宛溪感到一种漫无边际的陌生蔓延开来，而且渐渐被完全的无助感吞噬。她手足无措地站在外面，不知道该做什么。在这个孤苦伶仃的环境中，她很想和宛频说说话，找到一点可怜的归属感，可是宛频丝毫没有这个愿望。

宛溪在外面默默地站了几分钟，心中逐渐安定下来，只是有些无奈悲凉，她像阿Q一样，自我安慰般地在心里面嘀咕着："既然宛频和宛嫪要冷落我，我也不想去和他们亲近。"

在大伯父的熏陶下，宛溪爱上了读书。不管在何种情境下，她都可以沉浸在书的世界里。尤其目前这种无聊伤感的时候，她更想去读书。这样想着，她也走进了小房间。因为刚才在小房间的桌子上看到了几本《少年文艺》和《儿童文学》，还有《格林童话》，她准备去读。

宛溪进到小房间一看，母亲给她的白色布袋被扔到了地下，宛频和宛嫪各自坐在两个板凳上，趴在桌上写着什么。见此情景，宛溪没有去拿桌子上的书，她默默地把布袋捡起来拿到外面的桌上。她把布袋里的书倒出来，有邱少云、黄继光、罗盛教和红岩的故事。除了几本课外书，还有两本暑假作业，一本语文，一本算术。

宛溪已经读过邱少云炸碉堡、黄继光堵枪眼的故事，每次读的时候，都能够得到力量。她拿起讲邱少云的书，正准备开始读，门被推开了。她闻声抬起头，看到一个面无表情，戴着眼镜，头发梳得很整齐的男人走了进来。他不像书中的英雄那样伟岸高大，但也不是手无缚鸡之力的文弱书生，即使堵不了枪眼，也不会轻易束手就擒。他不胖不瘦，看起来和母亲的身高差不多。他上身穿一件灰色的棉布短袖，下面是一条蓝色的棉绸裤子，脚上是一双黑色的凉鞋，没穿袜子，右手拎着一个黑色的人造革包。他看了宛溪一眼，然后开始叫："二娃。"

宛频闻声走了出来说："爸，下班了。"

宛溪傻傻地想，宛频的爸爸应该也是她的爸爸。为了引起共鸣，她努力搜索着印象中的父亲，最后只想起来一句"小狗身上有跳蚤"。

父亲看着宛频说："这是三妹子？"宛频点点头。父亲说话时带着宛溪熟悉的南涧口音，只是更接近普通话。她心中一热，怯怯地望着乡音没有完全改变的父亲，希望得到一丝温情的依靠。父亲没有看她，但话明显是说给她听的："这个桌子是吃饭的，把书拿到里面去。"

宛溪看了一眼父亲，张了下嘴巴，但终究没有出声，慢慢低下头把书装进布袋，然后走了进去，身后响起父亲的声音，说的是"二娃，把花生米倒出来"。她抱着布袋，坐在属于宛频的刷着锃亮油漆的板凳上。宛频始终没有进来，宛嫚还是不说话，只是从作业本上撕了一张纸，在上面画着一个不知道是植物还是动物的东西。

宛溪呆坐了一会儿，拿起桌上的《儿童文学》读了起来，她慢慢地入了神，忘记了周围的世界。不知过了多久，突然听到母亲的一声大喊："四妹子，吃饭了。"

宛嫚磨蹭了一会儿，站起来走了出去，宛溪放下书跟在她的后面。

桌子上有三个菜，一个芹菜炒豆干，一个西葫芦片炒番茄，一个长豆角炒肉，但是里面的肉片屈指可数。除此之外，父亲的面前有一小碟花生米，一瓶酒，一个小酒杯。母亲的面前有一小碟四川泡菜，里面是白菜和红椒。

宛溪和凯哥一起坐在条凳上，宛频和宛嫪坐在对面的条凳上，父亲和母亲面对面坐在板凳上。

父亲打开酒瓶，倒了一杯酒。他每喝一口酒，就吃几颗花生米或者一点芹菜豆干，慢条斯理。喝了三杯酒，吃完了花生米后，才开始吃饭和菜。整个过程悠闲自在，细嚼慢咽。在父亲刚开始倒第三杯酒时，母亲已经风卷残云般地吃完了两碗米饭，一小碟泡菜和桌子上三分之一的菜。

母亲吃完后，急促地催着大家："你们快点吃，我要看电视了。"

对于母亲的话，父亲、宛频和宛嫪都不为所动，依然按照自己的节奏不紧不慢地吃着。只有宛溪和凯哥加快速度，在母亲之后吃完了。在母亲不停地催促下，父亲、宛频和宛嫪终于吃完了晚饭。所有的菜都吃光了，宛频和宛嫪最后用菜汤泡了饭。

他们都吃完后，母亲急速地收拾着碗筷，和凯哥一起拿到公用水池去洗。父亲走到门口，点了根烟，一丝丝，一圈圈的烟雾从他的嘴巴和鼻子里慢慢冒出来。宛频像个影子一样站在不远处低头不语，烟圈在触到他之前飘走了。宛嫪在院子里胡乱蹦跳，独自一人在原地打转。不远的地方有几个小女孩拿了一叠花花绿绿的糖纸，比比划划的，似乎在说谁的糖纸更好看。宛溪跟着凯哥，站在水池边帮母亲洗碗。洗好所有的锅碗瓢盆后，凯哥和母亲把东西放到厨房，宛溪像个小狗，始终在凯哥左右转来转去。

第八章　带我走吧

这第一顿晚餐吃得食不知味，宛溪懵懂的小脑袋里宁可希望这是最后一顿晚餐。被犹大出卖和被亲人冷落，都是一样的，没有什么了不起。也许前者更好，虽然被钉在十字架很惨烈，不过没有旷日持久的磨难，还算痛快。但她连耶稣的门徒都不是，也轮不到犹大来出卖她。即便耶稣收留了她，犹大还是不会把她卖了，因为他的钱袋不会因此多了银子。没有任何好处的事情，连叛徒都不屑于做。既然犹大都抛弃了宛溪，所以她不得不留在父母家继续吃晚餐。

整理好厨房后，母亲快步回到家里。宛嫪不知何时从院子里回来了，她坐在刚才吃饭的地方，手上套了两根橡皮筋翻来翻去，试图变换出不同的形状。母亲站在凳子上，从柜子顶上把九寸黑白电视拿下来，迫不及待地打开看了起来。

电视很小，但是非常清楚，看起来黑白分明，只是偶尔有一两个雪花点，不过稍纵即逝，一点都不影响观看的效果。屋里很热，母亲摇着一把边上已经破损的大蒲扇，还是不能驱走暑气，然而她对这些都丝毫不以为意，只是目不转睛地盯着电视。从那个专心致志的劲头看，即便她手中拿的是铁扇公主愚弄孙悟空的假芭蕉扇，把火焰山越扇越旺也不在乎，只要电视没有停就行。宛嫪和母亲有着相同的爱好，她把橡皮筋扔在桌上，和母亲坐在一起看电视。

凯哥站在母亲身后，心不在焉地看着。宛溪站在凯哥身边，看着电视里面的一个外国人在海底游来游去。他虽然是个人，可是他的双手却像鸭子一样是连在一起的。

凯哥看了一会儿，跟母亲说："我和溪儿去外面走走，凉快一下。"

母亲的眼睛没有离开电视，含糊地应了一声"哦"。她看电视的时候非常安静，连一句多余的话都不想说，和白天粗声大气的唠叨形成鲜明对比。

宛溪随着凯哥往外走，父亲在院子里和一个跟他年纪相仿的男人有一搭没一搭地说着什么，他早已经抽完了第一根烟，又新点了一支，用右手的食指和中指夹住，不时地送到嘴边。宛频仍然在离父亲不远的地方看着院子中一群活蹦乱跳的孩子们。父亲冲着凯哥点了个头，没有看他旁边的宛溪，然后吐出来另一串烟圈。

凯哥带着宛溪走到街上，他们顺着学街往西走。凯哥拉着她的手，向西走到尽头后，拐到了南北方向的市街。

市街颇为热闹，有人坐在门口，摇着扇子乘凉；有人在路边的饭店猜拳喝酒；有些孩子在街上追逐嬉戏。再加上此起彼伏的蝉鸣，一片生机勃勃。大部分人家都亮着橘黄色的灯光，透过窗子反射到街上，让喧嚣的街道有了一片温暖祥和之气。

凯哥放慢脚步，对宛溪说："你从小性子就倔，奶奶一直都惯着你，从来舍不得责骂。大伯父虽然严厉些，但心里对你比外表宽容多了。现在不一样了，你有哥哥和妹妹，爸爸妈妈工作忙，可能不会像奶奶那样关爱你。所以你不要太任性，别惹他们生气，也不要和哥哥妹妹吵架。哥哥比你大，你要听他的，顺着他。妹妹比你小，就让着她吧。奶奶的身体不好，海涛很小，芳姐刚生了你的第二个小侄子，大伯父一个人根本忙不过来。现在家里离不开人，我明天下午就走了。你自己要多读书，努力学习。如果以后有机会，我们再来看你。"

在模糊的灯光下，宛溪看到凯哥眼里一片晶莹。

宛溪早已泪流满面，紧紧地拉着凯哥的手："我不想留在这里，一个人都不认识，他们都不喜欢我。你带我走吧，我要和你一起回去。"

"溪儿，如果可以，我一定带你走，可是现在真的没有办法。"凯哥强忍住眼泪说，"不过你也不可能一直和我们生活，终究是要回到你爸爸妈妈身边的。他们是你的亲人，肯定会对你好的。太晚了，你爸明天上班，应该要睡觉了，我们回去吧。"

宛溪从来没见凯哥哭过，虽然他说这些话的时候，眼泪没掉下来，但语气中的悲悯比她的号啕大哭更哀伤。她不想凯哥太难过，就不再说话了。

凯哥蹲下来，用手抹去了宛溪脸上的泪痕，又用衣服把她的脸轻轻地擦拭了一遍，温言细语地说："不要难过，你还小，担心太多的事情也没有用，一切都会好起来的。"

凯哥拉着宛溪离开了热闹有生气的市街，走向了灯火冷清的学街。她一言不发，听天由命地跟着他回到了家属院。凯哥把她带到水池边，让她洗一下脸。她没有反应，凯歌只好自己动手。她机械地站着，听任他给她洗脸擦脸。然后，凯歌用手捧着水浇在自己脸上，再用手抹干净。他们静默地在院子里站了几分钟后，再次走进了宛溪父母的家。

母亲和宛嫪还守在电视机前看那个在海底游荡的外国人，父亲不耐烦地催促母亲："每天都这样，把电视关了，我明天还要上班呢。"

母亲头都没抬地说："马上就看完了，你睡你的觉，又没人拦着你。"

父亲一言不发地走向他们的床。

父母没有告诉凯哥晚上睡在哪里，很显然家里没有他的地方。既然父亲已经去睡觉了，凯哥也不便打扰，只好等着母亲看完电视告诉他。宛溪陪着他站在门口，两个人的影子拉到了院子里。宛溪的短影子和凯哥的长影子各自延伸，中间的距离虽然不远，但是无法交会。

好在那个游泳的人很快从电视上消失了，母亲关了电视，依然把它放到柜子顶上，然后叫宛嫪去睡觉，宛嫪起身上完厕所后，进了里面的房间。

母亲转过身对凯哥说："你今天晚上在这个桌子上面睡吧，我拿一个席子给你。"她说完，就出门去厨房拿了一个满是灰尘的破席子回来。然后又在柜子里找了两件毛衣，叠在一起，让凯哥把一件自己的衣服放在上面，作为枕头。凯哥把席子拿去水池洗净擦干后铺在桌上。

收拾停当后，凯哥叫宛溪去睡觉。他先坐在桌上，然后和衣躺下。

母亲见宛溪站在桌边，粗声大气地叫道："三妹子，还不去睡觉！"她只好遵从母命，穿过走道，经过父母的床，往里面走去。父亲背朝着她，一动不动地躺着。

宛溪走到里面的房间，灯亮着，宛频坐在床上剪指甲，宛嫪已经睡了。床本来就不大，宛嫪既没靠墙睡，也没有睡在床的外侧，她的这种睡法让宛溪很难在床上找到空间。于是，她把宛嫪尽量往里面推，留出一个能够躺下去的空间。上床之前，她站在床边愣了一会儿，因为不知道该和宛嫪睡一头还是两头。她想了想，决定各睡一头。她没有枕头，也不敢和母亲要，便把被子垫了一些在头下面，睡在宛嫪的脚下。房里很热，被子几乎不用盖，只是在肚子上搭着。床不大，稍微翻一下身，都有可能掉下去。宛溪侧身躺着，不敢随意翻动。母亲很快走进来让宛频睡觉，并随手把灯关了。房子里一片黑暗，她睁着眼看了一会儿模糊的房顶，旅途的疲倦很快袭来。没多久，她就进入了梦乡，一晚上迷迷糊糊的，似乎听到好几次水一样的响声。

第九章　离愁泪几行

第二天一早，宛溪在母亲的各种吆喝声中醒来，宛频和宛嫚各自安睡不动。她想上厕所，便起床去院子后面的公共厕所排队等候。门口已经排了六个人，虽然年龄不同，可是每个人的表情都是一样的：无奈和焦急。

宛溪虽然也憋得难受，但是只能老老实实地等着。轮到她时，后面又排了好几个人。众目睽睽之下，她脱掉裤子，蹲在坑上，眼睛不知往哪里看。往下看是个大粪坑，无数的蛆虫在粪便中涌动；往上看刚好被站在面前等待的人目不转睛地反盯着。于是她仿效着其他坑上的人，垂头闭目。只希望赶快完成人生大事，匆忙逃离。厕所里臭气熏天，每个人都屏住呼吸。

极其难堪地上完厕所后，宛溪如释重负地去水池边洗脸刷牙。早晨的水池比较繁忙，总是有人来来往往，不过大家表情轻松，有说有笑，和厕所里尴尬又可怕的氛围形成鲜明对比。洗漱好后，宛溪往回走。经过厨房看到凯哥在拿碗筷，她过去帮忙。

一进家门，她就听到母亲高叫："四妹子，二娃，叫了这么多遍还不起床！快点起来吃饭了。"

父亲坐在桌前默默地抽烟，无论母亲的声音多大，他都置若罔闻。

宛频和宛嫚终于在母亲的多次高叫声中走了出来，去外面上厕所，洗脸刷牙，然后坐到桌边。桌上有两个盘子，一个盘子里装了四个大馒头，是父亲昨天下班时在食堂买的。另一盘是四川泡菜，里面有白萝卜和莲花白，每个人面前有一碗玉米和小米煮在一起的粥。

吃完饭后，父亲就去上班了。宛频和宛嫚去了里面的房间。凯哥照例帮母亲收拾桌子去洗碗，宛溪依然围着凯哥转。凯歌跟母亲说下午就走了，宛溪愣愣地听着，只希望时间停在上午。

母亲在厨房把一个铝锅放在蜂窝煤炉子上，烧了开水倒进暖水瓶。然后，她拿了个白色的搪瓷缸子。缸子上画着一颗红色的五角星，发着太阳般的黄色光芒，五角星下面是黑体字，写着"为人民服务"，缸口是一圈深蓝色的边。母亲放了点茶叶，把铝锅里剩下的开水倒进去。她端着搪瓷缸回家，放到桌上。接着，母亲打开一个面口袋，把凯哥带来的各种特产抓了一堆出来，然后边吃边喝地跟凯哥说话。宛嫚的耳朵特别灵，听到母亲吃东西立刻走了出来，像昨天那样抓起各种东西往嘴里塞。她和母亲一起，很快就把桌上的东西吃得一干二净。母亲和凯哥絮絮叨叨地说了一阵子话，大致内容是庄稼的收成和家里吃些什么。吃的话题还没谈论完，母亲看了一下时间，说要去买菜。凯哥与她同行，宛溪自然紧随凯哥。

三个人朝市街走去，白天的市街更加闹腾。大家唯恐自己的声音被淹没，所以每个人都在大声喧哗。母亲买了番茄、豆腐、大白菜、红颜色的圆萝卜、小油菜和四季豆。回到家属院后，母亲和凯哥把所有的菜拿到水池去洗，然后在厨房准备午饭。

母亲和凯哥在厨房忙了一个多小时后，做好了饭。宛溪帮着母亲和凯哥把午饭从厨房端到家里的饭桌上，接着母亲又是高声叫宛频和宛嫚吃饭，看来这早已是一个常态了。

父亲每天中午在单位的食堂吃饭，所以放假的时候，中午只有母亲、宛频和宛嫚在家里吃饭。母亲煮了两个菜：番茄烧豆腐和清炒小油菜。母亲的厨艺实在不敢恭维，她把买来时鲜嫩碧绿的小油菜炒成了干草一样的黄色。番茄烧豆腐没有一点鲜香，反而有股潲水味。

原乡盛产小麦，但母亲不会做面食。由于父母都是南方人，所以单位每个月都给他们供应大米。幸亏单位为了照顾南方人出台了大米政策，否则的话，母亲大概每顿都做死面疙瘩吃。

吃完午饭，收拾完毕后，凯哥便要离开了。宛频和宛嫚待在里面的房间，凯哥跟母亲说要和他们告别一下。母亲大手一挥，说无须多此一举。不过，凯哥还是走进了小房间，告诉宛频和宛嫚他要走了，说宛溪刚来，很多事情都不懂，希望他们帮助她。对于凯哥的话，宛频和宛嫚漠然置之。他们漫不经心地抬起头，没有说话。

凯哥提着一个编织袋出门，里面是他的几件衣服和另外一个空的编织袋。宛溪寸步不离地跟着凯哥，生怕一眨眼他就会离开视线。凯哥转过身牵着宛溪的手，浓浓的不舍之情写在脸上，眼里透着深深的担忧和悲伤。

母亲和凯哥并肩走着，说着一些无关紧要的话，向父亲的单位走去。单位几乎每天都有班车去省会西安。有时早上发车，当天来回；有时下午发车，在西安停留一晚，第二天回来。凯哥先坐班车到西安，然后从那儿坐火车离开。

宛溪只希望从家属院到单位的这段路程永远都不要结束，那么她就可以牵着凯哥的手一直这样走下去。可是天从来都不遂人愿，他们很快就到了班车前面。凯哥勉强笑着说："溪儿，我要上车了。你要听爸爸妈妈的话，不要让他们操心，做个好孩子。在学校好好表现，争取每次都能考个高分。"

骄阳似火，灼人的热浪似乎要把一切吞噬。宛溪没有感到炙热的太阳，只觉得五内俱焚般的痛楚超出了毒辣太阳的热力，眼泪随之夺眶而出。凯哥蹲下身来，宛溪伏在他的肩头任泪水恣肆。没有多久，司机开始叫大家上车，说马上要开车了。凯哥是最后一个没有上车的人。他无奈地站起来，无限爱怜地看了宛溪一眼，然后迅速地上了车。

凯哥上车后，班车立刻顶着烈日开走了。宛溪发疯一样地跟着车子飞跑，车越开越快，很快就把她远远地甩在了后面。

第十章　陌生

班车早已不见踪影，宛溪只好气喘吁吁地停下来。母亲随后跟了上来，气恼地叫道："三妹子，你乱跑啥子？"

背对着母亲，宛溪擦干了眼泪。母亲又叽哩哇啦地说了什么，宛溪一个字都没听进去，只是默默地跟着她回了家。

回家后，母亲检查了宛频和宛嫪的暑假作业，然后让他们各写一篇作文，题目是"一个最难忘的人"和"一件美好的往事"。

宛溪在旁边静静地听着，心想这两个题目倒是很符合她的心意。如果以南涧为背景，她可以不费吹灰之力写出好几篇作文。正在冥想时，母亲突然问："三妹子，你的暑假作业带来了没有？"

宛溪忙不迭地回答："带来了。"

"那你发什么愣？还不赶快拿出来做。"

母亲给宛溪装书的布袋总是被宛频或者宛嫪扔在地下，她只好把布袋塞到床下。听到母亲这样说，宛溪从床下的布袋里拿出了语文暑假作业。桌子上没有位置，也没有凳子可坐，想到父亲的话，她也不敢占用外面的饭桌，只好坐在床上打开作业本，开始填词造句。

母亲丢下一句话："你们认真做作业，我去做饭了。"刚说完，就走了出去。

母亲离开后，宛嫪伸长手臂，把笔放到宛频的本子上，胡乱画了几笔。宛频没有说话，把本子合上了。宛嫪突然说："你为什么来我们家？"

宛溪愣了一下，这是来到这个家后，宛嫪和她说的第一句话。但她不知道如何回答，所以没有说话。宛嫪见状，用手中的铅笔戳着宛溪的胳膊说："哎，问你呢，哑巴了？为什么来我们家？"

宛溪在心里说："我跟着奶奶快快乐乐地生活，谁想来你们家呀！"正想把这话说出口时，她突然想到凯哥的那些嘱咐，便改变口气说："奶奶身体不好，所以先送我来这里。"

宛嫪说："你奶奶身体不好和你来我们家有什么关系？"

宛溪正在想着如何解释，宛频说："你还不写作文，妈妈过两天要检查的。"

宛嫪冲宛频伸了下舌头，然后对宛溪失去了兴趣，开始去想她的作文。宛频又翻开了他的暑假作业本，开始写字。宛嫪不时扯扯自己的头发，又揪揪宛频的耳朵，然后写几个字。等到宛频不耐烦时，她就收敛一点。

宛溪低头做着自己的作业，听着宛嫪的自言自语，或者和宛频嘀嘀咕咕，但宛频几乎不回应。他和父亲一样，基本上面无表情。无论如何，时间总是在不知不觉中溜走。宛溪正在做"根据故事写出成语"时，就听到母亲喊："吃饭了。"

宛频和宛嫪相继起身离开，宛溪跟在他们后面。桌上摆了一盘辣炒白菜和清炒四季豆，还有一盘凉拌的红色圆萝卜。

父亲不知何时回来的，他坐在桌前，已经倒了一杯酒放在面前。下酒菜是一碟炒蚕豆，没有筷子，父亲便用手抓了几颗蚕豆先放在掌心，再一颗一颗送到嘴里。宛频坐在父亲旁边，吃了几颗蚕豆。宛嫪挨着宛频坐下，用手拿了一片圆萝卜放在嘴里。宛溪正准备在宛嫪对面坐下，母亲说："三妹子，去厨房把碗筷拿过来。"

宛溪依言走到厨房，因为之前跟着凯哥帮助母亲在厨房做过事情，因此很快地找到了碗筷。她小心翼翼地端了五个碗。本来想把五双筷子一起拿着，可是筷子很粗，她的手抓不住，又担心拿筷子的话，把碗摔烂了，所以就先把筷子放下。她捧着五个很厚的碗走回家里，还没把碗放下，母亲便责问："叫你把筷子一起拿来，怎么只拿了碗？"

宛溪本想说"一次拿不了"，但转念一想，她好像没有说话的资格，就赶快去厨房拿筷子。

晚饭的过程和昨天一样，母亲最早吃完，父亲还是喝了三杯酒。在母亲的吆喝声中，宛频和宛嫪最后吃完了菜汤泡饭。

父亲吃完饭依然出去抽烟，宛频还是陪在父亲旁边，宛嫪自己在院子里玩跳房子。母亲叫宛溪帮忙收拾桌上的碗盘，然后拿去水池洗刷。

一切收拾停当后，母亲和宛嫪开始看电视，她们两个的头把小电视完全挡住，容不得另外一个人。父亲和宛频在院子里走来走去。宛溪想了想，便去了里面的房间做作业。

宛溪读完了故事，把所有的成语都写了出来。本来想接着做"选字组词"，可是抬头看看四周，突然觉得心绪不宁。

房间不算大，一眼可以望到所有的东西。可是除了床上有自己熟悉的那床被子，一切都是陌生的。很明显，这里不但没有人欢迎她，甚至还有些敌意。到目前为止，父亲和宛频没有跟她正式说过一句话，母亲倒是说了几箩筐的话，但似乎跟她没有什么关系。虽然刚到父母家里两天，宛溪已经敏感地察觉，在这个家里，宛嫚有母亲的骄纵，宛频有父亲的呵护。突然而至的宛溪，不可能打破这种既定的平衡，只能小心翼翼地躲在一边。宛溪抬起头，看着房顶上蒙满了灰尘的灯泡，昏黄惨淡的光让房间的每样东西都显得凄清。灯光和漫无边际的陌生交相映照，排山倒海一样地包围了她。她像个被人遗忘的孤岛，杂草丛生，荒芜满地，自生自灭。她不知该向谁表达自己的不安，心底陡然升起一股和她的年龄完全不相衬的悲凉之感。自从进入父母的家，这种悲凉始终和她如影随形。想到这里，她的心中充满恐惧，不知道如何在这个无依无靠的地方生活下去。凯哥说这个家里都是她的亲人，但她觉得举目无亲。

宛溪静静地坐着，苍茫四顾，只有她伶仃一人。她独自跟难以言说的惶恐斗争着，为了不被完全的陌生吞噬掉，只好抓起唯一熟悉的，带着感情色彩的被子，把头蒙上，试图强行屏蔽周围的一切，沉浸在自己的小世界里。不知过了多久，宛频先走进来，紧接着宛嫚也蹦蹦跳跳地来了，不言而喻睡觉的时间到了。

第十一章 露天电影——耳光

第三天早晨，宛溪还是被母亲的大嗓门吵醒。她很快起床，照例在外面做完所有的事情后回到家里吃早饭。宛频和宛嫘依旧在母亲的声声呼唤中慢条斯理地起床。所有的人吃完饭后，宛溪依然帮着母亲洗碗。

忙完了和早饭有关的所有事情后，母亲让宛溪去院子里和宛嫘玩一会儿，然后回来读书，做作业。她走出去一看，宛频和宛嫘在院子里各玩各的。宛嫘喜欢玩跳房子，她一个人觉得无聊，便要求宛溪和她一起玩。于是，宛溪照着地上画的格子和宛嫘一起玩着游戏。不远的地方，宛频和另外一个男孩在地上拍烟盒，打弹珠。因为父亲的烟瘾很大，所以无论数量还是花样，宛频的烟盒都明显比那个男孩多。

来到这个家的第三天，在明亮的阳光下，宛溪第一次有了快乐的感觉。正玩得高兴，母亲出来吩咐："不要玩了，回家读书，你们的暑假作业都没按时完成。我现在去买菜，你们赶快回去。"

在母亲的监督下，他们三个先去水池边洗了脸上的汗，然后回家。由于宛溪刚才和宛嫘一起玩了跳房子，宛嫘对她表示出一点友好。

回家后，宛嫘从外面的柜子里拿了几本小人书出来，先丢了两本给宛频，然后叫宛溪和她一起看。她们一边看《三毛流浪记》，一边讨论着这个只有三根头发的小孩多么有趣。宛频在看《西游记》，颇为入神，有时会笑出声来。他平时一副少年老成的样子，此时的行为举止倒是和他的年龄相符。虽然三个人时不时地发表着不同的见解，但是气氛还算融洽，除了宛嫘不能占据主导地位的吵吵嚷嚷，强词夺理外，基本上停留在合理辩论的层面。

正所谓快乐不知时日过，三个人还在津津有味地说着猪八戒如何自食其果，被自己乱扔的西瓜皮滑倒，母亲一挑门帘走进来叫道："到现在还没学习！都11点多了，谁让你们一早上都看小人书的！三妹子，是不是你带的头？"

宛溪异常委屈，刚刚找到的快乐一下就被无情地剥夺了。还没来得及分辩，就听到母亲对着他们一通乱吼，实际上主要矛头是对准宛溪，说她一来就起到不好的作用，是个坏影响。母亲自顾自地说完后，就没收了全部的小人书走了出去。宛频一声不吭，翻开了桌上的作业。宛嫪慢吞吞地用小刀削铅笔。宛溪开始埋头做作业。没几分钟，宛嫪又开始找宛溪和宛频说话，但两个人都不搭茬儿，宛频还瞪了她一眼。她闹了一会儿，见没有动静，就开始写母亲指定的命题作文。三个人安静地做着各自的事情，过了一会儿，母亲让他们去吃饭。

饭桌上，母亲说："今天晚上单位放电影，你们晚饭后去看吧。"三个人听了很高兴，都盼望着晚上的电影。

因为翘首等待着晚上的电影，下午的时间便觉得有些漫长。好不容易等到吃了晚饭，父亲和宛频先走了，宛溪帮母亲洗了碗以后，和宛嫪一起出门。只有母亲不愿意错过她的电视连续剧，依然留在家里。

电影是露天的，一个白色的幕布挂在正中央。放电影的场地是就父亲单位那个利用率颇高的空地，空地上除了主席台，什么都没有。所以每次看电影时，大家都是自带板凳和瓜子花生。

宛频先跟着父亲去办公室，他们各自拿了一个小椅子过来，由于到的时间早一点，所以位置比较靠中间。等宛溪和宛嫪抬了一个吃饭的条凳走到场地时，离幕布比较近、靠中间的地方已经坐满了人，她们只好在左边靠后的位置坐下。父亲和宛频正襟危坐，不知是否看到她们，不过他们一直没有动。

宛溪谁也不认识，所以只能规规矩矩地坐着。宛嫪也只是坐着，不去跟其他小孩玩，也没有小孩来找她。宛溪来了三天，从来没有看到宛嫪和同龄的孩子一起玩过。宛频虽然不主动，但还是会和别的男孩玩。宛嫪则像个独行侠，即使院子里总是有其他小孩聚在一起，她还是一个人玩。

看电影的人很多，除了像母亲那样的电视迷，单位里几乎所有的大人小孩都来了。离电影开场还有半个小时，但场地已经坐满了人。大人高声地说着单位和家里的各种事情，大点的孩子笑着跳着，小点的孩子离开凳子在周围追逐嬉闹。

天还微微亮着，西边天际灿烂的火烧云依稀可见，空气中弥漫着微凉的清甜气息，这样一个轻松的夏日傍晚很容易让人沉醉在一种无拘无束的喜悦中。

音乐骤然响起，明亮的光线从后面把白色幕布照亮。喧嚣的人群很快就安静了，大家都静静地坐着等待电影开演。

放的电影是《卖花姑娘》。整个放映过程中，有人眼含热泪，有人低声抽泣。最后大家都为打倒白地主欢呼，为了兄妹三人的最终团聚高兴。

宛溪的心情随着兄妹三人跌宕起伏的遭遇忽悲忽喜，其实喜悦的时候很少，因为整个影片的基调是悲伤的。当看到时刻关心着花妮和顺姬的母亲，受尽苦难后离开了姐妹俩时，宛溪跟着她们一起哭。电影快结束时，饱受折磨的花妮重伤躺在地上，然后哀怨的歌声响起："可怜的姑娘哪能逃脱苦海，黑夜越来越深，世上谁能来救救她。"

直到最后的几分钟，电影才脱离了悲痛的气氛。乡亲们冲到白地主家报仇，哥哥哲勇带领大家参加革命，兄妹三人手牵手走在山花烂漫的路上，悠扬甜美的歌声响起，唱出了"到处是美丽的鲜花开放"这样充满希望的话语。

宛溪非常喜欢兄妹三人牵手走向前方的画面，她羡慕历尽艰辛却依然相互关爱、情深义重的兄妹三人。当所有的灯光在白色幕布上完全消失后，兄妹三人手牵手的温馨画面和"世上谁能来救救她"的悲歌依然交替在她的脑海中闪现。

人们陆陆续续地离开，朝家属院的方向走着。父亲和宛频已经不见踪影，宛溪和宛嫚走了几步就拉开了距离，各自往回走。宛溪随着人流一路走一路想着电影中的不同场景，不知不觉到到家了。宛嫚随后也回来了。

母亲刚关了电视急匆匆地朝外走，说是去上厕所。宛溪和宛嫚回家几分钟后，父亲和宛频也进了门。很快，父亲叫大家去睡觉。

宛溪去水池洗漱完毕后，进到房间准备睡觉。刚坐到床上，就听到母亲语气凌厉地叫道："三妹子，出来！"她赶快应声出来，母亲站在吃饭的桌边，厉声责问："你为啥不把凳子搬回来？"

宛溪这才想到，刚才看电影的时候太沉迷了，散场后还在想着电影。而且宛嫚起身就走，宛溪很自然地跟着她，以致完全没有想起凳子的事。她只好老实回答："忘记了。"

话刚说完，母亲一个耳光打过来，这个耳光完全把宛溪打懵了。从记事起，只有大伯父打过她两次，但是每次都有非常充分的理由。而且，大伯父只打屁股，从来不打脸。这是她第一次被人莫名其妙地扇耳光，打她的人是见面只有三天的母亲。母亲下手颇重，宛溪毫无防备，只觉得眼前金星乱冒，耳朵嗡的一声，突然失聪了。她看见母亲的嘴巴上下翻飞，面目扭曲地叫着什么。一瞬间后，她又听到了母亲的咆哮，还是责骂她没有把那个宝贵的条凳带回来。看那个架势，如果那个宝物不见了，母亲肯定会把她放到一口装满水的大锅里，然后把火烧得旺旺的，活活把她烫死。

父亲本来坐在床上看《参考消息》，闻声走了出来说："大半夜的，吵什么，不让人睡觉了！"说完后，又走了进去，没有再出来，也没有一句多余的话。

宛溪的眼泪无声地流了下来。母亲说："你哭啥子，跟我去拿凳子。"她一边说，一边拖着宛溪往外走。

宛溪很快用另外一只手擦干了眼泪，一言不发地跟着母亲大步朝前走。母亲愤怒地一路数落着她，而她什么都不想听，耳朵里和脑子里始终回荡着一句话："世上谁能来救救她。"

她们走到刚才看电影的地方，宛溪发现除了家里那个破旧的条凳，还有好几个凳子留在那里，想必是其他小孩忘了拿回家。

母亲命令宛溪和她一起抬着凳子往回走。母亲人高马大，平时走路就很快，现在又急着回去睡觉，走起路来更加大步流星。宛溪拿着凳子的另外一头，跌跌撞撞地跟着她，几次都差点摔倒。她只好双手死命地抓住凳子，用最快的速度跟着母亲一路奔跑。

一路上，母亲的嘴巴似乎没有停过，但是宛溪的耳朵像河流一样，那些话是不该进入的污水。可是污水没有征得河流的同意，就肆无忌惮地把河水弄脏。河流只好默默承受，让它们和清水混在一起往前流。所以，不管母亲说了什么，都全部流走了，一个字都没留下。

宛溪低着头，一边专心走路，一边使劲抓住凳子，根本无法看母亲一眼，也没有回应过她的任何一句话。到家后，她的手臂酸得抬不起来，双腿和双脚重似千斤。被母亲打过的脸火辣辣的痛，浑身上下没有一个舒适的地方。

身体的伤痛可以让心灵麻痹，从而忘记什么是痛彻心扉。在这样自我催眠的状态中，宛溪很快听到了父母酣睡的声音，然后自己也半梦半醒地睡了一晚。

第十二章　尿盆

　　尽管宛溪有意无意地用很多方法安慰自己，但身体的各种不舒服还是让她很早就醒了。她不想起来，就躺在床上想着南涧的种种往事。她想到永远慈祥的奶奶，偶尔严厉的大伯父。闯祸以后，为了避免大伯父的惩罚，奶奶和凯哥都会为她辩解。芳姐待她就像一个热情的大姐姐。每个人对她的基本态度都是纵容。家里还有可爱的堂侄海涛。想到海涛，她不禁笑了起来。两岁的海涛，似乎从他会走路的那天起，就一直跟在宛溪的后面。他是一个肉乎乎的小人儿，宛溪跟他一起玩的时候，总是欢声笑语不断。不言而喻，他们才是她的至亲。

　　想着这些快乐的往事，宛溪觉得身心的痛楚减少了很多。她突然发现这是一个特别的疗伤方式。不过，她的美丽幻想被母亲一如既往的叫声打破。继而，她又想到，就算母亲的声音再响，也不能刺破她的心肝，所以无法破坏那些藏在她心里的种种美好。这样想着，她开始起床准备迎接新的一天。

　　父亲已经去上班了，母亲坐在桌前吃饭。她吃饭时，总是大刀阔斧的样子，个性通过吃相体现出来。寂静的房子里，只听到食物和嘴巴碰撞的巨大声音。看到宛溪，她嘴里含着稀饭说："去把尿盆倒了。"

　　宛溪以为自己听错了，茫然地站在原地，母亲咽下稀饭，不耐烦地看了她一眼说："倒完尿盆后，拿到水池冲洗干净，放到厨房。"

　　前两天晚上，宛溪看到空的尿盆摆在父母床边，早上起来就不见了。由于她晚上从来不上厕所，所以没有特别留意过尿盆。只是早晨上厕所时，会看到等待的人脚边放着尿盆。现在听到母亲这么说，她便走到尿盆的位置，满满的一大盆尿靠墙放着，散发出令人恶心的骚味。早晨起床时，她脑袋里装着别的事情，对尿盆完全视而不见。现在陡然把精神集中到一大盆尿上，宛溪只觉得五内翻腾。

　　她的手臂依然酸痛，要端起这么大一盆尿确实非常困难。她咬着牙，伸出手，牢牢地抓住尿盆的两边，然后弯着腰小心翼翼地端着尿盆往外走。她不想直起腰，因为这样手上可以少用一点力气。由于尿盆太重，加上手臂酸痛引起抖动，刚到门口，尿就从盆子里洒了一些出来。幸亏母亲没有看到，不然又会受到惩罚。

　　一路停了几次，宛溪才把尿盆端到公共厕所倒掉，然后拿到小水槽里放水冲了一会儿。她拎着尿盆走到厨房，看到一个女人正在往柜子里放东西。宛溪之前在厨房见过她，母亲让她叫"邹老师"，说她是初三的数学老师。这个厨房是三家人共用的，另外一家的女主人是没有工作的王阿姨，她在厨房的时间最多。

　　看到她，宛溪礼貌地叫了一声"邹老师好"，然后拿着尿盆，站在厨房四处张望了一下，不知该放在哪里，她不想去问母亲。正犹豫间，邹老师说："你妈这么快就让你倒尿盆了！那么重，还要走好远才到厕所，你端得动吗？"

　　宛溪像遇到亲人般地问："邹老师，请问这尿盆放到哪里？"

　　邹老师指着门口的一摞摞蜂窝煤说："放那边吧。你妈有时用这个盆子装垃圾和蜂窝煤。"

　　宛溪走到门口，已经有两个露出黑色斑点的搪瓷盆放在那里，想必是邹老师家和王阿姨家的尿盆。这些尿盆应该是每天都摆在同样的地方，这两天宛溪也经常在厨房出入，只是因为没有用过尿盆，所以就没留意过。

　　放好尿盆后，宛溪准备离开，邹老师又说："我的三个儿子都比你大，可是连一次尿盆都没倒过。你来这里才三天吧？我要是有个女儿就好了。"

　　突然之间，宛溪很想跟邹老师打听一下母亲到底是怎样的一个人，想跟她诉说一下满肚子的委屈。不过，她也只是想想而已，和邹老师说了几句话后，就回家了。

　　母亲已经吃完饭，正在不知第几遍地叫着宛频和宛嫪起床。看到宛溪，母亲眼睛一斜说："以后每天早晨记得倒尿盆。"

　　宛溪再也忍不住了，火山爆发般地回复母亲："我没来时谁给你倒尿盆？刚才邹老师都说，她的三个儿子都还没倒过尿盆呢。而我才来三天，你就叫我倒尿盆。我晚上从来不用尿盆，谁尿的谁去倒！昨天晚上，你还扇我耳光！长这么大，从来没有人打过我的脸！你有什么资格打我！我第一次去看电影，就算忘记拿凳子，也是正常的。再说，忘记拿凳子的也不是我一个人，你凭什么只打我！你不是我妈！卖花姑娘的妈妈那么好，你为什么这么坏？你到底是谁？是电影中的地主婆吗？你作恶多端，小心哲勇哥哥带人打你。"

一瞬间，母亲愣住了，但是很快她就惊天动地般地叫起来："叫你做一点事情，你就这样跟我顶嘴。以后我让你做什么，你必须做。再敢这样跟我说话，我打烂你的嘴巴。"

母亲边说边走向宛溪，伸出手掌打过来。宛溪不想在如此短的时间内又被她扇一个耳光，于是迅速地跑向门口，冲到院子里。母亲跟在身后骂了很多她从来没有听过的恶毒语言，不过还是有所顾忌，所以终究没有在院子里追着她打。

站在院子里，宛溪很想号啕大哭，但是总有人在水池或厨房走动。如果母亲跟出来打她，她应该会大声控诉。母亲也许有点母夜叉的性格，但毕竟不是泼妇级别的，也不想把她不是特别占理的事情嚷嚷得尽人皆知。所以母亲虽然心里憎恶这个不讨人喜欢的女儿，想放肆地狂扁她一顿让她长点记性，但想到实际情形，还是犹豫着，进而不得不收敛气焰，这是她没有出来打宛溪的主要原因。宛溪不愿意在人前落泪，然而心里的苦痛实在难忍，她便默默地走出了家属院。

家属院的外面只有两条街，往东通到父亲的单位，宛溪不想走那个方向，那里和家一样，没有自己的位置。一条街是原乡人解决生活所需的地方，菜场、肉铺和粮店等都聚集在这里，人间的各种气息在这里展现得淋漓尽致。宛溪带着满腹的伤心和愤怒把市街走了好几遍，直到街上的所有人都奇怪地看着她才离开。

她想到自己从来不曾和父母生活过，所以父母对她没有感情。可是，父母在自己的眼里也是同样陌生啊！她才来到新家三天，就遭到母亲的耳光和各种各样的驱使。难道母亲从看到她的第一眼就不喜欢她吗？她不是母亲的孩子吗？宛溪苦思冥想，还是不明白母亲为何待她如此刻薄。母亲的事情想累了，脑袋又转到了父亲。如果说母亲以匪夷所思的暴力打击自己，那么父亲便是以前所未有的冷漠隔绝自己。父亲完全做到了把她当成不存在，他固守着所有的生活习惯，就像她从来没有出现过一样。

宛溪走出市街，到了周围的田野。极目望去，到处都是绿油油的一片，庄稼和农作物在自己的领地茁壮生长。挺拔的玉米像训练有素的战士，成排成列，笔直地站着。肥厚的叶子把望不到边的田地围得密不透风，有些粗壮的玉米秆上已经长出了硕大的玉米棒。很多木棍插在高高的豆苗之间，细细的豆蔓在碧绿的叶子中伸展，枝蔓间的卷须在木棍上攀爬，支撑住了又细又高的豆苗。花生秧、红薯蔓密密麻麻地覆盖在地面上，把整个地面染成了一片绿海。圆圆的麦垛周围，几只鸡安然自在地啄食落在地上的谷粒。天空高远湛蓝，万物都在太阳底下闪光，散发着芬芳和属于自己的独特气息。

宛溪沿着田野漫无目的地走走停停，脑子里始终被新家的种种事情占据着。母亲偏袒宛嫚，父亲溺爱宛频，自己完全是一个多余的人。这样来来去去地徘徊着，她不知道应该如何面对以后的生活。她只能希望奶奶的身体尽快康复，自己可以回到南涧。

不知走了多久，她累了，就坐在田埂上休息。一坐下来，才觉得饥肠辘辘。太阳偏离了正南，朝西边移动，天色应该不早了。宛溪这才想起来，从早上到现在滴水未进。她没有选择，起身回家。走过市街，闻到包子铺飘出来的香味，宛溪只能使劲咽口水。快五点的时候，她回到家里。母亲看到她就说："怎么不去死，谁让你回来的。"

宛溪听到这话，只觉得自己费心竭力用针线歪歪扭扭缝起来的伤口被残忍野蛮地撕开了，一片血肉模糊，刚刚平复的伤痛不但被毫不留情地用刀挑破，还被捅了几下。这是第一次有人跟她说"怎么不去死"，她不知道该怎么理解。母亲真的那么恨她，巴不得她去死吗？她的确不想回来，可是去哪里呢？凭着有限的知识，她知道这个世界很大，但她能想到的地方只有南涧和三姑的家。可是怎么去呢？像凯哥那样，先坐单位的班车到西安，然后怎么办？她不知道。但她知道要用钱买车票，这是她没有的东西。没有钱，难道要去乞讨或者饿死在路上吗？照目前的情形看，即使她真的死在外面，父母也完全可以做到无所谓。想到这里，她那伤痛欲绝的心奇异地跳了几下。她还没到考虑死亡的年纪，所以从来没有想过这个问题。她唯一了解的事情是死亡发生的时候，就是再也见不到了。生命中第一次知道死亡源于她养的小狗，她给它起名小黑。自从小黑进入家门后，她亲眼目睹了它从三个月到七岁的全部生命历程。遗憾的是，在离开南涧之前，小黑跟别的大狗打架时不幸被咬死了。她把小黑埋在奶奶家的后院，守着小小的坟包哭了两天。

可是，自己至亲至爱的父母，在相见的第三天，就轻而易举的让她想到生命的终点。心跳的同时，她有些释然。以死抗争本来是一种最惨烈的方式，应该能够让活着的人反省，反思他们的所作所为是否得当。可是现在，就算死了，伤害自己的人也根本不会在乎，觉得她死不足惜。既然如此，为何要枉费生命！千万个念头转过后，她决定好好活下去。

做了决定后，宛溪不想和母亲正面冲突，便一言不发。回家是因为饥饿，回来了也没有饭吃，但她突然不饿了。那一刻，她感受到强大的心理承受能力完全压住了身体的基本需要。

晚饭是一如既往的简单和难吃，宛溪一天没有吃饭，都提不起胃口多吃一点。她很快地吃了一碗饭和少许的菜，然后第一个离开饭桌，躲到里面的房间读书。她很喜欢《儿童文学》，总是被里面各种各样的故事吸引。她拿起《儿童文学》开始读，很快，就忘却了现实的烦恼。

不知是否是因为早晨的激烈抗争，晚饭后，母亲没有叫宛溪帮着洗碗。她也乐得清闲，躲在小房间里手不释卷，直到宛频和宛嫪进来睡觉。

第十三章　大学——母亲和父亲

　　时间不会因为人的悲伤加快，也不会因为人的快乐停滞，而是永远按照地球围绕太阳的程序变换。宛溪就这样日出日落地生活着，她依然无法回避母亲的粗暴，父亲万年不变的石化表情，但她极力不去想他们。在父母家待了二十多天后，母亲收到一封信，看完以后，她有些兴奋地宣布："你们的姐姐考上大学了。"

　　听到这个消息后，宛频不置可否，宛嫪疑惑地问："考上大学好吗？"

　　虽然大伯父一直教导宛溪好好学习，将来上大学，但是她并不知道考上大学到底意味着什么。现在听到宛嫪这样问，宛溪很想知道母亲怎么回答。

　　"那还用说！上了大学就可以分配到一个好单位，能够有个好工作，可以赚钱。"母亲深思熟虑般地说着，"我就不用养活你们了，你们可以去外面独自生活。"

　　最后一句话是宛溪的梦想，这些天来，她经常想的就是如何才能走出去，自己一个人生活。

　　然后母亲开始絮絮叨叨地说着宛怜的事情，与其说是叙述宛怜的事，不如说是炫耀她的正确。虽然故事说完后，宛溪也没有感觉到母亲做出了什么英明决定，但是整个过程，母亲都有一种洋洋自得的表情。原来的主题是跟大学和宛怜有关，但是由于宛嫪在旁边叽叽喳喳，不时地提出各种问题，所以母亲陈说的时候逐渐偏离了主题。不过，当母亲讲完后，宛溪大概知道了父母的基本情况。至于宛怜，母亲也顺带道出了她的一点皮毛。

　　父母的婚姻虽然不是包办，但是带着那个时代的特征。他们是由母亲的一个亲戚介绍认识的，这个亲戚和父亲在一起工作。父亲休假的时候，随着这个亲戚到了母亲家。亲戚、父亲和母亲的目的都是一致的，而且以当时的标准来衡量，父亲和母亲的年纪都老大不小了。所以，无须任何人特别努力撮合，两个不是把恋爱作为目标的大龄男女就看对了眼。他们在这次见面以后，就申请了结婚。一张结婚证让他们有了合法制造孩子的权力，但没有让他们长相厮守。即便开始的时候两情相悦，日子久了，也会被琐碎的生活磨淡，所以深厚的感情是在朝夕相对中逐渐培养出来的，然而父母什么资格都不具备。婚后，他们一直两地分居。

父亲年轻的时候，虽然有个固定的工作单位，但是工作地点总是变动的。他常年在各种荒僻艰苦的地方为国家寻宝探矿，从很多看似没有用的东西中梳理线索，哪怕一块石头或者瓦片都不轻易放过。这种工作性质是无法把家安在某个地方的。母亲出生在四川的仁洲镇，除了去成都读师范，就没有离开过那里。师范毕业后，母亲又回到仁洲，在当年她读过书的中学教书。父亲有假期时，就去仁洲和母亲团聚。

虽然父亲每年休假的天数很有限，平时两个人也极少鱼雁往来，但是这些都不影响他们的造人运动。结婚两年以后，宛怜首先呱呱坠地。时隔四年后，宛频出生。两年以后，命途多舛的宛溪来到人世。她很快离开了仁洲，没能亲眼见证宛嫐如何在几个月以后幸福地来到人世间。

孩子接二连三地出生，并没有让父亲休假的天数延长，他每年还是来去匆匆，在仁洲短住。母亲自己带着孩子，又要上班，让没有耐心的她时刻处在暴跳如雷的边缘。虽然外婆可以帮忙，但解决不了大问题，因为外婆总是为了生计操劳，非常辛苦。一日三餐的问题已经让她绞尽脑汁，根本腾不出更多的精力照看孩子。母亲白天晚上都能听到孩子的哭声，经常是刚睡着，又被吵醒，搞得她一肚子火。她每天为了各种没名堂的事情疲于奔命，所以难免诸多怨言。尽管父亲不能帮母亲带孩子，不过在制造孩子时，却一点都不懈怠。所以，母亲在生下第三个孩子后，父亲在每年休假的短暂日子里，又在她的肚子里种下了老四。

母亲发现自己再次怀孕后，难得提起笔给父亲写了一封信，主旨就是让他解决孩子的哭闹问题。父亲回来休假时，母亲已经到了七窍生烟的临界点，她挺着装着老四的大肚子每天对着他狂轰滥炸。纵然是父亲这样一个很难受到外界打搅的人，也觉得不胜其扰，所以最终他决定把宛溪和宛频交给奶奶抚养。可是父亲休假时只去仁洲，不会去奶奶家。他无法忍受常年看不到宛频，所以宛频只在南涧待了不到两年，就被父亲带回了仁洲。

　　终于，父亲在参加工作二十多年后，不再需要风里来雨里去，像流民一样总是和大自然做伴，他可以在某个地方常住了。原乡虽然不是一个理想的地方，但是父亲没有更好的选择，只能在这里安顿下来。父亲到原乡一年多以后，母亲带着宛频和宛嫘过来。他们最终结束了十八年两地分居的生活，合理合法地住到了一起，每天从早到晚都能看到对方。

　　母亲决定去原乡时，宛怜刚刚离开仁洲，去县城读高中。从小到大，宛怜的成绩一直非常好，老师都很喜欢她。到了高中没多久，她又成了老师的宠儿。

　　当母亲想给宛怜转学，带她到原乡时，教过她的老师都说："宛怜一定可以考上重点大学。如果转学，尤其是到一个那么远的地方，难免有个重新适应的问题，肯定会影响她的学习。最好把她留在这里。"

　　听了那些老师的话，母亲没有犹豫，就答应让宛怜留在县城的高中继续读书。宛怜独自在离仁洲不算远，一个叫作潭沙的县城上学。上学的时候，她每个月去外婆家带点咸菜和干粮到学校，放假的时候回外婆家帮忙干活。最后，宛怜的确没有辜负老师的期望，考上了一个名牌大学。

　　母亲眉飞色舞地说着宛怜将要去的这个大学多么有名，还是什么重点，又说如果不把宛怜留在潭沙读书，转到原乡上学的话，她肯定只能考个一般大学，也许连大学都考不上，因为原乡高中实在太差。母亲得意洋洋地说着关于大学的话题，看起来对一切都了如指掌，可当宛嫘问起宛怜即将去的学校是什么重点时，母亲说"搞不清楚"。

　　从头到尾听下来，宛溪没有明白母亲在宛怜考大学的过程中扮演了一个什么样的重要角色。所有的印象就是，把宛怜一个人留在四川是非常正确的决定，但那也是宛怜的老师们让她这么做的。

　　对于宛怜，就像这个家里的所有其他人一样，宛溪也是完全陌生的，连照片都没见过。如果不是因为宛怜考上了名牌大学，不知何时才会听母亲提起她。

　　听到母亲说得那么兴奋，宛溪非常好奇，很想知道这个姐姐是何方神圣。如果想了解一个人，最起码应该知道他或她的样子。于是宛溪尝试着勾画一下宛怜的容貌，可她想象了半天，无奈还是一片模糊。

第十四章　宛怜

一年后的夏天，宛溪终于见到了经常想念，也曾经在梦中出现过，但面目依然不清楚的宛怜。一见之下，她就觉得这个日思夜想的姐姐和家里的所有人都不一样，根本不像是这个家里的人。而且她不敢相信没有爱情的父母能够生出一个流光溢彩，如绿宝石一般美好的姐姐。当然，她也毫不犹豫地爱上了这个与众不同的姐姐。

刚满十八岁的宛怜正值青春年华，虽然没有华美的衣裳，但由内而外散发出逼人的鲜活气息。她身材高挑，穿着一件褪色的白底黑花连衣裙，尽管剪裁不是很合身，但无法掩盖她凹凸有致的身材。她留着利落的短发，高鼻深目，有点轻微的鹰钩鼻，一张性感大嘴，很有异域女子的风情。宛怜热爱音乐和诗歌，无论听到美妙的音乐，还是诵读醉人的诗歌，都会双目放光，整张脸熠熠生辉。

宛怜上大学的四年时间，来过原乡两次，都是夏天，从来没有在万家团圆的春节时间出现过。

开学的时候，宛怜从外婆家离开，直接去了她的大学。第二年的夏天，她到了原乡。但是过年没有回来，据说待在学校。大学三年级的夏天，宛怜第二次也是最后一次到原乡。此后，直到她毕业工作，一直芳踪难觅，父母也没有再提起。看来真的如母亲所言，宛怜能够独立生活，不需要父母养活，也不用回所谓的家了。

宛怜在原乡时，常在晚饭后带着宛溪和宛嫪一起散步。散步时，宛怜会给她们诵读诗歌，讲解读过并且热爱的书，也会教她们唱歌。宛溪经常满脸迷茫地听着宛怜抑扬顿挫地吟诵"塞纳河在米拉波桥下静静地流""一切极恶全像花儿一样盛开""成熟的草莓红艳艳，而紫菊枯谢，气息微弱。夏天即将消逝，谁不丰盈"等诸如此类的长短句子。她只知道草莓、紫菊、夏天是有明确含义的具体词汇，可是这样组合到一起时，她又摸不着头脑了。当宛怜有些悲伤地说着白瑞德和郝思嘉"令人心碎的爱情"时，宛溪总是不明所以。只有当宛怜唱歌的时候，宛溪才能感同身受，因为宛怜唱歌经常是适乎情境的。如果有蜻蜓飞过，她会唱"晚霞中的红蜻蜓，请你告诉我"；如果沉浸在自己讲解的动人故事中，她会唱"田野小河边，红莓花儿开"或者"喀秋莎站在峻峭的岸上"；快要离开原乡回学校时，她就唱"长亭外，古道边，芳草碧连天"。宛怜唱歌时声情并茂，既动听，又动人。

这两次宛怜待的时间都不长，每次差不多一个月。宛怜来时，宛频晚上去一个同学家睡觉，姐妹三人睡在小房间。宛怜经常意犹未尽地说着苔丝的苦难，女人要有一间自己的屋子，还有"像一朵水莲花不胜凉风的娇羞"，等等。宛溪虽然从来没有听过，但是觉得有个具象的人或物，还是有迹可寻的。不过，当宛怜说出"作为精神的直接实体性的家庭，以爱为其规定，而爱是精神对自身统一的感觉"这样的话语时，她只能如同一个傻子那样，张着嘴巴，尽管不至于涎水直流，但无论如何是合不拢的。

宛怜的脑袋里总是装着取之不尽的东西，每次开口都是她的独角戏。宛溪和宛嫟只能大惑不解地听着，除了偶尔感到似懂非懂，必须冒出一两个让宛怜发笑，又傻透顶的问题外，就没有打断过她。因为宛怜总是很难停下来，所以她们经常很晚才睡，并且常为此被母亲呵斥。

宛嫟对宛怜言听计从，说是崇拜也不过分，大概是因为从小跟在宛怜后面做跟屁虫的缘故。宛溪当然非常喜欢宛怜，真诚地爱着这个从天而降的姐姐，但没有像宛嫟那样把她奉若神明，仿佛仰她的鼻息才能活下去。宛怜是阳光雨露，微风绿萝，柳色青青，琼浆玉液……人间的很多美妙事物都和她相关，但她不是空气，而且宛怜从来也没有做空气的打算。宛怜在原乡停留的短暂时光，带给宛溪很多快乐。宛怜的博学多才为她打开了另外一个天地，让她看到了更大的格局。宛溪领略到除了父母这个狭小局促、找不到归属的家，在原乡之外还有大江大海，她不会终生囿于一洼浅水之中。可以说，宛怜的出现，从某种程度上帮助她跳出了困兽般的境地。

宛怜走时，宛溪总是情不自禁地拉着她的手，满脸都是不舍，依依惜别地送她去父亲的单位坐车。车子开出很远，宛溪依然站在那里遥望，直到再也看不见时，才心不甘情不愿地离开。

宛怜坐在车上，回头望了一眼变成一个小黑点的宛溪。一瞬间，她有些感动。对于面目都还没有长清楚就离开了的宛溪，她没有丝毫印象，更谈不上姐妹之情。在家的短暂日子里，她亲眼看到宛溪和母亲据理力争，即使母亲恶言恶语，拳脚相加，她也丝毫都不退让。平心而论，母亲确实没有道理，因为宛怜就是在那样的环境下长大，她早已领教了母亲为人处事的不公之处，而且她也了解脾气暴躁、举止粗鲁的母亲如何不分青红皂白地偏袒宛嫪。虽然母亲歪曲事实是一种常态，但她还是惊讶于宛溪的反抗。令宛怜更惊讶的是，倔头倔脑的宛溪居然对她如此留恋。然而，感动的情绪转瞬即逝，她的思绪马上就转到了让自己苦闷的各种烦心事之中。

由于父母给的钱太少，宛怜的生活总是捉襟见肘。她是三春之桃的年纪，可如果连一件漂亮的衣服都买不起，大部分时候也只能空负韶华。虽然说饱读诗书能够丰富精神世界，让物质上的欠缺有所弥补，但在书中的黄金屋以实体形式出现在眼前时，总是难免会为了五斗米的问题沮丧自卑。然而这些悲苦的情绪不能展露出来，因为她心高气傲，不甘居于人后。可是，大学里的人中龙凤不在少数，要想出类拔萃，并非易事。再加上总是为钱发愁，已经日益影响她的自信，让她原本挺直的背不由自主地弯了一些。贫穷的生活无法让她高雅，很多时候连尊严都没有。她必须节约每一分钱，躲在学校不回家也是一种省钱方式。外婆的家更是不能回，那里的每个人都过着苦巴巴的日子，比她还穷。除了外婆家的几个人，那些沾亲带故的人都以为她是一个了不起的大学生，说什么都应该接济一下在乡下为了生活发愁、在底层挣扎的他们，所以亲戚们总是盼着能够从她这里得到一些实惠。那些一辈子在方圆几公里范围内谋生存的人，不会想到在偌大的城市里生活是多么不同。没有出过远门的人不可能理解淹没在人海之中是什么样的感受。而宛怜到了学校后，新鲜劲还没过时，就意识到她只是一个毫不起眼、平凡至极的穷苦女孩。

尽管宛怜可以脱口而出"我相信我日日夜夜的贫穷与富足，与上帝和所有的人相等"，可她很想抹去其中的两个字。虽然她尝试着安贫乐道，但真正的淡泊明志并非寻常人能够做到。所以，她只能用一个虚伪脆弱的外壳把自己裹起来。

面对懵懂无知的宛溪和宛嫪，她信手拈来的东西，就可以让她们心悦诚服。在她们面前，宛怜可以肆意展示自己的广博。那种高人一等的感觉，让她找到了久违的愉悦。

宛怜不在的时候，宛溪时常记挂她，但两人没有任何来往。她很想给宛怜写信，可是没有钱买信封邮票，只能作罢。宛怜也不曾给她写过只言片语。而且，父母和宛怜之间也极少写信。偶尔接到宛怜的来信，还没拆开，母亲就会嫌弃地说"又来要钱了"。

回想起来，两个暑假的快乐时光，就像一个虚幻的梦。

宛怜在另外一个暑假大学毕业，分配到成都工作，按照母亲的说法是"端上了铁饭碗"。她没有回原乡，从学校直接去单位报道。此后很长一段时间，宛溪几乎没有听到过关于宛怜的消息。

第十五章　开学——同桌

母亲宣布宛怜上大学以后不久的一天，宛溪迎来了开学的日子。她兴高采烈地提着母亲给的破布袋，喜气洋洋地到了子弟学校。学校的设置是从一年级到初三，每个年级一个班。

上课前，所有的学生都要做广播体操，跟着喇叭从"一二三四"做到"八二三四"，动作从"伸展运动"开始，到"跳跃运动"结束。课间休息时，大家还要做一次眼保健操。大多数时候，学生们跟着大喇叭的指示用手指按摩或者轻轻揉搓眼部。没有广播的时候，所有的学生在教室里坐在自己的位子上，班主任老师坐在讲台上，带领大家一起做。有的时候，班主任也会指定听话、表现良好的学生到讲台上给大家示范。

只要是上课的日子，学校里总是人声鼎沸，除了集体朗读课文或者音乐课上的歌声，还有就是课间休息时的娱乐活动，很多学生不分年龄，聚在一起，玩着各种游戏。其中，大家最爱玩的是老鹰抓小鸡和警察抓小偷。

个子最高的一个学生在最前面当老母鸡，后面的学生全部是小鸡，按照个头儿高矮排成一串，每个人从后面抓住前面那个人的衣服，然后另外一个学生扮成老鹰来抓纵队中除了老母鸡以外的小鸡们。老母鸡在前面腾挪跳跃，身后的小鸡跟着他们的节奏和方向移动，以此来躲闪老鹰的袭击。只要被老鹰碰到就立刻出局，然后有新的人顶上。老鹰是坏人，大家都要躲着他。可是被抓到以后就不能接着玩这个玩游戏，作为好人的小鸡们也不高兴。警察抓小偷也是一个好人和坏人的游戏。先在小纸条上写好警察或者小偷，扔在地上，大家各自去抢。抢到小偷的学生立刻四散跑开，抢到警察的学生撒腿就追。也有一些狡猾的学生，抢到小偷后站在原地不动，等警察都跑了后，找个地方躲起来，很难找到他们。刚开始，大家都想当警察，不愿意当小偷。小偷被抓到以后，不但要用绳绑起来，而且要站在画好的圆圈里不动，所以抢到警察的孩子们都很高兴，喜笑颜开地等着抓小偷。后来发现，想当好人并不容易，因为警察必须抓到所有的小偷才算赢，所以很多时候警察反而不敌小偷，总是输，输了就要被全部淘汰。久而久之，原来把好人当作目标和理想的孩子们在不知不觉中发生了心理变化，觉得当个坏人也不错。

其他的很多游戏都经常变化，有些新的游戏流行一两个月，就没有人愿意玩了。唯有这两个游戏，大家总是乐此不疲。每次玩的时候，都争先恐后地抢位置。如果来晚了，或者抢不到位置，只能眼巴巴地站在旁边等着当替补。

除了游戏，最愉快的事情就是秋游。开学没有几天，老师就宣布要去西安的兴庆公园、大雁塔和小雁塔秋游。不久以后，宛溪听到同学们说不但有秋游，还有春游。每次的目的地都是西安或者附近的什么地方，总是天不亮就上车，黑透了才回来。陪同的老师们永远累得一塌糊涂，连话都不想说，回程时做完简单的叮嘱，上车后很快就睡着了。但学生们从来不觉得疲倦，一路上都没有安静的时候。除了市里常见的景观，子弟学校的每个学生都去过华清池、兵马俑、茂陵、昭陵和乾陵。每次去哪里，都由学校决定，学生没有发言权。其实，学生也不在意去哪里，无论坟墓还是历史遗迹，只要不上课就高兴。不过，那个巨大的无字碑确实让很多学生瞠目。老师说以前无字，后世的人又题了字。但是学生们伸着脖子，仰着头看了半天，也认不得几个字，所以等于没有字，回程的路上他们还一直争论到底该叫无字碑还是有字碑。

开学以后，宛溪每天都开开心心地坐在五年级的教室，等着老师来上课。教室里有二十多个学生。有些同学暑假时在院子里见过，也一起玩过。宛溪第一天看到她们的时候，觉得异常欣喜。她把课表看了好几遍，都已经背下来了。除了语文、数学这样的主要课程外，还有自然常识、音乐、美术和体育课。

音乐和美术由同一个老师教，上她的课很轻松，每次都在欢笑中度过。她总是教大家唱不同的歌，有"夜半三更哟盼天明，寒冬腊月哟盼春风，岭上开遍哟映山红""月亮在白莲花般的云朵里穿行""让我们荡起双桨"等等很多好听的歌。但是美术课就不一样了，每次上课都是画苹果。整个五年级，所有人的本子上画满了大大小小、不同颜色的苹果。据说达·芬奇的学艺之路是从画鸡蛋开始的，他每天观察光影变化，从不同的角度画鸡蛋，终于升华到一个人们无法企及的高度，然后有了举世闻名的《蒙娜丽莎》。不知道美术老师是否指望大家在画苹果的过程中感觉太饿，从而画出《最后的晚餐》充饥。可惜老师的心血全部白费，不要说成为世界闻名的大画家，子弟学校连一个以画画为生的人都没出过，只有一个名气不大的服装设计师，算是和美术沾点边吧。教语文的是个年轻的女老师，讲课时，口齿比较清楚，普通话还算标准，就是有点东北口音。调皮的同学总是模仿她说："我们东北银（人）就这样。"

班上最顽皮的学生是耿胜辉，他的妈妈是和宛溪家共用厨房的王阿姨。耿胜辉经常欺负别的同学，到处滋事打架。耿胜辉有两个姐姐，一个弟弟。大姐叫耿茹静，在西安上大学；二姐叫耿洛涛，在原乡高中上学；小弟弟刚上学。

耿茹静高挑漂亮，很有艺术天分，会弹古筝、拉二胡，有人说她无师自通。但音乐不能当饭吃，所以她学了一个和音符八竿子打不着的专业。耿茹静会好几种乐器，尤其酷爱琵琶。每当她回家的时候，院子里就会飘荡着《平沙落雁》和《高山流水》这样的悠扬旋律，院子里的人也跟着大饱耳福，听得懂的人说像玉盘倾泻、珍珠滑动发出的声音。但当她弹起《十面埋伏》时，又是另外一番场景，那种惊心动魄、激烈战斗中的格杀和千悲万恨都随着快速地拨弦声传达出来，让人提心吊胆，总怕那几根细弦随时断掉。不过，如果弦真的断了，也不是坏事，起码项羽不用在乌江自刎了。耿洛涛虽然没有耿茹静那么惹人注目，但是温顺和婉。然而，不知为何，王阿姨一点都不喜欢她，不但指使她做各种家务，而且经常训斥她。王阿姨把耿茹静捧在手心，对于耿胜辉则是含在嘴里，小弟弟当然也是很受宠的。唯独对于耿洛涛，总是横挑鼻子竖挑眼。无论耿洛涛做什么，都能够无端招来责难辱骂。

王阿姨非常溺爱耿胜辉，对他在学校的霸道行为总是睁一眼闭一眼，就算其他家长抱怨，她也经常护短。因为都是一个单位的，家属院就那么大一点，所以很多家长不好意思撕破脸皮，跟她大吵。如果真的碰到很厉害的家长，王阿姨推不过去时，才会对耿胜辉稍加约束。耿胜辉的爸爸是个老实巴交的技术人员，在单位就是勤勤恳恳地工作，很少过问与此无关的事情。家里的事，更是全凭王阿姨做主。

在这样的环境下，耿胜辉越加放肆，经常用各种恶作剧整人。很多同学都怕他，只好忍气吞声。有些不服气的跟他打架，总是打不赢他。

耿胜辉的霸道虽然让不爱惹是生非的学生退避三舍，但只要不是经常和他发生正面冲突，还是可以相安无事的。宛溪本来也没打算招惹这样一个性格突出的人，可令她沮丧的是，想逃也无处可去，因为她居然和耿胜辉同桌。大概是他恶名在外，所有家长都要求老师排座位时把自己的孩子跟他分开。宛溪是新来的，母亲也没有跟她的班主任老师提任何要求，所以她就和耿胜辉坐在了一起。耿胜辉在桌子中间画了一条线，只要她超过一点，就被他打一下。她站起来回答老师的问题时，凳子经常被他挪走。很多次，她都坐在地下，头磕在桌子上。所以，她双手摸着凳子了才敢坐下去。然而，耿胜辉不是每次都挪凳子，因此她有时也会放松警惕。

有一次，耿胜辉很久都没挪过凳子了，宛溪已经忘记上一次是什么时候坐在地上的。所以她站起来回答完老师的问题后，就毫不犹豫地坐了下去。结果一屁股坐在地下，头磕在桌子上，发出"咚"的一声闷响。她痛得流出了眼泪，情急之下，狠狠地打了耿胜辉一拳，又想到总是被他捉弄，觉得不解气，应该对他"数罪并罚"，就索性踢了他一脚。耿胜辉会玩命地跟男孩打架，但不会真的跟女孩动手。然而，他的恶作剧常常让女生们痛哭流涕，和被他打一顿的效果差不多。如果宛溪不是被碰得眼前飘过一阵金星，也不会打他。既然给了他一拳一脚，她知道他一定不会饶过自己。

宛溪小心翼翼地过了几天，每次坐下之前都要双手紧紧地抓住板凳，还要经常检查课本是否被撕掉几页，作业有没有被涂黑，或者摸摸头上是否有虫子，不时地让同学帮她看看衣服后面是不是被剪了个洞。庆幸的是，她除了头发被耿胜辉烧掉一缕外，其他一切尚好。

这样过了一个多星期，耿胜辉没有用别的方式整治宛溪，但她还是不敢掉以轻心。一天下午放学后，耿胜辉对她说："马上要考试了，我还有很多词都不知道意思，你明天早点到教室，在上课前给我讲一下。"

耿胜辉偶尔会问宛溪一些问题，她不想得罪他这个霸王，每次都知无不言，言无不尽。自从第一次迫不得已地攻击他以后，宛溪更想向他伸出橄榄枝，展示和平友好，于是毫不犹豫地答应了。

第二天一早，宛溪来到教室，透过窗子，果然看到耿胜辉坐在位子上。离上课还有二十多分钟，教室里只有他一个人。教室的门开了个缝，宛溪一把推开，正要往里走，一大股透着怪味的水劈头盖脸地浇下来，紧接着，又有各种大大小小的东西落下来，打在头上和身上，隐隐作痛。她用手抹了一下眼睛，看到打扫卫生用的塑料桶掉在一边，地上有铁钉、螺丝螺母、废弃的铁皮、不用的小锁，还有几根粉笔头。

看到宛溪的狼狈，耿胜辉从座位上跳起来哈哈大笑。她知道担心多日的报复终于来了，这样想着反而轻松了，只是思忖着是否要回家洗一下。

她没有钥匙，如果走回去，家里也没人。老师都会早点到，母亲应该马上就到学校，但害怕被痛骂一顿，所以宛溪不敢去找她。这么一想，得出的结论就是她不可能回家换衣服。于是，她去学校的水池边草草地洗了一下，但无法改变顶着一头脏水、衣服上散发着怪味的事实。上课期间，耿胜辉多次嫌弃地捂着鼻子，要求她回家洗头换衣服。宛溪说："你活该，下次弄一桶干净的水，就可以只害人，不害己。"

她一直和耿胜辉同桌，在和他斗智斗勇的过程中上完了五年级。

坏孩子们以耿胜辉为中心，组成一个小团体。不过小团体很松散，里面的人也常闹矛盾，其中最主要的矛盾集中在耿胜辉和另外一个男生江军钢之间。

江军钢的眼睛清澈明亮，智力超常。他的爸爸是单位的大领导，妈妈是单位的工程师。据说他的妈妈极其聪明，很多男人都解决不了的技术问题，到了她那里，完全是手到擒来。可是，不久以前，她那超出常人的脑袋出现了问题，只能减少工作，有一半的时间在家休息。和耿胜辉一样，江军钢也有两个姐姐。他们有些相似，但更多的是不同。

表面上看来，他和耿胜辉都不算好学生，因为他们上课不专心，常搞小动作，也从来都不爱学习。可是，江军钢的成绩永远都是第一名，耿胜辉却总是跳不出最后三名。

耿胜辉相信拳头里面出政权，到处打架滋事，用武力让一小撮人围着自己转。然而，江军钢从来不跟任何人动手，也不会无端欺凌同学。他不拉帮结派，却有一些不同年级的学生自愿以他为中心，跟随左右。他们两个互相轻视，谁看谁都不顺眼。"领导"合不来，小兵们也跟着受累，需要见机行事。所以，两派人马难免有些争执。争执过后，就是一番新的排列组合，曾经敌对过的人很可能变成一个战壕里的战友。

由于江军钢派系的人不会无故地欺善怕恶，所以他们不算坏孩子。真正的坏孩子就是以耿胜辉为首的一些人，他们的人数也会时增时减，不过总数始终没有太大变化。所以，学校里除了极少数耿胜辉这样的"恶人"，大部分同学都很好。

宛溪很快就有了三个好朋友，她们经常形影不离。

第十六章　朋友

　　和宛溪最要好的三个女孩是钱小瑛、刘洁文和孙霜。暑假的时候，宛溪先在院子里认识了钱小瑛，她们一起玩时，刘洁文和孙霜经常自动加入，就这样，四个人很快玩到了一起。开学后，宛溪和她们走得更近了。

　　钱小瑛的父母毕业于一所著名学府，他们在大学相识相爱，感情甚笃。毕业后，分配到同一个单位，很快双双成为单位的技术骨干。工作没多久两个因为爱情走到一起的人，就共结连理。

　　钱小瑛和宛溪一样扎着两个小辫子，不同的是，她扎辫子的头绳经常换，有时是蝴蝶结，有时是彩带，就算是普通的橡皮筋，也是五颜六色的。而且，她的妈妈时常教她或者直接帮她编不同式样的辫子，所以她头发的花样最多。有时候是麻花辫；有时把辫子盘在头上；有时只用耳朵边的少许头发编成两根细细的猪尾辫子，其余的头发披在头上。相比之下，宛溪用于扎辫子的东西永远是本色橡皮筋，还经常是打了结断掉的橡皮筋。母亲从来不过问她头发的事情，大多数时候，宛溪都是扎着简单的三股小辫子。偶尔，跟钱小瑛学了新辫子的编法，也会变换一下。

　　钱小瑛有一个姐姐和一个哥哥，三个人都穿很新的衣服。尤其是钱小瑛，她衣服上的大花小朵永远都亮丽地开着，即使偶尔穿姐姐剩下的衣服，也看不出来是旧的。宛溪穿不到宛怜的旧衣服，可是也极少有新衣服。她总是穿褪色的衣服，衣服上的花朵从来都没有绽放过。

　　刘洁文黑黑瘦瘦的，一张方方的小脸透着一股坚毅之气。她有一个姐姐，两个妹妹和一个小弟弟，家里还有爷爷奶奶同住。她的爸爸在后勤处工作，妈妈在市街上摆个小摊卖油条烧饼、饺子混沌之类的吃食，每天早出晚归。

　　原乡每个星期有两天赶集的日子，每逢赶集的时候，四邻八乡的人就像聚会一样。街上总是熙熙攘攘，人来人往地挤着，不管是否认识，大家都热烈地交谈着。每当这时，刘洁文的妈妈都会异常忙碌，她和姐姐放学后一定会去帮妈妈卖东西。

像刘洁文这样的大家庭，除了享受生活的小弟弟，每个人都很忙。爸爸妈妈自然不用说，爷爷和奶奶也不得闲，除了在家帮她妈妈准备摆摊所需的食材和其他东西，还要给一家人做饭。两个妹妹虽然年幼，也要做些力所能及的家务事。

无论在单位还是在整个原乡，孙霜都是公认的小美人。她有一头有点自来卷的闪亮黑发，一对透着灵气的大眼睛，浓密的长睫毛盖在上面，像电影里面的外国人那样，挺直的鼻子，小巧的嘴巴，光洁细腻的皮肤白里透红，还有完美的鹅蛋脸。现实中很难见到这么漂亮的小人儿，怎么看都像个精致的瓷娃娃。

孙霜对自己的美貌浑然不觉，夏天经常和宛溪她们玩得汗流浃背，冬天被冷风吹得鼻涕横流时，她就用衣袖抹去。孙霜有两个哥哥，她有时穿着哥哥们淘汰的衣服无所顾忌地疯跑。可是，无论孙霜如何不顾形象，举止多么随便，她那自然天成的美貌都会让人不由自主地多看几眼。

宛溪和三个好朋友经常一起上学，结伴回家。无论在学校还是家属院，都聚在一起玩跳皮筋、丢沙包、跳绳、踢毽子等等。四个人各有所长。钱小瑛最高，跳皮筋玩得最好。一根长长的橡皮筋撑在两个人身上，先从小腿开始，跳完了规定的动作后，橡皮筋就往上升，最高升到头上。无论橡皮筋升得多高，钱小瑛都可以抬腿跳进去。刘洁文有力气，丢沙包最好。孙霜灵动，擅长跳绳。钱小瑛和刘洁文经常把绳子抡得飞快，孙霜照样可以钻进去跟着跳。宛溪擅长踢毽子，不但会踢各种花样，而且经常踢到一两百下毽子都不会掉下来。

宛溪经常去她们几个人家里玩，有时会和刘洁文一起帮她妈妈卖东西。收摊前，如果东西还没卖完，她妈妈就分给她们吃。

钱小瑛的父母和蔼可亲，总是笑呵呵的，姐姐和哥哥都对她很好，一家人其乐融融，让人不禁感叹有爱真好。根据缺什么就渴望什么的原理，宛溪几乎终日在钱小瑛家进出。在去了她家无数次后，钱小瑛从来没跟宛溪要求"互相拜访"。虽然宛溪没有说过家里的情况，但钱小瑛冰雪聪明而又善良淳厚的妈妈早就看出了她的处境，只是没有道明。总之，这让宛溪如释重负。

宛溪在钱小瑛家吃了数不清的饭。小瑛妈很会做饭，总是会有不同的花样，而且饭桌上还经常有肉，不知他们家为何有那么多肉票；钱小瑛和姐姐经常穿新衣服，显然布票也很多；馒头、花卷、包子和蛋炒饭随时都摆在桌子上，看来粮票更是不在话下。可是，宛溪家一个星期都难得吃一次肉，她的衣服也是旧的，还经常有补丁。宛频和宛嫪穿得好些，不过无法和钱小瑛三兄妹相比。宛溪不明白自己家的肉票、布票、粮票和油票都去哪里了。

表面上看，两家的状况差不多，都是双职工，工资水平不相上下。宛溪家多了一个读大学的宛怜，但是父母并没有在宛怜身上花费很多。除了必须的生活费，连路费都舍不得。大学四年，宛怜只来过原乡两次，其余的假期，她都待在学校，因为父母没有给她一点多余的钱，所以她哪里都去不了。

无论如何，父母给宛怜的那点钱不是导致两家生活水准差异巨大的原因。究竟为何，宛溪不得而知。不过，她并非特别在意家里吃什么。一来，她没有把精美的食物当成生活的重要目标，认同类似"吃饭是为了活着，但活着不是为了吃饭"这样简单易懂的俗语。二来，除了在钱小瑛家打牙祭，还有刘洁文妈妈的小摊位也能满足她的口腹之欲。所以，当宛溪肚子里的馋虫偶尔作祟时，还是能很容易喂饱它们的。

原乡除了赶集的时候热闹以外，还有几件事也让孩子们非常兴奋。

每当街上响起"弹棉花，爆米花，做鸡蛋卷"的吆喝声时，孩子们就像过节一样，捅到外面，围着小贩们看热闹。棉袄、棉裤和被子里的棉花用久了之后，变得既薄又硬，如果重新弹过，就会洁白柔软。弹棉花的人左手握住一个大木弓，右手拿着棉锤敲着木弓上的弦，弓弦把板硬的棉絮震散，反复多次后，棉花就会变得松软。讲究一点的人家，会把棉絮的两面用纱线固定，或者用纱线做出花朵或红喜字一类的吉祥图案。爆米花和鸡蛋卷的声音传来时，就是孩子们的盛宴。当爆米花的吆喝声响起时，钱小瑛、孙霜、刘洁文和院子里的大部分孩子一样，都会端着一小碗玉米或者大米，然后在旁边静静地看着。摊主先把玉米或者大米倒进黑色的铁罐，再撒点白色颗粒状的糖精，然后坐在一个小板凳上，呼哧呼哧地摇着风箱，黑黑的橄榄形铁罐在红红的炭火上转着。铁罐上连着一个气压表，上面有个小小的指针。摊主每隔一段时间就看看来回摆动的指针，十几分钟以后会说："站远点，要爆了"，对于摊主的要求，孩子们有不同的反应。有的捂着耳朵，有的转过身去，有的则盯着铁罐等着那一声巨响。"嘭"的一声巨响过后，是孩子们欢天喜地的时刻。摊主把套在铁罐上的大口袋抖开，原来的一小碗原料，把整个口袋都塞满了，大家急忙拿着盆子或者大锅装回家，人人都像捡到宝一样。无论玉米还是大米，爆炸过后，都会变成香气四溢、温热酥甜、蓬松香脆的爆米花。鸡蛋卷比爆米花更能勾起孩子们的馋虫，但是由于蛋卷要耗费面粉、糖和鸡蛋，大人们的限制要严厉很多。只有钱小瑛和少数的孩子会把原料交给烤蛋卷的摊主，再附上加工费。所以，总体说来，蛋卷的生意比爆米花的生意清淡很多。可是，蛋卷的香味异常浓郁，相比之下，爆米花的那点味道就是小巫见大巫。哪怕是只烤一个蛋卷，整个院子都会弥漫着一股经久不散的甜香，让人垂涎欲滴。馋嘴的孩子们，口水真的流到了下巴上。

这些令大家趋之若鹜的事情，在宛溪家里，则是另一番情景。弹棉花极少提到议事日程上，无论被子多硬，父母都不关心。宛嫪既馋又贪吃，只要是吃的，就不放过。不管是青中透红的番茄，还是黄中带绿的杏子，或者不成熟的柿子，她都能吃得津津有味。宛溪怕酸，不要说吃这些东西，就是看着宛嫪吃，都觉得牙齿发酸，时刻就会掉下来。外面好吃的东西都要花钱买，宛嫪没有余钱，所以她总像个老鼠一样在家里搜寻一切可以吃的东西，经常偷吃瓜子、花生和糖果。家里就那么几个人，东西少了很多，自然知道进了谁的嘴巴。以前，母亲因为此事责骂宛嫪好吃懒做。不过，说的人和听的人都没有真正放在心上。宛溪来了以后，母亲和宛嫪就把偷吃的罪名转嫁到她的头上，而且把事态扩大，上升到小偷和贼的高度。宛溪无端地背了很多黑锅，本来就不甘心，何况还被如此冤枉，因此总是极力反抗。刚开始，母亲拼命想占上风，只要宛溪争辩，就会挨打。但是，她仍然摆出拼死也要证明自己清白的架势。母亲的确怀疑过宛溪偷吃东西，但是看到她誓死捍卫自己的样子，就不敢那么肯定了。另外，瓜子和糕点的数量并没有随着宛溪的到来减少更多。所以，母亲心里也清楚还是宛嫪一个人在偷吃。她虽然不断地斥责宛溪，但是诬陷她是贼和无赖的次数没有那么频繁了。

宛嫪一心惦念鸡蛋卷，可是，母亲吝啬，不让她拿糖和鸡蛋去烤蛋卷，更舍不得加工费，所以只允许她拿点玉米或者大米去做爆米花。如果宛频想吃鸡蛋卷，父亲应该会同意的。不过宛频和宛嫪相反，对吃没有兴趣。所以，即使宛嫪的口水流成了一口深井，还是吃不到蛋卷。

第十七章　被子

在学校，虽然宛溪要时刻警惕耿胜辉的各种花招，但是更多的时候是欢声笑语，而且还有好朋友相随相伴，所以她很喜欢学校。因为不用像暑假时那样要待在家里看脸色，当受气包，她的本性慢慢回归，开朗了许多。

十月初的一天晚上，母亲刚刚看完一个追了好多天的电视剧，愉快地和宛嫪讨论着剧中的情节。宛溪侧耳听了一下，母亲正在说着乔厂长改革的故事。她看到母亲心情大好，便跟她说了一直没有枕头的事。母亲在他们床边的柜子里搜索了半天，找了一个有补丁的枕头和褪色的枕巾出来。枕头有些硬，不过宛溪一点都不嫌弃，聊胜于无吧。

不用每天再把心爱的被子当枕头，学校里也有很多好玩愉快的事情，宛溪觉得时间一下子变快了，连每天早上倒尿盆都不觉得那么沉重了。也许是少年不识愁滋味，再加上经常和钱小瑛她们叽叽喳喳，让她把很多不想面对的事情都淡化了。就这样在不知不觉中过完了一个学期，似乎转眼间就到了第二年的三月，五年级的下学期已经在一片欢腾中开始了。

一天晚上睡觉的时候，宛嫪又要跟宛溪换被子，她已经不记得这是宛嫪第几次提这个要求了。以前天热的时候，被子可有可无，宛嫪也不在意。后来天气慢慢变冷，宛嫪就盯上了宛溪的被子，总是说这个被子漂亮又暖和，并且要用她的旧被子来换。

这床被子对于宛溪来说非常特殊，绝对不可能给宛嫪，但她不想跟宛嫪起冲突，于是每次都声情并茂地跟宛嫪叙说被子对她的特殊意义。最初的时候，宛嫪像听故事一样，似乎被感动了，而且宛溪的被子长度宽度都偏小，也不够厚，特别冷的时候，没有那么暖和。想必宛嫪偷偷地试过，或许还不如她的被子厚重，所以她就没有强求。后来，宛溪无论在学校还是家属院里，都会带着她一起玩。宛嫪个性蛮横，总是和别人起冲突，不是抢东西，就是吵架，还毁坏大家辛苦做出来的布娃娃或者纸房子。久而久之，孩子们就把她孤立起来。没有一个朋友的日子毕竟不好过，所以当宛溪愿意带着她和朋友一起玩和做游戏时，宛嫇是欢喜的。潜意识中，绝大多数的孩子都信奉独乐乐不如众乐乐，所以宛嫇担心惹恼宛溪，所有的人都不理她，又要回到从前独自一人的状态。有了这样一种无意识的隐忧，又受到了孩子们毫不留情的教训，宛嫇不敢像从前那样放肆。所以，她每次说要换被子时，都没有特别坚持。

可是这天晚上，无论宛溪怎么解释，宛嫇都无动于衷，只是无理地认为宛溪不想给她，几乎拿出牛二纠缠杨志的劲头。宛溪手中没有杀人不见血的宝刀，即便有，她也绝对不可能杀了宛嫇，所以只能忍受着所有的胡搅蛮缠。想到第二天还要上学，宛溪决定置之不理，就盖上被子准备睡觉。可是宛嫇突然来抢她的被子，还发出阵阵尖叫。

宛嫇的叫声迅速地引来了母亲，她问了缘由后，就命令宛溪和宛嫇换被子。宛溪早就料到是这种结果，她也不想再告诉母亲这床被子让她时刻想到奶奶的温暖和慈爱，因为说了也没有用。但是，她决定无论如何都要保住自己的被子。

对于母亲的命令，宛溪充耳不闻。她把自己裹在被子里，固执地躺在床上，背对着母亲。母亲立刻开启河东狮吼的模式，并且动手试图扯开被子。她力气很大，宛溪害怕她把被子扯烂，于是坐起来，无所顾忌地对着母亲大吼："不许动我的被子！这个被子是我从南涧带来的，是奶奶给我的，不是你们的！"说完后，她刚想躺下去，就被母亲重重地打了一个耳光。宛溪毫不畏惧地把脸送过去，斩钉截铁地说："你打，继续打！就算把我打死，也别想拿走被子！如果我要宛嫇的东西，她会给我吗？你会给我吗？你凭什么要把我的东西给她？她要什么东西，你不会给她买吗？为什么要抢我的？你们这些无耻的强盗！"

一连串的问句和感叹句掷地有声地脱口而出，让母亲和宛嫇都有些震惊，因而沉默了片刻。虽然明知理亏，但是宛嫇还是不愿意就此罢休，很快又央求母亲换被子。

一方面，母亲放纵宛嫇，处处偏袒，否则她不会总是无理取闹，把在家里的惯性行为带到外面，惹人厌恶。另一方面，母亲也不想轻易在宛溪面前失去威严。所以她又开始大发雷霆，强令宛溪必须跟宛嫇换被子。

宛溪早就厌倦了母亲的狮吼，更讨厌这种蛮不讲理的无端发难，但她不想再跟母亲对吼了，于是打定主意不理她。母亲和宛溪已经爆发过无数次冲突，也知道她的脾气。见她不回应，有些无可奈何，但依然扯着被子，并且以她一贯强硬的态度说："如果你不换被子，我就把它撕烂，你以后都没有被子盖，今天晚上也别想睡觉。"

宛溪被她彻底激怒，披着被子下床，起身就往外走。她边走边说："你敢撕烂我的被子，我就跟你拼命！我不睡觉了，今天晚上就站在院子里大声地告诉所有人，自从我来到这里以后发生的每件事情，让大家评评理。而且从今以后，只要有人问，我就会跟每个人说出实情，让他们知道你们是如何虐待我的！"

母亲立刻从身后拉住她，但还是不依不饶地说："我没有虐待你，我是教育你。你今天晚上不承认错误，以后不准去上学。"

不准上学，对于宛溪是致命的惩罚，她无法想象如何度过不上学的日子。可她还是不愿意屈服于母亲的淫威，所以她不管不顾地说："教育我？为什么你不用教育我的方法去教育宛嫪？为什么你要用不同的方式教育我们？为什么每次都偏心？亏你还是个老师！你敢用这样的方式去教育学生吗？不管我和宛嫪因为什么吵架，你从来不分是非黑白，没有一次不袒护她，这次也不例外。是你们没有道理，非要抢我的东西，错的是你们！为什么要我承认错误？请你以一个老师的身份告诉我，我错在什么地方？你不准我上学，我就回南涧去上学，去找我奶奶，她从来没有骂过我，不像你，整天骂我，还打我！除了骂我打我，你还能做什么？谁想在这里听你整天无缘无故地乱叫！"

母亲毫不怜悯地回应："你一分钱都没有，怎么回南涧？反正我是不会给你钱的，有本事你就自己要饭，一路走回去。再说，你奶奶已经死了，回去也没人理你。"

宛溪惊愕地问："你说什么？奶奶死了？谁的奶奶死了？"

母亲不耐烦地说："你的奶奶死了，去年就死了。"

"你这个骗子，奶奶不会死的。"宛溪死死地盯着母亲，大声说："你才死了呢！"

母亲气急败坏地说："你奶奶几个月前就死了，他们写信来说的。"

"你这个恶毒的人，你比灰姑娘的后妈还坏！为什么要诅咒我奶奶！你从来都没见过我奶奶，不知道她有多么慈祥！"宛溪丝毫不示弱地说，"你这个凶恶的女人根本不能相信这个世界上有我奶奶那样和善的人，你根本不配提到她！你对我不好就算了，还这样说奶奶。该死的人是你，你不得好死！十八层地狱等着你，阎王小鬼也不会放过你！"

虽然宛溪多次和母亲争执过，也无法从心底真正尊敬她，更谈不上爱，只要想到她，总是有很多负面情绪，但还从来没有这样口不择言地辱骂过她。大部分时候，宛溪以沉默应对，任母亲把房顶吼穿，依然不理不睬。实在被她逼急了，就搬出一些书上的话或者心中的想法跟她大吵一通。然而这次完全不同，宛溪无法忍受她说奶奶"死了"，因为她不能相信也无法想象她最亲爱的奶奶真的不在了。

母亲毫不犹豫地又打了宛溪一个耳光。不到几分钟的时间，被她连打两个耳光，又加上奶奶的事情，让宛溪气愤填胸，爆发了回家以来和母亲之间最激烈的一次冲突。她一头撞向母亲，母亲猝不及防，往后退了一大步。宛溪快步向前，毫不犹豫地伸出手使劲把她推倒在地。

宛溪厌恶又痛恨地盯着母亲说："谁让你说我奶奶死了，我先把你撞死！"

母亲坐在地上，正想开口，一直沉默不言像看戏一样的父亲突然说："这么晚了，吵吵嚷嚷的，还让不让人睡觉？她不相信你说的，你把信拿给她看不就行了嘛！"

母亲闻言，从地上站了起来。经过宛溪时，她习惯性地又想抬手打她。宛溪无惧无畏，用蔑视果敢的眼光回敬她。母亲有些心虚，终于把手放了下去。她走到那个比她还高的深褐色木柜前面，在里面翻了半天，拿了一个开过口的白色信封出来。

第十八章　大伯父的信——血亲

宛溪一把扯过母亲手中的信封，迫不及待地抽出里面薄薄的一张纸。打开一看，是熟悉的笔迹。大伯父曾经让她临过颜真卿、欧阳询和柳公权的帖，也偷偷给她看过不知如何存留下来的《兰亭集序》临摹本。宛溪偷懒，不认真练习，写来写去总是歪歪扭扭的几个字。大伯父要检查的时候，她就藏在奶奶身后，蒙混过关。不过，她经常看大伯父写字。没事的时候他写写草书，宛溪连蒙带猜，总是认不全。但他写信的时候，字迹比较端正，接近楷书，所以宛溪认得信中的每一个字。字体颇大，信很简短，一张纸都没写满，她默默地读着信。

"吾弟，弟妹，见信好！

九月底曾去书一封，告知母亲病重。未见回音，不知收到否？母亲于病榻缠绵之际，很想见见你们，尤其是弟妹，母亲还未曾谋面。她一直盼望你们能够回皖省亲，然你们忙于工作，终未能成行。如今你们儿女成行，母亲很是欣慰，但还未曾见过所有的孙儿和孙女。母亲很想与你们一家人相聚，即便只有几日，也会满心欢喜。无奈，此愿终难达成。

母亲于昨日驾鹤西去，准备择日下葬。母亲卧病数月，小妹常侍奉左右，大妹也每月回来探望。因为母亲在睡梦中安然仙逝，大妹未及见最后一面，甚悔！她将于后日返乡，与我和小妹一起商讨下葬事宜。如果方便，恳请你们能够回来送她老人家最后一程。如果回来，请一定带上溪儿同行。母亲弥留之际，一直非常牵挂她。你们劝慰溪儿不要过于悲痛，以前我就跟她说过'鸡猪鱼蒜，逢着便吃；生老病死，时至则行'，也许她还是不理解。那么只能告诉她所有的事情乃是人生常态，谁都无法避免。她回去已经三月有余，不知近况如何？望拨冗见告。

临书仓促，书不尽意，余容后续。

兄朝闻手草
十一月六日"

信虽然写的半文半白，但宛溪读懂了。因为在南涧的时候，大伯父经常教她各种古文和诗词歌赋，很多文言文她都能读懂，这种文体更是不在话下。另外，大伯父的文风和字体她都非常熟悉，所以读起来一点都不吃力。

读完信后，宛溪一直呆呆地站在原地，脑袋一片空白，灵魂出窍，她失去了思考和说话的能力，只有"驾鹤西去""仙逝"和"下葬"不停地飘来闪去，像个虚幻的影子。她想认真看一下或者用手去触摸时，这些字眼却完全消失了，一点真实性都没有。不知过了多久，母亲的声音突然传到她那还没有完全失聪的耳朵里："现在相信了？谁会骗你，吃饱了撑的。想回南涧，你就回吧，没有人拦着你。"

这个声音不像刚才那么雄壮，但还是让宛溪意识到了置身何处，所为何来。

一想到奶奶真的去世，以后再也见不到她了，宛溪的心就像被完全掏空了。哀莫大于心死，如果心死了，就只会哀痛，而不会伤心了吧？可是为什么她的心还是一阵一阵地紧缩？即便被挤压成了一条细线，还是不停地抽痛。泪水止不住地流着，也不能洗去忧伤。她只觉得刻骨铭心的痛苦弥漫开来，把自己完全围在里面。她下意识地裹紧被子，那上面仿佛有奶奶的气息和温度，就像是奶奶在搂着她。但她终究是个失了魂魄的人，她要去找回来。显而易见，不管她找寻什么，永远都不会在这个房子里出现，所以她梦游般地往外面走。

母亲一边骂，一边从身后拉她。宛溪厌恶地躲开，用比旷野里凛冽寒风还要冷的声音说："闭嘴！不准碰我！你们根本不是人！连动物都不如。哪怕用我的小黑和你们相比，都是对它的最大侮辱。"

母亲从来没见过她这个样子，瞬间愣住了。宛溪没有再看她，拉开门走了出去。

三月的夜晚，春寒料峭。她虽然裹着被子，但是光着一双脚。猛然间走到外面，踩在凉飕飕的地上，再加上迎面吹来的冷风，她不禁打了一个寒战。由于寒意，身体不由地发抖，这倒是让懵懵懂懂的她有了一丝清醒。不过，她很快就把天气和体温抛在脑后，像个孤魂野鬼一样在院子里飘来荡去。家家户户的窗子都是黑的，院子里也没有一盏灯。虽然静悄悄的，但是一点都不阴暗。地上有月光，天上有繁多又明亮的星星。月光和星光洒在院子的每个角落，不会厚此薄彼。在宛溪即将离开南涧时，有一天奶奶说："如果晚点死，说不定还能等到溪儿工作以后给我买点心呢。"她立刻紧紧地抱着奶奶，生怕一个不小心瘦弱的奶奶就消失了，"你不会死的，我一定会像大姑那样，给你买好多点心。"

那段时间，她经常纠缠大伯父关于死亡的问题。大伯父有时会说奶奶是寿终正寝，不算特别遗憾。可是她只希望奶奶永远活着，不管大伯父怎么说，她总是跟他没完没了。有一天大伯父说："你还记得我跟你讲过的庄子吗？死亡是和自然合而为一的最好方式，是以天地为棺，用太阳和月亮作为美玉，漫天星辰全是珠宝，这不是一件很美好的事吗？"她不懂，也无法回答，那个古人庄子说的话经常让她百思不得其解，写的字更加古怪，一个"鹓鶵"她认了好几天，还是记不住怎么写，如果写成凤凰不是简单很多吗？但大伯父对这个两千多年前的安徽人似乎情有独钟，经常给她讲庄子和惠子辩论的小故事，好像他就这么一个朋友，还总是调侃人家。后来，她听到一种更通俗的讲法，说人死了以后，会变成天上的一颗星或者有一颗星会熄灭。她当然选择相信前一种，月亮不是每天都有，如果连星星都消失了，那岂不是一点光都没有了！走夜路的人怎么办呢？所以宛溪认为奶奶肯定是满天繁星中的一颗，她抬起头在天上寻找，看到最亮最大的那颗星，她确信那就是奶奶。奶奶此刻正在上面看着她，为她把路照亮。

虽然宛溪知道父母漠视她，但还是无法理解更无法原谅父母跟她封锁奶奶的消息。奶奶去世已经四个月了，父母只字未提。之所以不提，根本不是怕她伤心，而是不在乎。纵然如此，他们也不能剥夺她的知情权啊！父母可以对这样一个石破天惊的事漫不经心，因为他们本来就没有心，但是他们没有权力任意处置大伯父写的信，而且她还是信中的一个当事人。无论大伯父还是奶奶，都是她生命中最重要的人。如果宛溪对母亲隐瞒宛嫪死去或者不告诉父亲宛频不幸被人打死的事情，这两个人大概会把她剥皮抽筋，然后分尸，让她去为他们各自宠爱的孩子殉葬。父母对她而言，不如小黑；她对父母来说，连只蚂蚁都比不上。

每个人珍惜什么或者践踏什么，除了在高压环境下迫不得已的妥协外，都是自我感受，然后做出相应的选择。白雪公主的后妈珍惜自己的美貌，如果魔镜说有人比她漂亮，她就要除掉那个人；有人珍惜亲情，走遍千山万水去寻亲；有人则对身边的亲人不屑一顾。无论哪种，只要出于自愿，就很难被改变。正常情况下，血缘是无法切断的纽带，可是非正常的情况也屡见不鲜。俗话说物以稀为贵，这一点在任何时候都适用。如果孩子众多，七大姑八大姨一堆，环顾周围全是沾亲带故的，那么血浓于水就不是非常珍稀的事。既然每个人都是三代以内的血亲，谁还会把这个当成重要的考量因素呢！古今中外的皇宫贵族、门阀世家，为了皇位、利益和权力上演了无数出父子相残、母子永不相见、兄弟姐妹互相搏杀的悲剧。普通人家鸡毛蒜皮的争斗会让这些金字塔尖上的人耻笑，也根本入不了他们的法眼，可身处其中的无名小卒们也是有血有肉的，他们有健全的感官，会和这些高高在上的人一样觉得度日如年。小门小户人家的孩子，因为父母偏心造成的伤害，很多时候会成为伴随他们的终生阴影，几乎不可治愈。其实，说到底，就是父母各有自己宠爱的孩子，不受待见的孩子自然成了一个多余人。父母不在乎如何伤害他们，也不关心他们的死活。可是如果把这些放到更宏大、更惨烈的事情中去看待，或者把更宏大的事情微缩，把更惨烈的事情淡化，只要两相比较，都会显得无足轻重。就像故事里讲的两个国家为了争夺土地，打得暗无天日，但他们打破头去抢的地方有多大呢？原来一个在蜗牛的左犄角里，一个在蜗牛的右犄角里。

不过，宛溪在多年以后，才明白这些道理，此刻的她依然为了比蜗牛犄角大不了多少的事情苦闷郁结。她凄惶地赤着脚在院子里游走，脚早就破了皮，大概也流了血。不过她连看都没看，仿佛家属院是火星，她是必须转动的卫星。恰巧，卫星的名字叫作恐惧综合症。宇宙也许很大，但是卫星不能脱离轨道。一旦脱离，两颗原本隔着遥远距离的星球有很大的概率会撞到一起，这不是亲密接触，是不计后果的毁灭。宛溪还没有想过毁灭的事情，所以只能在恐慌之下幻想父母应该受到什么样的惩罚，因为现实中的她无能为力。她能做的无非就是质问母亲，最大限度就是情急之下，把她推倒在地。可是父亲呢？面对父亲，她连一句话都说不出来。父亲从来不看她，好像她是一个不详的妖孽，只要看一眼，就会带来灾难。可他那阴森森的样子，倒是像个凶兆，如果不小心踩到他的影子，都会倒霉的。

虽然父亲铁石心肠，但宛溪还是不明白他怎么能够做到把奶奶当成不存在。她从来没有听父亲提过奶奶，但奶奶是挂念他的，时不时地念叨多少年没见过了。可奶奶去世了，父亲居然可以当作什么事都没发生！他每天都心安理得，过着一样的生活。奶奶去世的这四个月，他每天还是喝酒抽烟，有计划地更换下酒的小菜，看《参考消息》，按时睡觉，到点上班。奶奶去世了，对他每天按部就班的生活没有丝毫影响，甚至连半点涟漪都不曾激起过。如果不是这个晚上和母亲的激烈冲突，宛溪不知何时才能得知奶奶真的不在人世了。

大伯父当然知道奶奶去世对宛溪意味着什么，他以为父母会劝慰她，这本是人之常情。可悲的是，自从到了原乡后，无论发生多么难过的事，她都只能自我解脱。对南涧生活的回忆，成了她战胜原乡苦楚生活的法宝。每次想到南涧，便觉得痛苦减轻了很多，所以她早已在不知不觉中练就了身心分离的本领，眼下的她就是如此，身体在原乡的家属院里游荡，心却回到了南涧。

第十九章　爷爷奶奶的家

南涧有一条长长的涧河，从镇的最东头流过。河面开阔，水流不急不缓。河水清澈透明，水浅的地方，可以一眼望到水底的石头和悠闲嬉戏的小鱼小虾。无论是阳光的照耀，还是月色的清辉，都能让整条河波光粼粼。河上有一座石桥，一座木桥。无论走过石桥还是木桥，都能到达河对面的山脚下。其实不过河反而可以更好地欣赏南山的全貌，站在岸边就可看到郁郁葱葱的南山蜿蜒着伸向远方。南山不算高，最高的峰不到一千米，但是层峦叠嶂，绵延起伏，错落有致。

南山绵延三公里多，一天可以走几个来回。涧河则是无限延长，看不到尽头，只是听镇上有些见识的人说它最后流入长江。宛溪不知道长江在什么地方，她几乎一年四季都在河边和山里游荡，夏天的时候，更是每天都舍不得离开。她有很多事情可以做，总是忙得不亦乐乎。在岸边捡大小不一的贝壳和光滑的小石子；观察梭鱼草、千屈菜和鼠尾草的异同；在河里扑腾；或者在山里寻找各种可以入口的东西。但是不管做什么，她一定是在涧河和南山的范围内活动。所以，在她的眼里，无论涧河还是南山，都绵延无穷，永远都走不出去。她也不想出去，即使走到双脚起泡，依然乐此不疲。

南涧是个远近有名的大镇，一度是个繁华之地。镇上除了长短不一的里弄小巷外，还有三条大街，最长的是东西方向的碧水街。这条街上有个很大的椭圆形池塘，从中间把街道截成两段。路面是大块的青石板，上面有极小的沟渠，下了雨积水后，会变成很细的小溪流入池塘里。在池塘的东边，有一座高高的台阶，拾级而上，有几幢稀稀落落的房子，芳姐在嫁给凯哥之前，就住在其中一个白墙黑瓦的房子里。台阶的下面，住了很多户人家，参差相错的房子一直延伸到河边。涧河在碧水街的最东头。所以住在东边的人在河里洗衣洗菜，住在西边的人就在池塘里面洗衣服。饮用水是井水。有的人家自己打井，家里没有井的就用街上的那口井。井边有个用绳子吊着的小木桶，家家户户用水时，都先把这个木桶放到井里，打上水以后再倒进另外的大桶里提走或者挑走。

奶奶家在碧水街的正中，紧挨着池塘，是一个坐北朝南，白色墙壁，灰砖青瓦的小院。这是曾祖父留下的唯一财产。大门原来是朱红色的，老远就能看到，非常显眼。后来由于发生了一些事情，曾祖父只能低调做人，小院也跟着主人改了风格，其中就包括把大门漆成黑色。小院里有一间堂屋，一间正房，东西各有两间厢房。两间客房、厨房和厕所都在最南的一排房子里，浴室离正房很近。天井里有一个葡萄架，后院有四棵果树。

爷爷的祖上是佃农，一直靠租种地主的几亩薄地交租为生，到了曾祖父一代才稍有改善。曾祖父聪明勤劳，手上有点闲钱后就开始在南涧周遭买田置地。开始的时候只是收租，后来雇了几个人种植，就这样慢慢累积了一些家业，他成了名副其实的地主。

随着曾祖父家业的扩大，爷爷的生活也发生了变化，最明显的特征是他无须为了五斗米折腰。读了几本书后，爷爷不愿意在镇上守着田产度日，说要出去见见世面。曾祖父说他"饱暖思淫欲"，教训一番无果后，只能随他去折腾。结果风华正茂的爷爷在离南涧二十里外的县城求学时，认识了青春靓丽的奶奶。他们的相遇相恋，就像很多古书中写的一样。一天，爷爷和朋友在一个寺庙和大师论道，碰到奶奶去上香，他对奶奶一见倾心。奶奶也因为多看了他一眼，就不由自主地沦陷了。

奶奶的祖上是官宦之家，到了外曾祖父这一代，虽然功名不大，官位差了很多，家道也没落了，但很多家传祖训依然铭心刻骨。外曾祖母也是大户人家的千金小姐。因此，外曾祖父完全看不上来自于小镇地主家庭的爷爷，认为有辱门庭。他和外曾祖母一心想让奶奶嫁入某个名门望族，簪缨世家，或者书香门第。爷爷的出身和他们心中的标准相去甚远，严重违背了婚姻必须门当户对的基本观念，所以坚决反对奶奶和爷爷来往。奶奶知书识礼，性格温厚，样貌可人，偶尔出门，一定能够引起围观轰动。县城里想攀这门亲事的人是排着队的，外曾祖父权衡半天，还是决定不下来。可是奶奶也不知道中了什么邪，就是喜欢匆匆一见的爷爷，和他写诗传情。奶奶酷爱《牡丹亭》，不但把书读了很多遍，而且看戏也很入神。也许是受《牡丹亭》的影响，反正奶奶一旦爱了就至死不渝，爷爷就成了她的柳梦梅。爷爷对奶奶的爱自然不用说，就是一见之下，惊为天人，从此以后茶饭不思，满脑子都是奶奶的倩影。

两个爱得难舍难分、炽热无比的年轻人，自然而然，无师自通地出演了各类爱情故事中和父母对抗，争取自身幸福的男女主角。他们演绎了书中和戏台上描写的诸多情节后，外曾祖父还是不为所动。绝望之下，他们都做了变成梁祝的准备。

后来，爷爷和奶奶历尽艰难险阻，得来了一次桑中之约。这次相会，他们偷尝了禁果。一来因为情愫实难压抑；二来既然都要化为蝴蝶了，逾越一下雷池也没有什么大不了的。没想到爷爷一招中了靶心，这一次就有了大伯父。

到了这个地步，外曾祖父只能遂了奶奶的心愿。秋天的时候，爷爷终于欢欢喜喜地迎娶了奶奶。结婚后，外曾祖父要求他们必须留在县城，并且希望爷爷在县城谋个一官半职。可是爷爷一心只想经商，对官场的勾心斗角没有丝毫兴趣。

第二年春天，大伯父落地后，外曾祖父终于不再处处干涉他们的生活了。很快，爷爷做起了珠宝生意。由于诚实守信，生意日渐兴隆。不久之后，他又开了当铺、米铺和饭店，生意越做越顺。

在生意不断扩大的过程中，奶奶又生了一儿一女，但都不幸夭折，直到后来大姑出生才算真正的儿女双全。其后，爷爷和奶奶更加顺利地完成了生儿育女的大任。大姑慢慢长大时，父亲呱呱坠地，然后是可爱的三姑到人间来报到。父亲和三姑再次为爷爷和奶奶凑成了一个"好"字，两儿两女都没病没灾地长大了。爷爷和奶奶在富足的生活中养育了大伯父、大姑、父亲和三姑。十几年后，爷爷的弟弟因病过世，留下一个十四岁的女儿要他照顾。爷爷遵循弟弟的遗愿，把女孩收为女儿。

如果按照爷爷奶奶自己的孩子来排行，大伯父是家中最大的孩子，大姑排行第二，父亲是老三，三姑最小。不过在那个时候男孩和女孩是分开排行的。大姑是女孩里面的老大，三姑原本是二姑，但由于爷爷弟弟的女儿比三姑大两岁，所以她成了二姑。二姑在爷爷家生活三年后北上求学，然后留在当地结婚生子。此后音讯极少，难得回来一次。

爷爷用自己的勤劳和智慧为家人建造了遮风挡雨的快乐小天地，奶奶安心地相夫教子，两个人的细胞里面都是爱。爷爷和奶奶都是有温度的人，只要有他们，家里面永远是暖的。植物不需要阳光，也能长得一片葱茏；花无须浇水也能盛开。

曾祖父最开心的事就是爷爷一家大小的到来，哪怕孩子们把地里新长的秧苗踩个稀巴烂，他也是笑嘻嘻的，还连声说爷爷的这个"淫欲"不同凡响，硕果累累，比他的庄稼收成好。曾祖父的这些举止言谈，一点都不像个刻薄贪婪的地主老财。

第二十章　无法抗衡

大伯父是典型富裕人家大少爷的做派，读各种闲书，呼朋唤友赋诗作画，听戏，唱京剧，养鸟，逛窑子。他身材高大，英气中不失俊秀，穿上长衫，有股飘逸儒雅之气。就算他不去追逐女人，也自会有人投怀送抱。他不理会家中的生意，只顾自己在外面寻开心。不管他做什么，奶奶都宠着。爷爷想管教一下，可奶奶总是护着。不过阴差阳错之下，大伯父曾在离县城不远的镇上做过一段时间的乡长。这个经历让他体会了人世的不平，促使他丢掉很多原来的浮华，平添不少正气。虽然是个微小的芝麻官，但他很想让老百姓过上安稳的日子，而且因为跟国民党和新四军都打过交道，所以也为日后的生活带来一些磨难。

大伯父就这样随意地挥霍着青春，直到二十多岁时，他开始对文静娴雅的大伯母思之念之，才第一次尝到"一日不见，如三月兮"是什么滋味。可是颇有林下之风的大伯母根本不把浪荡的大伯父放在眼里，大伯父为了赢得她的芳心，只有慢慢收摄心性，最终在两年后抱得美人归。婚后，大伯父开始帮助爷爷打理生意。

大伯母先后诞下旋姐和凯哥，一家人和和美美。然而天有不测风云，一场病毫不留情地夺去了她的生命。那一年，旋姐只有十三岁，而凯哥才十岁。大伯父从此孑然一身，似乎心如止水。可是他的内心并非真的如此，否则他不会经常在萧瑟的庭院里自言自语地念叨"背灯和月就花阴，已是十年踪迹十年心""谁念西风独自凉，萧萧黄叶闭疏窗，沉思往事立残阳"。

每当奶奶把珍藏的相簿拿出来翻看时，宛溪都会凑过去。奶奶总是一边看照片，一边讲些旧事。虽然已经看过很多次，但宛溪最喜欢的照片依然是大伯父和大伯母比肩而立的照片。年代久远的黑白照片已经泛出淡淡的黄色，但照片中的人从来没有褪色，依然那么鲜活干净。大伯父总是一袭长衫，儒雅挺拔。大伯母穿着剪裁合体的旗袍，衬出她纤细的腰和高耸的胸。她的头发盘在后面，露出光洁的额头。眉毛弯弯，眼神柔和。他们的合影是一对璧人相守相爱的见证，只可惜天妒红颜，薄命的大伯母万般不舍地独自而去，留下了伤心的大伯父和一双孤苦的小儿女。

有了爷爷和大伯父在前面遮风挡雨，大姑、父亲和三姑诸事顺遂，他们在县城无忧无虑地读书成长。大姑在不满十六岁的时候受到热血青年的感召，说是要去革命。无论爷爷奶奶如何苦口婆心地相劝，都不能令她的热情消退。最后，她毅然决然地和两个同样具有冒险精神的女同学一起离开了县城。她们几乎走遍了全省，在经过大别山时，确实参与了一些革命活动。一个女同学和部队的干事结婚。另一个女同学在经历了炮火的洗礼后，开始想念父母在县城营造的那个舒适的安乐窝，就风驰电掣地往家赶。大姑既没结婚，也没回家，走上了另外一条路。于是，三个结伴而行、怀着浪漫革命情怀的年轻女孩只好分道扬镳。

大姑先后到蚌埠、合肥学医。在合肥的学校时，她遇到大姑爷。两人学成后双双去了上海的医院工作，顺理成章地在那里结婚定居，直到退休都没有离开。除了爷爷奶奶的家，上海是大姑生命中最重要的地方。有了大姑这个榜样，弟弟和妹妹都先后效仿。先是父亲，他不甘心待在小小的县城，就离开家先去了一个较大的城市，然后辗转多地，边玩边学，像游学一样，最后在东北的一个学校经过系统学习后，选定了他终身从事的工作。因为父亲从来没有提及过他在外面的经历，所以无人知道他的职业生涯为何从一个千里冰封的地方开始。父亲在外求学的几年，家道渐呈日落西山之势，爷爷不但无法给予他很多接济，他还要背负着地富反坏的出身负担。一个养尊处优的小少爷想必在外面受尽了白眼，吃了数不清的苦。不知父亲是否从那时开始怨恨爷爷奶奶，反正爷爷和奶奶在苦难中煎熬时，他就像二姑一样，鱼沉雁杳。三姑念书的天分不高，看到所有人都出去了，她自然跃跃欲试，上学更是成了负累。等到大姑刚在蚌埠找到学校，安顿下来，她就迫不及待地过去，但不是去读书。在大姑的照应下，三姑心甘情愿的在蚌埠染纺三厂当了个织布女童工。大姑离开蚌埠后，三姑回到县城。两年以后，她遇到退伍的三姑爷，从此心无杂念，就跟着这个英武的男人在县城附近的小镇安家落户。

爷爷和奶奶在县城的生意一直风生水起，名声响当当，用外曾祖父的话说是"富而不贵",他们自己心安理得,不理会那些"贵"的事情。然而,当各种应接不暇的政治运动开始以后,他们的生活完全变了,连"富"也不知去向,爷爷打拼多年得来的身外之物不知被卷到哪里去了。虽然说都是云烟,但当每天的柴米油盐都变成问题时,他还是会暗自思念一下那些以前并不看重的东西,希望能够找回一些从指缝中随意流出去的浮财,以此改善家人的生活。不过,个人命运的沉浮在大环境的变迁下根本不值一提,没有人在意爷爷想留住什么,最后他的全部家财都被散尽。外曾祖父和外曾祖母年事已高,经不起反反复复的折腾,先后在无法瞑目中离世。

爷爷家的生活已经被时代冲击得七零八落,他们像无数的普通人一样,只能被各种迎面而来的大浪打得东倒西歪,不被冲走或者淹死已是万幸。在洪流滔天时,绝大多数人没有丝毫还击之力,只能陷入越来越大的漩涡,在困境中搏命。由于生活所迫,大伯父在淮南的煤矿做了一段时间的苦工,但是放心不下大伯母和两个年幼的孩子,又回家了。县城已经没有立足之地,无可奈何之际,爷爷带领全家人回到南涧投靠曾祖父。可是,覆巢之下,没有完卵。曾祖父更加悲惨,除了一个自家人住的小院子,其他的田产家业都不知去向,而且还要受到各种整治,终日在提心吊胆中生活。曾祖母胆小怕事,受不了惊吓,一病不起,很快就走了。曾祖父一生勤勤恳恳做事,不但没有当过"周扒皮",还常常周济镇上的人,不曾想晚景如此凄凉。老人家不明白周遭为何发生了天翻地覆的变化,虽然小心翼翼地配合所有人,还是不得安宁。在爷爷回到南涧一年后,曾祖父就撒手人寰了。

爷爷、奶奶和大伯父一家人住在曾祖父留下的小院子里。不止一次,有人试图让他们交出这个小院子,可是爷爷奶奶每次都以命相搏地捍卫曾祖父留下来的这点最后的念想。多次交锋后,镇上一些受过曾祖父恩惠的善良民众,实在看不下去,就站出来帮爷爷说话,才没有让事态恶化到不可收拾的地步。另外,镇上的人都有自己的住房,没有谁那么穷凶极恶,非要强行占领这个小院。所以,爷爷他们才保住了这个唯一的房子。

即使爷爷把所有的锋芒都收敛起来,还是无法避免如火如荼的革命运动。回到南涧八年以后,他在经受了无数的革命洗礼后,最终精疲力竭地闭上了眼睛。爷爷去世后,大伯父没少受到批判,然而,他胸中自有丘壑,哪怕泰山压顶,依然安之若素。他在外面虚心接受群众的教育,回来后从来不会迁怒于家人，依然读书写字，好像什么都没有发生过一样。只是在大伯母去世的那一两年里，他时常无法掩饰悲伤，忍不住暗自垂泪。

大伯父回到南涧后，生活无以为继，就开始学习种地。大伯母去世后，日子更加难过。由于生活所迫，凯哥和旋姐读了几年书后，就辍学回家了。他们很快变成家中的主要劳动力，尤其是凯哥，春天插秧，播种；夏天砍瓜切菜；秋天割禾，脱粒，晒谷……样样精通。冬天农闲时，他去南涧周围或者到更远的县城，偷偷地做油炸徽子卖。凯哥好像继承了爷爷的经商天赋，他把偷偷摸摸的生意做得很成功，一度缓解了家里的困境。

凯歌之所以把各种事情都能做好，大概缘于他的认真。这种认真不是什么深刻的大道理，就是类似插秧不抬头，割稻不弯腰这样质朴简单的精神，听起来无法指导复杂的人生。然而，生活本来就需要一步一个脚印去走的，如果个个都是高谈阔论、精明世故的人生问题专家，那么就不会有人低头插秧，埋头收粮。到了那个时候，大家都饿死了，也不会再有人谈论高贵和低贱的问题。

相比于凯歌的脚踏实地，大姑就像是上天派来的使者。她有时给奶奶寄些钱物，而且每年都会从上海到南涧看望奶奶。每次回来，必是大包小包，吃穿用度都有。在南涧，宛溪是第一个吃到大白兔奶糖的小孩。

虽然大伯父具备忧道不忧贫的精神，他本人也完全可以做到"长吟掩柴门，聊为陇亩民"，然而，对于凯哥和旋姐过早地离开学校，他还是深以为憾。尤其是想到腹有诗书气自华的大伯母在临终前对两个孩子的嘱托，他更是黯然神伤。他虽然伤感，但是无能为力，既然命运如此，也只能低头。在命运之神没有任何悲悯之心时，如果非要昂首抗争，只能断头。

第二十一章　有一个美丽的地方

　　自从宛溪记事起，她就和奶奶住在正房的一张大床上。冬天的晚上，每天睡觉之前，奶奶都会把烫壶放在被窝里，再冷的天，钻到被子里都是暖烘烘的。有时，宛溪调皮不睡觉，奶奶就让她躺下，一边轻轻地拍着她，一边非常柔和地哼唱着，大多数时候有歌词，但有时没歌词。奶奶最常唱的是"溪儿不乖，无人能奈。溪儿乖乖，大家安泰。溪儿乖乖，大家宠爱。睡觉起来，满庭花开。"只要奶奶的声音响起，用不了多久，她就在轻柔的旋律中安宁地睡去。

　　大伯父住一间东厢房，凯哥和旋姐各住一间西厢房。旋姐出嫁后，生了两个女孩，一个男孩。她偶尔会带着孩子回来住几天，依然住在她出嫁前的西厢房。旋姐不在时，她的西厢房、一间空出来的东厢房和两间客房都被三姑长期占用。

　　三姑爷退伍后先在离县城不到十里地的供销社上班，后来被调到县城的法院工作，但是家仍然在原地。很多年后，全家才搬到县城居住，他也成了那个法院的院长。自从三姑结婚后，肚皮就一直没闲着。她连续生了七个儿子，最大的和最小的相差十六岁。三姑被七个上蹿下跳的儿子折磨得疲惫不堪，除了给老大起了个"毛毛"的小名外，后面的一律按排行叫老二，老三，老四，小五，小六，小七。

　　自从三姑生了毛毛以后，就经常带着他来奶奶家小住，接连不断怀孕时更是如此。奶奶家但凡有点好吃的，都进了三姑的大肚皮，变成滋补儿子们的养分。随着宝贝儿子数量的增多，跟随三姑过来的人也经常变化。大的上学以后，就换成小的。宛溪在奶奶家时，最常见的是小五、小六和小七，因为他们是最小的，还没到上学的年龄。有时，三姑实在无法分身，就会把他们三个留在奶奶家，自己先回去对付四个大的，因此奶奶的小院永远热闹拥挤。

　　小五比宛溪大八个月，她和小六、小七的年龄差不到两岁。四个人的年龄如此接近，又频繁见面，自然就玩到了一起。每当他们三个住在奶奶家时，四个人就每天形影不离。他们一起出去追小鸟，掏鸟蛋，摘野花，折柳枝，尝野果，捉蜻蜓，抓蚂蚱，总是玩得花脸猫一样，满身泥巴才回到家里，然后接受大伯父的一通数落。只是大伯父的话没有起到任何作用，四个人不思悔改，每天都故伎重演。后来大伯父看他们既没把天捅个窟窿，也没钻到地下不出来，就对他们"为非作歹"的行为睁一只眼闭一只眼。

四个人经常爬到树上把小鸟带回家里，然后到处找虫子，喂养几天后又把它们送回窝里。他们折下柳枝，编成帽子，戴在头上，然后藏在草丛里、大树上，玩着永远都不会厌的躲猫猫游戏。宛溪常在柳条帽上面插满各种野花，然后趴在鲜花盛开，四周都是浓密高草的地上，让他们来找。小五、小六和小七的表现非常好笑，三个人的眼睛不是长在天上，就是神经一个比一个大条，总之他们轮番从旁边走过，就是发现不了她，直到她忍不住大笑，暴露自己。

无论路上还是山里，各种野果多得难以胜数，随处可见，而且一年四季都有。他们常吃的野果有拐枣、野葡萄、土梨、苦柴子、桑葚、灯笼果和酸酸草。由于大部分野果的颜色很深，所以他们的嘴巴和牙齿经常变成紫黑色。不饿的时候，他们挑三拣四，即使很甜的野果，也只吃一口，就随手扔掉。但饥渴难忍时，他们就随便扯下路边的野果吃。入口以后，有的酸涩，有的很苦，还有些野果吃了后嘴巴和舌头都变得麻木，什么知觉都没有，也算是上天对他们随意糟蹋馈赠的惩罚。每当碰到这样的时候，他们立刻忘记了干裂的嘴唇和饥肠辘辘的肚皮。

除了伸手可摘的植物，他们也不放过昆虫。最容易抓的是蚱蜢，抓到后就用线拴起来，但它们会把腿留下逃脱。蜻蜓最难捉，他们每次蹑手蹑脚地走到蜻蜓的身后，手还没伸出来，蜻蜓就飞走了。于是他们把细软的树枝圈起来，绑在竹竿的顶端，然后再到处找蜘蛛网，直到把用树枝做成的圆圈沾满。有了这样的竹竿，抓蜻蜓就比捉蚂蚱还容易了。他们只要发现停留在树枝或者草上的蜻蜓，就悄悄地伸出竹竿，用蜘蛛网把它们粘住。

像蚱蜢和蜻蜓这样的小昆虫是非常温和的，可张牙舞爪的螳螂完全不同。它们非常威武，大刀和嘴巴都很厉害。不止一次，宛溪的手被螳螂的大刀划破，有时还会被它们狠狠地咬上一口。坊间一直流传螳螂吃瘊子。小七的手上长了好几个瘊子，想了无数的方法都治不好。他们便抓住螳螂的腿和颈部，把嘴对准小七手上的瘊子。神奇的是，瘊子真的被吃掉了，而且没有再长。

他们四个人把植物和昆虫都折腾够以后，就和其他孩子和某些大人一样，去街上看两个奇怪的人。一个人的脸上、胳膊上和腿上都有浅色的斑块。有的斑块是淡淡的红色，好像是脱皮以后，露出了里面粉嫩的肉。他的手指弯曲，无法伸直，脚上也经常溃烂。他不是南涧人，某一天突然出现在这里。大人们都说他得了麻风，说会传染，一再告诫孩子们不要靠近他。但孩子们觉得他长得与众不同，总是围着他看。有时，他坐在地上晒太阳，任孩子们聚在周围；有时，他对着孩子们大叫，把他们赶跑或者吓跑。另外一个不能逃脱人们注视的被称为"六指人"，因为他左手有两个大拇指，两个指头连在一起，一大一小。在人前，他经常把左手握在一起，试图把大拇指藏起来。可每个人都知道这个"秘密"，尽管他把两个大拇指都放在四个正常的指头里面，孩子们还是盯着他的左手，找出他多余的大拇指，所以他的一切举动都是徒劳。

有一天，麻风病人不见了，大人们说他快死了，所以找个没有人的地方躲起来。因为少了一个怪异的人，所以孩子们围观"六指人"的时间比以前更多。"六指人"常说："如果你们一直看我，我就用刀把多余的那个拇指剁掉。"大点的孩子让他"赶快剁"，年纪很小的孩子则面露惧色。不过，"六指人"大概很怕疼，因此始终没有剁掉他那个小一号的大拇指。

"六指人"因为这个多余的指头，拖到很晚才结婚。虽然新娘和大家一样，是个正常的五指姑娘，可镇上的人都说他们肯定会生一个"小六指"。因此他的孩子出生以后，所有的人都怀着兴奋之情去观看，但看来看去，发现孩子的手和脚都跟其他人一样，没有多余的指头，人们不禁有些失望。尽管如此，大家还是把他的孩子叫作"小六指"。"小六指"的出生让"六指人"扬眉吐气，也让人们逐渐失去了看他的兴趣，只是有点遗憾地说："这个孩子怎么不像爹呢！"

由于在外活动的时间很多，小五、小六、小七和宛溪都是运动高手，他们身体的柔韧性和灵活性都非常好，随便找个墙壁，就能轻松倒立。到了一块空地，就开始做前空翻，后空翻，一点不比体操运动员差。由于他们四个整天都不着家，有时玩得太野了，大伯父实在看不过去，就会命令他们哪一天不准出门。可是就算待在家里，也没有闲着的时候。

第二十二章　燕子——孺子可教否

最先引起四个人兴趣的是家里的燕子，它们来的时候就像是家庭成员一样，非常和谐地住在一起。燕子窝在堂屋的梁上，每年春天，燕子一家都会回来居住，冬天才飞走。

他们四个想看一下燕子窝里到底有什么，可实在太高，所以并不容易。他们像耍杂技一样，先把桌子挪到窝的下方，然后把凳子摞在桌上，一个人坐在凳子上，另外一个人骑着脖子，然后彼此互换，轮番扶着爬上去看燕子的窝。经过仔细查看，他们发现窝的外面是一块一块的泥巴。泥巴中间夹杂着树枝和干草，窝里面有羽毛、稻草、树叶和细细的根须，摸上去很软。有一年冬天，他们把燕子的窝毁掉了一大半，这下真的惹恼了大伯父。他把四个人严厉地训斥了一番，然后告诉他们燕子做窝是如何辛苦，并要他们等燕子回来时观察它们做窝的情形。他们不以为然，心想不就是用泥巴加干草嘛，他们四个人眨眼之间就能糊好几个这样的窝。不过当他们亲眼见到时，就不这么想了。

春天时，燕子回来了，发现窝被毁坏后，就开始忙进忙出地修复它们的家。它们先去池塘边或者水边衔泥，把整个嘴巴塞满才飞回来，然后挤压泥球。那么小的嘴巴，它们每天重复无数次，飞进飞出好几天才把所需的泥巴搭好。然后，又出去衔回树枝、枯草，再用泥巴固定在一起。忙碌了好多天，才修好窝的外部。然后还要出去衔回来很多稻草、树叶和青草铺在窝的里面。燕子修复一个窝尚且如此繁复，如果从头搭建，一定更加辛劳。

四个人看到燕子做窝的过程后，就再也没有去破坏了。不过，他们趁燕子不在家时，还是经常爬上去看它们的窝。有时窝里有一个小小的蛋，他们小心翼翼地拿在手里观察，然后轻轻地放回去。乳白色的蛋壳上面有些斑点，最多的时候有五个蛋。很多时候，燕子都是站在窝里的。可有了这些蛋后，燕子会经常趴在窝里。趴了十几天后，这些蛋就变成了一只只粉嫩的小燕子。

小燕子出生后，在窝里嗷嗷待哺，大燕子每天早上飞出去衔回各种昆虫，喂食小燕子。有些贪吃的小燕子在大燕子还没进屋，甚至离得还很远时就伸长脖子叫着。宛溪他们每天早上起床后，就仰着头看小燕子吃东西。奶奶常说，四个人昂首仰望的样子更像焦急等待虫子的小燕子。

奶奶和大伯父都很喜欢燕子住在家里，大伯父特意在燕子窝的下面放了一块板子，并且定时清理，这样就不会弄脏地面了。有了奶奶和大伯父的庇护，四个小毛孩不敢再轻易打扰燕子一家了。大伯父时常进行情景教学，有了与燕子和谐共处的场景，他自然不会放过这样的机会。所以，他经常看着燕子进出时，让他们四个人跟着念"罗幕轻寒，燕子双飞去""衔泥燕，声嗖嗖，尾涎涎""呢喃燕子语梁间，底事来惊梦里闲"……这些都是大伯父信手拈来的句子，四个人念经一般地跟着他重复。宛溪和小五大一点，虽然不懂意思，还是可以跟着念下来。小六和小七完全是滥竽充数，不知所云。不过大伯父从来没有在他们面前念过"落花人独立，微雨燕双飞"这样的句子，也许是怕触景伤情。

除了燕子，另外的乐趣是天井的葡萄和后院的几棵树。

葡萄还没成熟时，宛溪和小五就会迫不及待地去摘，总是被酸得龇牙咧嘴，比那些好吃的野果差之千里。小六和小七经常乐此不疲地盯着在葡萄架上缓缓蠕动的肉虫子，有些虫子和叶子一个颜色。它们不动的时候，很难发现。他们就拉开叶子找，一旦发现，又强装镇定，拿起虫子吓唬彼此。秋天时葡萄会变得又圆又大，有翠绿色，深红色，暗紫色，还有些葡萄紫中透黑。到了这个时候，完全不用挑选了，随便摘下一颗，芬芳甘甜的汁液就会溢满嘴里。

爷爷去世后，奶奶为了纪念他，在院子里先后种下了一棵梨树，一棵桃树。曾祖父曾经在后院种了很多树，但是这些枝繁叶茂的大树都被各种不请自来的人砍掉了。奶奶种下梨树和桃树不久之后，院子里自发地长出了一棵枣树和一棵石榴树。这四棵树在同样的土壤上，开始了新一轮的茁壮成长。

一次，他们四个人围着后院的枣树、梨树忙活，小五和小六爬到树上打枣摘梨，宛溪和小七拿着篮子在树下疲于奔命。宛溪以前也经常上树，只是因为被大伯父多次禁止，所以在家上树的时候少了很多。他们正忙得热火朝天时，刚好大伯父经过，虽然他已无数次看到这样的场景，还是不禁失笑道："永远都不知道累！'庭前八月梨枣熟，一日上树能千回。'小牛犊子们，下来啦。你们两个把篮子放下，到这边来。"可是四个人忙得不亦乐乎，对大伯父的话充耳不闻。大伯父见状，就威胁说："你们再不听话，我把梨子枣子全部卖掉，一个都不留。"

大伯父说完，就在石凳上坐下。四个人一听，只好乖乖地站在他面前。原来他诗兴正浓，要他们停下来背诗。大伯父像往常一样教了一些古诗词后，见四个人依然心不在焉，就说："你们这些孩子，就知道贪图眼前这点口腹之欲，殊不知优美的诗文才是让人欲罢不能的佳肴。古往今来，有多少权倾一时的达官显贵，可是真正能够被人记住的没有几个。凡是能够流传千古、令人念念不忘的都是诗文。'岐王宅里寻常见，崔九堂前几度闻。'岐王和崔久都是当时的王公贵族，当时不知多少人忙前忙后地想结交他们，杜甫当过的最大的官就是一个可有可无的左拾遗。然而杜甫的诗已经传诵了一千多年，并且还将会传诵无数个一千年。可是岐王和崔久呢？现在有几个人知道他们？想当年他们可是无数人争相巴结的对象。'生存华屋处，零落归山丘。'"

大伯父看着他们，露出一副孺子不可教也的表情，然后摇摇头走了。四个人听得一头雾水，他们确实不知道岐王崔九，也不懂什么华屋山丘，但由于大伯父总是反复念叨杜甫，所以了解一点跟他有关的皮毛，也背过他的诗。不过眼下谁都无心细究这些，大伯父刚离开，他们马上又开始争抢落在地上的梨和枣子。

等到几棵树开花的季节，大伯父就在后院教他们吟诵"冰雪肌肤香韵细"，"枣花至小能成实"或者"蕊珠如火一时开"之类的句子。宛溪只喜欢淡雅纯净的梨花和灼灼其华的桃花。五片洁白的花瓣包着淡红的花蕊，无论怎么看，梨花都像一幅淡墨的写意画。艳丽的桃花刚好和素净的梨花形成鲜明的对比。小五、小六和小七对任何花都不感兴趣，任它们花团锦簇还是芳菲散尽，都不会多看一眼，他们的眼睛永远盯着树上的果子。

四个人经常分工协作打枣子，小五和小六爬到树上，把篮子挂在身边的树枝上，连枝带叶地把一簇簇红黄相间的枣子拧下来放在篮子里，装满以后，用绳子把篮子系好放下去，让宛溪和小七整理。有时，枣子会直接掉到地上，宛溪和小七就不关心篮子里是否有枣，只顾低着头兴奋地在地上你争我抢。

四棵树差不多同一时间结果，这可忙坏了小五、小六和小七。他们的眼睛在梨、桃、枣和石榴之间来回巡视，然后不停地塞进嘴里。他们吃果子的速度比猪八戒吃人参果还要快，而且更加不知其味。他们从来没有耐心剥石榴，还好奶奶常常坐在院子里慢慢地剥着石榴，装在碗里。他们把碗端起来，一口就能吃掉半碗，连石榴籽都不会吐出来。每到秋天，他们的眼睛和嘴巴就不够用了。小七常问三姑他为什么没有八双眼睛，五个嘴巴。如果这样，他目力所及之处，就不会漏掉任何成熟的果子。而且他不但可以同时吃四种果子，还能够留一个嘴巴说话。

第二十三章　花子和小黑

虽然小五、小六和小七在奶奶家的时间比较多，但三姑有时也来接他们回家。由于舍不得这么好的玩伴，宛溪偶尔会跟着他们一起回去。那是一个没有山，只有一条小河的地方，就肉眼所及的范围看，总水量可能还不及奶奶家门口的那个池塘。

三姑家只有三个房间，相对于人口数量来说，实在太狭小。所以，每次睡觉时，大家都横七竖八，你压我的腿，我抱你的头，或者扯着彼此的头发，睡着了还会去抓自己或者别人的脸。醒来时，几乎每个人的脸上都是一道道的红印子。

三姑爷最爱带着三个小儿子在县城里到处闲逛，还会带他们去参观他上班的地方。宛溪在时，自然会加入他们的行列。总的说来，小五、小六和小七有点人来疯，所以喜欢县城的热闹。不过，在宛溪的眼里，县城除了街道繁忙些，人和车子多些，实在乏善可陈。倒是三姑爷的单位门口看起来挺庄严的，走过的人不由自主地加快了步伐，生怕被叫进去审判的样子。宛溪自认为没做过亏心事，所以在她看来，这个带有某种特定权威性的单位，也无须加以敬畏。

虽然三姑爷上班的时候比较认真严肃，对待调皮捣蛋的儿子们也并非总是和颜悦色，但是对于他养的狗，倒是挺有耐心的，尤其是训练的时候，简直不厌其烦。所以，狗在家里的地位比较独特，三姑爷的工作是把狗训练得服服帖帖，儿子们则和狗比赛到底是谁指挥谁。宛溪是个局外人，经常应大家的要求，充当一个不公平的裁判。所以，在三姑家的日子里，唯一好玩的是围绕这只狗发生的故事。

狗的鼻子是白色的，头上和下身的毛是黑色的，上身和四肢的毛是白色的，有一个白色的短尾巴。因为身上大部分是白色的毛，原来的主人给它起名白花。可是，在小六和小七的眼里，白花身上的毛黑白相间，所以他们都不同意叫它白花，总是抗议为什么不叫黑白花。黑白花叫起来太别扭，三姑爷无力应对两个儿子没完没了的聒噪，只好折中，把狗的名字改成花子。

花子本来是三姑爷的同事养的，同事调到外地工作后，不方便带着四个月大的花子，就让三姑爷帮他养着。三姑爷非常爱狗，一直想养一只。可是三姑坚决反对，说儿子都养不过来，哪来的闲情养狗。但因为花子是同事寄养的，三姑也不好意思拒绝不收。后来，那个同事又去了一千多里之外的地方工作，没有再回来，于是花子就成了三姑爷的狗。花子正式变为家庭一员后，三姑就时常说花子是三姑爷的小女儿，所有儿子的待遇都比不上它。这话倒也不假，三姑之所以生了七个儿子，就是因为三姑爷想要一个女儿。可是生了小七之后，三姑爷终于绝望地接受了命中无女的现实。

花子原来的主人没有认真训练过它，所以三姑爷等于是从头做起。光让它对新名字有反应，就要不停地重复。三姑爷发出的指令都很简短，也不会大声训斥。只要花子做得好，他就会马上奖励。比如，训练花子坐下时，三姑爷是在它坐着的时候给它一点小食物，站起来后就不会再给。

在三姑爷循循善诱的教导下，花子很听他的话。三姑爷可以让它做很多事情，比如坐下，起来，摇尾巴，汪汪叫两声，开门等等，花子都一一照做。有一次，花子追着小七玩疯了，甚至把小七的裤子扯下来咬了两个洞，小七都快哭了，大声让它不准动。可是花子当作耳旁风，而且谁叫它都不听。后来三姑爷轻轻地说了一声"坐下"，它就坐在地上不动了。

宛溪刚三岁时，养了一条小狗，叫作小黑。因为全身黑毛，所以没有人对名字提出异议。小黑来的时候，三个月多一点，可奶奶说它和宛溪一样大，于是她就和小黑一起长大。

宛溪非常羡慕三姑爷把花子训练得如此听话，因为她也试图照猫画虎般地训练过小黑，可是它不听她的，所以每次见到三姑爷，就缠着他教她。然而，跟着三姑爷学了半天，还是不得要领。她叫花子开门，它坐在地上不动；她叫花子摇尾巴，它偏把尾巴夹起来；她叫花子去叼小七的鞋子，它就去抓小六的衣服。

和花子玩够了以后，宛溪又想起自己的小黑，再加上乏味无趣的城镇，她很快就厌倦了。所以，每次在三姑家待不到几天，她就闹着要回南涧。

　　每次从三姑家回来后，她就像外出学艺，得到名师真传的高徒那样热情高涨地重新开始训练小黑。然而，每次都是在原点打转。无论她对小黑采取怀柔还是高压政策，它依然故我。她做不到三姑爷那种循序渐进的方法，就自以为是地教它最简单的事情。出门时，让它先在门口等着，和她一起走，可是一开门，它就冲出去了。每次大伯父看到，都会有点幸灾乐祸地说："你们两个应该比赛一下谁跑出去的速度更快。小狗都是跟主人学习的，一个整天在外面晃荡、自由散漫的小主人，不可能养出规规矩矩的小狗。你们也许有些不同，但是差别不大，而且最大的共同点是毫无章法可言。"

　　刚开始，宛溪试图让大伯父帮着她训练小黑，然而大伯父每次都是一副坐山观虎斗的表情，她只好放弃梦想。独自跟小黑抗争好长一段时间后，她也意识到大伯父的话有些道理，所以就不再为难自己和小黑了。小黑不听指挥，是难以改变的事实。它的注意力只有几分钟，过了这短短的时间，无论大棒还是胡萝卜，都没有用处。宛溪有时会觉得烦恼，可是从来没有真正为此沮丧过，因为她的注意力跟小黑差不多，而且在南涧的生活，有太多的事情可以让她兴味盎然，不用刻意，就能快速转移，把她从训练小黑不果中分散出来，所以这件不顺利的小事情并没有困扰过她。

第二十四章　垂手可得的乐趣

宛溪在南涧的第一个乐趣就是奶奶家门口的池塘，随着季节的变换，池塘会呈现出不同的景色。

春天的池塘边柳絮纷飞，各种绿色由浅入深，最终变成青翠欲滴。除了感知水暖的鸭子，还有成群的小蝌蚪摇着细细的尾巴游来荡去，到处都是一片生机。

夏天，池塘边垂柳依依，周围的各种花草树木竞相争艳。正午时，没有一丝风，池塘泛着晶莹的光，像一面镜子，把蓝天白云、绿树红花全部栩栩如生地映在水中。微风吹过时，一池碧水泛起涟漪，倒映着的画面慢慢地荡漾开来，再加上池塘边婀娜的柳枝风情万种地随风轻轻舞动，让人心旌摇荡之余，又不禁叹为观止。晚上，人们摇着扇子，绕着池塘漫步，听着此起彼伏的蛙鸣，还有纺织娘和蟋蟀的歌唱。

宛溪和小五都喜欢闪着蓝光的萤火虫，所以他们经常追着萤火虫跑，小六和小七则举着瓶子跟在后面跑，每抓到一只，就装到瓶子里，如果把整个瓶子装满，真的可以读书了。四个人你追我赶，狂呼乱叫的场景非常滑稽可笑，如果被大伯父看到，一定会摇着头说他们完全破坏了"轻罗小扇扑流萤"的寂寥之美。

秋天，各种树叶、花瓣和细草纷纷落在水中，整个池塘五颜六色，加上光影效果，美得摄人心魄。虽然鲜花凋零，但池边茂密的水草和常绿植物依然葱翠。

冬天的池塘比较冷清，连鱼儿都很难看到了，时常有一层薄雾飘在上面，一派烟笼寒水的清冷之气，别有一番风情。

不管什么季节，池塘都可以让宛溪乐不知返。有一年冬天，她趁着奶奶不注意独自跑到池塘边，结果一不小心滑到水里。由于穿着厚厚的棉袄棉裤，所以没有立即沉下去。所幸，路过的邻居很快发现了在水面上漂着的宛溪，马上把她救了上来。

大伯父非常生气，不但疾言厉色地痛骂了她许久，还在屁股上重重地打了两下，要她记住教训。隔着厚厚的棉裤，屁股上的肉又多，其实不痛，但由于是第一次挨打，她还是号啕大哭。大伯父要她承认错误，她就是不开口。大伯父还想责骂她，就听奶奶说："算了吧，她就是一个犟脾气。明知错了，也不会承认的。这都是老天爷给的，不要逼她了。才掉到水里，肯定也受到惊吓，你就让她安生一会儿吧。"

听了奶奶的话，大伯父只好出去了。奶奶和宛溪坐在床上，跟她说冬天的池塘很冷，反复叮嘱她不要再独自去池塘边玩了。

除了这个大池塘，南涧周围还有很多个小水塘。水塘里有泥鳅，也有蚂蟥。小五喜欢抓泥鳅，所以被蚂蟥吸了很多血。小六和小七在这些静止的水边玩够了以后，就经常吵着去河边。

宛溪和小五、小六、小七，还有其他同龄的孩子经常去涧河里捞鱼捕虾。他们每人提着一个竹编或者藤编的小篮子，只要把篮子往水里一放，提上来后，就有几只鱼虾在篮底跳跃。鱼虾太容易捞，他们很快就失去了兴趣。玩腻了捉鱼抓虾以后，他们就搬开被水冲刷得圆润的石头，捕捉躲在后面探头探脑的螃蟹。被螃蟹夹到手后，就开始捡鹅卵石，找贝壳，然后比较谁的鹅卵石更圆，谁的贝壳形状漂亮完整。热到汗流浃背时，他们就一头扎进水里，酣畅淋漓地游个痛快。大家都是从小在水边泡大的，游泳全是自学成才，所以谁的姿势都不标准。一起"游泳"的时候，非常好笑。老实说，那不能叫游泳，确切地说是在比较深的地方玩水。大家玩水的时候，各种狗刨猫抓式齐齐上阵，大显身手。如果当时有游泳教练在岸上观看，一定会笑得找不到下巴。

凯哥在河边经营着一块菜地，宛溪常提着小桶从河里舀水帮凯哥浇菜，凯歌每次都笑着说洒在路上的水比浇在地里的水更多。菜地里有豆角、番茄、黄瓜、油菜、莴笋、茄子和辣椒。每当渴了或者饿了，她都会顺手摘下番茄或黄瓜解渴充饥。每次浇不了多少水，倒是吃得肚皮滚圆。

除了凯哥的菜地，还有上天的馈赠，那就是多得吃不完的菱角和荸荠。水田里，池塘里，大大小小的河沟里，随处可见藏在碧绿叶子下面的菱角和埋在淤泥里的荸荠，它们都是无人种植、自生自灭的，而且很容易采摘。经过水边，顺手扯一根菱角秧，上面就有很多个菱角。还有一个方法是在竹竿上面绑个小叉子，然后伸到水中上下翻动，就可以捞到很多菱角藤，拨开叶子，就是红红的菱角。在烂泥里随便用脚踩踩，或者用手摸摸，都能发现紫红色、圆圆的荸荠，很快就能装满一个小背篓。生的嫩菱角和荸荠一样，吃起来都是脆生生的。煮熟了的菱角有股奇香，白色的肉不再脆嫩，而是粉粉的。荸荠无论生吃还是煮熟，都甘甜香脆。

南山是另一个宝地，一年四季山里都百鸟啁啾。有时，宛溪和小五他们循着鸟的叫声一路追逐，最终还是两手空空。鲜嫩的竹笋，烂漫的山花，幽远的清香，酸甜的野果，任何时候进山，都不会空手而归。远远望去，几股山溪从高高的峰上一路欢快地跌进河里，或者在山脚汇成一潭涧水。大雨过后，山上随处可见地木耳和蘑菇。大家纷纷出门，挎篮捡拾。有人还带着小锅，装满溪水后，就地拾柴生火，煮出一锅令人垂涎的鲜香美味。

大伯父经常带着宛溪进山寻宝，一路上她总是叽叽喳喳，欢声笑语不断。大伯父有时像个老夫子一样，不停地吟诗诵赋。每当这个时候，他最爱的就是陶渊明的诗。除了宛溪早已烂熟于胸的"采菊东篱下，悠然见南山"之外，还有"羁鸟恋旧林，池鱼思故渊"，她不懂这句，只觉得悦耳。有时，在一长串的诗文中，她能听懂其中的一句或者几个字，比如"山涧清且浅，遇以濯吾足""试携子侄辈，披榛步荒墟"，每当这个时候，她就佯装老成地说山涧溪流确实如此，诗人写得完全正确，还要求大伯父把"子侄"改成"侄女"。当大伯父念出"种豆南山下，草盛豆苗稀"时，因为是熟悉的事物，她便以为完全明白了所有的意思，就说这个诗人不会种豆子，比凯哥差远了。大伯父对她的各种评论基本上都是笑而不语。

除了碧水街，南涧还有两条街，南北方向的叫荷池街，这条街往北走到头，有个荷塘。在荷塘的尽头，岔出了一条东西向的街，叫礼仕街。这条街和碧水街平行，但长度只有碧水街的一半，大礼堂和学校都在礼仕街上。

荷塘比奶奶家门口的池塘要小一些，一到夏天，田田的莲叶，婷婷的荷花会把整个池塘占满。荷花有白有红，还有粉色，很远就能闻到沁人心脾的幽香。走近时，一股清凉之意拂面而来，缓解了夏日的燥热。孩子们常把碧绿的荷叶摘下来顶在头上，当做帽子，遮住太阳。大人们路过时顺手摘一小片荷叶，拿回去煮粥，那股淡淡的香气在很多人家里飘散。没有人荡舟采莲，所以无人唱采莲曲。然而，如果有人下去，一定也会"乱入池中看不见"。因为莲叶密密地聚在一起，站在边上，都看不到下面的水；荷花也是竞相开放，一枝更比一枝高。这样的荷塘，无论谁进去，都会被挡住的。

虽然无人乘扁舟采莲，但是卧剥莲蓬的并不少。没有小舟，就把镰刀绑在竹竿上，无论莲蓬离得多远，孩子们都要把它们钩下来，然后慢慢品味。

深秋初冬时，荷塘里只剩下一些残枝，翠叶早已凋敝，高洁的花和碧绿的叶踪影全无，蜻蜓更是无迹可寻，就像它们从来都没有存在过。面对这样的零落衰败，似乎只有静听雨打残荷了。然而并非如此，每到这个时候，荷塘里经常站满了人，因为胖胖的莲藕就在毫无生气的泥巴下面静静地长着。很多人忙着挖藕，一片萧瑟中透着热闹。

大礼堂在礼仕街的西头，这是镇上最好的建筑。当年由曾祖父倡议，找了镇上一些殷实之士共同出资修建的，曾经是集会和唱戏的场所。大礼堂画梁斗拱，绿色的琉璃瓦在太阳下放光。两扇棕色的大门上刻着眼睛圆溜溜的狮子，铜铸的铺首是两个威武的龙头，门环也是铜铸的，上面的图案已经无法辨认，只能依稀看到一些纹路。大礼堂真的很大，就算南涧所有的人都聚在里面，也不显得特别拥挤。随着时代的变迁，大礼堂里那些戴着各种头饰，描眉涂粉，一板一眼，咿咿呀呀唱戏的人不见了，妩媚的七仙女和情景交融的采茶歌被铿锵有力、雄壮威武的样板戏和革命电影取代。大礼堂门口经常贴着《龙江颂》《红灯记》《智取威虎山》《沙家浜》和《渡江侦察记》的画报，很多人都会驻足观看。放电影的时候，门口和里面都很热闹，大人们忙着买票，孩子们一边打闹，一边焦急地等待大人手中的票。大礼堂的里面有很多长长的木头椅子，小五、小六、小七和宛溪像其他很多孩子一样，经常赖在里面不出来，累了就躺在椅子上睡觉，醒了再接着看。看门的人对这样的景象习以为常，吆喝两声之后，就不再管他们。除了放电影，大礼堂还用来开会，做报告，表演节目。

学校在礼仕街的东头。小学和中学之间隔了一条溪，最窄的地方抬腿就可以跨过去，跳下去也淹不到膝盖。最宽的地方有个木板桥。冬天溪水减少，有的地方完全干涸，露出下面的小石头。平时，学生都选窄的地方一跳而过。冬天就从溪底的石头上走过，只有在夏天水流最急时，才有少数学生走那个木桥。

无论何时，南涧都是充满乐趣的。有了水的南涧又是灵动的，水边的烂漫花丛，旁边的野草树木，水中的倒影，自然的光线和色彩，到处都是如画一样的美丽。如果莫奈当年不是在吉维尼终老，而是在南涧住了四十三年，他画作的名字就是南涧的鲜花拱门，南涧的池塘。

第二十五章　两件大事

不识愁滋味的日子飞逝而过，转眼间，宛溪就到了上学的年龄，小五、小六和小七也陆续回到他们的家，只有寒暑假才会来南涧。他们四个在池塘边、河畔、山中、荷塘和大礼堂消磨了无数的时间，度过了快乐的时光，留下了永不磨灭的记忆。春花秋月中，宛溪从一个路都走不稳的小孩长成应该进入学堂的女童。她没有上过幼儿园，但她相信，世上没有一个幼儿园能够让她感受到这么多的自由和喜悦。九月的一天，她背着小书包直接进了一年级的教室。

在她上学的日子里，发生了两件大事，一件震惊全国，一件轰动南涧。

震惊全国的事从街上的大喇叭开始。那些日子，大喇叭里整天放着哀乐，有人在里面一遍一遍沉痛地念着一串串的名字和各种口号，南涧每个人的手臂上都戴了黑纱。开会时，很多人表情悲伤地说着"毛主席逝世了""我们的大救星没有了"诸如此类的话。后来，宛溪才知道这个消息不但震撼了中国，而且在全世界都引起了巨大震动。大喇叭不停地念着那些来自陌生国家的唁电。

宛溪虽然没亲眼见过毛主席，但是从小读着他的各种语录长大，人人都戴着他的像章，家家户户也挂着他的画像，所以对于这位伟人并不陌生，就跟着大人们哭了几次。

无论如何，这件大事经过各种悼念活动，达到高峰，之后，人们的生活又逐步恢复常态。宛溪很快就不再重视这件全世界关注的大事，转而把所有的心思放在另外一件家里的大事上。那就是年底的时候，凯哥和芳姐结婚了。这件事虽然发生在两个家庭之间，但是整个南涧无人不知，并且被传扬了很长一段时间。

经人介绍，旋姐在几年前嫁到南涧三十多里外的一个县城，她的丈夫是那里锅炉厂的一个工人。但是，凯哥的婚姻大事迟迟无法解决。

　　凯哥遗传了大伯父俊朗的外表，而且吃苦耐劳，做家事和种地都是一把好手。可是他出身不好，曾祖父，祖父和父亲都是坏分子，想找一个情投意合的姑娘并非易事。然而凯哥的眼光一直不低，始终不愿意随便找个姑娘草草结婚了事。后来年龄越来越大，凯哥自己反而不着急了。眼看凯哥二十九岁了，终身大事依然是个悬而未决的问题，奶奶和大伯父都非常忧心。可是，在七月的一天，当凯哥把俊俏的芳姐带回家时，奶奶和大伯父全部持反对意见，他们都力劝凯哥不要耽误芳姐，因为两个人的差距实在太大。

　　芳姐在县城读到高中毕业，凯哥在南涧一边干农活，一边读书，初中毕业后，勉强读了半年高中。芳姐的爸爸在粮站工作，她自己也在供销社做会计，按照当时的说法，他们都是公家人，也是城镇户口。凯哥是成分不好的农民，农村户口，而且他比芳姐大八岁。按照世俗的眼光，无论从哪个方面看，他们两个都太不般配了。

　　芳姐家和奶奶家隔了一个池塘的距离，从小到大，她和凯哥都经常碰面。凯哥看着芳姐从一个流着鼻涕的黄毛丫头长成了一个亭亭玉立的大姑娘，由于年龄和家庭的差距，他从来没有想过自己的生活会和芳姐连在一起。可是芳姐从和他的日常闲聊中，早已倾心于聪明帅气的凯哥。

　　凯哥看出了芳姐的意思，开始也是回避的，然而最终还是被她的纯真诚挚打动了。再说，哪个男人能够真的拒绝一个双眼晶亮的美丽姑娘呢！所以他们私下里，已经开始谈婚论嫁了。

　　当凯哥第一次把芳姐带回家时，芳姐才二十一岁，凯哥刚吃完二十九岁的长寿面。奶奶和大伯父也常在街上见到芳姐，大伯父还去她爸爸工作的粮站交过公粮，彼此都认识，但从来没有任何交集。所以当凯哥说他们要结婚时，奶奶和大伯父都觉得不可能。

　　回到南涧将近二十年，生活的现实把奶奶和大伯父都改变了。奶奶早已褪去了官宦小姐的娇气，富贵太太的阔气；大伯父也从一个衣来伸手、饭来张口的大少爷变成在地里田间劳作的农民，而且还要时时低头，接受人民群众的改造。这样的环境下，奶奶他们一致认为凯哥应该找一个年龄相当的农村姑娘，可是凯哥不愿意将就。经过多次家庭会议，奶奶和大伯父给凯哥下了最后通牒：如果三十岁还不结婚，就必须听从家里的安排，跟指定的姑娘结婚。现在骤然冒出来一个从天上掉下来的芳姐，本应该是一件天大的喜事。可是鉴于各种不般配，奶奶和大伯父只能把她往外推。

除了奶奶和大伯父，芳姐的父母也坚决反对她和凯哥来往，遑论结婚了。他们历数了凯哥的各种劣势，要芳姐彻底断了此念。凯哥和芳姐都没想到，事情公开后会遭到来自双方家庭如此巨大的压力。

可是无论任何时代，何种环境，热恋中的年轻人都是情比金坚。当年的爷爷奶奶如此，大伯父也心甘情愿地为了大伯母褪去一身的浮华之气。现在轮到凯哥和芳姐，也没有例外。

他们一个发誓非卿不娶，一个赌咒非君不嫁。奶奶和大伯父拗不过两个忠贞不渝的年轻人，只好妥协。两个月后，明知芳姐的父母不会同意，大伯父为了两个年轻人能够合理合法地交往，就怀着偏向虎山行的勇气，提着大姑从上海带来的点心去了芳姐家。可是，无论大伯父如何游说，芳姐的父母还是斩钉截铁地拒绝了。结果虽然并不意外，但还是令人沮丧。

一时之间，事情陷入了僵局。更糟糕的是，芳姐的父母下定决心要拆散他们，加紧了对她的看管，她和凯哥见面都成了问题，这可苦坏了两个相思成灾的人。无奈之下，凯哥让宛溪充当他们的信使。

宛溪趁着芳姐在池塘边洗菜、洗衣服时把凯哥的信悄悄塞给她，然后再把她的信带回来给凯哥。可是，这个信使的工作一点都不好做。芳姐在池塘边时，她妈妈就在不远的地方守着。宛溪在边上绕来绕去，无事可做时就从地上捡起稍微薄一点的石头，扔到水里打水花。如果能够找到石片，那么石片就会在水面上飞出很远，溅起一条长长的水花。实在找不到合适的石头时，她就随手打捞浮萍，看着在下面游来游去的鱼，或者一把一把地扯起绿色的青苔。直到芳姐的妈妈放松警惕，她才像个地下党员那样光荣地完成任务。宛溪当了两个多月的小信使后，十二月中旬的一天晚上，凯哥和芳姐同时失踪了。

第二十六章　凯哥结婚

　　刚开始，大伯父和奶奶并没有发现凯哥彻夜不归，因为他们都比凯哥睡得早。可是半夜的敲门声，让他们立刻发现了这个秘密。芳姐的父母等到一点多还没见到她回来，非常慌张，不过两个先是忧心忡忡、后来气急败坏的父母把前因后果理了一遍后，就来到奶奶家兴师问罪。刚开始，他们被气昏了头，一直不停地责问，说："如果不把我女儿交出来，你们就等着倒霉吧"。说了半天，他们才发现奶奶和大伯父对失踪一事真的毫不知情，就又开始发愁了。最后甚至说，如果是私奔就算了，千万不要去殉情。两家人把各种可能性都讨论了一遍，直到最后，无话可说时，枯坐到东方发白，还是没有头绪。

　　由于情况特殊，大伯父没有准备早饭的心情。宛溪起床后吃了一点昨晚的剩饭，就在大伯父的催促声中去了学校。由于一直想着凯哥和芳姐的事，她上课时完全心不在焉。中午回家吃饭时，也是胡乱凑合，不知吃了什么。下午放学走在路上，她不断地听到有人谈论凯哥和芳姐，各种说法都有。回到家后，奶奶和大伯父依然一筹莫展。

　　晚上，大伯父草草地做了点饭，可他和奶奶都没有什么胃口。看到他们如此焦虑，宛溪也跟着发愁，不再理会保密的原则，就说："我为凯哥和芳姐送了好多信。"大伯父立刻集中起全部精神说："你慢慢讲，仔细回忆所有的细节。"当听到最后一封信的情况时，大伯父说："你多讲几次，包括他们的表情。"于是宛溪重复了好几遍事情的经过。

　　最后一封信是凯哥先给芳姐的，信送出去后，他叫宛溪每天守在池塘边，自己则站在很远的地方看着。这个时候，地里的农活都忙完了，凯哥本来应该出去卖徽子的，可是他一直待在家里，大伯父催了几次都没动，什么都不能阻挡他和芳姐鸿雁传情。

　　凯哥就这样惴惴不安又满怀希望地等着。终于在他们失踪的两天前，宛溪拿到了芳姐的信，立刻送到凯哥手里。他看了以后，眉开眼笑。宛溪不以为意，反正只要收到芳姐的信，凯哥总是喜不自胜的，随时都能笑出声来。

听了宛溪的描述后，大伯父和奶奶把前因后果分析了很多遍，最后一致认定："两个年轻人没有殉情。"得出这个结论后，他们都释然了。然后大伯父立刻带着宛溪去跟芳姐的父母解释了一番，听了各种合理的推测后，两个一天一夜没合眼的人也认同这个说法。由于劳神费心地过了一整天，每个人都疲惫不堪，大伯父回家后，让大家早早睡觉。第二天宛溪依旧去上学，下午回家时，看见三姑和奶奶在堂屋坐着说话。

原来凯哥和芳姐经过县城去了上海，凯哥怕家里担心，专门叫三姑来报信。但是又怕芳姐的父母马上追来，所以特地嘱咐三姑晚一天过来。芳姐托三姑给她的父母带了封信，大意是叫他们放心，但也强烈地表达了从上海回来后，不管父母是否同意，都会住在凯哥家，和他结婚，这辈子一定要和他在一起的愿望。

凯哥和芳姐失踪的事情已经在南涧传得沸沸扬扬，是人们茶余饭后谈论的热点。芳姐也算是南涧的一枝花，对她倾心的少壮青年不在少数。现在她突然和凯哥出走，引起了无数的猜想，加上添油加醋的描述，最后演变成芳姐怀孕了，短期内不会回来，生了孩子才会回家。

芳姐的爸爸身体一直不好，好不容易才有了这个女儿，芳姐是那个年代极其罕见的独生女。一般家庭生了女儿以后，总是要生个儿子才能罢休。可是如果只有儿子，好像也缺了点什么，生活还是不圆满，所以像三姑那样一口气生了七个儿子，或者在生了一堆女儿之后招来弟弟的现象并不罕见。生儿育女很容易成为人们的话题，芳姐这样的状况在南涧只有一家，所以人们不理解她的父母为什么只生一个，议论纷纷中，把他们说得简直像怪物一样。然而，不管人们说什么，芳姐的爸爸还是心有余而力不足，一直没有为她成功地造出一个小弟弟。日子久了，芳姐的父母便完全释然了，不但没有因为她是个女孩失望，反而一直对她宠爱有加，当成宝贝养着。现在出了这么大的事，虽然气愤，但想到女儿安全，也就放心了。虽然镇上的各种传言很难听，但是既然无法控制事态，两家人都不再理会，只好顺其自然。

凯哥和芳姐在失踪九天后回到了南涧，两家人立刻聚在一起，要他们讲述每一个细节。

他们到了上海后，跟大姑说了实情。大姑是自由恋爱结婚的，当然理解他们的事情，所以毫不犹豫地表示支持，让他们玩几天再回去。

凯哥和芳姐都是第一次去上海，车水马龙的繁华让他们惊叹。他们坐着公共汽车、电车穿行在大街小巷。川流不息的人群，琳琅满目的商店，丰富多彩的物品让他们流连忘返。他们去了公园，逛了外滩，看到无数成双成对的情侣。这些都极大地鼓舞了二人，从而觉得谈恋爱是件光明正大的事情，不需要藏着掖着。即使夜晚，上海也不会休息，依然有五颜六色的闪烁灯光。

芳姐去了第一百货商店，并且在这个她平生到过的最大的百货商店买了双流行的丁字皮鞋。接着，她又去理发店做了个发型，是以前最流行的那种，就是把刘海微微烫一下，所有的发梢向上卷起来。然后，芳姐穿着她的新皮鞋，梳着漂亮的发型和凯哥一起去照相馆留下了纪念。照片中的芳姐除了脸蛋和嘴巴涂得红红的，其他部分仍是黑白的。她和凯哥紧紧地依偎，两个人都甜蜜幸福地微笑着。

凯哥和芳姐回来后，镇上的人蜂拥而至来看他们。姑娘们摸着芳姐的卷发，看着在南涧从来没有见过的毛料衣服，发出啧啧的赞叹声。小伙子们羡慕地围着凯哥，向他取经，要他一一道来是如何与芳姐"勾搭成奸"的。

事已至此，芳姐的父母再也无法阻拦，只有同意他们结婚。凯哥和芳姐在一片欢喜和祝福声中结了婚，然后把从上海买回来的各种酥糖和水果糖散发出去当喜糖，镇上的人都说这是他们吃过最好的喜糖。

接下来的生活就顺理成章了。结婚以后，芳姐在一个春末夏初的晚上生下大儿子海涛。海涛两岁时，她生了另外一个儿子洪波。奶奶喜得两个重孙，四世同堂，其乐融融。大伯父也含饴弄孙，喜不自胜。芳姐的父母看到两个小小的可人儿，总是喜笑颜开。尤其当海涛第一次开口叫外公外婆时，他们笑得合不拢嘴，怎么看都爱不够。他们还常对芳姐说："他聪明勤劳，诚实可靠，要好好跟他过日子，不能三心二意。"话里话外都含着对凯歌的赞赏，早把当日那些所谓不般配的旧事抛到爪哇国去了。

第二十七章　最浓的年味

　　奶奶的小院总是人声鼎沸，过年的时候更是如此。三姑家的人口最多，每次来的时候，都有浩浩荡荡之感，像临时住在村里的大部队一样。她的四个大儿子逐渐长大，毛毛谈恋爱了，老二已经工作，老三刚上大学，老四即将升入高中。三姑爷的父母早已去世，连后面的三个孙子都没看到。三姑爷的父母去世后，三姑就每年都带着儿子来奶奶家过年。如果三姑全家都来的话，就算全部打地铺，奶奶家也是人满为患。孩子长大后，过年时就分成了两拨。四个大儿子跟着三姑爷过年，三姑每年带着小五、小六和小七在奶奶家过年。旋姐结婚后要去婆家过年，大姑也有婆家，所以她们不可能每年在奶奶家过年。不过，有时他们也会约定某一年所有的人都回奶奶家。如果全部人聚在一起的话，小院里就像开流水席一样，从早吃到晚。大伯父、大姑、三姑、旋姐和芳姐整天在厨房和堂屋之间进进出出，有着忙不完的事情。从早上睁眼到晚上睡觉，小院子没有一刻停歇的时候。还好天井和后院都是开阔的，否则真的要声震屋宇，把房顶都掀翻了。

　　过年是最重要的事，似乎一年忙到头，就是为了这件大事。过年的前十天，家里就开始有计划地行动。大伯父和凯哥先把之前采办好的年货拿出来整理，再去补办所缺的年货。奶奶在家里先安排年夜饭需要做些什么菜，再把过年期间所有的饭菜按照时间定下来。即使如此，中间还是经常有突发状况。比如，疯跑的孩子们打翻了刚端上桌的菜，想要重新做又没有现成的原料。本着过年不打骂孩子的原则，大人们只好说碎碎平安。

　　扫尘除土是每年必做的一件事，每次都是全家一起动手，把小院打扫得纤尘不染。家里打扫干净后，就开始清理个人卫生。每个人都要洗头，洗澡，洗衣服。忙完这些，又开始贴窗花，然后在每个门上都把福字倒过来贴。

　　大伯父有时会在堂屋的墙上贴一个白白胖胖的娃娃，过完年也留在那里，有时两三年都不换。但是春联不同，必须每年贴新的。大伯父写得一手好字，又精通诗词歌赋，门上的对联都是自己写的。由于大伯父名声在外，镇上会有很多人拿着红纸排着队请他写。

过年时，堂屋的饭桌上总是摆满了鸡鸭鱼肉，平时吃不到的梅菜扣肉、虎皮肉、红烧大公鸡、流油的板鸭，都可以敞开肚皮吃。各种瓜果点心更是不在话下。除了花生、瓜子、煮熟的菱角，奶奶还会把大姑从上海带来的精细点心拿出来，既有小麻糕、松饼、玫瑰酥、桃酥、桂花糕等，也有平时舍不得拿出来的大白兔奶糖。

奶奶的床边放了一个高高的衣柜，下面有几个抽屉，她把点心和糖果都放在那几个抽屉里。平时如果宛溪嘴馋，就跟奶奶要来吃。绝大多数时候，奶奶都会给她。如果某样东西只剩了很少一点，大姑又没有送来新的，奶奶就跟她说留到过年的时候吃。宛溪虽然听奶奶的话，但是偶尔还是会去偷一两个饱口福。奶奶发现后，并不责骂她，只是说："再吃的话就没有了，大家过年的时候，就会少一样东西，没有那么喜庆"。她听了后，就不再偷吃了。

每年过年，宛溪都有新衣服。从她到南涧的第一年，什么都不记得的时候就是这样。记事后，穿新衣新裤变成她急切盼望的一件事。过年前的很多天，她就经常围着奶奶问："我的新衣裳在哪里？"奶奶虽然很多事都迁就她，可是在这件事上，非常坚持自己的主张。所以，无论宛溪怎么说，都必须要等到大年初一起床后才能穿新衣裳。

小五、小六和小七有时穿新衣，有时穿半新的。不过随便穿什么，他们都不在乎。尤其是小六和小七，穿上新衣服不到十分钟，就弄得一身黑乎乎的。三姑每次看到自己点灯熬油做的新衣服被他们这么糟蹋，都觉得惋惜，所以有时就懒得给他们准备新衣服了。当然，过年是不会穿补丁衣服的，但假若真的穿了，他们也无所谓。

过年除了吃不完的好东西和新衣服，另外一个最大的乐趣是打灯笼。灯笼可以从除夕打到十五，但是到初五时，打灯笼的人便越来越少。到了十五的晚上，是另一个高潮，几乎所有的人都提着灯笼在街上走，全镇一片光亮。这个晚上，可以烧灯，也可以把灯笼挂起来。

每年的除夕，吃完团圆饭后，宛溪就和小五、小六、小七提着灯笼出门了。小五虽然提着灯笼，但对鞭炮更感兴趣，一路上低头在鞭炮的碎屑中寻找是否有漏网之鱼。偶尔找到一个看似完整没有爆炸的鞭炮，就比吃了松饼还高兴。小六和小七虽然也喜欢鞭炮，不过胆子小些，真的听到噼里啪啦的鞭炮声，他们就躲到一边。

刚开始，街上只有零星几个灯笼。用不了多久，出门的孩子便越来越多。他们每人提一个小灯笼，大部分都是用竹篾做骨架、红纸糊的圆灯笼。偶尔有些样子别致的灯笼，不但会引来围观，而且会被要求换灯笼，提着漂亮灯笼的孩子当然不愿意换普通的灯笼。要不了多久，大家就会争得面红耳赤，因为每个人都认为自己的灯笼最好。当争论达到高峰时，几乎所有的孩子都出门了，然后大家不再计较谁的灯笼好看，就开始排灯笼阵。大家自动排列组合，样式新颖的灯笼在前面带队，后面跟着成串的小火龙。大年三十和初一的晚上都没有月亮，一堆红红的小灯笼显得格外明亮。大家一路走，一路闹，留下一片欢声笑语。偶尔有调皮的孩子把鞭炮扔到队伍里，就会引起一阵惊叫，然后四散逃开。不过，好像每个人都脑子里都有一个无形的指挥官，要不了多久，孩子们又会重新聚集起来。

火红的队伍穿过所有的大街小路，经过每家每户门前时，还会齐声高叫："新年到，放鞭炮，蒸年糕，灯笼春联多喜庆，全家围坐好热闹"。

寒冷的晚上，虽然每个灯笼只能发出微光，但是汇聚在一起时，就变成一个唱着欢快歌谣，带来无限温暖，红光摇曳的大队伍。行走时，冷风吹过，把灯笼烧着也是常有的事。灯笼起火的一瞬，孩子们总是惊慌失措。等到灯笼真的被烧掉时，又夹杂着一片幸灾乐祸和欢呼雀跃，当然还有失去灯笼的小主人们发出各种不满的声音。

每年除夕的晚上，打完灯笼后宛溪、小五、小六和小七就回去守岁。回家时，所有的人都已经围坐在一起说说笑笑。通常，奶奶和大伯父会简单讲述一下家史，然后听三姑讲故事，跟着凯哥玩游戏。宛溪和几个孩子总是东倒西歪，似听非听，从来没有坚持到最后。虽然总想极力强睁着眼睛，可是大年初一的早上醒来时，他们总是躺在被窝里。

大年初一早上醒来，吃过早饭后，奶奶家里迎来拜年的高峰。大家进门开始寒暄，然后说着一堆喜庆话，喝茶吃点心，小坐片刻后，再去下一家。初二，如果旋姐带着孩子回来，或者大姑和大姑爷回来，小院里又会掀起一阵新的热潮。凯哥结婚后，芳姐也在这天带着凯哥回娘家。芳姐的父母对凯哥亲如家人，总是把最好的东西拿出来，其中有卤鹅，这是奶奶家没有的菜。卤鹅橙黄油亮，色泽诱人，入口奇香，回味悠长。为着这个卤鹅，每次芳姐回娘家时，宛溪、小五、小六和小七都是他们甩不掉的小跟班。海涛出生后，他们又变成贴身的小保姆。所以每次芳姐回娘家都热闹非凡，身后缀着一串小尾巴。初三、初四和初五，连续三天，大伯父都会请他的一些好朋友在家里把酒言欢，说着一些前尘旧事。

除了清明、端午，中秋和过年，大伯父极少饮酒。每年的清明，他为爷爷和大伯母上坟扫墓时，都会带着酒。他先是在爷爷和大伯母的坟前洒酒纪念，然后为自己斟满一大杯，默默地喝完。端午和中秋都是小酌两杯，过年则一定会开怀畅饮。

除了这四个节日和亲朋好友来访时，大伯父基本滴酒不沾。如果不是听奶奶说起大伯父年轻时候的荒唐事情，宛溪根本不敢相信他曾经每天出去喝花酒。

这种饱食终日的快乐生活一直持续到正月十五，吃了汤团，放了花灯后，才回归正常。

第二十八章　奶奶的小院

在宛溪的记忆中，奶奶总是气定神闲，干净利落，从来没有衣冠不整的时候。即便卧病，芳姐也会每天给她洗脸梳头，勤换衣服。

奶奶常说，爷爷生前喜欢吃枣，也喜欢火一样的石榴花和晶莹剔透的石榴。奶奶本来打算等梨树和桃树成活就种这两棵树，看到枣树和石榴树自己长出来，奶奶就说是因为爷爷在下面不停念叨的结果。在遇到奶奶之前，爷爷最喜欢的是梨花，还有池塘边飞舞的柳絮。大伯父说爷爷心中的景致是"梨花院落溶溶月，柳絮池塘淡淡风"。所以，曾祖父就按照这个想法在杨柳依依的池塘边修了个小院。宛溪已经会背诵很多诗词，听到大伯父这样描述，就恍然大悟地说："难怪我们的梨树种在后院，如果在前面的话，那就是'梨花满地不开门'，不知爷爷会不会喜欢？"

大伯父用食指敲着她的额头说："完全不求甚解，如果爷爷在的话，会打你屁股的。此梨花不是彼梨花，差了二百年呢。"

除了梨花和池塘，爷爷最爱的是桃花，因为他见到奶奶时，就是一幅人面桃花的画面。大伯父说以前在县城时，家里的客厅正中挂了一幅画，上面是一个明眸皓齿的佳人。她秀眉细长，柳眼含情，头上和肩上有落红几瓣，在一片深红浅红的桃花中微笑，令人一见难忘。题字是"南国有佳人，容华若桃李"。这是爷爷画的初次见到奶奶的场景，但有些部分是他想象的，因为那个时候奶奶并不曾对他微笑。可惜的是，这幅画早已不知去向。

后院有一个石几，两张石凳。夏天的傍晚，奶奶时常坐在石几旁边。她有时默默地看着另外一张空落落的石凳，有时安静地对着几棵树。她一定是在遥想和爷爷在一起的那些日子，追寻着逝去的美好光阴。她的脸上已经没有青春了，但是永远洁净祥和；她的头发虽然稀疏花白，但总是梳着一个整整齐齐的发髻；她穿着褪色的旧衣裳，不过洗得干干净净，有清水涤荡后的芳香。所有的这一切，加上奶奶眼角眉梢浓浓的深情，都化成了树的养分。于是这些树日益根深叶茂、英姿飒爽地展现着独特的精神，变成了奶奶追思爷爷的情感寄托。

无论遇到什么事情，奶奶都不会发脾气。如果说奶奶家是一个充满着无限深情和关爱的温暖海洋，那么她就像家里的定海神针。无论波涛怎么汹涌，终归都会风平浪静。只要有奶奶的地方，就会是一个风和日丽、惠风和畅的家。据凯哥说，奶奶也曾和爷爷一起受到过批判。那个时候，奶奶还有个支撑。爷爷去世后，奶奶受到打击，精神上一下子垮了。凯哥说，三代人都受到批判，多大的罪恶都可以抵消了，况且爷爷的祖上没有做过任何伤天害理的事，没有谁真的想把他们赶尽杀绝。另外，奶奶也不是南涧人，所以，镇上的很多人说奶奶已经被改造好了，不需要再改造。不管怎么说，还是应该感谢人民群众具有雪亮的眼睛。

在奶奶家的小院里，宛溪尽情享受着各种爱，其中有奶奶无条件的慈爱，凯哥的宠爱，大伯父放纵又不失严厉的爱，就是在这样的爱中，她放肆地成长。在南涧的日子，她不需要寻找，各种无所不在的关爱一直包围着她。虽然她看到大伯父被批斗，但她年纪尚小，并不明白那些事情。到她五六岁开始记事时，大伯父被批斗的次数日益减少，然后彻底停止。另外，大伯父从来没有因为被批斗而气急败坏，对家人恶语相向。他有"庄生晓梦迷蝴蝶"的超然，所以就少了"望帝春心托杜鹃"的悲鸣。因此，整个童年时代，这件最不愉快的事对她没有什么影响。

家里最严厉的是大伯父，不过他从来没有无端责罚过她。在南涧近十年的时间里，大伯父责骂她的次数最多，但只打过她两次。一次是她冬天独自跑到池塘边，掉了进去，如果没有人发现，很可能就沉下去淹死了。大伯父想着都觉得后怕，为了让她不要再做类似的事情，就在她屁股上打了两下。另外一次是小学三年级时，她的算术没考及格。大伯父真的动了气，要她脱掉裤子，拿着藤条在屁股上狠狠地打了几下。这次确实打痛了，不过她反倒没有哭。

宛溪还不认字时，大伯父就让她跟着念诗词古文。小时候完全不懂，大了以后，便觉得诗词朗朗上口。虽然她不明白"信宿渔人还泛泛，清秋燕子故飞飞"这些句子的意思，但是读起来抑扬顿挫，韵律优美，很快就能记住。她慢慢地就爱上了，经常主动缠着大伯父教她。诗词虽然越学越好，但算术越丢越远，不过成绩还不算太差。大伯父提醒过她，然而不是特别严肃。宛溪对算术越发马虎敷衍，成绩始终在及格线附近徘徊，再加上算术老师对她冷嘲热讽，让她更加失去了兴趣，终于考了一个不及格回来。

大伯父看到宛溪的成绩，勃然大怒，毫不犹豫地打了她。打完以后，他绘声绘色地讲述了学习各个科目的重要性，以及对于凯哥和旋姐过早辍学的追悔莫及，希望她珍惜机会。其实，拿到成绩的那一刻，宛溪就知道自己错了，意识到大伯父一定会惩罚她。所以当大伯父打她的时候，她没哭，也不发一言。奶奶虽然看着心疼，不过没有阻止大伯父。

这次以后，奶奶一再告诫她努力学习每门功课，认真对待每一次考试，不要再让大伯父为她的成绩生气。宛溪不想惹奶奶和大伯父不开心，而且考试不及格会被老师在班上点名批评，自己也觉得脸上无光。所以她遵循教诲，对学校的功课不再掉以轻心。

学校里面除了上课，还有两件事情给宛溪留下了深刻的印象。第一件是每个教室的墙上都挂着五幅人物画像，粗略一看，似乎一模一样，因为每张画像都只有胸部以上的肩膀和头部。由于从小一直看毛主席的各种画像，所以刚进教室，她一下就认出了放在正中间的毛主席，至于其他四个人则一无所知。上了一段时间的学后，她终于搞清楚了另外四个人的名字是马克思、恩格斯、列宁和斯大林。只是除了记住名字，她对这四个人完全不了解。但是看到他们长年累月地挂在每个教室的墙上，想必是了不起的大人物。他们炯炯的目光从墙上俯视着所有的人，仿佛如芒在背。惴惴之余，宛溪不由地生出了敬畏之心。另外一件是听芳姐转述的，那就是忆苦思甜，这是除了上学以外最重要的事情。每次忆苦思甜时，都要召开全校大会。主要内容有三个：第一，听忆苦报告。每次都要请人在台上控诉万恶的旧社会，赞美甜蜜的新社会；第二，吃忆苦饭；第三，唱忆苦歌，演忆苦戏。

做忆苦报告的都是老贫农，不但思想觉悟要高，还要口才好，善于表达。由于每年都要搞几次忆苦思甜的活动，学校找不到太多符合标准的忆苦人，所以有些诉苦人经常出现。诉苦人每次讲的内容也大同小异，就是地主整天让他们干活，吃不饱饭，经常被点名的恶霸地主有南霸天、周扒皮、刘文彩和黄世仁。诉苦人总是说家里很穷，穿的都是补丁摞补丁的衣服。讲完旧社会的苦，又说新社会的甜。忆苦的过程中，常伴随各种口号，有"不忘阶级苦，牢记血泪仇""打到国民党反动派""伟大领袖毛主席万岁"等等。

忆苦思甜的另一个内容是吃忆苦饭，把烂菜叶、糠皮、野菜、杂粮拌在一起，没油没盐，确实难以下咽。

同忆苦报告和忆苦饭相比，唱歌演戏是最有意思的环节。最著名的是《白毛女》，不过对于学生来说，难度太大，只能从里面选些容易一点的歌曲来唱。此外还有"天上布满星，月牙亮晶晶，生产队里开大会，诉苦把冤申"这样上口押韵又简单的歌曲，适合小学生演唱。虽然演戏的内容也是展现狠心地主如何恶毒地盘剥农民，但比较生动。

芳姐上学的时候，每年都要搞很多次忆苦思甜活动。宛溪没上学前，听芳姐叙说她在学校的那些事情时，觉得格外有趣，一心想着自己上学后也要好好体验一下。对此，芳姐非常不以为然。不过，等她上学时，忆苦思甜的内容已经大为简化，最主要的就是请穿着破烂衣服的人来做报告，忆苦饭也只吃过一两次，确实比奶奶家的饭难吃百倍。

宛溪每天按时上学放学，学校的大小事情都没有错过。她没有在奶奶家里感受过旧社会的苦，无论何时，奶奶的小院都洋溢着新社会的甜。尤其是海涛出生后，小院总是被一片欢声笑语包围。宛溪刚看到海涛的时候，只觉得他像一个满脸皱纹、经常大哭的小猴子，一点都不好玩。海涛在三个月以前，只会做三件事情，吃奶、睡觉和哭。慢慢地，海涛减少了睡觉和哭的时间，并且开始会坐，会爬，牙牙学语，最后居然能够摇摇摆摆地走路。宛溪亲眼看着海涛从一个比三十厘米的尺子高不了多少的一团肉，长成了一个可以蹒跚走路的小人儿，她感觉到生命的奇妙和无与伦比的喜悦。

海涛三个月时，宛溪第一次抱他，所有的人都紧张地盯着。凯哥蹲在地上，伸着双手，准备随时接住掉下来的海涛。可是，她紧紧地抱着海涛，稳稳地走着，大家才松了一口气。自从第一次抱了海涛后，她就每天围着他，观察着他的变化。海涛也很喜欢她，会说话后，就缠着她读书，讲故事。宛溪扶着他走出了第一步后，他就每天跟着她到处东游西逛。他跑起来时，头发随风飞扬，脸上洋溢着快乐，双手欢快地舞动，活脱脱一个坠落凡间的小精灵。

宛溪曾经和小五他们一起养过蚕，知道了所有的过程。海涛快两岁时，她再次和他一起养蚕宝宝，而且和他一样充满期待和兴奋，还饶有兴味地回答着海涛提出的一些稀奇古怪的问题。他们一起看着比油菜籽还小的蚕卵变换着颜色，然后黑黑的小虫爬了出来。小虫出来后，宛溪带着海涛每天出去采桑叶。小黑虫吃了很多桑叶后，就变成了白色的胖乎乎的蚕宝宝。过了十几天后，蚕宝宝开始吐丝结茧，把自己裹起来。海涛不明白为何白白胖胖的蚕宝宝都不见了，哭着让宛溪找出来。宛溪让他每天守着那些茧，跟他说会看到美丽的蝴蝶。等他看到破茧成蝶后，兴奋地手舞足蹈，早已忘记蚕宝宝到哪里去了的事情。

海涛就像一个开心果，为垂暮之年的奶奶带来了很多欢乐。当他抬着头坐起来时，嘴里蹦出第一个字时，扶墙站立时，奶奶都会喜不自胜。因为"太婆"很难发音，海涛在两岁生日的那天，才学会这个词。那时，奶奶的健康已经每况愈下，走几步路都累，但是当海涛第一次对着奶奶叫"太婆"时，宛溪看到奶奶脸上的每一条皱纹里都含着笑意。

一个风和日暖的日子，洪波的出生让奶奶的小院再次洋溢着喜庆。大伯父时常跟三姑说："希望洪波可以冲喜，但愿老母亲能多活几年。"

无奈，生命就是不停地交叠更替，洪波的出生虽然为全家带来了欢乐，让奶奶喜上眉梢，但最终还是没有能够阻止她老人家离去的脚步。

第二十九章　春芳过后

得知奶奶去世的那天，宛溪在原乡的家属院里徘徊了一个晚上，把她在南涧的生活仔仔细细地梳理了一遍。以前，大伯父教她《陈情表》时，她迷茫懵懂。可是在荒漠般的家里生活了半年多后，猛然得知奶奶离世的消息，她顷刻间明白了"茕茕孑立，形影相吊"的意思。比起李密来，她似乎幸运许多。尽管父亲不慈，但并没有见背，母亲更没有改嫁，依然和父亲在一起生活，维持着一个表面上看来完整的家。然而，父母只是作为物质实体客观地存在着，在心理上，从来都没有感知过彼此。宛溪非常希望能够报答奶奶，在她的床前侍奉汤药。就像奶奶说的那样，等到宛溪工作后给她买点心。可是，奶奶去世四个多月，她居然毫不知情。宛溪不想怪罪母亲了，毕竟母亲是因为父亲才和奶奶扯上关系的，但她无法消除对父亲的责怪和恨意。

虽然宛溪之前也多次回忆过南涧，但从来没有像那个晚上一样，把所有的点点滴滴串在一起。她不愿意放过任何细节，因为每一个不起眼的地方都值得回味。此后，宛溪就像一个未老先衰的白头宫女，经常在心里细说当年。唯有这些回忆，才能让她想起曾经的温暖和美好，不会认为生活中只有冷漠和无尽的斥责谩骂，从而鼓起勇气面对当下度日如年的苦难。

读书或者看电影的时候，最常见到的一句话是"五年后，十年后或者五十年后"，很多人的生活就在这句"多少年后"中一笔带过。如果故事的主人公每天快乐不知时日过，倒也无妨。可是如果像基督山伯爵那样，在狱中度过十四年，作者也是笔锋一转"话说十四年之后"，其中的苦难只有当事人才知道。

宛溪在父母家的生活，虽然不像基督山伯爵那样真的身陷囹圄，但是这个冰冷的家就像监狱里寒气四溢的围墙一样令人窒息。宛溪无法逃离，也不愿意过多回想那些难以计数的黑暗日子，所以这里就借用小说中的一句话：四年之后她从子弟学校初中毕业，九月就要进入原乡高中。

回到原乡的四年时间，宛溪像一只鸵鸟，经常把头埋在沙子里，对于来自家庭的烦恼视而不见。但是作为一个逐渐长大的女孩，她时常为了自己的穿着自卑。在南涧时，大家都穿得差不多，没有太多比较，有时她还比其他女孩子穿得好看。大概由于时代变了，原乡的人穿蓝灰两色和列宁装的人越来越少，父母单位的年轻人穿得更加好看。男的穿夹克衫、牛仔裤，非常帅气。女孩的衣服样式更多，而且她们还会关注流行款式，有时穿喇叭裤，有时穿瘦腿裤。连衣裙的色彩鲜艳，还可以显出腰身和胸部。宛溪作为一个已经发育的少女，当然希望像其他女孩子那样穿得漂亮得体。可是她常年穿着看不出原来颜色的旧衣服，而且几乎没有合身的衣服。偶尔有一件新衣服，也是非常肥大，母亲说要多穿几年。等她长高了，衣服已经很旧了，而且又短又小。

喇叭裤特别流行的时候，宛溪看着别人快要拖到地面的宽大裤腿，非常眼馋，忍不住跟钱小瑛唠叨过几次。一天在钱小瑛家玩时，她的妈妈拿出一条黄色底子、黑色细条纹的喇叭裤让宛溪试穿。宛溪穿上后，对着镜子前后左右地照了一遍。裤子特别合身，除了宽裤腿，其他部位都是贴身的，连屁股都包得圆圆的，显得腿长腰细，像是为她量身定做的。照了半天镜子后，她依依不舍地准备脱下裤子。小瑛妈说："不用脱了，这条裤子是你的。我帮小瑛做裤子，结果布买多了，就顺便给你做了一条。"

以前小瑛的妈妈试着给过宛溪一些半新的衣服，出于自尊，她都没要。但是这条裤子，确实让她日思夜想。真的舍弃，她无论如何做不到，于是毫不犹豫地穿上了。她的身高基本定型，这条裤子她穿了很久，直到膝盖磨平，屁股上的布料越来越薄，再穿随时都有暴露肉体的危险时才不情愿地放到了箱底。那是她青春时代最好的一件衣服。

在原乡的生活就像这条意外飞来的喇叭裤一样，并非都是不如意，也不全是苦中作乐。宛溪走遍了原乡的每一个角落，在这个没有水的地方寻找不一样的东西。春天的时候，市街的尽头，一大片金黄灿烂的油菜花完全盛开，哪怕没有一个人观赏，也不影响它们的艳丽。夏天时，父母的单位有一面花海一样的墙壁，整面墙上都爬满了沁人心脾的金银花和五颜六色的蔷薇。秋天，成片的玉米秆风姿绰约地立在田里，金色的玉米棒头顶着不同颜色的穗子，煞是好看。冬天的原乡虽然单调乏味，光秃秃的一片灰，但松柏的绿色依然那么亮眼。

子弟学校的孩子们有时会偷田里的瓜果和玉米，像个传统一样，由来已久，并且还将其传递下去。每次都是男同学带头，女同学跟随，每当这个时候，大家都齐心协力。就算平常不受欢迎的人，也会很自然地和同学们一起去偷农民的西瓜、玉米、土豆和红薯。被发现后，他们一边丢弃所偷的东西，一边狂奔。但孙霜是个例外，就算她跑得慢了一点，被抓到以后，不但不用消灭罪证把辛苦偷来的东西丢掉，甚至还可以得到更多。因为面对这样的小美人，很少有人真正责备她。有时，比她大一些的农家男孩追上她，不但没有丝毫愠怒之色，反而还会送些东西给她。

大家偷了东西后，会找一块儿空地生火，然后把土豆、玉米和红薯埋到里面烤熟。每次吃完后，手上脸上全是黑的，正所谓做了坏事一定会有迹可循。如果是坐在白桦树旁边吃东西，男生会吩咐女生把白桦树的所有眼睛蒙上。平时男生和女生诸事不和，说什么都要吵几句，但这个时候的女生都很听话，她们四处寻找花瓣、树叶和细草贴在白桦树的眼睛上。据说，很多年前，子弟学校的一群孩子坐在白桦树下吃偷来的香瓜时，一个男生手欠，用刀子把白桦树的眼睛逐一毁坏，够不到的地方，他还爬上去用刀子猛戳树干上的眼睛。结果，这个男生从树上摔下来，导致脾脏破裂，当场休克，在医院差点没抢救过来。这两件事并没有什么关联，但从此以后，大家只要在白桦树边吃偷来的东西就不自在，总觉得被无数的眼睛看着，的确是做贼心虚。然而，奇怪的是，没有一个人为此反省这种偶尔窃取农民劳动成果的行为。

一次，宛溪和钱小瑛在没人的地方摘了个葫芦，就拿到钱小瑛家去玩。过了一会儿后，两人都很好奇葫芦里面到底有什么，宛溪就用刀去切。可是，圆圆的葫芦很硬，一点儿不像表面的绿色那么可人。她一刀切下去，葫芦滚到了一边，可她左手的食指和中指被切了很深的口子，顿时血流如注。钱小瑛吓得脸色煞白，好像流血的人是她，立刻手忙脚乱地找了家里的云南白药倒在伤口上，然后用纱布包上，但还是有血渗出来。钱小瑛拉着宛溪去了单位的医务室，医务室的人说伤口很深，都快切到骨头了，又重新上药包扎。宛溪又去医务室换了好几次药，伤口才长出新肉。

虽然这次的"葫芦事件"给宛溪的左手食指和中指留下了永久的疤痕，

不过这并不妨碍她对其他事物的好奇心。她仍然和朋友们一起，在小小的原乡寻幽探险，努力找寻一切有趣的事情。她们像男孩子一样，爬到树上去摘槐花，用槐花做饼蒸饭。或者摘香椿芽，拿到钱小瑛或者孙霜家里凉拌或者炒蛋吃。当然，她们也会干些男孩子们不屑的事情，比如提着小篮子到处去挖荠菜、灰灰菜、马齿苋、野葱、小根蒜，总之，只要实践证明吃了不死人的野菜，都是她们的目标。知了在地下蛰伏时，她们和很多人一样，拿着小铲子或者小棍子，在地上到处挖。如果是雨后，就简单多了，地面或者树底下会有小洞，知了就藏在洞里。挖了很多知了后，她们就去钱小瑛家油炸，吃得满嘴喷香，欲罢不能。有时，知了吃得实在太多，她们才想起课本里说的知了在黑暗的地下生活十几年，只有一个夏天的光明，于是就起了假惺惺的怜悯之心。她们依然去找知了，只是不再油炸，而是一直盯着它们，观察金蝉脱壳的整个过程。她们毕竟是女孩子，所以除了吃，也关心外表的问题。她们会像所有爱美的女孩子一样，把指甲花捣碎，然后包在指甲上，直到把所有的指甲染得红艳艳的。

学校的快乐生活虽然和黑暗的家里不可相提并论，但学校并非是完美的天堂，以大欺小时有发生。高大的男生对弱小的男生拳脚相加，有时甚至打得他们跪地求饶。如果说男生从肉体上欺负人，女生的方式则是精神折磨。霸气的女生如果看不惯某个女孩，就用孤立的方式欺负她。领头的女生本来就有些死党，再拉拢一些立场摇摆不定的女生，她们都听从领头女生的号召，不跟那个女生讲话。那个被孤立起来的可怜女生，无论走到哪里，都像瘟神一样被嫌弃。就算踽踽独行，也会遭到挖苦和嘲笑。这样的惩罚，对于从六七岁到十三四岁的小女孩来说，都是非常残忍的，也许比肉体的疼痛更可怕。但是这些事谁都管不了，所有的孩子都要在不同的磨砺和苦痛中长大。

第三十章　原乡高中

在陵武县管辖的三个高中里面，陵武高中最好，原乡高中最差。好坏的标准当然是以考上大学的比例来定的，陵武高中每年都有超过一半的人上大学，而原乡高中则寥寥无几，"剃光头"也是常见的现象。父母单位里稍微有些办法的人，都让孩子去陵武高中上学。

钱小瑛的姐姐两年前从陵武高中毕业，考上了兰州最好的大学。她的哥哥钱光良，一年前也去了陵武高中。毫无疑问，钱小瑛自然也是要去陵武读高中的。孙霜的两个哥哥也是陵武高中毕业的，一个在北方上大学，一个在南方上大学。孙霜也早就确定要去陵武高中。刘洁文的姐姐刚从原乡高中毕业，什么都没考上，正好专心帮她妈妈摆着越来越大的摊位。耿胜辉的大姐耿茹静也曾在陵武高中读书，已经大学毕业，在西安工作。他的二姐耿洛涛在原乡高中读了三年，最后与大学和大专都无缘。

虽然宛频从子弟学校毕业后就读于陵武高中，可是父亲和母亲没有对宛溪提及过陵武高中。毋庸置疑，陵武高中与她的生活不会有关系。刘洁文愿意在街上帮助妈妈做生意，所以她自己选择读原乡高中。王阿姨千方百计地想把耿胜辉送到陵武高中，可是因为他打架的次数越来越多，打架的规格也逐渐上升，最终没有成功。江军钢妈妈的病越来越重，已经无法上班了。但她不吵不闹，时常两眼发直，在院子门口一坐就会坐上大半天，看着进进出出的人，没有半点反应。曾经，无论多么复杂的运算，她都可以当成小学算术题来做。此时，面对小学生都会的题目，她面无表情，谁都不知道这样不同凡响的脑袋到底出了什么问题。他的两个姐姐虽然都上了陵武高中，无奈双双名落孙山。原乡没有什么就业的机会，她们只能在单位做着看不到任何转正希望的临时工。江军钢的爸爸被他妈妈的病、姐姐们的工作问题折磨得精疲力竭，实在无暇顾及他，所以他只能在原乡读高中。

很久以来，江军钢就这样自生自灭地成长着，可是他茁壮得让人难以理解。从五年级到初三，他每年都考第一名，而且还从一名戴着红领巾的普通少先队员成长为戴着三道杠的大队长。宛溪非常羡慕江军钢的三道杠，可是直到初中毕业的时候，她的左胳膊上只戴了个一道杠。

除了没有选择的宛溪，自愿留下的刘洁文，无奈的耿胜辉和光芒无法掩饰的江军钢，还有实在无能为力的家庭，从子弟学校毕业的学生到原乡高中读书的人全部加起来只有七个。

暑假的大部分时间，宛溪依然和钱小瑛、刘洁文和孙霜一起游荡、读书和做作业，就这样到了开学的日子。钱小瑛和孙霜在陵武住校，周末回来。两个地方离得不远，她们一起骑着自行车在路上飞奔，每次都觉得路程太短。宛溪和刘洁文时常结伴去上学。

虽然原乡高中的教学质量不敢恭维，但是校园很有特色。学校的占地面积颇大，是一个很有气势的长方形，校园开阔大气。学校里面既有很多参天大树，也有一些成片的小树林，还有一些大小不等、形状各异的花坛点缀其中。所有的建筑都是平房，整齐划一中有股威严感。

学校是真正的坐北朝南，迎面就是一个朝南开的大铁门。进去后，是一条一百多米长的宽敞笔直的水泥路，路的两边古木参天。水泥路走到尽头，是一个三岔路口。这是三条林荫小道，一条直行，一条向西，一条向东。直行的小路两边，各有四排长长的房子。高一和高二的部分教室在路的西边，教室宽敞明亮，只是桌子和凳子稍显破旧。教室的后面是老师的办公室和教工食堂。教工住的地方在教室和办公室的西边，有一片小树林把两个区域分隔开。路的东边是高二和高三的教室，老师的办公室在教室的后面，再往东是学生宿舍。学生食堂和学生宿舍只有几步之遥。很多条林荫小道把教室、办公室、食堂和宿舍连接起来。学校的最后面，是一个巨大的操场。操场里有一个篮球场，一个排球场，三个单杠，两个双杠，跳远的沙坑，跳高的栏杆和八百米的环形跑道，还有投掷铅球和铁饼的地方。操场的中间和四周都有草坪，最外围除了郁郁苍苍的大树和小树，还有各种花圃交相辉映。一堵不到一米高的围墙矗立在离操场两米多的地方，围墙之外是一片菜地，四季种着不同的东西。学生们经常翻墙出入，享受着独特的偷菜乐趣。

要想在操场找个没有人的时候，比不让耿胜辉跟人打架还难。平时，除了各个班级轮番在这里上体育课，还有各种各样的比赛。如果没有体育课或者比赛，在课间休息和放学后，甚至晚自习结束时，都会有学生在操场大声读着口音浓重的英语。说是英语，恐怕除了他们自己，谁都听不懂。有的学生在操场跑步，做各种运动。除了学生，镇上的人也喜欢来操场散步，打球。夜深人静的时候，原乡谈恋爱的年轻人，学校里互相看对眼的老师，都会浓情蜜意地在操场漫步。走累了，就静静地坐着，在"此时无声胜有声"中体会心有灵犀。而那些偷偷摸摸、你侬我侬的学生们，则时常会悄悄地躲在一些难以被人发现的角落，乐此不疲地玩着"把一块泥，捏一个你，塑一个我，将咱两个一齐打碎，用水调和；再捏一个你，再塑一个我"。由于荷尔蒙作祟，他们可以整夜无眠。

上学的日子，学校的大铁门敞开，迎接着来自四邻八乡的学生。除了子弟学校的七个学生和镇上的学生，大部分都是附近农村的孩子。他们骑着笨重的二八自行车，驮着干粮带着人，浩浩荡荡地进入学校。他们平时住校，周末或农忙的时候才回家。学生宿舍是大通铺，硬木床板放在铺着红砖的地面上。不管男生女生，全部睡在地上，每个房间里面住十几个人。由于大家挨在一起睡觉，住在同一个宿舍的女生会出现一个奇特的现象，那就是来例假的时间几乎一致。

住校的学生很多时候在食堂解决吃饭问题，有些贫困的学生会吃从自己家里带来的干粮和咸菜。子弟学校和镇上的学生们自然是回家吃饭。

在子弟学校时，整个五年级，宛溪和耿胜辉同桌。那段"与魔共桌"的日子，她不敢放松积极斗争的弦。那根弦快要绷断的时候，她就和耿胜辉对抗。有时对决后，可以求得短暂的安宁；有时会招致更大的报复。初一的时候，耿胜辉"团伙"的一个男生主动要求和他"同桌合流"，老师们乐得轻松，就让他俩坐在在最后一排，很少问津。这两个人躲在后面，简直如鱼得水。他们扔小纸条、纸团、粉笔头，大声小声地说话，经常打迷你扑克牌。总之，除了听老师讲课，什么都干。

初中三年，宛溪都和江军钢同桌。江军钢对任何人都很少看两眼以上，宛溪也不会刻意找他讲话，所以他们几乎不交流。有的时候，老师上课实在枯燥无味，她就把课外书放在课本下面，偷偷地读小说和闲书。偶尔，江军钢好像无意中碰到她的胳膊，她抬起头，老师正朝着他们的方向走来，她赶快把小说塞到课桌的抽屉里。初二时，老师想重新调座位，江军钢不愿意换，老师就同意了。他的一些特殊要求之所以被满足，是因为老师们愿意照拂他这样一个德智体全面发展的三好学生。他是三道杠的少先队大队长，考试分数永远遥遥领先，体育也不差，跑步、跨栏和鞍马的成绩都很好。可以毫不夸张地说，他是子弟学校的风云人物。

宛溪不知道江军钢为什么坚持和她同桌，他是金口难开的人，她也懒得问。她自己在心里想，也许是因为江军钢不喜欢吵闹的同桌，他们两个坐在一起正好可以相安无事，互不打扰。

进入原乡高中后，宛溪和江军钢分在高一一班，但不是同桌。刘洁文和耿胜辉分在高一二班。

第三十一章　搬家

　　高中的生活就像子弟学校一样，在有条不紊中进行着。耿胜辉依然打架滋事，江军钢一如既往地保持第一名的成绩，宛溪按部就班地上着课，所有的课程都遵循着既定的教学大纲。大部分的早晨，她和刘洁文相约一起上学，中午有时和她回家吃饭，有时去她妈妈的摊位。她们家特别喜欢吃饺子，宛溪也爱上了这种皮包肉的小东西。不过，有两种口味她实在吃不下去，一种是羊肉，一种是茴香。她向来不吃羊肉，因为受不了那股膻气。第一次吃茴香饺子时，她忙不迭地吐了出来，然后不停地漱口喝水，竭力想把奇怪的味道冲掉。刘洁文家常吃这种口味的饺子，所以总想让宛溪尝试。她试了三次后，终于还是放弃。她不是个挑食的人，但对于这两种口味，却无论如何都无法适应。周末的时候，钱小瑛和孙霜结伴骑着自行车从陵武回到家属院。四个好朋友还是会聚在一起，说着高中生活的同时，也回顾一下子弟学校发生的事情。

　　虽然四个人关系很好，但是由于孙霜的美貌，还是会引发女孩子们偶尔作祟的嫉妒心，其中最让钱小瑛、刘洁文和宛溪愤愤不平的一件事情是每次的文艺演出。不论什么演出，孙霜总是扮演聪明的小红帽，高贵的白雪公主，优雅的白天鹅或者美丽的小人鱼，她们三个则轮流扮演凶恶的大灰狼，恶毒的后妈，矮胖的丑小鸭或者狰狞的巫婆。老师从来都没有考虑过让她们三个和孙霜互换角色，最好的一次安排是让她们女扮男装，扮演几个小矮人。

　　尽管孙霜不擅长跳舞，但是歌舞类节目，她也是领舞。比如，当表演《唱支山歌给党听》时，孙霜总是站在舞台中央连唱带跳。宛溪她们永远在舞台的边缘，扮演被"旧社会鞭子抽我身"的可怜的人。

　　其实，钱小瑛长得非常清秀，只是和孙霜站在一起，漂亮的角色永远都轮不到她。不过，嫉妒心确实只是偶尔有之，否则四个人也不可能成为好朋友。重要的是，孙霜不以为意。她听着三个好朋友半玩笑、半认真地申诉此事，只是一笑了之，从来不计较。所以看着孙霜出落得比花还美丽，各种蜜蜂蝴蝶围着她转，三个人还是为她高兴。

宛溪上高中不到三个月，家属院里两栋六层高的楼房竣工，房子里有厨房、厕所、水池。虽然冬天还是要在房子里烧蜂窝煤炉子取暖，但是煮饭不用烧蜂窝煤了，楼房里的人都用煤气炉。煤气是罐装的，烧完一罐后，要把空的煤气罐拿出去换成装满气的。如果自己不愿意扛煤气罐，随便请人都行。可以说，足不出户，就能解决重要的生活需求。

职工们论资排辈等着分房子，最后，按照工龄、学历等等资格排序后，父亲分到了一套三室一厅的房子。

新房在五楼，房门朝东，进门就是客厅，有二十多平方米。顺着客厅朝里走，左边是最大的房间，有十五平方米，房间里有个门朝南开，门外是个很大的阳台。房间的右边是厕所。厕所的右边是两个一样尺寸的房间，大概十二平方米。厨房在进门处，客厅的右边，面积是客厅的一半，里面有水池、灶台和煤气炉。厨房和客厅之间没有门，但有堵墙和一个门洞把两个区域分开，墙的高度不到层高的一半，稍微高点的人，可以从厨房里把菜递出去。厨房里有个门朝北开，推开门是个阳台。整个房子的地面是光滑平整的水泥。和旧房相比，宽敞明亮的新房让人身心愉悦，似乎所有的晦气都一扫而光。

分到房子的人都喜气洋洋地准备搬家，暂时没有分到的人也并不沮丧，因为院子里还有两栋楼正在建设中。这两栋楼修好后，所有的平房都会拆掉，每个人都将搬到楼房里。

母亲兴高采烈，每天指挥着宛溪和宛嫚收拾家里的破东烂西，打包分类。宛溪高兴地配合着，为房子里面有厕所而欢呼雀跃。如果搬到新房，她既不用每天倒尿盆，也不用早上憋着一肚子的废物排队上厕所，更无须在万众瞩目下异常尴尬地宽衣解带了。

宛嫚经常偷懒，对整理东西没有兴趣，只顾着偷吃原本藏起来的瓜子、花生、核桃和大枣。其实，瓜子和花生如果没有任何加工，全生的时候，也没什么好吃的，多吃几颗，就会胃口全无。宛嫚能够把任何东西都吃得香喷喷的，也是一种本事。宛频准备考大学，似乎谁都不能打扰他。父亲从来不动手帮忙，他像一个立了赫赫战功的大将，时常在家里耀武扬威地说："没有我，你们根本不可能住这么好的房子。"

听了他的话，母亲总是反驳："房子又不是按你一个人的资历分的，我也工作，双职工才能提前分到这样的房子。"

父亲又会不屑地说："如果不是因为我，谁会把你调来这里工作。"

两个人你来我往地说了半天，互相都不服气。最后，像大多数时候一样，高分贝声音的母亲压过了声音低沉的父亲。

母亲想尽快搬家，所以分到新房后，几乎每天都在忙碌中度过。不过家里的东西杂乱无章，母亲又异常节约，连一根针都不愿意丢掉，所以收拾起来又是一个大工程。不但要先把明处的东西归类，还要把犄角旮旯儿的瓶瓶罐罐都包起来，这样一搜罗，到处都是东西。母亲原本就脾气急躁，看着无处下脚的房间，更加不耐烦，于是就把各种物品随意地装进箱子和袋子里。同时，她又监督着宛溪和宛嫪，到处查看是否有漏掉的东西。这样手脚不停地忙了几天，才见到成效。东西整理好以后，又像蚂蚁搬家一样从平房挪到楼房。新房在五楼，宛溪每天上上下下地跑无数趟，虽然手脚酸软，但是对新房的期待之情压倒了一切身体上的疲劳。

楼房不占地方，家属院里的一小块空地就可以盖四栋楼，所以旧房离新房相隔不远。一个月后，旧房子的所有东西都以肩挑手提的方式搬到了新房。

宛溪一直和宛嫪睡在一张床上，虽然同住多年，但两人的关系并没有多大改善。小时候，宛嫪想跟着她玩，尽管刁蛮，还不至于无法无天。随着年岁渐长，她越发自私蛮横，不近情理。母亲给她做了一床新被子，宛溪的被子已经破旧，虽然她不再抢被子，但是看不得宛溪有一点儿好东西。有时，宛溪从朋友那里得到一些漂亮的头绳、有鼻子有眼的布娃娃、五颜六色的石子，宛嫪都要把它们据为己有。有一次，宛溪对钱小瑛的万花筒爱不释手，她不知道外面的世界什么样，但只要眯起一只眼睛，就能看到万花筒里面的精彩。她实在迷恋万花筒里面的奇妙世界，就借来玩了两天。她如获至宝，料到宛嫪会争抢，就把它藏在柜子的一个角落里。等到宛嫪不在的时候，宛溪把万花筒拿出来转来转去，聚精会神地看里面的变幻。可就是由于太专注了，以至于完全没有觉察到宛嫪的到来，所以第二天就被她发现了。宛嫪央求说："让我看一下嘛。"宛溪看到她少见的可怜巴巴的表情，心一软就给了她。

宛嫪拿到以后当然不想归还，但这不是宛溪的东西，她没有权力处置。

关键是这个很宝贵，连钱小瑛都把它列为玩具里的第一位，不能不像头绳那样给宛嫽就算了。无奈之下，宛溪只好奋力跟宛嫽抢。还没有完全发育的宛嫽比较矮，眼看着抢不过宛溪，就把万花筒使劲摔在地上，一边用脚猛踩，一边说："不给我，你也别想要。"等宛溪费尽全力抢救起来时，美丽的世界已经支离破碎，面目全非。

这件事以后，宛溪很长时间都没跟宛嫽说一句话。其实，依照宛溪的个性，早就不想理她了。可是，一想到两人不但同处一室，而且还要床头床尾地睡在一起，完全无法回避，就不想搞得太僵，甚至像仇人一样。所以，冷静的时候，宛溪很无奈，只能像凯哥说的那样，经常让着宛嫽，尽量满足她的要求，努力地改善两人的关系。宛溪爱整洁，几乎每天都要整理床铺，把自己和宛嫽的被子叠好，床单拉平。宛嫽无所谓，哪怕再乱，都视若无睹。偶尔，她心血来潮，百年不遇地叠几次被子。可是，就是这有限的几次，她也是只叠自己的被子。太多的事情，宛溪不想去计较，可是宛嫽如此过分，她还是忍不住要生气。因为宛嫽一直睡在床的里面，靠着墙的那边，她要越过宛溪的被子才能叠自己的被子。宛溪无数次为她叠被子，她为什么不能顺便帮宛溪叠一下被子呢？这种小事宛嫽都如此自私，简直不可理喻！宛溪有时也想，宛嫽这样做，应该是故意激怒她。如果两个人吵起来，宛嫽一定会占尽便宜。因为母亲总是站在她那边，指责宛溪。但是，不管什么原因，各种不愉快的小事越积越多。久而久之，宛溪也觉得心灰意冷，不想再为没有希望的事情费心了。另外，宛溪在朋友家逗留的时间越来越多。有时，她还在钱小瑛家留宿，很少看到宛嫽。在家的时候，也没有话说。到后来，两个人几乎不交流。

这样不友善的关系，再加上其中大大小小的事情和母亲的不公平处理，使两个人越来越疏离。如果两个本来该很亲密的人，抵足而眠多年还是相互视而不见，真切地诠释着"同床异梦"的含义，那么恐怕没有什么方法能够去除他们心中的芥蒂了。若样的两个人非要住在一起，彼此都会很别扭。

虽然搬了新家，大部分的家具还是从旧房子里挪过来的。不过，宛溪和宛嫽的那张床，因为两个人睡了四年多，已经摇摇欲坠，即将报废，父母不得已才买了一张稍微大一点的床给她们。

宛溪不敢奢望有一个自己的房间，她只想有一张自己的床，可是父母没有这个想法。

　　父母住一个房间。宛频平时住在陵武，每周最多只在家里住一个晚上。尽管如此，宛溪知道父亲一定会为他留一个房间，她非常有自知之明，知道自己不可能住宛频的房间，只能无望地想着也许宛频在学校的日子，宛嫪可以住他的房间。有趣的是，宛溪和宛嫪虽然诸事不和，但在这件事上倒是不点就通。

　　宛嫪跟母亲提出平时住宛频的房间，母亲很痛快地答应了。然而，到了父亲那里，遭到了坚决反对。母亲和父亲吵了半天，还是没有结果。当父亲笃定地要做某件事情时，无论母亲怎么吵闹，都是徒劳，因为谁都无法改变他那副拒人千里的冷漠样子。哪怕母亲的声音再高，最后都会输给岩石般的父亲。所以，宛溪依然要和宛嫪住在一起。

　　钱小瑛家也分到了一套三室一厅的房子，在四楼，和宛溪家是同一幢，但在不同的单元。每幢楼有四个单元，钱小瑛家在一单元，宛溪家在三单元。孙霜家分到了另外一幢楼，耿胜辉家也在那里，刘洁文家等着住第三栋楼。江军钢的爸爸在单位是个领导，他们家虽然也是三室一厅，不过比宛溪和钱小瑛家的房子大，楼层好。江军钢家和宛溪家不但住同一幢楼，而且是同一个单元。

　　由于和江军钢同时上学，又住在一个单元，宛溪经常在单元门口碰见他。然而，他要么昂首向天，像一只刚刚学会打鸣的骄傲小公鸡；要么就是低头飘过，佯装没看见。和他同桌三年，宛溪完全熟悉了他那副不拿正眼瞧人的模样，所以也对他漫不经心。

　　四个月后，第三栋楼竣工，刘洁文家和院子里的其他人一样都住进了楼房。除了那栋领导住过的两层小楼，家属院里所有的平房，公用水池和厕所都被拆掉了。拆完后，整个院子显得空空荡荡。下班后，每个人都躲在自己的单元房里，偌大的院子安静而冷清。没有人住的两层小楼日益荒凉，结满了蜘蛛网。只有当孩子们去小楼捉迷藏时，才有些许生气。

第三十二章　母亲的执着

已搬入新家很长一段时间，许多东西还是杂乱无章地堆在一起。然而，由于地方宽敞，那些东西放在客厅的角落里，对日常生活没有影响，所以母亲没有急着整理。

一天下午，母亲有些无聊，就让宛溪帮忙整理那一大堆东西。母亲弯着腰查看了一会儿，在里面翻捡出十几张照片放在饭桌上。宛溪低着头一边看书，一边摆放，没有注意那些照片。过了一会儿，宛嫪端着杯子去厨房倒水，无意中瞥见桌上的照片问道："这些是谁的照片？"

母亲有些不甘地回答："你仔细看看。"

宛嫪低着头看了好长时间，然后惊讶地说："这个是你吗？"

母亲骄傲地说："当然是我了！"

宛溪闻听此言，被好奇心驱使着站起身来去看桌上的照片。照片全是黑白的，边边角角都有些磨损，带着岁月的痕迹。每张照片里都有一个高高的女孩，有些是单人照，有些是和不同的人合影。女孩苗条秀丽，有时扎一条大辫子，有时扎两条小辫子，眉眼处有些母亲的影子。宛溪盯着照片看了半天，实在不敢把照片中容颜娇美、笑靥如花的女孩和眼前这个身材肥胖并且有些泼妇形象的母亲联系到一起。正沉思间，听到宛嫪说："你怎么从一个瘦人变成胖子的？"

母亲有些没好气地回答："还不都是因为生了你们几个！"

虽说回家已经几年了，但宛溪极少看到照片。在子弟学校时，她去过每个老师的办公室，几乎每个老师的办公桌上都有一块玻璃板，下面放着一些照片或者图案漂亮的明信片。唯独母亲的桌子上只有报纸、书和作业本，没有玻璃板，也没有照片。

今天突然看到这么多照片，宛溪非常稀奇。她只有几张和同学出去春游秋游时的照片，没有和家里的任何人合过影。她在钱小瑛家看到好多她父母年轻时的照片，还有一家人不同时期的合影。她也曾想过母亲是否生来就如此粗暴，不近人情。看着照片中皮肤光洁、笑容绽放的母亲，她才意识到母亲居然年轻过，有过大好的青春年华和看起来温柔如水的时候。

母亲对着照片中曾经的自己，似乎突然勾起了她对时光逝去的诸多感叹。然后母亲叫住宛嫪，跟她一一讲述照片中的人和拍摄的大概时间。讲完照片后，母亲又带着痛陈革命家史的味道，难得地讲述了她的故事。宛溪云山雾罩地听了很久，又对着桌上的照片出了半天神，才理出了一个稍微清晰点的线索。

和她的四个孩子一样，母亲也出生在烟雨朦胧的仁洲。外婆是地主家庭，外公在结婚前就加入了袍哥会。由于外公有胆有识，头脑灵活，最后成为名噪一时的袍哥头子，可以在仁洲一带翻云覆雨。母亲年轻时经常梳着两条油光水滑的长辫子，她五官姣好，四肢修长，体态婀娜。不知不觉间，她的身高达到一米七。在不以身高著称的地方，这个高度的女孩确实非常出挑。由于母亲的美貌和殷实的家境，她像外公一样远近闻名。母亲不光漂亮，由于长得高，还擅长体育运动，是学校篮球队的主力。除此之外，还会唱歌跳舞，手风琴拉得特别好，可谓才貌双全，当年曾经迷倒众多春心萌动的英俊少年。可是，母亲的个性大大咧咧，没有一点温柔美少女的样子，又缺乏恋爱细胞，因此没有跟任何一个倾心者擦出火花。

母亲不在乎别人说什么，总是我行我素，这种无拘无束的生活在各种运动中结束。后来，家里的生活一日不如一日。无奈的外婆只能自己磨豆腐，拿到街上去卖。仁洲的水好，外婆经过反复实践，磨出了细嫩鲜滑的豆腐，每天都卖得精光。就这样，外婆靠着卖豆腐，艰难地支撑着家里的生活，直到外公被枪毙。这一年，母亲刚从师范毕业回到仁洲，两个舅舅都在念中学。

由于外公死得极为不光彩，几乎所有的人都唾弃他们，把他们一家人当成瘟神，唯恐避之不及。外公活着时，虽然受到整治，但毕竟还有余威，镇上的人有所顾忌。外公被枪毙以后，家里的顶梁柱倒了，镇上有些人认为外公大奸大恶，死有余辜，家属理应接受改造。所以他们时常捣乱，不但打翻外婆的豆腐摊，而且还不准她卖。由于外公的问题，母亲暂时没有工作，一家人的生活立刻陷入困顿。两个舅舅年纪尚小，性格懦弱，不敢还击。外婆为了不再惹火烧身，只好忍气吞声。只有强悍的母亲跳出来维护外婆和两个小舅舅。久而久之，母亲变得恶名在外，镇上的人都说母亲遗传了外公袍哥大爷的个性。

一次，外婆为了保护豆腐，被人打伤眼睛。母亲立刻提着菜刀和棍棒出去拼命，那些滋事的人被她追得满街跑。不幸的是，外婆的眼睛伤势颇重，因为医疗条件有限，她的左眼彻底失明，连一丝最微弱的光都看不到。

这件事以后，大多数人的观念悄悄地发生了变化，不再处处针对外婆，有事没事都跟她作对。其实，大家世代居住在一个安宁的小镇，原本没有什么真正的恶霸，再加上彼此难免有些丝丝缕缕的牵连，没有人真的恶毒到非要把一个瞎了一只眼睛的女人和一个不到二十岁的女孩置于死地，所以就不再频繁地寻衅闹事。外婆的厄运让人同情，所以母亲的霸道才制服了那些欺凌他们的人。家里的事平静以后，母亲开始为自己的工作不停奔走。虽然外公被枪毙了，但他不是传说中的十恶不赦，丧尽天良，只是大时代之下一个微不足道的小人物。人都死了，镇上的人也不想计较那么多，再加上受过教育的女孩很少，母亲完全具备一个女教师的资格。就这样，她终于在曾经读过书的学校谋得了一份教职，也算学有所用。上班以后，政治运动没有消停。母亲依然要面对出身不好带来的问题，不过还是像以前一样，只要大面上说得过去就行了。外婆一直息事宁人，反复劝说甚至哀求母亲不要到处得罪人，所以她很少直接站在人民群众的对立面，做出和大家誓死抗争的事情。

母亲是一个矛盾体，小时候是外公外婆的心肝宝贝，要月亮不会给星星的霸气大小姐。可是随着外公这个保护神的坠落，母亲的头顶只剩下乌云了。她是一个美人胚子，单看外表，很容易让男人心动，可是一开口，尤其是当街与人对骂甚至动手撕扯，在地上翻滚的时候，就吓走了一大批胆小的仰慕者。母亲自己的心气很高，又在外面念过书，对于那些欣赏她的小镇男人，觉得他们没有见过世面。这样的母亲很难在镇上找到一个结婚对象，所以当大她五岁，在外地工作的父亲以相亲的方式出现时，她不假思索地答应了。虽然两个人结婚，生孩子，变成了法律意义上的一家人，但这不能让他们的关系发生质的变化。他们原本没有什么感情基础，再加上十几年的分居，在彼此早已变成陌生人时，才开始常年在同一个屋檐下生活。尽管经常磕磕碰碰，两个人还是在一起凑合着。

父亲总是一副冷脸，都说眼睛是心灵的窗户，可是他那双藏在镜片后面的三角眼，总是冷冷的，像长眠经年的冷血动物，没有一点热度。这样的眼睛，反映不出任何来自心灵的秘密。虽然结婚二十多年了，但父亲从来没有对母亲的外貌发表过评论。一次，宛溪偶尔看到父母之间的几封信，看时间，有两封是父亲刚和母亲确定关系后写的。信写得平铺直叙，读完全篇，连一个稍微亲密点的词都找不到。父亲如此不解风情，不知是因为当时的风气太保守，还是和他从事的工作有关。一年的大部分时间，父亲总是穿着脏兮兮的衣服面对荒山野岭，先研究分析手上的数据，再用仪器进行探测。即使有一片青山绿水，他们看到的也不是风景，总是要掘地三尺，挖个乱七八糟。找到有价值的东西就留下来探索一阵子，如果什么都没有，就向下一个目标进发。可以说父亲周围的环境总是缺乏美感，和他一起工作的都是粗犷的大老爷们儿，一点儿都不讲究。当他们成群结队地出现在某个地方时，在旁观者的眼里，这伙人不是要饭的，就是逃荒的，只有走近时，才发现他们的队伍似乎是有组织、有秩序的，不是乱哄哄的一堆。尤其当他们停下来工作时，还会在那个区域插上红旗，和真正的盲流人员以示区别。所以，父亲没有闲心去关注其他感性的事物。他的生活中美的东西不多，他也没有一双发现美的眼睛。不过对于母亲这样一个天生缺乏美感的人来说，她也不会在乎父亲当年是否也像其他男人一样垂涎于她的美貌，况且她的美貌很快就被造物主收回了。自从生了宛怜后，母亲的身材就像发酵的大面团一样，止不住地向外扩张。生完四个孩子后，完全是一副膀大腰圆的模样，身材再也没有恢复过，年轻时的风姿荡然无存。只有从那张还没有被岁月完全摧毁，日益苍老的脸上，还能依稀找到照片中当年那个清秀佳人的一丝模样。

从母亲的成长经历看，她的骨子里具有执着的因子。小时候，有外公包容，她可以执拗任性，甚至无法无天。外公死后，她要保护家人，必须有所坚持。这种执着，随着生活中的磨难，变得越来越弱，但却积淀成了一种粗鲁暴躁的处事方式。不过，在买电视的过程中，她的固执已见体现得淋漓尽致。

第三十三章　彩色电视

楼房生活的便利让母亲有了更多的时间看电视。也许因为过度使用，搬入新房不到一年，那台兢兢业业的黑白小电视开始消极怠工。看电视是母亲生活中最重要的一个组成部分，这个环节出了问题后，她非常懊恼。她本就是个急性子，又想着那些错过的电视剧，脾气变得更坏。日思夜想后，她打起了彩色电视机的主意。实际上，母亲早已在黑白电视的小屏幕上贴了一个红黄蓝三个颜色的塑料薄膜，她认为有些颜色更好看，也听别人说，这样可以保护屏幕。虽然屏幕没有保护好，但是看了几年不伦不类的颜色后，已经在不知不觉中勾起了她想看真正彩色电视的愿望。

父亲坚决反对，主要是因为钱的问题。他们又像往常一样吵了半天，最后母亲甩出一句话："只许你抽烟喝酒，不准我买电视！我又不用你的钱！"

父亲接了一句："反正你也买不到。"

吵完以后，父亲照旧每天抽烟喝酒，母亲开始为她的彩色电视机大业四处奔走。经过多日的调查研究后，母亲决定买一台黄河彩电。

彩电的确是个奢侈品，院子里除了少数几个领导家里率先买了彩电外，普通职工只有钱小瑛和耿胜辉家里有彩色电视。母亲想买的黄河彩电不但贵，而且极其难买。有钱还不行，必须要有票才能买。

母亲到处托人，几乎问遍了单位每一个能够和彩电搭上关系的人。功夫不负有心人，母亲最终从单位的一个人手里高价购买了一张黄河厂的彩电票。有了彩电票后，母亲不知从哪里凑了一笔巨资，真的在一年多以后买了一台黄河彩电。

母亲一向吝啬，家里的吃穿用度都很差。父亲只在意和自己相关的事情，每天抽的烟、喝的酒一点都不能少。至于其他，他极少过问。所以，家里连牙膏、洗头膏这样的日常用品都经常缺乏，更不要说檀香皂这样的好东西。没有牙膏时，宛溪就用盐刷牙，因为她在书里读到古人用青盐刷牙，她搞不清楚两者的区别，反正是聊胜于无吧，总比口臭好。洗头膏比较麻烦，她观察以后，决定用洗碗精洗头，因为泡沫很多，也用不了多少。冬天，很多女孩子的身上都飘着百雀羚或者友谊雪花膏的香味，可是她的家里连最简单的擦手用的蛤蜊油都没有，她的手总是皲裂流血。因此，对于母亲的这个大手笔，她非常震惊。

当宛溪听到父亲盘问母亲彩电的事情，母亲最后报出了一个天文数字时，她简直不敢相信自己的耳朵，那是十七岁的她听到过的最大一笔钱。看来，母亲对于电视的热爱超越了一切。她在心里默默地把这笔巨款换成了堆满整个房子的新衣服、流着油的肉包子、香喷喷的红烧肉和白花花的大米饭。这么一想，她完全明白了家里的布票、肉票、油票和粮票都到哪里去了。

由于经年累月对着那个小小的电视，母亲的视力下降得很厉害，但这丝毫不能阻碍她不知倦怠地追着那些大同小异、长篇累牍的电视剧看个没完。宛溪很少看那个小电视，因为母亲和宛嫽的头已经完全挡住了9寸的小电视，不可能再容下第三个人坐在电视机前。不过，有了彩电后，宛溪也像母亲一样追了一些电视剧，其中包括万人空巷的《射雕英雄传》《红楼梦》《排球女将》《血疑》等。

宛溪非常喜欢古灵精怪的黄蓉，街上经常会有各个明星的贴纸卖。她没有钱买，每次都在卖贴纸的摊位前停留很久，反复观看黄蓉的各种造型。钱小瑛买了很多黄蓉的贴纸，她经常和宛溪一起讨论哪个贴纸上的黄蓉最可爱。当知道扮演黄蓉的演员死了以后，她们痛哭了好几次。她们无法把黄蓉和演员区分开来，谁都不敢相信那么俊俏可爱的蓉儿真的已经一命归天。

小鹿纯子的精湛球技和不屈不挠的精神也受到追捧，又适逢中国女排连续夺冠，所以排球成了风靡全国的运动。父亲的单位、家属院里和原乡高中，都先后有了排球场。茶余饭后，经常有人拿着排球，后面跟着一群人。一到排球场上，每个人都精神抖擞，模仿着小鹿纯子的"晴空霹雳""幻影旋风"，当然还有"铁榔头"郎平的扣球绝技。

除了全民追看的热剧，还有一个电视剧令宛溪印象深刻，名字叫《寻找回来的世界》。首先，她喜欢那个英俊忧郁的不良少年。不知从何时起，她开始迷恋浓眉大眼、儒雅帅气同时又兼具硬汉和冷峻气质的男人。看电影《人生》时，她一下就迷上了电影中的男主角。当大家都在谴责忘恩负义的高加林时，她却沉溺于高加林的郁闷惆怅，不能自拔。连他的不苟言笑，都牵动着她多愁善感的少女情怀。其次，这个电视剧中那些老师对学生的爱心让她落泪。反观自己的处境，她生出了更多的感慨。母亲也是老师，宛溪并不是工读学校的学生，可是母亲连工读学校的老师都不如。她没有奢望母亲能够为她把失去的世界找回来，只希望母亲不要处处挑剔，能够以一颗平常心待她。但是母亲看了那么多宣扬爱心的电视剧，对待她的态度却从来没有变过。无论看多少电视，母亲都没有一丝触动，宛溪不知道母亲在看电视的过程中得到什么，也不无法理解她对电视的惊人热情从何而来，只能为她坚如磐石的定力称奇。

偶尔，母亲不看电视时，宛溪得空看了可爱的蓝精灵。只有三个苹果高的蓝色小人整天忙着和邪恶的格格巫斗争。格格巫使尽各种坏招数去抓蓝精灵，可每次都被蓝精灵整得鼻青脸肿。这个天真烂漫的动画片让她找到了久违的快乐。

彩色电视的另外一个功能是让一批港台艺人进入人们的视线，在流行歌曲匮乏的年代，乍一听到那些琅琅上口、必须重复副歌的歌曲，是很容易被吸引的，再加上艺人们活泼灵动的表演方式，更加新颖独特。宛溪从电视上见识了那些原本非常陌生的港台明星，和朋友们讨论着喜欢的明星，但是没有定性，没有偶像，也不流行追星，直到看到边唱边跳、形象健康的小虎队，她和很多人一样不可救药地爱上了这三个充满活力、潇洒帅气的男孩。只要他们往台上一站，就觉得有虎虎生气，到处都是阳光。如果有人不会唱他们的歌，那简直是奇耻大辱。男孩子们自发成立山寨版小虎队，照猫画虎地模仿他们的发型、穿着和动作，又唱又跳；女孩们收藏正宗小虎队的宣传海报，最大的愿望就是亲眼见见他们，愿望没有实现的时候，只好暂且忍受身边假冒伪劣的版本。三只小虎中，乖乖虎是众人心中的最爱，他总是一脸纯真，似乎人如其名，让人忍不住多看几眼，而且每个人都可以在他身上找到闪光的地方。大人们说虽然他到处演出，但没有耽误学习，是孩子们的榜样；男生们则觉得他看似乖巧，实则叛逆不羁，就像他们自己；小女孩们就全是莫名的感性，没有理由的花痴。

虽然宛溪对于电视没有太多兴趣，但是却每天都听收音机，她最喜欢的节目是长篇小说连播和单田芳、刘兰芳的评书。她的心潮跟着小说里人物的遭遇起伏不定。分离的希望他们团聚；有误解的希望他们能够解除；脑袋被打破的希望他们赶快康复。每天小说时间结束的时候，她都想知道下面的情节，经常急得抓耳挠腮，可是无论如何都要等。令人欣慰的是，播音员的声音饱含情感，有的正气凛然，有的内敛中透着热情，很多时候故事结束了，播音员的声音还可以回味很久。刘兰芳和单田芳的声音是两个极端，一个清亮高亢，一个暗哑低沉，这种嘶哑的声音后来被称为时髦的烟嗓。两个不同的声音各自讲着从前的英雄好汉，但两人每次都在关键的时刻停下，拍着惊堂木说："欲知后事如何，且听下回分解。"等到收音机里想听的声音都消失的时候，她就抱着《收获》《当代》《十月》或者《花城》，把里面的小说连载读个遍。这四本杂志的读者众多，院子里的每户人家都能找到几本，但是连载没有结束时，无论看多少本杂志，还是惦记着小说中人物的命运。所以，宛溪总是在期待中度过，想象着究竟发生了什么。没有结果时，就自己写下结局，然后和作者的相对照。有憧憬的生活倒也不难过。

第三十四章　高考

　　生活谈不上惊涛骇浪或者死水微澜，但也并非波澜不惊，无论是什么，都在习惯了一切后，在不断的摩擦中前行。

　　在陵武读书的宛频参加高考失利，母亲唠叨了几次，父亲舍不得责备，让他复读一年。可是第二年的夏天，宛频的高考成绩仍然不理想，只好上了西安的一个专科学校。母亲风言风语地说了几次，父亲虽然失望，但他总是义正词严地阻止母亲埋怨宛频。宛频不想再复读了，于是九月开学时，他去西安读大专。宛溪继续在原乡读高三。

　　高二文理分班时，宛溪选择了文科。虽然她的数学和化学成绩不错，可是抽象思维能力不行，所以物理太差，加上她喜欢文学和历史，所以毫不犹豫地选了文科。江军钢在原乡高中一枝独秀，数理化几乎都是满分，语文、历史和地理成绩也总是名列前茅，但他还是偏爱理科。耿胜辉对于打架科和捣蛋科有着浓厚的兴趣，可惜学校没有这些科目，于是王阿姨为他选择了理科班。刘洁文的数理化一直不好，文科成绩稍好一点，但也很普通。因为很多人说"学好数理化，走遍天下都不怕"，所以和理工科相比，大家都认为文科简单，学习一般的刘洁文留在文科班。在陵武的钱小瑛选了文科，孙霜则到了理科班。

　　原乡高中的师资平平，生源一般，学习风气散漫，无论从哪方面说，都无法与陵武高中相比。尽管如此，进入高三后，老师还是比以前抓得紧了，学生也感到了压力。原乡高中的大部分学生都来自附近的农村，他们很想通过高考走出农村，实现鲤鱼跳龙门的梦想。每年的农忙，学校都会放假，家在农村的高一和高二的老师和学生都回家帮忙。但是，高三的老师和学生没有农忙假，仍然在学校继续上课。

　　自从宛怜考上大学，宛溪就知道这是个重大标志，意味着可以离开家独立生活。实际上，从到达父母家门口的那一刻开始，她就憧憬着这一天。后来听到《那一年我十七岁》，尽管为温暖的歌词感动，她还是清楚地意识到，离开家时，一定不会有人笑着对她说："别忘了回家的路。"她听到的话语大概是"再也不要回来，有多远滚多远"。

除了耿胜辉之流对学习完全不在乎的人，还有江军钢那样自带光环的人以外，大部分学生都比从前用功。宛溪也像其他学生一样，早出晚归地忙着学习，考试，做各种模拟题。刘洁文虽然也很努力，无奈她的成绩一直在下游徘徊。陵武高中的学习比原乡高中紧张很多，钱小瑛和孙霜比宛溪忙多了，她们进出家属院时，骑自行车的速度都比以前快了。四个好朋友聚在一起的时间越来越少，不再刻意见面。如果在院子里碰到，也只是快速地说上一两句话，然后就匆匆离开。在高三的那一年里，宛溪和刘洁文都很少再说无关紧要的话，跟钱小瑛和孙霜几乎没有交流。即使寒假的时候，钱小瑛和孙霜也是躲在家里，埋头苦读，宛溪只在院子门口见过她们一次，打个招呼就散了。钱小瑛的姐姐大学刚毕业，分配到西安的一个机械厂工作。她的哥哥于一年前考上西安的一所重点大学。他们都可以在学习上指点钱小瑛。宛溪没有这样的资源，碰到难题，只能自己冥思苦想。

时间在紧张忙碌中悄然流逝。转眼间，就到了高三的下学期，班主任宣布高考前不但要进行体检，而且还有预考。只有体检过关，达到预考的分数线后，才能够参加高考。想上大学的人开始担心自己无法满足这两个条件。关于体检，没有明确的指示，所以不知道如何才算过关。但是，预考就是看分数。于是，大家只能把精力放在预考上面。很多人更加玩命地学习，迎接预考。

原乡高中的学生被指定到同一个医院体检。体检的那天，医院里聚集了无数的学生。大家听从护士的指挥，男女生自动分开两个方向。女生们排着队依次进入一个三十多平方米的大房间，等到房间里站满了人后，护士把门关上。一个女医生坐在房里，她快速地指导着两个护士给大家量身高体重，检测视力和是否有色盲色弱的问题，然后抽血。做完这些基本检查后，女医生让女生们走到她面前，然后要求大家把衣服脱光。开始，女生们都扭捏着不肯脱，女医生很快就失去了耐心，没好气地说："没有体检，不能参加高考。"

听了这话，女生们才纷纷开始宽衣解带。当所有的女生赤身裸体地排队站好后，女医生伸出手挨个触摸女生们重要的身体部位，问了家庭病史以及本人是否做过什么手术之类的问题。碰到身上有疤痕的，更是重点盘问。她一边问，一边在纸上龙飞凤舞地写着什么。

体检非常严格，一同参加体检的女生，有些人当场就被通知不能参加高考。不知这是医生散发吓唬人的烟雾弹，还是一个正式决定。总之，听到这个残酷消息后，她们当时就哭了。另外，还有些人被告知不准报考某些特定专业，色盲是其中最普通的一个原因。

体检过关的学生积极准备预考，可是学习并非一朝一夕之功，而是由多方面因素决定的，不是一厢情愿的事情。所以预考的分数下来后，完全不出所料，原乡高中哀鸿一片，上了预考线的人不到十个。全校有七百多个学生，高三的毕业生两百多人，这样的成绩只能用惨不忍睹来形容。无奈原乡高中的状况历来如此。

子弟学校的学生只有江军钢和宛溪上线。耿胜辉毫无意外地落选，刘洁文也在分数线之外很远。江军钢的分数高高在上，稳居第一名。宛溪紧随其后，差了他将近二十分。钱小瑛和孙霜毫无意外地顺利通过预考。

七月七号，宛溪像全国所有的高三学生一样，走进了决定命运的考场。前面的科目都比较顺利，但是，考数学时，她突然严重腹痛，失去了思考的能力。平时熟悉的题目，都变得不确定。她强撑着做完了卷子，心中非常忐忑。经过三天紧张的考试后，开始估分，报志愿。

对于学校和专业，宛溪都一筹莫展，父母没有任何建议，高中的老师也不甚了解。她按照自己的兴趣选了专业，然后开始找学校。选学校的原则更简单，只要能够离开家，不是本省的就行。虽然这样想，可是看着招生简章里令人眼花缭乱的众多学校，她茫无头绪。她参照往年的分数线，根据学过的地理知识，前面的志愿都选了外省的大学，然后胡乱填写了其他几个学校。

虽然数学没有考好，但是其他几门课都考得挺好。她估计总分不会太差，最后给自己估了一个不错的分数。最主要的是，她完全没有意识到如果第一志愿落空，就很难被好学校录取。所以，她填志愿时太随意了，等到发现这个错误时，已经无法挽回。

江军钢在没有任何人的指导下填写了自己的志愿：水木大学。宛溪早就从一些大学生的口中知道，这是毫无争议的著名大学。自从原乡高中建校以来，从来没有一个人考上过这个学校，有人甚至说江军钢是第一个填写这个志愿的学生。不要说原乡，就是陵武高中也只出过两个考上这个学校的人。他的这份自信，让很多人为之侧目。

填完志愿后，宛溪开始了焦灼不安地等待。可是，分数下来后，她傻眼了，只感到眼前一片黑暗。她的第一志愿是重点大学，没上线。后来，当她得知自己所报的专业在全省只招三个人时，觉得自己是蚍蜉撼大树，后来在自暴自弃中，自欺欺人地说：即使上线，肯定也轮不到她，这样难上的学校绝对不会录取她这个最烂高中的毕业生。虽然她上了普通大学录取线，但由于志愿没填好，她被调配到西安的一个专科学校。拿着录取通知书的那一刻，她欲哭无泪。她不可能复读，只能接受这个无奈而悲凉的安排。

江军钢的分数刚好超出水木大学的录取线，他成了整个陵武地区有史以来第三个考上这个学校的人。一时之间，引起了巨大的轰动。

对于宛溪的高考失利，母亲很不高兴，经常拿江军钢的事情数落宛溪。那段时间，母亲挂在嘴边的话就是："是金子在哪里都会花光的。谁说原乡高中很差？自己不是那块料，多好的学校也没有用。"母亲平时说话时，经常 h 和 f 不分，宛溪有时在心里发笑，嘀咕说如果金子够多，不一定都会花光的。不过现在她什么心情都没有，只能嘲讽自己。和江军钢相比，她确实不是金子，连沙金都算不上，即使把沙滩淘空，也看不到一点亮色。她是一块发着刺眼光芒的烂玻璃渣子，除了让人不舒服，还会把手脚扎破。总之，她是没有丝毫用处的破铜烂铁，只能当成废物扔掉。所以，对于母亲那些不入耳的话，她只能照单全收，完全无言以对。一向不跟她说话的父亲也加入到了母亲的阵营，话里话外都带着讽刺的意味。对于结果，宛溪本来就沮丧之极，再加上父母的冷嘲热讽，她只想赶快逃离。

钱小瑛考上了西安的一所普通大学，孙霜考上了北方的一所重点大学，她的大哥刚从那个学校毕业，分配到一个大家都说非常好的单位。

很巧的是，父亲单位的一半职工将在暑假搬到西安。其余的人，将会在几年内全部搬迁。关于这件事，虽然风传了很多年，不过这次是确定要搬了，父亲在去西安的名册上。但是，由于在西安找不到合适的地方安放子弟学校，所以学校依然留在原乡，但是已经不能被称为纯粹的子弟学校了。因为职工的孩子少了很多，于是学校决定招收镇上和附近农村的孩子。

父母又开始了两地分居的生活，不过这和母亲原先在仁洲时候的分居有着天壤之别。那个时候，她和父亲天各一方，需要跋山涉水才能相遇。即使见面，也只有非常短暂的相聚时间。现在，她每个周末和假期都会随单位的班车到西安，和以前相比，既便利，又增多了在一起的时间，几个周末的时间加在一起就超过了父亲从前一年的探亲假天数。

第三十五章　西安

暑假在等待录取通知书的煎熬、收到录取通知书以后的失望兼折磨和搬家的忙乱中过完了。

自从耿胜辉预考失败后，王阿姨一直试图劝说他复读，可是耿胜辉实在没有兴趣。无奈之下，王阿姨只好让他去参军。这倒是个不错的主意，也许只有军营的磨砺才能让顽劣的他成长蜕变。

孙霜家和耿胜辉家都暂时留在原乡。钱小瑛的爸爸妈妈都是单位的技术骨干，率先到西安上班。刘洁文的爸爸当了后勤科长，也是第一批要到西安上班的人。到西安后，他托了各种关系，最终为刘洁文和她的姐姐在纺织厂找到了工作。江军钢的爸爸是领导，自然先到了西安。搬到西安后，单位没有临时工的位置。江军钢的两个姐姐原本也可以去纺织厂上班，可是她们嫌纺织厂的工作三班倒太辛苦，不愿意去。既然没有其他工作机会，她们俩只好在家当年纪很大的待业青年。院子里的很多人说，她们只有嫁人，才能有饭吃。她们俩长得都不难看，尤其是二姐，还蛮漂亮的，嫁人应该不难。

父亲的单位搬到西安西郊，办公楼和家属院都在一条大马路的边上。大马路跟原乡的学街一样，也是东西方向的。很巧的是，办公室同样在马路的东边，也像在原乡一样，有围墙和大铁门，但是小了很多，占地面积只有原乡的三分之一。单位里依然有公用澡堂和食堂，父亲中午还是在食堂吃饭。家属院在马路的西边，两个院子相距两公里多。从格局上来说，和原乡没有差别，就是换了一个地方而已。如同把原乡的一切，做成一个缩小了一点的模型，然后放到车上整个运过来。不同之处是马路上有两个大坑，有些穷极无聊的男生就带着尺子跳到坑里去忙活。经过他们的准确丈量，大家都知道了两个坑的尺寸。一个深 60.37 厘米，直径 110 厘米；另一个深 42.1 厘米，直径 90.3 厘米。下雨时坑里积满了水，不小心就会掉下去。晴天时，坑里是晒干的烂泥和浮土，一阵轻风，就会扬起漫天的飞尘。

家属院的门口有个小小的山丘，这是修房子打地基时挖出来的泥土，当时没有办法处理，便堆在了门口。久而久之，便形成了一座小山包，上面长了些杂草和小树。夏天，山包成了大人们休闲聚会的场所。孩子们则不管什么季节，总在小山上攀爬。当"西北风"在歌坛大行其道时，小山坡上时常响起孩子们雄壮有力的歌声。从"我家住在黄土高坡，大风从坡上刮过"唱到"一片贫瘠的土地上，收获着微薄的希望"，再到"风沙茫茫满山谷，不见我的童年"，由于孩子们总是成群结队，所以歌声极少间断。当一个人忘词时，立刻有人接上。在这些豪放歌声的衬托下，家属院门口的小山包仿佛真的变成了富有象征意味和生命气息的一个承载体。

家属院的三面都有一米多高的红色砖墙，一个大铁门朝南开，边上有个传达室，里面有部电话，二十四小时都有门卫守着。门卫的主要工作有三个：一是阻止陌生人进入；二是收信；三是叫院子里的人接电话。

院子里有两幢七层高、深灰色的楼，一南一北，相对而立。名字起得很简单，就叫一条和二条。一条的后面是大马路，二条的后面是另外一个单位的家属院。

父亲分到了二条一套三室一厅的房子，在一楼，结构和原乡的房子几乎一样。一个大房间，两个小房间，厕所正对着客厅。唯一的不同之处是只有一个阳台，依然在父母的卧室，还是那个最大的房间，厨房里则没有阳台，但煮饭照旧用煤气罐。

像在原乡一样，江军钢家还是和宛溪家住在同一个单元，他们在三楼。

由于宛嫪多读了一年初三，搬到西安时，刚好读高中，她去了离家很近的一个高中。母亲平时住在原乡，宛频和宛溪都住校。所以，大部分时候，家里只有父亲和宛嫪。

西安有各种大小商店，物品比原乡丰富很多。很多人把在原乡用了多年的旧家具丢掉，进城去买新东西。家里有大学生的家庭更忙，父母下了班就进城为孩子们采购开学需要的物品。就在很多人说新家还没安置好，东西还没买够时，已经到了开学的日子。

整个假期对宛溪来说没有一点可以期待的地方，如果非要说点什么值得一提的事，那就是再次见到宛怜。在她既不盼望开学，也为快要离开家有点暗喜时，有一天，母亲突然说宛怜要回来。

一直浑浑噩噩的宛溪听到这个消息大吃一惊，仿佛被打了一剂强心针，心情异常激动，把所有的力量积聚在这件事上。她哪里都不去，一直在家里等。可是过了两天，都没看到宛怜的影子。她忍不住煎熬，急切地问母亲宛怜何时回来。母亲说不是很清楚，也许晚上。

宛溪又开始满怀希望地等待，可是直到父亲下班，大家吃了晚饭以后，宛怜还没出现。做完一切杂务后，宛溪依然精神抖擞地等着。母亲一个台一个台地看着电视连续剧，宛溪坐在客厅心不在焉地翻着两本书。当敲门声响起时，她迫不及待地冲过去拉开，看到消失好几年的宛怜站在门口，还有一个男人在她的身边。

宛怜跟父母介绍这个男人叫作高甫，并且让高甫叫"爸爸妈妈"。然后，她跟宛频、宛溪和宛嫇说："这是你们的姐夫。"高甫到西安出差，宛怜刚好没什么事，就跟着一起来了。由于到家的时候已经很晚，谁都不想多说一句话，做完介绍就去睡觉了。宛频不用像从前那样去同学家借宿，他睡在客厅那张新买的沙发上。宛怜和高甫睡在他的床上。

第二天吃完早饭后，宛怜说想上街逛逛。父母没有兴趣出去，宛频对什么都淡淡的，说外面下雨，不想动。宛溪惦念着记忆中的那个姐姐，和宛嫇兴高采烈地陪着他们。

一行四人站在外面等公共汽车，几分钟后，宛怜说雨太大，高甫伸手拦下了一辆出租车。一上车，宛怜就开心地说着要去西安的高档饭店吃饭，并且让司机介绍城里最好的酒店。司机认为遇到贵客，说了几个名字。宛溪已经跟着钱小瑛她们在城里城外转了好几圈，这些名字曾经在街上看到过，但是门口都有人站着。刚开始她们贸然走过去，还没靠近就被拦住了，后来都是过门不入，不敢再走近。司机很好，除了开车，还尽心尽力地承担起导游的工作。夏天多半都是雷阵雨，上车不久，雨就停了。他们去了钟楼、大雁塔和小雁塔。宛怜买了几件衣服，然后在路边吃了一些水饺和包子，没有再提司机介绍过的那些饭店。吃完饭后，由于司机还在等，他们依然坐着那辆出租车打道回府。到家门口时，司机停下来，满脸期待地等着自己的劳动报酬。宛怜坐在前面，伸手问高甫要钱包。她在钱包里摸索半天，抽出几张小额钞票。接过钱后，司机的失望不言而喻。不知是吃惊还是生气，他的面部扭曲，有些变形。宛怜的左脚还没完全离开车，他已经关上车门，绝尘而去。宛怜一个趔趄，差点摔倒，大声骂了一句，高甫也追着骂了几句。但出租车已经开出老远，司机什么都听不到，只留下一阵灰尘。

第三天早上，宛怜和高甫匆匆离开。他们来去都像外面随时刮过的一阵风，没有在家里留下任何印记，仿佛从来不曾出现过一样。

第三十六章　迥然不同的开学

江军钢不光在原乡高中缔造了神话，在父亲的单位，他的光环也无比耀眼。虽然单位是个知识分子成堆的地方，但是考上水木大学的孩子确属凤毛麟角。有人带着孩子送江军钢去火车站，众星捧月般地围着他，都想沾点喜气，希望能够步他的后尘。宛溪怀着复杂的心情加入了欢送的人群，一路心事重重地低着头。

江军钢从来都属于如果可以写字，就不说话的人。即使在这样一个喜庆的日子，他依然沉默寡言。他上车后，人群慢慢地散去。宛溪准备跟他说一声再见，然后离开。她抬起头的一瞬间，看到江军钢明亮炙热的目光，那里面还有不舍和期盼。

从五年级到高三，宛溪和江军钢同学七年，令她印象最深刻的就是他的眼睛，那里一向澄澈如水，清朗如月，从来没有丝毫杂质和异样。

在嘈杂的火车站，宛溪第一次看到他不同寻常的目光。她怦然心跳，但又不敢对视。再抬头时，江军钢已经恢复了他那七年如一日的纯净眼神。恍惚间，她以为自己看错了。可是，那个灼热的眼神烫在了她的心上，留下了一个永久的烙印。

江军钢在敲锣打鼓中去了当之无愧的最高学府，宛溪则灰溜溜地入读南郊的一个专科学校。学校很袖珍，还没有原乡高中的操场大，用不了三分钟就可以从头走到尾，把全校的每个角落都探查一遍。如果在这样的学校谈恋爱，最头疼的事情是去哪里找个隐密一点的藏身之所。男生、女生各住一幢尺寸迷你的两层小楼。宛溪的宿舍住了七个人，其中四个来自农村，一个来自小城，一个来自西安附近的县城。

四个农村的女生都很朴实，刚安顿好就拿出大枣、瓜子请大家吃。其中最热情的是汤玉红，她肤色偏黑，个头儿不高，但很壮实。和汤玉红肤色身高都类似的女生叫贾小翠。林敏雪比她们两个高半头，身形也纤细一点，说话慢吞吞的。最不同的是裴云英，她的皮肤光洁细腻，身材苗条，如果不说，根本看不出是农村来的。

另外两个女生，一个秀气内敛，一个艳丽张扬，截然不同的样貌和气质，形成了有趣的对比。秀气的女生叫薛花珠，来自离西安一百多公里的一个小城市，父母都是工人。张扬的女生叫程玲璐，住在离西安三十多公里的一个县城。县城里有个研究所，她的父母都是那里的职工。父亲是高工，母亲是行政人员。她父母的祖籍是上海，为了支援三线建设，毅然把最好的年华留给了西北的这座小县城。程玲璐在小县城出生，成长，寒暑假时偶尔随父母去上海走亲访友。

宿舍的几个人，除了程玲璐有些咄咄逼人外，其他的女生都很好相处。虽然每个人都会和程玲璐有些大小不等的摩擦，但也没结下什么深仇大恨。

尽管入学之前，宛溪已经有了心理准备。可是到了学校，她仍然对自己更加失望，为没有考上第一志愿无数次垂泪到天明。学校的生活乏善可陈，她过着行尸走肉一样的生活，上学的目的变成了等待毕业和工作。在这样死水一潭的生活中，她试图寻找一些微澜，不然根本无法想象如何打发三年的时光。幸运的是，她很快就发现程玲璐是一个有趣的存在。

程玲璐是独生女，从小到大，家里的东西都是她的，所以养成了霸道的个性。在宿舍，她说一不二，要求所有人都听她的。不过一段时间后，大家发现她的本性并不坏，还乐于助人，所以女生们在表面上就不大和她计较了。男生们完全是另外一种心态，只想着怎么才能和她搭上话。她大眼睛，双眼皮，鼻梁高挺，皮肤白皙，标准的瓜子脸，已经具备了美人的胚胎，再加上一米六五的身高和胸前高耸的双峰，因此很快就成了男生们的焦点。

小小的专科学校显然不能让程玲璐尽情发挥，她随时都想跳出这个拘束的小池子。好在西安盛产大学，高校的数量着实众多，尤其是南郊，更是各类大学的集聚地，几分钟就能从一个大学串到另一个大学。稍微夸张一点地说，十步之内必有一所大学。所以，程玲璐的这个愿望一点都不难实现。刚开学时，宛溪去钱小瑛的学校找她。路上全是清一色的大铁门，字体和尺寸都很类似的大牌子挂在大铁门两侧的墙上。走了没多久，她有些迷糊了。正想找人问时，迎面走来一个头发花白的人，戴着眼镜，温文尔雅，一看就像个大学老师。他为宛溪指点了去钱小瑛学校的路线后，轻轻地笑着，自言自语般说了一句："新入学的小姑娘，找不到自己的学校了。"

听了这句无意识的话，宛溪有些伤感。钱小瑛的学校比她的专科学校好了很多，她的确希望那是自己的学校。

宛溪的学校和钱小瑛的学校相距十几分钟的路程，钱小瑛哥哥的学校稍远一些，在东郊，但他时常会到钱小瑛的学校来玩。每到周末，不同学校的人互相串门，聚在一起跳舞，打牌，喝酒，吹牛，尽情挥霍着似乎永远不会结束的青葱岁月。

程玲璐在附近的大学很活跃，她经常浓妆艳抹，嘴巴涂得血红，在男生中间周旋。她不拘小节，没有亲疏之分，很快就能够把男生们的钱当成自己的钱花。她从来不讳言自己喜欢买东西，喜欢花钱，倒也率直。重要的是，视觉动物的男生们心甘情愿地为她付出。女生们出于嫉妒，在背后风言风语地评说着，但没有人敢当面和她较真。因为她没有花女生的钱，也没有损害任何人的利益。开学两个月后，程玲璐和政法学院一个家境很好的男生坠入爱河。他们出双人对，吃遍了八里村的各色小吃，去民生百货购物，甚至还去过钟楼饭店就餐。

绝大多数同学，只是在八里村逛逛，找些便宜的小吃果腹解馋。至于钟楼饭店之类的地方，就像金花大酒店一样，完全是可望而不可即的。

看着程玲璐的恋爱生活进行得如火如荼，宿舍的女生们也跃跃欲试。薛花珠相貌清秀，属于小家碧玉型，不乏追求者，但她挑挑拣拣，举棋不定。汤玉红、贾小翠和林敏雪虽然也春心萌动，但是外形上没有优势，因此缺乏护花使者。尽管她们善良热情，经常为他人设想，可是开学之初，男同学们也不可能在短时间之内看到她们的美丽心灵。相比之下，裴云英的境遇大为不同，总是有男生围着她忙前忙后。她虽然来自更为偏远的农村，但是沉静如水，文弱似柳，根本不可能想象她会下地做农活。看着她，宛溪总会感慨地想，有人命中注定得到上天的眷顾，无论生活如何艰辛，都不会在他们的身上留下痕迹。就像在西藏，也有一些温婉秀丽的美女，她们的脸上看不出强烈紫外线的痕迹，更没有大多数人那种渗入毛细血管、终生不离不弃的高原红。而且，裴云英总是让宛溪想起原乡高中的英语老师。第一次见到那个英语老师时，宛溪以为她是城里的大学生到乡镇高中实习的。后来才得知她来自陵武附近的农民家庭，在西安读了专科后分到原乡高中。她胖瘦适中，气质如兰，皮肤白嫩水灵，手指纤细，真的像葱根一样，只有农忙回家干完活以后才会变黑，看出一丝农村人的影子。可是回到学校没有多久黑色就会褪去，又变得面若桃花，皮肤吹弹可破。描写刘兰芝美貌的那些词句用在她身上一点都不夸张。漂亮的英语老师和学校里一位本科生男老师"想隐藏，却欲盖弥彰"地谈起了恋爱，后来年轻的男老师考上研究生离开了，她一下憔悴了很多。悲伤过后，她也积极投入到考研究生的行列中，目标学校当然是男老师所在的那个城市。宛溪离开原乡时，她还在不停地看各种考试资料。裴云英的相貌虽然比不上英语老师，但是那种向上的精神和对生活的憧憬是一样的。

宛溪像个哲人一样，默默地观察着周围的各种人群，发出一些可有可无的感叹。无论他们过得活色生香还是单调乏味，每个人都有自己的烦恼和惊喜。

令女生羡慕又嫉妒的程玲璐，整日花枝招展，各色化妆品不断，和男友甜出了蜜。可她还是抱怨男友不给她买新衣新鞋，对她不体贴，没有言听计从。刚开始，大家以为她假装生气，慢慢地才发现，她是真的不开心。当她控诉男友时，总是怒目圆睁，原本白净的脸颊，由于气愤，变得绯红。每当看到程玲璐生气的样子，甚至愤怒之下不再那么美丽的脸，汤玉红、贾小翠和林敏雪几乎都庆幸自己没有男朋友，因为恋爱中的苦闷竟然让大美女束手无策。可是，无论怎样安慰自己，就算把头埋在沙子里，怀春的心还是要冲出墙外。所以，每当有男生对她们略表好感时，她们都会兴奋地辗转反侧。

第三十七章　回家

时间在混沌中前行，小小的日历纸一张张地撕下来，转眼间，开学已经快四个月了。这段时间，宛溪回过四次家。

第一次是十月初。一个星期六的下午，宛频到学校找她，说母亲要她回去。开学以来，宛溪第一次见到宛频。虽然两个学校相距不到三公里，可是谁都没有拜访对方的愿望。

乍一看到宛频，宛溪有些吃惊。听到母亲要她回去，更加无措。她虽然不明白母亲为何要她回去，但完全可以肯定，母亲不会因为思念要她回家。

上了专科学校后，母亲给她生活费。宛频的生活费，由父亲出。母亲给的钱，连吃饭都很勉强，根本没有余钱做任何事情。所以，她负担不起从南郊到西郊的公共汽车票。再说，即使回家，又有谁想见她呢！

宛溪明确告诉宛频没有钱坐公共汽车，他想了一下说："我骑自行车带你回去吧。"

搬到西安后，父亲为宛频买了一辆新的自行车，他在陵武上学时的那个旧自行车放在家里。宛嫚可以走路上学，不需要自行车。宛溪坐在宛频崭新的自行车后座上，跟着他回了家。

刚一进家门，宛溪就被母亲劈头盖脸地骂了一顿："我出钱供你上学，不是让你躲在学校享福。家里的事情一件都不做，什么都等着我。以为翅膀硬了，可以飞了。你只是上了一个大专，不是名牌大学，以后也没有好工作。现在就不想认我了，白眼狼，养你没有一点用……"

一个多月没有听到母亲的咆哮，宛溪觉得耳根清静了许多。骤然听到熟悉的咒骂，唤起了她许多不愉快的记忆。她非常反感，于是打断母亲，冷冷地说："你叫我回来，就是为了骂我？你给我的钱，连吃饭都不够，哪有钱坐车回来？你要我做什么事，直接说就行了，不要东拉西扯。"

母亲说："就知道要钱，多少钱才够你用？你当我的钱是从街上捡来的？"

宛溪不耐烦地说："我没有问你要钱，只是就事论事，你不要胡搅蛮缠。自从我来到你们这里，从来没有问你们要过钱，你们也没有给过我一分钱。一个月前，才第一次从你那里拿钱。谢谢你没有让我饿死。懒得跟你啰嗦，你到底叫我回来做什么？"

母亲了解宛溪的脾气，知道多说无益，于是简单地说："家里的衣服、被子都没有人洗，卫生也没人打扫。我一个周末在路上来回奔波，马上又要走，还要做这么多事，你想累死我。"

宛频是父亲的心肝，宛嫖是母亲的宝贝，只有宛溪可以差遣。她为了减少争执，力所能及的事从来不偷懒。从她进入父母的家门起，母亲就指使她做各种家务。习惯很容易成自然，所以母亲总是把她指挥得团团转，多年以来都是如此。

宛溪摸透母亲的脾气后，找到了和她相处的独特方式。母亲则不管宛溪想什么，总是本性难移。因此大部分时候，她们以这样的方式相处：一个吼得地动山摇，一个冷得无动于衷。偶尔，宛溪忍无可忍时，也会像冰山崩塌一样，令母亲措手不及。

宛溪听到母亲叫她回来做家务，便一声不响地拿起扫帚开始扫地，扫完地后，又拿抹布擦去了桌子和柜子上厚厚的灰尘。

母亲先把脏衣服放到厕所的一个大盆子里，放满了水，然后打上肥皂，在搓衣板上用力地上下搓洗。看到宛溪做完卫生，母亲要她把搓洗过的衣服放到另外一个大盆里清洗干净，然后挂到阳台上。阳台上有一根很粗的绳子，宛溪很快就在绳子上挂满了衣服。洗完了衣服，母亲要求宛溪帮她洗菜做饭。

这些事情，宛溪已经做了很多年，早已轻车熟路，没有觉得多么辛苦。只是母亲从来没有好脸色，如果她不小心打烂一个碗，便是大难临头。如果不赶快逃开，就要遭受母亲的耳光。她已经不是一个小女孩，也实在厌倦了母亲多年如一日的指责、谩骂和耳光。

宛溪第一次回家后，母亲明确指令她每个月至少回去一次。主要是做家务，另外是跟母亲拿点少得可怜的生活费。她告诉母亲，可以回来，但是没有钱买车票。母亲跟父亲商量后，把宛频那辆放在家里多日，落满了灰尘，没有人用的旧自行车给了她。

宛溪早就学会骑自行车了，并且很熟练。在原乡时，她跟着钱小瑛她们常在街上骑车。只是原乡太小，很快就可以骑个来回。她也曾骑过高中同学的自行车，跟他们一起去乡下的家。但是，当她第一次在西安的街道上骑自行车时，只觉得头晕目眩，精神高度紧张。

宛溪离开西郊的家，刚开始骑得飞快。进了城门，到了西大街，她不得已慢了下来，因为街上的汽车不停地飞驰而过。当她穿过钟楼，转到南大街，汽车越来越多，骑自行车的人也是乌泱泱的一大片，一不小心，就碰到别人。好几次，她都差点被撞倒。她贴着路的最里面，慢慢地骑着，出了好几身冷汗才回到学校。

以前，宛溪都是走路去各个学校参加活动。有了自行车后，方便了很多，她不但骑着车走遍了周围的学校，还跟着钱小瑛去她哥哥的学校玩。空闲时，她也和同学们骑车进城。这样来来回回地骑了半个月，她不再紧张了。

西安是一个四四方方的古城，东西南北四个城门，城门之上是屹立千年的长方形城墙，护城河沿着城墙庄严地流过。处于市中心的古老钟楼，与四个城门遥相呼应，城市以钟楼为原点向四周辐射出东、西、南、北四条大街。西安的街道既直又平，基本上没有什么曲里拐弯的路，不容易迷路，也很好骑车。十一月初回家时，宛溪非常娴熟地骑着车，对街上的车水马龙已经视若无睹，就像在原乡的街道上一样老练。

回家后，宛溪像往常一样和母亲一起做家务。星期天早上，她们洗了床单、被套和衣服，五颜六色地挂满了整个阳台。

宛溪劳作了一个上午，吃了午饭，又和母亲一起做了很多琐碎的事情后，就觉得有些昏昏欲睡。她靠在和宛嫪共同的床上，闭上眼睛，睡了过去。迷迷糊糊中，宛溪似乎听到母亲要坐班车去原乡了。她意识到自己也要回学校了。

宛溪下了床，准备上了厕所就走。刚走到房间门口，她无能为力地倒了下去。残存的意识中，她知道自己一氧化碳中毒了，这种情况在原乡时曾经发生过。

原乡没有暖气，一直用蜂窝煤炉子取暖。西安的家里也没有暖气片，刚进入十一月，天气不是很冷。但是，不知为何父亲说冷，他于几天前在家里生起了蜂窝煤炉子。在家的这两天，母亲一直和父亲吵这件事。母亲难得理智地说了两个理由。一是因为刚搬家不久，家里还没有装烟囱，这样烧蜂窝煤，容易中毒。二是这么早就生炉子，要用掉很多蜂窝煤。父亲对母亲的话置之不理，依然把炉子放在客厅，白天黑夜地烧着蜂窝煤。

恍恍惚惚中，宛溪听到电视的声音，还有父亲和宛频的低声交谈。她挣扎着爬了起来，踉跄地走到外面。她靠墙站着，微寒的风吹过头顶，低矮的电线随风轻摆。在灰暗的苍穹下，她慢慢地恢复了意识，然后骑车回了学校。

第三十八章　装病

十二月初，又到了宛溪回家的时间，可她得了重感冒，鼻涕眼泪流个不停。她本来想在学校休息一下，不回家了。然而她想到下次回去时母亲更加狰狞不堪的面目，便觉得不胜其烦，于是在周六的下午强撑着，骑上自行车往家走。

地上都结冰了，骑车倒不觉得很难，如果走路的话，一不小心，就会摔倒。大街上，冷风一吹，宛溪觉得头痛欲裂。她晃晃悠悠地骑到小寨，鼻涕已经流到嘴巴，她停下来掏出纸，刚擦完鼻涕，就被一辆汽车撞到，从自行车边上弹了出去，落在几米之外。她原本昏昏沉沉的，一撞之下，十分惊恐，反而清醒了。她拍拍身上的碎冰和泥土，站了起来。四周围了一圈人，大家七嘴八舌地问她怎么样了。她说没事，于是推开人群去找自行车。那辆汽车没停住，直接压在自行车上面，看起来已经报废。自行车旁边是辆方头方脑的白色拉达，右侧的漆掉了几块，不知是刚碰掉的，还是早就没有了。

宛溪呆呆地看着她的自行车，交警很快过来让她在原地不动，等处理事故的警察来了解情况。拉达汽车的主人站在交警旁边，她三十岁左右，满脸惶恐，眼睛里写满了歉意，焦急地问宛溪是否受伤。

也许是因为屁股落地，又穿得比较多，宛溪觉得自己没有问题。只是着地的时候，用右手撑了一下，划破了皮，有几道血印子。看着司机关切的眼神，她轻轻地说："没受伤，你不用担心。"司机松了一口气，问了她的基本情况。

处理交通事故的警察很快就来了，做了笔录后，他先让司机带宛溪去医院包扎手，做一个全面检查。然后，他检查了一下自行车，说不能用了，要求司机赔偿一辆新的。司机没有异议，她叫了一个同样开着拉达汽车的朋友过来。他们把宛溪带到医院。检查以后，除了感冒外，她没有其他问题。护士为她清洗了手上的伤口，擦了消毒的药膏，简单包扎了一下。司机买了一些感冒药，然后问宛溪要去哪里。她想了一下，决定先回学校。于是，两个司机把宛溪送到宿舍，嘱咐她要好好休息，然后离开。

汤玉红、贾小翠和林敏雪半躺在被窝里一边剥花生，一边和薛花珠闲聊。裴云英坐在床上专心致志地读书。出乎意料的是，程玲璐居然拥着被子在描眉。平时的每个周末，她都像花蝴蝶一样早早地飞出去，深夜才回来。一问之下才知道，她跟男朋友因为晚饭意见不统一吵架了。程玲璐想吃酸汤水饺，男朋友想吃葫芦头。99%的情况下，男朋友都会让步，这1%的意外都是以程玲璐的拂袖而去结束。

她们问宛溪为何去而复返，她简单地复述了一下事情经过。她们七嘴八舌地问了很多问题，最后看宛溪确实没有受伤，便没有深究。

宛溪躺在床上，贾小翠在食堂为她打了饭带回来。吃了饭后，她觉得精神好了很多，想到母亲此时正在咬牙切齿地咒骂她，还是决定回家。宿舍的人都没有自行车，学校里有自行车的人也寥寥无几。宛频肯定早就到家了，只有找钱小瑛帮忙。

本来钱小瑛每个星期都要回家，这次因为系里有个国际学术会议，她要帮忙组织各种事情，所以留了下来。

宛溪想步行去钱小瑛的学校跟她借车，程玲璐却自告奋勇地要去。宛溪以为她闲得无聊，就让她去了。半个小时后，程玲璐开心地对宛溪说："我还没去过你家呢，现在没事，刚好和你一起回去。走吧，我骑车带你。"

宛溪一听，刚刚好了一点的头痛立刻发作。回家多年，她从来不敢主动带朋友回去。只有一次，她被一个同学缠得无奈，硬着头皮带她到家里玩。快吃饭的时候，母亲开始骂骂咧咧，说是已经养了一个吃白饭的，没想到又领了一个回来，家里没有多余的粮食。宛溪面红耳赤，朋友张口结舌，气呼呼地扬长而去，说没想到吃公粮的人这么小气，他们农村人都不差一顿饭。自那以后，宛溪再也没有带过一个人回家。她不想让任何人知道家里的状况，更不想解释前因后果，那些埋在心里的伤痛完全无法言说。

程玲璐说完，就往楼下走。宛溪无奈地跟着，母亲从来不给她面子，绝对不会因为别人在场有所收敛。相反，她一定会认为宛溪和同学出去疯玩，不想回家干活，而变本加厉地谩骂她。宛溪想着各种阻止程玲璐的理由，脑仁儿剧烈疼痛，似乎要炸裂了。到了自行车旁，她急急地说："我本来就感冒，坐车太冷。风一吹，感冒肯定更严重，我想骑车，活动着不冷。如果我带你一小段还行，可是这从城南到城西，要穿过半个城市，你这么高大，我实在带不动你。"

这是她情急之下想出来的最好理由，程玲璐听了，也觉得有道理，就没有再坚持。

宛溪身体不适，骑车速度比平时慢些，一个多小时后回到家。迎接她的是暴风骤雨般狂怒的母亲，说她不想做家务，偷懒耍滑头，故意拖延时间，有本事就再也不要回来了等等，各种不堪的话连珠炮般地冒出来。

宛溪悲哀地想，如果不是为了每个月那点可怜的生活费，她肯定不回来了。

本来就感冒，又在冷风中骑了一个多小时的车，宛溪没有精力和母亲理论。她径直走入房间，躺在床上。母亲生气地跟了进来，想把她从床上拖起来。一碰到她，母亲的手缩了回去，自言自语地说："为啥这么烫？发烧了？"然后她没有再咒骂，转身走了出去。

宛溪舒了一口气，闭着眼睛，很快就昏睡过去了。一整个晚上，她觉得忽冷忽热，出了好几身冷汗热汗。天亮时，她浑身酸软，喉咙冒烟，起身去厨房喝了一大杯水，吃了几颗司机在医院给她买的药，然后又倒在了床上。

四周静悄悄的，宛嫪在床的里面，靠着墙酣睡。宛频和父母的房门都关着。在一片寂静中，宛溪又睡着了。不知过了多久，母亲把她摇醒了。宛溪睁开眼睛，听到母亲淡淡地说："还有一点发烧，好多了。你昨天晚上不到八点就睡了，现在已经十一点了，睡得太多也不行。"

宛溪不但头痛，而且全身都痛，嗓子灼热。也许真的像母亲所说，睡得太多了。于是她下了床，刚站到地上，就觉得头重脚轻，于是坐到床上，定了定神，然后上厕所。

她在厕所把手上的纱布拆了。手只是破了皮，原本也没有什么大碍。敷着药膏包了一天后，基本上好了。她把纱布拿到厨房的垃圾桶丢掉，然后倒水喝。刚喝完水，听到母亲在身后说了一句："你哥也感冒了，肯定是被你传染的。"

宛溪没有回应，母亲看她蔫头耷脑的样子，非常罕见地闭上了嘴。宛溪从厨房出来，在客厅走了两圈，一直冒虚汗。她浑身无力，只好再次回到房间。她不想睡觉了，于是靠在床上读一本叔本华的书。

她非常熟悉叔本华，很早以前，就看到他写的一句话："活着即是炼狱，生存即是苦难，我们都无处可逃。"当时读到这句话时，她非常诧异一个一百多年前的人怎么能够如此了解她的生活。即使后来发现他对女人充满蔑视，但宛溪还是找理由为他开脱，读了这位入门导师的书，她又翻阅了萨特、尼采和海德格尔的书。她非常感激这些不食人间烟火的哲学家们，多亏了他们那些抽象的哲学理论，才让她没有整日沉沦在眼皮子之下的苦难中。幻想也好，逃避也罢，总之，不管是什么难懂的理论，只要能够引领她走出摆在眼前的不堪现实就好。

父亲单位的职工来自全国各地，正牌大学生占了绝大多数，对于读书有着巨大的热情。在这样的氛围下，只要是市面上流行的书，就会有人买。所以，随便去别人家走走，就能找到几本好书。即使在原乡那样一个闭塞的环境，各种西方哲学著作依然在单位大行其道。尤其是年轻的大学生们，还经常就各个流派的思想进行探讨辩论。搬到西安以后，买书更方便。各人心中行思坐想的东西，似乎也比在原乡的时候，上了一个台阶。

叔本华消极悲观同时又非常现实的理论很符合宛溪的心境，而且，叔本华的书通俗流畅，不像其他哲学家那么高深莫测，经常写些没有标点符号的长句子，根本不知道如何断句。所以，在浩繁深晦的哲学著述中，叔本华成了她的最爱。

母亲看她躺在床上读书，又来叫她做家务。宛溪只好放下书，昏头昏脑地听着母亲的指挥。好不容易做完重复了千遍的体力劳动，她瘫软地坐在床上，又拿起了书。她沉浸在叔本华的世界中，忘记了时间，听到母亲坐班车走了，她才意识到天色已晚，自己该回学校了。她从床上下来，把书放回包里，找出自行车钥匙，准备出门。

宛嫪在客厅翻一本连环画，看到宛溪出来，无意识地抬了一下头，没有说话。宛溪正想离开，隐约传来父亲的低语："好点了吗？想吃什么？"循着声音，她往宛频的房间看了一眼。宛频躺在床上，父亲正在轻声问他。

她不想多待一分钟，拉开大门，走了出去。她推出停在楼道里的自行车，骑了上去。刚想蹬车离开，只觉得眼前发黑，天旋地转，两腿轻飘飘的，根本骑不动车。她闭上眼睛，才想起自己一天没有吃饭。虽然腹中空空，但也没有胃口。本来想勉强骑回学校，可是身体状况实在不允许，说不定还没进城门，也不用司机撞她，就会倒在路上。无奈之下，宛溪只好又回到家里，倒头就睡。半夜醒来，她去喝水吃药，摸摸额头，还是有些烫。她躺在床上，盯着天花板，听着宛嫚轻微的鼾声，辗转了许久才睡着。再醒来时，天已经大亮，宛嫚不在床上，应该是上学去了。她走出房间，抬头看了一眼挂在客厅墙上的钟，已经十点半了。四处望望，居然没有一个人，她很奇怪父亲怎么会舍得让宛频带着感冒回学校了。

她的嘴巴里泛出一阵苦味，于是走到厨房去喝水。喝了水后，觉得饥肠辘辘，就煮了点稀饭，又从泡菜坛里捞了些辣椒、白萝卜和泡了许久的长豇豆，搭配着稀饭吃了下去。吃完饭后，她发了一身汗。这两天一直出汗，衣服经常粘在身上，发出一股异味。她烧了一壶热水，拿到厕所，倒入一个大桶里，加了冷水，兑成温水。她先用茶缸舀水把头发洗干净，然后脱了衣服把全身上下洗了一遍。洗完澡后，她虽然浑身乏力，但是清爽了许多。

宛溪把换下的脏衣服全部洗干净，拿到阳台上挂起来，然后整理厕所，把水拖干。做完这一切后，她坐在床上休息，想等有些力气就去学校。刚坐下几分钟，就听到开门声。这个时候都在上班上学，不该有人回来。她奇怪地走出房间，看到父亲和宛频进来了。父亲对她视而不见，拉着宛频的胳膊进了房间。他让宛频躺在床上，从随身的黑色人造革包里拿出几盒药说："你要遵照医生的嘱咐，认真吃药，应该几天就好了。"

听到这里，宛溪恍然大悟，原来父亲带宛频去医院了。她心如止水地重新坐回床上，准备腿不再发飘的时候离开。父亲让宛频吃了药，然后说："医生说你得了流感，需要将养，就安心在家休息几天吧。不像有些人没病还在家装病。"

如果说母亲无尽的谩骂是一把折磨人的钝刀，那么父亲嘴里飘过来的只言片语就是一把杀人于无形的利器。他们两个多年如一日，配合得天衣无缝，像唱双簧一样把"利刀割肉疮犹合，恶语伤人恨不销"演绎得淋漓尽致

宛溪收拾好自己的东西，一声不响地出了门，骑上自行车走了。实在骑不动时，她就停下来休息一会儿，两个多小时才回到学校。

第三十九章　生存还是死亡

宛溪到了学校后，宿舍一个人都没有，她像一滩烂泥般倒在属于自己的那张小小铁架床上。严格地说，这张小床也不属于她，等她离开时，会有另外一个人睡在上面。过了这么多年，她还是连张自己的床都没有。体能虽然耗费殆尽，可是大脑反而高速运转，她又开始思考那些萦绕在心间多年，一直挥之不去的生死问题。可她不是哈姆雷特，没有国仇家恨，因而没有毒剑和毒酒，所以她的死亡基本上停留在思想里。

大概在宇宙洪荒的时候，宛溪就放弃了从父母那里寻求关爱的想法。她没有奢望生病的时候得到问候，更不会用装病博取同情，也不知道什么是顾影自怜。但是在家的这两天，她病倒在床，昏天黑地，意识不清，最后以父亲的一句"装病"作为总结陈词，还是让她心寒齿冷。她明白父亲怨恨她把感冒传给了宛频，所以想在她不堪一击的时候雪上加霜。虽然已经多次领教了父亲不动声色的折磨，但是她大病未愈，无论身心，都格外脆弱和敏感，所以很容易受到伤害。

回到父母的家已经七年多了，虽然她不喜欢母亲的粗暴和无端训斥，但日子久了，她就给自己的心穿上了盔甲，坚定地抵抗着母亲明刀明枪的攻击。因为熟悉了母亲的套路，所以经常可以抵挡。可是，对于父亲，她完全没有招架之力。除了宛频，父亲对家里所有的人都视若无睹。

没有遇到父亲之前，宛溪不知道这个世界上会有如此心硬如铁的人。百思不得其解时，她也会为父亲开脱，心想也许是因为他多年在外寻找各种常人发现不了的宝贝，所以自己也变成了价值连城的稀罕物品，等待别人来挖掘。如果没有火眼金睛，就会白白错过，不能在一片骨头或者牙齿中找到惊天秘密。但是，随着时间的推移，宛溪否定了这个想法。因为如果父亲真的是一个等待被发现的名贵文物或者宝山矿藏，倒是一件好事，毕竟发现以后会有惊喜，就像那块和氏璧。不幸的是，她小心地探测了多年，最后不得不悲哀地承认，父亲是一个在旷野中屹立千年都不会被风化的石头，一个永远没有温度的物体。如果她是卞和，拿着这个去献宝，楚王不仅会砍断她的双脚，她的双手和脑袋肯定也都得搬家。假如父亲是西西弗斯从早推到晚的那块石头，也不会有丝毫磨损，看不出一点变化。

在宛溪的眼里，父亲就像他的衣服一样，多年如一日地索然无味。夏天，他穿着棉布或者的确良短袖，蓝色、灰色的棉布或者棉绸裤子；春秋天永远穿着灰色或者深蓝色的中山装，黑色或者蓝色的卡其布裤子。七年多来，宛溪和父亲的直接对话不超过十句。但是他镜片后面那双冷若冰霜的三角眼，却可以淡漠无情地刺探到很多事情。

宛溪绝望透顶时，曾经无数次地想结束自己的生命。在原乡时，她多次爬到水塔的顶端，想过跳进水箱淹死，可是又担心如果死后很久都没有被发现，单位的人会一直喝被她尸体泡过的水。自己死了无所谓，但不能够祸害活着的人。活着的时候被亲人讨厌就算了，总不能死了以后还被人憎恨吧。她也想过从水塔上跳下去，但又顾忌万一摔不死，变成残废会更惨。很长一段时间，水塔成为她避世的地方，她可以坐在上面几个小时一动不动。

除了维修，不会有人上水塔，因此她从来没有被发现过。直到有一天，父亲当着宛溪的面，阴森森地跟母亲说："水塔上面挺好，没有人打扰。如果跳下去，不死也是残废。"

母亲说："谁活得不耐烦，从那么高的地方跳下去，简直就是找死。"

当时是挥汗如雨的季节，但是宛溪听着这样的对话，不由自主地打了一个冷战，一股寒气陡然升起。她觉得似乎每次在水塔上，父亲都面无表情地在背后盯着她，等她跳下去。从那以后，她再也不敢去爬水塔了。

后来她知道煤气中毒可以让人无声无息地离开这个世界，便着手实施。在原乡，搬到楼房后不久的一天，她趁家里没人时，把门窗紧闭，坐在客厅的炉子边，低着头死命地吸着蜂窝煤的气味。大概临死之前，大脑会异常活跃，就像回光返照一般，所以她思绪万千地想了很多事情。等到真的快要晕过去时，她突然意识到最后一顿饭都没吃，就暂时中止结束生命的行为，因为一直听说如果做个饿死鬼，下辈子还是很辛苦。于是她打开门窗通气，清醒以后，开始想着吃什么。但找了半天，也没什么可吃的。一筹莫展时，她想起了在钱小瑛家吃过的鸡蛋饼，她的妈妈烙饼时，好多次宛溪都在旁边观看，对制作过程早已了然于胸。

宛溪决定如法炮制。她找到面粉和一个鸡蛋，加水和盐调匀后，在锅里倒了油，摊了两个饼，心满意足地吃了下去，那几乎是她在自己家里吃过的最好的东西。家里的饭食一向很差，母亲没有任何厨艺可言。有时，她不想做饭，就在食堂买些饭菜带回来。食堂的馒头和花卷又白又大，很松软，母亲永远都做不出来。食堂虽然是大锅菜，但也比母亲不知用什么方法糟蹋出来的菜好吃百倍。而且，母亲经常买最便宜的菜，这就造成某段时间只吃同一种菜，而且她还有"理论"作为支持。比如，萝卜大量上市的时候，家里天天都吃萝卜，如果父亲提意见，母亲就用四川话说"萝卜上街（gai），药（yue）铺不肖开"，倒还挺押韵的。宛溪长年累月在家吃着饿不死人的几个菜，所以才激发了她临死之前想满足一下口腹之欲的愿望。吃完饼后，她的心情好了一些，作别世界的意愿淡了下去。她想起母亲经常说的话："你奶奶家在乡坝头，生活肯定很撇。你应该感谢我们让你回家，只有到了我们这里，你才能吃到很多你见都没见过的好东西。"

每当母亲说这话的时候，她都觉得是一种巨大的讽刺。她认为家里所吃的东西没有一样可以和南涧的相比。在南涧吃的任何东西都是珍馐，家里的饭菜只是没有馊臭，大概比猪食好一点，她不明白母亲那种可笑的优越感从何而来。但是正如谎言重复千遍就成了真理，母亲把同样的话说过多次后，宛溪偶尔也会想，不知道果真是南涧的所有东西都比家里好吃，还是她的记忆出了差错。也许她像卖火柴的小女孩一样，只看到擦亮火柴后的火炉、烤鹅和奶奶，忽略了火柴熄灭后的寒冷和黑暗。每当这种念头闪现的时候，她马上会果敢地想："无论如何，我都会选择擦亮最后一根火柴的。"

宛溪想着小时候在南涧的各种事情，那些无数次出现过的快乐场景，像电影一样，一幕一幕地在眼前闪现。然后，她带着在光亮火柴中看到的希望，推开了阳台的门。走到阳台上，她回想起之前沉闷刺鼻的蜂窝煤味道，不禁一阵烦躁。于是，她做了几次深呼吸，凛冽而又清新的空气让她心旷神怡。极目望去，光秃秃的树枝旁逸斜出，颜色深浅不一，层次丰富。相比之下，几棵常青的松柏反倒显得单调突兀。一向灰暗的天空，竟然出现了大片的湛蓝，还有几缕晚霞点缀其中。

她正对着冬日的黄昏美景出神，猛然听到母亲在身后叫道："谁让你把所有的门窗打开的？连阳台门都开了，热气全部放出去了，又要多烧几块蜂窝煤。"

宛溪默默地关上了阳台的门，几分钟后，父亲回来了。像往常一样，他没有说话。她以为偷吃鸡蛋饼的事情无人知晓，毕竟她只吃了一个鸡蛋，一点点面粉。可是，过了几天，又是当着宛溪的面，父亲居然阴阳怪气地对母亲说："面粉加鸡蛋煎饼，味道很好，可惜你一点面食都不会做。你再不学着点，家里的鸡蛋和面粉被人偷光都不知道。"

所谓做贼心虚，听到他的话，宛溪立刻跳起来，跑了出去。即使走在大街上，她都觉得父亲充满寒气的三角眼像个挥之不去的梦魇。那个时候没有摄像头，她无法想象父亲如何得知她的一举一动。这样的事情发生了几次以后，她觉得父亲就像一个隐身的鬼魅幽灵一样，躲在一边窥探她。只要想到他，她都会不寒而栗。不过，任何一种强烈的情绪，如果持续久了，不是让人发狂疯魔，就是变成麻木不仁。恐惧也是如此。和自己战斗了很久以后，宛溪对父亲种种出其不意的言语，慢慢变得无动于衷。然后，她便以其人之道还治其人之身的方式与父亲相处，对他置若罔闻。不仅如此，她对父亲也开始心生厌恶。他喜欢的一切事情，她都抵触，正所谓恶其余胥。但她没有地方可去，只能对着他住的墙壁很多年。父亲喜欢吃鸡屁股，经常用来作为下酒菜。宛溪从来不碰鸡屁股，甚至连鸡都不怎么愿意吃。等到她自己不需要问任何人要钱，可以名正言顺买一整只鸡的时候，第一件事情就是要求卖鸡的人把鸡屁股以及周围的地方全部割了扔掉。有时，她也为了这些如影随形的负面情绪懊恼，想把它们赶走。无奈阴影实在太深，总是挥之不去。

宛溪躺在宿舍的床上，思索着生命的意义。这个问题从进家门那天起，就一直和她形影相随。她曾经无数次徘徊在死亡的边缘，随时准备见阎王已经变成她生活中的一种常态。只是每每想到真的死了，生命中最亲的人也不过是弃她如敝屣，连眼泪都不会为她流一滴，这样的死不足惜实在不值得。

她虽然如一个蝼蚁般活着，但是由于读了很多跟仁人志士和革命先烈有关的书，还是向往着轰轰烈烈的死。她叹息自己没有遇到慈禧，否则一定会像谭嗣同那样，豪壮地说出"我自横刀向天笑"，然后把头送上去。她又想象如果自己处于刘胡兰、江姐或其他革命烈士那样的情境之中，一定会跟随着他们的足迹，视死如归，绝对不会像叛徒蒲志高那样贪生怕死。

可惜，她不曾生的伟大，也没有死的光荣，依然要周而复始地挨着没有希望的天日。经历了很多生不如死的事情后，她试图寻找和父母水火不容的原因。脑汁绞尽后，也没有答案。最后只好自嘲地想，大概是自己太忤逆了，才招致了父母百般嫌弃。伟大的古代圣人说，百善孝为先。可她无能为力，没有选择权，在出生之前，没有人征询过她的意见，她是完全被动地来到这个世界。如果早知道自己是个多余的人，她应该会想出无数种方式拒绝被生出来。同时，她还经常想象如何能够变被动为主动，读了很多闲书后，甚至设计出了若干套方案。

为了让父母开心，她只能杀自身而成仁。第一步应该是把那个跑得最快的精子哥哥和卵子妹妹隔离，这叫防患于未然。此招未能奏效，她想走"出师未捷身先死"的道路，在暗无天日的娘胎里把自己憋死。可是，诸葛亮都累死了，她还在母亲的肚子里翻腾。和诸葛亮同时代的曹操早就在"譬如朝露，去日苦多"的感叹中，先行离世了，宛溪仍然绕着脐带转圈，最终还是"绕树三匝，无枝可依"，想用脐带缠死自己都不成。无奈之下，她只好去找邪门的法海老和尚，让他水漫母亲的肚皮，把自己淹死在羊水里。可是，法海老人家一心只盯着白娘子，忙于水漫金山，无暇顾及微不足道的她。就这样，可怜的宛溪不但没能在出生前杀死自己，而且受尽劫难后，还不知道怎样度过余生。

宛溪天马行空地和死神进行了无数次对话后，依然擦肩而过，也许是因为死神以不同的形态存在着。有时，死神是个娇宠任性的小姑娘，专门与人作对；有时是一个有着超强控制欲的大男人，只按照自己的意愿行事；有时是一个历尽沧桑依然善良慈祥的老人。想到死神是个老人时，宛溪甚至听到他谆谆地对她说："生命只有一次，无论好坏，都要好好地活，不要放弃。"也许她听懂了死神的话，领受了他的好意，让她年纪轻轻就参透了生死，所以尽管她经常与死亡做着各种莫名其妙的斗争，可最终还是在现实的泥沼里艰难地爬行。

第四十章　香消玉殒

快要放寒假时，程玲璐又和男朋友分手了。她一点都不伤心，因为男生们排着队等她，其中包括她男朋友宿舍的两个人。薛花珠和外校的一个男生处于眉目传情的状态。裴云英虽然拥有不少的护花使者，可是她志不在此，每天埋头啃书本。汤玉红、贾小翠和林敏雪还在寻寻觅觅之中。

最后几天，很多学校都乱哄哄的，大家无心向学，外地的同学归心似箭地等着回家，本地的同学早都提着小包，随时准备离开。

正式放假时，除了宛溪，宿舍里的人都走了。钱小瑛两天前约她一起回家，她秉着拖一天是一天的心态，让钱小瑛先回去。宛溪在空荡荡的学校滞留了三天，吃了些程玲璐她们留下来的两包泡面和零食点心。最后她用光了几个暖水瓶里的热水，无奈之下才慢慢离开。傍晚的时候，她骑着女司机赔偿的新自行车，不紧不慢地骑着，天快黑时回到家中。

所有的人都在家，母亲说了些刺耳的话之后告诉她，钱小瑛中午和下午都来找过她，刚才还来过，好像有急事。宛溪很惊讶，因为钱小瑛从没来家里找过她，怎么会突然之间找她很多次呢？带着疑惑，她急忙奔向钱小瑛家。

钱小瑛坐在客厅的餐桌边，面容哀戚，眼睛又红又肿，看来已经哭了很长时间。宛溪吓了一跳，想象不出什么事情能让快乐幸福的她在自己家里如此哀伤。宛溪坐在边上，拉着她的手，静静地看着她。钱小瑛突然抱着她，失声痛哭。宛溪等她哭声稍弱时，轻轻地问："出什么事了？"

钱小瑛抽噎着说："孙霜死了。"

宛溪以为自己听错了，用力地扳着她的肩膀问："你说什么？"

钱小瑛继续哭泣，没有回答。她的妈妈从房间走了出来说："孙霜在离开学校之前，被车撞死了，她的父母已经去学校处理后事了。"

温言细语的两句话，却像晴天霹雳般震得宛溪的耳朵嗡嗡作响。小瑛妈继续说着什么，可是宛溪什么都没有听进去。她眼神涣散，呆呆地坐着。慈爱的妈妈靠过来抱住她们两个，宛溪的眼泪无声地流在她的背上。

小瑛妈轻轻地抚摸着她们的头和背，过了很久，她站起身来，端了一盆热水放在桌上，里面有一条毛巾。她把毛巾拧干，先给宛溪擦了脸，然后把毛巾敷在她的眼睛上。她换了一盆新水，又为钱小瑛做了同样的事情。

孙霜自从去上大学后，经常给宛溪和钱小瑛写信，有时候信的内容是一样的，但她还是分别寄给她们。宛溪为了节约邮费，常把自己的回信夹在钱小瑛的信封中一起寄出。孙霜的信记录着她在学校生活的每个细节。

在孙霜去上大学前，她的大哥就跟认识的人打过招呼，警告他们不要乱打主意，因为妹妹是朵刺非常多的玫瑰，不要被她的美貌迷惑，否则手会被扎残废的。接到信的男生都说，就他那歪瓜裂枣的样子，妹妹无非是个抽象的不规则几何图形。可是，当孙霜真的在学校出现时，他们立刻连连打嘴，要收回那些说过的话。

在那样一所理工科重点大学，孙霜的光芒是无法遮掩的。她刚走到校门口，负责接新生的男生们看到她，几乎全部离开本系的那张桌子，蜂拥而至朝她冲过去，把去车站接她、她同系的男生挤到了最外围。各系的男生争先恐后地帮她拿行李，最后连提在手上的一个小布袋都被男生抢了过去。孙霜甩手跟着他们，众星拱月般地被送进了宿舍。如此不凡的开头，注定了她在学校的辉煌。大学的男生不像欲言又止、学习负担沉重的高中男生，很快，孙霜就收情书收到手软。大批的仰慕者在她的宿舍楼下踟蹰徘徊，只为一睹芳容或者搭讪两句。

因为有太多人排队帮忙，孙霜的成绩好得出奇。她的作业遇到难题，马上有人给出答案。如果图纸不想画了，自会有人代劳。要不是因为性别不同，连上课和考试都不用她亲自出马。

孙霜在信中事无巨细地描写大学里的一切，就像叙说着她纯真的中学生活。从小到大，她都是男生的宠儿，走到哪里，都有关注的目光，宛溪她们早就习惯了这一切。孙霜可爱的地方在于她从来不以美貌自恃，所以她描述那些追逐她的男生时，没有任何炫耀之情，只是觉得好玩。

钱小瑛和宛溪哭哭停停，洗脸水换了好几盆，在小瑛妈的抚慰下，才最终止住了哭声。她们简单地吃了晚饭后，相对无言地坐着发呆。

十一点多时，小瑛妈让她们去睡觉。她们躺在床上，在黑夜中，忧伤地说着孙霜的点点滴滴。两个人都无法相信，那么生动鲜活、光彩靓丽的一个人居然不在了。

宛溪一直待在钱小瑛家，两个人互相安慰，过了三天，情绪才慢慢平复。

这几天，孙霜的事情已经在单位传开了，大家都在扼腕叹息一个过早凋零的生命，最后归结为天妒红颜。

第四天早上，刘洁文来到钱小瑛家。自从她去纺织城上班后，便很少见到她。她的工作三班倒，纺织城在东郊，每次长途跋涉般地回到西郊的家，眼睛都睁不开了。后来，她和姐姐在东郊找了个宿舍，一两个星期回家一次。再后来，她和姐姐都谈恋爱了，回家的时间越来越少。

刘洁文的眼睛红红的，一进门就说："我昨天晚上听说的。"三个人立刻抱在一起，钱小瑛和宛溪又痛哭了一场。

她们在钱小瑛家为孙霜焚香烧纸，然后把她的照片放在桌上。照片中的孙霜顾盼生姿，巧笑倩兮。所谓的一笑倾城，再笑倾国，无非如此。三个人对着照片，在无尽的泪水中，把各种文艺演出中，她们曾经为孙霜演过的配角，认真地演绎了一遍。那股执着的劲头，就是要让照片中的孙霜受不住诱惑，走下来加入她们，然后仍然和以前一样，在舞台上表演各种节目。

孙霜的意外之死让宛溪体会到死神的残酷，上天的不公，命运的无常。与死亡搏斗多年的她还在世间无聊地游戏着，可是从来都与死亡绝缘的孙霜竟然以这样的方式被带走了。也许死神是一个妒火攻心的丑女人，见不得花儿一样的孙霜，所以才做出了如此狠毒的事。

宛溪在钱小瑛家住了七天，第八天回到家里面对她的现实世界。母亲简单地问了几句孙霜的事情，父亲一言不发。按照以往的经验，她以为父亲会在某一天以出其不意的方式说起她的新自行车。可是直到寒假结束时，他对那辆崭新的自行车只字未提。

也许，父亲只是一个冷漠的偷窥狂，对于明明白白的事情反而觉得无味。不过，经历了孙霜的事情后，宛溪更加专注于自己的内心世界。对于父亲各种无聊而又古怪的行为，她连冷眼旁观的兴趣都没有了。

寒假期间，宛溪在家属院里碰到江军钢两次，他们站在院子里聊了很长时间，大部分内容都与孙霜有关。他们唏嘘感叹佳人离去，芳魂早逝，追忆着

孙霜生前的各种事情。不过，江军钢并没有改变他惜字如金的性格，所以宛溪
是叙说的主体，他只是默默地听着，在需要的时候应和。虽然他的话不多，但
是脸上的哀伤感染着宛溪，让她无法遏制地第一次在他面前哭泣。这两次宛溪
和他说的话，比他们同学七年加在一起还要多。多年以来，他们两个就像是熟
悉的陌生人，心里明明都装着一点什么，可就是装作没看见对方。他上大学两
个多月后，曾经给她写过一封信，流水账似的记录了他在学校的生活。她没有
回信，他也没再写。

第四十一章　春节——去成都
（高甫的父母家）的火车

　　寒假的大部分时间，宛溪望着院子中间的花坛，里面一片荒芜，一朵花都没有。只有边上的一排冬青，不分白天黑夜地在那里徒劳地守护着了无生气的凄凉。她蹲在地上，如同一颗矮小的冬青，长在冰冻的土地上。她的脸被风吹得一片通红，直到麻木，也没感受到疼痛，她的心比天气冷多了。她一直觉得孙霜的死极其荒谬，命运之神开了一个拙劣的玩笑，带走了那个如花似玉、最不该离去的人，留下她这样一个透着腐朽之气的人徒劳挣扎。

　　孩子们开始在院子里放单个的小鞭炮，点火以后，四散逃开。然后大人们挑着成串的鞭炮，站在阳台上或者一楼的单元门口开心地放着。春节就在不知不觉中来临，除了孙霜家，人们依然用传统的方式过年，家家户户的门上贴着春联和福字。孙霜家还在原乡，可以想象她家里一定贴着挽联，客厅里挂着她美丽的遗像，照片下面点着长明灯。

　　宛溪的家里虽然没有死人，但常年和活棺材差不多，因此向来没有过年的氛围。自从有了春节联欢晚会后，母亲的所有身心都在关注这件大事。她每年都准时守着电视，从头看到尾。

　　新的学期开始后，程玲璐很快和石油学院的一个男生打得火热。男生很帅，高唱着《冬天里的一把火》，轻易地俘获了她的芳心。

　　自从高大英俊的费翔以载歌载舞的方式在电视上出现以后，马上风靡全国，几乎所有年龄段的女人们都把他视为偶像。在学校，男生们叹息自己没有费翔的外表和歌声，对于女生狂热地痴迷他，又心生嫉妒。一天上课时，班上的男生嫌空气不好，就打开了后门，冷风嗖嗖的。薛花珠和程玲璐坐在门边，她们说太冷，要求把门关上。好几个男生都幸灾乐祸地说："不是所有女生的心中都有一把火吗？怎么会冷呢？叫费翔来温暖你们吧。"

　　程玲璐确实被一个费翔般的男生温暖着，虽然没有费翔的身高和帅气，但是男生除了"一把火"，还会唱《故乡的云》。所以程玲璐很快投降缴械，整日和他卿卿我我。在宿舍聊天时，她谈论的都是与新男友有关的话题。宿舍的女生们偶尔还会提起她之前的男朋友，但她本人似乎已经把他忘记了。

　　有时候，程玲璐晚上不回来，这个就变成熄灯后卧谈会的主题。林敏雪和薛花珠对她微词颇多，说这样下去名声会越来越差。汤玉红和贾小翠的着眼点是那些追她的男生，羡慕的成分居多。薛花珠平时比较温和，可是卧谈会时，她踊跃发言，猛烈地抨击程玲璐的"糜烂不堪"，说男生们只是迷恋她的大胸，想跟她上床。薛花珠在卧谈会上的表现和平时判若两人，不知她是嫉妒程玲璐还是真的不喜欢她"到处勾引男生，很快就会声名狼藉"。宛溪比较中立，说每个人有权选择自己生活的方式，你情我愿就行。裴云英几乎不发言，被反复追问时，才偶尔说两句。她和宛溪的看法完全一致。

　　议论程玲璐的人越来越多，不过她依然我行我素，换男朋友的速度更快了。春暖花开时，她和第二个男友分手。半个月后，牵起了第三个男朋友的手。学期快结束时，两个人又处于从此是路人的边缘。眼看就要放暑假了，宛溪本来想去找工作，可是母亲说宛怜要她和宛嫽一起去成都。

　　听到这个消息，宛溪很开心。虽然她只见过宛怜三次，而且平时也没有联系，但是她对宛怜的印象，依然停留在她读大学时两次暑假到原乡的美好回忆。虽然差不多一年前见过，但那次她和高甫来去匆匆，没有留下太多记忆，而且也没有像从前那样真正相处。家里没有人提过宛怜何时结的婚，想来宛怜结婚时也没有告诉父母。印象中宛怜和高甫感情很好，在家短暂停留的时间，他们经常黏在一起，高甫蹲下去帮宛怜穿鞋子，宛怜坐在床上把高甫缩下来的袜子拉上去。他们完全一副浓情蜜意的样子，无暇旁顾。

　　宛怜给母亲寄了钱，作为路费。暑假的火车票特别难买，母亲好不容易托人才买了两张票。拿着来之不易的火车票，宛溪和宛嫽到了人山人海的火车站，随着人流到了火车前面。可是，万头攒动，大家前心贴后背，她们根本挤不上去。幸运的是后面的人拼命往前挤，她们借助外力最终挤到了车厢门口。宛溪和宛嫽奋力抓住车门，拼尽全身的力气后，终于进了车厢。车厢里面跟外面的情况一样，比沙丁鱼罐头还要拥堵。宛溪站得笔直，前后左右都被人紧贴着。开始还能闻到汗臭、口臭和放屁的臭味混在一起，时间一长，嗅觉都已经被各种臭味恶心得失灵了。

由于站立太久，宛溪的双脚酸痛，她只好抬起一只脚休息一下。可是，等她想把抬起的脚放下去，休息另外一只脚时，才发现刚才她放脚的位置已经被别人占领了，抬起的那只脚根本无处安放。在暑假拥挤的火车上，她深刻地领略了什么是没有立锥之地。一路上，滴水未尽，粒米没沾，厕所也没上过，不是不想，是不能。站的地方都没有，绝对不可能用手吃东西。再说，厕所也是形同虚设，因为里面全是人，就算突破重围冲出去，谁都无法使用。

宛溪和宛嫽在火车上站了一路，在一个闷热的下午到了成都。下车后，她们按照宛怜给的地址，问了几个人，转了两趟公共汽车，到了宛怜住的地方。敲门后，一个男人来开门，凭着模糊的记忆，宛溪认出是高甫。门一打开，就传出宛怜哄孩子的声音。他们不久前有了一个女儿，名字叫必双。难怪上次见面的时候宛溪感觉宛怜有点胖，可能那个时候在准备怀孕或者已经怀孕了吧。

高甫戴着眼镜，留着精神的寸头，五官长得恰到好处，但是身高和他的姓相反，可以说乏善可陈。宛怜身高一米六四，就算她光着脚，两人站在一起时，也不会显得比高甫矮。高甫是成都人，读书的时候和宛怜一样，是个成绩优异的好学生。大学毕业后，顺利地分配到设计院。虽然他只比宛怜大一岁多，但是长相老成，外表显得比实际年龄大很多。所以，熟悉的人，包括宛怜在内，平时都叫他老高。外人看来，他们是不般配的，但婚姻不是给外人看的。宛怜冰雪灵透，心里有一面明镜，腹中有杆秤，在选择夫君的大事上，是不会马虎，也不可能出错的。如果抛开高甫的身高和相貌，稍一接触就会发现他确实聪颖过人，口若悬河，而且在这两个方面，他的优势绝对超过宛怜认识的所有人。

高甫和宛怜住的院子有三栋七层小楼，一字排开。他们的家位于中间的那栋楼，是个两室一厅，房子是高甫的单位分的。设计院有两个家属院，这是其中一个，离单位很近，骑车不到十分钟。客厅里有两张沙发，一张在房间的中央，一张靠着左边的墙壁，前面有个茶几，上面放着一套景泰蓝茶具，茶壶的下方有个红色的寿字。此外还有好多个规格不一、颜色不同的杯子。一个巨大的茶叶筒赫然立在茶几的边缘，随时都有可能掉下去。电视柜在客厅的尽头，上面除了一个大电视，还有录像机和各种录像带。

宛怜抱着孩子坐在客厅中间的沙发上。她穿了一件黑底红花的灯芯绒上衣，花朵绚烂，白色和金色的细长花蕊向上伸展，叶子鲜亮，但是一点儿都不俗艳，下身是一条蓝白色的超薄牛仔裤，白嫩的脚上穿了一双和牛仔裤同色系的拖鞋。她留了长发，上次见面时披在肩上，现在挽了个发髻盘在脑后，安逸闲适又成熟高贵。因为刚生了孩子，身体比以前胖了不少，但是脸上没有一点儿多余的肉，依然明眸皓齿，神采飞扬。宛怜让宛溪和宛嫋把行李放到小房间，然后说："你们来抱抱必双。"

一向对宛怜言听计从的宛嫋站着没动，大概是不知道如何抱孩子。宛溪因为在南涧时，从小就抱着海涛，跟他一起玩，所以对于带孩子，一点儿都不陌生。她走了过去，从宛怜手里接过必双，自然地抱着她，说："小必双乖乖，大大的眼睛，圆圆的脸，真可爱。"

宛怜笑着对高甫说："看看，三妹挺会哄孩子的。"

高甫也笑着回她："那好，你可以轻松一段时间了。"

宛溪和宛嫋在宛怜家待了两天，星期天到了。吃过早饭后，高甫跟宛怜说："好几个星期没去我父母那儿了，今天回去一下吧。"

宛怜心不在焉地回答："随便你。"

十点多时，高甫招呼大家出门，他和宛怜带着必双一起坐三轮车。宛溪骑着高甫的自行车，宛嫋骑着宛怜的自行车，跟着他们走。三轮车夫想早点赶到，然后做下一单生意，所以骑得很快。也许有些颠簸，必双哭了起来。宛怜让三轮车夫放慢速度，车夫怕耽误时间，要求加钱。宛怜不同意，因为之前说好了价钱。扯了半天皮后，宛怜同意多给三块钱。宛溪和宛嫋紧紧跟着三轮车，一路东转西钻，差不多一个小时后，到了一片火柴盒般的楼群中。高甫指挥着车夫转过几栋看起来一模一样的楼，最后停在了一栋楼的其中一个单元门口。宛怜抱着必双从三轮车上下来，宛溪和宛嫋跟着停下来，按照高甫的吩咐，把自行车放到了楼道里。

高甫在前面，走了无数的楼梯后，在一个白色的房门前站住敲门。开门的是一个头发花白的妇人，六十多岁的样子，高甫叫了一声"妈"，先进去了。宛怜随后进去，宛溪和宛嫋跟在她后面走进了房子。一个头发同样花白的男人站在客厅里，高甫叫了一声"爸"。宛怜看见两个老人，也叫了一声"爸妈"。

房子是三室一厅，摆放着简单的家具，最显眼的是一台长虹彩电。电视开着，正在播放一部和警察有关的电视剧。宛溪看了几眼，是母亲看过的，她兴趣不浓，就转过头看旁边的一盆茉莉花，很快就听到熟悉的歌曲"几度风雨，几度春秋"从电视里传出来。

宛怜进门不久后要上厕所，于是把必双放在了客厅的沙发上，让宛溪照看。高甫的父母围过来逗了一会儿必双，然后坐到了一边的椅子上。高甫和他的父母说了几句闲话后，随手拿起一份《成都晚报》读了起来，他的父母又看起了电视。

半个多小时后，宛怜从厕所出来，坐在高甫边上，和他低声说话。过了一会儿，高甫说："妈，我们饿了，你去做饭吧。"

高甫的妈妈站起来去了厨房。宛怜依然和高甫有一搭没一搭地说着什么，又和必双玩了一会儿，最后去了厨房。她们在厨房忙了一个多小时，做了三菜一汤，有豆瓣鱼、红辣椒炒腾腾菜、盐煎肉和榨菜肉丝汤。

饭桌上，高甫的妈妈说他的姐姐和妹妹很久都没回来了，让高甫有空时给她们打个电话，叫她们回家看看。高甫似听非听，未置可否。吃完饭后，高甫的妈妈和宛怜擦桌子、洗碗，又在厨房待了半个多小时才出来。然后，必双开始哭闹了，她想睡觉了。宛怜带着她进了里面的房间，关上门睡觉。高甫依然看他的报纸。他的父母坐在沙发上看电视，宛溪和宛嫪无事可做，就坐在旁边的椅子上和他们一起看电视。

差不多两个小时后，宛怜抱着必双从房间里走了出来。必双睡醒了，开心地笑着，宛怜依然把她放在沙发上。她的爷爷奶奶轮流抱着她，模仿了一些小动物的叫声，必双手舞足蹈地笑着。

过了半个小时，高甫说要回去了。他抱着必双走到一楼，然后交给宛怜。他们依然按照来时的方式回去。

第四十二章 美食——三个小矮人

宛怜和高甫都是大忙人。宛怜上班之余，经常读书写诗。按照高甫的说法，是忙着造句子。高甫除了上班，还在外面接活儿。除此之外，家里总是人来人往，就各种话题发表看法，高谈阔论，像沙龙一样。客厅里经常被各种才思敏捷的人塞得满满的，他们侃侃而谈：资产阶级自由化、存在主义、黑格尔、尼采，不一而足。说的人面部表情生动有趣，听的人表现出津津有味的样子，但也随时准备发表不同意见。更多的时候，这些客人围绕着高甫和宛怜，自动分成两派，各说各的。

以高甫为中心的话题大多数是男人们感兴趣的，诸如王安石为什么和苏轼耍不到一起；李鸿章和张之洞之间的问题；马拉多纳如何率队夺取意甲冠军；巴斯滕在决赛中那个不可思议的进球；日本人偷袭珍珠港到底是自寻死路还是自投罗网……当然，他们偶尔也会讨论一下和建筑学相关的问题。以宛怜为中心的人群谈论的是文学、哲学和音乐，还有灯芯绒、棉布、麻布和真丝衣服的优缺点。有时候，他们聚在一起看电视上正在播放的节目，边看边发表各自的心得体会或者尖酸刻薄的评论。这些节目都是在座的某些人或者是他们的朋友参与制作的。

他们谈论的话题包罗万象，对于同一件事，总是众说纷纭，各执己见，但这些人有个共同特点，就是全部毕业于那些如雷贯耳的大学。不过，雅人云集的客厅只提供茶水和一些小点心，精神食粮虽然很丰富，但是想填饱肚子是不可能的。所以，在吃饭的问题上，他们和俗人一样，在餐厅或者路边的小摊解决。

成都以美食和特色小吃闻名，路边的一个苍蝇馆子就可以让人大快朵颐。在成都的日子里，宛溪最享受的两件事就是客厅的沙龙和外面的饭食。她跟着宛怜他们，几乎每天都在外面吃饭。她第一次吃到了麻辣兔丁、兔头、夫妻肺片、肥肠粉、麻辣豆花、灯影牛肉、雪豆炖蹄花、怪味鸡块等等。就连一碗小面，也是麻辣鲜香，让人垂涎欲滴。路边大排档的串串香，随点随烫，无论是莴笋、木耳、藕片还是肉串，只要放到调料齐全，不停翻滚的锅里涮几下，再刷点辣椒，闻着就流口水。偶尔，宛怜也会在家煮点吃的。她喜欢把蚕豆、芸豆和猪蹄或者肘子炖到软烂，然后煮点面，加少许青菜，再把煮烂的豆子、骨头、肉和乳白的汤浇在上面，混在一起后只剩下一股浓浓的香味。无论在家吃宛怜的简餐，还是出门在各种餐馆当跟班，宛溪总是吃得咂嘴舔唇，余味无穷，只恨自己为什么不早点来成都。

无论是大街小巷，还是餐厅门口，都有小商贩叫卖用细线穿在一起的各种时令鲜花。吃完饭后，宛怜最喜欢买几串栀子花、黄桷兰或者茉莉花挂在衣服上面。浓郁的花香散发开来，很快就盖过了餐厅里沾染的油烟味。

必双是个很有意思的小孩，在家的时候，不管客人的声音多大，她都能在自己的小床上不哭不闹，安然入睡。可是，只要说到出去吃饭，她立刻就醒过来了。其实，餐厅的东西她一样都吃不下去，随便舔点什么，都让她直皱眉头。

在众多的客人中，有两个人来得很频繁，都是高甫的同事，他们几乎每天出现。

一个叫周发鑫，戴着眼镜，小型国字脸，细眉薄唇，脸上的线条坚毅果敢。他的经历很简单，在北方的一个小城出生长大，读大学前没有离开过那里。他和高甫不是一个学校的，他们相识相交的过程非常有趣。在高甫的学校，男女生比例严重失调。他看上了一个女生，明枪暗箭地追了很久都没反应。反正女生很珍稀，因此这种现象很常见，他也不是特别沮丧。一天，高甫听说女生有男朋友了，就想看一下是何方神圣。谁知不看则罢，看了以后觉得自己输得着实冤枉。他原以为自己不够伟岸，所以占不到优势，思忖着女孩大概想找个武松那样的。可是高甫看到周发鑫和他一样只比武松的哥哥高一点时，实在不服气。高甫原本就争强好胜，这一下非要搞清楚周发鑫比他强在哪里，为何自己近水楼台，反而没有优势，女孩偏要舍近求远，在外校找一个和他差不多的人。当他得知周发鑫学校的男女生比例基本持平，并且拥有众多花一样的女生时，醋意更浓，恨不得像武松对待西门庆那样替本校的男生讨回公道。

高甫把周发鑫当成情敌，虽然不能真刀真枪地决斗，也不会击剑，但是可以在口舌上一争高下。高甫的口才了得，学识渊博，无理都能辩三分。但凡说起话来，十有八九别人都只能洗耳恭听。然而，周发鑫毫不逊色，总是能够和他唇枪舌剑、有来有往地说道很长时间。他们的话题包罗万象，大部分时候根据已经读过或者正在读的书展开讨论，比如读与明朝有关的书时，话题会围绕着到底应该格物致知还是应该知行合一，李自成是怎么死的，崇祯为什么杀袁崇焕……好在他们只是过嘴瘾，在校园、食堂或者宿舍辩论不休，没有真的对着竹子枯坐七天。正所谓不打不相识，慢慢地，两人开始惺惺相惜，还经常因为英雄所见略同而击掌鸣誓，似乎天下就是他们的。成为好朋友后，高甫还是有点耿耿于怀，就问周发鑫为何能够追到那个女生。周发鑫说："因为我普通话说得比你好。"

这句玩笑话让高甫理屈词穷，难得地沉默了一次，因为这是他最大的一个弱项。如果继续诡辩，只能用他那连椒盐普通话都算不上的怪味胡豆话上阵，等于自曝其短。四川人不到万不得已，是不会说普通话的，高甫这个土生土长的成都人更是如此，他坚定不移地捍卫这个原则。所以，他的普通话经常让同学们乐不可支。即使在外地读了四年大学，他的普通话依然停留在令人喷饭的水平。回到成都后，就更一句都不说了。有时，宛怜要求他用普通话给必双读书，高甫当作耳旁风。有一次，他给必双读看图识字，在宛怜的严格监督下，他用类似普通话的腔调说："小蜜蜂上街街（gai）去耍了"。

周发鑫的女友是四川人，毕业后和高甫分到同一个单位。周发鑫的专业虽然和设计院的主业无关，但高甫挑战说要撬墙脚，所以他为了防患于未然，也活动一番到了设计院，既然没法做技术，就做行政。然而，他的爱情还是没保住，因为女友经过不懈努力后，最终出国。周发鑫陪着女友学了一阵子英语，参加各种考试，最后收到一个和克莱登大学类似的学校发来的录取通知书，可是被大使馆反复拒签。他只好把女友送上出国的航班，自己安心待在成都。

在高甫真真假假的威胁中，周发鑫和他的友谊越发巩固。女友走后，他和高甫几乎形影不离，倒像是他们两个谈起了恋爱。可惜的是，他们都不喜欢男人。不然的话，也可以在单位开创同性相爱的先河，出个风头。在周发鑫情伤未愈之际，高甫就和宛怜结了婚。周发鑫寻寻觅觅，还没找到合适的女人一起消磨时间，所以就成了高甫家里的常客。

在设计院工作的绝大多数是四川人，不管来自哪个地区，在单位一律讲四川话。平时出去办事也都是讲四川话，日常生活充斥的全是川音，连个川普都听不到。这让普通话非常标准的周发鑫沮丧，于是他开始学习四川话。可单位的人说的是带着各自乡音的四川话，街头巷尾经常响起的是鼻音浓厚的成都话。周发鑫找不到准则，努力好长时间，还是没掌握精髓，总是像高甫说普通话那样不伦不类。这下轮到高甫嘲笑他了。在这点上，宛怜远远走在周发鑫前面，她早已操着一口软绵绵的地道成都口音，完全听不出是仁洲来的。

另一个是李平漠，一张娃娃脸，浓眉圆眼，唇线分明，仿佛画过的一样，唇色像淡粉色的樱花。他比宛怜大两岁，和宛怜毕业于同一所高中。然而，宛怜入读那个高中时，他刚好毕业，所以他们在高中错过，没有见过彼此。他们两个人的第一次见面，是到了成都以后，参加高中校友会认识的。另外，李平漠大学毕业后，也分配到高甫所在的设计院，和高甫成了同事。由于和宛怜、高甫都有关系，他自然成了家里的常客。李平漠和江军钢一样，读的也是大名鼎鼎的水木大学。毕业以后，他在设计院工作了一年多，对按部就班的工作没有多大兴趣，就想离开。于是，他考了高甫那个学校的研究生。宛溪在宛怜家的客厅第一次见到他时，他刚刚读完研究生，分配到海南岛，准备八月下旬去单位报到。

研究生毕业后，李平漠没有马上返家，在周庄、同里、乌镇玩了几天，才返回学校整理东西，打包，托运行李。正是因为耽搁了一段时间，所以他和宛溪、宛嫽同一天到成都，暂住在周发鑫的宿舍。刚到成都那天，他就和周发鑫一起来到宛怜家，跟高甫他们吹牛，直到四个人都哈欠连天才离开。

李平漠打算先在成都和老朋友聚聚，然后回家看望父母，再返回成都待几天，最后去海南工作。

他喜欢旅游和摄影，经常拿着省吃俭用几个月买来的理光相机，随心所欲地拍照。按快门的次数多了，就有了许多光影效果极佳的照片。一天，他和周发鑫抱着几本相册，来到宛怜家。大家看了他的照片、听了他的旅行感悟后，七嘴八舌地发表了自己的见解。李平漠不像一个纯粹的理工科学生，他有着浪漫的人文情怀。他喜欢沈从文的作品，还为此专门去湘西探寻，在猛洞河漂流，到凤凰寻梦。宛怜打趣地问："找到你的翠翠了吗？"李平漠笑着说："找到好几只黄狗，翠翠应该就在不远的地方。"

周发鑫、李平漠和高甫的共同之处是，只长脑袋不长个儿。由于三个人都是高智商，他们的对话便格外精彩，就连无法回避的身高问题也很有趣。这三个小个子男人把古今中外矮小又伟大的人都说了个遍，从李元昊到鲁迅，从巴尔扎克到列宁，个个都是了不起的矮子。他们热烈地讨论个子不高的李白如何气宇轩昂；身材矮小的晏子多么智慧超群；还有那个最值得一提，把欧洲搅了个翻天覆地的拿破仑。当然在他们口中，这些人的高度都不到一米六。不过，他们还是说到了一个真正的小矮人，那就是在位时间最长的太阳王——路易十四。这位君王还发明了增高的两个法宝：高跟鞋和假发。只可惜这两个法宝变成了女人的心爱之物，很多男人连碰都不碰。所以，这三个男人都没有使用那两大法宝，他们展示在大家眼前的依然是净身高。

无论他们把谁当成伟大的小矮人，三个人都有拿破仑那种像海绵吸水一样的读书精神。所以，身高的问题还没说完，又掺杂上读万卷书还是行万里路的讨论。李平漠喜欢到处走走看看，自然拥护把两者结合起来；高甫像个不愿滚动的土豆，觉得哪里都大同小异；周发鑫对旅游也没有多少兴趣，除了去外面吹牛，就爱窝在家里读书。所以，这一轮辩论中，高甫和周发鑫精诚团结，一致对外说读万卷书就行，有在外面胡乱游荡的工夫，还不如抓紧时间多读几本书，并且还搬出伟大的哲学家康德作为例证。让后人膜拜的康德，一辈子都住在故乡的那个小地方，最远只去过一百三十多公里外的一个庄园。而且，重要的是，康德的身高确实低于一米六，这不是据说，是有确切记载的。因此，尽管李平漠输了，却并不懊恼。

他们说来说去，最后的结论无非是不高的男人多么优秀伟大，个头儿再矮都不妨碍他们成为巨人。每当宛溪听到这样的对话时总是情不自禁地窃笑，心想这么聪明智慧的三个人，依然介怀自己的身高。

除了无法拔苗助长的身高，他们在其他方面都不落窠臼。所以，宛溪很喜欢听三个"小矮人"睿智有趣的对话，但从来不插话，因为她深知自己不是白雪公主，"小矮人"既不会听，也不会救她。而且如果干扰了"小矮人"的活动，得到的肯定是白眼。宛嫂有时说几句不着边际的话，高甫和李平漠都不以为意，只有周发鑫和她搭话。

一段时间后，李平漠回家看父母，周发鑫依然每天来访。少了李平漠，周发鑫和宛嫂的互动多了起来。有时，高甫在外面干私活儿，回来比较晚。宛怜下班后直接回家，也要半个多小时。不过，有时候，宛怜下班后一两个小时都不回来。如果周发鑫下班后先过来，高甫和宛怜都不在的话，他就在客厅和宛嬃闲聊。或者随便拿本书教她看建筑图，给她讲解世界各地的特色建筑。虽然他是外行，专业知识没有办法和高甫或者李平漠相比，但在设计院耳濡目染多年，做宛嬃的老师还是绰绰有余的。

第四十三章　成都之行的花和果

　　宛溪和宛嫪到成都半个多月了，但是宛怜没有像以前那样带她们去散步，给她们读诗唱歌。实际上，她几乎没有单独跟她们说过话。她平时上班，下班后有时去学日语和声乐。在家的那点有限时间，全部安排得满满当当。比如，偶尔读读平假名、片假名；吊嗓子般地唱"人一走茶就凉，有什么周详不周详"；读书的间歇，牢记在各种信纸上"造句子"；跟朋友们侃侃而谈；或者抽空逗逗必双。从早上起床，一眨眼间又到了睡觉的时间，宛怜每天都觉得时间不够用。

　　尽管宛溪从来没有参与过客厅里的活动，但她听着众人滔滔不绝、丰富多彩的谈话，海阔天空的闲聊，还是有时光如梭的感觉。

　　宛怜和高甫上班的时候，宛溪和宛嫪在家带必双。宛溪给必双洗衣服，洗尿布，冲奶粉喂她。宛嫪在宛溪忙的时候照看必双。有时候，她们会抱着必双在院子附近玩。必双胖嘟嘟的，总是咿咿呀呀地说着谁也听不懂的话。大部分时候，必双都很乖，吃饱了就安安静静地睡觉，客厅里的高谈阔论对她没有丝毫影响。

　　李平漠回家以后，周发鑫时常一个人过来，如果房子的两个主人不在家，他就和宛嫪说话。一天下午，宛溪想带必双出去玩，但是宛嫪不想出去，于是她独自带着必双走了。必双很喜欢外面来往的汽车和各种颜色的花，一直不愿意回去，直到三个多小时后，她饿了，宛溪才抱着她回家。

　　到家后，快六点了，宛怜和高甫还没回来，只有周发鑫和宛嫪坐在客厅闲聊。将近一个小时后，宛怜和高甫相继进门。高甫和周发鑫像往常一样，开始煮酒论英雄，说尽天下事。宛嫪坐在一边，偶尔问些空泛的问题，高甫一笑置之，周发鑫却耐心解答。

　　又是一个星期天，高甫说他父母打电话要他回去，宛怜要宛溪和宛嫪收拾好必双的东西后离开。可是，宛嫪说她感冒了，想在家睡觉。宛怜没有勉强她，就叫宛溪一起走。

宛怜他们依然像上次一样，坐了个三轮车，宛溪骑车跟着。走到半路，突然下起了大雨，三轮车夫开始奋力猛蹬，宛溪也使劲地骑着自行车跟上。可是，雨越来越大，她没有雨衣，雨水顺着头发往下流，导致视线模糊，她用手抹了几次脸上的雨水，脚下不敢放慢。当她再次抹去雨水后，抬头往前一看，三轮车已经不见了。她用力地蹬着自行车向前追赶，可是骑过好几条街也没见到宛怜他们。

虽然来成都二十多天了，可是宛溪只认识宛怜家附近的几条路。因为每天带必双，没有机会也不敢走远，所以并不熟悉其他地方。出去吃饭时，都是跟着宛怜他们，在家属院附近的饭馆转悠，没有去过特别远的地方。

宛溪只去过高甫的父母家一次，而且那个地方的房子看起来都一个样子，没有任何让人记得住的特色。她不知道地址，没有办法问人。本来想凭着记忆找过去，可是成都不像西安那样正南直北，容易找到方向。宛溪几乎是个路痴，除了直来直往的路，她很容易就会迷失。何况成都的路像八卦图那样胡乱辐射，不知道是如何延伸的，让她摸不到方向。从高甫的家到他父母家，自然不可能是直线，一路不知转了多少个弯。看着相似的街道，宛溪越来越迷惑。在雨中转了几圈后，完全迷失了方向，最后她决定折回宛怜家。可是也找不到回去的路，幸亏她记得地址，在路上问了好几个人才找到家属院。她站在宛怜家的门口时，衣服全湿透了，还在不停地滴水，不过好在雨也停了。因为早上跟着宛怜他们出门，所以没带钥匙。她想着宛嫪在家，就举手敲门。可是敲了很久，也没有人开门。她觉得奇怪，因为宛嫪感冒了，应该在家睡觉，就算睡着了，她这种敲法，也应该醒了。宛溪转念一想，以为宛嫪出去买药了，就想在附近找找，看是否能碰到。她走遍了附近的每一条街，都没有看到宛嫪，于是又回去敲门，还是没有人开。

雨一停，就回复到了正常的夏季天气，一丝风都没有，黏糊糊的空气中是闷热的水汽。以前学地理时，宛溪知道成都是盆地，热气散不出去，只有到了这里才能体会这句话的含义。成都的气候和西安截然不同。在西安，不管多热的天，躲在树荫下、建筑物的阴影里都可以避暑。出了汗以后，身上是干爽的。可是，成都闷热难耐，汗憋在身体里出不来，衣服总是腻腻地贴在身上，走到哪里都逃不掉那股湿热的潮气。到了成都没几天，宛溪的身上就长了很多痱子一样的小红点。

这样的气候，宛溪穿着一身湿衣服，就像裹了一层密不透风的塑料布，非常不舒服，她只想立刻回去换衣服。然而，没有人在家，她只好又出去走路。不知不觉，走到了一个热闹的菜市场。小贩们的吆喝声此起彼伏，主妇们忙着讨价还价。大概由于鲜活，卖黄鳝的和卖蛙的生意特别好，小贩们杀生的技艺也非常高。只要有人买，他们立刻娴熟地把游动的黄鳝捞起来，狠狠地摔一下，然后把头钉在木板上，一手拉直尾部，一手把刀片戳入颈部，一路向下开肠破肚。取出内脏后，再把鱼身翻转，用刀片剔除鳝骨。卖蛙的小贩同样熟练地把活蹦乱跳的蛙扒皮掏内脏，露出白白嫩嫩仍在抽动的四肢。地上是红红的血水，花花绿绿的肠子、肝胆和心肺。一片杀气中，卖蔬菜和熟食的小贩也不甘落后地高声招揽顾客。

由于天气闷热，菜市场的气味令人作呕，再加上不停地杀生，让人不忍直视。不知餐厅和主妇们用了什么样的高超手段，把如此原材料加工成令人吃了还要不断回想的美味。

宛溪走累了，就坐在花坛边上休息一下。最后实在走不动了，就找个路人问时间，才知道天色不早。她想着宛怜他们应该回来了，于是就往回走。

刚走到门口，宛溪就听到里面传出宛怜不同寻常的高叫，她怀着好奇心敲门。过了好一会儿，高甫才抱着必双来开门。一进门，就看到宛怜正在气急败坏地骂着周发鑫："你怎么能够做这种事？就算你有洛丽塔情结，也不能向我妹妹下手。大家这么多年的朋友，你怎么好意思？我们绝交，你以后再也不要来我家了。"

紧接着，宛怜冲高甫喊到："老高，以后不要跟他来往了。"然后，她又继续骂周发鑫："说你是披着羊皮的狼，都算抬举你了，简直人面兽心。你怎么对得起我和老高！"

周发鑫完全失去了往日"数风流人物，还看今朝"的气概，低着头不说话。

宛怜骂得口干舌燥，抓起茶杯喝水。乘着这个工夫，周发鑫嗫嚅着说："我愿意负责，可以和你妹妹结婚。"

宛怜更气了，把杯子往茶几上一扔。杯子滚了两下，掉到地上，碎成三片。她看都不看，也不顾大声哭着的必双，完全失去了往日的优雅，暴跳如雷地说："昏你个头！你知道她几岁？到了法定婚龄吗？再说，你才认识她几天，就要结婚？完全是放屁！放个屁还能留下点臭味呢！你说的话连屁都不如！你马上离开，我再也不想看到你了。"

宛嫪坐在周发鑫边上，一直沉默着，也不敢抬头。听到宛怜这么说，她抬起了泪水盈盈的脸，含情脉脉地看着周发鑫，他也侧着头充满渴望地注视着她。

见此情景，宛怜声嘶力竭地叫道："周发鑫，你马上给我滚。要不然老娘拿刀砍了你！"

周发鑫站起来，仍然犹豫着，高甫走过来捅了捅他的胳膊，使了个眼色。然后，高甫拉开了门，周发鑫在宛怜的暴怒中"滚了出去"。必双在高甫的怀中哭累了，声音有点沙哑，最后完全停止，逐渐进入似睡非睡的状态。

周发鑫走后，宛怜开始痛骂宛嫪："你有什么好哭的？一个女孩子，怎么一点都不自重？这么轻易就跟男人勾搭在一起，实在丢脸！你这个样子，只能招惹一些轻浮的男人，让他们看不起你，被玩弄两天，就把你当成破抹布一样扔了。你在西安做什么，我管不着，不要到我这里来丢人现眼。我的脸都被你丢尽了，不想再看到你，以后不要来了！"

宛怜声色俱厉地骂了半天，出完胸中的怒气后才停下来。骂完宛嫪，又冲着宛溪喊："你跑到哪里去了？不知道帮忙带孩子，玩不够吗？"

宛溪准备把迷路的经过说一遍，刚开了个头，就被宛怜粗暴地打断，才消解的怒气又冒了出来："下那么大雨，怎么坐三轮车？你没看见我们上了出租车吗？你不是去过了吗？怎么会找不到？不长脑子吗？没有一个让我省心的！"

宛溪怔怔地看着宛怜，这个平日里满嘴诗书礼仪的姐姐完全判若两人，那个架势根本不容她做丝毫分辩，就是要不分青红皂白地数落她，蓦地让她想到母亲。这个念头一闪，又想到宛怜刚才骂人的神勇，宛溪完全失去了争辩的兴趣，就去厕所洗澡换衣服了。

连续四天，周发鑫没有来过宛怜家。他的身影骤然从客厅消失，大家都有点不习惯。宛嫪每天下午都会出去，她不说去哪里，宛溪也不问。不过，她总是在宛怜下班前回来。

第五天晚上，李平漠来到宛怜家，一进门就说："老高，周发鑫咋个那么奇怪，突然不让我住他那儿了，说这几天不方便，神秘分分的。刚才我喊他过来，他居然吞吞吐吐地拒绝了，不晓得搞啥子名堂。"

高甫看了宛怜一眼，没有回应。

李平漠还是像以前一样，每天都来，只是少了周发鑫，论谈的气氛弱了一点。周发鑫的反常行为很快让李平漠搞清楚了事情的原委。他没有像宛怜那样生气，反而说："你这两个妹妹很有特色，一个随心所欲，率性而为；一个人淡如菊，心素如简。"

宛怜听了他的话，莞尔一笑。

正值妙龄的宛嫪，有着玲珑的曲线，圆润的脸庞，大大的眼睛，动情的时候秋水汪汪，嘴唇红艳艳的，肌肤泛着光泽，还有一头乌黑发亮的披肩长发，就像一个多汁欲滴的蜜桃，完全是个尤物。青春美少女属于稀缺资源，不是满大街可以随便复制的廉价商品。她们眉目清楚，五官之间的界限非常分明，不像人长大以后，眉眼之间的距离会拉长，变短，或者糊在一起。美少女身上会散发出早春二月的气息，可这种气息可以说是晨间的露珠，也可以说是和日出相映照的朝霞，清爽短暂，美妙易逝，过了那段特定的时间就没有了。周发鑫迷上处于人生最美年华的宛嫪，一点都不奇怪。

宛溪原本以为，宛嫪会和周发鑫纠缠不清，宛怜他们会因此和他断绝来往。可是，整个事情完全反向发展。回到西安后，宛嫪和周发鑫在成都时那种一日不见如隔三秋的浓情，很快就变成了"我断不思量，你莫思量我。将你从前与我心，付与他人可"。宛嫪为此哭了两场，整个事情就此烟消云散。不久以后，周发鑫又回到宛怜家的客厅"指点江山，激扬文字"了。

世事从来都难以预料。以当时的情形看，周发鑫和宛嫪之间，本来应该是一朵旷日持久开着的艳丽之花，引来蝴蝶跳舞，蜜蜂环绕。可谁知道，花刚开，就谢了，蝴蝶和蜜蜂还没换好舞台服装就被告知散场了。

一直被宛溪视为过客的李平漠，反而在几年之后，和她有了一段剪不断的关系。他们初次见面时，她就从众人的口中得知他比她大八岁。当时，在她那一窍不通的心里，八岁是个不可逾越的差距。实际上也是如此。李平漠不但读完了两个无论占地还是名声都非常不凡的大学，而且还放弃了很多人求之不得的工作；而她还在一个弹丸之地的学校调整心理落差，熬日子。她倒是非常想工作，但是不知道能够做什么。再往前推算的话，他读书的时候，她连个单细胞都不是。殊不知，人在开化以后，所谓的年龄差根本就是旁枝末节。所以，她和李平漠之间不但开了花，甚至结出了果实。只是果挂得很高，离地面太远，又比较沉重，因此经受不住风吹雨打，半路掉了下来。

第四十四章　江军钢

时间在程玲璐不停地更换男友中流逝，转眼就到了另一个春天。

入校以来，程玲璐谈了五个男朋友，这些都是叫得出名字的。其中最长的三个月，最短的一个月。还有一些谈了十天半个月的，大家就忽略不计了，不过她的外号已经由"半月谈"上升到"每周一哥"。越来越多的人开始议论她，大都是些非常不好的风评。学校的男生是吃不到葡萄就说葡萄酸，女生的骨子里总喜欢拈酸吃醋，所以程玲璐已经变成一个标靶，无论手中是否有枪，都要打她两下。在宿舍或者说整个学校，只有宛溪和裴云英不在她的背后嚼舌根。

裴云英不是当个自闭症患者，就是把"大智论道，中智论事，小智论人"作为座右铭。无论外面天塌地陷还是洪流滔天，她都是满脸的心不在焉，每天的生活比时钟还要准。早上六点起床，晚上十点睡觉，有光的时候用眼睛看字，黑夜来袭时在脑子里读书，她的时间绝不会用在飞短流长上。

宛溪做不到像裴云英那样不食人间烟火，她很关注程玲璐的生活，只是和别人的角度不一样。她看到程玲璐每次对恋爱都很投入，像初恋般地大谈正在爱着的男生，倒觉得她心地单纯，真实坦荡，好过那些暗地使坏、欲盖弥彰的人。可以说，她是女版段正淳，每一段感情都是真的。既然女人都喜欢段正淳，为了他不惜生命，那么男人也同样可以为了程玲璐颠三倒四。

程玲璐偶尔跟着宛溪去找钱小瑛玩，在那里见到了她的哥哥钱光良。很多男生第一次见到程玲璐时，都会两眼放光。可是，钱光良对她很淡漠，她不以为意，反而引起了她的兴趣。

钱光良身高一米七九，一表人才，不但读重点大学，念的还是热门专业，对他着迷的女生应该不少，不过从来没听到过他恋爱的消息。程玲璐向钱光良明示暗示多次，都没有回应。有一天，她直接去东郊的学校找他，但是碰了一鼻子灰。回来后，她把钱光良臭骂了一顿。这是程玲璐第一次表现出情场失意的样子，她大为光火，恨不得除之而后快，直接把这个拒绝她的又冷又俊的男生杀了灭口。不过，她忘性大，记不了两天的仇。因此她很快投入新怀抱，把这件奇耻大辱抛诸脑后了。

从成都吃喝玩乐回来以后，宛溪的情况没有多少改善，依然为钱所困。为了改变捉襟见肘的生活，她尝试过寻找各种工作。开始，她去找家教，可是在一个高校成堆的地方，家长一听她来自不知名的专科学校，就拒绝了。她也找过学校附近的小饭店，可是老板说她太文弱，不是干活儿的料。有一次，她和母亲激烈争吵后，母亲两个月没有给她生活费。无奈之下，她去卖血。后来，太窘迫时，她又去卖过几次血。

宛溪找了很久的工作都不顺利，就在她以为卖血将成为她的主要经济来源时，一个朋友及时雨般介绍她去城里的新华书店做临时工，这才缓解了她的经济压力。大部分时候，她周末去上班，偶尔也会在没有课的时候去。

新华书店在市中心的东大街，离钟楼很近，从学校骑车过去大概半个小时。宛溪兢兢业业地做着这份临时营业员的工作。书店的正式工经常躲在里面的休息室喝茶聊天，但她一直守着柜台，认真地回答顾客的每一个问题，熟记每本书摆放的位置，寻找那些在角落里不容易被发现的书。实在无事可做时，就翻翻柜台里的书。

由于卖血的次数太多，间隔期太短，那段时间宛溪经常眩晕。有了新华书店的一点收入，她不用再去卖血，所以长吁短叹出现的次数越来越少。她有饭吃，有书读，有钱用，有知心朋友，还有程玲璐的爱情故事穿插其中，这样的生活也算丰富多彩，有滋有味。

从二年级开始，江军钢的来信频繁了很多，内容也慢慢脱离了流水账模式，加入了一些写景抒情的句子。当宛溪不再为了买信封和邮票的钱发愁时，也兴之所至地回了很多信给他，内容和长度随心所欲。当又一个寒假来临，他们不知第几次站在家属院里聊天时，两个人都感到一种朦胧的情愫悄然而生。

二月，江军钢回校后，写了一封惜字如金的信给她报平安。宛溪没有回复，想等到他用心写的信后，再回信。可是一个多月过去了，他也没有来信。宛溪有些生气，又不想先给他写信，但是心里面一直牵挂着，有时想到他，会莫名脸红。四月初的时候，那封令她牵肠挂肚的信才姗姗而至。

在信的开头，江军钢这样写道："亲爱的溪，非常抱歉这么晚才给你写信。正是因为花了这么长时间，才鼓足勇气写下开头的这四个字。尽管我已经在心里千百次地这样叫过你，可始终不敢下笔。"

看到这个开头，宛溪笑靥如花。接着，他说回校后诸事缠身，然后又像往常一样饶有趣味地写了一堆大事小情，甚至说嫉妒她的作文水平一直比他高。上初中后，宛溪的作文常被当成范文，江军钢说那时他以为她妈妈是学校的语文老师，才会受到其他语文老师的照顾，所以他一直不服气。可是，上了高中以后，她的作文不但在班上被当成范文，还在全校朗读，他才不得不承认她写得确实比他好。

信是这样结尾的："这段时间，我时常想到和你同桌的日子。你穿着洗得发白的碎花布衫，扎着两个小辫子，总是一副专注的样子。不是低头看书，就是埋首写字，要不就是抬头看黑板，可是从来不看我。我曾经偷偷地瞄着你，希望你侧过头看我一眼，可是你好像忘记了右手边有个同桌。现在想来，从那时起，我就喜欢上你了。也是从那时起，我知道了什么叫不拿正眼瞧人。等到暑假回去时，我一定要坐在你的右边，托着你的脸一直看，把以前失去的都补回来。"

落款是"想你的钢"。

读到"不拿正眼瞧人"，宛溪忍不住哈哈大笑。没有想到，他们对彼此的印象完全一样。更意外的是，江军钢会对这件事耿耿于怀，到今天还念念不忘，而且居然偷偷地看过她。那时的她，心无旁骛，确实没有留意到旁边的江军钢会有此种反常的行为。她想到孤傲的他斜着眼睛瞄着她，又怕被发现的样子，就忍俊不禁，同时又喜不自胜。

她把信翻来覆去地读了好几遍，兴高采烈地给他写了回信，快乐地赘述了那些从前觉得幼稚可笑和不屑一顾，现在想来温暖而美好的事情。

江军钢的来信让宛溪开心了很多天，她那掩饰不住的喜悦浮现在脸上，走路睡觉都在笑，这让她想起第一次吃大白兔奶糖的感受。在南涧的时候，大姑带来大白兔奶糖时，着重介绍说这是献给国家的礼品。听到大姑说得如此郑重，宛溪迫不及待地吃了一颗。糖果溶化在嘴里，浓郁的奶香，甜蜜的味道可以持续多日。即使又香又甜的味道消散了，回想起来仍然是甜的。那种情景让宛溪想到即使只扔一颗糖到池塘或者涧河，全部的水都会变甜。

把信寄给江军钢的那一刻，宛溪就在翘首盼望回信。可是，他们中间的距离不短，信在路上来来回回都需要时间，她只好在焦急中等待。因为总觉得度日如年，所以对时间特别敏感。在她盘算着应该收到信的前几天，她和另外一个同学骑车进城为学校买东西。途径新城广场时，他们看到很多学生聚集在那里，广场中心的国旗杆上有一个花圈，宛溪知道他们在悼念一位国家领导人。她三天前看到新闻，得知这位"久经考验的忠诚的共产主义战士"去世了。两天前，她经过钟楼时，也看到花圈和挽联。不过，这件事没有在她的心里引起很大震动，因为这个党和国家的领导人离她的生活实在太远，就算她站在天梯上也够不到。

宛溪看到两个认识的学生在人群里，就走过去打招呼，他们要她参加悼念活动。宛溪不理解，就问他们为什么要为一个与自己生活无关的人悲哀，而且还专门到广场哀悼。他们鄙视地看了她一眼，然后又互相看了看，都是不愿多说的样子。宛溪自讨没趣，就和同学离开了。

第四十五章　喧哗和骚动

宛溪无处可去，就待在学校，宿舍里只有她和裴云英。汤玉红、贾小翠、林敏雪和薛花珠都回家了。程玲璐先是在市里坐免费出租车到处游历，后来和男友坐免费火车去了上海，又辗转了好几个城市，几乎饱览半壁河山的大好风光。

裴云英本来打算回家的，可是五月初时，她爸抱着最后一丝希望来西安治病，西安医学院的水准当然比她家那里最好的医院都要高出很多，她爸的病情逐步得到控制。刚开始，她整天跑医院，为了床位、住院费、医药费愁得嘴上天天长泡。她爸的病情稳定后，在一个亲戚家暂住，等到进一步好转后就回去。亲戚家也不是好住的，除了看脸色，还要听冷言冷语。可是裴云英对这些都无能为力，她除了探望父亲，就是在宿舍苦读，两耳不闻窗外事。宛溪也算是很爱读书的，可是跟裴云英比起来，完全是相形见绌。裴云英除了睡觉，手上永远都拿着书。实际上，她睡觉的时候，脑子里面也全是书。除了课本，她读的大部分是文史哲方面的书。

一天，宛溪看到她的床上放着《喧哗和骚动》，就读了起来。可是读了几段，她被倒错的时空，跳来跳去的人名和场景搞得晕头转向。她想着这个章节的叙事者是个智力只有三岁的白痴，就硬着头皮读完了，虽然云山雾罩，但想着第二章应该是一种正常的叙事方式，她一定能够明白作者到底要说什么。哪知道第二章更可怕，她完全迷失，只好弃书。

以她对文学作品的贫乏理解，如果是小说的话，应该先把故事讲清楚；如果是散文，关注点应该是文字的优美和文章的立意。福克纳大名鼎鼎，宛怜和她家里的客人曾经多次提起，按理说不可能连个故事都讲不清。宛溪以前读过他的《献给艾米莉的玫瑰》，故事的结尾让她终生难忘。艾米莉杀死了那个求而不得的男人，和他的尸体同床共枕几十年。这样的情爱委实诡异，想起来就让人不寒而栗。但是故事写得合情合理，所以艾米莉的行为虽然出格，但并非无迹可寻。可是这本名气更大的书让宛溪无所适从，她问裴云英的读后感。裴云英慢条斯理地说："意识流都这样，多读几遍就明白了，最后一章非常好懂。"

不过宛溪缺乏裴云英那样的毅力。她囫囵吞枣读完第一章，开始攻克密密麻麻的第二章，可是一开头就让她迷茫，说爸爸的爸爸给了"我"一块表，但是宛溪读了几段，都不知道这个"我"到底是谁。她生怕再次沦为傻蛋，所以无论如何不可能读到第四章。她觉得自己像班吉一样，理解不了书中的事情。虽然没有兴趣再读下去，但这件事让她耿耿于怀。她以为是翻译有问题，后来尝试着读原版，可更加摸不着头脑，根本分不清不停转换的场景和人名。所以，多年以后，当她可以自由地浏览各种英文网站时，这本心病一样的书成了她最早查询的一个内容。去了好几个读书网站后，她发现很多人跟她一样茫然。因为是自由论坛，大家各抒己见，她最喜欢其中的两个观点。第一，看不懂的人自嘲是傻瓜；第二，他们非常佩服那些为本书叫好的人，但是忍不住说那些人是皇帝的新装。第一点多年前她就感同身受，第二点也深得她心。

宿舍里除了离经叛道的程玲璐，最具特色的就是裴云英了。她和大家不远不近，和谁都隔着一层布。尽管同住一个宿舍，宛溪对她的了解完全流于表面。平时大家都超越不了一己的感伤，说来说去都是眼皮底下的一点事，找不到什么可以深谈的话题，而且裴云英总觉得说废话都是浪费时间和生命。现在宿舍里只有她们两个，又不上课，宛溪就想拨开裴云英身上的那层神秘雾霭。虽然裴云英没有交谈的愿望，但禁不住宛溪一再地强行搭讪甚至撩拨，所以说话的时间自然多了一些。宛溪不和她论人，但也论不了道，所以就尽量论事。尽管宛溪放弃阅读《喧哗和骚动》，不过有了这本书作为媒介，她们谈话的范围也逐步增多扩大，甚至变得非常随意。一天，宛溪说起《平凡的世界》，裴云英瞬间被触动。她不管外面的喧哗与骚动，开始说起她一成不变，宁静沉寂的村庄。她不论别人，但是可以论自己。这是她在离开家乡后，第一次简单地提起她的个人成长和家里的情况。

毋庸置疑，无论用什么标准，她的家都是一个极为偏远的地方，面朝黄土背朝天就是他们那里的写照，有很多个孙少安在那里讨生活。夏天，除了漫天的黄土和几颗枣树，还有农民没日没夜的劳作，就没有什么值得一提的事。

冬天更加令人绝望，呼啸的西北风夹杂着漫天的飞雪，落在没有一丝生气的贫瘠土地上。农民们周而复始地辛苦劳作，还是不能果腹。她们家的状况在村里算是好的，可是一年到头也只能吃黑豆、高粱、土豆，连个白面馍馍都很难见到。从她记事起，就想离开那个看不到任何希望的地方。她从来没有想过要改变世界，因为她对周遭的环境无能为力，只想着自己和家人何时能够喝到不再浑浊的水。但是一个弱小无助的女孩，不知道该怎么做。直到六年前，村子里出了第一个大学生，她才知道，用这样的方式可以走出那片荒凉萧瑟的土地。于是，她经常走十几公里，翻山越岭地去上学，不管多苦，都无怨无悔，终于走到了西安的这个专科学校。她知道自己的目标还没有达到，必须沿着求学的道路继续走下去，她想读本科，或者考研究生。

听了裴云英的叙说，宛溪理解了她为何只顾孜孜不倦地学习，从来不关注窗外的事情，甚至对眼下正在发生的，后来被各种媒体不停讨论的事件，都可以屏蔽。

像裴云英一样，宛溪的心里也有继续求学的梦想，她想考研究生。小时候大伯父跟她说"万般皆下品，唯有读书高"，长大了听别人说"教育是改变一个人命运的最好方式"。无论怎么说，她都应该读更多的书。多年以来，她也遵循着这个原则。然而，高考失利让她沮丧颓废，找不到前进的方向和动力。实际上，自从与心仪的大学失之交臂后，她经常处在自怨自艾之中，一直没有振作起来。虽然裴云英的坚持不懈让她自惭形秽，但她还是无法做到像裴云英那样两耳不闻窗外事，一心只读圣贤书。风声雨声读书声，她都要听一听，因此没有一个声音能让她全神贯注。所以，下午或者晚上听了裴云英的读书声或者窗外的风声雨声后，每天早上，宛溪依然出门去看新的海报。

家里多了一台双卡收录机，放在宛频的房间，这是父亲为他买的，说是用来学英语。一个假期，收录机里极少传出朗读英语的声音，倒是一盘齐秦的磁带被反复播放。她听着《冬雨》《外面的世界》《大约在冬季》这些凄切悲凉的歌，心境就像齐秦哀婉忧伤的歌声。她不知道江军钢是否去了远空遨游，也不知道外面的世界是精彩还是无奈，更不知道他是否能够在冬季归故里。她能做的就是把无处安放的心找个黑洞藏起来，等待那个手举火把的人进来。

尽管暑假的天气像往常一样火热，但在宛溪的眼里，整个暑假的基调是冷色的。唯一一件有趣的事情是院子里一个男生闹出的真实笑话。他在外地的一个技术学校上学，因为经常和其他高校的学生走在一起，就有人问他是哪个学校的，他总是骄傲地说"技院"。听到的人先是一怔，然后齐声大笑，说他的学校最好，纷纷让他引荐女生，说最好是陈圆圆和柳如是那样的接班人。

开学以后，宛溪收到一封江军钢的信，寄信地址潦草得无法辨认，像是有意为之。她研究了半天，也不知是从哪里寄出的，看邮戳，是一个陌生又遥远的地方。她预感到这是一封别离信，所以不敢打开。她把信压在枕头下面，每天晚上都在猜测上面的话，又希望不是真的。三天以后，她抱着和猜想相反的愿望，终于下定决心把信拿出来读。信很短，只有寥寥几句："亲爱的溪，我要走了，你保重。这几个月发生了很多事情，但不知从何说起，以后有机会再跟你解释。日夜思念你的钢"。

简短的一段话，让她泪眼婆娑，黯然神伤。她又拿出之前的那封信从头到尾地读了无数遍，直到把每一个标点符号都背下来。然后，她把两封信放在一起，看着它们，一种恍如隔世的痛，在心中千回百转，变成灰烬，直到最后的欲哭无泪。

她把江军钢所有的信放在一个棕色的牛皮信封里，在信封上面画了两个深情凝视的侧面头像。一边画，一边流泪。然后把沾着泪水的信封放在箱子的最底层，再也没有碰过。

可是，她依然情不自禁地泪眼问花，看什么都像离人泪。在一片落红的暮色中，形单影只，不知飘向何方。回到家属院时，她长久地伫立在单元门口，在心中不厌其烦地回放着江军钢昂首走过或者低头飘过的画面。

她不知道这是否算初恋，也没有对任何人提起过这段还没开始就夭折的感情。

很久以后，她才知道，江军钢去了美国。

第四十六章　权浩健

宛溪又开始了一成不变的生活，上课，打临工，听程玲璐讲述她每一段恋爱的酸甜苦辣，偶尔跟裴云英论事不论人。由于极少问母亲要钱，母亲不再要求她每个月回家。没有母亲的谩骂和父亲的漠然，她郁闷的心情缓解了很多。

最后一年的时候，除了宛溪外，宿舍的女生都有男朋友了。汤玉红和同班的男生坠入了爱河。贾小翠的亲戚给她介绍了一个在西安工作的复员军人。林敏雪和冶院的一个大三老乡终于捅破了窗户纸。薛花珠的男朋友大她六岁，在另外一个学校工作。甚至一心向学、超凡脱俗的裴云英都和医学院的一个四年级男生牵起了手。她爸住院时，这个男生帮过一点小忙，他们两个在那个时候结缘，但是过了好几个月，才走出这一步。

钱小瑛在一年前认识了公路学院一个高她一级的男生，名字叫李四伟。刚开始，两个人都不是以谈恋爱为目的的。然而，在认识几个月以后的某一天，他们还是像很多年貌相当的男女一样不能免俗，开始柔情似水。

宛溪和钱小瑛去过公路学院很多次，在李四伟的宿舍玩时，隔壁宿舍的男生经常过来串门。一来二去，她们和左右两边宿舍的男生也慢慢熟悉了。

住在李四伟左边宿舍的一个男生很有意思，他很胖，大家就叫他胖子。当时，诺查丹玛斯的一本预言书在所有的学校风靡。有人看了以后，觉得是一派胡言；有人却坚信不疑，当作生活的准则。胖子就属于后者，他不止一次地哭着说："1999年地球就毁灭了，我活不了几年了。我爸妈辛苦把我养大，还没报答他们，就要和他们一起离开这个世界。而且，还有那么多好吃的东西，再也吃不到了。"

大家听了他的哭诉，不相信地球毁灭论的男生都觉得非常好玩，有些爱搞恶作剧的男生总是有意把他弄哭。

和胖子住在同一个宿舍的权浩健，是一个截然不同的人。他戴着眼镜，虽然肤色稍黑，但是文质彬彬，衣服也总是干干净净，有一股淡淡的肥皂味道，不但和他们宿舍又脏又乱的形象完全不符，而且和周围的环境也显得格格不入。他每天忙忙碌碌，丝毫不关心地球何时毁灭。由于他经常不在宿舍，所以宛溪去了很多次他们学校和李四伟的宿舍后，才在没有意识甚至一无所知的情况下见到他。

宛溪第一次见到权浩健是在一个初春的晚上。那天吃完饭后，钱小瑛拉着她去找李四伟。她们到了宿舍后，男生们提议打牌。宿舍里有六个男生，加上宛溪她们，刚好开两桌，打拖拉机。钱小瑛和李四伟对家，另外两个男生对家。宛溪和其他三个男生一桌。

牌桌上，男生们很霸道，和平时完全不同，根本不给女生留面子。李四伟都会对钱小瑛发脾气，哪怕过后花费两倍的力气才能求得谅解，他还是无法改变在牌桌上的态度。男女朋友都这样，更不要说关系普通的男生和女生。男生打牌的时候很认真，碰到女生出错牌，他们会骂她们不动脑子。输了，女生受到的惩罚很多。钻桌子、在脸上贴纸条都是最平常的，有时还要帮男生洗衣服买饭。

那天晚上，宛溪和她的对家牌运奇差，经常一手烂牌，他们只好不停地钻桌子，还要一直往脸上贴纸条，两个人还要吵架拌嘴，互相指责对方揣着好牌不出。另外两个男生打到 K 时，他们才打 3。他们的脸上已经贴满了纸条，只有眼睛露在外面。脸上实在找不到空间时，就黏在下巴和脖子上。

打得昏天黑地时，权浩健进来找他的英语词典。问了半天，也没有人能够说出到底谁拿了他的词典。他在每个人的床上翻了半天，还是一无所获，只好去别的宿舍继续寻找。

当时，宛溪正专心牌局，根本无暇旁顾，权浩健进出宿舍时，她看都没看一眼。后来，当权浩健说起他们第一次见面的场景时，她都不知自己到底是在钻桌子还是在忙着贴纸条。一想到自己的"光辉"形象，她便忍俊不禁。

权浩健总是很忙，宛溪见到他的次数并不多。但他像个传说一样，总是不断地有人提起。宛溪很早就从他的舍友那里得知，他是朝鲜族人，英语也很好。

西安是历史文化名城，吸引了很多外国人。权浩健凭借他的语言优势，轻易地找了份导游的工作。只要有空闲时间，他就带着世界各地的旅游者在西安的大街小巷穿梭，并因此赚了不少外汇券。因为很多游客对他的服务很满意，就给他一些外汇券作为额外酬劳。在公路学院，他一度成为最有钱的学生。

男生们经常要他买酒请客，他都很爽快地答应。而且，他高兴时，还会买555、万宝路、柔和七星等牌子的烟供男生们享受。这些牌子的烟对普通大学生来说，都是梦寐以求或者不敢想象的。所以，那些抽烟的男生们简直把他奉若神明。

宛溪听着关于他的故事，没有过多的关注。她不抽烟，对他无所求。西安的每个地方她都很很熟悉，所以也不需要导游。他们见过一次或者两次，也许说过几句话，最多算是萍水相逢。这样的人一生之中会碰到无数，转眼就忘了，谁都不会去留意。

江军钢突然消失后，宛溪一直愁肠百结。她沉浸在哀伤中，难以自拔，不想跟任何人来往，因此再也没去过公路学院。直到天气转凉，她才在钱小瑛的强烈要求下再次见到以前的几个牌友。一局打下来，李四伟和钱小瑛大胜。两个对家都没有女朋友，面对一往情深的敌家，难免眼红，结果还输得一塌糊涂。他们实在气不过，便强烈要求李四伟请客。反正学生们总是制造各种理由要求请客，无非就是借机改善一下生活。李四伟情场牌场两得意，完全无法推脱。

一听到请客，无聊的男生们蜂拥而出，最后由李四伟"钦点"了七八个人，去八里村吃羊肉泡馍。宛溪到了店里一看，权浩健居然也在。李四伟毫不客气地对他说："我的钱不一定够啊，到时候只能靠你了。"

权浩健答应着，走到宛溪旁边问："怎么好长时间没看到你了？"宛溪支吾了两句，就在钱小瑛边上坐下。

大家平时都吃食堂的水煮菜，肚子里缺乏油水。尽管女生也馋，但毕竟要矜持一些。男生则不管那么多，个个都像饿痨鬼，每逢抓到一个冤大头请客时，他们都恨不得像水泊梁山的好汉那样，每个人点十斤牛肉，喝几大碗酒。所以，刚在小饭店坐下，男生们就点了大碗的羊肉泡馍。钱小瑛点一碗岐山臊子面，宛溪点一碗油泼辣子裤带面。大家热热闹闹地吃完后，李四伟把身上的每个钢镚都掏了出来，果然还是不够付账单，由权浩健补足了差额。

吃完饭后，大家一哄而散。李四伟送钱小瑛回学校，宛溪独自慢慢地朝学校走去。夜晚的风颇有些凛冽的寒意，尽管吃了热乎乎的宽面条，她还是禁不住打了个寒战。她穿的衣服比较单薄，也没戴手套，只好不停地搓着双手，并且举到嘴边哈气。这样走了几分钟，突然听到权浩健在后面说："宛溪，我这里有手套。"

她转过头，看见权浩健站在身后。他穿着黑色的大衣，戴着深咖啡色的围巾。橘黄色的路灯照在他的脸上，显得温暖而又诚挚。

宛溪有些尴尬，也很为难。如果直愣愣地说不需要手套，难免拂了他的好意。如果接了手套，又显得暧昧，所以只好说她不冷。权浩健没有说话，默默地把他的手套递过来。宛溪无法拒绝他的诚意，只好戴上。两个人无言地走到学校，她把手套摘下来还给他，说声"谢谢"，就匆匆进了校门。快要上宿舍的楼梯时，她回头望了一眼，依稀看到权浩健模糊的身影依然站在那里。

宛溪在学校、书店和家之间来回奔波，没有多少空余时间。一个星期天的下午，她正难得清闲地在宿舍读书，楼上的女生说有个男生在门口找她。她磨磨蹭蹭地下了楼，看到权浩健双手插在白色夹克衫的口袋里来回踱步。

那次吃饭以后，宛溪惦记着权浩健的手套情谊，但那天晚上她心不在焉，连寒暄的心情都没有。猛然看到他，她有点不好意思。权浩健笑意盈盈地说："我们去看银杏吧。"

秋天的银杏美得让人移不开眼睛，听到这个提议，宛溪就跟着他朝前走。一路上，他们简单地交流了彼此的近况。他已经辞去了导游的工作，准备专心做毕业设计和写论文。

自从看了银杏之后，权浩健只要有空，就来找她。他们最喜欢在种满法国梧桐的林荫大道上散步；也曾多次去大雁塔，在里面的国营照相摊前，留下合影；他喜欢书法，经常拉着她去碑林拓字；她喜欢历史，两个人长途跋涉，跑到半坡去看各种质朴的陶制品和鱼骨头。他们还专程花了一天时间，再次去瞻仰黄帝陵。那高高的台阶和森森翠柏，既庄严，又肃静，让人不由地生出无限敬意。其实，这些地方权浩健去过不止一次，宛溪在子弟学校的春游和秋游时，也全部参观过。但是他们两人再次走过时，心情完全不同。他不需要对旁边的游客重复那些大同小异的话，她也不用跟吵闹不休的同学争论坟墓里到底有些什么。他们可以什么都不说，就感受到彼此的存在。有钱时，他们就去学校附近的秋林小卖部买娃娃头雪糕。偶尔，他把雪糕举到她面前，说她就是一个娃娃头，并且做出要吃她的样子。娃娃头有不同的样子，她最喜欢的是帽子、眼睛和嘴巴都是咖啡色，脸不是很白的娃娃头。

第四十七章　美丽又短暂的樱花——毕业

宛溪和权浩健在不是特别密集的见面中，走到了春暖花开的三月，又一个樱花季节即将来临，而他们很快就要毕业了。按照预测，两个人留在西安的可能性都是零。仿佛心有灵犀般，他们同时想到去看转瞬即逝的樱花，这短暂的绚丽将是留给他们的最后纪念。所以，谁都不肯错过这盛极而衰的景象。他们几乎每天都徜徉在两旁全是樱花树的路上，总是讨论樱花什么时候开。樱花就在他们的说笑之中开了起来。刚开始，只有零零星星的几朵。可是，等到满树绚烂夺目时，凋零就在眼前。庆幸的是，樱花的开放和谢落一样动人。花瓣极为细碎，也许只开了一天，就在空中飞舞。晚来两天的人，连一眼的花团锦簇都看不到，只有一片花飞，风飘万点，落在肩头发梢。小小的花瓣飘飘荡荡，随处轻扬，在落地之前，是一场美丽的花雨。

除了看秋叶春花，他们还经常讨论一些没有结论的问题，诸如过程和结果哪个重要。权浩健说人活着就是一个过程，结果无关紧要，并且用了一些他专业中的抽象理论来支持他的观点。宛溪认为都重要，但对他的专业一窍不通，更听不懂他高深莫测的专业课，只好避重就轻。她先用大哲学家的名字唬他，然后用一个简单的例子作为反证："如果你在一个下雪的夜晚，又冷又饿地追赶最后一班公共汽车。是追赶的过程重要，还是最终追上了公共汽车重要？"

权浩健说："上不了公共汽车也没关系，刚好找个小饭馆喝点酒暖暖身子，再吃一碗热乎乎的牛肉面，然后走回去就是了。"

"可是如果路上没有小饭馆，身上也没钱呢？"

"城里到处都有小饭馆，我们这里还是郊区呢，你看这附近有多少小饭馆。再说没钱也坐不了公共汽车，还是只能走回去。"

"如果是荒郊野外呢？"

"荒郊野外根本没有公共汽车，你的大前提就是错的。"

宛溪当然不甘心就这样输掉，就开始反驳他话中的漏洞，说找到小饭馆既是过程，也是结果，如果没有牛肉面，说不定就死在路上了。他当然会继续找理由坚持自己的立场。

很多时候，两个人就诸如此类的问题辩论半天，时间消磨完了，还是没有结论。道别的时候两个人互相拍马屁，都说是棋逢对手。所以，他们从来没有胡搅蛮缠的争执，哪怕是激烈的讨论，最后还是会心平气和地结束，不像恋人之间那样闹别扭。

权浩健是谭咏麟的忠实歌迷，他虽然不会粤语，可是唱起谭咏麟的粤语歌，非常地道。尤其是《水中花》和《爱在深秋》，他更是唱得百转千回。当他唱起"如果命里早注定分手，无须为我假意挽留"时，总是有一种无奈和不舍。虽然两个人就歌词到底是"假意挽留"还是"加以挽留"辩论，可是每次听他唱这两首歌时，宛溪都很动容。

认识的人都说他们在谈恋爱，可是权浩健没有说过这话，宛溪也从来没有问过。他们之间没有恋人的亲热，权浩健最亲密的动作就是拉着她的手。

有一次，他们在银杏树下漫步。乍暖还寒的时节，冷热不定，天气骤然降温，宛溪穿了件单薄的裙子，手一下变得冰凉，权浩健也只穿了一件衬衣。稍一犹豫，他抓起她的手放进裤子口袋。宛溪的手很快就感觉到隔着裤子传过来的温热。

以前，宛溪多次在高大的银杏树下走过。她印象最深的是深秋的银杏，那些金黄的扇形落叶，飘飘洒洒地铺满了整个地面。走在上面，像极了厚实绵密的地毯。后来，她再想起银杏时，满地的金黄色落叶就变成了春天刚发嫩芽、长了新叶的样子。那满树的青翠欲滴和生机盎然，一直刻在她的脑海里。

一天，权浩健和宛溪约好去看电影，可是到了时间他没来，于是她去公路学院找他。到了他们宿舍，只有崔市槐一个人在，他说权浩健的毕业设计不顺利，被老师留下来了。宛溪随口嘟囔了一句："说好了去看电影的，怎么招呼都不打一声。"

崔市槐一听，赶忙说："噢，对了，权浩健怕你生气，说让我陪你去看电影。"

宛溪一向不喜欢油头滑脑、流里流气的崔市槐，也不相信权浩健会这样安排，她敢肯定是崔市槐在胡说八道，于是马上拒绝："不看了，我还有事呢。"

崔市槐立刻拉住她说："权浩健就怕你生气，你还真生气了。走吧，我们去看电影。"

宛溪挣脱他往外走，他又拉着她的胳膊跟了出来。路上很多熟人，她不想和他拉拉扯扯，让他放开手后，和他朝边家村方向走过去。进去时，电影已经开映了，他们借着屏幕上微弱的光，在众人的不快中，找到了座位。

刚坐下没多久，崔市槐就有点动手动脚的，宛溪推开他。但空间实在太小，没有什么躲闪的余地，她只好盯着幕布上满脸沧桑的男主角。突然之间，崔市槐把手从她的衣服下面伸进去，试图向上摸她的胸部。宛溪忍无可忍，抬手给了他一个耳光，然后迅速从座位上站起来，走了出去。

过了几天，权浩健来找她，她几次三番想告诉他崔市槐的事情，可是看到他为了毕业设计熬得形容枯槁的脸，话到嘴边，又咽了回去。另外，她心里隐约觉得，这件事像一个杂质，似乎会给他们纯净的关系染上阴影，就像透明水晶上的黑色污点。所以，她不想让他一起直面这件事。有的时候，她自己也不愿意面对一些龌龊的事情。崔市槐的企图已经多次表露出来，她并不是没有察觉，但她一直装聋作哑，回避他的猥琐。直到没有退路，才出手还击。

权浩健和宛溪就这样快乐平静地过完了毕业前的时光，快放暑假时，几乎每个人都确定了工作单位，但是大家都愁眉苦脸。全国的经济形势不大好，时常听到工人下岗、工厂倒闭的事情，所以大家的毕业分配依然糟糕至极。

权浩健被分配到东北的一个山沟里，说是一个三线工厂。宛溪分到一个她从来没有听说过的地方，去一个乡村学校当老师。宿舍的女生，都被分配到叫不上名字的偏僻地方。汤玉红、贾小翠、林敏雪虽然失望，但是说总比回家种地好。薛花珠的父母许诺无论用什么办法，都会把她调回她出生长大的小城。最绝望的是裴云英，她拼尽全力就是要离开家乡，结果又被分配到一个和她家乡的小山村相差无几的地方，一个她从小就赌咒发誓要离开的地方，这几年的心血都不知付给了谁！她费心费力，又被生活打回了原形，苦痛郁闷可想而知。她甚至怀疑为什么要读这个百无一用的书。纵然有无数个疑问和不甘心，她还是没有任何选择。就像逃命的人，面临着前有悬崖，后有追兵的情况，如果不想死的话，就只能满足追兵的所有要求，任他们摆布，乖乖就范。裴云英回顾了生命中认识的所有人，结论是没有一个人可以帮她。那个医学院的学生也是个泥菩萨，别离过后应该就是分手。

不知不觉间，宛溪变成裴云英最亲密的朋友，可惜她也是自身难保，唯一能做的事情就是把裴云英送到车站。分手的时候，两人怕断了联系。宛溪说如果有事，就把信寄到钱小瑛家。

程玲璐的爸爸在两个月前调到了一个海滨城市的开发区工作，她是一个贪图口腹之欲、喜欢享乐生活的人，不会去一个在地图上拿着放大镜都找不到的地方。依照程玲璐的性格，如果去了一个前不见古人，后不见来者的地方，她最多只能待三天。于是她没有服从分配，毕业后跟随家人去了那个城市。

钱光良毕业了，正常来说，他应该分到国家机关或者科研机构。可是，由于情况特殊，他的爸爸妈妈跑断了腿，找了无数的关系，才最终在宝鸡为他找了一个单位。然而后来又被退回。

李四伟也毕业了，因为是四川人，被分到攀枝花某县某乡的某条沟里。毕业前大家已经心知肚明，分配肯定不乐观。所以，钱小瑛曾经找过宛溪帮忙，想让宛怜在成都活动一下，让李四伟能够留在成都或者附近的什么地方。宛溪给宛怜写了一封信，但是泥牛入海。

大部分的恋人们都随着残酷的毕业分配劳燕分飞，也有一些情深意切的恋人为了在一起厮守，不懈地努力了一两年，但最终还是敌不过冰冷的现实。

宛溪虽然不知如何定义和权浩健的关系，但是想到共同度过的那些开心日子，还是为不得已的别离痛哭了一场。权浩健到单位安顿下来后，给宛溪写了一封长信。

一开头，他就说自己正躺在山谷的草地上看星星。山谷上方的天空高远辽阔，在几条长长白云的衬托下，显得特别蓝。他第一次看到满天星斗，而且居然如此明亮，然后突然就想给一个人写信。于是，他打着手电筒，坐在山谷里，用了大量的笔墨描绘那里晶亮美丽的满天繁星。接下来把他和宛溪一起去过的好多地方写了一遍，发誓一般地说会永远留恋他们在一起度过的短暂时光，那些美好的回忆直到白发皓首也不会磨灭，他们之间白水鉴心般的纯净关系已经成为他灰暗生活的亮色，让他时常怀念。最后，权浩健以他最爱的谭咏麟的歌作为结语："繁星流动，和你同路，从不相识开始心接近，默默以真挚待人。人生如梦，朋友如雾，难得知心几经风暴。"

宛溪知道这首歌的名字叫作《朋友》，天各一方以后，权浩健终于为他们的关系定了性。也许从一开始，他们都朦胧预知了这最后的结果。所以，相处的时候，才能够发乎情，止乎礼。宛溪拿着这封信，怀念着不久前在城墙边一边漫步，一边胡说八道的他们，不由自主地想到康德墓碑上的铭文："有两件事充盈性灵，思考越是深沉和持久，在心灵中唤起的赞叹和敬畏就会越来越历久弥新，一是头顶浩瀚灿烂的星空，一是崇高的道德律令。"谁都想不到，他们两个微不足道的小人物居然能够在如此短的时间内成就这么伟大的两件事。

第四十八章　吴安

八月底，宛溪换了好几次汽车，三天后从最后一辆快要散架的车上下来，再坐半天的拖拉机，又走了两个多小时，浑身酸痛地到了她的工作单位——吴安乡村小学。离开西安之前，小瑛妈跟她说："你要去的地方异常偏僻，不一定待得下去。你先去看看，上一段时间的班再说。户口不要迁过去，万一不行，还有个退路。"

宛溪不清楚户口的作用，反正无论在原乡还是西安，哪个户口对她都一样，家人没有因为户口的变化更爱她或者更恨她。但是，离开原乡的时候，曾经教过她的很多高中老师都羡慕她有西安户口。农村的同学尤其如此，甚至说拿什么换都行。当初，芳姐和凯哥结婚时，大伯父和奶奶也说什么农村户口和城镇户口的问题。她不明白为什么一个户口能够把人分成三六九等。她只看过一次家里的户口本，上面写着户主是父亲，他们几个像附属品一样放在户主的下面。她不知道什么是户主，也无心研究。

由于没有体会到西安户口的好处，自然也不知道把户口迁到吴安有多大的坏处，只是秉着对小瑛妈妈的信任，就听从了她的建议。报到的时候，文教局的人问到户口问题，她支吾着搪塞过去，说随后迁过来。

吴安是一个群山环绕的村庄，山上是大片裸露的黄土，连苍翠的杂草都很少。偌大的山上，只有稀稀拉拉的几棵槐树、榆树和笔直的白杨。破败的房子散落在半山腰和山脚下，黄泥土坯的墙，不但土渣散落，墙体上还有裂缝。宛溪曾经和权浩健去过一个不知名的历史遗迹，墙体用黄土夯筑，黄土底部用石头作为地基。虽然已经过了两三千年，但墙面和墙体都比吴安的完好。路面比房子更差，一片凹凸崎岖。晴天时是高低不平的土疙瘩，雨天则变成满地的烂泥，走在路上，双脚随时都会陷进去，很难拔出来。

吴安离最近的乡镇二十多公里，因为只有一条弯弯曲曲的土石山路延伸出去，所以不通车。如果想出去，只能坐拖拉机、驴车或者走路。这么艰苦的地方，没有人愿意长待。分配或者指派来的老师都想方设法地离开，宛溪来之前是一个男老师，不到一年就走了。

学校的设置是一到五年级，但实际上，没法分开上课，只能混在一起，宛溪一个人教所有的课。上课时，她把全部的学生放在一起，按照年龄分组给他们上课。忙不过来时，她就让大孩子帮年龄小的孩子暂时辅导一下。

学校是三间破旧的平顶小屋，一间作为教室，一间堆杂物，一间老师住。学校没有围墙，也没有大门，谁都可以随意出入。学生的年龄从七岁到十四五岁，他们都是村里的孩子，放学后就回家了，她一个人住在学校。

她住在那间看起来摇摇欲坠的平顶小屋里，风一吹，到处都会吱呀作响。房子如何破烂都可以忍受，最可怕的是厕所。名义上叫厕所，实际上是一个四面透风的大粪坑。老远就闻到熏天的臭味，走到近前，强烈的腐臭和和废物发酵后的刺激性酸味让人眼睛生疼，鼻子也成了可恨之物。每次宛溪蹲在粪坑上的时候，都期望有个郑秀出现，设下计谋，把她的鼻子割了。天气热的时候，白花花的蛆虫到处都是，密密麻麻地在地上爬，很多时候，只能踩过蛆虫的身体才能到蹲坑上。天气稍冷，刺骨的风吹在屁股上，像被冰块拍打一样，又冷又痛。她尽量憋着，不到万不得已绝对不上厕所。她宁可回到最原始的状态，拿个铁锹到处挖洞解决排泄问题。以前，她把原乡的公共厕所视为灾难，但凡事都怕对比。相比之下，原乡的公厕俨然是一个非常可爱的地方。

除了厕所，另一件难以忍受的事情是老鼠。其实，从小在乡间田野看惯各种小动物，她早已见怪不惊，有很强的心理承受能力。即使面对让大多数女孩心惊肉跳的蛇和毛毛虫，她都可以镇定自若。而且看到受伤的小动物，总是有恻隐之心。可是唯独对于这种鬼头鬼脑，繁殖能力超强，到处打洞的东西，宛溪既厌恶又害怕。虽然她相信存在即合理，但仍然无法理解造物主为何让这种肮脏的东西在世间横行。它们除了传播疾病，糟蹋粮食，拉低动物的整体形象和平均生活水准以外，别无一用。

尽管她住的房子破烂不堪，不过老鼠依然在房子里面做了窝。第一天晚上，她整夜未眠。听着老鼠到处乱窜和吱吱乱叫，差点把她逼疯。第二天，她跟村民借了一只猫，然后把所有吃的东西放在一个大缸里，用木板盖上，再用一块大石头压住，连一粒米都不敢留在外面。有了天敌，再加上一段时间的坚壁清野，老鼠窝彻底消失。除了偶尔流窜作案的老鼠，没有大的骚扰。

在这样的恶劣环境中，除了想想"祖上曾经阔过"聊以自慰，还必须自娱自乐，找个精神支柱作为支撑。宛溪把历史上受苦受难的大人物挨个儿想了一遍，最后选定洒脱的苏轼作为偶像，"一蓑烟雨任平生""也无风雨也无晴"以及类似的句子都成了她的座右铭。她不能在雨后的夜晚出去，因为到处泥泞不堪。她只能在月光如水的晚上，把周围的山幻想成长满庄稼和瓜果的东坡，她是一个在路上独行的悠闲野人，可惜吴安连一条完整的石子路都没有。她只好把树枝当成拐杖，走到那条通向外面的土石路，刻意敲打地面上的石子，体会着苏轼"莫嫌荦确坡头路，自爱铿然曳杖声"的激昂情怀。但历经磨难的苏轼都不可能永远达观向前，他也会发出"江海寄馀生"的无奈慨叹。所以宛溪想得最多的是如何离开东坡月色，以后再来回顾"兹游奇绝冠平生"的豪迈。她不知道白云无尽的地方在哪里，只能想着在世俗之地，谋一个相对舒适的安身之所，而眼下唯一的路是考上研究生以后离开。她没有选择，只好咬牙坚持。有了考研的动力，她学着慢慢适应一切。可是第一个学期快要结束的时候，发生了一件让她几近崩溃的事。

一月初，吴安非常冷，房檐下的冰柱随处可见。偶尔，苦寒的太阳出来时，冰柱会反射着刺目的光。山上早已被冰雪覆盖，光秃秃的树枝被厚厚的冰裹住，随着尖厉的风声不停地摆动。呼啸的西北风吹在脸上，疼痛难捱。一天晚上，像平常一样，宛溪听着刺耳的风声掠过颤抖的小屋进入梦想。睡到半夜，她突然被一阵响声惊醒，侧耳听了一下，似乎是有人敲门。转念一想，又觉得不可能，就以为是风太大，吹得门响，于是裹紧被子，想继续睡。可是，声音越来越大，让她无法入睡。她仔细地分辨了一下，的确是敲门声。

确定了真的有人敲门后，宛溪觉得毛骨悚然，只好躺着不动。然而，敲门声顽固地响着。她只好披着被子，战战兢兢地起来。她走到门口，掀开棉门帘，透过门缝看到一个男人的模糊身影。她大惊失色，立刻放下门帘。她一动不动地站在门口，清晰地听到自己咚咚的心跳。惊魂未定之际，敲门声再次响起。她闭着眼睛，思索着怎么办。

好像过了一个世纪那么长，当敲门声再次响起时，宛溪掀起门帘，积蓄起所有的力量，对着外面喊道："混账王八蛋，给我滚！你再敢来，老娘打断你的腿。"然后，她又用了母亲曾经骂过她的那些恶毒话语，对着外面狂叫了一通。

不知叫了多久，直到嗓子哑了以后，她才停下来。为了确认辱骂的功效，她凝神静气，站在门口，竖起耳朵，这次真的是只听到门外肆虐的风声。她还是不放心，隔着门缝四处看，那个恐怖的身影不知何时消失了。紧绷的神经突然松掉，她一下子瘫软在地上。

天亮后，宛溪收拾停当，照常去上课。表面看来，好像什么事都没有发生，可是一整天，她心里都在想这件事，好不容易熬到放学，她依然回到小屋。她点燃了木柴，生了炉子，煮了一碗面条，就着点辣椒酱吃了。然后，心神不宁地等到黑漆漆一片时，和衣倒在床上。她眍着眼，听着凄厉的风声，倦怠之极时，睡着了。不知睡了多久，又被敲门声吵醒。她完全没有昨晚的恐惧，立刻起身冲到门口，疯了一样地对着外面乱骂一通，说着自己都不明所以的污言秽语。然后她根本不管外面的人是否离开，一头栽到床上，大哭一场。

早上宛溪依然去上课，可是连续两个晚上的敲门声已经让她如惊弓之鸟般恐慌。傍晚的时候，她决定先住到一个学生家里，再来想以后怎么办。于是，她找到一个平常来往最多的学生的妈妈，跟说她自己的房子四面透风，太冷了，想在他们家暂住一下。热情的妈妈毫不犹豫地答应了。

宛溪在学生家里住了十几天，每天都在思索到底怎么做，她能想到的最直接的办法就是找村长告状，可这也是一个下下策。闭塞的村庄里，有些村民善良淳朴，把她尊为教书先生；有些村民守旧愚昧，说她太年轻，又是城里来的，会把娃娃教坏的；还有些欺善怕恶的村民，说的话就更难听了。另外，大家世代居住在一起，很多村民都沾亲带故，姓吴的人占了绝大多数。即使不姓吴，也能和其他人扯上各种关系。他们依然遵循同姓不婚，五里之内不嫁娶的古老习俗。可以说，整个吴安，就是一个宗族社会，只有她一个外来者，和谁都没有交情，是完全孤立的。就算有些善良的村民愿意维护她，也敌不过根深蒂固的宗亲关系。这样的情况下，即便找到了敲门的人，村长也不可能处置他，说不定还会引来更多的敲门者。真出了什么事，天地肯定都不会应她，只有独自面对。她把所有的可能性都想到了，还是一筹莫展。

很多人怕鬼，宛溪从来不怕，她怕的是长期提心吊胆的慢性折磨。她可以忍受恶劣的自然环境，却无法应对惶惶不可终日的心理磨难。思前想后，万般无奈之下，她最终决定离开吴安。做出这个决定后，她比娜拉还要烦恼。娜拉离开家后，不知道去了哪里，鲁迅说她"不是堕落，就是回家"。宛溪不想堕落，那么离开吴安，只能回家。她知道这是一个比堕落好不了多少的命运，但她别无选择。如果留在吴安，她不是疯了，就是受尽蹂躏，说不定最后还会被抛尸荒野。在家人的冷漠和夜半敲门，还有即将到来的更为恐怖的事情之间，她没有选择。

因为宛溪不能也不敢说实话，所以只能编造借口离开。她想了很多的理由，有些太荒唐，有些不可信，都否定了。最后为了令人信服，她决定以父亲病重为由作为暂时离开的托词。宛溪先跟村长说，父亲病重，必须回家照顾，不知多久才能回来，让他下个学期找个代课老师。寒假时，她在回家的路上，经过乡镇和县城时，跟乡领导和县文教局的人说了同样的话。

因为和父亲连陌生人都不如的关系，所以她不觉得这个借口是诅咒父亲。正因如此，她说这些话时，内心毫无愧疚，一脸真诚，听的人完全相信她。乡领导还反复跟她说，父亲的病好了，就赶快回来，吴安的学生需要她之类的话。

宛溪怀着奔赴刑场般的心情坐上了回家的长途汽车。一路上，她反复思量，如何跟母亲解释突然回家，还有不再返回吴安的事情，又如何能够继续住在家里那么长时间。一年以后，她才有资格参加研究生入学考试。就算考上了，也还要在家里住着，直到开学才能彻底离开。

她换了三次长途车，五天以后的晚上，风尘仆仆，千愁万绪地到了西安。

第四十九章　北风的凉意

因为是周末，宛溪到家时，所有的人都在看那台性能极其优良，从来没有出过任何问题的黄河彩电。电视里一个留着刘海、扎着两个辫子的女孩正在和她的娘亲促膝谈心。

不知从何时开始，电视从客厅搬到了宛频的房间，放在一个五斗柜上，并且又买了一个棕黄色的长沙发，靠墙摆着。父母和宛频坐在沙发上，宛嫪在沙发旁边的椅子上端坐。宛溪看了一下房间里坐着的人，母亲和宛嫪的眼睛舍不得从电视上挪开，父亲和宛频虽然没有特别专注于电视，但也不觉得她比电视好看。

她放下行李，去厨房烧水，然后洗头，洗澡，洗衣服。忙完后坐在宛嫪的床上休息了一会儿，母亲看完电视后过来问她："你怎么回来了？"

宛溪没有期待母亲张开双臂欢迎她，也没有憧憬过春风般的话语，但对这样冷冰冰的问话难免有点习惯性的敌意，正想胡作非为地乱说一气时，就立刻想到要在家里住一阵子，不能跟母亲太僵。虽然知道人在屋檐下，不得不低头，但她确实不知道如何解释吴安的事情，只好简单地回答："我放假了，也快过年了，就想回来看看。"

母亲一言不发，在客厅的饭桌前坐下。宛溪想到母亲的特点，就打开行李包，拿出在县城买的柿饼、板栗、红枣和黑米放到母亲面前。看到一桌子的东西，母亲的脸上有了喜色，难得温和地说："你那个地方在山沟里，生活肯定不方便。如果需要什么东西，在这里买好了，开学带回去。"

母亲说完后，就去洗漱准备睡觉了。宛溪回到她和宛嫪以前住的房间，很快，宛嫪进来躺在床上。她们有将近半年没见过面了，简单地说了两句话，然后睡觉。由于旅途劳顿，宛溪沉沉地睡了一个晚上。第二天早上起床时，只有母亲一个人在家，父亲、宛频和宛嫪都去上班了。

宛溪在去吴安之前的一个月，父亲使出了浑身解数，终于把宛频从一个和吴安类似的地方调到了西安附近的一个县城工作，他每两三个星期回一次家。宛嫘的兴趣点不在于学习，因此在一个质量不错的高中读了三年后，成了那个学校为数不多的落榜生之一。

宛嫘落榜以及拒绝复读后，母亲气势汹汹地臭骂了她好几天。骂过之后，也知道宛嫘不是读书的料，就到处托人为她找工作。可是，在西安，像宛嫘这样的待业青年，数目众多，群体庞大，想找一份好工作并不比上大学容易。母亲拿出当年买黄河彩电的精神，到处打听，还让宛溪介绍宛嫘去新华书店工作。宛溪是个没有任何地位的临时工，可跟母亲说不通，她的道理很简单，张嘴闭嘴说的就是："你离开了，不就是一个空缺吗？"宛溪没办法，只好去找一个对她不错的小领导问是否要人。小领导说她回来可以，其他人免谈。书店其实不缺人，好多正式工都没事做，上班的时候就躲在后面扯闲篇。母亲见宛溪办不成事情，说她除了吃白饭，一无用处。过两天又说她自私自利，从来不帮助妹妹。无论如何，母亲的锲而不舍终于有了回报，在宛溪去吴安的前几天，宛嫘成为西大街上一个百货商店的临时营业员。

不管家里是否有人，反正不会影响母亲看电视的日程。此刻，她正坐下来准备看电视，就跟宛溪说厨房有稀饭，叫她吃完饭把碗洗了。

宛溪吃完稀饭和泡菜，把厨房收拾干净后，思索着如何跟母亲说她不想再回吴安的决定。可是，母亲一心一意地看着她的电视。宛溪不想打搅她，对那些千篇一律的电视剧也提不起兴趣，就走了出去。

家属院门口的山包依旧高高地立在那里，上面有一堆枯黄的长草随风摇曳。不知何时起，山包上长了几棵细小的杨树和槐树。树叶早已落尽，只有纤细的枝条裸露在凄清的风中。二条后面的马路冷冷清清，有三三两两的行人和零零星星的汽车。汽车不疾不徐地开过，扬起一片灰蒙蒙的尘土。漫天的浮尘和车子溅起的烂泥，把路边没有融化的雪堆变成了黑色的硬块。

宛溪沿着马路走了一个多小时，直到双手冰冷，鼻子红红的，脸冻僵了，才回到家属院。她不想马上回家，于是去门卫室烤火取暖，顺便给同学打几个电话。

门卫室有二十多平方米，一张床靠着最里面的墙摆着。房子的中央有个炉子，周围放了三个条凳。一张黑色的桌子放在门口的窗下，桌前有一把椅子。桌上有个黄色的拨号电话，机身上有个圆形的拨号盘，从0到9十个数字呈顺时针方向，排在透明的拨号盘上面。

门卫吃住都在这里，他三十多岁，是单位一个领导的亲戚，倒也尽职尽责。大部分时间，他不是在院子里走动，就是在窗前或坐或站，看着进出门口的人。一旦发现有陌生面孔，立刻叫住他们询问。门卫来了没多久，就把院子里的职工和家属认了个遍。如果谁有没领取的包裹或者信件，从门口经过时，他都会告知。家属院里的职工家里都没有电话，据说装一部电话不但要花好几千块，还要托人找关系，无论是钱财还是困难度，都不比当年买彩电逊色。所以，门卫室的电话利用率非常高，也容易损坏，需要经常更换。有电话打来时，无论找谁，门卫都会挨家挨户地叫人。开始，还有人嘀咕他是领导硬塞进来的，看到他把工作做到这个份上，大家都挑不出毛病。因此，自从单位搬到西安后，一直是他做门卫。一转眼，已经三年多了。

院子里有些人喜欢搬弄是非，他们夏天在门口的山包上聚集闲聊，冬天在门卫室发布各种消息。宛溪在门卫室用电话时，经常听他们说些家长里短的事。有些时候说自己家的孩子如何气人，但大部分时候是议论别人家的琐事。谁人背后不说人，谁人背后无人说，在这个方寸之地展现得淋漓尽致。

一进门卫室，宛溪就看到两个中年妇女和一个老太太围炉而坐，她们正在起劲地说着什么。一个院子里住了好多年，大家都认识，谁都不拿谁当外人。三个人看到宛溪，简单地打了个招呼，就继续着她们的话题，丝毫都不避讳。宛溪走到炉边坐下，伸出几乎失去知觉的手烤火。绝大多数时候，她不关心那些充满是非的议论。这些人今天坐在一起讨论张三家的女儿老大不小，早就该出嫁了；明天说李四家的儿子吊儿郎当，不务正业；后天又说王二的脸上多长了一颗麻子，或者开始互相诋毁。总之，都是搬口弄舌，除了浪费时间和生命，没有一件正经事。但是她们这次说的话很快引起了宛溪的注意，因为谈话的主题是耿洛涛。

第五十章　耿洛涛

　　耿洛涛是耿胜辉的二姐，王阿姨的偏心在单位是出了名的，她只喜欢耿胜辉和他的大姐耿茹静，当然还有那个学习越来越好的小弟弟。无论耿胜辉如何捣蛋顽劣，她都会包容。耿茹静的气质容貌都很出众，这样的孩子，不要说父母，就是外人也想跟她多说几句话，不过耿茹静非常高傲，几乎谁都不看。虽然院子里的人听了很多她的琵琶独奏，但她像个不喜欢跟听众或者观众交流的艺术家，对于院子里招呼她的人总是爱答不理。她大学毕业后，分配到西安工作。没多久就结婚了，那段时间王阿姨总是说："我这个女婿要什么有什么，最重要的是对我女儿言听计从。"可是王阿姨的话尚言犹在耳，耿茹静就离婚了。离婚后，她回娘家住了两个多月。从始至终，王阿姨没对她说过一句重话。无论她做什么，王阿姨都支持，对她总是爱若珍宝。唯独对耿洛涛，她永远是疾言厉色，很多时候，连后妈都不如。

　　跟宛溪不同，耿洛涛自出生后，一直住在家里，跟父母生活。按理说，王阿姨起码在表面上应该一碗水端平，对四个孩子不偏不倚，即使不能做到完全公平，也不应该有天差地别的对待。可是，父母的偏心不需要道理。武姜生庄公时受到惊吓，就厌恶他。生孩子向来不是一件容易的事，在医学不发达的时候，难产的妇女比比皆是，如果因为这个而憎恶自己的孩子，那么天底下不讨母亲欢心的孩子可车载斗量。

　　耿洛涛有远山一样的眉毛，秀气的眼睛，小巧的瓜子脸，非常清纯。她性格温和，无论王阿姨如何责骂，总是低眉顺眼，从来不反抗。唯一的异常是见到年轻男子时，有些两眼发直。家属院里有人说她是"花痴"，但她就是看看而已，没见她追着男人跑。

　　原乡的家属院还没有修新楼房的时候，只要在家，耿洛涛总是在水池边洗各种东西。冬天时，手永远是红红的，肿得像馒头一样。夏天时，裸露的手臂上经常青一块，紫一块，那是王阿姨连掐带打后留下来的。打孩子不算什么了不起的大事，院子里很少有不打孩子的人家，棍棒教育是不可或缺的，不过大部分是针对顽皮淘气、屡教不改的男孩，满身是伤的女孩子比较少见，但也并非没有。所以，只要不把孩子打残打死，就不会成为人们议论的主题。耿洛涛作为一个瘦弱的女孩子，她的挨打也得到些特别关注。除此之外，人们在背后说得最多的还是王阿姨如何偏爱耿胜辉、耿茹静、以及那个最小的孩子，什么好吃好穿的都给了他们姐弟三个，耿洛涛连看一眼的资格都没有，只能默默地干活。

耿洛涛在原乡高中读了三年，按照那里的光荣传统，她自然什么都没考上，所以一直在单位做临时工。她的临时工生涯在单位一半的人搬到西安时结束了，因为她做临时工的科室撤销了。这一年，她二十三岁。不过，王阿姨的丈夫没有排在第一批到西安上班的名单里面，所以耿洛涛依然跟着父母留在原乡。耿胜辉还在部队接受精神和身体的洗礼，据说早就不打人了。耿茹静基本上在西安，难得回来。王阿姨每天看到不讨喜的耿洛涛在她面前晃，别提有多心烦了，经常说想见的见不到，不想见的躲都躲不掉。好在家里还有一个最小的宝贝疙瘩，所以王阿姨把全部的爱心都给了他。小弟弟已经长成了大弟弟，除了考试分数比耿胜辉高一点外，其他方面都深得这个哥哥的真传。所以，他也经常跟着王阿姨一起折磨耿洛涛。

耿洛涛丢掉工作后，王阿姨对她更加刻薄，变本加厉的打骂早已成为家常便饭。没有多久，她嫁给了原乡附近村子的一个农民。但是婚姻并没有拯救她，反而把她推到一个再也无法爬出来的深渊，并且以垂直下降的速度往下掉。

夫家很穷，刚定下这门亲事的时候，他们因为能够娶到一个城镇户口又不丑的媳妇在村民面前炫耀。可是一结婚，夫家马上翻脸，到处说她不知道和多少个野男人睡过，根本没有一个正经男人要她。他们家上当受骗，倒了八辈子霉，才把这样一个不知廉耻的烂货娶进门。这种话刚传到家属院时，众人都很震惊，因为大家居然对发生在眼皮子底下的事毫不知情。家庭妇女和老太婆们对这个爆炸性新闻兴趣很浓，可她们绞尽脑汁也没想出来耿洛涛到底跟谁睡了那么多觉，后来这件事成了悬案。无论是新闻还是悬案，她的丈夫都觉得是奇耻大辱，也不愿意为此事蒙羞，变成别人口中的笑话。再加上她不会干农活，所以丈夫经常把她打得鼻青脸肿。公婆也骂她除了不要脸，吃干饭，什么都不会做。耿洛涛像从前在娘家的时候一样，对所有的打骂都逆来顺受，连一句大声的话都没说过。没有人知道，也没有人关心她唾面自干之后的心情。大家只看到她不出声地躲在某个角落，连眼泪都没有一滴。

一年以后，她生了一个女儿。丈夫、公婆都骂她生不出儿子。为了给夫家传宗接代，她只好继续怀孕。可是，第二个女儿出生后，她比活在地狱还惨。刚生完孩子，丈夫就暴打了她一顿。公婆几乎每天指着她的鼻子骂："你这个没用的婆娘，让我们家断子绝孙了，你去死吧！"

生完第二个女儿一个多月后，耿洛涛开始不穿衣服在家里或者外面游走。婆家觉得丢脸，骂她装疯卖傻，打得更厉害了。不过，这一次无论怎么打都解决不了问题，耿洛涛赤身裸体在外面的时候越来越多。有的村民看不过去，就丢一件破衣服给她。但是，过不了几天，衣服就变得褴褛不堪，然后她又一丝不挂了。两个月以后，婆家意识到她真的疯了，便不再管她。王阿姨听到这样的消息，只觉得自己的脸都被这个令她厌恶的耿洛涛丢尽了。

耿洛涛就这样疯疯癫癫地出没在原乡周围，经常在田间街头露宿，饿了翻垃圾堆的食物，渴了喝点田里或者地上的脏水。慢慢地，大家对她的各种行为都习以为常了，没有人关心她出现在哪里，只是好奇地议论一下这个疯女人是怎么活下来的。

就在宛溪回到西安的前几天，耿洛涛死在离原乡五公里的一个枯井里边。没有人知道她什么时候死的，被发现的时候，赤条条的身上沾满了污泥。最醒目的是她的肚子，看起来有六七个月的身孕。就算她的肚子里是个男孩，即便她没有死，最终生下了这个男孩，婆家也不会认这个"野种"。真的到了那个时候，没有人知道她一个疯女人如何养大这个不知道父亲是谁的孩子。所以，她的命运和死亡虽然令人扼腕叹息，但这个悲哀的结局未必不是一种解脱。

三个女人叹息着耿洛涛的苦命，但是这种短暂的同情心很快就变成了诋毁。最后居然说："那两个女儿也不知道是谁的。唉，谁家娶了这样的媳妇都晦气，只能自认倒霉。"

她们你一言我一语，说得活灵活现，如同亲眼看到耿洛涛跟其他男人滥交。说完那些损人不利己的话后，她们就遵循着各自的作息时间，回家做午饭去了。然而，听完了三个无聊女人七嘴八舌的谈论，宛溪的心情久久不能平复。虽然坐在火炉边，但是她浑身冰冷。耿洛涛的悲惨命运像一块沉重的大石头压在心上，让她窒息。

在原乡的时候，宛溪自我感觉和耿洛涛同病相怜，进而上升到"同仇敌忾"的程度，天真地想和她联合起来反抗在家里受到的不公待遇。可耿洛涛总是沉默寡言，偶尔开口的时候，永远轻言细语，从来没有大声说过一句话，也不抱怨任何人。宛溪每次和她说话，都像对着一团棉花。后来宛溪放弃了"联合阵线"的想法，而且就算真的联合，她也不知道如何挑战"恶势力"。院子里的人都知道她们两个在家最不受待见，但是没有人出来维护"公平正义"。

反观耿洛涛的遭遇，宛溪不由地想到自己。本质上，她们两个的处境类似。只是她没有像耿洛涛那样听天由命地承受所有的事情，她会针锋相对地做出反抗。她不知道这样的反抗会把自己的生活导向何方，但很多时候就是一种本能反应，也许骨子里的东西是与生俱来、无法改变的。不是每个人都能逆来顺受，被打了左脸，再主动送上右脸的。

宛溪在心里自说自话，无论生活如何折磨她，哪怕是遇到再大的艰难险阻，都要承受，并且勇敢面对。受苦的人肯定不止她一个，她反复祈祷悲剧不要在任何人身上重演，并且告诫自己，千万不能疯了。否则，难保她不是下一个耿洛涛。

第五十一章　暂时逃避——艾卫扬

宛溪刚在家住了两天，就逃了出去。宛嫽不知从哪里拿了一个火柴盒回来，跟她说里面有个好东西。打开一看，原来是一只刚出生的小老鼠。它满身通红，一根毛都没有，但是依然贼头贼脑。宛溪吓得连声尖叫，她最怕老鼠。其实也不能说是怕，是一种生理反应的厌恶。宛嫽说要把这只小老鼠养大，宛溪只能感叹世界之大，无奇不有，一个人的毒药确实是另一个人的肉饼。在她看来，没有毛的老鼠更让人毛骨悚然。她本来就打算到钱小瑛家住几天，理清思路再跟母亲细说，宛嫽的老鼠加速了这个进程。

钱小瑛迷上了琼瑶、三毛和金庸，家里堆了小山一样的书。这三个人的书她们早就断断续续地读过一些，但不是特别着迷。不过目前宛溪心情苦闷，钱小瑛恋爱告吹，此种情景，正好适合阅读各种不接地气的浪漫作品。

看完琼瑶，她们开始遥想白马王子一样的虚幻男生何时能够在她们的生活中出现。根据书中的情节，各种王子和她们碰面的机会微乎其微，因而三毛走遍千山万水的经历和金庸笔下的人物更能引起她们的神往。她们也想找个荷西，可以骗他吃"雨"和"尼龙线"，在撒哈拉沙漠里营造出一个梦幻般美丽的家；她们两个都喜欢令狐冲和任盈盈笑傲江湖的那份洒脱不羁和浪漫缠绵；同时也为杨过的断臂和他对小龙女的痴心唏嘘不已；她们因为乔峰失手打死阿朱泪如雨下，又为了阿紫抱着乔峰的尸体摔入万丈深谷痛哭流涕。

自从宛溪到了钱小瑛家，她们几乎没有出过门，两个人读得神志不清，像傻子一样随着书中的场景和人物一起哭，一起笑。很多时候，小瑛妈命令她们关灯睡觉。她们就打着手电筒，蒙在被窝里，一直读到眼睛都睁不开才罢休，就这样过了一个完全分不清白天和黑夜的寒假。

钱光良一直没有合适的工作，心情挺苦闷的，看到她们两个为了虚拟世界的事情迷醉，深陷其中，难以自拔，就有点寻开心地说："你们想过只有一只胳膊的杨过在独自生活的十六年中，是怎么剪手指甲的吗？"

　　钱小瑛和宛溪从来没想过这个问题，就异口同声地问："怎么剪的？"说完以后，两个人满脸期待地看着他，怀着考前渴望老师划重点的憧憬，等他的答案。

　　"神雕帮他啄掉的。"钱光良难以置信地看着她们说，"真是不可救药，不光看戏的是傻子，读书的也一样。"

　　临近钱小瑛开学的日子，宛溪才回家。刚进家门，就看到一个陌生的女人正在收拾行李准备离开，问了一下才知道她是高甫的妹妹。宛溪已经近两周没有回家，也不知道高甫的妹妹什么时候来的，更奇怪她为什么会来家里。

　　宛溪看到她大包小包的，还有一个大行李箱，就帮她拿着东西，准备送她去火车站。走出家门，在路边等公共汽车时，高甫的妹妹说："我还以为你们一家人都有问题，不通人情世故，没想到还有一个正常的。"

　　路上，她一直跟宛溪抱怨，在家里住了两个晚上，根本没有人理她，每个人都巴不得她赶快离开。如果不是没有火车票，她一分钟都不想待。然后，又把她哥骂了一通，说事前没有告诉她会住在一个神经病人家里，让她受尽了折磨，并且赌咒发誓说自己以后再也不来了。

　　宛溪一路听着她的不满，偶尔说几句安慰她的话。家人的那些事她太清楚了，只是没想到要通过一个陌生人的感受，来证明她是一个正常人。对于这一点，她不知道是悲是喜。

　　宛嫚终究没有把那只老鼠养大，早就不知丢到哪里去了。也是，她自己都到处找东西吃，哪有精力为了一个到处抢夺食品的老鼠觅食呢！不过那些关爱动物的人尽可以放宽心，这只小老鼠肯定不会饿死，因为老鼠根本不用养，它们在什么样的环境都能生存，而且不停繁殖。

　　到了必须要回学校的时间，宛溪找不到滞留在家的理由，只好和母亲说了在吴安半夜有人敲门的事情，希望母亲能够理解她不想回去的决定。可是，母亲轻描淡写地说："你去找领导告状不就行了，肯定能解决问题。"

　　宛溪虽然料到母亲不会让她留在家里，但是听到她毫无同理心的说法，还是很失望。她没有办法，只有极力跟母亲说："即使你从来没有爱过我，也没有把我当成你的女儿，但你是否能从一个女人的角度考虑一下事情的严重性？"

宛溪感觉到自己的心在滴血，不过她没有声泪俱下，甚至连悲伤之色都没有流露。

可是，无论宛溪说什么，母亲一直无动于衷，只是说："我生你养你这么多年，除了麻烦，你什么都没给过我。别人家的女儿都开始往家拿钱，孝敬父母了，你还要我倒贴。"

宛溪很早就想像哪吒那样，拆骨还父，割肉还母，跟他们再也没有丝毫关系，可是她没有哪吒的神功和勇武。而且如果真的这么做了，也只能是没有意义的自戕。因为她没有一个叫作太乙真人的师傅，所以不会有莲叶莲藕做的肉身，她的魂魄将一直在无边无际的天空飘荡，永远不能复活。因此她只能羡慕哪吒的肆意张扬和无所畏惧，而眼下的她必须无奈地跟母亲据理力争。过了很长时间，母亲终于有点松动地说："你这么大了，不给我钱就算了，难道还想在家里吃闲饭？"

"我要考研究生，但我是专科，按规定现在不能报考。"宛溪无奈地说着自己的计划，"这段时间，我会找个工作。这是我在吴安上班时剩下的工资，先给你。你放心，等我找到工作后，每个月给你交生活费。"

听到这里，又看到了钱，母亲的态度缓和了，只是催促她抓紧时间找工作。开学时，母亲依然回原乡去上课。原本说几年时间全部职工搬到西安的决定，不知什么原因搁浅了。

二月底，宛溪又去轻车熟路的新华书店做临时工。她需要骑自行车去书店，可是她去吴安时，母亲把她出车祸时女司机赔的自行车给了宛嫙。宛嫙的自行车早已不知去向。幸亏钱小瑛在开学之后，买了一个新的自行车，便把旧车给了宛溪，这才解决了她的问题。

做了临时工后，她也时刻思索如何在家度过这段漫长的时间，越想越觉得不可能，所以开始为自己找出路。她把所有的同学都想了一遍，最后决定给程玲璐写封信。因为其他同学都在穷乡僻壤的苦海里挣扎，只有她在城市的海边逍遥，而且还是开发区，可能有机会。西安虽然比那个城市大，但到处都是待业青年。不要说整个城市，就是宛溪居住的小小院子里就有不少这样的人。况且，外面还有很多下岗职工。所以，她没有本事在这样的地方谋到一份正式工作。

在信中，宛溪试探地询问程玲璐是否能够帮她在那个城市找个工作。三月底时，程玲璐回信说帮她留意着，并提及她爸爸的朋友正在开发区筹建一个宾馆，落成后，应该需要很多工作人员。收到这样的回信，宛溪的心中充满了希望。

四月初，西安已经是吹面不寒杨柳风的季节。这样的天气，骑车变成了惬意的享受。一天下午，从新华书店下班后，宛溪欢快地朝着南大街上骑去，准备去钱小瑛的学校。

经过钟楼的转盘时，她觉得有个人一直在旁边，不过没有留意，依然飞快地骑着。快到南门时，一个声音从她的右边传来："你骑得好快啊。"

宛溪顺着声音的方向侧过头，一个戴着眼镜的男人正微笑地看着她。他二十多岁的样子，寻常的五官，没有出彩的地方，不过看起来也没有危害。而且光天化日，风和日丽，对于一个无害的搭讪，她没有戒备心，也并不反感。于是笑着点点头，没有说话。

男人似乎受到了鼓励，进一步说："我叫艾卫扬，在研究所上班。你骑这么快，要去哪里呀？"

宛溪没有回答，继续往前骑。艾卫扬一路跟着她，说着一些可有可无的话。宛溪不想把他带到钱小瑛的学校，就拐到旁边的一条路上停了下来，看着他说："你经常这样在路上跟着女孩子吗？"

听到宛溪这样问，艾卫扬马上从自行车上下来，有些不好意思地说："从来没有，这是第一次。刚才在路上看到你，觉得很有趣，就想认识一下。"

宛溪打量了一下站在面前的男人，个子不高，大概刚刚一米七，偏瘦。看着他害羞的神态，她相信了他的话。他看起来老实巴交的，没有危险性，说话也没有恶意，应该不会伤害她。她推着车子走了一会儿，随意地进了路边的矿院。她把自行车停在一边，找了个石头坐下来。艾卫扬跟着她坐在旁边的一块石头上，看着进进出出的学生，他开始有一搭没一搭地聊了起来。

他说自己大学毕业后分到西郊的一个研究所做工业设计，他的爸爸和哥哥都在那个研究所上班。根据他的描述，他是钱光良的校友，而且同一个专业，时间上也是有交集的，在校时应该见过。所以宛溪顺口跟他说起钱光良。艾卫扬有些闪烁地说人太多，不认识。

听他说完后，宛溪把自己的情况简单地告诉了他。

对于不认识的人，距离的远近没有差异，不过对于认识并且抱着进一步发展目的的人，这个距离就很重要了，很多发誓要长相厮守的人都打不过距离这个敌人。艾卫扬在路上强行跟宛溪搭讪，当然不希望这是一次性的偶遇。刚好他们离得不远，一个住在城门边上，一个住在城墙外，艾卫扬又处于热情高涨期，所以常来新华书店或者家属院找她。他们基本上是天天见面。宛溪告诉他不能进入家门，她和宛嫪房间的窗子刚好对着院子，因此他每次就站在窗子外面叫她。

对于艾卫扬，宛溪说不上喜欢，只是不讨厌而已。之所以跟他交往，一个很重要的原因是想从家里逃出去。因为不想待在家里，所以也愿意跟他出去。虽然他们刚刚开始交往，但是频繁的见面让宛溪觉得认识了他很长时间。

他们去群众电影院看了几次电影，电影票不贵，又黑灯瞎火的，如果谈恋爱的男人想要流氓，倒是个不错的去处。有时，在放映的中间，检票员拿个手电筒告诫大家奉公守法，不检点的行为一旦暴露，会罚款几毛钱，但告诫和惩罚都不能让脑子里装满恶念的人改邪归正。所以，很多心潮澎湃的男人依然对旁边的女人想入非非，动手动脚。因为一起去看电影的基本上是恋人，或者是朝着这个方向发展的人，所以女人们没有高喊"抓流氓"。还有不少人手持废票，企图乘乱混入。吃瓜子，随地吐痰，抽烟，更是屡禁不绝。看电影时，几乎每个人都在嗑瓜子。不管银幕上的人在说什么，都掩盖不住哗哗啵啵咬瓜子壳和噗噗噗吐出瓜子壳的声音。电影还没开始，此起彼伏的声音就在电影院的小空间里响起来。电影结束时，大家踩着一地的瓜子皮走出来。

一天，从电影院出来后，艾卫扬给宛溪描述了当年西安众多影院放映《追捕》的情形。电影票两毛五一张，虽然没有黄牛党，也没有人囤积居奇，但是千金都难买到一张票，他和朋友在群众电影院通宵排队，等了两天才如愿以偿。这部电影引起的轰动宛溪当然记得，高仓健的缄默刚毅让无数人心驰神往，不过她没有排队等票，因为在原乡看电影不需要买票。像其他很多电影一样，这部电影也是在父亲单位的那块空地上看的。大家自带板凳，露天看电影。宛溪坐在众人之间，在摇晃的白色幕布上欣赏着说不了几句话的高仓健。

有时，看完电影，艾卫扬和宛溪就在门口的小摊吃羊肉串。卖羊肉串的人把三片薄薄的瘦肉和一小片肥肉，非常熟练地用细细的铁签串在一起，然后在小小的肉串上洒满盐、孜然、五香粉和辣椒粉，在炭火上烤的时候香气四溢，同时也总是有油滴下来，发出噼噼啪啪的声音，

第五十二章　无惊无喜的第一次

艾卫扬在研究所的大院里有一个单身宿舍，第三次和宛溪见面时，他就牵着她的手到了宿舍。宿舍里有张单人床，一个桌子，两张椅子，一个书柜，还有一个画图板支在房子中间，一些书凌乱地丢在桌上和床上。

认识艾卫扬不到一个月，宛溪结束了处女之身。在他们有了男女关系之后的第三天，又是一个周末的下午，艾卫扬带她去了父母家。他的父母住在研究所的家属院。家属院的样子大同小异，都是一个大门，围墙里面有几幢房子。研究所给他爸也分了一套三室一厅的房子，在其中一个六层高的楼房里，离研究所不远。他的妹妹艾华与父母同住。

艾卫扬的父母慈眉善目，看到宛溪非常高兴，拿出各种好吃的招待她。艾华更是真诚热情，她只比宛溪大一岁，说一直希望有个妹妹，现在终于见到了，高兴之情溢于言表。艾华真的像对待亲妹妹一样，跟宛溪说个不停。他的哥哥相对沉默，但是看得出来，和他嫂子的感情非常好。不言而喻，他们是和和美美的一家人。

自从和艾卫扬有了关系后，宛溪几乎不回家了，他们一直住在宿舍里。偶尔回去拿东西时，母亲问她住在哪里，她说同学家里。母亲本来也不关心这个问题，就不再追究了。

性关系是男女之间的最后一道防线，突破以后，所有的伪装都可以撤下来。艾卫扬不再像从前那样悉心整理宿舍，把不该摆出来的东西放在某个地方藏起来，所以突然之间，宛溪在一堆乱七八糟的书中发现了一本如何和女孩搭讪的书。很多地方画了红线，其中有一个部分的内容几乎和他们认识的情节一模一样。宛溪有点诧异，艾卫扬说这本书是他的好老师。不过，这只是一个引线。六月初，她又一次去了艾卫扬家后，从艾华的口中知道了他的真实情况。

艾卫扬在研究所大院里的单身宿舍是分给他哥哥的，他哥哥在几个月前结了婚，暂时住在他嫂子单位的房子里。所以，这个宿舍成了艾卫扬的天下，不过艾华说，在他认识宛溪以前，只是偶尔住在宿舍。因为宿舍没有厨房厕所，食堂的饭菜也比不上家里。艾卫扬的哥哥才是钱光良的校友，同一个专业。钱光良入校时，他的哥哥已经毕业。后来，宛溪听钱光良提过这个哥哥，说是在校友会上认识的。而艾卫扬本人在三年前从渭南的一个专科学校毕业，凭着父亲和哥哥的关系，分到了研究所做绘图员。

对于艾卫扬在学校和工作上面造假，宛溪异常震惊，愤怒得语无伦次，斥责他是个骗子，居然把哥哥的学校谎称是自己的母校，把哥哥的工作说成是他的，根本是冒名顶替，问他为什么不把名字也改了。艾卫扬有些羞愧，吞吞吐吐地说："我不想一直骗你，又不敢和你说，所以很快就把你带到家里，因为我知道我妹肯定会告诉你的。"

宛溪更生气了，不依不饶地说："你开始为什么要骗我？我没有问你是哪个学校毕业的，也没有问你的工作，什么话都是你自己说的。你以为这些偷来的东西会为你加分吗？如果没有人知道，难道你就一直把它们据为己有？"

"如果一开始就告诉你我是专科，是一个普通的绘图员，我怕你会不理我，所以我想等生米做成熟饭再说。"艾卫扬试图用一种自认合理的方式解释，"现在家里人都知道我们住在一起了，说时机成熟就结婚。"

艾卫扬的这些话彻底激怒了宛溪："我也是专科，我从来没有欺骗别人说是本科，而且我根本不清楚工业设计和绘图员有多大区别，只知道都需要画图。你这么瞒天过海，苦心经营，到底是为什么？想要的东西必须自己努力争取，依靠说谎只能是搬起石头砸破脚。"

宛溪一直以为艾卫扬是个老实人，没想到他是有预谋的。和他交往两个月，虽然没有如痴如醉地爱过他，但他一直很殷勤，又莫名其妙地和他上了床。她虽然对男女关系了解不多，但是耳濡目染，也知道名声和贞操对一个女孩子意味着什么。

第五十三章　短命的性和爱

在原乡时，单位的很多职工和闲极无聊的家属，还有镇上的成年人都如同卫道士，听到谁家的女孩有点什么风吹草动，就开始摆出圣洁人士的模样，添油加醋地诽谤女孩。搬到西安以后，就和隔壁家属院的三姑六婆一起完成这些大事。

宛溪上高中时，家属院里有一个大龄待业青年无缘无故对她发生了兴趣，有一段时间非常密集地写了很多诗文给她，说是要以文会友。住在一个家属院的人没有多少秘密，所以关于大龄青年的事迹，大家都在口口相传。他以前读书的时候和耿胜辉差不多，调皮捣蛋，打架斗殴，高中毕业以后出去"闯荡"，据说主要业绩是在县城和西安跟一帮社会闲人混在一起，可以说恶名昭彰。宛溪除了和那大龄青年打过几次照面外，没有打过任何交道，突然收到他汪洋恣肆的文字，把她搞得手足无措。重要的是，她和大龄青年之间除了他的几封信，什么都没发生，但所有的人都知道他们的事情，并且说得有鼻子有眼。那段时间，单位、学校和镇上的人都在议论她，让她狼狈不堪。连一向不把她看在眼里的父亲都经常重复"苍蝇不叮无缝的蛋"；母亲不知从何处听说大龄青年有狐臭，就说狐臭会遗传给孩子。宛溪不敢跟大龄青年说一句话，回一个字，生怕落下更多口实。好在大龄青年有更要紧的事情，所以很快就把她忘在脑后了，大家怀着幸灾乐祸的心情把她诽谤一阵子后，这件莫名其妙的事才最终结束。

以前宛溪听到院子里的人议论别人家的女孩子如何不检点时，她觉得事不关己，虽然讨厌各种不怀好意的揣测，但只是默默地走过。然而，同样的事轮到自己身上时，真是如坐针毡，终日如芒刺在背。一个看不到的名声都能够把人摧毁，何况比名声更宝贵的贞操呢！单位的人如果知道谁家的女孩婚前和男人发生关系，会团结起来，集体谴责这种有违道德的行为。即使两个人后来结了婚，还是难逃被指指点点的命运。如果两人最后分手，那么女孩的灾难就来了，那些人说的话要多难听有多难听。像程玲璐那样满不在乎的女孩是难得一见的。正因如此，宛溪非但不在任何场合说她的不是，反而非常钦佩她的勇气，但她深知自己只会临渊羡鱼。所以，她本来打算和艾卫扬再相处一段时间，如果没有大问题，和他结婚算了。可是，她无法忍受他步步为营地给她织网。

艾卫扬自编自导，搞了一个闹剧般的故事后，宛溪不得不重新考虑和他的各种关系。第一次和他发生肉体关系，更多是因为一种好奇。从小到大，没有人教过她性方面的知识。作为女孩成长过程中最重要的两件事，乳房发育和月经初潮都是让人惊慌失措的，但是没有人跟她讲过一个字。如果说有什么跟这相关的教育，最早的接触也是唯一的一次接触就是初三的生理卫生课。可是，讲到有点敏感的生理问题时，老师让男女生分开坐，自己看书，有问题举手。一节课下来，大家都默默地看书或者小声说话，没有人举手问任何问题。由于羞耻心作祟，没有人仔细读书。尽管心中有很多疑问，可是谁都没有在明面上谈论过这些问题。好像考试的时候，老师也没出过那个章节的考题。所以考完试后，宛溪就忘记了等于没有学过的所有内容。

在她的胸部开始萌动时，时常发痒发胀，她默默地忍受，谁也不敢问。她不知道胸罩的具体功用，母亲也没有给她买过。好在她一直偏瘦，胸部虽然有些突出，但不带胸罩也没有特别大的困扰，尤其冬天的时候更是一点妨碍都没有。但夏天就比较难堪，薄衣单衫遮不住她胸前的两座小山峰。有的男生会盯着那个部位嘲笑她。她很郁闷，可是也无法解决。有时她看到脱光上衣的男生坦然地露出胸部，也报复般地盯着他们看，可是看了半天还是觉得很寻常，她不明白女生的胸部为什么那么引人注意，只是因为肉多了些、大了一点吗？或许是吧，反正在发育之前，哪怕穿一个小背心，都没有人看她的那个部位。

一直不停吃东西的宛嫝则不同，大概是营养太好的缘故，她的胸前早就是遮不住的青山隐隐，远远高于宛溪，所以她比宛溪提前带上胸罩。看到宛嫝带上胸罩，宛溪跟母亲说自己也需要。母亲一直不理会，后来让她用宛嫝不要的胸罩。宛嫝的尺寸比她大，她把带子剪短，重新移动扣子，但是罩杯改不了，所以很长一段时间，她都带着晃悠悠的大胸罩。等到她有了一点点钱以后，才给自己买了两个合适的胸罩。

第一次来月经时，宛溪的肚子坠胀，隐痛不止，一直想大便，可是在厕所蹲了半天，只有血和小便的混合物，她以为自己尿血。连续两天，症状都没有消失。她垫了一大堆卫生纸，但还是会把裤子染红。她想是大出血，大概快要死了，不得已之下去跟母亲说。母亲拿了一个破旧的月经带给她，叫她垫上厚厚的卫生纸，没有一句解释的话。此后，每个月都会有腹痛流血的几天，都要用掉一堆卫生纸，就变成了一种不需要询问的正常现象，就像每个女孩子到了一定年龄，胸部都会变大一样。既然这两种很自然的现象，大家都如同做贼一般，不愿意提起，那么对于男女脱光衣服以后到底在床上做什么，更是讳莫如深，谁如果说出去，就是下贱低级，令人不齿。然而，盖子捂得越紧，罐子里面的东西越想出来透气，罐子外面的人也越想打开盖子看看里面是什么见不得人的东西。可是等到真相大白时才发现，性一点都不神秘，跟其他事情一样正常，而且老师讲解与否一点都不重要，因为只要实践一次，以后就可以无师自通。

除了初潮的惊恐和经期的腹痛，宛溪的月经一直很正常，可高二的时候出现异常，就是每次月经过后的几天，又会有少量出血。她以为自己得了什么病，又觉得难以启齿，不敢问人。持续了几个月后，她很恐惧，就跟钱小瑛说了。钱小瑛告诉了她妈妈。她妈妈也不知道原因，就去问了在单位医务室工作的一个中年女人。那个女人没说出任何有价值的话，反而问小瑛妈宛溪是否有男朋友。小瑛妈把那个女人的话转告宛溪后，她想了很久都不明白男朋友和月经后少量出血之间有什么关系。仔细推敲起来，江军钢和权浩健都不能算男朋友，艾卫扬应该是她的第一个男朋友。所以，那个时候她确实没有男朋友。后来，听程玲璐讲了一些她和男朋友之间的床笫之事，但是仅仅停留在理论上，程玲璐还没开放到示范教学的地步，所以宛溪并不完全明白。因此她怀着实践出真知的态度，和艾卫扬发生了性关系。可是，和男朋友做了所有该做的事情后，她依然在月经过后几天有少量出血。很快，艾卫扬不知从哪里找了一本书给她。宛溪看了以后才明白，有些女人会在排卵前有这个症状，是一种正常现象，这才解决了困惑她多年的问题，也明白了男朋友和月经过后的少量出血像风和马一样，二者之间毫无关联。

宛溪把和艾卫扬的事情，思前想后了很多遍，还是决定先离开那个宿舍。

她无处可去，只能回家。回家一个星期后，她就发现了父亲的反常。不知从何时开始，他几乎每天晚上出去打麻将，很晚才回家，周末干脆彻夜不归。连宛频回家的时候，他都是如此。母亲很烦躁，想吵架都找不到人，只好经常骂宛嫚。宛嫚被她骂烦了，找了个男朋友，搬出去了。宛溪在外面住了将近两个月后回到家里，让母亲有了一个发泄的对象。她被从小骂到大，为了不至于堕落，只有忍受。好在母亲吝啬爱钱，宛溪就按时给她交生活费，来换取暂时的宁静。

自从宛溪回家后，艾卫扬像之前那样每天过来找她。实在拗不过时，就和他出去走走。有时，不想单独和他在一起，她就叫艾华出来，三个人一起混迹小吃摊。但是，无论如何，宛溪坚决不去他哥的宿舍。艾卫扬的态度从哀求变成无奈和不耐烦，最后明显地表现出想控制她。她本来还想冷静一段时间，看他们之间是否能够有转机，他逐渐显示出来的真实本性，终于让她下定决心结束这段或许本来就不该开始的关系。

当艾卫扬又一次站在窗外叫她时，宛溪出来和他走到郊外的田野边，然后把自己的决定明确地告诉他。他听了以后，很失望，也很难过。不过最终还是诚恳地说："我做错了，对不起，我不该骗你。如果你以后有什么难处，我一定会帮你的。"

宛溪也很伤感，虽然没有销魂蚀骨的爱情，做爱时也没有欲仙欲死，但毕竟初吻和第一次都给了他，而且也想过和他白首不相离。这样的结局，也不是她希望的。可是，就像生活中其他不如意的事情一样，该发生的总是无法回避，该承受的时候也必须是无所畏惧。

虽然和艾卫扬分手了，艾华依然和她保持联系。面对那样一个热诚善良，纯真美好的女孩，宛溪无法拒绝。况且，艾卫扬终究也不是个坏人，宛溪和他的妹妹来往，他也挺开心的。所以她空闲时，就和艾华聊天吃饭。

钱小瑛在这个夏天毕业了，分到了离西安一百多公里的县城工作。钱光良在家待了大半年后，去一个天远地远的基层单位上班了。

第五十四章　我行我素的程玲璐

　　就在宛溪的生活又陷入一潭死水般的绝望后，程玲璐突然来到西安，和她的某个男朋友相聚。宛溪虽然一直和她有书信往来，但她没有提过要来西安的事。有时，她做的事情完全是兴之所至，无法解释。

　　宛溪对她多如牛毛的男朋友没有兴趣，不过还是被她拉着当了几次电灯泡，看起来他们两个不是特别熟。程玲璐在男朋友那儿住了一个星期后，决定回去。临走前，宛溪再次问起托她找工作的事，程玲璐好像刚想起来似的："那个宾馆修好了，你跟我一起回去吧，到那儿你就能上班。"

　　宛溪听了，像抓到救命稻草一样，非常高兴，因为只要能够离开冰窖一样的家，去哪里都行。她开始收拾行李，装在箱子里。母亲看到了，以为她要回去吴安上班。她告诉母亲有个同学可能会帮她找到工作，母亲没有一句嘱咐的话，只问她要了住在家里最后几天的生活费。

　　程玲璐又和男友缠绵了几天，真的要离开时，她突然提出先去成都玩几天再回家。因为她好吃，一直惦记着成都的小吃。对于她这种说风就是雨的个性，宛溪没有办法，只好迁就她。决定了行程后，宛溪立刻给宛怜发了电报，说要和同学过来玩几天。

　　去成都之前，宛溪和艾华告别。艾华请她在西门边上的一个小饭馆吃了凉皮、肉夹馍和灌汤包子，并且说了很多温暖的话，让她感动不已。

　　宛溪和程玲璐一路顺畅地到了成都，下了火车后，她们坐公共汽车到了宛怜家。

　　宛怜依然住在设计院那个两室一厅的房子里，不同的是，高甫在外面做的项目越来越多，而且拿着一个砖头一样的大哥大，拉出长长的电线，说的都是和钱有关的事情。每天早上醒来的第一件事，就是找他的大哥大。他去很贵的餐厅吃饭，大哥大往桌上一放，俨然一副大老板派头。在很多人依然为一点电费斤斤计较时，他出门从来不关灯，任家里所有的灯都亮着，宛怜怎么骂都无济于事。吃大红枣煮稀饭时，高甫把枣皮全部吐了出来。宛溪想到母亲吃红枣时，恨不得把枣核都吞下去，两相比较，就显出母亲的持家之道。宛怜的身材早已经恢复到生孩子之前的状态，她穿着看起来价格不菲的衣服，越发显得高贵典雅。从各种迹象看，高甫应该都属于先富起来的人之一。家里的"沙龙"依然存在，但盛况已不复从前。也许很多人都在埋首赚钱，无暇顾及那些形而上学的东西了吧。

必双已经是一个什么话都会说的伶牙俐齿的小女孩了，想起她小时候胖嘟嘟的样子，宛溪生出了无限的爱怜，还是想去抱她，但她已经不认识宛溪了。

必双住在宛溪和宛嫪第一次来成都时住的那个小房间。小房间里塞得满满当当，不光是必双的衣服玩具，还多了一架钢琴。有时候宛怜会坐在钢琴前弹些流畅婉转的世界名曲，尤其是在睡觉前特别爱弹。弹完以后，就去她和高甫居住的大房间睡觉。宛溪和程玲璐和衣而卧，蜷缩在客厅的沙发上。

每天一早，宛怜他们起床时，宛溪和程玲璐就跟着起来，洗脸刷牙后，就出门了。她们几乎品尝了成都的所有小吃，有时辣得龇牙咧嘴，一直喝水，有时舌头麻得像过了电，她们依然大呼过瘾。除了吃，程玲璐还喜欢买各种有用没用的东西，花钱像用纸一样。宛溪不能像程玲璐那样大手大脚，而且成都之行是额外的开支。她精打细算着花钱，到了第三天时，还是所剩无几。她只好跟程玲璐说："我们必须走了，我连去你家的路费都快花光了。"

程玲璐满不在乎地说："怕什么，你姐那么有钱，随便给你一点都用不完。"

以程玲璐对于物质的追求和对金钱的敏感，看出宛怜他们有钱一点都不奇怪，只是宛溪从来没跟宛怜要过一分钱，根本不知如何开口。然而，现实的情况是，她的路费真的不够了。就算按照程玲璐说的，到了就能上班，也不可能马上领工资。何况刚到一个地方，还需要买些东西才能安顿下来，所以她的确需要钱。

晚上回到宛怜家后，宛溪扭捏了很久，前言不搭后语地跟宛怜说了半天，还是没能把需要钱的话直接说出口。宛怜那么冰雪聪明的一个人，早就猜到了宛溪的用意，但就是不点破。可是如果不跟宛怜借钱，只能跟程玲璐借，那就更说不过去了。人穷志短，宛溪只好厚着脸皮说没钱了。宛怜问："你需要多少钱？"

宛溪不知如何回答，只好说："随便吧。"

宛怜拿出一个长方形的黑色钱包，做工很精致，正中央有个金色的商标，看起来像是两个字母。出于好奇，宛溪努力地看了一眼，还是不确认到底是什么字母，她在街上的商店里从来没有见过这个标志的钱包或者其他任何商品。坐在旁边的程玲璐看到宛怜的钱包，漂亮的大眼睛越发光芒四射，不用说，肯定是被那两个不大的金色字母照亮的。宛怜从厚厚的钱包里抽了一百块钱，递给宛溪说："节约着用。"

宛溪羞愧地红着脸，接过了钱。

晚上睡觉时，程玲璐悄悄地说："你姐的钱包可比那一百块贵多了，看起来里面也装了不少钱。怎么才给你一百？太小气了。"

宛溪未置可否，拿着来之不易的一百块，和程玲璐在客厅的沙发上凑合了最后一个晚上。第四天早上，她们离开成都，去了火车站。

程玲璐先把宛溪带到自己家里，让她住在客房。程玲璐的爸爸早就是高工了，作为一个特别引进的人才，待遇不错。单位分了一套很大的三室一厅给他，有一百三十多平方米，房子在三楼。这是一幢很新的七层楼，外墙是典雅的灰色，旁边是一条干净宽阔的马路，顺着这条路，不到十分钟就能走到海边。

宛溪第一次看到大海，非常激动。面对着望不到边际的水域，她脱了鞋子，赤脚走进被阳光晒过的暖暖的水里，迎着一个又一个翻滚着的白色浪花走过去，直到全身湿透，还没有尽兴。有时，她和程玲璐拿个盆，海浪退去时，把沙滩上成堆的贝壳捡起来，放到盆里，端回家吐沙以后，旺火煎炒，或者煮汤。

程玲璐的爸爸工作很忙，每天早出晚归。她的妈妈身体不好，整日吃各种药丸，每个星期只上两天班，处于半退休状态。她虽然年过五十，但是面容精致，皮肤细嫩，有一种柔弱的病态美。大概一个人在家太无聊，她经常跟宛溪聊天。

据程玲璐的妈妈说，她在三十岁时冒着危险生下了程玲璐后，身体状况一直很差，不可能再生孩子，所以程玲璐变成了当时罕见的独生女。妈妈很宠她，可是爸爸比较严格，总是要求她每次考第一名。小的时候，程玲璐是个乖乖女，从一年级到五年级，年年都是班上的第一名。上了初中后，不断有男生给她递小纸条，写情书，送各种女孩子喜欢的小礼物给她，给她买好吃的。她都欣然接受，有时会旷课跟她喜欢的小男孩单独出去。她爸爸发现后，非常生气，把那些情书和礼物全部烧了，并且要她妈妈每天去学校接送，放学后关在家里，不准出门。程玲璐在家大哭大闹，她妈就背着她爸偷偷放她出去。有一次放学后，她和一个小男孩走在街上，碰到她爸。她爸暴怒，拖着她回了家。回家后，她爸要她跪在地上写检查，承认错误，程玲璐坚决不从，说她爸是暴君，比秦始皇还坏，她爸一气之下，动手把她痛打了一顿。

这次之后，程玲璐开始大反叛，总是跟她爸对着干，成绩一落千丈。她爸又打又骂都不起任何作用，反而越来越糟。她爸在单位是个高级知识分子，自从女儿上了大专后，她爸就整日唉声叹气，最后干脆放弃了，甚至说："只要你不在二十岁前生孩子，不进监狱就行。"于是程玲璐开始了她随心所欲的生活。

在学校时，宛溪已经见识了程玲璐的多彩生活。在她家住了一个星期，又听了她妈妈讲的话以后，宛溪发现程玲璐的生活比在学校更加自如。

按照程玲璐自己的说法，她在一个公司做文员，是一份朝九晚五的工作。可是，她的生活完全不像一个上班族。每天都睡到中午起床，下午出去几个小时，说是去上班。晚上她拉着宛溪出去喝酒跳舞，参加聚会，凌晨过后才回家。

跳舞或者聚会时，总会有几个外国人，程玲璐和他们练着英语。借着醉意，他们抚摸着她的身体。有时，她会推开那些揩油的手。有时，她又不以为意。

对于程玲璐的生活，宛溪一直是个旁观者。她从来没有像其他人那样，在背后说她她风骚下贱，道德败坏。实际上，宛溪从来没有认同过那些道貌岸然的指责，反而一直认为程玲璐自在真实，比那些表里不一的人崇高多了。

宛溪不干涉程玲璐怎么生活，可是必须关心自己该怎么办。在她家住了一个多星期，程玲璐都没提去宾馆工作的事情，好像又忘记了。宛溪实在忍不住，只好直接问她。程玲璐说："你这么喜欢上班啊！我明天带你过去。"

第二天，程玲璐又是睡到中午，吃完饭后，宛溪催着她去宾馆。她洗完澡后，对着镜子精心地描眉，画完眼影后又画鼻影，说是鼻梁必须高挺才漂亮，涂上面霜，再擦粉抹口红，然后在衣橱里挑了一件印花紧身连衣裙穿上，丰满的乳房透过薄薄的衣料呼之欲出。宛溪等了一个多小时，直到她打扮停当才出门。

第五十五章　灯红酒绿

宾馆离程玲璐家不远，她们散步一样地走了二十多分钟就到了。宾馆是一幢长方形的三层楼，通体白色，在午后的阳光下闪着夺目的光。崭新的大厅，宽敞明亮，两根粗壮的白色柱子立在左右两边。四个玻璃桌子和十个红色的沙发放在大厅的左边，大厅的右边是长长的金色柜台，整个大厅空荡荡的，只有一个年轻漂亮的女孩站在柜台后面。看到程玲璐进来，她立刻笑脸相迎说："王总在房间呢，我现在给他打电话。"

程玲璐点点头，带着宛溪坐在沙发上。十分钟后，一个四十多岁的男人站在她们面前。他肤色黝黑，长身玉立，浓眉大眼，鼻梁挺直，嘴巴棱角分明。他看着程玲璐的红嘴唇，笑着说："今天起得挺早啊。"

程玲璐妩媚地笑着说："不敢跟王总比。"

王总在她旁边的沙发坐下问："程小姐屈尊降临敝馆，有何贵干？"

程玲璐指着宛溪说："这是我同学，想在你这里工作。"

王总打量了一下宛溪，点点头说："悉听程小姐吩咐。你想什么时候上班？"

宛溪迫不及待地说："就现在吧。"

王总被逗笑了："真是热爱工作的好孩子，但不用这么着急。你想做什么？"

宛溪仍然急切地说："都可以，看你这里的需要。"

王总看了一下柜台后面的女孩说："你做前台接待吧，和王倩轮流上班。让她先培训你几天。"

宾馆本来就是王总开的，又因为程玲璐和王总的特殊关系，所以几句话就决定了宛溪的工作。她们两个和王总闲聊了一会儿后，宛溪说想回去拿东西。王总让司机开了一个白色的小面包车，送宛溪去程玲璐家，然后把东西搬到宾馆员工的宿舍。宿舍就在宾馆边上，是一幢崭新的二层小楼，空空荡荡的，没有几个人住。王总让宛溪和王倩住在一个宿舍。住下以后，第二天她和王倩一起去上班。

　　王倩是王总的一个远房亲戚，个性活泼可爱。她热心地教宛溪和前台接待有关的工作，比如怎么接电话，登记客人信息，分配房间，结账，收发传真等等。宛溪跟着她上了两天班，很快就熟悉了所有的流程，然后她们开始换班，轮流上白班和夜班。

　　正式在宾馆上班后，宛溪和程玲璐相聚的时候少了很多，只有程玲璐来宾馆找王总的时候匆匆一见。王总的家在市区，离开发区有一段距离。他离婚，没有孩子，回市区主要是办事。宾馆的三楼有一个最大的套间属于他。程玲璐偶尔来宾馆时，在王总的套间待上几个小时。她都是下午或者傍晚时分过来，不过夜，最晚凌晨一两点离开。

　　上了不到一个月的班，宛溪发现宾馆的入住率极低，外地的客人很少。如果单靠这个，宾馆不可能支撑下去，主要收入来自不同寻常的生意。

　　宛溪预感到这样的生意迟早会有麻烦，王倩说宾馆万一被治理整顿，王总会给她再找一个工作。宛溪不像王倩那么想得开，她怕突然之间失去工作。

　　一天，程玲璐来宾馆找王总时，宛溪跟她提及了自己的忧虑。程玲璐说："老王神通广大，什么都能搞定。"

　　程玲璐凭着自己的美貌和性感身材游走在不同的男人之间，她的很多需求，都很容易得到满足。所以，她对于上班领工资的生活，没有兴趣。如果宛溪真的失业，在她的观念里，也是微不足道的事情。可是，程玲璐所擅长的东西正是宛溪的短板，她没有程玲璐那样的本事，只能靠自己一手一脚去做事，无法靠任何人生活。然而她像个无头苍蝇，找不到方向，除了考研究生这件忘不了的事，不知道还能做什么。不过考研需要单位介绍信，她现在没有单位，所以连报名考试都成了问题。

　　宛溪看着这种现象，越发担忧，不知如何解决自己的困境。她苦恼了很多日子，最后想到宛怜见多识广，也许可以在她没有头绪的时候，指点一下迷津，所以就给宛怜写了封信，诉说了自己的无奈和茫然，请她提供帮助。

　　信发出去后，她望眼欲穿地盼着回信，可是却如泥牛入海。就在她准备去大海里看是否能够把泥牛打捞起来时，宛怜的信终于姗姗来迟。宛怜平时擅长写各种文采飞扬的东西，不过这封信简单明了，只说海南岛是经济特区，应该有很多机会，可以去那里看看。又说李平漠在那里发展得很好，可以帮助她，并且随信附了他的联系方式。

看到李平漠的名字，宛溪想起第一次去成都的那个暑假，一个"小矮人"刚下火车，就跑到宛怜家里侃侃而谈。此后除了回家的日子，他每天都出现在那个名噪一时的客厅里。一想到李平漠因为身高问题发出的那些宏论，宛溪不由得笑了。当时，他意气风发，正准备去海南岛大展拳脚。

可是，具体到自己身上，对于是否去海南岛的问题，宛溪有些犹豫。她曾听闻十万人才下海南的说法，大家去那里追逐梦想，奋斗创业。但她认为自己跟人才沾不上边，于是先跟程玲璐商量。

程玲璐坚决支持她去海南，又跟她爸和王总说了。她爸是单位里受人尊敬的高工兼领导，王总是商海里的搏击者。周围的人都说他们是在不同领域，事业有成的男人。这两个有作为的男人意见一致，都说："海南是梦想实现的地方，既然有机会，趁着年轻，应该去闯闯。"

宛溪看到大家说得那么兴奋，自己的斗志也被激发起来了。她很快给宛怜和李平漠各写了一封信。她对宛怜表示感谢，跟李平漠表达了想去海南的愿望，问他什么时候过去比较合适。

十二月初，李平漠回信说他刚接了一个工程，手上的事情很多，春节回不了家，她随时可以来海南。收到信后，宛溪给李平漠打了一个电话，问了一些情况，然后告诉他大概一个月以后过去。

定下了去海南的事情后，宛溪想回西安一趟，她要把留在家里的所有衣物、书籍和信件全部整理一遍带走。因为她抱着破釜沉舟的决心，不管海南的情况如何，她肯定会在那里度过读研之前的日子，那就意味着要彻底离开家了。

就在她回西安的前几天，宾馆被查封了。宛溪在程玲璐家住了几天，十二月底回到西安。

第五十六章　出走之前

家里的情况和她离开的时候一样，父亲几乎每天在院子里的某户人家打麻将，宛嫪在外面和男朋友住，宛频几乎不回来了，母亲依然周末回家，独自守着电视，白天黑夜地看着没完没了、大同小异的电视连续剧。

回到家时，宛溪发现包被划破了，除了口袋里的一点零钱，她在宾馆上班挣的钱都被偷走了。

母亲看完一个电视剧后，问了宛溪的情况。她如实相告，听到钱被偷走了，母亲很生气，骂了她一顿。对于她要去海南的事，母亲不予置评。骂完她后，又去看下一个电视剧了。宛溪开始发愁去海南的路费。

由于没有路费，她被困在家里。一月初，母亲放寒假回来，宛溪的噩梦又开始了。她没有钱给母亲交生活费，还必须在家里吃住，母亲除了看电视，就是骂她"没有一点用处，是个赔钱货，养个猪都比你强"以及更多不堪入耳的脏话。有一次，她被骂得忍无可忍，非常冷淡地对母亲说："你这样辱骂我，把我说得猪狗不如，对你自己有什么好处？如果我是你生出来的，就等于说我是某个动物的女儿。如果我不是你亲生的，也请对别人有一点尊重。"

母亲愣了半晌，不知如何回应，安宁了一天，第二天照常开骂。

宛溪急得团团转，不知到哪里筹措去海南的费用。除了路费，还有路上的开销，以及到了海南以后，没有工作之前的费用，算起来，不是一笔小数字。钱小瑛在县城上班，她不好意思去找她的父母借钱。刘洁文还在纺织城过着三班倒的生活，也不可能有钱借给她。无奈之下，她去找了艾华。说明情况后，艾华说："你安心等几天，我帮你想办法。"过了两天，门卫叫宛溪接电话，是艾华打来的，她让宛溪去拿钱。她撂下电话，兴奋地冲到艾华的父母家，艾华给了她四百块钱，并叫她吃了晚饭再回去。宛溪推辞不过，只好留了下来。

下班时间，艾卫扬的家人陆续回来，他最后一个到家。几个月不见，他比以前更瘦了。

艾卫扬的妈妈和嫂子在厨房忙活，艾华和宛溪帮着打下手。人多力量大，一个多小时，她们就做好了葱烧鲤鱼、辣子炒鸡、姜葱爆牛肉、豆腐肉末、肉丝烧萝卜、三鲜烩丸子，还有虾皮紫菜蛋花汤。当所有的菜端到客厅时，满满地摆了一桌子。

艾卫扬的爸爸拿出一瓶西凤酒，艾华接过来给每个人倒了一小杯，然后端起酒杯说："今天我们全家给宛溪送行，祝福她以后前程似锦。一个女孩子出门在外不容易，希望她遇到困难不退缩。俗话说，酒壮英雄胆，酒成英雄事。喝了这杯酒，宛溪就成女英雄了。"

艾华的话引起了一片笑声，每个人都举起酒杯跟宛溪碰杯，说着祝福的话，就连她那从不多言的哥哥也跟着说了几句，然后所有的人都喝干了杯中的酒。

这是宛溪第一次喝白酒，入口很辣，那股热辣劲一直持续到嗓子眼儿。不过喝下去以后，热乎乎的气流在胸中涌动，就像艾华真诚温暖的话语。在艾华的带动下，晚饭在热热闹闹的气氛中结束。宛溪帮艾华洗了碗后，准备离开。艾华让艾卫扬送她回家。

艾卫扬推出自行车，向相反的方向骑过去，宛溪静静地跟着他在西大街上骑着。冬天的夜晚，清冷寂寥，车子偶尔驶过，几乎看不到行人，空气中是甘冽的味道，孤独的街灯把枯树的影子拉得长长的。宛溪在钟楼的转盘下面掉转方向，往城外走，艾卫扬不紧不慢地跟上来。虽然有城门和护城河，但是形同虚设。城门没有门，就是一个大洞，自然也无人把守，更没有宵禁，护城河的上面是平坦笔直的马路。艾卫扬和宛溪这两个现代人不需要令牌，也没有通关文书，就自由自在地出了城。路上没有野兽和强盗，只有一盏一盏的路灯。

他们慢慢地骑着车，一路无语。他们在白天飞驰而过的车流中无故相识，在夜晚寂静缓慢的骑行中彻底结束。

到了家属院门口，艾卫扬停下，把自行车支起来。宛溪跟着他停下，手扶着车把手，用脚撑在地上坐在车上。艾卫扬张开双臂抱住了她，宛溪的手离开车把手，轻轻地拍了拍他的背。良久，艾卫扬松开了她，骑上自行车走了。

宛溪买了火车票后，给李平漠发了电报。过了两天，门卫叫她接电话。

电话是李平漠打来的，因为不确定哪天能到海口，宛溪只能告诉他行程安排。李平漠给了她传呼机号码，让她到了以后呼他，说收到传呼就去码头接她。

刚接完李平漠的电话，就收到艾卫扬的电话，他问宛溪买哪天的火车票，要去送她。她觉得已经分手的两个人，还要经历伤感的离别场面，多少有些心酸不忍。于是就说还没有决定，买好票以后通知他。

宛溪开始收拾东西，在她不算太老也并不年轻的生命中，属于自己的东西少得可怜，只有一些衣服，一堆信件。读的书大部分都是跟院子里的人借的，读完就归还了。她也不像其他的女孩子，从小到大，有数不清的花衣服、小玩意儿或者日记本。她不写日记，因为没有秘密的地方可以保存，她不想自己内心的东西被不相关的人偷窥。所以，宛溪的全部家当就是为数不多的几件衣服、信件和自己花钱买的几本书。她把所有的东西装好后，也只有一个不大的箱子。

离开家的那天，父亲打麻将彻夜未归，宛频和宛嫘都不在家，只有母亲独自对着电视。宛溪想到也许很多年都不会和母亲见面了，就去跟这个给了她生命的女人告别。母亲说："把钥匙留下来，路上小心点，钱不要再弄掉了。"

母亲说话的时候，依然坐在沙发上，眼睛没有离开过电视，然后再也没有一句话。自始至终，她从来没有问过宛溪的钱既然被偷了，怎么买的火车票；也没有提及她孤身一人，去到那样一个天之涯、地之角的地方，怎么生活下去。

为了能够忍受所有的一切，宛溪很早就把自己想象成贾宝玉或者孙悟空——她的前生也是块石头。贾宝玉投胎以后，虽然享尽荣华富贵，最终还是一场空，落了个白茫茫大地真干净。孙悟空的一生倒是惊天动地，上扰玉帝王母，下闹龙王地府。虽然被如来佛祖压在山下五百余年，又被唐僧的紧箍咒折磨不休，但他本领高强，叛逆不羁，无视权威神灵，任情恣性，自由自在的生活令人向往。不论妖魔鬼怪如何伪装，都逃不过他的火眼金睛。两相比较，她更愿意自己是个女版孙悟空。

第五十七章　没有离愁的别绪——旅途

　　一月中旬，在无数个平常日子中的一天，宛溪把家里的钥匙放在客厅的桌子上，独自拉开了门，提着箱子，走到了家属院后面的马路上等公共汽车。冬日的上午，一片清冷，除了她，没有半点人迹。宛溪站在路上，眼睛越过围墙的顶端，看着家属院里的两幢楼，眼底是深深的凄凉。母亲肯定在二条的家里看着电视，父亲此时正在一条的某个单元里，也许打麻将，也许睡觉。他们都在自己的世界里无谓地消磨着彼此的生命，过着各不相干的生活。他们的冷漠造成了一个没有温度的家，害己害人，但他们的感官早已失灵，所以失去了感知的能力。

　　很多书中说家是温暖的港湾，充满了情和爱。为了留下一点关于家的美好记忆，宛溪努力想着回家以后最快乐的事情。她原本以为不会有，结果功夫不负有心人，真的想起来一件事。

　　刚搬到西安时，母亲和仁洲的两个老师突然联系上了。巧的是，两个老师的儿子都在西安上大学，即将毕业。两个男生都想去成都，两个老师本来希望母亲能够让宛怜帮忙，母亲答应了，可宛怜没回应，结果两个大学生的工作单位和地点都不是特别理想。母亲似乎有些愧疚，在两个学生离开西安之前，请他们到家里吃了顿饭。那天，不知为何，父亲的心情很好。他亲自下厨，做了发亮的红烧肉、豆腐皮烧排骨、红绿辣椒炒鸡块、一条红烧鲢鱼。除了鱼和肉，他还做了两道很花时间的素菜。他把红萝卜、莴笋、白菜和木耳切成细细的丝，过水后，用滚热的辣椒油浇上去，又加了盐、酱油，醋和香油仔细拌匀。刀功了得，色彩丰富，煞是好看，吃起来爽口润心。他甚至还做了拔丝山芋，每当夹起一块山芋，都会拖着长长的细丝，所有的人都发出惊叹声。这一桌空前绝后的菜，惊艳了所有的人。两个生龙活虎的青年男子被学校的恶劣伙食虐待了四年，难得见到满桌佳肴，因此食不停箸，家里的人更是毫不客气。

很快，所有的碗盘都见了底。瞠目结舌的宛溪吃完以后，美妙的滋味在舌尖荡漾了好几天。这之前和之后，父亲再没有做过类似的事情。家里极少来客人，总是母亲瞎对付。父亲偶尔下厨，炒的都是自己的下酒菜。宛溪从来没有吃过，但是看起来赏心悦目，闻起来香气四溢，远比母亲的菜让人眼馋心热。

这顿饭给宛溪留下了极其深刻的印象，尽管已经过了好久，还是无法磨灭；虽然她后来吃过比这更丰盛的饭菜，父亲的这顿饭依然在她的味蕾间留下了生动的感觉。不知父亲在哪里学到如此了得的烹饪技艺，不知当年他是否为母亲做过这样一桌饭菜，不知他如何忍受母亲几十年没有进步的做饭本领。尽管父亲做的一桌美食与她无关，无论如何，他的这个非常之举是值得讴歌的。在离开之前，想起这么一件值得怀念的愉快事情，让她非常欣慰。由于父亲总是冷色调的，有点暖色着实不易。想到离家在即，她不愿意像个可怜虫一样怀着幽怨，而且俗话说好事成双，所以她又搜肠刮肚地想着父亲的好。功夫不负苦心人，宛溪果真想起另外一件事，还是与吃有关。有一年，父亲去北京出差，破天荒地带了些吃的回来，除了常见的果脯，最稀奇的是酒心巧克力和开心果。虽然她只吃了几个苹果脯、杏脯，一块酒心巧克力和为数不多的开心果，但是三个甜蜜蜜的东西和略带一点咸味的果仁让她第一次觉得父亲并非是一块冰。尤其是酒心巧克力，微辣的刺激和甘甜的醇香完美地混合在一起，让她回味多日。不过最难忘的是开心果。首先是名字奇特，如果世上真的有吃了就能开心的果子，岂不是都会眉开眼笑？这样的果子令人浮想联翩。其次是味道独特，不仅香脆，而且没有碎渣子，恨不得连带着盐味的壳都多舔几口。

摇摇晃晃的公共汽车停在宛溪面前，她最后看了一眼红色的砖墙和两幢灰色的楼，然后上了车。路上，她想到无依无靠的简·爱离开舅妈家的时候，贝西为她准备了早饭。贝西看到简·爱由于兴奋而吃不下东西时，担心她路上饿，还包了一些饼干给她。简·爱离开孤儿院的时候，贝西特地赶来送她，跟她道别，两个人说了很多的话。可惜，宛溪的家里连个贝西都没有。宛溪进而想到，不知即将踏足的海岛是否会变成她的桑菲尔德，她也会在那里遇到一个罗切斯特先生吗？当然，他的年纪最好不要太大，更不能有一个名字叫贝莎的疯子太太。她就这样一路胡思乱想地到了火车站。

坐了三天的火车，宛溪到了广州。稍事休息，又上了去湛江的汽车。路面不平，汽车一路颠簸，由于身体不适，她开始晕车，一路狂吐。到了湛江后，都快虚脱了。但是，无依无靠的她，除了继续前行，没有选择。她买了最早的船票，然后拖着疲惫的身体上了去海口的轮船。第一次坐船，又赶上琼州海峡风浪滔天，她还没从晕车的难受中恢复过来，就遭受了剧烈晕船的可怕冲击。上船伊始，她就呕吐不止，直要把五脏六腑都吐出来。最后胃里没有东西了，开始吐胆汁，满嘴的苦涩，痛苦不堪。

她无精打采地坐在甲板上，感觉很快就要葬身大海了。有个人站在她旁边看着一波又一波的海浪冲击着船体，他的身体随着船身的晃动摇来摇去，低头的时候，瞥见了脚下的宛溪。也许是被她奄奄一息的样子吓到了；也许是因为看着一个人在眼前死去不吉利；也许是他同情心泛滥。总之，不管出于何种原因，他蹲下身来，问她是否需要帮助。

宛溪有气无力地瞄了他一眼，看到一张年轻的面孔，头发虽然被海风吹乱了，但上船之前，应该是喷了摩丝或抹了发胶的，最奇妙的是他居然穿着西装。很显然，他是一个注重仪表的人，或者一下船就要谈生意。她担心自己突然吐在他身上，弄脏他的衣服，那样的话，实在太尴尬。于是摇摇头，只希望他赶快离开。

他站起身走了，宛溪的胃里又开始翻腾，她抓过塑料袋，埋着头干呕。突然，一个温醇的声音说："喝点水，漱漱口吧。"

从声音判断出，那个西装男又回来了。她没有说话，因为已经知道是谁，所以连头都没抬。她静静地坐在原地，没有拿他的水。

西装男说："别多心，我叫陆廷，不是坏人。我第一次坐船时，也像你现在一样吐得不成人形，一副人不人鬼不鬼的样子。"

在旅途上都快一个星期了，加上晕车晕船，宛溪不用细想也知道，她一定是面目憔悴，惨不忍睹的，如果半夜突然出现在海上，大概还有点吓人。她虽然没有照过镜子，但看到自己白底绿色小格子的衬衣和浅蓝色的牛仔裤上都有呕吐过后的痕迹，蓝白相间的球鞋早已失去本色，也觉得有些难为情。不过听到陆廷如此描述她时，还是小小地伤害了她作为一个年轻女人的虚荣心。然而生气之余，又觉得有点可笑。

她打起精神，看着他略长的脸，带着调侃兼报复的语气说："你和一个不成人形的人说话，证明你也是一个异类。再说，就算我不成人形，也好过某人的'去年一滴相思泪，今年方流到腮边'"。

"都这样了，还伶牙俐齿的！主要是看你一个女孩子这么遭罪，有些于心不忍。对不起，我不该这样说你。"陆廷不自禁地笑了，"女孩子在任何情况下都是超凡脱俗的，你现在的样子，只能说花容失色。所以，即使你额头高耸，我也只能把'未出房门三五步，额头先到画堂前'咽在肚子里。"

宛溪也被他逗笑了，再次看着他头发上残留的摩斯痕迹说："你虽然穿得还算得体，但是油头粉面的，所以油嘴滑舌也不奇怪。"

陆廷坐在旁边，问她独自一人去海南做什么。宛溪告诉他准备找工作。船离湛江越来越远，海浪逐渐变小，最后乌云散尽，阳光普照。太阳出来后，海上风平浪静，轮船在一望无际的海上平稳地行驶。

宛溪终于摆脱了晕船的魔咒，和陆廷慢慢聊起了天。他是汉中人，大学毕业后在上海的一个进出口公司上班，因为和海口的公司有生意往来，所以他每年会来海口两三次。

船快到秀英码头时，宛溪和陆廷越聊越起劲。船靠岸时，他们还在说着三家分晋才导致秦有机会东出函谷关，刘备如何从曹操手中夺取汉中。她是历史迷，他是三国通，两个人感觉非常投机，都有相见恨晚的感觉。

下了船后，来接陆廷的两个人上前跟他打招呼，其中一个穿得正经八百的人拿着大哥大。宛溪借用他的大哥大给李平漠打了个传呼，不到五分钟，他回电说大概半个小时后到码头接她。陆廷不放心她一个人留在陌生的码头，就想等李平漠来了以后再离开。但是，接他的人已经等候多时，宛溪不好意思耽误他们的时间，就催促着他们先走了。

宛溪拎着一个不大的箱子，坐在椰子树下，带着腥味的海风轻轻吹过，有些凉意。她双手抱着自己的肩膀，看着卖各种热带水果的小贩和往来的行人讨价还价。她看着那些水果，研究了一会儿，但是大多数都不认识，于是放弃做果农的打算，安心地等着李平漠。太阳在海的另外一边，在为了是否彻底沉下去的问题犹豫着。

不知过了多久，她看到一辆缓缓驶过的红色雅马哈摩托车。开摩托车的人看起来有点像李平漠，但是他比在成都的时候黑，也胖了一些，宛溪不敢确认，就没有叫他。他第二次从她面前开过时，宛溪认出了他的眼睛，就叫了一声。但是他没听到，又开过去了。

李平漠骑着摩托车总共从宛溪面前经过四次，都没有认出她。最后，她只好站起来，大叫了一声他的名字。他停下来，仔细地打量了一下，怀疑地问："你是宛溪？"

通过陆廷在船上的说法，她知道经过一路的艰辛，自己肯定蓬头垢面，而且李平漠已经好几年没见过她，就算她不是面目全非，他认不出来也是正常的。不过看到他严重的不确信，听到他那么困惑的问法，还是弯下身对着摩托车镜子照了一下。镜中的她一头油腻腻的长发，好多地方还打了结，眼窝深陷，脸色乌青，嘴唇发紫。由于呕吐太多，不停地擦拭，嘴边和两颊全是白色的皮。看到自己如此狼狈的尊容，她明白了李平漠的质疑。

李平漠又看了她一会儿，终于说："虽然现在很丑，不过五官还没有完全变形。"然后又嘟囔了一句："没有接错人就行。"

李平漠把她的箱子绑在车后，用戏谑的口吻说："小丑八怪，上车坐好。要抱着我，否则掉下去不负责任，而且会摔得更丑。"宛溪第一次坐摩托车，不知道深浅，没把他的话当回事。她坐在后面，两手下垂。摩托车一开起来，她就往后仰，真的差点摔出去，于是赶紧伸出双手抱住他的腰。在一阵马达声中，李平漠加快速度，带着她驶向了海口的市区。

第二部

爱 情

（加）南海北海　著

九州出版社
JIUZHOUPRESS

目　录/CONTENTS

第二部　爱情

第一章　海口 239

第二章　陆廷——平生见过的巨额财富 244

第三章　吃喝玩乐 247

第四章　其人其事 253

第五章　得不到的最好 257

第六章　淌金流银 261

第七章　两个求职者 264

第八章　骨折＋台风后遗症 267

第九章　文人之恋——股票 272

第十章　陆廷——甸宇女友——清圆湾 276

第十一章　欢欢喜喜过大年 280

第十二章　招兵买马——北海 284

第十三章　黑猫警长——创业未遂 288

目 录 / CONTENTS

第十四章　考研 292

第十五章　柳下惠死了 296

第十六章　抉择 301

第十七章　西安户口 305

第十八章　艾华 309

第十九章　意外怀孕 312

第二十章　兰若大学 315

第二十一章　天外来客——不愿离去的女生 321

第二十二章　晴天霹雳——小白兔 327

第二十三章　云南之行 332

第二十四章　室友 337

第二十五章　冯菲 342

第二十六章　校友 346

第二十七章　珍珠耳环——武夷山 350

第二十八章　潭沙故旧 354

第二十九章　你从哪里来 358

第三十章　结婚还是离婚 362

第三十一章　小社会 366

第三十二章　相处之道 370

第三十三章　毕业不一定分手 373

第三十四章　三亚奇事 376

第三十五章　不请自来的小李子 379

第三十六章　老友来信 382

第三十七章　月子弯弯照九州 385

第三十八章　世上没有无缘无故的逃离 389

第三十九章　谁陪谁 394

第四十章　该来的早晚会来 397

第四十一章　在熟悉的城市无处可去 401

第四十二章　庐山面目——我们结婚吧 405

第四十三章　亲爱的妹妹 408

目　录/CONTENTS

第四十四章　谁玷污了爱情 …………………………………… 414

第四十五章　一个老掉牙的故事 ……………………………… 418

第四十六章　情伤让女人成为哲学家 ………………………… 421

第四十七章　又是一个春节 …………………………………… 424

第四十八章　还是结婚了 ……………………………………… 427

第四十九章　雁荡山——卜问前程 …………………………… 432

第五十章　　最难堪的旅行 …………………………………… 435

第五十一章　物是人非事事休 ………………………………… 438

第五十二章　找工作 …………………………………………… 443

第五十三章　不期而遇 ………………………………………… 447

第五十四章　婚姻和外貌 ……………………………………… 450

第五十五章　内心的呜咽 ……………………………………… 454

第五十六章　四处碰壁 ………………………………………… 458

第五十七章　变脸 ……………………………………………… 462

第五十八章　和解 ……………………………………………… 466

第五十九章　毕业之旅——风筝飞走了 ⋯⋯⋯⋯⋯⋯⋯⋯⋯ 469

第六十章　没有慧根 ⋯⋯⋯⋯⋯⋯⋯⋯⋯⋯⋯⋯⋯⋯⋯⋯ 474

第六十一章　爱人如己的姐姐 ⋯⋯⋯⋯⋯⋯⋯⋯⋯⋯⋯⋯ 478

第六十二章　邂逅——半途而废 ⋯⋯⋯⋯⋯⋯⋯⋯⋯⋯⋯ 483

第六十三章　且行且看 ⋯⋯⋯⋯⋯⋯⋯⋯⋯⋯⋯⋯⋯⋯⋯ 488

第六十四章　每个人都有颗八卦的心 ⋯⋯⋯⋯⋯⋯⋯⋯⋯ 491

第六十五章　跳不出三界之外 ⋯⋯⋯⋯⋯⋯⋯⋯⋯⋯⋯⋯ 495

第六十六章　天意如此 ⋯⋯⋯⋯⋯⋯⋯⋯⋯⋯⋯⋯⋯⋯⋯ 499

第六十七章　第三次怀孕 ⋯⋯⋯⋯⋯⋯⋯⋯⋯⋯⋯⋯⋯⋯ 503

第六十八章　当了逃兵的小李子 ⋯⋯⋯⋯⋯⋯⋯⋯⋯⋯⋯ 506

第六十九章　文章 ⋯⋯⋯⋯⋯⋯⋯⋯⋯⋯⋯⋯⋯⋯⋯⋯⋯ 510

第七十章　腾跃移民 ⋯⋯⋯⋯⋯⋯⋯⋯⋯⋯⋯⋯⋯⋯⋯⋯ 513

第七十一章　岸芷园 ⋯⋯⋯⋯⋯⋯⋯⋯⋯⋯⋯⋯⋯⋯⋯⋯ 516

第七十二章　无心插柳和有心栽花 ⋯⋯⋯⋯⋯⋯⋯⋯⋯⋯ 520

第七十三章　内忧外患 ⋯⋯⋯⋯⋯⋯⋯⋯⋯⋯⋯⋯⋯⋯⋯ 523

目　录 / CONTENTS

第七十四章　北京 526

第七十五章　故心人不见 530

第七十六章　药渣 534

第七十七章　到底是谁的孩子 538

第七十八章　移民的理由 542

第七十九章　生活的目标是什么 546

第八十章　周岁——到底要抱怨什么 550

第八十一章　要多少钱才够 554

第八十二章　夙愿难偿 557

第八十三章　香港 561

第八十四章　你幸福吗 565

第八十五章　故园东望路漫漫 569

第二部　爱情

第一章　海口

　　宛溪坐着李平漠的摩托车，顶着微凉的风，穿过了热闹的街道，嘈杂的人群，在黄昏时分，到了他住的地方。他把摩托车停到楼下的车棚。车棚里有几十辆摩托车，整齐地排列着，从颜色到式样都和他的雷同，宛溪没头没脑地说："你们单位还卖摩托车啊？"李平漠笑她笨，说是单位配的，然后带着她到了楼梯口。上楼之前，李平漠帮她拿着箱子，说宿舍在顶楼。宛溪抬头看了一眼高高的楼和长长的楼梯，立刻无精打采地低着头，失去了说话的力气，专心跟在他的后面爬楼梯。等到李平漠终于停在一个深绿色的木头门前时，她双腿发抖，软绵绵的，只想瘫坐在地上。

　　李平漠拿出钥匙开门以后，宛溪发现这是她见过的最大的单身宿舍，面积远远超过她以前在学校时七个人住的那个小房间。

　　宿舍是个三十多平方米的长方形，所有的东西从左向右一字排开，两头各有一扇窗。在房子的最左边，窗户的下方，有一个枣红色的小圆桌子，上面有个小煤气炉。炉子上面有个两个耳朵的小铁锅，里面放了两个蓝花瓷碗。煤气罐放在地上，在炉子的右边。炉子和煤气罐的正前方有个玻璃门的浅色木柜，里面有两个不锈钢的小水壶，六个碗，四个盘子，几双筷子，几把大小不一的不锈钢勺子，但是没有油盐酱醋和其他调料，也没有米或者面，看起来很长时间没有开火了。煤气罐的右边有两个红色的塑料盆和一个绿色的塑料桶，其中一个盆里有个白色的洗菜篮子，放了洗洁精、肥皂、洗衣粉、洗发水等日常用品，另外一个盆子里堆满了脏衣服。塑料桶里放了两把锅铲，一个舀汤的白色大塑料勺，一个不锈钢漏勺，边上有一个拖把和一把扫帚。塑料桶的右边是一个玻璃台面的长方形茶几，上面放了一个红色印花的茶壶和两个茶杯，没有茶叶，只有一个很大的有红黄蓝图案的罐子。罐子上除了一个看起来像英文的单词，还有"阿华田"三个汉字。两个原木色的木椅放在长方形茶几的两侧，茶几两头各有一个紫色塑料椅。塑料椅子既矮又小，像是小孩的玩具椅子，成年人坐上去，随时都有把椅子压碎的危险。茶几的旁边是一张双人床，床头顶着墙，床尾离对面的墙将近一米。床架是褐色的木头，床腿很短，离地面不到二十厘米。一个深蓝色的席梦思床垫放在床架上，床单、被套和枕套也是深蓝色的，看起来买的时候是成套的。床的上方是一个很大的淡绿色圆形吊扇，叶片像芭蕉叶一样。床头左右各有一个棕色的床头柜，左边的柜子上有一盏没有灯罩的台灯和两件明显穿过的短袖上衣；右边的柜子上有几本书、四五只袜子，旁边有个黑色的四格书柜，放的书很杂，有气功、股票、摄影、古今中外的经典文学作品、美术鉴赏、各类哲学流派、一堆地图，甚至还有一本周易，和他专业相关的只有寥寥几本。书柜的旁边是两个有拉链的塑料衣柜，图案艳丽，仔细一看，是彩色的鱼和漂亮的珊瑚。衣柜轻便简洁，很容易移动。一张黑色的木桌放在离衣柜一米远的窗子下面，桌子上堆满了图纸、各种颜色的笔、书和一些衣服，地上丢了几张揉成一团的纸、几件衬衫、几条短裤和几双明显配不成对的袜子。

李平漠研究生毕业后，按照自己的意愿，顺利到了海口，在单位主管工程质量，所以手中有点小权力，也算是个肥差。和那些盲目来海南撞大运的人相比，这份工作还是令很多人艳羡的。他的单位是一幢白色的五层楼，宿舍是一幢灰色的七层楼。两幢楼相距不到六百米，都有一个大铁门和围墙圈起来，变成两个院子。

宿舍楼的形状像个不太规则的凹字，李平漠住在七楼，包括他在内，七楼一共住了六户人家。他的宿舍在最东头，宿舍紧挨着楼梯，门向西开。厕所和洗澡间在最西头，房门开着的时候，在房间里可以看到在那里进出的人。其他四间宿舍坐北朝南一字排开。还有一间宿舍在浴室边上，门是向东开的。同事小刘的宿舍和李平漠离得最近，中间只隔了一个楼梯。宿舍像军营一样，所有的门都是深绿色。门的最上方有个框，上面装了一块玻璃，像个窗子。从宿舍到厕所和浴室是一条长长的楼道，边上装着生锈的黑色铁栏杆。因为楼道是完全敞开的，与其说是楼道，不如说是一个超级大阳台更合适。一根粗铁丝钉在两头的墙上，贯穿了整个楼道，上面挂着一些衣服，有的干了，有的还在滴水。铁丝下面有条宽不到十厘米的小沟，从最东头延伸到最西头，一直通往厕所和浴室那边。这样的话，衣服上面滴下来的水就能流得出去，不会停留在楼道里。

宛溪在路上奔波多日，不是在车上，就是在船上，到处都是声音，加上晕车晕船，根本无法入睡。几天以来，她最大的奢侈就是坐在车站的椅子上小憩一会。因为好久都没在床上睡过觉了，乍一看到宿舍的那张床，她觉得异常亲切，真想倒头就睡。可她实在太脏了，估计李平漠早已闻到她身上的异味，所以一进宿舍就说："去洗澡吧。"

她只好强打精神，从箱子里拿出换洗衣服，蜂花洗发水，牙膏牙刷，放到一个塑料袋里，然后把宿舍里那个装日用品的红色塑料盆腾空，把所有的东西放进去，端着盆子朝浴室走去。浴室门口有一个用水泥和白色瓷砖搭建的公用水池，上面有三个水龙头。淋浴房在最里面，用海底生物图案的塑料帘子围起来。宛溪拉开帘子，看到一个撒花喷头挂在墙上，喷头下面有一个圆形的开关。她把开关向右转，一大股水从喷头里流了出来。水温不是很高，但是也不冷，刚好是非常舒适的洗澡温度。

洗完澡后，她穿上洗得有些发白的裙子。由于好几天没洗过澡，且连日赶路，她的一身衣服都快发硬了。干净柔软的旧裙子稍显宽松，有种说不出的舒适。然后她把脏衣服放到盆里面泡着，因为没有力气洗了，就留在水池边上，慢慢走回宿舍。李平漠站在桌前看图纸，听到她进来，就说出去吃饭。可是她太累了，只想睡觉。李平漠转过头说："睡衣都穿上了，行，那你睡吧。我住在四楼的一个同事那里，房间是楼梯右手边的第二间，你如果有事，就下来找我。"宛溪闻言，低头看了一下自己身上白底黄色小碎花的棉绸连衣裙，由于在箱子里面放得太久，皱巴巴的，确实像一件睡衣。她懒得解释，就坐在茶几边的椅子上闭目养神。李平漠又看了几分钟图纸，然后把钥匙放在右边的床头柜上，拿了一些图纸走了。

宛溪站在楼道梳头，等头发干。头发还没干透，她的眼睛已经睁不开了，于是关上门睡觉。醒来的时候，已经是第二天下午了。洗漱完毕后，她想到李平漠在上班，就没去打扰他。虽然她几天都没怎么吃饭了，但身体不舒服的时候也没有胃口。睡了一大觉后，精神和体力都有所恢复，这才觉得饿了。于是，她下楼走到街上，在一个小店吃了一碗海鲜米粉。米粉里有花蛤、蚬、鱿鱼花、虾和几片绿油油的菜叶子，乳白色的汤，没有一滴油，鲜香爽口。吃完以后，她在附近的几条街走了一会儿。

街道很窄，非常热闹，行人、自行车、三轮车、摩托车、公共汽车和小汽车全部挤在一起走。街道的两边，有很多小摊贩。卖海鲜的周围，地下有好几个大盆，除了常见的贝壳类和活蹦乱跳的虾，还有很多叫不出名字的海鱼，都非常新鲜，鱼鳞亮晶晶的，太阳一照，还会反光。卖水果和蔬菜的人把东西放在三轮车上。小贩们都是皮肤黝黑，戴着斗笠。街道两边的建筑物里，有很多店铺。最多的是钟表行，卖海鲜干货的，卖衣服和箱包的，还有很多卖珍珠项链和珍珠粉的。有的行人在街上和各种车辆并行，有些人则在骑楼下不慌不忙地走着。到处都是椰子树、槟榔树和棕榈树，还有粉色的凤仙花、紫色的鸡冠花、黄色的万寿菊、红色的龙船花，满街的灿烂，成片的辉煌。如果没有建筑物和各种不停穿行的机动车，整个市区看起来就是一个绿化很好的公园。

宛溪把附近的几条街从头到尾走了一遍后，回到李平漠的宿舍。她把路上换下来的脏衣服，还有李平漠丢在地上的脏衣服、脏袜子和他放在盆里的脏衣服全部拿到浴室的水池里洗干净。洗好衣服后，她在李平漠的活动衣柜里找了些衣架子把衣服晾在那根贯穿整个楼道的粗铁丝上。

然后宛溪开始整理自己的行李，还没整理完，李平漠走了进来。他看着楼道口铁丝上挂着自己的衣服，说了一句：“挺勤快的，把我的衣服都洗了。”

宛溪有点顽皮地说：“举手之劳。帮你做点小事，希望能够有大的回报。”

“我中午还上来敲了一下门，但是没反应，没想到还挺能睡的。”李平漠笑着说，“不过睡醒了确实不一样，不光会打小算盘，嘴巴也比昨天利索多了。晚上请你吃饭，权当作为你为我洗衣服的酬劳。”

她中午吃了一碗粉，走了许多路，又劳动了半天，听他这么一说，还真觉得饿了。李平漠问她想吃什么，她说都可以，客随主便。他说：“那就去我的食堂吧。”

宛溪以为李平漠带她去单位的食堂，就跟着他下了楼。可是，经过单位门口时，他没有进去，而是往街上走去。走过了三条小街后，他进了路边一个名字叫蓉城人家的小饭店。进去以后，一个三十多岁、利索漂亮的女人热情地迎了上来，用四川话招呼李平漠，然后让他们坐在靠近门边的一张桌子，并从柜台上拿了两份菜单放在桌子上。

李平漠不看菜单，直接点了泡菜肉末和水煮鱼。宛溪翻着菜单，都是熟悉的川菜名字，她点了麻婆豆腐和鱼香肉丝。菜端上来后，全是满满的一大盘，两个人埋头吃了半天，还剩下很多。颇有风情的女老板拿了三个一次性饭盒，麻利地把剩下的菜打包，李平漠叫她再拿个盒子装点米饭。她把所有的盒子装在一个塑料袋里，李平漠提着袋子和宛溪回到宿舍。

一进宿舍，李平漠就走到窗前的桌边看那一堆乱七八糟的图纸，宛溪翻了一会柜子里的书。大概吃得太饱，脑袋被食物塞满了，缺乏认真读书的精神，就拿了一本《日瓦戈医生》坐在茶几边上一边快速翻页，一边发愣。由于找不到更有意义的事情做，她就看着茶几上的大罐子，问李平漠是什么。他回头看了一眼，说是饮料。再问怎么喝，他简短地说用热水冲。出于好奇，宛溪找出水壶烧把水烧开，按照罐子上的说明，舀了两勺放在杯子里。当开水倒在棕褐色粉末上时，一股香甜在屋里散开。宛溪尝了一口，巧克力的浓香丝滑立刻在嘴里荡漾。她忍不住大发感慨，有点煽情地跟李平漠说："真想不到世界上居然有这么美味的饮料，阿华田这个人真聪明，能够发明这么伟大的东西。"

李平漠闻言，问谁是阿华田，一转头看到她端着那个放在桌上很久都无人问津的大罐子，就笑她是个乡下丫头，没见过世面。不过听到她啧啧称奇，他也禁不住诱惑，喝了一杯早已忘掉的阿华田。喝完以后，李平漠说的确是比以前的味道好。不过，他想到刚刚调侃过宛溪，又逗她说："这个放得太久，水汽都蒸发了，剩下的全是浓缩后的精华，所以好喝。"

李平漠说完后，接着看他的图纸，宛溪慢吞吞地整理东西。一个多小时后，他看完了手里的图纸，和她说了几句闲话。最后他像昨天那样拿了几张图纸，又在衣柜里抓了几件衣服走了。

第二章　陆廷——平生见过的巨额财富

　　三天以后，宛溪恢复了元气。这几天，她和李平漠每天晚上都在蓉城人家吃饭，剩下的打包当成早午饭。第四天晚上，她和李平漠在街上吃饭时，他说："有个叫陆廷的人下午给我打传呼，让你打电话给他。"

　　吃完饭后，她用街上的公用电话打通了陆廷留下的一个大哥大号码。他说过两天离开海口，走之前想跟她吃顿饭，约她第二天在望海楼见面。

　　宛溪按照约定的时间，在第二天下午准时到达望海楼。她穿过刻着黄花和蓝花的玻璃天井的大堂，看着具有浓郁民族风情的壁画和嵌在蓝色墙上的古铜色大鱼雕像，一转头就看到陆廷穿着很休闲的灰色衬衣坐在一张铺着白布的桌子旁边等她。不过，他正低着头看手上的几张纸，直到宛溪走近，他才抬起头来。

　　宛溪站在桌边跟他打招呼，陆廷笑着说："哎哟，容光焕发嘛！怎么才几天不见，就有今时不同往日的感觉。"

　　宛溪知道他喜欢贫嘴，就摆了一个万福的姿势说："承蒙不弃，小女子这厢有礼了。"

　　陆廷的兴致很高，宛溪被他的情绪感染，也敞开了心扉。陆廷听到她打算考研究生，说了很多鼓励的话。紧接着，他的话锋一转，开玩笑一般地说："你一定要考上海的大学。到上海来，有什么事，老哥罩着你。"

　　毕业以后，一直无法安顿，很难定心，宛溪虽然说着考研究生的事，但是好久都没看书了，也没认真地考虑过到底去哪里读书，有点像行动上的小矮人。她沉思了一下说："到时候再看吧，我现在学校和专业都没有想好。如果真的去上海读书，我一定会经常叨扰你，让你看到我就跑。"

　　陆廷说："你的叨扰，我求之不得。只要你在我面前出现，我一定用502胶水把自己黏在你身上，如果要跑，只能两个人一起，那就谁都跑不了。"

宛溪在脑袋中想象了一下他说的场景，不禁笑了出来。陆廷坐在对面，呆呆地看着她，宛溪有些不好意思。陆廷突然意识到自己的失态，站起来，用手轻轻地敲了一下她的头说："小丫头，别傻笑了，点菜吧。"

他们吃完饭后第三天，陆廷离开了海口。走之前，他说大概八九月份再来。

李平漠很忙，上班也很少在办公室，经常跑工地，下班后做私活。宛溪开始找工作，她经常跑人才交流中心，去很多公司求见主管招聘的人，都没有结果。

李平漠看到宛溪沮丧的样子，就说："马上要过春节，很多人已经走了，这段时间不好找工作。你也不要着急，等过完春节再说吧。到时候我找几个朋友问问，看是否能帮上忙。"

听到他这么说，宛溪安心了一些，不过囊中日渐羞涩，还是让她烦恼。她不好意思每天跟李平漠出去吃饭，因为都是他付钱。为了节约钱，她几乎每天自己做饭。如果李平漠晚上不出去，就过来一起吃饭。

李平漠虽然住在四楼，但是他的所有物品都在自己的宿舍，所以经常上来拿各种东西。他不是一个善于收拾的人，经常为了找一个东西，搞得像要掘地三尺。如果换了衣服，也是随手乱扔。宛溪住着他的宿舍，感觉自己鸠占鹊巢，于心有愧。所以看到乱糟糟的样子，总是要整理一番。每次洗衣服时，把他的脏衣服也一起洗了。

不久后的一天，李平漠照例来宿舍拿衣服时，从衬衣口袋里掏出一个鼓鼓的黄色小信封。他拿着信封，一边往床头柜那边走，一边跟宛溪说："你帮我做饭，洗衣服，我不能做一个剥削你的冷漠无情的资本家。这钱作为你的工资，还有我的伙食费。"

宛溪没想到他会这么做，反而有些窘。幸好李平漠没有像一个施惠的人那样，把钱直接放到她手里，摆出一副要她感恩戴德的样子。否则的话，她只怕要钻到地缝里去。钱是装在信封里的，他很随意地丢进床头柜的抽屉。因为钱没有经过宛溪的手，所以她不能把钱从抽屉里拿出来还给他，而且那是他的床头柜，她也不该随便去打开。

虽然宛溪决定不到万不得已时，不会碰李平漠的钱，但他离开后，她挣扎了好一阵子，最终还是忍不住好奇心，想查看一下到底有多少钱。她在崇高和卑劣之间做了一阵思想斗争后，道德还是处于下风。于是，她如同一个潜入别人房子的小偷，不敢开灯，战战兢兢地拉开抽屉，摸到那个装有实物的信封，站在窗口，借着外面的光，谨慎地数完了钱。她大吃一惊的同时，又感到如释重负，因为信封里居然有一千多块。在只有一个人的房间里，她居然蹑手蹑脚的，一副非常担心被人发现的样子。她不敢出声，又悄悄地把信封放回原来的地方，然后躺在床上无声地傻笑。

这是第一次有人告诉她，她可以自由支配，且是数额最大的一笔钱。看着钱，她兴奋了很多天，觉得海南岛真是天堂。她免费住着别人的宿舍，煮饭、洗衣服都是轻而易举的，或者说是分内之事。竟然有人愿意为了这点不足挂齿的小事，给她一笔巨款作为"工资"，简直比天上掉馅饼还美好。

钱的最大用处是让人有安全感，宛溪虽然不用抽屉里的钱，但是每天晚上睡觉前，想到小信封安然地放在那里，不会有人来拿，而且她还可以随时动用，便觉得有了底气，焦虑感顿时减少。她甚至想，如果实在找不到工作，就去当全职保姆，因为收入实在可观。

第三章　吃喝玩乐

李平漠有空时，就带着宛溪在岛上乱走。她喜欢自然风光，也知道他喜欢游山玩水，所以出门的时候，两个人都满心欢喜。宛溪坐着他的摩托车四处游荡，看了椰林海滩、白浪滔天、喷薄日出、落日圆圆。

春节时，李平漠说要休息几天，就暂时放下手头的工作，宛溪因此白捡了一个跟着他到处吃喝玩乐的机会。她除了大饱口腹之欲，还体验了人生中的很多第一次。

早上刚起来，李平漠叫宛溪去喝早茶。她纳闷为何一早不吃饭，要去喝茶，岂不是越喝越饿。他们到了海口宾馆后，李平漠点了一壶乌龙菊花茶。宛溪正担心喝茶饱不了肚子，就看到服务员推着小车过来，上面摆满了很多小碟子、小碗和小盘子，都是各种没有见过的小点心和吃食。这种吃饭的方式她第一次见到，不知道怎么点菜，就跟着李平漠要了小车上的烧卖、虾饺、肠粉、莲蓉包、蛋挞、粉果、珍珠鸡、艇仔粥，还有入口即化的豉椒凤爪，这些全是以前从来没有吃过的。琳琅满目的食物让她眼花缭乱，不知如何选择。小车上的好多东西还没尝呢，她就吃不动了。有一种食物是她熟悉的，但是不完全相同，那就是金银馒头。她见过的馒头基本上都是圆的，而且个头儿很大，吃过的是油炸馒头片。不过，金银馒头比普通馒头小了很多，可以一口一个，而且是方的。金馒头焦脆，银馒头暄软，再蘸点浓稠香甜的鹰牌炼乳，简直是人间美味。宛溪从来没有用这种方式吃过馒头，她一口气吃了两盘袖珍馒头，消耗了一小罐炼乳。说是喝茶，结果一口茶都没喝就饱了。

喝完早茶，她坐在摩托车的后座上，李平漠开着车去了文昌。宛溪在那里看椰林，住小木屋，吃文昌鸡、椰子饭，还有终生难忘的美味海鲜。

海口虽然有很多椰子树，但是没有像文昌的东郊那样密集地连成一片。千姿百态的椰树在空旷的沙滩上绵延，修长的树干笔直地伸向蔚蓝的天。树的顶端挂着黄色、绿色或者褐色的椰子。如果碰到阿哥或者阿叔在树上摘椰子，随便给点钱，就可以买到一个椰子。他们用一个大刀在坚硬的椰壳上砍个小洞，插根吸管就可以喝到甘甜清凉又新鲜的椰子汁。

椰子是老天爷送给海南岛的礼物，要不然没有养分的沙滩上怎么能长出如此甘美的东西呢！海南人没有辜负上天的厚爱，就地取材，所以岛上随处可见椰树、椰汁和椰子饭。椰子没加工前，有一股淡淡的清香，白色的椰肉生吃时有股花生的味道。天然的椰汁是清亮的，椰树牌椰汁里面加入了椰肉，因此成了乳白色，喝起来是另外一种浓厚的独特芳香。饭桌上最常见的就是这种形状细长，黑白图案的易拉罐饮料。椰树牌椰汁如此成功，当然有人想跟风模仿，可是谁都无法打破这种一枝独秀的局面。纷纷败下阵来的后来者挖空心思找原因，也很想得到椰树厂的配方，但椰树厂的保密工作做得很好，失败者不服气也无可奈何。就像可口可乐的老板说，哪怕公司一夜之间化为灰烬，只要有可口可乐这个名字，就可以起死回生。虽然大家不知道椰树牌椰汁的秘密，但椰子饭是人人都能做的。很多时候，厨师就在食客面前展示椰子饭的做法。他们把椰肉打碎和米混合，放在椰盅里煮熟或者蒸好，老远就能闻到一股浓郁的香味。

除了椰树，另一种颇具特色植物的是红树林。宛溪一直听李平漠提到红树林，就以为是一片红色的树。等真的看到时，却是一片长在海中的翠绿植物。涨潮的时候，只看到绿色的树冠，在碧蓝的海里随波荡漾。晴天时与蓝天碧海相映衬，婀娜多姿。偶尔有几棵或者一棵树孤零零地长在一边，乌云密布时，平静的海面开始翻腾，看一棵傲岸的红树在海里摇荡，又是另一番意境。

文昌的大海、椰林和小木屋是完美的三位一体，相互成全之下，才有了这样一个美妙的地方，少了其中任何一个都是一件憾事。张爱玲的人生三恨是"海棠无香，鲥鱼多刺，红楼未完"，如果她到了文昌，大概会说另外三恨是"海边无椰，木屋对路，椰林空落"。

朴素自然的小木屋面朝大海，不用春暖，也会花开。成片的小木屋在椰林之中错落有致，想走到黄褐色的小木屋门口，必然要在椰林中穿行，所以椰林里面有很多四通八达的小径。房间里面也是木头做的，质朴原始，散发着天然的木头味道。晚上躺在小木屋古朴的床上，听着沙沙的椰风，在海浪轻拍沙滩的美妙旋律中进入梦乡。小木屋还可以按小时收费，据说是露水鸳鸯太多之故。

李平漠和宛溪在椰林漫步时，随处可见长着鲜艳羽毛的鸡悠闲地觅食，见到人也不躲不闪。宛溪好奇地看着它们，李平漠说这是著名的文昌鸡。等到地上行走的鸡端上饭桌，下箸时有种罪恶感，担心就是在路上看到的其中一只。不过桌上的鸡早已被拔光羽毛，皮黄油亮，肉中带着点血丝，但是肉质肥美又不腻。

虽然有点假意的于心不忍，宛溪还是品尝了著名的文昌鸡，因为她被口腹之欲轻而易举地打败了。李平漠说要吃完四样东西才算来过海南，于是又带着她吃了和乐蟹、加积鸭和东山羊。这些大名鼎鼎的美食虽然各有千秋，但是最显著的特色是清淡新鲜，即使用白水煮，也能让人食指大动，吃后回味无穷。鸭子和螃蟹都是宛溪的最爱，喜欢吃并不奇怪。神奇的是，她这个不吃羊肉的人，居然吃了一碗白切东山羊。吃完后还坚称不是羊肉，因为只留下紫苏的清香，没有一点膻味。

除了这些名头很响的菜肴，他们还很喜欢海口的一个小店，名字叫"阿二靓汤"。刚开始，宛溪不知道这个店名的意思。李平漠解释说阿二是广东话，小老婆的意思。广东人爱喝汤，小老婆为了留住男人，会使出浑身解数，练成一手绝活，把汤煲到极致。丈夫死了以后，小老婆被大老婆赶出家门，小老婆为了谋生，只好开店卖汤水，所以便有了这个在广东地区流传甚广的典故和店名。李平漠自以为讲得很清楚，但碰到宛溪这个理解能力很差的人，只有自认倒霉。果然，宛溪听完以后，不解地问："以前的社会，全国的男人都有小老婆，怎么不见四川人开阿二兔丁？"

"真爱抬杠，都跟你说了，阿二是广东话，把店开到四川没有人认识。再说，成都已经有了'二姐兔丁'，不需要另外一个阿二来凑热闹。这么好的汤都堵不住你的嘴，以后罚你每天煲汤。如果达不到阿二的水平，不但不准吃饭，也不准再吃二姐兔丁。"

"就算煲汤超过阿二，还不是个小老婆，我才不学呢。"

"这么难伺候，比大老婆的话还多，谁会要你当小老婆。"

阿二靓汤确实名不虚传，基本上都是老火汤，熬几个小时，看似无物的汤水，味道却很浓郁。即使是普通的青红萝卜汤，也非常惹味。宛溪就算学习多年，都达不到这样的水平。如果真如李平漠所言，她肯定被饿死了。不过饿死之前，她还是想偷吃一碗心爱的"二姐兔丁"。她喝着美味的阿二靓汤，也会情不自禁地想，小老婆太可怜了，屈辱隐忍，费尽心思，希望在家里能够拥有一席之地。可惜的是，最后还是被扫地出门。

每次在外面吃饭和玩乐的时候，都是李平漠支付所有的费用。宛溪也想给钱，不过腰包实在太瘪。有时实在不好意思，想给点小钱，都被他一脸严肃地拒绝了。

当然，不管食物的品种多么丰富，在这个四处是海的地方，最出类拔萃的还是海鲜。无论何时，只要想吃海鲜，就如同探囊取物一般。很多餐厅就在海边，海里有些渔船，客人来吃饭的时候，直接上船让渔夫撒网，把刚捞起来的虾、螃蟹、海螺、蛏子等各种活蹦乱跳之物直接拿到餐厅现煮。入口异常鲜美，不需要任何调料。

有一次，李平漠带着宛溪在海口附近的海边拍日落，碰到一艘晚归的渔船。船上堆了一些海鲜，渔夫以极为便宜的价格，连买带送地给了他们很多虾和螃蟹。回到宿舍后，清水煮过，两个人吃得满嘴鲜香。因为实在太多，又舍不得扔掉，他们只好敞开肚皮狂吃。最后撑得躺在床上，无法动弹，不得不出去消食。夜晚的街道比白天寂静很多，他们穿过大路，走到一条僻静的小街，突然一只大狗蹿了出来，挡在他们面前。宛溪吓得呆住，不敢动。李平漠非常镇定。他张开手臂，轻轻地指挥着狗，让它朝另一个方向走。他一边指挥，还一边叫狗慢慢走，不要着急。狗好像听懂了一样，真的朝着他指示的方向去了。

宛溪受到惊吓，很想回去。李平漠则说海南的狗都很温和，很少咬人，让她不要害怕。宛溪装了一肚子的虾兵蟹将，完全没有消化，回去也难受。所以，就跟着李平漠继续走。她心想，就算再遇到狗，有他壮胆，也不用担心。一路上，他们没有再碰到什么惊险的事情，悠闲地走到半夜才回到各自住的地方。

如果说川菜是浓墨重彩的油画，那么海南的菜就是简笔勾勒的白描，云淡风轻中给人留下无穷的回味。

在去程玲璐家所在的那个海滨城市之前，宛溪从来没有吃过海鲜。西安有些广式酒楼卖海鲜，可是价钱令她望而却步。程玲璐家虽然搬到了海边，但由于常年住在没有海的地方，所以他们不擅长做海鲜。不知是否因为小城的冬天比较冷，所以海鲜的品种没有海南的丰富。也许是南北方的地域差异，做法也不同。宛溪曾经跟着程玲璐，由王总买单，在城里吃过几次海鲜，大部分时候是爆炒，有时和其他的菜混在一起炒，很少清蒸或者煮汤。可能那个城市也有很多不同的做法，不过她大部分时间在开发区上班，去市区的次数不多，在外面吃饭的时候也很有限，所以不是完全了解。总之，她对于海鲜的热爱，是因为与海南的不解之缘。后来，她去过很多不同的地方吃海鲜，不知是因为心情还是境况的改变，她再也吃不出在海南时那种意味无穷、欲罢不能的感觉。

李平漠给宛溪拍了很多照片，长这么大，她第一次拥有如此众多且全部属于自己的照片，简直爱若珍宝。她最喜欢的一张是坐在小木屋的门口，凝视着风平浪静的大海。她穿着不久前在博爱市场买的一条白底绿花连衣裙，白色的圆领上滚了两圈淡黄色的边。这条裙子是里面最便宜的，不过以她的经济状况，除了生活必需品，不应该买其他东西。但这相间在一起的三种颜色，让她想起奶奶买的那块布，所以就买了这件到海南以后唯一的新衣服。宽大的裙摆散落在小木屋的楼梯上，像一朵盛开的硕大的花，身后的小木屋泛着金黄色的光。她捧着一个椰子，眼睛里全是憧憬和希望。

李平漠则喜欢另外一张，她穿着红黑相间的格子长裙，站在椰子树下，无忧无虑地看着前方，咧嘴大笑，长发随风飞扬，身后是白浪翻卷的大海。她说自己笑容灿烂，只是头发太长，跟树缠在了一起；李平漠说她笑得没心没肺，傻头傻脑，头发比人漂亮。

一天傍晚，李平漠和宛溪在海边漫步。正是退潮时分，一只小海龟伸着细长的脖子，摇摆着短短的小尾巴在沙滩上缓慢爬行，憨态可掬。宛溪把它放到海里，它展开四只小脚，徐徐地游着，速度不比在沙滩上快。她盯着小海龟看了五分钟，它依然没有离开她的视线范围。最后，她决定把小海龟带回去养。自从离开南涧后，她没有养过任何小动物，都已经忘记了和小动物相处的快乐。

宛溪给小海龟起了个名字，叫作"归来"。起这个名字的主要原因是把它放到水里，它不愿意离去。李平漠说何必那么复杂，就叫"龟来"，因为海龟来了。宛溪不理他，坚持己见。但是叫名字时，由于发音一样，李平漠就说是他起的名字。

归来很好养，如果放在地上，它基本上一动不动。如果把它放在装满水的盆子里，它也只是懒散笨拙地游几下，然后就把头伸出水面，瞪着圆圆的小眼睛，四处张望。至于吃的，则更加简单，每天喂它一点菜叶、虾、肉或者米饭就可以了。

宛溪跟着李平漠过了一段无忧无虑的享乐生活，忘记了萦绕多年的阴霾，似乎回到了久违的童年。在放松舒缓的氛围中，她也清晰地认识了李平漠，即使说对他了若指掌也不算过分。因为只要他开口说话，就不会隐瞒任何事情。正是由于这样的个性，宛溪很快就全面地认识了他。

第四章　其人其事

　　李平漠有着男人的通病：一提到逛街，就无精打采，哈欠连天。不过他酷爱读书，所以非常喜欢逛书店，说逛书店不仅长知识，而且省钱。但实际上，他在书店一点都不省钱，因为他总是买书，甚至还买了好多地图。除了全国地图、世界地图，他还买了无数个城市的地图，大中小城市都有。在书籍的选择上，他完全不拘一格，涉猎的范围很广，这一点从他的书柜就可以看出来。他读书的时候安静沉默，可是一旦说起话来，就完全不一样，仿佛要把书本上的文字全部变成自己的语言。只要他开口，就很难停下来，如同打开的水龙头，根本关不上；或者像一串点燃的长长鞭炮，必须全部放完才能安静。每当他说话的时候，宛溪就想起那个暑假，他在宛怜家滔滔不绝的情形。

　　只要他说话的时候，就是一本打开的书，坦坦荡荡，什么秘密都没有。他讲童年的趣事；青春年少时如何与父母对抗；大学里荒唐的糗事；还有他的恋爱。和他聊了几次后，他将近三十年的生活就像一幅长长的画卷，毫无保留地在宛溪面前摊开。

　　尽管身高已经是一个不可改变的事实，但他总想找个理由，好在这个理由非常充分。他的妈妈怀孕时，正是大饥荒的年代，所以在娘胎里，他经常处于饥饿状态。他当然不会记得娘胎里的任何事情，都是后来从他妈妈那里听来的，刚好为自己浓缩的高度找到了最佳注解。

　　他出生在四川的一个县城，名字叫潭沙。清澈的潭河从城市流过，给潭沙增添了很多灵气。他的父母是潭沙的小学老师。小学是个院子，教室、办公室和老师住的地方都在一个院子里。他从出生起就住在这个院子里，四岁就跟着母亲去不同的教室上课，在玩玩乐乐中从这所小学毕业。在上初中前，他每天活动的主要范围就是那个院子。初中在离他家不到一公里的地方。初中毕业后，去潭沙的重点高中读书，离他家不到两公里。他高考成绩很好，不但上了水木大学，而且是个非常好的专业，瞬间在县城和学校引起轰动。大家口口相传，很快就把他说成是一个天才少年。但他自己说，他从来都不是一个乖孩子典范，也不是老师的宠儿，考第一名的时候更罕见。即使到了高中，他依然把考试卷子涂得一团漆黑，老师还会因为他的卷面不整洁而扣分。

他是家里最小的孩子，又是唯一的儿子，上面有三个姐姐，父母确实非常宠爱他。所以，他这种从小就自带反骨的精神不是没来由的。

由于三个姐姐都经历了上山下乡，所以小时候的李平漠，经常跟着父母去很偏僻的地方探望当知青的姐姐们。只要一到农村，他就到处捣乱，破坏各种固有的习俗，越是不准他做的事情，就做得越起劲。不是把门神撕下一个角，就是把反扣在桌子上的碗正过来。如果有人拿着钱引诱，让他磕头才给钱，他会头也不转地离开；有人见他小小年纪，非要摆出膝下有黄金的硬骨头样子，就先把钱给他，然后说不磕头就要把钱收回。他不是一言不发把钱还回去，就是把钱丢在地下狠踩几脚。

虽然很多时候他可以任性妄为，但还是不能够无法无天，就像孙悟空也必须受紧箍咒的约束。如果考试成绩不理想，不仅会被父母训斥，有时还会挨打。这个时候，他的反骨和犟脾气就暴露无遗，因为被打后非但不认错，还会做些出其不意的事。

李平漠一岁的时候，父母给他照了一张不穿衣服的照片，算是一个非常有意义的生日礼物。照片中的他虎头虎脑，表情天真无邪，圆溜溜的大眼睛充满好奇。父母很喜欢，就一直把照片放在相框里，摆在非常显眼的柜子上。因为毫不避讳，所以来过家里的人都能看到他的"艳照"。等他知道裸体和穿衣服的区别以后，很不喜欢自己光屁股的形象供人参观，强烈要求父母把照片收起来。父母拗不过他，就把照片放到柜子里。有一次，老师告状说他上课不认真听讲，他妈骂了他，他顶嘴，他妈一生气就在他屁股上打了一下。被打后，他觉得很委屈，也很生气。因为被打了屁股，他又想到了自己寒碜的光屁股照片，就想用一劳永逸的方式解决问题。他翻箱倒柜地找了半天，终于找到自己一岁时的裸照，然后把它全部剪碎了泄愤。剪完照片后，父母本来想重新洗一张，无奈找不到底片，只好又把他臭骂了一顿。

学了成语虚与委蛇后，老师一再强调不能读成蛇（shé），应该是（yí）。全班同学都记住了，只有他说不对，一直强调"明明是用一条假蛇骗人，怎么会是 yí 呢！"

他小的时候，类似这样的事情多得不胜枚举。他的创造性和天真顽皮巧妙地融合在一起。成年以后，这种个性依然体现在生活的各个方面。

他在大学的时候，没有女朋友，因为男女生比例严重失调。不仅是系里，放眼全校也找不到几个女生。仅有的几个女生不但外表别致，而且个性独立，颇有巾帼不让须眉的气势。因为众多的男生都在排队等着献殷勤，像李平漠这样形象实在不高大的男生根本没有一点机会。面对着完全不把他们放在眼里的女生，这些男生们在女生资源极其稀缺的情况下，开始狼狈为奸。他们勾结之后最主要的一个成果，就是在背后给女生起外号。所有的外号都是菜名，除了"涮羊肉"这样难得见到的稀罕物，还有"土豆""红烧肉""汤包""油鸭子"等等难听的绰号。之所以这样叫，有两个原因：一是学校的伙食太差，冬天就是大白菜、萝卜和土豆，夏天偶尔吃点肥肉片片，他们非常思念美味佳肴；第二是因为求之不得，寤寐思服，然后美好的情感逐渐异化，垂涎和气愤兼而有之，再加上酸葡萄心理，于是女生们就成了没有风情又馋人的一堆菜。

虽然他上大学时没有女朋友，可是有一个叫花艺云的女孩从小就喜欢他。花艺云比她大一岁，两家离得很近。由于李平漠从小就在教室长大，所以读书早一点，比班上所有的孩子都小。花艺云是正常年龄上学的，在初中高中都和他同学，两个人是典型的青梅竹马。不知是否因为花艺云用了太多的心思在他身上，高考时发挥失常，上了一个专科。他考上大学后，她发了狂一样地追他，连篇累牍地写信，都是些浓情蜜意的话。放假回家时，无论他去哪里，她都像个尾巴，怎么都甩不掉。

他不知如何应对，只好斩钉截铁地拒绝。花艺云觉得生不如死，又长篇大论地写信痛骂他，并且说要自杀。他不胜其烦，只好不理她。

花艺云从专科学校毕业后分配到了潭沙的医院做护士，李平漠比她晚两年毕业，分到了成都的设计院。地理上的距离拉近后，花艺云一有机会就去成都找他，他没有办法，只好避而不见。工作一年多后，他觉得设计院的工作很无聊，再加上花艺云死缠烂打般的追求，就决定离开成都去读研究生。可是，只要他还在地球上，她就不会放弃。无论他走到哪里，她的信都会雪片一样地飞来。李平漠刚分到海南的那个夏天，花艺云居然出现在他的办公室门口。他没有办法，只好把她带到酒店住下。可是，她走千山、越万水地来到这里，当然不会轻易放手，于是紧紧地抱住他，不让他离开。两个人纠缠了半天，从心理到生理的变化已经昭然若揭。

夏天的衣衫极为单薄，每个人都只穿了一层布，不但能够感受到肌肤互相触动时带来的战栗，而且很容易就能脱掉。当花艺云雪白的身体一览无余地展现在李平漠面前时，他走不动了；玉体横陈时，他彻底傻眼了。他第一次亲眼见到富有曲线的女人身体，强烈的生理反应让他忘记了一切。意外的是，花艺云也是处女，两个没有丝毫经验的人折腾良久才成功。就这样，两个有点大龄的男女，在互相摸索中一起结束了处男处女之身。然而，这次并不甜蜜的破处之举造成了非常严重的后果，那就是花艺云有了身孕。花艺云本来想借怀孕的事胁迫李平漠就范，可他的脾气是谁也无法强迫的。威胁越大，反弹越厉害。花艺云终于认清了现实，只能偷偷地跑到成都去做流产。做流产时，李平漠委托宛怜去医院探望了一下。据宛怜说，第一次流产没有成功，花艺云第二次躺在手术台上时，才彻底拿掉了那个小生命。

第五章　得不到的最好

这次事件之后，花艺云好像变了一个人。她不再没完没了地给李平漠写信了，只是简单地说准备考研究生，而且真的在一年后成了医学院的研究生。他有些愧疚，但也觉得轻松了。

李平漠在回顾和花艺云长达十几年的纠葛时，非常冷静，如果不是故事的内容有些疯狂，感觉他就是在做一个和专业有关的报告。他说花艺云攻势凶猛，确实把他吓到了，但他从来没有爱过她，更没有动过心。仿佛自我开脱一样，李平漠又说花艺云对他可能也不是浓得化不开的爱情，也许只是把他当成一个前进的方向和动力。另外一个原因李平漠没有说出口，宛溪猜想大概是男人的通病，越容易得到的东西，越不想要。就像电影《苦月亮》，没有卖出一本书的作家奥斯卡被咪咪的美貌吸引，在找到她之前，对她朝思暮想。咪咪隔着公共汽车看他，是让他魂牵梦绕的惊鸿一瞥，被他形容成来自天堂的惊鸿一瞥（A glimpse from heaven）。两个人经过一段缠绵疯狂的激情以后，奥斯卡厌倦了咪咪，想方设法地甩掉她。他逼咪咪堕胎，然后假装和她一起去很远的地方。他把虚弱的咪咪骗到飞机上，自己逃之夭夭，把刚堕完胎的她独自丢下。看到这里，谁还会相信他曾经那么迷恋咪咪，就连她穿的普通白球鞋，也是世间最美的事物，让他念念不忘。

虽然不是所有的男人都像奥斯卡那样行事恶劣，但是很多男人确实认为千辛万苦得来的东西才是珍贵的。若一个男人突然发现了自己的梦中情人，不由自主地尾随了她几条街后，女人突然转过身主动勾搭他，这个男人肯定兴味索然。所以，男人追寻的不是投怀送抱的东西，只有花费了心血，他们才有成就感，才会当作宝贝，珍惜或长或短的一段时间。正如老话所说："妻不如妾，妾不如偷，偷不如偷不着。"

当然，男女之间的情感问题没有任何理论可以说清楚。沈从文是李平漠最喜欢的作家之一，所以，有时他也会说说作品之外的事情。当年，沈从文苦追张兆和多年，终于娶到心中的女神后，还是出轨了。虽然他的出轨对象是个作家，他们也算是灵魂伴侣。可是以他当时对张兆和的穷追猛打，完全是没有她就活不下去的架势。张兆和读着那么美妙热忱的情书，体验着他浓烈的情感，绝对不会想到他会去爱别人的。沈从文和高青子的事让张兆和非常介怀，但两个人还是过了一辈子。

沈从文是作家，感情细腻，浪漫多情，他自己都说"血液中铁质成分太多，精神里幻想成分太多"，而且他结婚以后，跟张兆和也有不少矛盾。所以，他在婚姻之外，有点情史。

感情的事，不管是正当的，偷来的，还是求而不得的，自己都无法把控，别人也很难评价。

尽管李平漠不是一个庸俗意义上的男人，但是男人的某些本性是一样的。很多时候，他们自己没有意识到而已。当然，也不排除另外一种可能性，他们心知肚明，只是不想说出口。

和花艺云的事情彻底画上句号之后，李平漠在海口认识了一个来自甸宇的女人，比他小一岁，也是大专毕业，他们同居了大半年后，在他的大力支持下，甸宇女友回老家准备研究生入学考试。他们已经快一年没有见面了，不知道是否还算男女朋友关系。

李平漠也曾偷偷地喜欢过两个女孩，一个是在成都工作时认识的，无奈落花有意，流水无情。再加上花艺云无处不在的监督和跟踪，把他搞得像个惊弓之鸟，也没有多少心思去追求别的女孩。另外一个是他在海口遇到的，是在和甸宇女友同居之前认识的，名字叫边思。边思和李平漠是同龄人，大部分时间在素剑生活。她从本地的一所大学毕业后，按部就班地工作，年头到了就往上升一点，到没有余地上升的时候，就等着退休。

边思当时和一个朋友在海口旅游，李平漠刚好认识她的朋友。他作为地主，请她们吃饭。可以说，李平漠对于边思算是一见钟情，但边思已经有一个谈婚论嫁的男朋友，而且也在素剑工作。她根本不可能丢下熟悉又安定的一切，跑到海口重新开始。最主要的是，她根本没把李平漠看在眼里，所以他们之间是绝对不可能的。李平漠和边思她们去了一次三亚，这次行程的最大收获是一大堆照片。他充分发挥特长，拍了很多边思的照片放在床头柜的抽屉里。

照片上的边思戴着金丝边眼镜，长相普通，但是有一种平静安宁的气质。尤其是低头浅笑的时候，更加显得温柔沉静。不知是因为素剑的日照时间比较少，还是天生的缘故，总之边思的皮肤异常白皙。李平漠虽然没有像拿破仑那样毫不讳言地说出爱约瑟芬白得闪光的皮肤，但是也明确指出边思比大多数女人都白。

边思和朋友在海南玩了几天，就毫不留恋地离开，回素剑过自己的生活了。这可苦坏了李平漠。边思走后，他非常失落，想到一腔深情还没有跟她表白，有些不甘心，就忍不住跑到素剑去找她，结果被斩钉截铁地拒绝了。李平漠无奈地回到海口，没过多久就传来边思结婚的消息。李平漠为此失落了很长时间，先是看着她的照片发呆，后来刻苦练唱《恋曲 1990》。虽然他五音不全，记忆力也不是特别好，可是为了边思，唱得非常投入。他说那首歌完全表达了他的心声。他边说边唱，不过唱得七弯八拐，没唱多久，连调都找不着了。宛溪觉得滑稽，不过有些不好意思笑出来。因为他虽然唱得乱七八糟，但是歌词一字不差。隔了这么长时间还记得如此清楚，可见当时的确是一片痴情。李平漠确实"行过许多地方的桥，看过许多次数的云"，可没喝过许多种类的酒，所以和边思相遇时，并不是"正当最好年龄"，因而就各走各的路了。

事情已经过去三年多，边思不但顺利成为人妻，而且已经身为人母，就算李平漠不放手，也不能改变什么，所以他的情伤也早就痊愈了。边思结婚以后，偶尔给李平漠写信。他丝毫不忌讳，把她的信拿给宛溪看。既然如此，宛溪就不客气地看了，她想了解一下在李平漠心中，那种"青青子衿，悠悠我心"的完美女人到底有什么喜好。信的内容倒没有什么，无非是一些鸡毛蒜皮的日常生活，都是一些琐事，偶尔加点碎碎念般的感悟。不过，边思写得一手好字，几封信的字体各不相同。除了普通的行书，还有楷书，隶书，甚至小篆般的字体。

从李平漠简单的恋爱史来看，也许是花艺云非同寻常的追求方式，把他吓怕了，这个类型的女人都让他心有余悸。所以，他更喜欢看起来端庄恬静的女人。

李平漠把自己的生活毫无保留地告诉了宛溪，完全是竹筒倒豆子。他的坦率让她惊讶，但也觉得他像个孩子般单纯可爱。听他讲完自己大大小小的事情，宛溪以为他会打探她的生活。可是，他只是简单地问了一下，没有追根究底的意思，连她是否有男朋友的事都没提过。和这样完全不设防的人相处，宛溪觉得非常轻松，和他聊天成了一件很愉快的事。

第六章　淌金流银

李平漠在海南建省之初就过来了，这几年，海南充满了各种机遇和挑战，既有奇迹，也有疯狂。淘金成功的人，意气风发地迈向更大的目标。投机失败的人，苦心孤诣地寻求下一个机会。形形色色的公司遍布岛上，自己印个名片，就变成老总了。既然公司和老总众多，所以流传甚广的一句话是"一个椰子掉下来，就能砸到三个老总"。

在众多可以暴富的行业中，房地产鹤立鸡群。房子动工之前，就已经被倒卖了无数次。一张纸像击鼓传花一样，在不同的人或者相同的人之间传来传去，今天二十万，明天可能变成四十万。很多时候，还没打地基，价钱已经翻了好几倍，单单炒卖地皮就让很多人赚得盆满钵满。

按理说，在房地产行业，李平漠具有得天独厚的优势。他在专业领域出类拔萃，很多机会不请自来，随便倒腾几次，就能独领风骚，绝对不会比那些数钱数到手抽筋的人逊色。然而，他偏偏不炒地皮和楼花，反而对股票很感兴趣。虽然也在股票上赚了一些钱，但是如果和岛上众多的大老板相比，还是难以望其项背。李平漠本来可以凭借擅长的专业和工作的优势，让个人财富加速暴涨。可他是个富于理想主义色彩的人，金钱从来都不是他追逐的第一目标。他的口头禅是"做点有意思的事""要做到心中无钱，口袋有钱""以出世的态度，过入世的生活"。这样的生活态度，必然会和浮躁的现实有冲突。

有一段时间，看着岛上如火如荼、各种和钱有关的活动，他一度迷失了自我，心理上的斗争逐步外化到生理上。他经常失眠，吃安眠药也没有用，身体变得很差。他是有问题就要从书中找答案的人，所以研究以后，就买了一些气功和太极拳的书。他先是照着书练气功，然后就开始自创。太极拳也是一样，他从"一个大西瓜，一刀切两半"开始，照着杨氏、陈氏的招式打了一阵后，最后都变成了李氏太极拳。气功和太极都是中华文化的瑰宝，李平漠虽然在到处都是改革开放的海南，却从这两种古老的健身方式中受益良多。练到后来，除了奶粉，他什么都不能吃，因为吃了其他东西就会狂吐，但又很容易饿。于是他随身带着奶粉，无论到哪里，饿了就打开奶粉，用温开水冲好喝下去，一天能喝七八碗，似乎回到婴儿状态。一段时间后，很多黑色液体一样的东西从他的指甲渗出。黑色液体由开始的快，到后来的慢，直至最后完全停止，前后持续三天。黑水滴完后，他的胃口开始恢复，可是再想喝奶粉时，突然受不了那股腥味，所以又开始像个已经长大的人那样正常进食。这么折腾大半年后，他的身体彻底好转，睡得比孩子还沉。

他修养身体的方式虽然有些玄妙，甚至神乎其神，如果不是非常了解他本人，听起来完全是天方夜谭。但他的确是一个无论做什么事，都能找到独特方法的人。正因如此，他的身上才有许多与众不同之处。

李平漠的身体在地上，脑子里却装着一些要上天的东西，因此难免在理想和现实之间纠结。然而，他并不是一个完全在云端漫步的人，还是会不时地关注地面状况。否则的话，机会再多，他都会视如浮云，固守着金钱如粪土的原则。

性格决定命运，是千古不变的真理。

李平漠做了很多高楼大厦的工程后，觉得都是雷同和重复，有些厌倦，就想找个不同凡响的项目。按他的说法是找个有意思的事情做，所以就接了一个叫作挪亚的项目。

顾名思义，挪亚肯定与船有关。实际上，挪亚就是一艘大船，虽然没有上帝要求挪亚造的方舟那么大，但是规模也不小。在当时的海口，很多人都想打造这样一艘大船，不过成功的人只有一个。挪亚总共三层，从远处看，船身雄伟壮阔，然而设计精巧，线条流畅，所以一点都不显得笨重。船的主人是一个早年来海南，并很快就赚到了第一桶金的人。李平漠之前帮他做过一个商贸中心的设计，船主非常满意。

船主想让李平漠把挪亚做成一个移动的豪华酒店。里面有高档餐厅、舞厅和宽敞的客房，每个房间都有独立的卫生间。完工后，可以作为大型游轮出海远洋，这是一个新鲜事物，有点万众期待的意思。有人设想了首航的各种情况，听起来和泰坦尼克号一样风光。李平漠虽然设计了无数的高楼大厦，但是从来没有做过和船相关的项目。他不怕挑战，对挪亚怀着极大的热情，几乎把所有的空闲时间都用在这艘大船上。

同样，船主对于自己这个特立独行的想法也非常用心，满脑子都是挪亚。挪亚刚具雏形时，他就迫不及待地住在船上。其实，李平漠第一次做这样的项目，不一定能够把所有的事情做完善，正常说来，应该验证一下再说。万一设计有问题，他被水淹没怎么办？但急不可耐的船主完全没想过这些可能存在的问题。李平漠也和船主一样热情满怀，暂时不考虑没有出现、又影响灵感的事情。所以，挪亚是他们共同的爱。两个人在船上反复讨论设计方案，不厌其烦地推翻重来。

宛溪有时跟李平漠去挪亚，坐在旁边看他们不知疲倦地修改某个细节问题，时间和钱在他们眼里根本不存在。有时，她待在宿舍，睡得迷迷糊糊时，会被他凌晨归来的摩托车马达声吵醒。

春节过后，宛溪又开始了找工作的历程，在外面碰了几次，都没有好运。李平漠信守诺言，介绍了几个朋友给她。宛溪带着简历，逐一去他朋友的公司拜访。朋友要么是公司的中高层，要么自己是老总。正所谓朝中有人好办事，两个星期后，她就结束了到处求爷爷拜奶奶的可怜状态，去了他朋友的房地产公司做文员。

文员是每个公司都需要的，也是最不好找的，因为工作轻松，也没有技术含量。宛溪的主要工作是各种杂事，包括前台接待，接听电话，提醒老板何时有客人来访，何时开会，准备资料文件等等。老板是李平漠的朋友，对她多少有点照顾，所以她工作起来很顺手。

公司没有住的地方，李平漠了解情况，所以没催她搬家，还告诉她不要着急，找到合适的地方再说。就算李平漠不这么说，宛溪也只能在他的宿舍继续赖上一阵子，因为她没有多余的钱，不可能马上搬家。宛溪想着再住一两个月，有点积蓄时，就在公司附近租个房子。

第一次领到工资后，宛溪把借艾华的钱全部寄给她了。刚到海南时，她给艾华写信告知情况，说找到工作就把钱还给她。艾华回信说，她的压力不大，因为有一半的钱是艾卫扬出的，还安慰宛溪不用那么着急，慢慢找工作。宛溪得知后，更加不安。所以有了钱后，她第一时间就去邮局给艾华汇钱。

第七章　两个求职者

上班以后，宛溪也碰到一些人到公司登门求职。想到自己找工作的状况，她对每个人都很客气，希望能够帮助他们。无奈公司太小，用不了很多人，所以大部分求职者都失望地离开了。其中有两个人给她留下了深刻印象，一个是天津女孩唐婉琴，一个是湖北男孩康承泽。

唐婉琴从一个名声很响的大学毕业后，分配到一个大型厂矿工作。三年后，她厌倦了按部就班的生活，一直寻求改变未果，想辞职，又缺乏勇气。失恋以后，她终于下决心离开。和宛溪一样，她也是一月份到海南的。刚来的时候，她没急着找工作，打算把海南岛游历一遍，权当散心。直到遇见两个英俊的骗子，所有的钱被他们骗走后，她才惊慌失措。

唐婉琴出现在公司门口时，虽然神情坚毅地说要找工作，但是脸色奇差，一副摇摇欲坠的样子。宛溪给她倒了一杯热茶，让她坐在沙发上休息一下。待她气色有所好转时，宛溪礼貌地说公司目前不需要人，请她到别处试试。

宛溪的话好像是压垮唐婉琴的最后一根稻草，她立刻泪如雨下，说自己身无分文，已经两天没吃饭了。宛溪不知如何是好，看她实在可怜，就给她买了一碗海鲜面和一盅椰子鸡汤。唐婉琴狼吞虎咽地吃完了，又喝了一大杯茶，依然不愿意离开。宛溪看她补充了那么多食物，还是无精打采的样子，也不忍心把她赶走。吃饱喝足再加上疲劳，唐婉琴很快就坐在沙发上睡着了。下班的时候，宛溪叫她起来离开。

不知道唐婉琴身体太差，还是没有完全从梦中醒过来，她口齿不清地说："我无处可去，只有流落街头。"

宛溪无奈，只好自作主张地把她带到了李平漠的宿舍，让她先住下。晚上，李平漠来宿舍拿衣服，宛溪跟他说了情况。他没有责怪她多事，让唐婉琴把简历给他。一个星期后，经过李平漠的推荐，唐婉琴到南苍公司上班了。之所以这么顺利，有两个原因：第一，李平漠的一个同学是部门老总，唐婉琴就去了他那个部门；第二，唐婉琴的学校和工作经历都不错，简历很漂亮。所以，她很快就被录用了。

南苍是大公司，为员工提供住宿。公司离李平漠的宿舍比较远，所以唐婉琴上班后很快就搬到公司宿舍住了。她搬走后，又来找了李平漠几次，似乎对他暗生情愫。可是，李平漠对于人高马大的她没有兴趣。唐婉琴没有穷追猛打，他们之间就这样不了了之。

康承泽上门求职时，完全是另一番景象。虽然是专科毕业，可他带着大把的证书和奖状，豪情万丈地说了半天。等他好不容易停下来时，宛溪跟他说公司太小，容不下他这个高级人才。康承泽一听，马上表示可以从最底层做起。宛溪只好明确告知，公司没有空位，但他坚持要见老总。宛溪被他缠得没有办法，只好不理他，让他在门口等。老总当天没有回公司，康承泽说第二天再来。

第二天下午，他真的又来了，穿着崭新的衬衣，头发梳得锃亮，容光焕发。老总刚好在，听了宛溪的汇报后，觉得他很有趣，就跟他谈了一阵子。谈完以后，老总说他不务实，吹牛的成分居多，就打发他走了。

第三天快下班时，康承泽又来到公司，说是要请宛溪吃饭。她推辞了半天，最后实在盛情难却，只好跟他去了一个路边的炒粉店。吃完后，宛溪想着他没有工作，就自己把钱付了。

此后连续两天，他都在快下班的时候来找宛溪吃饭，还说了他生活中的很多烦心事。她想这样下去也不是办法，就要了他的简历带回去给李平漠，希望能给他找份工作。

为了能够激发李平漠的同情心，宛溪特意讲了康承泽有多么不容易。李平漠听完故事，看了他的简历后后笑着对宛溪说："你把我当成人才交流中心的负责人吗？到海南来的人，大部分都有自己的故事，有的是真的，有的是编的，但基本上都抱着发财的目的。没来之前，以为这里遍地黄金，弯弯腰就是钱。实际上，很多人都是盲目的冲动，一个小小的海南岛哪里需要那么多人。每天都有来自全国各地的无数求职者，但找到理想工作和实现梦想的毕竟是少数人。我能力有限，你以后别当慈善家了。"

一番话让宛溪非常难为情，虽然他没有丝毫的怪罪，但想到自己住着他的房子，还不时地给他添麻烦，实在羞愧。

康承泽还是怀着希望来找宛溪，可她无能为力，只好说："我今天请你吃最后一顿饭，请你以后不要再来了。你来这里完全是浪费时间，赶快去其他地方找工作吧。"康承泽满口答应。

他们在一家人声鼎沸的大排档坐下，点了三椒炒蚬、牛肉汤、白斩鸡、韭菜猪血，康承泽还喝了不少啤酒。虽然宛溪已经吃得很饱，但离开的时候又买了一个烤鱿鱼，准备在路上慢慢啃。康承泽说送她回去，她说没必要，就挥手跟他再见，然后往前走，去坐公共汽车。康承泽突然握住她的手不放，并且要她做女朋友。宛溪急忙抽手，不但手没抽出来，他还冲上来强行搂着她。宛溪觉得莫名其妙，想到也许是因为他喝了酒，才口不择言，还动手动脚的。她把手里的鱿鱼塞到他的嘴巴里，腾出手坚决地推开他。不管他是真迷糊还是假酒疯，她义正词严地拒绝了他，然后头也不回地上了车。

第二天，康承泽打电话给她道歉，说自己心情苦闷，冒犯了她，以后不会再骚扰她了。宛溪长吁了一口气，又为他的不得志难过。

正如李平漠所言，海南并非一个遍地黄金的地方。没来海南之前，很多人以为随手一捞都是钱。实际上，海南确实有大把的金银，但不是每个人都有运气捡到。流动的金子，乱淌的银子，永远都在少数人手里转来转去，不可能传到每一个前仆后继涌来的人手中。

工作稳定以后，宛溪在公司附近找了一个房子准备搬过去。为了感谢李平漠的帮助，她约了星期天中午请他吃饭。宛溪本来打算请他吃川菜，但是他说几乎每天都在外面吃饭，太腻了，就让她买些菜在宿舍做饭。

星期六晚上，宛溪征询了李平漠的意见后，制定了菜单，有花蛤冬瓜汤、清蒸基围虾、辣炒鱿鱼和鳗鱼饭。星期天早上，她根据菜单下楼去买菜，买完菜后，提着所有的东西一路走，一路哼着小曲，很快就到了楼下。她欢快地上楼，刚踏上七楼的楼梯，装花蛤的塑料袋突然破了。为了保持花蛤鲜活，塑料袋里总是装满了水。塑料袋破了以后，一大股水流从塑料袋里喷了出来。宛溪穿着沙滩凉鞋，突然踩在水上，脚底一滑，从楼梯上滚了下去，剧烈的疼痛让她大哭不止。

第八章　骨折＋台风后遗症

大概因为宛溪哭得惊天动地，李平漠的邻居小刘马上走了出来，循着声音看到躺在两个楼梯之间的她，赶快跑到四楼去叫人。李平漠一听就冲了上来，看到在地上号啕大哭的宛溪，非常惊慌。

他立刻背着她，迅速地奔向楼下。他一边走，一边问她哪里痛。宛溪觉得全身都痛，只是哭，无法回答。李平漠故作轻松地说："是摔傻了还是吓傻了，怎么连话都不会说了。"虽然嘴上说着话，但脚下一点都不敢放慢，他以最快的速度冲到楼下，把宛溪放到摩托车上，风驰电掣地朝医院开去。

在医院做了检查后，医生说宛溪的右小腿粉碎性骨折，非常严重。如果骨头稍微错位，也许会留下后遗症，必须卧床休息。她一听就蔫了，不知道怎么办。俗话说，伤筋动骨一百天。她这情况，说不定还会变成瘸子，她又哭了起来，李平漠发愁地看着她。医生说完了该说的话，看她哭得可怜，又嘱咐了几句，给她打了石膏，上了夹板，要她两天后过来复查。

李平漠带着宛溪回宿舍，一路安慰着她："变成瘸子只是可能，不是一定。只要接好骨头，就没事了，也不会像现在这么痛了。还好不是脑袋着地，没有变成一个傻瓜，真是万幸。"听着他的胡言乱语，宛溪不知是该哭还是该笑。

到了楼下，李平漠停好车，然后一路把她背到楼上，累得动不了。他坐在床上一边喘气，一边说："看起来很瘦，怎么背起来死沉。再背两层楼，我的腿也要断了。"宛溪躺在床上不能动，也不好意思还嘴，就算背个小孩来回跑两趟七层楼，也受不了，何况她这个体重接近一百斤的成年人。等他嘟囔完了，她才说要上厕所。这本来是个正常要求，但却把他难坏了。他可以背她去厕所，但她不能站，不能蹲，他不能像帮小孩把屎把尿那样抱着她上厕所。李平漠想了一下，又拖着快要断掉的腿去楼下给她买了一个桶。大小便的时候，她扶着床，单腿着地，坐在桶上。只要有空，他就上楼帮她清理临时厕所。他戏言自己是专为她服务的环卫工人。

腿刚摔断的前几天，她一点都不能动。李平漠只好住在宿舍照顾她，晚上他们一头一尾睡在一张床上，在聊天中进入梦乡。她的骨头接好后，疼痛大大减轻，他就回到四楼去住了。不过，他依然每天上来，陪她说话，带她上医院，帮她打洗澡水，没有衣服可换时，也给她洗几件。一个多月后，她可以一瘸一拐地慢慢走了。医生说恢复得很好，不会变成瘸子。

知道这个消息后，李平漠经常给她唱一首歌。歌词很滑稽，他边唱边笑，宛溪跟着他笑做一团。后来两个人还把歌词加了很多内容。

一个周末的中午，李平漠上来给宛溪送饭。她打开饭盒，坐在茶几边靠墙的一个椅子上吃饭。因为另外一个椅子上堆满了衣服和书，李平漠不愿意坐在又矮又小的塑料椅子上，所以就坐在床上跟她说话。实际上，那两个小塑料椅子，李平漠从来不坐，真的像玩具一样摆在那里宛溪也只坐过一次，实在不舒服。李平漠说着说着就没声音了，她侧头一看，他已经倒在床上睡着了，看来是太累了。

宛溪吃完饭后，把空饭盒装到塑料袋里，然后戴上耳机听歌。骨折之前，她刚买了一个索尼 Walkman，新鲜劲儿还没过，这也是她二十多年以来给自己买的最贵的一个东西，所以一直不离身。她正在听卡朋特的 We've Only Just Begun 时，隐约之中，好像门外有响声。她摘下耳机一听，确实有人敲门。她想肯定是找李平漠的，就慢慢挪到床边推了一下熟睡的他，轻轻地叫他开门，但他咕哝了一句没有动。她的腿不方便，不想再走回茶几边，就靠在床头继续听音乐。她想着门外的人应该很快会走，所以不再理会。谁知敲门的人非常执着，一边敲一边不停地叫"李工"，甚至感觉到敲门的人试图跳起来，想从最上面的玻璃往里看，只是玻璃太高没有得逞。李平漠终于在连喊带叫中被吵醒了，爬起来就要去开门，待听清楚门外的声音，又看到靠在床上的宛溪后，他突然不动了。她奇怪地看着他，他把手放在嘴上，做了一个叫她不要出声的动作。敲门声越来越急，夹杂着"李工开门"的声音。李平漠无奈，终于开了门。进来的是个又高又黑的男人，看到坐在床上的宛溪，他的眼睛里明明白白写着"我早就知道是这么回事"这几个大字，又看到她腿上的绷带，眼睛里闪过一丝好奇。他如此急迫地找李平漠，宛溪以为必定发生了什么十万火急的事，不是工地有人身受重伤，就是大楼倒塌，或者合伙人卷款逃跑。平时她不大关心李平漠跟别人的谈话内容，但这次她支起耳朵，专心致志地听他们讲话。可是她迷惑地听了半天，这个快要把门敲破的人连一件紧急的事都没有，只说了一些不相干的话就走了。

男人走后，面对宛溪疑惑的表情，李平漠说这是他甸宇女友的朋友。说完以后，有些愁眉苦脸。他是一个没有城府的人，所有心事自然都写在脸上，所以没有像往常那样多言。宛溪想到误会已经铸成，也不知道该说什么。不久以后，他气哼哼地丢了两封信在宿舍，一句话都没有。宛溪看了一眼信封，是从甸宇寄来的。对于正在发生的事情，他一反常态地缄默。有一次，他满脸冰霜地来到宿舍，自言自语般地说："女人真是太烦了。曹雪芹不知受了什么魅惑，居然说女人是水做的。就算真的是水做的，也是污泥一般的开水，不但搞得一身脏，还烫死人。"宛溪听着他的奇论，本来想说："曹雪芹还说了，女人是因为男人才变成污泥浊水和混账不堪的。"但看着他痛苦无奈的样子，不知想起了什么纠缠不清的往事，她就非常识时务地闭上了嘴，生怕胡乱接话、添柴加火后真的把水烧开，自己被兜头浇上一盆滚水。

宛溪的腿每天都在好转，要不了多久，就可以正常走路了。李平漠又开始忙自己的事情，每天最多上来一次给她送饭。

一天，天气预报说将有强台风登陆，李平漠没有出去，和宛溪一起吃了晚饭后，留下来读一本纪伯伦的书。宛溪想到很快就要考研究生了，就让李平漠在书店买了两本和研究生入学考试有关的英语书回来。断腿的日子，她就看书做题。

李平漠坐在茶几旁边，她坐在床上。两个人各抱一本书，专心地看着，房间里静悄悄的。

天本来亮着，突然硕大的乌云飘过，然后窗外起风了，接着风越来越大，很快就吹得地动山摇。隔着窗子，可以看到塑料袋、各种用过和没用过的纸、矿泉水瓶、椰树牌椰汁标志性黑白图案的空罐子、塑料的小筐和盆子、细小的树枝等各种物体在空中旋转飞扬。不远处的工地，尚未竣工的楼顶上，塔吊一样的架子也在风声中转来转去。往楼下一看，地面上有些断裂的树干也被吹得动来动去。风声急迫，气势惊人，好像千军万马进入无人之境，高奏着震天撼地的凯歌，一路所向披靡，直捣黄龙，马上就要把敌军主帅斩首示众。房间里很快变黑了，李平漠起身打开了灯。

大雨很快跟随而至，雨借风势，噼噼啪啪地打在窗玻璃上，发出了急促有力的响声。李平漠大概见多了这种景象，依然心无旁骛地读书。宛溪第一次经历这么大的台风，放下了书，盯着窗外，专心地听着天崩地裂般的声音。很明显，响彻云霄的狂风必须要搞个大破坏，展示它的威猛。她不敢走到窗边，生怕一不小心被台风卷走了。台风以摧古拉朽的气势横扫一切障碍，大有不把天空撕裂不罢休的趋势。

一片呼啸翻腾中，灯突然灭了，屋里一片黑暗。李平漠嘀咕了一句："停电了。"他从茶几边的椅子上起身，摸黑走到窗边，看了一会儿说："这风可能要刮一整晚。"他听够了啪啪的风雨声后，就转过身来。他的眼睛已经适应黑暗，很容易就走到床边。他挨着宛溪坐下，用感叹的口吻说："怎么样，壮观吧！如果在海边，你已经被大浪卷跑了。"

宛溪本来有一些惊慌，她被台风巨大的声势吓到了，心想多亏旁边有个人，否则恐怕已经吓得面无人色。突然听到他这么说，虽然心有余悸，但也不禁莞尔，因为仔细一想，确实很壮观，也可以想象到海边的连天巨浪。她悄悄地看着窗外，没有说话。李平漠沉默地坐在她旁边。

两个人在黑暗中静静地待了一会儿，李平漠把手放在宛溪受伤的右小腿上，轻轻地摩挲着。不知为什么，自从骨折以后，她的小腿经常发凉。在这样一个狂风暴雨的晚上，尽管天气不冷，但是当李平漠的手摸着她的腿时，她依然产生了寒夜温暖的感觉。她正在默念"竹炉汤沸火初红"，享受从李平漠的手掌心里传来的暖烘烘的摩擦时，她突然感觉到他的呼吸有些急促，接着湿热而柔软的唇开始吻她的额头、鼻子和脸，然后盖在她的嘴上。宛溪听着窗外的各种声响，有些迷醉，然后开始回应。

两个人吻了几分钟，舌头在彼此的嘴里纠缠着，然后李平漠开始脱她的衣服。她穿了一件短袖圆领的白T恤，一条蓝底白花的短裙。李平漠很快脱掉她的上衣，从后面解开她的胸罩，提着带子丢在一边，她赤裸着上身和他面对面坐着。李平漠双手托着她小巧的乳房，抚摸亲吻，她软软地倒在床上。他微微抬起她的屁股，脱掉了她的短裙，只剩下一条白色的小内裤。他把手伸进去，反复揉搓，手指在丛林和洞口之间移动，然后近乎野蛮地拉掉她的内裤。宛溪赤裸地躺在床上，李平漠胀大的下体顶在她的两腿之间，她感到下面发痒，潮乎乎的。李平漠迅速起身撕掉了自己的灰色 T 恤，一只手扯开了蓝色的短裤和内裤，然后他们赤身裸体地抱在了一起，宛溪感受到他剧烈的心跳。

李平漠在进入她的身体前问了一句："你是处女吗？"

宛溪轻声地回答："不是。"

他开始动作，由慢到快。随着他不停地冲撞，她也跟着他的步伐一起往前走。他表现出少有的激动狂野，不同于平时的不疾不徐。到达终点以后，他依然躺在她的身上。两个人都是大汗淋漓，宛溪抚摸着他背上的汗珠，情不自禁地流下了眼泪。她的眼睛里是掺了水的蜜，水流出来后，剩下的是糖。

几分钟后，李平漠从她的身上下来，躺在一边。两个人说了一会儿话，他的声音越来越低，然后睡着了。没有多久，他就醒了，从上到下抚摸她。很快，他再次硬邦邦地顶着她的小腹。他们又做了一次爱后，在雄壮的风声和浩大的雨声中，相拥着安然睡到了天明。醒来后，他们侧身躺着，看着对方的眼睛。李平漠右手搂着宛溪，左手摸着她的乳房，问她是如何结束处女之身的，她三言两语地说了。从此以后，他再也没有提过这件事。

早上，风消雨停，留下满地的狼藉。

第九章 文人之恋——股票

宛溪的腿基本痊愈后，依然回到公司上班。由于和李平漠的关系发生了质的变化，她不需要搬家了。李平漠也从四楼回到自己的宿舍，他们开始了同居生活。

李平漠还是像以前一样，跟宛溪无所不谈，不过基本上都是与他自己有关的事，极少涉及别人的隐私。虽然她早就习惯了他的无遮无拦，但有一次还是很震惊，因为他无意中提到了宛怜的事。

前年春节，李平漠回成都时，碰到宛怜怀孕。可是宛怜吵着要和高甫离婚，因为她怀的不是他的孩子。由于高甫在外忙碌的时间越来越多，风花雪月的宛怜和一个著名的作家发生了恋情。作家也是已婚身份，所以这场惊天动地的爱对两个人来说都是婚外恋。如果说得严重一点，这是一个牵扯到两个家庭、面临着重新选择的两难问题。

其实，按照宛怜一贯的性子，这并非一个需要进行抉择的重大事件。她向来逢场作戏，以展示自己的魅力为主要目的，男人只要上钩，她就可以收网了。然而，这一次确实不同以往。不知道是作家施了魔法，还是她掉进了粉红色的套子里，总之，宛怜像热恋一样，根本不在乎婚外恋还是婚内恋，开始全身心地投入到这段感情中。发现自己怀孕后，她打算和作家修成正果，毅然要和高甫离婚。可是，高甫坚决不放手，并且拿出要和作家一决高下的态度留住宛怜。作家虽然才情并茂，诗文俱佳，可惜他终究不是普希金，面对高甫的果敢，他在激情过后退缩了。而且自始至终，作家和太太始终是恩爱夫妻，他从来没和太太提过要离婚的事，根本不像他和宛怜保证的那样。宛怜失望之余，也清醒了，就决定做流产。流产的那天，高甫全程陪着宛怜，作家也在医院出现。两个男人碰面时，高甫仿佛一个骄傲的将军，自得地对作家宣称，宛怜是属于他的，他会不惜一切代价赶走侵略者，不丢失一寸领土，作家没有应战。

流产以后，作家又来跟宛怜示好，让她心旌摇曳。自从成功俘获高甫以后，宛怜的情路一直很顺，经常都是她把男人逗弄得团团转，没想到在作家这里栽了一个跟头，实在觉得窝囊。在作家深情款款的攻势下，宛怜打算要出掉胸中恶气，于是又和高甫提起和作家双宿双飞的事情。可是不管宛怜如何吵，高甫丝毫不退步，反而一直跟她说："你就是一时昏了头，和那个人不会有结果的。你自己整天写来写去，还不就是那点事嘛。当然要夸大其词才能成文，但不能把纸上的东西当成现实。"说来说去，高甫坚信宛怜一定会跟着他，就在她闹得最厉害时，他对这点也没有丝毫的怀疑，完全是一副志在必得的样子。最后，高甫果然得偿所愿。他几乎达到战争的最高境界，不战而屈人之兵。

宛怜和作家的事情轰轰烈烈地开始，无声无息地结束。高甫和宛怜的关系依然如初，好像什么事情都没发生一样。

宛溪听到李平漠把这件事描述得如此仔细，连他们的对话都绘声绘色，就忍不住问："正常说来，这不算一件特别光荣的事吧，难道他们一点都不避讳？"

"你也知道，只要我在成都，就每天去他们家，所以这件事情无法遮掩，况且他们根本没打算瞒着我。很多时候，我就像陪审团的成员一样，一边听他们毫不避讳地讨论这件事，一边还要做出自己的判断，因为他们会问我的看法。"

宛溪第一次听到这样奇异的事，而且女主角是自己的姐姐，只能感叹见识广博的人大脑里容纳的东西，对新事物的吸收能力以及开放程度都远远超过常人。

李平漠讲述的时候，也觉得高甫非常有意思。但是最后，他明确地说："老高的确是一个异数，如果是我，肯定早就离婚了。"

当时，宛溪没有把他的话放在心上。很多年以后，宛溪才明白世界上的男人是不同的。高甫那样的男人真的是极为特别的少数，什么石头瓦块、破铜烂铁丢给他都能够照单全收。而有的男人容忍度极低，在他们面前，连女人的小性子都不能随便乱使。

宛溪和李平漠同居以后，更加深刻地感受到他对股票的高涨热情，虽然之前也知道他喜欢研究股票，但没想到他如此醉心。不管宛溪懂不懂，他总是经常提到证券公司和未来股票的发展趋势，说他在珠江工作的同学买了多少内部股之类的。听他说得多了，宛溪有点感性认识，不过没感到股票有多么神奇。她经常路过证券公司，有时进去看看。里面冷冷清清，没有几个人，比卖衣服、卖菜的地方差远了。门口总是有人摆地摊卖各种公司的股票，有时路人停下来问问。虽然成交的时候不多，但看起来外面比里面热闹一些。

一天，李平漠的一个同学说他们公司发行内部股，动员大家购买。同学很犹豫，问他的意见。李平漠激动地说："还用想嘛，有多少买多少，钱不够，我借给你。"同学受到鼓舞，成了全公司购买股票最踊跃、持股数量非常可观的人。靠着这个当初不想买的东西，后来他成了同学中最有钱的人之一。

因为对股票感兴趣的人不多，李平漠好为人师的愿望无法满足，只好把宛溪当成一个最重要的学生。虽然她一直似懂非懂，但是听他起劲地说着琼能源、琼珠江、琼港澳这些熟悉的名字，又在大街上看到很多人摆着地摊卖股票，就经常买一些原始股。买完以后，又献宝似的拿给他看。刚开始他总是说："你买的大概都是废纸，不过也不值钱，就买着玩吧。"后来，她买的多了，他又说："都留着吧，也许哪天真的能中大奖。"

宛溪骨折三个多月后的一天，李平漠按照医生的嘱咐带她去医院，进行最后一次检查。医生说："腿部的恢复状况很好，已经痊愈，完全没有问题了。"听完以后，两个人都长吁一口气。

刚从医院出来，李平漠就说要去辽宁收购原始股，宛溪没有当真。谁知道过了两天，他提着一个装满钱的大行李箱回来，宛溪当场吃惊地合不上嘴。满满一箱子，什么杂物都没有，全是一摞摞排得整整齐齐、最大面额的钞票。宛溪早已不像刚来海南的时候那样对着一千多块傻笑了，她已经见惯了成捆的钞票，并且也常听到有人唠叨"穷得只剩下钱了"，不过在整整一箱子钱面前，她还是非常诧异。李平漠满脑子都是如何才能买到股票，无心理会她满眼是钱的守财奴样子，说第二天一早就走。

宛溪非常担心他提着一箱子钱，被人谋财害命。离开之前，对他千叮咛，万嘱咐。他离开之后，她每天都过得提心吊胆。早晨起来第一件事就是买报纸，重点看哪里发生了谋杀案和无名尸体，再看旁边是否有一个似曾相识的大行李箱，是否有几张没来得及拿走的散钱落在地上。几天之后，他提着一个空箱子安全地回到海口，她的心才放下来。

李平漠把所有的钱变成了几张薄薄的纸，并且说很快就会上市。虽然这个"很快"是两年多以后，但也算不出他的所料。原始股上市的最大好处就是财富的剧增，所以一箱子的钱变成了好几箱。因为自己的英明，他兴奋地一夜未眠，第二天依然精力充沛，没有丝毫倦意。

第十章　陆廷——甸宇女友——清圆湾

　　宛溪腿伤复原，重新上班不久以后，接到陆廷的电话，说他在海口。自从上次离开后，他们之间通过几封信。没有什么实质内容，外人看来全是可有可无之言，自己看来是一些有点意义的废话。他们的信大部分是对工作和周遭环境的描述，完全是朋友之间的问候和关心。没有特殊关系的男女，通信内容大抵如此。

　　陆廷约她下班后到泰华酒店吃饭。宛溪想到李平漠就在附近的工地，就叫他一起过去。本来想跟陆廷说一声，可是他已经出门，没有大哥大，找不到人，只好等见了面再说。下班后，李平漠到单位接她，一起去了泰华。当陆廷看到他们牵着手进来，不自然地笑了一下，然后站起身来和李平漠握手。

　　陆廷和李平漠有很多共同话题，两个人说得挺热闹，又是三国又是水浒的，恨不得仿效书中人物马上拜把子。宛溪不是男人，无法和他们桃园三结义。她也不是任何人的老婆，谁都不用照顾她的情绪。再说，就算她是某个人的老婆也没有用，因为刘关张经常同榻而眠，不管老婆睡哪里。所以，她被晾在一边是再自然不过的。她没事可做，就端着不锈钢盘子，狂吃自助餐。她超水平发挥地吃了几大盘，肚子实在没有一丝空隙时，才停了下来。此番情景如果被餐厅经理看到，不知是否会把她列入黑名单，不准再来。

　　从泰华出来，陆廷紧紧地握了一下宛溪的手，意味深长地看了她一眼，然后坐车走了。他离开海口后，只给宛溪写了两封信。几个月以后，他们彻底断了联系。

　　日子波澜不惊地进行着，直到有一天李平漠在成都设计院的两个同事到了海口。唐路和费左页都是高甫的校友，因为李平漠的研究生是在那个学校读的，所以他们也算是李平漠的校友。由于大家年龄相仿，兴趣相近，有很多共同的经历，所以惺惺相惜，彼此都是好朋友。

虽然没有见过面，但是宛溪对他们并不陌生，因为李平漠之前多次提过他们想来海南创业。

唐路瘦瘦高高，面相温和，只是眼神中偶尔透出凌厉。费左页身材适中，戴着眼镜，白白净净的，完全是一副书生模样。三个人中，他是最年轻的，不到三十岁。

他们到了海口后，租了一个两层楼的民房，作为办公和住宿。一楼是客厅，有两个房间和厕所；二楼是饭厅、厨房、三间卧室和厕所。没有多久，李平漠就成了这个房子里的常客。

安顿完毕，唐路和费左页拉着李平漠开始四处考察，最后还是锁定行情高涨的房地产。一来因为他们熟悉这个行业，第二也是因为太火热了。可是，海口地价已经太高，他们担心风险，所以一直在外围游走。

自从唐路和费左页来了以后，李平漠基本上都是快睡觉时才回来。宛溪时常听他们三个人谈论各种大好形势，次数多了，就感觉男人的革命理想对她没有太多吸引力，所以她和同事在大排档消磨的时候多了起来。一天晚上，她正和两个同事在大排档啃螃蟹时，突然收到李平漠的传呼，叫她速回电话。她看了一下时间，刚过九点，他不可能这么早回去，就奇怪地给他打了电话。电话中，李平漠非常急躁，叫她晚上不要回宿舍，去唐路他们的出租屋，具体原因见面以后告知。

宛溪满腹疑惑地到了出租屋，李平漠却不在那里，只有唐路、费左页和他们的一个朋友。她想从唐路那里探听点消息，可是他一问三不知。她心神不宁，于是就拉着唐路他们在楼下的客厅打牌，借此消磨时间。快两点时，李平漠才一脸倦怠地进来。宛溪赶快跟着他走进楼上的一个空房间，他简短地说甸宇女友突然来了，向他兴师问罪，待在宿舍不走。

猛然听到这个消息，宛溪大吃一惊。自从和李平漠在一起后，他们没有谈论过这个话题。水晶球一样透明的李平漠把这个角落用一块密不透风的布盖了起来，宛溪也懒得掀开。现在既然要面对，她也不想回避，就问他打算怎么办。他疲惫地说："我已经跟她谈了几个小时，她什么都不听。我没有办法，只有等她自己冷静。她考上了研究生，想来不会做什么出格的事。我给她买了明天的机票，希望她想通以后离开，但是没有把握。如果她明天不走，我们就先在这里住，你给我们买几件衣服。"时间太晚，第二天两个人都要上班，于是冲了个澡就匆匆睡了。

甸宇女友几天以后离开了，宛溪回到宿舍时，房间里一片混乱，地上堆满了碎纸片。她捡起来一看，有撕碎的机票、剪烂的照片和各种信件。

唐路和费左页没有因为任何事情停下寻找商机的步伐，当他们第一眼看到亚龙湾的时候，像所有的人一样不由自主地爱上了它。

亚龙湾绵长的沙滩又细又白，没有一粒杂质，赤脚走在上面，就像踩着柔软的面粉。远处的海水是湛蓝的，近处的海水是碧绿的，眼底下的海水是清亮透明的。三个颜色层次分明，让人舍不得移开眼睛。

尽管对亚龙湾有了恋爱般的情结，理智的思考后，他们还是放弃了。最后，他们情定清圆湾。

清圆湾是袖珍版的亚龙湾，只是没有亚龙湾的喧嚣。她像一块世外桃源的处女地，静静地等待着喜欢她的人。有人爱她，而且恰巧两心相悦，她满心欢喜；没有人理她，她的美丽不会有半分减少；她永远不需要涂脂抹粉地出去卖弄风骚，引人注意。

和海口、三亚相比，清圆湾的地价很便宜。他们打算买下来以后，修宾馆、度假村、餐厅、游乐场，把这里变成一个可以和亚龙湾媲美的度假胜地。

唐路和费左页游说李平漠和他们一起开发清圆湾。李平漠不喜欢炒卖地皮楼花，之前虽然做了很多工程，但基本上都是根据老板的意思，不能够表达自己的想法，他也想按自己的意愿开发出一片新天地，而不是仅仅做一个执行者。况且，清圆湾他早就来过，第一眼看到时，就被她宠辱不惊的淡然打动，也喜欢她小巧静谧的姿态。所以唐路和费左页没费多少口舌，李平漠就同意加入他们的行列。

三个人虽然热情高涨，可是资金有限。唐路和费左页在成都可以算得上有点钱，可是到了太多人一夜暴富，到处都是大手笔的海南，他们想做的事就变成无米之炊了。李平漠是三个人中最有钱的，可是他的钱在不久以前，全部变成了躺在抽屉里的几张纸。

他们决定招商引资，李平漠找了几个大老板商量。可是大老板都喜欢赚快钱，对于投出去的钱，恨不得一天之间翻十倍。他们看了荒僻的清圆湾以后，都觉得过程太长，没有兴趣。

三个人商量了很久，最后决定由唐路出马，因为他的父亲在银行有些关系。唐路很快回家，在父亲的帮助下，马不停蹄地跑各种关系，最后他不负所望，把两个行长带到清圆湾考察。行长从来没有见过大海，乍然看到碧海蓝天和洁白如银的沙滩，只觉得如入仙境。两个行长沉醉在椰风海韵中，认为这个项目大有可为，于是决定先提供贷款三百万。

有了钱，他们盼望已久的项目正式开始启动。他们跑了无数趟国土局，谈价钱，办手续，最后在唐路和费左页到达海南后的第四个月，把地买了下来。但是由于一些特殊原因，土地证没有立刻办下来。国土局的人要他们安心等待，说最终会给他们土地证。

第十一章　欢欢喜喜过大年

自从和李平漠在一起后，宛溪开始纠结是否考研究生的问题。

海口只有两个大学，都不具备招收硕士的资格。再说，就算这两个学校招硕士，她也不想念，因为和心目中的学校相去甚远。她内心总有一个没有完成的情结，那就是研究生的时候读个好点的学校。这样的话，她必须去外地读书。虽然还不能决定考哪个学校，但是离开海口是一定的。如果真的考上了，就要和李平漠分开三年。三年不是一个短暂的时间，她前矛后盾地想了半天，还是放不下这份刚刚开始的感情。

宛溪犹豫着，准备考试的事情就慢了下来。到了考试的时间，她实在没有把握，就临阵退缩了。李平漠天天上班，做项目，还有清圆湾的事情，忙得焦头烂额，根本没有精力过问她的事情。等到他想起来时，早就过了时间。得知她没有去考试，表示很遗憾，但多说也于事无补。后来又说无论如何还是应该去试一下，就算考不上，看看考试题目和题型也是好的，可以积累一点经验。他没有严厉地批评她的三心二意，只是清晰地表示，明年一定要考。其实，宛溪也挺惭愧的，本来是自己的目标，结果一直找理由延误。

转眼就到了春节，因为清圆湾刚上手，很多事情千头万绪，所以李平漠、唐路和费左页都待在海口，没有回家过年。李平漠的家人、唐路和费左页的女朋友来海南过年。所有的人都住在他们租的二层小楼里，一时之间，热闹非凡。

宛溪担心大过年的把归来独自留在宿舍太寂寞，想让它与大家同乐，于是就把它带到了出租房。所有的人围着它玩了一阵子，就散开去做各自的事情了。她把归来放在客厅最里面的一个角落，依然每天喂它一点东西。可是，不知道小海龟是被人多势众吓坏了，还是留恋它的老窝，三天以后，当宛溪拿着碎肉去喂它时，归来不见了。因为出租屋里一片忙乱，她不确定它到底什么时候丢的，但是想到它爬行的速度缓慢，不会走远，所以先在附近寻找，但是不见踪迹。她幻想归来自己爬回了宿舍，就回到宿舍守了一天，还是未果。李平漠说出租屋靠近海边，龟来回家了。宛溪无奈之下，只好放弃，又加入了大家庭一样的出租屋。

李平漠有三个姐姐。他的大姐在十一年前去世，留下了两个年幼的孩子，如今儿子即将高考，女儿刚上高中，大部分时间跟着李平漠的父母。他的大姐夫早已重组家庭，并且有了新的孩子。他的二姐和三姐都是中学老师，二姐在潭沙教书，三姐在一个工厂的子弟学校教书，离潭沙十公里，两个姐夫都是这个厂里的工人。二姐有一个女儿，三姐有一个儿子，两个孩子同岁，都在潭沙读初中，也是李平漠当年读过的那个学校。

李平漠的父母、二姐和三姐一家以及大姐的一双儿女全部来了。在家人面前，李平漠像个年纪轻轻就即位的小皇帝一样，几乎说一不二。除了他爸偶尔有些反对意见，家里所有的人都顺着他。

唐路的女朋友叫凌波，小巧玲珑，大大的眼睛，小巧的嘴巴，精致的瓜子脸。她刚满二十二岁，比唐路小八岁，在深圳的一个专科学校念艺术设计，即将毕业。她的父母都在设计院工作，而且母亲是小有名气的建筑师。唐路以前和她父母所在的设计院有过合作，凌波的母亲是项目负责人，两个年轻人因此相识。项目结束后，唐路就离开深圳回到成都，但是没想到不谙世事的凌波迷上了成熟稳重的唐路，而且就此展开了一段近两年的异地恋。

费左页的女朋友叫冷宗芍，身材高挑，圆脸大眼，不说话的时候，有种男性的冷峻和理智。她和费左页是同事，二十六岁，在成都出生长大。大学毕业后，分配到设计院工作。

按照传统观念，他们不应该在这个年龄分隔两地，而是应该安顿下来，结婚生子。可是，由于两个人的家庭背景不同，冷宗芍的母亲不断从中作梗，费左页只好离开成都，跑到海南，从头开始折腾。冷宗芍无奈，在母亲和男友之间为难，最后只有随着他的性子。不过，除了被冷宗芍的母亲逼迫，费左页的骨子里本来就不安分。大学毕业时，他跟一个同学去张家界玩。两个人头脑发热，没有认真思考就做出了从张家界骑自行车回成都的决定。一路上的艰难险阻自然不必说，他们风餐露宿，创下了一口气吃掉四个大西瓜的记录。到成都时，人早已成了黑炭，车已经报废。休息两天后，费左页觉得意犹未尽，跟同学提议继续西行，骑车去西藏。同学实在没有这个雄心壮志，费左页少了成为孤胆英雄的最后一丝勇气，事后经常为此后悔不迭。理智的冷宗芍也清楚费左页的个性，所以只好放任。

平时，出租屋里的常驻人员只有唐路和费左页，李平漠和宛溪把这里视为酒店。所以，经常有两三个房间处于闲置状态。现在，一下子涌入这么多人，不光所有的房间住满了人，连客厅和饭厅里都是折叠床。唐路和费左页没有占据更多的空间，因为他们和女朋友同居一室，所以房子主要是被李平漠的大家庭临时占用。除此之外，唐路、费左页和李平漠的同学朋友也常在这段空闲时间过来串门。一时之间，出租屋里各种声音从早响到晚：有兴致高昂的聊天；茶壶茶杯的碰撞；电视里红红火火的联欢会；孩子们兴奋莫名的争论；当然，还有情侣的软语低怜和不可缺少的锅碗瓢盆交响曲。

李平漠带着一大家人在三亚和文昌玩了几天，每次出门都浩浩荡荡，真的有点像皇帝出游似的。他的家人常年吃重口味的川菜，对于各种白灼的海鲜和清淡的美食兴趣都不浓。李平漠认为家人第一次来海南，品尝各类没吃过的海鲜肯定是重中之重。其他人都附和着李平漠的说法，只有他爸吃了几顿海鲜大餐后，唱起了反调。每次吃完饭后，老人家看着李平漠付钱时，都默默地替他数一遍，那厚厚的钞票让他暂时忘记了饭菜不适带来的胃疼，心疼占了上风。面对这样毫无意义的铺张浪费，他爸强烈地表达了要吃川菜的愿望，并且把一条清蒸石斑鱼换算成了好几盘水煮鱼片。结果，小皇帝还是要听太上皇的意见，后来几天，一家人的饮食都被物美价廉的川菜馆承包。李平漠说他爸没有口福，他爸说"就你会败家"。

唐路和费左页带着各自的女朋友，同样品尝了不同的美食，饱览了各种美景。凌波在深圳生活多年，自然对大海和海南菜都不稀奇，但只要和唐路在一起，什么都是最美的。冷宗芍第一次见到水清沙白的风景，经常呈现激动之色。不过游览了清圆湾后，她以一个专业人士兼女朋友的眼光，肯定了这个地方的前景，所以无条件地支持费左页留在海南。

热热闹闹的春节过完后，大家各自离开。唐路和费左页依依不舍地送别了凌波和冷宗芍，两个女孩也是一步三回头地跟男朋友挥手告别；李平漠送走了所有的家人；三个人的同学和朋友又开始每天在单位混日子或者谋福利。等到所有的来访者走了以后，出租屋一下子安静得不可思议。昨天还一屋子的人头攒动，走个路都能撞到一起，今天却可以像螃蟹一样横行都不碍事。天下没有不散的筵席，无论是家人、恋人还是朋友，热闹过后，生活终归要回到或平静，或动荡的常态。所以，李平漠、唐路和费左页又开始逐步实施他们的清圆湾计划。

第十二章　招兵买马——北海

　　像所有的事情一样，理想是美好的，现实却不是能够尽如人意的，就像从海南起家的那位地产大鳄说的那样："理想很丰满，现实很骨感"。

　　清圆湾不通水电，没有路，单单这些基础设施的建设，就是一个大工程，不但要付出高昂的费用，而且需要打点各方关系。很显然，想开发清圆湾，仅靠三人之力是不可能完成的，他们必须招兵买马。公司刚成立，草创阶段，付不起高工资，但又需要高规格的人，所以不可能去外面招聘，他们只能先物色各自身边的人。

　　李平漠有四个大学同学在海南，他们是设计院的陶谷，珠江公司的侯祺，自己当老板的龙卓宏和自由职业者闵梨山。

　　陶谷和侯祺虽然年龄差距很大，但都属于稳重型。尤其是侯祺，他是下乡以后才考上大学的，进大学时都快三十岁了，是班里年纪最大的，但还不是全校年纪最大的。李平漠无论在班里还是全校，都是年纪最小的学生。他跟侯祺同宿舍，关系非常好。侯祺大学毕业后分到素剑的设计院，他上大学前就结婚了，有一个不到十岁的女儿。然而，他和老婆的关系一直很差，想离婚又没有勇气，只好逃避到海南。

　　陶谷比李平漠大一岁，也算少年得志，但是一点都不冒进。他毕业后也分配到设计院工作，遵循着常规的人生路线，在合适的年龄恋爱、结婚、生子，两年多以前调到海口的一个设计院，其中虽然有李平漠蛊惑的因素，但最重要的还是两地收入的差异促使他下了最后的决心。到了海口大半年后，陶谷的老婆秦蓉娅也调到这里一个中学教书。他们有一个五岁的儿子，一家人过着平静安逸的日子。

　　龙卓宏和陶谷来自同一个省，两个人的老家离得不算远，毕业后和陶谷分到了同一个单位，所以既是同学，又是同事。虽然他们有这些共同点，但却属于截然不同的类型。龙卓宏野心勃勃，一直想建功立业。他比侯祺小两岁，和李平漠一样，在海南建省之初毅然来到这里。没听说他和老婆有什么问题，但是老婆孩子一直留在家乡，他在海南当着快乐的单身汉。

闵梨山比李平漠大三岁，大学毕业后一直在设计院工作，因为无法忍受脾气古怪的老婆，一年前只身来琼飘荡。他先在海口打了一阵子工，后来去了三亚，一直在工地做监理。

李平漠和四个人认真地推销清圆湾，得到了不同的反应。陶谷答应在工作之余尽力帮忙。侯祺的兴趣大很多，表示如果进展顺利，他会辞职加入。其实，他的工作非常好。公司很大，收入和福利都让人羡慕，而且他是部门老总。他能这样支持这个不知道何时才能腾飞的项目是极其不容易的。闵梨山说他没什么事，可以全职参与。最令李平漠失望的是龙卓宏。

龙卓宏在海南摸爬滚打多年，既有钱，又有关系，应该说是价值最大的一个人。如果把他拉进来，清圆湾的进展会顺利很多。可是老奸巨猾的龙卓宏看了清圆湾以后，像很多大老板的感觉一样，认为这是个长线项目，投入资金太大，回报期过长。他抱着观望的态度，如果有利可图，就随时进入。李平漠没有想到，大老板们有着相同的个性，即使是亲密的同学也不例外。大概惟其如此，他们才能够成为大老板。

唐路和费左页各自找了一些闯海南的同学和朋友，有人热情，有人冷淡。无论如何，他们最终还是壮大了革命的队伍。

当时，政府正在讨论修建东线高速公路，清圆湾就在东线高速的边上。他们非常振奋，但是，如果高速公路只是通过，没有出口的话，他们的地就无法盘活。为了让未来的高速路在他们筹划的度假中心有个出口，他们煞费苦心，但还是没有得到明确答复。

李平漠的特点是一旦决定了做什么事，就会全力以赴，不舍昼夜地奔忙。有了清圆湾的事情后，他连挪亚的设计进程都慢了下来。挪亚的老板也很喜欢清圆湾，但是他的资金都套在其他项目里，拿不出钱来投资，连挪亚的资金都有些问题。所以，他也没法要求李平漠把更多的时间花在挪亚上。

一海之隔的北海，房地产的火爆程度不亚于海南。李平漠有个同学在那里做房地产，已经属于大老板级别。为了跟同学取经，他决定去一趟北海。宛溪从来没去过，就要求与他同行。鉴于上一次晕船的惨痛经历，她带上了晕船药，手上还拿了好多塑料袋。哪知这一次水静无波，她连一点晕船的症状都没有。

到了北海以后，李平漠的同学带着他们在城里和郊外参观了无数的高楼大厦和小别墅，也看了很多空地。同学豪情万丈，满眼冒着金光，大谈房地产，反复跟李平漠说："机不可失，时不再来。你必须抓住这个千载难逢的机会。"宛溪对于他们的宏伟大业没有多少兴趣，只是被银滩的美景和无数的珍珠吸引。

银滩非常平坦，海水不翻浪花，就像一个平静的大湖。宛溪在银滩边上的商店里，看到各种颜色和尺寸的珍珠。有些粉红，有些淡黄，有些白中泛着浅绿，还有些是黑色的。有些珍珠绿豆大小，椭圆形的，透着晶莹的光。有几颗珍珠特别大，像龙眼核一样。宛溪第一次看到如此巨大的珍珠，不知是真是假。一看标价，奇贵无比，实在买不下去，只能抱着欣赏的态度看看。海南虽然也有很多珍珠卖，但无论形状还是色泽，都无法与北海的媲美。都说西珠不如东珠，东珠不如南珠，但南珠的差别也是很大的。她走走停停，看上了一串像黄豆那么大的珍珠，每一颗都洁白滚圆，色泽均匀。看到价钱，她犹豫不决。

李平漠和同学谈了半天用钱堆出来的革命理想，但是不能填饱肚子，所以准备和同学去吃饭。他走进店里看到宛溪磨磨蹭蹭，就问："到底要买什么？"她心虚地指指那串珍珠，他不看价钱，二话没说，就买了下来。

北海之行让李平漠坚定了信念。回到海口后，他把所有的空闲时间都扎到了与清圆湾有关的事情上。有时太晚，他就住在出租房里，宛溪也跟着他一起住过很多次。可是，民房不像单位的房子，住在单位，永远不会被查是否有暂住证。住在民房的人，则经常被检查暂住证的问题。如果是外地身份证，又没有暂住证的话，或者罚款，或者被抓到派出所。

自从到了海南后，宛溪一直住在李平漠单位的宿舍，所以她没有办过暂住证。她跟李平漠住在民房时，为了此事被抓到过。第一次被检查时，她着实吓了一跳。检查暂住证的人在夜深人静时，把大门敲得山响。大家被惊醒后，都是一脸迷茫。进来检查的人，拿着手电筒，在房子里面乱照。宛溪是出租房里唯一没有暂住证的人，他们说要把她带到派出所，李平漠有些经验，当场给钱了事。每次的检查都是在夜半时分，令人不胜其扰，同时又防不胜防。后来又被抓到时，李平漠也是直接给钱。由于每次进来房子检查的都是同样的两个人，三次以后，都认识了。第四次时，李平漠给了两人一叠钞票，叫他们不要频繁地过来，搞得大家半夜惊魂，睡不成觉。两个人把钱装进口袋后，说："打搅了，以后尽量少来。"他们还算守信，从以前的一个月来两次，变成了三个月来一次。

第十三章　黑猫警长——创业未遂

海南的老鼠很猖獗，出租房里经常看到贼头贼脑的老鼠。宛溪最讨厌肮脏龌龊的老鼠，就从街上买了一只猫回来。猫的全身都是油亮的黑毛，她叫它黑猫警长。黑猫警长入住后，很难再见到到处乱窜的老鼠。

有一次，宛溪坐在一楼客厅的沙发上，黑猫警长蹲在旁边。突然眼前闪过一只老鼠，只见黑猫警长懒懒地伸过一只爪子，老鼠瞬间就不动了。黑猫警长缓缓地站起来，用爪子拨弄它，老鼠乖乖地躺着，一动不动。如果不是一分钟以前，亲眼所见这只老鼠倏地跳出来，宛溪会真的以为是个死老鼠。黑猫警长把老鼠在地上翻了几个滚，看到它依然装死，就叼着它出去了。她跟在黑猫警长后面，看到它把老鼠甩出去。装死的老鼠落地以后，似乎是诡秘地四下查看了一番，发现视野里没有黑猫警长的影子，它立刻从地上一跃而起，狼狈逃窜。

宛溪第一次亲眼看到猫戏老鼠的情景，领略了天敌的真正含义。想到自己一见到老鼠就胆战心惊，可是一只小小的黑猫居然可以把令她毛骨悚然的老鼠玩弄于股掌之间，不禁对它充满了敬意。她几乎每天都买鱼或者猪肝煮给它吃。黑猫警长很有灵性，每次宛溪走到出租屋附近时，它都会叫着要出门迎接她。有时，黑猫警长想出去玩，宛溪担心它的安全，又怕它被别的大猫欺负，经常不准它出去。黑猫警长就围着她一直转，睁着纯洁无辜、玛瑙一样晶亮剔透的大眼睛看着她，不停地喵喵叫着。她实在不忍拒绝，就蹲下来问："你想出去吗？外面很危险的。"黑猫警长就挨着她蹭来蹭去，她只好带着它出门。但是，每次一到外面，它都趁她不留意的时候跑掉了。不过，两三个小时后，由于饿了或者渴了，它自己就回来了。反复几次后，它再出去的时候，宛溪便不担心了。

黑猫警长最令人烦恼的地方是随地大小便，宛溪经常把它带到卫生间训练，可是完全没有用。它在里面喵喵地叫着，但就是不在卫生间方便。有一次，它在宛溪最喜欢的一双鞋子里面撒尿，气味能够熏死人。她把鞋子洗了好几遍，还是一股尿骚味。情急之下，她往鞋里喷了一瓶香水，可拿起来一闻，依然是强烈的尿味，只好忍痛丢掉。

刚把黑猫警长买回来时，宛溪担心它在外面不干净，试图给它洗澡。她把一盆温水放在桌子上，然后把黑猫警长强行放到水里。可是，它好像要被杀掉一样，马上惨叫着出来，并且迅速地跳到了地上。试了几次后，她只有罢手。很快，她就发现黑猫警长有自己独特的洗澡方式，根本不用她操心。它几乎每天都用舌头舔遍自己的全身，舔完以后，身上散发出一种异香。

刚把黑猫警长买回来时，宛溪担心它晚上跑出去，就把它关在房间里。平时都还好，它都乖乖地待在家里。可是碰到发情期，完全无法收拾，那个惨叫声，真是比杜鹃泣血还要悲痛。如果不放它出去，它就一直不停地哀鸣。世上没有什么事情能够阻挡猫叫春。

黑猫警长弥补了宛溪失去小海龟的缺憾。书店里没有什么关于宠物的书，她不知道猫砂，也没有猫粮，所有的事情，都是自己摸索。好在黑猫警长的生活很有规律，没有多久，宛溪就摸清了它的习性。如果所有的事情都能够像养黑猫警长一样，可以很快就得心应手就好了。可惜，海南岛不是黑猫警长的属地，清圆湾的起伏也没有规律可循。

在所有人的努力下，清圆湾的规划日趋成熟。他们画了小山一样高的图纸，出租房里但凡有一点空间，都被图纸塞满了。同时准备拉电通水的工作，也开始找人修通周围的路，依然为了东线高速的出口奔忙……所有的事情都在有条不紊地进行着。

他们三个人对未来充满无限的希望，梦想虽然不是指日可待，但也并非遥不可及。可是，随之而来的宏观调控，让他们所有的规划都折戟沉沙。来自高层的整顿措施让一路高歌猛进的海南房地产热浪落下来，原来像个大工地一样的海口，突然沉寂下来。大量的资金撤离，很多公司一夜之间消失，房价狂跌。这所有的一切，仿佛都发生在旦夕之间。当很多人还在讨论预兆的时候，头顶的那把达摩克利斯之剑已经落了下来。

挪亚的老板率先破产，留下一堆烂账，离完工还有很长道路要走的挪亚也被用来抵债。李平漠设计的另外两幢高楼停工，因为老板已经逃离海口。一幢刚打了地基，一幢修了一半。一时之间，像这样的烂尾楼遍地都是。有些楼都快封顶了，结果很多年后，还是烂在那里。北海就是海南的难兄难弟，烂尾楼甚至更多。李平漠给他北海的同学打电话寻求建议和支持时，同学说他的很多资金都抽不出来，正在烂泥沼里挣扎，不知何时才能够恢复元气。不要说李平漠失望，宛溪都觉得那次在北海听到的那些豪情万丈的话言犹在耳。后来，同学跟李平漠说他们以前看过的好多别墅都成了猪圈。

这次的宏观调控让海南的房地产泡沫彻底破灭。人们的话题从闯海淘金，遍地捡钱，变成了有多少人携款逃跑，多少人血本无归，甚至多少人从自己修建的楼上跳下来自杀。

在这样的大环境下，神仙都无能为力，更何况大家都是没有任何仙法的普通人，谁都没有点石成金的能力。清圆湾从有可能实现的梦想彻底变成了遥遥无期的妄念。原本人声鼎沸的出租屋，逐渐变得门可罗雀，正是应了那句大家平时开玩笑的话：大浪过后，才知道谁在裸泳，所以每个人都在为人生的下一步做打算。

唐路决定在海南坚守，费左页想去广东。陶谷、侯祺和李平漠似乎影响不大，依然在各自的单位上班。闵梨山又回到三亚，在一个公司做预算员。龙卓宏原本以为海南是座巨大的金山，怎么都挖不完。谁知海南只是金沙，一个大浪冲来，把沙里淘出来的那点金子全部卷走吞没了。龙卓宏怎么都想不到盛宴以这样不可预料的方式终止了，他的资金几乎全部套牢，跟他讨债的人熙熙攘攘，就像以前找他谈生意的那样络绎不绝。没有多久，他就回老家了。

不幸的是，宏观调控一个月后，黑猫警长吃了一只被毒死的老鼠，自己也跟着殉葬了。它平时只是捉弄老鼠，从来不吃的，不知它为何一时兴起，又运气奇差地摊上一只吃了毒药的老鼠，从而搭上了自己的性命。也许善良正直的黑猫警长感应到了人们的慌乱，很想提供帮助，为大家寻一条出路。可是，方舟都没了，怎么逃得出去呢？黑猫警长对于这场改写了很多人命运的冲击，完全无能为力。所以，它不忍直视终日惴惴不安的人们，而牺牲了自己。

黑猫警长死后没几天，宛溪到出租屋帮李平漠拿东西。一进门，就看到面目可憎的老鼠四处乱窜。刚拉开抽屉，就跳出来几只老鼠，四散逃窜。她吓得连声惊叫，跑得比它们还快。惊吓过后，她只觉得反胃恶心，然后什么都没拿就走了。她不想碰有老鼠印记的东西，再说，那些曾经很有价值的东西大概这辈子都用不上了。

几个月以后，费左页离开海口，去了广州的一个设计院。经过侯祺的推荐，唐路去了他的单位。

曾经热闹非凡的出租屋，早已像海口的街道一样寂静无声。唐路还有些不甘，在出租屋里坚守到最后。万般无奈时，他才在一个静悄悄的下午，极力做出一副平淡的表情，把房子还给了房东。出租屋退掉后，唐路搬到珠江那边去住。李平漠和宛溪继续住在单位的宿舍，他还是会接一些工程，不过无论数量还是规模，都无法和以前相比了。

每当宛溪想到黑猫警长临死之前，奄奄一息地看着她时，就悲伤不已。她把它埋在了海甸附近的一个公园，那里有成排的棕榈树为它挡雨遮风，还有广阔无垠的大海跟它作伴。公园有人走动，棕榈树会随风摇动，海浪会不停地冲过来落下去，这样的环境，对于黑猫警长来说，也许有些吵闹，但它不会太寂寞，可以安心在那里长眠。

第十四章　考研

在这场经济形势急转直下导致的大崩溃中，破灭的肥皂泡实在太多了，连宛溪上班的小公司都在劫难逃。一觉醒来，人去楼空，老板不知所踪。虽然失业了，她没有以前离开吴安的那种不知所措和茫然无助，她无须出走，更不会堕落，她有一个脚踏实地的地方可以住下去。因为有李平漠作为后盾，她一点都不惊慌。不过，她开始认真考虑研究生的事情。她早已想好了专业，就是不能确定读哪个学校。她写了好多学校的名字，在纸上划来划去，不知道圈定哪一个。李平漠看她犹豫不决的样子，就说："百闻不如一见，去实地考察一下吧。"

刚好经济大潮退去，游泳人数急剧减少，一向忙碌的李平漠有了不少空闲时间，因此他们决定找个名目，借此机会出去旅游。宛溪为了李平漠，不愿意离海口太远。临近的广州高校众多，所以成为首选。

李平漠买了两张从海口到广州的机票。因为是第一次坐飞机，从看到机票的那一刻起，宛溪就不停地问东问西，做过几次飞机的李平漠早已失去新鲜感，也没有耐心回答那么多无聊的问题，就说她是个土包子。在去机场的路上，她叽叽喳喳，兴奋地像个小孩。就在不久以前，坐飞机还要开介绍信呢。她感觉刚上飞机，就到了广州。她想起之前来的时候，经历了八十一难才到海口，都快赶上唐僧取经了。两个城市的距离没变，但是交通工具不一样，就让她的两次经历产生了巨大反差。真的是一个天一个地，完全不可同日而语。

他们在广州待了三天，看了几个学校。广州给人的感觉就是热，天气炎热，街道热闹，还有各种冒着热气的茶和食物。走在街上，像要被熔化一样，熙来攘往的行人和车辆让人眼晕。城市很大又拥挤，到处都是弯弯曲曲的路，一不小心，就迷失方向。宛溪是个路痴，对宝马雕车的繁华都市也提不起兴趣，她决定再去别的城市看看。李平漠无所谓，随便她去哪里，于是就上行到了福州。福州的感觉和广州大同小异，也是闷热不堪，让人透不过气，看起来甚至还要破旧一些，经常看到生锈的栏杆和摇摇欲坠的半截土墙。可怜闽江不但起不到调节气候的作用，而且也没有美化市容的功能，反而被各种污物糟蹋得脏兮兮的。很多老街上摆满了小吃摊，最有特色的是光饼，茶杯盖大小，中间有孔，可以用绳子串起来挂在脖子上，乍一看让人想起那个脖子上挂个大饼，最终还是被饿死的懒婆娘故事。可是一问之下，才知道是一个天壤之别的故事。本地人说这是当年戚继光抗击倭寇时特别制作的一种小饼，是士兵们的干粮。宛溪搞清楚事情原委后，也买了三个，穿在一起挂在脖子上，但无法确定自己是懒婆娘还是戚继光手下冲锋陷阵的小兵。她自认为是个勇敢的小兵，李平漠当然说她是那个懒婆娘。为了证明自己，宛溪不停地转动绳子，吃完了脖子上的饼。

李平漠看她把饼吃得一点不剩，就找了一个新理由："这是作战时的军粮，你这么快就把饼吃完了，仗还没打，就先饿死了。"

"戚继光爱兵如子，才不会让我饿死呢。"

"戚家军的军法最为严明，言出法随，肯定会把你这个偷吃军粮的懒兵处死，以儆效尤。"

"言出法随是林则徐说的，那个时候就有穿越术吗？"

"好吧，那就是令出法随，反正都是一样的。再说这里是林则徐的地盘，不管是被谁抓到，你都只能乖乖把脑袋送上来。"

"这里只是林则徐的故乡，他又没在这里做过官，怎么是他的地盘？戚继光说：'封侯非吾意，但愿海波平。'可见他是热爱和平的，而且还忙着和汪道坤、王世贞喝酒赋诗，所以他是个温文尔雅的诗人，不愿做砍脑袋这种煞风景的事。"

"戚继光温文尔雅？我看你是光饼吃多了，脑袋也变成了一个大饼。"李平漠笑得上气不接下气，好不容易停下来说："你见过戚继光抗倭御虏的神勇吗？你有一百个脑袋都不够他砍的。反正你的脑袋是大饼做的，多砍几下也没关系。"

宛溪气得买了几个光饼穿在一起，给他挂在脖子上，但是不准他吃，说要眼睁睁看着他饿死。

福州虽然历史悠久，文化底蕴丰厚，但是在学校的选择性上，比广州少。

因此，宛溪没有找到心仪的学校，就和李平漠离开了这个依江背山、花木葱茏的地方。李平漠玩性大发，仿佛忘记了这次出行的主要目的是选学校。宛溪虽然记得，但也玩得乐不思蜀。他们北上南下的，一路上转悠了好几个城市，然后就到了玉庐。一下飞机，她就有一种久违的感觉。这个地方比嘈杂的大城市清静，又不像小城市那么局促狭窄；既没有出门就像坐长途车的感觉，也没有半个小时就走遍全城的无聊感。玉庐的大学不算少，可宛溪转来转去，还是锁定了兰若大学。她对这钟灵毓秀的校园一见钟情，而且最重要的是，这是她高考时的第一志愿。如果真的在这里读研究生，也算是弥补了当年，或者说延续至今的遗憾。唯一的不足之处是玉庐离海口有点远，可是转念一想，坐飞机多半个或者一个小时，其实也没有太远。先进的交通工具把什么距离都缩短了，所以她最终决定报考兰若大学。

从玉庐回来后，宛溪在海口的书店买了些书，李平漠托他在北京的同学买了政治考试的模拟题。她开始手不释卷地学习英语、政治和专业课。英语和专业课都不算难，最可怕的是政治，尤其是多项选择题，简直让她恨之入骨。四个答案的选题已经让人头痛了，可是有的题目居然多达七八个选项，多选一个或者少选一个，都是错的。如果想答对题目，唯一的办法是把整本书都背下来。可是那么枯燥无味的内容，想背下来，简直比登天还难。她在多项选择题和背书之间彷徨了一阵子，还没决定到底怎么做时，就到了考试的时间。这次她没有任何犹豫，按时走进考场，参加入学考试。

考完以后，宛溪估算了一下分数，除了政治不是很理想，英语和专业课都考得很好，上线应该不是问题。果然，两个月以后，她收到复试通知。三个月以后，她收到录取通知。拿到录取通知书后，宛溪没有想象中的欣喜若狂，最主要的原因当然还是那个绕不过去的问题：她担心和李平漠的关系。

自从他们正式在一起后，就是一种正常的情侣关系。她像所有恋爱中的女人一样，跟他胡搅蛮缠，吵吵闹闹。不过，他很固执，也不是一个喜欢讲甜言蜜语的人，极少哄她。每次吵架时，他基本上都是沉默。如果她实在不讲理，他也会争辩几句，但没真正跟她发过脾气。有时，她实在气愤难当，他也会秉着"承认错误，永不悔改"的态度敷衍她。

由于个性的关系，两个人极少表现出如胶似漆的样子，一日不见，思之如狂的疯癫更为罕见。这一点，从他们对彼此的称呼上，也可见一斑。海南人喜欢在人的姓或者名字前面加个"阿"字，所以熟识以后，李平漠单位里的海南人叫他"阿漠"，然后他的朋友和其他同事也这么叫，也有极少数的人叫他"阿李"。刚开始，宛溪叫他的全名，后来就随着别人叫他"阿漠"，不过大部分时候还是连名带姓一起叫。等到两人变成恋人时，还是和以前一样，没有任何亲密的称呼，她从来没有像他的家人那样叫过他"平漠"，只是在非常偶然的时候，叫他"平漠哥哥"。同样，李平漠也是叫她的全名，有时极为罕见地称她"小女孩"或者"小傻瓜"。

李平漠认为再亲密的人都要有自己的空间，能够让微风在两个人之间荡漾。他借用书中的话，描述理想状态中爱人的关系是"每个人都是自己，无论从真相上看、幻相上看，都是如此。真实不虚。"宛溪也享受自由自在的感觉，受不了密不透风的窒息，更不喜欢有人控制自己，对于"你是你，我是我，这是永恒的真相"这样的句子，也是心有戚戚焉。所以，才下眉头，又上心头地思量，不是他们之间的常态。虽然她不追求须臾不离，但是也明白如果想要两情久长，不但要朝朝，更须暮暮。这个观念在她亲眼目睹了发生在唐路、费左页和侯祺身上的事情后，得到进一步加强。

表面看来，无论是唐路和凌波，还是费左页和冷宗芍似乎都亲密无间。可是一旦分开，他们之间的裂缝就显而易见。海南岛虽然大风小风频发，但是真正的超强台风并不多。如果看似浓烈的感情被强台风吹散，还可以寻个由头稍作解释。问题是不要说并不猛烈的海风，就是微微荡漾的天风，都能轻易地穿过手牵手的两个人，让他们感受到中间存在的缝隙。

宛溪反观自己和李平漠这种比他们松散很多的关系，不知道和他两地分隔三年后，两个人的关系会发生什么样的变化，也没有把握这样的关系是否能够经得起时空考验。

第十五章　柳下惠死了

凌波在海南经济泡沫破灭的夏天毕业，她想在海口找工作，和唐路厮守在一起。可是，唐路劝她继续读书深造，或者在深圳找工作。海口的形式确实不容乐观，凌波听从了他的建议，回深圳帮她妈妈打理。

凌波回到深圳不久，唐路和陶谷单位里一个叫赵姝的女孩公开出双入对。一个多月以后，他们同居了。由于赵姝所学的专业可以在清圆湾的项目中发挥作用，在陶谷的引荐下，她参与了清圆湾的很多事情。她和唐路由此相识，但大家都不知道他们何时开始情投意合。不过看到他们在一起后，也没有人表示惊讶。赵姝毕业于重点大学，学业优异，只是容貌一般，比唐路小两岁。

凌波没有再来过海口，宛溪理所当然地认为她和唐路的关系已经结束了。她们两个的年龄最为接近，所以凌波来海口的时候，除了唐路，就是和宛溪在一起厮混的时间最多。即使她和唐路分手以后，仍然和宛溪有书信往来。但是跟约好了似的，她们都没提过唐路。

侯祺和公司的一个女大学生有了不伦之恋，他们的年龄相差十几岁。没有人知道他们什么时候迈出第一步的，等大家发现的时候，女方已经身怀六甲。

女方叫郑湘妮，名校毕业。虽然大着肚子，但无损于她姣好的容颜。她柳眉凤目，鼻梁高挺，嘴巴小巧，肤色细腻白皙，长得非常标致。侯祺从来没有跟任何人提起过她。在他几乎每天来出租屋讨论清圆湾的那段日子，郑湘妮也从来没有出现过。

李平漠私下跟宛溪说，侯祺和郑湘妮在一起的时间应该不短了，也许郑湘妮刚进公司没多久，他们就开始了。侯祺职位比较高，上班不到一年，公司就给了一套两室一厅的房子让他住。李平漠记得去找侯祺很多次，但他家有一个房间的门是永远关着的，这种情况在郑湘妮来公司之前从来没有发生过。

他们的事情在宏观调控以后的第二年春天曝光，因为实在瞒不住了。郑湘妮作为一个长相不俗、受过良好教育的未婚女人，大着肚子在公司进出，引起了所有人的议论和关注。大家充分发挥了娱乐精神，经过各种好奇和八卦之后，得出了一个结论：侯祺是泡沫破灭的最大受益者。因为在所有的人为输掉裤子懊恼万分时，没穿裤子的他却凭空赢了一个孩子；如果郑湘妮怀的是双胞胎，侯祺就是日进斗金。

世上的人向来是看热闹的不嫌事大，而当事者本人却比被放在慢火上烤炙还要难受。此刻的侯祺正在受着这样的煎熬，他的裤子虽然不是输掉的，但他宁愿被放高利贷者拿走了。或者说，自从他得知郑湘妮怀孕的那一刻起，就在为了没有裤子的事懊恼。郑湘妮要把孩子生下来，侯祺坚决不同意。

不管侯祺和老婆的关系多么糟糕，毕竟还没有离婚，而且他们已经有了一个女儿。他的女儿内向害羞，喜欢书法。在李平漠的引荐下，边思成了女孩的书法老师。边思曾在给李平漠的信中说这个女孩多愁善感，侯祺说女儿经常独自垂泪。侯祺不像年轻人那样冲动，他顾忌女儿的感受和社会舆论，短期内不会离婚。如果郑湘妮一定要生孩子，那么这个孩子只能是私生子。然而，无论侯祺说什么，如何阻拦，郑湘妮铁了心要生孩子，因为她已年过三十，担心流产以后再也生不了孩子。事情曝光一个月后，她辞职回到父母的家待产。两个月后，侯祺也辞职了，但没有去找郑湘妮。他回了素剑，依然和老婆在一起。

郑湘妮开始不敢跟父母说实话，只说在海口结婚了，丈夫工作很忙，不能照料孕妇。她在夏天生下一个男孩，侯祺没有去探望他们母子。在父母的追问下，她泪如雨下地说了事情的经过。事已至此，父母没有办法，只好帮她抚养孩子。

费左页到了广州后，很快和另外一个女人有了关系，不过冷宗芍毫不知情。

当宛溪去玉庐复试完，准备回海口时，李平漠正在广州出差，费左页说冷宗芍过两天也要过去，就提议四个人一起在广州附近玩两天。

宛溪和冷宗芍在同一天到达广州。宛溪是无业游民，直接宣称就是过来玩的。冷宗芍虽然打着出差的名义，但是谁都知道，不管费左页在海南还是广州，她都会尽力制造于公于私的借口和他相聚。李平漠办完单位的事情后，为了方便和费左页昼夜吹牛，没有住酒店，所以他们四个人挤在费左页的一室一厅里。理所当然，房子的主人和女朋友住在卧室，李平漠和宛溪在客厅打地铺。按照两个男人的计划，他们四个人在花都、肇庆的七星岩和鼎湖山玩了三天。

在肇庆时，冷宗芍悄悄地跟宛溪说，要考验一下李平漠。宛溪不明所以，以为她在说笑，没有深究，谁知她居然真的付诸实践。晚上回到酒店后，冷宗芍让宛溪去他们的房间，留下李平漠一个人。冷宗芍装成小姐给他打电话，向他提供特殊服务，并且立刻就要上门。她的声音千娇百媚，说的是非常标准的普通话，和平时的腔调判若两人，李平漠肯定听不出来是她。可是不到两秒钟，冷宗芍就放下了电话。宛溪在旁边都快笑疯了，急忙问冷宗芍："他说什么？怎么这么快就挂掉了？"

冷宗芍一本正经地说："李平漠是个好同志。他郑重其事地说不需要，一句多余的话都没有，就挂断了电话。我搞这种恶作剧好多次了，从来没有一个男人像他这么干脆，居然如此严肃地拒绝本小姐，实在没面子。很多人都会多问两句，而且真的有朋友上过当。"

他们返回广州后，冷宗芍第二天飞回成都。李平漠还想考察一个工程，就多待了一天。冷宗芍离开的当天晚上，另外一个女人住进了费左页的房间。费左页对她非常不友好，更不用心，和对冷宗芍的态度判若两人。不知他是一向如此，还是因为有李平漠和宛溪这两个外人在才有意为之。无论如何，宛溪对费左页的事情非常生气。她无法理解冷宗芍前脚刚走，他后脚就和另外一个女人鬼混的行为。那张床上还留着冷宗芍的强烈气息，不知他们怎么能够心安理得地睡在上面。

宛溪跟李平漠抱怨费左页，并且说准备告诉冷宗芍。李平漠劝她不要多事，说他前几天就见过那个女人，费左页跟她已经两三个月了，只是性伴侣，不会有更深的关系，他终究还是会和冷宗芍在一起。如果宛溪说破这件事，费左页和冷宗芍肯定会分手的。

听了李平漠的说法，宛溪在是否告诉冷宗芍的问题上，矛盾了很久，最终被李平漠的"不要拆散他们"说服。她没有告诉任何人，装作什么都不知道。

唐路也就罢了，不管他和赵姝什么时候对上眼的，毕竟是在和凌波分手以后，两个人才以情侣的姿态出现在众人面前。侯祺也可以理解，和老婆关系不好，长期分居。郑湘妮比他老婆年轻漂亮，两个人情难自禁。可是，他后面的行为，就令人迷惑了。也许，郑湘妮怀孕以后，两个人为了是否生孩子的问题，起了太多的争执。侯祺就想如果和郑湘妮继续下去，也是一个不快乐的结局。与其忍受和她在一起的无尽争吵，还不如跟老婆过着死水一潭的生活。

龙卓宏比较另类，或者说更像一个生活在黄金时代的男人。他在债主上门之前，几乎每天都过着开奔驰，拿大哥大，左拥右抱不同的女人的生活。像他这样的人，在海南遍地黄金的时候，随处可见。

如果和龙卓宏相比，唐路、费左页和侯祺都不算坏男人，就算是龙卓宏也不能用罪该万死形容，只能说他喜欢拈花惹草。总体说来，还是诚实可靠的，他们绝对不是单纯寻求感官刺激的男人。

有一次，李平漠要去出租屋和唐路他们商量事情，宛溪与他一起过去。他们刚进客厅，就看到唐路、费左页和侯祺在看一部色情电影。他们看到李平漠和宛溪进来，就把声音关到最小，然后起身走到客厅的另外一头讨论他们的革命大业。虽然淫声浪语几乎听不到了，但电视里依然按部就班地上演着动作片。

宛溪买了一堆海鲜，就去楼上做饭。四个人在楼下商讨正事，没有人看动作片。她先煮了一锅饭，然后把海鲜或蒸或煮，再弄点辣椒、柠檬、胡椒、姜、葱、蒜、酱油、醋，胡乱搭配，做好蘸水，就下楼叫他们吃饭。上楼之前，唐路像想起来什么似的，走到电视机前看了一眼，然后脱口而出："怎么还没演完？这个动作片也太长了，表演的人真辛苦。"闻听此言，大家哄堂而笑。

听了唐路的话，宛溪想起第一次和李平漠去看三级电影的情景。她既紧张又羞愧，一直面红耳赤。李平漠一副无所谓的样子，大概是看多了，纯粹是陪她。看了三次以后，宛溪也不想去了。她的感觉正如唐路所言，从开始的好奇到后来的无聊。李平漠没有买电视，所以他们不能躲在宿舍看黄色电影。不过，即便他们真的躲在宿舍看动作片的话，肯定也是快进模式，谁都不会有兴趣把不停暴露性器官的活动当成电视剧看。

可是，这三个某种意义上的好男人，在劈腿和出轨的道路上，各不相让。客观地说，他们三个人的行为和龙卓宏刻意而为的花天酒地的生活是不可相提并论的。归根结底，他们并非是主动沉迷于灯红酒绿，而是因为与女友和老婆分隔两地造成的。

除了这些明面上的事，宛溪还见过一件更离奇的。一天晚上，李平漠在外面做事，半夜才回来。天气很热，她坐在椅子上，打开门通风。楼道里静悄悄的，还不到睡觉的时间，但是所有的门都关着，看起来整层楼就她一个人。因为没有风进来，所以她就爬到楼顶乘凉。坐了一会后，凉快了很多，正准备下来时，李平漠隔壁宿舍的门突然开了。借着楼道里的灯光和天上的月色，宛溪看到小刘站在门口，探头探脑地看了一下，然后退回去，紧接着一个穿着白色连衣裙的女子走了出来，很快下了楼梯，不见踪影。小刘的房子就在楼梯边上，所以下楼非常方便。小刘的老婆在澄迈工作，每周带着四岁的儿子过来或者小刘回去，是和睦的一家三口。宛溪平时见到小刘，也是有说有笑的，除了他老婆，没看到别的女人来过。她想不到小刘居然在一个透不过气的晚上和另外一个女人偷偷躲在房间里翻云覆雨，也不怕一时激动，喘不上气闷死了。宛溪不知道在楼顶上无意看到的这一幕是不是第一次，但她可以断定这不会是最后一次。所以，她像一个无聊的偷窥狂那样，连续在楼顶守候，第三个晚上，果然又看到相同的一幕，后来又看到好几次。由于距离稍远，光线不够明亮，她无法看清女子的脸，所以不能确定每次来的女子是否一样。再后来，她厌倦了这个没有惊喜的日常游戏，就不再爬到楼顶窥视了。

宛溪看到发生在身边这些活生生的例子，对于三年的研究生时间充满了疑虑。

第十六章　抉择

虽然有各种偷情的事，但并不是说一心一意的好男人都死绝了。陶谷就是心甘情愿住在围城里面，并且非常幸福的那个人。据他的老婆秦蓉娅说，自从谈恋爱起，他们分开时间最长的一次，就是陶谷先调来海南的那半年时间。也许因为他们俩感情本来就好，所以愿意一直相守在一起；也许陶谷天生就不喜欢在不同的女人之间周旋；也许因为秦蓉娅是个漂亮聪明、端庄贤惠的女人，陶谷才会对她死心塌地。两个人的事情，外人又怎么看得明白呢！

有趣的是，因为无法忍受老婆，愤而出逃到海南的闵梨山，终究还是没能逃出老婆的掌心。他老婆在他试图逃出围城两年多后，带着儿子，追到三亚，死活要和他在一起。闵梨山看在儿子的份上，无奈地接受了现实。他经常感叹地说："我太命苦了，真的是走到天涯海角都逃不掉。"话是这么说，他和老婆在一起时，并没有恶语相向。而且，他独自在海南的几年，一直规规矩矩，不要说和某个女人维持长久的性关系，就是偶尔为之的狂蜂浪蝶都没有。

陶谷和闵梨山的自律固然给了宛溪一些信心，但她还是为了研究生的事情纠结，为了将同李平漠两地分居三年而焦虑。就在她前矛后盾时，发生了一件事情，让她义无反顾地去上学了。

宛溪拿到录取通知书半个多月后，李平漠带她去一个朋友家做客。他的朋友是一个公司的副总，由于海口太萧条，正准备调到深圳的一个大型房地产开发公司。他非常赏识李平漠，力劝他一起去深圳。李平漠有些心动，但是还在犹豫。朋友看他不能下定决心，就说："你的学历背景这么硬，一路名校，专业水准是毋庸置疑的。在海南这么多年，实战经验也很丰富。无论你到哪个公司，都是不可多得的人才。你不能最后决定，是担心女朋友过去以后，找不到工作吗？她肯定也是重点大学的高才生吧？给我一份简历，她在深圳的工作包在我身上。"

本来一直娓娓而谈的李平漠，听了这话后，沉默了一下，然后有点底气不足地说："她是大专毕业，不过马上就要去兰若大学读研究生了。"他说这两句话的语调有所不同，前半句含糊其辞，后半句一清二楚。兰若大学虽然不像水木大学那样闻名于世，但好歹是个重点大学，说出去也能有点骄傲感。

朋友像李平漠一样，学校的招牌也是光鲜亮丽的，平时来往的大抵都是鸿儒，再不济也是初出茅庐的青年才俊，听到李平漠的女朋友居然是个白丁，非常意外，又不便发表评论，只好意味深长地"哦"了一声。

那一刻，宛溪觉得无地自容。

在这之前，李平漠从来没有当着她的面嫌弃过她学历太低。和这个世界上绝大多数只看重现实利益、非常功利的人相比，他的身上有很多难能可贵的品质。对书的痴迷和广泛的阅读没有让他变成一个照本宣科的书呆子，反而让他变成一个思想开化，胸襟广阔，精神世界非常丰富的人。

宛溪最喜欢李平漠的地方是他的脱俗之处。他考量人的时候，不以财富、地位、学历、相貌这些外在的东西作为标准，而是更看重一个人精神层面的东西。但是，这并不意味着他可以把所有外在的东西抛诸脑后。就算他内心可以做到，行为上也不能够完全出世，他毕竟还是在一个非常现实的世界中生活。这样的环境下，也许根本就没有人能够不管不顾，完全抽离出来。所谓的随心所欲，也是有个规矩卡在那里，不能逾越的。即使为了心中坚信的真理和科学越过所有的一切，也可能像苏格拉底那样被毒死，像布鲁诺那样被烧死，所以伽利略没有义无反顾地和教会作斗争，而是采取了迂回策略，甚至在忏悔书上签字。就算是这样，伽利略仍然没有逃脱教会的管治，在晚年时被监禁。如果他一直勇往直前，和宗教裁判所抗争，早就受到严惩了。历史的长河中，没有几个苏格拉底和布鲁诺那样的人，能够像伽利略那样为了坚守信念和教会周旋的都不多。在强行控制和高压政策下，大部分人都会放弃理想。所以，李平漠已经是非常难能可贵的一个人。

同样，宛溪也不是生活在真空之中，她必须正视一个无法回避的现状，那就是和李平漠关系密切的人全是名校毕业。和他有来往的人，也极少泛泛之辈。倒不是他要甄选什么，而是因为他的经历，自然而然地就形成了一个这样的圈子。宛溪这样一个无名专科学校的毕业生，以一种亲密的姿态出现在他的生活中，的确很不协调。冷静的时候，她也知道，如果想作为一个独立的人站在他的身边，和他看齐，而不是一根攀附在他身上的藤蔓，她必须提高自己，就像那几句所有人都会背的诗："我如果爱你，绝不像攀援的凌霄花，借你的高枝炫耀自己。"

宛溪从来没想过借李平漠炫耀什么，高枝上的东西早晚都要掉下来摔得七零八落。所以，就算她不能变成一棵大树，也要有自己的根，而不是一阵风就能吹跑的浮尘，她可以渺小，但是拒绝卑贱。虽然像简·爱一样，上帝也没有赋予宛溪财富和美貌，但她早就知道自尊自强、灵魂平等是多么重要。之所以思虑过多，只是因为留恋一份温馨的爱情。可是，患得患失只能让两个人的关系变味。

宛溪从爱情的炽热中清醒过来，理智地对自己说："如果没有碰到李平漠，我一年前就已经去上学了。生活就像开火车，走错了，可以适当进行修正，但是不能够偏离轨道太远，否则不但永远到不了目的地，还随时可能翻车。无论是为了我的前途，还是为了我们的长远关系，拿个硕士学位，都是一个最好的方式。"

其实，她不是不想去读书，只是害怕感情有变，为了李平漠暂时迷失自己。但是就算再犹豫，她也不可能放弃这个机会。而且，她现在能够在两个舍不得中选择是幸运的，曾几何时，她的生活是任人宰割的，是完全被动的，从来没有鱼和熊掌的问题，有的只是人为刀俎，我为鱼肉的狼狈。她做了多年死气沉沉、腐烂变质的鱼肉，如今可以做一条鲜活的鱼游来游去，何乐而不为呢！冷静下来一想，这正是她梦寐以求的。哪怕最后的结局是"杨朱泣歧路，墨子悲染丝"，也在所不惜。

想明白以后，这件让她盼望又逃避的事情画上了句号。在这个过程中，她切身体会了政治书上所说的外因和内因的关系。按她的理解，是内因起了决定作用，和课本上说的一样，还好总算没白学。她得意地想，如果考试中再遇到这个题目，一定可以得个高分。可是入学前她以为明明白白的这个问题，入学以后又迷糊了，因为远不是一个外因内因那么简单。不同的书有不同的说法，每个都有理论和实践作为支持。剥茧抽丝后，又产生了环境决定论、教育决定论、出身决定论、地理决定论等等，真是事事皆学问，难怪说人生糊涂识字始。宛溪硕士毕业的时候，也没搞懂一个人在面临抉择时，到底什么是决定因素。沮丧之余，她想也许和什么长篇大论的阐述都没有关系，就是一时冲动。不过，这只是她这个既不了解博大，也不明白幽微的愚昧之人的无知想法，学富五车的专家和学者随时可以把她反驳得哑口无言。

第十七章　西安户口

宛溪听从内心的愿望，决定专心去学校读书。李平漠闻言说："这就对了，别再胡思乱想了，要做个好孩子和好学生。"

"那你呢？是否乖乖待在这里等我？"

"我陪你回去办手续吧。"

此言一出，宛溪不知如何招架。尽管李平漠已经知道她过去的所有事情，但她连自己都不知道如何面对那个奇怪家庭，生怕父母也会给他难堪，所以还没做好带他去见识一下的准备，就说"下次吧"。和李平漠在一起的日子，让他郑重对待的只有考研，除此之外，从来不勉强她任何事情。就算是考研，他也没有特别唠叨过。

为了读书，宛溪必须回吴安办好所有的手续，然后把档案提出来。离开吴安之后，她给乡领导和县文教局分别写过两封信，说父亲的病情日趋严重，瘫痪在床，她必须留在家里，无法再回去上班。尽管如此，她知道吴安的事一定不好办，心中忐忑不安。她担心档案被卡住，读不了书。她不知道那个本人无法看到的档案袋里面写了些什么，但她非常清楚那个纸袋子可以决定自己的命运。临行之前，李平漠托了很多拐弯抹角的关系，才解决了档案的事情。然后，她回到西安迁户口。

离开家的这些日子，她刻意忘记从前所有的不愉快，所以很少想起西安的家。实际上，自从离开以后，家人从来没有问过她在外面的悲欢离合，因此她跟所谓的家人也没有任何联系。

又是八月初的一天，傍晚时分，太阳的余热还没有散尽，天空有一层薄薄的红霞，宛溪站在家属院门口的那个小山包上，望着已经变旧的南楼和北楼。那一刻，她想起十几年前的那个夏天，一个惶惑无助的小女孩站在原乡家属院的情景。她没有想到，从那一天起，生活竟然以那么残酷的方式呈现在她的面前，差点让她万劫不复。大部分时候，除了默默舔舐自己的伤口，她没有更好的方式保护自己。现在，她终于可以开始自己的生活了，无论家人做什么，都不可能再伤害到她。而且，现在她真的可以云淡风轻地写上一句："十几年以后，宛溪离开家，开始了新的生活。"对中间的过程只字不提。

宛溪在门口的土堆上站了一会儿，由于攀爬土堆的人越来越多，所以土堆越发牢固坚实。盛夏季节，小山包一样的土堆上长满了各色野花杂草，有喇叭花、大绒球、红蓼、苍耳、蓖麻、狗尾巴草、曼陀罗及一些叫不出名字的花花草草。整个土包从底部到顶端，一片繁茂，郁郁葱葱，绚烂多姿。在土包上纳凉消闲的人认出了宛溪，大家围着她问长问短。她寒暄了一会儿，下了土包，走进家属院，敲响了家里的门。良久，宛嫽打开门。

家里只有宛嫽和她的男朋友——一个斯文腼腆的男生。虽然宛嫽不关心宛溪的生活，但宛溪还是简单地说了一下回来的目的，然后把一堆椰子糖、椰子糕和香酥椰子片放到桌上。宛嫽依然嘴馋贪吃，看到满桌子没有见过的东西，使劲地咽口水，迅速地抓起来放到嘴里。

吃完了一堆椰子做的糖果和糕点后，宛嫽的态度明显好转。她说父亲依然每天出去打麻将，从以前的娱乐变成了赌钱，无论输赢，父亲都深陷其中，不能自拔。母亲不喜欢父亲赌博，尤其讨厌他输钱，就吵着和父亲离婚。可随她怎么吵，父亲就是不为所动，那副样子，就如同母亲看电视，从来不会被打搅一样。母亲看的电视剧都和情爱有关，但是，对于宛溪，她没有一丝情和爱。而母亲自己的情爱问题，也是问题重重。

暑假时，母亲实在生气，又无法阻止父亲，只好采取眼不见为净的策略，回仁洲的外婆家了。宛溪早就见惯了父母的相处之道，无论他们之间发生什么，都不奇怪。只是母亲不在，迁户口的事情必须委托父亲办理。

虽然说父亲不管宛嫽和男朋友同居的事，但她的男朋友不敢公然这么做，所以宛嫽问宛溪要了一些椰蓉糯米糕和其他的糖果后，就去男朋友单位的宿舍了。宛溪一个人在家等到十二点，父亲都没有回来。想着父亲第二天要上班，应该会回来的，所以她决定先睡觉，第二天早上再说。第二天七点多，她起床等父亲。快八点时，父亲起来了。宛溪把兰若大学的入学通知书给他看，告诉他需要把户口迁到玉庐，父亲没有多说，也没有一句祝贺的话，只是说他会去办。她想这是一件很容易的事，就安心等着。

因为很久没有看到朋友了，宛溪就先去纺织城看了刘洁文。刘洁文和厂里的一个工人在一年前结婚了，两个人和和美美，就是经济拮据。他们商量着是否要出来做点什么生意，前思后想，又怕做砸了没有退路，始终不敢迈出第一步。在纺织城待了一天后，她去县城找钱小瑛。

钱小瑛和李四伟天各一方后，靠着鸿雁传书维系了一阵子，还是断了来往。她在一年前和县城工作的一个男人谈起了恋爱，看着两个人卿卿我我的样子，婚期应该不远了。

宛溪在县城住了两天，回到家属院去看望钱小瑛的父母。小瑛妈热情地接待了她，嘘寒问暖。他们仔细地询问了宛溪在海南的生活状况，听到她考上了研究生，交了男朋友，都为她高兴。他们诚挚地祝福她，那份欢愉，就像听到钱小瑛的好消息一样。小瑛妈最后说："你和小瑛都不用操心，就是光良让我有点心烦，说想考研究生，可迟迟没有行动。"

钱光良在几个月前离开了那个位置荒僻的基层单位，去了深圳，但还是没有女朋友。说起这个时，温雅善良的母亲失去了惯常的不疾不徐，显得着急又无奈。

临走的时候，小瑛妈突然想起有封给宛溪的信。宛溪打开一看，是裴云英写来的。信写得很长，她粗略地看了一下，得知她已经在一年前去北京读研究生了。从钱小瑛家出来，宛溪把信仔细地读了一遍，读完以后，对裴云英佩服得五体投地。

裴云英在一个天远地远、无依无靠的地方，凭一己之力再一次走了出来，这一次她将会彻底摆脱命运的桎梏。宛溪因为留恋李平漠，磨蹭了一年，裴云英却一点时间都没耽误，已经在一个她想都不敢想的学校读了一年书。想到这里，宛溪觉得非常惭愧，马上就决定冲到北京去看她。准备买机票时，她才意识到是暑假，就打电话去学校问，自然是找不到人。按照常理推测，她应该回到她长大的那个小山村了。宛溪就去汽车站买票，可到了车站，不知道要去哪里。她完全忘记了裴云英家在哪里，或者是她根本就没说过。她记得她们说话的时候是以双水村或者罐子村指代的，于是宛溪试探地跟售票员说了这两个地方。说完以后，她才意识到自己很傻。可爱的售票员看着她说："开什么玩笑，你当我没看过小说啊。孙绍平去煤矿了，田润叶也不住那里了。要不给你买一张去黄原的票？如果我们有的话。"

既然迫切见到裴云英的愿望没法满足，宛溪就把满腔的感慨也化作了一封长信寄到她的学校。

宛溪尝试着找了一下专科学校的其他同学，结果没有丝毫消息。大概他们还在某个和吴安一样的地方艰难度日。除了伟大的裴云英，只有她和程玲璐两个人不安分守己。她们一个擅离工作岗位，还编了一堆瞎话；另一个更绝，连岗位都没看过一眼。既然找不到同学，她在西安也没有什么事情可做，就不想滞留，只想赶快办完户口的事，然后离开。

第五天早上，宛溪问父亲户口迁出来没有，父亲说还没有办，也不说理由，她又感受到了那种熟悉的透心凉。她不可能一直在家等，想自己办吧，可是不知道父亲把户口本藏在什么地方。父亲上班后，她在家翻了半天，也没找到户口本。无奈之下，她晚上去找钱小瑛的父母帮忙。小瑛妈答应第二天早晨上班时，就去找保卫科的人说明情况，帮她办理。

宛溪怀着希望和不安回家等待结果。晚上下班的时候，她急忙去小瑛家。刚进门，小瑛妈就说保卫科长已经跟父亲要了户口本，把宛溪的户口迁出来了。宛溪一听，就像个小孩一样，兴奋地拉着小瑛妈的胳膊转了两圈。小瑛妈笑着拿出一张纸，上面简单地写着"兹证明宛溪的户口从某年某月某日起，由西安迁到玉庐"和"特此证明"之类的字，下面盖了一个圆圆的红色公章。字是用蓝色钢笔写的，谁都可以写，没有权威性，只有那个大红公章才能证明这件事情的真实性。

户口的事办好后，宛溪跟家里的最后一点关系就算切断了。还记得刚搬到西安时，父亲炫耀地说，都是因为他，大家才有了西安户口。自始至终，不管是原乡户口，还是西安户口，都没有为她带来什么切实的好处。她既没有因为这个穿上漂亮的新裙子，也没有因为这个多吃几碗红烧肉，更没有因为这个带来父爱或者母爱。所以，她不知道父亲在炫耀什么。以后，她的名字不会出现在家里的户口本上，什么户口对她来说都没有任何意义。

第十八章 艾华

回海口之前，宛溪决定去看看艾华，因为如果没有六月飞雪的事情，她大概十年、二十年都不会回西安了。这个城市除了数不尽的帝王遗迹，后妃的哀怨情仇，朝堂的勾心斗角，还有很多贤良名臣、仁人志士抛却一己之私，心心念念的是国家。城里城外到处都是历史和文化，但没有让她割舍不下的人和事，而她不可能守着逝去的古人旧痕过日子。

艾华依然和父母住在一起，艾卫扬在三个月前和研究所一个温柔的女孩结婚了。婚后，他们住在他哥哥的那间宿舍里，周末才回父母家。宛溪把自己的情况一股脑说给艾华听，她有些伤感地说："你这次离开，真的不知道什么时候才能回来，咱们以后都不一定见得着面了。你住两天再走吧，我们好好说说话，吃点让你忘不了的东西，西安的小吃还是很有特色的。"宛溪不忍拂她的好意，就答应住一晚再离开。艾华本来想通知艾卫扬回家跟她见一面，她觉得没有必要，就拒绝了。

晚上，艾华和宛溪住在一个房间，两个人嘀嘀咕咕说了大半夜的话，直到眼睛实在睁不开才睡了。第二天早上醒来时，宛溪想换一件衣服，却发现背包不见了。由于出发前就知道这不是一次长期的旅行，所以她轻装上阵，没有箱子，只背了一个稍微大点的包，全部东西都塞在里面。由于没有更多空间，又想穿得漂亮，就自然会精选，所以包里装的都是自己最喜欢的衣服。宛溪以为艾华收起来了，就去问。艾华说："没注意，我还以为你放到柜子里面去了呢。"她们在房间和家里全部找了一遍，可是不见踪影。

艾华让宛溪回想一下到底把包放哪里了。宛溪仔细想了半天，说好像是放在客厅的桌子上。艾华闻言说："糟了，我爸买早点的时候，肯定又忘了锁门。该不会是被偷走了吧？"

听她这么说，宛溪急忙打开门，出去寻找。她看到楼梯上有一包在海口买的一次性内裤，还有一条粉蓝色格子短裤，但是最爱的两条印花棉布裙和那条在博爱市场买的连衣裙踪影全无。看到这些，她意识到包真的被偷走了。因为背包的拉链是敞开的，东西又装得太满，小偷走得匆忙，所以掉了一点东西出来。

在西安生活的那几年，宛溪深刻地领教了小偷的厉害，稍有不慎，就会被偷，连她这样一个常年身上没有几个钱的人，都经常中招。当年，她丢掉在宾馆上班挣的钱，大抵也是在西安火车站或者公共汽车上发生的。有的小偷是团伙作案，几个人在车上互相掩护，挨个儿偷乘客的东西。他们拿着锋利的刀片，一下划破乘客的口袋，准确地摸到钱包，用两根指头快速地钳出来，被偷的人毫无知觉。警察对此也束手无策，时不时严打一下，但总的说来，没法根治。所以这一次，宛溪的整个包被拎走，也不算奇怪。实际上，她离开以后，就忘了这里小偷的厉害，因而没有警惕。小偷根本防不胜防，他们不但勤奋，而且眼观六路，耳听八方，判断力非常准确，运气也不错，总是能够得手。如果他们把这些技能用在其他地方，想必也能够成功。

宛溪意识到包被偷了，没有办法追回，就告诉艾华看到的场景，艾华问她包里有什么东西。丢了东西，难免觉得烦恼沮丧，尤其是包里有些自己喜欢的物品，于是宛溪心不在焉地说："乱七八糟的，记不清楚了。有点价值的是一些衣服，一个在海口买的walkman，有个信封，里面大概装了六千多块钱，好像还有一个存折和毕业证原件。"

因为想到这次的目的是办理和专科学校相关的手续，宛溪怕万一需要以前的毕业证，所以就带了出来。另外，李平漠怕钱不够，又担心她带太多现金不安全，所以就让她拿个存折，完全没有考虑异地取钱的可能性。

艾华听到她丢了六千多块钱，有些着急。两个人到处找了半天，没有发现更多线索，她们知道钱肯定是找不回来了。艾华试探地说："钱是在我这里丢的，我赔你一半吧。"

宛溪不打算要她的钱，可是她身上只有十几块钱，这是绝对回不了海口的。她想先用艾华的钱买机票，回去后，再把钱还给她，就像当初去海口的时候问她借钱那样。这么想着，就随口说到："好吧。"

对于宛溪的回答，艾华似乎有些吃惊。但是，既然话已经说出口，她也不好反悔，就去银行取了三千块钱给宛溪。

钱给了宛溪以后，艾华的态度发生了明显变化，她一直追问宛溪的背包里到底有多少钱，是否真的有六千多，又说怎么可能把这么多钱随便扔在外边的桌子上，如果真的有钱，肯定会随身携带的。对于艾华多次表现出来的不信任和挑衅般的问话，宛溪很烦躁，就顶了她一句："难道我要骗你三千块吗？"

"谁知道呢，人心难测。"艾华仿佛还不解气，又接着说，"当初你连路费都没有，怎么突然之间能有这么多钱？又不是走了十年八年，这衣锦还乡的速度可真够快的。谁知道你在海南做什么！"

宛溪没想到艾华会这样回答，她的心一点都不难测，除了伤心，就是愤怒，后者的感觉更强烈。而且艾华的后半段话，带着明显的侮辱性。她不愿意再做任何解释，当然也不会再多待一分钟，买了机票就直奔机场。

回到海口后，她为了是否把钱还给艾华的事情矛盾了很长时间。还给她吧，证明她于心有愧，如同真的骗了她的钱，也确实在做着那些艾华认为非常不堪的事情。她反复跟自己说："如果做了就算了，关键是没做啊，真冤枉"。不还吧，有些过意不去。她想等艾华再次提起时，就以一种把钱甩到她脸上的态度还给她。可是，她没有收到艾华的信。由于个性使然，宛溪也绝对不会主动跟艾华联系，所以最终没有给她寄钱。两个人的关系从陌生人开始，以路人的状态结束。内心深处，宛溪还是有很大的遗憾，怎么都没想到因为一点钱毁掉了她很珍惜的东西。艾华不是艾卫扬，她不可能和艾卫扬保持一种长久的联系，但她非常希望能够和艾华像姐妹一样长期相处。大概每个人年轻的时候都会放任自己，做一些后悔莫及的事情。当宛溪到了回想人生的年纪，这件事绝对在她悔不当初的名单上。

值得一提的是，她花了三年时间换来的那张专科毕业证，唯一的用处是在研究生报名的时候出具了一下。在西安被偷走后，因为再也没有人要求看那张毫无价值的纸，所以就没去补办。这件事给她带来某种启示。她经过长久深思，在某一天突发奇想，把名字改了。就这样，她回家以后的所有生活痕迹都被磨灭了，她真的成了一个石头缝里蹦出来的孤儿。

第十九章　意外怀孕

自从和李平漠在一起后，宛溪那颗冷了多年的心慢慢地有了温度。她可以笑着接纳一些不顺心的事情，尽情地享受着入学前平静安宁的日子。

李平漠经常带着她去陶谷家蹭饭。他的理论是，宛溪不在的时候，他要找两个比食堂好的地方轮流蹭饭，企图才不会那么明显。其实，李平漠对吃和穿都不讲究，饭菜可以下咽就行，衣服更是无所谓，买了好多一样的。海南天气炎热，每天都要换衣服，他就在衣柜里面随手一抓，反正都是一样的，根本不用为每天穿什么动脑筋，就算有个破洞，也照穿不误。可以说，他对基本生活的要求非常低，属于非常好养活的。之所以说去蹭饭，无非是找个理由过去聊聊天。

陶谷和唐路都是李平漠的好朋友，就算他不主动去，他们也会时不时叫他的。刚好秦蓉娅做得一手正宗湘菜，色香味俱全。再加上湘菜和川菜在口味上有相近之处，李平漠吃完秦蓉娅的饭后还是有点想念。唐路那里作为一个蹭饭的地方比陶谷家稍差一点，但可取之处还是很明显的。尽管赵姝的厨艺没有秦蓉娅那么精湛，不过可口的家常便饭，还是好过天天吃单位的食堂和外面同样当作食堂的餐厅。

唐路和赵姝的感情一日千里，已经处在谈婚论嫁的阶段。不过，两个人都算晚婚了，想尽快完成人生大事也在情理之中。

有一天，李平漠和宛溪在陶谷家吃饭时，秦蓉娅说他们两个长得越来越像，宛溪问谁像谁。秦蓉娅还没说话，李平漠立刻接口："当然是你像我，你那么丑，我怎么可能像你呢。"陶谷和秦蓉娅都被逗笑了，宛溪说了一句他才是丑八怪，自己也笑了起来。

在陶谷家吃完饭后，李平漠还多了一个打游戏的活动。自从他不再像从前那样忙得脚不沾地后，就找到了这个新爱好。他和宛溪一直没买电视，谁都觉得没必要。陶谷家当然有电视，而且还有游戏机。李平漠常玩的游戏有两个：魂斗罗和俄罗斯方块。宛溪开始跟着他玩魂斗罗，但很快就死了，他则经常在刚开始时一命通关，而后顺利过关斩将，得分以后，又奖励好多条性命给她。宛溪输得完全失去了兴趣，也知道无论如何都打不过他，就说搞不清楚那些枪的区别，而且不喜欢整天举着枪打来打去的。她放弃魂斗罗，开始玩俄罗斯方块，可李平漠的水平又远远超过了她。他总能找到合适的形状和地方，把一个一个方块叠上去，稳稳当当的，在大大的电视屏幕上看来，显得比大楼还高。她输得不服气，只好说："这个游戏跟修房子差不多，本来就是你的工作，打赢我这个外行，有什么可得意的。"

李平漠当然说她是煮熟的鸭子，不但再也飞不了，连毛都没有了，剩下的只有嘴硬。

不管是谁像谁，宛溪和李平漠确实很开心。正所谓快乐不知时日过，他们在吃饭和打游戏中到了快要开学的时间。随着上学的日子越来越近，宛溪开始恶心呕吐。她以为自己吃坏了东西，没有特别留意，还跟李平漠开玩笑说他选错了蹭饭的地点。连续两天后，李平漠问："你是不是怀孕了？"

听他这么说，宛溪才惊觉月经推迟了，马上意识到事态的严重性。李平漠立刻带她去医院检查。验尿的结果是阳性，医生以不容置疑的口气说她怀孕了。

这个事情来得太突然。首先，他们从来没有考虑过生孩子的事情，平时也采取避孕措施。其次，她马上要去读书，根本不可能在这个时候要小孩。李平漠也说，不能耽误读书。两个人商量以后，唯一的选择是流产。

宛溪买了两本有关流产的书，内容有很大差异。有的说很难受，痛苦不堪，这辈子都不想再做流产，伤心伤身；有的说没有感觉，做完流产第二天就去上班了，比上个厕所还轻松，对身体没有任何损害。为了自我安慰，她选择相信了没有感觉的说法。

等她真的上了手术台，才知道刮宫是一种撕心裂肺的痛。那些把流产说得像上厕所一样简单的人，一定是感知疼痛的所有神经都失去了知觉。从手术台上下来后，她倒在李平漠的怀里，突然晕了过去。李平漠赶紧让护士去叫医生。好在失去知觉的时间不长，医生还在路上，她就醒了。

做完流产后，李平漠让她在家休养，他在各种餐厅买不同的饭带回来。宛溪在家待了两天，除了下面有些出血和在手术台上的那种痛，倒也没有其他不适。虽然说在手术台上的那一刻确实比上厕所难受很多，但过后也无须念念不忘，正所谓好了伤疤忘了疼。她明白了为什么有些人会说流产并非一件大不了的事，对那些极尽描写各种痛苦的人，她们认为完全是小题大做。如果一年以后有人问宛溪流产是什么感受，她大概也会说"还好吧，有一点痛，但完全可以忍受"。

除了肉体上的短暂疼痛，宛溪对这个来的不是时候的孩子没有太多不舍。她从来没有想过当母亲，那是一件非常遥远的事，不曾为此做过任何准备，所以心理上没有什么负疚感。另外，受到裴云英的激励，她对自己过去一年多来心猿意马的行为非常不满。反省过后，她彻底端正思想，放下乱七八糟的想法，认为眼下没有比读书更重要的事。李平漠比她还没心没肺，看到她一切如常，就再也没提过这个突然来到却无权出生的孩子。

女人总是对情感问题更有兴趣，宛溪当然不例外。无论读历史还是读小说，她总是关注书中人物的感情经历，以及主人公最后到底和谁在一起了。其实，凡是在历史上留下名字的女人，她们的情爱都是一本很好的小说题材。因为在一个男权社会里，女人如果跟男人，尤其是跟有权势的男人没有瓜葛的话，哪怕有通天的本事，也不可能达成自己的心愿。

裴云英在信中没提男朋友的事情，这点让宛溪非常好奇，不知是没有还是不愿意说。去北京之前，她应该是没有的。那么到了北京之后呢？裴云英本来就不是一个絮絮叨叨的人，所以虽然她没有说，但宛溪还是把她和李平漠的事情悉数向她报告，希望以此换回一点信息。裴云英肯定要等到开学以后才能回信，所以宛溪只能耐心等待。好在光阴如梭，弹指间就要开学了。

自从得知裴云英的消息，宛溪就经常跟李平漠念叨。刚开始，他也说这个女孩一路走来不简单，其坚定的意志不是寻常人能比的，是个值得学习的好榜样。后来，听她唠叨多了，就说："她什么时候成了你的领路人，你的精神领袖不是我吗？"

"你什么时候成了我的精神领袖？"

"一直都是啊。"

"我说过这话吗？"

"当然不用说了，你对我的崇拜全部写在脸上。"

"呸，你这自我感觉也太好了吧。"

"承蒙夸奖，不胜荣幸。"

第二十章　兰若大学

宛溪和李平漠说说笑笑间，就到了开学的那一天。九月份，她入读兰若大学，正式成为一名在读硕士生。去学校之前，李平漠戏称自己为研究生导师。因为与他相关的三个女人，花艺云、甸宇女友、包括她自己都考上了研究生。从这个意义上说，这个称号倒是名副其实。宛溪问他是否还要再带研究生，李平漠一语双关地说："你是我的关门弟子。"

造物主给了学校别具一格的外部环境，人类也没有辜负上天的厚爱，在校园里面创造了非常富有特色的景观。不像其他学校那些孤零零、千篇一律的建筑物，兰若大学里有些飞檐斗拱、古典风格的小楼。许多建筑的名字都和历史或者文化有关，颇富诗意。尤其是铃兰楼前面的忆绮广场，气势恢宏，引发了无数学生的怀古幽情，是很多人钟爱的地方。离男生宿舍不远的地方有个小潭，水质异常清澈，是男生们游泳的理想场所。学校附近有一大片空地，久了以后长满了自生自灭的灌木丛、高低不一的树木和果树，还开满了绚烂的花，有风信子、美人蕉、蝴蝶草、桔梗兰、半边莲、胡枝子，更多的是叫不出名字的花花草草，颜色最多的是火红、明黄、淡紫和纯白，俨然一个天然的植物园。所谓"桃李不言，下自成蹊。"所以本应废弃的野地里有不少的小径，而路上永远都有成群、成对或者独行的学生徜徉。不管是否有人驻足观赏，花儿都那样烂漫地开放在任何一个角落。女生宿舍的后面是长天湖，虽然水域不宽，也很浅，但打开窗子就能看到波光粼粼。男生宿舍和女生宿舍都像梯田一样，一幢比一幢的占地高，所以去宿舍时，得拾级而上。

校园里面有两尊雕像，一个是儒雅的文臣，一个是骁勇的武将。文臣立在忆绮广场的边上，宽袍大袖，白衣飘飘，目不转睛地凝视着前方。武将的雕像高大威猛，披铠按剑，遥望着长天湖。如果按照人物的性格来看，两个雕像的位置应该互换才对。

　　学校大门口的马路又直又长，公共汽车来往频繁，转一趟车就能到市区，如果想进城是非常方便的。从学校坐车二十多分钟可以到霞照寺，那里善男信女众多，整日香火缭绕。寺里有盘根错节的樟树，根深叶茂的菩提和挺拔的银杏。在寺院听了一次讲座后，宛溪才知道以前宛怜教她们唱的"长亭外，古道边"，出自著名的弘一法师之手，而弘一法师和不少寺庙都有很深的渊源。

　　城市的另一边有一片没有拆掉的古建筑，连路面都保留着原来的样子，不是青石板，就是圆润的小石头。一幢幢散发着历史气息的房子在红花绿树间错落有致，无论高矮，房子外面的墙上一律爬满了密密的常青藤，那片不大的地方安宁静谧，没有俗世的喧闹，就连偶尔飘出来的琴声也仿佛仙乐一般。只有当几个卖东西的小贩和游人小声地讨价还价时，才有了一些人世烟火的迹象。

　　宛溪把城里郊区看了个遍后，还是收敛心性专注于校园里面的事情。不过学校也是一个不俗之地，光是系里的建筑就让她移不开眼睛。外墙全是白色的石头，搭配着红色的飞檐屋顶，典雅大气之中，又透着一股厚重感。办公室、教室、会议室、档案室，还有系里的小型图书馆，围成了一个四方院子，形成一个小小的天地。

　　和宛溪同时入学的还有三个人。一个女生叫杨萍，和她一样，毕业于一个专科学校。她来自咸阳，应该说在成长环境上，和宛溪有些共同点。另外两个是男生。一个叫贝�信，毕业于一所很好的大学。虽然他斯文秀气，说话的风格却和外表截然不同。另外一个名叫邱驰，才毕业一年。他虽然是四个人中年纪最小的，但干练成熟，处事老到，完全不像刚毕业的大学生。

　　除了他们四个硕士，还有同级的三个博士。韩国栋开始时是大专毕业，硕士读了个不同的专业，博士又是一个新专业。张荣倒是中规中矩，从本科到博士都没有换过专业。他们两个都结婚了，老婆和孩子依然留在原来的城市。另外一个女生黄玲一直没有出过大学的门，本科和硕士都在素剑的一所大学读的，毕业后留校任教。由于对读书怀有极大的热情，尽管父母强烈反对，她还是毫不犹豫地考了博士。听到黄玲母校的名字，宛溪觉得耳熟。仔细想了一下，原来是边思的校友。黄玲年过三十，仍孑然一身。

　　所有的专业课，四个人都是在系里的房间上小课。老师讲课不费嗓子，因为说话的声音很低。公共课或者选修课，就去系外的公共教室上大课。选修课通常是五六十个人一个班，公共课则有将近两百人齐聚一堂，老师要对着扩音器说话，才能把声音传出去。宛溪在四个人的小课堂和可以容纳两百多个人的阶梯教室里来回转换，她花了将近一个月的时间才适应了两种大相径庭的上课方式。

宛溪和杨萍分到同一个宿舍，宿舍楼的名字很好听，叫作寒烟，这应该是"梯田"的顶层，也就是全校最高的宿舍楼。寒烟楼下面有飞雪楼和凉叶楼。除了凉叶楼以外，女生宿舍都是用围墙和铁门封起来的，男生不能进。寒烟和飞雪连在一起，铁门在飞雪楼外面，晚上十一点以后锁起来，晚归的女生只能翻门而入。凉叶楼在飞雪楼的下面，是开放的，谁都可以进出。

所有的女生宿舍楼都是一层楼共用一个水房，每层楼的水房结构和位置都是一样的。水房在楼道的尽头，最外面是一个水槽和一排水龙头。水龙头的边上有两堵墙，将这里隔成两个小空间，但是没有门，连个门帘都没有，是一个完全敞开的门洞，里面是两个淋浴喷头。厕所在最里面。

宛溪住进寒烟楼不到一个星期，就发现了最大的烦恼：几乎每天停水。水龙头根本是摆设，经常开着，就是不出水。炎热的夏天，爬过无数个台阶，回到宿舍时，早已汗流浃背，最大的愿望就是洗个澡。可是因为没有水，十次有九次半都洗不成，幸运的半次就是洗发水还没冲干净，就没水了。

可是没有水洗澡还只是一个烦恼。缺水造成的另一个严重后果是肮脏可怕的厕所，排泄物重重叠叠地堆在坑里，根本不知道什么时候才能冲走，整个楼道都散发着令人恶心的臭味。上一次厕所，是对身心的极大考验。即使捏着鼻子，都要鼓足勇气才敢进去。上一次大号，头发、衣服、全身都臭烘烘的。有人可以做到面对排泄物依然镇定自若，偏偏宛溪在这方面的心理素质极差，从小到大，她都在做斗争，试图克服这个障碍，但是顽疾依旧。一想到宿舍旁边恐怖的厕所，她就如坐针毡。

站在宿舍的窗前，看着外面的一片水光，凉爽的风徐徐吹进来，宛溪也觉得心情舒畅。然而，这解决不了她需要水的基本问题。她恨不得从宿舍的窗子放几个大桶下去，打水上来冲厕所。然而即使能够用水把厕所冲干净，也不可能每天用这种方式洗澡。况且，那点水量根本经不起众多缺水女生的折腾，用不了几天就没了。

听说飞雪楼和凉叶楼很少停水，宛溪决定搬到下面去住。她跟杨萍说了想法，希望和她一起搬家。杨萍说："宿舍已经分好了，不可能改变"，叫宛溪安心住下来。宛溪本来也不是个积极争取什么的人，但这个水的问题实在太让她困扰。于是她本着不信邪的想法，自己去研究生处宿管科说明情况，要求调换宿舍。主管的人查了一下，看到凉叶楼有很多空床位，就把她分到了那里。

宛溪在寒烟楼住了三个星期后，如愿以偿地搬到了凉叶楼，缺水的状况大为改善。寒烟楼几乎天天停水，凉叶楼大概一个星期停一次水。她觉得从沙漠到了绿洲，幸福得每天洗澡时都要唱歌。

住在凉叶楼的大部分是硕士生，有极少数的本科生。宿舍里面的布置和寒烟楼一模一样，也是两张高低铁架床靠着宿舍的两面墙，四张桌子并在一起，放在房间的中央。

由于宛溪最晚搬进去，宿舍里的三个床位已经各归其主，只剩下最后一个上铺。她在宿舍安顿好后，开始慢慢熟悉其他三个女生。

住在宛溪对面上铺的范冷辉，名字起得像男生，也比较有个性。她中等个头，身材比例很好，普通的衣服穿在她身上会产生独特的效果。她经常把眉毛画得很粗，让脸上的线条显得有些硬，眼睛大而有神，鼻梁微塌，嘴唇偏薄。不漂亮，但是很聪明，她似乎可以一眼洞穿人心。她本科是在一个名校读的，来兰若大学之前，在一个中等城市有个稳定体面的工作。她已经结婚，老公和她在同一个城市工作，有一个两岁的儿子。

张彤住在宛溪的下铺，大学毕业后到深圳工作。上学前单位和学校有协议，特别忙的时候她回单位上班，有点类似半脱产学习，但又比真正半脱产的学生在校时间长得多。她身高一米六五，不过非常瘦弱。张彤外冷内热，乐于助人，新婚不久，老公是生意人。

简芬住在范冷辉的下铺。她戴着眼镜，中长的头发，时而扎起来，时而披在肩上，说话慢条斯理，虽然有些微胖，但文静内敛。她以前在一个小城工作，有一个交往稳定的男友，依然在那个城市等她。

张彤遵守协议，有时回单位上班。她不在时，床位就一直空着。范冷辉和简芬都是神龙见首不见尾，每天早出晚归的。宛溪也很少在宿舍，不是系里就是图书馆。本来少了一个人，就显得别的宿舍安静，再加上三个人都是这样的风格，所以白天她们宿舍经常空无一人，有时候整天都无声无息的。

研究生不同于本科生，其中的大部分人都有丰富的工作经历。他们来自全国各地，很多人在入学前都有很好的职业背景，在单位也是人尖子。他们读书的目的并非单纯地求得一纸文凭，更想在此期间遇到一些贵人，为他们以后的发展提供机会和帮助。这样的一群人聚在一起，难免会擦亮眼睛，同时又相互较劲。所以，眼尖的人很快发现了年樱正是他们要寻找的人。

年樱是学校里年纪最大的硕士生，即将步入四十岁的行列。她出生于高干家庭，父亲参加过抗日战争和解放战争，母亲也是老革命，她本人在北京一个警备森严的单位任处长。刚开始，大家都很好奇她为什么舍弃北京的众多高校不读，千里迢迢地跑到玉庐这个小城来。后来，消息灵通人士透露，她刚离婚，想换个环境调整一下心情。跟北京相比，玉庐自有一份宁静，再加上兰若大学如诗如画的景致也很对她的胃口。另外，兰若大学有个比较特别的专业，还有两个名气颇大的新兴专业。年樱读的就是一个很新的专业，据说北京的高校还没有呢。所以，她舍近求远地到玉庐读书，不算特别罕见的新鲜事。

年樱个子很高，接近一米七，但是瘦得像个纸片人。她经常把长长的头发扎成一个简单的马尾，面部线条柔和，言谈举止温文尔雅，甚至可以说非常随和。跟她接触过的人都说："怎么没有颐指气使呢？一点都不像想象中的高干子弟。"确实，乍一看，年樱就是一个没有什么背景的普通人。然而，很多嗅觉灵敏的人尖子排除表象，发现年樱是个极有价值的厉害角色，所以都想方设法向她靠拢。开学一个月后，年樱就成了众星捧月般的人物，并且以她为中心，自发地成立了一个小团体。

年樱也住在凉叶楼，和宛溪所在的宿舍隔了两个房间，但和她们宿舍的冷清完全不同。年樱的宿舍是整个凉叶楼最热闹的一间，像校园里的小卖部一样，经常门庭若市。无论白天还是晚上，来访的人都络绎不绝。宿舍里经常传来男男女女的笑谈声。

宛溪全部安顿好以后，就开始关心民以食为天的大事。学校里面虽然有好几个食堂，但做的菜都像是白水煮出来的一样：素菜没滋没味，肉菜是几块难以下咽的大肥肉；就算买了排骨，也是几块硬骨头，啃了半天，肉都塞不满牙缝。好在有些食堂卖小炒，如果想吃点好东西，可以多花点钱买小炒。她尝试了每个食堂，都是一样的难吃。最后她一步路都不愿意多走，锁定离凉叶楼最近的明汇食堂。如果实在馋了，就花点钱买个小炒或者去学校门口的小饭馆。

她和杨萍经常去门口的面馆，菜品种类不少，有炝锅面、油泼面、麻辣小面、刀削面和拉面。无论哪种面，都不容易断条，非常筋道，有咬劲。最重要的是，桌上总是有一小钵辣椒油，可以随便放，这对每天吃水煮菜的人特别宝贵。她们两个每次都在面里放五六勺辣椒油，达到承受辣度的最高极限才罢休。

开学一个多月后，李平漠把裴云英的信转寄给宛溪。裴云英简单地说了不久以前和一个叫楚山的男人在燕园看过湖光塔影。虽然着墨不多，但总算满足了她的好奇心。

第二十一章　天外来客——不愿离去的女生

宛溪整天在系里、公共教室、图书馆、宿舍和食堂之间奔忙，适应着学校的生活，也认识了很多新面孔。忙碌的生活中，很快就到了十月。

一天中午，她从图书馆回来，准备去宿舍拿碗打饭。刚走到楼下，她发现母亲坐在凉叶楼门口的楼梯上，她大惊失色。离家以后，她不知是否梦见过母亲，但是即便在梦里见过，她也不会梦到母亲突然在校园里出现。正在踟蹰的时候，母亲已经看见她了，大声叫着："三妹子，你咋这么晚才回来？"

宛溪一步一挪，走到她面前。母亲想从楼梯上起身，可是由于体型庞大，一下没能起来。她伸出手，把母亲从地上拉了起来。她知道母亲的个性，所以等着她开口解释为何会赫然出现在校园里。

母亲站起来就说："你爸没日没夜地在外面打麻将，整天连个鬼影子都见不到。我要离婚，他又不同意。我不想管家里的事情，暑假去了你外婆家，在你姐那儿也住了几天。你姐把你这几年的情况都告诉我了，没想到你还挺争气的。我原本不想回西安，让你爸一个人过，但是我又不能退休。这次刚好碰到单位组织工作三十年以上的人出来旅游，我看到玉庐是其中一站，这边有不少景点，所以就跟着来了。你爸每天打麻将赌钱，想起来都烦。前几天，我又和他大吵了一架。我也懒得上班了，免得他输了钱，拿我的工资去赌。"

宛怜跟李平漠经常有书信往来，宛溪的情况，李平漠自然会告诉宛怜。刚到海南时，宛溪曾经给宛怜写过一封信，说得到李平漠的很多照顾，对她表示感谢，但是宛怜没有回信。后来得知她经常跟李平漠通信，宛溪就觉得没必要再给她写信。她的生活很平淡，李平漠三言两语就说完了，她如果非要再给宛怜写点什么，也是比狗尾续貂还烂的东西。

母亲上午跟着单位的人一起参观了市中心和霞照寺以后就坐公共汽车到

了学校，她去系里找宛溪，刚好今天没课，宛溪在图书馆学习。办公室的人不知道宛溪在哪里，就告诉母亲中午大家会回去吃饭并且在宿舍午睡，肯定能找到她。母亲先去了楼上的宿舍，门锁着，所以她就在楼下守株待兔。

宛溪带着母亲去了卖小炒的食堂，买了葱油拌面、酱猪耳、樟茶鸭和海瓜子四个小炒。两人各自埋头吃饭，母亲以惊人的速度率先吃完，然后在嘈杂的食堂里用比平时更大的声音讲话。

因为很吵，开始的时候，宛溪专注于好久没吃的美味小炒，没有特别留意母亲的话，后来，越听越不对劲，就静下心来听，母亲正说道："我养你这么多年不容易，花了很多钱。你爸那里本来就指望不上，现在更不可能，说不定哪天就把钱都输完了。你外婆和舅舅那里都需要钱，我没有那么多钱给。你现在生活好了，李平漠那么有钱，该给家里做点贡献了……"

宛溪看着母亲，如果不回应，她会没完没了地说下去。同时，宛溪也有些生宛怜的气。宛怜不跟她联系就算了，但是她不应该在母亲面前，把李平漠说得像个大老板一样。如果真的说到钱，高甫追逐财富的兴趣远远大于李平漠，腰包肯定更鼓。再说，李平漠和母亲没有半点关系，他们没有通过一封信，没有讲过半句话，更不曾谋面，他为什么要给母亲钱？当初，宛怜从恋爱到结婚，没跟家里说过半个字，没有人知道高甫是什么来头。现在，她居然在母亲面前，如此大力地宣扬李平漠这样一个陌生人，不知是何居心。想到这里，宛溪有些怨气，就说："我不知道姐姐跟你说了什么，但是我跟李平漠只是男女朋友，他的钱与我无关。再说，海南经济萧条，他们投资的项目失败，根本没有你们想象的那么有钱。姐姐和姐夫是合法夫妻，他们的钱是夫妻共同财产，而且姐夫比李平漠那么有钱。你需要钱，可以跟他们拿。我现在只是一个学生，没有收入，之前也只有少得可怜的一点积蓄。这三年读书的费用，都还需要李平漠资助。如果我们以后分手了，所有的钱都要还他。"

听了宛溪的话，母亲非常不高兴，她顺着自己的思路继续往下说："我跟你姐要了，她也哭穷，说你姐夫没赚什么钱，有点钱都拿去做什么项目了。现在你也拿所谓的项目来搪塞我，你们肯定是串通好的，一起骗我。我真是有眼无珠，养了你们这些忘恩负义的白眼狼。后来，我把你姐大骂了一顿，她才拿了一千块给我。"

母亲本来就是大嗓门，生气的时候声音更高。即使在喧闹的食堂里，她粗声大气的嗓音依然显得刺耳。开学一个月了，食堂里有很多熟悉的面孔。宛溪有点担心母亲突然发作，让她下不了台。更重要的是，她不想让家里那些令人烦心的烂事再影响到她目前和以后的生活。

其实，父母是双职工，两个人的收入加起来足够一家人吃好穿好，但院子里很多单职工家庭都比他们家好很多。究其原因，主要是父母都只顾自己，非常吝啬，不愿意改善家里的生活。对待宛溪则更加苛刻，不但没有多给过一分钱，连基本的生活费都没法保障。然而，不知是风格高洁的古诗词潜移默化的影响，还是守财奴一样的父母激发了她的反骨，宛溪并没有因为经济拮据，变得像父母那样爱财如命。当然，她永远也达不到清名万古扬的境界，只是"安能摧眉折腰事权贵"或者"不戚戚于贫贱，不汲汲于富贵"这样的句子在不知不觉间教化了她，融入了她的生活，随之而来的反应就是一种本能，就像走路要抬腿、吃饭要张嘴一样自然。再说，父母只是简单地爱钱小气，都不关心孔方兄是否能够买尽人间不平事，实在让她看轻。她没有一掷千金的资本，不过还是崇尚"千金散尽还复来"的洒脱。虽然并不知道千金散出去以后，用什么方法能够让它们再回来，但如果钱能够解决问题，而且只要在可承受范围之内，她都愿意给。

听着母亲的唠叨，宛溪思绪起伏，想到来学校之前，李平漠说："新到一个地方，肯定要添置一些东西，你要多带点钱。"所以，她本着息事宁人的态度，带着母亲去储蓄所取了一千块给她。拿到钱后，母亲心情大好，说她只是跟父亲赌气，旅游完了就回学校上课之类的。

宛溪不想再听母亲抱怨父亲，家里的一切，对于她来说，都是腐烂发霉的陈年旧事。母亲依然唠叨着，她没有丝毫兴趣，就打断了她，直截了当地问她接下来做什么。母亲说："我先去霞照寺和单位的人会合，下午去两个什么景点，还有旧城区，晚上住在市中心，明天早上离开。"

送走了母亲，宛溪独自在校外走了一会儿。母亲的到来，撕开了那些她不愿意看到的伤口。她以为已经忘却的摧心剖肝，再次涌上心头。几年没有任何音讯的母亲，从宛怜的口中得知宛溪"发达了"，就理直气壮地跑到学校跟她要钱，还大言不惭地自说自话。虽然母亲一次又一次地触及宛溪的底线，但她只能黯然神伤。母亲在开学伊始出其不意的来访，让她情不自禁地想到自己离开西安去海南时的凄凉情景。

当时，母亲在知道她身无分文的情况下，非但没有给她一分钱，更不过问她如何解决基本的路费问题。当然，母亲丝毫不在乎没有钱的宛溪为了生存可以做出完全不顾尊严的事情。她不关心她只身跋涉千山万水，到一个陌生的地方后如何生活。不知母亲是否想过，宛溪非常有可能像很多女人一样，每天画着浓妆，站在海口宾馆门口拉客，说不定哪天就无声无息地被谋杀，弃尸荒野，无人认领。其实，无论哪个城市都有这样的女人。在西安，也有很多从事这种职业的女人，只是比较隐蔽，没有海口那么招摇。母亲并非不知道这些，她只是不在意她到底怎么过。宛溪不歧视靠自己身体谋生的女人。小仲马在一百多年前就大声疾呼要善良，"不要轻视那些既不是母亲、姐妹，又不是女儿、妻子的女人"。对于烟花女子的看法，宛溪早就在看《茶花女》的时候形成了。可是，母亲非常看不起那些"出去卖"的女人，说她们不知廉耻。如果宛溪被生活所迫，成了花街柳巷的正式员工，最后因为没有五险一金和劳保，像个孤魂野鬼一样死在外面，母亲定会漠然视之，以一句"谁叫她出去卖的"结尾。母亲鄙视出去卖的女人，但是宛溪是否出去卖，她不以为然。如果上天垂怜，让她有个世俗意义上稍微体面一点的生活，母亲便会理直气壮地跟她索取。

想到这些，宛溪的心沉到了谷底，什么事都不想做。她走到凉叶楼门口的公用电话摊位前，给李平漠的办公室打了个电话，他刚好在。她不想在大庭广众下陈述由母亲引起的不快，就说了一些学校里的人和事。李平漠也汇报了他在海口的快乐单身汉生活，重点说了他轮流在陶谷家和唐路的宿舍蹭饭的情况。最后他说单位的新房快要修好了，按照资历，他可以分到一套两室一厅，比住单身宿舍方便多了。

两个人东拉西扯地说了很多不着边际、恋人之间的话，宛溪的心情好转了。和李平漠打完电话后，她开始准备第二天的专业课，因为老师指定的书还没有读完，上课时要讨论。只有四个人上课，谁都不可能滥竽充数、蒙混过关，所以她整个下午都在图书馆认真读书。

在凉叶楼住了两个多月后，年樱的宿舍传出一个令人毛骨悚然的消息，是由她本人亲口说的。

年樱住进宿舍没多久，就开始梦到一个面目模糊的长发女孩，每次的梦境几乎都一样。那个女孩使劲地推她，并且试图把她从床上拉起来，然后说着同样的话:"你为什么睡我的床?"

开始,年樱没有在意。可是当这个梦频繁出现时,她有点惴惴不安,就想方设法地打听,到底谁在这个宿舍住过,发生了什么事情。很快,她就得到消息说,以前住她床位的那个女生,由于感情问题,跳楼自杀了,而且就是披散着一头长发跳下去的,脸部着地。

凡是听说这个事情的人,只要胆子稍微小一点,晚上都不敢看长发披肩、面目模糊的女孩。年樱更是被惊得目瞪口呆,一想到晚上又要被讨要床铺,她连觉都不敢睡了,只想马上搬离。

无论是否相信鬼魂之说,大家都在议论纷纷。各种传言甚嚣尘上,最后一个占主导地位的说法是:年樱体质孱弱,压不住阴气,所以容易被屈死鬼缠身。如果换一个横眉怒目的关西大汉睡了她的床,这个女孩一定老老实实地让出床位,心甘情愿地待在她阴曹地府的宿舍里。

年樱以前也算霞照寺的常客。发生这件事后,她几乎每天都去烧香拜佛,同时找地方搬家。很快,她就搬走了。年樱住的新地方不像寒烟楼那种正式的学生宿舍,住的人大多是单位派出来短期培训和学习的,也住了一些自费来校学习的人。除了留学生的宿舍楼,这个地方是全校唯一房间里有卫生间的宿舍。

不过凉叶楼作为开放的女生宿舍也只存在了一个学期,快放寒假时,学校决定让凉叶楼的所有女生都搬到寒烟楼和飞雪楼的空房间。学校公开宣布的原因是为了女生的安全。凉叶楼确实存在不安全因素,就是经常丢东西。无论是挂在楼道或者楼顶平台上洗过的衣服,还是放在宿舍的饭票和钱,都容易被偷。宛溪像其他人一样,不但丢衣服,还丢了钱。

搬家的时候,有人愿意去寒烟楼看那一湾碧波,不在乎那是望梅止渴,就欢欢喜喜地搬过去了。宛溪宿舍的所有人都认为水是生命中最重要的东西,而且必须能够为我所用才行,所以都选择飞雪楼。她们在寒假前全部搬到了飞雪楼,在那里一直住到毕业。

第一个学期在忙碌充实的快乐中很快就过完了。放假之前,李平漠说寒假去云南旅游。不过他还要上一个星期的班才能走,所以让宛溪先回海口待几天。另外,他一个月前搬到了单位分的两室一厅的新房子,已经看了一些家具,想和她商量后再买。

　　赵姝在十二月时被单位派去大连学习，时间是四个月，春节只有一周的假期，要回老家探望父母。唐路不久前刚去过大连和她小聚，回来后一个人待在海口兴味索然，听到李平漠说要去旅游，欣然要求同行。

第二十二章　晴天霹雳——小白兔

回海口后，宛溪住进了李平漠的新房子。新房离原来的宿舍很近，也是七层楼，挨着办公室，他的房子在四楼。家里刚装了电话，很方便。

宛溪和李平漠花了两天时间，跑了几个家具店。宛溪按照自己的喜好选了些家具，李平漠基本没有意见。大东西买好后，他们又买了些杂物，把新家布置停当。当天晚上，唐路拖着行李箱过来，住在了小房间的新床上。

李平漠和唐路热烈地讨论旅游计划，反复商量后，虽然没能确定最终的路线，但是定下四天后出发，说是先到昆明，从那里转机去西双版纳。

第二天早上，两人各自去上班，宛溪在家里收拾东西。快中午的时候，电话响了，她以为李平漠叫她去吃饭。拿起电话一听，居然是凌波打来的。

凌波虽然和唐路分手了，但和宛溪仍有着不算密切的联系。因为打长途电话不方便，就偶尔写信报告一下彼此生活中的琐事，这是自从凌波离开海口后第一次和宛溪通电话。很久没有听到凌波的声音，突然接到她的电话，宛溪挺高兴的。两个人聊了一会儿后，凌波好像不经意间问起唐路的情况。

宛溪如实地说："唐路要和我们去云南旅游，这几天暂时住在这里。他和李平漠的放假时间差不多，到时一起走。"

"你们几个人去？"

"就他，李平漠和我。"

"他一个人和你们去？那不是当灯泡吗？"

"他自己也这么说，但赵姝没有时间，否则的话，就和我们一起去了。也是，他们俩的感情那么好，看起来不出一年就会结婚，当然愿意一起出去玩了。"

宛溪说完后，电话里没有一点声音，像断了一样。她对着话筒"喂"了几声，还是没有回应。她正准备放下电话，凌波抽泣的声音通过话筒传到她的耳朵。她不知道自己说错了什么，劝慰了几句，可是不起作用。凌波一直不说话，只是哭个不停，哭声由呜咽变成了号啕。宛溪只好拿着话筒，等她慢慢平静。

良久，凌波带着哭腔的声音传过来："我和唐路没有分手。"

宛溪吃惊地问："那你怎么不来海口了？他也没去过深圳。你们一年多没见过了吧？完全不像谈恋爱的样子。"就算被这突如其来的情况打懵了，她也根本不敢说出凌波离开海口不久，唐路就和赵妹同居的事。

凌波边哭边说："他说要去流浪，体验生命，寻找自我，要我给他时间和空间。"

宛溪像听到天方夜谭般地问："你相信他说的？"

"我们依然通信，打电话，只是不见面，所以没有怀疑过。"凌波悲戚地说，"虽然我们写信和打电话都没有以前那么频繁，但我想是因为他不愿意被过多打扰。最近两个多月都没联系过，所以想问一下李平漠。他正忙，以为我找你，就给了我这个号码。如果不是今天从你这里得到消息，我们依然是恋人，或者说我还是会继续下去的。"

凌波的说法令宛溪瞠目结舌，几乎崩溃。她做梦都想不到唐路撒了一个弥天大谎，而凌波居然深信不疑。不知道是唐路的好男人形象深入人心，还是凌波太傻太天真。

凌波在电话里断断续续地啜泣，宛溪无法平复她的伤悲，只好草草结束通话。

放下电话后，宛溪心潮起伏地在房子里面来回转圈。电话又响了几次，她无法消化凌波的话，如果又是她打来的，也不知道说什么，所以就没理会。她像困兽一样地转了无数圈后，李平漠开门进来说："你在家呢，我还以为你出去了。怎么打电话一直不接？"

宛溪想到李平漠有时也说要出去流浪，就把刚才和凌波诡谲怪诞的通话告诉了他。听完以后，他波澜不惊地说："唐路的做法很正常，如果直说，太伤人了。主要是凌波自己没有领悟到他传递出去的信息，才造成了这么大的误解。"

听了他无动于衷的评论，宛溪愤怒地质问："你是嫌我太笨，到时候会像凌波一样，在未来的某一天，领悟不到你的语中真意，所以一直都在不动声色地暗示我，教育我？以后最好说你是玉皇大帝或者宙斯的儿子，想消失的时候，就说回天宫办事了。反正天上一日，地上十年，你可以名正言顺地让我等上三十年，四十年。你不也说要出去流浪吗？哪天走啊？还是说像唐路一样，哪里都不去，就待在海口和另外一个女人双宿双飞？"

看到宛溪要吵架，李平漠开启了沉默是金的惯常模式。

宛溪不依不饶地说："你以后要怎么样，请明白地告诉我，不要让我猜谜语，我没有灵性，悟性也很差，参不透你那些高深莫测的禅语，更不懂话语背后的玄机。说什么流浪，都是骗子，以后找个高明一点的借口。你有权利做任何事情，但是必须诚实相告，不能以欺骗为基础。更不要说你所做的一切都是为了保护我，不想伤害我。你要和谁做比翼鸟，连理枝，都请明确告诉我。我一定让路，成全你们一对池上鸳鸯……"

"别胡扯了，每个人都不一样，你没有必要把唐路的事情强加到我头上。"李平漠听她越说越远，只好打断她，"我怕你饿着，专门回来叫你去吃饭，没想到中气这么足，看来还不饿。但是，叫了这么半天，能量应该用完了吧。走吧，去吃饭了。虽然被你无缘无故地骂了半天，但还是要请你吃饭，谁让我这么倒霉认识你呢。"

李平漠不软不硬的几句话，让宛溪不好意思再继续没头没脑地指责他。她说了半天，口干舌燥，肚子也确实饿了，就跟着他去吃饭了。

李平漠知道宛溪的脾气，虽然她嘴上停了，但心中的气还没有散。为了哄她开心，他骑着摩托车，带她去了一个颇有纪念意义的餐厅，这是他们发生关系以后吃的第一顿饭。

餐厅在海口市区，他们很久没来了。里面还是木头桌子、红色的椅子，所有的陈设和布置都和以前一样。李平漠还是像第一次一样，点了火腿双蛋饭和蒜蓉生蚝。火腿双蛋很容易明白，但她不知道生蚝是什么意思。他没有解释，只让她仔细地观察生蚝。吃完饭回到宿舍后，他去楼下的同事那里拿了一本《龙虎豹》杂志回来。看到封面，她就吓了一跳。打开一看，更是脸红耳热。她第一次看到女人张开两腿的照片，私处真的像蚝一样。

她从来没有见过一本杂志里几乎全是裸体女人，就问李平漠从哪里买的。他说："同事去香港出差时带回来的。第一次看到时，每个人都啧啧称奇。看多了，就觉得千篇一律。因为你从来没有见过，所以给你开开晕，顺便普及一下性知识。"

正像他所说的，宛溪还没把杂志翻完，心跳就恢复正常了，因为照片看起来大同小异，强烈的视觉刺激过后，就是一种无聊的雷同。然后她开始评论起哪个女人的乳房漂亮，并且非要李平漠选出想意淫的女人。

虽然杂志很快就看够了，但是第一顿饭成了他们之间的小情趣。

李平漠带她来到这个餐厅，让她想起两人以前的可笑事情，就不再那么生气了。

吃完饭后，经过农贸市场，宛溪看到一只兔子被挂起来，卖兔子的人正在磨刀，准备剥皮。她看到兔子惊恐的眼神，心中一颤，赶快把兔子买下来带回家。

李平漠不想让她买，但也拿她没办法，只好说："我们马上要走了，谁来管它？"

宛溪没想那么多，只是不忍看到雪白的兔子睁着惊恐的眼睛，在她面前痛苦地死去。

晚上，唐路下班回来后，和李平漠凑在一起看地图。没有多久，电话响了。宛溪预感到是凌波打来的，就让它一直响。李平漠只好起身，接了电话后，马上递给唐路。

唐路把听筒放到耳边，大概听了两句话，脸色就变了。平时，他也是能言善辩的一个人。可是，突然接到凌波打来质问真相的电话，他支吾了半天都没说出一个完整的句子。他拿着电话，僵硬地站在新买的褐色沙发边，长久地沉默着。

宛溪坐在餐桌边，幸灾乐祸地看着唐路尴尬的背影。虽然听不到任何声音，但她完全可以想象出凌波问的那些话。李平漠见状，也早已猜到电话中的内容，再一看宛溪一副唯恐天下不乱的样子，赶快拉着她出去了。他们在外面漫步了一个多小时，心想凌波应该打完问罪电话了。可是回到家里，唐路还是拿着电话，依然保持着他们出去时候的姿势，依然不说话。最后，他说："他们回来了，我们以后再说吧。"

连续几天，唐路都接到令他无法应对的电话，每次都是难堪的寡言少语。也许，动身去云南的那天，他终于可以不那么心虚地告诉凌波要去流浪了。

对于唐路并不高明的愚弄行为，宛溪由开始的错愕变成了愤怒。她无法想象，如果自己不告诉凌波关于赵姝的事情，唐路什么时候才会说。也许等他有了小孩以后都不一定会把事情和盘托出。她对唐路完全失去了信任，把他归结为一个邪恶的人。

她跟李平漠发脾气，不要唐路和他们一起旅游。刚开始，李平漠说："多管闲事，你根本就不应该告诉凌波。"一听这话，宛溪大发雷霆，李平漠只好退让，罕见地劝慰了很久，叫她不要太任性。他说不管是善意的谎言，还是恶意的欺骗，都是反复斟酌以后的决定。每个人有权选择自己的生活，局外人不应该干涉。唐路没有处理好和凌波的关系，不代表他是一个恶贯满盈的人。

宛溪不愿意纠结那些烦心的事，就把很多心思花在小白兔身上。她买了一个笼子，在阳台上为它安置了一个家。和之前的归来和黑猫警长相比，小白兔是个真正的大胃王。归来就像不食人间烟火的神仙，每天吃的东西少得可怜，有时甚至不吃。黑猫警长少食多餐，每顿也只吃一点东西。可是，小白兔完全相反，只要喂东西，它总是能吃完。短短几天，它吃了难以计数的莴笋、胡萝卜、黄瓜和各种青菜。它不停地咀嚼蔬菜，发出清脆的声音。吃得多，自然就要排泄，不过它完全违背了吃什么拉什么的原则。虽然没有吃过黑色的蔬菜，但小白兔不停地拉出一堆又圆又小的黑色大便。宛溪忙着清理打扫，有时跟它念叨要节食。小白兔一点都没有减肥的意思，也全然不管自己制造出来的各种脏乱差，只是一味地埋头猛吃。宛溪在家的时候，总是把笼子打开，让小白兔自由活动，而它也活蹦乱跳地把阳台当作自己的家。看来，它早已摆脱当日被剥皮的恐惧，红红的眼睛闪着晶亮透明的愉悦。

去云南之前，李平漠把兔子托付给了六楼的同事照看。同事有一个五岁的女儿，她立刻把小白兔据为己有，对它爱若珍宝。

第二十三章　云南之行

一月下旬，唐路、李平漠和宛溪到了昆明。他们没有出机场，直接转机去了西双版纳，住在景洪市区的一个招待所里。

一个女人跟着两个男人旅游的好处就是不需要动脑筋，尤其是跟着两个喜欢当专家的男人更是如此。李平漠和唐路有时会制订周密的计划，有时则随遇而安。宛溪每天所做的事情，就是像个跟屁虫一样，听从他们的安排。

由于气候温热潮湿，西双版纳的动植物多得令人眼花缭乱。大型动物有亚洲象、金钱豹、印支虎，小点的有大灵猫、犀鸟、懒猴。宛溪第一次见识了五彩绚烂的孔雀后，像当地人一样买了一条紧紧裹在身上的孔雀裙，下摆和孔雀尾巴一模一样。这里植被也非常丰富，到处都是层次分明的绿，色彩斑斓的花。大片的原始森林里，各种各样层叠茂密的植物铺陈开来。常见的有三尖杉、凤凰花、跳舞草、蝎尾花等。不寻常的植物有望天树、藤缠树，还有可以流出清甜汁液的扁担藤，甚至独木都可以成林。宛溪以前只知道云南白药，到了西双版纳后，还发现了神奇的血竭。

一次，他们走在路上，宛溪的手被尖利的藤蔓划破，血流不止，当地人建议用血竭敷伤口。他们在商店找到这种砖红色的粉末，敷上后，她的手果然很快就好了。

西双版纳不仅有各种奇妙的植物，还有湍急险峻的澜沧江。虽然宛溪多次见过波澜壮阔的大海，但是第一次看到游走在崇山峻岭之中的惊涛骇浪——澜沧江时，还是叹为观止。裹挟着泥沙的河水在峭壁之间奔腾不息，充满了野性的张狂。

在西双版纳的日子，除了在景洪的时候住了两天招待所外，其他的时间都是随意住。有一次，他们住在路边的一户傣族人家里。房子后面是一条清澈的小河，主人从河里捞了些鱼，把葱、姜、香菜、辣椒、花椒等各种调料剁碎后，放到鱼肚子里，又在鱼身上抹了辣椒面，然后放在火上烤。烤鱼的时候，香气四溢，令人垂涎。晚上，他们和主人一起喝着自制的苞谷酒，吃了一顿美味的烤鱼晚餐。

吃完饭后，他们想去参观一下附近的村寨。走到外面才发现一片漆黑，而且真的是伸手不见五指的黑。唐路打着手电筒，在微弱的光中，他们看到翠篁环绕的竹楼外，还有细密的凤尾竹和阔大的芭蕉叶，一片葱郁中，形成有趣的对照，别有一番风韵。回来以后，他们在河水的叮咚声中安然入睡。

除了随意住，还有随路吃。只要饿了，他们就走进路边的小饭馆或者当地人家里。一路上，他们吃了干巴牛肉、竹筒饭、菠萝饭、芭蕉叶烤肉和各种不知道名字的菜。有时，看似平常的肉在散发着奇香的调料里蘸一下，就成了珍馐。

在西双版纳玩了五天后，唐路、李平漠和宛溪坐车去丽江。路上，经常有民警查车。民警上车后，让所有的旅客打开行李。一番检查后，有些可疑的人被带下车。他们问了司机后，才得知当地毒品猖獗，民警如果发现携带毒品的人，就会立即带走。司机告诫他们三个人看好自己的行李，小心被人调包，也不要帮别人拿行李。如果行李里面藏有毒品，即使不是他们的，也会百口莫辩。看来，金三角不是瞎编的。

从西双版纳到丽江的路上，大部分是弯弯曲曲的盘山公路。每次回头去看走过的路时，都是带子般细的路盘旋上升，让人叹为观止的同时，又心有余悸，生怕司机眨个眼车就会翻到山下。整条路上，只有这辆他们乘坐的破旧公共汽车在弯弯的山道上缓慢而又迂回地顽强前行。

经过一路的有惊无险，终于到了丽江，宛溪对这座古城一见倾心。一条平缓的小河潺潺地从城中流过，两边是斑驳质朴的古屋。穿着纳西服饰，皱纹里透着淳朴的老人们悠闲地坐在门口，感受温和的风，听过往的事，看舒卷的云，说笑间，岁月弹指而过。满脸风霜的老奶奶穿着五彩的绣花鞋，老爷爷戴着各种帽子，只有白发是遮不住的沧桑。惬意的狗儿伏在他们身边，懒散地晒着太阳，温顺地注视着门前的小桥流水。地面是历经千年、参差不一的石头。碧空如洗时，雪山晶莹皎洁；太阳穿过浓雾时，雪山云蒸霞蔚。庄重悠扬又有些悲凉哀伤的纳西古乐，时常回荡在大研古镇。演奏纳西古乐的人全是穿着民族服装的老人家，很多乐器都是没见过的，问了以后才知道叫十面云锣、芦管、曲项琵琶和纳西族胡琴。丝竹声中，偶尔响起苍凉的伴唱。

小城像一个不施粉黛的温婉女子，静静地伫立了几个世纪，从来没有张扬过，也根本不在乎是否有人注视过她清水出芙蓉般的俏丽容颜。

唐路和李平漠就住宿问题商讨了一番，最后决定住在一个以前属于土司的院落里。房子里面有正房、厢房和灶房，天井里有棵樱桃树，树旁边是一个废弃的井台，还有自生自灭的茶花和杜鹃。穿过厅堂之间的过道，可以走到后院。一条清可见底的小溪，闲适地穿过后院，从容地流向远方。

宛溪拉着李平漠说："让我们在此终老吧。"

李平漠颇为严肃地回答："我认真考虑一下。"

他们在四方街过了春节，街上鞭炮齐鸣，张灯结彩。来自不同国家的人聚在一起，唱歌跳舞。有些人拿着一瓶酒，喝得烂醉，倒在石板路上，第二天早上才醒过来。

他们先去了黑龙潭公园和玉龙雪山。黑龙潭公园里随处都是美景，连李平漠这样拍过了无数美景的人都欣喜不已。他为了澄碧的潭水，水边峰峦叠翠的山，水里的蓝天白云，雪山枯树的倒影，优雅的玉带桥，桥下的飞瀑和错落有致的古建筑谋杀了无数的胶卷。他们在纯净肃穆的玉龙雪山前顶礼膜拜完毕后，又在平坦的云杉坪策马奔驰。每一个去过的地方，都像刻在心里一样。

虽然温柔婉约的丽江令他们流连忘返，但李平漠和唐路还是按照计划去看雄奇壮观的虎跳峡。

他们包了一个锈迹斑斑、到处乱响的小破车，朝虎跳峡开去。可是，到了山口，司机说路太难走，不愿意开进去，他们只好步行。两边是光秃秃的山，没有绿色的植物，只有巨大的石头。在一个四季温润的地方，山上没有绿色还是挺不可思议的。有些人在山上采石，时常会有小石头落下来。走了一阵，一个比拳头还大的石头陡然落在他们前面。如果砸在头上，肯定鲜血长流。宛溪不由自主地用手摸了一下头，侧着身子朝山上望去。采石的人低着头，专心地敲打着石头，不关心掉下去的石头是大是小。路本来就很难走，再加上头顶上的危险，宛溪开始抱怨，并且萌生退意，吵着要回去。李平漠拉着她，不屈不挠地勇往直前。走了很长一段石子路以后，他们同时听到了咆哮如雷的声响。继续前行，轰鸣声越来越大。等到惊天动地、耳膜都被镇痛的声音传来时，他们终于到了人迹罕至的虎跳峡。

　　看到雪浪翻飞、气势恢宏的虎跳峡，宛溪深深地为之震慑，完全忘记了一路的艰辛。她战战兢兢地爬到下面的一块巨石上，听着震耳欲聋的水声，举目四望，只有寥寥数人和怒涛激荡。那一刻，她觉得自己还不如下面日夜翻滚的一朵浪花。

　　在汹涌磅礴的虎跳峡边上，李平漠和唐路兴奋莫名，声嘶力竭地说着什么，并且争相比赛浪费胶卷的速度。等到胶卷快要用完，天色也很晚时，三个人才踏上了来时的石子路。路上，两个男人讨论着下一站的行程，最后李平漠拍板去石鼓镇，说想亲眼看看长江第一湾到底是怎么转的。

　　他们不但决定了行程，连路线图都想好了，那就是徒步金沙江。宛溪提不出任何建设性的意见，只能做一个追随者。徒步金沙江虽然很美很炫，但实行起来并非易事。才走过崎岖不平的路去看虎跳峡，又要再次抬起酸痛的脚和两条快要废了的腿，的确有些心有余而力不足。实在走不动时，他们就搭各种顺风车。顺风车里最快的是手扶拖拉机，其次是马车、牛车和独轮车。路面本来就高低不平，再加上搭乘的交通工具，除了慢最大的特点就是颠簸，所以他们全身都要散架了。纵然如此，还是兴致勃勃。除了当地为数不多的村民，一路上只有他们三个外来者。于是，看不到尽头的金沙江，被他们大言不惭当成私有财产。

　　李平漠拿了一个空的矿泉水瓶子，随手装满金沙江的水。开了这个头后，他们就把江水当成矿泉水，渴了就喝，一路上不知喝了多少瓶清洌的金沙水。虽然喝了无数瓶金沙水，李平漠还是意犹未尽，依然想充分展示饮一瓶金沙水的骄傲。所以，他无数次让宛溪高举着装满江水的塑料瓶，在剔透平静的金沙江边摆出各种姿势，并毫不吝惜地按下相机的快门。

　　他们用尽了各种原始的交通工具，加上经过锻炼后越来越厉害的脚力，终于目睹了"江流到此呈逆转"的第一湾。他们先是叹服伟大的自然，接着就看到死去的牛羊猪狗和其他一些小动物，在开阔的江面上打转。三个人不约而同地想到，喝了一路的金沙水里居然蕴含着如此丰富的养分，不由地开怀大笑。

　　到了石鼓镇后，李平漠和唐路兴致高昂地说着红军巧渡金沙江的故事。1935 年 5 月，红一军团和红三军团靠着区区七只破旧的小木船，夜以继日，在七天的时间里，将所有的红军主力从皎平渡摆渡过江。一年以后，红二和红六军团过金沙江的时候，也是七条小船，从离石鼓只有六里路的木瓜寨、木取独、格子、巨甸等渡口，安然渡江。两次渡过金沙江的方式有着惊人的巧合，都是后有追兵，步步紧逼，更重要的是，都离不开一个巧字。

宛溪看着兴高采烈的两个人，只能静静地听着，因为根本插不上嘴。不过大部分时候，都是李平漠在说，唐路附和。虽然宛溪喜欢历史，但她是个狭隘的历史爱好者，因为相信所谓的"崖山之后无中国"，所以她的历史知识就随着陆秀夫负帝投海结束了，对于近代史则更加无知，可以说考完试以后，就全部还给老师了。所以，尽管平时她和李平漠无话不谈，不过基本上说的是故纸堆里面的事，几乎没有涉及过近现代的革命和战争。一是她不熟悉，另外，也许他认为女人对这个话题不会有兴趣。因此就算明知道他涉猎颇广，然而听到他对这个他们甚少触及的话题也是如数家珍时，她还是非常惊讶。

虽然还没有看过让人津津乐道的《大话西游》，但宛溪站在长江的上游，听着李平漠谈笑风生地说出"金沙水拍云崖暖"和那段历史当中诸多的细枝末节时，她感觉到对他的敬仰之情就像旁边的滔滔江水，依依山色，绵延不绝。只是，她把这些藏在了心里，没有表达出来。

他们在石鼓住了两天四面透风的房子后，依然按照来时的方式返回了丽江。

李平漠经过慎重考虑后，放弃了终老丽江的想法。唐路当然不会独自在丽江终老，他急于和赵妹分享一路的见闻和感受，所以他们决定到大理玩几天，然后从昆明返回海口。

大理虽然风光旖旎，但是欣赏了一路的奇山异水后，就显得平淡无奇。尽管如此，他们还是兴致不减地游览了苍山、洱海。宛溪还在民俗街买了一些蜡染的衣物和白族的银饰，像很多情侣一样，她和李平漠穿着红白相间的民族服装，在城墙下面勾肩搭背，对着灿烂的阳光微笑。

到了昆明后，他们随着浩荡的人流去了石林和滇池。

无论是大理还是昆明，都是游人如织，和之前人烟稀少的状况不可同日而语。虽然宛溪并不喜欢热闹喧嚣的场景，但她还是像大部分人一样站在滇池边，去喂红嘴鸥。喂饱红嘴鸥后，他们用汽锅鸡和过桥米线把自己喂得胀鼓鼓的。

在云南的日子，他们随性而为，所有的心思都付给了大自然，极少关注时间。回到现实世界的海口才蓦然发现，他们居然在云南待了一个月。

第二十四章　室友

宛溪结束了无拘无束的云南之行，回到学校时，觉得恍如隔世，她甚至忘记了宿舍里三个女生的名字。上了好几天的课以后，她才摆脱了犹似经年的感觉。

一回到学校，所有认识宛溪的人都讶异地问她为什么那么黑，心直口快者则直接问她："你寒假去哪里了？怎么晒得比炭还黑？"

宛溪平时很少照镜子，出门在外时更是如此。在云南的时候，除了在水边洗脸时看过自己倒映的脸，根本没有在镜子前停留过。听到大家这么说，她想起自己整个寒假期间，几乎每天都在阳光下暴晒，才意识到云贵高原紫外线的厉害。虽然海南也是艳阳高照，但是在海南的时候，她从来没有像在云南那样，密集地进行了一个月的日光浴。虽然在云南玩得忘乎所以，但是听很多人叫她"酱油妹"时，还是有些黯然。

宛溪打电话跟李平漠诉苦："我现在像个黑炭一样，皮肤也晒伤了。那么长时间在外面，你怎么不提醒我防晒呢？"

李平漠有些强词夺理地回答："你是女孩子，难道要我教你怎么保养皮肤吗？再说，你怎么没发现我比你还黑？其实，我的脸就是你的镜子，对你应该是一个警示。可惜，你没有看到，就不能怪我没有提醒你了。"

她本来希望将养一段时间，给皮肤一个修复的过程，会慢慢变好，可是没有这样的环境。虽然玉庐的冬天比较冷，但是当有阳光的时候，也并不温柔，其他季节的太阳更猛，想在这里让皮肤变好，只能是心向往之。

一段时间后，大家看惯了她的黑，再加上校园里也有些"黑玫瑰"，对她这个新加入的"黑人"，就不再大惊小怪了。

宛溪慢慢抛开了皮肤的问题，加入了范冷辉、张彤和简芬的行列，开始了有规律的学校生活。

飞雪楼的一楼，有个供全栋楼使用的公用电话。要想打通这部电话，不但要有锲而不舍的精神，还必须吉星高照。一个三十多岁的女人住在一楼的一间宿舍里，她的职责是打扫卫生、叫人接电话以及把偶尔混入的男生轰出去。一楼的楼梯口，放了一个倒剩饭剩菜的垃圾桶。这个垃圾桶很快就成了老鼠们的天堂。

宛溪刚开始看到这些猖獗的老鼠时，只恨没有黑猫警长。一段时间后，她发现老鼠只在一楼流窜，也就放心了。她的宿舍在顶楼，等到老鼠哪天心血来潮爬上去时，她都已经毕业了。

李平漠偶然打通宿舍的电话时，兴奋地像中了大奖一样。不过，他还是嫌电话太难打，就和宛溪约定每个星期一的下午打到系里。李平漠大部分时间在外面，只有睡觉才回家，所以宛溪不方便给他打电话。系里要求硕士和博士每周一下午到系里开会，就像公司的例会。有时传达一下各级领导的讲话，但主要内容是讨论新近的学术问题。虽然这个约定可以保证找到人，但也说不了几句话，更谈不上私密性，所以主要就是报个平安吧。李平漠也曾提议给她一部大哥大，可是她认识的人里没有一个人用。因为不想和大家格格不入，她就拒绝了这个天上的馅饼。

经过了一个学期的磨合，宿舍的人都熟悉了彼此的脾性。宛溪、范冷辉和张彤成了好朋友，简芬在宿舍里比较沉默，发言的时候也是知书达理的楷模，让她们无法反驳。

范冷辉是一个谨言慎行的人，虽然从一开始，她就不喜欢简芬，但没有说过她的不是。她们熟悉以后，范冷辉对简芬的评价是"见微知著"，然后说出了她的观察。

由于学校定时供应开水，错过时间就打不到，非常不方便，于是几乎所有的研究生宿舍都买热水棒烧水。宿舍里每人只有一个暖瓶，学校的公用澡堂不是天天开放。玉庐的冬天比较清冷，尤其冷空气袭来，西北风狂吹时，裹着大棉袄都抵御不了寒意，绝对不可能像海南那样一年四季洗冷水澡。学校的浴室并非每天开放，而且总是人满为患，所以不少女生会在宿舍洗澡。但如果想在宿舍洗头洗澡，一个暖瓶的水肯定不够，总是要用室友的热水。自觉的人每次洗完澡后，会全部重新烧水。另外，热水棒非常容易坏，一个学期要买好几个。同样，只要发现热水棒坏了，有人也不会多问，就去小卖部买一个新的。

范冷辉说简芬是宿舍里面最不自觉的人，用完她们暖瓶里的水后，从来不管。热水棒坏了，也不会去买。很多次，范冷辉回到宿舍想用热水时，提起暖水瓶都是空的。想烧水时，热水棒又坏了。白天还好，范冷辉自己可以出去买热水棒。可是晚上小卖部关门了，没有地方买热水棒，只好跟别的宿舍借。一次两次还好，次数多了，范冷辉确实有点生气。

另外，同一个宿舍的人经常互相帮着打饭。因为有时回来晚了，食堂里稍微好一点的菜都卖完了。范冷辉、张彤和宛溪每次都会把饭票当场结清，偶尔饭票用完了，下次就免费帮对方买饭。唯有简芬，总是拖欠饭票。

其实，对于简芬的这种不自觉和占小便宜，她们也不想计较。但是，简芬逐渐展露出来的钻营本领着实让人厌烦。另外，她的假装清纯也令人不齿。

简芬虽然和年樱的专业不一样，但恰巧是同一个系。有了这个近水楼台的优势，她成了年樱宿舍的常客，因此她最早加入以年樱为首的小团体。在第一个学期结束的时候，简芬已经成了年樱集团的核心人物。

因为研究生的圈子很小，再通过七七八八的关系，大家都变成了熟人，所以很多消息都传得很快。年樱在学校本来就是一个引人注目的人物，跟她有关的人和事自然更加能够引起众人的兴趣。所以，简芬的一举一动都在大家的注视之下。

研究生们不像刚入校的大学新生毫无城府，尤其是工作过的人，除了少数情商较低的人之外，大部分人说话行事都比较小心。当然，攻击别人的时候，也经常不露声色，简芬系里的人更是如此。

系里的人没有明确地说简芬是个马屁精，但是话里话外都含着贬损的意思。但是，年樱非常维护她，不喜欢别人说她的坏话。她找到了年樱这棵大树，对很多议论就充耳不闻了。

从第二个学期开始，简芬每个月都有几天不回宿舍，但从来不做解释。最初，宿舍的人以为简芬住在年樱的宿舍。一来，她和年樱过从甚密；二来，那里的住宿条件比飞雪楼好，半夜想上厕所时，不用在睡眼蒙眬中走过长长的楼道。所以，简芬住在年樱那里，也算合情合理。可是后来，有传闻说简芬和霞照寺的一个和尚来往密切。

刚听到消息时，只有范冷辉说不意外，张彤和宛溪都以为是谣言。直到有一次，她们两个在霞照寺的小佛堂目睹了简芬和一个法师的亲密动作，才信以为真。那个法师她们也认识，曾经听他讲过佛经。

宛溪常常觉得，简芬展现在大家面前的形象，比她的小白兔还要纯洁，让她时有自惭形秽之感。

简芬说话得体，举止端庄，开口闭口都是站在别人的角度考虑问题，宣称与人为善，即使对于违背常理的事情也不会疾言厉色，最多只是温柔地申斥。她宣扬知行合一，上善若水，止于至善，君子慎独，厚德载物……总而言之，经常用来形容品格的词汇是她的口头禅。最重要的是，她要把这些词汇都付诸实践。而且，她谈起男朋友的时候，一脸的陶醉，证明他们琴瑟和谐，没有纷争。这样一个近乎完美的人，怎么能够背叛男朋友呢！她和法师在一起的时候，难道没有想过伤害了男朋友吗？这和她平时的说辞和做人原则完全相悖。

也许简芬有另外的理论为自己开脱，但是她从来不和宿舍的人探讨与法师有关的事情。所以，范冷辉、张彤和宛溪三个大俗人，理解不了简芬言行分离的深意何在。

她们不想深究简芬的行为，也不想过多地议论她，就开始拿自己说事。

范冷辉和老公结婚后，出现了很多不和谐的事情。她勤奋努力，好学不倦；她老公贪玩懒惰，不求上进。哪怕她再晚回家，都是冰锅冷灶，儿子出生以后，依然如此。如果仅是这些，她还可以忍受。可是她老公的自私自利在夫妻生活上也展现得淋漓尽致。他从来不愿意用避孕套，说是不舒服。儿子出生后，范冷辉为了避免怀孕，就上环避孕。可是，上环也不保险，结果她带环怀孕。她只好又去医院取环，做流产，痛苦不堪。

范冷辉做完流产后，医生嘱咐她两个月之内不要同房。然而，不到两个星期，她老公就要求性生活。遭到多次拒绝后，她老公以近乎强暴的方式最终达到了目的。这样的粗鲁手段导致她大出血，差点把命搭上，在医院抢救了半天才缓过来。醒来以后，医生说她在鬼门关走了一遭。从那以后，她根本不想和老公有性生活，招致了老公的百般不满，除了侮辱她，最常做的就是婚内强奸。

她也曾想过离婚，可是她的父母非常保守，觉得女人离婚是天大的过错。她是个孝顺的女儿，不想让父母大动肝火。另外，儿子很小，虽然她老公离一个好爸爸的标准差了十万八千里，她还是不想让孩子过早地离开爸爸。所以，她秉着一个糟糕的爸爸好过没有爸爸的荒唐理念，在无望的婚姻里挣扎着。

范冷辉很优秀，所以尽管有个很好的单位，是个出色的员工，还是出来读研究生。另一方面，她读书的过程也是摆脱老公的最好方式。虽然她放心不下儿子，但是能够离开老公也是一个不错的选择。实际上，她不在家的日子，老公也不管儿子。一直以来，都是她的父母帮她带孩子。

张彤是典型的传统女子，忍辱负重，贤惠善良。她和老公青梅竹马，但是老公不爱读书，高中还没毕业就出去做生意。经过多年的打拼，积累了丰厚的家产。张彤本来可以在家做阔太太，可是随着老公财富的增多，他们之间的话题越来越少。其实，结婚前她就发现了这个问题，但是由于他们在一起多年，双方的家人早就认定了他们，所以她拖到最后，还是硬着头皮走进了围城。一纸婚书没有能够拉近他们之间的心理距离，老公依然在生意场上周旋，除了金钱，把其他的事情都视为浮云。张彤在精神上越发孤独，两个人渐行渐远。

宛溪和她们坦诚了自己的担心，她无法确定和李平漠分离的日子里会发生什么。

在一个十几平方米的小小空间里，住了四个各怀心事的女人。

第二十五章　冯菲

宛溪入学前，就听陶谷提起过他们单位的冯菲刚刚考上兰若大学的研究生。虽然同在一个单位，但陶谷是一个家庭幸福的男人，所以跟冯菲这样一个工作上没有太多交集的未婚女子来往甚少。她考上研究生的事，也是听单位的人讲的，关于她的具体情况，陶谷并不清楚。但是在所有模糊不清的后面，他留下了一句道听途说的明确评价："据说她疯疯癫癫的。"

冯菲有一头乌黑的长发，小巧精致的脸，修长的身材。因为下身的比例远远超过上身，所以走起路来从来不是纤纤细步，总是快速疾行，大风吹动杨柳般的招摇。每当她在校园里出现，总是令人侧目，吸引了不少人的目光。宛溪入学不久，就在各种人的介绍下，正式认识了冯菲。

虽然冯菲也算一个赶海人，但她错过了海南蓬勃发展的最佳追梦期，是坐了末班车的闯海人。她的运气挺好，找了一份不错的工作，不过在热度越来越冷的经济形势中，她的收益颇少。或者说，大鱼都被前面的赶海人捡走了，冯菲就算在海边盘桓良久，也找不到什么宝贝。海南的泡沫破灭后，她更不想在单位挣点死工资度日，所以决定回校充电，期待毕业后重新起航。

跟冯菲接触不久，宛溪就发现她绝非是一个娇花照水的美人，也理解了陶谷所说的"疯疯癫癫"。她的情绪起伏不定，有些神经质，精力过剩。换言之，亢奋是她的常态。她酷爱打牌、桥牌、升级、斗地主等常见的玩法自然不在话下，就连争上游这种小儿科的打牌方式，她也能玩得津津有味。可是冯菲的牌品和她的情绪相似，都很难把控，不过绝大多数情况下，输了就发脾气，或者直接摔牌走人。

尽管冯菲情绪不稳，脾气差，不过总是令人一见难忘，因为她聪明伶俐，智商奇高，而且记忆力惊人，眼珠转几圈，就能为那些困扰别人多时的难题想到解决方案。她讲话的时候，嘴巴和脑子的转速一样快，偶尔还会结巴。这是因为她大脑运转得太快，语速跟不上所致。

她这样的人，既可以说是天才，也可以说是疯子。不过，天才也有傻瓜的一面。因为她经常无端发脾气，差不多把人都得罪光了，所以很多时候她像个独行侠。然而，对于那些能够帮助她的人，她又能够巧妙地抓住，看起来好像不用维持关系，但需要的时候手到擒来，不像很多人那样到处抓瞎。总之，天才，傻瓜，怪物和疯子都是人们喜欢议论的话题，但不管怎么评说，他们的世界对于正常人来说，都裹在一层薄薄的表皮之下，内核的东西，谁都不知道。

不知道从什么时候起，冯菲对楼英动了心思。

楼英是高她一级的博士，属于吹牛不打草稿型，不管什么话题，只要到了他的嘴里，都能说出个子丑寅卯。冯菲的能说会道和他比起来，简直不值一提。而且，他说话不疾不徐，每个人都能够清晰地知道他的意思。不像冯菲，着急的时候说起话来，很多词句都在嘴里打转，很少有人知道她想表达什么。

冯菲是冲动型，情不知所起时，更是如此。第二个学期刚开始，她就给楼英写了一封情书，但天才也不是万事精通。舞文弄墨不是她的长项，平生又是第一次做这种事，所以她对这封一气呵成的情书不是那么自信。她知道宛溪文笔不错，所以送出之前，给她过目，并且难得谦虚地说，如果有不合适的地方，让她修改。

情书写得很火热，冯菲大胆地诉说了对楼英的爱，同时强调，如果楼英接受她的爱，她就是最幸福的女人；如果楼英拒绝她，她将会痛不欲生，以后的日子都是悲凉凄楚的。

除了书中的情节，宛溪第一次在现实中看到如此激情澎湃的情书。她和冯菲的行事风格完全不同，对于这样的情书不知从何改起，只能原封不动地还给她。冯菲决定把这封燃烧着火焰的情书交给楼英，不过最后时刻，居然有了一点矜持，说不愿意跑到楼英的宿舍当面送情书，宛溪就让她寄出去。但冯菲不想在学校旁边的邮局寄，说太近了，没有悬念，就让宛溪陪她到市里去寄。于是，她们特意坐车进城，找了个比较远的邮局寄了一封挂号信，把这封烫死人的情书寄到楼英的系里。宛溪说希望快点到，否则的话，路上就会烧起来。

信寄出去两个星期后都没有回应，不知是情书的温度太高，真的在路上起火焚毁，还是把楼英吓到了。奇怪的是，也没看到楼英在校园出现。冯菲几乎疯了，每天寝食难安，整个人憔悴不堪，美丽的脸庞也失去了神采，唯一不变的是渴求的眼睛。一天晚上，她来到宛溪的宿舍，又哭又笑地说着对楼英的爱恋。宛溪已经听她说过千百遍了，但是，像以前的无数次一样，她看到冯菲悲伤难耐，无法安慰也不能打断，只好继续听着。熄灯以后，冯菲不愿意离去，宛溪只好和她挤在小小的铁架子床上。冯菲还是像祥林嫂一样絮叨着，宛溪早已听得耳朵都起茧子，又实在太困，就睡着了。半梦半醒中，冯菲的话似乎始终没有停过。

迷迷糊糊中，宛溪被摇醒了，冯菲坚定地说："我现在要去找他，你陪我过去。"

宛溪看看夜光表，还不到五点钟，睡眼惺忪地说："太早了吧？天亮再去，行吗？"

冯菲不答应，似乎要哭。宛溪怕她吵醒宿舍里的其他人，无奈之下，只好同意。

准备出门时，冯菲突然说："不能这样直接去，我们装作出去打羽毛球的样子比较好。"

于是，她们各自拿了一个羽毛球拍，直奔楼英的宿舍。楼英住在男生宿舍的至高点，爬了无数个台阶后，她们站在了楼英的宿舍门口。冯菲举手就要敲门，宛溪发现门上挂着锁。

楼英和另外一个博士住一起，但两个大男人都不在，不知去了哪里。他们不可能这么早出门，那么只能推测是夜不归宿。见此情景，冯菲蹲在地上号啕大哭，口齿不清地说着楼英一定和某个女人住在一起，所以才会彻夜不归。

刚刚五点，整个男生宿舍楼都静悄悄的。冯菲从来不会低声啜泣，即使在人声嘈杂的地方，她的哭声也能够直入耳膜，引来不必要的注目礼，更不要说处于沉睡状态的宿舍楼。她这一哭，颇有冲上云霄，惊天动地的效果，很好地诠释了宿舍楼的地点。宛溪看到有男生开门出来，试图探个究竟，她赶快将冯菲连拖带拽，狼狈逃离。一路上，冯菲的眼泪都止不住。宛溪怎么劝都没有用，只好拖着她到了空荡的忆绮广场，任她哭个够。冯菲一夜无眠，又闹了两个多小时后，终于累了，哭声渐渐停止。等到她安静下来，宛溪说："这段时间没看到楼英，而且他的室友也不在，也许他们出去调研了。等一下去他们系里问一下。"

冯菲觉得有道理，又来了精神。老师们刚上班，她就拉着宛溪冲到楼英的系里。办公室的人说，楼英去上海做调研，过两天回来。得到这个消息后，冯菲哈哈大笑。

楼英回来后，给冯菲写了一封处变不惊的信，不过还是表达了对她的好感。事情虽然没有按照冯菲的预想发展，但是这封信给了她极大的希望。她又开始躁动地上窜下跳，让激情通过笔尖和纸张宣泄出来。而且，她不再需要任何打羽毛球那样的幌子，开始明目张胆地光顾楼英的宿舍。

除了大话连篇，楼英整体上还是老成持重的，也没什么恋爱经验。面对如火的冯菲，他很快就缴械了。自从楼英回应了冯菲的攻势后，前后不到半个月，她就收到了楼英的一封定情信。在信中，楼英描述了冯菲的热情带给他的巨大冲击，甚至她走路时，咚咚有力的脚步声，都让他心跳加速。

收到信后，冯菲又是几天没睡，不过依然精神焕发。自从楼英和冯菲正式确立恋爱关系后，她大起大落的情绪，狂躁不安的行为，让楼英吃尽了苦头，有时会怀疑是否应该和她在一起。然而，她超出常人的智力和行为方式，又让他舍不得放手。

第二十六章　校友

彭晓鸥是从海南来的一个老师，由于海南岛这样一个共同的话题，宛溪很快和她成为朋友。从资历上说，彭晓鸥是最早的闯海者，实际上，那个时候还不能被称为闯海人，因为她大学毕业分配到海口时，海南还没建省呢。不过，她完全是另外一个世界的人。无论海南热火朝天还是死气沉沉，她都置身事外，只是固守着自己在学校的一亩三分地，拿着一份固定工资。她最出格的行为就是应朋友之邀，去外面讲课，赚点外快。之所以读硕士，是单位定向培养的。她与世无争，只是读书上课，做作业。也许是因为她没有威胁，所以人缘很好。彭晓鸥快三十岁了，没有谈过恋爱。在学校里，不管原来是否成双对、有牵挂的，很多人都跃跃欲试地寻找新恋情。可是，彭晓鸥一直无动于衷。

彭晓鸥有个校友，比她小两岁，名字叫董禹晗。他和彭晓鸥同一年考上同一所学校的硕士，看起来如同约好了一样。实际上，大学毕业后，他们两个几乎没有联系。开学一个星期以后，他们在食堂遇到，热烈的攀谈后，才有了他乡遇故知的感觉。

董禹晗虽然是理科生，但是偏爱古文诗词，不过和宛溪不一样。宛溪关注诗词本身，对于延伸出来的知识了解不多。董禹晗熟悉很多掌故和诗词之外的故事，什么尾生抱柱、烂柯人、旗亭画壁……这些典故，他都能够信手拈来。除此之外，他还迷恋木匠兄妹、西蒙和加芬克尔的歌。只要他在宿舍，就不停地放着这几个人的经典歌曲，像 Love Me For What I Am，Yesterday Once More，Goodbye To Love，I Only Have Eyes For You，The Sound Of Silence，Bridge Over Troubled Water……总是交替回放，不时的在楼道里响起。宛溪对这些歌早已烂熟于心，只要听到，就不由自主地跟着唱。

因为男生不能去女生宿舍，所以宛溪和其他女生一样，经常光顾男生宿舍楼聚餐或者打牌。董禹晗和彭晓鸥系里的男生住在同一层楼，再加上彭晓鸥的关系和一些共同爱好，如果在楼道碰到，他们就站在外面聊几句。

根据彭晓鸥的内部消息，董禹晗在大学时和一个才貌双全的女生爱得死去活来。不幸的是，他发现了女朋友脚踩两只船，而另外一只船居然是他的好朋友。

这对于董禹晗的打击是致命的。很长一段时间，他都带着怀疑的态度看待人生。后来，虽然也谈过恋爱，但总是不能全情投入，所以最后都是无疾而终。他读硕士，也是想调整心态，重温一下纯真的校园生活。

学习生活有规律可循，但是恋爱完全没有章法，总是有人欢乐有人愁。找到爱情的，忙着做花前月下的神仙眷侣，不知愁字怎么写；仍在寻觅之中的，怎一个愁字了得；失恋的，自我安慰此恨与风月无关。这样的一片悲欢离合中，查湘和窦殊道是难得的一对情投意合的恋人。

查湘皮肤黝黑，但是光滑细腻，不像宛溪晒伤的脸，既有盆地，又有高原，坑洼不平。查湘说自己天生如此，怎么都捂不白。不过她五官灵动，峨眉巧笑，的确是个黑美人。冬天的时候，查湘经常叫宛溪一起和她去公共浴室洗澡。洗澡的人数众多，每次她们都只能站在同一个莲蓬下。由于距离太近，无法回避，所以宛溪无数次地看过查湘丰满圆润的乳房，纤细的腰，平坦的小腹和修长的腿。身为女人，她都为查湘无可挑剔的玉体所吸引。查湘不光外形靓丽，而且性格豪爽，像大气的男人。窦殊道话不多，一本正经的样子，熟悉以后才发现他有点蔫坏。他们两个是大学同学，上小课时经常在一个教室。由于这样的天时地利，他们在大学谈了三年恋爱。毕业后，难得地分到同一个城市工作，所以恋情就维持了下来。

查湘对工作不满意，一直折腾着考研究生，并且要窦殊道和她一起考。窦殊道随遇而安，想和查湘结婚，过小日子，对于她的考研计划，置之不理。直到查湘发出最后通牒，不考就分手，他才无奈地随着查湘一起复习。窦殊道不想动脑筋，就跟着她看一样的书，报了相同的专业。考试的时候，就进了同一个考场。

让这对欢喜冤家始料不及的是，入学后才发现赵凝暮也在他们系里。赵凝暮和他们是校友，在大学时一直对查湘情有独钟。赵凝暮像一个忧郁王子，弹的一手好吉他，歌声也很动听，偏偏喜欢五音不全的查湘。可是郎有情，妾无意。

风流倜傥的赵凝暮在本科的战场上，输给了吊儿郎当的窦殊道后，一直不服这口气。当查湘告诉他要考硕士后，他踌躇满志，计划着和查湘在读硕士期间，情定终身，因为他笃定窦殊道考不上，查湘肯定能够如愿。所以，他自己闷头学习，想到了学校以后，给查湘一个惊喜。谁知人算不如天算，一贯懒散的窦殊道，不但考上了，而且分数还是他们三个人中最高的。赵凝暮只能像在大学时候一样，默默地看着他们两个出双入对。

查湘住在宛溪的楼下，不管有事没事，都会来叨扰一番。她漂亮可爱，和窦殊道爱情甜蜜，既不抱怨，又不诉苦。不像冯菲，隔三差五就和楼英吵架，然后跟宛溪申诉楼英的各种不是。有时候，她真的很想堵上冯菲的嘴。相比之下，阳光灿烂的查湘，即使频繁来访，宛溪从来没有嫌弃过，如果两三天看不到，还有点不习惯。

宛溪在学校看着别人的风月情浓，也享受着自己的入骨相思。她和李平漠依然每个星期打电话，偶尔写信。两个人没有因为时间的流逝，空间的距离，身体的分隔，造成感情疏离，一切看起来都很正常。

从云南回来以后，宛溪要李平漠去把小白兔拿回来养。可是，他同事的小女儿坚定地认为小白兔就是她的，说什么都不愿意归还。后来，李平漠说他每天早出晚归，也没有时间照看整天吃个不停的小白兔，还不如放在同事家里，让小女孩和她的父母去照顾。宛溪觉得他说的有道理，就没再坚持。

五月份，李平漠去香港出差。回来后，他告诉宛溪："我在香港给你买了几件衣服，两副耳环，不知你是否会喜欢。"

宛溪很惊讶，因为李平漠从来没有主动给她买过衣服。像很多男人一样，他讨厌逛街，如果需要什么，直接冲到店里，买了就走。偶尔，宛溪拽着她一起上街，让他当参谋。可是，无论她试什么衣服，他的回答永远都是敷衍的两个字："好看。"所以，当李平漠说要去购物天堂的香港出差时，宛溪也没说要他买任何东西。

快放暑假时，李平漠说父母要求他必须回家看看，所以叫宛溪放假不要回海口，他到学校和她汇合。当然，以他的性情，肯定不会直奔目的地，总是要先去某地游荡一番再说。由于很久没见了，宛溪觉得去哪里都无所谓，只要和他在一起就行。李平漠提议了好几个地方，宛溪就像他对付她买衣服时那样说"都行"。最后当他说要去武夷山时，她没有丝毫异议。

放假之前，大家都归心似箭，只有少数人在看似不慌不忙的焦急中期待着什么。宛溪就是其中之一，她在学校耐着性子做该做的事，当然主要心思是等李平漠。

第二十七章　珍珠耳环——武夷山

　　李平漠在放假的前两天到了学校，住在门口的世纪酒店。他真的把在香港买的衣服和耳环带了过来。他当时说买了东西时，宛溪已经感到受宠若惊了，没有想到他这样一个丢三落四的人，居然记得把所买的东西千里迢迢地带过来，她大喜过望。

　　宛溪虽然极少戴耳环，但喜欢买些漂亮的耳环，权当欣赏。她一直没有穿耳洞，所以有时买些夹在耳朵上的耳环。李平漠为她买了一副泪滴形的白色珍珠耳环，一副紫红色的五瓣丁香耳环。两幅耳环的做工精巧，更难得的是，都是夹式耳环。由于大部分耳环都是需要穿耳洞的，所以宛溪偶尔跟李平漠嘀咕说很难买到心仪的耳环。他对这种事情从来都不留心，她戴不戴耳环以及戴什么样的耳环，在他看来，没有差别。不成想，他不但买了耳环，而且还是她喜欢的样式，真的令她如获至宝。

　　她把两个耳环都试了一下，一个淡雅，一个热烈，各有特色。她更喜欢珍珠耳环，舍不得取下来，所以就站在镜子前，侧过头对李平漠说了句谢谢。他看了一眼，极其罕见地发表了比较正式的评论："如果有个蓝色头巾，你就是一个戴珍珠耳环的少女。"宛溪想到了画中那个回眸的少女，有人用惊鸿一瞥来形容画中的神秘女孩。不知为何，自从看了电影《苦月亮》以后，宛溪对于惊鸿一瞥这样一个形容女性的美妙词语，总有一种开头很好、结局潦倒的感觉。后来看了和画同名的的书和电影后，这种信念更加坚定了。由于父亲不幸失明，为了缓解家里的生活困境，戴珍珠耳环的少女只好去当女仆。她受尽了女主人的猜忌，主人家小女儿的欺凌。男主人是个画家，让她戴着女主人的珍珠耳环，以她作为模特画成了一幅引后来人无数猜想的名画。虽然很多人都在揣摩少女回眸时的深意，但她年轻时是个女仆，后来成了卖肉人的妻子，也许有艺术天赋，有发现美的眼睛，有很多梦想，不过终其一生，什么都没有实现，只是一个平凡至极的女人。

香港是个没有冬天的地方，玉庐的夏天也不凉快，所以李平漠买的衣服都是可以立刻上身的。其中最有意思的一件是灰白相间的细格子无袖连衣裙，荷叶边的圆领上缀了三对极小的银色铃铛，走路的时候，会发出清脆的响声，像是小学生穿的衣服，宛溪觉得和她的年龄不相称。李平漠却说她就是个小女孩，很适合这样的衣服。除此之外，还有一条白色的短袖过膝连衣裙，一件无领的印花短袖以及四条碎花半身长短裙。宛溪有些偏爱碎花裙子，有时李平漠说她是村姑般的审美，可他一口气买了四条花色相异的裙子。看来，他认可了她的"小芳"形象。宛溪把所有的衣服都试了一遍，居然全部合身。她为了李平漠的用心，毫不吝啬地赞扬了他一番。李平漠没有坦然接受她的夸奖，破天荒地用谦逊的口吻说："我给你买衣服，还不是天经地义嘛！你把我夸得像朵花一样，实在觉得不好意思，受之有愧。"

李平漠说话的时候，有点尴尬的样子，完全不是平常心安理得，可以把讽刺当成赞美照单全收的形象，宛溪觉得很滑稽。

宛溪早就和几个朋友说了李平漠要来的事，朋友们当然秉着凑热闹的态度，一致要求请客，她欣然应允。所以李平漠到的当天晚上，就决定请大家吃饭。请客通常都是宿舍的人作为主要代表，再加上同学和朋友。不过，简芬和年樱她们打得火热，并不在意和宿舍里其他三个人的关系如何，所以大家已经没有必要坐在一起吃饭了。不巧的是，彭晓鸥的同学来玉庐出差，她陪着同学去市里玩，不知道什么时候回来。冯菲和楼英又吵架了，没有心情吃饭。因此宛溪请了系里的几个人，还有范冷辉、张彤、查湘和窦殊道在学校门口最好的餐厅——桥月楼，吃了一顿饭。不知是吃人嘴软，还是慧眼识人，范冷辉对李平漠的评价颇高。吃完饭后，宛溪没有回宿舍，和李平漠一起住在酒店。

两个人将近半年没见了，耳鬓厮磨半天后，开始宽衣解带。可是，李平漠的下面是软的，这种情况从来没有出现过。宛溪觉得很奇怪，分开这么久，他居然没有肉体的欲望，一点都不像平时的样子。

看着宛溪疑惑的眼神，李平漠说下面长了一个小疮，有些痛，所以影响勃起。她听了以后，果然发现了一个破皮的地方，跟小米粒差不多大。她担心地问："看过医生没有？"

"看过了，不是大问题，过一阵就好了。"

　　于是两个人开始闲聊。宛溪问起他在香港的桃色见闻。他说了香港的一楼一凤和香艳杂志，还有兰桂坊的各色人群。他的语气极为平淡，没有一点激动，就像是跟领导汇报工作。宛溪听得昏昏欲睡，李平漠也讲得索然无味。两个人无欲无求，就这样一觉睡到了天明。

　　三天后，他们坐着一路颠簸的小飞机到了武夷山。

　　武夷山鬼斧神造，丹峰秀水。乘着竹筏在清澈见底的九曲溪徜徉，欣赏着两岸的奇峰翠岭，任何语言都是多余的，只要放空心情观赏人间仙境即可。最奇妙的是，溪边两岸的峭壁上，居然挂着悬棺。在没有脚手架和起重机的年代，谁都不知道这些棺木是如何放到千仞悬崖上面去的。再说，就算能搭脚手架，也不能搭在溪水里。宛溪问李平漠古人是如何做到的，可是连他这样水准很高的专业人士都百思不得其解。其实，悬棺只是其中一个未解之谜，历史上的很多奇迹依然让千年以后的人类匪夷所思。在青山秀水间，宛溪懒得动脑筋，只是享受当下。

　　蘑菇有独特的鲜香滋味，所以是宛溪最喜欢的食物，刚好武夷山盛产各种菌类，让她可以大快朵颐。她每天都吃新鲜的花菇、茶树菇、红菇、姬松茸。上厕所时，整个卫生间都是各种蘑菇混在一起的奇怪味道。李平漠说她真有本事，能把东西糟蹋成这样。她还击说："每个人在这方面都是绝世高手，你也不例外。"虽然她不懂得品茶，但还是抵不住诱惑买了神奇的大红袍。因为据卖茶的人说，整个武夷山只有两棵大红袍茶树，她心下觉得错过这么珍贵的东西，太可惜了。所以就不管不顾地花了大钱，买了自己不了解的东西。

　　李平漠和宛溪在武夷山玩了四天，走遍了大山小峰，幽幽清涧，甚至还去了狭窄但是极为热闹的一线天。李平漠不停地按着相机的快门，照了十几个胶卷都还意犹未尽。这一次，宛溪出现在大部分的照片中。无论她站在仿古小镇的青石板路上目视远方，等着夕阳把她染成淡淡的玫瑰红，还是在山花烂漫中对着镜头大笑，李平漠都说很好。

　　轻松的武夷山之行没能让李平漠的下半身像那些山峰一样立起来，由于武夷山和朱熹的不解之缘，宛溪就打趣说他深得"存天理，灭人欲"的真传。李平漠没有像平常那样狡辩，只是笑而不答。在武夷山尽兴游玩后，他们先到了成都。和以前一样，李平漠依然每天去高甫家。高甫在外面工作的时间已经超过了在设计院上班的时间，不过依然挂在单位，每天都去露面，还住着原来的房子。宛怜的单位给她分了个一室一厅。必双即将上小学，宛怜说她单位附近的幼儿园和学校都比设计院这边好，所以平时带着必双住在她自己单位分的房子里，周末才回设计院。虽然必双暑假不用去幼儿园，但宛怜在附近找了个老师教她唱歌、跳舞、弹钢琴。

宛怜不在时，李平漠和宛溪住在高甫那里。宛怜回来时和高甫住在大房间，必双住小房间。李平漠和宛溪住在他们家旁边的宾馆。和从前一样，宛怜依然和李平漠相谈甚欢，必双当然还是像上次那样不认识宛溪。

周发鑫已经被调到设计院的主管单位，说是准备从政，达成他的愿望。他在几年以前结婚生子，岳父大人是政府部门里一个不大不小的官。作为初入仕途的周发鑫，岳父的位置能够为他起到铺路搭桥的作用。

高甫对于周发鑫的选择非常满意，不止一次对他说："你从政，我经商，以后我们可以配合得天衣无缝。"

第二十八章　潭沙故旧

　　李平漠和宛溪在成都待了一个多星期后，回到潭沙。虽然她第一次到潭沙，但早就听李平漠说过无数次。所以到了以后，她并觉得不陌生。小城忙乱的街道，没有多余空间的建筑，潭河两岸的花红柳绿，倒映在河中的一座小小青峰和李平漠家住的热闹与宁静交织的院子，都和他描述得相差无几。月是故乡明，李平漠难免有些美化这个生他养他的地方，不过潭沙的确水碧山青。

　　李平漠在家里什么事都不做，完全是一个游手好闲的小少爷。他的这种派头从上次在海南和家人过春节时，就表现得淋漓尽致，回家以后完全是更上一层楼。李平漠的二姐和父母住得很近，几乎每天过来。有什么脏活累活，二姐夫全包了。三姐也放假了，住在家里。三姐做得一手好菜，又很勤快，厨房的事情基本上是她一人包办。宛溪只是帮忙收拾桌子，刷锅洗碗，有时连这些事，三姐都不让她做。对于这种好吃懒做的生活，她深感不安，李平漠则受之泰然。

　　宛溪把在武夷山买的笋干交给三姐，她用笋干炒肉，煮排骨，炖鸭汤。在武夷山买的作为御用贡品的大红袍，好像变成了一个负担，不知如何处理。她生怕一个不小心，糟蹋了大红袍。以她的个性，完全可以做出对花啜茶这类煞风景的事情。如果是普通的茶也无大碍，但是如此对待稀世珍品，那无异于焚琴煮鹤。于是，在成都时，宛溪把一多半的大红袍作为礼物给了宛怜和冷宗芍。想来她们都是颇有闲情逸致的人，应该不会暴殄天物的。

　　宛溪想到第一次去李平漠家，所以就把剩下的大红袍送给了他的父母。像很多老人家一样，父母很节约。李平漠让宛溪不要跟他的父母提及大红袍如何珍贵，免得他们知道后，心疼钱，又数落他。所以，他的父母以为是普通的茶叶，泡了一壶茶后，没有任何评价，就放在了一边。三姐正准备煮茶叶蛋，看到桌上的大红袍，就顺手抓了一大把丢在锅里。宛溪怕三姐知道用了奇贵无比的大红袍煮了茶叶蛋，会感到难堪，所以就没有说话。吃完茶叶蛋后，宛溪问李平漠是否有当皇帝的感觉。李平漠不明所以，问她为什么。

宛溪说："因为你刚刚吃了用御用贡品煮的茶叶蛋。"

因为在武夷山听了很多有关大红袍的典故，所以李平漠一下就明白了，他立刻对宛溪说："在朕面前，怎么如此大胆？还不跪下山呼吾皇万岁！"

宛溪笑着叫他跪下参见太皇太后。

李平漠的妈妈有多年的糖尿病，身体一直不好，她说想早点抱孙子，就问他们打算什么时候结婚。李平漠看着宛溪说："等她毕业就结婚。"

听到他说得那么自然，宛溪有些诧异，因为他们之前从来没有讨论过这个问题。

从李平漠的言行看，他似乎是一个不婚主义者。宛溪认为感情最重要，不觉得一张纸就能够把两个人绑在一起。她的父母凭着一纸婚书做了三十多年的合法夫妻，可他们自己和身边的人都是这张纸的受害者，很多时候，她宁愿父母没有这张纸。所以，宛溪从来没有渴望过那张纸，她和李平漠彼此相爱，不用给对方压力，只要顺其自然地相处就好。他坦白真诚，她也从来都不会处心积虑。她偶尔想过，也许他们最终会像所有的恋人一样，去民政局领一张结婚证，但这个念头只是一闪而过。

回家几天后，李平漠老是说下面痒。宛溪检查了半天，也没发现端倪。只好找了一个刀片，仔细地帮他把阴毛剃掉，还是没有发现异常。然后，她把剃下来的阴毛放在一张白纸里，翻了半天，最后找出了两个看起来很像虱子的东西。李平漠见多识广般地说是阴虱。剃掉阴毛后，他不再说痒了，小米粒一样的伤口也早已痊愈，但一直硬不起来，还是不能做爱。

一天，李平漠心血来潮，说想去街上吃铺盖面。铺盖面是潭沙人常吃的一种面，就像高邮酱油面一样，无论家里还是外面的小饭馆都能吃到。虽然米饭是四川人的主食，可是县城里仿佛家家户户都会做各种面条，街上的面馆也不少。三姐已经在家做过兔子面、甜水面、麻辣小面和凉面，宛溪吃得口水和汗水一起流。因为铺盖面太常见了，所以三姐一心想做一点特别的，让李平漠感受到她的用心。可李平漠这个身在福中不知福的人偏偏惦记最普通的铺盖面，因此就带宛溪去他光顾过很多次的面馆。顾名思义，铺盖面是非常宽大的，虽然比被子小了很多，但每一片面都有巴掌大小，确实是不同寻常。而且还可以选不一样的汤底，有麻辣、排骨、鸡杂和清汤，淋上炒过的肉丝、酸菜等各种浇头，再加点烂熟的豌豆，让人吃得心满意足。

对这个充满回忆色彩的面条，李平漠自然吃出了不一样的味道。吃完满满的一碗面条后，他不顾满头大汗，又多喝了一碗浓浓的面汤。很多普通的饭食都有悠长的历史，宛溪看到李平漠吃得那么起劲，就问他铺盖面的来历。可平时无所不知的他偏偏对这事不甚了了，又不愿意承认，所以喝完最后一口面汤就开始胡诌铺盖面的历史和含义。他们离开人满为患的小饭馆，一边在街上看各种繁忙的生意，一边往家走。走着走着，就碰到了花艺云。

自从花艺云宣称考研究生的那一刻起，她就离开李平漠的阴影重新站了起来。这几年，他们就像一点都不亲密的普通朋友，偶尔联系一下。李平漠没有隐瞒，想起来就跟宛溪说说，如同在说任何一个旧日的同学。所以花艺云的动态，宛溪大体知道。研究生毕业后，花艺云在成都一个很好的医院当医生，即将和同是医生的男友结婚。虽然她的人生已经翻开了新的篇章，但是宛溪想到他们以前的事情，还是觉得有些尴尬。不过，两位当事人似乎都释怀了，他们轻松地交谈着，说着一些寻常的话语，相约一起去见同学朋友。

花艺云和李平漠差不多高，皮肤稍黑，不像很多四川女孩那么白嫩，没有烫染的柔顺黑发刚过肩头，神态和头发一样柔和，看起来很知性。虽然她说话时带着潭沙口音，速度也有点快，但语调像成都人那样软软的。轻言细语中，没有任何不满的情绪。看着花艺云静如止水的样子，宛溪无法把她和那个疯狂纠缠了李平漠十几年的人联系在一起。也许李平漠真的就是她的一个梦，梦醒后，她成了最先脱离梦境的那个人。也许，她找到属于自己的幸福后，就把李平漠视为生命中的一个过客，所以能够云淡风轻，连肢体语言都看不出过往的痕迹。无论如何，宛溪是佩服她的，如果换作自己，不一定做得比她好。当然，宛溪从来没有想过和李平漠分手。如果真的分手的话，一定是发生了什么地崩山摧的事情，让她痛苦万端。若日后相逢，她还能够和他当街谈笑自若，一起去见那些知道他们旧事的人吗？此刻的她笃定地知道她不能。当然，她也不会恨他一辈子。恨跟爱一样，都是非常强烈的感情，只不过更加害己伤人，能够被人恨一辈子并不比被人爱一辈子容易。

在家过了两个多星期的腐朽生活后，李平漠又待不住了，就跟宛溪说："我听你姐经常提起她以前住的地方，就是你的出生地。你姐说仁洲人杰地灵，所以才出了她那样一个卓越人物。她一直说仁洲比潭沙好，还经常为这个问题跟我争论。我们去实地考察一下，看看她是否所言非虚。"

宛怜在仁洲生活十几年，当然会说它好，对于家乡，人们总是不吝赞美之词的。很多人只要说起自己的故乡，就是极尽夸张之能事，天上地下地大加赞扬。虽然宛溪丝毫都不了解仁洲，但还是想去看看。

第二十九章　你从哪里来

对于仁洲，宛溪是一片空白，既没有感性的记忆，也没有理性的认识。不过，每个人都会有些追本溯源的意愿，所以人类才会热衷于"我是谁""来自哪里""去向何方"这些穷尽一生都找不到答案的问题。宛溪确实想去看看自己到底来自哪里，出生在一个什么样的地方。听到李平漠的提议，便欣然前往。

仁洲沿河依山而建，一派竹深树密、水明峰翠的旖旎。山上树木丛生，一片苍翠，泉水潺潺，凉风习习。半山腰、山脚下散落着一些茅草房和不同颜色的瓦房。镇中心只有一条窄窄的石板路，路的两边全是临水的老房子，很多是用竹子和木头搭建而成的，有民居、饭店、杂货铺、茶馆、寺庙和戏台。虽然雕梁画栋，但是由于常年的日晒雨淋，又缺乏维护，所以到处是斑驳的墙壁和破败的屋顶，很多墙上还有破洞，古镇的沧桑一览无余。白天，人们坐在临河的房子里喝茶、打麻将，让水墨画一样的古镇活色生香。夜晚，万家灯火透过窗子，映在河水里，说不尽的恬淡静谧。

看着烟雾缭绕的山顶和刻在石桥上的龙头和狮子，李平漠对宛溪说："看来你姐没有夸张，仁洲的确山清水秀。不过，我们潭沙更好。"

外婆家住在石板路上面，山脚下。沿着石板路，走到尽头，有一个高高的台阶。台阶的最上面，有一栋黑瓦白墙的房子，那就是外婆的家。门是开着的，李平漠和宛溪直接走了进去。没有人认识他们，宛溪向外婆一家介绍了自己和李平漠，然后他们热情地端茶送水。

外婆是一个慈祥的老人，那只失明的左眼早已无法睁开，是个看不到的黑洞。她和小舅舅一家住在一起，身体还算硬朗，每天在家里操持家务。大舅舅早年去绵阳读书，毕业后在那里工作，然后结婚成家，难得回来一趟。母亲去陕西工作后，小舅舅成了留在外婆身边唯一的孩子。

小舅舅有一儿一女，儿子十二岁，活泼机灵。女儿八岁，乖巧温顺。小舅妈是个瘦弱矮小又精干的四川女人。一家人以务农为生，除了种庄稼，还在山边经营菜园和果园。每天早上，小舅舅把菜挑到镇上的石板路去卖。柑橘、脐橙和桃子丰收时，小舅妈会帮忙一起卖。家里还养了两头猪，数只鸡。猪圈和房子之间有个空地，鸡时常在那儿走来走去找东西吃。

宛溪刚进外婆家后，直爽的小舅妈总是用一种奇怪的眼神看着她，最后忍不住问道："你一个城里人，为啥子晒得比我都黑？你们那个地方的人，都是这个样子？"她没想到小舅妈问得这么直接，不知如何回答，只好笑笑不说话。

小舅舅和小舅妈起早贪黑地在田间地头忙碌，晚上回家时，顺手从地里摘下新鲜的木耳菜、油菜心和腾腾菜，供家人食用。有时，小舅妈会在荒地里扯一些则耳根，外婆加点盐、酱油、醋、辣椒油、花椒油和麻油凉拌。外婆一家吃惯了则耳根，兴趣不大，李平漠以前也经常吃，不觉得稀奇，只有宛溪对则耳根特有的爽脆和香味赞不绝口。

从地头摘下的菜格外水灵清香，宛溪想起曾经吃过的豌豆尖无比鲜嫩，就要求小舅妈从地里带些回来。小舅妈说只有冬天和春天才能掐豌豆尖，现在只能吃豆子，笑话她肯定连韭菜和秧苗都分不清楚。李平漠接着说她根本不事稼穑。他自己连常吃的菜都认不得几种，还来嘲笑她。宛溪说不跟他一般见识，但还是觉得，错过了吃豌豆尖的季节怪可惜的。

李平漠和宛溪刚到的那天晚上，外婆让小舅舅在门口的石臼里捣米粉，她把类似粽子叶的叶子切断，然后把糯米和大米粉配在一起，加水揉成团，挨个儿放在叶子上，又把舂碎的花生、芝麻或者炒好的猪肉芽菜放到米团里包好，做完以后放到锅里去蒸。小舅妈说这叫叶儿粑，因为工序繁杂，是过年才做的。外婆现在做这个，是把李平漠和宛溪当成贵客。

尽管宛溪和宛怜都跟李平漠提过袍哥头子的外公，不过由于她们都不了解具体的情况，所以只能是蜻蜓点水式的叙说。宛溪只是从母亲那里听了些只言片语，再转述时，所知更少。宛怜虽然知道得多一些，但是仍然语焉不详。李平漠像所有好奇的男人一样，对于袍哥有着巨大的兴趣，对于有点小小影响力的袍哥更不愿意放过，尤其是当这个袍哥头子还能跟他扯上点关系的时候更是如此。于是，他想从外婆那里得到更多的信息。可是，不知是回忆太痛苦，还是怕再生事端，外婆不愿意多谈。出乎意料的是，小舅舅的儿子却娓娓道出了外公的历史。李平漠问他怎么知道的，小男孩说经常在街上听人摆龙门阵，好多人都详尽地说着外公当年的事迹。毋庸置疑，外公已经成了刻在这个小男孩脑袋里的大英雄。

李平漠听了后，兴致高昂。第二天，他也像小舅舅的儿子一样，到街上去打探外公的事情。悠闲的人们说来说去都是对着那些旧面孔讲，现在看到两个外来者，终于找到了一个兴奋点，很快地聚在一起，细说陈年旧事。有人是亲眼所见，有人是道听途说，很多年轻人更是把外公说得神乎其神。宛溪诧异地听着，有点窃喜，因为到现在为止，外公依然是仁洲街道上的传奇。李平漠大呼过瘾，回到外婆家后，还和小舅舅的儿子说个没完。明明是两个年岁，经历和环境都相差甚远的人，却像遇到知己一样，越说越高兴。说到得意忘形的时候，小舅舅的儿子天真地说："我也要当袍哥。"

"现在没有袍哥了。"李平漠笑着说，"如果不做袍哥，你长大后想做什么呢？"

小男孩听到没有袍哥了，有些失望，但还是很快地说："只要我长大了，就马上离开这里。"

李平漠点点头："上大学肯定要去别的地方。"然后他又用稍带着一点奇怪的语气说，"也不至于这么着急吧。这里有什么不好吗？"

"当然不好了，你看镇上那些房子，木头那么烂，竹子都要垮了，墙上的白灰都掉了，里面的泥巴露出来好多。"小男孩一五一十地说着小镇的不足，嫌弃之余，又给自己立下一个目标，"等我长大了，就去外面赚钱，然后把那些烂房子都拆了，全部修成新的楼房。"

小男孩有自己的理想，当然值得鼓励。不过李平漠夸奖了他一番后紧接着说："'烂房子'最好不拆，等到你赚了钱，可以把'烂房子'好好补补。比如重新抹灰，修好墙上的洞，找人描绘或者雕刻房顶、屋檐和窗上的花纹。如果有些房子实在太烂，必须拆除，那么盖新房时，最好买旧木头、旧砖或者其他旧材料来修。万一买不到旧材料，也要把新房子变成很旧的样子。"

李平漠说了半天，小男孩听得云里雾里，不明所以。虽然他没听懂，但还是坚定地认为新楼房最好，完全不认同李平漠说的修补法，更不理解为何要把新房子弄旧。

不管小男孩怎么想，仁洲的面貌一时半会儿肯定改不了，古旧的现状将会维持很长一段时间。宛溪倒是非常喜欢古镇的平和宁静，与世无争，对镇上的"烂房子"也情有独钟。虽然没有解决"我来自哪里"的问题，她还是爱上了自己出生的地方。

宛溪和李平漠在仁洲玩了三天，她特意去看了母亲的学校，并且把街上房子的数目搞得一清二楚。临走时，除了买车票的费用，她让李平漠把口袋里的钱都给了外婆。

回到潭沙一个星期后，李平漠说唐路和赵姝结婚了，在各自的老家办了婚礼。由于两个人去海口之前都在成都工作过，所以他们想邀请一些朋友吃饭，庆贺一下他们翻开生活的新篇章。以李平漠和唐路的交情，他当然是被邀请的对象之一。

第三十章　结婚还是离婚

　　李平漠和宛溪在潭沙做了很多天的寄生虫后，八月下旬返回成都，参加了唐路和赵姝的小型婚宴。他们邀请了各自的同学、同事和朋友，所有的人加在一起，刚好四桌。婚宴在一个离设计院很近的中档餐厅，宛怜和高甫都没有出席。唐路说邀请了高甫，但是他太忙，无法分身。

　　四个桌子上的菜都是一样的，先上冷盘，再上热菜，最后是糕点。虽然所有的菜都是平常见过的，但不同的是，每个菜名都很吉利，有花好月圆、比翼双飞、良辰美景、红红火火、共筑爱巢、硕果累累……反正只要能想到的美好词汇，全部都用上了。除了不同寻常的菜名，器皿也很精美，无论陶瓷还是玻璃，都有明暗不同的花纹，在明亮的灯光下，很有光彩。这么喜庆的日子里，当然不能少了红玫瑰。所以，每张桌子中间都有一大束鲜红的玫瑰花，每个盘子里是一朵朵娇艳的玫瑰。

　　唐路和赵姝端着酒杯在每个桌子走了一遍，大家也都举杯庆祝。一对新人脸泛红晕，眼角眉梢都是笑意，对于大家各种善意的打趣当作礼物一样全部笑纳。

　　婚宴没有繁琐的礼仪，除了喜酒、喜糖、鲜花和一片光亮，更像一个朋友的聚会。由于大家都是熟人，客人离开的时候，唐路和赵姝也没有站在门口跟每个人握手道别，说"慢走"之类的话。但即使什么仪式都没有，他们也是婚宴上最幸福的两个人。

　　费左页刚好在成都，理所当然地和冷宗芍一起在婚礼上出现。几天以后，他又回了广州，说是在做一个比较大的工程，完成后也打算回成都了。他和冷宗芍依然维持着恋人的关系。冷宗芍和宛溪在唐路的婚礼上遇到，两个人约了某个下午去文殊院喝茶。

　　庄严肃穆的文殊院里，倒茶的人拿着一把长嘴铜壶，站在很远的地方，把沸水倒进盖碗茶里。茶杯里的一撮茶叶，在热水的冲击下，像花瓣一样舒展开来，两颗红枣漂在上面，像两颗巨大的花蕊。四周的人都在打麻将，稀里哗啦的声音此起彼伏。和牌的人心花怒放，尤其自摸一条龙和清一色的，更是高兴得忘乎所以。放和的和输牌的都摇头叹气，懊恼不已。坐在同一个桌子上的人，呈现出两种完全不一样的状态，形成鲜明对比。不过这种对照是随时都会改变的，上一盘垂头丧气的人，这一盘就可能喜笑颜开。大家都低头看牌，专心致志，连厕所都舍不得上。对于半天不出牌的人，大家齐声催促，说是打完后要去上厕所。可是打了好几圈以后，所有的人还是安坐不动。他们唯一的惯性动作是偶尔端起茶杯，想喝的时候却又放下了。无论是坐着的人还是走动的人，谁都没有抬头看天。不过，就算抬起头来，也看不到什么特别的。头顶是厚厚的灰色的云，太阳偶尔从云层的空隙里透出一丝光亮，典型的成都天气。一切都显得虚幻而又真实。

冷宗芶端起盖碗茶，把杯盖放到桌上，毫无预兆之中，突然说："我觉得费左页和另外一个女人在一起。"

宛溪赶紧低头喝茶，她希望滚烫的水灼伤自己的声带，这样就可以不说话了。幸好冷宗芶只是一带而过，没有继续这个话题。接下来，她们说的都是最近成都流行吃什么这样重要又微不足道的事情。成都人除了打麻将，另外一个特点是好吃，他们为了饭桌上的东西挖空心思。餐厅也跟风，每年都流行不同的食材。只要流行风一刮，每个餐厅都卖一样的东西。过一阵子腻味了，又换另外一种。

李平漠有时和高甫一起出去谈事情，做项目，宛溪就在家读书。宛怜家的书很多，怎么都读不完。宛溪刚到兰若大学时，看到图书馆里整排整架的书，立刻发了一个宏愿：在校的三年时间，要读完图书馆的所有书。为了鼓励自己，她先借了托尔斯泰的几本大部头，可是从头到尾，连一本都没读完。这位老先生总是不厌其烦地描写时代背景，时常发表他的个人观点，当然还有赛马、礼仪、人物的对话和心理活动等各种繁琐的细节。经常读了好几页，还没看到任何故事。虽然说成为名著的一个基本特点是有很多闲笔，但是这位老先生也太闲了。大概因为他本人是贵族，就算天天在家睡大觉，也能钟鸣鼎食，所以才会有这么多的闲情逸致。不过，当她听喜欢托尔斯泰的人说得头头是道时，还是觉得惭愧。原来不是托翁的问题，而是她的水平太低。她连宛怜家的书都读不完，根本不该妄想把那么大一个图书馆装到自己微小的脑袋里。当然，宛怜家的世界名著也不在少数，宛溪试着读《黛洛维夫人》《海浪》《审判》《莎士比亚的记忆》，虽然尽了最大努力，但是只读完了最后一本，并且读了两遍，因为它最短。当然，她也曾设想读完《尤利西斯》《追忆似水年华》。可是读完前者的第一章，她只记住了绿色，因为这个词出现了好几次；她把后者的第一卷翻来翻去，还是无奈地放下了。她怀着想知道结果的良好愿望翻到最后，可是却被吓得直接晕倒，因为后面的几十页连个标点符号都没有。宛溪对着书柜发呆，心想或许自己只适合看连环画。

不管怎么说，捧着书的日子总是很快。时间倏忽而逝，又到了开学的日子。

整个暑假，宛溪和李平漠每天同床共枕，但是没有做过一次爱。他仿佛得了阳痿似的，一直硬不起来。她怕他为此事难过，造成心理阴影，就不断地安慰他。她的安慰越多，他的歉意就越深。后来，他们都不再提起此事。

八月底，一个阴云密布的中午，他们一起去机场。李平漠的飞机比宛溪晚两个小时，她先办了登机手续。在等飞机时，百无聊赖之中，李平漠有点没话找话地说："你姐和你姐夫已经离婚了。"

宛溪惊讶地说："怎么可能？他们两个看起来很好啊，还住在一起呢！"

"他们两个亲口跟我说的。你姐夫本来不同意，但你姐一直跟他说离婚是假的。"李平漠本着既然开了头，就要把事情解释清楚的原则继续说，"你姐的意思是想感受一下如果没有结婚证，是否还能回到恋爱的感觉。你姐夫还说适当的时候，再重新娶一次你姐，让她再尝新婚的甜蜜。这两个人，都很有意思，也挺能折腾的。"

既然李平漠这样说，宛怜和高甫离婚肯定是千真万确的事，可宛溪想了半天，还是觉得不可思议，大概是她太孤陋寡闻吧。

暑假的时候，只要宛怜回到高甫的房子，两个人和夫妻没有任何差别。有时宛怜为了鸡毛蒜皮的事和高甫吵架，高甫像大多数恩爱夫妻中的丈夫一样一言不发。吵完以后没有多久，宛怜又对高甫柔情四溢。宛怜不在的时候，每天晚上给高甫打电话，唧唧咕咕说个没完。无论她和高甫是否在一起，也无论她在或不在房子里，到处都能感觉到她的存在。她和高甫的状态比新婚的唐路和赵姝还要甜蜜，外人断然看不出半点已经离婚的端倪。

宛怜和高甫以离婚的身份同居一室，恩爱如常，倒是别出心裁。按照常人的理解，结婚是把两个外人变成法律意义上的一家人，走进婚姻的人多半都怀着喜悦的心情，而离婚是把两个本来亲密的人以法律的方式分开了，结局多半是不愉快的。所以，大部分人离婚时，都闹得鸡飞狗跳，不成仇人，也是路人，做朋友的概率寥寥。像宛怜和高甫这样不寻常的相处方式，真是万中无一。不过，也许正因如此，反而达到了宛怜想要的效果吧。世界上，每天都有人忙着结婚和离婚，那张纸能带来幸福，也能带来麻烦。如果没有那张纸，一拍两散的时候容易一点；如果有了那张纸，而且还有了那张纸带来的名正言顺的结晶，那么分手的难度会加大很多，尤其是一方不愿放手的时候，反目成仇的比例不会低。

宛怜和高甫都是生活的主人，可以在某种程度上掌控人生，笑看别人的庸俗。说到底，只要两个人开心，怎么都行。

李平漠和宛溪在成都机场分别，一个去玉庐，一个回海口。

第三十一章　小社会

宛溪返校后，又开始面对朋友们的各种情和爱以及学校里面的小社会。

冯菲和楼英一直磕磕碰碰。他为了她的喜怒无常烦恼，但是她一直高调地宣示着自己的爱，他也无法完全走开。他为毕业论文发愁时，她给他提供了很多灵感，让他既惊又喜。

开学的时候，彭晓鸥带来一个叫林秋月的女孩，她来校进修一年。林秋月二十四五岁的样子，是一个壮硕的美人，如《诗经》里所说的"有美一人，硕大且卷"，她正在和彭晓鸥的顶头上司史正缠绵缱绻。不知史正是否曾经为了这个庄姜般的美人"涕泗滂沱"，但"寤寐无为，辗转伏枕"是肯定的，因为他们的恋情已经由暗渡陈仓转为明修栈道。

史正四十出头，颇有才干，本来可以有所作为，在事业上大展宏图，但是因为和老婆多年不睦，女儿上大学以后，夫妻关系已至冰点，所以他一直懒心无常。自从和林秋月尝到了爱的甜蜜后，他才找到了向上的动力。林秋月虽然高中都没毕业，但是年轻漂亮，充满活力，又很识大体，和史正情投意合。她之所以来校学习，一方面是因为和史正的关系已经由暗转明，正式公开，要给史正时间和空间处理他的婚姻关系；另一方面她也确实想提高自己，从而缩小和史正的差距。可以说短暂的离别，是为了长久的相聚。这种临时制造出来的地理上的距离，可以加速缩短心理上的距离。

史正的情况和侯祺类似，和老婆关系奇差，也有一个女儿。不过，在处理婚外恋的事情上，他的方式和侯祺截然不同。侯祺怕伤害多愁善感、脆弱不堪的女儿，而放弃了郑湘妮和他们的儿子，最终回到了老婆和女儿的身边，过着百无聊赖的生活。郑湘妮虽然没有亲自带孩子，但是一想到儿子的私生子身份，也觉得时日漫长。两个人虽然形式上分开了，但是内心都备受煎熬。史正则认真地和老婆摊牌，坚决要离婚。只是谁都无法预知，他老婆会选择大吵大闹，对簿公堂，还是好说好散。林秋月刚开始和史正在一起时，也曾有过愧疚。不过后来看到他们夫妻确实已到水火不容的地步，自己不是破坏他婚姻的罪魁祸首，才慢慢释然。虽然她自愿来学校进修，不过还是有些忐忑，她不知在学校的这一年时间，史正是否能够获得自由之身。

彭晓鸥和董禹晗越来越热络。宛溪一度以为彭晓鸥终于打开了心扉，董禹晗也走出了过去的阴影，准备迎接他们的爱情了。可是有一天，彭晓鸥跟她说："我觉得董禹晗喜欢你，他总是想从我这里，打听和你有关的事情。"

宛溪惊讶地说："怎么可能？我和他总共没见过几次，而且每次都是和你或其他人一起，要不就是站在楼道，在众人的监督之下说几句话，从来没有单独见过他，不可能搞什么地下活动。"

彭晓鸥淡然地说："他说和你志趣相投，而且你的眼神不含杂质，是一个简单的人。原话不是这样说的，但大致是这个意思。"

宛溪没有把彭晓鸥的话放在心上，不过她也不再和彭晓鸥一起去董禹晗的宿舍了。除了在路上和图书馆碰到，偶尔天南海北地神吹一番外，他们没有任何其他来往。

年樱的小团体还是在周末聚餐，越来越多的人想加入进来，可是以简芬为首的核心人员把所有的申请人都扼杀在摇篮中。即使偶尔有人使尽浑身解数，接触到了年樱，也是功败垂成。因为年樱总是经不住简芬等人的游说，最终放弃接纳新人。

虽然和简芬住在同一个宿舍，但范冷辉、张彤和宛溪对于她视若珍宝的那个小团体没有丝毫兴趣。范冷辉和张彤有一摊自己的事，宛溪的生活相对简单，除了和查湘等几个好朋友过从甚密外，就是和自己系里的一些人频繁交往。她和同级的杨萍、贝仞信和邱驰经常一起上课，关系融洽密切，自然不在话下。

杨萍咋咋呼呼，有点喜欢说大话。她的男朋友和她是校友，凭着家里的关系，在咸阳谋得了一份不错的工作。她很为男朋友自豪，整天挂在嘴边的都是他如何出众。不过，看到她一脸陶醉，真心为男友骄傲的样子，倒是蛮可爱的。贝仞信长得比较清秀，有时会发表些奇谈怪论，有点语不惊人死不休的架势。邱驰虽然年纪最小，但是说话条理清楚，做事中规中矩，是最沉稳的一个。

他们三个人都是党员。宛溪在小学当过少先队员，高中入了团，不过这些是每个学生都会做并且都能成功的事情。后来，因为得知入党比加入少先队和入团的难度系数大大提高，她便从来都没有申请过。

贝彻信和邱驰的学术能力都比较强。有时，老师让他们四个人轮流讲课，他们两个准备得最充分，讲起课来，头头是道，一点都不比老师差。贝彻信还在核心刊物上发表过文章。杨萍有点敷衍了事，不过她能说会道，也能糊弄过去。

同级的两个男博士，韩国栋和张荣虽然年纪相仿，曾经在同一个地方生活过，目前又住在同一个宿舍，可是关系并不密切。韩国栋野心勃勃，很多人都不放在眼里。张荣则踏实勤恳，宽容敦厚。另外一个女博士黄玲，大部分时候是一副不管不顾、我行我素的样子。她和他们两个的关系不远不近。

宛溪喜欢黄玲的个性，时常向她请教些学术问题。黄玲毕竟在象牙塔里待了多年，不但基本功扎实，还有丰富的理论知识，说起学问来总是条理分明，让宛溪受益匪浅。

除了同级的这几个人，宛溪来往最密切的是比她高一级的几个人，其中有三个硕士、两个博士，她跟这五个人经常一起打牌、吃饭、爬山，和他们玩的时间一点不比同级的人少。

曹奇原本是中专毕业，工作后，一直自强不息读到大专，然后考上硕士。从小，他的成绩就名列前茅，只是因为家境贫寒，不得已读了中专。他多才多艺，颇有语言天分。当大部分学生为哑巴英语烦恼时，他已经可以用英语流利对话，是英语角的活跃分子。除此之外，他还选修了德语，为了苦练极其难发的小舌音，经常含着一口水，不停地重复。功夫不负有心人，最后总算可以顺利地发出令大多数人望而却步的小舌音。除了语言，他也很会唱歌。语言总有些相通的地方，他唱粤语歌时几乎听不出口音。由于成长经历颇为坎坷，他很喜欢唱《爱拼才会赢》。虽然不是闽南人，但唱得非常地道。就连在闽南出生并且热爱唱歌的老师和同学都说他唱这首歌时，就是一个地道的闽南人。艺多不压身，尽管他身材矮小，但一点都不影响他超常的自信心。

原佑是大学毕业工作两年后，为了爱情读的硕士。跟曹奇一样，他的父母也是农民。他比曹奇还矮，也没有曹奇的活力，看上去老实木讷，有些小小的自卑。

孔霜枝是系里年纪最大的硕士生，已经工作七八年了，本来想在家乡的那个小城市待下去，不再挪窝。可是由于和老公葛光结婚三年没有孩子，就受到各种熟人以关心的名义进行拷问，或者直接就是不怀好意的揣测，再加上两家老人的长吁短叹，他们不得已寻找新方向。幸运的是，他们在同一年考上硕士，但专业不同。葛光读着一个中规中矩的专业，看起来老实巴交的。他们经常出双入对，感情很好。

三个硕士生的经历已是各不相同，那两个博士生的生活经历则差别更大。

柳棉一表人才，戴着细腿金边眼镜，粗看之下很儒雅，稍一接触就发现他洒脱不羁。不过他个性随和，很讨女人的欢心。他的经历和曹奇类似，也是中专毕业，一路奋发图强，读到博士。虽然出生于普通渔家，但是生性豁达，没有因为自己贫穷的出身觉得卑微。有一次很多人聚在一起聊天，话题无所不包，不知怎么就转到了各自父母的职业问题上，柳棉脱口而出"我的父母是搞水产的"，了解的人不禁大笑。宛溪刚认识他不久，对他的话信以为真，就奇怪地看着那些笑得前仰后合的人。后来她知道柳棉从小在长江边长大，父母是渔民，他们一家常年住在一条风雨飘摇的船上后，不禁对他刮目相看。

柳棉读硕士之前，和一个同事恋爱结婚。老婆很要强，但也通情达理。硕士毕业时，两人聚少离多，他的桃花运又太旺，而且还准备读博士，两人最终协议离婚。读博士不久，柳棉就和一个外校的本科生谈起了恋爱。女朋友虽然相貌娟秀，但脾气着实古怪。连他这样不温不火的人，都会不时跟她冷战。可一说到分手，女朋友不是雷霆震怒，就是寻死觅活，说他以玩弄感情为赏心乐事，那个架势和冯菲有一拼，大概又是一个不按常理出牌的天才。柳棉不是史正，暂时没有另外一个相伴左右的美女，所以缺乏决绝而去的勇气。吵闹过后，他只好乖乖投降，还自嘲地说就当是修行吧。尽管如此，他还是不止一次地陪着女朋友去做傻事。他说做的最傻的事情是麦当劳和必胜客首次在玉庐开店时，他跟女朋友通宵去排队。环顾四望，排队的人全是青春期的男孩女孩，只有他一个"老博士"。话虽这样说，他还是觉得挺好玩的。

相比于柳棉坎坷的求学和婚恋经历，白沙洲则顺风顺水。他大学毕业后，留校任教，又读了本校的硕士，目前是在职博士，已经结婚生子，老婆是大学同学。他的人生如一泓清水，明净见底，后面五十年的生活已经一览无余。如果没有意外，博士毕业后，他会在母校按部就班地工作、生活，做到教授、博导，同时和结发妻子白头偕老。

第三十二章　相处之道

一放寒假，宛溪就回到海口。李平漠的"阳痿"虽然好了，不过他对做爱的兴趣淡了很多。他说自己年纪大了，性欲衰退了。她是个精神恋爱至上的人，做爱与否，并不重要。两个人不再谈论房事问题，就像老夫老妻一样地相处着。

刚回去的几天，电话响了几次，宛溪接的时候，始终没有人讲话。跟李平漠说了以后，他说是骚扰电话，不用理会。

李平漠不擅长做家事，房子里面永远乱七八糟，各种东西随手丢，满地都是。宛溪把家里收拾了一遍，发现了两封边思写来的信。她还在原来的城市，原来的单位，唯一的变化是多了一个三岁的儿子，并随信寄来了两张儿子的照片。

宛溪跟彭晓鸥、林秋月和史正聚了两次。史正虽然年过四十，但是无论外表还是内心都比实际年龄年轻很多。他非常喜欢周润发，尤其是《上海滩》。当说起许文强穿着黑色的风衣，还有他的大码披风时，一脸神往，恨不得自己马上变身文哥。宛溪当年看《上海滩》时，也迷恋了文哥好长时间。当穿着白西装满身枪眼的文哥倒在地上跟阿力说"我要去法国"时，她的心身都随着他去了。电视剧结束以后，她还是白天黑夜地"浪奔浪流"，分不清到底爱文哥还是发哥。好久以后，她才从少女时代的花痴梦里抽离出来。现在听到史正这样一个年纪不轻的大男人居然沉迷她多年以前的花痴对象，立刻引为知音，并且问他是否喜欢冯程程。史正充满豪情地说："自古美人配豪杰，没有豪气潇洒，英雄落寞的许文强，程程的爱情故事也不会那么令人唏嘘。古往今来，自刎的女人多如牛毛。如果没有项羽，谁会记得虞姬呢！"

史正的离婚宣言获得了女儿的支持，女儿上大学一年级，从小就生活在他们的吵闹之中，早已厌烦至极。女儿劝说妈妈离婚，和史正好聚好散。史正的老婆没有想到女儿会这样说，虽然觉得自己再坚持下去已经没有任何意义，但还是不同意离婚。史正和林秋月的恋情尽人皆知，不过还是受制于他的已婚身份，受到很多非议，单位领导也要他注意一下影响，不知何时才能拨云见日。

大年初二，宛怜和高甫带着必双来到海口。李平漠只有摩托车，就叫了一个有车的朋友去机场接宛怜一家三口。对于旅游，李平漠永远怀有极大的热情，哪怕是烂熟于心的海南岛也不例外。他兴致很浓，带着宛怜一家走过岛上的大部分地方。

高甫对任何景致都没有兴趣，每到一个地方，就像老僧入定一样，坐在海边或者路边，一步都不愿意多走。如果旁边有人，不管是否认识，他都会天南地北地说上一通。如果没人，他也可以自得其乐，没有寂寞的感觉。宛怜则截然相反，她带着必双兴致益然地游览了每个景点，就算不是景点，她也觉得很有趣味。一次，他们到了一个空荡荡的海边，洁白细腻的沙滩看不到尽头。宛溪、宛怜和必双往前走了一大段，没有看到一个人。必双说走不动了，宛怜让宛溪带她回去。她一个人继续往前走，但很久都不见她的踪影。

过了两个多小时，李平漠把胶卷差不多都浪费完了，宛怜还没回来。他有些担心，对一直坐在海边的高甫说："这附近除了海滩，什么都没有。她走到哪里去了？不会出什么事吧？"

高甫胸有成竹地说："她每次出门都这样，不会有什么事，应该快回来了。"

果然如高甫所言，十几分钟以后，宛怜优哉游哉，像幅画一样出现在了空旷的沙滩上。

宛怜一家在海南的时候，她和高甫依然同吃同住，和夫妻没有区别。如果宛溪不是从李平漠那里得知他们已经正式办理离婚手续，无论如何不会想到这样一种富有创造性的关系。对于大部分人来说，离婚意味着自由，很多时候，为了拿到离婚证，一方或者双方都必须做出很多妥协。如果碰到偏激想不开的人，代价更惨重，有时可能是生命。史正为了离婚，已经和老婆冷眼相对两年多了。这样的夫妻离婚以后，不要说睡在一张床上，就是由于不得已的原因同时出现在某个场合，都是勉为其难的。

不吵架的时候，宛怜对高甫关怀体贴，是一个贤惠的老婆。即使吵架，也是她自说自话。因为不管她如何不讲道理地责骂，高甫从来不接她的话。她对李平漠总是轻言细语，从来不发脾气，显得非常温柔，比宛溪对他的态度还要好。

在海口的时候，必双睡在客厅的沙发上，宛怜和高甫住在小房间。睡了一个晚上后，宛怜跟李平漠说小房间的床太小，她和高甫睡在一起太挤，李平漠把话转给了宛溪。宛溪知道宛怜的意思，于是就把主卧让给了他们，自己和李平漠住在小房间。其实，小房间里也是双人床，和主卧的一样，她和李平漠睡在上面并不觉得拥挤。

宛怜他们走后，宛溪和李平漠过了几天二人世界的生活，非常惬意。快乐的日子总是短暂，很快又到了开学的时间，她和彭晓鸥、林秋月一同返校。

第三十三章　毕业不一定分手

　　楼英即将毕业，他想去深圳工作。冯菲疑心病重，怕他到深圳后移情别恋，坚决不同意他离开，就让他在玉庐找工作。两个人不停地争执，矛盾越来愈深。每次吵完架后，冯菲都是一副活不下去的样子。楼英以前还担心她真的会跳楼或者割腕之类的，搞出些让他受不了的事情。时间长了，他渐渐麻木，随她去闹。冯菲情绪爆发时，真的不是小女儿情态，完全是歇斯底里式的疯狂。泪眼滂沱，全身发抖，声嘶力竭，不是要杀人，就是要自残。任何人第一次看到她那个样子，都会被吓到。宛溪第一次看到她失去常态时，完全手足无措，惊吓过后，开始想方设法地安慰她，可不起任何作用，最后只好等她自己安静。后来，宛溪也就见怪不怪了。楼英也是经历了同样的过程，他不管冯菲怎么吵，就是要去深圳。

　　曹奇和女朋友越来越合拍，经常牵手在校园漫步。孔霜枝和葛光没有鲜花和浪漫，他们只想过好每一天的平凡生活，憧憬着"执子之手，与子偕老"。柳棉喜欢热闹说笑，可是女朋友孤僻怪异，不大跟人交往。两个人个性迥异，难免会起争执，有时实在吵得太厉害，柳棉就想分手，但女朋友誓死不同意，他只好忍受着她的折磨。范冷辉和田展虽然在公开场合没有亲密行为，但是形影相随是他们的常态。简芬依然在放假时回到男友的怀抱，开学时和法师讲经论道。查湘和窦殊道的感情愈发甜蜜，赵凝暮眼看夺回查湘的希望比读本科时还要渺茫，终于接受了现实，和外系的一个硕士谈起了恋爱。

　　在这里，不管什么样的恋情，都能够或绽放，或凋零，或者变成永久的怀念和向往，总之每段情都能在这里找到自己的位置。

　　虽然宛溪有了爱情，但那个人不在学校，所以她只能看着别人花前月下，自己思念成疾。当她以局外人的身份观望学校的风月情痴，为他们的倾心或者无语谱曲时，出现了一个不和谐的节拍——董禹晗向宛溪表白了。其实，他早就从彭晓鸥那里知道了李平漠的存在，宛溪也曾亲口告诉过他。所以，对于他的举动，她非常意外。她想到他内心的伤痛也许还没痊愈，实在不忍心再撒点盐甚至戳他一刀。然而，除了普通朋友，她根本不可能和他有任何关系。她思来想去，用最婉转的语言拒绝了他。那一刻，站在海边，借着月色，她看到他眼中无法掩饰的失望和悲伤。她没有选择，迅速转身，不敢回头，匆匆离去。

诸多的恋人之中，最让人称奇的是原佑和任莳。原佑身高不到一米六，除了脸上有点肉外，全身瘦得像一根竹竿。身高低于或者等于一米七，在男生身上是硬伤，虚荣的女生们要克服很大的心理障碍才能和他们在一起。像原佑这样的人，哪怕是一颗明珠，也会被埋没。从考上大学的那天起，他就已经做好看着别人成双成对，自己孤独前行的心理准备。令所有人意外的是，任莳这样独具慧眼的女孩，居然那么快出现在原佑的生活中。任莳和原佑同年入学，但两个人的专业天差地别，不知道她是怎么在短时间内发现原佑这个宝藏的。她身高一米六三，圆脸，大眼睛，明艳动人，一入校就引起了男生们的浮想联翩。可是，任莳很快就注意到了独来独往的原佑。她摒弃了一切外在的浮华，在一年级上学期还没结束的时候，就和他情定终身。

大学四年，他们携手走过每一个在学校的日子，假期里以鸿雁传书诉说着每一天的思念。大学毕业时，他们分到了一南一北两个城市。相思成灾的两个人写了无数的情书后，决定一起考硕士。大概上天都被他们的爱情感动，所以就让两个人一起考上了。

他们两个人的爱情故事被当作传奇，其中虽然有鲜花插在牛粪上的老生常谈，但确实激励了很多其貌不扬的男生。

暑假来临之前，几乎每一个毕业生都确定了工作单位。

楼英最终去了深圳工作，冯菲寻死觅活地闹了几天后，终于安静了下来。曹奇如愿以偿地找到了北京的工作，在一家颇负盛名的杂志社工作。女朋友分到了另外一个城市，两个人为了结束异地恋一起努力。原佑和任莳一起去了深圳，一个在证券公司，一个在实验室。孔霜枝和葛光都留校了，两个人继续厮守在一起。柳棉没有和女朋友分手，两个人一起去了广州。白沙洲依然循着既定的轨道，回到原来的大学，继续教书育人。

林秋月结束了一年的进修，离开学校，回到史正身边。史正在女儿的各种帮助下，不久前终于离婚，随时可能会和林秋月结婚。

裴云英也毕业了，和那个叫楚山的男人在幽静的竹林和博雅塔前消磨了不少光阴后，决定厮守终生。两个人都留在了北京，相信很快会传来婚讯。

在北京上学时，裴云英一直做家教补贴生活。学校大部分的女生都比较张扬，因为有名校学生的光环，自带一种常人没有的骄傲。而裴云英却无声无息的，总想把自己藏起来，似乎走路都贴着墙，生怕撞到别人。

一天，裴云英走在路上，突然晕倒。楚山和另外一个男生刚好在边上，就把送她到医务室。医生说是营养不良，给她输了两瓶葡萄糖。裴云英连续吃了一个多星期的白水送馒头，做着需要大量脑力的高负荷事情，当然缺乏营养了。楚山觉得奇怪，虽然说还没到大把浪费粮食的地步，但是每顿吃饱喝足甚至营养过剩都不是什么难事，怎么在离自己不远的地方还有一个营养不良的女孩呢？他不禁多看了她两眼。裴云英原本就比较羸弱，长期食不果腹的她更加苍白，所以粗看之下，病快快的她不是特别出彩，可是只要仔细打量，就会被一种由内而外、柔和坚毅的精神吸引。楚山了解她的经历后，惊叹甚至佩服之外，更多的是怜香惜玉。他在城市里出生长大，虽然无法体会来自偏僻山村的一个女孩，要走过多少崎岖不平的路，经历过什么样的事情才能和他在同一个地方出现，但他说："从此以后，我不会让你再受苦。"

第三十四章　三亚奇事

宛溪参加了很多人毕业离校的欢送宴后，再次回到海口。回去后的第二天，李平漠说单位派他去三亚监理一个工程，于是在家具都还没有摸热的情况下，宛溪就跟着他到了三亚。工作不是很忙，李平漠想趁此机会整理一下专业方面的成果，申报高工。

到了三亚后，李平漠的性欲似乎回复到了正常的状态，可以像以前那样和宛溪做爱，再也没有出现过"阳痿"的现象。由于他们之前的两个假期都没有正常的性生活，他恢复常态后，宛溪就此事跟他打趣。他自然地说："小别胜新婚嘛。"

她说："我们还没有婚呢。"

他颇有兴致地说："那我就是老夫聊发少年狂。再说，我们不是马上就要婚了吗？先预演一下。你摸摸看，又要冲上天了，再来一次。"

她配合着他又发了一次"少年狂"。

宛溪刚回海口就随着李平漠到了三亚，家里的东西没有整理，只带了几件随身的衣服，大部分的衣服都在学校和海口。三亚的夏天，不是一个热字可以形容的，海边走一圈就能把衣服湿透，有时一天要换两三次衣服。这样一来，衣服很快就不够穿了。她想在三亚买几件，可是上街转转，没有看到中意的。她要李平漠陪她回海口买衣服，可他不愿意回去。她很不高兴，就跟他发脾气。他用商量的口气说："何必那么麻烦？你不是说海口的衣服既不好看，又贵吗？要不让你姐在成都给你买些衣服寄过来吧？"

宛溪觉得有道理，因为海口的确不是一个买衣服的理想地方，品种少，价格高。李平漠的股票赚了大钱时，她也曾买过上千块一件的衣服，一百多块一条的内裤。不是她想买那么贵的衣服，而是便宜的衣服确实太差，稍微像样点的，都是虚高的价格。其实，很贵的衣服也没有什么特别之处。穿了几次，也不想碰了。上次回成都时，她确实买了一些物美价廉的衣服。

她给宛怜打了个电话说明情况，然后给她寄了三百块钱。宛怜喜欢逛街、买衣服，所以对于这件事，没有一点异议。她说买了以后，会尽快寄过来。

闵梨山依然和老婆在三亚吵吵闹闹地生活着，即使在李平漠和宛溪面前，他们也不避讳。闵梨山实在烦恼，又无可奈何，就自嘲地说："既然离不了婚或者说也不是非离不可，就只能把破铜烂铁当作是买正品的附送物收在一起。再说，破铜烂铁也不是全无价值，还是有人回收的。"

他没有单位的负累，在专业方面没有什么可以钻研的，就把时间消磨在股票上。以李平漠对股票的痴迷程度，当然不会放过探讨这个话题的机会。一天，他突发奇想地对闵梨山说："你如果能够找到股票涨跌的规律，然后发明个炒股软件，我们就可以只赚不赔了。"

宛溪在旁边听得哈哈大笑，李平漠说的东西，在她看来，就是一只下金蛋的鸡，无异于痴人说梦。她知道他时常有些荒诞不经的想法，所以并不觉得奇怪，只是觉得好玩。没想到闵梨山认真地回答："完全有可能。从现在开始，我要好好钻研一下。"

宛溪听着他们不像玩笑的一疯一傻的对话，不好意思破坏他们的气氛，只好把笑意憋在肚子里。那段时间，她经常腹笑。

其实，仔细想来，闵梨山的举动也不算奇怪。除了过硬的专业知识，在其他方面，他是一个极为天真的人。有一次，他问宛溪："玉庐好像是个岛吧，你怎么上学？坐船吗？"她没想到他的地理知识如此贫乏，而且他住在海南这样一个大岛上，居然问出如此可笑的问题，就故意逗他说："是的，玉庐就像威尼斯一样，没有汽车，所以没有交通灯，船是唯一的交通工具。我们学校是岛中岛，出门就要坐船。"

闵梨山信以为真，后来宛溪觉得过意不去，特意跟他解释玉庐不是岛，只是有些大大小小的湖，湖中有些稍微大点的岛，还有些很小的岛中岛。岛上确实没有汽车，但也没有人住，所以不是必须坐船出门。谁知闵梨山越听越迷糊，觉得宛溪从前用威尼斯打比喻的说法更好懂，因为他看过威尼斯的画册，儿子的课本里也有一篇文章，里面所说的内容和宛溪描述得一样。所以，他还是选择相信她的信口雌黄。

闵梨山把所有的空闲时间都花费在电脑前，画出了各种图表和曲线，还时常和李平漠讨论得热火朝天，好像胜利在望。他一边编写程序，一边测试，然而大部分时候是失败的。折腾了好长时间，还是没有眉目。

李平漠除了和闵梨山一起信心百倍地研究没有希望的炒股必胜法宝外，还在准备申报高工的材料。总算理智尚存，没有疯到极致。

八月初，唐路和赵姝陪着赵姝的父母来三亚旅游。老人很自然地催着他们生小孩，他们自己也觉得是时候了。思来想去，两个人都觉得成都更适合居家过日子。坚守了几年，唐路看不到海南复苏的希望，打算放弃清圆湾的梦想。他已经和设计院联系过了，可以回去上班。赵姝也联系了几个有意向的单位，等收到确切的消息，他们就准备离开海南。

由于李平漠没有以前那么忙碌，他和宛溪在三亚的生活比较轻松，有时还会去赶海。他们经常很晚才去，总是错过赶海的最好时机，所以只能捡一堆小鱼、小虾和螃蟹。不过，这些不起眼的小东西拿回来以后，交给闵梨山的老婆也能做一锅鲜美的汤羹。就像《棋王》里面的王一生说把小鱼小虾熬在一起就是燕窝，而且还好过费钱费力吃一口腥的燕窝。黄昏时分，李平漠和宛溪坐在临海的茶楼，喝着菊花桂圆茶或者胖大海甘草茶，看着渐渐模糊的大海。喝完茶后，他们在空无一人的海滩漫步，远处的岛屿影影绰绰，一片朦胧，辽阔的大海寂寥冷清。

一天，他们在花鸟市场闲逛时，宛溪发现了一只会说话的鹦鹉，煞是有趣，就想买下来。可是，李平漠坚决反对。宛溪开玩笑地说："该不会是你做了什么坏事，怕鹦鹉告诉我吧？"

他的脸上闪过一些不自然，愣了一下说："我能做什么坏事，主要是你不在，谁来照顾它？再说，你想想自己养过的那些小动物，下场都很惨。小时候养的狗，被咬死了；小海龟逃跑了；黑猫警长一命呜呼；最纯洁的小白兔都跳楼了。这些教训还不够吗？居然还敢养？"

听完他的总结陈词，宛溪只好说："那我只能养你了。"

他连忙摆手："拜托你放过我，我可不希望年纪轻轻时就离开你，千万不能像你养的那些小动物，没有一个是善终的，我不能接受这样的结果。"

他没有玩笑的成分，说得极其认真。听到一个不善言辞的人说出这种话，她被感动得一塌糊涂。

第三十五章　不请自来的小李子

发财软件还是没有任何结果，李平漠依然充满希望地等待。可是，宛溪的肚子里却结出了果实，而这不是一个令人期待的金蛋。八月中旬，她发现自己再次怀孕了。她不愿意吃避孕药，所以李平漠一直用避孕套，而且鉴于上次意外怀孕的教训，格外小心。但世上的事偏偏就是这样，日思夜想的东西经常永远都得不到，而不牵不念的东西总是自动送上门来。

两个人把前因后果回想了一下，整个假期，只有一次没用避孕套，就是宛溪回来的第二天，她的月经刚结束，当时李平漠想要，但是她没同意。到了三亚彻底干净后，李平漠久旱逢甘霖一般，神勇地表现了两次。他们都认为这是最安全的时期，所以没有采取任何措施。思来想去，这个种子就是那一天埋下的。也可以说，这次的怀孕完全莫名其妙。看来，根本就没有所谓的安全期。李平漠则把这个归结为他的种子质量优良，无论何时何地，都可以生根发芽。

宛溪不知道怎么办，就跟李平漠商量。他由最初的犹豫不决变成了一个比较明确的说法："你决定吧，怎么做都行。如果想把孩子生下来，就先休学。如果不想耽误学业，那就看你的选择。"

她想到已经做过一次流产，也看到一些书上说流产的次数多了不好，就不愿意再去经历。但是，她也想按时毕业。她从来不会规划人生，读硕士是唯一一件经过计划的事情，尤其是受到裴云英无意识的激励后，她不想再把这件事延迟。于是，她决定在既定的时间内完成所有事情，大着肚子学习，写论文，准时毕业。李平漠没有意见，但说了一句预言般的话："只要你自己可以承受就行。"

两全其美的事情从来都不可兼得。美好的愿望在残酷的现实面前，根本不堪一击。宛溪总是疲惫不堪，大部分时间昏睡不醒。每天吐个不停，没有任何胃口。有时吐完以后，突然眼前一黑，昏倒在地。根本不像怀孕，像是得了什么绝症一样。李平漠带她去看医生，医生也说不出个所以然，只说有些人怀孕时，反应会非常强烈。她每天都像要死过去一样，不到一个星期，她终于意识到，这样的状况是不可能回校完成学业的。冷静了几天，她仔细地考虑了孩子的问题后，觉得还是想得太简单了。首先，她不了解学校有关上学期间生孩子的政策，说不定根本就不允许。其次，就算学校网开一面，她的孕期反应也不是如此强烈，生了孩子后，也是绝对不可能马上回到学校的。这样耽误下去，就不是一年的时间了。思前想后，在眼前经常跳来跳去的是现实太骨感这样一句流行语，她只好再次痛下决心流产。

由于不想再经历上次刮宫的痛苦，她咨询医生是否有更好的方式。医生说可以选择药物流产，不痛，就是想大便的感觉，排出去就行。但是医生又说不一定能够流干净，让她吃药后回来复查。尽管有风险，她还是怀着侥幸的心理，选择了一个听起来比较简单的方法。吃了药以后，的确如医生所言，流出来一些血块。李平漠遵照医嘱，为了确保万无一失，带她去医院复查。结果不幸被医生言中，真的没有流干净，还需要做清宫手术。事情到了这个地步，她只能听天由命。她又一次躺在手术台上，怀着任凭宰割的无奈，忍受着医生把冰冷的器械放进体内的苦楚。她谁都不能怨，只能怪自己偷鸡不成蚀把米。李平漠看到这么折腾，有点后悔，主要原因是他顽强的种子最终还是被消灭了。他说别人广种还不一定薄收，而他一种就收，就这么被拔掉了，挺可惜的。

李平漠把这个来的不是时候的孩子命名为不请自来的小李子。这一次流产带来的身心痛苦，跟上次不可同日而语。

做完手术后，宛溪像虚脱了一样，在床上躺了两天。她想到两个孩子来得都不是时候，好像老天爷故意要跟她为难一样。第一个孩子，她肯定不会生，所以毫不犹豫地选择流产。不过这个不请自来的小李子如果晚来一年，她应该会要的。尽管她似乎永远都做不好当母亲的准备，但真的有了小李子，她会把自己缺失的母爱加倍地倾注在这个孩子身上。有时想想，为了念个研究生，这个代价不算小。等到她能下地行走时，李平漠说他监理的项目已经完工，提议回海口。他说家里东西齐全，生活方便很多，她可以在家安心修养一段时间。

经过无数次失败后，闵梨山对于发财软件的热情大不如前。李平漠已经不再寄希望于下金蛋的鸡，觉得有根金毛也行。宛溪知道就算在三亚再待十年，也看不到一根金鸡毛，所以就毫不留恋地和李平漠回了海口。

实际上，自从李平漠分了新房后，宛溪还没有好好地在家里住过。第一个寒假匆忙住了几天，基本上在云南度过。第一个暑假去了四川。第二个寒假宛怜全家来了海南，大部分时间在岛上转悠，安心待在家里的时间很少。这个暑假更仓促，刚回来就去了三亚，连客厅和房间都没走遍，好像打仗一样。所以从三亚回到家里时，一切好像还是新的一样。回家后，李平漠经常买些鱼、鸡或者鸽子回来炖汤。他不会做饭，不过炖汤很简单，扔一些葱、姜、花椒、八角之类的进去，小火慢炖就行了。反正食材新鲜，怎么做都不难吃。

因为李平漠很少收拾家里，所以总是杂乱无章。宛溪每天吃饱喝足后，不愿意出门，就在家里把东西归类。家里最多的东西就是书和照片。无论走到哪里，李平漠都喜欢逛书店，看到中意的书就买，读完以后，随手乱扔。除了满房子的书，就是随处放置的照片。家里都快变成小型书店和摄影展览馆了。

她先把书分类，一格一格在书架上放好。可是，照片多到无从下手的程度，有些照片是她不在的时候拍的。她看了一下这些没有见过的照片，大部分是风景照，其中的一些照片有陶谷一家或者唐路和赵姝的身影。面对着堆积如山的照片，她尝试着按照拍摄地点归类。然而，很多时候，同一个地点，李平漠会拍十几张照片。她只好放弃了分类的想法，让李平漠买了二十多本相册回来，然后选了构图、聚焦和曝光都无懈可击的照片放到了相册里。相册放满后，还有很多照片找不到归宿。宛溪想到前几天给曹奇打电话时，曾经听他提起杂志社需要照片。因为很多文章需要配图，杂志上也会发些跟摄影有关的文章，所以需要照片的时候不少。于是，她在剩下的照片里，选了将近二十张寄给曹奇。其实，即使寄出两百张也绰绰有余。她怕吓到曹奇，不敢多寄。

刚回海口的时候，电话偶然响起，接起来的时候还是没有声音。在家待了几天以后，宛溪的精神和体力都和从前一样了，由于每天饱食终日，体重都上升了，就跟李平漠说："我营养过剩，有变成胖子的趋势，我们每天出去走走吧。"

"好啊，我也想这么说来着，又怕你多心。我会早点回来，吃完饭就去散步。"

他们走着走着，又到了开学的日子，于是宛溪就收拾东西，准备回学校。临出门时，她突然看到电话线没有接上，就奇怪地问："怎么回事啊？"李平漠语焉不详地说："大概不小心碰掉了。"

第三十六章　老友来信

开学一个月后，宛溪分别收到了凌波和程玲璐寄来的信。

自从她无意间戳破了唐路的弥天大谎后，凌波再也没有和她联系过。宛溪后来想，也许凌波宁愿生活在虚幻的妄想中，也不想听到残酷的真相，所以怪罪她多嘴。她不敢主动联系凌波，生怕再挑起什么事端，对于唐路和赵姝结婚的事也守口如瓶。突然接到凌波的信，挺意外的。宛溪打开信一看，原来是自己想太多了。凌波在信中仔细地诉说了她醒悟以后的生活状况。

从得知唐路欺骗她的那一刻起，凌波几乎对所有的人都失去了信任。她给唐路打了几次问罪电话，大部分的时间，他都是哑口无言。她翻来覆去地问了几句话后，也找不出更多责难的语言。很多时候，两个人拿着话筒，怀着迥然的心情各自沉默着。她也曾想买张机票冲到海口，当面指责唐路。但是，她妈拦住了她，用警醒的口吻说："既然他没有告诉你真相，证明他缺乏担当和勇气，自私懦弱，这种男人不值得托付终身。而且他都快和另外一个女孩结婚了，可见他并不爱你。你这样跑过去，除了自取其辱和伤心难过，还能得到什么呢？女孩子要自重自爱，妈妈不希望你因为失恋，不顾自尊地去斥责或者祈求那个变心的人。"

凌波在父母的安慰和陪伴下，花了三个多月走出阴影。恢复正常生活后，她在美国的表姐给她介绍了一个男朋友，两个人谈了几个月的跨国恋爱后，男方飞回来看她。见了面，彼此都很满意，便开始筹划结婚。婚事筹划好以后，男方又从美国飞回来跟她结婚。尽管是真结婚，签证的事情还是不顺利，还好最后总算办下来了。

凌波在信中说，她已经买好了去美国的机票。此次离开，不知什么时候再回来，所以就写信跟所有的朋友告别。这封信写得平铺直叙，无悲无喜，没有因为感情找到归宿而手舞足蹈，好像在说别人的事情。

　　程玲璐一直继续着她多彩的生活，虽然男朋友换得她自己都懒得数了，但始终没有放弃和王总的纠葛。当然，王总也不是只留恋程玲璐一个人的怀抱，他还有很多朵花需要采摘浇灌。有一次，程玲璐得了性病。她不确定怎么得的，就把罪名归结到王总头上。王总想到自己确实到处留情，也无法理直气壮地跟她争辩，只好以老公的姿态陪着她去医院，承担罪名，听医生的教育，支付各种费用。他们两个虽然各自精彩，但是都没有放弃对方。对于程玲璐来说，众多的男友之中，王总的财力和能力都不容小觑。对于王总来说，程玲璐的身上总有些让他割舍不下的东西。风骚也好，魅力也罢，总之很对他的胃口。所以，对于两个人来说，彼此都是对方生命中持续时间最长的一段关系。

　　程玲璐一心想出国，但是凭自己的能力是没有希望的。所以，她想借助王总这棵大树，实现愿望。刚好，王总也想拿个国外的身份，为转移资产做准备。两个人很有默契，首先是出国的想法不约而同，其次想去的目的地都是美国，难怪他们那么长时间还没有彼此厌倦呢。然而，王总使尽浑身解数，都找不到直接去美国的办法。于是，他花了大笔的钱，找了各种关系后，决定先去危地马拉，从那里再转去美国。在这件事上，程玲璐没有发言权，只能听从王总的安排，心甘情愿地和他一起走。所有的事情都在计划之中，如果一切顺利，他们将于两个月以后启程。

　　当然，这不是离开家出去工作，或者从一个城市到西安和男朋友幽会那么简单，而是一个有很多风险的计划。不管王总如何费心安排，但中间的很多环节是他无法掌控的，所以没有万无一失的线路。程玲璐非常清楚这点，因此在信中说，如果中间哪个地方出了差错，她的命运只有两个。第一，被卖掉做妓女，而且不知会在途中经过的哪个国家沦落风尘。第二，被抛入大海喂鲨鱼，死无葬身之地。尽管说得如此吓人，她还是会勇往直前。最后，她写道："就算被卖去做妓女，也没什么大不了的。对于男人，我有丰富的经验，没准儿最后我还成了著名的老鸨呢。也许，我还有第三种命运，给大毒枭做情妇，过着锦衣玉食的奢华生活。你知道我的人生追求，果真如此的话，这辈子也算没白活。喂鲨鱼虽然死得痛快，但并没有可以大书特书的地方。所以，尽管都是高危职业，我还是想给后人留下一些谈资。既然是高危职业，随时都会命赴黄泉。如果我不幸遇难，要记得逢年过节给我烧个纸。你知道我过不了穷日子，所以要给买我大把的纸钱，而且要用上好的竹子做的，千万不要让我死了以后为钱发愁。如果在地下买不到好东西，我还是会难过的。很多人看不惯我的所作所为，在背后把我说得一无是处，不是妖精，就是卖肉的。仔细想来，你算是我唯一的朋友了。再说一遍，如果我真的遭遇不测，一定要给我钱花，最好能请人念个佛，呼唤一下我飘零在异国他乡的亡魂。反正你们学校隔壁就是寺庙，法师众多，这对你来说很容易。这方面我一点都不贪心，不奢求什么高僧，有口无心的小和尚都行。不过还是再说一遍，一定不能忘记我的要求，否则你这个朋友就太没劲了。"

宛溪虽然为程玲璐捏了一把汗，但是非常了解她。无论何时，程玲璐都会朝着自己的目标前进。无论到了哪里，她都会延续自己为人处世的一贯风格。所以宛溪没有说什么叫程玲璐三思而后行之类的话，只能嘱咐她喂鲨鱼之前，要打扮得格外妖艳，没准儿鲨鱼被她魅惑，就让她做了鲨鱼夫人，她又可以接着祸害其他的海洋生物。

裴云英随后也写信过来说将会和楚山在春节后大婚，希望宛溪有空去参加她的婚礼。宛溪当即写了一封热情洋溢的回信，比自己结婚还高兴，祝福他们才子佳人，比翼双飞，并且承诺到时候会和李平漠一起去闹她的洞房。给裴云英写完信后，她跟李平漠打电话时说起此事，他没有丝毫犹豫："我早就想见识一下这位小姐，看她为什么能够抢夺我的领路人身份。"

第三十七章　月子弯弯照九州

楼英去了深圳后，和冯菲彻底分手了。不了解冯菲的人，看到她呼天抢地的样子，以为她活不下去了，定会闹出一场悲剧。可是，她没有杀人，更没有自戕。不久以后，她和一个小她四岁的本科生坠入了爱河。本科生的名字叫杨剑，两人可以同年毕业。杨剑对她言听计从，冯菲无须担心毕业以后因为工作的去向问题，再度分手。

因为是最后一年，毕业论文提到了每个人的议事日程上。宛溪的课很少，大部分的时间用来准备论文。她花了一个多月的时间查阅资料，和导师商量后，定下了论文题目，然后开始动笔。杨萍、贝彻信和邱驰，也差不多在同一时间确定了所有和论文有关的事情。

彭晓鸥早早筹划，找到了感兴趣的领域。赵凝暮恋爱以后，解除了和窦殊道多年情敌关系的警报，对查湘也不再存有非分之想，所以三个人变得特别近，真的像大学好友一样。本着"三人行必有我师"的态度，他们经常聚在一起，反复商量多次后，最终选定了各自的论文题目。

只有冯菲不急不慌，沉浸在新的恋情之中，她的导师催促多次都没有结果。

范冷辉虽然没有跟任何人亲口承认她和田展的关系，但是学校就那么大，走来走去都能碰见，谁和谁搞点小动作，都是一目了然的。而且，范冷辉每次说起他时，总是不自禁地带着笑意，略微刚毅的脸上一片柔软。只要不是傻子，都能够看出来她的变化。况且，聪明如她，居然说《廊桥遗梦》如何让她感动，可谓不打自招，再次印证恋爱中的女人智商为零。由于她的已婚身份，难免会引起一些流言蜚语。不管在任何场合，只要听到有人中伤她，田展都会毫不犹豫地维护她。大部分的时间，他们一起在图书馆度过。不看书的时候，他们就默默地望着对方。随着毕业的临近，他们的凝视中更多的是"脉脉不得语"的离愁。张彤和她的老公依然过着离心离德的生活，但谁都没有离婚的勇气。暑假意外怀孕后不得已流产的宛溪，虽然身体已经复原，心里还是有些创痛，但也只能自己默然承受，无法让外人感同身受。只有简芬，爱情学业都游刃有余，如鱼得水。工作的事也不用操心，由年樱为她担保。在宿舍里，她是最轻松、最愉快的一个人。

查湘依然和宛溪一起吃饭、打牌、跳舞和游泳，和以前不同的是，她经常带着她的表妹。表妹一年前来美术系进修，刚开始和大家在一起时，都是颔首低眉，难得说一句话。日子久了，才活络一些。表妹的名字很有意味，叫作南浦。无论是谁，第一次见到南浦时，都有惊为天人的感觉。想来当初贾宝玉初见林黛玉时，也不过如此。南浦肤白胜雪，体态飘逸轻盈，神色安详沉静。她喜欢临摹《洛神赋图》，且她本人就像是从图中走下来的那个明眸善睐、铅华不染的女子。

南浦的父亲是个儒雅的商人，常年和一个小他十几岁的女人住在一起。从南浦五六岁起，她的母亲就一直处于半出家的状态，在寺院、庵里和大而无当的家里轮流居住。南浦还有一个大她三岁的哥哥，叫画舸。母亲不在家的日子，他们大部分时候住在父亲的另外一个家里。有时，他们也随母亲住在寺院。兄妹俩拌嘴的时候，南浦理直气壮地告诉画舸："你再跟我吵架，我就不让你在我这个渡口停，你这个画出来的船会一直在水上漂，直到颜料掉光，累死你这条破船。"画舸极少争辩，有时南浦又会忍不住说："你这条笨船，世界上的河那么多，又不是只有我这一个靠着水的岸边，难道你不会说停在别的渡口吗？"画舸还是不说话，似乎只认定一个南浦。

南浦从小就临帖学画，以她在绘画方面的灵气和造诣，上个大学不是问题，而且她也确实考上了美术学院。可是，在学校不到三个月就放弃了。因为她喜欢自由创作，画的是她在生活中观察得来的真实印象，而这些并不符合那些特定的理论。她不愿意被学院派的各种框框拘束，讲究各种比例和书本上刻板的美感，所以她和正统教育擦肩而过。生活中，她也没有像现代女孩那样尽情享受恋爱的时光，而是在二十一岁，"颜如舜英"时结婚了。洛神一样的南浦和文采飞扬的曹植无缘，嫁给了一个比她大十几岁的男人，是她父亲认识多年的一个生意伙伴，也算是看着她长大的。画舸考上了北京的一所名牌大学，但是，读了不到两年就辍学了，无论家里、学校怎么劝说都不能让他重新返校。画舸在二十岁回到家里，直到二十八岁，不谈恋爱，也不找工作，父亲只好让他协助打理生意。画舸随心所欲，高兴时去父亲的公司帮忙，情绪低落时，就把自己关在母亲空荡荡的大房子里，或者住在母亲常去的寺院，很多天足不出户。

南浦和她的丈夫过着衣食无忧的寡淡生活，但是一直无所出。后来，丈夫和她的父亲一样，在外面另外安了一个家，生了一个儿子。不过，丈夫没有像父亲对待母亲那样，经年累月不见踪影。很多时候，丈夫依然回家，和她共处一室。多愁善感的南浦不知如何与丈夫和他的家人相处，也不知如何自处，就试图抛开万种愁绪，出来走走，散散心。她本来打算在美术系进修一年，可是一年以后，她依然无法面对自己的生活，只好躲在学校继续逃避，就像她妈妈住在寺院一样。南浦经常抄写佛经，装订成册，然后拿到霞照寺烧掉，埋在香樟树下。

宛溪的隔壁宿舍住了四个特别有生活情趣的女生，她们是胖乎乎的杨柳，成熟稳重的张丝萦，精明干练的莫香诗和涉世不深的巴珊。她们把宿舍收拾得一尘不染，桌上的花瓶从来没有空过，不是插着时令鲜花，就是放着白色的满天星、紫色的勿忘我或者各种颜色的玫瑰做成的干花。她们宿舍可谓是整个飞雪楼的典范。除了花，她们宿舍还经常飘荡着各种外文歌曲。有一段时间，她们迷上了席琳·迪翁，宿舍里整天放着她的歌。法语歌和英语歌交替响彻楼道，整层楼都成了她的独唱音乐会。

杨柳喜欢天堂鸟和康乃馨，她把大部分的零花钱都贡献给了这两种花期很长的花。入学之前，她就结婚了，和老公感情甚笃，经常会情不自禁地提起老公对她的呵护。可是，随着在校时间的增多，她说起老公的时间越来越少。也许喜欢鲜花的女子是需要被时刻关注的，如果没有水分和养料，花很快就枯萎了。

张丝萦和男朋友都读了一个很普通的大学，分到了偏远的地方。张丝萦考上了硕士，命运发生改变。男朋友没有考上，依然在原地踏步。他们是相爱的，鸿雁传情了一年，但是敌不过无情的现实。她最终离开了男朋友，和学校的另外一个硕士走到了一起。

莫香诗为人快言快语，不拖泥带水，刚好和贝彻信的故弄玄虚形成对比。她在二年级下学期时和贝彻信成了男女朋友。事实证明，她是治疗他的良药。自从他们两个在一起后，贝彻信说话正常了很多。以前，在古战场游荡时，他会站在各种石碑前面，和书本里的人物对话，自然而然地说着文言文。刚和莫香诗谈恋爱时，面对着月光下早已废弃的大炮和不远处的婆娑树影，以及地面上晶莹剔透的光，贝彻信会说："让我们乘着这枚大炮到树梢跳舞吧。"

莫香诗说："你自己去吧，我在这里一边背英语单词，一边等你。"

对于贝彻信的诗情画意和胡说八道，莫香诗基本上采用大而化之的方式处理。两个经常不在同一个频道的人交锋几次后，贝彻信就老老实实回来背英语单词了。

巴珊简单直接，看到三个舍友都心有所属时，难免有些怅然。当她和邱驰快要彼此错过时，才发现了对方的美好。他们似乎是为了弥补以前失去的时光，从恋情开始的时候，就比很多人都要炽热。

很多人在最后一年的某个时候，为自己躁动的心找到了安放的地方，算是没有辜负秀丽多姿的校园和城市。校园内外，一年四季都有可圈可点的景致。南天竹形态优雅，红果诱人。凉叶楼的下面有一片南天竹，春天开着红白色的成串花朵，秋天挂着玛瑙色的果子，红绿相间，鲜艳之极。南天竹虽然有毒，但年轻的恋人们总是在旁边缠绵私语，从来没有人中毒倒下。因为爱情也有毒，它会让人神魂颠倒，一不小心，还会遍体鳞伤，唯一的解药是不再思念那个人，它的毒性远远超过南天竹。爱闹的人去河里或者湖边游泳，密密麻麻的全是人，所以近处的水非常肮脏，但大家依然下饺子一样跳进混浊的水里，浑然不觉。有洁癖的人在周末时，走远一点，去碧绿清亮的地方游泳。喜静的人在长天湖泛舟，在种满丁香、紫花树的林荫道上信步游走。满树的娇艳，芬芳袭人，而且总能看到丁香一样的姑娘。然而，丁香姑娘只看花，不看迎面而来的男生，所以想看姑娘的男生还是有些惆怅。如果遗憾和丁香姑娘擦肩而过，也不能亵玩高高在上的紫花，那么可以去总是有人的野地折花攀枝。不过旷野里既有鲜花，也有各种蚊虫，有一种叫作小咬的东西尤其厉害。被这种细沙粒大的小黑点咬过以后，胳膊和腿全是红斑，奇痒无比。可是，只要两个人相看不厌，即使被成群的蚊虫追得无处可逃，咬得遍体鳞伤，身上的红包都可以像朱砂痣一样透着美丽的红色。

第三十八章　世上没有无缘无故的逃离

十一月底，系里举办学术会议，请了很多大名鼎鼎的学者、教授和学科创始人，其中一位姓孔的教授有着格外耀眼的经历。孔教授五十多岁，曾经在联合国教科文组织工作，精通英语、法语和德语，回国后在多所著名大学执教，学术成果累累，著作等身。宛溪的论文刚好和孔教授的研究领域有关，也曾读过他的大作，确实获益良多。所以，她想借此机会向他请教一些具体问题。孔教授一听，愉快地答应了，让她开完会后去宾馆找他。

宛溪想请教完问题后，请孔教授吃顿饭作为答谢。所以，下午四点多钟，她到了他的房间。孔教授开门后，宛溪闻到一股酒味。再一看，他满脸通红，不知在哪里喝了酒。见此情景，宛溪想这个时候肯定不适合跟他讨论学术问题，就说道："孔教授，您先休息一下吧，我晚点再过来。"

孔教授一把抓住她说："别走啊，我很清醒，不想一个人睡觉。你有什么事情需要我帮忙，尽管开口，我一定竭尽全力帮你。"他一边说着一定帮忙的话，一边摸宛溪的脸，并且还要向脖子延伸。她大惊失色，赶快挣脱说："孔教授，你喝醉了，我改天再跟你请教。"然后，她打开门，迅速地逃了出去。

孔教授的举动让宛溪非常迷惑，不知他是酒后失德，还是一向如此，只是借酒装疯而已。第二天，她跟几个相熟的博士生侧面打听了一下孔教授的私德。这几个博士都和孔教授有过多次交道，他们含蓄地说，孔教授经常和他的女学生"打成一片"。闻听此言，宛溪只好放弃了跟近在眼前的大教授求教问题的想法。

程玲璐去危地马拉之前，给宛溪写了一封信，尽管表现得满不在乎，但字里行间还是有些许担忧，害怕计划失败。不过无论如何，她依然没有后悔选择游戏人生的态度。

十二月中旬，李平漠突然写了一封短信给宛溪。信封是淡雅的蓝色，右下角有朵小小的紫金花，像是精心挑选过的。李平漠的个性向来是简单明了，想到写信时，最多是个白信封。所以，看到这样的信封，宛溪有点幸福的小迷惑。打开信一看，也不是平常的笔调。他写道："亲爱的小女孩，很久没有给你写信了，请你原谅我的粗心大意。上次你说眼睛干涩，还有点痛，一直叫你去看医生，想必到现在都还没去。你总是这样，无论哪里不舒服，都拖着不去医院，真是拿你没有办法。少读点书，让眼睛多休息一下吧。你只要识文断字即可，不必成为一个学富五车的女教授。你不在的时候，我过着食不果腹的悲惨生活。我两个蹭饭的定点场所，一个被连锅端走，完全不存在了，另外一个也岌岌可危。唐路和赵姝已经在一个星期前回成都了。陶谷也联系好了深圳的单位，春节后肯定会离开海口。闵梨山的儿子即将读高中，他老婆说苍桐的学校更好。虽然他觉得无所谓，但是儿子倾向于回去，老婆也说厌倦了三亚长天白日的大太阳，早就吵着要回去了。他们一家会在寒假离开，不会再回来，因为闵梨山已经习惯了老婆的唠叨和吵闹，不用再逃离。同学朋友接连不断地撤离，你也不在身边，连个说话的人都没有，感觉像个孤家寡人，不免就萌生去意了。周发鑫长袖善舞，在官场混得如鱼得水。你姐夫在商场的本领和他看齐，已经自己当老板了。我和你姐夫商量过了，春节过后会和他一起做事。至于是否辞职，暂时还没有想清楚。也许先请一段时间的长假，或者等你确定了工作单位以后再做打算。另外，费左页已经结束了广州的工作，在两个多月前回到了成都。他在成都已经找好新的单位，春节后上班。大家都回成都了，证明成都才是真正的风水宝地，也许我们当初不应该一窝蜂地离开。现在集体回归，也不失为一个明智的选择。在梦中吻你"

他们之间本来就很少写信，这样风格的信更是罕见。宛溪读了后，感觉他有点婆婆妈妈。她想到也许是因为海南的经济太萧条了，曾经壮志满怀的闯海人都不抱希望了，作为大潮中的一员，他有些感慨也是难免的。

宛溪接到李平漠的信不到半个月，他就到成都了，说是有很多事情要和高甫商量，所以早点离开海口。离春节还有一个月时间，他在潭沙待了几天又返回成都，一直住在高甫家里。

快放寒假时，宛溪完成了论文初稿。她也不知自己哪里来的灵感，在不是很长的时间内，居然东拼西凑了几万字出来，很是沾沾自喜。得意之余，她突然想到赫赫有名的孔教授，此时不知在"指导"哪个女生。她心想，其实没有孔教授，天空更加灿烂，星星愈加明亮。她在自己导师的指点下，照样可以洋洋洒洒地写出一篇漂亮的毕业论文。导师虽然只讲中文，不懂外语，没有在联合国工作过，但是名望也不算小。而且，最重要的是，导师德高望重，绝对不会摸她的脸。

虽然宛溪早已放弃要把图书馆的所有书读完的宏愿，但是由于要写论文，她还是得每天都泡在图书馆翻各种有用没用的资料。一天，她在一本书里居然发现了李平漠的大名。原来他读研究生时和导师做了一个课题，后来被列为具有突破性的成果，在他的专业领域里占有重要的一席之地。李平漠从来没提过这件事，宛溪像看到外星人一样告诉他这个重大发现，并且问：

"你怎么没告诉我？这么谦虚，我真是不习惯。"

李平漠在电话那头没有表露出任何欣喜，想都没想地说："我早就忘了这事。"

快放寒假时，宛溪收到曹奇的信，说她暑假时寄的那些照片都非常好，主编很喜欢。杂志社已经选用了九张，要她再多提供一些照片，并且寄来了稿费。宛溪没有想到随手寄出的照片，还能够取得这种效果。李平漠虽然为了照相花了大把银子，但是他照相全凭兴趣，从来没有想过刊登在某个地方，更没有想过拿去赚钱。尽管如此，她还是非常高兴，赶快给李平漠打电话邀功请赏。他听了以后，淡然地说："这个理由不错，那我以后更要多照相了。"

寒假前的两个星期，贝彻信和邱驰因为要去调研，结伴先走了。杨萍看到他们离开，也待不住了，她心里急着和男友早点见面。所以，贝彻信和邱驰刚走，她就来找宛溪一起去系里申请调研，早点离开学校。宛溪知道杨萍并非真的想去调研，只是借着这个名义，早点回去和男朋友相聚。系里有严格的纪律，平时不准擅自离校，但是因为论文需要，出去查资料、做调研都是正当理由，可以堂而皇之地离开。

宛溪完全理解杨萍，她自己何尝不想早点见到李平漠呢！于是，两个人不谋而合，去系里申请先行离校。没费什么周折，第二天系里就批准了她们的要求。

她们非常高兴，都想马上买票，下一刻就能见到各自的心上人。转念一想，又觉得这样做跟系里没法交代，所以商量着还是应该先去调研，哪怕一两天也行，意思到了即可。杨萍想去上海，一来高校和学术机构众多，的确是个调研的好地方；二来，上海是个令人向往的大都市，她也想去见识一下，见到男友时可以吹嘘一番。宛溪没有异议，于是两个人买好票后直奔上海。她们都是第一次到上海，尽管细雨霏霏，天地朦胧，但这个城市难以描述的繁华还是把她们搞得晕头转向。最后，她们依然按照之前商定好的方案，住在一个大学的招待所里。招待所在半地下，刚下去时，一股冷气让她们发抖哆嗦，但是两个人处在兴奋状态，谁都没在意。安顿好住的地方以后，杨萍提议出去逛街，买些东西带回去过年。

杨萍和宛溪走在满是人流的大街上，摩肩接踵地挤了半天，各自买了一些东西，疲惫不堪地回到了招待所。在人潮汹涌的街上逛了几个小时，除了靓丽的橱窗和眼花缭乱的商品，令宛溪印象最深刻的就是满大街芬芳馥郁的水仙花和头顶不停纷飞的雨线。

虽然是第一次来上海，内心里，宛溪并不觉得这是座陌生的城市。从小她就吃大姑从上海带来的糖果点心，穿大姑从上海带来的衣服，听大姑讲上海的热闹繁华。后来，凯哥和芳姐不顾双方家人的反对，相携私奔，目的地也是上海。再后来碰到的陆廷，也在上海工作生活多年，听他讲过一些与上海有关的人和事。除此之外，还有最重要的一条，就是李平漠对这个城市的熟悉程度不亚于北京。从他那里，宛溪更加全面地了解了上海。

宛溪其实很想去看看大姑，但是没有地址。小时候在奶奶家，只知道她和大姑爷在某个医院工作。回到原乡后，再也没有见过大姑，家里也没有人提起过她。虽然身在上海，可是宛溪连医院的名字都不知道，就算满大街去问，也不可能有人回答她。想到这里，她只有作罢。想完和大姑有关的各种童年回忆，她又想到了陆廷。她有陆廷的电话和地址，可是他们已经几年没有任何联系了。就像两个不同种类的鸟儿，不管阴云密布还是阳光灿烂，都在各自的天空扑腾，但始终碰不到。她不知道陆廷是否还在原来的单位，再说，就算他仍然在那里工作，这么突兀的见面，很多话也不知从何说起，也许还有些尴尬，那么不如不见。

杨萍很兴奋，一直说："上海真是一个好地方，不光衣服样式新颖，而且物品众多，一个商店的东西都可以抵得上咸阳全城了。"

"咸阳也曾是第一帝都，"宛溪忍不住为咸阳正名，"如果开创了历史新时代的秦始皇泉下有知，必将号令天下把所有的好东西都送进咸阳城，跟上海一争高下。"

"那倒也是。你要保密啊，千万不能让他听到我的言论，否则我命休矣。"

杨萍满载而归，宛溪买了记忆中的几样糖果和点心。她们把大包小包的东西放到招待所后，已经很晚了，又顾不上全身湿漉漉的衣服，直接去找一个师兄，因为他们之前约好在学校的食堂吃晚饭。她们跟师兄东拉西扯一番后，觉得眼皮沉重，赶快问了几个最要紧的学术问题，然后回到招待所准备睡觉。两个人都很累，本来以为躺下就能睡着。可是，钻到冰一样的被子里，她们真真切切地倒吸了一口冷气。用手一摸被子，湿得能够挤出水来。她们想把被子烤一下或者用什么东西弄热一点，可是房间里面没有任何取暖设备。

两个人都冷得无法入睡，在各自的床上辗转。杨萍实在受不了这样的折磨，就说："咱们睡在一张床上吧，这样应该可以暖和一点。"不过，被子很小，不够两个人盖。她们躺在一张床上，仍然盖着各自的被子，还是冻得瑟瑟发抖，情况并不比睡在两张床上好。她们摸着潮湿的被子，盖也不是，不盖也不是。最后，两个人只好起来，把所有的衣服都穿在身上，蜷缩在床上。

她们知道睡觉只能是一个梦了，于是打算聊一夜。但这也不是一件轻松的事，不像平常那样上嘴唇一碰下嘴唇就行。每次说话时，两个人都是止不住的上下牙齿打颤，嘴唇哆嗦。她们盯着湿润的天花板和发霉的墙壁，好不容易熬过了一个无比漫长的晚上。

经过这样的一个夜晚，两个人都不想再待了，准备即刻离开上海。第二天一早，她们去图书馆查阅了和各自论文相关的资料，做了很多笔记，也算是不虚此行，对得起自己。从图书馆出来后，她们就去招待所拿行李，然后匆忙逃离了上海。

第三十九章　谁陪谁

离开上海机场，坐在去成都的飞机上，宛溪仍然想着前一天在上海的寒夜。以前虽然听李平漠说过，但是毕竟没有亲身感受，所以印象并不深刻。这一次的亲身体验才让她领略到除了痛苦伤心，天气的寒冷也是可以让人流泪的。那是她有记忆以来，第一次冻得睡不着觉。小时候在南涧，从来不觉得冷，她只记得奶奶放在被窝里面，包着一层布的温暖烫壶。原乡的冬天虽然比上海冷，可毕竟是干燥的，被子也不会出水。况且，还有彻夜不息的蜂窝煤炉子，房子里不算太冷。搬到西安以后，也没有被寒冷困扰，因为那里的气候和原乡差不多。而且学校宿舍里有暖气片，有时还非常热。每次下雪以后，从来没有人铲雪，等到雪停了，很快就变成冰。路面亮晶晶的，既滑又硬。然而，无论是大雪纷飞，还是在结满了冰的路上，宛溪都照旧骑着自行车，似乎没有任何障碍。

多年以后想起这些来，她却觉得非常奇妙，好像一点都不真实。当时，西安很多的公共汽车在路面打滑，如果上坡时遇到冰，根本上不去，所以几乎每辆在路上开的公共汽车都装了链条。她想不通为什么自己居然可以骑一个小小的自行车，满城转悠。难道她的自行车比庞大的公共汽车更适合冰天雪地？她已经在没有雪和冰的地方生活了好几年，如果冬天的时候再次回到西安，她不知道自己是否仍然能够像以前那样，无论什么天气都不畏惧，骑着自行车走遍全城。

从前，她对天气一点都不敏感。无论寒冷还是暴热，都不会引起很大的心理反应，最多当时抱怨一下就过去了。可是，在上海度过的一个夜晚，让她感慨万千。也许人的年龄越大，便越会在意外界的各种状况，其中就包括天气。

宛溪想了一路和天气有关的问题，很快就到了不那么冷的成都。无论是宛怜家还是李平漠的父母家，都有电暖器，床上还有电热毯。

在成都，李平漠显得比在海口忙碌，整日和高甫有讨论不完的事情。看起来，成都比海口繁荣许多，难怪曾经离开的人都要回来呢。高甫虽然名字还挂在设计院，但一个月也去不了两天，实质上等于脱离单位。不久以前，他成立了自己的公司，雇了三个年轻的大学生为他工作。四川大概是最不喜欢说普通话的省份之一，无论大学还是机关都不例外，高甫这样的私人老板更是如此，所以其中一个外地大学生努力用奇怪的四川话和他交流。

在小公司打工的年轻人要取悦老板，想在政途有所作为的周发鑫更渴望全面地融入当地生活。他的四川话已经非常纯熟，虽然不像成都人那样带着浓重的鼻音，但那些怪腔怪调都不见了。他在各方面都积极进取，也颇见成效，所以仕途很顺，这给高甫的经商之路提供了很多便利。从生活方式看，高甫肯定跨入了富人的行列，他买了一部黑色的本田雅阁，车身不用像皮鞋那样反复擦拭，也会永远锃亮。砖头一样的大哥大早就换成了小巧的摩托罗拉。成都最贵的两个餐厅——金鹰和银杏，就像他的食堂一样。平时，他依然和宛怜过着"牛郎织女"般的生活，周末才在一起。因为临近假期，宛怜的工作不忙，就带着必双住在高甫的房子里。宛怜回来后，李平漠暂时借住在不远处的费左页家里。

因为费左页还没上班，所以和父母同住。宛溪回来后，不好意思和李平漠住在他家，两个人就住在外面。由于李平漠依然每天要去高甫家里，因此他们还是像以前一样，住在家属院附近的那个宾馆。

宛怜在家时，虽然不像从前那样人来人往，热闹非凡，但仍然有朋友来访。一天，快要吃晚饭的时候，来了一个年近四十的女人。高甫认识她，打了个招呼后没再说话。宛怜跟李平漠介绍说："这是我们成都的名记。"

李平漠一听，知道来人是个著名记者，但仍然故意开玩笑说："比薛涛还有名吗？"

名记还没开口，宛怜立刻说："那当然，薛涛和元稹的恋爱故事，虽然流传了千年，但是我们名记和大学者的传奇恋情，将会万古流芳。"

可是，名记和大学者的传奇，就像薛涛和元稹的爱情一样无疾而终。名记不想在伤心之地再受煎熬，打算去香港。听到这里，宛怜说："你去香港做什么？有人在那里翘首盼望你？"

"我倒是希望，可惜没有那么特别的人，只有两个普通朋友。"

"那你过去以后怎么生活？我们这些人，只能动动嘴皮子，耍耍笔杆子，在这里，还能混口饭吃。你到了一个人生地不熟的地方，除了嫁人，还能有什么谋生的技能？"

名记不像宛怜那么担心，胸有成竹地说："到时候再看吧。如果需要，就嫁了吧。张爱玲早就借小说里的人物之口说过'婚姻就是长期的合法卖淫'，所以嫁人就是由偶尔上床，变成长久陪睡，不是什么大不了的事情，两者没有本质区别。"

李平漠在旁边听得哈哈大笑，高甫则无动于衷，想必已经听多了名记的各种奇谈。宛怜和名记继续着谈话，主要是围绕着到了香港以后的生活。

宛溪和李平漠在成都待了几天后，李平漠的三姐打电话说有急事，让他火速回家。三姐在电话中不愿意多说，李平漠担心母亲的身体出了状况。接到电话的第二天，就和宛溪回到潭沙。

他们刚回到李平漠父母家的小院，还没进家门，三姐就一脸凝重地迎了出来，看着旁边的宛溪，稍作犹豫后跟李平漠说："有个姓马的女人前天来家里找你。"

李平漠闻言，完全怔住了，脸上写满了吃惊、不安、惶惑和无奈。他看了宛溪一眼，然后问："她在哪里？"

三姐说："我把她安顿在潭沙招待所。"

李平漠低着头问："她跟你说什么了？她想怎么样？"

三姐快速看了一眼宛溪，就把眼睛挪开，谁也不看地说："她告诉了我所有的事情，情绪很激动。我怕她出事，不想刺激她，只能好言好语地劝慰。她说无论如何，都要等你回来。我实在没有办法，才给你打电话。"

宛溪看着李平漠的表情，听着他们的对话，心里升起一种不祥的预感。

李平漠茫然四顾，眼神空洞，然后好像下了很大的决心，对宛溪说："我们出去走走吧。"

第四十章　该来的早晚会来

街上洋溢着过年的喜庆，各种摊位把街道挤得满满当当，鸡鸭鱼肉，应季蔬菜，广柑脐橙，瓜子花生，糖果点心，应有尽有，采办年货的人们欢欢喜喜，成群结队。对于这一切，李平漠都视若无睹，他眼神散漫，一言不发，快速地向河边走去。

李平漠站在河边，眼睛不知该往哪里看，只好死盯着下面的水流，开门见山地说："她怀孕四个多月了，我让她做流产，她不同意，非要把孩子生下来。我提前离开海口，没有告诉她，就是为了躲避。我没有办法，什么都做不了。本来希望她一个人留在那边，冷静下来，做一个明智的决定。可是她居然找到家里，太烦人了！我还以为她在海口的那些行为，已经够疯狂了，真是想不到，她还能做出更出格的举动！再这样下去，我都不知道她什么时候才能恢复理智，或者她根本就没有理智。三姐说的时候，我还在想她是怎么找到这里的，因为我没跟她说过住在哪里。路上才想到，她一定是偷看了我放在包里的信，记下了地址。"

虽然宛溪已经猜到了马小姐和李平漠之间一定发生了什么她不愿意听到，也不想见到的事情，但是没料到这么严重。她被他没有丝毫停顿的一大篇话打懵了，机械地问："你打算怎么办？"

"我能怎么办？如果有办法，我早就办了，绝对不可能像现在这样。"李平漠无精打采地说，"她一直要跟我结婚，我跟她说不可能，这个是我自己能够决定的事情。除此之外，我什么都做不了。小孩在她肚子里，我无法替她做决定，更不能强迫她流产。如果她非要把孩子生下来，那我只好负责。但是，我绝对不会跟她结婚的。"他顿了一下，又加了一句，"实际上，我现在什么都不想做，只想去流浪。"

宛溪看着冰冷清浅的河水缓缓流过，心乱如麻，思绪凄迷。谁说东流的一江春水能够带走所有的哀愁呢！江水昼夜不停地流走，愁思迢迢不断地袭来，除了让人感叹逝者如斯，别无他用。

她不知道如何应对这件事，也想不出更多的话问她旁边的那个人。那是一个曾经熟悉得无话不谈，什么都愿意分享的人，谁知道他竟然藏着一个惊天秘密，而且他现在就想去流浪，老天爷真会开玩笑。天上不知何时飘起了如丝的细雨，浮在氤氲的河面上，一直洒不下去，随着破碎的风飘来荡去。偶尔有个雨点落在水里，河面没有任何反应，连个最小的水泡都不曾泛起。水流像往常一样义无反顾地一路奔流，经过不同的地方，名字随之改变。汇入长江以后，所有辛苦跳动、奔涌不息的泉眼、山涧、小溪、河流和江水，历经千岩万壑，都完成了使命，变成了无数水滴中的一滴，所以连名字都不见了。宛溪想起了同样流入长江的涧河，她和李平漠既不住长江头，也不住长江尾，所以见到了。可是，这样的相见，哪里比得上"共饮长江水"呢！不知是风雨凄凄还是心冷如冰，她打了一个寒战。李平漠看着她，不知是词穷墨尽还是理屈词穷，沉默半晌后说："太冷了，回家吧。"

刚回家，三姐就堵在门口轻声说："她刚才又来过了，我怕她闹事，劝了半天才稳住。其实她怎么闹，我倒是无所谓，主要是担心父母知道以后承受不起。妈妈的身体那么差，肯定经受不住这种事情！我跟她说你今天晚上回来。她说如果你晚上不去找她，她还会过来。"

李平漠铁青着脸，愤愤地站着不动，也不说话。三个人站在门口，目标很大，很快他爸走出来说："怎么到了家门口都不进来？你比大禹治水的时候还要忙？"

李平漠只好拉着宛溪走进客厅，敷衍父母。二姐在厨房忙碌，三姐进去帮忙，没有多久，就摆了一桌子的菜。宛溪食不知味，李平漠也很快放下了碗，两个人同时离开饭桌，坐在客厅的沙发上。刚坐下，他就附在她的耳边，用轻得几乎听不到的声音说："我必须去一下招待所。"

李平漠说完就出去了，宛溪依然坐在沙发上，盯着电视里晃来晃去的人影。伴舞的人肢体柔软，收放自如；唱歌的人随着欢快的旋律放歌，表达节日的喜庆。她的脑袋一片空白，正在发愣时，三姐走过来拉住她。她梦游一样地跟着，到了最里面的房间。三姐小心地关好门，压低声音说："平漠对她肯定不是真心的，否则也不会不辞而别。她一个人大着肚子，一路舟车劳顿，跑到家里来找他，也不容易。"

宛溪不想和任何人讨论这件事，就没有开口。三姐继续说："她和平漠早就开始了，已经一年多了，你怎么一点都不知道呢？平漠根本不是一个能够隐瞒事情的人，怎么这件事完全搞得密不透风？到了这个时候才露出来，唉，什么都晚了。看来，她是铁定要把这个孩子生下来，谁都拿她没办法。我这个弟弟，一直倔头倔脑。只要是认定的事情，九头牛都拉不回来。别的事情都还好说，这次真的是惹了一个大麻烦，不知道怎么收场。"

宛溪在懵懂中想到自从到了潭沙后，孩子是一个出现频率最高的词。因为无法回避，她想到一个跟孩子有关的现实问题，就问："她是做什么的？是否有个好的工作？"

三姐好像正在等待这个问题，马上说出心中的隐忧："哎，这也正是我发愁的地方。我很为平漠担心，所以这几天旁敲侧击问了很多事情，她的状况我都搞清楚了。她家境不好，父母不怎么管她。初中毕业就去文工团跳舞，有几个人能靠跳舞吃饭？能搞出个名堂的更少。她跳了几年，没有多大进展，年纪倒是越来越大，就没法跳了。她在文工团时认了个干爹，好像有点门路。这个干爹把她介绍到海口的一个公司上班，没有多久，公司就垮了。她在海南的几年，没有什么正经工作。认识平漠后，房租、生活都是他负担的。也不知道她怎么想的，自己的生活都成问题，还死活要生孩子，生下来怎么办？她拿什么养？还不是只有平漠来养。平漠心太软，其实早点断绝来往，也不至于搞到今天这种地步。归根到底，还是他太不小心。唉，弄什么不好，偏要弄个娃出来。"

听到这里，宛溪的心越来越沉。她对马小姐一无所知，只能根据三姐的话，做出最世俗意义的一种判断。如果马小姐自身条件良好，可以给孩子一个好的成长环境，倒也无妨。现在的问题是她自身难保，无非是想用孩子套住李平漠，给自己和孩子找一个长期饭票。可是，她太不了解李平漠了，她的这种方式无异于自杀。李平漠绝对不可能就范，而且只会走得更快，更远。

三姐又絮絮叨叨地说着各种后续问题，最重要的是，如果实在瞒不住，怎么跟父母解释。她说母亲的身体一年不如一年，肯定受不了。母亲的健康是几个孩子的心病，平时大家都要上班，无法时刻在家照顾她。父亲也七十多了，身体虽然尚可，但是只限于生活自理，绝对不可能照顾他们体弱多病的母亲。所以，他们请了一个年轻的保姆，买菜做饭，照顾两个老人的日常起居。

　　三姐的担心不无道理，如果马小姐真的找上门来，闹得路人皆知，将会成为潭沙在春节前的头号丑闻。李平漠的父母在潭沙生活了五十多年，肯定无法接受这样的事情，也不能面对街坊邻居的议论纷纷。潭沙相对闭塞保守，是个平静安逸的小县城。在这里，谁和谁谈个恋爱都算大新闻了。像李平漠和马小姐这么劲爆的事情，在潭沙最近几十年的历史上，估计并不多见。当年，他和花艺云虽然也搞了一个比这小不了多少的新闻，但是谁都没声张，所以除了极少数的知情者，没有人知道，等于没发生。很显然，马小姐不是花艺云。这件事如果处理不好，李平漠大概真的会去流浪了。

　　快十二点的时候，李平漠回来了，他的父母依然坐在客厅等他。他只好跟父母说去同学家谈事情，忘记了时间。父母睡觉后，他关上房门，对宛溪说："我跟她谈好了，她先去她干爹家，在那里生孩子。她要我送她过去，我答应了。我明天先跟她去成都，但是明天没有飞机去她干爹那个地方。不过，夜长梦多，不知道她明天又会做什么！潭沙是个小地方，大家都认识，就像三姐说的，我也怕父母知道。所以我想让她马上离开潭沙，到了成都，就算出事，总比在这里好。我会跟她在成都住一个晚上，第二天走。"

　　宛溪不知道说什么，只好木头木脑地问："她跟她干爹怎么说的？"

　　"她说我们已经结婚了，但是我工作太忙，不能陪她。我也不想拆穿，这种事情没有办法跟别人解释，越说越乱，越描越黑。反正我也只是去应个景，不然，她又要自杀。在海口的时候就割腕，也吃过安眠药。因为自杀，都去过好几次医院了，真受不了。她现在怀孕，又在我家门口，如果再闹这种事，我负不了这么大的责任，更无面对父母。我妈如果知道，肯定会气死的。"

　　"你什么时候回来？"

　　"成都两天，她干爹家一天，最多四天回来。睡觉吧，太晚了。"

　　也许因为心力交瘁，他躺下后很快就睡着了。宛溪睁着眼睛，一动不动地盯着漆黑的天花板，她知道这个晚上她不会变换姿势，也不会合眼。她又想起了上海的那个寒夜，一个同样难熬的不眠之夜。可是，此刻的她，虽然睡在电热毯烧过的温暖被窝里，却手脚冰冷，心沉在冰窟窿里。和眼前的夜不能寐相比，上海那个被子能够滴出冰水的寒夜，竟然像无与伦比的天堂。

　　第二天吃过早饭后，李平漠跟父母说有急事，要回成都一趟。他匆匆出门，去招待所跟马小姐会合，然后两个人一起上了去成都的长途汽车。

第四十一章　在熟悉的城市无处可去

宛溪待在家里，浑身都不对劲。三姐是唯一了解情况的人，怕她难受，就叫她一起上街买菜。她跟着三姐，像个僵尸一样地走着。三姐问她想吃什么，她说都行。她的心一直隐隐作痛，是一个无底的伤口，不知道是在流血，还是淌脓，总之既没有完全坏死，更没有愈合的希望。她只希望有一种食物，吃了以后，可以让心失去感觉和知觉。

买完菜后，回到家里，她坐下来帮着三姐择菜，可是她五内俱焚，如坐针毡。不知是否为了自我安慰，她想到了侯祺和郑湘妮的事情。当年，她虽然非常震撼，可是因为事不关己，所以没有痛苦。那时她非常同情郑湘妮，甚至站在郑湘妮的立场，跟李平漠抱怨侯祺的无情无义。可是此刻的她仔细想来，如果作为侯祺的老婆，郑湘妮在某种程度上就是另外一个马小姐。然而无论如何，她对郑湘妮都恨不起来，也许是因为侯祺和老婆的婚姻本来就岌岌可危，名存实亡，郑湘妮不算无端介入两人感情的第三者，而且在得知侯祺的决定后，她没有死缠烂打，苦苦相逼。她选择生下孩子独自抚养，在分手的时候保全了自己的尊严。世界上大概每天都会有类似的事情发生，但是如果动机不一样或者加上精心的算计，事情的本质就会发生变化。按照李平漠的个性，一定会把他和宛溪的事情如实相告。可是马小姐依然一步一步地走到了今天，她的动机显然不能用纯正来形容，所作所为自然也失去了尊严。

宛溪漫无边际地想了半天，还是觉得往事不堪回首，无尽的泪眼愁肠。无论想什么，都无法消减，最后她决定到成都去。其实，她也不知道去做什么，只是受不了那份痛苦的煎熬，只想逃离。三姐没有阻拦，仅仅嘱咐她见面后不要冲动。

宛溪下了长途汽车，站在繁忙的五桂桥车站，有些无所适从。对于成都，她已经非常熟悉。她叫得出每条大街小巷的名字，知道它们的方位，下再大的雨，都不会迷失方向，也可以独自找到高甫的父母家。她不再需要问路，可以随意地在长途汽车站、火车站、双流机场和每一个公共汽车站之间往来自如。坐在出租车的后座上，她能够准确地判断出司机是否为了多赚钱绕路而行。可是，看着在五桂桥车站进出的人群，她比第一次来成都时还要迷茫。那次，目的地非常明确，按照宛怜给的地址去问人，找公共汽车，没费多少周折，就到了设计院的家属院。这一次，她不知道去哪里，也不知道找谁。

无论对城市熟悉还是陌生，都无所谓。城市本身繁华还是凋敝，匆忙还是休闲，也没关系。重要的是城里是否有值得思念的人，可以留恋的事。

宛溪走出五桂桥车站，站在路边，看着渐渐变暗的天色，很久都没有在心底出现的凄凉浮了出来。虽然宛怜一家住在这个城市，可是很明显，她只关心和自己相关的事情。她这个名义上的妹妹似乎和宛怜相关，但是她对于宛怜没有丝毫用处。所以宛怜对于她的态度，连一个普通朋友都比不上。宛溪依然留恋小时候在原乡的美好记忆，可是宛怜早就把她排除在自己的生活之外。其实，一切都是宛溪自作多情罢了，宛怜从来就没有让她进入过自己的生活。宛怜一直和李平漠保持联系，但是对于她这个妹妹，从来不闻不问。宛怜和高甫一起极力编织着属于他们的精彩生活，经过多年的经营，成了一个长长的链条。就像马克·吐温在他的小说《神秘的陌生人》中说的："一个人的一生，如同一环环套起来的锁链，如果其中一个锁链改变了位置，那么整个人生都由此改变。"宛怜和高甫深谙此道，所以这个锁链上的很多人和事相互关联。对于不属于锁链，或者虽然是锁链的一环，但是改变位置不会带来影响，没有利用价值的，他们是不会接近的。

常言说血浓于水，所以宛溪曾经一度怀疑自己不是母亲的亲生孩子，和家里的人没有任何血缘关系。除了家人的冷漠，宛溪的一个荒唐证据就是如果没有她，宛怜、宛频和宛嫪的年龄差刚好是四岁，她夹在中间，成了打破他们完美年龄差的一个尴尬存在。所以很长时间，她对自己的想法非常笃定，也理解了家人的态度。她沉浸在这种自我安慰中很多年，直到从陌生人口中得知了真相。她记得第一次去设计院找李平漠，独自站在路边等他出来时，路上经过的好几个人都停下来问她是不是宛怜的妹妹，看来宛怜在设计院的知名度颇高。宛溪从来没有觉得自己和宛怜长得像，听到他们的话，非常吃惊。那些人她素未谋面，是真正的路人。宛怜也不会无端地跟设计院的人提起她有妹妹，没有人知道宛溪的存在。可见，她和宛怜在外貌上的确有某些相似之处，不相干的路人随意地说出了问题的核心。毫无疑问，她和宛怜确实是亲姐妹，和宛怜一样，她也是母亲的亲生女儿，不是路边或者垃圾桶里捡来的弃婴。确证了这个困扰了她多年的问题后，她没有惊喜，只有更深的哀伤。

下了长途汽车以后，大家脚步匆匆地离开，人流渐行渐远。除了茫然站立的宛溪，每个人都明确地知道要去哪里。

自从回到父母家以后，她一直喜欢各种悲凉的东西。不管是读书，还是听歌，只要具有悲剧色彩，就能够引起她更多的共鸣。

她特别偏爱陀思妥耶夫斯基笔下那些痛苦挣扎的小人物。读《罪与罚》时，她的心随着书中的人物和故事情节起伏不定，近乎精神分裂，和那个大学生差不多。每天过着梦魇般生活的大学生；可恨、可悲又可怜的酒鬼；悲惨的妓女；总是在寒冷的冬天洗衣服的女人；甚至那匹被暴打致死的瘦小老马……所有的这一切，都让她一直心颤，但这些折磨人心志的描写也让她欲罢不能。无论用什么标准衡量，这都是一个令人心碎的悲惨故事，对于生活幸福的人来说，读这本书可能需要极其坚强的神经。可是，对于宛溪来说，书里各色人物的悲惨命运就那么自然而然地牵动着她，让她不舍昼夜地读下去。

当年，第一次听到《我想有个家》这首歌，她就不可救药地爱上了。只要是和同学出去卡拉OK，她必唱这首歌。后来，程玲璐一听到她点这首歌，就说要吐了，并且要跟她一起唱。她说与其坐在那里一个人吐，不如两个人一起折磨大家。后来，潘美辰去海口演出，宛溪毫不犹豫地去看了演唱会，那是她第一次去现场看歌星。演唱会的场地其实很简陋，是一个露天的广场，音响效果极差，看演唱会的人交头接耳，嘈杂不堪，还不如在家听她的磁带。但是，宛溪以空前的热情参与了现场的跟唱。后来，她也看过很多大牌歌星的演唱会，名气都远远超过潘美辰，但全场大合唱时，她淡然了很多。

和李平漠恋爱以后，心里面好像有了一盏温暖的灯光，光亮的地方越来越多，她不再那么执着于悲情的东西了。可是此刻的宛溪，下了长途汽车许久，还是不知要去向何处，她不由得在心里一遍遍地唱起那首都快忘了歌词的《我想有个家》。

看着人烟稀少的车站，宛溪想了半天，最后还是决定去找李平漠。按照她对他的了解，她径直去了他们常住的那个宾馆。她在宾馆前台问到了李平漠的房间号码后，反而开始犹豫了。她在熟悉的大厅里徘徊了很长时间，还是上楼敲了门。

第四十二章　庐山面目——我们结婚吧

虽然李平漠已经从门上的猫眼里看到了宛溪，但是开门后，疑惑而又吃惊的表情依然留在脸上。他没有退路，只好对身后的马小姐说："这是宛溪。"

马小姐本来坐在床上，听到李平漠的话，站了起来。她细皮嫩肉，不像在海南住了近十年的样子，看来是常年在室内待着。她穿着一件红色的薄毛衣，肚子有些凸出，已经显怀了。一对巨乳异常醒目，高度几乎和肚子持平。不知是怀孕所致，还是原本就"波涛胸涌"。

她上下打量着宛溪，然后用挑衅的口气说："久闻大名，没想到会这样见面。很高兴你有那么好的姐姐和姐夫，让李平漠舍不得放弃你。我没有你的运气好，少了一个能干的姐姐，但他依然和我在一起，证明他并不爱你，所以才一直拖着，不和你结婚。现在，我怀了他的孩子，他这辈子都是我孩子的父亲，我们永远都是一家人。你靠着优秀的姐姐和姐夫都拴不住他的心，还输得这么惨，真是没有用。"

宛溪看着马小姐虚张声势的样子，觉得她有点可怜，明知自己身处劣势，还要发出没有用的挑战。她没有想过要和马小姐吵架，于是就沉默着。李平漠说："我什么时候跟你说过不和她结婚？你不要胡说八道。"

马小姐不甘示弱，提高了声音："哎哟，当着她的面，你就不敢说实话了。要不要把你跟我说过的那些甜言蜜语，跟她重复一遍？"

尽管宛溪已经从三姐和李平漠的口中，对马小姐多少有了些了解，但是她这样的做派，还是让她无法接受。其实，在敲响这个房门之前，她心中有一个自己都不知道或者不愿意承认的潜意识，那就是见识一下马小姐的真容。见到以后，她失去了无聊的好奇心。她没有兴趣反驳马小姐的话，也不可能和她针锋相对。好奇心满足以后，宛溪再也不想待在这样令人难堪的空间里。她拉开房门走了出去，李平漠跟在后面走了出来。他关上房门时，里面传来东西落地的声音，还有马小姐的咒骂。

李平漠跟着宛溪走到街上，两个人都默默无言。走了几分钟，她停下来问："你为什么要跟她说我姐他们的事情？"

李平漠显得很无辜："你难道还不了解我？我就是这样，有什么说什么，都是陈述事实，没有别的意思。至于你姐和姐夫多么能干的话，其实我根本没说过，是她自己加进去的。你别听她乱说，她一向如此，嘴巴很厉害。"

宛溪不依不饶："如果你不是极力褒扬我姐他们，她也不可能凭空臆想出来。我姐他们那么优秀，我连本科都没读过，实在给你丢脸。"

李平漠摇摇头说："你何必说气话，这么妄自菲薄呢？你不是没考上本科，是因为没有报好志愿，现在马上研究生都毕业了。在那样的家庭环境中长大，你没有变成一个流落街头的叛逆少女，确实不容易。这是实话，你不要生气。"

李平漠很少这样郑重其事地表扬她，偶尔夸她一句，也是玩笑的成分居多，而且也从来没说过她那个拿不出手的专科学校。一时之间，宛溪不知如何应答，突然说出一句自己都觉得莫名其妙的话："如果没有我姐和姐夫，你还会和我在一起吗？"

李平漠闻言，非常诧异，但是不假思索地说："你这是什么话？我们在一起，和你姐没有任何关系！我从来都没指望过从他们那里得到什么好处。再说，你和你姐的关系那么疏远，还没有我和他们近呢。如果我真需要什么，你也完全帮不上忙。"

他说的完全属实，她无法反驳，就不想再听任何与此相关的话，也没有心思再说别的。她看着他们两个在地上的影子，一直被街灯拉到了马路的对面，由于光的折射，突然又立了起来，如鬼魅般惊悚。然后，她说了一句自己都吓了一跳的话："我们结婚吧。"

李平漠没想到宛溪突然冒出这么一句话，愣了一下说："什么时候？现在？不是说好了等你毕业以后结婚吗？"

宛溪只记得李平漠跟他的母亲说过毕业以后结婚的话，但不知道他什么时候跟自己说过这样的话，也不关心，只是固执地重复着："我们结婚吧，现在。"

李平漠稍作犹豫："现在合适吗？"还没等宛溪回答，他沉吟了一下，又说道，"可以。等我把她送走，回来以后我们就结婚。"

　　然后两个人好像完成了一个重大使命，耗费了太多精神，就不想再多话，只说一些最简短的词，而且能用一个字代替的就不会说两个字，如同在恐怖年代，街头两个未曾谋面的特工在说接头暗号。"长江黄河"的话说完以后，宛溪说："我走了，你去陪她吧。毕竟是个孕妇，情绪不能太激动。真的闹出人命，谁都收不了场。"

　　李平漠如释重负，习惯性地问："你去哪里？"

　　宛溪一脸茫然："不知道。"

　　李平漠说："你还是先去你姐家待几天吧。我今天给他们打过电话，必双去她奶奶家了，你可以住她的房间。你安心等着，我很快就回来。发什么愣，走吧，我陪你过去。"

第四十三章　亲爱的妹妹

　　李平漠拉着宛溪朝宛怜家走去，她像个木偶一样，随着无形的线挪动着脚步。街上的车辆依然像平时一样疾驰而过，行人还是不紧不慢地走着，路灯照旧无言地在夜色中发光。他们曾经无数次在这样的夜晚，甜蜜地牵着手在街头漫步，那些温馨和美好的时刻就像发生在昨日。可是，今晚的成都街头，有很多盏灯光，但也没有给冬日的城市增添多少温度。城市还是一样，街上的行人如常，街灯并没有减少，气温没有比往日低，夜也没有更黑，一切都没有变，变了的只是她感知外界的那颗脆弱的心。

　　高甫不在家，宛怜和一个比高甫年轻英俊的男人坐在客厅。放在地上的扬声器里传来轻快的弦乐，不时穿插着美妙的独唱和合唱，是牧羊人阿西斯和仙女加拉蒂亚正在歌唱他们的爱情。宛怜有全套的音响设备，播放源、功率放大器和扬声器，都价格不菲。音乐开得很小，就是一个在房间里回荡，若有若无的陪衬。李平漠和宛怜说了一会儿话后离开了，宛溪在客厅待了不到三十秒，立刻感到宛怜和她的客人都不欢迎她，于是她进了必双的房间。虽然关上了房门，可是门板太薄，并不隔音，她依然听到音乐以及宛怜和客人的轻言细语。

　　阿西斯和加拉蒂亚的爱情在一片欢快中结束，音乐开始变得阴暗，因为独眼巨人也爱上了加拉蒂亚，可是得不到回应。他妒火中烧，用岩石打死了阿西斯，加拉蒂亚的悲歌开始响起，美好的爱情变成了一幕悲剧。

　　宛怜的声音没有随着音乐的变化有所起伏，一直停留在第一部分。客人似乎有些身体不适，她柔声问他是否需要喝点热水。得到否定的回答后，宛怜又让他去床上休息一下。客人说不需要，还是在客厅和她说话。她一直对他嘘寒问暖，关怀备至。

　　宛溪无意偷听宛怜和客人的对话，也不想再听另外一个关于争斗和嫉妒的血腥故事。于是，在加拉蒂亚把阿西斯的血变成泉水之前，她扯了些卫生纸把耳朵塞上，然后躺在床上，闭上眼睛准备睡觉。可是辗转了半天，还是毫无睡意。她起来翻看桌子上的一堆书，突然看到几本一模一样的书。打开一看，原来是宛怜的诗集出版了。对于现代诗，宛溪没有任何鉴赏力。以她的理解，现代诗应该被称为词。因为古诗，无论是四言、五言还是七言，基本上是整齐的，只有词才是长短不齐的句子。而且诗言志，词咏情。现代诗歌鲜有"我辈岂是蓬蒿人""明朝散发弄扁舟"这种直抒胸臆的表达，基本上都是静静地、轻轻地对着风月，诉说思念和爱恋，的确适合"十七八女孩儿，执红牙板"来唱。所以，宛溪搞不懂为何到了现代，写词的人被称为诗人。她连这个基本概念都不明白，更不要说欣赏了，她的水平和《两只蝴蝶》不相上下。但由于诗是宛怜写的，应该和自己有点关联。而且又变成了书，而她对书总是有种敬畏感，因此不由自主地读了起来。

宛怜的诗大部分都很长，基本上是些抽象梦幻的句子，比如，"大多数人都觊觎你那红艳丰盈的嘴唇"，"贫乏和虚无是踯躅在迷雾中挥之不去的青烟"，一刹那，宛溪仿佛又回到多年前原乡的夏天，迷惑而崇拜地看着宛怜。恍惚过后，宛溪对于宛怜的大作有了新的理解。她想也许正因如此，才能够被称为诗，属于阳春白雪。

宛溪把几首没有标点符号的长诗反复地读了几遍，还是不得其解。正想放弃时，发现了一首短诗，标题是《流浪》。唐路告诉凌波他在"流浪"的时候，实际上是在跟赵妹恩爱；李平漠也不止一次说过要去流浪。所以，这两个字对她有某种冲击力，就怀着猎奇的心理往下读。

有时流浪是迫不得已的羁旅远行
穿越千山万水的无奈
积淀成游丝般的哀怨
有时流浪是心甘情愿的四海为家
一路欢愉地留情
树叶和根相携相生
无拘无束是夏夜的清凉
无论愿意与否　行程都有终点

苍茫的山色　银色的温柔剽悍

时刻勾引我们带着镣铐跳舞

裂缝的大口是长久的守候

等来深海之处的喟叹

大地震颤不已

天空洒下花雨

　　这首诗是最短的，宛溪虽然不能完全理解，但也并非一片茫然。她有了一点信心，接着又往后翻了几页，看到了一首标题是《致亲爱的妹妹》的诗。读了大半天饶舌晦涩、难解其意的长短句子，突然出现了几个一看就懂的字，她感觉轻松自如，于是迫不及待地读了下去。

亲爱的妹妹

你的黑发有着瀑布的光

你的身体如羽毛一般的轻

在一片平和中飞翔

你有着透明的翅膀

你穿着华美的衣裳

渴望在晶莹的月光下起舞

温暖着所有人的心房

你终日在云层里徜徉

在天使的国度里怒放

拥有钻石一样剔透的眼睛

在没有黑夜的地方闪亮

你充满了令人迷醉的异香

美丽的身影折断了岁月的风霜

成为降落人间的碧蓝精灵

带来了美妙和希望

我的妹妹

你是一篇纯情的乐章

穿过污浊不堪的俗世

在山林和溪边荡漾

我爱我的妹妹　就像爱自己一样

按照宛溪对于现代诗的可怜理解力，这首诗应该是描写姐姐对妹妹的赞美和怜爱之情。不过，也许这首小诗像书里的其他诗一样，寓意深刻，奥妙神秘，她只是不懂而已。所以读完以后，她反而对这首小诗有些无所适从。她坐在床上，把书反过来放在身上，怔怔地想了半天，也不知道宛怜写的是哪个妹妹。肯定不是她，难道是宛嫪吗？似乎也不像。宛嫪只是一个终日在地面闲逛的普通人，她会经常低着头看哪里有好吃的。天上没有食物，所以她不会抬头在天上寻找，更不是一个在空中游荡的天使。毫无头绪之中，宛溪终于睡着了。醒来的时候，诗集落在了床上，依然是昨天晚上的那一页，还是那首令她迷惑的妹妹。

房子里静悄悄的，宛溪看看时间，居然快十点了，没想到一觉睡了这么久。睡着了真好，什么痛苦都没有了。她走到客厅，一个人都没有。高甫为了积累更多的财富奔走。宛怜的摄人魅力不能仅限于一个小房子里，必须出去绽放，得到恭维和真假难辨的追求时才能够彰显价值。有了高甫越来越强大的物质基础作为依托，她游走得更加自如。

宛溪站在客厅良久，回想着以前高朋满座的场景，进而想到第一次见到李平漠时的印象。他拿着一摞江南水乡的照片，像个孩子般跟宛怜他们炫耀。曾经在这个客厅里出现过的人，早已经有了各自的一片天或者地。一度，宛溪也以为找到了自己的那片天地。可是，她的天空居然如此不堪一击，一戳就是洞，因为她的天空里面全都是云，难怪说云朵像棉花。她脚下的地也如同沼泽，随时都有致命的危险。

她知道在自己的成长历程中，有很多缺失。比如，没有人跟她讲过婚姻家庭在一个人的生活中意味着什么，爱情是多么美好的一件事。所有的一切经验，就是她自己胡乱看了几本书，形成了一些支离破碎的感悟。谈恋爱是与生俱来的本能，不需要学习，只要遇到那个合适的人，爱情就会自然而然地发生。可是，爱情再美丽，也必须落地。落地的过程中会有很多磕磕碰碰，而处理这些是需要智慧的，仅有本能是远远不够的。如果处理不好，一旦从高处跌落，就会粉身碎骨。可惜，人生的很多事情都是在头破血流之后才能明白的。即使伤口好了，那些若隐若现的疤痕依然会随时彰显某种曾经存在过的痛。

昨天晚上，宛溪第一次提出和李平漠结婚，而且是在一种最不应该结婚的情形之中。她不知道是要抓住什么容易溜走的东西，还是因为再次想起了潘美辰的那首歌，或者只是为了向马小姐示威。马小姐用了非常的手段，来胁迫李平漠跟她结婚，还是不能成功，而她什么心计都没用，只说了两句话，李平漠就同意结婚。宛溪似乎应该为之高兴，为自己骄傲，胜利来得多容易啊！根本是不战而胜。《孙子兵法》说："不战而屈人之兵，善之善者也。"战争的最高境界不过如此。秦灭五国后，仅存的一个齐国不战而降，很好地诠释了这本著名兵书中宣扬的理念，而这本兵书就是齐国人写的，这真是个绝妙的讽刺。亡国之君田建听信秦王让他交出齐国，之后会给他五百里地的许诺，完全放弃抵抗。然后不算言而无信的秦王下令把田建围在一片松柏林里，说周围的五百里地是他的，可是切断一切供应。结果把整个齐国拱手让给秦国的田建，落了一个饿死的下场。宛溪想到这里，除了悲凉和苦涩，什么都感觉不到。

可是思维是不听指挥的，尤其是在有充分时间胡思乱想的时候，所以宛溪的脑子又转到了暑假发生的意外。如果暑假的时候，她不做流产，而是选择休学一年，守着李平漠，生下那个已经去了天国的小李子，那么马小姐还会怀孕吗？如果马小姐不怀孕，她和李平漠的故事会怎么演绎？他们会悄然结束吗？就像他们隐藏在暗中的开始，宛溪从来都没有察觉到那样？或者因为宛溪怀孕后反应异常剧烈，导致她喜怒无常，脾气暴躁，李平漠肯定有受不了的时候，再加上马小姐持续不断的温言软语，大概会去她那里寻求生理和心理上的双重安慰，那么事情的结果还是像现在一样？所以无论宛溪怎么做，事情最终还是会暴露，依然会闹出轩然大波？

宛溪一个人待在局促又没有温度的房间，想着这些兴味索然、没有答案的问题，觉得很心烦。正想出门时，看到沙发边的茶几上有几张碟片，碟片的背景有红白蓝三个颜色，不同的背景色上是三个女人的头像，最上面蓝色碟片上的女人有些像宛怜。高甫有时说宛怜长得像某些外国演员，所言非虚。宛溪意识到这是国外的某个女演员。宛怜经常从不同的渠道弄到一些好电影，这几张影碟看起来不错。宛溪出门是为了逃避一个人面对四壁的孤苦，没有什么要紧事。她一直喜欢看电影，就坐下来看最上面那个颜色的碟片。哪知欲罢不能，她一口气看完了三个颜色的碟片。后来才知道，这就是著名的三部曲电影。

电影里面的情色，性无能，对自由的渴望和各种纠结让宛溪更加无所适从，烦恼倍增。她必须出去走走，无论去哪里都好。于是，她给冷宗芍打电话，两个人约在杜甫草堂见面。

第四十四章　谁玷污了爱情

杜甫草堂的梅花凌寒而开，细长的枝条上缀满了白色、粉色、大红色的簇簇花瓣。尚离得很远，就有阵阵幽香袭来。摘一朵放在衣袖里，立刻暗香盈怀，经久不散。宛溪对着"清极不知寒"的满树梅花，很想变成其中的一朵。冷艳孤傲的梅花，不用在俗世中争奇斗艳，就算满衣清泪，也有自己的精神，无须去媚俗。骚人雅士都喜欢踏雪寻梅，只可惜成都下雪的时候实在罕见，让文人墨客们少了一个极大的乐趣。

冷宗芍穿了一件黑色的长大衣，围着一条黑色的围巾，黑色裤子的下半部扎在一双黑色的长靴里，戴着黑色的皮手套，黑色的长发披在肩上。除了一张白净的脸和微笑时露出的贝齿，全身上下找不到其他颜色。她和宛溪在成片的梅花中穿行了一会儿后，头发上、衣服上全是一股清幽的香味。

走累了后，她们坐在一个亭子间喝茶，茉莉花茶的味道很快就完全消散在扑鼻而来的梅花异香中。

冷宗芍依然和费左页在一起，他回成都后，慎重地向她求婚，她没有答应。她在二十三岁的时候和费左页坠入爱河，当时两个人年貌相当，经历相似，看起来是天作之合。如今兜兜转转，两人都已年过三十，还没修成正果。他们都是土生土长的成都人，一个永远是四中的前三名，一个总是七中的尖子生，然后毫无悬念地考上了重点大学。毕业以后，两个人都分到一个众人羡慕的好单位。在别人看来，尤其是说到冷宗芍时，总会说她的一切是顺风顺水的。

两个人谈恋爱时，感情非常单纯。因为生活经历几乎一模一样，所以总是能够找到共同的话题，唯一的不同之处是家庭出身。冷宗芍的父亲在成都的某个大院身居要职，每天在门卫带着敬畏的注目礼中出入，而费左页的父母连大院的门都进不去。不过，沐浴在爱河中的人不会考虑这个，认为太俗气，玷污了爱情。所以，两个相爱的人根本不屑于谈论出身问题，听到别人说起时，也嗤之以鼻。

冷宗芍的父亲虽然从政，但属于技术派，不要手腕。他没有要求品学兼优的女儿和某个官衔高过他的人家联姻，为自己谋取更多的政治利益。可是，冷宗芍的母亲是十足的官太太做派，她看不上出身于普通人家的费左页，总是试图拆散他们。然而，通常情况下，年轻人的爱情都是阻挠越多，动力越大。母亲拿女儿没有办法，就给费左页施加了很多压力，话里话外地暗示他配不上冷宗芍。费左页是一个自尊心极强的男人，能力也不差。虽然冷宗芍没有放弃，但也不可能和母亲决裂，所以冷静的时候，两个人都觉得情路颇为坎坷。另外，费左页也不能忍受来自她母亲的轻视和冷眼，所以他离开了成都，希望在外面有一番作为，从而赢得冷宗芍母亲的认可和尊重。这样的话，冷宗芍就不用左右为难了。

当初，费左页离开成都时，冷宗芍虽然不同意，但也想不到更好的办法解决问题。一边是对他人跋扈，但对自己爱若珍宝的母亲；一边是心爱的但不符合母亲要求的恋人。两边都不能放弃。但他们在一起的时间越长，母亲对费左页的怨言就越多。所以，尽管他们难舍难分，费左页还是走了，而且一走就是四年。几年以来，母亲一直给她介绍各种男朋友，冷宗芍都不感兴趣。

尽管两地分隔，他们每年都会见几次面，做些恋人应该做的事情。冷宗芍的母亲看到这样都不能让他们分手，只好顺其自然。眼看女儿过了三十岁大坎儿，婚事变成了母亲的心病。男方是谁，已经不重要了。所以，费左页回来以后，母亲一直催促他们赶快结婚。冷宗芍再一次违逆了母亲的意思，丝毫没有结婚的愿望。颐指气使惯了的母亲面对一再和她对抗的女儿，无计可施。

坐在杜甫草堂，宛溪想到一年多前和冷宗芍在文殊院喝茶时的情景。那时，冷宗芍已经洞察了费左页和另外一个女人的事情。宛溪应该算是最早的知情人之一，但是只能烂在肚里。所以，当冷宗芍提起来时，她只能尴尬地不说话。奇怪的是，冷宗芍提了一句后，也没有再深入下去。其实，以她的聪明，应该早就发现了。可是，和费左页分开两年多，才说出她的怀疑，着实不合常规。也许，恋爱中的人都愿意蒙住双眼，只有出现自己不想看到的场景时，才扯下蒙在眼睛上的黑布。他们都自欺欺人地活在一个幻想中，不想面对现实。

　　冷宗芍把落在桌上的几朵梅花丢在茶杯里，端起来晃了几下，然后放到鼻子下去闻，坐在对面的宛溪都闻到了茶杯里散发出来的梅香。然后她把梅花水倒掉，把印着蓝花的茶杯放回桌上。突然之间，冷宗芍提起上次在文殊院的话题："费左页在广东时，经常和另外一个女人在一起。我怀疑了很长时间，但他一直不承认。这次回来后，我连蒙带骗才让他说了实话。其实，他说了后，我宁愿不知道实情。他们在一起那么长时间，可他说都是为了性，从来没有对她动过感情。没有感情，还能多年如一日地上床！男人都是这种说辞吗？找不到更好的借口了？"

　　宛溪不可能再像上次那样佯装不知，有些不置可否地说："不是说男人都用下半身思考吗？你们分开那么长时间，费左页总要找个人，解决性需要。不过，他心里想的始终是你。"

　　说完后，她想到李平漠和马小姐的事情，不知他们的性是否和感情有关。从李平漠的表现看，似乎是单纯的性关系；在马小姐看来，他们牵涉到了感情。

　　冷宗芍不甘心地说："你真的这么想？有件事我犹豫了很久，不知是否应该告诉你。费左页和那个女人已经结束了，而且没有后续问题，但是我无法原谅他。现在之所以还没有和他分手，只是因为惯性和惰性。最主要的是，无论他去海南还是广州，绝对不是要离开我，而是我妈太挑剔。说实话，我妈对别人确实有点刻薄，有时我也很生气。但她是我妈，我也无可奈何。他一个大男人，实在没有办法忍受我妈对他指手画脚，所以只好一走了之。他希望闯出一片天，让我们的事情没有那么多阻力。他说都是因为太爱我，才不得不离开。我相信他说的话，所以心乱如麻，不知道怎么办。说到底，费左页也算一个好男人，可是他为什么不能够把持住自己，非要做出如此龌龊的事，践踏我们之间的感情呢！不过，李平漠似乎比他更可靠，但是却走得更远。事实证明，我们都是自作聪明，根本不了解男人。"

　　话已经说得如此明显，宛溪不可能装聋作哑，就问："谁告诉你的？"

　　"赵姝。看你的神情，应该是都知道了吧？"

　　由于费左页和唐路是好朋友，冷宗芍和赵姝也越走越近。她们两个也算同行，工作上有时要切磋一下。赵姝回成都后，她们时常相聚，总要聊些认识的人和事。所以，由赵姝告诉她这个大八卦，也是合情合理的。

　　虽然宛溪已经猜到了源头，对于冷宗芍的问题，还是摇摇头："只知道后果很严重，细节不是很清楚。"

"那你想了解所有的事情吗？赵姝全部都告诉我了。"

"既然你都知道了，那就说吧。"

第四十五章　一个老掉牙的故事

冷宗芍徐徐道出了李平漠和马小姐之间的前因后果。

故事的开始很简单。一天晚上，赵姝单位的客户请她去歌舞厅玩，她不想单独去，就叫唐路过去。刚好，唐路和李平漠在一起商讨让清圆湾起死回生的妙计，所以两个人就一起去了。马小姐恰巧在这家歌舞厅工作，陪他们喝酒唱歌。因为赵姝在场，所以马小姐主要是陪李平漠。赵姝跟客户应酬完了以后，就和唐路离开了。李平漠想和他们一起走，但是经不住马小姐的热情，就独自留了下来。马小姐殷勤劝酒，他从来都不胜酒力，那天晚上很容易就醉了，然后稀里糊涂地和她睡在了一起。第二天醒来后，他根本不记得前一天晚上发生的事情。当他发现自己赤身裸体躺在马小姐的床上，她也一丝不挂地睡在他身边时，大惊失色。清醒以后，他跟她说自己酒后乱性，把身上的钱都给了她，希望整个事情到此为止。马小姐不但严词拒绝，而且非常愤怒，说她不是陪睡的小姐，李平漠侮辱了她。李平漠不是寻花问柳之人，对于这种事情没有任何经验，听到她这样说，也觉得自己做得不恰当，就问怎么补偿。马小姐说不用任何补偿，既然大家认识了，可以请她吃顿饭，就当交个朋友。这个要求合情合理，李平漠无法拒绝。可是一顿饭以后，又有了回请的理由。一来二去，就变成了很多顿饭。问题是不能每次光吃饭啊，吃完饭以后，也得搞点娱乐活动吧。反正已经有了第一次，以后的每一次都是顺理成章的。

娱乐活动搞多了，就由量变到了质变，况且李平漠也不是提起裤子不认账的人，所以他默默地为马小姐做了不少事。但毕竟还是有个宛溪，他不能把她丢到海里淹死，因此内心很矛盾，时常躲避马小姐。不知马小姐是被爱神的小箭射中了，还是想为自己漂泊不定的生活找个归宿，总之，她不愿意善罢甘休，一直苦苦纠缠。一个小小的海口，李平漠无处可逃，而且马小姐不是简单的死缠烂打，她从各方面无微不至地关心他。时间长了，李平漠有些歉疚，就开始替她付房租，然后发展到包揽了她所有的生活费用，从而给了她更多的想象空间。

虽然李平漠和马小姐变成了一种半同居状态，但是他从来没有给过她任何承诺，并且明确地说他们之间不会有结果。而且，他做了一件违背天性的事，把她藏了起来，没有带她见过任何朋友。但是，在马小姐面前，他还是秉着一贯坦诚为本的原则，把他和宛溪的事情全部告诉了她。开始，马小姐说自己是后来者，不介意，也不会干涉他和女朋友的关系。但是，随着和李平漠交往的加深，马小姐越发觉得他是个终身依靠，就决定把他牢牢地抓在自己手里。她开始逼迫李平漠和宛溪分手，李平漠不答应，她就在他面前自杀。李平漠不可能看着一个大活人在自己面前死去，于是只好送她去医院。有一次在医院时，刚好碰到唐路陪着赵姝看病，他和马小姐的事情才暴露出来。

李平漠的个性一向是要么不说，要么就是直言不讳。在医院碰到唐路和赵姝后，他和马小姐的事情很快就在朋友们的圈子里传开了。马小姐以死相逼的故事也成了朋友们的谈资，但没有人当真。李平漠虽然烦心，依然可以应对。直到后来，马小姐把自杀事件改成怀孕，生孩子，所有的人才觉得事态严重。李平漠作为当事人，从得知她怀孕的那一刻起，就坚决主张带她去医院做流产，可是马小姐誓死不从。也许她认为自己找到了战胜李平漠的秘诀，有了摧毁他和宛溪关系的法宝，也许她真的只是单纯地想要一个孩子。不管马小姐出于何种目的，她就是不和李平漠去医院。想当初，她几次自杀时，从来没有一次拒绝去医院。面对马小姐破釜沉舟的决心，李平漠束手无策，只好不辞而别，一走了之。可是，他万万没有想到马小姐会不顾一切地追过来，真是精神可嘉。

唐路和赵姝离开海口的时候，已经知道了马小姐身怀六甲又不愿意做流产的事情。他们虽然为李平漠出谋划策，但是正如李平漠所说，谁也不能把马小姐绑架到医院去。几个受过良好教育，智商很高，但心肠不够黑的人，商量了多日，还是一筹莫展，只能听凭事态向他们不愿意看到的方向持续发展。

在一片雅致的梅香中，冷宗芍说出了和周围环境极不协调的事情。讲完之后，她愤愤地追加了几句评论："这些臭男人，正事不做，净搞些乱七八糟的事情。我们真不该在满园梅花中说这些煞风景的事，让高洁的梅花都蒙了尘。"

宛溪听后，只能苦笑一声。尽管冷宗苟没有指明李平漠和马小姐是什么时候开始的，但是宛溪可以肯定他们在她上学的第一个暑假之前就发生了醉酒事件。冷宗苟梳理般的叙述和清冷的天气，让她昏聩多日的头脑突然清醒，其实细想起来，他们的事情早就有迹可循了。

那个暑假，李平漠突然得了"阳痿"。大概他和马小姐刚开始不久，心中对宛溪有愧疚，所以无法和她做爱，而且整个暑假都在成都和潭沙，不敢或者不愿意回海口。几个月以后的寒假，李平漠的"性致"依然很差，证明心中还是有鬼。家里的电话又莫名响起，无人说话。后来之所以停了，也许是因为他们在家的时间很少，也许是李平漠让马小姐不要滋事。上一个暑假，李平漠刻意安排离开海口，和宛溪待在三亚，性功能也恢复正常，证明他已经下定决心要和马小姐做个了断。所以，他打算先从空间上隔离马小姐，然后在心理上断绝和她的纠葛。

一千年前的苏洵就说过"月晕而风，础润而雨，人人知之"。可是，这么多的月晕础润，宛溪都视而不见。似乎除了她，的确是人人都知道了。冥冥之中的诸多暗示，她都屏蔽了。她认为李平漠是没有秘密的，所以从来没有怀疑过他。谁知道再坦率的男人面对偷情的问题时，都不敢承认，无师自通地一律选择隐瞒。

宛溪无法确认李平漠是否和马小姐说过花艺云的事情。如果马小姐知道这件事，依然一意孤行，只能证明她病入膏肓，无药可救。就算她不知道，和李平漠生生死死地过了一年多，难道完全不了解他的个性和为人？或许她认为自己天赋异禀，可以令李平漠转性？

宛溪想到自己返校以后，李平漠又和马小姐在一起，除了她的苦苦哀求，对于李平漠来说，也许就是一种轻车熟路的性关系。因为宛溪即将毕业，他们会在一起生活。他必须切断和马小姐的一切，他深知自己绝对不可能在两个女人之间周旋。既然不能顷刻之间全部斩断和马小姐的肉体纠缠，他只能先从心理上和她中断。马小姐之所以使出绝招，恐怕也是意识到自己没有机会了。宛溪天上地下地乱想了一通，无非是找理由让自己好过一点。其实，一个男人怎么可能无缘无故得阳痿呢？《红楼梦》里写了男人们正行好事时被撞破，也没见谁得阳痿。可这个天大的破绽在她面前不停地晃悠时，她完全是有眼无珠。

第四十六章　情伤让女人成为哲学家

宛溪正在想自己到底有没有眼珠时，冷宗芶突然说："费左页也说他是喝醉了才跟那个女人上床的，酒的魔力真大。"

"是啊，很多男女之事都跟酒有关，喝了酒以后，有人故意借酒达到目的，有人过后追悔莫及。如果不是汉景帝喝多了，就不会有唐姬误会，更不会有刘秀的先祖，历史上会因此少一个最伟大的皇帝，令我们中华民族骄傲的汉朝也会少两百年，怪可惜的。所以，还是应该感谢这个让人迷糊的液体。"

冷宗芶失笑道："这么高境界，都成历史学家了。"

宛溪极少喝酒，只记得有一次开学的时候，张彤带来两瓶葡萄酒，说是法国什么酒庄的，她和范冷辉都不识货，也记不住那个别扭的法国名字。既然张彤说名贵，她们就像男生那样，买了点下酒小菜回来，准备把它消灭掉。张彤看到她们买的花生米、猪耳朵和鸡爪子，气得直翻白眼，说她们没有情趣，糟蹋东西。她们不管什么情趣，把鲜亮的红酒倒在平时喝水的大杯子里，端起来就喝。张彤见此，只好放弃教化，跟她们同流合污。三个人虽然酒量不大，但是谈笑之间，酒性大发，稀里糊涂喝完两瓶酒后，都是两眼发直，倒头就睡。第二天，张彤和范冷辉都说喝醉了。宛溪也说醉了，但不知道醉酒应该是什么样子。她没吐，也没说胡话，只是觉得脑袋发昏，脑门儿好像被蒙了一块厚重的布，入睡倒是很快。第二天起床后，没有头痛、胃口不好之类的后遗症。

想到这个醉酒的经历，宛溪问冷宗芶喝醉之后的感受，答复是差不多。然后，两个人同时想到一个问题，就是如果男人真的已经烂醉如泥，是否还能够尽人事。她们分析了半天都觉得不可能。

有人说，酒的作用不是醉，是让人暴露隐秘，所谓的酒后吐真言就是如此；或者想入非非，突然之间放下生活中的琐碎，关注一些飘风过耳的东西。《伤心咖啡馆之歌》里面就说如果用柠檬汁在白纸上写字，看起来依然是一张白纸，必须放到火上去烤，才能看到那些隐形的字，（大概就像谍战片里那样，白纸上涂点神秘的药水，或者放到火上一烤，那些绝密信息就会显示出来）所以作者说威士忌是火，藏在内心深处的东西是秘而不宣的。如果想得知这些不轻易示人的想法，必须要喝酒。一个只会想到纺织机、晚餐盒、床的纺织工人，喝酒以后，会出现很多奇妙的现象，比如，看到一朵漂亮虚幻的百合花；在痛苦中感到甜美；第一次抬头欣赏午夜的天空，看那一片清冷寂寥的光晕。

宛溪不愿意相信酒的神奇作用，就想到《十日谈》里面魔鬼和地狱的说法。虽然后来李平漠和马小姐也像修道士和小姑娘那样，自觉自愿地玩起把魔鬼关进地狱的把戏，但刚开始李平漠并没有哀求马小姐把自己的魔鬼关进她的地狱。所以，这个故事并不完全契合，只是魔鬼和地狱的比喻可以让宛溪泄泄私愤。

冷宗芍和宛溪在杜甫草堂盘桓到天黑，两个人都有一肚子的话要找人倾诉。同病相怜也好，同仇敌忾也罢，总之，她们是彼此的知音。

天越来越冷，她们把手拢在衣袖里，继续说着各自的恩怨情仇。重新换过的茉莉花茶早已变成了冰凉的白开水，只有一缕淡淡的梅香留在茶杯的边缘。冷宗芍把两杯残茶倒掉，起身摘了几朵梅花丢进去，然后让服务员加了一壶热水。她把水倒满两个杯子，泡了一会儿后，满怀期待地喝起了梅花茶，然后面无表情地放下杯子。宛溪见状，也端起茶杯喝了一口，寡淡无味，甚至有些酸涩，难以下咽。她从来没有喝过梅花泡的水，以为会比茶水清香，没想到是这种味道。草堂的梅花年年开放，冷宗芍这个地道的成都人肯定早就试过了，这么难喝的东西还要一再尝试？宛溪疑惑地看着她。冷宗芍笑了："上当了？我年年上当，但年年不信邪。所以，每年都要玩这个把戏。就像我喜欢在宾馆假装小姐给朋友打电话一样，都是洞悉内心世界的一种方法。第一次来的人无一例外都跟着我一起喝，没有人相信这么香气馥郁的梅花水一点儿都不好喝。送你一句我的至理名言，千万不能被表象迷惑啊！但这都是说给别人听的，最终还是旁观者清，当局者迷。"

"前人已经说了无数遍，不是什么新感悟。"

"虽然说不幸的人各有不同，但人生的经历无非是酸甜苦辣，悲欢离合，哪来那么多新感悟，说到底都是新瓶装旧酒。"

比起杜甫一生的颠沛流离，辛苦遭逢，她们所经历的爱恨根本不值一提。

诗人自己的屋顶被风吹跑了，还在想着要"大庇天下寒士俱欢颜"，自己冻死都心甘情愿。这样的情怀，让两个为了臭男人伤感的女人佩服得五体投地。

冷宗芍说："杜甫之所以被称为最伟大的诗人，是因为他的境界太高。王国维先生曾说过成大事者的三种境界，我今天来个班门弄斧，把做人分成三层境界。第一层是马小姐之流，没有理性，只关心自己的感受，所思所想就是眼前的一点事，执着于'风飞蕊落将何故，可惜可怜空掷度'的悲戚。第二层是我和你这样的，有自我认知，但是不能超脱，思想狭隘，不关心天下苍生。虽然说着'闻君有两意，故来相决绝'，不过内心的纠结是无法掩饰的。第三层是可以抛弃小我，慨叹一下民生疾苦，发出'生民百遗一，念之断人肠'这种一时的感伤。不过，说完以后，他们照旧为了建功立业而不惜制造无数次'白骨露于野，千里无鸡鸣'或者'一将功成万骨枯'的惨烈局面。最高境界就是杜甫这样的，一辈子受尽苦难，没有几天舒心日子，儿子都饿死了，他自己好像也是饿死的，可是依然忧国忧民，心怀天下。这样的人，古今中外的历史上，也找不出来几个。我们这些满脑子私欲，不知大我为何物的小女人，即使穷尽一生，也望不到杜甫老先生的项背。"

冷宗芍和宛溪本来都为了自己的事情郁闷着，她们怨天尤人，长吁短叹。没有想到，她最后说出了这么一大篇人生感悟。看来，经历了不想发生的事情，很多女人都可以变成史学家和哲学家。不过，宛溪还是有些调侃地说："你这最高境界也跳跃得太突兀了吧。前面两个都是不入流的，第三个又拔得高了点。不过总而言之，全部都在个人的小窠臼里打转，根本谈不上境界，既不能承上，也不能启下，突然就冒出一个如此伟大的杜甫。你好歹在前面加个'东家头白双女儿，为解挑纹嫁不得'这种两个女儿嫁不出去的悲剧，过渡一下嘛。"

"你这个还不如我的呢，这些人作完诗以后，还是照旧削尖脑袋为自己谋利，才不关心别人的女儿是否出嫁呢。如果说要过渡，最理想的应该是'先天下之忧而忧'的范老先生，不过，像他这样的人也没几个。"

"既然这些大人物举世罕见，我们永远都无缘碰到，那么我们来考虑一下能够得着的东西，晚上吃鱼头火锅还是鱼羊鲜？"

回到现实世界的冷宗芍似乎觉得自己的类比有些可笑，选择了鱼羊鲜后，最终还是为自己辩解道："就是因为有我们这些俗不可耐的人垫底，才更能彰显出杜老先生的遥不可及。"

第四十七章　又是一个春节

冷宗芍自己住了一套两室一厅的房子，因为费左页犯了错误，处于被考察的阶段，所以他们没有像以前那样同居。他们依然一起吃饭，看电影，逛街，出去玩，费左页每周有两三天在她那里留宿，做点小运动，有点像恋爱不久的状态。冷宗芍还有很多人生感言没发表，所以让宛溪和她同住。宛溪给宛怜打了个电话说在冷宗芍家住两天，宛怜没有多问一句就挂断了电话。

李平漠比预计的时间晚了两天回来，他到冷宗芍家找宛溪。一见面就说："你到这里来，怎么也不说一声？我到你姐家，没看到你，还以为你想不开做了什么傻事，吓死我了！"

宛溪诧异地说："我跟我姐说了住在冷宗芍这里，她没告诉你吗？那你怎么找到我的？"

李平漠说："我没见到你姐，她整天不着家，不知道在忙什么。我想了一下，你在成都也不认识什么人，就先问了赵姝。她说你没找过她，叫我问冷宗芍。"

春节在即，宛溪随着李平漠回到潭沙。他们依然讨论着结婚的事情。问了情况后得知，结婚手续必须在一方户口的所在地才能履行。宛溪不想去海口，于是两人商定春节后在玉庐办理。李平漠要先回海口拿户口本，开单身证明，然后来玉庐结婚。

大年三十，李平漠的五姨带着一儿一女全家来潭沙过年。五姨的丈夫已经去世，她和李平漠的妈妈感情最好。每隔两三年，五姨都会带着孩子来潭沙一起过年。客厅里坐了满满两大桌的人，桌子上面全是菜。每道菜一式两份，分别端到两张桌子上。椒麻鸡、麻辣鸭、酸菜鱼、甜烧白、咸烧白、回锅肉、豆腐包等各种菜肴，应有尽有，都散发出诱人的香味，刺激着每个人的嗅觉和味蕾。大家立刻举起筷子，面对满桌美味，眼睛都挑花了。大家一边吃，一边聊，谈笑风生，兴致都很高。吃饱喝足后，大人们开始发压岁钱，孩子们兴奋地打躬作揖，就差下跪了。

李平漠的父亲吩咐孩子们去放鞭炮，孩子们争先恐后开始行动。有人用竹竿挑着鞭炮，有人迫不及待地要去点燃，有人兴奋地站在旁边，等待鞭炮响起的那一刻。家家户户都在忙着燃放烟花和爆竹，外面的鞭炮声早已连成一片。大家唯恐自家的鞭炮声没有别人家的响亮，烟花不如别人家的绚烂，像比赛一样。人们之所以热衷于放鞭炮，据说是为了驱走厄运，除旧迎新。至于烟花，在空中绽开的五彩缤纷和姹紫嫣红，更是一幅令人向往的瑰丽画面。在一片热烈中，没有人会关注放完鞭炮烟花后，留下的满地杂乱。那也不会有人去想千娇百媚的烟花散开之后，是如何的孤寂和落寞。当然，更不会有人质疑，如果厄运可以如此轻易地送走，新生可以这么轻松地迎来，那么生活就太简单了。很可惜，不管人们如何不愿意面对现实的惨淡，它依然会固执地出现，让人无法逃避。美好的愿望，很多时候，都只是一种虚幻的安慰和憧憬。不过，燃放鞭炮和烟花的习俗依然会延续下去。

春节在迎来送往、吃喝玩乐的热闹气氛中过完了。宛溪从来不问李平漠和马小姐有关的事情，好像什么事都没有发生一样，依然和他走街串巷，探亲访友。只有三姐，看着沉默得不同寻常的宛溪，表现出隐忧。

三姐不费吹灰之力就从李平漠那里了解了全部的情况，她担心宛溪不知何时会突然爆发，又怕她和李平漠之间有误会，不好沟通，就主动把所有的事情告诉她。她跟宛溪复述时，每个细节都和冷宗芍讲的一样，证明李平漠没有撒谎。其实，从冷宗芍那里听了事情的经过后，宛溪并没有怀疑过事情的真实性。尽管李平漠一直把她蒙在鼓里，马小姐出现在潭沙之前，她对此事也毫不知情，但是，她依然相信他说出来的每一句话。

三姐的话没有什么新意，但是宛溪不好打断她，只有再听一遍。不过，三姐还是说了些她不知道的事情，那就是李平漠送马小姐回去之后的情形。

李平漠没有见到马小姐的父母，因为她的父母不住在那个城市，只见到了她的干爹。干爹通情达理，尽管猜出了李平漠和马小姐之间的真实状况，但是没有点破，对李平漠以礼相待。马小姐有干爹撑腰，似乎找到了主心骨，底气硬了很多。她不像在海口那样一味地跟李平漠胡闹，导致他每次都拂袖而去。在干爹家，她平静地和李平漠讨论孩子的事情，达成了三个协议：第一，孩子出生之前，李平漠给她一笔钱，让她解除后顾之忧，安心在家生孩子；第二，她快要生的时候，李平漠过去陪着，直到孩子出生；第三，孩子出生后，跟着她生活，但是李平漠必须承担经济上的一切责任。李平漠没有异议，全部答应了。事已至此，尽管马小姐还是有很多怨念，但是她也没有任何办法再留住他了。她不可能把他绑在身边，囚禁在家里，就像李平漠不能强迫她去做流产一样。

过完春节后，虽然还没到开学的日子，但宛溪决定先回学校。这是她第一次想在开学前返校，以前每次都待到最后一刻，不得不走的时候，才恋恋不舍，一步一挪地走向机场。李平漠和她一起到了成都，他说在成都办些事，忙完后就去海口。

李平漠依然送宛溪去双流机场。机场和以前一样静静地矗立在原地，进出的人大都行色匆匆，像是慢了就会错过什么非常重要的东西。每个人都带着自己的故事在这里到达，起飞，分别，或者重逢。

第四十八章　还是结婚了

宛溪第一次提早回到学校。因为没有开学，所以偌大的校园里，没有几个人影。整栋宿舍楼，只有几个早归的学生进出，无论白天还是晚上，都异常安静。她沉下心来，仔细修改自己的论文，字斟句酌，仿佛突然之间变成了一个女学究。她秉着一丝不苟的态度研读每一份资料，对于论文中所引的句子、典故和书，所有的出处都给出详尽的注解，比考古学家还要认真。

正所谓学海无涯，越认真便越觉得有很多未知。所以一开学，她就去系里和图书馆到处找资料。一到系里，就看到裴云英兴师问罪的信，问她说得那么热闹，为何一点消息都没有。宛溪的寒假过得人不人鬼不鬼，没有几天是正常的思维方式。稍微清醒的时候，脑袋里塞的都是李平漠和马小姐的各种事情，她早就把裴云英的婚礼抛到九霄云外了。她没法说明自己正在经历的事情，只好说了几箩筐道歉的话。

开学一个多星期后，李平漠带着户口本和在单位开的结婚证明到了玉庐。当天晚上，他和宛溪在学校门口的小饭馆吃饭，碰到范冷辉和田展。宛溪有些尴尬，因为之前没有跟范冷辉提过李平漠要来玉庐。看到李平漠，范冷辉也挺意外的，就对宛溪说："怎么男朋友来了也不说一声？怕我们让他请客啊！"

宛溪只好说："正准备请你们呢，之所以不说，是想给你们一个惊喜。"

"这还差不多，"范冷辉看着李平漠说，"不是寒假刚见过面吗？这么快又来了，怕宛溪跑了吗？"

宛溪不知如何作答，李平漠说："可不是嘛，所以就赶过来结婚，想把她拴住。"

宛溪没想到李平漠一下就说出了这次过来的目的，当场愣住。范冷辉听了，也吃了一惊，忙不迭地说："宛溪，为什么没听你提起？结婚是大喜事，怎么还保密呢！"

宛溪只好接着上面的话，自圆其说："不是说了要给你们惊喜吗？这是一个大惊喜。"

"那我等着吃大餐，先不打扰你们了。"范冷辉说完就和田展离开，去过他们的二人世界了。李平漠和宛溪吃完饭后，说好第二天先照相，然后去登记结婚。

像上次一样，李平漠依然住在世纪酒店。不同的是，宛溪没有和他同住，她还是住在飞雪楼。她对范冷辉和张彤说，结婚前新郎和新娘是不能见面的。她们虽然觉得可笑，但也说风俗还是应该遵循的。范冷辉一直说李平漠是个好男人，可以托付终身。她由衷地祝福宛溪，为她找到一个好的归宿而高兴。

学校门口有两三家照相馆，世纪酒店就在大门口，所以第二天早上，宛溪去李平漠的房间叫他去照相。李平漠穿好衣服准备出门时，马小姐打电话过来。宛溪很不高兴地说："你到了玉庐还要跟她报告行踪？是不是以后都没有自由了？"

"我如果几天不跟她联系，她就大吵大闹，万一又找到家里怎么办？"

"你们不是已经谈好条件，问题都解决了吗？"

李平漠无奈地说："我也想啊，可是牵扯到一个孩子呢，怎么会那么容易解决！"

宛溪无法接受李平漠依然隔三差五地和马小姐保持联系，他说没有选择，因为不想刺激马小姐，以免引起更多的麻烦。两个人在房间里起了争执，谁都无法说服对方。虽然马小姐就像一个随时都会被踩到的地雷横在他们中间，但这是自从宛溪知道了马小姐的存在后，第一次因为她的事情和李平漠爆发正面冲突。她不知道在以后的生活中，这样的冲突还会有多少，也无法预料这颗地雷会在什么时候爆炸，让他们血肉横飞。

两个人说了半天，依然没有结果，后来决定先去照相。可是直到进照相馆的前一刻，他们还在互相指责。李平漠是一个把喜怒哀乐写在脸上的人，所以，照片中的他显得很不高兴，宛溪勉强挤出一丝笑意。在这张两寸的黑白照片中，两人都只有衣领以上的部分，展示出来的是肩膀、脖子和脸，就像任何普通的证件照一样。这就是他们结婚证上的照片。

领了结婚证以后，宛溪没有觉得她和李平漠的关系有了质的改变。不过，吃饭是免不了的。否则，范冷辉和张彤都不会饶过她。她请范冷辉、田展、张彤、南浦、查湘、窦殊道和彭晓鸥在桥月楼吃饭，庆祝她结婚。本来应该请系里的人，但她不想太热闹。人多，应酬就多，各种场面上的话自然免不了，她没有那么多闲情逸致。

他们坐下不久，冯菲带着杨剑不请自来。宛溪早已深刻领教了集天才和疯子于一体的冯菲，深知她一言不合就翻脸的脾气，平时也就罢了，让她闹一闹，倒是无所谓。但现在她自己的烦心事都应对不了，就没有心情看冯菲那张比天气预报还难预测的脸。所以，没有请她来搅局。

刚进门，冯菲就叫道："宛溪，你太不够意思了，结婚都不请我，亏我还把你当成好朋友，什么事情都告诉你。还好我听到消息，及时赶到，总算没有错过。"

其实，如果不是那天在小饭馆碰到范冷辉和田展，宛溪根本没打算请客，更没有心情庆祝结婚，她想让这件事情悄悄过去。可是，范冷辉说结婚是大事，喜酒是肯定要喝的。她说得振振有词，宛溪无法解释，也无法推脱，只好请大家热热闹闹地坐到了一起。

李平漠点了个一鸭三吃后，让大家自己点菜。菜很快摆满了带转盘的圆桌，有佛跳墙、松鼠鱼、坛子肉、酱牛肉、东坡肉、鱿鱼豆腐、素鹅、薄饼、丸子汤。范冷辉带头，每个人都举起了酒杯，说着执子之手，与之偕老，琴瑟和谐，百年好合，早生贵子之类的祝福，就像几个月前人们在唐路和赵姝的婚宴上说的一样。结婚的程序也和他们一样，先领结婚证，再请客吃饭。饭桌上的人频频举杯，说着一堆大同小异的祝福语。

冯菲低着头把酱色的鸭丁和酥脆的粉丝放到生菜叶子里面，卷起来正准备吃的时候，杨剑说："这菜是生的，吃了会拉肚子，不要吃。"

冯菲生气地说："这是招牌菜，你没吃过，别乱说话，丢人现眼。你没看到大家都在吃吗？废话真多。"

杨剑不紧不慢地说："你肠胃一直不好，昨天又拉肚子，现在还没好，别吃了。"

冯菲提高声音说："我是否拉肚子，跟你没有一点关系，不要你来瞎操心。如果你再多嘴，马上给我滚出去。"

杨剑不说话了，大家彼此看了一眼，气氛有些怪异。查湘提议喝酒，大家纷纷举杯。张彤推动圆桌的转盘，让每个人夹菜。彭晓鸥跟冯菲悄悄地说了几句话后，冯菲站起来说："宛溪，对不起，今天是你大喜的日子，我不该乱发脾气。来，我干了这杯酒给你赔罪，你随意。"

冯菲说完，果真一饮而尽，宛溪也端起酒杯喝了一口。

酒足饭饱后，范冷辉拿出了一个红包放在桌上说："祝你们喜结良缘，珍惜爱情，永结同心，不离不弃，携手共度美丽人生。"

这个举动让李平漠和宛溪都吃了一惊，赶快说大家都是学生，实在没有必要搞这套。范冷辉说："没有多少钱，意思一下。"宛溪推辞不过，只好收下了。

其他人见状，也拿出了红包，仿效着范冷辉说了一堆最动听的祝福话。

冯菲在包里翻了半天，然后问杨剑："我让你准备的红包，你放到哪里去了？"

杨剑懵头懵脑地说："你什么时候让我准备红包了？"

冯菲大怒："你怎么一点用处都没有，什么事情都做不了，完全是个废物。我真是被猪油蒙了心，眼睛也瞎了，才看上你。离开我，你一天都活不下去。"

杨剑低下头，一言不发。

饭桌上的人，除了彭晓鸥和查湘，其他人跟冯菲都不熟，范冷辉和张彤在宿舍见过她，但是谈不上交情。面对冯菲随时爆发的怒气，大家都有些难堪。尤其是南浦，她只见过冯菲几次，讲过几句话，勉强算得上认识。一顿饭的工夫，南浦看着她大怒两次，小怒不断，不但觉得为难，而且受到了惊吓。对于南浦来说，即使老公千错万错，她也绝对不会在大庭广众之下训斥。她睁着小鹿一般的眼睛，想看冯菲又不敢看，只好四处张望，迷茫地看着大家，希望有人出来解围。

查湘站起来，走到冯菲身边说："吃饱喝足了，骂人都这么有力气。别在这里骂了，大家都看着呢，给他留点面子。如果你不解气，现在把他领回去，慢慢教育吧。"

查湘说完后，就和彭晓鸥把冯菲拖了出去，杨剑默默地跟在后面走了。冯菲走后，难堪的氛围一扫而光，似乎喜庆的婚宴才正式开始。大家其乐融融地说了一会儿话后，终究还是散了。

李平漠去了桥月楼隔壁的一个小书店，宛溪在旁边的服装店闲逛。半个小时后，两个人各有所获，提着自己的东西回到了世纪酒店。他半躺在床上，读着新买的跟巴菲特有关的书；她对着镜子，试穿一件高腰的黑色薄毛衣和铁锈红的灯芯绒裤子。晚上，宛溪住在世纪酒店。房间里有两张床，两人各睡一张。

第四十九章　雁荡山——卜问前程

第二天早上，李平漠提议去雁荡山玩几天。宛溪有些诧异，她没有度蜜月的心情。其实，李平漠也没有如此雅兴。他之所以提出这个建议，纯粹是因为对旅游的一贯爱好，或者只是想出去散散心，这段时间，他也够烦的。刚好是周末，雁荡山不是一个旅游热点，符合她的心境。尽管不是度蜜月，不过经历了一场沧海桑田般的变故后，宛溪的内心还是有所期待。她想重新找回从前那种和李平漠一起出门、随意游荡的乐趣，于是就不再犹豫，和他一起前往目的地。

雁荡山虽然有奇峰怪石，但总体说来，钟灵秀丽，幽静安宁，有种与世隔绝之感。无论是小龙湫还是大龙湫都没有磅礴雄壮的美，不大的水流像是从空中缓慢飘下来的轻纱。被风一吹，水花便像烟雾一样，灵动地向四处散开。倒是瀑布下的潭水，更加引人入胜。潭水像碧玉一般清澈透明，石头清晰可见，鱼儿自在地游来荡去。水珠落到潭里时，溅起一朵朵细小的花纹。鱼儿早就习惯了从天而降的甘霖，丝毫没有受到惊扰，浑然不觉地沉醉在自己的世界里。

李平漠拿着新买的尼康广角相机，对着山下的淙淙溪流，峭壁上的栈道，山谷中狭长碧绿的小湖，山涧边的野花，一路照个不停。照相的时候，还是像从前一样，他要求宛溪作为大自然的陪衬出现在照片中。不知是否是受到自然风光摄影领域有极大影响力的安塞尔·亚当斯的熏陶，李平漠极少把宛溪放在照片的正中。除了以她作为主角拍摄的照片，在从前的大多数照片中，她都是作为一个小小的人，出现在照片的某个角落，是一个不起眼的背景，占绝对主导地位的总是大片的好山好水好风光。如果把一张照片分割成三个部分，宛溪最多是照片的三分之一。有时候，她的身影更小，就是大自然的一个陪衬。尤其是处在浩瀚的大海旁边和辽阔的天空之下，她显得更加渺小。以前，她觉得那些照片很有意境。现在想来，照片中的她是那么孤独，连一只沙鸥都不如。

宛溪看着满地的落花，听着隐隐的水声，突然想到一个问题。李平漠如此热爱旅游和照相，为什么她从来没有发现一张马小姐的照片？难道他们在一起一年多的时间，从来没有去哪里玩过？就算李平漠刻意回避，马小姐也会想办法制造机会吧！或者，李平漠也给马小姐照了很多照片，只是全部收藏起来了，没有在家里面留下任何蛛丝马迹。但是，把痕迹处理得如此干净，根本不像李平漠的为人。再说，就算他真的万分小心，把所有的"罪证"都消灭了，马小姐也很容易留下一些东西"栽赃"他。宛溪边走边想，不知不觉间，走到了一个仅可容人站立的狭小洞穴中。她抬头看着顶部的一线光，感觉自己完全被困住了。

在黑暗的洞中摸索了一会儿后，她走了出来，正看到李平漠在出口处等她。他们一起继续前行，到了一片平坦的腹地，看到了一个摆摊算命的老头。他怡然自得地坐在一截枯树根上，面前的小桌子上有两个石块，下面各压着一条白色的布，一条白布上面写着"相面""测字""算命"；另一条上写着"预卜吉凶""预测感情婚姻"。

雁荡山的游人不多，在转了无数个弯的山中腹地更是静悄悄的，没有一个人，不知算命的老头为什么不把摊位摆在比较热闹的入口处。他在这样一个僻静的地方，一天也难得有几个人从此路过。就算路过，愿意找他算命的人也不多。老头坐在空荡荡的深山里，如果不看布条上的字，根本不知道他是一个算命的，倒是更像一个守株待兔的人。

宛溪从来没有算过命，并非完全不迷信，只是觉得如果是命，反正也逃不掉，何必去算呢！对于朋友口中的命相大师，她也没有兴趣，因为她不相信一个素不相识从未谋面的人能够为她指点任何迷津。李平漠对此类东西更是嗤之以鼻。可是，此时此刻，她完全迷失了。内心深处，她强烈地需要一个能够看到未来的水晶球。无论这个水晶球以何种方式出现，是真是假，她都不在乎。而且算命的老头以这样的方式出现在她眼前，本身就有些奇特。

她停下来，站在老头面前。李平漠想拉她走，她纹丝不动。他无奈，只好随着她站住。大概老头等了很久，都没有看到兔子，所以处于半睡眠状态。朦胧中，他感知到两个人影，就睁开了眼。看到他们，立刻振作精神地问："想算什么？"

宛溪想也不想地说："未来。"

算命的说："这个范围太大了，就说说感情和家庭吧。"

连个路人都可以从宛溪脸上看出她心事重重，更不要说一个善于察言观色的算命人，所以她的命门一下就被找到了。

李平漠看着宛溪空洞的眼神，生怕身上所有的钱都被骗走，赶快问道："多少钱？"

算命的回答："三百。"

李平漠说："太贵了，便宜点。"

算命的刚想开口，宛溪没好气地说："你那么爱钱，去跟你的钱过日子吧。"

李平漠当然知道她的心思，就没有再说话。

算命的一看，更加笃定了自己的猜想。他问宛溪要生辰八字，这原本是个简单的问题，可是却难倒了她，因为她不知道自己在几点钟出生。这个问题只有母亲知道，当然，如果母亲还记得的话。然而，母亲从来没有对她提起过。宛溪报出自己的出生日期后，只能说忘了几点钟生的。算命的人已经想好了跟她说什么，所以也不介意。他用左手的大拇指在每个手指头上点了一下，然后对她说："你的感情之路不顺利，会遇到一些挫折。你的婚姻有一个很大的坎，是否能够过去，要看缘分。按理说你应该包容，不过你的个性太硬，很难这样做。过了这些阶段，就会海阔天空。不过，有一点必须记住，人命易算，天命难测。"

宛溪听他三言两语说到要害，还是挺吃惊的。接下来，算命的又说了一些好像是从书上搬过来的话。她没有细听，从随身的背包里拿了三百块钱给他，转身离去。

走出十几米后，李平漠看着一言不发、满脸阴云的宛溪，半开玩笑地说："这三百块钱太好赚了，说了一大通，没听到几个有价值的字，就是一些算命人的日常用语吧。以后我也可以摆个摊位，给别人占卦。如果遇到你这样的人，每次收费一百就行了。"

李平漠所言非虚，由于读书甚杂，他可以就观天象、房中术、黄白术等方面的问题胡扯一通。所以，有时他也会抱着《易经》研读。只是《易经》太过高深，很多东西说得玄而又玄，根本参不透。尽管如此，上街摆个摊位糊弄一下路人，他的水平还是绰绰有余的。不过，宛溪依然想着自己的心事，没有接他的话。

第五十章　最难堪的旅行

　　尽管雁荡山具备了云漠漠、雨蒙蒙、水清清、风徐徐等一切可以使人忘忧的因素，可是宛溪的忧愁一点都没有减少。相反，雁荡山之行是她认识李平漠以来，第一次觉得在旅行中居然可以如此寡淡无味，百无聊赖，甚至备受煎熬，度日如年。

　　强颜欢笑地玩了两天后，李平漠也失去了兴致，照片几乎都不拍了。他们都觉得无法再继续这样一场勉为其难的旅行，所以一致决定离开。晚上回到酒店，宛溪先去洗澡。她从卫生间出来时，李平漠对着电话，匆匆地说了一句："我再打给你，先这样吧。"

　　放下电话后，他有些不自然地看了宛溪一眼，然后低下头看着雁荡山的地图。她不用想也知道，刚才那个电话是马小姐的。她嘴上没说什么，但心中不由得一阵无名火起。

　　李平漠预感到宛溪一触即发的怒气，为了避免争吵，他去卫生间洗澡了。他进去几分钟后，电话响了，宛溪拿起电话，喂了一声，没有听到回应。但是，电话那端显然有人在仔细倾听。她气不打一处来，狠狠地把电话摔到一边，然后挂断。

　　李平漠洗完澡出来，看到宛溪的脸色比之前还要阴郁，便打定主意不招惹她，只想息事宁人。他默默地坐到自己的床上，随手翻着床头柜上的一本《温州指南》。

　　电话再次响起，李平漠接了起来，静静地听着，半晌都没说一句话。长时间的沉默后，他终于说道："我答应你的事一定会去做。至于其他的事情，我做不到，所以我从来没给你承诺过什么。就算你一天给我打一百个电话，也不能改变现状。你这样无理取闹，对小孩没有好处。我说过很多次，既然你决定要生，为了孩子，也必须保重自己，不应该再无事生非，自轻自贱。就这样吧，我明天就走了，方便的时候再跟你联系。”

李平漠说完后，率先挂断了电话。他想了想，又把电话拿起来，拔掉了电话线。

宛溪再也忍不住了，冲口而出："你们有完没完，到底要怎么样？才出来几天，电话打得这样密集。既然如此难舍难分，你就去守着她，等着做体贴的老公和现成的爸爸好了。"

李平漠本来就心烦意乱，听着她这些没头没脑的话，没好气地回道："你明明听到我跟她说的话，根本就是两回事。你怎么如此不讲道理呢！"

宛溪更生气："你当着我的面，当然跟她这么说。谁能保证，你们在我背后不是浓情蜜意？"

宛溪的话音还没落，李平漠愤怒地打断了她："只怕从今以后，你就要开始诛心了。在你的眼里，我已经变成一个口是心非的小人！我从来不是这种人，也永远不会当面一套，背后一套。你什么时候开始学会歪曲事实了？你这样侮辱我，有意思吗？"

李平漠的强硬激起了宛溪更多的怒气，她不假思索地说："你不是已经在我背后玩了一年多两面三刀的把戏吗？居然还大言不惭地在这里说自己如何光明正大？"

李平漠摒弃了往日他们吵架时沉默是金的原则，恼怒地说："我不想在你的背后玩什么把戏，也不想欺骗你，但是我实在没有办法开口跟你说这个事情。我不是刻意在你离开时，去寻找另一个女人，我是喝醉了才莫名其妙和她在一起的。我一直都想了断这个关系，只是行动不够坚决，所以才越来越糟，最后发展到不可收拾的地步。尽管违背了我的初衷，但事已至此，也只能接受现实。从离开成都到现在，我出来已经十几天了，只跟她通过两个电话，而且都在你的面前，因为我不想再背着你和她往来。她是一个孕妇，情绪比以前更加不稳定，你为什么不能体谅一下？你如果总是这样不依不饶，揪着不放，对大家都没有好处。"

宛溪正在气头上，她无法接受李平漠为自己辩解，更不能容忍他恶劣的态度。她想到不久前独自看过的红白蓝三部曲，退休的老法官和法律系的大学生都曾看到自己的女朋友和别的男人在一起，老法官的描述简单干脆，直奔主题："她张开白色的双腿，夹着一个男人。"于是，她冲口而出："你们两腿张开，互相夹着对方时，不是很开心吗？了断关系从何谈起？"

此言一出，让李平漠大为光火，宛溪几乎看到他头上的熊熊火苗，闻到了一股焦糊的味道，头发都要被烧光了。然后他们开始了一发不可收的真正吵架。两个人各不相让，都是越说越气，越来越失态，说出的话自然也是一句比一句难听。到最后，就是比谁的声音更大，语气更凌厉，词句更尖刻。这是他们确定关系后，最大的一次争吵。从前，虽然也有吵吵闹闹，但确切地说，都是宛溪在无风时非要起浪。不过她也是点到为止，没有说过伤感情的话。对于宛溪的小女人作态，胡搅蛮缠，李平漠从来没有放在心上，也没有真正计较过，最多是冷处理几个小时，又和好如初。不过，这一次，两个人都翻脸了。他们搜肠刮肚地想着怎么样才能伤害对方，怎么样用冷酷的语言把彼此置于死地。直到他们把脑袋中记得的所有刻薄话都说尽以后，气得再也说不出话时，李平漠终于摔门而出。

宛溪趴在自己的床上，捂着被子大哭了一场，悲痛欲绝。最终，心力交瘁地倒了下去。李平漠天快亮才回来，和衣倒在他的床上，一言不发。

第二天下午，宛溪红肿着眼睛，李平漠铁青着脸，谁也不看对方。他们像坐在同一部车上去赶飞机的两个陌生人一样，一句话都没有。直到分手的时候，谁都没有率先打破僵局的愿望。

宛溪带着满腹的伤心和委屈回到了学校，李平漠怀着一肚子的不甘和愤懑去了成都。

第五十一章　物是人非事事休

　　范冷辉和田展还是形影不离，看书累了的时候，就去旁边的小店买两碗热乎乎的豆腐汤、豆浆、豆花或者花生汤，暖暖地喝下去。张彤忙着写论文，在论文完成之前不会回单位上班，也不会回家，她和老公的关系越行越远。简芬依然把生活安排得井井有条，放假时和男友两情相悦，开学后也不耽误和法师谈经论佛。冯菲还是对杨剑呼五喝六，他总是安之若素。不过，杨剑信服她也是有道理的。冯菲充分显示了自己的天分，在绝大多数人按部就班、点灯熬油地查资料、写毕业论文时，她从头到尾只用了九天时间，就写完了几万字的论文。一时之间，很多人说起她时，只有四个字：如有神助。看来，在冯菲身上，终究还是天才的成分多一些。她的疯狂是因为同道中人太少，找不到知音，过于苦闷造成的。冯菲写完论文后，就和杨剑加入了一个气功组织，然后一帮人跑到漳州的灵通山去修行，内容有感悟、放空、辟谷、尝试打通大小周天。尽管冯菲没有练出头顶冒热气的功夫，也饿了好多天，不过回校以后还是神采飞扬的。估计再待下去，就要得道成仙了。

　　宛溪认识的每个人都没有改变，在自己的天地里和风细雨或翻江倒海地尽情折腾。学校的生活还是一如既往。可是在她的眼里，一切都不同往昔了。如诗如画的校园，失去了浪漫的色彩。井然有序的学校生活，早已乱七八糟，没有任何规律可循，她时常过着颠三倒四的日子，晚睡不起，或者整夜无眠。幸好论文已经写完了，否则她根本很难集中精神写什么长篇大论的东西。

　　系里依然要求硕士和博士每周去开一次会，宛溪没有像以前那样开完会在系里等李平漠的电话。每次开完会，她都是第一个离开。她担心自己控制不住在电话中和他吵架，或者痛哭流涕，然后全系的人都会知道她的境况。所以，除了非去不可的时候，她尽量避免去系里。大部分时间，她一个人坐在无人的角落，默默地流泪。

李平漠回去两个星期后，怒气渐渐平息，打电话到系里，但是宛溪不在。她平复了心情后，决定给他回电话。学校里有几个公用电话的摊位，可以打长途。可是，所有的摊位都是露天的，而且永远都有人排队，没有一点隐私性。如果平时没有什么事情，简单聊天倒也无妨。不过，以她和李平漠目前的现状，随时都会出现一言不合乱摔电话的情况。大庭广众之下，实在尴尬。所以，宛溪到学校外面的邮局给他打电话。邮局里有两个电话亭，可以把门关起来。但是邮局准点上下班，也常有人在边上等着，因此电话也不能够打太久。

宛溪把自己关在邮局的电话亭里，给李平漠打电话。刚开始，他们都不想剑拔弩张，试图缓和一下在雁荡山的不快。然而，越是刻意，便越不自然。很快，两个人都卸下了面具。有意无意之中，话题又转到了马小姐的身上，这已经成了他们之间绕不过去的障碍，解不开的死结，挥不去的风险，斩不断的桎梏，结果当然是话不投机。面对面吵架时，可以看到对方的表情，愤怒的时候，可以瞪着眼睛消灭对方。实在吵不动了，嘴上又不愿意认输的话，可以用肢体动作缓解一下。然而，在电话里面吵架是完全不同的。通过语音语调，想象着对方的粗暴狰狞，丑陋不堪，只能激起更大的反弹，没有任何缓冲，剩下的只有歇斯底里了。这比面对面更伤人，也更加难以释怀。

宛溪了解李平漠，知道他不会认错。不过，她没有料到他如此不讲道理，而且蛮横强硬，完全像一个独断专行的皇帝。不幸的是，宛溪也不会示弱，面对强权时更是如此。就算她真的是他众多后妃中的一个，只要抗争，就会被废除封号或者打入冷宫，她也不会唯命是从。

自从在雁荡山和宛溪吵得天翻地覆后，李平漠非常郁闷。隔了半个多月，他想两个人都应该平息了。没有想到，电话中吵得还要暴烈凶猛。接连的不快和苦恼，让他异常堵心和烦忧。他认为婚姻是最大的承诺，所以他用行动向宛溪表明了自己的诚意。没有想到，他们在婚后吵得如此激烈。

他曾经因为和马敏的事情，非常愧疚，一度不敢面对宛溪，更不想伤害她。所以，他竭尽所能，希望这件事情静静地来，悄悄地走。他从来不让马敏到他住的地方，一是担心她会在家里留下痕迹，被宛溪发现；二是怕她来了就不走，他可不想在自己家里和她住在一起。为此，马敏和他不知道吵了多少次。尽管她经常提议和他出去玩，可是他从来没有以旅游的方式和她一起出过门，也没有为她照过一张相。他知道自己对不起宛溪，所以虽然身体出轨了，还是想坚持住自己能够把控的东西，就是为了减少心中的内疚。其实，他也无法接受自己这偷偷摸摸的生活。和马敏莫名其妙地开始，并非他所愿。因此，他一直想的都是如何尽快结束和她的关系。虽然事与愿违，但他还是守住了最重要的底线——婚姻。无论马敏如何千依百顺，又寻死觅活，他自始至终都没有答应过跟她结婚。现在既然已经跟宛溪结婚，他不想像以前一样在心理上依然背负着马敏的包袱。除了不能和马敏在一起生活，其他的事情他都可以做。再说，到了这个地步，马敏也不会再找更大的麻烦了。所以，孩子虽然是个难题，但是只要宛溪理解，他相信自己能够处理好这个问题。可是，如果宛溪不能从马敏的事情中走出来，不能够放下他和马敏的过往，那么他不知道如何继续他们未来的生活。

宛溪没有和李平漠探讨过一纸婚书的重要性，他们甚至都没有慎重地商量过结婚的事情。所以，她不知道在李平漠的心里，婚姻有着多么重要的意义。

两个情商不高、没有玲珑心的人，平时相处起来比较简单快乐。可是，真的遇到事情时，这个短板是致命的。尤其是两个人都倔强，不愿意低头的时候，只能僵持着。

宛溪不想让任何人知道自己遭遇的事情。她在所有人的面前依然强颜欢笑，努力装作什么都没有发生。她不是刻意地隐瞒什么，但是当她生活的天空突然坍塌时，她绝少向外界寻求帮助。即便要寻求帮助，也要能够找到才行，而她深知没有任何人可以提供真正的帮助。所有的心理磨难、心路历程都要自己一步一步走过。无论跟谁诉说，都不能解决问题，只是给别人增加一个茶余饭后的谈资罢了。

她和李平漠似乎变成了路人，谁都不联系对方。宛溪最常做的事情就是无声地哭泣，她不是一个轻易流泪的人，但是为了这件让她崩溃的事，这一生的眼泪似乎都流尽了。她常常想起离开南涧时，也曾痛哭流涕，那是割舍不下的亲情。那个时候，她也以为一生的眼泪都流尽了。她不知道，多年以后，会为了爱情如此伤神。亲情早就没有了，爱情也不知道在哪里，眼泪成了表达悲伤的唯一方法。每次以为眼泪要流尽时，又会有新的理由出现。反正眼泪就是水，世界上有无数的大江大海，眼泪的资源是取之不竭的。

一天晚上，宛溪像往常一样，坐在忆绮广场的一隅。她望着弯弯的石阶看台、白墙飞檐、宏伟巍峨的会议中心，这些异常熟悉的东西让她非常留恋。

她无数次地坐在忆绮广场的某个台阶上，看生龙活虎的男生踢球，情到深处的恋人执手相依，奋发图强的莘莘学子捧着书本。就在寒假之前，她还来这里对着不远处的红色琉璃瓦出神。李平漠来学校时，也在这个地方照了好多相。以前，她想的是离校以后，如何把这些美好的回忆刻在脑海里，从来没有悲哀的时候。可是此刻的宛溪，刚坐下不久，眼前的一切就变得模糊，她的眼泪不受控制地流了出来。她任成串的眼泪滴到脚下的石阶上，也不去擦拭。因为擦了也没有用，只会流得更多。内心里，她不想变成多愁善感的林黛玉。但是，她真的不知道自己眼中能有多少泪珠儿，也许就真的能够从春天流到夏天。泪眼朦胧中，她看到一个影子印在流过自己眼泪的石阶上。她对影子没有兴趣，头都没抬。但是因为受到打扰，她准备起身离开。刚想站起来时，就听到一个熟悉的声音："你怎么了？为什么这么难过？"

宛溪没有说话，依然低着头，董禹晗在她旁边坐了下来，这是开学后他们第一次见面。她不想让他看到自己满脸的泪水，便把头埋在了腿上。她在裤子上把眼泪擦干，然后抬起头来，又用衣袖在脸上抹了几下。她觉得很尴尬，不想这样和他坐着，尽量平静地说："我没事，刚才想到从前的一些事情，一时之间，有些伤感，不好意思。我还有事，先走了。"

宛溪说完话，准备站起来。董禹晗轻轻地拉住她的胳膊说："你不用伪装了，我已经看到你哭很多次了。是因为李平漠吗？有什么不可调和的矛盾？"

听到他的话，宛溪好不容易憋回去的泪水再次夺眶而出。她一言不发，也无法遮掩，只好任涕泗横流。董禹晗默默地坐着，过了一会儿，他从口袋里掏出一些卫生纸递给她。她接过来擤了鼻涕，擦去了泪水，强忍着心头的痛楚，漠然地看着石阶下面安静的运动场。

董禹晗轻声说："听彭晓鸥说，你们结婚了。既然已经是一家人了，如果有什么误解，应该开诚布公地谈一谈。你把自己包裹起来，整天躲在某个角落哭，肯定于事无补。如果把你这段时间所流的眼泪收集起来，可以变成另外一个长天湖了。你再这样下去，我们学校都要被淹了。"

被他撞破心事，宛溪本来就觉得狼狈，听他半开玩笑地试图安慰她，更是难堪，于是只能沉默着。董禹晗见状，继续自说自话："我不知道你们之间发生了什么，但是看你的样子，肯定不是一件小事。不过无论发生什么，都要交流。两个人相处，总有一方要妥协。如果大家都闷着，未知数会逐渐增加。

未知数多到一定程度，且在一切范围之外的话，就会变成很多无解方程式。解不出来的题目越多，考试成绩就越差。补考的机会只有一次，再考不好，不是留级，就是退学。作为一个好学生，这应该是你极力避免的后果。"

董禹晗嘴上说得风轻云淡，其实看到宛溪那么痛苦，他心如刀绞。他很想揽她入怀，轻吻她红肿的眼睛，抚摸她消瘦的脸颊，以慰藉她悲伤的心。但是，理智告诉他，这种时候，千万不能有任何不恰当的举动。他喜欢宛溪，不过她心有所属，无法强求，他只能远远地看着她。那次无法抑制的表白后，他们几乎连普通朋友都没法做了。现在，他更不能在她脆弱的时候去扰乱她的心绪，给她徒增烦恼。

宛溪听着董禹晗的话，若有所思。虽然所有的道理她都明白，但从另外一个人口中说出来时，就显得格外理智。她由衷地对他说："谢谢你！我们遇到一些事情，一时之间，不知如何处理。你不用担心，我会争取解开方程式，准时毕业。"

听到她这样说，董禹晗的心情非常复杂，不知是高兴还是难过。

第五十二章 找工作

李平漠在成都参与了高甫做的一些工程，他想以此为契机，开始合作。他简单地认为，凭着两人多年的交情，一起做事应该很容易。他住在高甫家里，大部分时间和他同进同出。

虽然他因为和宛溪的矛盾烦恼，不过，为了避免更大的争执，他决定把冷处理的时间拉长一些。好在平时有事情做，而且他又比较投入，所以时间也过得很快。

不论宛溪是否想"准时毕业"，毕业的日子也越来越近，很多人都为了工作的事情忙碌着。张彤回原单位上班。范冷辉可以有更好的机会，但是由于儿子和父母的缘故，她还是决定回到那个熟悉的地方。田展想去范冷辉所在的城市找工作。简芬靠着年樱，工作无须发愁。查湘想去北京，窦殊逍无所谓，只要和查湘在一起就行。赵凝暮和女朋友都要去深圳找工作。有些定向委托的研究生想和原单位脱离关系，重新找个满意的工作，但是彭晓鸥不在此列。毫无疑问，她是自愿回原单位继续上班的少数人之一。冯菲决定去深圳找工作，不过与楼英无关，只是因为深圳一片繁荣，很多人都想去。

贝仞信和邱驰也想去深圳工作，莫香诗和巴珊都决定跟随男朋友一起过去。杨萍因为男朋友在咸阳，并且马上就要结婚，所以没有选择，只能联系咸阳的单位。韩国栋和张荣都想留校，但是都牵扯到老婆的工作问题，一时半会儿想把老婆调过来，也非易事。所以，两个人都有些举棋不定。黄玲决定去广东，但是不想去深圳。因为她十几年都没有离开过大学，所以还是想去大学工作，而深圳只有一所大学，不是理想之地。思前想后，她选择了高校众多的广州。

决定去外地找工作的人，很多都走了。

宛溪看着大家忙得不亦乐乎，也开始认真思考要去哪里找工作。突然之间，她觉得任何城市对她来说都是一样的。十八岁以前，她生活在城乡接合部的小镇，除了赶集的时候，街上没有太多喧嚣，安宁闲适就是小镇的代名词。在子弟学校上学时，每年都会去西安春游秋游，那是她在十二岁以前去过的最大城市。不过，繁华的都市没有给她留下太多印象，就像小时候第一次离开南涧去县城一样，除了人多车多，街道宽敞，房屋密集以外，她感受不到更多的新意。后来，在西安读书居住，她依然像以前一样，平静地生活。第一次去成都时，满脑袋都是吃的，对城市本身没有特别的感受。如果把成都大街小巷的吃食搬到另外一个城市，她不会觉得这个城市跟成都有什么差异。再后来，辗转了几个不同的城市，她都找不到归属感。

一个人对城市的感情和爱情刚好相反。很多轰轰烈烈的爱情都始于漂亮的外表，在没有任何了解时，一个男人只会对看上去惊为天人的女人朝思暮想，可日子久了，容貌的吸引会逐渐淡化。城市则不同，只有住下来，有了感情，心生热爱，才会觉得它美，才会在离开以后，一直怀念它的好。所以，很多人都会夸赞自己生活过的城市，但不会饱含深情地谈论一个陌生的城市多么好看。对于蜻蜓点水般走过的漂亮城市，大抵只会从一个旅游者的角度描述它们的特色。

读完《看不见的城市》以后，众多的城市像一团麻一样塞在宛溪的脑子里，完全理不清楚。反复品味后，书中所创造的五十五座城市就变成了"一个人在荒野驰骋很长一段时间后，他会渴望一座城市""欲望已经成为记忆""诡谲的城市，拥有时而恶毒时而善良的力量"。她不知道哪个城市好看，但现在面临毕业，她确实应该好好考虑一下到底要去哪里工作。也许以后的岁月，都要在那个地方度过。然而，细想之下，没有一个城市能够让她魂牵梦绕，难以割舍，激起她非去不可的强烈愿望。因为大多数人都选择了广东，最后她决定随大流，先去大家最向往的深圳。

做好决定后，她给李平漠打了个电话。因为将近一个月没有联系了，摸不透对方的心思，两个人都显得有些不自在，说起话来，也格外小心，生怕碰到雷区。

听到宛溪要去广东找工作，李平漠的心里有些不愿意，但是两个人目前的关系如履薄冰，多说一句话都会引起不快，所以他决定保留意见。他摆出以前那种一贯不干涉的态度说："随便你吧，我去哪里都无所谓。你工作单位确定以后，我过去就行了。"

因为两个人一直冷战，所以宛溪没有跟李平漠商量工作的事，独自做了决定。她原本以为他会有反对意见，毕竟找工作是一件大事，她自作主张，连招呼都不打，还是有些不尊重他。听到他这样说，觉得自己有些任性。不过，既然李平漠不干涉，她就心安理得地和贝仞信、莫香诗、邱驰、巴珊、冯菲和杨剑一起去了深圳。

到了深圳后，几个人开始分头找工作。因为来之前已经做了规划，贝仞信和邱驰很快把政府机关作为首选，莫香诗和巴珊想去同一个公司。冯菲的目标很明确，要进银行或者证券公司，杨剑无所谓去哪里，一切以她为重，他只要有个工作就行。

兰若大学也算名校，除了杨剑一个本科生，所有的人都是硕士，而且专业也不差。所以，总体说来，找工作的事情非常顺利。在深圳待了一个多星期后，除了宛溪，所有的人都有了意向单位。

虽然宛溪认为任何城市对她来说都没有特殊意义，不能够让她牵肠挂肚。可是，深圳像极了鼎盛时期的海口，城市的布局、格调、建筑，都让她想起海口。由于气候相似，连花草树木都几乎一样。走在深南大道，就好像回到海秀路，只不过这里长了一些。很多地方都在施工，坐在小巴上面，闷热的车厢里，灰尘扑面而来，迎着刺眼的阳光飞舞成一片耀眼的白色。

海口自从萧条以后，尽管气候没变，但各种氛围都仿佛进入了漫长的寒冬。深圳却始终处于一片火热的炎夏之中，根本没有降温的迹象，早已成为一个全面发展、富有活力的城市。看来，当初那位老人在南海边画圈的时候，始终把深圳放在圈内。所以多年以后，很多毕业生都把深圳作为找工作的首选之地。

宛溪的想法有些不同，在海口生活了几年，从心理上说，她想换一个不同的环境。再说，来之前，她也没有想好到底要找什么样的单位。

她在深圳漫无目的地转了几天，和原佑、任莳见了两次，他们已经在半年前结婚。原佑很喜欢自己的工作，说这个行业会红火很长时间。证券业早已不是宛溪当初在海南时那样的状况，股票也早已成为人们通宵达旦排队购买的宝贝，李平漠再也不用劝同学购买单位的原始股，像她以前那样在地摊上买股票的事情说起来都像无稽之谈。

深圳的股市热早已闻名全国，很多人专职炒股，原佑进入这样的朝阳行业，机会颇多，一个不小心就能够让身家暴涨。他在公司做得有声有色，如鱼得水。宛溪对任蓍半开玩笑、半认真地说："以你们家原佑的踏实和勤奋，再加上入对了行，在不久的将来，他肯定会成为深圳最耀眼的新贵之一。你就等着数钱数到手抽筋，安心当阔太太吧。"

听到宛溪的话，原佑颇为得意，对任蓍说："阔太太，好好伺候你老公，别让新贵跑了。"

任蓍自信地说："如果你想走，家里的大门随时为你敞开，只怕你永远走不出我们家门口。"

原佑没有说话，憨厚地笑了笑。

张彤的单位成立了策划投资部，她几个月前申请调过去。待遇比以前高了很多，可这并不是她追求的目标，主要是因为这个部门的工作很忙，可以让她从个人生活中抽离出来。她老公的生意依然在走上坡路，可是两个人的隔膜还是清清楚楚地摆在那里。他们已经买了三套房子，一套离张彤的单位很近，一套靠近老公的公司，还有一套挨着一个有名的小学，说是以后给他们的孩子上学用。

第五十三章　不期而遇

宛溪和陆廷已经四年多没有任何联系了，他们谁都没有想到居然会在珠江边一个具有八大山人情怀的餐厅碰到，两个人都感叹世界太小了。陆廷简单地问了宛溪的情况后，约她第二天上午到附近的一个茶餐厅详谈。

表面看来，宛溪此行的主要目的是找工作，其实内心里她一片茫然。不过既然工作的事情已经确定，她倒是完成了一个任务，下一站去哪里也不重要，在外面多游荡两天也行，但最终肯定还是要回学校的。由于和陆廷意外相逢，仿佛又有了一件可以让她忙碌的事情。过了又一个似睡非睡的夜晚后，她简单洗了把脸，就去了茶餐厅。陆廷已经坐在里面等她。

陆廷的外表和四年前差不多，一张略长的脸，浓密的剑眉，深邃的眼睛，高挺的鼻梁，薄薄的嘴唇，洁白整齐的牙齿。他依然梳着整齐的头发，穿着干净的衣服，整个人显得神清气爽。

宛溪在陆廷的对面坐下后，他盯着她看了一会儿，开门见山地说："你这几年到底怎么过的？为什么如此憔悴苍老？当年你在船上吐得一塌糊涂、死去活来时，都比现在的样子有神采。李平漠对你不好吗？"

宛溪猝不及防，怎么也想不到陆廷的开场白如此直截了当，像一把利剑，直刺她的心窝。转念一想，和陆廷认识以后，他对她从来就是这种说话风格。只是太久没有联系，突然之间她有点无法适应。但是，他的这几句话把她的心事全部挑了出来。

自从和李平漠大吵兼冷战后，宛溪经常失眠、掉头发，一直正常的月经也开始紊乱，实际上是突然停经了。很多个晚上，她无声垂泪。由于担心被宿舍的人发现，天还未亮的时候，她便起身离开，躲在校园的某个角落独自舔舐伤口。她像祥林嫂一样，无数次地在心里问着为什么这样的事会发生在她身上。一个没有亲情的女人，难道连爱情也不能拥有吗？还要趟过多少激流险滩，才能到达快乐的彼岸呢？或许，她也会变成一个"生无家，爱无果，死无墓"的三无女人？

宛溪无意识地留下了眼泪，陆廷柔声说："好好跟我说说你这几年的生活状况。你研究生都要毕业了，当初的愿望，通过你的努力，已经变成了现实，生活应该是顺风顺水的。我无法猜想，到底发生了什么事情，让坚强的你这么难过。"

面对陆廷关切的询问，宛溪的心理防线瞬间崩溃。她没有丝毫犹豫，把所有的事情和盘托出。这是她第一次跟外人诉说所有的事情。也许是因为憋得太久了，已经到了能够承受的极限。如果陆廷不出现，她可能要去找个树洞说了。说完以后，她有种如释重负的感觉，一直紧绷着的神经也松弛了。由于很长时间睡眠紊乱，严重缺觉，她很想找个地方好好地睡一觉。

陆廷听了以后，半晌无语，然后郑重其事地说："李平漠是个很不错的人，虽然我不是很理解你突然结婚的决定，但你毕竟有了归宿，是好事，我也放心了。就像当年看到你们在泰华酒店手牵手走进来一样，我虽然很失落，但还是替你高兴。说实话，如果不是他，我肯定不会轻易放弃的，一定会力劝你到上海念书。这么多年，我虽然没有跟你联系，但时常会想起你当年清纯如水的样子。可是，昨天，在餐厅看到你，一开始，我都不敢相信是你。宛溪，听大哥一句话，无论发生什么，都要爱惜自己。你如果继续这样折磨自己，再过四年，我肯定不认识你了。不要怪我说话难听，大部分男人都是视觉动物，不能否认女人容貌的重要性。我知道你自强自立，鄙视以色侍人的观念。但是，如果你愿意面对现实，冷静地想想，就应该承认，如果你貌若无盐，李平漠肯定要克服很大的心理障碍，才能够和你谈恋爱，而我也不会对你念念不忘。你想想自己身边的丑女孩，有几个人是情路顺畅的？"

宛溪默然地听着这些意料之外又在情理之中的话，心中百转千回。陆廷大概觉得说得太沉重，稍作停顿后，带着一点调侃的语调继续说："也许，你觉得我说了一堆不着调的话。其实，我的中心思想是希望你保重自己，不要再沉沦下去。反正还要活下去，快乐是一天，痛苦也是一天，何必终日愁眉苦脸呢！谁都不愿意整天看一张苦瓜脸，听哥哥的话，不要自暴自弃。你这样下去，于己于人都没有丝毫益处，你这么聪明，应该知道如何杜绝损人不利己的事情。记得我第一次看到你的时候，说你不成人形，那是开玩笑。可是，现在的你确实在朝着这个方向发展。成为一个年轻的老太婆，也不是你的梦想吧。"

从时间上说，她和陆廷认识多年，但是真正的交往，极其有限。她也隐约觉得，当年的陆廷对她是有意的，只是他什么都没有说的时候，她已经和李平漠在一起了。他们之间那点落花流水的情分就像云一样，还没成形就散开了。没有想到，多年以后，在他们完全没有任何可能性的时候，他反而表达了心中的一点执念。由于心中的郁结和垃圾已经全部倒给他，宛溪不再狂躁，终于有了一些久违的平静。她理智地听完他的长篇大论，不好评论其他事情，只问了一个大多数女人都无法回避，异常关心的问题："我现在真的很丑吗?

陆廷毫不避讳地说："你别生气，老了很多。我是为了你好，所以实话实说。衰老大概和你这段时间伤心过度有关，只要心情好了，肯定是能够调养过来的。可是，也许在炎热的地方生活太久了，你的皮肤比以前差了很多，既黄又黑，还非常干涩，没有一点光泽，根本不像你这个年纪的女孩。你以前又白又嫩，水灵灵的。皮肤是女人的第二张脸，你需要换个地方，把以前的好皮肤养回来。上海的气候可以把你的皮肤变好，如果你不是已经结婚了，我还是会让你到上海来的。很多男人都把婚姻看得很重，不会轻易给的，所以我说李平漠是个好男人。尽管他犯了错误，但他不是刻意的，而且到了后来，事情都失控了，他完全无能为力。你就当他以前离过婚，有个孩子。这么想，你就不会持续地难过下去，把自己折磨得人鬼不如了。"

最后的几句话，宛溪绝望的时候不是没有想过，但经过多番思想斗争后，都被否定了。第一次听人面对面这么跟她说，她还是想反驳一下。

第五十四章　婚姻和外貌

宛溪好像终于遇到了冥想中的对手一样，斗志昂扬地说："我也愿意这样想，但是完全无法说服自己。这怎么能一样呢？如果他是离婚的，所有的事情都发生在我和他之前。对我来说，他的那些事情是过去式，我可以选择是否和他在一起。可是，这个事情发生在我和他的进行时之中，是欺骗和背叛，对我是巨大的伤害。"

"你现在是已婚人士，要适应自己新的身份，不要那么认真。李平漠和马小姐发生故事的时候，你们只是谈恋爱，还没有结婚，男女朋友分手的机会远远大于离婚的概率。说得难听一点，在恋爱的时候，李平漠有权利去寻找另外一个更适合结婚的人。虽然说不以结婚为目的的恋爱，都是耍流氓，但很多男人都想在结婚前多耍几回流氓。"陆廷根本不给她辩论的机会，一直往下说："再说，你们身处不同的地方，一年见面的时间只有三个月。这样的情况，很多男人都会寻找机会勾三搭四。可是，你清楚地知道李平漠是如何陷入到这样一段抽不出来的关系中，你就当他不小心找了个性伴侣吧。无论怎么说，他都算男人中的上品。退一万步说，如果你当初没有和他在一起，我们两个谈了恋爱，而你也没有考到上海的学校，那么在我们两地分居的日子里，我不可能保证自己守身如玉。当然，以我的人品而言，也不会到处去拈花惹草。不过，如果碰到马小姐这样的，我所做的事情大概也和李平漠差不多。"

宛溪听着他真真假假地东拉西扯，已经失去多日的理性慢慢地回复了，开始寻找他话中的漏洞："听你这么说，那这几年肯定没闲着。说了半天我的事情，说说你吧。"

陆廷说："我刚才说了，我不是一个花心的人，但是男人嘛，对于送到眼前的艳福，通常都是把持不住的。这个世界上能有几个坐怀不乱的柳下惠？除非阳痿，谁能够时刻管得住自己的下半身。这几年，我有短暂的艳遇，也有长久一点的女性友人，但是还没有碰到想结婚的那个人。对于婚姻，我一直抱着宁缺毋滥的态度。"

宛溪听他一直强调婚姻，就问："一张纸真的能够让两个人的关系发生实质变化？有那么重要吗？感情就那么没有分量？"

"那不是纸，是名分。秦始皇的后宫有一万多人，留下三十多个孩子，和他有过密切关系的女人不说成千，肯定上百，可史书中没有任何这些后妃的记载。如果秦始皇立过皇后就不一样了，别的女人不敢说，这位皇后肯定会在历史上留下名字的。无论哪个女人，如果跟完成统一大业的始皇帝领了证书，那么史官肯定会写上几笔的。"

宛溪听到这个说法，不禁笑了，就说秦朝没有纸，所以秦始皇有心无力，想给也给不了。笑完以后，她突然想到纳兰性德在结婚之前和一个女子爱得死去活来，但是黯然分手，因为没有结婚，后人一直搞不清楚这个让纳兰魂牵梦绕的女子到底是谁。如果他们结了婚，自然就会有记载，这就是所谓的名分吧。不过，她还是执着地问："如果你和一个女人同居五年，最后分手了，然后和一个认识只有三个月的女人结婚了。两段感情，孰轻孰重？"

看起来陆廷对这个问题已经考虑了很多遍，他想都没想就脱口而出："如果我和一个女人同居五年，都不愿意结婚，那么这段感情肯定是有问题的，证明我还在犹豫，没有完全认可和接受她，心是浮着的。如果有机会，我是会飘走的。不要小看那张纸，对于男人来说，结了婚，心就定了。即使有些花花肠子，也会慎重考虑后果。每一段感情都有存在的理由，无法用轻重衡量。但是，没有婚姻的感情，好像无本之木，无源之水，只能是开在半空中的花。再美的花，都会凋谢，花枝也很柔弱，一阵风，一场雨，就会飘落一大半，变成绿肥红瘦。婚姻才是果实，可以一年一年地种下去，持续地开花结果。"

宛溪第一次和一个男人探讨感情和婚姻的关系，听了陆廷的论调，她对李平漠的举动多少有了些了解。她又问陆廷："我现在真的很丑吗？我的样子吓到你了？你真的觉得我应该换一个地方，不要继续待在天气炎热的地方？"

在她面前，陆廷完全不用考虑说出的话是否好听，随口答道："这还用说！你有多久没照镜子了？为了恢复以前你那吹弹可破的皮肤，最好找一个终年不见阳光的地方养个一两年。再说，你在海南生活过，现在又是广州，气候大同小异，总是同一个季节，还没腻烦啊？你不是经常背诵古诗词吗？如果继续看常绿植物，难道不会怀念'蔷薇花落秋风起'吗？如果长时间没有'碧云天，黄叶地'，花谢花飞的样子，总是少点什么吧。四季分明的地方多好，每个季节有不同的风景。最重要的是，你可以变白一点。"

宛溪知道自己的皮肤一直没有恢复好，暑假在海南暴晒，这几天又充分领教了深圳和广州大太阳的厉害，脆弱的皮肤的确经不起这么频繁的日光浴。但是陆廷说得这么直白，她心中还是有所震动。就像他说的，男人重视女人的容貌，也很少会有女人不爱惜自己的容颜。现实世界里，没有多少男人会爱一个女人备受摧残的面容，那不过是老年的杜拉斯描述出来的一种理想状态，或者说是她对于最美年华的追忆。她写下这句话的时候，一定想到湄公河畔那个穿着漂亮鞋子、戴着宽边帽子的十五岁少女，而不是"我已经老了"的现状。同样，奥丽维娅只见过薇奥拉一次，在不知她是男是女的情况下就爱上了她，当她的孪生哥哥西巴斯辛出现时，她把他当成薇奥拉，并且特意找了一个牧师，迫不及待地拉着西巴斯辛去附近的礼拜堂，在牧师面前立下山盟海誓，准备过后举行婚礼。奥丽维娅挚热的爱，让自己和西巴斯辛都神魂摇荡，可是她连爱的对象是谁都没搞清楚。这样的爱情，除了外表，还能有什么呢？连薇奥拉自己都说："一个又漂亮又靠不住的男人，多么容易占据女人家柔弱的心！"

奥丽维娅自己就是一个让公爵们疯狂的美女，可她依然爱上女扮男装的漂亮女人。女人如此，男人对于漂亮女人的追逐更是如此。

宛溪虽然没有把容貌作为最重要的事情，但是也绝对做不到毫不在乎。虽然她不漂亮，但是也算不上丑女。正因为没有达到影响市容的程度，她才能够虚伪地说"不在乎自己的外表"。如果她长得真的像笑柄一样的东施，那么她肯定会忧心忡忡，绝对做不到淡然处之。她认识一些样貌和身材都很差的女人，尽管有德有才，然而外界对她们确实不公平。所以，真正的丑女人，想不自卑都难。内心深处，宛溪当然不愿意变成陆廷口中的丑八怪。她想到李平漠建议她回成都，而成都正如陆廷所言，是个蜀犬吠日的地方，非常适合将养皮肤。

陆廷到广州出差，事情已经办完了，准备回上海。他看到宛溪的凄切之情少了很多，心中暗喜。当年，他看到她时，只觉得她有一种和年龄不相称的忧伤，同时又有种如水一般的坚毅和柔韧。几年以来，虽然音信断绝，但他一直希望她安好。乍然相逢，他的心中还是起了阵阵涟漪。李平漠的事情对于追求纯爱的宛溪来说，肯定是种无法言说的痛。他无法提供更多的帮助，只能开导他，盼望她早日走出阴霾。他清楚地知道，如果宛溪没有和李平漠结婚，他肯定会让她到上海找工作的。

陆廷要赶飞机，不能在茶餐厅久留，就拖着随身携带的小行李箱准备离开。临别的时候，陆廷就像当年在海口那样，紧紧握着她的手，心情复杂地说："不知道你这个研究生读得值不值得。"

第五十五章　内心的呜咽

　　和陆廷分手后，宛溪思绪万千，尤其是他最后说的那句话更是让她玩味不已。读书之后，她已经忘了读书之前的各种纠结，但是陆廷的一句"值不值得"让那些情景再次浮现出来。理智地说，应该还是值得的。如果不读研究生，她会心有不甘，是个永远的遗憾。李平漠虽然不会明说，但总是有些介意的，否则以他的个性，不会在有意无意间督促她去考试。也许唯一不值得的事情是离开了海口。当时她嫌弃海口的学校不好，骄傲地跟李平漠说："即使这里的学校有硕士点，我也不会去的。"可是现在她很希望在海口的某个学校就读，如果这样的话，她既完成了心愿，李平漠也会因为她多了个硕士帽有些小欢喜。最重要的是，她和李平漠就不用分离，那么他们之间肯定不会有个大着肚子的马小姐。简直一举多得，世间的美好都被她占尽了！可惜，生活从来没有厚爱过她。

　　以前和李平漠实地考察学校时，宛溪一直抱着要读一个好学校的雄心。当年路过厦门时，她一下就爱上了那个安宁平和的地方，有种安之若素的风范，不管外面如何喧嚣，都是一幅与世无争的样子。参观完厦门大学后，她确实动过去那里读书的念头，还曾经在这个学校和兰若大学之间犹豫了一番。如果不是因为有个当年没有读成兰若大学的情结，她多半会报考厦门大学的。客观地说，厦门大学的景致是独占鳌头的，而且名气也摆在那里。所以，城市和学校都给她留下了深刻的印象，也不止一次想起过。甚至在去广东找工作之前，她还曾经问过是否有人愿意去厦门，可得到的回应是厦门是个孤零零的半岛，交通不便，各种选择和机会都没有广东多。

　　陆廷在去机场的路上，此刻的宛溪却漫无目的。她走在繁华热闹的广州街头，又觉得应该去个交通不是特别方便的地方，把自己封闭起来才对。既然广州的大学已经给了她工作，如果想去厦门大学找工作，应该也不难。这么想着，她决定去厦门转一圈再回学校。

无论是厦门还是厦门的学校，都和她以前来时一样，鼓浪屿依然与世无争，静静地躺在那里。上次来时，宛溪和李平漠牵着手在校园内外徜徉，到处都留下了他们的足迹。如今草木一样繁茂，花叶竞相生长，南普陀的香火不绝，木棉、凤凰、三角梅、菩提树都按照自身的轨迹，遵循大自然的规律与天地保持和谐，一切都没有变化。

木棉的花期虽然很短，但是一点都不影响它摄人心魄的美。高大的木棉树上，丰硕红艳的花朵在几片嫩叶的衬托下，肆无忌惮地开着。就算落在地上，依然是火一样的热烈。女生宿舍楼下就有一棵木棉，女生们每天出门时经过，男生送女生回宿舍时也不会错过。由于人来人往，落下来的木棉花很快就被踩踏成一团花泥，整个水泥地面都被染成红彤彤的一片，像极了激荡人心的爱情。校园里有很多凤凰树，一簇簇艳丽的凤凰花穿在一起变成满树的辉煌，风姿绰约的羽毛状叶子映衬着红硕的花朵，格外妖娆。

宛溪心情复杂地走过几棵凤凰树，不敢抬头细看。都说凤凰非梧桐不栖，那么什么样的鸟才有资格落在漂亮的凤凰树上呢？这世上还有比凤凰更高洁的鸟吗？凤凰涅槃，浴火重生以后，是否配得上和它们同样名字的树呢？而重生的美丽是用自焚和肉体消灭的巨大苦痛换来的，这样的毁灭和新生，每五百年一个轮回。即使为了更加辉煌的美丽，也要有死不旋踵的勇气才能够每次都义无反顾地投入到熊熊火海。宛溪没有这样的勇气和胸怀。不累的时候，她可以多飞一会儿，捡根喜欢的树枝栖息一下。可是，疲惫至极时，她只想找根寒枝落下，睡上一觉，再做打算。她不敢也不想在优雅的凤凰树上挖个洞诉说一番，而且她已经过了跟树洞诉说的阶段。她不配在凤凰树上栖身，也无法在凤凰树下徘徊，所以只能转身离开。

走到鲁迅先生的雕像前。鲁迅先生两手相交，靠石而立，镇定地望着前方。以鲁迅的个性来说，他和诗情画意的校园是不协调的。实际上，他在这里只待了一百多天。由于各种不快，他非常孤独苦闷，还曾经在夜半无人时，偷偷地把尿从窗口泼下去。最后自然是和各方人物闹得不欢而散，愤而去了广州。鲁迅本来身材稍矮，但是雕像很高大，必须仰视才行。他的头发整齐，眼神一点都不犀利，长袍几乎盖住双脚，这一切都让他显得柔和，不是人们头脑中那个愤世嫉俗的形象。惟其如此，他才能够常年立在那里，供后人缅怀。如果鲁迅真的从雕像上走下来，和怀着崇敬之情瞻仰他的人共事，那么他的境况不会有多大改变。在世俗社会辛苦钻营的人，依然不会在意他的"呐喊"或者"彷徨"，他可能也是一百多天后就要逃离，重新回去做雕像，就像他自己说的："世事大概差不多，地的繁华和荒僻，人的多少，都没有多大关系。"

按照鲁迅的说法，哪个地方都是一样的，大学自然也不例外，什么情结和名声都是害人的虚无。宛溪彻底消除了没有在厦门读书的小小遗憾，而且这个美丽恬静的小城，阳光只比海口少一点，对皮肤肯定没有好处，所以在此地工作的想法也一闪即逝。转来转去，她的心中只有一个念头：管它什么学校，在海口读书是最好的选择。她不信仰任何宗教，但是此时此刻，她确实盼着有神灵能够帮助她。人在脆弱的时候，无论外界是否有那种说不清的力量，总是会怀着希冀。

南普陀的名声远远大过霞照寺，非常热闹，除了香客如流，还有不断涌入的游人。寺里似乎带着一种有求必应的氛围，就连李平漠这样一个彻头彻尾的无神论者，上次来的时候也在某种说不清、道不明的神秘力量感召下拜过菩萨。可是他去霞照寺时，只在里面走马观花地看了一遍就走了，丝毫没有倒头叩拜的意愿。

宛溪独自走进南普陀，看着进进出出的各色人等，升起了烧香拜佛的强烈愿望。可是适逢寺里有活动，无论是正殿还是小佛堂，到处都是人，想走到香炉前没有那么容易。宛溪很少执着于什么事情，看到香火这么旺，就跟自己说："这么多人朝拜，也不差我一个。"于是她走到外面，坐在根深叶茂的菩提树下，聆听着风吹过树叶的沙沙声，心里觉得异常宁静。只可惜，尽管她在树下静坐良久，仍与佛无缘，而且总有很多挥之不去的妄念执着，其中一个干扰就是她无法忽视菩提树旁边生命力无比旺盛的榕树，尤其是那些附着在其他树木上的榕树。这类榕树最可怕，它们粗细不等的各种根立在地面，和别的大树缠在一起，最后大树粗壮的树干变成中空，不知不觉间就被这些榕树绞杀而死。寺里和后面的山上都有这种为了自己而把别的植物置于死地的绞杀榕。后山上的绞杀榕寄生在其他树木上，并且很容易就能围住寄生树木，把它们全部勒死，留下自己笑看满山的三角梅。但是寺里的绞杀榕没有那么猖狂，不知道是不敢还是不能，它们从来没有绞死过一棵菩提树。

宛溪离开菩提树，去后山看形态各异的"绞杀现象"，到处都是宿主的无奈。寄生根中长出繁茂的新枝叶，挡住宿主的阳光；密密麻麻的寄生根在地下争夺养分。寄生树用这种上下其手的方式把宿主纠缠致死，然后它们在空洞的树干中挺拔地成长。绞杀榕为了把新的枝叶伸向空中而杀死远比它们茁壮的大树，残忍地赢得了生存的权力。宛溪对着满地枯死的树干，清楚地知道自己做不了绞杀榕，也成不了菩提树，美丽的凤凰花她够不着。她甚至连木棉的短暂灿烂都没有，却只能像开过的木棉花那样落下来，留下满地的血红，那是无尽的创伤。没有根基，到处攀援的凌霄花肯定是悲剧，但是因为绞杀榕的存在，高大的木棉也未必就能傲然独立。

　　李平漠对浅显清新的抒情诗没有太多兴趣，所以在外面游玩时，他们经常各发各的诗兴。上次在同样的地方看到同样的景象时，宛溪和李平漠正两情缱绻。因为相爱的人时刻陪伴左右，她忽视了满地触目惊心的朽木，反而在山上念叨着一首流行的小诗：

　　　　我好像答应过你？
　　　　要和你　一起？
　　　　走上那条美丽的山路
　　　　你说　那坡上种满了新茶？
　　　　还有细密的相思树？

　　李平漠向来对她的小女人情怀不予置评，只是念着自己喜欢的句子："在这阴雨的日子里，狂风又在拍打翅膀的时刻，让我在你的身边得到宁静和平吧。"

　　虽然他们都引用别人的诗，但在当时的情境中，根本无须解释，这个你和我的指代相当明确。而今宛溪一个人重游旧地时，却不知道你和我到底是谁。她找不到答案，便也没有心思久留，于是两天后就离开了美丽又陌生的厦门，回到相对熟悉的兰若大学。

第五十六章　四处碰壁

很多想去北京工作的人都冲破简芬他们设置的防线，直接找到年樱。在校三年，年樱收获了很多虚实难辨的赞颂和前呼后拥，比在单位风光多了。就算再谦逊低调、修为良好的人，面对不绝如缕的仰望和讨好，都会不管真假，照单全收。日子久了，这些围绕在中心人物身边的人，慢慢就变成了亲信。年樱虽然没有刻意培养亲信，但是对于那些经常登门拜访，并且指明要去什么单位工作的人，只要她能帮得上，都不拒绝。既然年樱那么乐于助人，简芬当然是一个最大的受益者，年樱已经为她联系了好几个心仪的单位。

简芬去北京的单位逐一考察，要优中择优。张彤的论文已经完成，先回单位上班了，论文答辩的时候才回来。宿舍里只剩下范冷辉和宛溪两个人。范冷辉有时不回宿舍，她不说去哪里，宛溪也不问。但她知道，范冷辉肯定和田展在某个地方共度良宵。平时，宛溪和范冷辉算得上无话不谈，简芬和张彤不在的时候，她们经常在熄灯后开卧谈会，从周边的人和事，学校，人生，社会百态到各种价值观，都在谈话范围。但是，范冷辉不会正面说她和田展的事情，宛溪也从来没有和她提过马小姐。其实，明察秋毫的范冷辉肯定早就看出了她的不对劲，只是不问而已。似乎心有灵犀般，她们两个都保留着一点可怜的、不足与外人道的脆弱小秘密。

有时，宛溪一个人在宿舍。寂静的夜晚，熄灯以后，她躺在床上，默默地想着和李平漠之间很多的美好过往，怨气消解了很多。如果去成都工作，既顺了李平漠的意，也能够养好自己的皮肤，也算一箭双雕吧。想好以后，她给他打电话。李平漠自然非常高兴，生怕她又改变主意，让她赶快回成都找工作。

基于在广东找工作的经验，宛溪把去成都找工作的事情想得很简单。到了成都后，她直接去了心目中的理想大学。跟系里的一个负责人谈了以后，没有明确答复，让她回去等消息。过了两天，她收到电话，被大学拒绝了。吃惊之余，她本能地问为什么，打电话的人说："你本身没有问题，所有的条件都符合，但是系主任说你以前是大专，不是本科，被他否决了。"

自从大专毕业证在西安被偷走，宛溪都快忘记曾经读过的那所巴掌大的专科学校了。写简历的时候，按照固定格式，把学习经历按部就班地填了上去。她拿着这份简历，在深圳和广州招摇过市，从来没有人问过她专科的事情。现在猛然被提及，她自己都惊了一下。她很想跟系主任说，当年她也考上了本科，只是没有填好志愿，不得已读了大专。她自己已经为此事懊恼了很久，不需要多年以后再被他旧事重提。当然，她也只是想想。

宛溪又去了两个大学，还是因为同样的原因被拒绝了。她意识到，也许成都的风气没有广东开放，学校招人时，不但看今生，还要看前世。如果按照成都高校招人的原则，好多和柳棉一样的人都找不到工作。博士又如何，他不但没有读过本科，求学之路还是从中专开始的。他的前世更差！接连碰钉子，宛溪有些烦恼。

李平漠看她很沮丧的样子，就说："成都的条条框框比较多，必须要有人引荐。要不你也别老惦记着去大学工作了，稳定一点就行。以前听高甫说有个朋友在一个非常不错的单位，应该适合你，但想不起来名字了。我让他去找一下，这样的话，大概会简单很多。"

其实，自从和陆廷畅谈后，宛溪已经把工作地点作为首选。加上厦门之行后，她对是否去大学工作已经不再执着，之所以还是在成都的大学找工作，不过是个惯性。听到李平漠这么说，她一点都没反对，但她不愿意借用高甫的关系，想自己解决问题。李平漠不管她想什么，自顾自地让高甫去找他的朋友帮忙。

宛溪虽然逞强，但是一时之间也想不到好的方法。俗话说，人往高处走。由于珠三角的经济蓬勃发展，机会多，工资高，所以很多人都愿意去那里工作。以她身边的人为例就能看出这个动向，同时毕业的人十之八九都想去那里。而且在广东工作的师兄师姐遍地开花，似乎在哪儿都能碰到两个。可是成都恰恰相反，搜肠刮肚也想不出来几个，想找一个拐了十八道弯的关系都不容易。她思索半天，还是决定找黄玲。以前闲聊的时候，黄玲曾经说过有个校友在芙锦大学工作。校友名叫鲁豪，比黄玲大一点，以前在大学读书时，和她有过一段青涩朦胧的感情，只可惜由于个性原因，没能开花结果。宛溪跟黄玲同校三年，除了向她请教学术问题，也经常侃大山，说八卦，可谓亦师亦友，交情不浅。黄玲跟鲁豪这段未公布于众的情感是她心头的一抹夕阳，还没看清真容，就沉到山后面去了。她多少有点遗憾，所以也跟宛溪唠叨过。

宛溪别无选择，只好给黄玲打电话。黄玲说鲁豪已经不在大学工作，换了单位。她的动作很快，跟鲁豪联系以后说他现在这个单位也挺好的，不比芙锦大学差，让宛溪直接去找他。巧的是，高甫的朋友也在这个单位工作，他把联系的方式给了李平漠。但宛溪没有去找高甫的朋友，只给鲁豪打了电话，他说可以帮忙。

在成都找工作接连碰壁，宛溪有些灰心，就想先去单位看看再说。单位的历史有点悠久，围墙里面的院子还挺大的，不过全是一些四方块的楼房，整体布局单调乏味，倒是花坛里面的鸢尾花让她眼睛一亮。白色、黄色和蓝紫色的鸢尾花在院子里随处可见，肆意绽放，让她立刻想到梵·高的画，勃勃生机，艳丽至极。如果梵·高在此，面对任何一个角落，他都可以画出那幅拍出天价的《鸢尾花》。她又想到以前读完《梵·高传》后，为这个一生凄苦的灵魂心塞了很久。这不是小说中杜撰出来的悲剧人物，他实实在在地受尽了各种常人所不能忍受的折磨和苦难。后来她和李平漠讨论梵·高的生平，没想到他说："当初我看他在煤矿度过的那段岁月时，还哭了呢！"

她把几个花园里面的鸢尾花都看了个遍后决定，如果单位给她工作，她就留下。宛溪找到鲁豪，他把她引荐给了徐主任后就离开了。徐主任五十多岁，梳着中老年妇女最常见的齐耳短发，皮肤白里透红，显得比实际年龄年轻。宛溪一看到徐主任的皮肤，就艳羡不已。自从听了陆廷的一番话以后，她回到成都就开始仔细观察女人的皮肤。她以前没有意识到这个问题，细看之下才发现成都真是一个养人的地方。

徐主任看了她的资料，说应该没有大问题。又经过两轮面试后，徐主任说要人事处审核。在等待的过程中，宛溪难免有些焦灼，生怕又被拒绝，就半开玩笑半认真地问鲁豪是否可以把她引荐到芙锦大学，鲁豪说："哪里都一样。芙大的历史不长，而且也没有你的专业，去了只能教公共课，还不如这里呢。"

听了这番话，宛溪就在成都安心等待。几天以后，得到的消息是没有问题，让她毕业后去单位报到。

由于之前已经被三所大学拒绝，当有人说可以录用她时，她还有点不敢相信。她又给鲁豪打了个电话，让他在单位问一下。鲁豪很快回复她说的确如此，她才彻底放下心来。这个听起来不错的单位之所以不嫌弃她，应该有两个原因：一来它不是大学，没有把学校和学历当作首要考虑的因素；二是鲁豪的推荐至关重要，所谓的不看僧面看佛面吧。工作的事情确定以后，宛溪才想起来徐主任主管的部门好像和自己所学的专业关系不大。李平漠似乎也刚意识到这个问题，就问她不去大学教专业课，是否有点可惜。她仔细想了一下，觉得这个问题完全可以克服，反正她学的是文科，不存在丢掉专业的问题。再说，就算搞了专业，教书之余，她也只能写一些大话连篇的空洞文章，和鸿篇巨著肯定沾不上边，更造不出原子弹来。按照陆廷的说法，先把自己的皮肤养好再说，最好像徐主任那样，到了五十多岁，还有细皮嫩肉的紧致感。而且就算没有漂亮的皮肤，还有那些美得摄人心魄的鸢尾花呢。这么想着，她就决定去开满鸢尾花的地方工作。因为广州的学校还给她留着指标，所以她第一时间打电话给系里的负责人道歉。也许是看在她导师的面子上，负责人倒也没说什么。然后，她又给柳棉打电话。说明情况后，柳棉也没有责备她，但她自己觉得挺抱歉的。

李平漠听到宛溪最终留在成都，脸上现出了由衷高兴的表情。他几天前接到海南单位的通知，告知他离开的时间太长，职位不能够再保留。他没有什么遗憾，实际上，他并不留恋那份衣食无忧的工作，因为没有任何挑战，每个人都可以平安地做到退休的那一天，那不是他想要的生活。另外，海口除了热乎乎的空气和常绿植物，到处一片肃杀。他不想待在一个看不到希望的城市，守着一份闲适安逸的工作，混吃等死。陶谷一家在春节后去了深圳，带走了他和海南的最后一丝紧密联系。他说再回去的话，连个蹭饭的地方都没有了。所以，他已经决定留在成都，按照他的哲学，和高甫一起做些有意思的事情。宛溪虽然没有在大学工作，不过这个单位也符合他的心愿。

第五十七章　变脸

工作定下来后，宛溪约冷宗芍吃饭。吃完饭后，她们去望江公园散步消食。无边无际的竹林里，点缀着精致的水榭楼台，雕栏飞阁。她们站在薛涛的雕像前，感叹着她那虽然被传为文坛佳话，但实际上所托非人的爱情。她心心念念的是"双栖绿池上，朝暮共飞还"，实际上，只能在清寂的夜晚独自品尝"月高还上望夫楼"的凄凉。

感叹完薛涛，冷宗芍说想去看变脸。对这种魔幻的艺术表演，宛溪虽久闻大名，但是从来没有看过。她跟着冷宗芍到了一个茶馆，正中间有个舞台。虽然台上空空，但是舞台下已经坐满了人，她们只好站在后面。

十几分钟后，陆陆续续有人上台，然后震天的锣鼓、浑厚的胡琴、嘹亮的唢呐穿插着响起，川剧独有的高亢音乐直接灌进耳朵里。音乐声中，三个穿着披风、画着不同脸谱的演员站在了舞台的中央。他们一转身，一低头，一回首，用手中的折扇遮一下，或者扯起披风挡一下，脸谱就变了，快得令人目眩神迷。

宛溪第一次看到这么神奇的表演，惊叹连连。冷宗芍解释说所有的脸谱都是用绸子画的，然后一张一张贴在脸上。每张脸谱上都有一把丝线，演员通过丝线把脸谱一张一张扯下来。饶是如此，宛溪还是对这个奇幻的表演充满了迷惑。

大概冷宗芍看次数多了，她不像宛溪那么激动，反而理性地说："变脸就是现实的折射，生活中的人变起脸来，速度也不慢。"她话中的含义不言而喻。

自从她们遭遇了感情的创伤后，冷宗芍不但能够借古喻今，还能把自己带入到现实中的情景中，所有的人和事都能跟目前的情和爱扯上关系。冷宗芍依然和费左页在一起，不过她正在折腾出国的事情。她说不知道如何跟费左页恩断义绝，只好一走了之，让太平洋或者大西洋隔断他们。宛溪不知道说什么，只能祝愿她一切顺利。

在成都找工作的日子里，虽然宛溪和李平漠有些小矛盾，但是没有大吵过。比起前一段时间，他们的关系缓和了很多，似乎在朝着良性的方向发展。可是，就在她准备回到学校，准备论文答辩时，马小姐这颗定时炸弹又爆发了。这一次，炸得他们遍体鳞伤，血肉横飞。

马小姐的产期日益临近，李平漠筹划着过去陪她生孩子，这是他们当初的协定之一。之前，宛溪一直没有细想过这个问题，既然是协定，李平漠也没有隐瞒什么，就随便他怎么做。不过，事到临头，她发现自己根本过不了这个关口。三个协定，两个都与钱有关。实际上，按照约定，李平漠已经给了马小姐一笔钱，宛溪没有问过数目，她也不在意。李平漠给马小姐多少钱都可以，只要他能够负担得起，但是不能再有任何形式的感情瓜葛。所以，她不能在知道前因后果的情况下，接受李平漠陪在另外一个女人身边，而且是陪着她生孩子。一想到这点，她简直像疯了一样，坚决阻止李平漠过去。

宛溪的激烈反应完全超出李平漠的预料，他是一个守信的人，认为既然答应了马敏，就应该过去陪她。可是，宛溪好像要和他拼命一样。自从他们认识以来，李平漠从来没有见过她如此失态。他不得不有所顾忌，觉得自己也许考虑不周。他虽然嘴上和宛溪吵得很厉害，似乎不想让步，不过心里面开始重新思量这件事。他想如果宛溪冷静下来后，还是坚决反对，他只能不去了。他不想再给她制造更多的阴影，否则的话，他们的关系只能越来越糟。

就像上次在雁荡山一样，宛溪又和李平漠闹得不欢而散。从某种程度上说，比上次还糟糕。上次，怒气难平时，她还可以在路上或者机场，恶狠狠地瞪他几眼解解气。这一次，她独自去了机场，连个横眉冷对的人都没有。

回到玉庐时，她气愤至极，决定和李平漠分手，自己一个人去广州工作。冲动之下，就想给广州的学校打电话，又怕学校的人说她反复无常。也是，这么短的时间她一再变化，别人这么想也不奇怪。她担心人还没去，就留下一个恶劣的印象，所以终究是没打。

分手，也不是一件容易的事情。虽然宛溪不想依靠任何人生活，但是在父母家时，受制于没有独立的经济，所以不可能有独立的人格。那个时候，她别无他求，所有的愿望就是离开父母的家，独自生活，只要不饿死，哪怕住在一间破败的小草屋里也可。然而，当她真的可以自力更生，并且住的地方也远远好过小草屋时，又开始渴望爱情。她没想到自己会如此贪心，如果有了爱情，也许还会渴求健康财富，或者青春永驻，长生不老。看来，人心不足蛇吞象所言非虚。

为了是否分手的问题，宛溪独自纠结了很多天，她没有和李平漠联系，默默回想着自己的情感历程。以世俗的眼光看，艾卫扬是她第一个男朋友。可是和艾卫扬在一起，就是为了逃避家里而抓的一根救命稻草。无论时间、情绪还是人物本身，没有一样放对了地方。理智地分析下来，所发生的事情也和爱情无关。其实，她第一次涉及情感，应该是短暂而朦胧的江军钢。和权浩健的关系早就被定性成为朋友。这么多年，除了和江军钢之间那种难以言说的青涩的美妙，真正让她体会过爱情的就是李平漠，他也是她爱过并且拥有的第一个男人。

毫无疑问，马小姐的横空出世，对于宛溪来说，是个天大的事。也许因为情商太差，年轻无知，性格又倔强，很多时候，她有一种爱他在心口难开的感觉。虽然她对李平漠是真正的爱情，非常纯粹，没有其他杂质，但她根本不会表达那种爱。所以，马小姐的事情给了她毁灭性的打击。从开始到现在，她几乎一直处于懵懂状态，只要一想到这件事，思维立刻混乱，头脑不清不楚，完全理不出头绪，根本不知如何应对。但是，第一次想到要和李平漠分手，她还是万般不舍。"痛不欲生"不是简单的四个字，它是一个残暴至极的猛兽，每天都以折磨她为赏心乐事，无数次把她撕成碎片，吃下去，再把她完整地吐出来。这样的过程，每天都在不停地重复。佛祖可以割肉喂鹰；普罗米修斯被绑在高加索山，每天被恶鹰啄食肝脏。佛祖要普度众生，普罗米修斯要把火种留给人类，他们是神明圣人，有着坚定的信仰，无论遇到什么苦难，都初衷不改，牺牲自己是他们面对磨难的一种方式。但这样的痛苦，不是凡人可以忍受的。

思来想去，宛溪不知如何自处，她开始疯狂地给李平漠打电话。她不再去校外的邮局等着他们上班，然后关起门来打电话。她就在学校里面打电话，只要想起来，随时随地就打。客观事实是，在校内，打长途电话非常不方便，每次都要去公用电话处排队。打电话时，大家都看着你，有意无意地听着你说话。平时，宛溪都不想去打这种公用电话，何况在那种情形下。但她还是没有脸面，没有自尊，在众目睽睽的情况下打了几次电话。打电话时，她的眼泪没有停过。也许，守电话摊位的人，早已听够了陈词滥调的爱情；等着打电话的学生，自己也经历过死去活来的故事。总之，除了开头的好奇之外，他们好像都司空见惯了，不再支着耳朵听她那些旧调重弹。不过，对于她长时间霸占电话，还是表现出不耐烦。

长途电话不便宜，每次她身上的钱都不够支付电话费，想着拿了钱回来再打。可是真的拿了钱，看着又要再次排在长长的队伍里，宛溪就没那么冲动了。一个人想吵架的时候，恨不得马上指着对方的鼻子大骂几句。如果按部就班地排着队，等轮到自己时，都忘记要骂什么了，况且她不久以前已经通过电话朝对方吐了一脸的口水。所以，她总是口袋里面装着付不出去的电话费，虽然有点心不甘情不愿，但还是识趣地离开了。

李平漠接了宛溪几个狂轰滥炸的电话后，心知不妙。他决定失信于马敏，老老实实待在成都，在宛溪回来之前，哪里也不去。不过，他对于她没完没了的指责，也着实厌烦。所以，他不想服软，也不告诉宛溪他的决定。

开始，宛溪打电话是为了发泄胸中的恶气。慢慢地，她在电话中除了谴责李平漠，就再也说不出任何有意义的话。几次以后，她突然觉得自己很无聊，虽然还是很伤心，但是不打电话了。没有理智的时候，她以为打了很多个令人厌恶的电话。平静下来后，她无法原谅自己泼妇一样的行为。不过，仔细回想了一下，发现只打了四次电话后，她才觉得好受一点。以前，她一直因为打电话不方便，颇多怨言。这次疯狂的行为后，她又庆幸凡事不能过于方便，否则的话，不知会惹出多少不必要的麻烦。就像两个不共戴天的仇人，如果不方便联系，时间久了，怨气就少了。说到底，谁又能恨谁一辈子呢！可是，如果两个仇人天天见面，只能造成分外眼红的局面。冲动之下，很容易拔刀相见，拼个你死我活。

第五十八章　和解

宛溪按照既定的时间，完成了论文答辩，一心一意地等待毕业。她也不再想工作的事情，因为她清楚地知道，如果想留在广东工作，凭着导师的名头和师兄师姐们的人脉，是分分钟可以解决的事情。夸张一点说，如果要找本专业的工作，珠江三角洲的半边天都跟他们有关。就算拖到最后一刻，由于某些原因，去不了广州，她还可以任意选择惠州、中山、东莞、佛山、珠江这些周边城市，去一个非常体面的单位，谋得一份除了养活自己，还能有点余钱的工作。真的到了那个时候，她对工作和生活都不会再有奢求。

宛溪突然停止了电话骚扰，李平漠轻松了许多。但是，他决定短时间内不给她打电话，他怕她又突然爆发。他希望冷静的时间长一些，这样大家就不会无休无止地争吵，从而可以理智地处理棘手的问题。

宛溪还是像以前一样，只要一个人独处眼泪就会情不自禁地流。在流不尽的眼泪中，她尽量远离人群。假设她像鲁滨孙一样迫于无奈住在荒岛，那么她连"星期五"都不愿意看见。但她毕竟不是住在荒岛，还是要应对日常生活。一天，她去系里开会，除了学校的一些新闻、系里的各种动态，还说了不少跟香港回归有关的事情。开完会后，她顺便在图书馆翻新到的书，选了两本，准备借回去看。正在办理借阅手续时，办公室的人叫她接电话。

电话是李平漠打来的，宛溪多少有些吃惊，她都不记得他们最后一次通话的时间了，仿佛有一个世纪没有讲过话了。

"我想你今天肯定在系里，果然没猜错，"李平漠似乎恢复了常态，不但用平时的语调说话，甚至还用了略微轻快的口气，"怎么样，你的平漠哥哥聪明吧！"

一时之间，宛溪有些不大适应，略显僵硬地说："有什么事吗？"

李平漠用非常平静的语调说："她已经生了，是个女儿，我一直在成都，没有过去。我是错了，你已经把我骂得狗血喷头，还不解气？非要把我千刀万剐才能泄恨吗？说实话，我真没想到你也能说出那么难听的话，真是小瞧你了。不要再闹了，好吧？香港都快回归了，我们之间有什么解不开的深仇大恨，难道还要继续分离吗？或者你愿意在殖民地里再生活九十九年？"

宛溪听了，心中一动，她不好意思在办公室里哭，只好仓促地说："我知道了。马上毕业了，我很快就回成都。先这样，过几天我给你打电话。"

放下电话，宛溪快步离开系里，走到一棵没有人的梧桐树下。她躲在树后，在宽大树叶的遮挡下，眼泪像决堤一样地流了下来，只是这次的眼泪不知是悲是喜。从小到大，泪水在她生活中并不常见，以泪洗面的日子，除了离开南涧那次的生离死别，就是这次的不知情为何物。在父母家那几年，几乎每天都有流泪的理由，不过她只有被母亲第一次扇耳光和听到奶奶去世的噩耗时哭过，那时她惊惶失措，没法控制自己的眼泪。后来无论母亲如何打击责骂，父亲如何冷若冰霜，她都没在他们面前哭过，也没有在背后呼天抢地。但是这段时间，她总是痛哭流涕。她不敢号啕大哭，只能是低声啜泣，就像主管她眼泪的阀门年久失修，要换新零件也找不到，这个型号已经停产了，而同类型号的产品正在研制之中。在新产品没有面世前，要想解决这个问题，只有等眼泪流干或者硬性堵上。但是，眼泪流干，必须要等到江水为竭才行。堵塞也从来都不是办法，只能造成更为凶猛的洪浪滔天。

宛溪强行忍住眼泪，试图平复下来，之后狼狈地向校外走去。路过文臣武将的雕像时，她再次驻足仰望，希望从中得到点力量，但她立刻意识到，完全是多此一举。

凡是作为雕像被后世缅怀的人物，肯定都有常人不能及的地方。这两个在校园里矗立了几十年的人也不例外。他们是一千多年前的人，都是铮铮铁骨。一个被俘以后，抵死不降；一个带领少数兵卒，奋勇抗敌。这样的气节，连敌人都敬佩不已。所以，两个人没有死在敌人的手里，反而都被同朝奸佞陷害，蒙冤而死。以前心情好的时候，宛溪会浮想联翩，为他们鸣不平。但是最近几个月，她满腹辛酸，不知道跟谁去诉苦，根本没有心思为别人喊冤。所以，此时此刻，什么都不能拯救她，再伟大的人和事都抵不过她迫在眉睫、如鲠在喉的一点伤痛。她扫了一眼被无数人崇敬瞻仰的雕像，再也无心逗留，匆匆地走出校园。

　　她站在水边，看着旁边的两棵梅树，虽然无法与草堂的相比，但是在适当的季节自有一番风骨。此刻，寒风之中的疏影横斜被万枝垂条代替。正常情况下，两种景象都是一样美。然而，此时的宛溪，看着柳色青青，想到的是灞陵伤别，隋堤旧事。不过她看了半天，所有的柳树都完好无损，没有见到残枝败叶，只好收起非要替古人哀伤的心情，也算是一件幸事吧。虽然每年都有离别季，但时代不同了，现在的学子们不时兴折柳送行，否则这几棵柳树早就秃了。此刻，无数的绿枝参差落下，把水面染得像翡翠一样。

　　正是午休时间，除了风摆杨柳的声音，到处都静悄悄的。一只背部有白色条纹、麻雀一样大小的水鸟在觅食。它在草丛里找了半天，仿佛有点收获。然后试图飞起来，可它飞不了太高，只能勉强飞到最矮的一棵梅花树上。

　　看着这只小鸟，一丝伤感再次涌上宛溪的心头。她飞不上任何一棵树的枝头，柳枝虽然触手可及，但是纤细柔软，无法栖息，她觉得自己连这只小鸟都不如。宛溪没有树枝可歇，也没有文臣武将的狂傲和骨气，如果她死了，后世可能没有人知道她曾经存在过。一个如此卑微的人，再痛苦也是没有价值的，她只能走到一个无人的角落平复心情。转回头看时，过去几个月的日子根本不敢想象，她都不知道这地狱般的日子是怎么熬过来的，突然就想到了一个笑话。有一次，地狱之神被夫人惹恼，就说要惩罚她，夫人没有一丝惊慌，坦然地说："我已经在地狱了，你还能怎么样。"

　　那么，宛溪就是那个地狱之神的夫人吧。她早已经在地狱生活很多年，哪里还在乎换一个地狱呢。和地狱之神吵架，两个人都不高兴的时候，她可以在地狱里大哭不止，或者无声啜泣，怎么哭都可以，但是仅此而已，不会有更坏的事情发生。所以，并没有什么难熬的日子。等到那个新阀门上市，她的问题就解决了。

　　到了香港回归的日子，她和单位的人一起守着电视观看香港回归的交接仪式，见证这个举世瞩目的大事。大家盯着电视屏幕，看着灯火辉煌的香港会议展览中心。一片肃穆中，米字旗降落，五星红旗和紫荆花旗同时缓缓升起。看到这里，现场的人全部欢声雷动。宛溪也像在场的人一样，为了这激动人心的一刻兴奋雀跃。当她从座位上站起来时，她的精神层次完全不同于往日了，明确地感受到一个大我陡然升起，暂时忘记了萦绕于心依然有点悲哀的小我。她自觉地站起来跟大家一起鼓掌，情不自禁地手舞足蹈。

第五十九章　毕业之旅——风筝飞走了

毕业，既是离别，也是狂欢。

不管认不认识，所有的人都确定了工作单位。查湘和窦殊逍去北京；赵凝暮和女朋友去深圳；田展没去范冷辉所在的城市，但是和她同一个省，两个城市的距离不远不近；简芬去北京；韩国栋最终留校；张荣去深圳；董禹晗去上海。即将离开的人中有的人和宛溪关系密切，以后的日子不会像在学校时时常见面，但是总会有些联系。当然，也有疏远的人，如果抬头不见低头见的学校都不能让大家彼此关注，那么毕业以后就再也不会见了吧。

查湘要走了，南浦也只能离开，她已经自动选择和丈夫分居两年，实在找不到理由继续留在学校。可是，她好像一个无家可归的人，不知道该去哪里。虽然和丈夫所住的房子一直都在原地，在学校的时候，丈夫也总是叫她回家，但是，丈夫的儿子逐渐长大，她不知道如何面对。难道她要重复母亲走过的路吗？

宛溪看着南浦，心中每每升起同是天涯沦落人的慨叹。她没有办法跟南浦说马小姐的事情，但是可以从自己的切身体会和她说些不算空洞的话。南浦渐渐打起精神，不再一味地消极逃避，准备迎接即将到来的生活。

毕业生都忙着打包，托运行李，整装待发，不要的东西到处乱扔。田展干了一件大事，就是他把所有的英语书都撕碎，从宿舍楼往下抛撒，像下雪一样。他的每门功课都优秀，唯独英语是他最大的敌人，无论多么努力，那些英语单词就是不认识他。按照规定，所有的硕士都必须考过英语六级，否则没有学位证书。以田展处处追求完美的个性，没有学位证是奇耻大辱。所以，他全力以赴应对六级考试，可是第一次依然不及格。第二次考试，范冷辉陪着他没日没夜地煎熬，总算勉强通过。考过六级后，范冷辉鼓励他继续学英语，毕竟以后评职称也要考英语。于是，田展又和英语耗了一阵子，但总是冤家路窄的感觉。毕业的时候，他终于忍无可忍，亲手撕了冤家泄愤。

毕业前的日子，以吃喝玩乐为主，学校门口的各类饭馆总是人满为患。有个小饭馆在地下室，空气污浊，环境较差，但是特别便宜。平时的生意一般，因为很多人宁愿在食堂吃小炒，也不愿意憋在地面下吃饭。可是，毕业的时候，这个小饭馆，从早到晚，人流如织。

宛溪跟着不同的人群吃饭，发酒疯，说着胡言乱语，通宵达旦地打牌，爬山，唱歌。每个人都好像金刚附体，精力充沛，从来不知道疲倦。有时，她正昏昏沉沉地躺在床上，只要有人召唤，马上就能一跃而起，如同起死回生一般神奇。

男生们不但消耗啤酒，连瓶子都不放过。校园内外，随处可见破碎的玻璃。走路的时候，需要格外小心，否则每天都会有扎破脚的危险。

唱歌变成了吃饭之外的最大消遣，唱卡拉OK的地方从来没有消停过。不管五音是否齐全，每个人都要拿着话筒高歌几曲。学校的大喇叭总在吃饭的时候播放一首歌，每周换一次，所以不愁没有歌唱。对于从小听收音机的人来说，听到这个叫作《每周一歌》的节目一点都不陌生。大家听了三年的《每周一歌》，每个人的肚子里都装了一大堆歌，无论能否唱全，都会滥竽充数地乱哼一气。实在不会唱，就看着屏幕上的字幕跟着念。

唱卡拉OK的时候，就像《每周一歌》的重播。从《同桌的你》开始，一首一首地延伸下去，有《睡在我上铺的兄弟》《白衣飘飘的年代》《亲密爱人》《东方之珠》《牵手》《味道》《当爱已成往事》《野花》等。大家铆着劲把积攒了三年的歌唱完后，又开始唱经久不衰的古今中外名曲。这才是真正考验歌技的时候，南郭先生们纷纷现出了原形。

贝彻信和邱驰觉得吃饭唱歌都不过瘾，他们提议来一次难忘的毕业旅行。做了一番研究后，他们把目的地定在海边的一个小渔村，让愿意一起去的人报名加入。因为没有经过大肆宣传，最后成行的只有莫香诗、巴珊、宛溪、查湘、窦殊道和南浦。几个人在一起玩了三天。

他们住在海边的一个小旅馆，八个人住在一个房间里，晚上睡觉的时候像打仗一样去抢房间里的一张大床。最后，总是四个人睡在床上，四个人睡在地上。三个男生说为了让这次旅行成为永久的回忆，所以第一个晚上抢床的时候全力以赴，女生们拼了半天，只有霸气的查湘争夺到了睡在床上的权力。一张双人床，根本睡不下四个人，所以他们横七竖八地在床上继续争夺最有利的位置。第二个晚上，男生们主动要求睡在地上，争相观看五个女生抢床的盛况。五个人抢了半天，最后把柔弱的南浦推到了地上。虽然两天都睡在地上，但她特别开心。在学校两年，南浦第一次笑得如此灿烂。

由于白天喝了很多浓茶，又吃了咸鱼干，晚上几乎无法入睡。莫香诗和巴珊不知对什么过敏，反应特别大，不但兴奋莫名，连手都发抖。白天，他们去海边游泳，抓鱼，就地烧烤。或者入乡随俗，怀着虔诚的心，轮番祭拜妈祖娘娘。海边有一座小山坡，长满了松树。入夜，明月的清辉照亮了整片松林。松涛和浪花此起彼伏地协奏着，风吹过时，可以真切地领会"如听万壑松"的雄浑气势。离开的时候，每个人都有点恋恋不舍。贝仞信说要留在渔村当老师，莫香诗说："好的，反正深圳以前也是渔村，我先去那里工作。等我在那个渔村累了，就来这个渔村找你。"贝仞信一听，只好舍弃眼前的渔村，乖乖地跟着她去另外一个渔村。

这是一次毕生难忘的旅行。坐在回程的火车上时，他们投票一致通过。

虽然吃吃喝喝，快快乐乐，可是真的到了离开的时候，人们仍难免悲戚。实在无法控制情绪时，就抱头痛哭一番。

张彤本来已经回单位上班了，又特意回到学校跟大家告别，她没有留到最后，吃了几顿饭就走了。她走的时候，离别的情绪还不浓烈，宛溪和范冷辉把她送到学校门口，看着车子远去后才结伴回去。

范冷辉和田展离开时，校园里已弥漫起浓烈的离愁别绪。宛溪要去送他们，被范冷辉拒绝了。她说："我们快乐地同居了三年，就好好地结束吧。我可不想和你泪眼相对，生活中的伤感已经不少了，我们何必还要亲手制造一桩呢！大家各自珍重，好好生活，以后肯定会再见面的。"

范冷辉从来都不是一个小儿女情态的人，听到她这样说，宛溪只好帮她把行李搬到楼下，跟着她走到飞雪楼的铁门外。田展拖着行李箱在门口等她。宛溪跟田展握了一下手，然后和范冷辉做了最后的拥抱。宛溪站在原地，看着他们拖着行李，并肩朝前走，直到他们的身影完全消失，才慢慢往宿舍走。上楼以后，她没有进自己的宿舍，去了隔壁宿舍。

莫香诗和巴珊正在一丝不苟地整理东西，她们很快就会跟着贝仞信和邱驰一起去深圳开始新生活。她们在学校收获了爱情，将会在深圳经营他们的婚姻和家庭。杨柳没有回去原来的城市，她留校了。看来，她和老公的关系岌岌可危。张丝萦是北方人，男朋友是南方人，两个人在男方长大的地方找好了工作。那里有很多文人墨客留下的痕迹，他们将会在美丽的淡烟江畔安家落户。实际上，不久以前，他们已经领了结婚证，从形式上结束了单身。在法律上，他们变成了一家人。所以大家起哄说张丝萦嫁鸡随鸡，她快乐地点头，像鸡啄米一样。他们的甜蜜写在脸上，体现在行动上，他们会一直幸福下去。他们的故事就像多情浪漫的淡烟江，虽然被难以计数的人写过，再多一个也无妨。这对新婚的小夫妻会一起去看烟雨朦胧的淡烟江，撑着一把美丽的油纸伞，既不凄凉，也不惆怅，只有互诉衷情的芳香。他们也会牵手，走过古老巷口，在余韵悠长的青石板漫步；在拥挤的青铜庙走马观花；也可以登上桑萧峰看荒烟落日，发思古之情。总之，无论在哪里，幸福的人都做着一样的事。

在校园里面，研究生们收获的爱情几乎都是甜甜蜜蜜，双宿双飞的比例奇高。相比之下，本科学生的恋爱就没这么幸运，毕业即分手仍然是很多大学生恋人的写照。

董禹晗临走的前一天，约宛溪去徒步，说不设定目标，走到哪儿算哪儿。她拒绝的话还没来得及说出口，董禹晗就说："此次一别，我们也许会变成两条永远没有交集的平行线。希望这最后一次独处，能够在彼此心中留下一点美好回忆，成为两鬓斑白时的一丝念想。"

这样一番略带伤感的话，让她无法拒绝。第二天上午，董禹晗在飞雪楼的门口等她。宛溪看到他背了一个风筝，好奇地问："不是要长途跋涉吗？为什么背个风筝？"

董禹晗说："徒步完了就去放风筝啊，我们做一次最常见的活动吧。"

他们走过一段无人照看的路，各种野花争奇斗艳地开着，对于那些停下脚步欣赏它们的路人，都是一个表情——只管各自竞相开放。不知不觉间，他们走向霞照寺的方向。到了霞照寺周围，人工的痕迹明显增加，野花在这里没有空间，是另外一片精心修饰过的花的海洋。

他们路过寺门没有进去，但宛溪实在走不动了，于是两个人就停下来，坐在一个花台边上。霞照寺旁边有一片开阔地带，每年春天，很多人在那里放风筝，可是从来没有人在夏天做这样的事情。不过，宛溪不想质疑什么。诚如他所言，反正这是最后一次，随心所欲也是他想要的。此时，虽然没有人放风筝，但也有些香客三三两两地并行。董禹晗找了一片稍远的空旷草坪，把风筝放到地上。卖风筝的季节早就过了，风筝是他自己做的，看起来像一只鹰。一阵微风吹过，是个放风筝的好天气，就是太热了。

董禹晗让宛溪抓住线圈，他拿着风筝，对着风。他让宛溪一边往远处走，一边放绳子。他加快奔跑的速度，然后松开了风筝。风筝越飞越高，慢慢地变成了一个黑点。宛溪拉着手中的线，抬头看着。整个天空只有这一只风筝，不像春天，满天飞着各式各样的风筝。一不小心，两只风筝就会缠在一起。在春天放风筝，这是一个不容易解决的问题。所以，在夏天放风筝的这两个人都说，虽然很热，但少了和另外一只风筝搅在一起的担心，倒也不失为一件好事。

董禹晗走过来，和宛溪一起看着风筝。突然之间，她手中的线断掉了，风筝不知道落到哪里了。两个人大汗淋漓地找了半天，还是一无所获。最后，宛溪说："断了线的风筝，随它去吧。从那么高的地方掉下来，即使找到了，也是残破的。"

董禹晗说："我曾经希望你是牵住我的那根线，飞得再高再远，都能回到你这里。现在看来，应该是不可能了。你已经找到了你的风筝，我也想找到自己的那根线。祝福我吧！"

"你这么完美的风筝，一定会有很多条漂亮的线争相拉住你，只怕到时候会挑花了眼。"宛溪由衷地说，"不过，你一定会说，数量不重要，质量第一。玩笑归玩笑，我真诚地祝福你尽快找到属于你的那根线。"

董禹晗第二天离开的时候，宛溪跟着彭晓鸥和其他送行的人，簇拥着他到了学校的大门口，把他送上公共汽车。宛溪和大家站在路边，看着董禹晗站在车厢里，夹杂在一群人中，渐行渐远。从此以后，他们将会水阔鱼沉，无处可问。

第六十章　没有慧根

　　自从接到李平漠那个释放善意的电话后，宛溪就陷入到醉生梦死的毕业生活，每天忙得脚不沾地。她没有像上次说的那样给李平漠打电话，不知有意还是无意，她似乎忘记了李平漠、马小姐以及那个属于他们的刚刚出生的女儿。然而，随着送走的朋友越来越多，她也到了必须要离开的时候。到了最后一刻，她还在挣扎到底是去广州还是成都。她在心里翻来覆去地问自己，到底该何去何从？最后，还是决定去成都。因为尽管痛苦，但她还是无法切断对李平漠的感情。就像冷宗芍说的，也许只有广袤的大洋才能够阻断所有的小情小爱。

　　宛溪是最后一个离开宿舍的人。临走之前，她去了霞照寺。在校三年，虽然曾经很多次光顾这个地方，但是她几乎没有拜过菩萨，连临时抱佛脚的次数都少得可怜。她经常坐在古老的香樟树下，静观它们一年四季的变化。春天的树叶红黄绿相间，非常绚丽。初夏时分开出淡淡的黄花，散发出幽幽的香气。盛夏，树冠变成绿色的大伞，树下一片凉爽。捡起秋天的落叶，稍一揉搓，就有一股浓香。冬天，到处都是紫红色的香果。调皮的男孩用脚去踩，把里面的核弹出来打人。也许是就地取材，寺里有些佛像就是用香樟木雕的。可惜，无论在树下坐多久，宛溪都不能驱除心中的杂念，更不可能雕出一尊佛像。由于这里不会被蚊虫叮咬，所以她唯一想到的是香樟树可以驱赶蚊虫。不过，转念一想，香樟树的驱虫功效也不是万能的，因为它们自身还是会有虫害。

　　宛溪走到一个佛堂，看着宣传栏中弘一法师的照片，想着他出家前给日本妻子的信中写道："我们要建立的是未来光华的佛国，在西天无极乐土，我们再相逢吧"。李叔同是出生于大户人家的风流才子，可谓阅尽人间春色，关于他为何遁入空门，世人有很多六根不净的推想。他的学生丰子恺先生用"三层楼"作比喻，为人解惑，说李叔同的选择是爬上了象征灵魂生活的"第三层楼"。这个说法为愿意相信的人做出了一个合理的解释，不信的人依然固守着那些流于表面的猜测。宛溪连安住第一层楼的能力都没有，更不要说去爬第二层，第三层她只能终生仰望。她也不知道是否有乐土，即便有，她又跟谁相逢呢！

南浦最爱模仿弘一大师的手迹抄写《般若波罗蜜多心经》，并曾经送给宛溪两部佛经，一部《华严经》，另一个就是《心经》。《华严经》过于博大精深，宛溪根本看不懂，但她像很多人一样可以背诵只有两百六十个字的《心经》。大概因为字数很少，所以《心经》是知名度最高的一部经典，几乎每个人都会说"色不亦空，空不亦色，色即是空，空即是色"。寺院里的法师解释说，空并不是什么都没有，而是一种无所不在的变化；那么"照见五蕴皆空，度一切苦厄"就可以解释成万物皆无常，"苦"或者"厄"都可以过去，所以不必执着。可是，说起来容易，做起来简直难于上青天。

小时候，宛溪有两个心愿。第一个是希望每天有花衣服穿；第二个是经常吃大鱼大肉。现在的她什么衣服都能买，但最不想买的就是五颜六色的花衣服；不光大鱼大肉，连山珍海味也吃遍了，很多时候对着满桌佳肴，最不想碰的就是大堆的肉，只是偶尔啃点骨头，或者干脆吃素。可以说，她的很多愿望都实现了，但是她一点都不快乐，她不知道戒除贪嗔痴到底有多难。既然般若波罗蜜多"能除一切苦，真实不虚"，她就在心中把"揭谛揭谛，波罗揭谛，波罗僧揭谛，菩提萨婆诃"默念很多遍，但还是有很多挂碍。所以，即便她把《心经》倒背如流，还是没有"般若"，也到不了彼岸。

既然注定离不开滚滚红尘，她就不再奢望从这个一心想远离凡尘是非，却又让众人朝拜的地方得到什么启示。于是宛溪站在霞照寺门口，准备离开，但转念一想，又改变了主意。因为离校以后，不知多久才能回来，再也不会像现在这样抬脚就可以走过来，所以她这个俗世之人自然而然地产生了好好珍惜，不能错过的想法。

很多人坐着火车、汽车、飞机去那些闻名遐迩的寺庙拜佛许愿，愿望实现后又不辞辛苦地去还愿。霞照寺虽然不像很多大的寺庙那样引来无数外地人，但在玉庐是无人不晓的，本地人鲜有不来这里上香的。一想到这些，宛溪顿时忐忑不安。她守在这个地方许多日子，都没有认真上过一炷香，实在不敬。如果以后真想再来的话，也要像别人一样长途跋涉，那么为何要把眼前的大好机会白白错过呢？所以，宛溪毕恭毕敬地拜了寺院里面的所有菩萨，无论泥塑还是金身，也不管尺寸大小，她倒头就拜，敬重地上香。宛溪怀着虔诚之心一路走过，虽然磕了无数的头，但还是没有许愿，更没有祈求什么。只是每次磕完头站起来时，她都会望着那些高高在上的神明，希望能够得到一些启示。无奈她面对缭绕的香烟，纵然磕头如捣蒜，心中还是一片茫然。宛溪哀叹自己冥顽不灵，愚钝之极，明明和神灵近在咫尺三年之久，还是不能体会"本来无一物，何处惹尘埃"的真意。

她拜完各种神灵，上过香后，又走到放生池旁。几乎每个寺庙都有一个放生池，有的在门口，有的在寺中间，有的就在佛像旁边。霞照寺也不例外，放生池里有数不清的鲶鱼，挤在不大的空间里，来回游动。池边有很多人，或站或坐，有些人向池子里扔面包屑，围观鱼儿争食，发出阵阵笑声。在校三年，宛溪每次来时，也会跟着别人像看热闹一样围着鱼池，但是从来没有喂食过。因为从入校的那天起，她就发现鱼多，池小。她以为经过物竞天择或者人工作用，会有所改善，然而事实并非如此。随着时间的流逝和游人的不断喂食，原有的鱼儿们年年成长，还有下一代的加入，再加上信徒们从别的地方带来的新成员，放生池显得越发小。鱼儿们必须挨肩擦背，无奈而又紧密地贴在一起。生存环境越来越狭窄，如果再长大的话，只怕有些鱼根本活不下去。

宛溪亲眼见证鱼池的空间越来越小，所以希望它们少吃一点。她不知道这三年是否有人捞走过池中的鱼，让它们有更广阔的生存空间。不远处，其实有一片更大的水域，但是不属于池中的鱼儿们。等到池子再也容不下任何鱼时，它们到底该相濡以沫，还是该相忘于江湖？应该是相忘于江湖吧。如果非要黏在一起，靠相互的口水苟延残喘，不但活不了命，反而传播细菌，最终还是会因为缺乏抗生素，感染各种病症离去。可是，江湖中必须要有水才能够让鱼儿们保住性命，可并不是每个江湖都有水，但一定有尔虞我诈，艰难险恶，头脑简单的鱼儿不是被干死，就是被算计陷害而死。为了争得舒适的一席之地，连比鱼儿精明成千上万倍的人类都要在江湖上挣扎搏斗，何况这些可怜的鱼儿，哪里还有它们的位置呢！不过，据说鱼只有七秒的记忆，这未尝不是一件幸事，无论经历过什么，反正转瞬之间就忘了。

头脑不比鱼儿聪明，记忆没有鱼儿深刻，生存状况和鱼儿不相上下的宛溪，站在鱼池边感慨了半天，还是迷惑。虽然有很多地方参不透，但她清楚地知道一件事，那就是她和鱼儿在有生之年，都不会变成鲲鹏。既然永远都不能飞，宛溪突然又想到："子非鱼，焉知鱼之乐？""子非我，焉知我不知鱼之乐？"后人为这几句绕口令一样的话做了汗牛充栋的注解，这些注解加起来，篇幅比整部《秋水》还长。饶是如此，很多人还是不得其解。

想到这里，她觉得自己很可笑。圣贤、伟人和大智大慧的人都不能解决的问题，她何德何能，居然妄想求得其中深意，太不自量力了。她最终以"世上本无事，庸人自扰之"终结了各种不着边际的胡思乱想。既然自己长不出翅膀扶摇万里，她只好买了张去成都的机票。

第六十一章　爱人如己的姐姐

成都还是和以前一样，天空灰蒙蒙的，太阳一直藏在云层后面。宛溪那张原本就不算漂亮的脸，由于缺乏雨露的滋润，沧桑了不少。现在终于找了一个遇到大太阳天狗都会叫的地方安顿下来，希望能够有所变化吧。按照陆廷的说法，就是让皮肤有个休养生息的机会。

高甫不久以前买了两套房子，一套在设计院附近，自己住。一套在宛怜的单位附近，给母女两个住。高甫买的房子比以前单位分给他的大了很多，三室一厅。宛怜的房子更大，小区配套设施完善，生活非常方便。像以前一样，他们还是周末夫妻。两个人上班的时候，住在各自的房子里，周末还是宛怜来高甫的房子。做完夫妻应该做的事情后，宛怜偶尔会带走一些她堆放如山的书、音乐 CD、VCD、衣服、鞋子、皮包和日记本，但她也会带同样的东西过来，所以房子里面的东西总数基本恒定。

李平漠和高甫总是有商量不完的事情，所以随着他搬到新房。高甫的公司又招了两个刚毕业的大学生，看来是稳步发展的状态。五个年轻的员工把他原来设计院的房子当成了集体宿舍。宛溪回来后，无处可去，就和李平漠暂时住在高甫的新房里。新房的客厅里都能睡好几个人，所以就算宛怜带着必双回来，宛溪和李平漠也不用出去住宾馆了。

一天，李平漠和高甫都去公司了，宛溪一个人在家，宛怜突然过来，说要拿些衣服回去，然后就进了高甫的房间。过了一会儿，宛怜空着手出来，嘀咕着没有衣服穿。宛溪打扫卫生、清洗衣服时，见过高甫房间里的衣柜，里面大部分都是宛怜的衣服。除了最大的衣柜，两个稍微小一点的房间里也堆满了宛怜的衣服，她自己房子里的衣服则更多。尽管如此，她还是说没有衣服穿。看来，女人的衣柜永远都少一件衣服是真理。

看到宛溪坐在沙发上看书，宛怜突然说："我们出去买衣服吧。"

尽管在成都断断续续地住了一些时间，但是宛溪从来没有和宛怜一起逛过街。听到宛怜突然这样说，她欣然前往。她们在拥挤的春熙路漫无目的地进出了很多家商店，宛怜试了几件衣服，都不满意。最后，她们走到狭窄的小通巷，宛怜在一家仅容三人站立，装修别致的店门前停下。刚站住，一个三十多岁、白白净净的女人就出来热情地招呼她，两个人说说笑笑地进了狭小的店里。看得出来，宛怜是这里的常客，她们很熟悉。宛怜几乎试遍了里面的衣服，终于决定买下一条蓝紫色麻布长裙、一件月白真丝上衣。她在包里翻了半天，然后跟宛溪说："我忘记带钱了，你有钱吗？"

宛溪把身上所有的钱拿了出来，三百多块，刚好够买她看中的衣服。宛怜买了衣服后，就说有事，先回她自己的房子去了。临走前，她说高甫晚上会把钱给宛溪。宛溪独自在街上，把各家橱窗里的摆设都看了一遍后，慢慢走回了高甫的家。晚上，高甫没有给她钱。后来，宛怜再也没有提过此事。宛溪本来也没打算让她还钱，也就忘记了。

新房里的书房和书柜都比以前大，书也更多，所以宛溪经常在几个书柜里找书看。一个偶然的机会，她在书柜里发现了宛怜厚厚的几本日记，她不知道宛怜有写日记的习惯。出于好奇看了两页，基本上都与情痴风月有关。但是她想到自己不该偷窥别人的隐私，所以赶快把日记放了回去，再也没有看过。不过，宛怜把日记大摇大摆地放在书柜里，一点都不防备高甫，完全不担心被他看到她那躁动不安的心，也是挺有趣的一件事。想来宛怜虽然喜欢招蜂引蝶，但是据李平漠说，真正引火烧身的只有那个著名作家。对于其他的男人，她只是卖弄风情，既证明自己魅力无穷，又享受他们拜倒在她石榴裙下的快感，说不定还会引起高甫的小小嫉妒，让他更加珍惜。既一箭双雕，又无伤大雅，何乐而不为呢。

宛怜不来的时候，每天晚上都给高甫打电话，像晚间新闻般准时，而且一天都没断过，每次都情意绵绵地说很久。有时放下电话后，高甫忍不住得意，就跟李平漠说："看到了吧，不管她在外面折腾什么，还是每天跟我问安。所以她是爱我的，根本放不下。管她离什么婚，我一定要重新娶她一次，让她风风光光地嫁过来。再聪明漂亮的女人，都会有些小小的虚荣心。"

宛溪和李平漠的关系无惊无喜，两个人都小心翼翼，极力避免马小姐。可是，马小姐是一个活生生的存在，而且还有了一个女儿，不是能够轻易忽视的。一天，马小姐打电话来说他们的女儿病重，要李平漠过去。鉴于上次的教训，他没有轻易答应。

李平漠秉着商量的态度和宛溪说起此事，她坚决反对，并且上纲上线地又吵了一番。如果马小姐经常以孩子的事为理由，动辄让李平漠过去，那么他和宛溪将会永无宁日。无论如何，不管是出于什么原因，宛溪都绝对不可能容忍李平漠去陪着另外一个女人和孩子。

李平漠料到宛溪不会同意，不过她一点就炸的反应也着实让他烦透了。虽然他不会无端和马敏联系，但是因为孩子，他们也不可能完全断绝来往。如果宛溪总是这样，他无法应对。所以，生气之余，他态度强硬地和她争论了半天。

吵完架后，宛溪和李平漠一直不说话。晚上，高甫接完宛怜深情款款的电话后，看到宛溪一脸不快地坐在沙发上发呆，就说："不就是一个马小姐吗？大动干戈这么长时间，差不多了吧。怎么没完没了的？你们到底要吵到什么时候？值得吗？"

宛溪奇怪地问："你怎么知道她的？"

"当然是你姐告诉我的。"

宛溪像个傻子一样继续问："我姐怎么知道的？"

高甫瞟了她一眼，露出看到傻子的表情说："这还用问，当然是李平漠跟她说的。李夫人，你们已经结婚了，没必要再为莫名其妙的事情伤感情。你看你姐折腾了多少事情出来，我从来都不管，只要她的心在我这里就行了。"

宛溪心里发堵，想到李平漠无意中说过的关于宛怜和大作家的恋情，就冲口而出："我姐又没把小孩生下来。"

"生不生有多大差异，又不是没饭吃。无论是我还是李平漠，养几头大象都绰绰有余，一个小孩算什么。"高甫用非常轻松的口吻说，"你把这个事情看得太严重了，难怪李平漠说动辄得咎，不知如何是好。你要放轻松，搞得这么累，大家都辛苦。"

听了高甫的话，宛溪很气恼，但她不想争辩。高甫的态度她早就知道了，所谓话不投机半句多，再说她也辩不过她。而且，她宁可李平漠去养大象，哪怕养更贵的大熊猫也行，就是不想让他养一个别的女人的孩子。高甫可以帮着宛怜去养她和另外一个男人生的孩子，不过，李平漠绝对不可能容忍宛溪和另外一个男人生孩子，反之亦然。世界上没有几个男人能像高甫这样包容宛怜，由着她任性妄为。不知是他太珍视宛怜，还是他原本就这样大彻大悟。总之，高甫这种男人在感情问题上的广阔胸怀，绝非一般人所有。连李平漠自己都说，高甫是个极品，他是绝对做不到的。如果宛怜是他老婆，他们早就离婚了。那是真正的散伙，不是高甫和宛怜这样有名无实或者有实无名的离婚。

在宛溪看来，爱情是自私的，不愿意把自己心爱的人和别人分享，是很正常的一件事。就连雄才大略的汉武帝，害怕两位夫人争风吃醋，都刻意选择了尹邢避面，更何况她这样一个普通的小女人，怎么能够处理好爱情中的独占和嫉妒呢？所以不管高甫说什么，她都不可能平静面对李平漠和别的女人的情感纠葛。

不过，对于李平漠跟宛怜说了他和马小姐的事情，宛溪非常生气。对这件事，她自己讳莫如深，除了陆廷，跟谁都没提过。她和李平漠吵架的时候，都刻意避开宛怜和高甫。她不知道李平漠为何要到处宣扬，他要把这件事告诉所有认识的人吗？难道他觉得很光荣吗？

宛溪把李平漠叫到外面兴师问罪，他辩解说："前一段时间，你不停地打电话来骂我，有一次被你姐听到了。她问起来，我就说了，我本来以为你早就告诉她了。"

宛溪气得浑身发抖，又觉得无限悲凉，心字成灰。她住在高甫房子的这些日子里，从周一到周四，宛怜每天都会打电话过来跟高甫情深意长地说个没完。周五来了以后，自然是恩爱甜蜜的夫妻。哪怕周日下午刚走，晚上也会打电话过来继续跟高甫情意绵绵，但是宛怜从来没有跟宛溪说过一句话。偶尔，宛溪坐在电话旁边顺手接了时，宛怜也会立刻说"拿给姐夫"，一个多余的字都没有。如果宛怜不知道马小姐的事情，也就罢了，起码有个开脱的理由。稍明事理的人都能看出宛溪处在人生的艰难时期，更不要说善于察言观色，具有七窍心肠的宛怜。她明明知道宛溪的情感世界受到重创，居然连一句安慰的话语都没有。就算是普通朋友，都不会如此淡漠绝情。再说，如果宛怜动了心思笼络谁，绝对不会无功而返。宛溪曾经听过宛怜慰藉失意的朋友，有各种各样的建议和启示，再加上引经据典和东西方的哲学，很快就成为洋洋洒洒的一大篇，完全称得上一个人生问题专家。李平漠曾经说过，"宛怜是随时准备跟人谈论诗歌、哲学和音乐的女人。"对于宛溪，宛怜则是另外一副截然不同的面孔。前一刻还跟朋友谈笑风生，转过头看到她就笑意全无。也是，在宛怜这个女诗人和女哲学家的眼里，宛溪连读小人书的资格都没有。宛怜这么高贵雅致的女人，根本不屑于和她这样低端的"引车卖浆者流"相处。所以，宛溪完全不具备和宛怜搭话的资格。

宛溪看着宛怜似乎对别人的疾苦感同身受，对朋友也摆出一副关怀备至的模样，总是不敢相信自己的眼睛和耳朵。如果不是亲身经历，而是听别人转述宛怜戴着很多面具，会针对不同的人选择不同的面具，那她一定会认为这人诽谤宛怜。

宛溪一直留恋十几年前的夏天，那个像仙女一样在原乡出现的宛怜。她亲昵热诚，暖如春风，充满了温情和爱意；她是美丽和良善的象征，是一个真正的姐姐。虽然那个宛怜走了，再也没有回来过，但是宛溪从来没有忘记过。自从宛怜第二次离开原乡之后，十几年来，她同宛溪说过的话，全部加起来，都没有在原乡的那两个夏天多。宛怜对待李平漠和像他那样的人，一片热络，俨然是十几年前在原乡的那个宛怜。宛溪不知道宛怜为何对她那么冷漠，连个陌生人都不如。但是，她无法强求什么，也不可能跟宛怜抱怨，所以只有默默地接受现实。

第六十二章　邂逅——半途而废

宛溪和李平漠冷战了几天后，看到他没有去探望马小姐和孩子的打算，就放下了无形的兵器。一天，他们去百花潭公园喝茶，想借此缓解一下连日以来的紧张气氛。公园里盆景众多，栩栩如生，各具特色。除此之外，还有假山飞石，亭台楼阁，掩映着成片的花草树木，确实有涤荡心胸的功效。

他们坐在竹林环绕的一个亭子里喝茶，隔壁坐了一对中年男女。刚开始，大家都是自说自话，谁都没有留意对方。不过，他们偶尔飘过来的话激起了李平漠的兴趣，因为他们正在讨论自己开车去西藏的事情。

但凡听到去哪里玩，李平漠都会精神抖擞，更何况是去西藏。很早以前，他就在看和徒步墨脱有关的书，可以说西藏是他最想去的一个地方。听了一会儿，他终于忍不住加入了他们的谈话。李平漠毕竟是行家，三言两语就说到了点子上。中年男人听了后，很快过来和李平漠坐到一张桌子上，两个人聊得热火朝天。

中年男人坐过来以后，中年女人也跟着坐过来和宛溪搭讪。她自我介绍叫连颖茹，顺便和李平漠说男人的名字是萧轩。

连颖茹身材适中，留着波浪卷的中长发，肤色稍黑。也许是经常旅游的缘故，所以她不像大多数成都女人那么白净。萧轩显得粗犷野性，说话时夹着国骂，也不像个说话软绵绵的成都男人。

谈笑之间，李平漠和萧轩决定一起去西藏。宛溪在旁边听得目瞪口呆，不过心里还真有点向往。虽然明知西藏是紫外线最强的地方，是皮肤的大敌。然而，她想到以后的岁月都会在成都度过，有大把的时间慢慢恢复皮肤，就开始蠢蠢欲动了。毕竟，西藏是很多人心中的圣地，宛溪也把它列为最想去的地方之一。所以，李平漠没有花费什么力气就说服了她。于是，在百花潭公园一个寻常而又特别的下午，李平漠做出了和两个陌生人同去西藏的重大决定。说它是寻常的下午，是因为不用看就知道是在成都。此起彼伏的麻将声和淡淡的茉莉花茶香混合在一起，懒洋洋地束缚着人们的听觉和嗅觉，极好地诠释了成都的悠闲生活。按照成都人的说法，生活就是工作，这就是成都人的生活常态。有人说成都人是踱着方步过日子的，身临其境时，丝毫都不觉得此话夸张。说它特殊，是因为这个下午难得的出了太阳。明媚的阳光，极尽灿烂地在公园的每个角落照了一番后才讪讪离去。这是宛溪到成都以来，第一次见到阳光。

两个初次见面的男人在百花潭公园说到天都快黑了，还意犹未尽。因为去西藏确实还有很多事情需要商量，所以他们四个人离开公园后，又去了府南河边的大排档。大排档全是人，像公园和茶馆里打麻将的人一样多。成都人对生活的热爱，让没有身临其境的人无法想象。外地人以为成都个个都是高收入或者靠着祖上丰厚的家产，才能有这样舒适悠闲的生活。实际上，成都人无论是否有钱，都能自娱自乐。所以，不管一个月赚一百块还是一万块，成都人都能把对吃和玩的热情贯彻到极致。很多初次来成都的人，都被这个富有生活热情的城市感染。

夜幕下，长长的河边，全是桌椅板凳和人声，看不到尽头。有人光着膀子猜拳；有人高叫着让伙计送上冰鲜扎啤或者散啤酒；有人扯着嗓子摆龙门阵。灯火辉煌，好不热闹，凌晨时分都不散场。这不是某一个晚上的特殊活动，整个夏天的府南河边都是这样无比鲜活的场景。没有人在意严重污染的腐臭河水，不时散发出来的阵阵异味，也丝毫不影响大家的饕餮之兴。他们把吃完的各种骨头和剩菜随意丢到旁边或者河里，然后又兴高采烈地点上几大盘新菜。

远在秦汉时期，成都就以蜀锦出名，一直被称为锦官城。府南河大概也是当年美丽的濯锦之江，没想到如今变得臭气熏天。有关成都的诗词文章不计其数，到处都是名人的典故。很多人千里迢迢而来，就是为了曾经读过的人文掌故，并不计较今日的样子。就像锦江，虽然早已面目全非，但人们依然不会忘记她昔日的风采，很多地方都是如此。没有崔颢、王维和李白，谁会心心念念黄鹤楼呢；没有《滕王阁序》，滕王阁就是一个普通的亭子；就连桃花源这样一个虚构的地方，都会引起后人的无穷探索。时至今日，很多人仍然为了桃花源到底在湖南还是江西，打笔墨官司。没有人在意桃花源或许就是陶渊明喝完酒以后，醉眼蒙眬地对着门前或者屋后的几棵桃树杜撰出来的。就像美名传遍天下的桃花潭，如果没有李白，谁都不会知道。当年汪伦骗李白说"此地有十里桃花，万家酒肆"，结果李白兴冲冲地跑去一看，原来是有个水塘叫桃花潭，一个姓万的人开了家酒馆。风一样生活着的李白毫不计较，非常给汪伦面子，所以才有了家喻户晓的《赠汪伦》。

不过，凡事都有特例，西藏就是这样一个与众不同的地方，人们谈论它时，总是说起它的山川风物。它就静静地站在最高的高原，纯粹以雄奇瑰丽的自然风光引人入胜。

萧轩酒量奇好，一杯接一杯地喝，颇有千杯不醉之态。李平漠不胜酒力，只能浅尝辄止，大部分时间用来讲话。宛溪和连颖茹没有喝酒，吃了一堆串串香，啃了几个兔脑壳后，还是觉得腹中空空。最后，各自吃了一大碗雪豆蹄花才有了脑满肠肥之感。

宛溪已经去单位报到，具体的工作安排还没下来，她还可以逍遥一段时间，所以吃完大排档的第三天，她和李平漠就上了萧轩的车。宛溪想象着路途艰险，原本以为是部越野车。可他开的居然是一辆红色的桑塔纳，这实在令她讶异，红色的小汽车和粗暴的萧轩怎么都无法联系到一起。李平漠看到她一脸的迷惑和隐藏不住的担忧，就宽慰她说川藏线很平坦，桑塔纳没有问题。

萧轩开车，李平漠坐在副驾驶的位置，连颖茹和宛溪坐在后面。车厢里塞满了行李，基本上都是萧轩他们的东西，后座上也放了一个他们的箱子，李平漠和宛溪只有一个大箱子、一个背包。归根到底，还是车子太小，空间有限。车子出城以后，路况不错。一路顺畅地过了雅安后，遇到二郎山塌方，路上的车子弯弯曲曲地排了好几公里长。

大卡车、越野车、吉普车和小汽车都是一样的命运，乖乖地趴在原地。有人等得无聊，就在路上晃来晃去。萧轩破口大骂了一阵子，但没有解决交通问题，出去撒了野尿后回到车上说饿了。连颖茹打开后座的一个箱子，拿了一堆吃的递给他。好在四川的小食品花样繁多，宛溪也在包里塞了不少，就拿出来一起吃。

李平漠倒是不急不躁，说天灾人祸谁都没办法，让大家安心等待路面畅通的那一刻。于是他们像所有人一样困在路上，动弹不得。四个人坐在桑塔纳里，啃方便面，吃各种牛肉干、豆腐干和灯影牛肉。在路上等了两天，虽然马上弹尽粮绝，但谁也不能弃车逃亡，一直等到勇敢可爱的解放军同志抢修好塌方以后才开出去。萧轩一路骂娘，不过开着开着，道路开始变得笔直宽敞，一马平川，他才开心一点。一直开到康定，都是一片坦途。李平漠和萧轩商定在康定玩两天再继续前行。

萧轩刚把车子停在小旅店的院子里，几个两颊上都是高原红的小男孩就走了过来。他们好像没有见过汽车一样，围着车子，敲着车窗玻璃和车身。萧轩很不耐烦，又要开骂。李平漠说这里藏族同胞的脾气没有西藏的好，不要主动招惹他们。连颖茹也劝他稍微收敛一下。萧轩抬头四处看看，看到几个露出半边胸膛的藏族汉子，才不情愿地闭了嘴。

晚上吃饭时，宛溪一口都没吃下去，因为所有的菜都有一股羊肉的腥膻味道，而她除了吃过完全不像羊肉的东山羊，这辈子从来没有吃过一口羊肉。她觉得头痛，便早早地回到房间休息。睡不着，也说不出来哪里不舒服，只是迷迷糊糊地躺在床上。不知过了多久，李平漠回来了，说吃完饭后和萧轩他们去草原上看星星了。宛溪听他说着满天繁星的盛况，慢慢睡过去了。

不知过了多久，宛溪被一阵激烈的声音惊醒。她仔细一听，原来是隔壁房间的萧轩和连颖茹在大吵，还伴随着摔东西的声音。李平漠也被吵醒了，他不擅长调解家长里短的事，就让宛溪过去劝一下。可是，她醒来以后，感觉头痛欲裂，实在没有精神，只好作罢。萧轩和连颖茹吵了大概十几分钟后被店主制止了。万籁俱寂中，宛溪和李平漠又睡着了。

第二天早上醒来，宛溪的头痛不但没有减轻，还开始恶心，所以只能躺在床上。李平漠去找萧轩和连颖茹吃饭。可是，敲了半天的门，都没有人应。他走到院子里一看，桑塔纳不见了。他不以为意，认为他们一大早出门去看日出了，回到房间跟宛溪说了几句话，看到她没有丝毫胃口，也不想出门，就准备单独行动。说完又觉得有些内疚，就加了一句："这里有很多蘑菇，既然你那么爱吃蘑菇，我出去采些回来煮给你吃。"

李平漠独自吃完饭后，打着采蘑菇的名义出去了。他看到心仪的景色就停下来，所幸的是一路上的蘑菇很多，想视而不见也不大可能。他一边捡蘑菇，一边照相。把草原野花、雪山经幡照了个遍，又在塔公草原盘桓良久，玩得忘乎所以，中午过后才回到小旅店。可是，萧轩他们还是踪影全无。李平漠只好去找店主了解情况，店主也不知道怎么回事，就用钥匙开了门。进去房间一看，里面空空如也，什么行李都没有，不像是有人住的样子，但是李平漠清晰地记得前一天晚上，他帮着萧轩搬了一个箱子去房间。到了此时，他才意识到萧轩他们扔下他和宛溪，自己走了。宛溪听了以后，对于这种莫名其妙的幼稚行为，觉得很可笑。不过转念一想，大家毕竟是萍水相逢，无论萧轩他们做什么，都不需要向他们报备。

好在李平漠旅行经验丰富，可以应对很多突发状况，比这复杂的事情都遇到过好多次，有两次还身无分文，所以他一点都不惊慌。而且，虽然被半路抛弃，但并非荒山野岭，更没有什么值得担忧的。他把路上捡来的一堆蘑菇交给店主去煮，自己想着下一步计划。

店主煮好蘑菇后，宛溪起床去吃。可是，刚吃了一口，就吐了出来。因为店主所有的锅碗瓢盆都沾满了牛羊肉的膻味，连鲜美无比的野生松茸都透着羊骚味。李平漠看着她食不下咽的样子，若有所思地说："一路都没事，怎么突然这样？我知道了，你肯定是高原反应造成的头痛，恶心，吃不下饭。你这个样子，随时都会光荣牺牲，我们不可能去西藏。算了，打道回府吧。"

果真如李平漠所言，离开康定后，宛溪的所有不适症状都消失了。李平漠见状，又动起了脑筋。他说："既然你这么快又变成了一条好汉，想来也没有什么大碍，我们去海螺沟吧。"

第六十三章　且行且看

以宛溪对李平漠的了解，知道他既然出了门，就不会轻易回去，所以就跟着他去了海螺沟。海螺沟路况奇差，又赶上刚下完一场大雨，上山的时候，全是烂泥，根本无法行走，唯一的办法是骑马。由于路途险峻，自己根本不敢骑，必须找当地人牵着马才行，和以前在玉龙雪山下云杉坪策马飞奔的境况迥然不同。不过，看着那些帮他们牵马的当地人，宛溪一路都觉得不可思议。她和李平漠都不是娇气的人，但他们尝试以后发现，自己确实走不了那样的路。他们不是走一步滑两步，就是双脚陷在泥里，等到费了九牛二虎之力把脚拔出来，鞋子依然留在泥里。不知道这些当地人是怎么一边牵着马，一边走路的，也算一个奇观。

海螺沟的景观确实非常丰富，有雪山、冰、冰瀑布、原始森林、随处可见的热泉，温泉在茫茫的雪山下静静地流淌。由于光线的变换，时常可以看到金山银山互相映照。山下的摩西古镇虽然破败，但是原始自然。镇上有教堂，据说一百多年前，有些不畏艰险的传道士，跋山涉水来到这里传教。不知当年的路况如何。

宛溪和李平漠一路平和，不吵不闹，但她无论怎么努力地收拾心情，还是不能够做到像从前那样全情投入大自然。

离开海螺沟后，李平漠和宛溪去泸定坐车，准备返回成都。到了泸定，李平漠自然不会放过参观泸定桥和大渡河的机会。宛溪走在摇摇晃晃的泸定桥上，两只手紧握着铁链，战战兢兢地看着下面狂奔怒啸的大渡河。李平漠乘机猛按快门，把她的狼狈不堪照了个够。

走完泸定桥后，宛溪站在河边。虽然她缺乏李平漠那种主动学习的精神，不像他那样对红军长征途中的大小事件耳熟能详，但通过历史课本，她大体了解强渡大渡河和飞夺泸定桥的历史。以她从课本中学到的有限知识，她知道这是长征路上的经典之战，红军绝处逢生，避免了成为石达开第二的命运。所以，看着泸定桥和大渡河时，宛溪不由自主地想起那句著名的"大渡桥横铁索寒"。进而又想到两年半前的云南之旅，想起那句当时听起来轻松喜悦的"金沙水拍云崖暖"，江水安宁平静，缓缓地向前流动，她情不自禁地生出了时过境迁，时移世易之感，内心就像大渡河一样奔腾不息，躁动不安。两句诗一暖一寒，是她彼时和此时心情的绝佳写照。那一年的寒假，当她开心地站在金沙江畔，灿然而笑时，她没有料到日后会怀着迥然的心境走过大渡河，更没有想到会把诗的上下两句的境界全部体验一遍。写下著名诗篇的伟人相信人定胜天，可是面对生活中不可思议的巧合，宛溪只能想到那句充满唯心主义色彩，安慰了无数人的老话：冥冥之中，自有定数。

在泸定待了两天，吃了几顿可口的饭菜后，李平漠意犹未尽地坐上开往成都方向的公共汽车。可是，他从来就不是一个循规蹈矩的人。车子在路上休息时，他对周围连绵的群山生出了无限的兴趣，便突发奇想地要进山游玩。宛溪无奈，只有随着他折腾，跟着他一起徒步爬山。

山里植被丰富，一片翠微，到处是飞瀑山涧，但山顶依然白雪皑皑。太阳照在山顶时，先是明艳的大红色，很快就变成粉红，橘红，最后又变成了白色。清澈见底的小溪，蜿蜒着流过草甸。成片的青杨林，风姿绰约地和群山交相辉映。

李平漠和宛溪在山里走了几个小时后，天慢慢黑了。路上除了他们两个，没有其他人影。她有些害怕，叫他出山。他镇定地说："没有关系，你路上也看到了，山里有人，我们晚上随便找户人家住下来就行了。"

听到李平漠这样说，宛溪只好同意。因为他们已经在深山里面，想走出去，又要花几个小时，且这样摸黑走山路也不安全。于是，两个人开始一路走，一路找住的地方。说来也奇怪，一旦决定住在山里，就一个房子也看不到了。宛溪忍不住抱怨："求仁得仁就这么难吗？"

李平漠立刻抓住她话中的漏洞说："求仁而得仁，有何怨？"

"好吧，我不怨了，首阳山大概就是这个样子，你在这里安心做伯夷、叔齐吧。"

"我一个人怎么做两个人呢？"

"那你临死还要拉上我做个垫背的，太自私了吧。"

"你这个小心眼儿的，我是叫你做个流芳千古的贤人，以后在史书中留个名字。死去的人千千万，有几个人能被孔老夫子赞扬。"

"做你的春秋大梦去吧。现在又不是暴君横行、民不聊生的时代，我陪你在这里饿死，也不会成为伯夷、叔齐，只能是两具无人认领的干尸，或者被野兽吃个尸骨无存。"

"如果有野兽，我们俩根本不可能在这里斗嘴，早就进了它们的肚子。这里风景秀丽，温度也不高，作为一个葬身之地还是很理想的。如果真的不幸遇难，倒是不用担心尸体腐烂。我们肯定会像木乃伊那样，有个千年不坏之身。"

天黑透了时候，还是没有看到一点灯光，只有天上的星光为他们照路。李平漠说："如果实在找不到地方，我们只有露宿山林了。"

就在宛溪快要走不动时，李平漠发现了前方的灯光。他们走到近前一看，是个军营。热情的解放军同志为他们煮了饭，然后给他们安排了一个房间。房间里有两张上下铺，看来是军营的宿舍。宛溪和衣躺在床上，拉开军绿色的被子，盖在身上，一股刺激的味道直冲鼻孔。

第二天早上，李平漠和宛溪边走边玩，走了几个小时后，才出山坐车。路上，看到很多地方写着"蒙山顶上茶"，李平漠又想下车，说要上山看茶园。宛溪刚从山里走出来，腿又酸又痛，脚也磨出了两个大泡，实在没有精力再爬山，只好说："再走下去，我都快残废了。再说，就算你采了蒙山顶上的茶也没有用，还差扬子江心水呢，依然煮不出好茶。而且，我们都不是文人雅士，也不会品茶，还不是胡乱糟蹋。最后说不定又要拿回去煮茶叶蛋。"

李平漠看着精疲力竭的宛溪，终于放弃了再次徒步的打算，没有再搞异想天开的举动，他们总算无惊无险地回了成都。不过，对于这次夭折的西藏之行，他始终耿耿于怀，一直说如果有合适的机会，肯定会再去。

第六十四章　每个人都有颗八卦的心

　　回到成都后，宛溪和李平漠依然住在高甫的新房里。一天，她找书的时候，惊奇地发现宛怜放日记本的那个书柜锁上了。想来是上次宛溪跟高甫说宛怜没有把小孩生下来的话，被高甫转述给她了。宛怜想当然地认为宛溪偷看了她的日记，所以就把整个书柜都锁了起来。宛溪站在上了锁的书柜前，突然意识到，自己的事情宛怜可以随意查看，满足一下人类共有的好奇心，然后就此打住，不会再有下文。至于所发生的事情会对宛溪造成什么影响或者伤害，不在她的好奇心范围之内。宛怜那些风花雪月的事，可以对高甫、李平漠或者其他任何人敞开，但宛溪绝对不在这个行列里，因为她比他们低了无数个等级，连站在宛怜身边的资格都没有，更不要说和她一起坐在客厅的沙发上。

　　好在一个书柜被锁了，还有三个书柜的书可以读。宛溪看到两本关于杰奎琳和希腊船王的书，就拿出来读。两本书的内容大同小异，也许是翻译的缘故，其中一本的文笔明显高出很多。书里详尽地描述了杰奎琳、船王、玛丽亚·卡拉斯之间纠缠不清的关系，堪称本世纪最大的一个八卦。杰奎琳为了钱嫁船王，船王为了曾经的美国第一夫人的名头娶她，让多年的情人卡拉斯伤心欲绝。船王刚结婚，两人就失和，因为两个人都不是为了爱结合，而是各怀鬼胎。于是，船王丢下新娘，重新回到老情人卡拉斯的怀抱。好在新娘的乐子也不少，所以也不稀罕新郎的陪伴。杰奎琳早已身经百战，说到偷香窃玉，寻欢作乐，肯尼迪名不虚传，面对这样的婚姻，杰奎琳仍然笑对大众，安心做着她的第一夫人。在肯尼迪的葬礼上，她头顶黑纱，穿着一身黑色的衣服，显得悲伤凄苦，又透出勇气和智慧，全世界都赞颂她在面对丈夫遇难时表现出来的冷静。她的一颦一笑，到底有几分是发自真心，大概连自己都不知道。不过后来船王的女儿称她为黑寡妇时，不知是否是想起她在葬礼上的形象。所以，船王和卡拉斯的那点事，在杰奎琳看来，连小儿科都算不上。

按照世俗的观点，这三个人都是名利双收的成功人士，他们的名字必将流传很多年，绝对不会轻易淹没在历史的长河中。他们会成为小人物的谈资，大人物的研究对象。尤其是卡拉斯，无论多久，她的音乐都不会消逝。而且，三个人中，她应该是最悲伤、最孤独的那一个。虽然和船王在一起九年，船王最终还是娶了在他眼里更有利用价值的杰奎琳。所以，就连卡拉斯的死因也被很多人附会成心碎而死。

除了不如意的爱情，卡拉斯跟母亲和姐姐的关系都疏离到极致。她和母亲二十多年没有见过面，和姐姐根本没有联系。她说自己没有童年，母亲偏爱姐姐，逼她唱歌赚钱。从出生起，她就生活在从未谋面的哥哥的阴影下。她的哥哥两岁时死于脑膜炎，父母为了再生一个儿子，想尽了办法。她出生后，母亲失望至极，四天都没有看过她一眼。

厚厚的两本书，主要内容就是几个人含糊暧昧的情感纠葛。其实，这样的故事每天都在发生，宛溪就正身陷其中，但是没有人会为她的故事写一个字。其实，大家对陈词滥调的故事本身没有多少兴趣，只是更愿意关注名人的一举一动。所以再滥的故事只要加上名人的争风吃醋、豪门恩怨或者大人物的隐情，就能调动小人物兴奋的神经系统。小人物无法爬到金字塔的顶端，但他们喜欢看那些高高在上的人一脚踏空掉下来，摔个鼻青脸肿或者头破血流。所以，看到功成名就的人也有很多烦恼和丑闻，名不见经传者多少会有些暗自窃喜，从而为他们日复一日的空泛生活找到借口和开脱的理由。好在从古至今这样的大八卦比比皆是，给人们提供了取之不尽的谈资和话题。而且没有人去追究真伪，谈论的人总是眉飞色舞，说得好像亲眼所见一样，但他们和故事的主角住在完全不同的星球，中间的距离是几十亿光年，没有任何方式可以让两个星球相通。不过，这些都不重要，人们只要听到他们够不着边的事情，哪怕是一点影子，也会编造成有鼻子有眼的巨大实体，就像宋徽宗、李师师和周邦彦这样漏洞百出的绯闻依然从古传到今。

据说周邦彦因为写了《少年游》让宋徽宗震怒，然后把他贬出京城。实际上，周邦彦比宋徽宗大二十五岁，《少年游》是他年轻的时候在京城写的，当时赵佶只是个几岁的孩子，而李师师还没出生，他怎么可能躲在房间里听这两个人调情呢。但没有人关心这些，继续以讹传讹，说周邦彦在离开京城前写了《兰陵王》，结果李师师去送行时动情地唱了这首新曲。等她双眼红肿地回到自己的住所时，发现宋徽宗正在火冒三丈地等着她。在宋徽宗的要求下，李师师又把《兰陵王》唱了一遍。宋徽宗听到这么美的词曲，怒气全消，马上把周邦彦召回，并且又给他封了官。然而，《兰陵王》是周邦彦六十多岁时写的，和《少年游》根本不相干。但是直到今天，人们还在有盐有味地说着这个不存在的故事。究其原因，《兰陵王》写得好是一个方面，好像不搞一个添油加醋的故事对不起这么美的曲子。另外一个重要的原因，自然是这三个人的特殊身份。一个是有最高权力的皇帝，一个是集美貌和才艺与一身的名妓，一个是文学界的名流，每个人都可以成为舆论的中心。就像肯尼迪、杰奎琳、船王、卡拉斯一样，每个人的一举一动都会有人追逐。如果把这些人扯到一起，更是极具话题性，轻而易举就能连续多日占据头条，并且还会不断地发酵。尽管国外的那个大八卦具有很大的真实性，不过谁也没料到，这个宋朝的故事是子虚乌有的，可就是这个不存在的故事还是被绘声绘色地说了几百年，听到的人都信以为真，且还会栩栩如生地继续流传下去。所以，只要人的八卦之心不死，各种虚实难辨的狗血故事还是会层出不穷。古今中外都一样，没有什么新鲜事。

虽然说很多名人轰动一时的桃色新闻都有巨大的水分，但卡拉斯不光和另外两个大名人实实在在地演了一出旷日持久的真人秀，而且几乎毁了她的事业。

宛怜买了很多玛丽亚·卡拉斯的 CD 和 VCD，几乎涵盖了她唱过的所有歌剧作品。卡拉斯的演唱，感情真挚，生动不凡。无论她扮演什么角色，都脱离不了感情。她的一生就像她唱过的那首咏叹调《为艺术，为爱情》一样，她为上帝献上珠宝和歌声，可是只能痛苦地追问上帝为何如此无情。

宛溪一边读书，一边听着卡拉斯华丽的声音。虽然一个字都不懂，但听着她用厚实的中音、婉转入云的高音刻画出那些性格鲜明的人物，还是心潮澎湃。尤其听到《我死去的妈妈》时，歌声中的悲切和挣扎无人能及。用情如此之深，实在催人泪下。只是鉴于卡拉斯和母亲的真实关系，如果母亲真的死了，她必不会这么绝望，不知她唱这首咏叹调时想起了什么人和事。

名人们在各自擅长的领域留下了无数让后人津津乐道的精神财富，但是现实中的他们一点都不美好，有些甚至非常丑陋。

没有多少人的私生活能够放在阳光下展示，有才华的人更是如此。所以曹操提出了唯才是举，因为他深谙人性，知道德才兼备的人实属凤毛麟角。

连续两天，高甫看到宛溪一边认真研读三个名人之间杂乱无章的事情，一边听世界上最伟大的女高音的天籁之声，感觉非常不协调，就说："一个女孩子，读这么血淋淋的书做什么？"

听到他莫名其妙的疑问和质询，宛溪觉得啼笑皆非。他本人正在读《帝王三部曲》，后宫嫔妃的争斗、帝王心术和九王夺嫡难道不比名人的私生活更加惨烈？以她的理解，这中间的惊心动魄和你死我活，绝对超过名人之间那些鸡零狗碎的风流债和家长里短的始乱终弃。宛溪看到他有空就拿着书，刚放下雍正，就捧起乾隆，读得聚精会神，心中疑窦丛生，实在不明白他是如何定义"血淋淋"这三个字的。

第六十五章　跳不出三界之外

一天，李平漠说要回海南处理以前遗留下来的一些问题。如果没有马小姐的事情，宛溪一定会说："是遗留了几个孩子在那里吗？"但是现在，很多玩笑话都不敢说了。

宛溪原来打算毕业的时候回海南收拾一下东西，但由于李平漠在半年多前仓皇逃离，就一直没有机会。她还有很多衣服在那里，于是就在周末时跟他一起过去。李平漠的房子已经很长时间没人住，因为海口非常潮湿，所以墙上有很多霉点，有的地方连墙皮都掉了，用手一摸，还有水迹。宛溪的衣服上面也是霉点斑斑，她洗了几件特别喜欢的衣服，可是霉斑的印记无法完全去除，只好忍痛割爱，全部丢掉。

李平漠上次离开的时候，带走了一些工程资料、照片、信件、书和他常穿的几件衣服。他在海南生活多年，房子里还有很多可用的东西，但他什么都不想拿。如果下一个搬进来的人不大讲究，那么什么都不用买就能住下去。宛溪也有很多私人物品，比如出去玩时买的小饰品、小物件等。这些东西都是出于一时的喜爱冲动购买，买回来以后就扔在那里落灰尘，再没有多看一眼，即使带回成都也是同样的命运。既然如此，不如把它们留在熟悉的地方。而且海南的空气比较干净，这些曾经美丽过的小东西应该更舒心。

宛溪不甘心空手离开，就在房子里转来转去，想找到一点可以永久存留的东西，最后发现了一个勺子。勺子是很好的不锈钢，没有湿气留下的痕迹，长柄上刻着两朵玲珑精美的玫瑰花，小巧的红色花瓣栩栩如生，鲜艳欲滴。在所有的餐具里，这个最漂亮，质量最好。李平漠几乎不做饭，宛溪上学以后，都没怎么回过这个房子，在家吃饭的时间也是屈指可数。但是只要在家吃饭，她一定会用这个勺子。这是她用得最多，也最喜爱的一个勺子，还曾想过带到学校去用，又怕被别人拿走怪可惜的，所以就留在家里。李平漠办完事后，拿了几本书和几张照片装到随身的小包里，宛溪带着这个勺子回到了成都。

他们不可能一直住在高甫家里，所以李平漠时常和宛溪讨论住在哪里的问题，最后决定以她上班方便为主。宛溪刚上班时，主要是熟悉各种事务，没有特别正经的事，所以不需要打卡。一段时间后，她必须遵循办公室的时间表，他们就在单位附近租了一个两室一厅的房子。她骑车去上班不到十分钟。房子里面家徒四壁，简陋不堪，什么装修都没有，连地面都是坑洼不平的水泥地。两个人对房子都不满意，但是跑了附近的几幢楼，只有这一间最合适。李平漠说："先住下来再说吧，反正是租的，不要那么讲究了。等我们安顿好后，仔细看看附近小区的楼盘，春节前肯定能够买到一套合适的房子。"

虽然这么说，但是看着不平的地面，两个人都无法忍受。最后，李平漠买了一桶浅绿色的涂料，把地面全部刷了一遍，看起来平平整整后才罢休。他们买了一些家具、窗帘、锅碗瓢盆，把房子布置到可以居住的水平。

等到终于安顿下来，宛溪想起了钱光良的事情。由于沉浸在自己的苦痛中无法抽离，她很久都没有和钱小瑛联系了，所以当初在深圳答应钱光良的事一直没做。她一阵内疚，赶快给钱小瑛写了封信，婉转地说了钱光良的性取向问题。信寄出去一个礼拜后，她给钱小瑛打电话。钱小瑛确实非常诧异自己的哥哥是个同性恋，她很难接受。宛溪根据道听途说的有限了解，勉为其难地跟她解释了半天。最后，钱小瑛说："就算我没有意见，爸爸妈妈怎么办？我妈常说如果我哥再不结婚，我们家就要断子绝孙了。我妈催得紧，我哥为了回避这个问题，已经好长时间没跟家里联系了，我妈正生气呢。这种时候，如果再把此事说出去，我妈肯定冲到深圳，跟我哥拼命。我想先冷静一下，过一段时间再说吧。"

其实，钱小瑛的父母非常通情达理，远远比大多数父母开明，可是在孩子的婚恋问题上，他们依然遵循着既定的轨道，不能接受超出传统观念之外的事情。这也不能怪他们，大环境如此，两个普通的知识分子不可能接受如此与众不同的儿子，以及别人的异样目光和纷纷扰扰的议论。钱小瑛既然这样说，宛溪只好顺其自然，不过心里面还是有愧于钱光良。

钱光良的事情告一段落后，宛溪才想起快要忘记的裴云英。裴云英不是一个主动的人，如果宛溪不跟她联络，她也不会催问。因为一言不发地错过她的婚礼，宛溪一直觉得歉疚，就给她写了一封拉拉杂杂的信，但是没有触及不参加婚礼的真正原因。没过多久，裴云英打电话来说她怀孕了，并且说了宿舍其他几个女生的近况。汤玉红和林敏雪调到了不是那么偏僻的一个地方；贾小翠最终嫁给了复员军人，通过婚姻，调到了灞桥工作；薛花珠的父母到处找人，最终把女儿调回了那个生她养她的小城。

上班以后没有多久，单位给宛溪分了一间宿舍。房子是三室一厅，两个室友都是刚分来的大学生。宛溪平时不住宿舍，只是中午休息的时候过去午睡。

李平漠很快就买了一部车，但是放在宛溪名下，说是成都户口比较方便。他每天开着新车去高甫的公司上班。空闲之余，宛溪也开始学车，后来心血来潮时，就开着这部自己没有出过一分钱但车主是她的车，城里城外地闲逛，也算是半个名正言顺的主人。由于周发鑫的关系，高甫接工程比较顺利。所以，李平漠手上的事情挺多的，比在海口的时候忙。他只要找到了感兴趣的事情，就会一心一意地去做，因此每天都早出晚归。

李平漠和宛溪都开始了自己的工作后，各自相安无事，平静地过着，不过这种状况被打破了。他的妈妈一直体弱多病，家人已经习惯，多半是在潭沙的医院就近医治。但是这次有点来势凶猛，所以来成都治疗，住进了花艺云所在的医院，他的三姐和家里的保姆一起过来照顾。按道理说，李平漠和宛溪已经结婚，他的父母也变成了她的公公婆婆，她也该改口叫他们"爸爸、妈妈"。不过，她始终没有适应由于一纸婚书带来的法律上的变更关系。所以，她在心里依然称呼两位老人家为李平漠的父亲和母亲。

花艺云工作的医院是成都最好的医院之一，只要有条件的，都会去那里看病。所以，这个医院是很多病人和家属的首选之地。在医院时，花艺云对李平漠的母亲确实照顾良多。可是，由于他的母亲常年体弱，经常陷入昏迷，医生根本无计可施。半个多月后，医院下了病危通知书，母亲连续昏迷四天，完全靠各种医疗器械吊着一口气。医生明确地告诉几个孩子，只要撤掉医疗器械，母亲随时都会撒手人寰。李平漠担心父亲承受不了这个打击也病倒了，让大家更加慌乱。于是，他和三姐商量后，决定先瞒着父亲，但是把实际情况告诉了二姐。二姐和二姐夫接到消息，马上带着所有的孩子和三姐夫一起赶到成都，见了老人家最后一面。

李平漠的母亲在连续昏迷十几天后去世，老人家闭眼之前，病床前站满了她牵挂的人。二姐和三姐当即失声痛哭，他自己黯然神伤了很多天。宛溪只能陪着他们伤心或者安抚他们的情绪。母亲的遗体在成都火化后，李平漠和宛溪一起把骨灰带回了潭沙。他在两年前为父母买了墓地，是个双人墓穴。墓地在山下，和潭河相对，认识的人都说风水很好。

李平漠和二姐、三姐轮番劝慰着父亲，老人家明白人死不能复生，但失去了相濡以沫几十年的老伴，悲痛之情是不言而喻的。好在三个子女守在身边陪着他，心中总是好受一点。

李平漠为母亲举办了葬礼，潭沙的一些亲朋好友先后过来拜祭。虽然没有流水席一样不断的人流，但是肃穆隆重。然后，李平漠亲手捧着骨灰，把母亲安葬在了一片葱茏的墓地里。他请人为母亲做了一块大理石的墓碑，墓碑上刻了所有子女和他们配偶的名字，还有外孙和外孙女的名字，每个名字的身份写得一清二楚。李平漠的名字在最前面，写在"儿"下面，宛溪的名字写在"媳"下面，两个人的名字并排挨着。

三姐和三姐夫陆续回单位上班，二姐和二姐夫也回到了自己的家里。平时，保姆罗音依然住在学校小院的家里照顾他们的爸爸。如果有特别的事情，就通知二姐和三姐。

第六十六章　天意如此

过完头七后，宛溪先回成都。在单位的地皮还没踩热，人际关系还没理清的情况下，就为了婆婆的葬礼请假，徐主任虽然没有明确表示不准假，但不高兴是写在脸上的，并且里话外地说："工作没人做，只能我去顶。我可没有那么多时间帮别人上班，又不多拿一分钱。再说，都这样三天两头请假，无组织无纪律的，我这个主任不是要累死了。"所以，宛溪赶快回单位去遵守纪律。李平漠算是半个自由人，没有组织需要他，他也不是个遵守纪律的人。因此过完三七，他才不紧不慢地返回成都。

自从搬到出租屋以来，他们就一直分房睡。李平漠终究有些愧疚，也没说过什么。后来，他的母亲来成都住院，家里一片忙乱，从来没有断过人，总是有各地的亲戚过来探望。所以，李平漠经常和一堆男人在客厅或者房间打地铺，宛溪也总是和一堆女人住在一起。这种环境下，他们谁都无心于床上的那点事。从潭沙回来后，他们第一次在自己的家里睡在了一张床上。李平漠不能自持，坚决地脱掉了宛溪的衣服。

虽然他的母亲去世不久，但现代人无须像古人那样守孝三年，如果把时间浓缩的话，过了三七也等于是三年多了，因此不算不孝。宛溪想到他们已经在同一个屋檐下分居了几个月，对于一个有着正常生理需求的男人来说，也算是一个很重的惩罚了。况且李平漠母亲的最大遗憾就是没有孙子，有些怪罪他们不早点生孩子。所以，宛溪实在无法拒绝他的任何要求，就配合着完成了夫妻之事。

宛溪在单位比较轻松，反正是些事务性的工作，再怎么准备，也做不出一朵花来。再加上单位不差她这么一个人，所以每天上班的时候，工作并不多。但她对浪费时间心生愧疚，因此就写文章到处给杂志社投稿。也许像她这样无所事事、埋头写字的人不是很多，反正一来二去，真的有两篇胡编乱造的文章分别被两个杂志选中。李平漠向来不关心她是否能成为一个女学究，有交道的同学和师兄师姐们都在遥远的地方，单位的人只关心自己的事情，因此没有人会去看这类杂志。所以，她的文章就静静地躺在那里，唯一的益处是消磨了一些时间，减少了她的负罪感。

宛溪的两个室友是叶雨和卫心。叶雨刚刚大学毕业，卫心毕业三年。叶雨的家离成都几百公里，卫心的家虽然不远，但是周末才回去，因此宿舍就是她们的家。宛溪只是占了一个午睡的床位，所以宿舍基本上是她们两个的。

叶雨毕业于北方的一所名校，卫心是黄玲的校友，但是由于专业不同，年龄也有差距，所以她们不认识。她原本也没见过鲁豪，到了单位才知道，鲁豪念及是校友，也挺照顾她的。鲁豪平时很忙，宛溪上班后，也很少跟他打交道。不过如果真的有什么问题，他还是会帮忙。

叶雨在人事处，卫心在局长办公室。在工作中，她们时常有交集，加上住在一个宿舍，所以两个人很快就成了好朋友。没有多长时间，宛溪就和这两个心思单纯的女孩混得烂熟。吃腻了食堂时，她们就结伴把单位门口的苍蝇馆子吃了个遍。

上了几个月的班以后，宿舍卫生间的马桶经常堵住。卫心跟宛溪抱怨叶雨往马桶里面乱倒东西，跟她怎么说都不听。宛溪觉得很奇怪，叶雨不像一个没有公德心的人，再说，她也要用马桶，为什么要把它堵住呢？直到有一天，宛溪亲眼看见叶雨把一堆鸡骨头倒进马桶，才意识到事情不对劲。后来，叶雨经常不睡觉，眼神变得呆滞，还跟宛溪和卫心说，单位所有的人都在骂她。甚至吃饭时间喇叭响起来的时候，叶雨也说喇叭里面的人在骂她，并且恐惧地堵上耳朵。春节时，她独自坐车回家过年，然后又按时回单位上班，似乎没有什么大碍。但是没有多久，就无法正常工作了。人事处只好给她的家人打电话。

叶雨的妈妈很快就来了，住在宿舍陪女儿。可是，她的妈妈在宿舍住了一个月，情况还是没有好转，而且越来越糟。卫生间的马桶已经没法用了，叶雨不但倒鸡骨头，还把排骨、猪脚也往里面倒。她自己浑然不觉，经常坐在马桶上，神奇的是，用完以后她还知道冲水。可是她不冲水还好，臭味可以暂时捂在卫生间里，她一冲水就变成了灾难，粪便横流，整个房间臭气熏天。叶雨的妈妈不停地道歉。卫生间锁起来后，叶雨整天踹门。没有几天，门就被她踹了一个洞。她从洞里爬进爬出，经常弄得满身污秽。卫心和宛溪试图阻止叶雨爬洞，可是她力气奇大，每次都把她们推倒在地。叶雨的妈妈整天都在洗衣服，清理地板，打扫房间，可是于事无补，房子里的卫生状况一天比一天差。

卫心和宛溪都没有办法回宿舍了。卫心暂时和另外一个女孩同住，宛溪中午在一个女同事家客厅的沙发上休息一下。又过了十几天，叶雨的妈妈在无奈和伤心至极中，带着叶雨回家了。

叶雨走后，卫心和宛溪一直感叹造化弄人。那么一个聪明努力，青春靓丽，前途一片光明的女孩子，居然精神状况出了问题！美丽的脑袋既可以让人成就不凡，也可以害人不浅。不知道叶雨是脑袋里的神经突然搭错了，还是遭受了什么刺激。

相比之下，卫心的精神状况一点都不需要人担忧。她出生在成都郊区，父亲是中学校长，母亲是会计，家庭和睦温馨。就算不是在蜜罐里泡大的，也是彼得潘身边那个飞来飞去的小仙女。除了来自父母无尽的关爱，还有姐姐卫芝的鼎力支持。卫芝心灵手巧，美丽大方，是幼儿园的老师。她经常来单位给卫心送衣服、新灌的肠、水果和新鲜的蔬菜。其实她们家离单位不到一个小时的车程，卫心几乎每个星期都回家的，可是卫芝总是乐此不疲。卫心平时独立能干，什么事情都自己搞定。不过在卫芝面前，她完全是一个不问世事的小女孩，依赖性很强。一支圆珠笔不见了，都去找姐姐。卫芝也总是有求必应，从来没有不耐烦。每当看到她们姐妹亲密地相依在一起，总是说个没完的时候，宛溪都难免想到自己那云泥之别的姐姐。有这样健全幸福的家庭作为依托，卫心积极进步，觉悟很高，大学就入了党。工作上从来不需要人操心，深受领导器重，又热心帮助同事。因此从上到下，极少有人对她不满意。

除了卫芝，另外一个经常来单位找卫心的人是郭昌。郭昌和她是大学同学，魁梧雄壮，虎虎生威，和小巧的卫心走在一起，就像一个天然的保护神。单位的人都认为他们在谈恋爱，这也难怪，适龄男女经常一起出现，人们总是会有这样的想法，甚至连郭昌都是这么认为的，似乎只有卫心本人有着不同的想法。

郭昌来单位的次数多了，和宛溪也变成了熟人。一次，他买了一只鸡、一条鱼、一块肉，还有很多蔬菜给卫心。宿舍没有冰箱，煮饭也不方便，卫心看着一堆菜发愁，只好央宛溪去宛溪家做饭。刚好是下班时间，卫心和郭昌随着宛溪一起回家。卫心麻利地炖鸡，煎鱼，切菜，宛溪给她打下手。郭昌和李平漠在客厅喝茶聊天。

卫心迅速地做满了一桌菜，四个人吃得心满意足。吃完饭后，天色尚早，他们开始打牌，时间就在弹指间过去，等到感觉倦怠时，才发现已经过了十二点。卫心和郭昌准备离开，刚出门，卫心就拉住郭昌的手，慢慢地走。楼道里面的灯坏了，李平漠和宛溪打着电筒送他们到楼下。一路上，卫心始终牵着郭昌，人高马大的郭昌像个孩子一样顺从。直到走出院子，叫了一辆出租车，卫心先把郭昌扶进车里，自己才坐上去。

他们平时在一起时，几乎没有亲密举动，郭昌偶尔搂一下卫心的腰或者肩膀，她总是不自觉地避开。宛溪在后边看着卫心，充满了疑惑。第二天中午，她和卫心一起吃饭，很多次想问她昨天晚上的事情，都欲言又止。最后，卫心自己说："郭昌有夜盲症，是先天的，光线稍微暗一点就看不清。看了很多医生，都没有办法。有的医生说随着年龄的增长，会越来越严重，也许会失明。而且，这个有可能遗传给孩子。"

宛溪大吃一惊，无法把威武的郭昌和失明联系起来，还有遗传给下一代的问题。她一下找不到合适的话，就无意识地说："失明？不可能吧！"

"我也希望不可能，但是没有办法治。他自尊心强，不愿意别人知道这件事。只要有人看到，都会猜疑的，所以晚上他基本不出门，昨天是我硬拉他去你家的。就算昨天不去，你早晚也会发现的。"

"那你一直犹豫和他的关系，是因为这个？"

"也不完全是。我们在大学一直是好朋友，三年级的时候，我生了一场重病，他经常照顾我。陪我去医院，给我买各种病号饭，帮我抄笔记，给我补落下的课，把我感动了。其实在我心里，他就像哥哥一样。直到后来，我发现了他的夜盲症，反而无所适从。如果大学毕业就天各一方，问题也解决了。偏偏我们分配到同一个城市，而且工作单位还挺近的，真是磨死人。和他谈恋爱吧，没有爱情；丢下他呢，于心不忍。我已经矛盾了好长时间，还是不知道怎么办。"

卫心的生活本来是阳光普照的，但是上天偷了一点懒，没有完全照亮郭昌的眼睛和卫心的心房，从而给他们给各自的天空投下了一片阴影。

第六十七章　第三次怀孕

　　看了一段时间的房子后，确实如李平漠所言，在过年之前，李平漠和宛溪就在出租屋对面的小区里买了一套。因为考虑到他的爸爸会不时地带着保姆来成都小住，所以就买了一套三室一厅。小区不大，里面有两栋单调乏味、毫无特色的灰色楼房。装修以后，他们退掉出租房，搬到了自己的房子。

　　其实，宛溪喜欢附近另外一个叫作岸芷园的小区。岸芷园很大，里面有二十多幢六层高的楼，都是淡绿色的房顶，象牙色的墙壁，非常典雅。岸芷园里有青瓦灰柱的凉亭，怪石造型的假山，清澈的小溪，巨大的游泳池，设施齐备的儿童游乐场，大片的草坪，还有一个人工湖。如果没有住宅楼，就是一个大公园。岸芷园的门口有几个味道很好的餐厅，很多人慕名而来，几乎每天都有人在门口排队。无论从哪方面来说，岸芷园都比他们住的这个小区好。

　　李平漠和宛溪也看过岸芷园的房子，虽然小区里还在施工，但是所有的房子都卖完了，而且岸芷园是最贵的，房价远远高于其他小区，所以最终没买。

　　搬到新房后不久，宛溪惊奇地发现自己怀孕了。大部分时间，她和李平漠还是分房而睡。但是，他的父亲和保姆来成都时，因为不想让父亲起疑心，他们两个就住在一起。

　　宛溪回想着和李平漠为数不多的夫妻生活，虽然没有像以前那样刻意避孕，但也不是准备怀孕的状态，和优生优育更是连边都沾不上。这种情况下能够怀孕，也是挺神奇的。李平漠很高兴，他的年纪不算小了，心里确实想要个小孩。虽然和马敏有个孩子，但是毕竟不一样。

　　宛溪有些忐忑，因为不久前她参加了单位组织的一次活动，每个人都被劝酒，而且是五十多度的剑南春。她平时不喝酒，喝白酒的次数更是寥寥。但是那种场合下，大家都兴高采烈的，她实在躲不过去，就喝了两杯白酒。按时间推算，喝酒的日子也许就是受孕的日子，所以她担心会生出一个痴呆儿。另外，虽然她极少再提及马小姐的事情，但她知道那是心中的一根刺。直觉告诉她，这个时候要孩子，时机不对。然而，宛溪想到之前两次不愉快的流产经历，也不想重蹈覆辙。另外，三十岁快要向她招手了，她已经在不知不觉中跨入了高龄产妇的行列，怀孕机会越来越少。她没想过当丁克，如果以后想要孩子，但怀不上的话，也是一件憾事。所以，宛溪最终决定，无论如何，都要把孩子生下来。

李平漠不担心酒精，因为他从花艺云那里得知宛溪喝的那两杯白酒，不会对胎儿产生影响。宛溪虽然对李平漠转述的话半信半疑，但她还是决定破釜沉舟，就算真的生个痴呆儿也认了。两个人在孩子的事情上很容易地达成了一致意见。

就像上次在三亚一样，宛溪怀孕以后的反应异常强烈，不但经常昏睡，恶心呕吐也时刻都在发生，每天吐得五脏六腑呼之欲出，一点胃口都没有。她依然会莫名其妙地昏倒，有时走在路上，突然两眼一黑，就倒了下去。李平漠看到这种状况，跟她说："你这个样子，不可能去上班了，先跟单位请假吧。"

宛溪也知道自己的身体状况不适合上班，但事发突然，单位一下子找不到人顶替她，而且她刚上班没多久，还没给单位做贡献呢，所以只能强撑着去上班。好在工作没有那么累，有活儿就干，没有活儿就坐在办公桌前闭目养神。一下班就待在家里，不敢独自出门。李平漠下班回来以后，两个人出去散散步。

妊娠反应让宛溪痛苦不堪，她几乎问遍了单位里所有生过孩子的人，没有人像她这样异常。看了好多遍医生，每次的答复都是每个人有不同的孕期反应和承受能力，言下之意是说宛溪太娇气，生孩子的女人多了，像她这样的不在少数，没有什么值得大惊小怪的。她听说三个月以后反应会减轻，所以虽然每天都备受煎熬，还是盼星星盼月亮一样地等时间。然而，过了三个多月求生不得，求死不能的日子后，境况不但没有丝毫改善，反而更加糟糕。

一天早上，她发现右腿长了一些小小的红疙瘩。她以为又是妊娠反应，就没有理会。可是很快红疙瘩开始蔓延，并且奇痒无比。去医院看了后，医生说是孕期湿疹。

宛溪不敢随便用药，只好强忍着。可是湿疹越来越厉害，除了痒，还会流水。她每天用盐水和冷水敷无数次，用金银花水洗澡，可是不能治本。后来，单位的一个女同事让她试试红霉素软膏。她想既然软膏是给眼睛消炎的，应该不会有副作用。用了无数个软膏后，湿疹开始结痂，慢慢好了。

李平漠虽然担心，但是为了抚慰宛溪，就和她打趣说："这孩子太特别了，难道是个脚踩风火轮、大闹龙宫的哪吒吗？还好你不会怀孕三年六个月。"

一天，宛溪下班后，感觉很累，就准备去宿舍休息一下，晚点再回家。快到宿舍时，宛溪觉得心头一阵翻腾，狂吐几口后，就昏了过去。醒来的时候，她躺在单位医务室的病床上，李平漠坐在床边守着她。虽然她以前也经常昏倒，但持续的时间很短，只有几分钟。被人扶起来后，很快就能恢复意识。

宛溪怀孕以后，虽然去过很多次医院，但从来没有像现在这样长时间失去意识，躺在病床上。李平漠看到她睁开眼睛，松了一口气："你终于醒了，吓死我了。"

宛溪无力地说："我昏过去很久吗？"

"两个多小时了。医生说你太虚弱，不能算完全昏倒，可能是睡着了。"

清醒以后，宛溪觉得精神不错，她不愿意像个病人一样躺在医务室，就让李平漠带她回家。他不敢自作主张，就去咨询医生。医生说没有大碍，可以回家。

第六十八章　当了逃兵的小李子

　　几天以后，宛溪独自在家看一本跟养育孩子有关的书，突然一阵腹痛，然后感觉下体有一股热流。她急忙走到卫生间，看到内裤上有些血迹。她想到书上描述的孕期现象，立刻觉得不妙。她坐着休息了一会儿，可是情况没有好转，肚子虽然不是很痛，但是血仍然时断时续地流着。她给李平漠打电话，他叫她不要动，说即刻回来带她去医院。

　　在医院，一直帮宛溪做产前检查的张医生先给她做了B超，然后又安排给她输液，说是止血和防止宫缩。她又一次躺在了病床上，而且时间比在校医院长了很多，从傍晚一直到第二天的黎明。这期间，她一直有宫缩。凌晨时，值班医生说听不到胎心，建议天亮后做B超。第二天上午，宛溪再次做了B超，医生轻轻地说出了七个字："胎儿没有心跳了。"

　　这七个字像魔咒一样击中了宛溪，她瞠目结舌。李平漠站在旁边和张医生说着什么，她一个字都没听进去。

　　过了良久，宛溪喃喃自语："都快五个月了，怎么会这样？"

　　李平漠抓着她的手，眼睛里写满了难过。张医生闻言，尽职地跟她说着各种原因。宛溪没有期待答案，所以也没有去听她的解释。她茫然地望着B超的显示屏，眼泪夺眶而出。

　　医生给宛溪做了药流，胎儿娩出的那一刻，她真切地感觉到了孩子温暖的身体，但是她连看一眼的勇气都没有。她闭着眼睛，恍惚中，不知谁说了一句："是个男孩。"

　　做完手术后，好像耗尽了全部的心神。她终日躺着，除了上厕所，连床都没有下过。徐主任、卫心和单位的几个女同事来医院看她，说了一堆劝慰的话。

　　巧的是，单位的定点医院就是花艺云的工作单位。她于一年多前结婚，丈夫是另外一个医院的外科医生。李平漠参加了他们的婚礼，因为宛溪在玉庐上学，所以缺席。

宛溪以前来医院做产检时，从来没有找过花艺云。李平漠原本想让她照应一下，但是因为张医生几乎为单位所有的育龄妇女做过检查，所以只要见到单位的人，都很关照，跟宛溪也像老熟人一样，她就不想麻烦花艺云了。这次流产，李平漠找了她。但是，这种事情，只有自认倒霉，无人能帮。宛溪在医院住了三天，花艺云每天都来看她，跟她随便闲聊几句后离开。花艺云的肚子大到无论穿什么衣服都盖不住的地步，她也不需要遮掩，只是安心等待宝宝随时降临。预产期近在眼前，作为一个医生，花艺云深知孕妇需要适当的运动，所以她打算工作到最后一天。她也用不着担心什么，反正就在医院，随时能躺到产床上，只要有需要，相熟的医生护士都会第一时间帮她。刚失去孩子的宛溪看到这样一个人骄傲地挺着大肚子每天在眼前晃悠，受到很大刺激。她邪恶地想眼前这个幸福的孕妇曾经万般无奈地流掉了和李平漠的孩子，以此换得心理平衡。邪恶的次数多了，又觉得非常讽刺。

住在医院的日子，不知道是因为身体的疼痛还是心理的创伤，除了偶尔跟人说说话，大部分时间，她都是眼神呆滞，内心空空。李平漠每天都在医院，两个人也无话可说。

出院之前，张医生把他们叫到办公室，宛溪以为是交代一些出院后的事项。可是，她看到张医生面带难色，说话吞吞吐吐，立刻起了疑心。她说："张医生，有什么话，你就直说吧。都已经这样了，我也不在乎更糟糕的事情。"

慈眉善目的张医生稍作沉默，然后下定了决心，简单地说："以后你怀孕的概率很小，就算真的怀孕，可能还是会流产。"

李平漠紧张地问："为什么？"

张医生谨慎地说："不孕、流产和习惯性流产，都是医学上的难题，很难说是某个特定原因造成的。"

李平漠还想再问究竟，宛溪已经不想听了。刚刚流产的孩子尸骨未寒，她没有心情讨论下一个孩子的事情，也不关心自己是否能够再次怀孕。她跟张医生说了句"谢谢"，就离开了。

回家后的第二天，冷宗苟和费左页来看她，表面上看起来，他们一切正常。不过，冷宗苟私下跟她说："我已经拿到了纽约大学的录取通知书，如果签证顺利，两个月以后就走了。"

宛溪诧异地问："费左页同意你去美国？"

"谁要他同意，我根本没跟他提过出国的事情，"冷宗苪有些不屑地说，"他从别人那里听到了，来跟我求证，我说都是谣言。等我到了美国以后再决定是否告诉他，也许不告诉他的概率更大，因为我可能不会再和他联系。"

冷宗苪一向特立独行，她这么做不知是性格使然，还是为了报复费左页，也许两者兼而有之。费左页在广州时，她曾经意外怀孕。她当时状态不好，中途出血，担心小孩不健康，加上费左页当时回不来，所以自愿做了流产。不过，像宛溪一样，从手术台上下来后，她懊恼至极。现在她一边说着留学的事，一边又提起了三年前的那次流产，很平静地说："幸亏我提前做了流产，不然也可能会像你现在一样，只能更加伤心。退一万步说，就算我把孩子生下来了，但他已经和那个女人在一起很长时间了，即使有个孩子，我心里面的这个坎还是过不去，早晚都得分手。多个孩子，难免会和他有些牵联，不如现在这样干干净净。"

宛溪觉得自己很可笑，先是在冷宗苪面前，瞒着另一个女人的事；现在又要在费左页面前，瞒着出国的事情。她不知道在他们两个人的关系中该扮演什么角色，是为了他们的百年好合努力？还是袖手旁观？或者隐瞒一些除了当事人以外，所有人都知道的秘密？

唐路和赵姝也来家里探望宛溪。他们结婚不久就做了父母，但是来的时候，没有带上宝贝儿子。而且，从头到尾，他们都没提过孩子的事，只是让她多喝鱼汤、肉汤，安心养好身体。

宛溪手术以后，看起来比较虚弱，李平漠又开始说要找个保姆。自从她怀孕以后，这是他们经常讨论的话题，但是好的保姆比高精尖的专业人才还难找。他们已经找了很长时间，托熟人介绍，跟家政公司联系，还是一无所获。年纪大的做的饭菜难以下咽，而且连基本的卫生习惯都没有，一切都要从头开始，但她们抗拒学习；年纪轻的这山望着那山高，来了没两天，就说谁家保姆的工资比她们高。最后，还是像以前一样，只好让他爸的保姆罗音到成都来帮忙。罗音来了，他爸自然就跟着过来。家里多了两个人，热闹很多。

罗音初中毕业就去打工了，原来是三姐的学生，做事利索，诚实可靠。她家在潭沙附近的一个村庄，虽然只有二十五岁，但女儿已经三岁了，在城里算是早婚早育，但在她们村里很正常。本来是和和美美的一家人，可惜的是，结婚不久，丈夫的脑袋出了问题，有转化成精神病的趋势。面对年幼的女儿，不幸的丈夫，她无怨无悔，一个人挑起了养家糊口的重担。她已经在潭沙照顾李平漠的父母多年，大家都很满意，也多次来过成都。宛溪怀孕时，她每个月都从潭沙过来，在家里住几天，帮她买菜煮饭，做家务。罗音很勤快，又在潭沙跟三姐学了一手好厨艺，所以无可挑剔。

流产以后一个多月，宛溪都没有和李平漠说过任何关于孩子的事，可是心里从来没有放下。一天，她想到冷宗芍说过的话，就独自到医院去看张医生。和张医生说了几句闲话后，她提出心中的疑问："上次暑假我怀孕的时候，症状和这次一样。如果我当时不主动选择流产，结果是否会和这次一样？也许我的身体状况根本不适合怀孕？"

自从第一次来医院，张医生就详尽地问过她怀孕和流产的次数，上次的流产情况自然也写在病历上，而且张医生早已从无数育龄妇女口中听过各种和怀孕有关的问题，就说："我理解你的心情，但这不是一件简单的事情。你一直为了上次的流产自责，这次的意外更是雪上加霜。如果我说是，你会好受一点。我不能给你一个科学的权威解释，你就权当是这样吧。事情都发生了，向前看吧，不要耿耿于怀了。"被张医生说中心结，宛溪只能讪讪地离开。

后来李平漠把这个孩子命名为逃兵小李子，说在战场上当逃兵，处罚都很重，有时直接枪毙。宛溪说说来说去都是个太监，这孩子不要也罢。

第六十九章　文章

　　李平漠回成都以后，除了高甫以外，跟以前的朋友很少来往。一来，大家早已不再像年轻时那样无所事事，热血沸腾，基本上都已经进入成家的务实行列，正在立业的道路上奔忙。工作之余还要忙着捞点外快，有点空时，还要拖家带口出门转一圈，回来以后累得人仰马翻。所以，和朋友闲聊变得可有可无，不知不觉中，这点有限的交流时间全部被压缩了。第二，李平漠本身不是一个热爱交际的人，朋友就是以前那几个，大家把时间贡献给家庭和工作后，他也不会没事跟人套近乎。

　　李平漠原本想和高甫成为合作伙伴，可是在他公司做了几个月后，感觉越来越像一个打工的。高甫接了工程，就分给他和其他几个大学生一起做。除了工资高一点，干的活儿复杂一点，技术性更强一点，李平漠在公司没有任何特殊性，根本没有一个合适的位置给他。可以说，高甫对他和几个年轻人的态度是一视同仁的。李平漠不甘心这样一个尴尬的处境，如果打工的话，他随时可以找一个更好的单位，用不着当高甫的员工。他早已想好和高甫合作的具体方案，可是谈了以后，高甫一点都不热心，说时机不成熟，等到公司做大再说。李平漠是一个在事业上有所追求的人，因此对这种现状非常不满意，但到底应该怎么做，还下不了最后的决心。所以，除了上班，他哪里都不去。他不见老朋友，也没有新朋友。

　　宛溪是一个住在成都的外来者，除了单位的一些人，她跟外界没有太多接触。因此她在医院和家里修养的日子，来看她的人只有唐路、费左页他们，还有几个女同事。好在她不喜欢热闹，倒也无所谓。如果探访的人很多，她还真是无法招架。不过，从头到尾，宛怜都无声无息，不要说来看她，连电话都没有一个。宛溪虽然极力不去想，但难免还是有些介意。

　　自从离开高甫的房子后，宛溪跟宛怜便没有任何来往。从怀孕到流产，宛怜没有跟她说过一句话。宛怜和李平漠是好朋友，和高甫是恩爱夫妻，她和这两个人总是密切联系。李平漠早就告诉高甫宛溪怀孕的事情，流产当天他也跟高甫说了，宛怜肯定早就从高甫那里知道了她的状况。再说，就算高甫不把宛溪当回事，忘记告诉宛怜，李平漠肯定也跟她说过了。宛溪本来以为，宛怜对她再冷漠，当听到她不幸流产的消息，单凭大家都是女人，也该说些慰藉之词。宛怜如此绝情，倒是出乎意料。

宛怜不想过问和她的生活无关的事情，她只在自己的世界游走。几个月前她和一个知名学者因书结缘，彼此有了情意。和高甫离婚的事，只有少数人知道，对外他们还是合法夫妻，而且也确实像真的夫妻一样生活着，所以高甫生活中的大小事件她一直都在参与。高甫本身的专业知识和活动能力都毋庸置疑，加上周发鑫的支持，更是如虎添翼。宛怜和高甫都是不需要点拨就可以通透的人，他们自然知道如何处理和周发鑫的关系。

周发鑫难免有些端着，宛怜建议高甫走家人路线。于是周夫人生日时，高甫送了一部白色的帕萨特给她作为生日礼物。周发鑫觉得太贵重，想阻止，但周夫人经不住宛怜的热情劝说，就笑意盈盈地收下了。逢年过节，高甫和宛怜必定登门拜访，他们给周发鑫儿子的红包又鼓又涨，平时的吃吃喝喝，大礼小物，更是不在话下。当然，周发鑫的岳父岳母也是不能怠慢的，高甫和宛怜时常送钱送物，皆大欢喜。周发鑫的家人只要看到或者提到高甫夫妻都心花怒放，周夫人的枕边风更是吹个不断。周发鑫和高甫本来就交情不浅，高甫也不是政敌，不用对他严密设防。所以，周发鑫对高甫难得地表露了真性情，说在钱财方面，只和他来往。大家就此达成了心照不宣的协议。

周发鑫清正廉洁，不贪污，不受贿。而且学历、资历和政绩都有目共睹，不是一个平庸无能之辈，所以仕途很顺，眼看着就要成为单位里举足轻重的人物，做一把手想来只是时间问题。如果周发鑫坐上一把手的位置，高甫也会在事业上达到一个新高度。

休养生息一段时间后，宛溪的身体已经恢复健康，于是按时回单位继续上班。她外表上看不出异样，除了对那个顶着姐姐头衔但是非常势利的宛怜有点怨念，她已经不再想流产的事情。

成都的夏天经常热得让人受不了，完全透不过气。这个夏天也是格外炎热，好多人都想方设法找个凉快的地方。一个闷热的周末，李平漠提议去青城山避暑。正准备走时，接到鲁豪的电话。由于急着出门，宛溪简短地说："等我回来再说吧，如果是十万火急，非说不可的话，你就和我们一起去青城山。"

"是有点急，但还没到火烧眉毛的程度。也不差这两天，我可以去青城山跟你说。"

宛溪本来是开玩笑的，没想到鲁豪真的愿意同行，看来他也是热得难受，急于逃离没有一丝风的成都。他带着老婆和八岁的儿子和宛溪他们一起去了青城山。

尽管到青城山避暑的人很多，但纷繁的人群并没有给山里增添什么暑气，潺潺清泉、徐徐山风，确实让人神清气爽。大家喝着先苦后甘的苦丁茶，吃着烟熏的老腊肉和山里的野菜，在幽静的道观膜拜三清尊神，仰视参天古木。每个身在山中的人都自在逍遥，尽情享受着炎炎夏日里的一片清凉，忘掉了蒸笼一样的成都。

李平漠和鲁豪是初次见面，他听到鲁豪是边思的校友，又是同一年入学，就问他们是否认识。鲁豪说在学校时见过，但是不熟，毕业以后又不在同一个城市，所以基本上没有来往。听到这里，李平漠有些失望，就没有再问什么。

离开了暑热难耐的成都，所有的节奏都慢了下来，直到快要离开青城山时，鲁豪才跟宛溪说起为何找她。原来，主管职工考核的秦副局长不日要去长沙开会，他选中了宛溪写的一篇文章作为大会的发言稿。但是文章太长了，发言时间有限，所以要把文章精简一下。

宛溪听了后，奇怪地问："秦副局长怎么会看到我的文章？"

鲁豪说："我也不知道，电话中没有细问。他只是说看到了你在杂志上发表的文章，刚好切合会议要讨论的主题。加之是本单位职工写的，所以就决定采用。"

在闲散的青城山，宛溪无心细问秦副局长到底是如何发现文章的。不过按理说，秦副局长应该让徐主任通知她。鲁豪说徐主任的母亲病危，她回老家了，但地处偏僻，联系不上。秦副局长考虑到时间紧迫，害怕耽误会议，他和鲁豪私交不错，两人时常聊天，也了解到宛溪、黄玲他们之间的关系，所以就让他来通知，也不算太突兀。

从青城山回来的第二天，宛溪开始着手文章的修改，不到半天就写完了，毕竟改短比加长或者添加新内容简单多了。发给秦副局长后，他提出了一些意见。宛溪照着他的意思一一修改，重新润色加工，直到他满意为止。

第七十章　腾跃移民

李平漠依然每天上班，他的父亲和罗音回潭沙了，家里只剩下宛溪一个人。她给秦副局长写完文章后，除了上班，找不到什么特别的事做，基本上在家看闲书。几天后的一个上午，冷宗苟打电话说签证批了，很快就会离开。她约宛溪出去买东西，要准备出国需要的物品。

她们在市中心逛了大半天，冷宗苟照着清单采购，从四季的衣服鞋子到锅碗瓢盆，一应俱全。两个人的手上提满了东西，大包小包无数，最后实在拿不下时才不得不停下来。宛溪把冷宗苟送回去后，自己坐车回家。经过人民南路时，她看到一个灰色建筑物上有一个似曾相识的名字。仔细想了一下，原来在《成都商报》上经常看到这个公司的广告。她鬼使神差地突然下车，走进了腾跃移民公司宽敞的大门。

腾跃移民的前台接待热情相迎，端茶送水，宛溪刚在门口的沙发上坐下，还没来得及端起褐色玻璃茶几上的白色精致茶杯，就有一个穿着黑色职业套装的年轻女孩把她带进了一间宽敞的办公室。女孩漂亮白净，很有礼貌，她问了宛溪的情况，做了笔记，然后说："你们应该是符合移民条件的，请等一下，我找一个移民专家，你可以跟他详细咨询。"

女孩说完，走了出去，几分钟后，一个微胖的男人走了进来，自我介绍叫孟兵。他看起来四十多岁，带着一副金丝边眼镜，肤色细白，文质彬彬。孟兵递了一张名片给宛溪，职务写的是总经理。

孟兵先说自己早年在加拿大留学，在麦吉尔大学取得硕士学位。在蒙特利尔工作了几年，由于加拿大、澳洲和新西兰先后开放了移民政策，国人的出国热情又一直很高涨，所以他认为这是一个很好的机会，因而回到国内创办了移民公司。

孟兵大体讲了几个接受移民的国家的情况，宛溪听了以后，比较倾向于加拿大。她直观地认为，澳大利亚和新西兰太热了，说英语的口音很重，和熟悉的英音美音相差甚远，根本听不懂，最重要的是，工作也不好找。

孟兵听到宛溪对加拿大感兴趣，就开始重点介绍加拿大的移民政策和要求，这个也是他的强项。她听完对学历和财产的要求后，心里已经知道，如果李平漠作为主申请人，他们既符合技术移民的条件，也能够申请投资移民。

孟兵按照李平漠的学历、专业和工作经验打了分数，他的分数超过了技术移民的最低分。因为投资移民毕竟要拿出一笔钱，所以宛溪没有过多地询问。她本来就不知道也不关心李平漠到底有多少钱，反正家里的大笔开销都是他出，她的工资只供自己吃喝玩乐，如果个人账面有出现赤字的趋势，还可以向他申请财政补贴。有事时不要她出钱出力，没事时制造点风花雪月，让人不要完全忘了她的存在。这样的生活，钱财对她真的是身外之物，无须过问。几个月以前，李平漠拿了宛溪的身份证去证券公司开户。当时，她问他为什么不用自己的身份证，他说成都的身份证方便很多。开了账户以后，家里经常有各种单据，李平漠像以前一样，从来不收拾。不久以前，宛溪整理东西时看到家里散落的证券公司的股票对账单，才知道他名下财产的数目。如今想起来，那个数字也超过了投资移民的要求。

按照宛溪的了解，李平漠肯定是不愿意出国的。他在国内虽然不能大富大贵，但是凭借一技之长，可以按照他的兴趣做事，总是舒适惬意的。另外，他的钱也没有多到去国外单纯享受生活的程度。出国以后，难免不会为了五斗米折腰，勉强自己做些不愿意的事情，这将背离他的原则。再说，就算他真的赚了几十桶金，以后都不用工作了，他也无法忍受不到四十岁就无所事事的状态。另外，还有一个不可忽视的语言问题，英语向来是他的大敌。考研究生的时候，为了英语，他夙兴夜寐，到最后也没记住几个单词。口语更是一塌糊涂，他无法开口说出一个完整的句子。而且就算他真的说出来了，大概也没有几个人能听懂他四川口音浓重的英语。

尽管如此，回家以后，宛溪还是跟李平漠说了移民的事情。不出所料，他毫无兴趣，又担心她固执己见，就谆谆地教导说："到了国外，一切都要从头开始。人生地不熟的，各种艰难可想而知。就算在中国的地盘上，我们换一个地方生活，都要适应一段时间，何况是去两眼一抹黑的国外，连话都不会说，只能像个傻瓜一样。"

宛溪无意识地反问了一句："你们班同学不是有一大半都在国外吗？难道他们都像傻瓜一样地在那里生活？"

"这完全不一样，不能这么比较。他们在大学的时候，就想着出国，那是他们的目标。我知道自己没有语言天分，所以从来都没想过出国。而且他们都是大学刚毕业就出去留学，年纪轻，可以从头来过。出国前就恶补英语，再加上重新回校读书，不但语言过了关，还有一个适应社会的缓冲期。有了本地学历，找工作也容易很多。我现在这个年纪，冷不丁移民出去，语言不通，没接受过当地教育，找个脑力工作，谈何容易！想卖苦力，体格也不壮，肩不能扛，手不能提。脑力劳动、体力劳动都不行，能做什么？难道你要我去扫地切菜？就算我愿意去做这样的工作，你也知道，这些都不是我擅长的事情。做不了两天，也会被辞退的。地没有扫好，我就先被扫地出门了。"

宛溪早就猜到了他的想法，话又说到这个地步，她不能强求什么。移民的事情就被搁置到一边了。

没过多久，就到了冷宗芍离开的日子。宛溪去双流机场和她告别，一起送行的还有她的父母和几个朋友，唯独没有费左页，她果然没有告诉他。她先到北京，从那里转机去纽约，在异国他乡开始求学生涯。

冷宗芍离开后的第三天，费左页从别人口中得知她已经到了纽约。虽然内心惊诧莫名，但他不发一言。两个月后，他没有通知任何人，不声不响地去了非洲的一个建筑公司。他走后很多天，李平漠找不到他，问了他的父母，才知道他已经置身于另外一种肤色的人群中，就像冷宗芍一样。

冷宗芍和费左页这对相恋多年的情侣最终还是劳燕分飞。他们两个人离开成都的方式，或者说分手的方式也算别致，一个不辞而别，一个无声无息。一个在最繁忙的现代化城市踽踽独行，看着满街熙熙攘攘不同肤色的人群和摩天大楼；一个在原始广袤的大草原郁郁寡欢地观赏自由行走、成群结队却又互相厮杀的野生动物。虽然同在一个地球上，但却分别在两个不同的半球上。如果不是天崩地裂，或者再经过亿万年的大陆漂流，这两个半球不会有相碰的机会。

第七十一章　岸芷园

　　不是每个人都能像冷宗芍和费左页那样去陌生的地方疗伤或者放空，更多的人是沿着既定的轨迹前行。所以，宛溪像很多人一样，依然住在那个没有特色的楼房里，正常上班。李平漠主要做项目，闲暇时看各种五花八门的书或者股票的成交量和K线图。一天，在没有任何征兆的情况下，他突然说在岸芷园买了一套房子，过几天就交接了。宛溪问他何时买的，他说："你的工作确定以后我就买了，因为这个房子离你单位很近。"

　　"那你为什么一直没说呢？早知道，我们就不用买现在的这个房子了。"

　　李平漠没有说话，他不知道如何回答。当初买下岸芷园的房子，他确实想和宛溪安顿下来。后来两个人的关系一直冷淡有余，热情不足，不知会走到哪一步。万一分手的话，两个人都得有个地方住，所以就又买了一个房子。经过怀孕流产的事情后，把他们的关系拉近了很多，他就想继续下去。然而，他不能说出这些心理活动，因为一旦坦白，换来的绝不是从宽，肯定又是一场无法避免的激烈争吵。

　　宛溪一直喜欢岸芷园，听到他买了心仪的房子，挺开心的，就没有深究背后的原因。他们一起去拿钥匙，看新房子。房子有一百二十多平方米，客厅很大，有二十多平方米，外面的阳台也很宽敞，面积相当于一个小房间。厨房外面也有一个小点的阳台。房子里有两个厕所，主卧室里有单独的卫生间，房间的门都不用出。宛溪想到以前上厕所的种种难处，这个房子也算是实现了她的一个人生梦想。虽然说不是整间房子装满厕所，但也足以让她称心如意。

　　拿到房子后，李平漠开始筹划装修的事情。他是专家，宛溪无须多言，只是简单地表达了一些基本的想法，剩下的事情都由他操办。他设计了装修方案，客厅和阳台之间有两扇推拉木门，木门上各有四个玻璃格子。两个卫生间里都有一个白色的大浴缸，洗手池和厨房的台面都是黑色的大理石，橱柜是原木色，除了厨房和厕所用黑白相间的瓷砖，所有的地面都是棕色的实木地板。图纸画好后，他找工人开始装修。

父亲听到李平漠要装修新房，立刻和罗音来到成都。他担心工人干活不仔细，就说过来监工。李平漠无所谓，老人家开心就好。

新房开始装修后，李平漠不大去高甫的公司上班了。宛溪以为他把时间花费在房子上，便没有在意。装修快要结束时，李平漠说同学组织聚会，号召大家回校庆祝毕业十五周年。他和侯祺、陶谷、闵梨山商量以后，都决定回去。很多人都带家属，所以李平漠让宛溪一起去北京。她想到自己怀孕流产时，耽误了工作。徐主任已经颇有微词，说以后招人时，会慎重考虑处于育龄期的未生育女性。宛溪想到又要跟徐主任请假，有点张不开口。而且也不是什么非去不可的事情，如果认真说起来，跟她完全没有关系，就是找个理由出去玩，实在说不过去。尽管徐主任的肤色很好，但是脸色绝对不会好看。另外，她还有一个相对自卑又可笑的想法。李平漠的同学一定会问她在哪里读的大学，她的无名专科学校肯定会让那些在世界各地名校浸淫多年的人笑掉大牙。不过，她只对李平漠说了第一个理由。他听了以后，也觉得有道理，所以就自己去学校了。

李平漠走后，父亲依然像以前一样，每天去岸芷园的房子守着工人装修。中午工人休息时，他也回家吃饭。午饭以后，又去岸芷园，时间表完全和工人同步。罗音尽心尽责地做着保姆该做的事情。宛溪有时也去新房看看装修进程。

叶雨回家养病后，她的房间一直空着。宛溪除了中午在宿舍午休一下，几乎不去，绝大部分时间，卫心独自住着三室一厅。有时，卫芝过来住几天。一天中午，卫心让宛溪请她吃大餐。宛溪想想单位门口的那些苍蝇馆子，就说："没有问题，但是你首先要找到一个吃大餐的地方。其次，你要告诉我理由，不能无端敲诈。"

卫心说："谁说我们非要局限在门口的几个小饭馆？城里那么多餐厅，找个地方还不容易。跟你郑重声明，这个大餐绝对不是勒索。你的文章被秦副局长作为在长沙开会的发言稿，应该感谢我。"

宛溪想到在青城山时问过鲁豪此事，但他不知原因，后来她就忘了这件事。现在听到卫心提起来，不禁又勾起她的好奇心。卫心看她急于知道，又卖起了关子。宛溪只好赶快保证餐厅随她挑，菜随意点，搭上整月的工资也在所不惜，卫心才道出了原因。

宛溪的文章发表以后，杂志社按照惯例，寄了几本有她文章的杂志给她。她把杂志随手扔在宿舍，卫心闲极无聊时，偶尔看看。一天午睡前，她读了其中一篇能够和她的工作扯上点关系的文章，但没有读完就睡着了。于是下午上班的时候，就把杂志带到了办公室。读完以后，杂志一直放在桌子上。秦副局长看到后，翻阅了几篇文章，然后就看到了宛溪的那篇。他一向重视本单位职工的各种成绩和成果，写文章也算其中之一，所以就记住了这件事。开会之前，他为了发言稿烦恼，号召单位的几个笔杆子给他写文章。那个时候，宛溪深受怀孕流产的苦痛，没有精力，也没有资格过问此事。可谁知道，笔杆子们费尽心力写出来的文章，他都不满意。不知是否因为宛溪的文章已经变成铅字，从而有了一种令人信服的威力和效应，让人印象深刻。总之，秦副局长思来想去，还是觉得她写得最好，这才有了后来的故事。卫心讲完后，宛溪只能说："这真是无心插柳柳成荫，只是苦了那些有心栽花花不开的人。"

李平漠在北京逗留了一个多星期，回来后也没有急着去上班，一直忙着装修的收尾工作和他在北京照的那些不可胜数的照片。他挑选底片，送去照相馆，洗完后在相册里排列组合。他难得有这种闲情，以前每次洗完照片后，就丢在家里，堆成一座小山。而且这次的照片也不同以往，大多以人物为主，并且多数是合影。他同学的年龄参差不齐，老的已经白发满头，有几个已经当了爷爷，手牵童稚小孙，满脸慈爱；少的还是英姿勃发，虽然比李平漠大几岁，但完全是青年才俊展望锦绣前程的模样。

除了和多年不见的老同学相聚，李平漠在学校还见到了一个意想不到的人。

因为侯祺一直把郑湘妮藏于金屋，所以除了侯祺之外，没有人知道她有一个叫郑婷的妹妹，也不知道她的妹夫是水木大学毕业的。当侯祺在学校看到何化瑞和郑婷时，脸色大变，尴尬至极，何化瑞和郑婷也没表现出特别想跟他攀谈的愿望。站在旁边的李平漠为了缓和气氛，就跟何化瑞聊了几句。一问之下，才知道他们一家当初也在海口生活了多年。何化瑞在投资公司工作，郑婷毕业于一所著名的医学院，是个儿科医生。随着经济大萧条的到来，何化瑞的公司整个人间蒸发。所幸他早已赚得盆满钵满，后半生无须为了柴米油盐发愁。郑婷的工作虽然没受影响，但她厌倦了经常值夜班的医生工作。所以，像很多人一样，在海南热退潮时，他们回到了成都。郑婷在家当全职太太，何化瑞也没有找工作，自己做点投资，炒炒股票和期货。他们把在海南时随地捡来的贝壳拿了一小部分出来，专门用来瞎折腾。

由于共同的经历，李平漠和何化瑞越聊越起劲，细问之下才发现，他们的住处和岸芷园很近，所以两个人当即交换了联系方式。侯祺不可能阻止，郑婷也插不上话，两个人只能面面相觑地看着李平漠跟何化瑞。

李平漠回来后，跟宛溪去了何化瑞家才知道为什么在北京有那么狼狈的氛围，原来郑湘妮就住在他们家。自从郑湘妮离开海南后，就和侯祺彻底断了联系。她在老家无法忍受人们的风言风语，就把儿子留给父母，自己来成都工作，一直住在郑婷家。

岸芷园的房子装修完工后，李平漠和宛溪去验收。他发现厨房大理石的台面有条裂缝。缝非常细小，如果不注意，根本看不出来，大概只有他这种经常验收工程的专业人士才能一眼看到。他有些生气，要去跟工人理论。宛溪说："算了，事已至此，他们也不可能拆下来重新换一块。你找他们有什么用呢？无非是赔点钱。工人哪来的钱，只能找包工头。包工头是高甫的朋友，闹翻了也不好。再说，这个缝又细又短，除了你这个专业人士，没有人看得出来。即使你说了以后，我还看了半天才发现的。"

整个房子的装修还是满意的，李平漠想了想，就没有追究大理石的破损问题了。一切就绪后，他们搬到了岸芷园。李平漠的爸爸也喜欢新房子，决定和罗音住一阵子再回潭沙。

第七十二章　无心插柳和有心栽花

巧的是，刚搬入岸芷园，单位也给宛溪分了一套两室一厅的房子。单位修了一幢新楼，资格老的能够搬到那里，所以腾了一些旧房子出来。分房子的事情已经说了很久，主要是论资排辈的问题，房管科和单位的大小领导商讨好长时间才定下来。硕士毕业的人进单位时就是科员，宛溪因而具备了分房资格。按照资历，她分到了一套旧楼房里不到六十平方米的房子。不过，房子不是免费的，算是单位卖给职工的，有产权证。如果以后离开单位，房子只能卖给单位的职工，不能卖给外面的人。宛溪跟李平漠申请了两万多块补贴费，买下了这个房子。

不知李平漠是否对装修上了瘾，买下了单位的房子后，他又想要装修。宛溪想着他们不可能舍弃岸芷园的大房子，住到单位既小又旧的房子里。这样的话，即使装修了，也用不上，就让他等等再说。

一时之间，宛溪有了三个可以住的地方，变成了一个狡兔，可以高枕无忧了。但是房子毕竟不是藏身的洞穴，不能一直空着。还好，拿到单位的房子没几天，鲁豪说想租下来给他父母住。他的父母一直帮他带孩子，现在儿子大了，不需要像小时候那样整日守着。而且他的母亲一直和他老婆的关系不好，让他两头为难。其实也没什么大矛盾，全是些鸡毛蒜皮的小事，但是婆媳问题鲁豪也无法解决。他是家里唯一的儿子，父母不愿意离他太远，所以只好分开住。就这样，宛溪以比较低的价格把房子租给了鲁豪。

单位的房子租给鲁豪以后，她和李平漠商量把原来住的那套房子也租出去。李平漠不想管这些婆婆妈妈的事，让她自己处理。宛溪去了附近的一个房屋中介公司，中介公司很快帮她找了一个家庭，租下了房子。一时间，她变成了地主。可是，作为地主，远不是收租那么简单。

鲁豪那边好说，大家是熟人，租金也低，尽管房子陈旧，但从来没有跟她说过房子有什么问题。可是，另外一个房子的租客，好像成心找麻烦。三天两头跟她说水管破了，厕所堵了。宛溪过去看时，确实污水遍地。想到这个房子盖好不到两年，而且他们自己住了将近一年，从来没有出过问题，她不禁无名火起，就想把租客赶走，可是中介公司说她不能无故违约。她没有经验，就问怎么处理。中介公司说其实租客是想把房子买下来，可是她不卖，所以住进去后借故找茬儿。宛溪恍然大悟，意识到上了中介公司的当，他们和租客联手逼她卖房。

其实，她也不是一定要把房子留下来，只是因为刚找到狡兔三窟的安全感，决定多享受一段时间再说。所以，当初中介劝她卖房时，她拒绝了，没料到中介公司和租客一起暗中使坏，给她制造事端。

她和中介公司理论了几天，他们找出各种理由搪塞她，租客又是隔三差五地打电话，要求修理东西，搞得她焦头烂额。跟李平漠说了后，他心不在焉，让她卖掉算了。其实，宛溪早就猜到了他的态度。他一向如此，不关心俗事，更不听八卦。有时，宛溪实在生气，他就嗯嗯啊啊地应付。她的智商和情商都不高，无力应对故意捣乱的小人，再加上房子卖不卖都无所谓，就做出了最简单的选择。为了不再烦心，她很快把房子卖了。

除了上班，宛溪为了三个房子和搬家也操碎了心，让她终日手忙脚乱，心无旁骛。等所有的事情处理完毕后，她才发现徐主任和李平漠都很反常。

大概是由于鲁豪的关系，徐主任对宛溪一直客客气气的，她也从来不敢造次。徐主任吩咐什么，她都尽力去做，所以两个人一直不远不近，就是正常的上下级关系。可是，不知何时开始，徐主任对她非常冷淡。不但在办公室对她爱答不理，有时在路上碰到，宛溪跟她打招呼，她也昂着头，当作没看见。

虽然宛溪不求上进，也不期望团结在领导周围，但是这样的关系还是太难受了。她不知道徐主任为何如此，又不敢问她，只好私下问鲁豪。他也不明所以，想了一下说："是不是与那篇文章有关？我听说徐主任也给秦副局长写了文章，没有被采用。"

鲁豪这么一说，宛溪觉得有道理，就去找卫心问个仔细。

因为文章的事情，宛溪被被卫心敲了竹杠，请她吃了两次香辣蟹。不过，毕竟吃人嘴短，一听到宛溪要打听此事，她赶快知无不言："徐主任擅长舞文弄墨，以前也为秦副局长当过写手。上次，她送文章来时，秦副局长不在，是我收的。当时，谁也没想到秦副局长会选用你的文章，你毕竟刚来，年纪轻，资历浅，又从来没给单位领导写过文章。而徐主任不同，她的文章经常被采用，所以她跟我兴高采烈地聊了半天。走的时候，她还说如果文章被选中，就请我吃饭。后来，她来办公室找过秦副局长，挺不高兴的，我听到她提起这事，还说你在背后搞小动作。秦副局长跟她解释了一下，也不知道她最后相信了没有。"

宛溪没有想到，一篇不经意的文章，居然得罪了顶头上司，简直百口莫辩。可是如果什么都不说，徐主任对她的成见会越来越深，她不知道如何面对这样的上司。她思来想去，决定跟徐主任解释一下。

一个还算暖和的下午，宛溪跟徐主任把一篇文章的故事从头到尾说了一遍。她诚恳地表示绝对不想在秦副局长面前邀功，所有的事情完全是巧合，希望徐主任大人大量，不要放在心上。说完以后，徐主任细嫩的皮肤泛出了愤怒的红色，欲言又止，最终还是一言不发地离开了，宛溪感觉不妙。果然，此后的日子里，徐主任对她的脸色还是像冬天一样阴冷灰暗。

宛溪真是后悔自己手贱，去路边插柳。插了一根柳枝就罢了，谁知一不小心还成荫了。徐主任辛辛苦苦地栽了半天花，结果一朵都没开，怎么能不生气呢！她无意之间得罪了徐主任，一时之间，也无法补救。只能希望随着时间的流逝，她能够展示出作为领导的广阔胸怀，不跟她一般计较，从而渐渐忘记栽花不发的烦恼。

和徐主任的关系一时半会没法缓和，宛溪只能把单位的事情暂时放到一边。她回头再看家里的李平漠，虽然对她的态度不像徐主任那样冷若冰霜，可是他的行为方式跟以前完全不一样。

也是不知道从什么时候开始，李平漠几乎整天待在家里，不再去高甫的公司上班了。他也不再看各种图纸，而是把所有的时间都用来研究股票或者和互联网有关的东西。宛溪在外饱受徐主任的冷眼，回家后又面对古里古怪的李平漠，再加上房子也卖了一套，所以狡兔三窟的喜悦顷刻间烟消云散。她秉着"攘外必先安内"的方针，和李平漠长谈一次后，发现了问题的症结。

第七十三章　内忧外患

自从李平漠把钱转到证券公司后，也扎扎实实地看了两个多月的盘，期间进进出出地做过一些交易。不过总体说来，收益一般。高甫说他的朋友彭山在股市摸爬滚打多年，具有丰富的理论功底和实战经验。彭山的专业工作就是帮人管理账户，替人理财。高甫说工作忙，他的账户已经交给彭山了，并且把彭山推荐给了李平漠。彭山能言善辩，说起话来头头是道，而且有理有据。李平漠自己做了一阵子后，确实没有时间关注股市的动荡，就把证券公司的账户委托彭山管理了。

虽然李平漠对于在高甫公司的位置不满意，但他不是偷懒混日子的人，所以没有离开的时候，一直尽职尽责，总是在公司忙各种没完没了的大小项目，关注股票的时间越来越少。他偶尔问一下彭山，得到的答复都是做得不错。几个月前，因为岸芷园的房子花出去大笔银子，李平漠动用了一些股票账户里的钱。虽然他不记得具体数字，但是发现少了很多钱。因为没听彭山说过亏损，他就仔细看了一下对账单，发现少了一百多万，就问彭山怎么回事。可是彭山解释了半天，还是无法令他信服。彭山顶不住压力，只好让他去问高甫。虽然高甫应对自如，可还是说不出那笔钱的具体去向。

李平漠从来没有想过高甫会和彭山联手，搜刮他的钱。可是面对不翼而飞的一笔巨款，谁都给不出一个合理的解释，他心中的芥蒂是无法消除的。有了这个过节，再加上一直谈不拢的合作问题，他和高甫的关系由暗流涌动转成波涛汹涌。虽然没有撕破脸皮，但是隔阂是明摆着的。公司毕竟是高甫的，没有移山倒海的震动，创始人是不会离开的。李平漠向来是个硬骨头，不可能在他人的屋檐下低头。所以，走的只能是他。上次他去北京参加校友会，好多同学都有了自己的公司，有人让他去北京一起做事，其中一个叫史达户的同学向他郑重发出了邀请。

史达户比李平漠大两岁，大学毕业后，又去美国求学。毕业后，在加州工作多年。一年前怀揣风险巨资回到北京，创办公司，准备建立一个门户网站，与网易、新浪和搜狐抗衡。他的梦想是打破三大门户网站瓜分市场的局面，自己成为最大。或者，最差的情况是，他的公司成为继三大门户网站之后的第四大公司。在大学时，他和李平漠就很投缘，这次一见，相谈更欢，极力鼓动李平漠去他的公司。

李平漠有些心动，但是鉴于自己对于互联网所知甚少，所以没有答应，但也没拒绝。回成都后，他开始钻研互联网，有些心得，再加上史达户的摇唇鼓舌，他基本上决定去北京了，只是不知如何跟宛溪解释。

宛溪没想到眼皮子下面发生了这么多事情，内外都不稳定，裂变有越来越大之嫌。看来，当初应该把那个有细缝的大理石台面换掉，防患于未然是千古不变的道理。面对内忧外患，她既没有能力攘外，也无法安内，突然间又想到了移民，虽然有逃避困难的嫌疑，但她还是跟李平漠说："此处不留爷，自有留爷处。"

李平漠和高甫有了嫌隙后，心中颇为烦恼，那笔消失的钱也一直拿不回来。后来，彭山和高甫都说股票亏损，可是又没有证据，看到的就是把钱在几个账户之间倒来倒去，进进出出，数目一次比一次少。以后，他和高甫是绝对不可能成为彼此的合伙人，当初回成都的美好设想已经破灭，他也拿不定主意是去找工作还是自己办公司。参加了校友会以后，听了很多同学在国外生活的各种感悟，先前坚决反对移民的李平漠有些动摇，萌生了出去看看的想法。他想了想，说："你想移民，那我们就试试加拿大吧。如果移民成功，就出国。"

就这样，十二月的一天，李平漠和宛溪去腾跃移民公司递交了所有的资料，正式开始申请加拿大的技术移民。何化瑞、郑婷和郑湘妮听到他们要移民加拿大，也去腾跃移民做评估。结果，他们三人都符合要求。于是，何化瑞和郑婷，加上他们五岁的女儿，作为一个家庭申请。郑湘妮一个人申请技术移民。就这样，腾跃移民一下接了三个案子，孟兵高兴地笑开了花。

自从离开高甫的公司后，李平漠在成都闲待两个多月。他是一个青壮年，就算他再爱读书，也不能在如此年纪，一天到晚赋闲在家，当个书虫般的老夫子。无事可做时，他非常郁闷。不可否认，他是个人才，但也得有个平台才能够发挥。就像诸葛亮，如果不出山，大概真的会终生躬耕于南阳。文武双全的辛弃疾曾突破重围，在大军中擒获叛军首领，可是南归以后，只能闲居二十年。李平漠当然不能跟诸葛亮或者辛弃疾相比，所以平台和机遇就更加重要。既然成都的平台失去了，他决定先去史达户的公司看看。下了决心以后，就一天都不想等了。于是，连元旦都没过，他就迫不及待地去了北京。

由于徐主任的刁难，宛溪在单位的日子越来越难过，上班都快变成煎熬了。一天，秦副局长又让她写文章，她想到上一篇文章的风波还没过去，不敢再去掀起新的波澜，于是就支支吾吾地找理由拒绝。秦副局长看她欲言又止的样子，就问她有什么顾虑。她吞吞吐吐半天，还是没说出真实的原因。不知秦副局长是否听到什么风声，就不再追问她到底犹豫什么，只是突然说要调她去秘书处。乍一听到这个意外的讯息，宛溪挺高兴的，觉得可以脱离苦海了。可是转念一想，如果这样，徐主任会更生气。都在一个单位，转来转去就是几个建筑物，低头不见抬头见，她不想和徐主任彻底反目。况且，一直有传闻说秘书处的人事关系错综复杂，她也不想趟浑水。于是，她跟秦副局长说考虑一下。

宛溪正在为难之际，单位决定任命鲁豪为宣传处的处长。鲁豪本人官瘾不大，没有为了这件事上蹿下跳。不过宛溪听到这个消息后，一下为多日的苦闷找到了出路。宣传处也是秦副局长主管的，他和鲁豪的私交很好，如果她调到宣传处，秦副局长完全可以把她当成手下的小兵随意指使。徐主任也不会说她溜须拍马，做领导的跟班。所以，这是一个两全其美的方法，谁都不得罪。

宛溪为了自己的脱困方法欢呼，立刻找到鲁豪，跟他说想调到宣传处。鲁豪说跟领导商量一下，应该没有问题。宣传处刚发行一个内部刊物，他正在想找谁负责呢。宛溪愿意主动去宣传处工作，刚好是合适人选。再说，秦副局长也替她说过两句话。所以，宛溪的这个要求一路绿灯，鲁豪很快就通知她到宣传处上班。

第七十四章　北京

　　春节之前，宛溪去了北京。史达户看在李平漠的面子上，派了个车去机场接她，并且在九华山鸭庄为她接风。

　　史达户彬彬有礼，说话从容不迫，喜欢用浅显直白的比喻，像是一个循循善诱的老师。如果初次见面，很难想到他正在引领着一个整日在风口浪尖上过活、竞争异常激烈的互联网企业。

　　九华山鸭庄装修淡雅，像是一个喝咖啡聊闲天的地方，不过烤鸭出奇的好吃。外皮酥脆，内里娇嫩，连小饼都很筋道弹牙。宛溪不识时务地问起全聚德，史达户说："全聚德是给不懂烤鸭的外地人吃的，本地摸清门道的人只吃九华山。"

　　史达户为李平漠租了一套小户型的两室一厅，房子的年头不是很久，但是维护乏力，所以到处都是斑驳的油漆、掉落的墙皮，还有刻在墙体上的各种文字和图案。李平漠每天坐公共汽车去公司上班，不到二十分钟的车程。

　　因为想到也许会去加拿大，所以宛溪像所有学英语的人一样，去了世人皆知的新东方。新东方有很多校区，她选了一个离李平漠住处很近的地方。在那里，她见到很多人从早到晚地上课，周一到周五，没有停的时候，比上班还忙。宛溪无法和那些勤奋刻苦的人相比，她三天打鱼，两天晒网地去，每次都带回各种油印和铅印的书和资料。小山一样的学习材料，都快把客厅塞满了，但她的任务仿佛就是一个搬运工，几乎不去查看搬了什么东西回来。大部分时间，她用来拜访朋友，或跟着李平漠到处闲逛。

　　查湘和窦殊道早已结婚，而且查湘已经身怀六甲。因为怀孕，她的身材圆润了很多，尤其是乳房，比从前几乎大了一倍，不过因怀孕导致的硕大乳房反而成了累赘。

　　他们两个人都在国贸中心的高层办公室里上班，暂时在单位附近租了一个房子。查湘的单位正在通县修房子，据说修好后几乎每个家庭都能分到一套，而且单位每天有班车接送。查湘计划着为肚子里的孩子买很多东西，小小的出租房里肯定堆不下，所以她很憧憬搬到通县的大房子去。虽然她对北京和工作单位都很满意，但是春天让她很郁闷。因为不但风沙大，而且满城飞絮，即使围着纱巾，或者戴着口罩，还是无法完全解决问题。以前她在北京上大学时，还觉得无处不飞花的京城颇为浪漫，但是现在过了风花雪月的年龄，她把满城飘舞的东西一律视为恼人的飞沙走石。

曹奇依然供职于那家著名的杂志社，宛溪来北京之前，他特意要求她多带点照片。她挑选了一些李平漠拍的像明信片一样的风景照，曹奇看了后，几乎每张都喜欢，又给了稿费。他的女朋友在一年多前调到了北京，他们也结婚了。由于女方父母的资助，他们买了一套八十多平方米的房子。

宛溪来北京之前，最期待见到的人就是裴云英。虽然将近十年没见，裴云英的外表没有多大变化，只是增添了浓厚的知识女性的气质。

尽管对彼此的情况已经有所了解，但老同学见面，仍然要像白头宫女那样细说从前。宛溪跟裴云英仔细地说了吴安的情况，当她听到夜半敲门时，表情沉静的脸上微微变色。等她们角色互换时，裴云英并没有发出"看花老眼，伤时清泪"的感慨，只是说来北京之前，生活非常坎坷，但现在不愿意回顾，以后再说。其实，她的心情堪比文姬归汉一般复杂。等她想说的时候，也可以写出"欲死不能得，欲生无一可。彼苍者何辜，乃遭此厄祸"这样的哀歌。不管《胡笳十八拍》是不是蔡文姬写的，世间很多女子在被命运随意拨弄时，都会发出"四时万物兮有盛衰，唯我愁苦兮不暂移"的悲叹。

不管裴云英受了多少罪，至少眼下的她是幸福的。她和楚山的工作稳定，都是常规意义上的铁饭碗。楚山温文尔雅，一看就是满肚子学识的读书人。他是某位领导的秘书，如果在小地方，这个职位会得到很多人的羡慕。但是在北京，像他这样的秘书遍地都是。他不想在官场混年头，熬资历，所以筹划着做点生意赚点钱，但这样一来，可能要辞职，不过一时又下不了决心。裴云英刚生了个儿子，两人都沉浸在为人父母的喜悦中。尽管初次面对新生婴儿，他们有些不知所措，手忙忙乱，但夫妻和睦，举案齐眉，再加上孩子一脸可爱，无论怎么看都是完美的一家三口，其乐融融。

听到宛溪在办移民，裴云英很感兴趣，说也曾考虑过，但楚山不同意。

　　大家都沿着既定的轨道生活，努力工作，结婚成家，安居乐业，在合适的年龄做恰当的事情。

　　闲暇之余，李平漠带宛游遍了北京的大小地方。天安门、长城、故宫、天坛、地坛、香山、颐和园这些著名景点自然不在话下，但这些显然都不是两人的最爱。

　　虽然李平漠不久以前才回过母校，但还是很兴奋地带着宛溪去看他以前住的宿舍楼和上课的教室，像上学的时候一样去食堂吃饭。其实，他的母校景色并不优美，但丝毫不影响他的热爱之情，儿不嫌母丑般地介绍学校的一砖一瓦，一草一木。尽管他说得郑重其事，但宛溪面对着大同小异的单调建筑物，没有特色的花草树木，还有那些可笑的教学楼和宿舍楼的名字，实在难以引起共鸣。不过看到他满脸的喜悦，也不便任意亵渎他心中的圣地，她不敢苟同他的观点，也不敢随便造次，只亦步亦趋地跟着他。不过，他的母校实在大得难以想象。李平漠以前说他们学校有公共汽车时，宛溪还觉得挺可笑的，心想一个大学里怎么需要公共汽车呢。兰若大学的面积虽然无法和他的母校相比，但也不是弹丸之地。她在里面和周边走了三年，从来没有想过需要坐公共汽车，大概是因为风景优美吧。可是，她在水木大学走得脚酸腿软，还不知道尽头在哪里。她气馁地说："这种走法，都可以从兰若大学走到霞照寺了。"

　　"你的学校怎么能跟这里相提并论。"

　　李平漠走得兴高采烈，每个地方都有他曾经的记忆和足迹。宛溪不能打击他，又怕自己再走下去要残废了，就说："我们去那个著名作家写过的荷塘边坐坐。"李平漠欣然前往，等到了"荷塘"所在地，宛溪找了半天，只看见一块铺满了煤屑的小小空地，连荷塘的影子都没有。她质疑李平漠记错了地方，他不容置疑地说就是这里。宛溪对着煤屑路，实在无法想象那篇著名的《荷塘月色》就是这样写出来的。也许当时写文章时，这里确实是荷塘；也许写的是其他地方。李平漠对这个无法确认，只说都有可能。

　　虽然李平漠的母校一点都不美，但经过他的反复强调，还是给宛溪留下了很深的印象。其他两个地方无须人屡次念叨，也让她印象颇深。

　　圆明园虽然只剩下残垣断壁，但是依然雄伟壮观。那些没有被摧毁的白玉般的雕花石柱和石墙，傲然地屹立不倒。就算是地上的碎石破砖，也充满了哀艳的苍凉，没有任何颓败之势。宛溪面对一片废墟，想到它曾经是繁华精美的万园之园，不由自主地痛恨起那些摧毁这个宏大皇家宫苑的侵略者。人类作起孽来，石头都只有叹息的份儿了。

乍一听到紫竹院，宛溪觉得名字很美，后来又觉得耳熟，想了半天，好像和纳兰性德有关。由于自小被大伯父灌输了很多纳兰的词以及他的遭遇，她也很关注这个"我是人间惆怅客"的苦闷贵公子，把他的点点滴滴都放在心上。她不知在哪里读过一本书说，纳兰性德的妻子卢氏去世后，灵柩停放在双林禅院，据说紫竹院公园的遗址就是双林禅院。纳兰被称为千古伤心词人，和卢氏的去世有莫大的关系。他们夫妻情深，但是只厮守了短短的三年时间，纳兰一直不愿意相信妻子不在了。除了皇帝，王公贵族的停灵时间没有超过一年的。卢氏的身份自然不能和皇亲相比，可是她停灵的时间有一年多。在这段时间里，纳兰常去禅院看望已经离世的妻子，恍惚看到妻子笑意盈盈地走向他，谁知最后都是一场梦。真正的情投意合是罕见的，惟其如此，人们才会乐此不疲地从故纸堆里把这些事情扒出来，一代代传下去。这样美好的故事确实能够触动很多人的心扉，使人暂时忘却现实的烦恼和残忍。宛溪在紫竹院盘桓良久，虽然没找到当年卢氏停灵的地方，但她非常渴望心心相印、矢志不渝的爱情。她也希望自己死后可以有个长长的停灵时间，心爱的人能够不时地来看看她。

李平漠在史达户的公司上了一个多月的班，在摸索中前进，感觉比他轻车熟路的专业工作有趣，而且很刺激。宛溪在北京把各种该去的和不该去的地方都游览一遍后，就临近春节了，然后和李平漠一起返回成都。罗音几天前回家过年了，李平漠的二姐和三姐放假，两家人一起来成都过年。他的父亲说借此合家团聚之际，祝贺他们的乔迁之喜，可谓一箭双雕。

第七十五章　故心人不见

过完春节后，李平漠的家人都回潭沙了，他急不可待，立刻返回北京拥抱新事业。宛溪一个人住在空荡荡的新房子里，每天按时去单位上班。她主要的工作正如鲁豪所言，是与单位的一本内部刊物为伍。本来，鲁豪应该是刊物发行的拍板人，但他新官上任，宣传处又是单位最大的一个部门，所以每天都有忙不完的事情。不是开会，就是跟分工不同的领导们汇报工作，难得在办公室露面。即使待在办公室，也是不停地写写画画，给大家布置新工作。鲁豪每天被各种琐事缠身，根本无暇顾及刊物的事情。所以，从文章的甄选、编辑、排版，到出版印刷，宛溪全权负责。发表在内刊上的文章自然不能和公开刊物相比，不过在单位的各项考核中，也算是个成果，因此各部门的人还是踊跃投稿。宣传处的工作比较多，宛溪每天忙着跟刊物有关的事情，无法跟以前的闲散自由相比。但一忙起来，时间就过得很快，一点都不难熬，反而觉得很充实。

宛溪沉浸在新的工作中，自得其乐，一天上班时，接到任蒔的电话，说要到成都来玩。毕业以后，她们的联系不多，但是从她的口中和其他同学的传闻中得知，原佑成为新贵已经是一个不争的事实。尽管"贵"有很多标准，但谁也不能否认，如果没有大把钞票作为后盾，那么"贵"是永远触摸不到的。如日中天的证券公司让原佑在不长的时间里，以排山倒海之势聚集了堆金积玉的个人财富而并未经历集腋成裘的进程。他和任蒔的儿子早已能满地乱跑，不停地给他们带来惊喜，可谓家庭美满，事业顺遂，要风得风，要雨得雨。

宛溪原本以为她嫌深圳的节奏太快，数钱也数得厌烦了，想来看成都人如何踱着方步到茶馆，在那里从早坐到晚，打着永远没有输赢的小麻将，摆着没完没了的龙门阵，所以准备带任蒔去不同的茶馆和公园，体验成都人优哉游哉的生活。

问清任莳的航班后，宛溪去机场接她。刚见面，宛溪就开玩笑说："阔太太，是不是因为我的预言太准，你按捺不住激动的心情，专程跑来给我送算命钱。"但任莳看起来忧心忡忡，没有接她的话。到了岸芷园，任莳没有像大多数第一次来的人那样发出赞叹之声，她早已见过比这更好的小区和房子。她在深圳的房子是有小桥流水的联排别墅，而且不止一幢，岸芷园里千篇一律的方形楼房当然没法比。任莳才是那个真正享受狡兔三窟乐趣的人，但是却不能高枕无忧。她和宛溪坐在岸芷园人工湖旁的长椅上，平淡地看着周围，所有的一切已然是她司空见惯的东西，但任莳说出的话却让宛溪少见多怪。

不知从何时开始，原佑和公司里一个年轻漂亮的大学生黄玉坠入爱河，并且已经到了谈婚论嫁的地步。任莳不但无知无觉，而且在没有任何思想准备的情况下，原佑要求和她离婚。客观地说，原佑的外在条件实在有些寒碜。因此几乎所有的人都认为，他绝不可能出轨。但谁都没有料到，所有的同学都在中规中矩地过日子，他率先包起了二奶。

任莳和原佑有着非常深厚的感情基础，普通的、一帆风顺的恋人根本无法与他们相比。所以，她根本不相信原佑会和除她之外的女人发生关系，并且还要舍她而去。起初，她以为原佑有什么难言之隐，比如，得了绝症，只能活两三个月；在外面欠了巨额债务，被人追债；在澳门赌场借了大耳窿的钱，惹来一身祸；干了什么违法乱纪的事，不想连累他们母子。总之，她把电视剧中的情节都想了一遍，最后得出的结论是原佑为了保护她，不想让她担惊受怕，因此编了一个子虚乌有的跟女人有关的故事骗她。所以，她要求和黄玉见面。原佑没有办法，只好把金屋藏娇的黄玉带出来见她。他怕任莳为难黄玉，自己就在一旁作陪。

任莳看到黄玉的那一瞬，依然坚信她是原佑花钱雇来的演员，因为黄玉实在太漂亮了，这样一个女孩怎么会和老大不小、拖家带口的原佑搅在一起呢？此时的原佑已经不是在大学里面和任莳单纯谈恋爱的那个人了，他们由两个住在男女宿舍，各自只有一张床位的人搬到了一个装修精良的大房子里，他成了她的丈夫，他们孩子的爸爸。虽然他们的外在环境发生了很大变化，但是原佑没有长高，而且由于操劳，在其貌不扬之外，还多了一份老相。当然，他也多了一个不可忽视的新武器：财富。任莳看着他发明了这个武器，并且也是这个武器的拥有人和使用者，原佑不需要用这个武器去攻击她。所以，任莳没有意识到这个武器有多么强大的杀伤力。

像黄玉那样被这个武器轻易打倒的漂亮女孩不计其数，她们刚开始接触把这个武器藏在后面的人时，都是不可一世的，认为她们的美貌是最具杀伤力的武器。殊不知两种武器相遇时，她们很快就被打得遍体鳞伤，有时甚至是体无完肤，然后彻底投降。不过，此时的黄玉以为掌握了武器的核心秘密，可以用它去攻打任何人，所以在任莳面前是肆无忌惮的。

一直寻找各种荒唐理由为原佑开脱的任莳，看到窈窕的黄玉在她面前和原佑频送秋波时，才意识到这个事情的真实性，电视剧里那些美好的理由都是骗人的。想到这里，她觉得一股恶气怒上心头，但还没来得及发作，就被黄玉抢白了一顿："没有爱情的婚姻是不道德的，你一把年纪了，还占着这个位置，不光于事无补，而且是自欺欺人，根本就是损人不利己。对你来说，最明智的选择是成全我们。就算你不让路也没关系，我们只会把你当成一个用旧了的临时路障，踢到一边就行了。"

原佑平时很宠黄玉，可以说非常纵容，大事小事都为她撑腰。黄玉刚毕业，年轻气盛，认为自己胜券在握，根本不把大她将近十岁的任莳放在眼里，所以一见面就非常不客气。

面对黄玉的咄咄逼人，任莳顷刻之间乱了阵脚。她可以不厌其烦地做实验，写数据，从中找到规律。她也能够说出小虾、小鱼被养死的理由，以及名目繁多的细菌和寄生虫，但吵架和骂人都不是她擅长的东西，课本里没有，学校也从来没教过。所以任莳除了生气，更多的是难堪。原佑本来以为任莳会把黄玉逼到死角，他心爱的小美人会雨打梨花，静待一旁，等他出手相救；或者三个人可以进行友好会谈，和平解决纷争，从此以后没有顾忌，随时随地拥黄玉入怀。他没想到会出现这样的局面，吃了一惊。

虽然他已经跟任莳提出了离婚，但是想到两个人过往的经历和甜蜜，还是有很多不舍，他们之间的一切不是用涂改液或者离婚证可以抹掉的。黄玉当着他的面嘲讽任莳，向她逼宫，猛然令他被爱情冲昏的头脑冷静了下来，第一次觉得黄玉的花容月貌不再那么漂亮。既然美貌打了折扣，其他方面的缺点也被他看到并且放大了。原佑听着那些不入耳的话，连带着开始讨厌黄玉那张美艳的樱桃小口，当然那个令他着迷的杨柳小蛮腰也变成了带着邪气的水蛇腰，在刻意而为的舞动中散发出勾引男人的风骚意味，让他一眼都不想再看。

既然原佑的思想都发生了变化，任莳对黄玉的外表自然会有另外一番想法。虽然黄玉美目流转，楚楚动人，有着沉鱼落雁的娇媚，任何一个有正常审美观的人都想多看两眼，但任莳无法生出我见犹怜之感。然而，这不能怪任莳没有爱美之心。当初南康长公主没有杀李女，是因为李女说是桓温强迫她的。如果李女像黄玉一样猖狂，早已成为刀下鬼，因为长公主一定会手起刀落，杀之后快，断然不会说出"我见汝亦怜，何况老奴"！

三人会谈以后，原佑不再提离婚的事了，在家的时间也比以前多了。任莳却在是否离婚的问题上挣扎，她原本平静的心也翻起了滔天巨浪。以前她抱怨原佑整天不着家，现在却怪他为什么不出去。每每看到他在眼前转悠就难受，恨不得一脚把他踢出去。

任莳来成都散心，主要是想回避一下和原佑的尴尬相对。她问宛溪的意见，但她显然问错了人，宛溪的内心比她更乱。再说，遇到这种事，谁都没办法替别人拿主意。听到宛溪申请移民，任莳好像也找到了一个逃避现实的方法，她说回深圳就去办移民。

好在任莳并不是真的需要宛溪或者其他人为她的婚姻指出航向，她只是需要诉说。她在成都待了一个星期，临走之前，已经决定不离婚了。但是没有人知道，她心里的那根刺是没有痕迹地化掉了，还是会永远扎在那里，生根发芽，时常作痛。其实，别人眼中再甜蜜，对于当事人来说，也有无法言说的痛。

第七十六章　药渣

任莳走后没多久，冯菲来成都出差。她像原佑一样，在单位春风得意，不久前被提拔到最重要的部门当经理。感情上也安顿好了，早已和杨剑拉埋天窗。

冯菲嗜辣成性，成都的食物让她欲罢不能，每顿都吃得畅快淋漓。由于天冷，火锅成了她的最爱。火锅吃的时候过瘾，但由于全是浓重的调料在锅里不停翻腾，所以吃完以后，从头发到脚尖都散发出一股火锅的特有味道。冯菲平时极为注重仪表妆容，吃点有味道的东西，立刻就要刷牙。可吃火锅时，完全判若两人，全然不顾姜葱蒜混在一起的刺激冲味。只有两次，她说想变一下口味，宛溪请她去吃公馆菜和日本烤肉。

宛溪知道公馆菜很贵，特意带了一大把钞票。结果吃完以后，两个人狂拉肚子，再多的钱都被马桶里面的水冲走了。吃烤肉时，餐厅里时常响起生肉碰到炭火的嘶嘶声，同时散发出焦香的诱人味道。由于吃了好几顿辛辣的火锅，突然吃到有些许甜味的烤肉，冯菲胃口奇好，宛溪也敞开了肚皮。不过，和水一样的蔬菜相比，肉毕竟扎实，吃一块顶一块，两个人很快就失去了战斗力。买单的时候，宛溪傻了眼，她有四百多块，可是居然不够付账单。这够她们吃好几顿火锅了，实在没想到烤肉如此昂贵。她是东道主，不好意思让冯菲垫钱，只好悄悄地跟服务员说把工作证押上，第二天送钱过来。有了这两次经历，宛溪认同冯菲的观点，觉得火锅最好。吃完有味道也没关系，洗澡换衣服就行，总好过大把银子瞬间化为乌有。

一天晚上，冯菲让宛溪介绍一个别致的地方。她虽然走遍了成都的茶馆、餐厅，还有时髦一些的咖啡馆，但是一直没有去过什么与众不同的地方，有点不满足。在海南时，宛溪和李平漠去过几次声色犬马的地方，不过回到成都后，他们再也没有光顾过类似的地方。由于马小姐的事情，李平漠大有一年被蛇咬，十年怕井绳的顾虑，所以主动杜绝。宛溪也不喜欢能把房顶震破的喧闹场合。现在听冯菲说起，她搜肠刮肚地想了半天，最终想起了一个叫作红磨坊的地方。冯菲不想一个人去，说是怕被人误会成不正经的女人，所以就把宛溪一起拖上出租车。

刚到红磨坊门口，就听到震天的音乐，好像把门框都要摇下来。冯菲的两眼在昏暗的灯光下发亮，宛溪不由自主地捂了下耳朵。她们坐在高高的吧台前，冯菲要了一杯哈顿天尼，宛溪要了一杯热带特色的芙蓉野韵。冯菲的杯子里散发出一股烈酒味道，宛溪用小勺舀了一点，入口无比辛辣，那股热劲让舌头和喉咙都火烧火燎，她喝了一大口果汁味道的芙蓉野韵才压下去。

台上领舞的人随着音乐的节奏，一丝不苟地扭动。舞池里的人群，有的跟随领舞左摇右摆，有的随意而动。闪烁不定的霓虹灯让舞动的人有了奇怪的节奏，幽暗的灯光下，每个人的动作都像是动画片里的人物。

冯菲喝完烈酒后，进入了舞池。随着身体的摆动，她黑亮的长发在昏暗的光线中明明灭灭，闪烁不定。刚开始，她漫无目的而又恣意地扭动着身体，随手撩起垂到脸上的黑发，颇有风情。没有多久，她就和一个年轻高大的男人对舞。舞曲结束时，他们意犹未尽地走向吧台。冯菲点了一杯大都会，男子点了一杯马天尼，在新的音乐声响起时，两个人一饮而尽，在麦当娜的舞曲连播中双双滑入舞池。一首接一首，不停地播放，简单的歌词，强劲的节奏，再加上橙皮甜酒、杜松子酒和干苦艾酒的作用，他们的身体越贴越近。舞曲还没结束时，两个人已黏在了一起。他们在舞池里缠绵了一会儿后，相拥着走了出来。

冯菲眼带桃花，男人眉目含情。他们不像是刚刚在舞池里认识的陌生人，倒像是一对正在谈情说爱的恋人。宛溪看着他们握在一起的手，正想说话，冯菲抢先说道："我们要走了，你还想待在这里吗？"

宛溪看着已有醉意的冯菲，无法判断是酒精的作用还是歌声的感召使她要跟男人一起走，不由地有些担心，就说："我们一起走吧。"于是，她跟在两个亲密的身影后往外走。

三个人在门口上了同一辆出租车。宛溪坐在前面，冯菲和男人在后排喁喁私语。深夜，街上的车辆和行人都很稀少。出租车一路顺畅地开到了王朝酒店，男人搂着冯菲下了车。宛溪坐在出租车上，看着他们的背影进入堂皇富丽的大厅。等了几分钟后，她打电话到冯菲的房间。冯菲含糊地说了两句，就挂断了电话。

尽管宛溪非常清楚冯菲的智商，但还是有些不放心她跟一个陌生男人过夜，所以第二天早上一起床就打电话给她。冯菲大概还在床上，声音朦胧暧昧，男人含糊的声音隔着电话传过来。听到她平安无事，宛溪就恶作剧地说："不好意思，打搅了你们的春梦。"冯菲说"春你个头"，电话就断了，大概又要去"春"了。

宛溪上了两天班后，到了周末。冯菲在成都的事情也办完了，即将回深圳。临走之前，她们在岸芷园门口的汀兰酒家吃饭。汀兰酒家的生意一向很好，周末要排队。宛溪拿了号码后，和冯菲站在门口听她讲在红磨坊遇到的那个男人。冯菲还没讲完她的艳遇，服务员开始叫她们的号码。

全城都流行吃一筒骨，汀兰酒家也不例外，把这道菜作为主打。做法很简单，就是一根粗大的骨头，里面装些酱油、醋、麻油、花椒油、姜蓉、葱花、辣椒碎、芝麻粉、味精及其他调味品做成的汤水，说是骨髓。每根骨头放在一个大盘子里端上桌子，上面插一根吸管，大家都像喝饮料一样地吸着"骨髓"。可惜"骨髓"不多，一口就吸完了。冯菲吸了两根骨头后，咕哝了一句"男人的东西还没这根骨头大"，不满之余，又狠狠地吸了两根骨头。

吃完饭，她们在岸芷园漫步消食。冯菲还是像以前一样，是个话匣子，滔滔不绝地说着单位里各种志得意满的事情。宛溪正默默地听着，突然冯菲话锋一转："你和李平漠这么分着，性问题怎么解决？两三周或者一个月才见一次，远水解不了近渴。"

宛溪没有防备，差点脱口而出"我们在一起的时候，也没有解决性问题"，还好，她不是冯菲那种跳跃性思维，头脑和嘴巴都没有她动得快。她稍微冷静了一下说："我们上学的时候，不也是这样过来的吗？那时候更惨，好几个月都见不着。难道你和杨剑每天都要做爱？"

本来眉飞色舞的冯菲突然有些暗淡，长叹了一声说："如果杨剑每天都和我做爱就好了，可惜他根本没用。没结婚前，他还不错。有一次，我们一整天都在床上，做了八次，真是让我心花怒放，欲仙欲死。可是，结婚以后，他每况愈下，尤其是最近，越来越糟，一个星期都做不了一次。我不指望他养家糊口，也不求在工作上有什么作为，只要在床上能满足我就行了。可是，现在他连这点小小的要求都达不到。唉，我真是倒霉，怎么摊上这样一个老公呢！"

宛溪想起药渣的笑话，就打趣说："没准是你索求无度，把他榨干了吧。"

冯菲大概想起了和杨剑从前的种种勇猛之事，脸上的阴云一扫而光，又笑了起来。看到她熟悉的表情，宛溪想到曾经和她纠缠不清，眼下同在一个城市的楼英。冯菲淡淡地说："我们有些工作往来，他一直单身。本来还想撩拨他一下，谁知他对性生活没有兴趣，完全像个老男人。"

像任莳一样，听到宛溪申请移民，冯菲也跃跃欲试。看来，移民的吸引力不容小觑。冯菲是个闻风而动的人，立刻让宛溪带她去腾跃移民。好在腾跃移民周末照常上班，孟兵也在公司。冯菲和孟兵一见如故，两个人谈得热火朝天，立刻把宛溪这个引见人晾在一边。腾跃移民的总部在深圳，成都是分公司，冯菲当即决定回去以后就着手移民的事。

第七十七章　到底是谁的孩子

冯菲走后一个星期，宛溪收到了一个电子邮件，打开一看，是程玲璐写来的。

程玲璐自从两年多前离开中国以后，一直杳如黄鹤。宛溪曾经问过她的父母，也得不到更多的信息。突然接到她的信，显得很不真实。看了开头才知道，程玲璐打电话到兰若大学，问到了宛溪的电子邮件。其实，宛溪没有为她特别担忧过，因为程玲璐是不会轻易向生活投降的。果然，她既没有当老鸨，也没有喂鲨鱼，而是像以前一样，把生活过得有滋有味。

程玲璐和王总在中美和南美各国辗转了几个月后，终于找到了通往美国的途径。所谓的途径，无非就是偷渡。王总先给蛇头三万美元，余款到了美国以后再付。一切安排妥当后，王总担心偷渡的风险太大，思来想去还是决定回国，所以临阵脱逃。程玲璐把他狗血淋头地骂了一通后，独自从洪都拉斯出发，踏上了偷渡之路。她经过水路陆路，长途跋涉后到了墨西哥。在蛇头的带领下，程玲璐和为数不多的几个人在一条不知名的河上漂了一个晚上后，终于到了美国。刚进入得克萨斯，他们就在边境被逮捕。被捕后，她像所有的偷渡者一样，申请难民，等待听审。然而，难民的申请程序过于繁杂，时间也太漫长。程玲璐不想为了一张绿卡耗费七年八年，到最后说不定还是要黑下来。于是她拿着王总的钱，在纽约开始了风花雪月的生活。她先后在好几个学校注册，三天打鱼，两天晒网地上了一些课，没有长线计划。上课本来也不是她的目的，很快她就在上课的过程中不费吹灰之力搭上了好几个有身份的男人。逢场作戏一阵子后，她锁定了两个男人，吉米和艾德。既然有了确定的目标，她索性彻底断掉了蜻蜓点水式的学校生活，就像猎人打到猎物以后就把弓箭暂时收起来一样。

吉米和艾德的背景相似，都是在美国出生的第二代华人，他们的父母都是早年从香港来美国打拼的，刚开始过得很辛苦，多年以后，才慢慢好起来。第二代不必走第一代的老路，吉米和艾德的生活比父母那辈人轻松很多。

吉米大学毕业后，做了电脑程序员，然后结婚离婚。艾德大学毕业后，在政府工作，也是结婚离婚。如果非要说两个人的生活有什么不幸，那么离婚就是他们经历过的最大磨难。吉米有两个孩子，前妻没有工作。离婚的时候，他想争取孩子的抚养权，结果被前妻修理惨了。前妻为了抚养费和抚养权把他告上法庭，她不请律师，每次都自己上庭，要和他死磕到底。吉米要上班，只好委托律师应诉，但律师费花了无数，还是输了。前妻说早知如此，还不如把这笔钱给她呢。吉米也深有同感。他花了大把的律师费，还要一分不少地支付前妻和孩子的抚养费，什么好处都没得到，是真正的赔了夫人又折兵。艾德没有孩子，前妻的工作也不错，他本来以为可以好聚好散，哪知前妻为了独占他们结婚期间买的房子和他展开了你死我活的斗争。前妻向法庭提供了各种模棱两可的证据说房子的首付和贷款都是她出的，艾德从来没有供过房子。法庭取证不是一件简单的事情，耗时耗力耗钱，最后艾德被折磨得精疲力竭，只好把房子拱手相送。

表面上看来，吉米的收入比艾德高。但实际上，吉米每个月的收入有一大块被自动扣除，转到前妻那里。艾德把房子送给前妻后，两人再无瓜葛，所有的钱都归自己支配。而且，他在工作之余，和朋友合伙投资房地产，所以他真正的经济实力超出吉米很多。以程玲璐的拜金个性，当然会选择艾德。

按理说，吉米深受婚姻所害，应该不会再送上去挨刀。艾德除了损失一套有贷款的房子，没有更多的负累，而且无孩一身轻，有精力去经营下一段婚姻。可很多事情都是出人意料的。

艾德虽然爱程玲璐，但是每当说起结婚的事情，总是犹豫退缩，好像得了恐婚症。程玲璐以退为进地说："我本身不看重婚姻，可有可无。"这也是她的真实想法。如果是平常情况下，她陪着艾德玩个十年八年都没问题。但她不是正大光明来美国的，就算结婚都无法保证一定能够拿到身份。如果不结婚，更是连一点希望都没有。所以，她必须赶快结婚，才能开始进入申请合法身份的程序。然而，无论她进还是退，艾德就是不给她最想要的东西。

吉米的表现截然不同，随时准备跟程玲璐结婚，帮她解决身份。程玲璐不想浪费时间，很快就嫁给了吉米。她这边一结婚，艾德马上后悔不迭，于是又疯狂地追求她，买各种名牌衣服和皮包送她。程玲璐秉着多个男人多条路的想法，隔三差五地和他相聚。吉米的工作很忙，家和公司离得较远，每天花在路上的时间不少，很多时候回家以后，就是吃饭睡觉。周末和假日他又要和两个孩子在一起，能够分给程玲璐的时间确实不多，所以极少干涉她的生活。就这样，程玲璐在两个男人之间周旋着。

和吉米结婚不久，程玲璐发现自己怀孕了。刚开始，她无法确认孩子是谁的，后来仔细回想了一下，还是吉米的可能性更大一些。艾德说，如果孩子是他的，就要程玲璐离婚，跟他结婚。她嘴里答应着，心想老娘才不想费这些周章呢。不管孩子是谁的，法律上都是吉米的，而且孩子会加强他们婚姻的真实性，拿到身份的把握更大。孩子生下以后，艾德经常说要去做亲子鉴定。程玲璐被他搞烦了，直接告诉艾德："就算孩子是你的，拿到身份之前我是不会离婚的，所以我也绝对不会去做亲子鉴定。"艾德被她斩钉截铁地拒绝，一点都没生气，反而认定这个女人不可多得，又觉得自己当父亲的可能性是50%，不免有点沾沾自喜。所以，除了吉米以外，他是对他们母子最好的一个人。

实际上，程玲璐怀孕以后，不能像孕前那样和艾德缠绵不已。随着月份的增大，她的肚子越发像一面大鼓，爱美的她都不想出门了，生了孩子以后两个多月才出来见他。每次见面，艾德几乎有求必应。程玲璐是个购物狂，从第五大道搬了很多华而不实的东西回家。艾德把在房地产里得来的很多收益都丢进了第五大道上那些美轮美奂的店里。程玲璐说钱必须流动才能活起来，艾德只有点头称是。

虽然程玲璐已为人母，但贤妻良母从来不是她的标签。她说一个人带不了孩子，让吉米请了保姆，还时常把孩子送到吉米的父母家里。吉米和前妻生孩子时，父母还要工作，几乎没管过，离婚以后，孩子又跟着前妻，见面的时间很少。所以，他们对程玲璐生的这个孩子很上心。孩子大点以后，吉米的父母享受到了含饴弄孙的乐趣，经常主动过来接孩子，程玲璐也乐得清闲。但她不能天天跟艾德去第五大道搬东西，艾德的信用卡额度没有那么高。所以有时她一个人待在不大不小，比上不足，比下有余的家里胡思乱想，某一天回顾她不长不短的人生时，突然想到了在专科学校时她们七个人住过的那间宿舍，好奇大家是否已混得人模狗样，就心血来潮给宛溪炮制了一封长信，详细报告了她去国离乡的生活，结尾问是否有其他人的消息。宛溪如实告知了每个人的情况。程玲璐很快回信夸奖了一番裴云英，并且把自己也放到了一个新的高度，说整个宿舍只有她和裴云英是人物，她们两个的存在让狭窄的宿舍蓬荜生辉，光彩耀人。

无论是吉米还是艾德，以程玲璐对男人的掌控能力，他们肯定会心甘情愿听候她的差遣。她按照自己一贯的方式，走了一个捷径，在很短的时间内，安顿好了在美国的生活。

第七十八章　移民的理由

生活在静止的状态中缓行，除了腾跃移民偶尔有些消息传来，但还是有一件事打破了平静。

一天早上，宛溪正把刚出版的内刊装在信封里，准备寄往其他兄弟单位，徐主任突然站在她的面前，一看就来者不善。自从调到宣传处以后，宛溪和徐主任几乎没有正面接触，她觉得以前的那点事应该早就进博物馆了。可是看到徐主任兴师问罪的样子，她有点忐忑，却想不出何时得罪了她。正思忖间，就听徐主任责问："你为什么不发我的文章？上次你使手段，让秦副局长用了你的文章，我没跟你计较。你自己问心有愧，不敢面对我，所以又耍心眼儿调到了宣传处。我本来以为你会反思自己的行为，改过自新，没想到你更加肆无忌惮，滥用手中一点小小权力。单位里那么多人的文章都发了，为什么就不发我的？早知道你心胸这么狭隘，我当初就不该让你来我们单位。"

徐主任说得理直气壮，宛溪哑口无言。由于收到的文章很多，通常她都是先看文章本身的立意，再看文辞用语，以及逻辑是否合理，没有特别注意作者。面对怒气冲冲的徐主任，她的大脑快速地搜索。很快，她想到了徐主任的文章，大意是说"德厚者流光，德薄者流卑"，文笔顺畅，有理有据，正准备下期采用呢。

听了徐主任暴风骤雨中带着入情入理的训诫，又想到她立意高远的文章，宛溪登时觉得自己是个睚眦必报的卑鄙小人。只是反思了半天，也没想出来到底要报复什么。徐主任听到她的文章下期发表，才趾高气扬地走了。

下午，鲁豪跟宛溪说："徐主任的那篇文章尽快帮她发了吧，一个内刊，犯不着乌烟瘴气的。她不能老坐在这个位子上，总得往上升一下吧，但这和大学评职称是一样的。她相当于副教授，有年头了，不过僧多粥少，很多人一辈子都评不上教授。《围城》里面早就写过，副教授升教授难上加难。你如果去了大学，按照学历，直接是小讲师，就是通房丫头，还不能体会如夫人的苦恼。等你成了如夫人，才知道要转正做大太太，是违反纲常的。尽管如此，想要突破封建礼教，做大太太的人还是前仆后继，不畏艰难。你想啊，马上要评教授了，徐主任肯定会申报的，照例需要罗列各种成果，内刊的文章也可以充数吧。她这次评教授的希望非常渺茫，多半会继续当她的如夫人。到时候她会把你当成替罪羊，一腔怒火全烧到你头上。她已经对你怨气冲天了，别再得罪她，以免火上浇油，搞得大家都难堪。"

鲁豪在芙锦大学工作过好几年，平时说话总喜欢用大学的事做比喻。他的专业是芙大最容易招生的，又是重点学科，原本在系里如鱼得水，但还是离开了。教授也好，处长也罢，在他眼里，是一枚硬币的两面，怎么放都行。

宛溪本来以为不会再和徐主任有什么冲突了，没有想到莫名其妙的战争还在继续。

腾跃移民有时会举办茶话会，邀请他们的客户或者有兴趣移民的人参加，同时鼓励参加的人带亲朋好友同来。茶话会的内容很丰富，都与国外生活有关。有时讲找工作；有时讲如何申请学校、奖学金和学生贷款；有时讲买房子；有时讲医疗；有时讲孩子的福利。大部分时候，是孟兵作为主讲人，偶尔请他在国外待过的朋友来讲。宛溪在茶话会上认识了一些人，其中有两个家庭的男主人都是大学老师。因为宛溪在工作中和他们的学校有点接触，所以和这两家的来往密切一些。

骆华和雷恒士在同一个学校教书，两个人都不是出国的始作俑者，无奈禁不起老婆的软磨硬泡，只好结伴同行。他们期望出国后两家人在一起有个照应。

刘翠和骆华在同一个县城上的同一所学校。她跟别人说和骆华是青梅竹马，但没有得到当事人的首肯。刘翠上初中时就爱上了骆华，但是直到高中毕业，她的身高依然停留在初中。骆华则一路猛长，高中毕业时，都快一米八了，他的学习成绩也像身高一样节节上涨，顺利地考上了大学。刘翠的成绩也像她的身高一样停滞不前，所以什么都没考上。她的身高停在了一米四六，高中勉强毕业。尽管对骆华怀有强烈的爱情，但是骆华对刘翠毫不在意。每年回家时，刘翠都对他展开热烈的爱情攻势，并且一再表示无论他做什么，都会一心一意，在原地等他。可是骆华丝毫没有放在心上，在大学和女生们谈着两情相悦的恋爱。大学毕业后，他又考上了研究生，刘翠依然痴心不改。几乎所有的人都说刘翠是个花痴，嘲笑她一厢情愿。骆华到成都工作后，刘翠毅然辞掉了老家的工作，在骆华工作的学校附近租了一个房子。她无才无貌，连个一技之长都没有，所以不好找工作，只能做各种脏活累活。

骆华还是像以前一样，对刘翠爱答不理，依然和不同的女朋友分分合合。年近三十时，他经历了一次严重的失恋，心情极其沮丧，加上父母不停催婚，他也萌生了找个人安顿下来，过小日子的想法。放眼望去，曾经和他情投意合的女人都已嫁作人妇，一下找不到合适的人。低头看看身边，只有刘翠无怨无悔地陪伴左右，一直表示和他永不分离。终于，在刘翠三十岁生日的那天，她怀着极其喜悦的心，把自己献给了半醉状态的骆华。骆华以为能够像对待以前的女朋友那样，可以随时分手。哪知一觉醒来，再也不能脱身。于是，在双方家庭的压力下，欢天喜地的刘翠嫁给了神情委顿的骆华。

婚后，刘翠也曾尝试着看骆华喜欢的书，无奈看不了几行字就昏昏欲睡。在骆华眼里，除了上床以外，他实在找不到可以和刘翠一起做的事情。没多久，他就和外校的一个女老师有了鱼水之欢。刘翠大闹女老师的单位，骆华无奈，只好断了来往。虽然刘翠在婚前见证了骆华的诸多女朋友，但是结婚以后，她也想独占他，希望骆华和别人有染只是一时兴起。她以为自己一闹，骆华会怕，不敢再红杏出墙。谁知事与愿违，这只是开始，在他们六年的婚姻生活中，骆华的风流事从来没有断过。即使女儿出生以后，依然如此。

刘翠想了各种办法阻止骆华，她不敢再去女方的单位吵闹，因为骆华明确地说，如果她再这么做，就离婚。刘翠是宁可拼了性命，也不愿意离婚的。后来，她把骆华的事情告诉他的父母。父母刚开始也只能是好言相劝，后来觉得儿子实在不像话，就严正警告。终于有一次，性格暴烈的父亲拿着菜刀在学校里追着骆华到处跑。父亲在气头上，菜刀不长眼，刘翠生怕骆华有个闪失，也不敢再跟他的父母告状了。从此以后，刘翠对他的事情只能睁只眼闭只眼，只要不离婚就行。

一天，刘翠看到腾跃移民的广告，以她有限的见识，认为到了国外骆华就不会那么容易找到女人，应该就会守着她了。所以为了爱情，她出国的意志非常坚定。骆华崇尚自由浪漫，也曾出国做过短暂的学术访问，对于国外的旖旎风光有些心向往之。所以，听到刘翠不停地念叨出国，并不反感，最终同意了。这是两个人结婚以来，除了睡觉以外，一起做的第二件事。

莘水是个漂亮的空姐，是雷恒士打败众多竞争对手，历经千辛万苦追来的。由于雷恒士和骆华是好朋友，莘水虽然不把刘翠放在眼里，但总是免不了来往。听到刘翠说要移民，莘水心里不平衡了。她认为如果要出国，也是她先走，怎么能轮到刘翠抢先呢！当晚，莘水就要雷恒士马上申请移民加拿大。这可难坏了雷恒士，他在学校春风得意，不知道出国去做什么。稍一犹豫，就被莘水臭骂一顿。大多数漂亮的女人，脾气都不好，因为她们有资本。雷恒士经不起莘水的一顿数落，又想到儿子可以在国外念书，很快就顺了老婆的意。雷恒士除了比老婆多读几本书，无论身高、相貌还是家世，都远远落在老婆后面。所以莘水对他有千万个不满意的理由，总是数落他。如果她知道谢道韫当初的苦恼，一定会感叹"天壤之中，竟有雷郎"。其实，王凝之家学渊源一点都不差，只是谢道韫很有才，小小年纪就咏出"未若柳絮因风起"的千古名句。她周围的人也是一个比一个出色，才让她觉得丈夫是个平庸之辈，处处不如人。雷恒士虽然不像王凝之那样出身世家，但经过后天的努力，肚子里也装了不少才学，有道是满腹经纶者自有一种风范。所以，尽管他貌不惊人，还是显得很儒雅。莘水丝毫没有谢道韫的才情和胆识，更缺乏临危不乱的能力，实际上完全不能相提并论。如果谢道韫得知自己被拿来和莘水相比，她一定比嫁了一个"王郎"更生气。莘水最大的财富就是美貌，除此之外，找不到更多的可取之处。不管美貌是否会随着时间流逝，反正单凭这点就可以压住雷恒士，或者说让雷恒士一直顺着她。

莘水每次出现时，都精心修饰。她身材高挑，大眼秀眉，皮肤比身上的任何衣服都白。她总是衣着光鲜，面容靓丽，是茶话会上的美人。无论刘翠和她站在一起还是坐在一起，都像是珠玉旁边的一颗小黑豆。

第七十九章　生活的目标是什么

　　冯菲是个雷厉风行的人，回到深圳后，立刻找了腾跃移民设在华强北路的总公司，问清所有程序后，很快就和杨剑一起申请了移民。

　　任莳虽然想移民，但是原佑像水中的蛟龙，公司和国内熟悉的一切是他赖以生存的水，离开这些，他连一条小虫都算不上。所以处于人生得意时刻的原佑，不可能放下如日中天的事业和任莳离开。不过，他想着有个国外的身份也不错，于是就让任莳带着儿子先出国，自己以后过去。任莳气急心塞，差点说："我们出国，你正好可以再找一个刚毕业的女大学生，或者和黄玉旧情复燃！"但他们的感情早已今非昔比，经不起这样刺激的语言，因此她只能咽下冲到嘴边的话。

　　原佑已经和黄玉彻底了断，目前也没有找寻另外一个女人的想法。任莳也不需要为了钱活着，存折上多一个零或者少一个零，她的心都不会波动，甚至连个小水花都没有。按照马斯洛的理论，人活着首先是生存，生存和安全的问题解决了，就需要爱。可是她不知道爱在哪里。她本来打算去一个陌生的地方，忘掉所有的龃龉，和原佑重新开始他们纯纯的爱情。可是，原佑已经过了追求纯爱的年纪，他把所有的心思都放在追逐更多的财富，并且在画一个更大的版图。所以，任莳非但不能如愿，而且随着原佑跨上事业的新台阶，还给她带来更多的烦心事。尽管装作不在意，可是和原佑的关系始终隔着一层，她在精神上万分痛苦。无奈之际，任莳决定回兰若大学读博士。两个城市虽然不算近，但是如果愿意，她可以把飞机当成出租车，每天在深圳和玉庐之间穿梭。

　　孔霜枝在半年多前就去一个比玉庐大很多的地方读博士了。究其原因，是葛光搞婚外恋。孔霜枝认为是奇耻大辱，激愤之下离了婚，并且立刻决定考博士。不知是因为没有管理好葛光和家庭，还是想摆脱过去的事，总之，她改换门庭，反出师门，换了专业，毫不犹豫地读了管理学。

说葛光出轨，就像说原佑出轨一样，不但作为当事人的太太不相信，其他人也是满腹狐疑。葛光长着一张老实诚恳的脸，学的是拷问人的灵魂的专业，见到女学生，总是有些诚惶诚恐。所以，当这件事情传出来时，很多人都认为是孔霜枝捕风捉影，小题大作。可是她前脚离开学校，葛光后脚就进入了第二次婚姻，大家才对这件事另眼相看。

以任莳的学习能力，读博士不是难事。可以预见，她很快也将成为一个博士，而且是个非常努力、不断攀登科学高峰的女博士。沿着这条路走下去，她也许会成为一个杰出的女科学家。

贫瘠的爱情之土，能够滋养出两个苗壮的女博士，幸与不幸，当事人不愿意多想，自有无数隔岸观火的人去评说。

宛溪想到，如果不是因为移民的事情，她大概也要去读博士了。找不到更好的方向，她只能把移民当成生活目标。快到夏天时，腾跃移民通知她，如果一切顺利，年底会去香港面试。听到这个消息，她多少有些兴奋。

李平漠比较忙，没有时间在路上奔波，因此周末的时候，宛溪经常去北京。她想也许很快就要去加拿大了，就又去新东方学英语。这时有了强烈的愿望，所以比上次努力很多。在新东方，随处都可以见到两句话："从绝望中寻找希望，人生终将辉煌。"她不在乎人生是否辉煌，但是对于前一句话倒是深有体会。

史达户的公司没有朝着既定的目标前进，钱烧了不少，不过收效甚微。互联网是个无底洞，再这样下去，他原有的巨资很快就见底了，新的资金却连个影子都看不到。

李平漠对公司的状况很清楚，如果没有资金进来，公司撑不到年底。虽然着急，可是没有大笔的真金白银，谁都不能令公司起死回生。

李平漠虽然不是老板，但是压力明摆在那里，他只能充分发挥实干精神，拼命做事，希望换来一线生机。由于经常加班，神经高度紧张，所以去紫竹院漫步成了他最好的消闲和休息方式。好几个晚上，李平漠和宛溪在紫竹院信步游走。月亮既大又圆，月光如水一般洒向地面，树枝和竹叶的影子在地上随着风轻轻摆动，如同水草一样。偌大的公园，只有他们两个人。他们缓步向前，走到门口的银杏树下。白天的银杏葱茏苍翠，夜晚的银杏在清风吹拂下，古朴巍峨，高大雄伟的树干自带沧桑。据说当年八国联军侵占北京时，也曾在紫竹院烧杀抢掠，连这两棵大树都在劫难逃。几百年的银杏树若有灵魂，面对人类不可理喻的凶残暴虐时，一定不忍直视。

去北京的次数多了，宛溪就成了老朋友生活状况的见证人。查湘生了个女儿，家也搬到通县了。她的妈妈帮她带孩子，产假快结束了，马上就要每天和窦殊道一起坐班车进城上班。曹奇也快当父亲了。幸福的婚姻还是切实存在的，看来，世界上会多两个母亲，少两个女博士。好在这个世界并不需要太多的女博士，母亲的角色倒是无人能替代。裴云英这个原本可以读博士的人，也在心安理得地当着一个好母亲，记录着儿子每天点点滴滴的变化：梦中无意识的微笑；大便时一动不动，专心致志的表情；试图撕扯纸尿裤的努力；不穿纸尿裤时，在家里到处留下大小便的痕迹……裴云英这个热爱学习的女人，同样带着热爱记下这些有趣的琐事，比写任何学术论文都起劲。她产假结束，第一天去上班的时候，心中万般不舍，一直在办公室想着儿子肉乎乎的小手小脚，给家里打了无数个电话。下班时间一到，就迫不及待地往家赶。看到儿子时，眼睛立刻湿润。

又一个周末，宛溪像往常一样待在李平漠的出租房，看完英语资料后，就开始读《爱眉小札》。李平漠加班回来跟她说："中午你姐给我打电话说你的新姐夫来北京讲学，她也跟着一起过来了。她要见个面聊聊，所以约我明天吃饭。"

宛溪和宛怜早就没有任何联系了，只是从李平漠那里听说，宛怜已经嫁给了一个大名鼎鼎的学者。因为她是离婚状态，所以可以随时结婚，看来这次高甫是没有希望了，不过宛怜早就把他安抚好了。高甫非但不恼怒，还挺替她骄傲的，有时跟朋友说"我老婆嫁了个名人"。学者在南方工作，又因为非常有名，所以经常被各个大学争相邀请当客座教授。客座教授也要为学校尽些责任，因此学者总是在各地奔走，且会经常出国。对于学者，宛怜是一定要抓住的，连周末夫妻都不能做，更不要说长期的两地分离。所以在不得已之下，她只好辞了工作，跟着大学者国内国外、天南海北地游走。

宛溪想着徐志摩、陆小曼、王赓、林徽因、梁思成、金岳霖这些人之间的故事，民国那些风华绝代的人物走马灯一样在她的眼前晃动。不管她和宛怜的关系如何，这个著名学者确实是她的新姐夫，突然之间，她产生了想要一睹大学者风采的愿望，就说："好的，在哪里吃饭？你告诉我地址，我上完课后过去。"

"你姐没告诉你吗？在百万庄附近的一个川菜馆，我没记住名字。"

"她知道我在北京吗？"

"知道，我特意告诉她的，还让她给你打电话呢。"

宛怜自然不会给宛溪打电话，宛溪也早已见过不少和这个新姐夫齐名甚至名头更大的学者，不在乎少见一个，于是好奇心锐减。冷静下来再看这个声誉卓著的学者，他头上的那些光环顿时变得昏黄暗淡。第二天，李平漠一个人去了川菜馆。宛溪上完英语课后回到住的地方，正想做题时，接到查湘的电话。她说每天上完班就往家赶，好久都没在城里逛过了，今天给女儿买了几件衣服。既然已经晚了，就想在城里吃顿饭再回去。宛溪赶到建国路的一家餐厅和查湘会面。城里流行吃"大丰收"，几乎每家餐厅都有这么一道菜，也是大多数食客必点的。所谓大丰收，就是菠菜、白菜、小的红萝卜、圆萝卜、黄瓜、青椒、莴笋等各种蔬菜满满地装上一大盘，淋上酱汁生吃。宛溪看着面前高高隆起的一堆蔬菜，问查湘："我们像不像兔子？"

"有点，可是不够纯洁，也不纯粹，因为还要胡思乱想和吃肉。"

第八十章　周岁——到底要抱怨什么

　　在天气不是特别热的时候，有一天李平漠从北京给宛溪打电话，说花艺云的小孩快要一岁了，让她生日那天去送个红包，说百日宴的时候就没去，这次不能再推了。自从花艺云成为一个和李平漠平起平坐的人之后，他们之间有各种理由可以联系，比如同学聚会、朋友升官发财或者喜得贵子，都可以通报一下。宛溪和花艺云没有共同语言，大概唯一可以聊的话题是李平漠，但这也是有很多禁忌的，所以她们平时没有任何来往。不过，如果李平漠的家人来成都看病，只要找到花艺云，她都会尽力帮忙。所以，李平漠的二姐、三姐和一些比较近的亲戚都说她是一个真正的白衣天使。

　　花艺云的孩子百日宴时，李平漠在深圳出差，因为一个项目忙得不亦乐乎，分身乏术，不可能专程为了一个朋友孩子的百日宴赶回来。宛溪跟花艺云没有交情，加上那个时候有心结，所以不去也是正常的。后来，李平漠拿了一些照片回来。即使没有到场的人，也可以从照片中感受到那种喜悦。

　　孩子周岁对父母来说是大日子，尽管孩子没有记忆，但这个仪式对他们来说是非常重要的，以后看到照片时，可以感受到父母的关怀和众星捧月般的荣耀。宛溪不能再推脱，就问李平漠送多少红包。他说跟其他朋友一样，不必刻意，意思到了就行。宛溪先按照给同事孩子的标准准备了一个红包，后来想到自己曾经对孩子的母亲心怀恶意，非常内疚，就多加了几张大额钞票进去，求个心安。孩子聪明伶俐，正是牙牙学语，试图挣脱大人怀抱，要求独自行走的阶段。但孩子显然走不稳，花艺云和老公生怕孩子磕着碰着，一直紧紧盯着，不敢放松。来参加生日宴的人几乎都带着孩子，每个人都面带笑意，逗弄孩子。无论孩子哭还是闹，大人都不嗔不怒，没有一个人抱怨。花艺云和老公轮流抱着孩子和朋友合影，除了满桌的菜肴，最抢眼的是抓周仪式。胖嘟嘟的孩子坐在用塑料或者木头做成的书、钱、水果、蔬菜、小刀、小宝剑、珠宝等琳琅满目的物品前，抓完又放下。最后孩子下定决心，左手抓着听诊器，右手握着笔，围观的人都说基因的力量果然强大。花艺云和老公满脸幸福，充满爱意地望着孩子。

在后来去北京的某个周末，宛溪自然地说起如何光荣地完成了李平漠交给她的任务，希望得到一些嘉奖。不过他满脑子都在想着公司的生死存亡，对于她的话左耳进右耳出，不置一词。

很多个周末，宛溪都在飞机场度过，在成都和北京之间往返，按时回单位上班。在一个又要闷死人的大热天，她接到腾跃移民正式发出的通知，说年底去香港面试。她拿着来自加拿大移民局的信件，仔细地读了每一个字，居然没有一个生字。看来，时断时续的短暂培训，把她这样一个不学无术的人培养成了英语爱好者，而且水平突飞猛进，词汇量的增长也很惊人。

一天，宛溪突然接到母亲的电话，说她已经退休，不想再回西安，以后会常住成都。放下电话，宛溪定定地站在阳台上，神情恍惚。她看着灰色的天，一团没有生气的颜色，像一块毫不透气、穿在身上闷出一身痱子的布料。院子中的银杏笔直地站着，迷你小扇子一般的叶子，优雅地伸展着。银杏树旁白色、浅红色、深红色的芙蓉花尽情地开着。木芙蓉盛放的时候像牡丹，但是比较清丽，缺乏牡丹的妖娆。岸芷园的芙蓉极多，还有几株稀有的醉芙蓉，花色会变化，朝白暮红。木芙蓉的生命力很旺盛，开起来灿烂如霞，不枉成都有蓉城这样一个称号。几个孩子在花坛边的游乐场追逐嬉闹，保姆们坐在旁边家长里短地闲聊。虽然宛溪听不到她们在说什么，但她早已从罗音的口中知道谈话内容。保姆们谈论的无非是谁家的工资更高；谁家的主人更有钱；谁家请了两个保姆，一个做家务，一个带孩子；谁家的孩子又买了什么稀奇的玩具。一个女孩摔倒在地，大声地哭了起来，她的保姆缓缓起身把她抱走了。孩子的哭声、保姆们嗡嗡的说话声，把宛溪拉回了现实世界，让她记起了已经忘掉的母亲。自从刚上研究生的那年，毫无防备的宛溪和母亲在玉庐匆匆一见后，大家都像泥牛入海一样。

母亲住在宛怜原来单位分的房子里，宛怜早就买下了这个小房子。高甫原来为她买的那个大房子，依然归她。和学者结婚以后，由于宛怜总是跟着他国内国外到处走，所以必双跟着高甫在成都上学。一年到头，宛怜难得回成都几次，大房子基本都处在空置状态，更不要说小房子了。她本来想把小房子租出去，但又懒得费心，因此一直没有找到合适的租客，一年多都没有人住。房子已经发霉，母亲住着，总算有个人气。

周末，宛溪去看望母亲。不久前，她开车时，车屁股被一辆小面包车蹭到，掉了一大块漆。由于这个小车祸，她失去了开车的兴趣，也不想骑车，于是就坐公共汽车去了宛怜的小房子。母亲的外表没有大的变化，依然是庞大的身躯，洪亮的声音，只是多了一些白发。虽然多年音讯全无，但她们没有像电影或者书中久别的母女那样抱头痛哭。因为她们从来没有失散过，又何来重逢呢！她们甚至连最基本的亲热问候都没有。宛溪进门后，母亲先抱怨父亲还是沉迷在麻将桌上，院子里面都在风传，他经常和一个打麻将的女人眉来眼去。父亲彻夜不归变成常态，不知是在麻将桌上，还是去了那个女人家里。母亲不关心他在哪里过夜，只是担心输钱太多。她找过父亲几次，有时父亲正和其他三个人酣战，有时父亲在某个地方睡觉。无论是哪种情况，都对她置之不理。后来，母亲管好了自己的钱，便不再管父亲了。反正她与父亲之间从来没有爱情，所以也不会为了他或真或假的外遇操心。况且他一个老头子，就算真的有外遇，又能如何？还不是鞭长莫及，望洋兴叹！

抱怨完父亲，母亲开始骂宛嫪，说她年纪轻轻就离婚，工作也不好，以后不知道怎么生活。最后，母亲说到宛频时，总算有了点笑意。宛频早就调回了西安，先是在一个工厂打杂，三年前和一个同学结婚。丈母娘家开了个餐厅，生意兴隆，需要人手，宛频便辞去了无聊的工作，专心在餐厅帮忙。岳父岳母看他沉默寡言，踏实肯干，就慢慢地把生意交给了他。老婆也很勤劳卖力，所以餐厅的生意越发兴旺。一家店已经满足不了客人的需求，所以又开了第二家店。宛频虽然赚了钱，但母亲并没有得到多少实惠，不过她就像任何虚荣心作祟的父母一样，跟别人炫耀的时候还是挺高兴的。

母亲曾让宛嫪去宛频的餐厅打工，没有几天，宛嫪就说太累，不想去。宛频也嫌她太懒，根本不想要她。不管原因是什么，最后的结果就是双方不谋而合，取得了一致意见。宛频巴不得宛嫪即刻离开，而她也确实再也不想去店里。任凭母亲如何叫骂，都不能令他们改变想法。

从进门开始，母亲就说个不停，宛溪插不上嘴，就静静地听。等到母亲终于停下来时，太阳难得地露了脸。一楼的光线原本就比较暗，客厅几乎被黑暗笼罩，窗外的一小片天空，有一弯浅白的月牙儿挂在上面。虽然日月同辉，但一个即将落下，一个自己并没有光，都是冷冰冰的。母亲的身影已经模糊，虽然近在眼前，却完全看不清楚，也许只有抱着她才能够感受到一丝温热，从而感受到母亲是一种真切的存在。

宛溪想起和卫心的晚餐聚会，就说："我晚上约了同事，时间已经到了，先走了。"

母亲没有挽留，简短地说："好，你有空再过来。"

宛溪走到门口，母亲突然在身后说："四妹子不愿意去二娃的店里打工，但是店里需要人，他去劳务市场找了几次，都没有合适的，所以我去年把海涛叫过来帮忙。"

听到海涛这个名字，宛溪吃惊地问："哪个海涛？南涧的？"

母亲说："是的。我看二娃一直说不好招人，就想他们乡坝头的人不怕苦，所以我翻箱倒柜找到以前的一封信，然后给那个地址写了封信，说了情况，他们过了大半年才回信说海涛要过来打工。但一年不到就走了，没想到现在的乡下人也挑三拣四的。"

第八十一章　要多少钱才够

乍然听到母亲说起海涛和南涧，宛溪的心剧烈地跳了起来。南涧，这个承载了太多亲情和美好回忆的地方，让她为之震颤。在原乡的最初几年，是南涧让她支撑下去的。一眨眼，都已经离开快二十年了。在后来的日子里，她为了各种事奔忙，哭着，笑着，累着，南涧在她的生命中越来越远。近年来，南涧就像是远处的瑰丽奇景，忽隐忽现。想走近去看，却是一片虚无的海市蜃楼。她也曾经想过回去看看大伯父、凯哥、芳姐、海涛，洪波，还有那里的南山和涧河，可是一直找不到机会，总是有事情绊住她回去的脚步。

宛溪站在门口发愣的时候，母亲说："你快走吧，把门关上，别让灰虫进来了。"

教了几十年中学语文的母亲，平时说话时，依然 h 和 f 不分，把飞流说成灰流，没有上下文时，不知道是在说开花还是开发，如果是黄凤凰之类的，版本就更多了。

宛溪决定听母亲多说一些海涛或者南涧的事情，就给卫心打电话说晚上有事去不了。一筒骨已经是明日黄花，被细细的鹅肠代替了。如果被冯菲看到，肯定扭头就走，因为对着大骨头她还能发挥一下想象力，对着百无一用的鹅肠，只怕鼻子都气歪了。宛溪不在乎吃大骨头还是鹅肠，反正要不了多久，所有的餐厅又会兴起另外一种主打菜，说不定比鹅肠还细。她让卫心把自己的那份鹅肠吃掉，然后仔细地向母亲打听南涧的人和事。

海涛高中毕业后，没有考上大学，在外面打了一段时间的工，回家时看到母亲的信，于是就来了西安。他吃住都在店里，宛频给他很少的一点工钱。母亲没有说出具体数字，不知是忘记了，还是宛频没有告诉她。海涛去年十月去西安，今年七月离开。他无声无息地来，默默无闻地走，没有人知道，也没有人关心他来或者去的理由。不过，海涛临走前，跟母亲借了三千块钱，说是家里需要急用，回去以后还她。

在西安的日子里，海涛也曾无意中说起，大伯父已经于三年前去世。虽然生老病死是人生的规律，但是宛溪无法原谅自己。奶奶去世的时候，她无能为力，纵然心如刀割，却什么都做不了。不过，大伯父人生的最后日子，她是可以陪他度过的，但她依然还是像从前一样，做了一个彻底的局外人。宛溪无须刻意去想，大伯父的音容笑貌即刻浮现在眼前。他曾经是个翩翩公子，生活的诸多磨难都没有让他怨天尤人，始终温润如玉，旷达豁然。他对父母纯孝，对晚辈严厉又不失关爱，对朋友一片赤诚。想必他的很多老友也都已经入土为安，如今大伯父和奶奶以及老友在泉下相聚，他们的快乐依然可以在另一个世界延续下去。

宛溪心中虽然从来没有忘记过南涧，但实际上，自从离开以后，就断了音讯。小时候因为太穷，买不起信封邮票，只好作罢。虽然后来不再为了邮费发愁，不过又有了比邮费更多更大的烦恼。再后来，她确实很想写信的时候，却不知道地址。她曾经按照记忆写过一封信寄到南涧，不过被退回来了。由于和父母没有联系，她也没想过找他们要地址。其实，如果回南涧，她就能找到奶奶的小院，只是她好像一直都有比回南涧更重要的事情。就像宛怜，她虽然在仁洲长大，跟外婆有着深厚的感情，而且成都离仁洲那么近，一天都可以打两个来回，高甫买了车以后就更加方便，一天两个来回都不止，但她还是难得回去一次。上次宛溪和李平漠去仁洲时，外婆说好几年都没见过宛怜了。想到这里，宛溪觉得自己对南涧的感情仿佛是假的，她为此深深地自责。

虽然奶奶和大伯父都不在了，但是宛溪还是想给凯哥他们写封信，她生怕一转身又忘了这事，所以一刻都不愿意耽误，马上问母亲要地址，没想到粗线条的母亲立刻敏感地说："你要给他们寄钱吧？那你先把三千块还给我，还要加上利息。当时，海涛说得可怜，我一时冲动，就把钱借给了他。他回去以后，我一直写信让他们还钱，他们说只能慢慢还，一下拿不出来。"

宛溪漠然地说："行，你把地址给我，我替他们还钱。"

一向粗枝大叶的母亲谨慎地说："你先给我钱，我才能给你地址。"

宛溪把身上所有的钱全部掏出来，还差几块，最后把硬币加上，才凑够了三千多块，从母亲那里换回了地址。

天虽然黑透了，但是由于路灯的微光和邻居窗子里透出的光线，客厅反倒比先前亮了一些。母亲一直没有开灯，说浪费电。

　　母亲说了一大通话，饿了。她终于打开了电灯，从冰箱里拿出一碗黑不溜秋的菠菜、一碗酱油色的豆腐，又从锅里盛了两碗饭，让宛溪一起吃。宛溪没有胃口，把饭倒回了锅里，尝了一下母亲的麻婆豆腐，只有一点淡淡的辣味。豆腐本来寡淡，爱吃的四川人发明了色香味俱全的麻婆豆腐，需要放碎肉、葱、姜、蒜、豆瓣、豆豉、糖、酱油、花椒粉、淀粉等十多种调料才能出味，最好出锅时再放些翠绿的小蒜苗。想来母亲舍不得放各种调料，所以只能做出与麻辣无缘的豆腐。很多煽情的文章说，走遍千山万水，吃过各地美食，母亲的味道仍然会时常在舌尖荡漾，让人魂牵梦绕。可是，哪怕是在极端饥饿的情况下，宛溪也从来没有想念过母亲做的任何一道菜。按理说，由于一直帮母亲做家务，宛溪的厨艺应该不差。然而，她炒菜时会多放油盐酱醋糖，母亲骂她太浪费，就只让她打下手。虽然洗菜、洗碗、洗锅时，还是嫌弃她浪费水，但母亲也不想承包全部杂活，所以每次干活都是在骂骂咧咧中进行。

　　母亲很快吃完了饭和菜，没有像以前那样吆喝宛溪做家务，而是自己把碗拿到厨房去洗。她接了一碗水，把所有的碗和两双筷子先洗了一遍。然后又接了一碗水，清了一遍。宛溪实在看不下去，就说："你这样根本洗不干净，你摸一下，放水冲一下嘛。"

　　"你帮我付水费啊？你姐什么都不管，水电气都要我给。"

　　宛溪不能帮母亲付水电费，也不能给她钱，所以不应该问她的钱够不够。同样，她不能给母亲提供住处，也只好闭上嘴，就像古人说的"见人弗能馆，不问其所舍"。

第八十二章　夙愿难偿

提起宛怜，母亲又抱怨了几句。不过，她毕竟住着宛怜的房子，而且她的两个老公一个有钱，一个有名。大学者虽然不像高甫那样，把赚钱作为主业，但也不差钱，因为有名就有钱，何况是非常有名的人，钱更不是问题。无论如何，宛怜的这两个老公，都是女人择偶的理想人选，一旦有个空儿，扑上去的女人肯定前仆后继的。实际上，宛怜结婚不久，高甫就和一个年轻漂亮的女人在一起了，并且刚办完一个盛大的婚礼，即将再次荣升为父亲。所以，像对待宛频的态度一样，母亲的口气很快缓和了。然后，她话锋一转说："你姐能干，工作和婚姻都好，早早地生了娃，所有的大事都完成了。二娃虽然赚了不少钱，但是两个人一直没有娃，他们都挺着急的。你姐虽然现在不工作了，但是以前的单位是多少人想进都进不去的。你也一样，完全不用我操心。当时，你考了那么差的一个学校，我以为你这辈子只能当个乡村老师，没想到你居然也能像你姐那样出息。我在院子里面说起来，好多人都羡慕呢。听说你嫁了个有钱人，你的好多同学都说你命好，向往得很。不过，多亏你姐帮忙，你才能找到这么好的工作和丈夫。"

宛溪完全愣住了，不知道母亲指什么。仔细一想，当初找工作时，高甫的确是给了一个他朋友的电话，但她没有找过那个人，只找了鲁豪。由于没有留意过，所以在单位工作时，也不知道那人是何方神圣。至于李平漠，的确是在宛怜家认识的，也是宛怜介绍她去海南岛找李平漠的，但是无论从哪方面说，宛怜都没有让他们终成眷属的意思。况且，她和李平漠在一起后，宛怜对她是彻头彻尾的不理不睬。没有想到，宛怜会在母亲面前这样表功，宛溪非常意外。震惊之余，她理解了宛怜的所作所为。宛怜从来没有把她当成一个平等的人对待，更没有把她当成妹妹。宛怜认为如果没有她，宛溪狗屁不是，永远爬不出烂泥潭，肯定现在还在水深火热中挣扎。宛怜大慈大悲地拯救了她，所以宛溪一辈子都应该对她感恩戴德，摇尾乞怜，永远追随她。而宛溪从来不是一个曲意逢迎的人，她认为人在精神上都是平等的。虽然明知很多时候会发生"直如弦，死道边；曲入钩，反封侯"这样的事，但她还是不会低三下四。以前，她折服于纪晓岚的风流文采，以为他傲骨铮铮。后来，在书中读到纪晓岚对乾隆的各种阿谀奉承，她归结于伴君如伴虎，为他开脱。直到在一本书中看到纪晓岚陪乾隆打猎，乾隆不慎从马上掉下来，但只是受到惊吓，并未受伤。纪晓岚一看，怕乾隆生气，赶紧假装从马上跌落，滚到了很远的地方，摔得比乾隆严重多了，乾隆一看，哈哈大笑。至此，宛溪对纪晓岚的好感全无，因为他彻头彻尾是一个猥琐之人。读过的书中，只有那些自强自立的女人才能够让她佩服。《简·爱》自然不用说了，《一间自己的屋子》《远离尘嚣》《傲慢与偏见》等书都是她的最爱。书中那些具有独立精神和反抗精神的女人才是她的楷模，让她在困境中有所坚持。所以，宛溪永远不会对宛怜卑躬屈膝，做她的奴仆，当然更不会成为她"亲爱的妹妹"。

母亲接下来的话更让宛溪震惊。宛怜不但把她不幸流产的事情告诉了母亲，还把李平漠和马小姐的事情也说了出去。宛溪一直刻意忘记他们之间发生的一切，以及那个真实存在的女儿，尤其是流产以后，更是一个禁区。甚至对跟偷情有关的事情，她都一律回避。克林顿和莱温斯基的事情在全世界传得沸沸扬扬时，她从来不发表意见；李平漠坦然评论整个事件时，她当作没听见。不知道希拉里在家如何对待克林顿，但她在公开场合对克林顿那种毫无保留的支持，不是一般女人能够做到的。当然，希拉里这样的女人古今中外也找不到几个。宛溪这个狭隘偏激的女人无论如何修炼，都只能仰天长叹。她做不到不在乎，只能假装不存在。母亲提起那个女儿会走会跑会叫爸爸妈妈了，就像说着对面楼里一个不认识的女人的故事。母亲继续说着，宛溪的思绪早已飘开。

自从宛溪在那个夏天离开高甫的房子后，不要说和宛怜见面，连电话都没打过。宛怜高高在上，读着优美的诗文，但丢掉了其中的精髓。嘴上说的是仁义自由，却把没有用的人视为草芥。毫无疑问，对于那些能够压迫她的人，她的言行也是如同一个贱民。这样的一个人，当然永远不会想到宛溪是一个有血有肉、有情感需求的人。而宛溪不管是否有所求，都不屑于奴颜婢膝地去巴结任何人，更不要说宛怜这个名义上的姐姐。实际上，宛溪对一切仰望或者俯视的生活都不感兴趣，唯一能够接受的就是平视。所以，虽然同在一个城市，又是血缘上的姐妹，但她们好几年没有说过一句话，是真真切切、寒彻骨髓的不相干。宛溪早已不介意宛怜的冷漠，不过她无法忍受宛怜像个长舌妇一样散布她的私事。宛溪想到宛怜很像父亲，虽然漠不关心，却又冷酷无情地躲在一边观察她的一举一动。她的心底升起一股挥之不去的厌恶。就好像是从瓶子里飘出来的一股青烟，然后青烟变成了一个巨大的魔鬼，可惜让魔鬼重新回到瓶子里的愿望落空，只能任魔鬼肆意横行。

幸好宛溪无权无势，威胁不到父亲和宛怜的利益。否则的话，他们会对她毫不留情。她拿不准父亲到底是像麦克白对待国王和侍卫那样把她杀了，还是做一个麦克白夫人那样的帮凶，布置凶杀现场，把血抹到她脸上，但她知道宛怜的手段比较高明。宛怜会像伊阿古那样，把每个人玩弄于股掌之间。她会先摆布罗德利哥，然后把手帕放到凯西奥的房间，一环接一环地刺激奥赛罗，就算是贞洁善良的苔丝狄蒙娜也会被她塑造成一个人尽可夫的荡妇。虽然在故事的结尾，麦克白和伊阿古的阴谋都暴露了，但在现实中，跟他们类似的很多人都有着或贵或富的生活。没有人知道事情的真相，他们自然也不会受到惩罚。

等母亲终于说完以后，才想起拉开抽屉，从里面拿出一张纸说："你姐前几天陪你姐夫过来讲学，因为你姐夫没见过我，就跟你姐来看我。到底是学者，知道尊老。听说你们要移民，你姐写了她两个加拿大朋友的电话，说你们过去以后，可以去找他们。"

宛溪一眼都没看，把纸揉成一团，丢进了垃圾桶。以前，听到李平漠说起宛怜时，宛溪还会意淫一下她的生活。听完母亲的一番话后，她连意淫的兴趣都没有了。不管宛怜是满头珠翠、风情万种地端坐在深宫，还是穿着绫罗绸缎在厨房忙碌，都与她毫不相干。

等到母亲再也无话可说时，宛溪走了。她早就知道，别人头顶的阳光再耀眼都只能照到那一个人身上，旁边的人不是被阴影覆盖就是对着太阳干瞪眼。每个人只要站好自己的位置，做应该做的事情就行。况且，无论在什么情况下，她都不会去和宛怜一起晒太阳。如果不来成都，那么她会在大学工作。如果真的那样，不知母亲会更吃惊还是更骄傲，也许两者兼而有之，而且她还可以和宛怜探讨一下：一个毫无希望的乡村老师是怎么成为大学老师的。

寂寥的夜晚，连路灯都无精打采地低垂着头，照着苍凉的路面，唯一的安慰是舒适的天气。白天的闷热早已散尽，只有些许的温和。她身无分文，不能再坐公共汽车，本想走路回家，但实在太饿，路途又很漫长，只怕还没到家就在路上晕倒了。后来她想到家里放了几百块的应急费用，就决定坐出租车。到了岸芷园，她先把手机押给司机，再回家拿钱给他。

从母亲那里回来的第三天，宛溪给凯哥和芳姐写了封信，询问了儿时在南涧见过的所有亲人。芳姐代表全家人写了回信。在回信中，芳姐说他和凯哥都好，只是海涛和洪波都不爱念书，他们也没办法。三姑的七个儿子已经先后工作结婚，并且都有了孩子。老三、老四和小六的孩子是女儿，三姑爷虽然之前经常羡慕牵着女儿小手的父亲们，但是抱着三个孙女，他什么缺憾都没有了。三姑爷早已不是严厉的法官，每天的工作就是和三姑慈爱地看着孙辈们茁壮成长。周末或者节假日时，儿孙满堂，一个屋子是装不下的。

读完芳姐的信，宛溪突然低念了一声"阿弥陀佛"。虽然她没有慧根，也不信神灵，但是好像无数年前许了一个愿，终于在快要忘记的时候上天眷顾了她一下。按照地址，她给凯歌和芳姐寄了一万块钱，权当自我安慰。

第八十三章　香港

十月份，李平漠回到成都，因为史达户的公司弹尽粮绝，难以为继。一时之间，李平漠没有合适的事情做，就请了一个外教，在家安心学英语，准备十二月去香港面试。

英语一直是李平漠最大的苦痛，无论怎么努力，都收效甚微。不过以前学英语都是为了应付考试，所以总是焦头烂额。这次学习不是单纯的考试，不需要搞令人疲倦的题海战术，再加上外教灵活的教学方式，因此李平漠不像以前那样从心理上排斥这个不喜欢的科目。学了一个月后，他居然能够开口了。虽然四川口音惊人，但总算突破了几十年如一日的哑巴英语，大家都为此兴奋了一阵子。

外教是个三十多岁的美国人，大学毕业在芝加哥工作几年后，觉得生活太乏味，就想出去看看外面的世界。虽然梁启超提倡趣味生活，但是国人由于生活的各种羁绊，真正能够把趣味主义付诸实践的人并不多。而美国相对富裕的物质生活，有更多的人能够以趣味始，以趣味终，外教就是这样一个人。他大学毕业后，在一个中等规模的公司做着朝九晚五的工作。两年以后，厌倦了按部就班的枯燥生活，就辞去工作，当了背包客。浪迹了几个国家后，他被中国的古老文化和各地美食吸引。到了成都，又被漂亮的姑娘迷惑，因此留下来以教英语为生。他的教学方式轻松活泼，加上走南闯北，见多识广，又很幽默。跟着这样的老师学英语，李平漠第一次觉得英语也有了些可爱之处。另外，他和外教在生活观念上也有很多相像的地方。所以，他们不是简单的教和学的关系，两个人时常就有共鸣的话题做个小讨论。

这样的学习环境，虽然没有新东方紧凑有序，计划周密，但是效果不比那里差。所以，李平漠学了不到两个月就说比他以前的 N 年有长进。当然，这个长进主要是指能够进行简单的对话，阅读理解的水平大概是严重倒退。

在面试的前一天，李平漠和宛溪到了香港。在酒店入住后，她才明白了香港为何被称作寸土寸金。宛溪住过不少的酒店，毫不夸张地说，这是她住过的最小的房间，房间里只有一张靠着墙的双人床和一个袖珍卫生间。无论在房间还是卫生间，她和李平漠都只能侧身而行。

第二天一早，他们分头对着卫生间墙上的小镜子梳妆打扮。李平漠穿着平整的浅灰色衬衣，笔挺的黑色西裤和锃亮的黑皮鞋。宛溪穿着白色的真丝上衣、黑色的筒裙和黑色的高跟鞋。两个人虽然穿得中规中矩，但看起来像黑白双煞一样。他们在酒店楼下的餐厅吃了牛奶麦片、煎蛋面包，就直奔加拿大领事馆。领事馆倒是比较宽敞，里面有很多窗口，办理不同的事情。领事馆虽然人头攒动，但是非常安静，并且井然有序。大家拿了号码纸以后，都坐在一边静静地等。等待的过程中，很多人不时抬头看着窗口的显示器，如果看到了自己的号码，就自己走过去。如果没有注意而错过了，扬声器里会传出柔和的呼叫。听到自己号码被呼叫的人，就站起来走向某个窗口。不过，也有极少数号码被叫了好几遍无人应答的，出现这种情况时，扬声器里会说"这是最后一次呼叫某号码"，一分钟或者两分钟后，如果还是没有人走到那个窗口，下一个号码就会开始显示。

宛溪以前办事时，都得排一个乱七八糟的长队，吵吵嚷嚷的，还时常有人推搡插队。她第一次见到这样不需要排队，安安静静又能办事的方式，觉得挺稀奇的，不由得想起一个笑话：说是有个乡巴佬进城，看到水管一开就能出水，回家后也装了一个，可是无论怎么拧，水管就是没有水，乡巴佬感叹城里人都是骗子。宛溪坐在领事馆的椅子上，感觉自己就是一个乡巴佬，但不能说城里人是骗子，只能说他们遵章守纪，很有秩序。

她拿着那张小小的号码纸满，满脑袋的胡思乱想。李平漠秉着临阵磨枪的精神，依然低头看着常见的面试问题。一个多小时后，宛溪看到他们的号码以红色的字体在12号窗口闪动，她和李平漠轻轻地走过去。窗口后面是一个四十多岁的白人面试官，他快速地打了个招呼，然后让他们坐下。面试官似乎心情不错，友好地微笑着。他问了几个简单的问题，诸如李平漠的专业，为什么要去加拿大，过去以后的打算。这些问题都曾经出现在腾跃移民的培训材料中，外教也跟李平漠练习过，所以尽管不熟练，他还是磕磕巴巴地回答着，面试官不时地点头。宛溪在旁边紧张地听着，面试官偶尔问她一些问题，她也可以回答出来。忐忑不安中，面试官突然说："你们通过面试了。"

李平漠一时没反应过来，以为面试官又问了一个问题，不知怎么回答，宛溪悄悄地用中文告诉他。最后，两个人齐声道谢，兴高采烈地离开了领事馆。出来以后，李平漠才想起来看时间。其实，整个面试时间不到五分钟。没想到，面试这么顺利，之前的等待也不算漫长。看来，加拿大的移民政策确实宽松。否则像他们这样英语水平不如本国小学生的人，是绝对不可能进入的。

没有了面试的包袱，他们一下子轻松了，决定在香港玩几天。对于香港，宛溪并不了解，除了当年在电视里看过的回归盛况外，最深刻的印象就是艾敬的那首《我的1997》。几年前，满大街都是艾敬自弹自唱的这首歌。她从沈阳唱到了广州，因为她的那个他在香港。他可以来沈阳，她不能去香港。在歌中，香港是一个令人神往的地方，有八佰伴、红磡体育馆，还有午夜场。之后，是否盖上大红章去了香港，和她的那个他一起去看午夜场。但是听着这样的歌，的确能够激起人们想目睹花花世界的欲望。当年听过这首歌的人，想必有很多已经到过香港，不知是否找到以前的那份激动。宛溪怀着看西洋景的心情，满足了部分猎奇心，因为歌中的那些实物都是真的。

李平漠已经来过三次，对香港并不陌生。像以前的每次出行一样，他安排了每天的路线，宛溪跟随就行。在维多利亚港，她对着迎面而来的海风，看着来往的邮轮和各种船只，听他讲完了两岸庞大的建筑群和风水官司后，仔细地看了中银大厦，的确像是一把刀，指向汇丰银行和港督府。据说中银大厦落成后，汇丰银行的业绩下滑，港督心脏病发作。香港人本来就有些迷信，再加上风水师遍地，所以中银大厦变成了一把三棱尖刀，每条棱都是充满寒光的刀刃。为了抵御中银大厦的煞气，港督府种上柳树化解大楼的尖锐之角，汇丰银行架上大炮抵挡凶兆。不过，李平漠最后还是从一个专业人士的角度说："贝聿铭设计中银大厦的本意是根竹子，象征节节高升，没想到被香港人搞成了刀砍炮轰，倒是别有一番意味。"

相比于尖刀和大炮的争斗，海洋公园是一个毫无威胁的存在。实际上，巨大的海洋公园对于拥挤的香港来说，简直是奢侈。虽然在海南住过不短的时间，但宛溪从来没近距离地看过海洋生物。所以，当她第一次隔着玻璃看形形色色的海洋生物时，很是稀奇。而且，训练有素的海狮还会做算术题，很有趣。不过，坐了香蕉船以后，宛溪一直处于晕乎乎的状态，觉得自己的智力比不上海狮。看了三百六十度球形银幕的电影后，她更是头重脚轻，第二天醒来的时候还没有完全恢复。

李平漠以前去过那些撩拨人欲望的地方，也买过不能简单地用色情形容的杂志。不过，这一次，他们两人都没提这些事。李平漠已经看过，这些东西对他来说，远没有风景诱人，不值得一再光顾。宛溪每天跟着李平漠淹没在忙忙碌碌的人流中，回到空间狭小的酒店就晕晕乎乎地睡过去了，早就忘了那些男人们更感兴趣的香艳故事。所以，她从来没有见识过真正的一楼一凤。然而，时代已经变了。

香港确实繁华，在香港的几天，宛溪对这点感受颇深。她第一次坐车经过海底隧道和第一次乘坐双层巴士时，都不自觉地发出惊叹之声。街上不分白天黑夜，总有川流不息的各色人流，虽然行色匆匆，但是非常礼貌，相互不小心碰到后，立刻道歉，然后继续大步流星地朝前走。到了中环的各种名店后，她像所有爱慕虚荣的女人一样，有了刘姥姥初进荣国府的稀奇，直到看到满街的六福金店才把她从美轮美奂的大观园里拉了出来。后来她突然看到一群一群女人坐在繁忙的大街上，一起唱歌吃饭，委实吃惊。一问之下才知道是菲佣的休息日，香港地界狭小，她们无处可去，就相约坐在外面聚会。这样的场景，又让宛溪想到刘姥姥第四次进大观园，搭救巧姐的情形。那个时候世代勋戚的贾家已经风雨飘摇，大观园也是空落落的。只是菲佣们都是快乐的，不需要人搭救，香港也是"市列珠玑，户盈罗绮，竞豪奢"。一派鼎盛中，她居然想到盛极而衰的荣宁二府，真是可笑。

第八十四章　你幸福吗

李平漠和宛溪离开繁华的香港，回到热闹的成都，按照移民部的要求，在花艺云所在的医院做了严格的体检。体检结果送出去以后，孟兵说这是最后一个程序，如果没有什么重大传染病，很快就会收到移民纸。

孟兵果然是移民专家，或者说因了加拿大大幅度接收吸纳新移民，无论是什么原因，腾跃移民的客户几乎都成功了。宛溪他们收到移民纸以后，郑湘妮本人、郑婷一家、骆华一家、雷恒士一家，都陆续收到了移民纸。本来觉得很遥远的事情，一下子变成了现实。有了移民纸，随时都可以去加拿大的任何地方生活。

有着共同目标的几家人，经常聚在一起讨论关于加拿大的事情，主要内容是在哪里登陆和过去以后如何生活。骆华和雷恒士想去多伦多，因为那是加拿大最大的城市，机会更多。郑湘妮想找工作，也把多伦多作为首选。郑婷无所谓，决定跟随郑湘妮。何化瑞是南方人，不想去冬日漫长的多伦多，也没打算找工作，所以想去气候较好的温哥华，无奈郑婷坚持，他只好跟着老婆走。李平漠不愿意到了加拿大以后无所事事，做了一番研究以后，决定去卡尔加里生活。因为丰富的石油资源，阿尔伯塔省非常富裕，就业机会众多，缺点是太冷。卡尔加里是阿尔伯塔最大的城市，各种能源、金融和高科技公司在这里扎堆，工程师密集，经济活力很强，就业率高。由于紧邻落基山脉，气候相对温和。当然，著名的班夫国家公园是李平漠选择卡尔加里的重要砝码。

大家商量完毕后，刘翠早已迫不及待，一直催促骆华离开，让他赶快辞职。真的到了下决心离开的时候，骆华开始留恋他旱涝保收的工作，刘翠一直说女儿的教育最重要。骆华本来就是一个随遇而安的人，心想反正已经走到这一步，应该不会回头了，早一天晚一天都是走，再加上刘翠的聒噪，他们成了最早离开的人。骆华都没等到学校放暑假，他们一家三口于五月份落地多伦多。郑湘妮的工作没有骆华那么有保障，因而不需要反复思量是否辞职的问题，她只想早点过去开始新生活，所以和骆华一家同行。郑婷是一个过惯了舒适日子的人，不想在一个陌生的地方拖着行李到处乱转，就决定等郑湘妮安顿好以后再过去。雷恒士有些犹豫，舍不得有点小小社会地位，又比较体面的大学老师工作，在莘水的反复催促下，只好于八月底离开。

李平漠和宛溪虽然没有梦寐以求移民加拿大，但是在三月份收到移民纸时，还是有点兴奋。既然这件事已经触手可及，再加上李平漠目前无事可做，所以他拿出一贯认真的劲头，研究加拿大生活的各个层面。宛溪不知如何跟单位交代移民的事情，思来想去后，悄悄告诉了鲁豪。鲁豪见木已成舟，也不好多说，只是婉转地让她先不要辞职，暂时请假，过去看看再说，如果不行再回来。宛溪采纳了他的建议，和李平漠商量以后，决定夏天的时候去加拿大。

出国的事情定下来以后，宛溪开始跟好朋友告别。她先给钱小瑛打电话。钱小瑛在女儿一岁时，回到西安工作。在女儿三岁时，老公也调回了西安。想到那些分离的日子，他们格外珍惜在一起的生活。钱小瑛说着她幸福的平常生活，仿佛比任何事业都伟大，宛溪感叹有爱真好。但是，关于钱光良的性取向问题依然是个秘密，无论他本人还是钱小瑛，都不敢跟父母说出真相。父母一再催婚，钱光良无法应对，已经去了英国。

刘洁文终于在不久前下定决心离开纺织城，准备开饭店。有帮妈妈在街上摆摊的丰富经验作为支撑，她肯定能够把自己的小店做好。

裴云英为了儿子，坚定了出国的决心，也终于说服楚山一起申请移民。楚山之所以同意这个改变生活的重大决定，主要是因为他辞职经商了，觉得一个海外身份对他还是有用的。林敏雪和汤玉红已经从山沟调到县城，生活条件大为改善，并且都已结婚成家。贾小翠的女儿和薛花珠的儿子早都可以打酱油了。实际上，除了宛溪，全宿舍的女生都已经身为人母，甚至连程玲璐这样一直游离在传统之外的人都不例外。看来，这还是一个令人放心的正常世界。

由于是个正常的世界，所以范冷辉还是没有离婚。田展为了他们的情感，苦苦坚守无果，最终返回学校读博士。看来，无论男女，当感情苦闷时，读博士都是一个不错的出路和很好的排解方式。在田展读书的日子里，他被另外一个女孩的深情打动，无奈地放弃了范冷辉。张彤在没结婚前，就要考虑到双方家庭的各种关系。结婚以后的顾忌更多，所以无论心有多苦，婚姻的薄壳多么脆弱，她依然待在里面。

杨萍、贝仞信和邱驰早就迫不及待地进入了幸福的围城。有位大文豪早就说过了，幸福的生活都是相似的。所以关于他们三家人，没有什么可说的。就像童话故事的结尾，王子和公主幸福地生活在一起了。然后呢？就没有然后了，因为不能总是写王子和公主的华服美食。再奢侈和遥不可及的事情，写得多了，都会变成滥调，让看故事的人哈欠连天，心生厌倦。除非王子的父亲被叔叔谋杀了，篡位的叔叔还娶了他的母亲，最后王子杀死了叔叔，自己也死了；或者最小的公主率军营救抛弃和诅咒她的父王，却被杀死了，父王也在悲伤和悔恨中死去。到头来，人生就是一场尔虞我诈、你死我活的游戏。只有这样的故事，才能让人精神亢奋，引起谈论或者阅读的兴趣。

柳棉也当了爸爸，但是和老婆的关系没有改善。他不愿意吵架，老婆一个人吵不起来，只好冷战。只要孩子放假，老婆就带着孩子回娘家。好在柳棉达观，生孩子前，说老婆是孕期忧郁症；生完孩子，依然如故，只好说是产后忧郁症。只是他老婆从谈恋爱的时候就开始忧郁了，这忧郁的时间确实长了点。柳棉说凑合着过吧，已经离过一次婚，不想再离了。

南浦却处在离婚的边缘，丈夫的儿子即将上小学，他的空闲时间基本在另外一个家度过，但是经济上从来没有亏待过南浦。南浦提出离婚，丈夫非常惊讶。杨柳在毕业一年以后离婚，再次步入了婚姻的殿堂，新婚丈夫是系里的老师。黄玲终于谈了一个男朋友，即将步入婚姻的殿堂。所有的人都为她高兴，导师说她再不嫁，他都不敢招女博士了。

彭晓鸥没有读博士，但是也没找男朋友。周围的人都拖家带口，包括她的侄儿侄女都已为人父母多年，她依然不急不慌。很多亲戚朋友为她介绍男朋友，但是见了以后都没有下文。彭晓鸥相貌平平，不会让男人见了走不动道，而她的性格，也是绝对不会主动联络男方的。所以，相亲都以失败告终。现代社会拉郎配的做法完全行不通，再说她自己都不当回事，别人哪里插得上手。

史正离婚以后，单位的人还是有些非议，解释或者不解释都不对劲，让他觉得有些不便。另外，无论是城市还是单位都太小，总是有着被束缚的感觉，不能让他尽情发挥。所以活动一番后，他就调到了上海。他的工作能力很强，到了上海以后，没有负担，做得非常出色。他和林秋月一直情投意合，已经结婚好几年了。虽然他比林秋月大许多，但由于心情舒畅，又有上海滩的文哥作为偶像，显得英姿勃发，脸上也不起皱纹。尽管有点老少配的意思，不过看起来还是非常和谐的。不知道史正离过婚的人，都以为他们是原配夫妻。不过，史正和林秋月能够幸福地走到一起，很大程度上归功于他的原配不是恶俗之人。

凌波远嫁美国后，和老公的关系并不好。虽然已经生了儿子，但是和老公的关系也降到了冰点。她在美国一直拿不到身份，就自己折腾移民加拿大了。拿到移民纸不久以后和老公离婚。她把年幼的儿子送给国内的父母，让他们帮忙带，然后独自到了温哥华。宛溪本来想让凌波帮忙在温哥华找个住的地方，可是她要回国看儿子，只好作罢。

人长大以后，最大的情感纠葛就是结婚离婚。有的是转念之间发生的，有的拖上经年累月依然深陷其中，难以自拔。

第八十五章　故园东望路漫漫

李平漠始终不能放下他西藏之行夭折的遗憾，想在离开祖国之前让夙愿得偿。从决定到离开，前后不到三天的时间，因为西藏的一切他都烂熟于心，根本不需要准备，只要背起简单的行囊，踏上那片洁净的土地就行。五月初，他只身一人离开成都，去了日思夜想的神奇之地。五月中旬回来时，一张白净的书生脸变成了黑里透红的藏族汉子，两颊上的高原红经久不散。宛溪本来遗憾由于上班，不能同去。看到他的肤色在两周时间发生了如此巨大的变化，就心安理得了。

这次去西藏，李平漠没有桑塔纳可坐，也不想自己开车，所以选择了最便捷的交通方式——坐飞机过去。由于从盆地加平原的地方一下飞到了高原，中间没有缓冲时间，因此刚到西藏时，他的高原反应异常强烈，吃了药都不起作用，整日头痛恶心，吃不下饭，无法入睡。不过，这些都没有影响他的兴致，每天依然懵懵懂懂地出去看风景，拍照片，访寺院。西藏的山川更是让他把胶卷当成废纸，胶卷第一次成了他旅行时最多的行李。

在西藏拍照，所谓的技术和灵感都是多余的东西，只要对准某座山，某个湖，不用考虑构图和光线，甚至连焦距都不用调，按下快门就行。即使不是神山圣湖，也自有一股圣洁之气。除了充溢着干净信仰的照片，还有很多张照片中，李平漠全身伏地，双手合十，或者五体投地趴在地上，非常虔诚，这是以前从来没有过的。

李平漠是一个无神论者，从来不信任何宗教，只是身在那样一个环境中，他也忍不住去转经筒，在大昭寺门口磕头膜拜，甚至在八廓街上磕长头。对于血液里没有宗教信仰的人来说，磕长头是对意志力的极大考验。每次都要俯身触地，头也要碰到地面，对于普通人来说，磕十个八个还算轻松，磕上一百个以后，就会全身酸痛，每一次都要在俯地起身之间挣扎。可是，朝圣的西藏人能够徒步几千里，磕十万个长头，为众生和自己祈福。这份对自然的敬畏和质朴精神，让李平漠感喟不已。他试图跟着磕长头的人念那些完全不懂的经文，不过一个字都没记住。后来只学会了万能的六个字：唵嘛呢叭咪吽。

他遇到一些去冈仁波齐转山的人，拿着简单的木头手板，走几步就磕一个长头，一路走向心中的圣山。关于西藏的书，李平漠看过最多的是关于墨脱和阿里的，冈仁波齐就在阿里。看着那些文字和照片，他的心灵也曾受到过极大的震动，但是下决心去朝拜的毕竟是少数人。他能做的就是趴在路上，在倒地的那一刻心无杂念。

除了像南普陀那样不同寻常的大热寺院，李平漠平时不进任何庙宇佛堂，即使勉强进去，也从来没有拜过神灵。所以，宛溪认真地看了他在西藏磕长头的照片。李平漠伏在公路的一边，公路的形状不同，有的笔直，有的转弯，还有的是弧形，有时是他一个人倒地膜拜，有时他的身旁有正在开过的大卡车。无论公路的形状如何，都是干干净净的。无论李平漠的旁边是否有车或者其他干扰因素，他虔诚的姿势没变过。

李平漠从西藏回来以后，大睡三天，说是醉氧。在平原加盆地的成都吸够氧气后，他回归世俗，和宛溪筹划着去加拿大以后的生活。他计划先旅游，再学习，然后找工作。这样的话，最少前面两年都只能花钱，必须考虑现实的生活费用。由于国家有外汇管制，不能带太多钱出去，李平漠计算了一番后，让宛溪先换五万美元。她问了几个换过钱的人，得到信息后，就像大家一样去了骡马市。一到那里，好几个做黑市交易的人就围着她。宛溪和其中的一个人在中国银行门口谈好价格，然后一起走进银行完成交易。换好钱以后，她在银行开了汇票。

以前交通不便时，远渡重洋似乎是一件很难回头的事。可是现代社会，再遥远的地方，在天上飞两圈就到了。李平漠认为从加拿大回国很方便，如果有什么事情，买张飞机票就能解决。所以，其他的财产都不处理，全部留在国内。岸芷园的房子留着，主要是李平漠的父亲和罗音住。另外，他的家人和亲戚来成都办事时也有一个落脚的地方。单位的房子租给鲁豪，十年八年都不会有问题。

冯菲的移民更加顺利，她考了雅思，成绩不错，免面试，缩短了时间。虽然她申请的时间晚些，但是收到移民纸的时间比宛溪他们晚不了多少。拿到移民纸以后，冯菲有些犹豫。她在单位颇受重用，收入丰厚。无论社会地位还是经济地位，都令很多人艳羡。如果丢下现成的一切，贸然跑到一个遥远的地方重新出发，还真是有些不舍。移民纸的有效期是一年，她不想为未来的事情烦恼，就决定等日子临近时，再做决定。由于原佑不愿意和任苘一起出国，所以任苘的移民没有任何意义，犹豫再三，还是没有踏出这一步，但她已经选择了另外一个解决问题的方式，那就是去玉庐读博士。

忙忙碌碌中，宛溪接到过母亲的一个电话，说她想和以前学校的一个老师去长白山看天池，要她赞助路费。宛怜早已从李平漠那里得知他们即将出国的消息，但她极少跟母亲联系，所以母亲不知道宛溪的最近动态。宛溪也不想提，母亲并不关心她去哪里，她无须多此一举。

转眼就到了另外一个夏天，想到很快就要去另外一个半球，宛溪有些惴惴。又怕单位的人知道，只能怀着一种复杂的叛徒心情。无论如何，该来的总是要来，该走的也必须走。李平漠已经买了六月底去加拿大的机票，一切都要按计划行事。

临走之前，卫心觉察出了异常，在她的反复追问下，宛溪只好据实相告。卫心并不吃惊，她坦然地说自己也想出国，折腾了半天，没成功。她达不到移民的条件，只能留学，但是美国的签证太难。做了一番研究后发现英国比较容易，她已经偷偷地申请了英国的学校。

出发的那一天，李平漠的父亲感叹不知何时才能和唯一的儿子见面，不禁老泪纵横，谁见了都会动容。李平漠不知如何安慰父亲，只能反复说安顿下来以后，就接他去加拿大。

李平漠和宛溪一人拖着一个大皮箱，身上各自背了一个双肩包，到了双流机场。他们已不知这是第几次来这个地方，但大部分时候在这里分别，一前一后坐上各自的航班，飞往不同的方向，这一次例外。当飞机慢慢升高时，下面既有横七竖八的电线，杂乱无章的菜市场，陈旧的水果摊，东倒西歪的招牌，也有拔地而起的高楼，大型的豪华超市，闪烁的五彩霓虹，市井和摩登总是能够在一个城市里并行不悖，在成都这样一个并不非常现代化的都市里也是如此。很快，地面上的一切都不见了，飞机在云层上面加速前进，向上海靠近。

飞机在中午到达虹桥机场，乘坐国际航班的旅客都拖着符合航空公司规定的最大皮箱，里面没有价值连城的金银珠宝，多半是些可有可无的生活用品，所有的东西加起来可能还没有那个质量优良的皮箱贵。到了目的地以后，大部分东西很快就会弃之不用。但人们就是乐此不疲，好像带走的不是没有生命的东西，而是对于过去生活的怀念。所以，每当看到那些用过或者没有用过的物品时，就有了鲜活的记忆。

李平漠和宛溪办好手续后，饥肠辘辘，就在机场转了一圈，想找点吃的。世界上的很多事情都在不知不觉间发生了变化，包括机场本身，比如翻新整改旧的候机楼，或者干脆弃置老破的旧机场，修建一个堂皇亮丽的新机场，但唯独机场的食物依然墨守成规。作为现代化程度最高的上海，虹桥机场的食物没有任何特别之处。它像所有的机场一样，无论吃什么，都是天价。李平漠和宛溪不用为了吃什么发愁，因为根本没有选择，他们只好各吃了一碗五十块钱的面条。面条清汤寡水，而且碗里的面条是可以一根一根数清楚的。吃完面条后，他们就耐心地在坐在椅子上等待。透过候机大厅的窗户，可以看到停机坪和起落跑道上都有飞机不时地起起落落。每一次起落，都伴随着送别和迎接。时间在几架大铁鸟扇动翅膀的过程中溜走。下午四点多，李平漠和宛溪把两个大皮箱放到了行李传送带上，然后随着人流登上了去温哥华的飞机。

第三部

异乡

（加）南海北海 著

九州出版社
JIUZHOUPRESS

目　录／CONTENTS

第三部　异乡

第一章　温哥华 575

第二章　有些事不是想忘就能忘的 580

第三章　生活总有不尽如人意的地方 585

第四章　有了自己的房间还不满足的女人 588

第五章　去哪里打工 591

第六章　奇妙的夫妻 597

第七章　上学 601

第八章　虎头蛇尾 605

第九章　旧调重弹 608

第十章　真相 611

第十一章　舞跳给谁看——亲爱的母亲 615

第十二章　离婚——何处望乡 620

第十三章　海南 624

目　录／CONTENTS

第十四章　轨道内外 628

第十五章　北京的老友 632

第十六章　南浦 636

第十七章　随便是最麻烦的 640

第十八章　谁又能够了解谁 645

第十九章　人心隔肚皮 649

第二十章　夫妻本是同林鸟 653

第二十一章　殊途同归的纠葛 658

第二十二章　折磨过后的幡然醒悟 662

第二十三章　移民 666

第二十四章　地产经纪 670

第二十五章　纠结过去还是面向未来 674

第二十六章　扫垃圾的现代化方式 678

第二十七章　能够远离差劲的人吗 682

第二十八章　闪恋之后 685

第二十九章　百样人生 690

第三十章　撤离 695

第三十一章　卫心的日常 700

第三十二章　又是一个妹妹 704

第三十三章　久别重逢 708

第三十四章　迪士尼 711

第三十五章　适应期 715

第三十六章　假结婚还是偷渡 719

第三十七章　中文还是英文 723

第三十八章　求生还是求死 726

第三十九章　买房 730

第四十章　家家有本难念的经 734

第四十一章　事事不顺心 738

第四十二章　矛盾 742

第四十三章　可怜的地产经纪 745

目 录 / CONTENTS

第四十四章　逐渐长大的楚瑜 749

第四十五章　天才班 753

第四十六章　偷渡的和结婚的 758

第四十七章　不算计的人最可爱 763

第四十八章　为所欲为的孩子们 769

第四十九章　无事生非 773

第五十章　辛辛那提的公寓 776

第五十一章　谁比谁庸俗 780

第五十二章　终于看到辛辛那提 784

第五十三章　你来我往 790

第五十四章　第一次激烈争吵 795

第五十五章　下午茶 798

第五十六章　肚皮官司 802

第五十七章　逐渐接近真相 806

第五十八章　到底谁在计较 809

第五十九章　图穷匕首见——无所不知的楚瑜.........................814

第六十章　迷途知返.........................819

第六十一章　谁是谁肚子里的蛔虫.........................824

第六十二章　终于租了个门面.........................828

第六十三章　装修.........................831

第六十四章　店总算开了.........................837

第六十五章　非一日之寒.........................840

第六十六章　世上没有永远的朋友.........................843

第六十七章　合伙买房.........................846

第六十八章　到处都是江湖.........................850

第六十九章　地产经纪.........................854

第七十章　阳台风波.........................858

第七十一章　门萨俱乐部——楚瑜的女朋友.........................862

第七十二章　给楚山的信（1）.........................867

第七十三章　给楚山的信（2）.........................873

目 录／CONTENTS

第七十四章　一致对外的好妹妹 878

第七十五章　楚山的回复 884

第七十六章　房子和车子 888

第七十七章　每个人都可以有新生 893

第七十八章　什么恋都一样 898

第七十九章　官司 901

第八十章　　沉沦 905

第八十一章　到底应该怎样解决问题 910

第八十二章　艰难的接机 914

第八十三章　楚山的多伦多感受 918

第八十四章　偷鸡不成蚀把米 923

第八十五章　跳梁小丑 927

第八十六章　谁有资格得忧郁症 930

第八十七章　疑心病 935

第八十八章　经营的困境 939

第八十九章　宽己苛人 944

第九十章　房子 949

第九十一章　双向选择 955

第九十二章　到底谁是骗子 958

第九十三章　她的生命中没有奇迹 962

第九十四章　怎么成为大力金刚 967

第九十五章　离婚妇女的期待 971

第九十六章　真的有奇迹 975

第九十七章　红白喜事 981

第九十八章　付之一笑的前事 987

第九十九章　白云苍狗 991

第一○○章　到底吃什么 995

第一○一章　忘不了的家——第一次追星得到的启示 999

第一○二章　乌托邦 1004

第一○三章　他乡还是故乡 1007

第三部　异乡

第一章　温哥华

经过近十个小时的飞行，李平漠和宛溪在中午时分到了温哥华机场。飞机在落地之前，温哥华的风貌逐步展现出来，坐在窗边的人可以尽情俯瞰。下面有皑皑的雪山，星罗棋布的岛屿，怒放的各色花朵，比梯田还要整齐的成片草坪。这里水资源特别丰富，除了湛蓝的大海，还有清亮的河流、湖泊和不计其数的小溪流。建筑物掩映在花红柳绿之中，在明媚的阳光下，看起来幽静超然，宁静独立，然而又不失繁华之气。无论是离群索居还是在红尘中打滚，都可以在这里找到一席之地。不得不承认，温哥华很美。

机场很大，到处一片明亮，穿顶很高，里面到处都是和印第安人有关的各种雕塑。既有木雕，也有巨大的青铜雕像，还有些雕塑放在水边。乍一看，仿佛是一个艺术展览馆，而不是一个整日人来人往的机场。李平漠和宛溪跟在人流后面排队出关。因为他们是第一次登陆，所以需要见移民官。一个高大的黑人女移民官核对了他们的护照和移民纸，问了几个问题，就让两个人走了。转了好几圈，他们才找到提行李的地方。等到自己的行李转到面前时，两人各拉着一个大箱子往外走。宛溪从来没有出过国，李平漠出差时曾经去过东南亚，但从来没有到过西方国家。他们第一次踏上陌生遥远的西半球，踩着平整的路，看着蓝盈盈的天，感受着炫目的阳光，虽然有些忐忑，但是挺兴奋的。

腾跃移民在温哥华有个接待站，收取一定费用，负责安顿新移民。在成都时，就听腾跃移民的员工说接待站帮助机场接送、找房子、开车带客人办理必要的证件、生活指南之类的。总之，就是让晕头转向的新移民找到一点方向。所以，很多人第一次落地时，都选用他们的服务，李平漠和宛溪也不例外。在机场的出口处，李平漠看到一个中年男人举着牌子，上面写着他们的名字，就和宛溪走了过去。上车以后，他们被带到一个房子。进门处摆了数不清的鞋子，房子的空间得到充分利用。一楼的客厅被隔成两个房间，二楼三间卧室，地下室两个房间，每个房间按天收费。二楼有个浴室，一楼和地下室也有公用洗澡间。一楼和二楼已经住满，只有地下室有个小房间。由于住了很多人，房子里煞是热闹。

李平漠和宛溪把行李放到唯一的空房间，打算住几天再说。因为李平漠想在温哥华住一段时间，熟悉以后再去卡尔加里，所以他们开始找房子。两人都想有个独立的空间，不愿与别人共用厨房和卫生间。看了几个房子后，他们定下了一个独门独户的地下室。虽然是地下室，但地下室的一大半在地面，房间和客厅都有窗子，和地上的房子差异不大。房东是香港人，一家人住在上面。地下室有单独的出入口，和上面完全分开，就像两家人。因为不确定住多久，所以李平漠预付了两个月的租金。在移民接待站住了三天后，他们拖着还没有完全打开的行李到了地下室。

住的地方定下来以后，他们得安装电话，因为办好多事情都需要留个电话号码，他们不能马上弄个手机，只好先装座机。接下来按部就班地办理医疗卡、工卡，填好所需的表格后，被告知一个月之内会寄到住的地方，最后他们去银行开户。几个大银行之间没有什么分别，他们就去了离住处最近的皇家银行。因为没有工卡，刚开始银行不给存钱，费了很多口舌后，银行同意先接受存款，等收到工卡后，再拿去补上。他们开了一个加币账户、一个美元账户，然后在银行用一万美元换了一万多加币，存到了加币账户，其余的美元存了三个月定期。李平漠想申请一张信用卡，但是银行的人说他们刚来，不能办信用卡。如果信用良好，过一段时间再申请，应该能够拿到信用卡。基本的事情办好后，他们开始练习坐公共汽车。温哥华的公共汽车很便宜，只买一张车票，就可以在两个小时内随便坐。不过由于还没转换思维，所以总是喜欢把钱换算成人民币。这么一算，又觉得有点贵。

在地下室住了一个多星期后，一天晚上，突然有人敲门。李平漠以为是房东，开门一看，一个三十多岁的白人男子站在门口。男子面带笑容，唔哩哇啦地说了一堆，口音很纯正，就像以前看过的美国电影里男主角的发音，不过李平漠没听懂，就转过头看着宛溪。她的听力稍微好一点，但是也稀里糊涂，不知道男子到底要做什么。两个人连蒙带猜，又比划了半天才搞清楚男人的意思。他说自己以前住在这里，车子开到附近没油了，想跟房东借二十块钱加油，但是房东没有开门，想让他们给房东打个电话。宛溪立刻给房东打了电话，房东太太还没听完，就说"我哪有钱借给他"，话音未落，就挂断了电话。宛溪把话转述给男人后，他有些失望。然后他一边掏名片，一边说他是什么公司的经理，让他们先借二十块钱，明天早上过来还。宛溪看了名片，上面有公司地址、电话、他的名字和职位。她觉得房东太太的回答很冷漠，又想到很多人说香港人只认钱，没有人情味，再说二十块钱也不是多大一笔数字，就给了他。男人拿了钱后，要了他们的电话号码，说明天早上九点过来还钱，万一来不及，会给他们打电话。然后说了很多谢谢，满脸诚恳地离开了。

第二天早上，白人男子没有来还钱，宛溪想着他要上班，没有在意。吃完早饭后就和李平漠出去买东西，一出门就看到房东太太在后院清除杂草。房东太太问他们昨晚怎么对付那个男人的。宛溪不喜欢房东太太的为人，觉得她不想帮助人，只喜欢乱打听，于是懒洋洋地说借了他二十块。房东太太听到给了钱，像看到傻瓜一样，对着宛溪说："你们一点儿都不了解情况，这个人以前住在这里时，经常欠房租，我损失了三个月租金才把他弄走。看他那个样子，不是酒鬼，就是吸毒的。这个钱你们白给了，他不会来还的。"

宛溪对房东太太的话将信将疑，她想到那个男人穿得整整齐齐，神智清醒，没有颠三倒四的话语，不像是个有不良嗜好的骗子，再说为了二十块钱耗费半天口舌，太不值得了，有这个闲情还不如去打工赚二十块呢。李平漠像以往一样，不关心这件小事。

他们在超市买了一些卫生纸、牙膏、洗发水之类的日用品，又买了面包、牛奶、麦片和火腿等食物作为以后几天的简单早餐。买完东西回来，已经过了中午。宛溪查了电话，没有未接来电，也没有留言。她想到房东太太的话，心里有些疑问，就照着名片上的电话打了过去，接电话的人说名片中的人一年前就不在公司了。宛溪想不到如诗如画的温哥华居然有人为了二十块钱如此丧失颜面，连带着对城市的美丽也不再那么赞叹有加，看来外国的月亮不过如此。李平漠听了，也嘀咕了一句还真有骗子。后来，他们亲眼看到温哥华的另外一面，才相信这个城市真的有大煞风景的地方。那是一条了无生气的大街，两边是破旧的房子，到处都是避孕套和针筒。光天化日之下，有人拿着针筒扎自己满是针眼的胳膊。住在这里的不是整日醉醺醺的酒鬼，就是吸毒成瘾的人。

不过，这个小插曲一下就过去了，没有影响他们游览温哥华的兴致。反正每个城市都有多面性，光鲜和暗沉，超凡和世俗，现代和落后都在城市里各行其是。不能因为温哥华太漂亮，就忽略了它的丑陋，任何城市都一样，没有特例。李平漠研究了很多地图，然后逐步付诸实践，所以他们的主要工作就是在温哥华周围游荡。从天上看，温哥华已经美不胜收，落地后，感受更深。路边的一个小水塘；公园里的一个小湖；公路旁的河流；大摇大摆走在路上，从来不回避行人的野鸭子和探头探脑的小松鼠……无须特别张望，随处都是风景。斯坦利公园和维多利亚这样稍微有点修饰的地方更加迷人。

斯坦利公园三面环海，南北两端各有一个湖，横跨海岸的狮门大桥从北边穿过。有人在海边小径骑车、散步或者跑步。多数的亚洲女人怕晒，就专门在遮天蔽日的高大杉树、橡树和桦树下面行走。那些绘满了人像或者动物的图腾柱，神秘玄幻，含义丰富。维多利亚和海有密不可分的关系，无边无际的大海是它的魂魄。每天有轮渡在维多利亚和温哥华之间往返，汽车可以放在船上一起过海。维多利亚岛是一个花的海洋，沿途的灯柱上挂了很多漂亮的大花篮。不同的花篮也挂在很多建筑物的窗子上，有的从阳台上垂下来。家家户户的庭前院后，似锦的繁花铺满了一片片翠绿的草坪。除了这些满街灿烂的杜鹃、郁金香、三色堇、蔷薇、铃兰外，还有一个刻意修建的，一年四季都是满园春色的大花园。花园里有玫瑰园、喷泉和一些全是鲜花的庭院，连走廊都有花藤。路上有一栋古老的红色二层建筑物，没有牌子，没有门卫，就像一个普通的民宅。房子的中间有一个钟楼。李平漠对这个建筑很感兴趣，可猜测了半天，也没想出来到底是什么用途。一问之下才知道是市政府。

一天，李平漠正在路上照相，不经意间朝下面看了一下，立刻像发现新大陆一样叫宛溪去看。她匆匆走过去往下看，原来是一群没穿衣服的人在海边晒太阳、游泳。他们从来没在公共场所见过一丝不挂的人，都觉得大开眼界。李平漠换上长焦镜头，对着海滩上的人一通乱拍。下面的人发现他们两个偷窥狂人后，摆手示意不准照相。李平漠纳闷地说："既然这些人在外面赤身裸体，我照相也是合理合法的。"说完，他又仔细地看了一下裸体爱好者们，然后一点都不遗憾地说："算了，没有一个身材好的，女人不是胸部下垂，就是肚子比胸大，男人更是没法儿看，每个人的肚子都比我大。"不过，这个海滩还是成了他们那天谈论的主要话题。

无论走到哪里，李平漠都不停地拍照，手都软了。在斯坦利公园时，他不小心把相机忘在厕所。走了几分钟准备拍照时，却找不到相机。十几分钟后在厕所找到。他的相机是新买的，有三个镜头，装在一个崭新的相机包里，看起来不像一个丢在路边没人捡的便宜货。这样一个贵重物品，放在厕所的洗手台上，居然没有被拿走，还是挺意外的。看来，尽管有些瑕疵，但无论如何，温哥华的治安状况总体良好。

第二章　有些事不是想忘就能忘的

李平漠和宛溪以温哥华为中心，把方圆百里逛了个遍。如果不想其他，他们似乎可以就这样逍遥下去。可是，那个被宛溪有意隐藏的地雷还是爆炸了。

一天，宛溪要用电脑，但是李平漠没有退出他的信箱。她正想关掉，突然看到马小姐的一封信。虽然她刻意忘掉这个名字，但是只要看到或者听到这个名字，就会强烈地刺激着她脆弱的神经。尽管明知不应该，她还是忍不住点了鼠标，看了让她乱心烦忧的东西。马小姐不知何时带着女儿去了珠海，她和李平漠的女儿伸着双手，笑盈盈地站在广袤无垠的海边。

其实孩子笑得天真无邪，非常可爱，如果是别人家的孩子，宛溪一定会多看两眼。但是有那么一瞬间，她只想把电脑砸了。她知道自己没救了，走了这么远，还是无法面对心中的魔障。当初坚持出国，有些原因是可以放在台面上的，还有一个无法启齿的原因是想把李平漠从距离上和马小姐母女隔断。这样的话，即使不能完全断绝李平漠和她们的往来，也能从心理上减少很多不适影响。可是几行字和两张小孩的照片就能把她打回原形。她无法遏制地和李平漠大吵，一路的美景都白看了。

李平漠说她必须放下，宛溪问："你怎么不放下？"

"你知道老和尚背女人过河的事情吗？一个得道高僧带小和尚下山云游，看到一个女子想过河，又胆小不敢。老和尚就主动背女人过了河，放下后就跟小和尚继续朝前走。小和尚心里嘀咕师傅这样做不合适，可是不敢问。走了好长的路以后，小和尚终于忍不住说老和尚犯了戒，因为一个得道高僧不应该背女人过河。老和尚说：'我背她过了河，就放下了。你走了这么远的路，还一直背着，放不下来。'"

宛溪当然知道这个故事，听到他这样解读，气不打一处来："所以你是得道高僧，我是那个狗屁不通，愚不可及，永远都不能放下的小和尚。可是一个得道高僧怎么能够让女人生孩子呢！你是直接把那个女人背到庙里，一直没有舍得放下来吧。我现在才知道，原来你是玄慈大师，还有一个流落在外的虚竹呢。赶快把他认回来，虚竹肯定也到处找他爹呢。从此以后，你儿女双全，凑成一个好字，多幸福啊！"

李平漠知道再说下去，只能是再现怒火冲天的日子，于是忍住没有还嘴。听到宛溪没有停的意思，并且已经扯到十万八千里，他徒劳地挣扎着，想到落入如来佛手掌的孙悟空，再怎么翻腾都没有用。隐忍之中，他好像看到佛祖右手中指上的"齐天大圣，到此一游"，还透着股尿骚气。听着宛溪像筋斗云一样已飞得远得无踪无形、却又威力十足的话，他终于幽幽地说："你知道她是怎么对待我的吗？"这句话让宛溪铭记终生。她感到自己被推出西天门外，顷刻之间被压在五行山下，但是不知道唐僧在哪里，所以永远不会有人来救她。

李平漠语气中包含的无奈和沉痛让暴躁的宛溪立刻安静了，并且开始反思。她确实不知道马小姐如何对待他，也绝对不可能去问。不过，想想也知道，还能怎么对待呢？无非是低到尘埃里，开出一朵花；或者是看朱成碧，憔悴支离。尽管不愿意承认，宛溪知道马小姐肯定深爱过李平漠，那么多次寻死觅活并非全是做戏，其中一定有很多的不得已。如果能够得偿所愿，有几个女人愿意用这种低三下四、丧失尊严的非常手段去乞求男人的爱呢！

宛溪想到自己在学校读书的时候，也曾经数着日子，盼望和李平漠见面。她甚至因为二月份少了几天而高兴，希望每个月都像二月一样，这样就可以缩短和他见面的时间。她知道自己很傻，很天真，这样的心思说出去一定会惹人笑话。所以，她从来不说，她只是有很多无法启齿的希望。但是很多人喜欢说，不在乎说出来的是不是虚情假意。不过，那些不说的人，不等于不爱啊！如果不爱，怎么会那么痛呢！

她不由得想起那些以泪洗面的黑暗日子，尽管那么伤心，但仍无法切断对李平漠的所有感情，所以就一步步地走了下来。很久以来，她一直试图从这件事中走出来，所以就不停地折腾。可是一想到神圣的感情被破坏了，她就被强大的阴影笼罩，怎么都回不到从前的那种感觉。后来，她自欺欺人，以为不闻不问，事情就可以过去，但其实是掩耳盗铃。

仔细想来，他们在一起的日子，宛溪确实有很多不合情理的荒唐行为，李平漠都忍了。他是一个顺毛驴，她的个性太倔强，遇到事情不低头，有时让他很恼火，可他还是包容了她很多任性的无理要求。以他的个性，确实不易。客观地说，他是一个好男人，可是她也无法改变自己。如果是以前，没有这件事横在中间，她都可以迂回一下。可时至今日，她清醒地认识到，这个坎儿她始终迈不过去。

李平漠也不轻松，马敏强行要了这个女儿，确实非他所愿。然而，孩子慢慢长大，他不可能坐视不理。可是，宛溪好像永远都无法接受这个既成事实，完全是个禁区。他不能保证远离禁区，所以没有解决方法，这是个死结。

在温哥华的短暂快乐结束了，他们开始冷战。如果在中国，他们都有工作，有感情之外的事情可以分散注意力，即使不顺眼，也不需要长久相厌地四目相对。可是两个无所事事的人，在一个狭小的空间冷战，是非常可怕的。没有两天，他们都心理崩溃，各自退了一步，开始理智的对话。李平漠说他先回国冷静一段时间，潜台词是海外孤岛一样的生活不适合他们的现状。宛溪除了一份工作，国内没有什么特别值得牵挂的东西。既然已经出国，就想深刻体验一下，走马观花没有意义，所以不想轻易放弃，决定留下来。好像唯恐还不能够真诚地表达自己，最后他们都同意如果两个人有空间，会比较理性。就像一个在北京，一个在成都，两三个周末或者一个月在一起待两天，就可以相安无事。

他们本来就是买的往返票，李平漠确定了回程日期后，两个人表面上都风平浪静。在他临走的前一天，两个人决定找一个比较好的餐厅吃饭。从氛围上说，西餐厅是首先，恰到好处的光线和舒适的色调非常引人。在国内时，他们去过几次西餐厅。但是吃完以后，总要在一个路边小店吃一碗炒饭或者面条才能让胃满足。对于这种奇怪的现象，他们一直归结为国内的西餐厅做不好地道的西餐。所以到了温哥华以后，也吃了好几个西餐厅，但无论是鹅肝还是牛排，都只能偶尔为之。毕竟吃了几十年的中餐，是一种习惯，如果不是迫不得已，谁都不可能完全改变自己的胃。他们商量了半天，最后还是中国胃占了上风。而且，一块半生不熟的肉比一盘红绿黄搭配的海鲜小炒贵了很多，从经济学的角度上讲，也不划算。

他们在一家环境很好的中餐厅点了姜葱龙虾、清蒸石斑、双菇菜苗和竹荪鸡汤，都是平时爱吃的菜，非常可口。两个人吃得很高兴，味蕾和胃口都得到了满足。吃完饭后，他们都没有急于回去的意思，开始在街上闲逛。虽然快八点了，天还是亮光光的，清风拂面，不冷不热，突然之间一个"成人商店"的招牌出现在眼前。这段时间，他们已经非常熟悉"成人"这个有着别样含义的英语单词，它总是闪着魅惑的红光，在街上的某个地方挤眉弄眼。不过他们总是有比认识这个单词更重要的事情，所以从来没有时间仔细解读。也许是饱暖思淫欲，李平漠鬼使神差地走了进去，里面是各种让人耳红心跳的东西。他看了半天，随手买了一本色情杂志。回到出租屋，李平漠翻完杂志后，男人的欲望早已发酵膨胀。宛溪没有理由拒绝，就把妻子的义务作为临别赠礼。

第二天，宛溪送李平漠去机场，不久以前，他们才从这里一起出来，现在是一个人离开。站在不知道层高是多少的大厅里，他们平静地道别。心底里，两个人都明白他们之间的感情到了尽头，只是需要选择一个时间来结束法律意义上的夫妻关系。看着李平漠走进安检口，宛溪离开了机场，在路上简单地回顾了他们的过往。他们刚开始有性关系的时候，李平漠拿了一本让她面红耳赤的杂志。昨天晚上，他自己看了一本让他血脉贲张的杂志。他们的关系从始至终仿佛都和春宫图有关，想到这里，她哭笑不得。

李平漠走后，宛溪一个人住在出租屋里，开始考虑下一步的生活。还没想清楚时，就收到凌波的电子邮件。她说刚回温哥华，约宛溪和李平漠吃饭。

凌波移民温哥华以后，找不到工作，只好上学，学的是会计。她向来不是一个热爱枯燥学习的人，学会计一是跟风，二是熬身份。为了保留枫叶卡，每年都要住满半年。如果想成为加拿大公民，四年之内必须住满三年。凌波对会计没有一点兴趣，随时都准备退学。她是独生女，父母雄厚的经济实力，让她有了底气。所以，她不必像很多存款欠缺的新移民一样，为了生存奔波。但如果真的退学，不打工的话，也无事可做，还不如在学校混混日子。

她虽然生了孩子，但身材没有变化，脸蛋依然俊俏。离婚以后，她和以前的一个高中同学春知促联系上了。春知促一直喜欢凌波，但是她的身边总有护花使者。他是好学上进的有为青年，几乎所有的精力都在学习上，没有太多余力去抢花，只能默默地看着花儿一样的凌波到处绽放。春知促在上大学时，忙着考托，考G，然后顺利地去了美国。他从进幼儿园那天起，除了放假的时候，就没有离开过学校。这些年，他听闻了凌波的事情，年少时没有实现的青春之梦又涌上了心头。他在西雅图，虽然离温哥华很近，但他拿的是学生签证，怕离开美国以后回不去，所以不敢随便乱动。凌波没有这个烦恼，准备过去看他。

凌波在温哥华待了两天，就迫不及待地去了西雅图。很明显，春知促年轻时候错过的爱情就差这临门一脚了。她一个月以后幸福满满地回来，准备跟宛溪分享她白头不相离的感触时，宛溪已经独自去了多伦多。

李平漠回到中国的生活是无须担忧的，宛溪必须考虑如何在异国他乡谋生。温哥华虽然美，但是风景不能当饭吃。在这个地方，无论读书还是工作，机会都很少。她和郑湘妮、骆华一家联系以后，退掉了温哥华的房子，买了一张去多伦多的单程票。

第三章　生活总有不尽如人意的地方

　　多伦多是加拿大最大的工商业城市，经济发达，是很多新移民的首选之地。安大略是最大的省，据统计，加拿大每四个人就有一个人住在多伦多。于是，宛溪变成了四分之一。

　　郑湘妮落地多伦多时，住在密西沙加的一个同学家里。刚开始，同学很热情。大家多年没有联络，乍一见面，倍觉亲切。同学让她住在家里，慢慢找房子。半个月以后，当她们把彼此熟识的同学朋友全部聊遍了，郑湘妮还没有出去租房时，同学的脸色开始变了。郑湘妮何尝不想出去住呢，可是稍微好点的房子她租不起，太差的房子没法住。儿子一直体弱多病，这些年，所有的费用全靠她一个人。在海口，忙着和侯祺卿卿我我，没有时间，也觉得没有必要赚钱。成都的工资更低，她倒是想赚钱，但没有找到机会。所以，生了儿子以后，她总是过得左支右绌。现在把本来就不多的人民币换成加币后，更不敢花钱了。

　　她本来想让同学把房子便宜点租给她，可是同学说父母马上要来了，不能租。郑湘妮住到第三个星期，同学看她还没有找房子的意愿，脸上的乌云越来越多，后来几乎不跟她说话。无奈人穷志短，她把账户里的一点钱翻来覆去地计算着，在同学下了逐客令以后，才在不远的地方，租了地下室的一个房间。地下室几乎全黑，有三个房间，一间住着一个年轻的母亲和她三岁的女儿，一间住着一个单身男人，他们共用厨房和卫生间。

　　单身男人叫黎强，年近四十，离婚三年。早年，父母带着他们兄妹三人一起，作为难民从越南过来。一家人很勤劳，在加拿大只要愿意劳动，生活是不会有问题的。所以父母早就买了房子，哥哥和妹妹结婚以后，也各自买了房子。黎强是一个机械厂的技术工人，工作几年以后也买了房子。可是和一个越南姑娘欢天喜地拜了天地后，老婆总是说他窝囊。加上结婚多年没有孩子，老婆坚决要求离婚。房子给了老婆，他拿了点钱一直在外面租房子。黎强勤俭节约，没有不良嗜好，很快又攒了一笔钱，正准备买房子。

郑湘妮的经济状况虽然不好，但还是有傲气的。再说，她也不是一个过穷苦日子的人，只是她的钱基本上都花在孩子身上，并非一贯如此。在有孩子之前，她的生活是一帆风顺的。她相貌可人，名牌大学毕业，工作称心如意，是一个惹人怜爱、娇滴滴的女子。这样的女子总是能够有一份中等偏上的生活，当然没有在如此不堪的房子里住过。郑湘妮每天回到阴暗又带点霉味的地下室，看着洒满了汤汤水水的炉子，拥挤的冰箱，肮脏的厕所，就想着如何逃离。她想找个工作，如果有收入，就可以找个好点的地方住。她的英语不好，只能找一个简单的工作。可是无论什么工作，都要求经验。最后经过一个教会的人介绍，她去了一个小小的华人超市当收银员。她每天从早站到晚，说是收银员，但什么活儿都要干。她忙着卸货，上货，把顾客乱拿的商品放回原位，甚至还要搬成箱的重物，一天下来，腰酸背痛。郑湘妮从来没吃过这份苦，总是累得龇牙咧嘴。以前，她都是坐在办公室，喝着茶，谈笑之间就把工作做完了。那个时候，还总是埋怨一天到晚在椅子上坐得难受。现在面对这样一份没地方坐的工作，她从身体到心理都无法适应。去超市打工之前，她打算拿到工资就搬家，可是想着如此辛苦换来的一点钱，拿去供养有好房子的地主，实在有气。所以做了半天思想斗争，她还是舍不得多花一分钱在房子上面。就这样，上了一个月的班，她经常在辞工和搬家之间挣扎，结果一个都没付诸行动，只是感叹在异国他乡从头开始，确实不易。

黎强看着郑湘妮漂亮的脸上经常堆满愁云，难免有些怜香惜玉，就对她嘘寒问暖，经常买些时鲜的水果给她。她看着又红又大的樱桃，小巧饱满的蓝莓，有些怪异的仙人果，想拒绝又不甘心。虽然没有兴趣和其貌不扬、老实巴交的黎强深交，但是拿人手软，她只好客气地寒暄。一来二去，黎强就把他的所有情况据实相告，其中包括他已经买了房子，两个月以后搬走的事。房子引起了郑湘妮的注意，两个人熟悉以后，她跟着黎强去看了新买的房子。

房子是一个联排别墅，一楼是客厅和厨房，二楼有三个卧室。地下室是个装修好了的一室一厅，厨房、厕所俱全。房子宽敞明亮，安静舒适。郑湘妮想租黎强的地下室，毕竟独门独户，而且又是新装修的，比她现在住的地方好多了。她跟黎强说，刚来加拿大，带的钱不多，希望租金能够比市场价少一点。黎强说只要她喜欢，搬过来住就好了，不收租金。郑湘妮一听，大喜过望。但是大喜之后，立刻冷静下来，不收租金的意思当然是要收人了。黎强的想法是明摆着的，从内心活动到具体行动都是显而易见的，郑湘妮一直犹豫是否接受他。她原本不是一个吃苦耐劳的人，当初坚持生下儿子，和侯祺闹得不欢而散，不能说无怨无悔。尤其是多年以来，侯祺一直对他们母子撒手不管，让她怀疑和侯祺的事情是否值得。她也曾无数次地唱着那首流行歌曲的前两句："我这样爱你到底对不对，这问题问得我自己好累。"当然，出于自尊，她从来没有找过他，但是儿子的医药费确实让她不堪重负。

郑湘妮出国，就像当初离开老家到成都一样，多少有些逃避的意思。但是在成都，那是自己的国家，她具备很多有利的条件。一个名校毕业的高才生，资历摆在那里，找一个体面的工作不是大问题。如果不是因为儿子的身体不好，一次次把钱送给医院，她的生活不会太难。她有一份不错的工作，住在郑婷家敞亮的大房子里。无论如何，生活都是有保障的。就算再不济，也不会穷愁潦倒。出国之前，她没有切实考虑过生活的问题。到了加拿大几个月以后，她真切地感受到了生存危机。那张名校的毕业证，在加拿大等同废纸。她想去读书，又为钱所困。可是，到了一个陌生的国家，她连话都说不清楚，其他的都是奢谈。要从头开始，谈何容易？要打拼到什么时候才是个头呢！她不是当初那个不顾一切和侯祺谈恋爱的女人了，有情饮水饱只是某个阶段头脑发热的产物。在不见天日的地下室，她必须解决摆在眼前的问题。可是有什么更好的选择呢？

自从黎强明确表态后，郑湘妮上班的时候挣扎，回到地下室的时候头痛。随着黎强搬家的日子越来越近，她心理上的防线也越来越脆弱。等到黎强真的搬走以后，她觉得最后一根救命稻草也随风而逝。好在不久后的一天，黎强去她上班的超市买东西，又说起了让她搬过去住的事情，这一次郑湘妮毫不犹豫地答应了。黎强不收租金，郑湘妮帮他煮饭。同桌吃饭没有多久，就变成了同床而睡。

第四章　有了自己的房间还不满足的女人

骆华和刘翠在多伦多的东区唐人街租了房子，房子很旧，是个细细窄窄的两层楼。房东一家住二楼，地下室和一楼改成两套公寓式的房子分别出租，地下室已经租了出去，只有一楼空着。骆华他们看了一些房子，不是太脏，就是一团黑。他们都喜欢这个房子，就租下了一楼的房子，有两个房间，还有独立的厨房和厕所。

刘翠清楚自己的斤两，很快就在中区唐人街的一个小型制衣厂上班。她不会缝纫剪裁，只能打杂、剪线头。她自得其乐，发工资的日子更是如此。骆华作为一个知识分子，不可能像刘翠那样一头扎进一个半句英语都不需要说的小工厂。他本来想去读书，可是刘翠实在担心他继续读书的不良后果，劝他放弃。骆华倒是没有把刘翠的话放在心上，但是想到自己也老大不小了，读完书出来也不知道前途在哪里，所以气还没有鼓起来，就泄了。好在他们有些积蓄，刘翠的工资也够日常开支，所以他不紧不慢地找工作。

宛溪和雷恒士一家几乎同时到达多伦多，骆华和刘翠以他们的房子为中心，在附近分别为雷恒士一家和宛溪租了房子。

雷恒士住的是一个地下室，虽然光线不好，气味有些尴尬，但好在是自己一家人住，不需要跟别人共用任何东西，倒也自在。宛溪就没这么好运了，她的房间在二楼，另外两个房间各住了一男一女。房东为了把出租利益最大化，不但自己一家五口和一只灰色的猫住在地下室，还把一楼的客厅搞成了两个房间出租。整个房子有两个厕所和厨房，房东一家用地下室拥挤不堪的厕所和厨房。房东如此，租客自然不能要求更多，所以他们五个无房的单身男女共用一楼的狭小厨房和二楼的卫生间。房子里面人丁兴旺，早晨上厕所和晚上煮饭的时候，完全是争分夺秒抢时间，和打仗没有区别。冰箱里面横七竖八塞满了东西，刚开始还楚河汉界，把彼此的食物分开。时间长了以后，看起来一模一样的牛奶和水果不知不觉混在一起，缺乏私有财产意识的人就心安理得地吃着不知道属于谁的东西。好东西有人吃，可是垃圾就没那么好运了，因为谁都不想要，也没人愿意总是当雷锋替一屋子的人打扫卫生，所以房子里经常有股恶臭。房东没有办法，只好一边连声抱怨，一边清理。

宛溪安顿下来后，开始考虑未来的生活。她看了银行的月结单，几个月以来全是支出。由于大手大脚，存款数额直线下降。她算了一下生活成本，这样下去，银行的那点钱也许不够支付一年的开销。虽然有点失去财政靠山的慌张，但她还是照着既定的计划走。

她开始准备上学的事，刚好雷恒士也有这个想法，他们就讨论到底怎么实施。在莘水的影响下，他对学位没有兴趣，打算念一个社区学院，学个实用的谋生技能。计算机行业大行其道，龙头老大北电风光无比，在全世界雇佣了几万人，股票也是一飞冲天。随便上几个月的培训学校，学个软件编程，都能找到工作。雷恒士原来的专业和电脑有点关联，看到这么火热的就业市场，莘水连社区学院都不让他念了。结果他很快进了一个短期电脑培训班，学习常用的编程语言。莘水已经在国内学了很多的会计课程，只等熟悉了英语的术语后，就去找工作。来加拿大不久就听说，新移民的就业之路是男的学电脑，女的学会计。他们两个人的选择方向，充分体现了这句话的正确性。

宛溪还有些梦想，最多一只脚落地，不能像莘水他们那样双脚踩在地面上。她认真地学了一段时间英语后，考了托福和GMAT，好在有新东方的神功相助，托福不算难。不过，GMAT真的让她头痛不已，那些所谓的逻辑题完全没有逻辑可循。她第一次的成绩很差。刘翠她们都说她瞎折腾，让她别考了，上个短训班，或者打个工，能够谋生就行了。宛溪不甘心，又准备了一个月，结果第二次的成绩也没提高多少，她后悔没在新东方绝望地学习。

在选学校时，她不但眼高手低，而且报了虚无缥缈的工商管理专业。由于GMAT成绩不理想，多伦多附近有点名气的大学都不要她这样只会做梦的管理人才，反而无意填写的一个美国大学给她发来了录取通知。宛溪看着学费的数目，再加上食宿费，这张录取通知一下变成了鸡肋。

虽然宛溪没有莘水他们脚踏实地，但还没有到天上乱飞的地步。所以在决定到底是否去美国时，还是和两家人认真地商量，结果当然是被全盘否定。两个女人的观点早就是明摆着的，莘水还是以前的说法："我们家老雷也是研究生，原来打算读个专科，结果上了个培训学校，就找到工作了。我只念了两门英语课，连蒙带猜通过面试，下个星期就上班了。在国外上学，不是为了拿学位，找工作才是第一位。研究生有什么用？只能回国骗骗人。"

骆华和雷恒士仔细地帮她分析了一下说："去美国念一个管理专业的研究生，不但费用高，而且出来后根本找不到工作。我们是外国人，在这里只能被人管。所以，还是应该踏踏实实读一个能够找到饭碗的专业。"

胸无大志的女人和安分守己的男人都说着类似的话，这让原本意志就不坚定的宛溪退了回来。最主要的是，这个美国的学校一点都不著名，无法满足她名校情结的虚荣和梦想。如果是哈佛或者耶鲁，她一定不跟任何人商量，砸锅卖铁也要去上。当然，她没实力也没胆量申请这样的学校，所以是绝对去不了的。

像很多人一样，宛溪出国之前或多或少地看过一些王又辛的文章，对于新移民的艰难有所了解。所以她虽然某些时候心比天高，但为了避免命比纸薄的下场，就听从了两家人的意见，决定重新考虑学校的事情。然后，她退而求其次，报了两个学校的会计专业。毫无悬念，两个大学都给了她入学通知。她有点拿不定主意上哪个学校，于是依然和住在附近的两家人商量。当然刘翠和莘水还是说："其实念个社区学院都绰绰有余了，既然你愿意浪费这个钱和时间念本科，我们也拦不住。"

骆华和雷恒士都说差别不大，念哪个学校都行。宛溪没费多少功夫，就选择了离尼亚加拉大瀑布很近的学校。因为以前学地理时，大瀑布给她留下了深刻的印象，那个时候如果谁说有朝一日能够亲眼看到它，无异于痴人说梦。所以到了多伦多没有多久，她就迫不及待地去了大瀑布。当十几年前课本上的那张小小图片以宏大磅礴的姿态出现在眼前时，她的震惊和激动是难以描述的。加拿大这边的瀑布很难看清全貌，一个是太大，另外是水雾太多，所以总是半遮半掩，但那个气势是铺天盖地，所向披靡的。美国的小瀑布倒是能够一览无余，永远看得清到底有几股水流落下来。尤其是大瀑布边上随时可见的彩虹，更让她稀奇。那句"不经历风雨，怎么见彩虹"的歌词鼓励了无数的人，可是只要到了大瀑布，无风无雨也能见到彩虹，宛溪看着又长又宽的彩虹，仿佛什么东西都唾手可得。另外，这个学校的会计专业也小有名气。两个因素加起来，学校就这么定了。

第五章　去哪里打工

　　一转眼，宛溪已经在人声鼎沸的出租屋里住了好几个月。为了学习，大部分时间她在图书馆或者咖啡店度过，回去就是洗澡睡觉。有时楼上楼下同时用水，洗澡的时候，水忽冷忽热，更多的时候像涓涓细流。再说，每次洗澡都要等一波又一波的人用完厕所才行。几次以后，她只好减少了洗澡的时间和次数。因为考试和申请学校的事，她忽略了出租屋的杂乱，也找到了坐吃山空的理由。等到尘埃落定后，她在家的时间多了，才开始正视狼藉肮脏的居住环境，也对游手好闲的日子惴惴不安。

　　正所谓人闲是非多，刘翠看她没事，就常让她去家里吃饭。刘翠深谙用男人的胃笼络男人的心之道，所以她家的饭桌有口皆碑。宛溪虽然从小帮着母亲在厨房打杂，但母亲煮饭从来都是凑合，所以她的厨艺也不高。再说这个房子里，那么多人抢厨房，再好的厨艺也没有用武之地。因此当刘翠邀请宛溪去吃饭时，她几乎从不拒绝。吃饭的次数多了，闲聊的内容自然不会少。刘翠总是把话题转到李平漠身上，问他什么时候来。刚开始，宛溪敷衍着说国内有事情，处理完了就过来。被她问得多了，只好说他不习惯加拿大，不想来了。刘翠一听，就像找到了盼望已久的机会，迫不及待地说："那你赶快离婚，别拖着。这里有很多优秀的单身男人，和你一起租房的那个小伙子就对你挺有意思的。李平漠就是有点钱，在这里什么都算不上。"

　　宛溪和李平漠很久没有联系了，确实想找个时间了断两人的关系。但是听了刘翠的话，她还是有些匪夷所思。没想到刘翠用生命捍卫自己的婚姻，奉劝别人离婚时居然像嗑瓜子一样自然轻松。她不想继续这个话题，就说："我现在没心思考虑这些事，想先找个工作。最近翻了报纸的招聘广告，大部分都是体力活，实在干不动。你有什么找工作的途径吗？"

　　"好多地方都要求会讲广东话，我们厂里基本上都讲广东话，我也正在学呢。要不你先学一下广东话，然后我推荐你去我们厂上班？"

刘翠所言非虚，《星岛日报》上面的招工最多，基本上都要求讲广东话。不过宛溪从来没有想过学广东话，她的信念很简单，她所在的地方英语是官方语言，主流的电视、广播和报纸都是英语。如果有时间去学广东话，为什么不把英语学好呢？她也没有真的打算让刘翠帮她找工作，如果刘翠有办法，骆华早就去上班了，不会一直在家里蹉跎。自从刘翠积极又热心地劝说宛溪离婚后，她就开始推脱刘翠真心诚意的大餐之邀了。

宛溪在一个人力资源中心泡了好几天，在工作人员的帮助下，找了很多信息，准备了简历，找工作也许有希望，但是等待的时间太长，而她只是想在开学前的几个月找个地方打工。

一天看《明报》时，发现一个职业中介所，说有很多工作，要求讲英语，她立刻赶去。中介所是一个小房间，只有一个中年女人，她让宛溪填表留下信息，然后让她交二十块钱。宛溪没有想到要交钱，心里疑惑着是不是骗子。她想到在温哥华被骗的二十块，踌躇了一下，还是交了钱。她的想法跟以前一样，就算被骗，也是二十块，有它发不了财，没有也饿不死。如果真的能够找个说英语的工作，给两百也行。

很多人出国之前以为，到了国外英语自然就能学好，宛溪也曾经抱着这种简单的想法。可是在加拿大生活了几个月后，她才发现实际情况并非如此。因为经常待在咖啡店，她熟悉了咖啡和烘焙小糕点的词语。从前，当李平漠请的那个外教讲着 donut，espresso，cappuccino 这些词汇时，他们总是一头雾水。可是到了加拿大，去了几次咖啡店后，什么都不用讲就明白了。尤其是 donut 这个词，当时的外教几乎是费了九牛二虎之力解释它的含义，但宛溪还是不能想象到底是个什么东西。然而在咖啡馆一看，就是随处可见的中空甜甜圈，满大街都是。不过，除了这些，宛溪的英语没有想象中的突飞猛进。在多伦多这样的大城市，每个族裔都能找到自己的小群体，讲自己的语言，吃自己的饭。所以，成年后移民的人，想把英语学好很难。如果不在小群体之外工作生活的话，即使住在多伦多很多年，英语还是像街上匆匆而过的行人，互相都不认识，永远是陌生的。以华人为例，如果在一个讲广东话或者国语的环境里工作，十年以后，英语还是原地踏步。由于考试的需要，宛溪的英语阅读能力提高了很多，听力也有进步，但是写作停留在初级应试作文的水平，口语也相差甚远。所以她迫切地想找一个工作，把英语学好。

　　交完钱后的第三天，宛溪收到职业介绍所那个中年女人打来的电话，让她两天以后的早晨到米兰和西普街坐车去工作单位。宛溪问是什么工作，她说到那里就知道了，还想再问，她已经挂断了电话。宛溪放下电话，心想骗子毕竟是少数。第三天早上，她按照预定的时间到了指定的地点。一辆黄色的小型巴士停在路边，坐了半车人，男女老少都有，那个中年女人也在。

　　车子开动后，在不同的地方停了几次，然后上人。等到差不多全部坐满后，车子向城外开去。中年女人说，她会根据大家的要求，带不同的人到不同的单位。果然路上又停了几次，每次都是中年女人带人下去，停的地方看起来是像厂房一样的建筑物。车越开越远，车上的人也越来越少，最后车停在了一个前无古人后无来者的地方，只有一个孤零零的灰色建筑物蓦地呈现在眼前，冷冰冰地对着车上的几个人。

　　宛溪和剩下的五个人下车后，跟着中年女人走了进去，中年女人和一个四十多岁的白人男子说了几句话后就离开了。白人男子带着他们一边往里走，一边说话。他的语速很快，宛溪只能听懂一点，大概意思是早上六点上班，先工作一个月，合格以后留下来之类的。虽然英语没听懂多少，但是鼻子里有血腥和腐臭的味道，她不自禁地屏住呼吸。

　　在进入一个溅满血迹的大门之前，男子要求他们穿上白大褂，戴上发套。进去以后，像是一个巨大的车间。一些人拿着刀在鸡脖子上快速一抹，鸡随着传送带走了，不知去了哪里。下一只鸡来了以后，又是同样的程序。至此，宛溪才明白这是一个屠宰场，当即心中一阵战栗。长这么大，她连一条鱼都没杀过，在菜市场买的鱼都是小贩杀好的。可是鸡不一样，过年的时候，好多人家把鸡买回来以后，要养好几天才杀。所以小时候，宛溪经常在院子里看到有人杀鸡，也是抹脖子。鸡脖子上挨了一刀后，杀鸡的人把鸡头往后扳，另外一个人拿着碗接鸡血，等到鸡血半天滴不出来一滴时，才把鸡放下。可是每次鸡都不死，血快流干时放到地上，依然不停地挣扎，有时甚至满院子乱撞，把身体里剩下的最后一点血溅得到处都是。那种惨烈的情景一直让她心有余悸，她比垂死的鸡还要惊恐。有时，母亲让她拿碗出去，或者让她抓鸡，可是无论母亲如何责骂，她都不肯上前帮忙。如今一不小心，她居然到了生平见过的最大屠宰场。虽然不知道男子要求他们做什么，但肯定是要杀鸡的。一想到这里，她立刻起了一身鸡皮疙瘩，过去的心理阴影完全笼罩了她，这个地方她是万万不敢待下去的。

同行的五个人有的和她一样震惊，有的看似镇静。白人男子继续往前走，又说了一大串英语，宛溪看着大家的表情，知道没有人完全听懂了。她只想赶快逃离，趁着大家发愣的工夫，她用中文低声问了旁边一个和他年纪相仿的女人是否愿意离开。女人犹豫了一下，然后摇摇头。宛溪看了一下手机，已经四点多了。等到男子说完话以后，她壮着胆子走上去，用乱七八糟的英语，跟他表达了要走的意思。男子耸耸肩，用手指了一下大门的方向，说了几句什么。看肢体表情，大概是无所谓的意思。

宛溪走出门，站在空无一人的路上发愣。她早已失去方向感，根本不知道在什么地方，只知道离她租来的那个小房间很远。她心里发慌，沿着马路快速地走着。本来想学着美国电影里的样子，伸着大拇指搭车。可是走了半天，只有两部飞驰而过的车，还没来得及伸出大拇指，车子已经绝尘而去。看来靠自身的力量是无法解决问题的，只好找人帮忙，但她也不认识几个人。骆华和雷恒士都没有车，唯一想到有车的人是黎强。她只好给郑湘妮打电话说明情况。郑湘妮听完以后说让黎强来接她。可是，当黎强问她在哪里时，她一片茫然。黎强让她一边走，一边看路牌，如果碰到人就赶快问一下。宛溪记下了很多路名，正想再给黎强打电话时，路上突然出现了一个带着大黑狗散步的人。她像看到救星一样，磕磕巴巴地问他这是什么地方。带狗的人说了地名，可是她听不懂，只好让他写下来。

一个多小时以后，黎强和郑湘妮一起过来接她。宛溪又累又饿，像个沿街乞讨几日，仍然一无所获的乞丐。郑湘妮把她带到了他们住的地方，给她煮了热汤热饭。宛溪吃饱喝足后，才把到了杀鸡场以后的胆战心惊压了下去。黎强说他一个朋友工作的地方需要招人，可以介绍她去试试。宛溪像找到失散的革命同志一样，赶快让黎强给他的朋友打电话。黎强打完电话后，说朋友答应第二天带她去找工头。因为工厂离他们住的地方不远，郑湘妮就让宛溪先住一晚，明天去了工厂再说。

宛溪在郑湘妮曾经住过的地下室睡了一个踏实觉。第二天早上，她坐了一趟公共汽车到工厂。黎强的朋友把她带到工头面前。工头是一个肤色较深的南美人，他先让宛溪填一张表，问了几个简单的问题，然后让她原地等待。十几分钟以后，工头回来了，说她三天后可以上班。宛溪没想到这么顺利，高兴之余，才想起来询问厂里的具体事情。工头笑着说："什么都不知道，就敢来找工作。"然后他介绍说这是一个包装厂，主要产品是各种尺寸的包装盒和纸袋。厂房看起来比较干净，也没有奇怪的味道。

工作的事情确定以后，宛溪回到郑湘妮家里讨论实际问题。她不可能每天从多伦多坐车到密西沙加上班，只有搬家。她翻了郑湘妮家里的免费报纸，找到租房广告，没有一个房子靠近工厂。转念一想，何必那么麻烦，租黎强的房子不就行了嘛。郑湘妮一听，愣了一下，好像也找不到拒绝的理由，就说那就先住吧。等到黎强下班回家，宛溪按照市场价，和他说好了租金。吃完饭后，黎强和郑湘妮把她送回了多伦多的出租屋。

宛溪跟房东提出两天后搬家，房东说要提前两个月通知。她当时搬进来时，没有签过任何合同，不知道两个月的通知从何说起。房东说不需要合同，规矩就是这样的。她说不过房东，也不可能等两个月退房，只好给刘翠打电话。刘翠很快来到出租屋，和房东嘀咕半天后，让宛溪多交两个星期的租金，她不想再费口舌，就同意了。两天后，她拖着一大一小两个皮箱，住进了黎强的地下室。

厂里的人来自不同的国家，说着不同口音的英语，像一个小型联合国。宛溪在车间工作。车间是一个很大的开阔空间，三十多个人在里面忙碌，大家不停地把各种规格的纸板和纸袋放到传送带上。传送带跑得很快，大家只能加快动作。有些巨大的纸板需要重新切割，切割工作一个人做不了，必须两个人配合才能完成。宛溪和一个斯里兰卡女人一起合作，她在厂里工作四年多，非常熟练。宛溪有点害怕操作那个锋利的大刀，所以每次她都是负责把纸板对齐，固定好位置，并且用双手扶住，斯里兰卡女人手起刀落，把纸板切好。三个多月以后，斯里兰卡女人调到另外一个部门，换了一个菲律宾女人和她一起工作。菲律宾女人不但找茬儿欺负她，还让她去切割。宛溪不得已，只好战战兢兢地操作笨重又锋利的大刀。菲律宾女人见状，骂她笨，浪费时间，并且跟工头告状。宛溪想到只做几个月时间，就一直隐忍，菲律宾女人越发得意。一天，菲律宾女人又说她是个废物，宛溪忍无可忍，中英文混杂跟她对骂，说她是个蠢猪，冒充老大，实际是个大尾巴狼，控制狂。工头早就见惯了两个女人的战争或者多个女人的混战，让她们不要生事，都马上闭嘴，好好干活。宛溪跟菲律宾女人大吵一架后，她表面上收敛了很多，不再明目张胆地欺负宛溪，但是暗地里打小报告，说她干活偷懒。宛溪不知道菲律宾女人要达成什么目的，想到自己很快会离开，就懒得搭理她那些拙劣的小伎俩。一段时间后，她也消停了。

第六章　奇妙的夫妻

冯菲在移民纸即将过期时，匆忙携杨剑到了多伦多。他们来的时候，宛溪的生活一点都不如意，正在工厂赚着最低的工资，为了两周发一次的支票奔忙，几乎就是焦头烂额。所以，她也帮不上什么忙，只是忙里偷闲地见了他们几次，简单介绍了一下情况。

冯菲在移民接待站住下后，立刻开始看房子。她看了宛溪和刘翠的居住环境，非常不满意，还说很难想象宛溪居然曾经住在这样的地方。冯菲找了很多广告，满城看房子，宛溪有空就陪着他们，最后冯菲定下了缅街和丹弗斯大街的一个公寓。公寓是两室一厅，客厅很大，下午的时候，阳光透过窗户，把地板照得闪闪发亮，确实与昏暗的老房子不可同日而语。公寓靠地铁，交通方便，是一对年轻夫妻租下来的，转租其中一间，所有费用均摊。

冯菲在国内的收入虽然不算低，但她对父母很孝顺，对弟弟、妹妹也一向照顾有加，所以带过来的钱并不多。饶是如此，她还是在五大银行都开了账户，说是为以后做准备，不过目前只能在每个银行存很少的一点钱。宛溪固守着和李平漠在温哥华的皇家银行开的那个账户，只是到多伦多以后，把联名账户改成了她一个人的名字，其他一切照旧。她的短浅见识无法了解冯菲的天才脑袋里，到底有什么样的宏伟计划。

冯菲是个闲不住的人，又有经济压力，所以马上开始找工作。她看了无数的广告，发了很多简历，都石沉大海。等待之余，她和杨剑去政府免费为新移民开设的 ESL 和 LINC 英语班学习。在学习班待了不到一个月，冯菲觉得太简单，完全是浪费时间，就不上了。她一边准备考银行需要的证书，一边全身心投入到找工作的事情中。功夫不负有心人，来加拿大不到三个月，她就在一个法律中心上班了。说是法律中心，实际上做的事情很杂，从交通告票、小孩的监护权到移民，大小案子都承接。接案子的原则很简单，只要有钱就赚。冯菲很快发现，移民、难民是主要业务。公司老板是阿拉伯人，但不是富得流油的王子。他和移民律师合作，做投资移民、难民申请和上诉，还申请保姆、护理、建筑工人等各种工作签证。

在自己申请移民的过程中，冯菲早已把技术移民的事情搞得烂熟，和孟兵的关系也比绝大多数客人近，所以这个业务她完全可以独当一面。但是找他们办理技术移民的人很少，赚不到什么钱。阿拉伯老板几乎不发工资，所有人的主要收入都是提成。如果拉不到客人，一个月都颗粒无收，所以冯菲格外用心学习新业务。接触了一些工作签证、移民和难民的案子后，她就摸熟了其中的门道。工作上得心应手，收入也随之提高，可以勉强应付每个月的开支。

杨剑零零散散地打着工，做过很多不同的工作，有超市的搬货员、餐馆的服务生、厨房的帮厨、做过豆腐、还在菜市场杀过鱼。但是每份工作都干不了太久。刚开始，冯菲忙着自己的事情，没有精力过问。等她的工作稳定后，看着杨剑的每份工作都做不长，终于决定去他上班的地方看一下。看了两次后，她自己都想把杨剑开除了。她知道杨剑能力差，但是他做事情慢吞吞的样子着实让人生气。杨剑工作的时候，不是像画画，就是像绣花，完全是精雕细刻的耗时工程。但杨剑实际从事的工作需要效率，而不是慢工出细活，就连做豆腐的都嫌他慢。

冯菲只能把杨剑像个孩子一样领回家，让他去上学。可是杨剑要考了托福，才能申请学校。冯菲让他在家学习，准备考试。杨剑时常去图书馆借一堆书，似乎都与托福有关，不过他总是忘记还书，经常被罚款，每次都是冯菲抱着杨剑没有看过的书去图书馆还。几个月过去了，杨剑还是没有考，冯菲催他，他一直说没有准备好。冯菲无奈，只好让他去上培训学校。杨剑上了几个月，工作还是没有希望。

冯菲虽然恨他像个扶不起来的阿斗，但是吵架生气也没有用。骂完以后，他依然故我。冯菲从来没有指望过他，工作上就随他去了。然而，床上的事情她无法忍受。杨剑几乎变成性无能了，一两个月都行不了一次夫妻之实。无论冯菲怎么挑逗，杨剑的下半身就像他的人一样始终软塌塌的。她软硬兼施，刚柔并济，都不能够让他坚挺。冯菲彻底失望，欲火无处发泄，只好用咒骂代替。杨剑还是不急不恼，每天磨蹭到半夜，等到冯菲骂累了，睡着以后才上床。

一天晚上，冯菲把杨剑拉到卧室，穿上刚买的性感蕾丝睡衣，对着他跳脱衣舞。他坐在床上，笑嘻嘻地看着她，下半身一如既往的安静。冯菲气得鼻歪眼斜，骂完以后说："你随便去找个工作，能够养活自己就行。我实在受不了你，再这样下去，我会被你气死的，我们离婚吧。"

杨剑是个好人，他不想把冯菲气死，于是按照她的指示出去找工作，然后离婚。冯菲本来就不是个好相与的人，再加上荷尔蒙失调，脾气异常暴躁，所以不管不顾地在公司跟阿拉伯老板大吵一架。老板本来就扣了她一些佣金，这下老板不但找到了不给钱的理由，还顺便把她开除了。一时之间，冯菲气得只想杀人。不过，她的脾气一向来得快，去得更快。生完气后，就开始计划下一步。好歹工作了一段时间，有点积蓄，即使两三个月不工作，也饿不死。

杨剑真的找到了一份和他个性相符的工作，就是在仓库做保管员，点货、发货和收货。这个工作是需要耐心的，没有人在屁股后面催着赶着。杨剑的工作离他们住的公寓四十多公里，如果开车，半个多小时。如果坐公共汽车，单程就需要两个小时。杨剑没有考驾照，自然不能开车，所以他只好搬家和离婚一起办理。他和冯菲心平气和地离了婚，一个人在单位附近租了个小房间，踏踏实实地工作。单位是他的生活重心，夏天走路十几分钟过去。冬天太冷的时候，坐公共汽车，如果天气尚可，依然走路。既锻炼身体，也节约车费，倒也舒适自在。

离婚以后，冯菲没有任何负担。她敢想敢干，被老板辞退后，就自己成立了公司。她找了两个律师合作，专门做移民。由于她能说会道，业务熟练，又有白人律师装点门面，加上国人的移民热情高涨，因此把公司维持下去肯定不是问题。不久以后，她又和腾跃移民的孟兵合作。由于她人在加拿大，更有说服力，所以让国内一些有疑虑的客人放下了戒心。这些和腾跃移民签单的客人，冯菲都能拿到提成。

杨剑搬走以后，冯菲依然住在原来的公寓。一天，承租房子的小夫妻说他们要去外地读书，必须把房子退掉。如果冯菲不想搬家，只能把房子全部租下来。冯菲觉得当个二房东，找人合租挺麻烦的，就琢磨起买房的事情。她只要想到就会行动，所以很快找了地产经纪带她看房。由于公司刚起步，手上的钱不多，最后在贝芝蒙特路和圣克莱尔大街附近买了一个公寓。房子很旧，又靠近一个颇具规模的公墓，但毕竟是自己的，不用受制于人。刚开始，她也忌讳从窗子看到的大墓地，但受制于钱包不够鼓，只能先将就着。后来冯菲听本地人说墓地是非常安静的邻居，永远都不会吵闹，发出让人受不了的噪音，她就接受了这个说法。而且在一个偶然的机会，她还得知张国焘就安葬在这个墓园里，觉得和这个风云人物做邻居也不错。更可喜的是，不远处就是碧蓝的安大略湖。无论怎么看，周遭的环境都挺宜人。自从冯菲为这个房子找到了好几个不可忽略的优点后，就正大光明地搬了进去。至此，她的生活逐渐安定。

第七章　上学

宛溪在工厂做了几个月，有了些收入，虽然没有存下钱，但总算停止了一直动用存款的行为。不过，九月份开学的时候，她又必须依靠存款生活。

她在学校附近租了一个房间，整个屋子都是学生。庆幸的是，房东没有丧心病狂地把房子做成鸽子笼，依然保持原来的结构。一楼是客厅和厨房，有一个厕所，但不能洗澡。二楼三个房间，有一个厕所和浴室。宛溪住在二楼，和一个华人女孩、一个印度女孩共用楼上楼下的卫生间、厨房和客厅。地下室两间，有单独的出口、厨房和卫生间，住了两个男生。他们每天从另一个门进出，从来不上楼，所以几乎见不到。

上学没有几天，宛溪看到电视里一座摩天大楼浓烟滚滚，因为英语不是特别灵光，她还以为失火了，正在想是哪里，突然看到一架飞机急速撞向另外一栋大楼，大楼冒烟起火。十几分钟之内，两栋明显高过周围建筑物的大楼轰然倒地，就像一部好莱坞大片。后来知道，这是举世震惊的恐怖活动，是实实在在发生的事情，不是拍电影。随后，各种关于这个恐怖活动的报道和猜测铺天盖地，学校的老师和同学都在谈论过程和原因。大家虽然做了不同的推想，但是学校的房子没有倒塌，也没有恐怖袭击，因此所有的课都照常上。

宛溪的英语比刚到加拿大时进步了很多，不过上课的时候还是很吃力，尤其是同学发言的时候，她经常不知所云。如果碰上说话既快又缺乏逻辑性，英语带着明显口音的学生，她更是如听天书。东南西北都还没搞清楚时，教《宏观经济学》的老师让每个人写一篇千字论文，要求十天交上去，主题是市场份额和市场占有率。这些词汇，她连中文都一片困惑，更不要说英文了。为了一篇小论文，她借了好几本书，还泡在网上查资料，连滚带爬，总算赶了出来。有了这个下马威，她只有笨鸟先飞，上课前先预习，了解即将要讲的内容。一段时间后，课堂上的茫然无措少了很多。

　　第一学期大部分是公共基础课，专业课像升级一样，在选某门专业课之前要先修完另外一门课才行，所以宛溪只选了两门最简单的专业课。国外的大学不像国内，师生之间的关系比较密切，学生还可以经常去拜访老师。这里的老师上完课就走了，没有什么交流。自从笨鸟先飞以后，她减少了很多上课发愣的时候，但是有一门《计算机数据管理》让她头痛。课本上全是各种图标数字和没有丝毫生气的文字，枯燥乏味，每每拿起课本，让人直想撞墙。雪上加霜的是，上这门课的老师是个不苟言笑的韩国人，不但说英语有口音，而且讲课的时候一个声调，没有起伏，让人昏昏欲睡。大概是为了防止学生睡觉，他是最喜欢让学生发言的一个老师，并且说课堂参与会占很大的分数比重。无论在哪里，分数都是学生的命根。虽然很多学生都讨厌这门课，但是为了最后能够通过，还是在课堂上强打精神，并且假装很有兴趣的样子参与那些不得要领的讨论。

　　小镇风景很美，但是住久了以后，每天看着千篇一律的河流、运河、大桥和隧道，难免觉得单调枯燥，就像杜甫无奈甚至有点憎恶地说"日日江楼坐翠微"，吃的方面更是乏善可陈。两家中餐厅，好像在比赛谁更不正宗，菜不是在酱油里泡出来的全都一个味儿，就是酸酸甜甜的，恨不得全部做成咕噜肉。这样的菜，只能糊弄那些对中餐一无所知的人。宛溪不可能每天在外面吃饭，味道是一个方面，经济上也负担不起，好在她的厨艺已经大有提高。在学校和小镇的快餐店连续吃了很多天后，她决定犒劳自己的中国胃，可是到了菜市场一看，才知道什么是巧妇难为无米之炊。小镇没有中国超市，买菜的选择性很少，没有华人常吃的绿叶蔬菜，只有西兰花、羽叶甘蓝、球茎甘蓝和苦苣菜。除了西兰花，其他几个菜的味道都不敢恭维。本地人最推崇的羽叶甘蓝，味道只能用老、干、苦、涩四个字来形容。于是她买的最多的是土豆、洋葱、胡萝卜和番茄，她几乎每个星期都吃土豆炖牛肉、洋葱碎肉、胡萝卜炖鸡和番茄炒蛋。

　　宛溪的房间和华人女孩挨着，和她共用一堵墙。印度女孩的房间在另一头，和她们两个人的距离稍微远一点。华人女孩很随性，穿衣风格前卫，抽烟喝酒不输男生。她不怎么上课，大概是因为谈恋爱的时候比较多。女孩颇有魅力，同时有两个男孩找她，而且都不在本地。一个在另外小镇读大学，几十公里的车程，一个在多伦多。两个男孩经常过来看她，小镇男孩来的多一些，因为比较近。刚开始，两个男孩都不过夜，也没有碰过面。后来，小镇男孩开始留宿，他们在小小的房间翻云覆雨。因为只有一堵毫不隔音的纸板墙，宛溪听得一清二楚。她不用特别留意，更无须把耳朵贴到墙上，就能听到床铺的摇晃，女孩情不自禁的叫床声和娇喘呻吟，男孩高潮时的急促呼吸和不停地喘粗气，这些极为私密，本来不该被外人听到的声音都透过薄薄的门板在房子里回荡。当宛溪第一次听到他们颠鸾倒凤时，猝不及防，不过还是像很多粗俗龌龊的人一样，面红耳热地把实况转播听了个仔细。后来，当鱼水之欢变成一个常态，每周发生好几次时，她觉得兴味索然，不胜其扰，尤其是半夜被吵醒时，更是气得咬牙切齿，非常希望鱼儿在岸边扑腾两下就算了，不要老在水里玩耍。她没有办法，只好把耳朵塞上。无奈，木板搭建的房子隔音实在太差，即使戴上耳塞，还是无法完全避免床笫之间的声音，所以只好带上耳机，听她最不喜欢的重金属摇滚。唯有震破耳膜的鼓声，各种打击乐，好像要把弦拨断的激烈吉他声和主唱的嘶吼等各种声音混合在一起时，才能抵挡任何不想或者不该听到的声音，难怪有人说摇滚乐是在发泄对现实世界的不满。

实际上，摇滚听得多了，宛溪慢慢发现很少有从头喊到尾的歌。有些歌开始的时候非常缓慢甚至轻柔，让人心跳加速的是连续的鼓声和乐器混合的敲击声。听了一段时间的重金属后，她居然爱上了一个叫作 Black Sabbath 的乐队，尤其是《War Pigs》和《Iron Man》这两首歌，几乎成了她的必听曲目。如果略过《War Pigs》的前奏，直接听主唱的声音，就像是欧洲中世纪的民谣，悠远哀伤，沉静中谴责邪恶的头脑发动战争，尸横遍野，摧毁人类。写歌的人应该不知道"战士军前半死生，美人帐下犹歌舞"这样的诗句，不过反战的心思都是一样的。《Iron Man》的节奏和唱法都令人称奇，听起来凌乱，但是整齐划一的旋律把歌曲完美地融合在一起。歌词也很有意思，钢铁侠需要帮助的时候，人们扭头而去，所以他开始报复，甚至杀了那些他曾经救过的人。后来她看同名的电影时，也被精巧的构思震惊。

当她开始享受重金属摇滚时，就不再关心隔壁的事情了，耳机中美妙的狂躁让隔壁的所有活动相形见绌。直到有一天印度女孩提起来，她才意识到隔壁的声音不是小打小闹。

印度女孩每天早出晚归，偶尔和宛溪在厨房遇到。刚开始，两个人闲聊几句和什么都不沾边的话。可是有一天，印度女孩终于忍不住说："你难道不被她打扰吗？你能不能告诉她晚上小声一点？我跟她说过一次，但她好像没有听懂。"

宛溪愣住了，没有办法接话，只能让她带上耳机。印度女孩终究离得比较远，影响小很多，再加上很忙，大概带上耳机就沉沉睡去了。宛溪就没这么好运，很多时候，她的耳朵被摇滚乐震得发痛，不过依然乐此不疲。

自从小镇男孩尝到甜头后，每个星期都要过来享受几次。多伦多男孩似乎发现了什么，来得比以前勤一些，然后他也发出了欢愉的声音。两个男孩各自沉浸在自己的快乐中，都为了打败对手窃喜。可是纸保不住火，终于有一天，他们在狭小的、承担不了太多愉悦的小房间相遇了。两个肝火旺盛的年轻人从口头争执发展到拳脚相加，从屋里打到后院。女孩劝解无效，也拉不开气头上的两人，就冷眼旁观了一会儿，看他们打得那么起劲，担心出人命，最后只好说如果他们再打下去，她谁都不跟，从此和他们绝交。两个挂彩的人也许是打累了，也许是泄了愤，闻听此言，便住了手。他们终究不是为了女人决斗的骑士，两个人只是为了咽不下的一口胸中恶气，才选择了一种荷尔蒙爆发的方式。

多伦多男孩离得远，要为生存奔波；小镇男孩来去方便，不须为五斗米折腰。小镇男孩不但近水楼台，而且有闲情，所以他取得了最终胜利。虽然说爱情没有距离，是无条件的，但还是像所有俗不可耐的故事一样，距离和条件战胜了爱情。不过，小镇男孩不用再偷欢，可以堂而皇之地入住小房间时，反而来得没有以前那么勤了。

第八章　虎头蛇尾

学校的功课不难，但是宛溪完全提不起兴趣。她向来对数字不敏感，也不喜欢算来算去，可是账户的收入、支出、资产、负债、平衡表，无一不是各种数字填充而成的，更离不开各种计算。为了生存，她只有耐着性子学习。每门功课平时都有各种测验和小考，不过还是期末考试的比重最大。学期结束时，宛溪的英语虽然离非常流利的程度还很遥远，但应付考试已经绰绰有余。期末考试结束后，她自我感觉不错。不过《计算机数据管理》较差，怎么努力都使不上劲，尤其是课堂发言时，纯属无话找话。

圣诞节的前两天，大家都找到了去处，整栋房子只剩下宛溪一个人。多伦多的几个朋友早就让她回去过节，于是她找到最后一个回多伦多的同学，分担了一些油费，搭着他的便车到了冯菲家。

冯菲的生意做得不错，不但有多伦多本地的客人，还有她和孟兵联手在国内招揽的客人。孟兵之前就想找一个在国外的人作为合作伙伴，因为这样才能更快地打消客人的疑虑，加快签单的速度。刚好冯菲又找了白人律师，可谓是锦上添花。所以两家公司的客人都像滚雪球，从而有了更多的合作空间。

冯菲已经有了一个男朋友，没有同居。男朋友在别处租了一个房间，房东有很多限制，所以有需求的时候，都是男朋友到她家里。男友长得挺精神，体格健壮，比较体贴冯菲，经常叮嘱她出门多穿衣服，围巾手套都给她准备好，饭桌上也把好吃的挑给她。这样的男友看起来十全十美，不过凡事都怕一个"但是"，所以只能说他的控制欲非常强。只要冯菲在外面，男友的电话就会不停打来，密集的程度堪比天上不停飘洒的雪花。不但她独自在外面要查岗，就算男友和她在一起，也得不到清静。冯菲打电话时，男友都会密切关注，即使是客人，打电话时间过长，男友也疑神疑鬼，经常要她挂断电话。如果冯菲坚持讲电话，男友会骂她。她有些烦恼，不过没有想过分手。

宛溪跟冯菲说了自己对于所学专业的烦恼，冯菲说："如果实在没兴趣，就别学了，浪费时间浪费钱。再说，就算你熬到毕业，还要考会计证。如果考不到证，也只能做个记账员，年薪可能连三万都不到。从此以后，你要一直跟数字打交道，升职没有希望，头痛的事情多着呢。我现在业务繁忙，正想找人呢，要不你来帮我吧？"

听了冯菲的话，宛溪真的有点心动。对于考会计证，她实在没有欲望。可是不考的话，以后的工作就像冯菲说的一样。然而，为了入学，她辛苦地准备了不少日子，又读了一个学期，就这样放弃，觉得有点可惜。她前矛后盾地想了半天，还是不能下定决心退学，只好说："我再读一个学期，如果没有改善，就彻底放弃，回来跟你混。"

假日的大部分时间，宛溪住在冯菲家里，她的男朋友来时，宛溪就去几个朋友家里混吃混喝。无论在哪儿，都免不了狂吃大餐，她要把在小镇的损失补回来。新年时，她去了刘翠家，在那里碰到雷恒士和莘水，他们都在原来的公司做着一样的工作。莘水说以为到了加拿大能多赚点钱，谁知道每个月乱七八糟地扣一堆，交税以后所剩无几。雷恒士在国内时经常在外面上课，搞点外快，可在加拿大没人听他讲课，他还要花钱去听别人讲课。莘水说雷恒士在哪儿都是穷命，早知如此，还不如待在国内舒服。雷恒士一言不发，听她从头说到尾。刘翠有时搭几句，两个女人一唱一和，把思想深处的内容都表达出来了。

吃吃喝喝的日子很快过完了，宛溪在多伦多买了些中式调料和蔬菜回到学校。第二学期的专业课多一些，脑子里整天被各种公式和计算占据，搞得她看什么都像阿拉伯数字或者小数点，没有一点乐趣。还好上个学期的成绩单不出她的所料，分数中等偏上，也算得到些安慰。不过《计算机数据管理》差一些，课堂参与部分，老师给的分数很低，但是也过关了。

宛溪回到出租屋以后发现隔壁的华人女孩搬走了，不知去了哪里。由于不是夏天开学的日子，房子不好租，就一直空着，宛溪找回了难得的清静，也不用再虐待自己的耳朵。她把电脑接到新买的小喇叭上面，没事就听摇滚。

宛溪在饱受折磨中又过完了一个学期，每天面对的不是各种数字，就是刻意而写的案例。她第一次觉得上学不是一件快乐的事，几乎每天都在跟自己斗争，不知道是否还要继续下去。最后为了让自己安心，她给冯菲打了一个电话，说了自己对于功课的苦恼。冯菲还是叫她不要坚持没有意义的事，仍然让她去公司上班。人有退路的时候，就容易放弃。于是，宛溪下定决心退学。

退学以后，又开始留恋小镇的好处，其中一个就是周围的酒庄。半个小时以内的车程里，到处都能发现酒庄。坐在酒庄的餐厅里，对着成片的葡萄园，碧绿的葡萄整齐地排列成行，每株上面都挂着一两串紫黑色的果，喝着那些葡萄酿成的酒，吃着牛排或者海鲜，听着不同风格的音乐，感受清风，欣赏明月，不远处就是森林、小河和湖泊，所有的一切都让人心满意足。但她还是放弃了这么美好的日子，再次印证她得陇望蜀的贪念。

冯菲和控制狂男友分手了，因为男友动手打了她，并且把她从楼上推到楼下，摔断了一根骨头。她本来想报警，但是想到男友的暴戾，担心他日后报复，就作罢了，但是坚决要求分手。男友闹了一阵子，看到没有转圜余地，敲诈了她一点钱，悻悻离开。和男友分手以后，冯菲和国内一个追了她很长时间的男人谈起了长途恋爱，并且已经回去两次，彼此都很满意，处于谈婚论嫁的阶段。

宛溪回到多伦多时，冯菲正准备回国结婚。她想到自己和李平漠的关系，决定和她一起回去，想办完离婚后，就一心一意在多伦多生活。她们坐在同一架飞机上，但神情和心情都不一样。冯菲人逢喜事精神爽，一路兴高采烈，憧憬着和即将成为丈夫的那个男人共度余生。宛溪无喜无悲，心平气和。

第九章　旧调重弹

李平漠回国以后没有多久，在一次老同学的聚会上，碰到了季老板。季老板本来兢兢业业地做着一个小企业，在因缘际会之下，他彻底摆脱了小老板的思维定势，打造了一个全新的形象。他的一步登天取决于成功地收购了一个在全国都排得上名号的大企业。当时，有好多家比他资质好的企业都参与了收购的事情，但由于季老板的过人魄力和胆识，在吵吵嚷嚷、犹豫不决的收购和兼并事件中，他独占鳌头。最终，在众人的议论纷纷中，季老板成功地把大企业收入囊中。心怀不满的人说他一个私企小老板，根本消化不了大企业，坐等看他的笑话。不过，季老板让那些怀揣小人之心的人很失望，他把小企业和大企业都经营得有声有色，而且因为这个收购，他的生意和资产迅速扩大了无数倍。

季老板手握充盈的资金，很有信心地进军房地产。但他分身乏术，一直想找个合适的人全权负责成立不久的房地产开发公司。季老板有敏锐的商业嗅觉和知人善任的能力，和李平漠单独聊了两次后，决定对他委以重任，把公司交给他管理。李平漠倒是对自己有清醒的认识，他知道自己当不了老板，只能做个职业经理人。季老板本来也有些隐忧，毕竟不是知根知底的老交情，他只是没有挑破，想深入观察一下再说。李平漠主动提及，可以说是正中了他的下怀，所以就没有再坚持，于是李平漠以职业经理人的身份为季老板工作。

李平漠是技术型人才，不擅长平衡各种关系，所以季老板网罗了很多交际能手，明确了大家的职责。李平漠以自己独特的眼光，招募了不少行业领域里的高手。公司办得风风火火，虽然说遇到不少困难，但总是能够用财力和人力化解，因而很快变得小有名气。按照这个势头，要不了几年，公司就会快速扩张，在成都声名鹊起。

侯祺回到素剑后，虽然一直守着老婆孩子，但是生活并不如意。女儿长大后，和他很疏远。侯祺一直没有胆量和老婆坦诚他和郑湘妮之间的具体事情，但是老婆早已听到风言风语，对于他突然辞掉工作回家，一直心存疑虑。他们的关系本来就很淡，老婆又不是一个能够自我开脱的人，新仇旧恨加在一起，她对侯祺一直冷冷的。李平漠的新公司需要人手，跟侯祺一说，他没有丝毫犹豫，马上来到成都工作。

李平漠工作的事确定以后，就开始考虑感情。他对边思念念不忘，回国后一直想跟她联系，但又怕打扰她的家庭生活。因为边思教过侯祺女儿很长一段时间的书法，所以侯祺回素剑后，和她有着断断续续的联系，大体了解她的情况。得知李平漠的心思后，侯祺的一句话就让他放下了所有包袱："边思在五年前离婚，带着儿子独自生活。"

李平漠得到这个重要信息后，高兴得忘乎所以，就像意外失明多年的人，突然又见到了一片花红柳绿。他开着公司的车，去素剑和边思相会。边思不是多年前那个青春尚在，有人等着结婚的女人，李平漠也不是在海南时骑着单位配的那部摩托车，怀着一腔热情，到处看风景和留意路上美女的那个人。他们都是有过感情经历的成年人，不需要扭扭捏捏的姿态，欲迎还拒的把戏，连半推半就都不用。所以两个人见面不久，就没有任何悬念地滚了床单。

宛溪在回国之前，极其难得地和李平漠通了一个电话，这次通话的重要内容就是李平漠主动报告了他和边思的事情。虽然没有明说，但是他的言下之意是离婚以后，马上就要和边思结婚。似乎是为了强调边思的善解人意，他说把马小姐的事情如实相告后，边思让他经常去看望她们母女。宛溪本来静静地听着，没有反应。听到这里后，心里忍不住嘀咕。从头到尾，边思和这件事没有丝毫关系，她没有受到任何伤害。就像陆廷曾经说过的，对于边思来说，马小姐是李平漠离婚多年的前妻。边思不是当事人，没有经历过那种痛彻心扉。再说，她也犯不着和一个男人的过去较劲。早已过了二十岁的年纪，谁的过去都不是一张白纸，他们两个人的年龄加起来已经超过八十岁，只要目标一致，就没有什么想不开的。如果宛溪遇到一个离婚带孩子的男人，她也不会执着于前妻和孩子的事情，她同样可以做到通情达理。不管是伪装的还是真心的，一个局外人不需要为过去的事情大动干戈，因为那里早已被填满了，想插个脚都没有位置。

李平漠想到马敏的事情，拿不准宛溪对他新恋情的态度，所以说得小心翼翼，生怕她去找边思理论。其实宛溪除了在肚子里评论了一番边思对于马小姐事件的立场，她没有多大反响，如果说心如止水，也不算夸张。长久的失联，再听到他的声音时，似乎已经成了一个陌生人。她对他刻骨铭心的爱意也早已成了云烟，不管他愿意找哪个女人，都不会向从前那样掀起滔天巨浪。如果说马小姐的事对她是原子弹，那么边思连爆炸过后的一个小残片都算不上。甚至还不如一阵毛毛雨过后，在头发上留下的水滴那么清晰鲜明。不过，为了让李平漠安心，她还是轻描淡写地说，没有这个愿望和动力。

到了上海以后，宛溪和冯菲分别坐上不同航空公司的飞机，奔向各自的目的地，办理不一样的事情。冯菲早已打听清楚了结婚的程序，她带齐了所有文件，直接去登记领证。宛溪回到岸芷园，准备去领离婚证。李平漠很忙，工作要出差，恋爱要花好几个小时的车程。宛溪回来近一个星期，还没见到人。家里只有他的父亲和保姆罗音，他们已经见过边思多次。罗音说李平漠的父亲对于他没有离婚就和别的女人同居颇有微词，但是也管不了，只能自己生生闷气。罗音心直口快，一旦开头，就控制不住地顺着往下说，并且谈了自己对边思的看法。他的父亲似乎不想看到离婚场面，在宛溪回来的第三天，就和罗音回潭沙了。

宛溪先去单位看了几个相熟的女同事，给每个人送点化妆品，最后去了鲁豪家。回国总要买些东西送人，她不知道鲁豪喜欢什么，就给他老婆买了一些兰蔻的化妆品。按照经验，送女人化妆品肯定不会出大差错，他老婆对这个礼物果然很满意。

鲁豪帮助宛溪把她的职位保留了四个多月，最后顶不住压力，只能由单位把她除名。也许因为宛溪已经是局外人，而且又离得非常遥远，所以鲁豪不再避嫌，跟她讲了单位里很多勾心斗角的事，无非是在晋升体系内的较量和随之带来的好处。鲁豪的主题围绕着职称和职务，某某人为了当上科长、处长或者局级领导使尽浑身解数。升上去的，自然得意洋洋；失败的，寻找各种原因，非要找出背后阻拦他们的那只手。角逐过程充满了各种貌合神离的敷衍，读书人的斯文和傲骨荡然无存。鲁豪早已知道世界上没有净土，他本人的名利心不重，患得患失的时候不多，所以虽然有人跟他明争暗斗，还是能够从容应对。

第十章　真相

听到宛溪要离婚了，鲁豪说："这个事情我迷惑了好长时间，前一阵子才搞清楚。几个月前，边思找我帮忙，说想调到成都工作。言谈中，她说自己在成都买了好几套房子，听起来都不便宜。在岸芷园也有一套。我当时奇怪她怎么突然发达了，后来听她提起了自己的老公，才知道找了一个有钱的主儿。但是她口中的老公除了是什么房地产公司的老总这点外，其他情况简直跟你老公一模一样。我知道你们出国了，但不知道李平漠突然回来了，也没听说你们离婚，就以为她老公是和李平漠很像的一个人。直到不久以前，边思约我吃饭，他们两个一起出现时，我才知道她老公就是你老公。"

宛溪没想到李平漠会和边思一起去见鲁豪，有点生气。鲁豪是她的上司，是黄玲的好朋友，一直对她照顾有加，李平漠曾经见过他几次，两个人也算认识。在还没有离婚的前提下，他和边思以夫妻的名义和鲁豪交往，宛溪不能接受。就算他们要向宛溪传达什么信息，也不是用这种方式。

她刚想表达一下自己的不满，鲁豪的老婆突然说："那次吃饭我也去了，当时我还以为你们已经离婚了呢。他们两个好像是合理合法的，你就是一个不存在的多余人。还没离婚，就大摇大摆以老夫老妻相称，这么急着昭告天下，把你踢出去，居心何在！我记得当时说了一个什么笑话，忘了具体细节，但是李平漠的一句话让我印象深刻，他说即使要饭，也要跟边思在一起。他说这话时很认真，一点都不像开玩笑。后来，我跟鲁豪说，李平漠看起来不像一个笨蛋，他的话不知是做戏，还是头脑发热，愚蠢天真；或者一把年纪时，以为遇到了真爱。如果他真的要饭，边思肯定弃他而去，留下他自己站在街上当笑话。不过，说实话，他对你简直无情无义。如果我是你，不会让他们这么好过。如果离婚，李平漠必须净身出户，让他跟边思要饭去，正好成全他；或者坚决不离，拖死他们。反正你在加拿大，一走了之，他们也没办法。当年梅兰芳和孟小冬那么情投意合，最后还是得顾忌福芝芳的感受，导致一对佳偶分道扬镳。他和边思这种半路杀出的程咬金算什么，而且还到处招摇过市，迷惑不知真相的人。"

气愤归气愤，宛溪不想采取拖延和逃避的策略。如果还有感情，她当然不会轻易放弃。如果想起那个曾经最爱的人，只剩下漠不关心时，她不可能为了其他目的拖着。

见宛溪不接话，鲁豪的老婆没有继续声讨下去。鲁豪说："晚上有几个校友约了饭局，其中有卫心的同学，你以前常跟她一起去的，大部分人你都认识。如果没事，这次就跟我们走吧。"

宛溪回去也是对着空房子，就跟着鲁豪夫妇参加饭局。到了饭店一看，果然都是熟人，而且每个人都知道李平漠和边思的事情。听到宛溪还没离婚，大家的八卦精神立刻高涨起来，七嘴八舌地说着各自的感想。

"我就说嘛，边思这个人不简单。听说她离婚了，怎么突然又变成了老夫老妻。""还说她老公是个富豪，他们买了多少套房子。""他们夫妻俩是富豪圈的风云人物。""原来是拉着别人的老公秀恩爱。"

末了，他们开始"问罪"宛溪："你老公那么有钱，怎么不早点说？怕我们让你请客啊？以后可能也吃不到你老公的饭了，今天这顿饭你请了吧。"

虽然玩笑的成分居多，但鲁豪还是出来打圆场："她现在的心情可想而知，你们就别起哄了。喜酒可以喝，难道离婚还要请客？这饭你们吃得下去吗？"

尽管没有吃离婚饭，不过婚是离定了。所以，等李平漠终于回到岸芷园时，他们把离婚摆到了台面上。他已经写好了离婚协议，看起来是一份正式的法律文件，因为有原告和被告。她不了解程序，就问为何这样写，而且她还是被告。李平漠解释说，即使自愿离婚，格式也要这样写。手续必须在其中一人的户口所在地办理，如果是谁的户口所在地，谁就是被告。如果宛溪想成为原告，他们的离婚手续就要去海南办理。

听到这里，宛溪有些抵触："永远都摆脱不了户口吗？"

"这又不是我规定的。"

宛溪看着不愿意多说一句话，陌生人般的李平漠，也不想纠结了："既然是走程序，我也不在乎原告被告。既然都在成都，真的为了这个事情专程去海南，也不合情理。"

　　她不再纠缠细节，对于已成定局的事，她向来没有久战不决的意思。接下来的内容基本都是性格不合，感情破裂，夫妻共同财产分割完毕之类的套话。宛溪还没开口，李平漠就从包里拿了几本跟离婚有关的书出来，用肯定的口气说："我的财产大部分都是婚前的，根据法律，你分不到什么。如果你不相信，把这几本书好好读一下。"为了强调他话语的权威性和真实性，他把书放到她的面前。

　　一刹那，宛溪觉得李平漠面目可憎，居心叵测，和她心中那个认识多年的人相去甚远。看来，他没有打算要饭，更没有打算变成鲁豪老婆所说的笑话，倒是宛溪自己变成了一个笑话，她没有想过要面对一场精心准备的战役。她原本没有打算分他多少钱，加拿大生活简单，她完全可以自食其力。他这样的小人之心，真的令她厌恶至极。于是，她冷冷地说："那你给边思买的房子是你和她的婚前财产？还是属于我和你的夫妻共同财产？"

　　李平漠一听，立刻跳了起来，气愤地说："你找人调查她？你如果要乱来，我奉陪到底！你想闹事，我们法院见！"

　　"这么气急败坏？是因为我说出了实情？还是说到你们夫妻俩的痛处了？早知如此，就不要在我们离婚之前到处张扬，尤其是在我认识的人面前。更不应该让你那虚荣心膨胀，还没成为新太太的人那么急切，到处吹嘘所谓的房产和富贵。"

　　"你怎么说我无所谓，但是不准你侮辱她，她不是你想象的那样。"

　　"看来，我玷污了你心目中的女神啊，"宛溪的语调已经由悲愤怨怒变成了说书式的讽刺，"女神在你的面前和具有利用价值的人面前当然是高贵圣洁的，可是女神在背后的不堪你永远不会知道。女神轻翘莲花指，就可以让你俯首帖耳。这样的女神不止一个，也不仅现在才有，自从有了人类，就有了她们的存在，而且会世代延续下去。一个骊姬可以把晋国搞得鸡飞狗跳，晋文公为此流亡在外将近二十年。之所以如此，都是因为你们这些自以为是的蠢男人。同样，奸臣当道的事不分年代，没有国界，每天都在上演。是圣明的君主不能识别他们吗？当然不是。只是因为得意忘形，被人性的弱点蒙住了原本就不是非常睿智的目光。那么英明的唐玄宗都难逃沦为昏君的命运，何况你这样一个情商和智商成反比的人。想对付你，还不是易如反掌。"

　　李平漠已经面目狰狞，不知是否是因为被怒气卡住了嗓子眼，导致失语。

他说不出话，表情冷酷丑陋，忽然抓起离婚协议撕个粉碎扔在地上，然后气势汹汹地走了出去。连续三天，李平漠人影不见，大概和边思表功兼商量对策去了。

第十一章　舞跳给谁看——亲爱的母亲

李平漠走后，宛溪独自发愣。不管是否有边思，他们的婚姻已经不可能挽回了。其实，除了以前的那些照片，她对边思一无所知，按理说没必要中伤她。只是他们那么招摇地出现在她曾经的上司和朋友面前，让她难以接受。另外，罗音说的那些事也在宛溪心里发酵。

李平漠不管家事，每个月给他爸生活费，不够随时加。他爸闲不住，基本上每天和罗音一起出去买菜和各种生活日用品。自从边思隔三差五入住岸芷园后，就主动承担起女主人的职责，开始过问每个月的开销情况。不管是李平漠的父亲还是罗音跟她报账，她都会一笔一笔问清楚，每分钱都算得滴水不漏。罗音也就罢了，因为是打工，不想多言。可是边思的精细让父亲非常尴尬，难免跟李平漠抱怨。李平漠觉得边思不会为了一点生活费计较，不过听着父亲的不满，他还是就此事问过边思。边思当然非常委屈，眼泪汪汪地说她绝对不会克扣一点小钱，每次给的钱都绰绰有余，也不管他们怎么花。李平漠当然选择相信边思，所以当父亲再唠叨的时候，他充耳不闻。边思不动声色地把李平漠推到了前线，她轻易取胜，自如地享受着这种折磨他人的方式。

罗音平时很少回家，但总是牵挂老公和孩子。有时，听到别人说有偏方可以治疗老公的精神分裂症，就去买各种药，又常给孩子买些衣物和小吃攒起来，走的时候一起带回去。一次，罗音的孩子生病，她匆忙把平时买的东西收了两个大包，急着赶回去。李平漠正要出去，看她拿着那么多东西，就说送她去车站，但是又怕路上堵车，耽误他办正事。边思让他不用操心，自己送罗音过去。可出门没多久，边思就说有急事需要处理，把罗音丢下，让她自己赶车。

罗音还说了很多细枝末节的小事，无非是边思在李平漠背后搞的各种小手段。边思的所作所为让无法逃避她掌控的人非常不舒服，罗音大概受了不少闲气，像小孩告状一样地对宛溪说："边阿姨总是表面一套，背后一套，一点都不像你。"

宛溪只能心有余而力不足地说："你让李爷爷跟叔叔多说几次，可能会有用。"

"李叔叔一点都不相信爷爷的话，边阿姨在他面前温柔得很，但她其实很厉害。我们去外面吃饭，如果菜上慢了，她就不停地骂服务员，好几次都把人家骂哭了，当然对我也非常不客气。"

罗音越说越委屈，眼眶开始泛红，眼看着就要哭出来。宛溪除了安慰她几句，解决不了她的问题。边思也许很快会变成她的新主人，宛溪马上就会成为过去，就算再同情罗音，她也不能提供任何实质性的帮助。

宛溪想如果把罗音说过的话以自己的方式转述给李平漠，他可能不仅是撕碎离婚协议那么简单，也许会指着她的鼻子，让她立刻滚蛋。边思是个好演员，又深得为人处世的精髓。不管别人说什么，她知道自己的戏只要有李平漠一个观众就行了，舞也只需要跳给他一个人看。这不代表边思是个大奸大恶的坏女人，自古以来，长袖善舞的女人都精于此道。所以，她只是善于学习，吸收了很多天地精华。

宛溪待在空荡荡的房子里，既熟悉又陌生。房间里的装修丝毫没变，是李平漠花了很多时间定下来的方案，厨房大理石台面的裂缝还是比发丝还细，书柜里依然摆着自己曾经读过的书，只是原来摆在醒目位置的几本相册和一些装满照片的纸袋被丢到一个不起眼的角落，她和李平漠的合影也少了很多。宛溪去以前的卧室整理了自己的衣物，那里到处弥漫着边思的气息，自己留下的痕迹已经被打磨得难觅踪影。

从卧室出来后，宛溪坐在书房，心不在焉地翻了几本王小波和龙应台的书，曾经爱读的书完全变成了味同嚼蜡。脑子里的杂念没有停过，她想到了鲁豪老婆说的话，又想到李平漠的股票账户是用她的身份证开的，于是立刻去了证券公司。询问之下得知，李平漠回来后不久，就把她的账户取消了，钱早已转走。至于他为何能够没有她的允许操作一切，就像当初用她的身份证开户一样，她不得而知，也懒得追究。至此，宛溪觉得自己是一个瞎了眼的傻瓜，她从心底里看不起李平漠。如果问他股票上的钱，他的答案一定是全部亏了。她不想和这样的人有任何关系，只等他回来签字离婚。她并非不食人间烟火，假装高洁，只是个性无法改变。她也想像很多女人那样用各种肮脏的字眼辱骂李平漠，扯着边思的头发，扒掉他们的衣服，在街上痛打这两个常人所说的奸夫淫妇。不过，就算把自己打死，宛溪也做不出这些事。而且就算她真的如此不顾脸面，那也是用在当年的李平漠和马小姐身上。对于眼下的两个人，她没有这样的深仇大恨，更多的是对李平漠的厌恶。其实，有时她也痛恨自己为了维护一点可怜的自尊心，舍弃很多，还成为外人眼中装模作样的白莲花。好在对于同一件事情，既可以说"留得青山在，不怕没柴烧"，也可以说"宁为玉碎，不为瓦全"。两种说法都很好，而且保全了所有人的面子。

宛溪正在独自惆怅的时候，母亲从宛怜处得知她在成都的消息，不合时宜地打来电话，让她过去。有一瞬间，宛溪产生了母亲满含爱意、温柔拥她入怀的幻象。可是听着母亲熟悉的粗声大气，她立刻摇摇头，回到了现实。虽然这种情况下她厌烦安慰之词，也不想见任何人，而且母亲应该是最不想见的那个人，但是母亲说她的脚受伤了，所以宛溪不得不去。

母亲的脚伤不算严重，可以自己走路，只是很慢。李平漠自然早就把边思的事情告诉了宛怜，也向她表达了坚决要跟宛溪离婚的想法。宛怜早就说过每个男人都服一包药，她祝贺李平漠终于找到了能够服下去的那包药，自然也在不屑一顾中跟母亲报告了所有的事情，所以母亲也认为宛溪不是李平漠的那包药，让她去加拿大重新找个男人。在母亲眼里，离婚真的是一件云淡风轻的事。说完离婚，母亲说："你姐这几天在成都，说好久没见过你，想找个时间一起吃饭。虽然你们很久没有联系，但她毕竟帮了你很多，你也该请她吃顿饭，感谢一下。"

此时此刻，宛溪不想和任何不相干的人多说一句话，更不要说宛怜和母亲，她对这两个名义上的亲人连敷衍的兴趣都没有。宛怜的帮助无非是像以前说的，帮她找了工作和老公。而这两样东西，她都毫不留恋地丢掉了，所以她不欠宛怜任何东西，更不需要对她感恩戴德，俯首称臣。而且宛怜居然说什么很久没见，一起吃饭之类的事情，简直是笑话，也让宛溪匪夷所思。她们不但很久没见，而且多年都没有说过半个字。宛溪以小人之心猜度，大概李平漠怕她不愿意离婚，所以叫宛怜来做说客。宛怜肩负着帮助好友完成任务的重大使命，所以才会提出和宛溪吃饭这样的咄咄怪事。

母亲见宛溪对吃饭的事没有反应，又扯起来去加拿大找男人的事。宛溪不想和任何人讨论她的感情，尤其是母亲。正想寻找其他话题时，母亲说走不动，不方便出门，让她出去买些菜。宛溪像得到大赦一样，立刻出门。走在街上，到处一片繁忙。很多显示屏上放着申奥成功的宣传片，有些画面是人们喜极而泣的场面。宛溪像只没有意识的羊羔，被无尽的人流冲到了菜市场。她在热闹的菜市场从头到尾走了两遍，什么都没买，但她从来没有那么仔细地看过那些经常吃的菜。仿佛她不是来买菜的，只是一个找不到地方消磨时间的人。直到记清楚每个菜的位置后，她闭着眼睛为母亲买了一大堆菜，行尸走肉一样地往回走。刚进门，母亲就怪她买菜耽误太长时间，然后又说饿了，让宛溪赶快做饭。

宛溪心不在焉，切破了手，用手去捂住流血的地方时，又打烂了一只碗。母亲听到响声，在客厅骂她笨手笨脚。虽然她的咒骂比不上从前，但是依然非常严厉。宛溪弯腰拾起地上的碎片，手又被划了两道口子。血滴在地上，她随手拿了一块布擦干净，在水池冲洗。不知是地面上的灰尘还是抹布上面的污迹，水是浑浊的黑色和灰色，还有一些红色。她开着水龙头，直到水恢复本色才关上。她在厨房捣鼓半天，直到母亲不停催促才把菜拿到客厅。

母亲说菜太咸，油太多，番茄蛋汤的蛋太多，可还是吃了不少。宛溪也觉得尖椒炒牛肉和肉末茄子咸得难以下咽，她吃了一碗饭，喝了半碗汤，基本上没有碰自己亲手做的菜。

母亲见宛溪洗完了碗，跟她说想回西安。宛溪问为什么。母亲说单位有公费医疗。宛溪无意识地说："那你就回去吧。"

"我的脚不方便，你要陪我回去。"

即使宛溪头顶的天空阳光灿烂时，她都不想去只有一个季节的家，更何况现在呢！她让母亲先在成都看脚，以后跟单位说明情况。母亲说在外地看病，单位不给报销，花钱太多，让宛溪给她。对于母亲，宛溪从来不报任何希望。但是在这种情况下她开口要钱，宛溪只想马上离开，一刻都不愿意周旋。母亲看到她要走，就说："那你买机票，把我送回西安。"

"可以，你要哪一天的？"

"越快越好，看你哪天可以走。"

"什么意思？你还是要我和你一起回去？"

"刚才说了，我的脚不方便，你送我回去。"

宛溪脑筋迟钝，没有想到母亲说的是这个意思。这个世界上也许有个地方可以疗伤，但绝不是父母那个暗黑的家。她疲惫地说："我实在没有这个心思，你自己想办法吧。反正宛怜也在，她可以送你。"

说完以后，她走向门口，母亲在身后骂她没良心及其他更加丰富的词汇。

第十二章 离婚——何处望乡

李平漠在边思那里充完电以后，满血回来，摆出跟宛溪大战到底的架势，口若悬河地跟她说了很多离婚案例，内容无非是结婚前男方赚的钱，女方什么都分不到。如果女方态度好，男的看在过去的情分上，多少会给一点。如果女方不知好歹，执意要分财产，搞拉锯战，整天上法庭，只能是鸡飞蛋打。

边思是萦绕在李平漠心目中的静女，应该具有"自牧归荑，洵美且异"的情怀，可是他的这番话表明，他们都不认同野草的美好，两个人共同的爱好是把真金白银抓在手里。

宛溪静静地听完他的长篇大论，看了和以前一模一样，重新打印出来的离婚协议，一言不发地签了字，然后去民政局领了离婚证。

离婚证上冰冷的的几个字，看起来和结婚证大同小异，但是证实了这的确是两件不同的事情。宛溪对着离婚证，不带任何感情色彩地回想了她短暂的婚姻。她的离婚经过简单粗暴，只吵了一次架，冷却几天，就结束了；结婚草率马虎，一点都不喜庆，唯一的仪式就是强颜欢笑地请几个朋友吃了一顿饭。虽然离婚应该不是拍手称庆的事，但是若搞个旷日持久的拖延战术，随它东西南北风乱吹，任各种对骂的檄文和离婚大全的文书堆了一桌，折腾个人仰马翻，就是不办理那道手续，直到最后急于结婚的那一方一再退让，或者对婚姻心生恐惧，彻底打消再婚的念头。果真如此的话，有了这样一个不凡的经历，以后也能成为离婚专家，作为辅导或者劝诫别人的资本，甚至可以大肆渲染一番，到处炫耀。然而对宛溪来说，两者都没有值得回味的地方。她向来讨厌繁文缛节，但有时看到别人的婚礼，大家都不厌其烦地大搞仪式时，还是有些感慨。那么热闹的场面，总会有很多东西留存下来，光是照片和录像就有一大堆，日后就算两个人各走一边，手边有无数过去的东西，手机或者电脑里装着很多回忆，无论怎样，心中都不至于一片空白。因此仪式确实有很重要的意义。

自从第一次和李平漠正式谈论离婚，不欢而散后，那两句"我有我的尊严，不想再受损"的歌词像真经一样反复出现。只是她没有痛，更没有爱。她从来没有想过男人变心的时候，是如此丑陋不堪，那些竭力留存的美好记忆荡然无存。

顺利拿到离婚证后，李平漠又走了，这次可以名正言顺地跟边思开庆功会了。宛溪开始收拾东西，以前视若珍宝的照片已经可有可无。她和李平漠的通信本来就很少，此刻几乎难觅踪迹。除此之外，最多的就是衣服和鞋子这些身外之物。她看来看去，什么都不想带走，干脆翻开了一本古诗词，当读到"一朝歌舞荣，夙昔诗书贱。颓恩诚已矣，覆水难重荐"后，她轻笑一声，心想没有比这更应景的。

从古至今，所谓的情变都是一样的。那么娇纵妒忌的陈阿娇，即使花了千金请相如做赋也是枉然，最终还是在长门孤独而终。恩断义绝后，再美丽、再出众的女子都是秋天的破扇子。

可以肯定的是，宛溪和李平漠的这点事很快就会不值一提，因为他们都是历史长河中微不足道的两粒细沙，他们的事情既不是空前，更不会绝后。此刻的宛溪虽然还是有怨有恨，不能释然，但这么想着，心魔渐远。其实，这段时间有好几次，她都觉得难以自控，尤其是李平漠态度恶劣的时候，她恨不得把他置于死地。但她没有枪，也不敢用刀去砍人，就设想像杀死嘉靖的宫女那样，也用绳子把李平漠勒死。如果他真的在家，她不知道是否会在晚上悄悄地执行这个计划。如果真的执行，她不会像茫无头绪的宫女那样，在绳子上打结，拉不动，所以成功的概率很高。第一次产生这种念头时，她自己被吓得从椅子上跳了起来。很多时候，心里的坎儿不是那么容易过去的。冲动之下，什么都会发生，但过后又追悔莫及。

不知李平漠是否是午夜梦回突然良心发现，还是鉴于宛溪离婚时的良好态度，总之她离开成都前，他给了她一点钱。她放下内心的骄傲，想着不拿白不拿，反正谁跟钱都没仇。况且这是他主动给的，又不是她死乞白赖地央求，他勉为其难之下才施舍给她的。如果她不要，岂不是便宜了别人。这种情况还要拒绝的话，她不但是虚假的圣女，而且和真正的傻瓜无异。

　　冯菲结婚以后，孟兵安排她在腾跃移民举办了两场讲座，听讲人数众多，应该又可以吸引不少新客人。讲座结束后，因为急着为新婚丈夫办移民，所以她火速返回多伦多。她知道宛溪心情低落，所以让她在国内散散心，晚点回去上班。

　　宛溪正有此念，于是开始计划旅程，她想回南涧一趟。可是，凯歌、海涛和洪波都在外地打工，只有芳姐一人在家。芳姐像拉家常一样，把宛溪曾经熟悉的亲人的情况逐一告知。大姑爷积劳成疾，年纪大了以后，一直体弱多病，在半年多前去世。三个月前，大姑也被送到曾经工作过的医院治疗，终因抢救无效，追随大姑爷去了。他们两人相伴五十余载，这样的相继离世，只能说很大程度上是因为大姑伤心过度，或者是她舍不得大姑爷一个人孤零零地守着月夜空床，所以就赶到另外一个世界继续他们原来的生活。三姑爷也在几个月前扛不过病魔走了。三姑身体尚好，独自住在原来的房子里，生活完全可以自理。七个儿子每人出了点钱，请了一个钟点工，帮她煮饭和打扫卫生。海涛才结婚不久，和老婆一起出去打工。洪波在打工时认识了一个女孩，两个人情投意合，相信很快可以完婚。凯哥在南方的一个大城市帮人开车，虽然工作的时间长，待遇差，也总是被呼来喝去，但只有忍气吞声。

　　芳姐想当然地认为宛溪有个幸福的家庭，而且说无论做什么，读多少书，女人最重要的事就是嫁人生孩子。所以，芳姐让她带着老公和孩子一起回南涧，还说要把凯哥他们全部叫回来。宛溪一听就打了退堂鼓，她没有老公和孩子，只有孤身一人；也不敢让凯哥他们放下工作为了她回家，那样的话，他们不但损失工钱，还要搭上路费。她并非衣锦还乡，不能改变他们为了生存奔波的状态。一个人落魄潦倒和飞黄腾达返乡时，受到的待遇是截然不同的。就像苏秦前后两次回乡时的差异，明知道原因，还非要问嫂子为何"前倨后恭耶"，结果他可爱的嫂子坦率地说因为他"位尊而多金"，倒让明知故问、能言善辩的苏秦又发了一通誓要追求名利富贵的感叹。这些都是正常的人情世故，不必责怪谁是势利眼。

　　再说，即使宛溪大富大贵，回到家乡时，势必也会有很多人以取笑的口吻说起她穿开裆裤时的事情。想当年刘邦还乡时何等风光，贵为皇帝，金口一开，就免了家乡人的税赋，可还是被睢景臣揭了老底。当然元曲《高祖还乡》是借一个熟悉刘邦底细的乡民之口，脱下了高高在上者的华美外衣，写得诙谐幽默，尤其是最后一段说刘邦不但欠了钱粮不还，还平白无故地更名换姓，把刘老三改成汉高祖，相信每个人读到这里都会忍俊不禁。如果宛溪心态良好，还乡时也不会介意别人怎么编排她，但她目前的状况就算不是"丧家的资本家的乏走狗"，也是连个安身立命的地方都没有，所以她没有这样的心理承受能力。

宛溪暂时不想见到终日围着温馨小家庭转圈的人，朋友之中，只有彭晓鸥还是单身，并且在海南。不管怎么说，海南承载了她很多回忆和梦想，所以她立刻飞往海口。

第十三章　海南

　　海口的天空万里无云，好在热带的植物早已习惯了毒辣的日头。树依然碧绿，没有因为无尽的暴晒干枯发黄。花还在斗艳，五颜六色地相妒相望。棕榈树阔大的叶子挡不住炫目的阳光。唯有椰子，依然高高地挂在枝头上，傲岸而又不为人知地看着人们的一举一动。

　　彭晓鸥还是和以前一样无欲无求，得知宛溪离婚，没有慨叹惋惜，当然也不会有唠唠叨叨的劝说，谈得最多的是当年在学校里发生的事和毕业以后的状况。她的父母老迈，即将进入生命的终点。上个月，她的母亲病重，说如果看不到她的男朋友，将会死不瞑目。彭晓鸥压力陡增，火速相亲。男方和她年纪相仿，一看就是一个老实人，对她很满意。她为了母亲，第一次真正和男人开始交往，看样子也许能修成正果。

　　说到恋爱婚姻，她们再次提起了史正和林秋月的当年和现在。史正调到上海后，好像焕发了青春，在单位一路高升，已经快要成为一把手。宛溪想到返程时经过上海，就给林秋月打了一个电话。林秋月非常热情，让她在上海多待几天，什么都不用操心，所有的安排交给她。

　　虽然已经过了很多年，海南始终没有鼎盛再现，清圆湾还是安静地躺在那里，没有人去打扰。投资者、国土局和规划局这些曾经热闹的名词，都成了飞花春梦。这样也好，大家变得脚踏实地，安居乐业过日子，不再做各种大而无当的梦。

　　宛溪把以前去过的地方都走了一遍，椰林夕阳，潮落潮涨，都是原来的模样，大自然中到处都是恒久的从容。她去了黑猫警长的墓地，那棵棕榈比以前更高大粗壮。黑猫警长在它的守护下，不用担心风吹日晒，可以像大海一样，自在安然。

　　宛溪在没有喧嚣的海南找到了一份安宁，然后去了炎夏永昼的广州。如果必须离开空调房走到外面，需要很大的勇气。她在空调房里吹了一天一夜，嗓子先干后哑，话都说不出来，最后只好冒着中暑而亡的风险走了出去。路边的紫荆、白玉兰和杨桃都焉头耷脑的，静等夜晚来临的时候喘口气。她迎着酷热，浑身的湿气化成了盐分，昏头昏脑地到黄玲家时，好像是一块迷糊行走的腌肉。她喝了两碗酸梅汤，吃了一块绿豆凉糕才缓过劲儿来。

已经成为人妇的黄玲无论外表还是个性，都没有多大变化。秉着按部就班的原则，她顺理成章地当了副教授，说到所有大学老师都绕不开的职称问题时，她有点愤愤不平："我们系从美国引进一个人才，才三十多岁，不但给了他教授博导的头衔，还分了一套房子。在国外转一圈，什么都是香的，少走很多路。我这个土鳖要付出双倍的努力，而且奋斗终生，还不一定能拿到这些，可人家海归完全是得来全不费功夫。"

宛溪想到鲁豪说过的《围城》，就说："工作就那么回事，自食其力或者养家糊口而已，能做多少算多少。你在生活中已经是正房大太太，这也不容易。想想现实中有多少小三小四，在如夫人的道路上匍匐迂回，哪怕生了孩子也转不了正。以前的庶出虽然地位低下，好歹还能得到认可，现在的私生子上个户口比登天还难。大太太，有空时想想如夫人的满腹心酸泪，你就会平心静气了，工作中当个如夫人总比生活中转正无望的小三小四好过。"

黄玲本来就是一个通透的人，如果最终当上教授博导，当然也会得意一番；如果退休时还是副教授，她也不会牢骚满腹。目前不过是因为身处其境，抱怨几句。听了宛溪的话，黄玲哈哈一笑，就张罗着煲刚学会的莲子百合水鸭汤。

宛溪在黄玲家喝了消暑汤，说些闲话。傍晚时分，她的先生下班回来，斯文秀气的一个人，跟黄玲浅谈低笑，宛溪见状说不打扰他们，准备离开。他们盛情留她吃饭，宛溪喝了一肚子汤，倒是不饿，就说要去找柳棉，黄玲便没有阻拦。

柳棉在单位做得很出色，他不争不闹，埋头工作的个性深得领导器重，因此把出国学习、进修一年的名额给了他。他独自住着单位分的三室一厅，不算快乐，也谈不上苦闷。因为即将出国，他要宛溪介绍一下国外的情况。宛溪说："我没去过那个国家，你要去的地方在欧洲，我在北美洲，中间隔着汪洋大海，完全不了解。"

柳棉说："世界上的水都是相通的，西方国家总有些类似的地方，你就讲讲见闻和感受吧，我可以触类旁通。"

宛溪就把加拿大的情况，以及在美国旅游时走马观花的见闻和感受详细地介绍了一番，柳棉倒也听得津津有味。两个人国内国外，东拉西扯，无话不谈，最后的着眼点落在各人的私生活。宛溪还没有从离婚的情绪中完全脱离出来，所以难免顺带着攻击了一番男人。柳棉似笑非笑，不同意也不反驳，然后说："听完我的事你再发表评论，男人到底是不是好东西。"

柳棉和老婆的关系不仅没有改善，反而还恶化了。老婆一个月和他说不上两句话，完全拒绝性生活，而且他连在卫生间自慰的权力都没有。柳棉为了避免对睡在身边的人胡思乱想，只好去另一个房间睡。可是老婆不同意，说一个人睡觉害怕。任柳棉功力再高，也抵不过荷尔蒙的冲撞，除非修炼葵花宝典，才能免除长夜漫漫的煎熬。他不知自己做错什么，要受到这样的惩罚，但是实在忍受不了老婆对他的非人待遇，所以坚决分房睡。老婆一气之下，带着儿子住到自己单位的房子。柳棉心灰意冷，也懒得去劝，只是周末的时候过去看看儿子。有时心急火燎跑过去，儿子被老婆或者她的家人带到外面去玩，也不告诉他到底在哪里。他在门口枯坐半天，无人搭理，非常无趣，只好讪讪离开。时间长了，看儿子的次数逐渐减少。一次，他在外面讲学时，看见一个非常眼熟的女人，聊了两句想起来她是一个名女人。名女人对他颇有好感，处在感情失落的空窗期，柳棉也正是孤枕难眠之际，于是两个人一拍即合。但是名女人明确地说："就算你离婚，我也不可能嫁给你。我们家绝对不会同意我跟一个离过两次婚，带着孩子的男人结婚，我肯定要找一个没有结过婚的人。"柳棉不贪图名女人的任何东西，就是两情相悦，听她这样说，虽然有些失望，热情退却了一些，但还没到斩断情丝的时候。名女人有石块压在心底的时候，总是不能放松，必须不管不顾地丢出去，才能轻装上阵，所以把话说明以后，她就名正言顺地在外面寻找合适的结婚对象。不过，尽管两个人做不了法律上的夫妻，可每当心身需要的时候，依然私会。

柳棉老婆的行为举止，在学校的时候有目共睹。她喜怒无常，从来不给他留面子，但就是不同意分手。结婚生孩子以后，更是变本加厉，让他没有一点退路。如果柳棉这样一个豁达敞亮的人都无法治愈她的"忧郁症"，那么她大概已经病入膏肓了。实际上，说到这些事时，一向从容悠然的柳棉确实有些无奈。不知是否起了借酒消愁的念头，他从冰箱里拿了一些罐装啤酒出来，打开一罐先递给宛溪，然后自己又开了一罐和她对饮。柳棉喝完一罐酒，在柜子里找了两袋花生米、一袋开心果、一袋腰果，还有点核桃仁、红薯干，两个人边吃边喝，还要聊天，所以嘴巴很忙。听到宛溪离婚了，柳棉举罐和她相碰，祝她走出樊笼，重获自由。他们一来一往地喝着，柳棉面前的空罐子越来越多，不知喝到第几罐时，他本来应该放在啤酒罐上的嘴压到了她的唇上，并且用右手环着她的腰，左手搂着她的脖子。虽然宛溪酒量不大，但并没有失去意识，她半醉半醒地歪在他的身上。两个人吻了一会儿，柳棉把她从沙发抱到了床上。

第二天宛溪醒来时，看着自己和睡在旁边一丝不挂的柳棉，昨夜的荒唐疯狂清晰地浮现出来，她知道他们都没有醉，只是需要一个媒介、载体或者借口。她看了一下时间，已经快十一点了，正准备下床找自己的衣服，柳棉一把抱住她，身体紧压过来。事毕，宛溪说："我们这是借他人身体，浇自己心中块垒吗？"柳棉笑笑，没有作声。

他们各自起来洗漱，然后一起出门。两个人晚上没有吃饭，所以都饿了，于是直奔旁边的一个茶楼。早已过了午饭时间，茶楼里面没有几个人。他们胃口大开，吃了一盘牛肉肠粉，一笼叉烧包，一碗蟹肉粥，一碗虾粥，还有郊外油菜和蚝油芥蓝，都是绿油油的。吃饭的时候，柳棉的手机一直响个不停，单位里有很多事情等着他。他们风卷残云地吃完以后，柳棉双手托着她的脸，在额头和唇上轻吻一下，紧紧地拥抱后放开，匆忙赶去上班。宛溪回到酒店整理行装，去了深圳。

第十四章　轨道内外

深圳比以前更加繁盛，街上行人匆匆，车辆飞驰。数不清的高楼拔地而起，建筑物上的玻璃在明媚的阳光下，像水晶一样闪着耀眼的光，完全是一片锦绣膏粮之地。走路的人低着头快步走着，开车或者坐车的人一闪而过。每个人都在朝着各自的目标疾行。虽然烈日炎炎，让人心浮气躁，但是谁都无暇抬头望天。

贝仞信和莫香诗生了个儿子，邱驰和巴珊生了个女儿，两个孩子相差不到一岁。怀孕的时候，两家就已经效仿古人，为孩子做了安排。如果是同一个性别，就义结金兰；如果是一男一女，自然是结为儿女亲家。

两个孩子虽然青梅竹马，情投意合，但是否能够如父母所愿成为恋人，谁也不敢保证。好在现代社会不再把父母之命奉为重要原则，指腹为婚的话，从两对幸福的夫妻之口说出，玩笑的成分居多，孩子的姻缘最终由他们自己决定。

沉浸在幸福婚姻之中的人，生孩子是天经地义的。可是张彤也成了母亲，并且生了一个不同国籍的儿子。她怀孕七个月时，出国待产，孩子生下来后自动取得当地国籍。没结婚之前，张彤在是否分手的问题上犹疑。婚后，她在婚姻里几乎一刻不停地挣扎。宛溪看到身材还没有恢复的张彤和她出生不久的儿子时，也很想说点恭贺的话，可是因为太了解，她反而说不出惯常的祝贺之语。

张彤住在海边的大房子里，请了一个保姆、一个钟点工，双方的父母都有自己的别墅。没有孩子之前，她和老公一起在每个周末以夫妻之名义拜见双方父母。有了孩子以后，双方父母轮番来她的大房子照顾母子两个。老公平时住在另外一个装修精美的大房子里，父母来的时候，过来充充门面，扮演一下丈夫和父亲的角色。张彤说住在一个灯火辉煌的城市里，到处都是房子，但不知道家在哪里。

两个无爱但是不能完全背离传统的人经不住父母的劝说，在长久的挣扎后，闭上眼睛争分夺秒地孕育出了下一代，B超显示是男孩后，双方父母终于长出一口气，传宗接代的任务总算完成了。以前婆婆人前人后唉声叹气说要断子绝孙了，现在见到人就宣扬大胖孙子。老人的眼里只有襁褓中的婴儿，不关心小夫妻的事情。像上一辈人一样，当了母亲的张彤几乎把所有的心思放在孩子身上，老公更加可有可无了。

宛溪在张彤家住了两天，身体健康的孩子是很容易满足的，所以大部分时间都在睡觉。因此，她可以和张彤坐在客厅喝茶吃点心，看着大海，听张彤说着对于孩子的计划。有时，她们守着甜睡的孩子，看他小嘴上扬，嘴角的弧度向两颊延伸，像是在梦中无意识地笑着。只要孩子醒着，张彤的眼睛是离不开他的。抱着儿子的张彤是知足的，但是不能消除她眼角眉梢的哀怨。

离开张彤家以后，宛溪见到了房子更大，同样找不到家的任莳。她刚毕业，成了一个名副其实的女博士。单位领导已经和她谈过话，在职场的前景无须发愁。可家庭生活还是看不到光明，找不到出路。重新回到熟悉的校园读书，她的感受却大相径庭。以前和原佑看到多姿多彩的榆叶梅，觉得灿烂似锦。现在只身一人看过去，满眼都是勾引。本想埋首书窗忘掉那些泼在完美画面上的墨，找到从前的一些点滴。哪知学成归来，墨迹未除，裂痕仍在。

财富的增加和占用的时间成正比，所以原佑越来越忙，每天在家的时间屈指可数。他和任莳缺乏语言交流，而且睡觉就是闭上眼睛进入各自的梦乡，是非常纯粹的睡觉，没有任何多余的动作。任莳已经不记得上次亲热是什么时候，原佑的脑袋和心都被其他东西填满了，没有多余的位置安放这件事。

张彤虽然暂时不用考虑离婚的问题，但是心里的负重无法消除。任莳又陷入欲罢不能的境地。

一天傍晚，三个女人坐在张彤精心装饰的华美客厅，两颗绿油油的发财树沉默地站在边上，茶几上的富贵竹蓬勃生长，墙角的紫茉莉和千日红都是娇艳的模样，阳台边乳白色的晚香玉浓浓地开着。她们面朝大海，看日月同辉，鼻子不用动，也能感受到花气袭人和叶的清香，但是谈话内容与花好月圆无关。再次说起宛溪的离婚，两个女人的嫉妒之情毫不掩饰，为了显示她们并非小肚鸡肠，就说："你太勇敢了，替我们完成了一件想做又做不了的重大事情。"

她们都或多或少地读过亦舒的小说，也曾自诩是她笔下那些独立自强的女人。她们当然也是良家妇女，所以说出话时有金石掷地之声，可是在具体的行动上，却像破竹片、碎布片那样在空中乱飞，除了漫无头绪地旋转和不知从哪里来，到何处去，狐假虎威般的风声，什么都没有。

三个女人一台戏，何况是有共同经历的三个女人，所以各种话题层出不穷。不过说来说去，又绕回了原点，任莳说："这几年，只有我妈偶尔还听我说一下烦心的事。我爸、我哥和嫂子都说我自寻烦恼，很多有钱的男人在外面都有孩子。说实话，如果原佑真的有了别的孩子，我更不能下决心离婚了，因为我们家人都说不能让别的女人捡便宜，坐享其成。有时我也在想他们的话，我们是不是太矫情做作了？其实说穿了，不就是老公有外遇这点事吗？就算天塌下来，只要没被砸死，日子还不是一样过。再说，世界上还有很多女人为了温饱在奋斗，她们根本没空想这些折磨人的事。所以，我们全部都是吃饱了撑的，饿两天就好了。"

张彤说："为了温饱奋斗的男人也不会有外遇吧？"

任莳说："那也不一定，食色性也。只是饱暖思淫欲，在不为生活发愁的情况下，出轨的比例更高。"

看来，任莳已经找到了解脱之道，张彤还要继续摸索。已经走出来的宛溪不想多言，免得刺激她们那强装镇定的神经，说不定还会被当成反面教材。

孔霜枝毕业以后也分到了深圳，意外的是，她正在和单位的一个已婚男士在轨道外边情趣盎然。宛溪有点不解地问："当初你读博士不是因为受不了葛光的外遇吗？现在你怎么也搞起了自己厌恶的事情？"

"他和老婆的感情不好，快要离婚了。"

"那他们两个还住在一起吗？"

"是的，他说不想影响孩子，所以不能分居。"

宛溪在心里嘀咕："连分居都不敢，怎么会离婚呢？"她有点担心孔霜枝上当受骗，再次受到伤害，很想说"那你等他离婚以后也不迟"，但想到自己没有资格教育一个管理学的女博士，就只好沉默。而且孔霜枝正在致力于改变企业落后的管理模式，既然她能够对一个大企业的重要事情指手画脚，处理一个小小的婚外恋应该不在话下。

有趣的是，孔霜枝听到宛溪离婚了，要宛溪介绍她和李平漠认识。宛溪没理解她的意思，就说："你们在学校不是见过吗？也算认识吧。再说，我现在和他都算陌生人了，怎么介绍呢。"孔霜枝只好说她想找个老公，看是否有可能和他发展一下。宛溪诧异地问她怎么会有这种想法，孔霜枝扭捏了半晌，在宛溪好奇的催问下，只好说："听说李平漠很有钱，应该是个不错的结婚对象。"

以前在玉庐读书时，宛溪从来没有在同学中宣扬过这些，毕业以后也没回去过。李平漠只去过兰若大学两次，总共没有待几天，他有钱的事情怎么会不胫而走呢？尤其是在好几年以后，还有这种传闻，实在令人惊叹。看来真是富在深山有远亲，想藏都藏不住，还没离婚的李平漠已经和心上人边思长期以老夫老妻的名义自居，刚离婚的李平漠马上有人要抢。看来无论他离婚与否，都是一个香饽饽。

第十五章　北京的老友

宛溪本来就打算从深圳飞北京，然后从上海返回加拿大。可是当查湘问起来的时候，她故意说不来了，气得查湘咬牙切齿地说："如果不来，以后就再也不要见我了。"宛溪下了飞机给查湘打电话时，她又是一通恨之入骨。宛溪解气地说："你以前耍了多少鬼把戏骗人，我才戏弄了你一次。难道只许州官放火吗？"查湘毫不犹豫地说："到今天你才知道？我们白白认识这么多年。下次再给我胡乱点灯，我就把你灯里的油全部倒掉。"

查湘和窦殊道都在原来的单位，不过已经升职加薪，他们搬离了通县，在城里买了房子，离单位比较近。他们的女儿粉妆玉琢，古灵精怪，人小鬼大，看来查湘的基因起了重要作用。夫妻俩除了上班以为，每日的生活重心就是女儿的吃喝拉撒睡、穿衣打扮和教育设想，从幼儿园到大学都规划好了，一路重点。闲散的窦殊道已经大为改观，满嘴都是为了女儿要如何如何。对于恩爱的夫妻来说，孩子起到的作用真是惊人，不但给父母带来欢乐，而且是不愿长大的父亲早日成熟的催化剂。像宛溪和李平漠那样，没有孩子，也没有情分的夫妻走，到尽头，决绝分手，完全正常。所以，当查湘说起南浦已经离婚，独自在上海时，宛溪也不奇怪。可是听到简芬的情况时，她忍不住张大了嘴。

大概是道不同不相为谋，毕业以后，虽然在一个城市工作，但是除了年樱以外，简芬和任何人都不来往，校友相聚时也从来没有出现过，所有关于她的消息都是从年樱那里传来的。年樱回到北京后，自然是如鱼得水。她又不摆架子，对于兰若大学的校友都很照顾，尤其是和她同级或者前后级入学的人，或者说凡是在学校有过一面或者几面之缘的，她都有更特别的情分。所以，查湘和窦殊逍也曾托她办过一些棘手的事。

简芬没有和法师结婚，不知是她意志不坚定，还是法师不愿意还俗。虽然年樱竭力想帮，但老家的男友无法在北京找到一份心仪的工作，异地恋无法再持续下去。简芬后来和本地的一个男人结婚，不久之后生下一个女儿。丈夫喜欢练气功，就加入了一个气功组织。在丈夫的带动之下，简芬也加入了。气功本身没有什么错，如果是像冯菲他们在灵通山那样，练功是为了强身健体或者修炼万年以后和神仙对话倒也无妨，可是简芬和丈夫加入的气功组织不但成了一个真正的组织，而且后来渐渐演变为反人类反社会的邪教组织。简芬和丈夫是骨干分子，所以双双入狱。由于简芬生下女儿不久，还在哺乳期，所以很快被放了出来，但丈夫不知何日才能返家。简芬出狱后，在单位待不下去。年樱看她可怜，四处托人帮她找了一份和从前差距很大的工作。简芬焦头烂额，带着女儿艰难度日。

查湘和宛溪正在为简芬的遭遇感叹时，在旁边听得有一句没一句的窦殊逍没心没肺地说了一句："难怪金庸把练功走火入魔的后果写得很可怕。查湘，你没事别去练功，进了局子我可没法儿把你捞出来。再说，我们的女儿大了，这个借口也不能用。"

唏嘘完简芬后，宛溪想到同宿舍的只有范冷辉没有联系，于是找出她的电话。范冷辉在工作岗位节节上升，家庭生活一如既往。除了儿子，工作成了她的重要寄托。因为没有重大新闻，范冷辉又很忙，所以只在电话里通报了各自的状况，没有见面。

曹奇在杂志社工作几年后，一切都搞得滚瓜烂熟，他觉得没有挑战，总想着怎么把时间填满。他有一个朋友在涉外律师事务所工作，有时让他做些翻译的事。时间长了，大家对他的工作都很满意，笔译、口译都让他做，他的语言优势得到充分发挥。杂志社比较清闲，律所很忙，到了后来，他都有点迷糊到底哪个是自己的主业。

宛溪约曹奇见面时，他正在那个知名律师楼奋笔疾书，翻译一份冗长的答辩状，所以让宛溪过去找他。当他在写字楼见到西装笔挺、沉着镇定的曹奇时，简直不敢相认，一开口才找到了熟悉的感觉。他们坐在一个人声鼎沸的湘菜馆，好像回到了学校门口的小饭店，谈的都是熟悉的话题，关于老师和同学，他的杂志社，还有李平漠的那些照片。扯到李平漠身上，宛溪开玩笑地说："曹大编辑，以你经常和律师打交道的专业眼光看，我这么轻易离婚是不是太傻了。"曹奇想也不想地说："早离早好。"

虽然离婚了，但是宛溪没有跟同学提过李平漠和马小姐的事，只是说他们选择的道路不同，她想留在国外，他要回国。听到曹奇的话，宛溪以为李平漠把那些让她无法启齿的事都告诉他了，就诧异地问："你知道什么？"

曹奇有些闪烁其词，但是经不住宛溪一再追问，只好说："如果你没有离婚，这些话我肯定不会说的。无论是对李平漠拍的照片还是本人，我的印象一直很好。都说文如其人，其实照片也是如此。能够拍出那种照片的人，眼光，观察力和胸襟都是不俗的。可是几个月前他来北京出差时，特意找过我。我还以为只是吃个饭，本来还想着问他是否能够再提供一些照片。结果他说要咨询我法律上的问题，更没想到聊的主要内容是要和你离婚，他当时的无情无义让我惊叹。他找我谈这些事本来就挺奇怪的，还一副誓死要离的样子，难道是怕你不离，耽误他结婚？所以是为了要我把话转给你，才表现得那么绝情？"

尽管和李平漠的离婚过程很不愉快，在见到鲁豪之前，宛溪以为除了自己之外，李平漠没有和她的朋友说过他们要离婚的事。见了鲁豪夫妇之后，她还是以为除了他们，就没有别人知道了。听了曹奇的话，她觉得刚才非常可口的酸辣土豆丝就像是一盘幼小的蛆虫。被宛溪逼迫说出真相的曹奇非常后悔，反过来不停地安慰她，搞得她不好意思，只好说："与你无关，是我自己多事，都过去了，不该让你说这些废话。"

曹奇聪明勤奋，看不惯以恶欺善的事，那一番"铁肩担道义，妙手著文章"的情怀始终不曾被磨灭。律师朋友有时跟他说某些当事人的遭遇，曹奇就提供无偿帮助。所以，尽管在赚钱的行业里打滚，他并没有沾到多少财气。他老婆说他更适合做慈善家。正因为如此，当他英明的老婆决定买两套房子，说是以后留给儿子和孙子时，曹奇根本拿不出多少钱，只好反对老婆买房，说是价钱太高。老婆和他理论半晌无果后，就自作主张，把家里所有的钱拿出来，又跟父母借了一些钱，买了房子。曹奇见生米煮成熟饭，也没奈何。大概是好人有好报，没想到他们的儿子还不需要独自居住时，这两套中心地段的房子就让他们的资产轻易超过千万。老婆经常打趣说："律师的话不能信，经常和律师打交道的人更不能相信，他们会想方设法让别人花钱请他们打官司，自己的钱包却看得很紧。"

裴云英的儿子已经从一个只会吃饭睡觉的小婴儿长成了会走路会说话的小可爱，他虎头虎脑，既顽皮又乖巧，笑的时候有两个小酒窝，惹人怜爱。儿子纯洁无邪，就算有时耍赖，无理取闹，到处闯祸，也不忍心责骂，只是耐心地哄着。

楚山的公司起步不久，生意看起来不错。他原来的秘书身份虽然没有为他在官场谋到什么好处，但这些特殊关系，应该能够让他在商场上受惠。相信假以时日，他的公司一定会腾飞。他们的移民没有什么障碍，很快就会收到移民纸，不久也会去加拿大。

宛溪在北京盘桓了几天，最主要的事情就是旁观几家人的幸福生活。如果她是一个家庭生活杂志的记者，倒是可以写出一系列不错的文章。

第十六章　南浦

　　就算北京的朋友都泡在蜜罐里，宛溪也不可能滞留，所以她还是按照计划到了上海。一到上海，她就给林秋月打电话。林秋月问了她住的酒店，说第二天晚上过来。宛溪始终惦记着小仙女一样的南浦，就给她打了电话，两人约定第二天在衡山路的一个酒吧见面。

　　第二天上午，宛溪去交大看望了一个师姐以后，就向衡山路出发。因为不是很远，她就慢慢走过去。路上种满了法国梧桐，走在树荫下，暑气都被驱散了。她穿着T恤和七分裤，裤子的面料不是特别透气，但走了一路，也不觉得热。半个多小时后，她到了酒吧门口。

　　酒吧是一幢两层小楼，下面的三分之一是淡黄色，上面的三分之二是纯白色。无论是淡黄色还是纯白色，都可以看到墙壁上整齐的砖块，连砖块之间的缝隙都是等距离的。两个淡黄色的拱形门洞口在小楼的两端，相隔几十米，中间是淡黄色和纯白色各占一半的正方形大门，两个门洞边和大门口各站了一个年轻漂亮的女孩。三根白色的大圆柱搭在底部突出的砖块上面，顶在屋顶的下方。二楼的四个白色方形阳台上有几根稀疏的黑色栏杆，每个阳台都挨着柱子，看起来是悬着的。平平的屋顶上有两个青灰色的阿拉伯小圆顶。从外面看是一个典型的古建筑，和印象中喧闹的酒吧不符。

　　宛溪刚走到小楼边上，站在门口的漂亮女孩，就带着一脸的青春笑意迎着她走过来。宛溪跟女孩说和朋友有约，然后女孩娉娉袅袅地走在前面，把她带到里面。室内的布置除了少数刻意而为的痕迹，基本上是随心所欲的，和年代久远却依然精致的外观不同。银灰色的落地窗帘垂到米白色的地板上。桌子的形状和颜色各不相同，看起来像是森林里捡来的木块随意搭在一起，很多地方都没有磨平。桌子两边放着藤编椅子和竹椅，天然的纹理清晰可见。室内一股芳香，不是人工制造的香味，应该是木头或者竹子的味道。也许因为是下午，里面的人很少。没有打击乐，只有舒缓的轻音乐在空气中荡漾，闲散的几桌人低声浅语。这样的一个地方，无论怎么看都不像酒吧，倒像是欧洲的某个咖啡馆，因为某些知名的文人或者画家经常在那里聚会，所以成了悠长历史中的一个重要组成部分，从而具有了某种象征意义。

宛溪选了一张靠近阳台的桌子，坐了几分钟，就起身走到阳台。她站在阳台上，看着下面空无一人的路面和两棵枝繁叶茂的法国梧桐，正想转身时，就看到南浦迤迤然走过来，她欢快地大叫了一声"南浦"。南浦闻声抬起头，看着阳台上的宛溪灿然一笑，很快就上了二楼。

南浦把一头长发扎成两根辫子搭在胸前，像个未经世事的少女一样。她穿着一条大红色的连衣裙，裙子很长，几乎盖住脚面。这是宛溪第一次看到她穿红色的衣服，而且是在炎炎盛夏。仙女应该是白衣飘飘的，红色是俗世的人表达喜庆或者辟邪的法宝。向来游离在红尘之外的南浦是不碰这种颜色的，看来她已经回到人间了。在学校的时候，南浦只穿黑白蓝三个颜色，和她的青春年华极不相配。她最常穿的是一件深蓝的连衣裙，外面是一层白色的薄纱。薄纱上绣着或者缀着稀疏的、白色的星星和月亮，还有几个白色的亮片。这件衣服在当年的校园非常独特，南浦穿在身上，好像是一件低调华贵的演出服，美则美矣，但似乎并不衬她，因为在这件华服的包裹下，她未老先衰。眼前的南浦，衣服不再是从前的风格，模样也变了，其实也没有什么惊天动地的改变，只是那种柔弱之姿变成了秋日胜果，一向柔弱的神态中也透出些许自信。

宛溪看着菜单上花里胡哨的名字，想着无非是软饮加酒和冰调制出来的，就随便点了个名叫"凯威奇"的绿色饮料，南浦点了一杯"柚子参果茶"，并且笑着说："这个不是人参果做的，我可不是猪八戒"。在这样一个安静的酒吧，让人难免生出喝下午茶的错觉。喝下午茶就是让思绪放空，把那些俗不可耐的焦虑和累赘当成盘中的饼干渣子倒掉，所以南浦和宛溪对着阳台外面的一片绿叶和蓝天，有了叙说前尘旧事和今生来世的闲情。

南浦离婚以后不想待在那个出生长大的小城，走三步就是一个熟人，总是问东问西，就算有坚强的神经，也抵不住这样的关切方式。南浦是一个内心和外表一样娇弱敏感的女子，她做不到像哥哥画舸那样足不出户，或者对所有的喧嚣充耳不闻，视而不见，而且他已经被别人界定成一个脑袋有问题的人，所以无论言行举止多么奇怪，都不会惹起太多非议。南浦还没达到哥哥那么高的水平，她唯一的出路就是逃离。她爸爸有个朋友在上海开画廊，所以就到了红尘滚滚的大都市。她经常走完无数条人挨人的大街，但是谁都不认识，这让她觉得很安全。到上海不久，她在苏州河的废旧仓库里遇到了一群志同道合的人。这群人在高大宽敞、斑驳陆离的仓库里静静地创作。南浦在里面找到了一席之地，心无杂念地画着。正当她沉迷在自己的作品中，以为永远不会受到干扰时，却因为苏州河一带的商品化，画廊和艺术家们不得不纷纷搬离。幸运的是，他们在不远的地方找到了一个旧厂房，因此又可以不理繁华世俗，在工作室里专注于自己的创作世界。南浦的画虽然价钱不高，但是有人买，加上父亲的接济，她的生活比大多数穷愁潦倒的艺术家好很多。她说不管以后的画卖多少钱，都不会停下来。即使七老八十，也会像现在这样一如既往地画下去，哪怕后来拿着画笔发愣，泯然众人矣也无所谓，因为她的人生从来没有这样充实快乐过。宛溪看着她闪亮的眼睛说："你不光是在画中找到了乐趣吧？是不是还有一个让你更快乐的人？"

南浦的脸上飞过一丝幸福的红晕，低着头说："我们以前见过，但是不熟，我不知道他在上海，是在一个画展碰到的。对了，你也认识，等一下他就过来了。"

宛溪一听就猜到应该是学校里的某个人，正想问时，一个人影站到了南浦旁边，抬头一看居然是董禹晗。宛溪大惊失色，手忙脚乱中差点打翻桌上的杯子。董禹晗想必早已从南浦那里听说了她们在这里会面的事，所以非常自然地对宛溪说了一句"好久不见"。寒暄以后，董禹晗点了一杯"柠艾仙忌"。名字起得很怪，端上来的是一个不锈钢杯子，外面还挂着一些碎冰。董禹晗说是用柠檬汁、苏打水、白兰地、威士忌调的。他像行家一样介绍了基酒、酒杯以及调酒的用具。南浦安静地听着，不时充满爱意地看他一眼。每当这个时候，董禹晗就会和她通过眼神交流一番。宛溪听得云里雾里，以前只知道他满腹诗书，没想到肚子里还装了一堆和酒有关的学问。三个人慢慢喝着各自的杯中物，等到杯子空了，董禹晗说："天气太热，我们去吃冰淇淋吧。"宛溪跟着一对幸福的人到了一家冰淇淋店，门口写着哈根达斯，里面是小资情调的装修。她知道这个牌子，多伦多几乎每个超市里都卖，只是没有见过开专卖店，一球一球卖的。他们每人要了两球冰淇淋，结账的时候两百多块。宛溪实在吃惊，超市里的哈根达斯虽然比别的牌子贵一些，但一桶不过几块加币。两百多块人民币都可以买十桶了，挖无数个球出来，随便怎么卖。刚才酒吧的价格已经让她瞠目，没想到还有更离谱的。她第一次觉得国内吃的东西很贵，物价超过国外，看来上海真是一个国际性的大都市。她想想自己可怜的银行存款，一把年纪，没有华尔街或者五百强的工作经历，绝对不可能在这个城市找到一席之地，想靠一份高收入的工作生活下去完全是做梦，于是她开始想念物美价廉的多伦多。可是看着身边从容花钱，没有为生活所困的人群时，她只能感叹自己的无用。

暮色中，宛溪看着董禹晗和南浦依偎离去的背影时，突然想到陆廷，不知他是否还在这个城市，但不管他在哪里，他的身边肯定也有了一个嘘寒问暖的人。人生就是这样，走过错过，就结束了。大家都在不停地行走，没有几个人会待在原地，罔顾千难万险，多年如一日地为了一个美妙的虚幻守候某个特定的人。也许某次行路时，不经意间就发现了另外一片风景，那个更加值得期待的人就在青山绿水间冲着你笑，如果你报以同样的微笑，就可以携手相伴天地之间。如果你匆忙而过，那么所谓的伊人，也不会永远在水的那一方等你。她站在街上感慨了一番人生几何，然后上了一辆出租车，因为和林秋月约定的时间快到了。

第十七章　随便是最麻烦的

　　宛溪匆忙回到酒店时，林秋月已经坐在大堂等她。林秋月穿着浅绿色细条纹的短袖衫，黑色的短裤，乌黑的长发用红色的橡皮筋随意扎了个马尾，整个人神采奕奕。尽管多年不通音讯，林秋月还是像以前一样爽气，宛溪还没开口，她就说："你把酒店退了，我已经在浦东给你定了一个很好的酒店，老史在那边上班，这样方便些。"宛溪没有异议，因为林秋月早就说过，到了上海以后，所有的事交给她。宛溪退完房拉着行李走出酒店，林秋月径直走向一部黑色的丰田车。还没走到车前，门就开了，一个三十多岁的男人下来把宛溪的行李放到后车厢，然后车子朝浦东开去。

　　夜晚的浦东是灯的海洋，无数的高层建筑里灯火通明，街上的广告灯是彩色的，还有不知从哪里冒出来一束一束的光，五颜六色地晃动着，东方明珠更是流光溢彩。不知天上是否有星星，即使有也看不见，因为在各种眼花缭乱的灯光下，天空已经失去了颜色。

　　车子停在一幢亮闪闪的大楼前，司机小王把宛溪的行李拿到酒店的登记台旁边，前台小姐满面笑容地帮宛溪办好入住手续。等她放好行李从楼上的房间下来时，看见史正和林秋月一起坐在大堂谈笑风生。史正比以前胖一些，眉宇间透出志得意满的神态，整体精神面貌昂扬向上。事业有成、爱情丰收的人果然不一样。

　　两个终成眷属的人都非常热情好客，他们问宛溪想吃什么，她说随便。史正说："随便是最让人为难的，不过我还真的知道一个餐厅有这个菜。"

　　史正边说边往外走，林秋月和宛溪跟在后面，小王看到三个人过来，立刻下车开门。史正上车后跟小王说了餐厅名字，小王一言不发地开车上路。车子七弯八拐，穿过大小马路和一堆高楼后，停在了一个矮小的旧房子门口。宛溪早已不辨方向，下车以后，看到大门对着看不清颜色的江水，门上挂着两个红灯笼。"和云伴月"四个大字在红灯笼的映照下，泛出朦胧的光晕。里面像个四合院，中间是个开阔的庭院，有很多树和花。由于光线微茫，只在模糊中看到桂花、九里香、彼岸花、睡莲、荷花的轮廓。迂回的走廊把两边的房子连接起来。他们坐在一个地上摆着草蒲团的房间里，幽幽的花香从外面飘进来。房顶上有一排整齐的木头横梁，在横梁的下方，又吊了几根圆木和木制的雕花风铃。有人进来或者外面有风时，圆木和风铃都会摇来晃去。

史正不再问宛溪想吃什么，也不看菜单，直接点菜。没多久，穿着旗袍的袅娜女孩把林林总总的菜摆满了一桌，史正指着一盘红绿白黄相间的菜跟宛溪说："这是炒随便，尝尝吧。"宛溪认真看了一下，红色的是菜苔，绿色的是芦笋，白色的是蘑菇，黄色的是竹笋，每样材料都认得，但吃到嘴里确实不一样。出于好奇，她问了一下做法。史正说："先把金华火腿的滴油、火踵和火爪部分锯下来，加上干贝、鱼翅、小墨鱼、牡蛎、土鸡、鸭掌、冬笋、鲜香菇、姜片、葱白和黄酒在文火上炖八个小时；然后把腌肉和虾肉放在一起煎香，再加入超随便的四样食材大火快炒一分钟，腌肉和虾肉弃之不用，把四个素菜放在炖好的汤里浸泡两个小时。"

他说得煞有介事，不知是胡诌还是认真的，反正宛溪听了以后，这个看似平常的炒随便就像贾府里的茄子一样麻烦。如果没有史正的讲解，她根本摸不到头绪。不过，即使知道也没用，因为没有他做东，她是不会随便来吃的。

吃完饭后，林秋月说："老史要出差，我们跟着他坐便车，一起出去玩几天。行程和线路都安排好了，你什么都不用管，跟着走就行。"宛溪就客随主便，索性连去哪里都不问，落个轻松。林秋月看宛溪真的什么都不问，就说："看来把你卖了也挺容易的。"

第二天一早，小王开车把他们送到杭州。史正去办事，两个女人去游西湖。西湖的各种情态早已被写得淋漓尽致，无论是自然美，还是借景抒情，所有的文字加起来都可以把西湖填满了。宛溪看着薄云下的西湖，好几个朝代在脑海里闪过。她和林秋月走过断桥，苏堤，柳浪，几个小时已经走过了千年的历史，从青天白日走到了暮霭沉沉。朦胧的夜色中，她们坐在亭子里喝茶。没一会儿，有人请她们去边上的餐厅吃饭。林秋月和在座的几个人很熟，宛溪无须应酬，专心埋头在那些响当当的名菜之中。吃完饭后，她们又在西湖边盘桓了一会儿，史正才回来。晚上，宛溪一个人在宾馆里遥望着三潭印月入睡。

第二天小王开车在路上飞奔，两旁农家小楼的高度显示出主人的财富。两三层的小楼根本不算什么，五六层的也不稀奇，最高的居然有八层。这一带的农村早已打破了人们头脑中的固有印象，对于这样的富裕程度宛溪只有表示啧啧称奇。在一片无声的斗富中，他们到了宁波。

宁波的古巷悠悠，在灰色的砖墙上，有很多青苔和黑色的斑，脚下的石板路是千年不干的水雾。这样的地方，难免让人生出诸多感慨。宛溪摸着墙上的水迹说："当年的南宋丢掉临安以后，如果不是被元军一路追逼，还有机会喘息的话，也许可以借助大海作为天堑，在这样宁静的地方继续偏安一隅很多年。"

史正赞同地说："是呀。宋高宗逃跑时，也到过这里，在海上漂流。如果金军没有从江南撤离，宋高宗当时可能就会在宁波或者温州先安顿下来。后来强大的元帝国灭宋的决心势不可挡，导致南宋以惨烈悲壮的崖山血海收场，失去夹缝中求生存的最后机会。"史正毕竟是个心怀天下大事的男人，非常不平地说，"在国破家亡之际，昔日耍尽手段要在赵家班子里夺得高位的文武官员，纷纷现出贪生怕死的原形，争相逃离他们打破脑袋得到的位子，最令人向往的东西变成了唯恐丢不掉的炸药包。"

"那当然了，没有好处的事情谁愿意干？"宛溪依然从小女人的角度出发，"就像宋高宗让位给宋孝宗；宋徽宗退位，把烂摊子丢给宋钦宗。连皇帝都打着自己的小算盘，不把国家利益当回事，不想承担保全江山社稷的大任，要弃国避敌，也不能要求大臣事君尽忠，所以作为打工者的大臣们，逃跑是完全正常的。"

"有点道理，但是也不能这么片面极端。无论皇帝和人臣们在面对外敌入侵时如何丑态毕露，一个国家，一个民族都是不可能随便磨灭消亡的，因为历史上永远会有文天祥、陆秀夫、张世杰这样大义凛然的英雄，他们是国家民族的脊梁和灵魂。"史正说得慷慨激昂，"他们可以随便吃什么或者不吃，但绝不会把保家卫国当成一件随便的事情。所以，不管国家和民族经历什么样的劫难，都能不屈不挠地中兴，或者从完全的失败中复起，从头收拾旧山河。国家民族如此，微小的个人亦如此，不到最后时刻，不要轻言生死，即便死，也要有价值。陆秀夫背着小皇帝投海自尽，是因为他不想屈辱地活下去。士可杀不可辱，如果不能马革裹尸，战死疆场，那么主动选择舍生弃辱正是死得其所。"

他们三人走过宁波的古宅深巷，在东钱湖畔，史正自然要把老史家的光荣历史细说一遍，林秋月听到"一门三宰相，四世两封王"，羡慕地说："喔，真了不起。你好好努力，让我也当个宰相夫人过过瘾吧。"

"虽然很难，但也可以当个奋斗目标。要不你先从当个宰相的粗使丫头开始做起？"

宛溪一边听着两个人打情骂俏，一边对着山黛之间的古墓石像发了一番思古之幽情，最后的感慨就是在家国大义面前，小儿女的爱恨情愁还比不上东钱湖里的一滴水、青山上的一棵草。当她觉得天塌地陷，生不如死，熬不下去时，对于很多人来说，连风雨交加都算不上，最多只是天上划过的一道闪电，或者打了一个不怎么响的雷。也许她永远都做不到"苟利国家生死以，岂因祸福避趋之"，但她只要对得起内心深处坚守的一点东西即可。

史正在宁波也有公干，玩了大半天，就去办正事了。宛溪和林秋月在宁波城内外走得双腿酸软，脚底起泡。林秋月先带宛溪去了一家洗脚店，一进门就感受到林秋月认识这家店的老板。等服务员殷勤地做完按摩后，小王把她们送到了一个海鲜酒楼。酒楼里有几个人在等，看到林秋月，立刻站起来笑脸相迎。看来，史正不光在上海吃得开，一路走来，他的招牌都挺好用的。他的前妻抱怨说所托非人，林秋月作为一个幸福的太太，却有着截然不同的感受。餐桌上的热闹过后，林秋月带宛溪回到望海的宾馆休息。吃完丰盛的早餐后，史正让小王留在宁波，他们坐船出海，说是去岛上游玩。海里的大小岛屿无数，昏黄的海水不停翻滚，带着腥味的海风把黏糊糊的湿气留在脸上和头发上。下船以后，宛溪才发现到了海天佛国的普陀山。

虽然交通非常不便，但是普陀山的香火很旺。除了霞照寺和南普陀，宛溪没去过几个寺庙，看到普陀山的香吃了一惊，因为尺寸和价钱都不寻常。史正是个唯物主义者，不能随便叩拜虚无缥缈的各路神仙，所以这些工作都由林秋月独自完成。她跟很多人一样，买了一根很粗也很贵的香，虔诚地上香跪拜，然后又抽签解签。自从宛溪在霞照寺"顿悟"，知道自己没有慧根后，就再也没有怀着求神拜佛之心进过寺庙。此刻不经意之中到了普陀山，她也只当是欣赏风景，但是看着林秋月一副给她惊喜的表情，也不能拂了美意，便赶快虔诚地跟着大家一起跪拜。普陀山的确历史悠久，风景秀美。除了金光闪闪、宏伟慈悲的南海观音，还有树冠阔大的香樟，显示着人工和自然的和谐。尤其是千年古樟，吸引的人更多，不仅根部丢了很多硬币，而且大家都要站在旁边合影。古树吸收天地精华，既有灵气，也有仙气，跟它合影可以理解。但古树有阳光雨露的滋润就行，无须用钱去买吃的喝的，不知满地的硬币对它有什么用。不过，普陀山四面环水，来一趟怪不容易的，所以也算不虚此行。

　　回到上海休息一天后，林秋月把宛溪送到机场，然后回到浦东继续她的惬意生活。

第十八章　谁又能够了解谁

宛溪在温哥华转机时，突发奇想，去西尔维亚酒店住了一晚。酒店外墙的爬藤植物已经由绿转红，装饰着每个窗子。她在斯坦利公园重新走了一遍，看着英吉利湾火红的海天一色，直到夕阳掉到海里许久才回到酒店。晚上她在酒店反复听那首同名的歌曲，听来听去都没有失婚妇人的伤感，只有"I don't wonder why you left，I wonder why you stayed so long"这两句歌词在脑海回荡。宛溪看着夜色中的英吉利湾，想到早已和边思开始新生活的李平漠如果听到这首歌，感受应该和她一样。虽然收场阴暗，还是有点共同之处，倒是不枉夫妻一场。

回到多伦多后，宛溪正式到冯菲的公司上班，暂时住在她家。宛溪想到无论上下班，都要朝夕相处，没有一点私人空间，实在是一种考验，而且她们都不是没脾气的人，如果一言不合吵起来，肯定会影响关系，于是就决定出去租房子。冯菲听了她的顾虑说："也是。我们两个还是应该有个缓冲，如果在公司吵架了，回家后见面也不愉快。如果见不着，第二天气也就消了。"

公司离市中心比较近，宛溪就在地铁附近找房子，很多房子里面都住了一群人，她过够了抢厕所的生活，所以最后定下了一个香港老太太的房子。老太太一个人住，想找一个伴，不但租金比较便宜，而且房子里面有三个厕所，她立刻心满意足地搬了进去。哪知道搬过去的第一天晚上，她就听到房间里不停地传出吱吱的声音，打开灯一看，几只一丁点大的老鼠在床边跑来跑去。多伦多的猫体型巨大，像小狗一样，可是老鼠却小得不可思议。尽管住了好几个地方，她从来没有在房子里见过老鼠，只在地铁站见过一闪而逝，像一根半食指那么大小的老鼠。现在突然在自己的床边见到流窜不停的老鼠，她吓得整夜未眠。所以，第二天一早，她跟老太太说有老鼠，必须搬家。老太太看起来挺和蔼的，可是听了这话，马上沉下脸说："你怎么会怕老鼠？大陆不是到处都有老鼠吗？"

"内地的很多房子都没有老鼠，"宛溪听到她这样说，不高兴地回应，"就算有我也不怕，因为有黑猫警长。"

老太太听不懂黑猫警长，也不想问，只是顺着自己的思路往下说。老太太嘲笑讽刺宛溪来自一个穷苦的国家，到处吐痰，一片脏乱差，上厕所连卫生纸都没有，不是用报纸就是用树皮草叶擦屁股。在这种国家，老鼠算什么。末了，老太太说："如果你想搬家，也不应该装模作样找这个拙劣的借口，但是无论你说什么，我是不会退你钱的。"

宛溪不算爱国人士，在国内时也像很多人一样，到处看不惯。但是自从出国以后意识到别人是把中国作为一个整体概念，所有的中国人都是其中的一份子时，她开始转变态度，爱国热情高涨。只要听到有人说中国不好，总是反驳，问他们对中国了解多少。现在听到一个老太太蔑视她的同时，又把自己的国家诬蔑了一通，实在气愤。可是宛溪跟老太太说了半天以后，还是觉得对牛弹琴，没法和她理论。一个香港老太太，成年以后常住加拿大，从来没去过内地，她所有的印象和成见都来自于各种偏狭的文字和道听途说，所以在她的眼里和嘴里才会有这样的歪曲。

宛溪和老太太据理力争半天后，发现老太太气得摇摇欲坠、有点怨毒地看着她，就不敢恋战了。她担心老太太突然昏迷倒地，负不起责任。而且说来说去，老太太把中心点落在不愿意退她的押金上，她只好本着破财免灾的心理，鸣金收兵，把精力集中在重新找房子上面。

她一直在出租的房子里面找，没有想过租公寓，因为公寓的租金太高，规矩也多，最少要签一年合同，且里面什么家具都没有，只能找那些租下整套公寓再转租的人。如果遇见像冯菲的二房东那样要退房的，她也只好搬出去，还不如蜗居在一个不会轻易卖房子的人家安全。现在情急之下，宛溪把所有的租房信息都看了一遍，没有更合适的，只好选了一个公寓。她跟二房东郭柯通完电话后，就过去看房子。

房子是老式的公寓，那时没有偷工减料、克扣面积的说法，所以房子是正经的三室一厅。郭柯说他经常回国，所以把自己原来住的主卧室出租。他如果回来，就在客厅临时住几天。客厅和厨房相连，面积很大，有二十多平方米。靠近厨房的那头放了一张餐桌、四把椅子。郭柯在离餐桌很远的地方拉了一个帘子，靠墙放了一张折叠小床，占了客厅不到三分之一的面积。他说不在的时候，床和帘子会收起来，一点都不影响客厅的观感。他三十出头，瘦瘦高高，戴着眼镜，白净斯文，看起来受过良好的教育。宛溪看房子挺整洁，郭柯也像是一个可靠的人，就决定先住下来，并且特意问是否有老鼠。郭柯笑呵呵地说："你放心，我比你还怕老鼠。如果这里有老鼠的话，我比谁跑得都快。"

宛溪不想度过另外一个不眠之夜，而且和老太太唇枪舌剑地战斗了一番，谁知道她晚上会不会抓几只老鼠丢到她的被窝里，所以就赶紧回去搬东西。郭柯很热心，主动开车带她回到老太太那里，说要帮她搬家。

老太太看到宛溪真的要搬走，就一再重申押金是不退的，因为是她主动要走的。郭柯一听，就去和老太太商讨，说只住了一天，就收两个月租金，走到哪里都说不过去。最后，老太太抱怨半天，收了一个月的租金。宛溪根本没指望能拿回给出去的钱，也不知道老太太怎么舍得把到嘴的肥肉吐出来，也许因为郭柯没和她辩论内地不比香港差的问题，所以没有让她恼羞成怒。或者就是因为有个男人在场，事情不大一样吧。只是不知她下次招租时，是否会写上怕鼠人士请绕行。

匆忙搬过去以后，宛溪才发现室友是两个移民不久的电脑男孩。一下子和三个男人合租房子，她有些忐忑。郭柯安慰地说："我一年住不了几天，房子主要是你们三个人住，小丁和小郎都很好相处，你不用担心。如果有什么事，你随时退房，我一分钱押金都不收。"听他这样说，宛溪反而有些不好意思。她想到郭柯的热心肠，不但开车带着她来回跑了两趟，搬出搬进，而且帮她讨回了一个月的押金，所以还是挺感激的。如果马上离开，就等于是过河拆桥。宛溪看着郭柯帮他搬家时划破的手，就打算先住几天，看看情况再说。

晚上，宛溪见到两个个头不高的男孩，郭柯做了简单的介绍后，提议做几个好菜，欢迎她入住。小丁和小郎一听，满心欢喜地进了厨房，宛溪当然也不能闲着，帮助洗菜，切菜，打下手。好在厨房够大，四个人在里面也不嫌拥挤。人多力量大，他们在厨房没忙多久，就做了一桌子菜。小丁和小郎心无城府，一顿饭还没吃完，宛溪就搞清楚了他们的大概背景。

两个年轻的男孩曾经在同一个城市念大学，毕业以后，都有一份不错的工作。因为有共同的爱好，他们在国内就是好朋友。由于移民之风盛行，他们两个人的移民条件都很好，所以就被大风吹到了多伦多。小丁的英语不好，一直没找到跟专业相关的工作。小郎以前在外企工作，因此移民不久就干起了老本行。两个男孩满脸敦厚，确实如郭柯所言，绝对不是流氓恶棍，宛溪悬着的心放了下去。

　　郭柯也是搞电脑的，在国内博士毕业，当初承租下整个房子的重要原因是想找两个志同道合的人做项目，小丁和小郎确实帮他做过一些事情。后来，郭柯以做合同工为主，但是遇到很多公司不景气，项目减少，收入下降得很厉害，有时几个月都颗粒无收。他不想找一份固定的工作在公司耗着，拿着不多的一点钱，所以就回国做生意了。宛溪住了两天以后，郭柯就回国了，果然如他所言，窗帘和折叠床都收起来，放到阳台上去了，客厅里空荡荡的。她和两个简单的年轻人合租，倒也相安无事，所以就懒得搬来搬去，打算继续住下去。

第十九章　人心隔肚皮

　　冯菲看到央街上的韩国街，意识到韩国是个移民的大市场，就招了一个名叫凯特的韩国女人，同时和菲律宾的一个叫萨曼莎的女人合作。凯特在韩国时，做过一个明星的经纪人，善于和人打交道，有良好的人际网络资源，在合同谈判上有着丰富的经验。她细皮嫩肉，比较丰满，有一个女儿，老公是韩国某教堂的牧师。萨曼莎读高中的时候来的加拿大，毕业后做了很多种工作。后来发现移民行业赚钱，就一头扎了进来，算是移民专家了，但是她喜欢赌博，赚的钱基本上都交给了各个赌场。所以多年下来，还是负资产。认识冯菲的时候，她正在破产的边缘徘徊，办公室是一间半地下室。冯菲看她客源很多，英语又好，就让她搬到自己的办公室，不收租金，但是萨曼莎的所有客人都要分成给她。萨曼莎看到冯菲在中心地段的白色高层写字楼，一下就动心了，听到不收租金，迫不及待地搬了过去。萨曼莎黑黑胖胖，总是笑眯眯的。她有三个不同父亲的孩子，每个父亲提起裤子后，都不愿意抚养孩子，她必须上法庭争取孩子的抚养费。可是由于父亲们都是吃光用光，她也拿不到什么钱。养孩子，再加上赌博，萨曼莎的生活总是入不敷出。目前她和另外一个男人同居，凯特问她是否还要生第四个孩子，她笑着摇摇头。

　　除了凯特和萨曼莎，冯菲还请了一个白人女孩装点门面。两个白人男律师偶尔来公司见客人，大部分时候，公司是一帮女人的天下。白人女孩高中毕业不久，在公司的位置可有可无，加上年轻，文化不同，和她们四个年纪较大的亚洲女人没有多少共同语言。

　　冯菲在韩国报纸上打广告，开设了韩国专线，凯特在电话中回答基本问题。如果客人要见律师，她充当翻译。凯特有亲和力，客人基本上都能留住。局面打开后，凯特去了一次韩国，带了几份意向合同书回来。萨曼莎换了办公室以后，客人的信任度提高了，生意比以前还好。冯菲每天处理大小事情，忙得不亦乐乎。

一天闲聊时，凯特提起她的老公早年在美国读法学院，是个律师。冯菲立刻想到和她老公合作，做个后备军应急。但凯特说他以前经常免费帮人打官司，钱太少，已经很久没做律师，而且不知道在美国拿执照的律师如何在加拿大执业。冯菲见了凯特的老公后，一下就明白了他当初为什么做律师赚不到钱，不过还是想帮一下。但他做了牧师以后，不再过问律师的事情，连执照都失效了。冯菲让他询问如何重新申请，所有的费用她出。他答应以后，一直没有下文。冯菲叹息了半天，说这个老公真是一个老实的好心人。考个律师多难啊，这样丢掉太可惜了。私下里，她说怎么又是一个杨剑。

中国毕竟是公司的重要市场，公司的业务稳定以后，冯菲把很多事情丢给宛溪。移民的事情非常繁琐，一点小事都要有证据，所以每个客人的资料都能堆成一座小山。宛溪每天忙着处理资料，打电话，发邮件或者短信答复客人的问题，填写数不清的表格，翻译各种稀奇古怪的东西，有时还要加班。冯菲则借着举办讲座、招揽客人之名，频繁回国。当然每次回去，跟新婚丈夫易亚明相聚肯定是一个最重要的内容。可是一段时间后，冯菲不大回国了，心情也很低落。宛溪以为国内的客人出了问题，就问她原因。她说："生意没有问题，是我选错了人。易亚明脾气暴躁，自私自利，让我喘不过气。关键问题是床上也不行，不知道我找他做什么。"

"你们还算新婚燕尔吧？怎么就出了这么多问题？你不是认识他很多年了吗？"

"其实我一点都不了解他，是他寻死觅活地追了我很多年，还曾经为我自杀。结婚才几个月，他人都还没过来就这个样子，以后的日子怎么过？"

"那你还打算帮他申请移民吗？"

"我这次回去，我们两个人吵得不可开交，我提出离婚。他问我要一笔钱，我说可以，但是停止帮他申请移民。他不同意，说离婚也要等他过来离，如果不让他过来，他要杀我全家。"

"肯定是气话，一个正常人不会这么做的。"

"谁知道他是否正常，你没看到他当时的样子，我挺担心家人安全的。他很想出国，所以我会申请他过来，然后离婚，就当是夫妻一场的礼物。"

"如果真是这样，你不担心自己的安全吗？"

"如果帮了他，应该不会把我怎么样；如果不帮他，才会有安全问题。你也知道我心软，有时候当断不断，狠不下来，要不然也不会和杨剑拖那么多年，出国之前就该离了。"

不管冯菲在感情上如何优柔寡断，不得不承认，她有敏锐的商业触觉，是一个生意高手，而且认真负责。移民注重的是细节，资料不能出错，一个小错就有可能导致申请失败。冯菲虽然性格急躁，但是工作的时候非常耐心细致，每个案子在正式交出去之前，她一定会再次核对所有的信息。不光如此，她工作起来也很玩命。有时为了给客人准备资料，熬油点灯到天明，第二天依然精神抖擞。当然，她也有些小技巧。比如，她会把所有的客人约到同一天甚至同一个时间来办公室，这样的话，客人每次来的时候，都会看到一片繁忙的景象。所以，客人不但自己放心，还会口口相传给他们的朋友。无形之中，又增加了新的客人。因而在她的领导下，公司的业务迅速开花，结出累累硕果，经常有钱进账。很多难民打现金工，所以他们交费用也用现金。最多的时候，一天收了三万多现金，宛溪总是陪冯菲去银行存入大笔现金。后来，冯菲在银行租了一个保险箱，放些珠宝。又买了一个保险柜放在家里，里面都是现金。

由于钱越来越多，冯菲想到独立房升值快，就决定换一个。有钱好办事，她很快卖掉了不值钱的老公寓，买了一个四十多万的独立房。尽管上下班不需要开车，她还是买了一部崭新的丰田佳美。

冯菲对钱算得比较清楚，不占别人便宜，无论是工资、佣金还是提成，都会及时发给员工，从不拖欠。凯特生了孩子以后，一直没有工作，老公的收入也不高，所以他们的经济条件不好，一家三口住在大马路旁边的一个破旧公寓里。公寓有蟑螂，跟管理处反应很多次也解决不了问题。虽然一直想搬家，但是为钱所困，再委屈都要忍受。自从凯特到公司上班后，业绩一直不错，所以提成也高。她和老公终于告别了和蟑螂为伴的日子，扬眉吐气地搬到了央街和芬驰大街一个很好的酒店公寓。央街是多伦多最繁华的一条大街，两边的商铺、酒店公寓和各种写字楼鳞次栉比。央街和芬驰大街在地铁沿线，是北约克的中心，也是韩国人的聚居地。凯特住的公寓才落成不久，无论外观还是内在都让她看不够，和以前的住宿条件相比，简直是天差地别。她和老公也可以随时去街上的韩国饭店吃吃喝喝，不用考虑花费的问题。

萨曼莎虽然要给冯菲分成，但是业务比以前好了很多，况且这样的办公室比她以前那个寒酸的半地下室好得不是一点半点，还可以多收一些客人的钱。所以，她的总收入没有减少，反而增多了。只是无论赚多少钱，她都是帮赌场打工。

宛溪匆忙逃离老鼠房子，本来打算在郭柯的出租房里短住一阵再重新找房子，不过跟小丁和小郎相处愉快，加上郭柯虽然人在中国，还常给她灌迷魂汤，说房子租给她非常放心之类的话，就暂时打消了搬家的念头。

第二十章　夫妻本是同林鸟

按照通俗的说法，冯菲算是新移民里混得比较好的，但并非每个人都有她的魄力、运气和造化。

郑湘妮的生活安顿好以后，郑婷一家就登陆了。他们暂时住在黎强的房子里，考察多次后，为了孩子上学，还是在多伦多的名校区买了个公寓。他们在黎强那里住了几个月，直到买的公寓交接后才搬离密西沙加。所以，他们没有像很多新移民那样辗转搬家。

何化瑞不打算找工作，虽然没有经济压力，但是郑婷觉得两个人都在家坐吃山空，还是不踏实。郑婷受不了苦，不可能去打体力工，再说也没必要，于是她决定上学。虽然不是很想当医生，但是继续老本行好过从头开始。可是当郑婷真的开始研究如何在加拿大成为一名医生后，觉得道路实在太漫长，她没有心思一步一个脚印地去走。做了一番调查后，郑婷选了一个容易学又好找工作的超声波。她曾是医学院的高才生，学这个专业非常轻松。她一边上学，一边去医院实习，毕业后就去了实习的医院工作。薪水不多不少，刚好可以养家。如果没有特别需求，不用吃老本了。何化瑞每天接送老婆孩子上班上学，闲时看看财经新闻、炒炒股票，在国内股市、国内的境外股票和纳斯达克都有所斩获。一家人和和美美，生活富足，丝毫没有新移民从头开始挣扎的苦楚。

刘翠依然在制衣厂工作，骆华在家玩了将近一年后，终于去一个给衣服上面印图案和标志的工厂上班了。工作不累，骆华达观外向，很快和厂里的人混熟，还被提拔成小工头。只是骆华上班以后，旧疾复发，很快就和厂里的一个女人过从甚密。大概有些男人是天生的情种，不可能属于一个女人。他们看到女人就怜惜，就像段正淳一样。刘翠的英语虽然仍停留在说不出一个完整句子的水平，但她已经对移民的生活相当了解。发现了骆华不想隐藏的秘密以后，刘翠听之任之，因为无论他怎么折腾，都掀不起在国内那样的浪花。大江大海都见过多次了，她才不在乎一条小河沟呢！

他们已经退了出租房，在附近买了房子。刘翠打着自己当房东的算盘，买了个两层楼的房子，地下室也装修好了，这样自住加出租，以房养房，他们完全可以负担。

像很多新移民一样，刘翠来了没多久就去了教堂，过程也和大家经历过的一样。刚开始她一个人每个星期天去听牧师讲圣经，每次都有人接送；没有多久，就去别人家的查经班兼聚餐；后来自己家也成了查经班的场所。刘翠一直软磨硬泡，让骆华和她同去教堂，可是没有成功。自从教堂的兄弟姐妹到家里聚会以后，骆华终于却不过情面，每个星期天和刘翠一起去唱赞美诗，聆听教诲，顺便反省一下那颗不安分的心到底应该放在什么地方。

雷恒士的工作是最好的，薪水高，环境好，福利很多，常见的牙医保险自然不用提。除此之外，还有按摩，针灸，甚至还可以花几百块做个特制鞋垫。莘水在一个公司做记账员，工资不高，比较稳定，每天朝九晚五。虽然莘水还是有很多不满意，但儿子爱上了这里的学校。他们已经搬到北约克，买了一个小小的独立房，一家三口住着，也算宽敞。如果一切都像加拿大的蓝天白云、繁花绿草一样自然，那么他们的日子会一直这样继续下去，直到儿子大学毕业，结婚生子。莘水欺负雷恒士一辈子（或者说占尽所有上风）后，老两口安然退休，接下来就是照看下一代和弄花侍草，像很多普通人一样走完他们的人生。可是，天空中除了蓝天白云，还有电闪雷鸣和阴雨天。

互联网泡沫破灭，计算机行业受到很大冲击，连不可一世的北电也陷入了巨大的危机，裁员数目惊人。曾经炙手可热的股票变成了垃圾。很多人看到它的股票从高峰时的一百多块跌成个位数，以为终于等来了做股东的机会，奋不顾身地冲了进去。不曾想从此跌入沼泽地，越陷越深，成了真正的股东。曾经最容易找工作的地方变成了裁员最多的地方，好一点的公司能多给点补偿，差的公司最多给两三个月的工资，那种直接被裁员的什么都拿不到，只能依赖失业保险过活。很多人上班时提心吊胆，生怕被通知走人。一天，雷恒士不幸成为走人的那个。出国之前，他端的是铁饭碗，永远不可能丢。到了多伦多，很顺利地找到工作，以为从此一劳永逸，可以翘着脚过日子，没有想到万恶的资本主义还有失业一说。

雷恒士失业后，像遭到了重击，精神上垮了，一蹶不振。好在他可以领一段时间的失业救济金，莘水也有工作，生活还是可以过下去的。莘水一直催促他重新找工作，可是哀鸿遍野的时候，寻觅民康物阜只能是一个难以企及的梦。雷恒士精神萎靡，莘水让他去政府给失业人士举办的教室上课，他充耳不闻。随着存款数额的下降，贫贱夫妻百事哀的现象已近在眼前。莘水的脾气日益暴躁，她美丽的脸庞逐渐扭曲变形。可是无论莘水的脸凶恶还是美丽，在雷恒士的眼里都一样，他已经忘记了当初的莘水是如何的明艳照人。莘水几乎用尽了一切具有侮辱意义的词汇，雷恒士就是安然不动。从前，莘水发脾气时，雷恒士会哄着她。可是现在，任凭她叫破了天，他就像没听见一样，半句话都不说。

莘水只好把地下室出租，想办法从中国转了些钱过来，勉强度日。雷恒士赚钱养家的时候，她都有诸多的不满意，更何况这样的情景。她很快变成了一个怨妇，每天的生活中心就是用难听的话刺激雷恒士。有一天，她又要打他。他本能地闪了一下，她扑了个空，撞到墙上，脸破皮流血，额头鼓个包。莘水暴跳如雷，立刻打电话报警。两部警车很快停在他们的房子门口，警察下车后看到莘水的伤，几乎没有疑问，几分钟之后就把雷恒士带走了。雷恒士被抓后，莘水又慌了，她打电话给骆华求救。骆华打听了一下，雷恒士被关在监狱。骆华不具备保释人的条件，他到处找人，终于请求一个朋友把雷恒士保释出来。警察给了雷恒士禁止令，必须与莘水保持五百米的距离，一年之内不能和她有任何联系，打电话都不行。言下之意很明显，雷恒士有家不能回。他没有钱另外租房子，无处可去，只能暂时住在骆华家里。刘翠把所有的房间都租出去了，他只好睡在客厅的沙发上。经过漫长的等待和庭审后，法官撤诉结案，但让他参加学习班。大家都不懂得所谓的家庭法，以为雷恒士学习班结束就可以回家，依然和莘水打打闹闹地过日子。尽管大家认为整个事情会到此为止，不过实际上这个磨人的官司才刚刚开始。

住在骆华家的日子里，雷恒士比猫还安静，不是睡觉，就是对着他曾经赖以生存的笔记本电脑，吃饭也是可有可无。如果不是因为待在客厅，根本没有人注意到他的存在。莘水后悔自己冲动报警，不顾禁止令来到骆华家，让雷恒士"刑满释放"以后回去。他一言不发，漠然地看着她或者对着墙壁，好像不认识一样。

骆华看到雷恒士如此沉沦，非常担心，一直设法把他拉回来。两个人是多年的好友，曾经无话不谈。再加上骆华世事洞明，人情练达，雷恒士就慢慢地恢复了一些烟火气。一天，骆华说厂里招人，问他想不想去试一下，他爽快地去了。就这样，两个人又成了同事。雷恒士上班以后，自己在外面租了房子，每天做着不需要消耗脑细胞的工作，简单快乐。

莘水一个人带着儿子，满肚子怨气，脾气更加火爆。儿子正是调皮捣蛋的年龄，她时常责骂，有时动手。一次下手重了，儿子的脖子上留下两道伤痕，她有点慌，带着儿子去了医院。医生看了伤口，表示怀疑，就报警了。不久以后儿童保护协会的人上门问话，莘水不知其中深浅，采取不合作的态度，最后儿子被带走了。莘水撒泼耍横，结果被冠以精神不正常之名，要她去看心理医生。儿子被送到了寄养家庭，莘水必须在儿童协会工作人员的陪同下才能看孩子。任何时候，她都不能单独接触孩子。雷恒士见状，只好去要求孩子的抚养权。于是，一场没有尽头的官司开始了。

即使万事顺遂，莘水也是个一言不合就小题大作的人，更不要说厄运连连时。她简直要发疯了。她以为儿童保护协会和警察都怕她一哭二闹三上吊，可她越是如此，罪名就越多。起诉书越来越厚，一个箱子都装不下了。刚开始，莘水找了法律援助，但是因为有房子，就登记了一个置留权。名义上免费的法律援助一点都不负责，上庭之前，很多文件都不读，法官问话时，回答得颠三倒四，前言不搭后语，被儿童保护协会的律师驳得哑口无言。莘水没有办法，几经周折，找到一位有经验的律师，事情似乎有些转机。可是由于儿子逐渐长大，法庭会把孩子的意愿作为参考，所以雷恒士的律师提出这个要求。结果儿子说要和爸爸生活，因为妈妈既不能帮他做数学题，又经常欺负他和爸爸。莘水闻言，差点当场昏倒。她气得咬牙切齿，不甘心就此罢休，誓与所有人拼个你死我活。她卖了房子，辛苦地工作，支付巨额的法律费用。

自从雷恒士被抓走的那一刻起，莘水咒骂加拿大的频率和各种更加不雅的词汇都上升到了一个新高度。再加上儿子的事情，加拿大已经变成她口中的地狱，只有精神病和疯子才会来这里受苦受难，被反复折磨，过着非人的生活。她美丽的脸庞像秋后的菊花，枯残的荷叶。雷恒士虽然没有完全恢复到正常状态，但脸上时常透出笑意。厂里的女人较多，一来二去，他和一个颇有姿色的女人处于半同居状态，周末还带着新女友跟儿子相聚。尽管莘水捂起耳朵，闭上眼睛，不听不看，但还是无法避免丝丝缕缕的消息传过来，她杀人的心都有了。

第二十一章　殊途同归的纠葛

　　冯菲搬家以后，公司欣欣向荣，衣食优渥，只有易亚明的事情让她忧心。古人用杜康解忧，她酒瘾不大，牌瘾不小，于是想召集人每周去她家打牌。在多伦多不像以前在学校那样，只要一声招呼，打牌的人就蜂拥而至。冯菲和客人的关系仅限于业务，没有私交，再说就算有私交，也不可能叫客人去家里打牌。朋友也不多，各人都有自己的一摊事情。而且，很多人都有生活压力。在国外谋生不容易，不是每个人都能像冯菲一样能够快速找到致富之路。所以想每周找到几个朋友打牌，并非易事。冯菲让宛溪找人，她便先在宿舍宣传。刚好小郎也酷爱打牌，宛溪一说，他踊跃参加。小丁做的不是朝九晚五的办公室工作，很多时候周末要上班，只能作罢。小郎有个同学小吕，在大学的时候两人就是牌友。小吕上了一段时间的班后，申请了几个学校的研究生，正在等通知，所以最后固定的牌搭子成了他们四个人。刚开始，冯菲一直和宛溪对家，但是小郎和小吕几乎记得每张牌，她们经常被打得落花流水，双方都觉得没趣。后来换成冯菲和小郎搭档，宛溪和小吕搭档，才变得有输有赢。

　　开了牌局以后，输的一方总是不服气，所以每次都打到半夜，大家鼻歪眼斜才停下来。因为很累，又太晚，谁都不想动。冯菲自然可以倒头就睡，他们三个所谓的客人也不想半夜离开，迷迷糊糊回出租房，所以几乎每个周末都住在冯菲家里。四个房间，刚好一人一间，互不干扰。一天，天蒙蒙亮的时候，宛溪觉得口渴，下楼去厨房找水喝。经过冯菲的房门时，隐约听到说话声，她以为冯菲在打电话，就很快走过去了。喝完水后，再次经过冯菲的门口时，她听到小郎的声音。她以为自己没睡醒，听觉出了问题，就想仔细辨别一下，可是房间里面好像觉察到外面有人经过，不再发出声音。宛溪虽然有点好奇，但不能一直站在外面，只好带着疑惑回到自己的房间继续睡觉。

　　郭柯每次回来都静悄悄地待在客厅，拉上帘子，不打扰任何人。一天傍晚，小丁和小郎都不在，郭柯突然来敲宛溪的门，说肚子痛，让她开车带他去医院。虽然宛溪在国内也开过车，但从来都不热爱这件事。出国以后为了多一个证件，才考了G1，仗着国内的基础，只跟教车师傅练了两次车，就去考G2，但是没过，有些灰心，没有再考。后来她看到网上很多人说车牌如何难考，很多国内的老司机都考好几次才过，有人甚至考了十次八次都没过。她不是老司机，就心安理得地接受考不过车牌的现实，因为没有迫切需要，就一直没考。现在郭柯突然要她开车，她很胆怯，说自己没有执照。郭柯说："没关系，我有G牌，我坐在边上，你可以开车。"宛溪还想拒绝，可是看到郭柯额头冒汗，疼痛难忍，只好壮起胆子，拿出大无畏的勇气，开着他的车去医院。

好在已经过了高峰时间，路上的车不多，行人也看不到两个，所以宛溪一路紧张地开到医院的停车场，没出什么事。到了医院以后，宛溪急忙搀着郭柯去急症室。护士问了情况，填了表，让他们坐着等。郭柯痛得无法坐，捂着肚子不好意思叫，又开始呕吐，死去活来的样子。一个多小时后，护士把他带了进去，宛溪在外面等着。不知过了多长时间，护士出来说郭柯是肾结石，要他多喝水，慢慢排出来。折腾了一番后，郭柯的疼痛似乎有所减轻，宛溪开着车把他带回宿舍。郭柯大概累坏了，躺在他的折叠床上不想动。宛溪把装水的大水杯放到他的床边，督促他不停喝水，并且说如果很痛，不管多晚都叫她。

小丁和小郎已经回来，听说以后也过来看郭柯。整个晚上，郭柯静悄悄的，谁都没叫。第二天早上，郭柯依然躺在床上说痛，但是可以忍受。宛溪和小郎熬了半锅稀饭端给他，就去上班了，让他有事打电话。每天下班以后，宛溪就去看看帘子后面的郭柯，小丁和小郎也每天拿好多水或者做些吃的给他。几天以后，郭柯说结石排出来了，非常感谢大家的帮助，说要请三个人出去吃饭。他们四个人在离住处不远的地方吃了日本料理，吃完以后，一边看夜景，一边走回去。小丁说在国内谈了一个女朋友，下个月回去，如果合适就结婚，把她申请过来。三个人都笑说，别当搬运工啊。小丁憨憨地跟着大家一起笑。

一天，宛溪收到卫心的电子邮件，说申请移民加拿大成功了，很快就会过来。卫心在英国读了一个硕士，毕业后在当地找了一份工作，但是想拿到英国的身份，实在遥遥无期，所以她和很多同学一起申请移民加拿大，被批准和被拒绝的都有。说来也巧，卫心居然和钱光良同校，宛溪只能感叹世界还是太小。钱光良在英国毕业以后，在一个大公司工作，没有多久就被公司派到多伦多工作。公司待遇优厚，所有费用几乎都报销。他很快发现多伦多对于同性恋非常宽容，同性恋可以在街上牵手拥抱，甚至接吻，不会有人侧目。他迅速地爱上了这个自由的城市，决定常住，立刻申请移民。也许好运不能一下太多，这之后不到半年，就遇到经济大萧条，很多公司大幅裁员，钱光良的工作也丢了。他试图另外找一份工作，可是大劫过后，各方面情况都非常糟糕，雇主难寻。雪上加霜的是，由于移民政策收紧，他的申请也被拒绝了。没有办法，他只好先回中国。

郭柯身体好了以后，又回国了。小丁也履行诺言，果真回国见女朋友去了。房里只剩下小郎和宛溪，他们都觉得冯菲那里方便，所以待在她家的时间比以前多，有时不打牌也过去玩。自从宛溪听到小郎在冯菲房间的声音后，不知是否疑心生暗鬼，每次看到他们都觉得非常暧昧。她想问冯菲，又有些犹豫。一天打完牌后，又是半夜，四个人上楼去了各自的房间，很快整个房子一片寂静。由于宛溪和小吕最后一局大胜，所以有点小兴奋。她难以入睡，就看了一会儿手机，正准备睡觉时，突然听到开门和关门的声音。她以为有人上厕所，可是一想不对，厕所是在完全不同的方位。想到上次未解的疑惑，她悄悄地走出房间，站在门口没动。由于房间不隔音，又是万籁俱寂，小郎和冯菲在房间里男欢女爱的低声呻吟立刻传了出来。多日的怀疑得到印证，她反而觉得自己像做贼一样，马上回到房间悄无声息地关上门。她了解冯菲，但是没想到她会和一个认识不久，小她很多的男生擦枪走火。如果是一夜情，倒也无妨。大家心甘情愿，早上起来一拍两散，谁都不欠谁。但是他们两个这种半生不熟的关系，不知道以后怎么相处。她决定装聋作哑，反正冯菲早晚会告诉她。

小丁在国内待了三个星期，回来后春风满面，显然和女朋友之间进展顺利。而且刚回来就筹划着下次回去的事，结婚已经提上日程。看来只要目标一致，可以少走很多没有必要的路。

郭柯再次回到多伦多的时候，说他上次生病时得到很多帮助，过意不去。为了表示感谢，要教宛溪开车，直到她考过为止。宛溪说："你教我开车，我也无以回报啊。"

"你考过以后，请我吃顿饭就行，就像上次我请你们一样。"

虽然开车没有技术含量，是个熟练活儿，但由于开车的规范不同，所以宛溪以前开车时养成了一些加拿大人眼中的坏习惯。上次没考过就是因为红灯右转时，她认为后面的车够远，就开出去了，考官则说后面的车太近，是危险驾驶，仅这一点就过不了。她缺乏路上的练习和对交通状况的实际判断，也不想再跟教练进行千篇一律的重复动作，再说她没有信心下次就能考过。一次次租车去考试，也不便宜，还不如请郭柯吃饭呢。跟郭柯多开几次肯定能考过，所以就接受了他的建议。

有人说恋人或者夫妻之间教开车的，会吵到要分手或者离婚。跟郭柯练车后，宛溪深刻体会了这句话的含义。郭柯没有耐心，不是一个好教练，经常指责她没有规矩，胡乱开车，甚至说在冒着生命危险陪她开车。她也不示弱，经常气得罢开，或者把他赶下车。看到宛溪生气，他又道歉。就这样吵吵闹闹中，她考过了 G2，两个人之间的关系也发生了质的变化。郭柯不再住客厅，和宛溪一起住在主卧室，也不回国了。她问起他国内的生意，他说有朋友帮忙，不用他一直盯着。他每天都很晚睡觉，经常在电脑面前搞到三更半夜。每次宛溪问起，他都说做项目。她不懂他电脑上的代码，就不再问了。只是不希望他每天待在家里，就让他去找工作，他答应了。

第二十二章　折磨过后的幡然醒悟

郭柯嘴上答应去找工作，宛溪不可能去督促他，因为她每天早出晚归。反正她看到的是他每天依然很晚睡觉；她一早离开时，他还在蒙头大睡。一天晚上，宛溪半夜醒来，郭柯还没睡，不知在给谁小声打电话。正想叫他睡觉，听到郭柯低声说："老婆，你等等，我抓紧时间帮你们办。"宛溪本来处于混沌状态，这几句话让她一个激灵从床上跳下来，抓过郭柯手中的电话拿到耳边，听筒里传来一个女人软绵绵的声音："老公，我知道你爱我们，不着急……"还没听完，她就气得把电话扔在一边。郭柯赶快捡起来，挂断电话。她对着他大叫："你这个骗子！"

郭柯立刻捂住她的嘴说："宝贝，小点声，别把人都吵醒了。"

宛溪气急败坏，用力搬开他的手："谁是你的宝贝？你到底有多少宝贝？电话里的女人是谁？"

"宝贝，冷静一点，听我解释。"

"如果我大半夜给一个男人打电话，叫他老公，你能冷静吗？"

"我一直都想告诉你，但是不知道怎么开口。"

这种话宛溪以前也听过，看来所有的男人在为自己找借口时，说的话都是一样的。想到这里，她更加愤怒，新仇旧恨加在一起，忍不住抬手给了他一巴掌，然后说："你今天不给我说清楚，明天我就把这个房子烧了。"

"看你手无缚鸡之力的样子，没想到下手这么狠，脾气够爆的，一点都不心疼我。"郭柯摸着自己的脸，挤出一丝笑容，"好吧，我活该，但我没办法，她对我有恩。"

"刚才她说我们，难道你有几个老婆？"

"你的想象力也太丰富了，一个我都招架不住，哪里还能有几个！她有一个女儿，我答应帮她们办移民。但是和你在一起后，我就没办了。我跟她说

了我们的事，她说只是想给女儿一个好的环境，过来以后，不会打扰我们的
生活。"

"你真的结婚了？什么时候的事？"

"上次回国的时候，她说想带女儿出来上学，让我帮她们。我找不到拒绝
的理由，就跟她领了结婚证。"

宛溪正准备强行冷静下来，听到这里一股怒气又窜了上来，胡乱骂道：
"你这个无耻的王八蛋，既然已经结婚，招惹我做什么？"

"你说得都对，但我跟她不是爱情，她也知道这点。"

"放屁，刚才电话里老公老婆叫得那么亲密，不是爱情，难道是偷情，奸
情，不伦之情。"

"还真有点不伦的意思，因为她比我大十几岁。她在我们学校的医务室工
作，我大学快毕业时得了肺结核，休学一年。回校后初恋女友去了另一个城市
工作，跟我分手。我受到打击，身体又垮了，成了医务室的常客。原来就认识
她，后来越来越熟，她没日没夜地照顾我，给我打气，我才挺了过来。她那时
候刚离婚，女儿很小，也很不容易，后来我们俩自然而然地发生了关系。我毕
业以后离开学校，就和她断了。后来又回校硕博连读，和她旧情复燃。她一直
说一切由我决定，不会成为我的负担。我对她虽然更多的是感恩，但是也不知
道怎么分手，这样纠缠不清，分分合合快十年了。我出国以后，她提出结婚，
说是为了女儿。她的女儿我也是看着长大的，很有感情。所以犹豫再三，我还
是答应了。"

宛溪听完，一口恶气发不出来，因为郭柯不是一个纯粹的渣男，他有他
的理由，但她还是抓着他的话不放："她比你大十几岁，就叫作不伦？很多男
人和比自己女儿甚至孙女还小的女人谈恋爱结婚，他们也没认为自己不伦。为
什么女人比男人大就叫作不伦？可见你就是个心术不正，庸俗无耻，满脑子狭
隘观念的人。既然你这么认为，为什么还深陷其中这么多年？"

"我是顺着你的话说的。算了，反正我说什么都是错。但我可以明确告诉
你，我是想早点拔出来的，可是大脑不受控制，心有余而力不足。"

第二天上班的时候，宛溪脑子里乱哄哄的，总是丢三落四，被冯菲数落
了好几次。因为影响了工作，她只有接受批评。晚上下班回去，她问郭柯打算
怎么办。郭柯说："我还是把她们办过来，她知道我们的事，所以没有影响。"

"我不相信你说的，你现在给她打电话，我要亲自问她。"

"行，我马上打，你跟她求证。"

郭柯打通电话后，宛溪听到一个酥软的女声隔着话筒传出来，郭柯说了句等一下，就把电话递给宛溪。宛溪立刻报上名字，电话里的女人稍微顿了一下，然后柔声细气地说："我知道，我老公都跟我说了。他爱我们，我不在乎他在外面做什么。再说，国内的生意都是我帮他打理，我们的利益一致，是不可能分开的。他一个人在那么远的地方，一时寂寞，熬不过去，有个女人满足他，照顾他，我也放心……"

宛溪把电话用力扔在地上，电池从后面弹了出来。她暴跳如雷，只想杀了郭柯。郭柯使劲全力抱住她，小丁和小郎闻声也从房间里出来看她。她只有喃喃地说："你知道她会说什么，就是要让我听到这些。你喜欢这样的游戏，她让你心理膨胀，让其他女人为你发疯，你坐山观虎斗，但非常享受。你之前的女朋友都是这么被她斗败的吗？你们两个都是变态。"

"我不知道她跟你说了什么，但请你相信我，她是一个善良的女人，不会伤害别人的。"

宛溪石化了片刻，然后急忙挣脱郭柯的怀抱说："我明天就出去找房子搬家。"

"你再想想，不要这么急躁。我不打扰你，你冷静一下。我这两天就回国。"

郭柯住回了客厅，宛溪不理他，第二天开始找房子。她不想再跟人合住了，手中也有了一点钱，但由于是一个人，所以下不了决心像冯菲那样马上买个房子，于是就找了一套闹中取静的公寓。可公寓要一个月以后才能入住，她无法忍受和郭柯共处一室，想去冯菲家住。然而想到冯菲和小郎的关系，只好打消念头。好在郭柯不仅像以前那样静静地住在客厅，还真的在四天之后离开了，所以她就安心等待入住公寓的那一天。

一天晚上，小郎又没回来，不用想也知道住在冯菲那里。宛溪连晚饭都没吃，躲在房间看八卦网站，全是某个结婚十年的男演员外遇；或者某个新婚的女演员和谁有一腿等无聊透顶的东西。虽然明知是浪费时间，她还是看得津津有味，从别人的痛苦中得到些许安慰。客厅的电话不停地响，她专注于别人的私生活，根本不想理会现实中的电话。最后小丁接了后说找她。宛溪拿过来一听，又是那个软绵绵的女声："我老公回来好多天了，一直和我住在一起，说还是我对他好，其他女人都不可靠……"

宛溪一句都不想再听，打开电话的后盖，拿掉里面的电池，把电话扔在地上。她怔怔地坐着，一阵悲哀涌上心头，忍不住放声大哭。小丁过来安慰她，她不能自已，抱着他痛哭，弄了他一身的眼泪鼻涕。小丁没有动，任凭她哭。哭过以后，她轻松了一些，又对小丁连声道歉。小丁说："没关系，我知道你心里难受，谁碰到这种事都受不了。这几天我会陪着你，你想哭就哭吧，或者跟我说说话，不要把自己憋坏了。不管什么事，总会过去的。"

宛溪不知道跟他说什么，只好说自己没事了，小丁说了一会儿话后离开了她的房间。

宛溪坐在床上发呆，不知过了多久，倒在床上和衣睡去。迷糊之中，她觉得有人在摸她的脸。她挥了一下手，可是却被什么东西抓住了。她朦胧地睁开双眼，觉得有个人站在床边。她吓得尖叫一声，立刻完全醒来，定睛一看，原来是小丁。小丁立刻放开她的手，窘迫地说："你的门开着，我怕你出事，就进来看一下。"

宛溪想到之前和他抱头痛哭，感觉非常不妥，他毕竟是一个有着正常生理需求的年轻男子，不知自己的行为是否引发了他的非分之想。拿不准他到底要做什么，听到他这样说，马上接下去："我没事，之前打搅你了，对不起，非常不好意思。我这就锁门，你赶快去睡吧。"

第二天早上两个人没有碰面，晚上下班的时候看到对方，都有点尴尬。为了缓和气氛，宛溪说："我已经找了一个公寓，很快就搬了。"小丁说："这么巧，我也找了个房子，这两天就搬。"

小丁真的在两天以后搬走了，他住的是半独立房里的一个小房间，这种房子不用等，随到随住。看来，他也为那晚的事情难堪，所以先逃了。宛溪在郭柯回来之前搬走了，房子里只剩下时住时不住，把这里当成临时客房的小郎。

郭柯回来以后找过宛溪几次，她深恶痛绝各种借口的藕断丝连，而且这两个人之间远非藕断丝连那么简单。所以她一点余地都不想留，从各方面和他彻底断绝关系。郭柯看到事情没有转机，便不来骚扰她了。

小丁搬走后，偶尔给宛溪打个电话，无伤大雅的闲聊后，他们之间的难堪消除了。没有多久，他就回国结婚。回来以后，他拿了一包喜糖给宛溪，并且向她咨询夫妻团聚移民的事。

第二十三章　移民

宛溪搬家不久，就到了圣诞和新年。她一个人百无聊赖，就把能想到的朋友家都去了一遍，包括很久没有联系的刘翠家。在那里，她碰到仿佛一个世纪没有见过的莘水。整个晚餐，大家都在听莘水骂人骂加拿大政府，把加拿大说得一无是处。尽管骆华不停地插科打诨，气氛还是很尴尬。听着莘水的苦难史，吃饭的人都不好意思举筷子，仿佛每吃一块肉就是在剜她的心。最后，大家只好找借口纷纷离去，毕竟没有人想在新年的时候沾上晦气。虽然刘翠非常八卦，但是也听厌了莘水的满腹辛酸，好说歹说才让骆华把她送回了家。莘水走后，雷恒士气定神闲地进来，脸上带着一丝笑意，倒像是庆祝新年的样子。

骆华想到刚才在路上一直啼哭加抱怨的莘水，有些不忍，就劝雷恒士跟她复合。雷恒士坚决地说："绝对不可能，我现在是最快乐的时候。"

"何必这么绝？毕竟是夫妻，千年修得共枕眠。"

"你们都知道她一直很跋扈，我没有计较，都忍了。是她坚决要出国，我只好配合。失去工作以后，我的心情跌倒谷底，这辈子都没想过会失业。可是她一句安慰的话都没有，整天跟我吵，你们也知道，我都快得抑郁症了。"

"夫妻哪有不吵架的，床头打架床尾和，不就那么回事嘛。你们现在缺少床尾和的机会。"

"不是这么简单。我们俩闹僵以后，她把所有的责任推到我身上，还给我妈打电话找茬儿吵架。我妈已经受了她多年的气，想着走远了也好，没想到越过千山万水，她有不如意的地方，还是找我妈撒气。她对我妈最好的时候就是我妈帮我们带儿子的那段时间，我妈身体一直不好，为了帮我们，什么都不顾了。结果儿子上幼儿园后，她马上变脸，恨不得我妈下一秒钟就离开。各种难听的话都能往外说，我妈实在受不了，第二天哭着离开了。当时我妈怕影响我们的关系，什么都没说，这些事情我都是不久前才知道的。我已经好多年没有哭过了，听了我妈的那些话，当时就忍不住流了眼泪。记得那个时候莘水说怕我妈辛苦，所以让她早点回老家休息，我居然相信了。你们说我有多蠢！这个女人有多恶毒！看我妈没有利用价值，就一脚踢开。这些年，她对我也是这样。我丢了工作以后，她的态度实在令人恶心。她把我折磨到这个地步就算了，居然还不放过我妈。我妈已经一把年纪，病病歪歪的，不知道还能活几年，她这样气她，你说我怎么忍？我现在只想跟她扯断一切关系。"

不善言辞的雷恒士一口气说了这么多话，让在座的所有人侧目。这一席话也让骆华的怜香惜玉之心顿消，新年联欢也变成控诉大会。还好不久之后，雷恒士的新女友过来。他的心情大好，吃着热菜，喝着浓汤，和骆华谈天说地，才有了新年的氛围。

裴云英一家三口随着移民大潮登陆温哥华，楚山从西岸走到东岸。考察一番后，他觉得自己离开中国，只能是个废人，就让裴云英带着儿子熬身份，他做空中飞人。裴云英虽然不情愿，但是看看周围，太空家庭的数量不在少数，就无奈地留下了。虽然楚山说做空中飞人，但是他飞来的日子屈指可数，他的身份肯定保不住。裴云英不能再把身份丢了，她只好算着居住的日子，只要时间够，就带着儿子两头跑。

卫心在夏天到了多伦多，宛溪提前帮她租了房子，让冯菲开车去机场把她接到出租房。

卫心本来就是一个很有计划的人，在英国独自生活了几年，她的各种能力都得到了提高。虽然刚到多伦多，说起大小事情，似乎比宛溪还要清楚。她想当老师，所有程序早已了解清楚，知道整个过程差不多需要两年时间。因为教中文比较简单，而且都是放学以后和周末上课，不影响其他事情，所以她想先当中文老师。

落地没多久，卫心就拿回一些多伦多教育局的资料，让宛溪和她一起去考中文老师。宛溪本来就喜欢中文，所以就跟着她去教育局参加考试。考试很简单，是一个命题作文。题目是"授人以鱼，还是授人以渔"。写作文是宛溪的长项，尤其是八股文一类的东西。她毫不费力，洋洋洒洒写了一大篇。考完以后，没有放在心上，每天照常上班，直到有一天教育局通知她去面试。当然，卫心也收到了通知。面试以后，两个人都通过了，然后填了一些表格，做无犯罪证明。一切弄完以后，她和卫心都成了教育局的中文老师。宛溪以为教育局会给她们分配工作，卫心说取得资格只是第一步，工作要自己找。过了一段时间，卫心拿了几张纸回来，一一讲解，告诉宛溪哪个学校要人；教几年级；普通话还是广东话；哪些职位是临时的；哪些职位是长久的。总之，还没开始上课，卫心就成了教育宛溪的合格老师。

她们找了离住处比较近的两个学校，去面试以后，卫心两个都去，分别教七年级和高中。宛溪选了一个，教三年级，每周六上半天课。在卫心的带领下，她成了一个兼职的中文老师，薪水不错，每个小时三十多块。上课不费什么力气，这个钱赚得很轻松。第一次拿到工资单，她像以前一样，请卫心吃大餐。

卫心给教师学院递交了简历、毕业证和以前学过的课程的认证，参加各种语言测试，包括笔试、听力和面试。折腾良久后，她终于取得入学资格。她一边在教师学院上课，一边在业余时间教中文，安排得井井有条，什么都不耽误。

裴云英在温哥华和北京两个城市之间奔波了一段时间后，儿子楚瑜就到了上学前班的年纪。为了儿子，她打算安心在温哥华待下来。可是楚山和他的父母都说孩子经常两头跑，连幼儿园都没正经上过，加上国外的教育太宽松，这样下去不好管。他们希望孩子在国内上完小学，把习惯培养好再出来读书。裴云英本来想坚持一下，可是一来拗不过丈夫和公婆；二来，楚山的财力不能支持她们母子在国外的生活。所以她只好把儿子带回国内，然后一家人就楚瑜在哪里上学的问题开了很多次家庭会议，进行了严肃的讨论。

楚山工作忙，应酬多，很多时候半夜才回家，让楚瑜跟着他显然不现实。楚山的父母不愿意常住北京，他们在老家过得如鱼得水，办什么事情都方便，在北京诸事都要依靠楚山。楚山也只是偌大京城里的一个小人物，真的碰到难事，还要仰仗别人，而且不一定能办成。所以他的父母只是偶尔来趟北京，稍微多住几天就非常不自在。因此他们主张楚瑜跟着他们在老家上学，反正交通方便，楚山也有车，只要他有空，可以随时回去看楚瑜。刚开始，裴云英坚决反对这个主张。原因很简单，大家都挤破头去北京上学，楚瑜当然不能离开。公婆极力诉说老家的好处，反复强调楚山小时候就在那里上学，直到考上大学才离开，以此证明那里的教育质量实属上乘。而且楚山的妹妹楚媚也在当地的教育部门工作，楚瑜上学的事让她去办就行。裴云英内心也很清楚，不可能指望楚山照顾楚瑜。她的本意是说服公婆搬到北京，可是公婆说什么都不愿意，她只好妥协。其实理智地说，楚山的老家是个经济发达、环境良好的城市，也是很多大学毕业生削尖脑袋想留下来的地方，各方面都不差。只是和北京比起来，任何地方都会显得逊色。

经过多次讨论后，裴云英接受了公婆的方案，让楚瑜跟着他们。另外，楚媚和他们住在同一个小区，她结婚多年，一直没有小孩，非常喜欢楚瑜。楚媚也说楚瑜可以经常住在她家，她和老公都会把楚瑜当成自己的孩子。裴云英原本有些担忧公婆溺爱楚瑜，有了楚媚的承诺，才安下心来。楚媚和她年龄相仿，两人无话不谈。

裴云英把儿子留在了国内，等到全部安顿好后，自己在富人云集的温哥华住了一段时间，最终搬到了中产阶级的聚居地多伦多。在多伦多常住以后，裴云英走过了一段常规的移民路线，然后经过朋友介绍，去上班了。

第二十四章　地产经纪

裴云英上班的地方是一个地产经纪公司，公司不大，有十几个地产经纪。因为老板是台湾人，所以经纪也都是台湾来的。老板姓范，体型偏胖，经常笑眯眯的，像个缩小版的大肚弥勒。经纪大部分时间在外面，除非范老板办讲座或者带客人进来谈合同，公司才会热闹一些。裴云英在公司负责接电话，接待临时上门的客人，整理文件等办公室的所有工作。

认识范老板以后，裴云英才知道台湾分本省人和外省人。范老板的父亲是国民党老兵，留在台湾以后，做个小官，娶了一个本省姑娘。尽管范老板的母亲是本省人，但他在眷村长大，而且他的父亲是外省人，所以他是不折不扣的外省人。范老板在美国留学，毕业以后回台湾做生意，正好赶上经济腾飞的黄金时代，所以他像很多那个时代的台湾人一样富足。他也娶了一个本省人，儿女双全。范太太的父母都是在日本统治时期长大的本省人，受的是日式教育。范太太虽然年纪不轻，但说话还是娇滴滴的。她的身高体型都如同还没有发育好的小姑娘，正好跟她说话的声音和口气相吻合。像很多本省姑娘一样，即使生了两个孩子，她的身材依然很纤细。

范老板身在多伦多，心系台湾政治，几乎每天都把《世界日报》《明报》和《星岛日报》三份中文报纸买齐，然后就蓝营和绿营的最新局势发表一番评论。公司有几个热心政局的地产经纪，如果他们刚好都在，就你一言我一语，好像电视转播。如果没有人，范老板就跟裴云英唠叨他的高见。她根本不关心政治，更不要说台湾政治，可以说是个白痴。但经过范老板不厌其烦地熏陶，在台海问题上，她逐步变成了道听途说的专家。

范老板每天早上起来就出去买三份报纸，然后在各种早餐店一边吃饭一边看报纸。有时，范老板说一个人吃饭无聊，就给裴云英打电话让她一起去吃。裴云英住在公司附近，很多时候也是在路上买杯咖啡、硬面包圈或者玛芬之类的拿到公司吃，所以她有时也跟范老板一起吃早餐。报纸上有油墨，范老板总是用沾了油墨的黑手指抓着面包、杯子蛋糕什么的送到嘴巴里。裴云英觉得想让肚里有墨水，也不是这种方法，实在看不下去，就让他用叉子吃。范老板说："我在家也这样，老婆从来不管。"裴云英就不敢再多管闲事了。

吃完早餐后，范老板有时到公司继续看报，处理日常事务或者解决经纪遇到的问题。快中午时，他把《世界日报》带回家，因为范太太只看这一份报纸，其他两份丢在公司。印刷工人熬油点灯印出来的报纸，除了部分油墨进了范老板的肚子，其他的百无一用，只要翻阅以后就成了废纸。每份报纸都是厚厚的一叠，广告占的版面超过有点用处的内容，办公室里堆得到处都是。范老板关心完大事后，再也不会碰出版不久的旧报纸，所以丢掉废报纸成了裴云英工作中的一个重要内容。

范老板衣食无忧，办个小公司是为了消磨时间，免得每天闷在家里得老年痴呆。他随遇而安，办公室的事情如果有人帮忙，他就当甩手掌柜，乐得轻松。在裴云英来之前，他有过几个秘书。他不刻意招聘，秘书离开以后，如果有朋友介绍合适的人，他就用着。如果一时没有人，他就自己身兼多个角色，所有的事情一手操办。公司没有制度章法，一切都是他的意愿。地产经纪基本上都是单人作战，每个人和自己的客人打交道，做完单以后拿独立的佣金，不需要合作。经纪对公司不满意，可以随时离开。因此很多地产经纪公司都是铁打的营盘流水的兵，人员流动非常频繁。范老板的公司反而是个特例。加入公司的地产经纪都是熟人，对于新经纪，他总是耐心指点。所以尽管他没有严格的管理方式，长期以来，公司就是一个随意的松散体，但是经纪的人数很稳定，不像其他公司那样来来去去，不停更换。

公司的经纪都是拿佣金，每个人报自己的税。裴云英是唯一一个拿工资的人，范老板每个月给她现金，说是懒得报税。工资不高，如果报税，也没多少钱，裴云英觉得干不了多久，就不想跟范老板多说。再说，他的公司自开业以来就是这种现状，都快二十年了还是如此，她也不可能改变什么。她上班以后，一直轻松自在，没人管她。一段时间后，她发现这是一个理想工作，因为每年回去两三次看孩子，每次都是一两个月，回来以后仍然照常上班。人都有惰性，时间长了，她也懒得动了。再说多伦多也不是个偏僻荒凉的小山村，所以她失去了当初一心脱离穷苦之地的动力。一旦没了斗志，人就容易随波逐流，裴云英就在这个自由自在的小公司一直做了下去。后来，范老板鼓励她去考地产经纪的执照。到了加拿大以后，裴云英才发现这是一个万证之国，无论哪个行业都需要证书。听到范老板这么说，她想多一个执照肯定有好处，就准备考试。上课的时候，她认识了一个名叫钟石的男人。

钟石有张扁平的脸，细窄的眼睛，塌鼻梁，薄嘴唇，腰围和肚子都很突出。经常是人没到跟前，肚子先挺过来。由于体型庞大，走起路来像螃蟹一样横着。他不是个热爱学习的人，有门课总是考不过。裴云英当起了老师，给他讲解了很多问题。钟石拿到执照后，裴云英带他见了范老板，于是钟石加入了公司。

范老板有时会消失几天，音讯全无。一次公司的经纪有问题，裴云英到处找不到他，问范太太也说不知道。他回来以后，裴云英问他去了哪里，又不是小孩子赌气，为何突然不见人。他说："就是赌气，跟老婆吵架，不想待在家里。有时在路上开车乱走，有时去赌场烂赌。"

裴云英想不到说话嗲声嗲气的范太太吵架的时候是什么样子，就好奇地问："你老婆那样说话都怕吵到蚊子的人还会吵架？"

范老板没好气地说："吵架的时候蚊子都被她吓跑了。整天嫌我赚钱少，不知道多少钱才够，就是一个守财奴。"

裴云英没想到范太太还会为了钱吵架。范老板曾经说过她娘家很有钱，而且范老板也早就过了为钱发愁的阶段，他在台北买了好几个房子和铺面。谁能想到他们这个阶层的人，居然为了这种问题吵架，还把范老板气得离家出走。看来，的确是家家有本难念的经。

公司的经纪，有人忙，有人闲，大家的生意相差很远。有人半年做不了一单，有人一个月大大小小加起来有好几单。忙的人每天都在外面带客人看房子，连更新车牌旁边小贴纸的时间都没有。被警察抓住以后开了罚单，仍然照开不误。

钟石加入公司不久，也成了一个很忙的经纪，每天马不停蹄在外面跑，每个月最少做一单。可是，他做了一段时间后，就抱怨说："这行真不是人干的，我每天累得跟孙子一样，带那些人不停地跑，有的都看了四五十个房子，还是没买。跑了也就算了，老子气归气，但是也没办法，最可恶的是有些混蛋居然跟别人买了。都是龟孙子，王八蛋，老子以后不伺候了。"钟石平时说话的时候，就不停地问候别人的母亲和祖宗，生气的时候，更是如此。有时，他问裴云英："你说这帮王八羔子为什么这么浑？老子怎么做才能让他们满意？难道要以身相许吗？"裴云英知道他只是发泄，并不要答案，就开玩笑说："不管有理无理，都要无条件地满足客人。无论男女，只要有人提出以身相许的要求，一律不能拒绝。"钟石哈哈大笑："行，就照你说的做。"

连锁店是个处于上升期的新牌子，已经得到了大众的认可。钟石做了两年多"非人"的地产经纪后，在多伦多的一个购物中心里买了个连锁店。连锁店在饮食广场，是快餐的形式。

加拿大的小生意都需要亲历亲为，如果全部请人，成本很高。所以钟石除了自己投入以外，把老婆和弟弟也拉到店里帮忙。自从他买了连锁店以后，做地产的时候少了很多。买了第一个店以后，生意很好。钟石受到鼓舞，觉得在购物中心里的连锁店自然有人上门。购物中心本身不缺客人，总公司做市场推广，根本不需要自己到处吆喝。所以不到两年，他又在另外一个购物中心买了第二家同一个牌子的店。

第二十五章　纠结过去还是面向未来

卫心早已到了谈婚论嫁的年龄，她和郭昌的事，多半是他的一厢情愿，所以一直没有结果。出国以后，这种有限的可能性已经成为零。不过郭昌没有痴缠，已经在父母的敦促下，相亲结婚，而且经过基因筛选生了一个没有夜盲症的孩子。反而是一直在感情中有主动权的卫心没有找到合适的人。她长时间地忙于学习和工作，终于稳定下来以后，才发觉一个人太久了，于是就想找个人陪伴。大多数人工作以后，接触的范围都不广，来来去去就是那些人，卫心也不例外。她几乎每天在学校出入，时间长了，就想跳出这个小圈子，认识一些教育战线之外的人，但是途径不多，交往的机会不多。她别有用心地去了几次教堂，可上帝住得实在太高，接触不到；参加了一些聚会，不是地产经纪云集，就是推销保险，或者是莫名其妙的传销大会。因为没有更理想的渠道，所以她想起了婚姻介绍所。像对待其他任何事情一样，卫心做了一番研究后，找了个有点小名气的介绍所。她思量着一个人不好意思去，就让宛溪陪她去登记。婚姻介绍所都要收费，虽然卫心的目的是扩大交往圈子，不是单纯地找一个男朋友，但是登记的人绝大多数都是以找男女朋友为目的。宛溪不想通过婚姻介绍所找个男朋友，和一个怀着特殊目的的陌生人见面喝咖啡，感觉很怪异，她宁可网恋，通过文字和聊天观察一个人，所以她没有交钱。但是介绍所的女人很热情，一直让她填写资料，她推不过，只好草草填写了自己的信息。卫心乖乖地付费，并且交了照片。

冷宗芍早已在美国按部就班完成了学业，工作结婚。老公是以前的中学同学，在美国博士毕业。她跟费左页的那些风月情债已经被和丈夫在哈得逊河畔的牵手漫步取代；曾经以为那些走不出来的过往早已灰飞烟灭，连一丝追忆都很难在脸上寻到。如果说有什么遗憾的话，就是没有孩子。不过这也只是外人的臆测，他们夫妻在结婚前就决定做丁克。

冷宗芍的妈妈不遗余力地催婚，催嫁，催生，但是最后一项任务看来是绝对不可能完成的。无奈之下，她只好接受女儿的选择，反正这个世界上能够治愈她官太太综合症的只有这个女儿。不过她不想让女儿待在国外，一直让她回国。在这点上，冷宗芍倒是和母亲有共鸣。在美国虽然已安居乐业，但是住得久了，她确实思念成都。除了上大学，她从来没有这么长时间地离开过成都，那里有亲人、朋友、熟悉的食物和记忆。无论走到哪里，这个城市始终让她念念不忘，有很多东西都无法割舍。有时候，走在曼哈顿，她想到春熙路。在中央公园宽大的草地上徜徉时，她会无端地怀念狭小破败的人民公园。看着高举火炬的自由女神，她居然想到展览馆门口的雕塑。正在犹豫的时候，刚好老公被成都高新区的一个公司高薪聘请。冷宗芍没费什么力气，就回到了原来的设计院上班。在外漂泊多年回到故乡，她终于找回失落多年的心安理得。

程玲璐和吉米的女儿已经上学了，她也拿到了梦寐以求的绿卡。女儿大了以后，程玲璐又出山了。艾德始终没有放弃，所以他们幽会的次数比以前频繁了很多。吉米的公司不景气，他所在的整个部门被砍掉。平时没有什么积蓄，收入锐减，开销却不能少。钱不能增加，脾气只能变大。程玲璐是个可以同甘，不能共苦的人，也不是温柔体贴型的。没有钱花，还要听吉米的怨气，她是绝对不能忍的。两个人小吵大闹，很快就到了离婚的边缘。离婚真的提上日程后，吉米不愿意放弃女儿的抚养权，两个人为了这个问题争执不下。孩子通常都是判给母亲的，再加上吉米失去工作，对他更加不利。但他就是不愿意放手，宁可跟家人借钱，也要把官司打下去。程玲璐看他这么固执，只好放弃女儿的抚养权，两人才离了婚。

离婚以后，程玲璐顺理成章地和艾德住到了一起。艾德业余时间做房地产生意的收入早就超过了正职。房子修好以后，自然是要卖出去的，肥水不流外人田，所以在艾德的督促下，程玲璐考了地产经纪的执照。艾德开发的房产，都由她代售，她从中赚取了丰厚的佣金。两个人的关系从卧室扩展到了外围，按理说应该是更加坚固了，可是艾德还是像从前一样，始终不愿意结婚。而且，两个人同居以后，他的态度又变成了若即若离，再也没有提过结婚的事，经常搞得程玲璐怒发冲冠。

莘水和雷恒士一直就离婚和孩子的问题进行拉锯战。莘水不愿意离婚，但也不可能再和雷恒士一起生活，只是说如果离婚，他和他的家人再也见不到儿子。雷恒士一心要离婚，但又怕莘水真的把儿子和他们家隔绝，所以只能先拖着。这样的话，他可以在周末见到儿子。

虽然没有离婚，但他们早已正式分居。所以雷恒士和女友开始了幸福的同居生活，女友没有孩子，当他们和儿子在一起时，看起来像一个幸福的一家三口。莘水自然见不得这样的事情，总想整治雷恒士，绞尽脑汁后，她想出一条妙计。

一天，她让儿子说雷恒士和女友性侵他。儿子不是特别明白性侵的含义，于是莘水反复跟儿子说雷恒士和女友长时间触摸他的小鸡鸡和肛门，口述完后，让儿子把过程写下来。儿子迷迷糊糊地写了一篇自己也看不懂的东西，然后莘水把这张纸作为状告雷恒士的罪证。

雷恒士觉得莘水疯了，为儿子和她住在一起而担忧。刚巧周末见儿子时，看到儿子身上的伤痕，他就主动报警。儿子又一次被儿童协会带走，送到了寄养家庭。

骆华在哪里都能找到快乐，虽然一直有传闻说他的工厂要搬到中国，但他没有在意。刘翠劝他早作打算，骆华表示如果真的搬了再说。刘翠奈何不了他，只能自己想办法。她在制衣厂做了几年以后，工资没有涨，想到骆华如果没有工作，他们的日子就没有这么轻松了。虽然无论骆华发生什么事，她都绝对不会和他分手，更不可能打官司，但是她从雷恒士和莘水这个前车之鉴吸取了足够的经验，所以决定未雨绸缪。她的英语原地踏步，找不到更好的工作。多番打听后，就想自己做个小生意，最后定下来买个上居下铺。

刘翠跟宛溪说想找一个地产经纪先找生意，再卖房子。刚好裴云英在范老板的鼓励下考了地产经纪的执照，宛溪自然就把自己的好朋友推荐给她。

裴云英是个很有责任心的人，她尽心尽力帮刘翠找了很多生意。虽然刘翠在多伦多生活多年，但她的活动范围就是家和工厂，所以最后还是看上了离家不远的一个上居下铺。房子是临街的一个独立屋，二楼有客厅、厨房和三间卧室。一楼是个小卖店。地下室是一室一厅，有单独的厨房和卫生间，而且分门出入。裴云英让刘翠每天在不同的时间段去观察生意情况。因为小店靠近两个高中，学生总是过来买东西，所以便利店的生意非常好。一个多月以后，刘翠决定买下来。上居下铺包含生意，不好贷款，刘翠和骆华商量后，按照原定的计划，先卖房子。裴云英听说，满心欢喜为他们准备卖房资料。谁知过了几天上网一看，他们的房子已经挂牌在卖。她有些生气，但是跟刘翠不熟，所以不好意思直接问她，就让宛溪代问一下。宛溪刚打通刘翠的电话，还没进入正题，刘翠就主动说："我正说要给云英打电话呢，我们的房子找了一个有经验的老地产经纪卖，因为这样好卖些，价钱也可以卖得更高。"

宛溪不懂这个行业，就把刘翠的话转给裴云英。裴云英不满地说："哪有这种说法？房子谁卖都一样，还不是挂在网上。买家只看房子，才不管谁卖呢，而且价钱都是透明的，关键是买家怎么想，哪个经纪都不可能凌驾在市场价之上。"发泄完了以后，她还是理智又满怀希望地说："算了，我毕竟考到执照不久，他们这样想也不奇怪，只要上居下铺找我买就行了。你知道好的小生意多难找？在市场上卖的生意大部分都是亏钱的。这个店刚好赶上店主年纪大了，所以才拿出来卖的。这可是我费心费力，从一堆垃圾里面淘出来的，没有道理不找我。"

可是，等到刘翠的房子卖了很久，还是没有动静。裴云英上网看了一下，发现上居下铺从市场上撤下去了，她有点奇怪，就叫宛溪去问。像上次一样，宛溪什么都还没问呢，刘翠依然热情地说："你早点打电话来就好了，我刚和房主签了协议，现在没法反悔。我本来是打算找云英买的，可是房主说如果有经纪的话，价钱要高很多。云英也没有给我打电话，我以为她不想帮我们做，所以就私下跟卖主谈完了。等我们弄好以后，请她过来吃饭。"

宛溪觉得自己小看了刘翠，没想到她的小身体和小脑袋能够把所有的利弊分析得一清二楚。裴云英闻言，只能冷笑一声，说他们过河拆桥。

第二十六章　扫垃圾的现代化方式

虽然多伦多是加拿大最大的城市，但是和美国大城市的锐意进取相比，多伦多一直显得中规中矩。在这个城市住久了，就觉得它是一个很普通的地方，只是街道干净一些，安大略的湖水异常清澈，天空比较蓝，云很白。除此之外，说不出更多让人不舍的地方。但是很多人为了来到这里，抛弃了在故国积累多年的东西。一旦住下来后，又觉得好像根本不值得。不过，看了夏天的各种活动以及清扫垃圾的场面后，感觉多伦多被评为最适合人类居住的地方并非浪得虚名。

纬度很高的多伦多，春天和秋天转瞬即逝，夏天也不长。所以只要天气开始变暖，城里的人口就逐渐变多，好像候鸟们飞回来一样。气温比较高的时候，街上的行人比平时多了三倍都不止。因此夏天总是有各种各样的活动，到处都是音乐会，美食节，展览会，前卫艺术表演，其中最大的盛会有两个：同性恋大游行和加勒比大游行。

虽然叫作同性恋游行，但是各种与众不同的人都会在三天的活动中出尽风头。他们把身体涂成五颜六色，穿着吸引人眼球的奇装异服。街上人流如织，一些半裸或者全裸的人大摇大摆地混在人群中走来走去。大家视若无睹，没有人多看他们一眼。

城里最著名的同性恋聚居地——教堂街连续两天封路，什么车都不能进，只能步行，街道两边摆满各种摊位。有吃的喝的；各种公司免费咨询的；卖小礼品和生活用品的；还有著名大公司免费送果汁、饮料、矿泉水和现场做的棉花糖；甚至警察局都摆了一个摊位，回答路人的各种问题。

很多摊主都卖力地吆喝，在摊位前面做出各种夸张的动作，引人驻足观望，不少东西也是半卖半送。有人路过或者停下来，摊主就拿着东西递过去，给不给钱都无所谓。最热闹的摊位是避孕套和脱衣舞俱乐部。也幸亏有这样两个代表现代社会的摊位，否则的话，满大街杂乱的叫嚷声和步行的人群，会让人感觉置身在几百年前某个蛮荒之地的集市上。

避孕套的摊位是一个小小的舞台，有一男一女两个人。男的是一个黑人，不是很高，但非常健壮。女的身高和男的差不多，体型偏胖。他们轮流在舞台上摆出与性有关的各种姿势，大家争相上去和他们合影。有些女人和男人合影时，明目张胆地摆出性交的姿势。还有一个女人在台上，撅着屁股对着男的，让男的用生殖器顶着她的屁股，并且不停地扭动。台下的人一边照相，一边哄堂大笑，谁都没觉得有什么不妥之处，没有人想大庭广众之下做出性交的动作是否有伤风化。舞台上的男女不管别的，只要有人和他们照相，他们就配合着做出挑逗的动作。

脱衣舞俱乐部也是一个小舞台，一个身材苗条的女人穿着短袖和短裙，一边随着音乐扭动一边慢慢地脱。可是脱到只剩下胸罩和丁字裤时，就走到帘子后面躲起来。舞台下的人嘘声不断，叫她出来继续脱，可是她出来的时候只是继续跳舞，始终没有脱掉最后的衣物。台下的人似乎更有兴味，一直不愿意离去。人真是奇怪的动物，满大街行走的裸体男女没有人看，却守着一个方寸之地的舞台，劲头十足地盯着台上一个不肯全裸的女人。

加勒比大游行的装扮更有意思，五彩缤纷的羽毛和花里胡哨的衣服形成绝配。大家随着震天响的音乐，像孔雀开屏一样在街上游走。一个年轻的女孩对着迎面走过的每个人说："你为什么不笑？"被问到的人都笑了起来。女孩就高兴地说："你正在笑。"当她问到一个和她年纪相仿的男孩时，男孩说："本来不想笑，但是看到你就笑了"。女孩高兴地继续朝前走，男孩追在后面大声说："把你的电话号码给我。"女孩没有回头，笑着说："只要你一直笑……"听到他们对话的每一个路人都大笑不止。

无论是"同性恋"还是"加勒比"，游行都是重头戏。大部队游行的时候，警察随处可见。被封起来的路，两边都有铁栏杆，警车停在路口，任何汽车都不能经过。游行的人穿得极其夸张或者不穿，挥舞着彩旗、丝带，兴高采烈地走在队伍里面。围观的人隔着栏杆看他们，热烈地挥手大叫。两部救护车停在路边，站在车旁的两个工作人员百无聊赖，眼神空洞地看着过往的人。不知他们心里是否期望有人突然晕倒或者倒地抽搐，让他们无所事事的三天不至于那么难熬。

在现场的每个人都要消费，而所有的东西都有包装，因此消费过后必然会产生垃圾，所以盛会过后的每个地方都变成垃圾场。垃圾分为三大类：泡沫餐具；饮料瓶罐；塑料制品。其中塑料类的最多。路边的垃圾桶早已被填满，各种型号的一次性餐具、塑料瓶、杯子、袋子、吸管，还有一次性的塑料桌布铺满路面。玻璃瓶、易拉罐、破碎的玻璃碴，成堆地叠在地上。风一吹，用过或没用过的卫生纸、纸杯、纸盘漫天乱舞。这样的场景，完全和一个干净整洁的现代化城市无缘，倒像是大劫过后的灾难之地。

加拿大在很多地方都是开放的，比如，同性恋；高中没毕业的人也能成为政府官员。但是加拿大也是效率低下的，碰到事情总是议而不决，决而不动。多伦多的湖边有一条高速公路，很多人都有意见。有人说公路破坏了湖景，应该拆掉；有人说拆路的成本太高，在路边修建绿色长廊，可以改善景观。后来，公路的混凝土有些脱落。持拆路观点的人又跳出来说太危险，应该早日拆除。可是，反对派认为修修补补就可以。就这样讨论了十几年，还是没有结果。如果把关于这条路的研究材料加起来丢到湖里，像海一样的安大略湖大概能填满。早知道有这个方法，精卫就不用那么辛苦了。宛溪觉得，真的住在一个所谓的民主国家了，有时反而不知道民主的好处在哪里。时间久了，难免希望政府做事能够都像清扫垃圾那样迅捷。

每次盛会结束以后，清扫垃圾的工作都会有序而高效地展开。首先几辆卡车开出来，司机们下车把封路用的栏杆搬到车上。接着一些拖拉机头那么大的车先开出来，前后都有铲子。后面的铲子把垃圾桶全部打开，将所有的垃圾倒在路上，前面的铲子把散落的垃圾聚拢成一堆。然后几辆比拖拉机头稍微大点的车陆续开到路面，车子下面靠近前轮的地方，左右两边各有一个很大的刷子。车子开的时候，刷子快速转动的同时，一路喷水。就这样一边喷水，一边把垃圾扫到车里。如果有遗漏的垃圾，车就来回地开，不停地扫，或者后面的车跟着扫过去。不到一个小时，原本垃圾满地的大街干净如初，好像所有的游行没有发生过一样。

相比马路上的垃圾，最难清除的是扔在草地上的各种废物，但清洁工人井然有序地做着这项工作。首先几个人开着割草机一样的小车在草地上转来转去，两边都有强力吹风机，草地上的大部分垃圾转瞬间就被吹到路面。对于那些没有吹出去的垃圾，有人会拿个吸尘器一样的东西将垃圾吸进去。这样来回几次，草地上的垃圾几乎没有了。对于一些细小的垃圾，会有人拿着类似耙子的工具逐一清理。几个工人用耙子把小垃圾钩过来，放到随身背的一个大包里。由于柄很长，工人们连腰都不用弯。

经过这样细致的清扫，所有的垃圾都消失了。马路虽然最脏，但是从头到尾，没有一个人在马路上扫地。实际上，除了在草地上捡细小垃圾的几个人，全部都是机械化。多伦多的工人平时干活时懒懒散散，能拖则拖，哪怕修补马路上的一个洞，也是把路围起来，好多日子都不见动静。只有在清扫垃圾时，这个城市看起来才非常像一个工业化发达的城市。

如果所有的事情都像充满欢乐的盛会，或者像扫垃圾那样容易，那么心生不满的人应该会减少很多，人与人之间的痴缠怨恨也会被和谐融洽取代。可惜，生活远没有这么简单美好。

第二十七章　能够远离差劲的人吗

一天下班以后，冯菲和宛溪在外面吃饭。在嘈杂的餐厅里，冯菲有点为难地说："小郎酒想搬过来跟我住。"

"谁是小郎酒？"

"小郎啊。他外公是四川人，平时喝点小酒，所以他外婆和妈妈都昵称他小郎酒。你说我应该和他同居吗？"

宛溪故作惊讶地说："你们什么时候开始的？"

"别装了，你早就知道。只是看你和郭柯搞了一出故事或者事故，怕你烦就一直没说。现在你解脱了，帮我参谋一下怎么办。"

"你自己有什么想法？"

"我被易亚明的事情搞得心力交瘁，病急乱投医，寻求一下安慰，从一开始就跟他说是短暂的关系。没想到他个子不高，那个东西倒不小，床上挺厉害的，确实让我有点不舍。我肯定会离婚的，但下不了决心和他在一起，他比我小了将近十岁。现在看不出来，等我年纪大了，他还嫩得很呢。不过他现在很认真，说要跟我结婚，还要带我回国见他的父母。你说我们能长久吗？"

"小郎是个好孩子，能否长久只能看缘分，我没有水晶球，看不到你们的未来。问题是易亚明马上就来了，你怎么处理？"

"我跟小郎酒说了这事，他说不管那么多，非要和我同居。但是以我这段时间对易亚明的了解，这事如果让他知道了，真的会出人命。所以我跟小郎酒说，离婚以后才能考虑跟他的事情。"

"你已经知道怎么做了，干嘛还要问我？"

"他不同意，让我不要再见易亚明。我想他是怕易亚明来了，我们又和好了。"

这些事情本来就是没有答案的，所以两个人说了半天，还是找不到一个制胜法宝。宛溪只好说些顺其自然、车到山前必有路之类的废话，权当是听冯菲诉苦。

四个人的牌局在小吕去温哥华上学的那天解散了，小郎到底还是和冯菲同居了一阵子。在易亚明来之前，冯菲苦口婆心地让小郎先搬出去，再做打算。但是小郎坚决不同意，冯菲说："我毕竟还没有离婚，这样刺激他，只怕后果不堪设想。"

"能有什么后果？他能怎么样？我不相信他有胆量杀人放火。"

"你没见过他，无法预计他会做什么。"

"无论他做什么，我都奉陪到底。"

冯菲几乎和小郎撕破脸皮，才让年轻气盛的他先搬了出去。

易亚明来了以后，不理冯菲的离婚要求，理所当然成了房子里的男主人，但是不能强迫冯菲和他同房。再说易亚明的性能力实在不敢恭维，如果非要跟冯菲发生关系，多半是自取其辱。所以他们两个一直在同一个房子里分居，依然大吵小吵不断。小郎不明就里，想当然地认为冯菲和易亚明是住在一起的夫妻，所以他像个女人一样痛不欲生。一天，他不顾冯菲的再三警告，跑到承载了他们很多甜蜜的房子里找她。冯菲把他堵在门口，用英语说了一大堆请他离开的话。小郎看到她不容拒绝的神色，只好黯然离开。易亚明一句英语都不懂，躲在房子里没出来，等小郎走后，问冯菲是谁。冯菲说是警察，因为邻居听到他们吵架报警。易亚明说狗拿耗子。

冯菲觉得和易亚明冷战也不是办法，他人已经过来，出国的目的也达到了，所以就按以前谈过的条件，主动提出给他一笔钱了却关系。易亚明问多少，冯菲说了数目。他在心里把加币换算成人民币，然后就答应了。可是拿到钱后，他不同意离婚，也不搬出去。

因为易亚明坚决不离婚，而且出尔反尔，所以冯菲和他的矛盾越来越深。一天，两个人又吵了起来，易亚明转身从厨房拿了一把菜刀，一边砍橱柜、墙壁和楼梯，一边走向她，举着刀说："你还要不要离婚？"

冯菲眼看刀就要挥到自己面前，吓得花容失色，马上乖乖地说："不离不离。"她关上房门，一句话都不敢再说。

晚上易亚明睡着以后，冯菲把保险柜里的现金全部拿出来，收拾了一些衣物，悄悄地离开家，住到了酒店。易亚明连续两天找不到人，就到公司闹事，不管见到谁，都是一通乱说，根本无法正常办公。冯菲只好报警，警方下了禁止令，他才不敢轻举妄动。然后，易亚明要冯菲再给他一笔现金离婚。冯菲赶快答应，可是他像以前一样，拿到钱后又反悔了。冯菲只想赶快解脱，就加码说："我把房子卖了，所有费用还清后，剩下的钱都归你。"易亚明知道房子的钱不算少，就同意了。

房市火爆，冯菲的房子位置很好，她急于脱手，标价略低，所以房子很快就卖掉了。她把跟房子有关的费用结清后，余款近二十万，易亚明不知道贷款的具体数目，冯菲把文件拿给他看，他也不懂，就说冯菲要诈，藏了一笔钱，不相信她。其实，最主要的原因是他认为冯菲是个金矿，所以就让她给六十万。冯菲确实想摆脱这样一个泼皮无赖般的丈夫，但算来算去，实在不甘心拿这么多钱去打发他，就拒绝了。易亚明一心想要更多的钱，受人怂恿后，找了个律师帮他打官司。像绝大多数华人律师一样，甬律师的主业是房子的交易和过户，根本不懂家庭法，从来没上过法庭打官司。易亚明不懂英文，只能在华人圈子里打转，有点良知的华人地产律师都不接他的案子。只有甬律师人如其姓，勇猛地收取了易亚明的律师咨询费，说一定帮他到底。易亚明找了律师，冯菲只能奉陪。公司的本杰明本来是家庭法律师，经验很丰富。他在一个聚会上认识冯菲，对她有意思。但他比冯菲大了将近三十岁，所以冯菲对他不感兴趣，不过又不能说嫌弃他太老，所以就说不想找白人。本杰明不在乎冯菲拒绝他，该帮的还是帮，因此在公司做了挂名的移民律师。需要出面的时候，就和客人谈谈，让他们定心。在易亚明找了律师的情况下，本杰明自然成了冯菲的离婚律师，而且收费很低。很多时候，只是象征性地收点费用。所以她的压力不大，准备陪着易亚明慢慢玩。

有甬律师在后面出谋划策，易亚明处处作梗。因为需要不停地支付律师费，所以他的胃口更大。按照安省的法律，冯菲的房子是婚姻房，易亚明有权要求分配，但他一直不相信冯菲说的数目，总是发难，两个人无法达成任何协议。因为有分歧，房子卖了以后，钱被法院扣住不能动，必须等案子判了才能分钱。易亚明折腾半天什么都没得到，还付了一大笔律师费，心态极其不平，要和冯菲争个你死我活。

第二十八章　闪恋之后

卫心在婚姻介绍所登记以后，见了很多单身男人，最后从中选了两个老实可靠的白人作为朋友。强尼是个车工，技艺高超。他从小就对机械感兴趣，在实际操作中积累了很多经验，让别人畏难的很多车床，他很容易就能上手。理查德是个电工，说话有些大舌头。两个人都喜欢卫心，但是从来没有提过任何非分要求，比较难得。之所以选择两个蓝领技术工人，是因为卫心常年待在白领的圈子里，对于白领早已无感。另外，她在见一个白人律师时，两个人因为一点小事，争执了几句。律师把她丢在荒郊野外，自己开车扬长而去。那是真正的荒僻之地，连路灯都没有一盏。在诗里，"贫穷的街道，荒郊的月亮"是很美的意向，可是卫心站在这样的地方，真切地感受到了"一个久久地望着孤月的人的悲哀"，只盼望有个车把她带走。那个晚上，她望够了月亮，在等待朋友接她时，既紧张害怕，又火冒三丈，从此对白领男人充满成见。

一天，宛溪收到一个陌生男人打来的电话，他自我介绍叫宋军，说是一个叫乔伊的女人给的电话。宛溪不知道谁是乔伊，宋军说是某个婚姻介绍所的。她一听，正是她陪卫心去的那家，而且她只去过一家，就笑道："乔伊这么好，我连钱都没交，怎么会提供服务。"

宋军用玩笑的口吻说："还有这种事？早知道我也不交钱了。"

"都不交钱，乔伊不是要喝西北风了。她服务这么周到，应该多交点钱。如果我以后去的话，就把钱补给她。"

"那我还是多交点钱吧，你继续赖账。"

两个人你来我往地说了几句，宋军提出见面，宛溪拒绝了。宋军说："你的声音很好听，想必人也不差。如果不敢见，证明你奇丑，是我判断失误。"

任何虚荣的女人都经不起激将法，况且宋军正在读博士，应该不是一个乱七八糟的人，见一下也没有什么妨害。于是，他们约定在一个中餐馆见面。

如果见面后能够认出彼此，就继续交往。

宛溪到了中餐馆以后，发现里面有六张桌子，每张桌子上都坐了好几个人吃饭。只有一个男人独己坐在最小的一张桌边，想不认出来都难。宋军看她进来，马上站了起来说："跟我想象得差不多，就是皮肤不太好。"

宛溪倒是有点失望，因为宋军很矮，但是他的话让她想到了陆廷。她转念一想，觉得做朋友无所谓，没必要挑人高矮胖瘦。他们像任何初次见面的男女一样东拉西扯，宋军说学校的事，宛溪说公司。宋军提起他一个朋友的博士论文是研究王小波的小说技巧，宛溪吃惊地说："王小波现在这么红？居然有人在国外探讨他？当年读他的书，最打动我的一个地方是他对普罗大众的悲悯之心。"

"没读过他的书，不是很清楚，好像早就有人研究了。也许英年早逝是其中的一个重要因素。"

虽然宋军没有读过王小波的书，但他是宛溪最喜欢的一个作家，所以她还是就这个话题发表了一番评论。很多作家的缺点是矫揉造作，把自己的一点苦难无限放大，殊不知很多在阿鼻地狱挣扎的人都没出声。就像宋徽宗的《燕山亭》，他不反省为何在他的统治下，国破家亡，反而在被掳北上时写下这么一篇华丽辞藻的堆砌物，除了别扭，就是让人反感。而王小波的作品用词简洁明了，处处透着人文关怀。既有对现实的反思，也有独立的思考和见解。其实，宛溪最欣赏王小波写的杂文随笔，小说反而不是她的最爱。说来可笑，关于他的时代三部曲，她对书名的喜爱远远超过作品本身。宛溪说得兴起，末了又加上一段话："年纪大了才发现很多书都是垃圾，作者缺乏诚意，尽制造些毫无意义的东西。人的一生这么短暂，读书是希望能够从中得到一些启示和精神力量，让人在黑暗中看到一线光明。这样的作品才能够称得上伟大，也是能够传至后世的重要因素。但是偏偏每个时代都有很多所谓的学者名人，专门炮制各种文字垃圾，读了以后根本不知所云，浪费读书人的时间和生命。"

宋军本人有学术作品问世，看她像个愤青，生怕她以后把自己的书也当成垃圾，就说："宋徽宗的艺术造诣很高，你这么攻击他，喜欢他的人同样会说你'而曹身与名俱灭，不废江河万古流'，到时你怎么维护自己？"

"我本来就是一个身名俱灭的小人物，没有人在意我的观点。想必那些攻击我的人也是人微言轻，所以我们都是自不量力，螳臂挡车，表达一下个人喜好而已。"

他们谈笑风生地吃了一顿饭，话题从身边的人和事扯到国内和国际形势。分手时，对彼此的印象都不错。

没交钱的宛溪都受到宋军的邀约，那么交了钱的卫心应该收获更多。实际上，卫心确实见过不少人，但最后还是锁定强尼和理查德。两个人都有房子，很听话。理查德老实厚道，是个心思单纯的一根筋白人。尽管他住在一个小镇，只要卫心有事，他总会尽力赶来。这样的两个人，绝对不会把她丢在荒郊看月亮。

强尼比较聪明，住在多伦多，所谓近水楼台先得月。而且他非同一般的经历让人非常佩服，所以卫心最终跟他成了男女朋友。理查德知道后，一点都不生气，反而和他们两个人都成了好朋友。可见卫心看人还是很有眼光的。卫心和强尼确定关系后，就搬到了他的房子里。

强尼来自一个乱七八糟的家庭，父亲吸毒，母亲是酒鬼。他出生在离多伦多不远的一个小镇，母亲为了领政府的福利，生了四个孩子，但是从来不管，任他们自生自灭。强尼很小的时候，就听到邻居们说他不是父亲的孩子，是母亲和另外一个酒鬼制造出来的产物。而且，强尼清晰地记得，这个邻居们口中的亲生父亲在他小时候不止一次性侵过他。强尼虽然不懂，但每次都弄得他很痛苦，所以就跟母亲说了。母亲置若罔闻，继续和两个父亲行苟且之事。强尼不关心谁是他的父亲，因为两个父亲都是一样的不堪，谁都不配做父亲。父母除了吸毒喝酒，什么都不关心。毒瘾满足或者醉酒以后，更是丑态百出，甚至在孩子们面前性交，没有一点廉耻之心。他们四个孩子总是饥肠辘辘，政府每个月的福利本来是给他们的，可全被父母拿去变成了毒虫酒精。多亏一些有爱心的邻居，时常给几个孩子食物、衣物和各种生活用品，他们才生存下来。毫不夸张地说，强尼兄妹四个都是吃百家饭长大的。强尼九岁的时候，就出去打工了，什么脏活累活都干过。十一岁时，就能把车开得很熟练。从十三岁开始，他就在各种工厂干活。在这样的环境下，他居然读了社区学院，如愿以偿地学了机械操作和修理的系统知识。邻居们都说，他是一个奇迹。如果强尼读了一个世界名校，他就是另外一个版本的《风雨哈佛路》。

宋军和宛溪第一次吃了饭以后，时常会有联系，打电话闲聊或者喝咖啡、吃饭。他在学校附近租了一套独立的小空间，有单独的厨房和卫生间。由于他经常要去学校，所以宛溪过来的时候多些。毫无悬念，他们很快就赤条条地相见了。受到强尼的感染，宛溪不再把自己的内心完全包裹起来，对宋军说了自己父母和家人的事。宋军没想到世界上还有这种家庭，比听到荒诞离奇的故事还要惊奇，她只能感叹幸福的孩子心理承受能力不够强大。所以，宋军本质上是个传统男人，认为国营单位最保险。多伦多没有真正意义上的国营单位，只有些政府机构，不过移民很难进去。他只能退而求其次，觉得应该有个稳定的工作。根据他的理论，宛溪在冯菲的公司打工不是长久之计，就一直叫她去念书，并且准备了一大堆托福材料。她只好一再申明："我早就考过了，也读过会计，实在没有兴趣，所以中途退学了。这些事我都跟你说过，你还要我读什么？"

宋军的前妻是个医生，所以他让宛溪学医。她说是天方夜谭，她到死都不会从事跟医学有关的任何职业。他很固执地说："不管你是否读医，但学是一定要上的。"

宛溪的倔劲儿也上来了，觉得他多管闲事，就说："我不可能为了读书而读书，读出来找不到工作有什么意义。"

如果说刚开始宛溪去学会计是一种无奈的妥协，那么后来她是完全认清了现实。在多伦多生活久了就会发现高学历的人遍地都是，有的不但从自己国家的名校毕业，而且还在欧美排名不错的大学读了硕士或者博士，但是移民加拿大以后，仍然摸不到他们所学专业领域的大门，很多人做着连高中毕业证都不需要的简单体力工作。她的资质和履历完全没有办法和这些精英们相比，根本不可能去他们曾经的学校就读，所以她后来自觉自愿地打消了上学的念头。按照宋军的说法，一定要去读个什么，更是没有道理。

宋军也不多说，只是按照自己的设想，经常催促她看托福资料。其实，宛溪虽然生理上的防线破了，但心理上还在犹豫。只是脱衣服的速度超过了大脑的思考时间。一直以来，她在恋爱方面有个奇怪规矩，就是不找学文科的人。宋军不但是文科生，而且是博士。木已成舟后，他表现出来的顽固和控制欲让她大伤脑筋。她向来是个自由自在的人，对于强迫她的人，有天生的反骨。对于不喜欢的事，尤其反感。有时她也觉得自己像个停留在青春期的叛逆少女，但是没法改变，或者说不想改变。

一个周末，宋军约宛溪在他住处附近的一个小炒店吃饭。刚好前一天她都在外面吃饭，不想马上再次品尝那种大火快炒的特别风味，所以快吃饭时，她买了条鱼和一些蔬菜拿到宋军的住处，准备自己做饭。他有些不高兴，但没有多说。吃饭的时候，他还是忍不住说："鱼鳞没刮干净，我说了好几遍，让你仔细检查一下，总是不听。本来说好了出去吃饭，非要买菜，总是自作主张。"宛溪顶了一句："鱼鳞是补钙的，没听你的医生前妻说过吗？"宋军没有回应。

吃完饭以后，宋军知道她不高兴，就说第二天租个车，去汉密尔顿的植物园玩。晚上，两个人照例做了床上运动后躺下睡觉。他累了，很快进入梦乡。宛溪想着他们的关系，翻来覆去睡不着。她看看时间，还不到一点。长夜漫漫，她不能整晚在别人的床上翻腾，就起来给宋军写了个纸条，说自己有事先走了。第二天一早，宋军的电话就打来了，问她什么事需要半夜不声不响地离开。她只好说公司有紧急事务需要处理。宋军没吭声，挂断了电话。

宋军后来又打过几次电话约宛溪见面，她都找各种理由推脱了。宋军早已心知肚明，就死了心。有趣的是，两个人的肉体关系结束以后，反而变成了真正的朋友。

第二十九章　百样人生

　　易亚明不清楚冯菲的资产状况，只是看她平日花钱大手大脚，就想从她身上捞取更多。逐步试探后，滋生了后半生躺在钱上睡觉的妄念，问题是用钱做床单，也是需要更换的。这么一来，数目只能越来越大。甬律师让他从公司着手，搜集经济信息。易亚明找人冒充客人，大致摸清了公司的收费政策，更加觉得有利可图。甬律师综合各方情报后，要冯菲赔偿易亚明青春损失、精神损失、工作损失、健康损失以及各种能够想到的明目，总额是一百万加币。此言一出，冯菲想再谈下去是浪费时间，就随他们去闹。

　　易亚明见冯菲如此强硬，就想使阴招，他逐步搜罗公司的罪证。很少有人或者公司做事时合乎所有的规范，谁都经不起在放大镜下细看，更经不起隔三差五的突击式检查。可以说，无论什么事情，只要有人存心找麻烦，就一定能够找到。正所谓不怕贼偷，就怕贼惦记。冒充的客人咨询几次后，掌握了一些可以夸大也可以缩小的把柄，再加上政府对移民顾问行业日益严厉的监管，一向勇猛作战的冯菲都说吃不消。内外夹击之下，严重影响了公司的业务，她和公司的日子都不好过。萨曼莎因为赌瘾越来越重，对客人不是很上心，除了一些老客人之外，基本上没有新客人，生意萎缩，给公司带不来多大收益。还好凯特一直很尽心，韩国市场一片繁荣。易亚明和甬律师不会说韩语，也不了解韩国的事情，想捣乱也无从下手，所以公司基本上靠凯特撑着。

　　冯菲焦头烂额，某一天突然想寻求一些安慰，就想到很久没有小郎的消息，于是给他打了个电话。电话中的小郎非常冷淡，和以前追着她跑的情景判若两人。冯菲问他怎么了，小郎说："我刚结婚。忘记一个人的最好方式是找个下家，尽管非常自私，但我只能这么做。我们以后不要来往了，我不想让我老婆知道这些事。"

身经百战的冯菲只能淡淡地说："那好吧，祝福你。以后有什么困难告诉我。"

冯菲离不成婚，失去了小情人，公司江河日下，情场和事业都从指缝溜走。她成了一个诸事不顺的倒霉蛋，陷入鸡飞蛋打的境地，只能用曾经的风光和辉煌聊以自慰。但冯菲不是轻易能够打倒的，擦干眼泪后，就不再哀叹。在男女关系上，她一向有底线。既然小郎结婚了，她绝对不会再去找他。因为感情处于真空状态，所以她把全部精力投入到离婚和挽救公司的战斗中。

时间就像流水，只要没有枯竭，哪怕只有一滴，也会冒着被蒸发的危险往前走，所以很快又到了年底。以前，冯菲总是请大家聚会联欢，可是各种堵心的事搅在一起，她早已失去了组织人马联谊的心思，老是躲到某个地方。今年也不例外，她跑到加勒比海逍遥去了。宛溪一个人百无聊赖，就把卫心、强尼、小丁、小郎、宋军、凯特等一帮朋友请到家里涮火锅。

外面大雪纷飞，室内热气腾腾，大家吃得畅快淋漓，红光满面。说起新年的愿望时，大家都很平淡。工作的人说希望来年工资的涨幅超过通货膨胀，读书的人说希望顺利毕业，找个好工作。只有小丁说："希望我的投资再翻一倍，明年此时能够退休。"

卫心问："你投资什么？这么年轻就能退休？"

"基金和股票。"

小丁结婚以后，一心想把老婆办过来，但他的收入不够高，有些难度，所以和老婆团聚的事情不大顺利。他又负担不起频繁回国的大笔花销，因此老婆和她的家人对他都颇有微词，他也觉得左右为难。他恨不得结婚的第二天就把老婆带过来，但这个事情他说了不算，只能干着急。如果他解决了钱的问题，说不定老婆很快就能过来。所以，当大家听到小丁找到一条致富捷径后，都纷纷恭贺，祝他们夫妻早日团聚。吉利的话说完后，大家又开始为他担心，就七嘴八舌地说股票和基金都有很大风险，如果亏了，裤子都会赔进去，只能裸奔。小郎说："那我以后送给小丁的新年礼物全是内裤。"大家哄堂大笑，小丁不以为意。除了卫心和小丁认真地讨论了一些投资的事情外，其他人都忙着吃吃喝喝，说说笑笑。

虽然没有绚烂的烟花和响亮的爆竹，大家也早已不是二十岁，但宛溪和朋友们还是欢快地闹到天快亮才散。

冯菲一旦认真做事，就有回报。几个月之内，她又从国内拉了两个投资移民的大客户。古振天和老九都是国内上市公司的老总，两个公司一向有业务往来，两个老总也经常在一起喝酒吃肉。

古振天来加拿大闲逛时，看到中文报纸上的移民广告，就顺手拨了个电话，说要找老板谈事情。通常这种电话打来的时候，不是广告，就是真的谈生意。宛溪听出对方不是拉赞助的，就把电话转给冯菲。善于抓住商机的冯菲在电话中以谈业务和拉家常的方式，大概搞清了他的底细，很快约见。冯菲业务熟练，对古振天提出的问题回答得面面俱到。古振天也是个爽快人，所以见面以后就签了合同。

古振天有一个长得像电影女主角的靓丽太太，还有两个可爱的孩子，本来是一个幸福的家庭。可是像所有的富人一样，古振天的时间有限，古太太寂寞难耐之余，在自己的上司那里找到了慰藉。古振天戴个绿帽子确实不爽，但因为自己也难免逢场作戏，就决定不做一个霸道的州官，让古太太点这一次灯。而且他想古太太是一时冲动，便不再深究。不过古太太似乎动了真情，要跟他离婚，古振天才发了怒。谁知古太太的上司没有胆量，不敢从围城里面走出来，再进入新的围城，两个人最后不了了之。经过这个变故，古太太才意识到还是古振天好，就说以后再也不折腾了，死心塌地和他过日子。尽管古太太真心忏悔，但古振天不是宰相，所以他的肚里撑不了船，夫妻之间的裂痕是没法修复的。古振天顾忌一双儿女，没有撕碎结婚证。在孩子面前，他们是和睦的父亲母亲。私下里，他们是两个陌生人。后来古太太实在受不了这样的双面生活，就说要带孩子出国念书，古振天觉得这也是个处理两人关系的好办法。他不想找国内的移民公司，无意中发现了冯菲的公司。冯菲能做成这笔生意，不是机缘巧合这么简单，她早就织好了网，所以不会错过任何大鱼。

老九早年留学国外时发现了赌博的乐趣，回国创业时骨子里带着强烈的赌徒性质。赌场和创业确实有些相似之处，赢得容易，输得更快。老九最惨的时候，欠下巨债，被人追杀。他亡命天涯时，老婆和孩子被债权人扣留虐待，后来东挪西借还是凑不够钱，只能签署卖身契。债权人的目的是钱，不是命，如果真的把他逼死，永远也拿不到钱。所以，债权人抓到他以后，用各种私刑整治他。等到老九一再表示已经长了记性，就被暂时放过。他为了不连累老婆孩子，毅然离婚，和家里的人断绝关系，真正开始了一个人的冒险生涯。后来他不辞辛苦，去工地搬砖，在餐厅从早上开门干到晚上关门，在街上摆地摊，做保险和证券。不但咸鱼翻身，还把公司捣鼓上市了。有了九死一生的经历，他一直想为自己留条后路，但是没有行动。听说古振天要移民，他毫不犹豫地加入。既然古振天委托冯菲，他也不用去考察了，通过电话和邮件就和公司签了合同。

接了古振天和老九这两个大客人，公司两年的开销都有了保障。可是冯菲赚的钱再多，都不能平复她和易亚明的事情。因为官司一旦开始，除了律师以外，所有的人都成了受害人。甬律师想尽办法让易亚明乖乖交钱，易亚明对律师没办法，只能从冯菲这里捞钱。冯菲本来想和易亚明拖下去，等他妥协。可是易亚明仿佛是个输红了眼的赌徒，不但想翻本，还想赢回更多的钱。虽然她的律师费不高，但总是被这件事缠着，也不胜其烦，就萌生了退意。本杰明在冯菲的离婚案上不是以赚钱为目的，所以她提出撤诉和解时，他很快同意。然而甬律师和易亚明都不配合，官司只好继续下去。

一眨眼，官司都打了将近两年，还是看不到尽头在哪里。政府已经出台新政策，规定移民顾问必须有执照，冯菲语言考试没有过关，只好暂且无证经营。这个事情被易亚明抓住，不但告她，还要告和她合作的律师。律师不想承担责任，就说不做了。如果没有律师，公司是没法生存的。冯菲只好先稳住律师，决定和易亚明进行最后一次谈判，如果不行就鱼死网破。她收起所有的厌恶，心平气和地对他说："我们两个这样下去，谁都得不到好处。还是像以前说的，房子的钱都归你，我再给你一笔现金，大家各走各的路。你有了这些钱，可以找个女人好好过日子。"

易亚明把交出去的律师费算了一下，确实肉痛。听了冯菲的话，就有些松动，于是提出了现金的数目。她虽然觉得有点多，但是总比没完没了的官司好，就答应了。不过，她一次拿不出这么多钱，必须分期给。这样的话，不仅可以缓解钱的压力，也可以防止易亚明中途耍花招。易亚明算一算下半生确实有了保障，也不想折腾了。可是他拿走第一笔现金后，甬律师说他上了冯菲的当，还说他拿不到房子的钱。所以易亚明又反悔了，冯菲让他把现金归还，他坚决不给。

冯菲彻底恼了，采用了"自杀"的方式。她一个晚上没睡觉，把几年来给易亚明的现金做了详细记录。虽然是现金，但因为全是从客户那里收来的，所以每一笔的来源都有案可查，公司的几个人都可以作证。然后冯菲给税务局写信说她一直用现金给易亚明发工资，但是他不报收入，偷税漏税，并且详尽地算出来给他的现金需要补交多少税。当然，她自己也有过错，就付了一张支票，先把欠的税交齐。她不知道税务局的罚款是多少，但是表态说无论多少，都会照单全付。

　　因为金额不小，税务局查证以后，让易亚明连本带利补税五万多块。如果过了期限不交，会在原有的金额上继续加息，一直到补完为止。冯菲也做好了被罚的准备，税务局说主要的责任不在她。罚钱以后，让她轻易过关。

　　易亚明接到税务局的信傻眼了，但他是传说中的聚财怪兽，只进不出。不要说五万多，就是五块钱都是他的宝贝。所以无论是谁找他要钱，他都不会出。经甬律师指点后，易亚明赶快把账户里的钱全部转出。他留了一个空头户口，退掉租来的房子，过着居无定所的生活，税务局也拿他没办法。打败税务局后，易亚明琢磨冯菲肯定没有税务局厉害，所以更有信心和她过招了。他想到刚来的时候，冯菲由于业务需要，给了他一笔现金，让他开张支票给客人。虽然事情过了很久，他还是报警说冯菲没有经过他的允许，伪造他的签名开支票，从他的账户偷钱，要她把钱连本带利还回来。警察不管这些事，让他去找银行。银行调查以后发现他的签名是真的，此事便没了下文。

第三十章　撤离

宛溪虽然对婚姻介绍所没有兴趣，但是对网恋有不同的态度。她很早就在一个交友网站注册，有空就在那里泡着，经常在雅虎通上和各地看得见摸不着的人胡吹神聊。雅虎通功能强大，所以泡了一段时间后，倒是认识了两个住在本地的靠谱男人。但他们仅仅是泡友，没有发展成炮友。宛溪有时和他们吃饭聊天，不知是她平淡无奇，还是两个男人是圣人，总之，他们的关系最终停留在饭桌和咖啡店，或者在公园和湖边说些漫无边际的话。他们走过"七月在野，八月在宇"的日子，但是九月没有进入室内，更没有十月的蟋蟀在床下。最后，她和走过七八九十四个月的两个男人成了哥们儿。

一天，宛溪收到一封交友网站发来的邮件，打开一看，居然是何化瑞的大学同学舒蹈。宛溪曾经听何化瑞说起过他，大体知道他的情况。她在何化瑞的相册里见过舒蹈的照片，知道他在加拿大和国内都有企业，总是满世界飞来飞去，大小算个名人。当然，网上的舒蹈用了个假名，但照片和简介是真的。宛溪以为只有自己这样无聊的人才会搞网恋，没想到舒蹈这个级别的人也会在交友网站上混。出于好奇和兴奋，她给他回了封信。舒蹈很快回复说他在多伦多，想见一面。宛溪想他既然在多伦多，应该会跟何化瑞联系，就找了个借口跟他求证。但是何化瑞说："我不知道他在多伦多，好多年没有联系了。"宛溪想也许舒蹈时间紧张，不跟同学联系也正常。她甚至还有些小得意，觉得他不见同学要见她，证明自己更重要。

舒蹈说自己很忙，时间紧张，让宛溪到他住的地方见面，这样他可以一面工作，一面聊天。她没有多想，觉得名人就是这个样子，于是就到了他住的酒店式公寓。舒蹈戴个眼镜，头发梳得很整齐，身形瘦长。大概是养尊处优的缘故，虽然繁忙，但是皮肤白嫩。在家里也穿得西装革履，收拾得很干净，好像随时准备接待客人。

见面以后，舒蹈上下打量了一下宛溪问："结婚了没？"

宛溪想到昨天打电话时才说过这个问题，虽然是大忙人，也不至于这么健忘，就不高兴地说："我在网上的资料写得很清楚，邮件里也回答了，昨天电话里再次说过离婚了。既然你认为这个问题如此重要，说三遍应该够了吧！你怎么又问？"

"这么冲，哪家的大小姐？"

"世界上哪有那么多大小姐，我是穷人的孩子早当家，提篮小卖拾煤渣。如果贵公子日理万机，我就不打扰了，还要回家挑水劈柴呢。"

舒蹈闻言笑了起来，走过来一把抱住宛溪说："我就喜欢你这样的。"一边说，一边吻她，并且动手脱她的衣服。

因为舒蹈身上有很多光环，宛溪来之前，对他抱有一些幻象，没有料到见面以后是这样的场景。这种直奔主题的方法她接受不了，发展的速度完全可以跟嫖客和妓女媲美了，她不知道舒蹈是不是嫖客，但她暂时没有当妓女的打算，于是奋力挣脱。可舒蹈人高马大，她不是对手，情急之下，只好狠狠地咬了他的舌头。舒蹈疼得叫了起来，捂着嘴放开了她。宛溪开门要走，舒蹈又抱住了她。她只好说："你再不放开，我就报警了。"舒蹈毕竟有点身份，不敢做一个彻底的下三滥，看她不像开玩笑，只好让她离开。

宛溪回到家，越想越郁闷，就上网搜查舒蹈的信息。翻了半天，也没找到什么负面消息。都是说他留学和创业的经历，而且他的新书销量也不错，结论就是一个值得大家仿效的成功人士。她正要放弃的时候，突然看到一个帖子说他是骗子，宛溪如获至宝地读了下去。发帖人说舒蹈注册了好几个国内和国外比较大的交友网站，每到一个城市，他就联系那个城市的女人，不是找一个，而是每天找不同的人。读完这篇后，宛溪搜索时在他的真名和网名前面加上骗子二字，又出来好多帖子，说的都是舒蹈的种种劣迹。他不但有性病，还和无数的女人发生关系。他甚至跟某些人说他在网上注册的目的，就是为了跟女人上床，并且说出了一个吓人的数字。不知是为了泄愤还是真的，跟他上过床的女人说他那个东西小得可怜，像是没有发育好，跟他的身形成反比。有人跟帖说正因如此，舒蹈才心理变态，到处祸害女人。宛溪气愤难平，也在下面跟帖把自己的遭遇说了一遍，提醒后面的人不要上当。一段时间后，她再上网查看舒蹈是否有新的罪状时，却惊奇地发现好多揭露他真面目的帖子不见了，自己发出去的那个帖子也踪迹全无。反复搜索后，只找到一两个刚发的帖子。看来，这个渣男不仅作恶多端，还有办法消除罪证，不妨碍他继续作孽，难怪那么多女人上当呢。他写给女人的简介都是一样的，而且有据可查，网上关于他的资料都是正面的。没有几个女人在见他之前，会想到他是一个衣冠禽兽。而且就算搜索他，也找不到破绽。

有了舒蹈这个插曲，宛溪网恋的兴趣小了很多，只是偶尔上去看看，不再花费多少时间。

易亚明被冯菲整出税务局的事情以后，开始不停地骚扰她。从个人生活到公司业务，他都要搅事，搞得所有人不得安宁。冯菲本来就不是一个有耐心的人，情急之下，不止一次地说要把他杀了，甚至真的和妹妹密谋了好几个方案。妹妹说要代她行凶，如果事情败露，她去坐牢。但是冯菲考虑再三，不忍心连累妹妹，终究没有实施。有时杀人只是一个冲动的闪念，真的做了，大多数时候都会后悔莫及。当然，如果真的杀了一个丧尽天良、十恶不赦的人，在行动的那一刻，也许会有不同的感受，但过后恐怕还是不愿意再回首的。

古振天的移民办下来后，把老婆孩子安顿好，自己在外面住。一天他找冯菲吃饭，顺便问她是如何保住身份的。冯菲刚和易亚明上完庭，见到古振天时难免诉说一番。想到多年的委屈，她禁不住泪如雨下。古振天见不得女人流泪，就一直安慰。看到冯菲停不下来，就说："至于吗，就是碰到一个渣男而已。这个世界上没有什么过不去的事情。我小时候穷得只有一双鞋，下雨的时候，怕鞋湿了，只好脱下来拎在手上。夏天还好，冬天我们那里一片苦寒。不要说光脚，就是穿着棉鞋，坐着不动都冷，可我还是要这样过。整个冬天，我的脚都是烂的，不知道是光脚时磨烂的，还是冻疮。有时痛得忍不住，偷偷地哭，总是担心哪一天保不住自己的脚，还不是都过来了。那个时候，我哪里能想到会有今天的生活。"

正在抽泣的冯菲顾不得自己的悲伤，停下来说："看你现在这么风光，没想到你以前那么惨，那你是怎么过来的？"

"怎么过？还不是一天一天地过。谁都不能把时间缩短或者延长，古往今来，多少帝王求仙问道，奢望长生不老，到头来还不是一场枉然。今天的我们就算挥金如土，夜夜新婚，一天还是只有二十四小时。同样，再苦的日子也只有慢慢挨，不能把一天变成两天。那时候穷得没有其他想法，只想着以后能够多一双鞋。"

"你现在想买多少双鞋都行，开心了吧？"

"开心倒也谈不上，没有以前那么苦就是了，现在还不是跟以前一样吃饭睡觉。就算我有好几个房子，一个晚上还不是只能睡在一张床上。"

这一番意外的谈话，把两个都有心病的人拉到了一起。他们原本就不陌生，在移民的过程中，已经有过多次交流，只是需要一个契机。所以，他们狼吞虎咽、食不知味地吃完饭后，意犹未尽的两个人就到同一张床上去推心置腹了。他们谁都没有想到，这段关系竟然长达七年。对于冯菲来说，这是她五十岁之前时间最长的一段关系；对于古振天来说，是除了古太太之外和女人之间维持最久的男女之情。冯菲对于房事的兴趣一向浓厚，古振天本来已经过了纵欲的年龄，可是和她开始以后，好像吃了回春药。他想着自己在加拿大住不满时间，本来打算搞点歪门邪道保住身份。可是由于和冯菲在床上异常和谐，就乐不思蜀，不想轻易离开。

易亚明是冯菲的命中克星，看冯菲不理他，又有了被举报的经验，就如法炮制整她。冯菲没有移民顾问的执照，经不起他这么折腾，全面分析利弊后，想出了应对之策。

中国市场没有办法继续维持下去，因为易亚明在这方面的破坏力惊人。他在很多中文网站发帖子说冯菲和公司都是骗子，收了钱不办事。冯菲无法一一澄清，为了避免麻烦，她打算先关闭这个市场，停止和腾跃移民的合作。好在大客户的事情没有耽误，像古振天和老九这样的客人都已经顺利办下来了。剩下的一些枝节小事可以慢慢处理，如果没法做就退钱。韩国市场的业务持续发展，就由凯特负责。冯菲辞掉了白人女孩，退掉了其他的办公室，只留了一个房间给凯特。萨曼莎的生意本来就很差，做与不做的差别不是很大。如果有客人，就暂时和凯特合用办公室。冯菲做了安排以后，就退居幕后，和古振天恩爱。

冯菲停止中国业务，受影响最大的是宛溪，她由最重要的人变成一个多余的人。因为在公司没事可做，所以她应聘了中文老师的永久职位，把长期以来周末的一份业余工作变成了赖以为生的正式职业。

凯特能够独自处理大部分问题，不需要咨询冯菲。冯菲是个闲不住的人，当个无事可做的后台老板让她寝食难安。就算和古振天再激动，也不能二十四小时躺在床上。古振天也有同样的想法。刚好两个人都有敏锐的商业嗅觉，他们同时看到了阿尔伯塔的前景。因为阿尔伯塔经济繁荣，雇主需要人，很多人也想过来工作，但是都没有合适的途径。于是冯菲和古振天决定去阿尔伯塔开公司，把雇主和找工作的人之间的桥梁搭建起来。两个都不差钱，又有行动力的人做起事来，效率很高。他们立刻去了阿尔伯塔，租房子，找办公室，注册公司。一个月之内就把构架搭好了，接下来全是事务性的工作。虽然他们把阿尔伯塔作为重点，办公室也设在那里，但是也看到了草原省份的独特机会。他们开车到处找雇主，签合同。有机会就回国招工，很快就打开了局面。

老九也早已拿到身份，把新老婆和孩子先送过来，自己继续在国内逍遥。后来，他还是不慎翻船。这次不是被追债，而是被通缉。但他早已有所准备，在事发前嗅到了危险，又有了加拿大身份，所以轻易地出逃了。

老九这几年借助国内的大好形势，再加上翻手为云，覆手为雨的巧妙手段，在证券业和保险业大肆圈钱。他出逃的时候，已经有了几十个亿的身价。这些钱经过他的腾挪策划，精心设计，都静悄悄地转出去了。不管怎么挥霍，这些钱都够他花两辈子了。老九一向爱赌，在国内的时候，除了在生意场上赌，还是澳门各大赌场的常客。但是到了加拿大以后，失去了生意场上的机会，所以赌博成了他的主业。

第三十一章 卫心的日常

　　卫心读完教师学院后，在几个学校或长或短地教过一些不同的课目，最终在一个高中找到了一份永久的教职。她和强尼的感情不温不火，谈不上炙热的爱，搭伴过日子的成分居多。强尼原来在一个离家比较远的地方工作，每天花在路上的时间最少两个小时。工厂不大，虽说不愁没饭吃，但是待遇差点。在卫心的策划和帮助下，强尼如愿以偿地到了一个骑自行车就能过去的大公司工作。他们两个人的单位都有工会保护，年年加薪，收入稳定。只要不犯罪，就不会丢掉工作。因为谁都不需要对方养活，所以结婚也就成了多此一举。

　　强尼二十多岁时就买了一个两层楼的独立房，不要说他这种一路挣扎的白人，就算是衣食无忧的白人，也没有几个人能在这个年纪完全靠自己的能力买房子。他自己动手把地下室、一楼和二楼装修成了三个独立的单元，常年出租，租金收入加上房子的升值，这个投资带来的回报是惊人的。强尼单身时，自己在外面租个小房间，和卫心确定关系后，二楼的租客搬走了。于是，他和卫心搬回自己的房子，住在二楼。一楼和地下室依然常年出租。一天，强尼的姐姐布兰妮说她暂时找不到地方，想过来住几天。强尼跟姐姐几乎没有联系，很多年没有见过了，本来想拒绝，但是一楼的租客刚走，况且布兰妮说只是短住，所以就答应了。

　　布兰妮看起来精明强干，像一个在写字楼出入的时尚白领。强尼看到清爽干净的姐姐，热情地把她迎进了门，多年未见的姐弟俩，亲热地拥抱叙旧。可是，强尼没有想到，布兰妮住进来以后完全是一场噩梦。

　　布兰妮从来没有上过班，一直领福利。她了解国家的法规和体系，知道怎么找漏洞、钻空子可以不劳而获。她成年后的生活目标就是如何从政府那里拿到更多的钱。她吸食大麻成瘾，带着一个不知道父亲是谁的女儿。她每天的生活晨昏颠倒，半夜起来发疯，去地下室洗衣服，搞得整个房子里的人都不能睡觉。除了布兰妮，每个人白天都要工作。总是睡不成觉，大家都心烦意乱，强尼只好让她搬走。她不但不搬，还把同性恋女友带着进来一起住。两个女人吸完大麻后，飘飘欲仙。房子是木头搭建的，她们一折腾，把一个木头房子搞得地动山摇。强尼忍无可忍，申请了驱逐令，可是布兰妮带着个未成年的孩子，又是他的姐姐，所以不能够像对待常规租客那样把她赶走。强尼没有办法，只好立案告她。出庭的时候，布兰妮彬彬有礼，能说会道，居然跟法官说房子是母亲买给她的，目前被强尼强行霸占。法官看她穿得像个职业妇女，说得头头是道，对所有的人都落落大方，就很偏向她。按照程序，两个人的母亲要出庭作证。布兰妮不知给酒鬼母亲下了什么迷魂药，两人沆瀣一气。母亲替她做了伪证，说房子是自己出钱买给布兰妮的。由于强尼大吵大闹，不得已用了他的名字。因为她们是女人，这个身份具有某种象征意义，在很多时候，法律是保护弱者的，所以法官听信了这对活宝母女的话，判决让强尼搬出去。

强尼气得差点把房子烧了，说布兰妮不去做演员太可惜了。他没有办法，只好收集更多自己买房的证据准备翻案。多亏苍天有眼，地下室的租客被布兰妮搞得烦不胜烦，一心希望她搬走。所以，布兰妮很多次跟强尼吵架的时候，她都在边上录音。布兰妮没料到有人录音，所以吵架的时候肆无忌惮，言之凿凿地说就是要把强尼的房子据为己有，把他赶出去。而且，她每次都用各种肮脏恶毒的话咒骂强尼，完全不是受害者的模样，和法庭上刻意营造出来的良家妇女形象天差地别。这些录音和其他一些证据最终让强尼反败为胜，拿回了自己的房子，把鸠占鹊巢的布兰妮赶了出去。

整个过程中，强尼和卫心同仇敌忾对付布兰妮。她搬走以后，两个人长舒一口气，开始过自己的小日子。他们一直没有避孕，想用自然的方式怀孕，可就是没动静。卫心的月经一直不规律，有时一个月两次，有时两三个月一次。每次当她确认自己要怀孕的时候，月经又来了，总是空欢喜。他们尝试了很长时间都不能成功，做了各种测试后发现，问题出在卫心身上。强尼倒是无所谓，有没有孩子都一样。卫心伤心过后，只能接受现实。

卫心的生活安定以后，有时想到自己可能永远都不会有孩子，觉得一个亲人都没有，难免伤感，就想把姐姐卫芝一家办过来。

卫芝已经和老公张正宇离婚十几年了。他们结婚没多久，卫芝就发现张正宇大男子主义严重，吵架时从来不让她。两个人都年轻气盛，虽然矛盾由来已久，但还没到离婚的地步。卫芝生了孩子三个月以后，又怀孕了。不得已做了流产，之后她无法再过夫妻生活。只要张正宇靠近，她会不由自主地痉挛。就算他生气用强，但始终无法进入。张正宇不理解，以为卫芝嫌弃他，甚至怀疑她有了别人。他们的关系处于崩溃的边缘，吵架成了家常便饭。每次吵架，卫芝都说要带着孩子离开，其实是希望张正宇哄哄她。可是不管多晚，他都不劝，只是蒙头睡觉，任她离开。这样过了一年多冲突不断的无性生活后，两个人都同意离婚。离婚以后，卫芝带着孩子独自生活，让张正宇去寻找他的第二春。虽然他时常到卫芝家照顾母子两个，但在她的鼓励下，没有耽误个人生活。他先后谈了三个女朋友，和其中一个已经到了谈婚论嫁的地步，不过最后还是不了了之。几年以后，一个温馨浪漫的晚上，张正宇和卫芝回忆起恋爱时的趣事。情到深处，两个人的身体黏到了一起。从那以后，卫芝的"性交困难症"不治自愈。其实，卫芝的"病"纯粹是产后抑郁和流产的心理因素造成的，再加上张正宇的不体贴，导致她"病入膏肓"的症状。

卫芝"痊愈"以后，和张正宇又像夫妻一样住在一起，但是一直没有办理复婚手续，过着有实无名的生活。

可是卫芝夫妻两个的学历都是大专，如果按照移民的正常途径，无论往那个方向靠，他们的分数都不够。卫芝本人的出国愿望不是特别强烈，但是非常想让儿子出国念书。所以，卫心提出这个想法后，她还挺向往的。卫芝和住在一起的张正宇商量，他说为了孩子没有意见。所以，卫心为了卫芝母子移民的事情，开始积极想办法。

宛溪也算半个移民专家了，帮卫心分析了半天，还是说不可能。卫心找了几个移民公司后，有人建议假结婚。多方尝试无果，卫心觉得这也许是个办法。卫芝虽然和张正宇又复合了，但一直没办复婚手续，法律上他们不是夫妻。所以卫芝完全可以在加拿大找个人结婚，成功以后带着儿子先过来。等他们的身份解决以后，再想办法把张正宇办过来。

虽然找到了方法，但是结婚的人不好找。假结婚的费用是五万，他们可以负担，然而不能保证成功。损失钱倒是小事，如果遇到烂人，不但会给卫芝带来麻烦，而且还耽误时间。卫心思来想去，觉得强尼是个合适人选。他和前女友有个女儿，没有结过婚，工作稳定，又是白人，所以可信度非常高。卫心打定主意后，跟强尼商量。没想到很少反驳她的强尼说："你趁早打消这个念头，我是绝对不会这样做的。"

卫心以为自己没把话说清楚，让强尼误解了，就强调地说："我只是帮姐姐，又不是真的要你跟她结婚。"

结果强尼说了一句让她哭笑不得的话："我不做欺骗政府和国家的事。"

卫心没想到强尼把事情上升到了一个这样的高度，他的确爱国，经常说如果国家需要，他会去阿富汗打仗，每年的老兵纪念日都会捐钱。卫心知道一时劝不动，就打算慢慢来。

一天卫心跟宛溪说小丁的电话号码取消了，问她最近是否有过联系。宛溪想到小丁以前说过退休之类的话，就说："好久都没联系了，是不是他的愿望实现，在某个岛上做富贵闲人。"

"我也希望如此。果真这样的话，他就应该把我的钱还给我。"

"什么钱？你为什么借钱给他？"

"半年多前，他跟我说他借钱买了一只股票，结果股价下跌，他必须卖掉一些把借来的钱先还了。他说股价肯定会上去，只是暂时有些不利的消息。但如果继续下跌，他的损失会更加惨重，所以跟我借钱救急。"

"你借多少钱给他？"

"差不多一万块。你是否听说他跟其他人借过钱？"

"怎么借这么多？你跟他有那么熟吗？他的朋友我只认识小郎，可以问一下他。我不知道他有没有跟别人借过钱。"

"当时看他说得可怜，又是个老实人，刚好我身边有钱就给了他。他说三个月以后连本带利还给我，还写了借条。"

宛溪看了借条，小丁写明了借钱的数目，利息和归还日期，并且签字按了手印。可是现在人都找不到，一张借条有什么用呢！宛溪陪着卫心去小丁租房子的地方，问了房东和租客，没有丝毫线索。她们把能够想到的认识小丁的所有人都问了一遍，没有人知道他去了哪里。虽然也有人借钱给他，但是卫心的数目最大。卫心还存着侥幸找到小丁的想法，不过宛溪仔细问了小郎后，意识到小丁逃跑了。没办法，只好陪着卫心唉声叹气半天。后来她们想到报警。警察做了记录后，一直没有下文。卫心打电话去问，得到的答复是他们有更重要的案子，这个案子没有任何优先权。看来，如果小丁没有还钱的愿望，卫心的钱只能打水漂了。

第三十二章　又是一个妹妹

裴云英早已考了驾照，先买了一部旧车，后来又租了一部新车。自从考到经纪的执照后，她做过几个小单，加上范老板给的现金工资，也可以自食其力。楚山总说生意不好做，好不容易赚点钱，既要打点各方关系，又要扩展公司，所以几乎没钱给她。她不在意这个，因为儿子楚瑜已经回去好几年了，所有的费用都是楚山负担。这几年，她和楚山之间，除了儿子，也没有更多的话题。上次回国时，她发现了楚山出轨的迹象。问了以后，楚山不承认，她也懒得细查。两人分离多年，并且还要继续分下去。就算真的查到证据，又能怎么样呢。

寒假的时候，裴云英又回到北京。天气干燥寒冷，回去以后就生病了。在加拿大住久了以后，回国反而水土不服。只要回国，就和生病脱不了关系。这次更严重，她每天咳得喘不过气，去医院打吊针吃抗生素，但都断不了根，只好回家休息。楚山每天都说忙，经常很晚回家或者说出差不回家。楚瑜平时住在爷爷奶奶家，裴云英回国时才回家跟着她住。儿子的个头儿一年比一年高，模样清秀。都说儿子像妈，楚瑜长得的确非常像她。楚瑜看妈妈咳嗽，就一直让她喝水。裴云英想咳嗽喝水的理论真是深入人心，连小小的儿子都耳熟能详。

寒假快过完的时候，裴云英又准备走了。一天，她和儿子看以前的照片时，楚瑜突然说："妈妈，爸爸答应下个星期带我去看妹妹，我们一起去吧。"

"什么妹妹？谁的妹妹？"

"我的妹妹，爸爸说长得很漂亮。"

裴云英的脑袋一下变大了，难道楚山在外面生了一个女儿？她强作镇定，拉着儿子的手说："你告诉妈妈，这个妹妹是哪里来的？"

"我不知道，没有见过。"

"那你怎么知道这个妹妹的？"

"上次我在爸爸的手机里发现了很多她的照片，就问爸爸是谁，为什么她的照片比我的照片多很多，是不是喜欢她，不喜欢我。爸爸说都喜欢，那个是我的妹妹，哥哥不应该吃妹妹的醋。他说妹妹长得很漂亮，我看到的话，一定会跟他一样喜欢。"

裴云英开始剧烈地咳嗽，楚瑜用小小的拳头捶着她的背。良久，她眼泪一把，鼻涕一把地走进卫生间。拧开水龙头冲洗的时候，她不知道脸上流的是水还是泪。

跟大多数男人不一样，楚山喜欢女儿。裴云英怀孕后期被告知是儿子时，楚山说不一定准确。等到楚瑜生下来的时候，他还有点小失望。不过毕竟只有一个孩子，楚瑜也很聪明，所以楚山很快就像一个正常的父亲一样爱儿子了。

现在楚山如愿以偿，有了个女儿，但孩子的母亲不是他法律上的妻子。裴云英在卫生间用手捧着水，一次又一次地浇在脸上，在楚瑜关切又焦急的询问中，终于冷静下来，开始想她和楚山之间的事情。那个瞬间，她的感觉像刚刚看过的电影《颐和园》的结局。余虹和周伟最后一次会面，打算在偷情中重拾旧情，可是却成了陌路。裴云英和楚山也曾经在夕阳下泛舟颐和园，不过随着长久的分离，他们之间的温度已经比余晖还低。再美好的旧情都抵不过黄昏过后的黑暗。

裴云英快刀斩乱麻，无怨无悔地离了婚。她不知道楚山的经济状况，也不想刻意打听。就算他有钱，也是要先满足另外一个家的需求，因为历来都是只听新人笑，如果裴云英非要去争别人不愿意给的东西，得到的只能是悲哀和屈辱。这两个词都是她极力回避的，而吵架和胡搅蛮缠也是她最大的弱项，所以作为原配，尤其是不想打持久战的原配，根本得不到多少经济上的实惠。她这个旧人不愿意在人前痛哭，也无须别人催促，就把自己匆匆打发了。裴云英只想离开伤心地，多说一句都怕把持不住。她在证券公司开了一个账户，把楚山给的一点钱托给一个同学代管，就离开了北京。

裴云英带着儿子回到多伦多以后，像很多重视教育的父母一样，在一个排名很靠前的学校附近租了个两室一厅的公寓。房主是范老板的客人，三年前拿到移民身份后，又返回台湾，但不想把公寓卖掉，因为也许还会再来。房主离开后，范老板一直替他管理公寓的出租事宜，他偶尔来多伦多，在范老板家小住几天。房子已经空了一段时间，因为范老板想为他找一个放心的租客，裴云英无疑是最佳人选。由于彼此都放心，她既没签租约，也没有交头尾两个月的押金，而且租金还稍微便宜一点。裴云英买了两张床和一套餐桌，沙发是一个朋友送的，母子两个以最简单的方式住了下来。住的地方安顿好以后，她带楚瑜在离家不远的小学注册，然后正式入学。

像在学校时一样，程玲璐的人生选择和裴云英大相径庭。自从和艾德同居以后，艾德有时对她爱答不理。程玲璐虽然生气，吵过之后却并不放在心上。她每天描眉画唇，像个花蝴蝶一样在各种聚会中穿梭，然后以极高的效率找了一个美国人斯坦利。斯坦利是一个通讯公司的部门领导，公司已经上市多年，业绩很好。所以他除了不菲的工资外，每年还有奖金和红利。斯坦利离婚多年，两个儿子跟着前妻，刚上高中。如果他按时支付赡养费，前妻就不会找他的麻烦，而抚养费是从他的工资里扣除的，因此只要他有工作，就会一直相安无事。

艾德见程玲璐和斯坦利双宿双飞的可能性越来越高，就送了她一套自己刚开发出来的公寓。房子是两室一厅，写着程玲璐的名字，而且所有家具的钱都由艾德支付。她收下房子，搬了进去。艾德在楼上给自己留了一套，隔三差五下来和程玲璐解决生理问题。程玲璐就在艾德给她的房子里经常和斯坦利约会。每次斯坦利来时，她都告诉艾德不要下来。因为他有房门钥匙，随时可能来开门。艾德很听话，所以程玲璐可以放心地和斯坦利享受鱼水之欢，不用担心被撞破。一年以后，她和斯坦利结婚，然后搬到了他的房子。艾德接下来的表现和程玲璐当初和杰瑞结婚时一模一样。程玲璐对付男人向来是见招拆招，只要不致命，都能够找到化解的妙招。艾德这样跟她过招多次的人自然不在话下。需要的时候，把他当个愿意付费的性伙伴用用。缺钱的时候，他是个不错的提款机。这样的关系让艾德服服帖帖，他鞍前马后地为程玲璐提供各种服务，而且她御用地产经纪的地位多年不变。

程玲璐有时跟宛溪和裴云英搞个三方通话，主要内容是说她们食古不化，一副恨铁不成钢的样子。也是，同样是地产经纪，裴云英和程玲璐的境遇完全不同。程玲璐只做一个人的生意就可以轻松赚钱，裴云英辛苦地跟很多人周旋，收入还是比程玲璐差了一大截。宛溪的工资虽然高一点，也不用风里来雨里去地到处乱跑，但也无法和程玲璐相比。既然事实如此，她们两个只有虚心接受再教育。不过，她们用尽九牛二虎之力，还是做不了程玲璐的好学生。

第三十三章　久别重逢

　　一天，宛溪在超市买东西，突然听到有人叫她。她抬起头，四处寻找了一下，看到一个很像陆廷的人站在一排干果货架的旁边。她想那个人大概也像她一样认错了人，就没有理会，继续看哪个牌子的花椒油比较好。隐约之中，那个人朝她走过来，她有点拿不准地看着他。当两个人四目交接的时候，所有的不确定都烟消云散，欣喜地走向对方。陆廷握住她的手说："做梦都想不到会在这里遇见你。"宛溪觉得千言万语不知从何说起，努力用平静的语调说："是啊，谁能想到我们分别十几年后，会在一个异国的超市里碰到。"

　　陆廷的头发有些白，瘦长的脸变宽了，因为突如其来的邂逅，他笑逐颜开。宛溪也傻笑地望着他。似乎是为了缓解内心的激动，两个人放开握在一起的手，各自朝前走了几步。他们的面前摆满了油绿的蔬菜。菜都已经分装好了，有的在塑料袋里，有的在盒子里。买菜的人拿着上海青、芥蓝、雪豆或者细长的青椒离开，转到后面的水果摊。陆廷和宛溪对望了一会儿，然后两个人丢下购物车，空着手离开超市，到了附近的一个咖啡馆。陆廷要了一杯绿茶，宛溪要了一杯热巧克力。他们靠窗坐着，看着外面稀疏的行人，千言万语不知从何说起。陆廷喝了一口茶说："你还好吗？"

　　宛溪笑着说："不知道好不好，就是你现在看到的样子，反正还活着。"

　　本来眼带笑意的陆廷脸色一变，低头用手摩挲着一次性的纸杯说："活着就好。"

　　宛溪奇怪地问："怎么了？我说错话了？"

　　"我太太一年前出车祸死了。"

　　"非常抱歉，我不该乱说话。"

　　"没有关系，你什么都不知道。这本来也是久未谋面的人常说的一句话。"

　　"你太太在哪里出的车祸？"

"上海。过马路的时候，被一辆突然钻出来的车子撞飞了。"

宛溪沉默良久，不知道怎么安慰陆廷。两个人无言地坐了一会儿，陆廷提议去吃饭。他们去了附近的味香村。周末的餐厅，人流不断，热闹的气氛打破了刚才在咖啡馆的冷场。他们点了牛肉饼、糯米饭团、蟹黄包、什锦砂锅。吃完饭后，陆廷恢复了常态，他们开始聊起多年以来不通音讯的生活。

陆廷碰到太太后，心甘情愿地走入了婚姻的殿堂，打算长做上海人。他们两个都是大龄青年，所以想尽快生个孩子。可是结婚两年还是不能如愿，到处寻医问药后，主要原因在于陆廷的精子活力不足。做了一段时间的治疗后没有效果，他们采取了助孕，但人工授精还是失败。两个人折腾了很长时间，都很沮丧，就暂且放下了孩子的事。太太在外企工作，看着周围的人移民，有点心痒难耐。尤其听到他们谈论在国外做试管婴儿时，她终于决定移民。陆廷本来不想再被孩子的事情所累，但是看到太太那么坚决，而且自己是造成不孕的原因，只好同意。

在移民的过程中，陆廷的公司因为涉嫌走私被查处。公司老板以生产为由从国外买原料，但是原料进口以后，他转手就加价卖出去。会计在做账时，不止一次发现这个问题。后来因为两人的私人恩怨，就举报了老板。走私是板上钉钉的事，所以公司很快就关门了。

陆廷说本来还舍不得公司的高收入，没想到最后出了这样的事，看来出国是天意。到了加拿大以后，他们做了好几次试管婴儿，还是以失败告终。做试管婴儿花钱不说，还非常痛苦，每次都要脱好几层皮。太太最终想通了这个问题，决定放弃，说还是二人世界的生活好，轻松自在。

除了孩子的事，他们两个在加拿大过得简单快乐。放下孩子的事情后，更是没有负担。可以说，他们在加拿大过了几年随心所欲的日子。工作不累，到点下班，回家不用再想公司的事。想去哪里旅游，抬腿就走。就在他们以为这样的生活会一直持续下去时，一场飞来横祸改变了一切。

陆太太去世后，陆廷不想独自待在加拿大。可是回国一看，发展的速度一日千里，重新找个合适的位置也非易事。加拿大虽然冷清寂寞，但是正如陆太太所言，他们是坐壁上观的边缘人，没有钩心斗角的烦恼，可以自得其乐。虽然升职的空间非常有限或者说已经没有希望，但加薪的百分比还是以通货膨胀的比例作为参照，也没什么可抱怨的。

陆廷在去留之间挣扎了一段时间，喋喋不休地自问自答了很多问题后，最终还是决定老死他乡。他和宛溪坐在多伦多的餐厅，说起上次在广州餐厅相遇的情形。回首往事，白驹过隙，两个人都不胜感慨。宛溪也把别后多年的事情和盘托出，当她说到李平漠离婚时的举动以及自己在离婚证上是被告人时，自嘲地说："君失贤妻我被休，可能俱是不如人。"

两个人重逢以后，不用再像从前那样擦肩而过，消失在茫茫人海。多伦多虽然很大，但是走出去并不认识几个人，像他们这样有过一些朦胧交往，还能在菜市场偶遇的，不是天天都有。而且他们都是身在异乡又失意的外国人，从心理上说，都需要安慰和陪伴。所以，几个月以后，他们举行了简单的婚礼。他们没有穿婚纱，什么繁琐的仪式都没有，只邀请了几个好朋友参加。

第三十四章　迪士尼

楚瑜来了以后，裴云英忙了很多。好在范老板想着她一个人带孩子不容易，有所照顾，经常说如果有事可以先走。小学虽然很近，走路不过五分钟，但是按照规定必须接送。接了以后，不能送回家，因为十二岁以下的孩子不能独自在家。楚瑜三点钟就放学了，裴云英不可能每天这个时间回家陪他。好在学校有付费的托管班，放学以后可以待到六点。但暂时没有空位，所以她还是要先接，然后带着他去上班。

第一天放学的时候，家长们早早地等在门口，接了自己的孩子后离开，裴云英也带着楚瑜往外走。学校门口的路四面都有停牌，路口有两个人，穿的背心看起来像交通警察。只要有家长带着孩子站在路口，他们就举着牌子让四面的车全部停下。车停下后，他们依然举着牌子在前面带路，然后站在路中间阻止车辆通行，直到过马路的人走到对面才回到原地。等到停牌后面又站了人以后，这两个人如法炮制带领后到的人过马路。楚瑜看到这样的过马路方法惊呆了。在国内，都是爷爷奶奶或者姑妈姑父牵着他的手左看右看之后，才小心翼翼地过马路，车子从来不会停下，更没有交警带着大家过马路。楚瑜惊叹几天后就习惯了。每次都在停牌后面等待不动，直到举牌子的人朝前走才开始跟随。不久以后，他突然说："这里的人太笨了，过个马路都要人带领。如果一直这样，以后没有人带着他们的话，连马路都不会过了。"裴云英有时也觉得，加拿大人真闲，家长领着孩子过一个小小十字路口，居然需要专人带路，也有点夸张。就算有人不注意停牌，没停车，但家长是看得见的，不会贸然过去。保护过度，人就有了依赖性。长此以往，人们防范危险和自力更生的能力确实会下降很多。

好在开学不到一个月时，学校的托管班有了空位，裴云英不用每天下午三点钟跑到学校。但是上学的日子，她还是需要每天定好闹钟，早送晚接。除了接送，做饭也是一件重要的事。她担心儿子营养不够，胃口不好，总是变着花样给他做饭。

楚瑜像所有刚来的孩子一样，有很多不适应的地方，因为语言不通，有时会哭。裴云英为了安抚他的情绪，刚来不久，就带他去了一趟迪士尼主题公园。她不想费心思，就跟着旅游团去了。到了以后，他们住在奥兰多的酒店，早上坐旅游团的大巴去主题公园。每次下车以前，导游会讲清楚晚上上车的时间地点。楚瑜非常兴奋，没有错过一个公园。他见到了各种新奇和熟悉的东西，既有真实和想象的科技世界，也有从小看到大的动画片人物。每次见到米老鼠和唐老鸭，他都会热情地招手，还会模仿滑稽的唐老鸭说话。虽然没有看过《星球大战》的电影，但是看到几个人拿着激光剑挥来舞去，他就像被定住了，移不动脚步。楚瑜最喜欢的公园是未来世界和好莱坞影城。在好莱坞影城看到车子怎么开都不会翻以及起火的特效时，他的眼睛都直了。每天从公园回来，裴云英都累得只想睡觉。楚瑜却像一个永动机，不管回来多晚，都要去酒店的室内游泳池玩一会儿。一天，裴云英实在太累，没法儿陪他去泳池，刚好旅游团有个妈妈在陪孩子游泳，就托她照看一下楚瑜。裴云英回到房间，躺在床上很快就睡着了。楚瑜敲门时，她迷迷糊糊地开了门又去睡了。第二天早上醒来一看，楚瑜没换泳裤。看来，他也累瘫了，穿着湿的泳裤都能入睡。

他们玩了整整七天，才意犹未尽地回到多伦多。裴云英回来后想做的第一件事，就是找一个中餐馆慰劳一下自己可怜的胃。

在外面一个星期，他们只吃了两顿不伦不类的中餐。两家中餐店都在高速公路边上，这两餐包含在旅游费里。餐厅里的菜大都是些酸甜的咕噜肉，酱油饭，不咸不辣的宫保鸡丁，洋葱和土豆胡乱搭配的炒面。总体说来，纯粹属于蒙骗外国人的中餐。除此以外，他们吃的全是汉堡、批萨、热狗、三明治、意粉之类的东西。前面两天，裴云英还能将就着吃。第三天时，她看到那些东西，就开始胃痉挛。但是由于每天都在公园，只能吃快餐和垃圾食品。虽然难以下咽，但是别无选择。所以，一路上她都无法遏制地思念最简单的中餐。到第七天时，她的胃已经在罢工的边缘。楚瑜本来最爱吃各种汉堡和批萨，在家的时候，经常要求吃这两样东西。后来，他又爱上了意大利面，就是红酱肉丸子的简单做法，他吃得津津有味，还说要每顿都吃。裴云英不可能每顿给他吃这个，所以有时候他还提意见。可是，连续一个星期吃他平常爱的，而且每顿都不一样，他终于说吃够了，并且说回家以后，两个月都不会再想了。

裴云英更是前所未有地想念多伦多任何一个中餐馆的普通菜式，甚至连超市的盒饭都变成了美味。大巴车到多伦多时已经很晚了，裴云英不顾劳顿，找了一个没有打烊的小饭店。一进门她就闻到熟悉的香味，忍不住深深地吸了一口气。由于即将关门，可选的菜不多。她点了一个蒜蓉白菜和一碗米饭。蒜蓉白菜是她以前吃到腻的菜，还一度不想闻大蒜被爆炒的味道。可是经过几天与中餐的绝缘，这个菜一端上来，她忍不住狂咽口水，同时也听到了胃的欢呼。楚瑜点了一个炸酱面，一边吃一边说比意大利面好吃。红酱肉丸意面一度是他的最爱，结果出门一个星期就变了。裴云英以为自己年纪老大出国，胃口无法改变，没想到楚瑜也会这样。看来，饮食文化根本不可能轻易改变，人们对于曾经熟悉的味道会有一种心理上的依赖。所以，让吃惯西餐的人吃中餐，他们同样会觉得难以下咽。

除了吃饭有点不如意，母子两个都觉得这七天不虚此行。楚瑜学到了很多，他可以说出"Tigers and lions are at the top of the food chain"这样完整的句子。裴云英以前看迪士尼电影时，片头给她留下了深刻印象。每部电影在开始之前，都是一小段音乐和一个城堡。音乐是向星空许愿，那个反复出现的城堡看起来是梦幻式的憧憬。裴云英不是一个相信童话故事的人，所以没有幻想有朝一日会站在这个城堡门口，随便照相。大概在电视上看城堡的次数太多了，她居然不止一次梦见过它灯火辉煌的样子。

当她在迪士尼的魔法王国看到那个灰白色墙壁，蓝色塔顶的熟悉城堡时，突然有了圆梦的感觉。它的尖顶向天空伸展，应该是努力地在和星星说话，或者许愿吧。晚上，五彩的烟花在灰姑娘城堡的上空几乎绽放了半个小时，整个天空和城堡都是一片绚烂。裴云英看着彩光闪烁、童话一样的城堡，除了为灰姑娘坐上南瓜马车找到幸福高兴之外，也忍不住想到："真是大手笔，太舍得花钱了。经常这样放烟花，不知多少绿花花的美元都变成虚幻的美丽飘走了。"

楚瑜没有钱的概念，在他眼里，只有五颜六色的烟花。他兴奋地看了十几分钟后，又忙不迭地去录像。

回家以后，裴云英买了《星球大战》的全部DVD，和楚瑜一起从头看到尾。楚瑜看完电影，要求买激光剑和乐高星球大战的玩具。裴云英没有犹豫，都给他买了。很长一段时间，楚瑜最喜欢的事情就是挥舞红色、绿色的假激光剑，要裴云英跟他战斗。如果同学来家里玩，他也必然和同学分别扮演电影里的角色，照着他们的动作打来打去。那套乐高玩具，他也是反复地玩。他不按照图的样子摆放，而是照自己脑袋中的想象，一片一片地搭建。一段时间后，他又全部拆掉，重新组合。在整个过程中，他非常细致，连一把最小的枪都不放过，还会把小武器放到他心中最合适的位置。有时，他把乐高摆好后，就在周围走来走去地说电影台词，并且经常模仿 R2D2 的动作和 C3PO 的滑稽。他学这两个机器人走路时，惟妙惟肖。裴云英有时心情不好，一看到他像个机器人一样，便忘记了烦恼。

第三十五章　适应期

在学校，楚瑜虽然遇到一些不愉快的事，但仍要按部就班地度过适应期。在一个陌生的国家，语言关和文化差异是绕不过去的坎。如果话都没法说，只能变成别人的鱼肉。即使语言不再是个大的障碍，能够用官方语言表达自己的意愿，也要用本地人接受的方式。

因为不懂英语，楚瑜先在 ESL 班上课。国内的小学是每门课有不同的老师教，但多伦多的小学几乎是一个老师教所有的课程。说是上课，其实跟做游戏差不多。小孩经常坐在地上，吃东西、聊天的都有。楚瑜在国内的课堂经常是背着手，坐得笔直，认真听老师讲课，说句话、开个小差都要被罚站，厕所也不能随时上，所以楚瑜回家跟裴云英说一点都不像上课的样子。裴云英知道加拿大的学校就是这个样子，所以当初虽然不是很情愿，但还是认同了楚瑜在国内上几年学的做法。听到儿子这样说，她只能说两个国家的教育方式不同，让他自己不要放松，认真努力就好。

可是楚瑜虽然说别人不好，自己也在犯错误。他在国内时，像很多孩子一样，一直学奥数。出国后，把书带了出来，裴云英要求他继续做题。楚瑜做得很快，而且答案都对，裴云英以为他都懂，心想国内的教育水平是高。一次，楚瑜做奥数时，裴云英从旁边经过，他非常慌张，立刻把书合了起来。裴云英心里闪过一丝疑问，就直接说："你在抄答案吗？"

楚瑜低下头小声说："没有。"

裴云英不再怀疑，楚瑜的表情已经说明了一切。她虽然生气，但是不想责骂他，就用平静的语调说："妈妈相信你，没有想过你会抄答案，所以就把书后面的答案留在那里。如果你只是抄答案，跟没有做是一样的，你这样是自欺欺人。以后不要再抄了，诚实是最重要的。"

楚瑜闻言大哭，不知是为自己的行为悔恨，还是因为裴云英和颜悦色的态度加重了他的羞愧感。裴云英不想放纵儿子，平时如果做了错事，都会骂他几句。现在面对这样的大错，她觉得不能苛责，只是希望他改正。她看楚瑜哭得那么伤心，认为他以后肯定不会再抄答案了，所以还是没有把答案从书上撕下来。

一天，裴云英上班的时候，接到学校的电话说楚瑜打人，要被禁学三天。她放下电话，一路飞车赶到学校，副校长跟她说明了情况。楚瑜是中途入学，班上一共六个人，都上了一段时间的学，只有楚瑜的英语最差。班上有个女孩文迪已经上了一年多的 ESL，英语基本过关，马上就转入正常班了。所以 ESL的老师让她为楚瑜做翻译，两个小孩的关系一直很好。可是今天文迪突然哭了，说楚瑜打她，并且还有几个小孩作证。

副校长刚说完，楚瑜的 ESL 老师突然走进来，在没有任何开场白的情况下，就直接说楚瑜在班上经常对人动手，要裴云英回家好好教育他。并且特意说："我不知道你的教育哲学（philosophy of education）是什么，我绝对不会教自己的孩子打人，楚瑜这样下去很危险。"说完以后，她扭着肥胖的屁股，像只跛脚的鸭子，慢慢地摇出了办公室。裴云英气得咬牙切齿，心想不知道今天招谁惹谁了，简直背到了极点。她埋怨老天不长眼，让这只肥鸭子从笼子里跑出来到处大便，恨不得立刻找个烤鸭师傅，把她做成一鸭三吃。

副校长比"烤鸭"好很多，没有诬告和添油加醋，只是陈述事情的经过。不过，无论她们说什么，裴云英都觉得不可能。以她的"教育哲学"和对楚瑜的了解，他绝对不会打人，更不要说打一个一直帮助他的小女孩。但是她知道不能跟副校长争执，就耐心地问儿子到底怎么回事。楚瑜坐在旁边，小脸红红的，哭得可怜兮兮，哽咽着说："我没有打她，我们两个在玩，看谁先拿到彩笔。我拿到以后，她过来抢，我用手挡了一下，她哭了，说我打到她的脸。我根本没有碰到她，不信你去看她的脸，一点印子都没有。"

裴云英看着满脸泪痕的儿子，清晰地听到自己的心一片一片碎掉的声音，她唯一的希望是代替儿子承受所有的委屈。她强忍着眼泪对楚瑜说："你是好孩子，妈妈相信你。"

裴云英去卫生间平复了一下心情，回到办公室冷静地对副校长说："楚瑜一直跟我说，他很感谢文迪帮他做翻译。所以不久以前，我还专门请了文迪和几个小朋友一起到家里聚会。今天的事情肯定是误会，我猜想楚瑜和文迪只是玩闹。只是楚瑜先拿到了彩笔，文迪没抢到，不高兴了，冲上来的时候又被楚瑜用手挡住，情急之下就哭了。至于其他孩子说看到楚瑜打文迪，也是想当然的。可能他们站在旁边看到楚瑜伸手，然后文迪哭了，就认为他打了她。小孩子在一起，今天你哭了，明天她恼了，都是正常的。您在学校工作多年，经验丰富，肯定知道这种事情一点都不罕见，经常会发生的。楚瑜刚来，本来就不大适应，如果这次处理不当，我担心他会讨厌学校生活。希望您认真调查一下。"

副校长听了以后，觉得有些道理，就叫文迪来办公室再讲一遍事情经过。文迪的脸上干干净净，早就不哭了，看到流泪的楚瑜，就过去安慰他。然后跟副校长说楚瑜没有打她，只是没抢到彩笔才哭的。副校长见状，就说没事了，两个孩子和好如初。

通过这件事，楚瑜彻底明白了学校里面讲过的一个规则：不能够有身体接触。（No physical contact. Keep your hands and feet to yourself.）

以前楚瑜有时会抱怨学校的老师什么都不教，小朋友不学习。打人的乌龙事件之后，他的怨气更多，但裴云英认为他年纪小，很快就过去了。谁知道一波未平一波又起，楚瑜打人的事刚平息，他自己又被人打了。

一天，裴云英发现楚瑜的胳膊上有一条很长的血痕，就问怎么回事。开始他不愿意说，后来裴云英问："是不是学校里有人欺负你？"楚瑜的心理防线一下子破了，哭着说："有一个叫老虎的小孩经常打我。"

"他是真的叫老虎，还是因为爱欺负人，你们起的外号？"

"他的名字就是老虎，Tiger，他也爱欺负人。"

"那你跟老师说过吗？"

"没有，我怕说了以后，他会更厉害地打我。"

裴云英心疼地抱着儿子，只觉得血往上涌，想马上冲到这个小孩面前，把他暴打一顿。她安抚着楚瑜，仔细地问了老虎打他的时间地点和细节，他一五一十地说了。楚瑜的描述虽然不是完全准确，但她已经心中有数，知道了大部分情况，就说第二天带他找校长说这件事。楚瑜非常担心，跟她说不要去。她说如果不找学校，老虎会更加无法无天地欺负他，楚瑜才答应了。

第二天早上，裴云英带着楚瑜到了校长室，有理有据地说了老虎打楚瑜的事情。校长看了楚瑜的伤痕，说这样的事在学校是不能容忍的，当即把老虎叫过来，声色俱厉地把他教育了一通。老虎再恶，毕竟是个孩子，大概没有见过这么严格的校长，一句话都不敢说，马上跟楚瑜赔礼道歉，并且保证再也不欺负他了。从此以后，老虎果然没有再打过楚瑜，看来校长在孩子们心中还是有威严和震慑力的。

裴云英非常高兴，虽然以后还会有其他的问题出现，但是眼下不用再担心楚瑜被欺负了。她不知道以后会发生什么事情，生活本来就是由一个套一个的麻烦组成的，预知未来也没有意义，只能兵来将挡，水来土掩。她给楚瑜做了很多好吃的，庆祝他摆脱老虎，并且讲了武松打虎的故事，还跟他开玩笑说如果武松在他们学校，一定是提着打虎棒上学。楚瑜说如果他能像武松一样就好了。大概每个男孩都希望自己英武神勇，能够打遍天下无敌手。不过，整个过程中，楚瑜没有裴云英想象中的那么开心。

第三十六章　假结婚还是偷渡

卫心对强尼晓之以理，动之以情，反复劝说他跟卫芝结婚。强尼虽然有些动摇，但始终下不了决心。卫芝向来不是一个能够保守秘密的人，尽管强尼还没答应，但她已经到处宣扬要出国的事。所以，她和强尼八字还没一撇的事情已经在朋友之间传开。

卫心有个同学叫司马丽，也有出国的念头。她听到卫芝母子出国有望，就央求卫心帮她想想办法。司马丽和卫心从幼儿园到高中都在一起玩，上大学以后才分开的，大专毕业后她分到一个中学当老师，到了结婚的年纪，就和一个姓陶的男人入了洞房。老陶在学校附近的一个工厂上班，他们是在两个单位的联谊会上认识的。婚后，顺理成章地生了一个女儿。随着时间的流逝，平凡的婚姻越发显得枯燥乏味，但是谁也没有想过离婚。转眼间，女儿都快上高中了。司马丽也想把女儿送出国，可是他们的经济实力负担不起。现在看到卫芝母子，就问卫心是否有办法帮他们出国。

司马丽夫妻两个的状况和卫芝大同小异，如果按照移民打分的标准，老陶还不如张正宇，因为他连大专都没上过，所以司马丽夫妻也达不到移民的条件。如果不能正常出国，那么只有想其他方法，而非法入境的道路只有两条：偷渡和假结婚。司马丽肯定不会冒着生命危险去偷渡，剩下的只有假结婚一条路，但是同样面临不知道找谁结婚的问题。卫心倒是想帮司马丽，也不可能害好朋友，所以不敢随便找人。正在犯愁的时候，她突然想到了理查德。不过理查德没有女朋友，又信奉天主教，说什么都不愿意假结婚，而且申明结婚以后是不会离婚的。除非是真结婚，其他的都不考虑。卫心没有办法，只好把理查德的话转给司马丽。

司马丽思索很久，决定和老陶离婚，跟理查德结婚。潜意识里，她觉得国外的生活肯定比国内好。她和老陶的生活味同嚼蜡，真的离婚，带着女儿出国，也没什么可惜。可是老陶不同意，他说这辈子除了老婆女儿，什么都没有。司马丽听了这话，反而无语了。最后，她只好说："我和你是假离婚，等我和女儿出国以后，再把你办出来。"老陶虽然被这个理由说服，但还是有些疑虑。直到司马丽当着女儿的面也这么说的时候，他才放心地办了离婚手续。

虽然老陶和女儿都相信了司马丽的话，但是理查德说得明明白白，他是不会假结婚的。所以，当理查德真的去成都见了司马丽，并且郑重商讨结婚事宜的时候，没有人知道她的心里到底怎么想，包括她自己都不确定。

有了理查德这样一个真实的先行者，卫心说服强尼的工作取得了重大突破。诚实爱国的强尼决定听从卫心的安排，他答应和卫芝结婚，在欺骗一次祖国的前提下，申请他们母子来多伦多。理查德和强尼为了结婚的事，都去了两次中国，跟"未婚妻们"出去游玩，照了很多照片。平时也会打电话，写邮件，理查德这么做既是为了联络感情，也是要留下记录，以供移民局将来查证。强尼纯粹是听从卫心的安排，卫心用他的电话和邮箱跟卫芝联系，所有的一切都是为了给移民局看。做好这些前期的准备工作后，理查德和司马丽先结婚。结婚以后，理查德马上第一时间递交材料，申请她们母女过来。

虽然司马丽不愿意偷渡，选择了一个真真假假的离婚结婚，但还是有人想铤而走险，而这个人居然是钱光良。

钱光良回国以后在外企上班，找了一个比他小十几岁的男友。小男友是独子，总是跟钱光良说如果父母知道他们的事，会把他打死。钱光良深知同性恋的艰难，就让他找个姑娘结婚，跟父母有个交代。小男友不愿意，说出国就没有这些压力了。钱光良在国外学习工作过，知道国外的环境宽松很多。他肯定比小男友了解得更多，小男友对于国外的那点皮毛见识基本上是从他这里和网上得来的。钱光良在多伦多的那段时间，触动最大，好像满大街都是革命同志，他终于可以不再为了此事偷偷摸摸，当时就恨不得立刻留下来，可惜加拿大的同志们拒绝了他。他不可能重新申请移民，看起来出国无望。可是，小男友动了心思以后，就很难让念头熄灭。钱光良经不起小男友的一再催促，但他们也无法找人假结婚，唯一的方法是偷渡。小男友只能说自己想要什么，但是没有把事情做成的办法，所有的一切都靠钱光良谋划。

钱光良跟宛溪说了想法，问她是否有更多的信息。宛溪拿着电话，不知如何回答。她知道多伦多有很多偷渡过来的人，但是跟他们没有深入接触。以前她在冯菲的公司时，做过一些申请难民和难民上诉的案子，但那个时候把重点放在原因而不是偷渡的过程。而且就她所了解的情况，那些难民基本上都是找的蛇头，拿着某个国家或地区的假护照，一下飞机，就把护照撕掉，还没出关，就变成难民。离开冯菲的公司后，宛溪不想让冯菲误会她把客人介绍给别的公司，从中收取佣金，所以就和所有的客人都断了联系。现在钱光良突然说起这个事情，她也找不到人问，唯一想到的是程玲璐当年偷渡的情况。虽然过了好几年，但是地理环境没有改变，想必偷渡的线路还是大同小异。因为钱光良只说要偷渡，所以宛溪想当然地认为是偷渡美国，就说："你先去中南美国家，这是一个传统偷渡美国的渠道，风险应该很小。"

"我们不想去美国，想去加拿大。"

"很多人不是都想去美国吗？来加拿大做什么？"

"我研究过了，在美国拿身份难于上青天，像我们这种偷渡的连想都不用想。如果去加拿大，我们可以申请难民，而且成功的比例也高。另外，加拿大相对公平，没有那么多歧视，福利也好。在美国，我们没有什么选择，肯定是黑下来。"

钱光良不想找蛇头买假护照，据他所知，这种方式不仅失败的比例高，稍有不慎还会命丧黄泉。宛溪没有偷渡经验，说了半天也没说到点子上，只好跟钱光良说帮他再打听一下。她想到做事周全有计划的卫心，而且她即将把卫芝和司马丽以非常规方式搬运过来，比较符合钱光良的要求。可是卫心还没钻研第二种方式，没有头绪，就去问了一个酷爱自驾游，精通地理知识，和他同时移民多伦多的男同学。男同学说："我知道美加边境有个小公园，管理很松，很多人在两边随意走动。他们要先去美国，然后到那个公园的附近和里面熟悉路况，了解清楚以后，可以装作参观的样子走到加拿大这边。如果没人管，就能顺利进入加拿大这边。万一被发现了，就说不小心走错了路，也不会有风险。"

宛溪把公园的名字、地址以及男同学建议的路线图告诉了钱光良，他觉得可行性很强。

宛溪和陆廷不用假结婚，也无须偷渡，所以不经意的重逢以后，就光明正大地走到了一起。他们没有浪漫和鲜花，就是平凡朴实地过日子。每天的生活是周而复始地上班下班、柴米油盐、吃饭睡觉。他们偶尔还会说起从前种种，最后都以勿忘初心终结。当她说起自己不能生孩子有点遗憾时，陆廷语带双关地说："我也生不出来。这么看来，我们真是天造地设的一对。难怪过了这么多年，又经过这么多事，我们还能在一起。"

第三十七章　中文还是英文

　　楚瑜磕磕碰碰地读了几个月的书，暑假时去了夏令营，不到一年，英语总算顺利通过，转到了正常班。他一直过着非常规律的生活，回家以后，因为学校几乎没有作业，他除了做半个多小时的奥数，大部分时间都是看动画片和玩玩具。他最爱的两部动画片是《神奇宝贝》和《海绵宝宝》，裴云英有时跟他一起看。每当《神奇宝贝》的音乐响起来，他都会站起来跟着跳舞。裴云英为儿子买齐了《神奇宝贝》的 DVD，开始她想教育儿子尊重别人的劳动成果和版权，所以都买正版。可是楚瑜要求买的碟片越来越多，她的版权教育只好让位给钱包。为了省钱，她也只能去太古广场买很多盗版。

　　因为从国内按年级带了几本奥数的书，裴云英就一直让楚瑜做上面的习题。自从被抓到抄答案后，楚瑜做题的速度慢了很多，而且还有错的，裴云英以为他意识到自己的错误，已经彻底改正了，还为此表扬了他好几次。做完一本书后，她按照楚瑜姑妈的指示，让他做另外一个年级的。可是，孩子总有反复不定的时候。有一段时间，楚瑜做题的速度又加快了，并且还是全对。裴云英有所怀疑，就旁敲侧击地问他是否抄了答案，他拒不承认。于是她就把附在书后面的答案全部剪下来，并且规定时间，让他把做过的题目重新做一遍。楚瑜不但严重超时，而且好多题目是错的。他知道抄答案是严重的错误，但他依然重犯。裴云英实在没有料到楚瑜会这样，就把他臭骂了一通，并且拿个尺子在他手上打了三下。楚瑜没有向上次那样痛哭，反而说："我不想做这些题目，没有意思。"

　　裴云英更生气："什么有意思？吃喝玩乐有意思，那你也要有这个资本啊。"

　　"什么是资本？反正同学里面没有人做奥数，我为什么要做？"

　　"同学里面有考试不及格的，还有整天玩游戏、看电视的，你去跟他们学啊！"

"我没有考试不及格，也没有整天玩游戏，看电视。"

"你那些能够被称作考试吗？画几个图，填几个字，就叫考试？就算这些是考试，你的分数也不高。再说，你玩游戏、看电视的时间一点都不比别人少。"

"大家都这样玩，我为什么不能？"

"大家都去跳悬崖，你也跟着跳？"

母子两个越说越气，最后连晚饭都没吃。但是从此以后，不管裴云英晓之以理还是胡乱责骂，楚瑜都不再做奥数。他没有主观能动性，她也不能拿枪逼着他，只好作罢。

楚瑜虽然说多伦多的学校不好，但是他也非常享受没有家庭作业的生活。小学毕业时，他已经融入了学校的生活，老师对他的评价很好，上了荣誉榜。在家里，他说英语的时间越来越多。虽然学校有很多亚洲人，华人也不少，但是英语成了孩子们的第一语言。只要离开 ESL，他们说自己国家语言的时候越来越少。在正常班上课的小孩，聚在一起时，全部说英语。楚瑜以前因为英语不好闹笑话，现在变成中文理解不当。

楚山的妹妹楚媚没有孩子，一直很喜欢楚瑜。楚瑜住在爷爷奶奶家时，楚媚也没少费心。裴云英和楚媚的关系一直很好，她跟楚山离婚的时候，楚媚站在她这边谴责楚山。楚瑜出国以后，楚媚经常询问情况。当年匆忙离婚，她都没搞明白楚山新太太的状况。后来她才从楚媚那里听说楚山的太太叫方雅兰，是他的初恋，当年和楚山分手以后，很快结了婚，和前夫有一个女儿。方雅兰跟楚山结婚后，大女儿也跟他们住在一起。这些事情楚媚他们也是后来才知道的。一次，楚媚愤愤不平地跟裴云英说："你那个时候是咳嗽咳昏了头，神志不清才会离婚，好歹冷静下来，考虑一下嘛。如果知道是这种情况，你还会跑得比兔子快吗？"

"那倒未必，说不定跑得比豹子还快。这样很好啊，初恋总是让人刻骨铭心。当年我跟楚山在一起时，也曾听闻过这位初恋的大名，所以肯定会成全他们。而且楚山本来就喜欢女儿，一下子得了两个千金小姐，还不开心坏了。楚瑜不但有了一个妹妹，还多了一个姐姐，不会像独生子女那样孤单。"

"什么初恋末恋的，都是陈词滥调，谁稀罕！我哥要是像你说得那么高兴，那是脑子进水了，而且是开水。你要是真的这么想，就是脑子里装满了有毒的糖水。"

　　由于裴云英经常跟楚媚通信，所以有时写信的时候，也会叫楚瑜写上几句，放到结尾处。以前，楚瑜分不清 ant 和 aunt，中英文都不太会的时候，他就双语混用，夹在一起写给楚媚，经常把她称作蚂蚁，楚媚每次都大笑不止。有时，裴云英必须出门的时候，让楚媚在网上帮他照看楚瑜，顺便辅导一下功课。渐渐地，楚媚说："这孩子的中文怎么退步这么快？跟他交流越来越费劲，需要不停地解释。如果说成语，哪怕是很简单的，也要重复地说，他才能领会。可是，没有多长时间又忘了。再这样下去，只有让他教我英语了。"

　　楚瑜的中文已忘了大半。有时，裴云英看他整天走来走去地捣鼓他的玩具，就说："你怎么总是游来游去，一点书都不读？"楚瑜就双手张开做游泳状，嘴里重复着"游来游去"。裴云英只好无奈地笑笑，问他到底懂不懂什么意思，他顽皮地笑着说明白。一天，裴云英叫他做作业，他嘴里答应着，但就是不动。她生气地说："你再不听话，就滚出去。"楚瑜就真的躺在地上，从房间滚到客厅。她啼笑皆非，只好跟他说不是这个意思。楚瑜爬起来说知道了。

　　像大多数母亲一样，裴云英总是有操不完的心。以前她为了楚瑜的英文费心，现在又怕他忘了中文，就让他去上中文学校，还规定他不准在家里说英文。楚瑜两条规则都不遵守，说自己没有忘记中文，所以不去上中文学校。刚好宛溪是中文老师，来家里玩的时候，偶尔给楚瑜讲讲课，他似乎也听得进去。加上宛溪跟她说很多上中文学校的孩子也说不了几句中文，有些孩子上了好几年，也就停留在写好自己中文名字的水平，裴云英就不再强求楚瑜去上中文学校。至于在家不准说英文，更行不通了。同学来家里玩或者跟同学打电话的时候，都是英文。裴云英只好再次妥协，让楚瑜跟她只能说中文。简单的事情，楚瑜说几句中文，稍微复杂点的事情就是长篇大论的英文。裴云英没法勉强他，只好什么规则都不制定了。

第三十八章　求生还是求死

　　司马丽和理查德的事情进展顺利，不到一年，她就被大使馆通知面试。面试前，她背了一些必问的常规问题去了北京的使馆。结果面试非常简单，移民官没有怀疑他们婚姻的真实性。她通过面试后，卫心很兴奋，觉得卫芝和强尼的事情胜利在望。果然，卫芝也沿着司马丽的老路，只是时间上慢了一些，因为结婚比她晚。而且，有了司马丽的经验，卫芝的材料准备得更好，所以更轻松。她们都放下了长时间悬着的心，只等着孩子放假以后去加拿大。

　　卫心跟卫芝在多伦多相聚的日子转眼就到了。卫芝带着儿子下了飞机后，直接住到了卫心的房子里。卫心在强尼的房子里住了一年多以后，另外买了一个房子。房子是她和强尼一起出钱买的，但名字只有卫心一个人，强尼自己名下的那个房子又像以前那样整栋出租。卫心的房子楼上有三间卧室，她和强尼仍然住在二楼。有时她和强尼住一起，有时分房睡。另外一个房间被卫心作为书房使用。每个房间都塞满了东西。一楼有个小房间，卫芝住在那里。儿子愁余住在客厅。

　　卫芝和强尼是法律上的夫妻，但有名无实；她和前夫没有法律上的契约关系，但比离婚前更像真正的夫妻。那一张很多人眼中神圣的结婚纸，不知到底起了什么作用。

　　楚瑜在加拿大的几年，有时假期回国。每次回去之前，裴云英都要早早把票订好，上飞机前对他千叮咛万嘱咐，然后把他托付给空乘人员。楚山偶尔来加拿大看望楚瑜。

　　这些年，裴云英和楚山之间的交流虽然不多，但仍有些不愉快。比如楚瑜在国内有让他不满意的地方，他会责怪她没有教育好。裴云英不管心里怎么看待楚山，但为了楚瑜不想和他争执，一直维持表面的和平，也从来不在楚瑜面前流露出来。所以，总的说来，父子俩见面的时候，还是很亲热。上了中学以后，楚瑜加入了搭建机器人的俱乐部。他从小就喜欢把乐高玩具拆来拆去，摆成不同的形状。后来，还经常组装飞机、轮船等各种模型。这个俱乐部可谓正合他的心意。学校还会出去参加比赛，每当这个时候，楚瑜都很兴奋。

裴云英在地产经纪公司工作，自己也是个经纪，但却始终没有买房。当初为了儿子读书有个好学校，她租了个两室一厅的公寓，就一直没搬。楚瑜的中学离家三公里多，虽然他到了可以自己坐车的年纪，但是一趟车到不了，每天转车挺麻烦的，她开始考虑买房子的事。

在多伦多居住的几年，看着房价飞涨，她不是没有心动。但是因为楚瑜需要适应新环境，他好不容易交上几个朋友，如果搬家，又要重新开始，对一个孩子来说是残酷的。等到他适应一切，去中学也不方便的时候，她把买房子摆上重要的日程。

买房子要考虑的第一要素仍然是楚瑜的学校，用这个条件一卡，就排除了不好的社区。楚瑜目前的学校虽然排名不错，但是亚洲人的比例太高。实际上，因为亚洲人格外重视教育，所以很多排名靠前的学校都存在种族单一的问题。还有一个排名非常好的学校被人戏称"清华"，意思是清一色的华人。裴云英觉得孩子既然已经出国，还是应该把圈子扩大一点，所以她决定选一个各个种族都有的社区。她跟楚瑜说了自己的想法，他也认同。等她选定了区域以后，一看价钱，倒抽一口凉气，她能负担起的房子实在有限，于是只好发挥自己在这个行业的优势，每天不停查看新房源。只要有合适的，就第一时间过去看房子。

范老板给的工资一直不高，地产经纪行业的竞争本来就很厉害，再加上她自己做经纪也是有一搭没一搭，也没有程玲璐那样躺着赚钱的门路，所以收入一直在中下游徘徊。离婚的时候，楚山给的一笔钱已经在股市化为乌有。她算来算去，也凑不出多少首付款，而且每个月的供房款不能超过目前的租金太多，所以她只能看最便宜的的房子。这样下来，选择性也不多，看了不到一个月，她定下了一个走路到学校十分钟的房子。房子的状况不太好，她打算买下来以后重新油漆一遍，然后把地板全部换了。她带着楚瑜看了房子和学校，他没有意见。签完购房合同交了定金后，就等着三个月以后搬进去。来加拿大多年，终于有了自己的房子，裴云英一心想好好布置一下，忙着到处看家具。

谁知天有不测风云，就在她满心欢喜等待搬家的时候，范老板突然因肺癌去世。范老板之前时常咳嗽，虽然没有像裴云英离婚之前那样咳得死去活来，但是他咳嗽的时间长达半年多。裴云英总是叫他去看医生，但他一直拖着不去，说是感冒引起的，又不是咳血，没有关系。想起来的时候他就去药店买几包止咳糖果，然后不停地吃，经常说糖果甜得让他恶心想吐。后来终于有一天，他不但咳出了血，而且剧烈的胸痛让他无法忍受，等到去医院的时候，医生说没救了，只有一到三个月。他不抽烟，不喝酒，得这个病真让人愤愤不平。范老板大概没有强烈的求生欲望，从确诊到去世不到一个月。奇怪的是，他居然死在家里。作为一个买卖了很多房子的华人地产经纪，他生前反复说过，不要买有人死在家里的房子。

华人生前都不喜欢立遗嘱，担心不吉利，范老板也不例外。但是生病的时候，相熟的律师去家里替他写了遗嘱。按照遗嘱内容，他的一切财产都交给太太处理。公司虽然是范老板一人打理的，范太太从来没有出过面，但是公司的房子是买的，还有账户上的佣金都是财产。因此范老板去世以后，公司的所有事情都是范太太处理。

范太太虽然身材娇小，但是精力充沛，她有条不紊地处理各种后事。在范老板去世三天后，她为他办了一个很风光的葬礼。

范老板刚去世，裴云英就接到范太太的电话，让她把葬礼的时间和地点告知跟范老板买卖过房子或者有过接触的所有人。还没从死讯的震惊中回过神来的裴云英遵照指示，找出所有人的联系方式，逐个通知，大家都说会出席。葬礼当天，殡仪馆里人头攒动。除了多年不见的各种客人和他们夫妻俩的几个朋友之外，裴云英和公司的所有经纪都出席了葬礼。大家商量以后，每个人送了一百五十块钱的白信封。范太太说葬礼过后，会把收到的钱全部捐给慈善组织。灵堂里摆满了花圈、花篮和挽联。主席台后面的大屏幕上放着他们夫妻恩爱、全家和睦的照片和录像，音乐随着播放内容的不同而改变。有人在台上发言盛赞范老板的为人。虽然范太太说遵照先生遗嘱，不能瞻仰遗容，吊唁的人还是围着棺材表示深切哀悼。有人说范老板生前脚踏实地，死后哀荣备至。范太太哭得泪人一样，大家自然要说些节哀顺变之类的话语。同时，有些人为了缓解她的悲伤，说了很多关于她和范老板的溢美之辞。

范老板变成一把灰，装在一个小盒子里以后，范太太全面接手了公司的事情。为了应对政府的最后检查，她让裴云英把后续的文件工作做好。裴云英把公司遗留的事情做完以后，范太太就下指令关掉公司，说很快会把办公室卖掉。期间，公司有一个业绩不错的经纪有意把公司继续经营下去。但他刚买了另外一个房子，资金有些不足，就跟范太太商量说免他半年的租金，范太太毫不犹豫地拒绝了。这个经纪因为感念范老板对他的帮助，想让他小小的旗帜多飘扬一段时间，既然范太太这样回复，也没什么遗憾。经纪们原本就是自由人，大家纷纷寻找新的公司挂靠，在一个月之内都转了出去。隔壁有个人一直想把公司的房子买下来，听到范老板去世的消息，就问裴云英办公室如何处理。裴云英把他引见给范太太。两个人很快商讨好价钱，写了合同，一个月以后范老板的办公室就会变成别人的。

范太太的果决，让裴云英成了最大的受害者。由于范老板是月初去世，范太太高效率处理完公司的所有事情后，还没到月末。裴云英变成了一个无用之人，她连下一个月的工资都没领到。

范老板生前多次说过公司是他在加拿大的唯一心血，范太太肯定也有耳闻。所以裴云英以为范太太念及亡夫的这点小成就，会把公司维持一段时间。这样的话，她可以有个缓冲，重新找工作。可是没想到范老板去世不到一个月，公司就要和他一起消亡。范太太如此行事，不留一点余地，让裴云英乱了阵脚。范老板给的工资虽然不高，总可以勉强维持生活，且由于范老板给的是现金，她也不能申请失业救济金。所以，顷刻之间，她就断了粮。虽然裴云英有点积蓄，但是考虑到那是买房的首付款，所以不敢轻易动用。

第三十九章 买房

正当裴云英焦头烂额时，银行的人让她出示雇主信，她只能说老板刚去世，公司马上关掉。银行的人照章办事，说她现在没有工作，无法贷款。她想说不买房子了，但是定金退不回来。在这个需要钱的节骨眼上，她不想损失两万块。她设想并实施了无数的方案，都以失败告终。朋友只能借她一点钱暂渡难关，不可能帮她凑齐买房所需的余款。她无法跟任何人诉说，只能欲哭无泪。

万般无奈之际，裴云英想到楚山。她听楚媚说楚山这几年赚了很多钱，兄妹俩因为钱和一些别的事情闹得很不愉快，话都不说了。裴云英给楚山打电话说明情况，虽然没有具体描述内心的苦闷和慌张，但是他明白了她的走投无路。他让裴云英把银行账号发给他，说会在交房之前把需要的钱转给她，但是让她不要告诉家里的任何人。楚山说得如此干脆，让提心吊胆多日的裴云英踏实地睡了个觉。

在房款没有确定之前，裴云英不敢跟房东说退掉房子。收到楚山的钱后，她发邮件告诉房东搬家的日期。房东回信说她是好租客，最后几天的租金免了。她客气地说谢谢，但还是会把所有的钱给他。以前，她都是把租金交给范老板，如今她只能把最后的租金交给范太太。裴云英搬家之前，范太太过来视察。她拿着裴云英的支票，像个地主婆一样仔细地核对了数目后说："你不是说会把所有的钱给他吗？怎么差几天？"裴云英想到房东肯定把之前的邮件内容转给了范太太，几天的租金是两百多块，她没有想过占这点便宜。所以房东说免掉的时候，她自然而然地说不用。但是，给范太太支票的时候，她按照习惯写成了一个月的租金。听到范太太这么说，赶快重写了一张支票给她。范太太拿着支票离开的时候说："你要把房子打扫干净，否则你要付清洁费。"

裴云英平时和范太太没有什么接触，对她谈不上好感或者恶感。虽然偶尔听范老板说起他们之间的矛盾，但是她从来不评论。然而范老板死后，范太太的一系列行为让裴云英不禁想起范老板临终之前说过的话。这个表面笑口常开，但是内心经常生气的可怜人被确诊为肝癌后，所有的治疗就是在医院住了半个月。由于加拿大住院免费，所以家里没花过一分钱的医疗费。他在医院时，裴云英去探望过一次。当时，范老板暴瘦，体重几乎少了一半，她为了安慰他的情绪，就开玩笑说："你的减肥手段太高明了，这么短时间就把另外一半甩掉了。"

谁知躺在病床上，骨瘦如柴的范老板想到了别的方面，他无限凄凉地说："我要是早点把另一半甩掉就好了，也许能够活过六十岁。很多时候，在人和人的关系中，都是劣币驱除良币，婚姻关系更是如此。"

裴云英本就不评论他们夫妻的关系，在那种环境下，更是一句话都不敢多说，只安慰他会好起来的。现在想来，范老板在生命行将结束时说出那样的话，一定是用他不算长的一生，体验过一些情非得已的事情以后换来的。

范老板后期越咳越厉害时，曾经唠叨过大溪地有种果汁很好，他喝了以后，症状有所缓解，裴云英就说："那你就天天喝吧，总比你的止咳糖果好。"

"止咳糖果便宜啊，才三块多一包，我可以随便买。这个果汁要两百多一瓶，我老婆不准我买，说都是骗人的。"

"这点钱对你们来说算什么，而且是治病。你自己赚钱，想买就买吧。"

"我的钱都归她管，每个月花多少，她说了算，不能超出太多。"

每次说到这里，裴云英都无法接话，以范老板哀叹或者埋怨几句结束。他一生不知是为谁忙碌，为谁辛苦。止咳糖果虽然便宜，毕竟还是甜的，但是他只吃出了想吐的感觉。常言说，人之将死，其言也善，不过他行将就木时，只是一只悲鸣的鸟儿。

搬家的时候，楚瑜的玩具最多。裴云英本来想为新家买点好家具，但是遭此变故后，她必须把钱留作支付每个月的贷款、水电费的费用，所以只能买些简单且便宜的东西放在家里。她环顾着没有多余物品的新家，无奈地想，在国外多年，无论租房还是买房，她的生活都状态是凑合。

楚瑜到了新学校以后，有很多不满。裴云英觉得他已经适应了原来的学校，刚到一个新地方，有意见也是难免的。新学校也有机器人俱乐部，他加入以后说不如原来的。裴云英听烦了他的抱怨，就说："我们搬家，你是同意的。

如果你这么喜欢原来的学校，也可以回去，但我不能每天接送。如果你自己坐车过去，也不到一个小时，你每天早点起来就行了。"楚瑜听了，觉得自己坐车太辛苦，才慢慢减少了抱怨。

　　搬家以后面临的现实问题就是找工作，裴云英没有特别技能，只能再找一个办公室的初级工作。这种工作虽然不累，但是收入有限。其实移民之初，她也想过读书，不过因为带着孩子，就耽误下来了，逐步拖延造成了犹豫不决，进而变成惰性，她毕竟不是二十出头的年纪了。熟悉以后，看看周围无数高学历的人都在为生活挣扎时，她就失去了斗志。尤其听到名校毕业生工作不如意而自杀的事情后，更是彷徨。认识焦博士后，她彻底放弃了读书的想法。焦博士是国内顶尖学校的高才生，硕士毕业，在国内工作两年后出国，在美国读了博士，又做了一年多的博士后，由于绿卡问题，最终移民加拿大。可是加拿大移民容易，工作确实难找。历经投递无数个简历后，他在实验室找了一份工作。然而不到一年，经费用光，大家只好各自回家。后来，一个高科技公司给了他一个副总裁的头衔，主要负责科研。这份工作让焦博士春风得意，以为终于等来了事业上的春天，准备大干一场。可惜的是，他在公司不到两年，风险资金被烧光，而科研成果转化为利益还遥遥无期。老板四处寻找投资人未果，只好关门大吉。从此以后，焦博士再也找不到和专业沾边的工作。为了生活，他加盟了一个便利店，辛辛苦苦做了三年，由于房租暴涨，他只好低价转让。后来，他彻底放弃寻找专业工作的希望，每天在一个工厂的流水线上埋头苦干。特别失意的时候，他会念叨一番："如果回国，早就是教授，博导，而且都当上系主任或者院长了。"此话毫不夸张，因为很多资历不如他的人，都是这样的事业轨迹。

　　焦博士只是一个缩影，也不是只有中国的移民才这样，像他这样的人在蜂拥而至加拿大的移民中一抓一大把。很多在自己祖国和欧美名校取得硕士博士学位的人，聚集在加拿大这片美丽的土地上，从事着不用动脑筋的快乐劳动。大家戏言，前半辈子用脑过度，后半辈子就该让大脑好好休息，不能无节制地使用。否则，主管全身的大脑罢工，那才是真正的悲惨生活。

　　鉴于这些活生生的例子，裴云英陷入困境后，也没想过再次用读书改变命运。朋友都说她既然已经有执照，不如全职做经纪。她虽然觉得有道理，但是地产经纪的竞争是可怕的。按照常规做法，不但很累，而且赚不了什么钱，很多时候只能做白工。她仔细考虑了一下，决定开个公司，按照自己的想法做。她在范老板的公司时已经熟悉了地产经纪的所有程序，开公司本身是一件很简单的事情，交点钱，写个申请资料就行。但是她的执照不能独立开公司，必须再考两门课才行。考试倒是不难，但是自己一个人还是有点心虚，她想找个合伙人。

公司的经纪们都找到了新的公司挂靠，没有人愿意出来折腾，只有钟石有点可能性。钟石买了店以后，虽然和裴云英很少见面，但由于公司只有他们两个大陆人，所以还是会联系，偶尔一起吃饭。她跟钟石说了自己的想法后，他很干脆地答应了。

第四十章　家家有本难念的经

司马丽如愿带着女儿松禾来到加拿大，住在理查德的房子里。她跟理查德说松禾有些抵触他们的婚姻，需要时间适应，所以表面上他们要分开住。理查德没有意见，总是等到松禾睡觉以后，才和司马丽同房。但是，松禾毕竟不是三岁小孩，一个读高中的女孩子，想在她眼皮底下搞点小把戏是非常难的。所以，她很快就发现了司马丽和理查德做真夫妻的事。

松禾英语不好，不敢也无法质问理查德，她只能责问母亲。司马丽觉得无法跟女儿解释，就说："我和你爸是真离婚，只是他当初不愿意，我没有办法，才那样跟你们说的。"

松禾一听就炸了："你为了出国，把我们两个都骗了。如果早知道这样，我会跟爸爸在中国，才不会跟你来这里呢。"

司马丽出国虽然有私心，但女儿肯定是最主要的因素。听松禾这样说，挺委屈的，就辩解道："我不是为了自己，是为了你才出国的。也不是有意骗你们，只是时间紧迫，再拖下去你上大学都不一定能出来。你知道我和你爸没有钱供你出国读书，走这条路也是不得已。再说，就算我愿意帮你爸，理查德也不愿意假结婚。"

松禾连哭带闹地说："鬼才知道你是为了谁，为了出国，你什么假话都会说。不要找借口了，别人的父母都能送小孩出国，只有你们才这么没用。"

司马丽没有办法说服女儿，只好等她自己慢慢想通。事情既然已经戳破了，只好听之任之，她和理查德也不再偷偷摸摸。松禾一看，更加生气，总是跟司马丽吵架。

卫芝母子和卫心住在一起后，也经常有冲突，主要的原因在于卫芝的儿子愁余。可以说愁余是个天才少年，几乎过目不忘。他曾经考上成都七中，但是读了一个学期，就再也不想去了，依然回到他的普通高中。到多伦多时，卫心让他把高二重新读一遍，在卫芝的劝说下，他同意了。多伦多学校的课程比国内简单多了，只要英语没有问题，就能跟得上。愁余虽然一直在国内读书，但是英语不算差。他入读十一年级后，按照规定，英语必须要上 ESL。没上多久，老师就说愁余的英语没有问题，可以到正常班上课。但是卫心说英语要一级一级地学，不能跳跃，不准他离开 ESL。英语简单，其他功课也不难，愁余没有学习的动力，有时玩玩游戏，看看电视。然而，卫心要求非常严格，恨不得他二十四小时学习。不过，愁余像很多聪明的孩子一样，表现得不是那么刻苦，有时玩游戏忘记了时间，就导致了卫心不停的唠叨，经常把网络断掉。十八岁的男孩子，反叛之心最重，所以愁余和卫心之间难免有很多不愉快。

卫心就跟卫芝抱怨，说愁余不听话，要她把儿子管好。而且她制订计划，把每天的时间排好，要卫芝督促执行。卫芝了解儿子，虽然口头答应，但是知道愁余不可能按照计划行事。卫心看没有达到预想的效果，又跟卫芝吵。卫芝被她聒噪烦了，说话就重了点："你没有小孩，缺乏经验，根本不知道怎么管孩子。小孩怎么可能都照你说得做呢？我和他爸都要让他几分，你这么逼他，只能适得其反。"

卫心生不出孩子，本来就是一个心病，卫芝也尽量避免这个话题，但是看到愁余经常被卫心弄得不高兴，又听到她把愁余说得非常不堪，护子心切，一下越了界。卫心一听这话，立刻勃然大怒："我千辛万苦把你们申请过来，都是为了你们好。现在我没有利用价值了，你们以为达到目的，就可以不听我的。地皮都没踩热，就敢这样无法无天跟我对抗，哪有这么美的事。不要以为我拿你们没办法，我随时可以说出真相，向政府举报你们，把你们送回去。"卫芝有点后悔，但听到卫心说话如此不客气，并且威胁他们，就收起了道歉的想法。

卫心要强，总是喜欢掌控事情，但愁余偏偏不听，并且和她针锋相对。她从来没有和愁余近距离接触过，更没有在一个房子里生活过。以前周末回家时，都住在父母那里。愁余偶尔过来，都是很有礼貌、听话顺从的样子。谁知在一起没住多久，就发现他有很多坏毛病。卫心管不了愁余，就把怒气发在卫芝身上。卫芝虽然隐忍不发，但是也不高兴。尤其是卫心当着愁余的面数落她时，让她更加恼火。其实，愁余根本不像卫心说得那么糟糕，所谓的坏毛病无非是打游戏，懒惰，不收拾房间，睡觉晚之类的非原则性问题。对这个年纪的男孩子来说，都是正常现象。卫芝觉得卫心少见多怪，有强迫症。而且，卫心经常说："我最差的学生都比你儿子好。"任何爱孩子的母亲都会觉得这种话非常不入耳，再加上卫芝受不了卫心唐僧念经般的唠叨，就争执了几次。原本感情深厚的姐妹俩为此有了不小的嫌隙。

莘水和雷恒士争夺儿子抚养权的官司没完没了，加拿大的家庭法和国内完全不同，稍一不慎，就触动了敏感的神经，把莘水置于非常不利的位置。可惜的是，莘水打了多年的官司，还是一点都不懂规则。期间，她不顾禁令，两次单独带走儿子。第一次他们去蒙特利尔游玩三天；第二次更加离谱，她把儿子带回中国两个月。由于在蒙特利尔的时间短，莘水没有受到严厉惩罚，可是回中国就不一样了。

莘水母子在中国时，多伦多这边闹出了轩然大波。寄养家庭和儿童协会都报了警，就算雷恒士想息事宁人，也不可能。等莘水带着儿子回到多伦多时，就以绑架罪被逮捕了。法官说她多次违反禁令，藐视法庭，必须惩罚。莘水在监狱里面关了一个多月，雷恒士想尽办法，才让她取保候审。可是，莘水出狱后，认为全是雷恒士在后面搞鬼，对他更加怨恨。

刘翠和骆华买了上居下铺后，骆华照常上班，所有的事情都是她一个人管。租客倒是不愁，只要登个小广告，就总有人来住，但是店面让她操碎了心。便利店的营业时间很长，通常都是从早上八点开到晚上十一点，再加上进货、盘点、算账之类的事情，一个人不可能做下来。但是因为利润不够丰厚，如果请人的话，一年忙到头，也赚不了两个钱，所以通常便利店都是夫妻店。刘翠本着这个想法买了上居下铺，可骆华根本没有辞职的打算。她想骆华的单位也不景气，说不定哪天就被裁员，可以和她轮换守店，因此她就想自己先把小店弄着再说。骆华每天照常上班，除了偶尔帮着进货以外，完全是一个甩手掌柜。

虽然刘翠的英语不好，但是小卖店的主要客人是附近两个学校的孩子们。他们每次都是匆匆进来买东西付钱，不需要交流，所以她完全可以应对。时间长了，她发现每天中午很多学生都冲进店里，买些既没有营养又很贵的垃圾食品，有些孩子甚至把带的午餐原封不动地丢到垃圾箱里。于是，刘翠从这些丢掉的午餐中找到了商机。她买了些饼，炒些菜，然后把各种菜卷到饼里当成午餐卖给学生。这个和墨西哥卷饼非常相似，和本地很多咖啡店卖的 wrap 差不多，所以接受程度很高，根本不用做任何宣传，摆在那里，学生自然会买。学生吃之前放到微波炉里热一下，便宜营养又健康。单靠此项，就使便利店的利润直线上升。刘翠一家住了二楼的两个房间，她把多余的一间和地下室全部租出去了，以房养房，再加上小卖店的收入，比她上班强多了。她每天从早到晚，像个陀螺一样，在自己的一亩三分地转个不停，尽管很累，但乐此不疲。她不再关心骆华在外面的花花草草，也不问他是否辞职，或者他的工厂什么时候搬迁。

第四十一章　事事不顺心

在裴云英像热锅上的蚂蚁时，多亏楚山给了她一笔钱，才把她从水深火热中救了出来。楚山是救急不救穷，所以日常生活的每一分钱都要她自己负担。不过楚山已经仁至义尽，她不可能要求更多。裴云英深知有很多事情要做，不敢耽搁。她先是以最快的速度考完了开公司必须的两门课，然后开始填写材料，注册公司，租办公室等事情。其他的事情都容易落实，办公地点很难决定下来。她看了几个出租的地方都不满意，就问钟石有什么建议。钟石说："我的邻居向海买了个办公室，有空房间出租。位置也挺方便的，你去看看吧。"

向海的办公室位于一个大片的办公室区域，是一个独立的二层红砖小楼，和对面的一个小楼隔了几百米。两栋楼之间是一个庭院，院中铺着灰色的砖，两边各有几棵高大的枫树、挺拔的松柏，还有几棵小的玉兰树，日本红枫和野山楂。四个花坛在各自的角落安静地仰望着树木，看起来安分守己，但是花坛里面黄灿灿的太阳花，万寿菊，红色、白色和粉色的四季海棠不动声色地和绿油油的树木一竞高低。从外面看，不像办公室，更像一个安静的住宅小区。小楼在两条大马路的交汇处，靠近高速公路，交通方便。一楼、二楼和地下室的面积一样，都有独立的卫生间，可以作为三个独立的空间，互不打扰。

裴云英一下子就喜欢上了办公室周围的环境，甚至想象到秋天的时候那几棵枫树红艳艳的样子，她当即决定租下来。由于是钟石介绍的，向海他们比较放心，省略了房东对租客惯常的调查程序。实际上，房东向海和他的太太闻凤都是高收入的专业人士，根本不需要靠一点租金生活。当初买下这幢楼，主要是他们自己需要办公室。因为用不了那么多空间，才跟朋友说如果有人想租办公室，可以过来看看。所以，他们从来不急着把办公室租出去，宁可空着，也要等到合适的租客。两个人都很爽快，而且出租房子也不是以盈利作为主要目的，因此他们不像很多房东那样斤斤计较。

闻凰是个医生，一楼是她的诊所。装修是根据她的需求设计的，有前台接待处、病人的等待区和病房。前台是大理石的台面，地面的瓷砖图案是精心设计和排列的，舒适雅致。相比之下，二楼比较简陋。结构上没做丝毫变动，有四间办公室和一个很大的会议室，铺着简单的暗红色地毯。虽然也有接待处，但台面是刨花板的，和一楼相差太远。向海独自在二楼办公，占用了最大的一间办公室。地下室的租客时间不定，少则一年，多则三五年。

闻凰很忙，上班的时候有看不完的病人，极少到二楼来。所以，办公室出租、管理和维修之类的琐事都是向海负责。如果是比较重要的事情，他和闻凰商量以后再做决定。

裴云英租了二楼的空房间，她和钟石的新公司正式启动。按照协定，她出资两万，钟石出资三万，作为公司起步或者终结的资金。因为不管公司的未来如何，他们都不再投钱。如果公司一年后难以为继，只有关门大吉。

裴云英原来以为钟石会帮她一起把公司做起来，但是他完全没有这个打算，依然像以前那样忙着他的家庭和生意，所有的事情都是裴云英一个人做。办公室要买些家具，钟石不可能来搬，她只好付钱请人。家具需要组装，她和楚瑜两个人照着图纸把办公桌和柜子一一装好。偶尔，她想让钟石带人看房子，但他总是有别的事情。后来她彻底打消了找钟石帮忙的念头，她甚至不知道他为何要出钱。很多时候，她感觉独力难支，但必须硬着头皮朝前走。

一个无源之水的公司如何生存下去，是个大难题。裴云英每天都在发愁去哪里拉客户，找人头，搞得焦头烂额。当她把所有的焦点都集中在头上时，并没有发现买卖房子的人头，却发现楚瑜的头出了问题。一天，楚瑜放学回来，裴云英看到他的头顶有点淤血，就吃惊地问怎么回事。楚瑜说班里的一个男孩用文具盒打的。她很生气，心疼地说："不是早就跟你说过，被人欺负要告诉我吗？你怎么又不说呢？不能每次都等我发现啊。如果打到某个隐蔽的部位，我是看不到的。"楚瑜没有像小时候那样大哭，只是不说话。裴云英问了那个学生的名字，说第二天去学校找校长，楚瑜没说什么。

第二天早上，楚瑜上学不久，裴云英就去了学校。校长不在，她跟副校长说明情况。副校长听完以后，把楚瑜叫到办公室，查看他头上的伤，然后口头警告那个打他的男生。可是中学的男生不像小学生那么好管，副校长的话根本不起作用，那个男生一点都没收敛，继续欺负楚瑜。裴云英想再去学校找校长，把事情搞到上纲上线。这个以欺负人为乐的男生找到了新目标，就暂时放过了楚瑜。

楚瑜刚躲过了男生的欺负，又被班上的一个老师区别对待。国内的学校每个班级都有一个班主任老师，多伦多的学校，每个班也有个类似这样的老师，管的事情稍微多一点。楚瑜班上的这位老师是佩里女士，她教英语、公民教育和历史。一般说来，大多数老师不会对某个学生表现出特别的好恶。但是自从裴云英跟副校长直接反应了楚瑜被欺负的事情后，佩里就专挑他的毛病。楚瑜有时回家抱怨半天，裴云英怕他太难受，就决定找佩里了解一下原因。

裴云英不能问佩里为何不喜欢楚瑜，只能装作想了解他在学校情况的样子跟她东拉西扯。佩里很客气，说楚瑜各方面都很好。裴云英正在头疼怎么触及主题时，佩里不经意地说："如果楚瑜有什么问题，请直接向我反应。如果我这里解决不了，再去找校长。"

一语点醒梦中人，裴云英知道自己犯了越级汇报的错误。看到楚瑜的头受伤时，她的头立刻大了，只想赶快解决问题。在她的心目中，校长肯定是最有权威的，所以没有多想，就直接找了领导。再说，就算她当时仔细考虑，可能还是会采用同样的方式，因为她不想等老师教育不好时再往上反映，那样的话，楚瑜的头说不定又要遭殃。不过，错误已经铸成，解释的话会带来更多的误会。她只希望佩里是个好老师，不计较这些小事。然而，事情没有朝着她希望的方向发展。佩里多次在课堂上找茬儿指责楚瑜，搞得他心情非常低落。裴云英思前想后，给佩里写了一封短信，说自己爱子心切，做事情考虑不周，并非有意不尊重她。但是，佩里没有改变对楚瑜的态度。裴云英看到事情没有转机，只好将错就错，直接向校长争取给楚瑜换班。不过她还是不能说出真实原因，只能继续打着楚瑜被欺负的幌子。本来在学期的中间更换班级几乎是不可能的，但校长还是同意了，甚至问楚瑜想去哪个班。楚瑜喜欢一个老师，就说去他的班。裴云英以为会拖一阵子，还让楚瑜在班里表现得乖巧一点，但不管楚瑜怎么做，佩里鸡蛋里挑骨头的做法都没有改变。庆幸的是，不到一个星期楚瑜就被换到了他喜欢的那个班里。后来，裴云英跟楚瑜讨论这件事时，就说校长之所以对这件事网开一面，多半是因为她之前已经跟副校长谈过他被欺负

的事情，有个备案，所以事情才会比较顺利。楚瑜不置可否，也不像裴云英那
么关心为什么。换了班级以后，他说中途到一个新班级，谁都不认识，也不是
那么好。

第四十二章　矛盾

　　卫芝和卫心开始时是因为愁余的事情失和，后来生活中的各种琐事都能让矛盾升级。比如，卫心责怪卫芝没把地扫干净，饭做得不好吃，洗澡时间太晚，走路的声音太大让地板咯吱作响，等等。

　　愁余不甘心妈妈受气，对于卫心的话，有种本能的反感。他觉得卫心脾气古怪，也不愿意理睬她。刚开始卫心还允许他空闲的时候打游戏，闹僵以后，卫心一点余地都不留。只要愁余在家，就把网络断掉，并且一直让他出去打工。愁余的一些课本是放在网上的，家里不能上网，他什么都做不了，也不想看见卫心，就到外面找工作。他虽然人地生疏，毕竟年轻，适应力强，所以没花多少时间，就去快餐店打工了。愁余每天早出晚归，回家的目的就是睡觉。虽说住在同一个房子里，但是很少见到卫心。

　　卫芝虽然两头为难，不过天平还是不自觉地向儿子倾斜。再说，卫心的指责很多时候没有道理。比如说她走路太重的问题，房子很老，一走起来木地板就是会响，就算再小心，也无法避免不出声，卫心他们走的时候也是一样。卫心本来让卫芝安心学英语，矛盾产生后，她跟卫芝说："你们不能在我这里白吃白住，每个月必须给我交生活费。"

　　"你这是什么话？我每天帮你们做各种家务，像个老妈子一样，哪里是白吃白住？再说，从小到大，我们两个的钱从来都没分过。你让我在这里开的银行账户只是充个样子，里面根本没钱，怎么给你？"

　　"你帮我们做了什么？我请个保姆，比你便宜多了，还不用费心费力把她弄出国，然后翻脸不认人。你把我的钱都据为己有，当然不用分了。"

　　"你怎么乱说？我什么时候翻脸不认人，自从住到你这里，一直都是你在挑三拣四，搞得我们母子两个都很难过，整天看你的脸色。你上大学，出国读书，我都竭尽全力资助你。这几年你赚的钱，我买了房子和门面出租，现在都涨价了。你还想怎么样呢？"

"房产都是你的名字，你一直居心不良，要把我的钱全部吞掉。"

"你常年在国外，有时两三年都不回来一次，我怎么用你的名字买？这些事情你都知道，我从来没瞒过你，每个房子的价钱和地址我都告诉你了。"

"我根本不知道给过你多少钱，谁知道你是否偷偷买了其他房子藏起来。"

"这些都是可以查的，我怎么隐藏？再说，我们两个认识的人都是共同的，如果你不放心，可以去问所有的人。"

"我没这个闲情逸致，你现在把房子全部转到我的名下。"

"哪里像你说的这么轻松，国内的过户手续很麻烦，根本不是说转名字就马上能做到的，我们必须找时间一起回国办手续。"

"你早就知道手续繁琐，所以都用你们自己的名字，就算我跟你回去也不一定能办成。从一开始，你就没安好心。"

姐妹两个你一言，我一语，越说越不投机。如果卫芝母子有地方住，早已经搬出去了。卫芝没有从国内带多少钱出来，被卫心闹得变成了寄人篱下的小媳妇。她自己受点委屈就算了，但看到儿子闷闷不乐，实在心疼，就决定出去找工作。可是以卫芝的年纪和英语水平，打工机会和年轻的愁余是没法儿比的。

司马丽和女儿的矛盾越积越深，刚开始她觉得于心有愧，加上松禾在学校遇到很多问题，她不想给她增加心理负担，所以一再忍让。可是松禾不理解她的良苦用心，对她越来越没有规矩，说出的话非常伤人，直至连最基本的尊敬都没有。松禾花很多时间打游戏，有时天快亮了，她还在电脑前。司马丽苦口婆心地劝说松禾，但是连微弱的收效都没有。她被松禾逼到死角，只好跟她针锋相对。吵完以后，松禾对她不理不睬，司马丽又不得不赔小心。松禾带来的烦恼已经让她无法应对，雪上加霜的是，司马丽和理查德生活一段时间后，对他极其不满意。

虽然理查德不计较松禾的无理，对她们母女像亲人一样疼爱呵护，无怨无悔地养活她们，但司马丽怨言颇多，说到底是文化差异的问题。她勤俭持家，理查德经常买一堆没用的东西，司马丽让他不要再买，他从来不听。另外，司马丽认为理查德很笨，是个死心眼儿。如果理查德就是钱多人傻，她也不会这么生气，关键问题是他的工资除了房子、车子、吃饭等必须开销外，每个月所剩无几，有时还是负数，司马丽想给女儿和自己买件衣服都要计算半天。为了控制理查德乱花钱，司马丽提出她管钱。可是，理查德说："每个月有很多账单要付，你来的时间不长，这些事情你搞不懂，等过一段时间你熟悉情况以后再说吧。"

在国内，司马丽夫妻俩的收入虽然不高，但是家里的财政大权都在她手上。有个计划，心中有数，况且她管理得井井有条，每个月都有盈余。可是和理查德在一起生活，完全是两眼一抹黑，不知道钱是怎么分配的。很多时候问他要钱都拿不出来，理查德并非有钱不给她，的确是每个月吃干用尽，没有存款。需要钱急用的时候，他就刷信用卡或者用信用贷款。两种方式都要付利息，信用卡的利息更是高得吓人。司马丽非常看不惯这样的行为，但是无法改变。说得多了，理查德也不高兴。另外，理查德一个人生活得太久，有些不太讲究个人卫生，养成一些很坏的习惯。不止一次，司马丽发现他的内裤上面有大便的痕迹，让她觉得非常恶心，可又不知道怎么说。她不可能像教小孩子那样告诉理查德，上完厕所把屁股擦干净。

司马丽经常说和理查德过不下去，如果她有工作，就离婚了。其实，他们夫妻之间也没有什么深重的矛盾，都是不同生活环境造成的差异。但他们没有感情基础，因为司马丽要出国，理查德想结婚，才凑在一起的。不过，无论司马丽怎么想，理查德是不会离婚的，他仍旧每天任劳任怨地上班，供房养家。

司马丽和卫芝在国内时就很熟，现在两个人同病相怜，就相约一起找工作。因为两个人的英语都不好，年纪也不小，一直找不到工作机会。好在她们出国之前，特意去学了推拿、按摩和针灸。后来，她们看轻松点的工作都没有希望，就把重心放在按摩和美甲店。一个多月后，两个人都在华人当老板的按摩店上班了。底薪很少，主要收入来自于提成。

做按摩是个体力活，司马丽长期有胃病，身体不好，上完一天班，都快累瘫了。卫芝虽然身强体壮，但是每天从早做到晚，也不轻松。她的大拇指经常疼，甚至有些变形。两个人上班时都很矛盾，既希望有客人，又希望客人不要来。客人多了，身体吃不消。客人太少，又分不到什么钱。有时，她们会回忆一下在国内打小麻将的悠闲生活，聊以自慰。

第四十三章　可怜的地产经纪

尽管钟石什么都不做，但他毕竟出了钱，所以裴云英本着尊重、透明的态度，就公司的一些事情，向他征询意见。可他早已不做地产，根本不了解情况，又偏偏喜欢带着教训的口吻，给一些自以为是、完全不可行的指示。除了添乱，什么作用都没有。几次以后，裴云英不再和他商量任何事情，一个人做所有的决策。为了招揽更多客人，她在报纸和网站上都做了广告，但是效果很不好。这也难怪，不管什么报纸，地产经纪的广告都铺天盖地，而且还配上每个人的大头照，令人眼花缭乱，不知是选美还是选房子。

由于广告起不到什么作用，她只有写文章和广告并行。写了一段时间的软文后，来了一些新客人。裴云英每天开车带着客人游走在城市的各个角落，在别人的房子里进进出出。她本着诚实为本的原则，把房子的优缺点一一告知客人。她以为付出努力就会有回报，可是做了全职地产经纪后，才真正体会到了这个行业的恶性竞争。有时，她带客人看了几十个甚至上百个房子，还是没做成。以前，她以为刘翠那样的客人是特例，经历多了才知道并不罕见。有人为了蝇头小利，利用她看完房子以后，直接找卖方经纪或者其他退佣金的经纪。其实，只要成交价稍微高一点，退给买家的那点佣金是微不足道的。

经纪返佣金给客人早已不是秘密，多伦多的房价连年增长，佣金的比例一直没变，所以佣金的数目越来越大。另外，以前地产经纪都必须把佣金的20%或30%甚至40%交给挂靠的公司，最好的分成方式也是上交10%，再加上每个月一定数目的行政费用。然而，随着华人公司如雨后春笋般发展，各公司都把尽可能多拉经纪作为立身之本。于是，很多公司都展开了不是你死就是我亡的白热化竞争。翻开名目繁多的免费中文报纸，大部分广告是免费培训地产经纪的各种讲座。于是，地产经纪成了最大的受益者，他们加入公司以后的费用更是低得难以置信，做成一单生意只交给公司三百或者五百。由于大家普遍认为地产经纪容易赚钱，所以从业人员如过江之鲫，谁都想在里面分一杯羹。可是市场只有那么大，哪能每个人都能分到客人呢！

根据地产局多年的统计，如果按照地产经纪的数量和房子成交的数字平均计算的话，那么每个经纪每年做不到三单生意，根本活不下去。实际上，有的经纪一年做十几单生意，有的经纪五年做不了一单生意，只能是自我淘汰。形势这么严峻，很多经纪为了拉客人，但无所不用其极。最常用的方法有两个。第一，不惜工本大做广告，更不吝惜出卖色相，他们把自己英俊或者美丽的照片贴满各种大小报章。很多男经纪西装革履，油头粉面；有的女经纪酥胸半露，搔首弄姿。这些免费报纸堆满各个华人超市的门口，有兴趣买房或卖房的人买完菜后，有充分的时间研究这些表情各异的经纪们。第二，开始退佣金狂潮。因为一单生意只交给公司几百块钱，让经纪们的退佣空间大幅提高。这也无可厚非，因为商场如战场，你坚守阵地，不退佣金，就没有客人。你摒弃阵地，开始退佣，客人还嫌你退得不够多。所以，做哪一行都不容易。

在多伦多，所有的佣金由卖家支付，买房无须付佣金。所以很多人想买房子时，都毫不犹豫地找地产经纪。他们看着广告上花花绿绿的照片狂打电话，然后从中挑些俊男美女陪自己看房子。有的经纪跑得稍微慢一点，就有可能被别人捷足先登。所以，打着买房招牌的人很容易找到免费司机带他们走遍全城，如果说想看远一点的房子，还能借着这个理由到处游山玩水。最后他们如果真的买了房子，还可以得到一笔钱。真可谓一举两得，何乐而不为呢！

裴云英有个朋友买了房子做新移民接待站。新移民刚来时，就会有人专门开车送他们过来。住下以后，经常有不同的人开车带他们出去办各种事情。朋友奇怪怎么每个新移民都认识那么多人，觉得自己在多伦路白混许多年，还不如一个新移民。后来得知这些乐于帮助新移民的人都是地产经纪，朋友才找到心理平衡，并且还不忘把地产经纪大大贬损一番。经纪们每天车接车送，鞍前马后地围着新移民，帮他们看孩子，带着买菜，请吃饭，各种招数，五花八门，但是朋友说实际上买房的人屈指可数。也是，有几个新移民一来就立刻买房呢。等他们摸清情况，想买房子时，自然也会去找别人。反正地产经纪成堆，每个人身边都围了十个八个。

除了地产经纪之间的互相倾轧，就算真的抓到客人，也是很难搞定的。买房子的人以为自己是大爷，买这么大个东西得把他们供起来，地产经纪要随叫随到地伺候好他们，一旦看上某个房子，就要帮他们去砍价。殊不知多伦多的房价一年高过一年，有时要加价才能买到。在这种行情之下，卖家也越来越贪婪。房价没有客观性，很多时候以附近的成交价作为参考。可市场也有不确定性和特例，有时某个房子突然卖了个高价，跟在后面卖房的很多屋主都以这个最高价作为参考，一心想卖个更高价，不考虑平均价格，也不管大部分房子的成交价都比这个最高价低了好多。所以，在这场较量中，买家要买得便宜，卖家希望卖得更贵，问题是便宜和贵都没有标准，一块钱可以叫贵，一百万也可以叫便宜。大家都从自己的立场出发，这也无可厚非，任何行业都能彰显人的本性，但是却苦了地产经纪。有时候，为了几百块钱，买家和卖家各不相让，生意泡汤，地产经纪白忙活。几百块和几十万、上百万的房价相比，连九牛一毛都算不上，然而这种事情不断发生。而且，房价涨的时候，看房的人跟去年一比，觉得太高；稍微跌一点，就希望跌得更多。问题是多伦多是大城市，自古以来就是居大不易，像白居易那样写首诗就能在长安白住的情况难以再现。因此价格持续攀升一直是多伦多及周边房价的主旋律，跌的时候幅度很小，涨的时候不见天日。如果没有战争和自然灾难，这样的趋势大概不会变。

同样的原因，无论涨跌，买家和卖家都很难开心。买的人总以为自己买高了，碰到较劲又想不开的人，买房以后，只要那条街上有人的房价比他低，就会打电话把当初买房的经纪数落一通。卖家也是如此，搬家以后，还时刻关注自己原来那个地方的行情，看到谁家比他卖得高，就说经纪把他坑了，一点都不考虑他的利益。问题是房子的价格一直在变化，如果说隔壁的房子有什么参考价值，也是在一个很短的时间段之内。不过，如果碰到房价无理性上涨时，同样的房子，这个月的价钱和上个月就能差二三十万。这种时候，就是对情商的巨大考验。

总体说来，地产经纪就是一个出力不讨好的职业，但哪个行业不是如此呢？那些吹毛求疵的买家和卖家也在各自的行业里努力拼搏，但还是免不了被人呼来喝去的命运。

虽然裴云英不愿意像很多经纪那样没有底线作践自己，为了拉客，什么都做。不过，她还是面对现实，退佣给客户，但是总有经纪退得比她多，所以也没有任何优势。老客户还好，不计较退的那一点钱，只是希望帮他们买个满意的房子。可是看广告来的人，很多都是不确定的，再加上其他经纪不择手段地抢客户，即使她搭上很多时间精力，还是一无所获。不得已之下，她决定让不熟悉的客人自己看房子，看到满意的房子再来找她。对于这样的人，她的返佣数目超过大多数经纪。因为买房子最辛苦的事情就是像个看房团一样到处走个不停，所以定下这个方案后，她不但节约了时间，而且避免了做很多白工。她自己带的客人都是非常熟悉的，或者朋友介绍的，只要跟她看过房子，基本上都会买，也不要求退佣。

第四十四章　逐渐长大的楚瑜

在异国他乡独自生活的裴云英，每天都面临不同的挑战。其中，生存和儿子是她生活中最重要的事情，儿子也总会有些事情需要她处理。

楚瑜换了班级后，解决了旧问题，又出现新的问题。不知为何，家政课老师给他的分数非常低，他也经常抱怨这个黑人老师不但什么都不教，而且歧视亚洲学生。家政课是非常简单的，就是做饭缝衣服，做点小手工之类的。上课就像玩一样，学生也喜欢。可是这个老师两个月都不让学生做一次饭，上课也没有什么内容，就是死记硬背一些关于健康和食物安全的条款。

虽然楚瑜的抱怨有些道理，但裴云英了解学校的体系。教师是个真正的铁饭碗，只要不犯罪，就算再差，都能在学校混一辈子。而且她拿不准家政课老师是个什么样的人，如果像佩里那样，即使不说她坏话也给小鞋穿，那楚瑜又要倒霉。她知道跟学校抱怨老师不起作用，而且听别的华人家长经常说黑人老师不喜欢亚洲学生。裴云英知道自己做不了什么，又有了佩里那样的前车之鉴，她不敢轻举妄动，只好跟楚瑜说："每个老师上课的方式不同，就是校长也无法让老师改变，学生只有被动接受。"

话是这样说，可是看到楚瑜拿回期中考试成绩单时，裴云英还是很生气。他的家政课成绩是 55 分，刚及格。作为一个正常的学生，这门课如果没有 80 分以上，是不可思议的。她让楚瑜问一下其他学生，得到的反馈是分数都不高。她在网上看了一下学生对这个老师的评价，很多学生都对她印象恶劣，总评非常差。裴云英觉得自己无法应对这样不专业的老师，出于无奈，她安慰自己和楚瑜说："算了，这门课一点都不重要，及格就行了，她肯定不会让你重修的。"

可是，黑人老师越来越过分，一次平时考试，居然给了楚瑜零分。裴云英再也不能忍了，拿着楚瑜的卷子去找了老师，她跟老师当然话不投机。于是她离开老师的办公室，直接找了校长。她跟校长把整个事情从头说起，除了暗示了老师的歧视外，她没有任何攻击性的语言。不知不觉，她跟校长谈了一个多小时。校长仔细地看了楚瑜的卷子说："问题都回答了，而且不是乱写的，不可能得零分。我会去了解情况，过几天答复你。"裴云英连连道谢，离去之前，校长半开玩笑地说："你这么好的基因，怎么不多生两个孩子，太可惜了。"

几天以后，校长没有给裴云英打电话，想必是校长太忙忘记了，于是她打电话过去询问。校长说："我问过老师了，没有什么大问题，你不用紧张。"

裴云英知道校长也不能把老师怎么样，再追问下去也没有意义，就想等看到期末考试的成绩再做打算。大概家政课老师还是有所顾忌，不敢太无法无天，所以楚瑜的期末成绩是83分，达到了正常的标准。

不知不觉，楚瑜已经长高很多，也有了一些新朋友，而且很少被欺负了。一天，他跟裴云英说想去电脑艺术班，但是需要测试。她不了解这个班，听了楚瑜的解释后觉得不错，然后她又去学校跟老师了解情况。老师说这个项目是给有特殊兴趣的学生设置的，班里的学生都经过甄选上来的，总体说来比普通班好一些。楚瑜喜欢科技方面的东西，也时常画他感兴趣的汽车、飞机或者动画片里面角色，这个特殊班级刚好可以把两者结合起来。所以，裴云英完全同意。楚瑜通过笔试和面试后顺利进入电脑艺术班，可是，他上了这个班没多久就说没意思，因为不是他想象的整天在电脑上面进行艺术创作。实际上，他们在电脑上创作的时间并不多。除了和其他学生一样，学习所有指定的课程，他们还要学传统绘画，用彩笔和纸，画指定的主题或者静物。而且，楚瑜似乎总是不能逃脱被某个老师挑毛病的命运。教这门传统绘画课的老师不喜欢楚瑜的画风，所以这门课占据了他的大部分时间。电脑艺术班的作业稍微多一些，加上他每天还要没完没了地画，很多时候半夜都睡不了觉，有时甚至熬到凌晨三四点。尽管这样，他的成绩始终不高。因为艺术是没有标准的，就算一颗小小的黑莓，一千个人画出来的样子都是不同的。楚瑜说这个老师希望每个学生都照她喜欢的样子画，所以他不可能达到老师的要求。

裴云英看到这种情况，担心楚瑜睡眠不足，总是叫他早点睡觉，但他依然故我。裴云英看他每天都在忙，就仔细观察他到底在做什么。旁观多次后，她觉得楚瑜不会利用时间。他经常为了一点看不出来的细微差别，反复修改，耗费一两个小时都没有结果。她实在看不下去了，就说："你应该先把作业完成，如果有时间，再来琢磨细节。"

楚瑜说："我是一个完美主义者，如果没有达到我的要求，我会很不舒服。"

"再追求完美的人也要先把事情做完才能谈到其他的东西。你现在的作业要按时完成，以后工作中的事也有时间期限。你不能跟老师或者老板说你做得多么完美，但总是做不完。而且，时间是有限的，谁都变不出来更多。如果每件事都不能够在规定时间内做完，那么欠账越来越多，完成的可能性也越来越小。"

"我不管欠不欠账，就是要把事情做到完美。"

"任何事情都有瑕疵，世界上本来就没有什么是完美的，所以最美的女神维纳斯是断臂的。"

"谁说维纳斯是最美的女神，最美的雕塑还没出现呢。"

"难道说那么多伟大的雕塑都入不了你的法眼？你以后会雕一个更好的？"

"我不会雕塑，而且以后的科技那么发达，电脑上面什么都画得出来，谁还会花那么长时间一刀一刀去刻那些没有用的东西。"

裴云英再多说几句，两个人就要争执，她改变不了楚瑜，只好随他去。以前，她都是等他睡了自己才睡。自从楚瑜经常三更半夜不睡觉后，裴云英没法儿每天陪着他熬，就自己先睡。一天晚上，她起来上厕所，楚瑜还没睡觉。她看了一下时间，已经三点钟了，就推开楚瑜的房门，像往常一样说："你随便画画，得不了高分也没关系。每天这么晚睡觉，身体受不了。"

楚瑜说："你总是这样说，又不解决问题，有什么用！我睡得够多了，我这个年纪不需要睡觉，大家都是两点以后才睡。"

裴云英本来有点迷糊，楚瑜口气中的烦躁一下让她清醒了，也有点生气，就说："人都需要睡觉，我也不相信每个人都像你一样这么晚不睡觉。"

楚瑜倏地起身，把电脑丢到她面前说："你自己看，他们都在脸书上呢。"

裴云英看了一下他的电脑，的确有几个人挂在上面，说些不相干的废话，楚瑜也不时加入聊天，她更气了："这么晚了，你不赶快弄完睡觉，还在网上闲聊。你不但不会规划时间，还要浪费时间。而且，挂在网上的加上你才五个人。你们班将近三十个人，别人没有像你们这样半天做不完作业，你凭什么说大家都不睡觉。"

"你看到的只是在网上的人，又不是每个没睡觉的人都上网。"

"这个时候他们还不睡觉，在做什么呢？"

"我怎么知道，做作业吧。"

"他们怎么做作业？用笔写在纸上吗？"

"除了这个愚蠢的绘画课，谁还会用笔写作业？所有的功课都是在电脑上做的。"

"他们在电脑上做作业，不用上网吗？"

"电脑一打开就会上网，再说不上网怎么做作业？"

话还没说完，楚瑜发现自己说漏了，就开始乱发脾气，说些没有道理的话，裴云英忍不住和他吵了起来。后来，看到太晚，他不光没画完，还有其他的作业需要做，怕耽误他更多的时间，她只好气鼓鼓地回房间了。

学期结束时，楚瑜说下个学期要退出电脑艺术班，转回普通班。裴云英只希望他每天按时睡觉，不在乎他上什么班，就同意了。

第四十五章　天才班

楚瑜回到正常的班级后，又说班里的学生太笨，上课乱哄哄的，比不上电脑艺术班。裴云英不喜欢他总是怨天尤人，老是对一切都不满意，就说："难道你比班里所有的人都好？"

"我当然比他们都好，全是笨蛋，都是失败者，没有未来。"

"你有什么依据这么说话？那我们来打个赌，你把对班上每个人的看法写下来，发个邮件给我，二十年以后我们来对照一下。"

"可以。我们赌什么？"

"你不是最喜欢兰博基尼吗？如果我输了，我买一辆给你。如果你输了，不用给我买车，反正我也不会开那种车，但是要赔钱给我。"

楚瑜高高兴兴地给同学写了评语，用得最多的词汇是傻瓜、笨蛋、蠢货，此外还有态度问题，不能控制怒气、进监狱等等。最好的评语有两个：一个说是天才男孩，但不努力；另外一个是给一个女孩的，说她太喜欢读书，结论还是傻子一个。无论如何，最终结论都是失败。

裴云英觉得楚瑜太自负了，就问："那成功或者失败的标准是什么？"

"我不知道，你说吧。"

"大部分人都是普通人，不能苛求太多。我们就以平均收入作为标准，你认为他们二十年后的工资能够超过平均收入吗？"

"不可能，谁都不会超过平均收入。"

"好，如果有一个人超过平均收入，你就输了。"

"没问题，但是父母给的钱不能算。"

"那当然，这还用说嘛。"

楚瑜按照他们所说的，写了一封邮件发给裴云英。裴云英把这封邮件加了星号，保存起来。她不相信这些孩子未来的收入全部都在平均线以下，等到那一天可以让楚瑜反省一下自己是多么可笑和狂妄。

楚瑜总是有很多不满意，裴云英想到他始终是个孩子，就说他像《蓝精灵》里的怨怨，并且叫他一起看《蓝精灵》，希望那些可爱的小蓝人能够激发他的童心，多些快乐。可事与愿违，楚瑜说这个动画片太差。裴云英小时候家里没有电视，是毕业以后从宛溪那里听说的。当时，她看到宛溪说得津津有味，心想一个三十多岁的人怎么还惦念多少年前看过的动画片？太天真了！后来宛溪再次说起时，激发了她的好奇心，就断断续续看了这个陪伴大多数人走过童年的动画片，谁知道一下子就爱上了。现在听到楚瑜这样说这部大多数人都喜爱的动画片，并且还是给她带来迟到童年的动画片，就生气地说："真是比怨怨还烦，没有一件事情能够让你满意。你到底想怎么样？"

"我想去考天才班。"

"那你去考吧，希望你考上以后不要再抱怨了，做一个快乐聪明的蓝精灵，像乐乐或者聪聪一样。"

"谁要当那些愚蠢的蓝色小矮人，我生下来就比三个苹果高了。"

楚瑜带回来一些跟天才班有关的表格，裴云英签署同意后，他就去测试了。测试是分了很多天完成的，每次一到三个小时，都是不同的内容。裴云英问楚瑜到底考些什么，他总是说记不清楚。一个多月以后，测试楚瑜的心理学家给裴云英打电话说经过综合评估后，楚瑜的智商很高，比98%的人聪明，可以上天才班，问她是否同意。

当楚瑜说想上天才班时，裴云英没有特别认真，只是觉得他总是说别人笨不好，如果他测试的结果不理想，可以让他收敛一点。而且，根据她的理解，所谓的"天才班"只是中国人翻译的一个比较好听的名字而已，实际上属于特殊教育的一种，教育对象包括自闭症、多动症、有各种学习障碍和智力超常的孩子。这些接受特殊教育的学生，有些人的自闭症非常严重，有暴力倾向，不知道什么时候就会动手打人。当他们的攻击性发作时，是不分对象的。无论老师同学，谁都可能挨打。相比之下，天才班的孩子确实是最好的，不但不会无端打人咬人，而且智商确实高一些，不过仅此而已，并不代表其他方面都比别的孩子强。尽管如此，如果有选择，大多数父母还是希望孩子能够通过天才班的测试。所以当裴云英拿到楚瑜的测试报告后，确实又惊又喜。上面写着根据韦氏量表第四版和其他的一些辅助测试，楚瑜的言语理解和知觉推理

的指数都超过 98%。如果把两个指标合在一起考虑，他的总体能力指数超过
99% 的同龄孩子。

　　没有人希望自己的孩子是个笨蛋，如果比别的孩子聪明，那更是称心如
意。所以任何一个母亲看到这样的结果都会欣喜若狂，裴云英自然也不例外。
她是意外怀孕，没有精心的计划，而且怀孕的时候反应很厉害，不但没有吃过
任何补品，连一日三餐都吃得很少。这样随意而生的儿子，居然是高智商，真
是奇迹。她甚至飘飘然地想，如果算着时间怀孕，又好吃好喝，那岂不是要生
一个全世界最聪明的孩子。不过，她没有完全忘形，所以得意之余跟楚瑜说：
"无论智商如何，态度才是最关键的。就算是真正的天才，如果不努力，到头
来也会一事无成，历史上这样的人不在少数。过两天我给你讲伤仲永的故事。"

　　相比之下，楚瑜没有裴云英那么喜形于色。无论裴云英怎么夸他，他都
淡淡的。楚瑜顺利地去了天才班，说同学比以前好一些，但是仍然有很多傻瓜
混迹其中。之前，楚瑜很喜欢看《小屁孩日记》，并且非要让裴云英看。裴云
英经不住他一再催促，就把几本书也全部读完了。她记得书里面最有趣的一句
话是"有一天，我会名扬四海。但是目前我只能困在中学，和一群笨蛋为伍。"
可是，书毕竟不是现实，当楚瑜的表现确实像这句话所写时，一点都不好玩。

　　楚瑜真的是看谁都像傻子，嘲笑别人成了他的常态，裴云英对此颇为烦
恼，唯一令她欣慰的是他不像大多数孩子那样沉迷于游戏之中，他喜欢看书，
看电影。裴云英想也许是书和电影中虚构的东西太美好，楚瑜把它们搬到了现
实中，但总是找不到那些构想出来的人物和场景，因而产生了失望。一天，裴
云英在家看《宋飞正传》，楚瑜也跟着她一起看，两个人一起笑得前仰后合。
看完以后，裴云英说："这是电视，我们觉得好玩。如果生活中真的有个克雷
莫这样的邻居，我们肯定会发疯的。"楚瑜说："才不会呢，我每天都笑话他，
多有意思啊。"类似的对话在看了其他的喜剧或者肥皂剧以后，也会发生。由
于语言的关系，楚瑜看的电影都是好莱坞出品。不过，在裴云英看来，这类电
影如出一辙，一个大爆炸，一场自然或者人为的灾难，造成无数人死亡，但是
狗和主角总是能够幸免。而且主角永远头顶光环，经常被无数坏人持枪追杀，
如果子弹能够穿过银幕，那么所有看电影的人都被打死八百次了，但我们可爱
的、或英俊或美丽的主角，依然能够躲过劫难。偶尔，主角或者好人死的时
候，镜头变慢，追杀他们的坏人无端停下，哪怕是战场上的炮火连天也会突然

中断。紧接着壮怀激烈的音乐随着各种管乐、弦乐和打击乐响起来，快要死的人总是能够躺在另外一个好人的怀里，从容不迫地说出自己最后的心声，不留遗憾地闭上眼睛，离开人世。那一刻，除了悲壮激昂的音乐，世界上所有的事情都静止了，全部的人为他们默哀。

楚瑜在上高中之前，都是裴云英带他去电影院。看电影的时候，楚瑜很投入，看完以后，在回家的路上，还会和她讨论。美国电影本来就不是裴云英的最爱，尤其是动作片，她更没有兴趣。她喜欢看故事性较强或者含蓄隽永的抒情片，像《沉静如海》之类的电影，整部电影没有一个亲密镜头，而且自始至终，法国女孩只对德国军官说了一句"再见"，但那种平静之下的激流涌动，那种复杂深情又痛苦无奈的爱，让人心尖颤动，正所谓大音希声。这些电影才是裴云英的心头所好，但是一个小男孩不可能看这种类型的电影，所以她只能迁就楚瑜。情节雷同的好莱坞大片看多了，裴云英都能够预计下面即将发生的事情。审美都会产生疲劳，何况这些电影本来就不美，多看几部，很快就疲劳了。而且看这种电影本来就和陪太子读书的性质一样，没有一点乐趣，有两次她特别累，居然能在一片枪林弹雨声中跟周公约会。感叹电影无聊的同时，她也挺佩服自己的。所以跟楚瑜讨论的时候越来越漫不经心，一次又看了一部让她昏昏欲睡的电影，回家的路上，她禁不住说："现实生活中，这些电影里的人都死过几百次了，根本不可能去惩治坏人。那么多子弹，早就把他们打成筛子了，哪里还能生龙活虎地奔跑。再说，死的时候，也不会有音乐和遗言，就是孤寂地躺在那里，无人理睬。"

楚瑜听了，非常生气："你什么都不懂，只会乱说。还有，以后在家里看电影的时候，哪怕是看过的电影，也不准说接下来会发生什么，讨厌死了。"

裴云英听到楚瑜如此不尊敬她，也很不高兴，两个人吵了起来。楚瑜针锋相对，一点都不让。裴云英气得猛踩油门，所幸晚上的路面空旷，没有什么车，她飞快地开回了家。母子两个都不说话，各自关上房门。冷静下来以后，她想自己也许说话不当，刺激了儿子敏感的神经。虽然她喜欢看文艺抒情片，但她很早以前就脱离了浪漫主义的情怀。所以，就算看经典爱情片《爱在黎明破晓前》和《爱在黄昏日落前》时，她也不是全情投入，会一边欣赏着男主和女主的唠叨，一边不由自主地想着他们的衣服。第一部里，男主大部分时间穿着皮夹克，女主则穿着短袖和吊带裙。他们做爱以后，女主的短袖都不见了，只穿了一件几乎露出整个后背的吊带裙，男主依然穿着他厚重的夹克。第二部里，女主和男主刚见面时穿着外套，几分钟后，刚在咖啡馆坐下，她就脱掉了外套，而且再也没穿过。自始至终她只穿着一件吊带模样的背心，这次露出半个背。男主穿着衬衣和西服外套。当他们在船上时，大风不时地吹着女主的头发，看起来凉飕飕的，女主的外套就挂在包上，她依然不穿。电影虽然温馨唯美，可裴云英始终操心着他们的冷热问题，希望男主不要热昏了，女主不要冷坏了，还好奇两个人为何总是不在同一个季节。也许正因如此，才能让爱情常新？电影里呈现的状态是男主冷静，女主急躁，这大概和他们穿衣的多少有关。

这么一分析，裴云英有些自责，想到儿子毕竟年幼，不能把成年人的思维方式强加给他。然而又担心楚瑜分不清虚幻和现实，沉溺于那些不可能的事情，中毒太深。转而再想，大概天才就是这么难伺候，没有怪癖就不能称之为天才。她带着操不完的心躺在床上，想着各种关于天才的问题，终于进入了梦乡。第二天早上，她照常起来做好饭，叫楚瑜起床上学。

第四十六章　偷渡的和结婚的

　　钱光良和比他小十几岁的恋人咸治经过各种迂回曲折，最终到了多伦多。虽然宛溪把从卫心那里得到的信息提供给了钱光良，但他们还是担心在那个美加边境的小公园被当场抓住。所以思虑再三，他们决定申请加拿大签证，以合法途径过来，然后再做打算，可是申请几次签证都被拒。后来他们只好曲线救国，先申请美国签证，没想到一向喜欢拒签的美国居然给了他们签证。钱光良在一家著名美资企业工作，顺利拿到签证，也许与此有关。

　　他们先去美国踩点，在美加边境和那个小公园转悠了几圈后回国。钱光良认为有了去美国的经历，加拿大使馆一定会为他们开绿灯。所以信心满满地再次去申请到加拿大签证，可是死板的加拿大又毫不留情地拒绝了他们。人类的普遍心理都是越得不到就越想，因此多次被拒签反而更加坚定了他们来加拿大的意志。于是第二次去美国时，钱光良破釜沉舟。他先卖了房子，然后辞去工作，把所有的家当装了几个大箱子，但是因为要装作去美国旅游的样子，所以只能轻装上阵。他们不想暴露任何目标，就带了一个装满最值钱衣物的箱子先到了纽约。在纽约住了几天后，他们把唯一的大箱子寄存在一个住过的家庭旅馆，然后背着一个旅行小包去了温哥华。他们轻装上阵，在那个公园附近找了一个汽车旅馆住了下来。虽然已经在公园走过，但钱光良不敢掉以轻心。他和咸治在公园溜达，再次实地探查，确认路线。万事俱备后，他们在一个阳光灿烂的午后，看似轻松实则提心吊胆地走到了加拿大。进入加拿大后，钱光良不敢耽误，也不敢坐飞机，就立刻买票，坐上了观光火车。火车不疾不徐地开着，车上的乘客优哉游哉地看着两边的森林、河流、湖泊、野花、绿草缓缓而过。钱光良和咸治一路上如芒在背，对两边的美景视而不见。等火车到了多伦多以后，他们才像完成秘密任务的特工那样放松下来，长舒一口气。

　　尽管偷渡信息是宛溪道听途说得来的，但是听到他们这么轻松就过来了，还是非常诧异，不禁非常佩服卫心的那个男同学，觉得他不做蛇头可惜了。她进而想到程玲璐为了去美国，花了大把钞票，辗转好几个国家，历尽千难万险才摸到美国边境，而且程玲璐还算是幸运的，据她说好多人没过来，有人甚至搭上了性命。因为程玲璐当年勾搭钱光良失败，宛溪便把他的事情据实相告。程玲璐洋洋得意地说："我早就应该想到他是同性恋，否则怎么能够逃脱我的魔掌！不过他顺利偷渡，又把我比下去了。算了，不跟他们这种人一般见识。"

钱光良和咸治刚到一个地方，首先要解决住的问题。咸治早年与人合租房子，留下心理阴影。自从和钱光良在一起后，都是他们自己住，所以他也不想在多伦多跟别人合租，说要有一套自己的公寓。钱光良虽然不是十分财大气粗，但为了让他高兴，只能同意。可是他们没有工作，必须有人担保才能租。卫心的工作很好，又非常稳定，就做了他们的担保人。

住的地方安顿好以后，他们开始到处打听如何解决身份的事情。有人说如果他们结婚，然后以同性恋在国内受到歧视和迫害为由申请难民，成功的概率会大很多。钱光良觉得有道理，问清了结婚的程序后，就准备和咸治结婚。结婚需要两个见证人，他们在多伦多没有什么朋友，卫心和宛溪毫无悬念地担当了这个角色。

这一年多伦多的冬天来得特别早，刚进入十一月就下了雪，马路的两边有好多雪堆。由于温度太低，雪化不了，雪堆变成干硬的块状。钱光良急着申请难民，顾不得结婚需要选一个良辰吉日的传统，非要赶在一个干燥寒冷的天气办理结婚手续。太阳虽然冷冰冰地挂在天上，但总是比阴云密布强。卫心和宛溪陪着钱光良和咸治去了市政府，登记结婚的地方和天气一样冷冷清清，他们是唯一的一对。工作人员是一胖一瘦的两个女人，她们由于常年面对面坐着一起工作，彼此之间连说话的兴趣都没有。好不容易等来一对愿意结婚的人，她们态度奇好，热情地招呼他们并把表格递了出来。咸治连英语的二十六个字母都认不全，就不停地问卫心和宛溪。两个工作人员见状，恨不得直接帮他把所有的内容填上去。钱光良毫不费力地填完了表，等咸治终于填以后，卫心和宛溪在见证人下面签了字。然后工作人员带着他们到了旁边一个略显庄严的房间，等了二十多分钟后，一个穿着黑袍的中年男人进来为他们主持仪式。中年男人说了一堆电影里无论贫穷还是富贵的台词后，分别问两人是否愿意做对方的丈夫，他们都说愿意。钱光良他们没有准备戒指，所以交换戒指的环节就省略了。仪式结束后，他们就拿到了结婚证书。从走进市政府到出来，整个过程不到一个小时，简单得不可思议。如果不是等了二十多分钟，那么连半个小时都用不到。

结婚以后，钱光良和咸治开始申请难民。难民在等待审批的过程中，加拿大政府每个月给他们发生活费。虽然在成为难民之前，每个月可以不劳而获，钱光良在国内也赚了一些钱，但是毕竟担心坐吃山空，所以他开始到处找工作。经过不懈地努力，他找到了一个做面包的现金工，每天半夜上班，第二天中午下班。晨昏颠倒，蛮辛苦的。咸治则优哉游哉地参加了政府为新移民办的英语学习班，朝九晚五，生活非常规律。实际上，免费英语班不到三点就下课了。咸治回家也没什么事，所以就和一帮新移民泡咖啡馆，瞎聊一些曾经的辉煌，打听一些代购的事情。而且他在学习上并不用心，所以过得非常轻松。看来，夫妻之间，年纪轻的总是可以任性些，不论异性婚姻还是同性婚姻，概莫能外。

司马丽上了几个月的班以后累垮了，不能再去，只能在家休息。理查德无所谓她工作还是在家，反正他一直自己上班供房供车。他的房子一个人住太大，一家人住也很宽敞。车子也一样，无论一个人还是三个人都能坐在里面到处跑。所以，司马丽母女来了以后，只是多了两个吃饭的人，就算加上买衣服和日用品，一年到头也多花不了几个钱，大的开销没有增加。虽然司马丽抱怨钱太少，但理查德没有感觉，还是像以前一样过日子。

卫芝一直坚持上班，实在太累时，就回国休息两三个月再回来。回国最主要的原因是她和卫心始终处不好，用她自己的话就是"远香近臭"。如果她无所事事地待在卫心家里，两个人只怕要吵红了眼。

既然姐妹俩互相看不顺眼，外甥和姨妈自然也是互相厌恶。愁余和卫心的矛盾越发尖锐，强尼是卫心的男朋友，自然站在她那边支持她。他们两个经常指责愁余，说要把他赶出去。终于有一天，愁余自己提出要搬到外面去住。事情的起因很简单，卫心骂愁余把尿撒在马桶外面，要他擦干净。愁余说他回家后没有上过厕所，他可以擦，但是不能冤枉他。两个人为此争执不下。强尼正在后院像野营一样生火玩，他进来叫卫心和他一起出去烤土豆和红薯，正好看到愁余跟她顶嘴，就暴怒地拿了愁余的一些书和衣服，丢到后院的大火里一烧而尽。强尼的这个举动让愁余心中的怒火比后院的大火还要旺，他立刻说要搬家，强尼和卫心都以为他说的是气话，没有当真。卫芝在国内没有回来，愁余不想和任何人商量，自己在学校附近找了地下室的一个房间，拖着箱子搬了过去。卫心发现愁余真的搬走了，有点后悔，也不放心他一个人住在外面，就叫他回家住，愁余坚决不同意。卫芝回到多伦多后，自然和儿子住在一起，他们和卫心之间的矛盾到了一个顶点。

愁余搬出去以后，费用增加很多。卫芝有时待在国内，她不是一个细致的人，所以不大了解情况。愁余不愿意一直跟卫芝要钱，因此经常出去打工。由于打工的天数太多，几乎无法上课。即使他是个天才，学校的功课还是耽误了，考试成绩经常在六十分徘徊。他已经十二年级了，成绩非常重要。等到卫芝发现愁余最喜欢的物理课只考了五十多分时，她才着急起来，不得已只好向卫心求助。卫心让他们都搬回去住，并且叫愁余不要打工，每天按时上课。愁余还想坚持，但是架不住卫芝的苦口婆心，所以又回到卫心的家。愁余的学校在卫心上班的路上，所以每天和愁余一起出门，把他送到学校后去上班。不到一个月，愁余的功课大有起色。申请大学的时候，卫心给了很多指导意见，紧张的关系慢慢地缓和了。

司马丽正式做了家庭主妇后，在家闲极无聊，跟松禾的关系依然紧张。松禾说加拿大不好，闹着要回国读书。司马丽和卫心商量以后，同意带松禾回国一段时间，并且说她可以在国内读半年或者一年的书。因为好久没回去过春节了，所以松禾刚上完课，母女俩就上了飞机，在圣诞之后回到国内。刚好卫心也要回国处理一些事情，就跟她们一起回去。

司马丽的母亲信佛，知道女儿体弱，又听说老是跟松禾吵架，就让她去庙里住几天，好好求求佛祖保佑她们。司马丽内心烦乱，觉得母亲的话不无道理，于是，母女俩去了山上的寺庙。

四川的冬天虽然没有多伦多冷，但是室内没有暖气，实际上比多伦多难过得多。司马丽习惯了冬天暖洋洋地待在家里，乍一回到四川，非常不适应室内室外一个温度。寺庙在山上，便更加清冷。她在庙里住了一个星期以后，得了重感冒，并且发高烧，最糟糕的是双眼突然模糊，看什么都是一片朦胧。她被慌慌张张地送到送到山下的医院后，医生束手无策，建议马上送到成都的大医院。家人把司马丽送到华西医院后，她昏迷不醒。医生救治了半天，回天无力，下了病危通知。但司马丽毕竟还年轻，她在死亡线上挣扎了一圈后，又回来了，不过身体非常弱，医生建议她用丙种球蛋白，但是很贵。

司马丽问医生自己得了什么病，医生说是视神经脊髓炎，目前没有治愈方法，丙种球蛋白也许可以缓解症状。回到人间的司马丽考虑到不能够用冥币支付医院的各种费用，而且按照医生的说法，无论用什么药，都治不好她的病，所以就决定不用任何价钱昂贵的药。她想拖一段时间，等到稍微好转后，回加拿大去享受公费医疗。她在医院住了四天，做了各种常规化验和检查。虽然没有特别治疗，但是病情好转，唯一的问题是视力比以前下降很多，不过没有办法。

司马丽一直担心医院的费用，卫心非常了解加拿大，就跟司马丽说回去后会帮她把所有的费用报了。不过，由于司马丽几乎没有用药，所以出院时，费用并不高。

松禾回到以前的家，和老陶住在一起，暂时留在国内读书。司马丽怕再次生病，不想多留，就和卫心一起回到多伦多。卫心没有食言，开始着手向政府讨要司马丽的医疗费用。因为加拿大可以报销公民或者永久居民在海外看病的急诊费用，司马丽的情况确实紧急，所以可以报销。卫心把司马丽在华西医院的所有单据翻成英文，跟着程序先把医疗卡可以覆盖的费用报销了，剩下的一点钱在理查德买的保险那里报完了。司马丽拿到九百多加币的医疗费时，有点意外，就问卫心："如果我在国外的医院花了九万多加币，加拿大还会报销吗？"

卫心回答不出来，不过她知道可能性很小。政府不会为了九百多块计较，但是九万块肯定是不一样的。

第四十七章　不算计的人最可爱

　　裴云英为了做生意，写了很多文章。她不想敷衍了事，全部都是原创。因为感同身受，所以有不少干货。她靠这个方式，找到一些客人。但房子毕竟是大笔买卖，不可能像买菜一样经常发生，很多人买了房子后，一住就是很多年，而且大部分人只买一套房子，不会像股票那样，同时买好多，炒来炒去，因此总体说来，生意不是很理想。幸运的是，房东向海和闻凰成了她的忠实客户。和大多数人比起来，他们两个是非常好的客户，只要尽心竭力为他们提供周到的服务就行，绝对不会贪图退佣金的小便宜。如果找到好的房源，出价的时候，他们也不会斤斤计较。由于房价一直上涨，很多房子故意开个低价，上市以后，设定一个日子让大家去抢，有点类似拍卖。但是，这个拍卖不是举个牌子叫价，属于暗箱操作，谁都不知道对方出价多少。所以很多人买到房子后，会整天疑神疑鬼，认为出价太高，当了冤大头，替别人抬了轿子。这种情况不能说没有，但是成交价都是透明的。所以出价的时候都会参考周围的成交价，就算多出一点，也不可能偏离市场价太远。而且，由于市场太热，下个月隔壁的房子没准儿就超过了你出的价钱，因此没有什么可后悔的。退一万步说，就算房价真的跌了，也是你自愿选择的，没有人逼着你非买不可。再说，世界上哪有稳赚不赔的东西呢。可在现实中，很多客人都极难伺候。曾经有个客户，为了一百多块而错失心仪的房子，当时多出一分钱，都好像要割了他们的肉，过后又后悔不迭。正所谓人生不如意之事十之八九，买不到的捶胸顿足，买到的怀疑有猫腻，卖掉的也扼腕叹息。

　　向海和闻凰作为成年以后举家移民的人，奋斗了十几年后，终于拨云见日，无论从哪方面说，都属于移民中的上层。他们手中有些闲钱，就想把房产作为投资。因为他们都来自大城市，常年住在小小的公寓楼里，总想有个宽敞的大院子。所以，他们对土地情有独钟，房子的状况不作为考虑的主要因素，但是占地至少要二十英亩那么大。

除了市中心，土地在多伦多不属于稀缺资源。以前学地理时，说黑土地最肥沃。到了加拿大才发现到处都是黑土，连自家的后院也不例外，是传说中插根筷子都能活的地方。只要开出城外，无论是高速公路还是普通公路的两边，都是大片的森林和空置土地。夏天时绿油油的，有的空地种满蔬菜，但是见不到人采摘；有的杂草丛生；有的长了些芦苇、狗尾巴草和其他各色野花。冬天时一片荒芜，只有星星点点的黄色、褐色和黑色，下雪的时候就变成了白茫茫一片。正因如此，离多伦多不到一个小时路程的地方，土地都出奇的便宜，更不要说稍微远一点的地方。

范老板刚做地产经纪时，帮他的客户在离多伦多一百五十公里的地方，买了一块八十多英亩的地，不到二十万加币。地在高速公路边上，离出口不到六分钟，平平整整，放眼望去，就是一个风吹草低见牛羊的小型草原。当时，多伦多的路上没有几个人，一点都不塞车。他们在高速公路上开得风驰电掣，谈笑间就看到了这片地，到了以后，大家以为还没出城呢。那个时候范老板落户多伦多不久，所以他和客户同时想到，如果在台北附近，不可能拥有这么大一片地。而且，连二十万都不到，简直是赠礼。客户毫不犹豫地买了下来，像捡了个宝一样。可是直到范老板去世，这块美丽的地以及周围的大片土地依然还是"处女"，方圆两百里之内，见不到一个男人。客户的年纪也大了，没有精力开垦处女地，就决定卖掉。他以为二十多年过去了，总该翻了好几倍，于是叫价一百二十万。可是无人问津，只好一路降到四十万，卖了两年多，依然还是"处女"。有人让他原价试试看，可是他不甘心。虽然地税不高，但也交了二十多年，一点权力都没行使太亏了。他又想到如果当初用这笔钱在城里买个房子，早就赚翻了，进而开始埋怨范老板一点儿都不替他着想，放着城里满大街的房子不买，偏偏让他到那么远的地方买一块毫无用处的地。客人的不满并非不讲道理，因为范老板自己确实在城里买了好几套房子，而且早都涨上了天。还好范老板已经变成了一把灰，生前虽然没有赢得薄名，身后也听不到这些闲言碎语，何况房子也全部留给了太太，涨得再多，还是无福消受，连瓶果汁都买不起，比道德败坏的高更差远了。可以跟渣男相提并论的高更在大溪地随便喝果汁，和十几岁的女孩子睡觉，而可怜的范老板守着和自己年龄相仿的老婆，在体内的恶性肿瘤飞速发展和转移时，居然为了和他们银行存款不对称的果汁价钱怄气。

向海他们最初只想在远一点的地方买片空地放着，想等十年或者二十年以后升值。裴云英想到范老板客户的遭遇，就劝他们打消这个念头。他们看了一段时间的地以后，经过仔细考虑，接受了她的意见，因为空地只能放着，如果不开发，就没有价值，所以还是应该有个房子。即使房子的条件一般，也可以出租。虽然不靠租金赚钱，但是总好过多年颗粒无收。后来，他们在城外买了两块有房子的地。虽然说是城外，但不是一百五十公里以外的地方，离多伦多的市中心不到三十公里。开车或者坐 GO Train 都很方便，一个占地十五英亩，一个占地二十英亩。凡是占地比较大的房子都有一个马厩或牛棚，虽然叫这个名字，但实际上都是可以居住的，里面有标准的房间、厨房和厕所，像普通的房子一样。所以，除了大房子出租以外，马厩也租出去了。向海和闻凰笑言多了一笔意外之财。

可惜的是，像向海和闻凰这样通情达理的客户实在太少。自从裴云英对于不熟悉的客户大幅度退佣金以后，确实收到了成效。拿到退佣的人很满意，他们都说要推荐客户。不过还没推荐呢，就产生了另外一个问题，因为他们要介绍费。裴云英说已经退了这么多佣金，还怎么付介绍费？客人们"聪明"地说："你不要跟我们介绍给你的那些人说你会退佣金，他们买了房子以后直接把钱退给我们。"

裴云英心中生气，但是不能表露，只好说："我不能欺骗他们，而且这是行不通的，他们一问就知道了。再说我的模式也是一样的，如果不带他们看房，不提供全套服务，又不退佣金，他们为什么找我？现在的地产经纪多如牛毛，毫不夸张地说，跟蝗虫差不多，都快成灾了，我根本不可能做到他们的生意。"

"那你就带他们看房吧。"

"谁能保证他们会买呢？现在一言不合就换经纪的很多。我花费时间、精力和汽油费，难道是为了做善事？或者是给别人做嫁衣裳？现在没这个闲情，等哪天发了大财可以考虑。"

后来，介绍费的事情一再被各种人提起，裴云英听得耳朵起茧子，就让介绍人和被介绍人之间自己去分佣金。不管什么比例，只要他们自己讲好告诉她就行了，可这样还是不能解决问题。

一次，有个庄先生介绍了他的朋友买房，房子交接后，裴云英照例退佣金。庄先生说他已经跟朋友协商好平分佣金，所以裴云英就把佣金分成两份，给他们各写了一张支票。然而事后这个朋友又跟裴云英埋怨庄先生，说他不该拿钱，甚至怀疑裴云英和他之间私下分那一半的佣金。裴云英觉得人心实在难测，不知这个客人怎么会做出这样的推理。她一直本着对所有人以实相告的原则，公平行事，而且退钱的时候很爽快，从来没有找过借口少退或者不退。她每次都信守承诺，从来不啰唆，该退的钱一分都没少过。可是无论怎么做都不能让所有人满意，还被扣上各种罪名，真是比窦娥还冤。

绝大多数客人不愿意做没有好处的事情，偶尔有不计较个人得失，对她又很满意的客户会给她介绍客人。但是总体说来极少。而且即使介绍人不拿介绍费，也会像裴云英一样蒙受不白之冤。

曾经有一个叫作焦芙的客户介绍她的朋友何素买房，何素夫妻属于先富起来的人，所以买了一个比较昂贵的大房子。房子的佣金有些可观，但是裴云英只拿了小头，其他的钱按照事前的约定退给了何素他们，皆大欢喜。一年多以后，焦芙打电话问裴云英："你跟何素他们有联系吗？"

对于这种大笔退佣金的客人，只要他们不找她，她从来不过问，因为就是简单的金钱关系，不需要劳神费力去维护。

焦芙听了后，有些沮丧地说："自从他们买了房子后，就很少跟我们联系了，最近几个月连一个电话都没打过。他们刚来的时候，在我家住了三个多星期。后来他们问起买房的事，我就推荐了你。他们买了以后挺高兴的，还说搬完家请我们去玩。可是都这么长时间了，我们从来没去过她家。上次我老公回国一个多月，本来想让他们周末带我买个菜都不行。他们都知道我不开车，可我老公走后，他们从来都没问过我是否要去哪里。想当初他们没车的时候，我老公经常开车带着他们到处去办事。"

裴云英不想介入这些是非，就说："你们是朋友，也许有什么误会，把话说开就好了。她不打电话，你就打一个呗，总要有人先破冰。"

"其实我跟他们不熟，在国内时并不认识，是朋友的朋友。想到大家在国外不容易，我们先出来的人毕竟熟悉一些，能帮就帮一把，谁知道是这种结果。"

"你就向雷锋同志学习吧，做好事不留名，更不求感谢。"

"我是不求感谢，但也不想得到怨恨吧。"

"她可能只是暂时不想联系而已，你的联想太丰富了，跟怨恨没有什么关系。"

"我最近才想到这个。她大概以为我从中拿了介绍费，赚了他们的钱，所以不高兴。"

"也许是你想多了。退了他们那么多佣金，还怎么给你介绍费呢？当初都说清楚了，从来没有隐瞒过什么。单从钱方面来说，他们是最大的赢家。而且，就算你真的有介绍费，也是从我的佣金里分的，该退他们的钱一分没少，他们没有理由生这种气。再说他们那么有钱，不会在乎这点小钱的。"

"谁会嫌钱多啊！而且越有钱，越吝啬。我和老公分析了半天，可以肯定何素他们就是这么想的，所以不理我们了。"

焦芙说得理直气壮，裴云英就不想再反驳，再说焦芙的话也不无道理。既然有人认定裴云英和庄先生分钱，那么何素以为焦芙从裴云英得到的少数佣金里拿钱也不奇怪。焦芙觉得委屈，想让裴云英跟何素解释一下。裴云英思忖了半晌说："我完全理解你的烦恼，可我这么做不合适。她买了房子以后，你们还联系了半年多呢，但我和她没有任何来往。现在冷不丁地特意跟她说这个事情，她肯定觉得是此地无银，那么我们越描越黑。如果她给我打电话，我就说一下。"

焦芙大概只是想发泄一下，就没有坚持，但是从此以后，她也很难再介绍客户了。毕竟谁都不愿意没吃到羊肉还惹一身骚。客人唠叨几句，可以离开作壁上观，但裴云英还是要在猜疑和不讨好中买房卖房。

三月的一天，裴云英正在办公室整理文件，久未联系的钟石约她在附近吃饭。她走出办公室，看着庭院里的两棵大果栎，由于种植不久，枝干无法和旁边粗壮的枫树相比，一些枝条比她还矮。树快要发芽了，新叶在长出来之前是无数个叶苞，就像花苞一样在枝条上卷成一个个小团。有时一夜之间，几乎全部绽开，变成了嫩绿的叶子。旁边的玉兰树虽然没有抽芽的小叶子，但过不了几天就是满树灿烂的红花和白花。裴云英走过几棵花楸树和悬铃木到了不远处的餐厅，看到钟石已经要了一碗面，正在埋头大吃。他抬起油乎乎的嘴说午饭都没吃，太饿了。裴云英知道他一向随意，就点了个班腩豆腐煲，一个高汤菜苗，一个萝卜糕，钟石说加一个烧鸭和烤乳猪拼盘。他几乎一个人承包了拼盘，又吃了半盘萝卜糕，尝了一下其他两个菜，才停下筷子。吃饱喝足后他说一直做别人的连锁店烦了，打算创个自己的牌子。

裴云英很早以前就听他说过想自己开店，一直以为就是再开一个店而已，但是没想到他有此雄心，就问："你想自己搞个连锁？让别人加盟，像你现在的大老板一样坐收渔利？"

"有什么不可以？连锁店也不是那么难，我已经考察过很多店。一辈子老替别人干活多没劲，要做自己的事才行。"

"你打算做哪一行，开什么店？"

"快餐店，这种店比饭店简单，利润高，容易上手。我还要在店里卖珍珠奶茶，这个不光流行度很高，被称作华人的星巴克，还比其他的饮料赚钱。台湾是珍珠奶茶的发源地，现在街上的那些连锁店基本上都是从台湾来的，所以过一阵子，我会去那里参观一下奶茶店，顺便学学奶茶的制作方法。"

裴云英问了一些常识性的问题，钟石云里雾里地神吹了一通。他的目标很大，说快餐店成功以后，要去美国上市。裴云英虽然不是很懂，但仿佛胜利就在不远处。她好像看到了下一个中式风味的麦当劳或者肯德基在钟石的带领下，正在向纽约证券交易所上市的道路狂奔。裴云英正听得五迷三道时，钟石说他看过一些店面，都不满意，让她留意着，如果有合适的通知他。她觉得自己终于派上了用场，鸡啄米一样连连点头。

第四十八章　为所欲为的孩子们

　　司马丽回到加拿大后，又为了国内的松禾操心。因为老陶一向娇惯女儿，什么事都由着她。司马丽几乎每天都打电话问松禾的情况，老陶记恨她，没有好话，松禾自然和爸爸站在一边对付她。她两头受气，心情郁闷，没多久，再次住院，这次的病情更猛。在医院住了几天后，身体不但没有好转，反而越来越差。先是大腿麻木，然后是左边的眼睛视力越发模糊。虽然华西医院确诊她是视神经脊髓炎，但是加拿大医生不采用，需要重新检查。所以，她在医院再次经历各种过程。常规的抽血、大小便化验自然不用说，还检测了妇科，做了胃镜，抽了骨髓。因为加拿大全民公费医疗，每个人在医院的待遇是一样的，很多先进的仪器也用在司马丽身上，光核磁共振和抽骨髓她就做了两次，最后的结论和华西一致。由于没有治疗办法，她的病情逐渐恶化，瘦成了皮包骨，走路都有些困难，最后医生让她吃半年的激素。然而，激素的副作用在她羸弱的身体里表现得淋漓尽致。她头晕，恶心，呕吐，好几天都吃不下饭。她在医院住了快两个星期，医生让她继续吃激素。残存的意识告诉她，再吃下去，很快就会一命呜呼。于是回家以后，她擅自停掉激素。可是请神容易送神难，激素的副作用没有随着停药立刻消失。四个多月以后，她才逐渐恢复了正常的饮食，但是左眼依旧模糊，麻木由大腿向小腿延伸。

　　卫心看到司马丽的状况颇为担心，她自己在一个老中医那里看了很长时间的病，感觉他医术不凡，就让司马丽去试试。司马丽整日忧心忡忡，就抱着死马当成活马医的心态去了。多伦多的老中医不像国内，虽然摸脉，但是开药的很少，做针灸和按摩的居多，这个老中医也不例外。他摸了司马丽的脉象后说她的身体状况比七十岁的人还差，至于到底什么病，也没有准确说法。只是说她长期体虚，很多器官都失去了正常的机能。他不能保证治好她，只能说也许不会恶化，但治疗的过程肯定很漫长。第一年每个星期最少为她做三次针灸，如果情况好转，以后可以每周两次或一次，每次最少一个小时。被莫名疾病折磨良久的司马丽像遇到神仙一样，立刻让老中医为她扎针。不知是心理作用，还是老中医真的很神奇，第一次治疗以后，司马丽觉得神清气爽。她虽然很想遵照医嘱，每个星期最少过来三次，但是她住的地方到老中医家来回一百多公里，公共交通很不方便，倒车加上等车的时间，来回一趟要五个多小时，再加上治疗的时间，一天就过完了。理查德每天都上班，如果每次都要他送，也是个不小的负担。另外，她没有收入，每次的费用不知从哪里来。考虑到这些问题后，她有些打退堂鼓。然而，治病毕竟非常重要，她抱着试试看的心态跟理查德说了，没想到他毫不犹豫地说下班以后送她过去，费用他想办法。马丽虽然不爱他，但还是挺感动的。她做了三个多月的针灸加按摩后，腿部的麻痹症状减轻了。眼睛虽然还是模糊，但确实没有更坏，而且精神明显好转。

松禾在国内读了几个月的书以后，又吵着要回加拿大。司马丽也想念女儿，就让她回来了。遗憾的是，松禾没有因为妈妈的病情改变自己。在加拿大读书时，她的英语水平长进不大。回国一段时间后，又和以前差不多了，所以她始终无法适应加拿大的学校生活，在学校几乎没有朋友，依然沉迷于电脑，不是打游戏就是看很多胡编乱造、骗人骗己的玛丽苏小说。由于司马丽的身体不大方便，理查德照顾她的时候比以前多一些，她的视力下降得很厉害，有时走路磕磕碰碰的，理查德会扶着她或抱着她。松禾看在眼里，更加生气，不是吵架就是谩骂。总的说来，老中医一两个月精心治疗的结果，经不起松禾一次吵闹带来的打击。不管中医西医，都强调心情的重要性。司马丽做不到愉快地面对松禾的挑衅，所以她的病情反反复复，没有大的好转。

就像松禾一样，孩子们不关心大人生什么病，有什么愿望，他们过着自己想要的生活。天才的愁余最终被一所排名不错的大学录取，专业也很好。完成这件最重要的人生大事后，愁余的爸爸、爷爷和奶奶一致让他暑假回国。卫芝已经回国一个多月了，所以愁余放假后立刻回国。

楚瑜也在这一年初中毕业，他的成绩不是特别好，基本上是80多分。裴云英像所有重视教育的家长一样，一直跟儿子强调学习的重要性。楚瑜似听非听，每次都说知道了。得知愁余上了大学后，裴云英问楚瑜以后想上哪个大学，他毫不犹豫地说麻省理工。裴云英正在切西瓜，闻言惊诧万分，一刀划空，切到了手指，血和红色的瓜瓤混在一起。但她一点都没觉得疼，心里充满了喜悦，立刻放下刀，走到楚瑜身边和他讨论。

裴云英当然希望儿子能够上个好大学，知名度越高越好，藤校肯定是最理想的。由于历史的原因，麻省理工虽然不是常春藤八大盟，但各方面都可以和藤校媲美，甚至被称为"大藤"，是当之无愧的一所顶级名校。她没有指望楚瑜能够读这么好的大学，一直以为他能在加拿大某个排名不错的大学读一个热门专业就很好了。所以，她虽然跟楚瑜提过那些世界排名很靠前的学校，但没有真正灌输过让他去读这些大学的观念。现在听到儿子不经意说出的雄心壮志，她不禁暗喜，赶快说："这个学校的录取率非常低，可能 10% 都不到。我不知道录取的标准是什么，但好成绩是最基本的。不过仅有好成绩肯定是不够的，这里和美国的学校教育不一样。所以，除了学校的功课，你还要考 AP，SAT，你还要多参加课外活动，满足其他方面的各种要求。"

楚瑜不置可否，没有说话。裴云英满腔热血，生怕他下一秒改变主意，就说："外面有些关于美国名校的讲座，我们到时候去听一下。"

"好吧。"

简单的两个字，裴云英像得到圣旨一样，立刻查找美国名校的信息。由于很多家长都有让孩子爬藤的愿望，所以多伦多有不少这样的机构。裴云英平时留意过这些，很快就找到了一堆。经过挑选后，她定下了一个专门帮助孩子申请美国名校的培训机构。这个培训机构每个月都有讲座，有时请名校的优秀毕业生来现身说法，并且开设很多 AP 课程。她赶快带楚瑜过去了解详细情况，一个三十多岁的男人接待了他们，看起来很普通，不像是某个著名院校出来的。他简单地问了楚瑜的情况后，开始介绍他们的机构和业务。他说机构提供各种辅导和帮助，经过他们有针对性的培训，90% 的孩子都进入了世界前十名的学校，孩子进他们机构越早，成功率越高。最理想的状况是孩子在上高中前就去机构培训，但代价有点昂贵。如果把辅导、讲座、常规的学费，还有专家级别的一对一指导的费用加起来，是一笔不小的开销。裴云英决定具体研究一下这个机构，如果真如他们所言，经过培训后，楚瑜读了麻省理工，那也值得，就怕他们吹牛，花了钱，还一无所获。回家以后，她做了进一步的调查研究，觉得不像是骗子，就准备花这笔钱。她带着楚瑜听了两个讲座，其中一个的主讲人正是麻省理工毕业的。主讲人非常年轻，看起来不到三十岁，聪明睿智。讲完以后，每个听讲的孩子可以和他单独谈话三分钟。他看了楚瑜填的表，为他做了简单的评估，回答了裴云英的一个问题，然后让楚瑜提问。楚瑜的问题没有什么含金量，主讲人又反过来问了他一个问题："如何让别人喜欢你？"楚瑜吭哧半天，回答不出来。主讲人说："很简单，你要有能力，当遇到问题的时候，别人可以依靠你。"

做了这些前期的准备工作后，裴云英打算暑假结束后为楚瑜报一门 AP 的课程。按照培训机构负责人的说法，如果孩子想上名校，必须尽早开始筹划，越晚成功的可能性越小。楚瑜马上就要上高中，起步已经晚了。做了这个决定后，裴云英仔细地算了一下账，不管楚瑜最终能否进入麻省理工，单单朝这个方向努力，所需的费用最少四万，但她还是感觉如获至宝，仿佛楚瑜已经胜券在握，很快就会站在名校的大门口。

第四十九章　无事生非

楚瑜暑假回国以后，裴云英也闲了下来。七八月份很多人都离开了，度假的人成群结队，很多单位只剩下不到一半的人，所以大多数生意都进入淡季。

一直围着儿子和房子转的裴云英也没有多少事可做，一天她站在办公室门口想心事。她每年看着门口的树叶由绿转黄，再变成红色，最后凋零一地，变成光秃秃的树枝。虽然叹息连连，但是好几个春秋已经在不经意间溜走了。她原本指望钟石的店能够尽快开起来，她也可以在里面找到一个位置。可是自从钟石说了要做连锁店并且还要在美国上市的壮志以后，已经过去一年多了，还是看不到任何进展。她找了一些店面，从密西沙加到多伦多都有，但都被钟石否定了。大部分时候他说位置不好，有时是租金太高。裴云英开始的时候怀着一腔凌云壮志，恨不得一个月就把店开起来。没想到一年多以后，连个店面都找不到。看来，做事不可能一蹴而就，尤其是钟石构想的大事业，更是需要三思而后行。

裴云英赖以为生、不值一提的地产经纪行业进入休眠，钟石的宏业也是遥遥无期，她像无头苍蝇一样在小小的家里乱飞。古人在空闲的时候，可以静听桂花飘落。她没有这个雅兴，也达不到这个境界，她只能生是非。又赶上多伦多特别燥热，已经超过四十度，如果不是特别必要，她连门都不想出。既然缺乏古人那种夜半时分坐在家里"闲敲棋子落灯花"的雅趣，裴云英只能在家对着电脑，敲键盘。星期天的晚上，她在电脑上把该看的和不该看的都浏览一遍后，就开始干点正事。正在给一个朋友写邮件时，Skype跳出一条消息，问她在做什么，一看是葛圣缓发来的，可他头像的状态是离线。她没有回复，过了一会儿他要求语音通话，裴云英写完信后接了语音。葛圣缓得知暑假期间她一个人在家，就说过来看她。她同意了，于是他们约定周末见面。

葛圣缓在俄亥俄州工作，已经在美国奋斗多年，早已安居乐业。来俄亥俄州之前，他在肯塔基州居住多年。可是两年前他老婆和一个白人发生感情，葛圣缓像很多男人一样，没有一个比大海广阔的胸怀，所以毫不留恋地选择离婚。十六岁的女儿理所当然地跟着妈妈生活，她不愿意转学，所以依然住在原来的房子里。葛圣缓看着前妻带着女儿在自己住过的房子里和别人出双入对，心中难免不是滋味。刚好俄亥俄州有个工作机会，于是他毫不犹豫地去了那个陌生的地方。就像刚到美国时那样，他又开始了一个人的租房生活。

三个多月前，裴云英的一个朋友看她单身多年，就以介绍男女朋友的方式，让她和葛圣缓交换了信息，而且嘱咐他们不要辜负红娘的美意，一定要好好发展。两个当事人通了几次电话，也视频聊过天。在电脑屏幕上见过彼此的真容，虽然离俊男美女相差甚远，但还算对得起观众，所以没有特别不满意的地方。不过想到中间隔了八百公里，两个人都不怎么热心。裴云英每天都用电脑，Skype 总是开着，从来没有隐过身。葛圣缓的工作也离不开电脑，他上网的时间肯定比裴云英还多，可是他的头像从来没亮过，永远都是不在线。所以，只要他不出声，裴云英从来不跟他说话。有时，她懒得理他，即使他发出邀请，她也不接受，谁让他总是躲着，不让人看到真实状态呢。两个人就这样不咸不淡地在网上相处了三个多月，谁都没提出要往前走一步。现在裴云英听到他终于愿意长途跋涉过来，倒是也想见一下他的真面目。

周三的时候，葛圣缓说周末单位有事，不能离开，极力邀请她过去。自从他说了要来多伦多以后，裴云英还是有些小兴奋。两个初次见面的人必然免不了吃吃喝喝，所以她早早计划了餐厅。想到不可能几天都在外面吃，所以也想好了菜谱。听到葛圣缓突然变卦，她失望又生气，以为他不想过来，找个借口而已。所以就说开长途太累，不想去。可是，葛圣缓没有放弃，打了好几个电话，又在网上留言说他确实很想过来，但是偏偏赶上单位的事情必须处理，希望她理解，不要误解。在此之前，有时他们一个星期都说不上两句话。这是他们认识以来，葛圣缓最积极主动的一次。裴云英开始思想斗争。斗争的主要原因有两个：一是因为两个人第一次见面；二是他的态度。

裴云英虽然也和异性同住过，但是情况完全不同。她独居的时候，曾有异性好友路过多伦多，借住她家几日。当时他们都是已婚人士，所以尽管是孤男寡女同处一室，却很自然地恪守礼数，谁都没有非分之想。好友心胸坦荡，没有隐瞒什么，堂而皇之地用她的电脑和太太孩子视频。可是如果跟葛圣缓见面，一定不会如此风平浪静。不管是否承认，现状如何，他们的交往肯定不是为了找个驴友，又都是离异的人，只要见到，就一定会发生点什么。两个有过婚史的人不可能像年轻人谈恋爱那样从牵手到上床需要历经时日，很多人第一次的咖啡还没喝完，事情就已经办完了。说起来她和葛圣缓也算认识三个多月了，虽然最终不一定能够结婚，但是毕竟有这个目的。这样的两个成年人，如果同居一室，还不耍流氓的话，不是有问题，就是矫情。

尽管裴云英把事情想得很明白，当真正面临性问题时，她骨子里还是有些中国女人的传统和计较，不想第一次的时候是自己送上门去的，被他看轻。如果熟悉了，她不会介意到底怎么见，无论葛圣缓过来还是她去，都无所谓。另外，葛圣缓之前虽然说过见面，但不是特别积极，现在忽然格外迫切，必然有原因，她猜出大概，然而不想深究。而且已经定下的事情，又中途变卦，她无法判断他到底是找借口不愿意过来还是真的有事，对他的诚信表示怀疑。

葛圣缓看她犹豫不定，加强了攻势，电话和各种留言不断。裴云英觉得盛情难却，最后因为葛圣缓的所在地让她下定决心过去。当初知道他在辛辛那提工作时，她的心中涌起了一种非常熟悉的感觉。她从来没有去过辛辛那提，不过这个名字她很早就知道了。不知是小学还是中学，她学过一篇课文，里面就有这个地名，文章的内容已经忘记了，唯一剩下的就是这个名字。那是她知道的第一个外国地名，和她熟悉的那些"村、川、堡、寨"完全不同，所以印象特别深刻。如果葛圣缓是个普通朋友，说不定她早就过去看一下这个刻在脑袋中多年的地方到底有什么与众不同之处，但是正因为这样一种说不清道不明的关系，她反而淡然处之。她甚至不知道课文里的辛辛那提是否就是葛圣缓工作的地方，也许美国有好几个地方都叫这个名字。裴云英找了各种理由说服自己不去，最后还是经不住他的反复邀请和催促，就像朋友说"菜都快凉了，什么时候到啊？就等你呢！"所以，她心中暗下去的愿望又跳了出来，决定去看看这个在脑海里萦绕多年的名字到底是什么样子。

第五十章　辛辛那提的公寓

　　周六早上，裴云英怀着满脑子的稀奇出发了。她在伦敦休息一下，然后一路开到温莎，等待过关。过关的通道很多，但车子依然排了很长，大家都静静地等，绿灯亮了，才把车子开过去。司机们早早摇下车窗，递上护照或者其他旅行文件，接受询问。轮到裴云英时，都过去一个多小时了。玻璃窗后面的海关工作人员问她去哪里，做什么。她说看朋友，并且说了葛圣缓的住址。因为已经开车去过美国几次，所以不到两分钟就放行了。

　　裴云英开上七十五号公路后，还有一半的路程。美国的高速路两边比加拿大更空旷，除了森林，就是荒地，几乎见不到人烟。既然没有什么风景可看，她决定一鼓作气开过去。路况很好，一口气开了三百多公里，畅通无阻。偶尔碰到躲在路边的警察，前面的人会减慢速度，后面跟着的小小车队都一一减速。眼看着离目的地越来越近时，高速行驶的车流逐渐慢了下来，直到最后几乎停滞。车子排成了看不见的长龙，所有人都摇下车窗，探头探脑地看出去，想知道前面发生了什么事。裴云英用脚尖不断地踩着刹车，她的脚趾和脚掌逐渐发酸，后来整个脚和小腿都快麻木了，下意识的开车动作要想一下，有时甚至分不清油门和刹车，好在基本不需要踩油门，否则一个不小心就会碰到前面的车。车子在滑行中一步一步挪着，很多人都想离开高速公路。虽然离下一个出口不远，但好像遥遥无期。大家卡在路上，只好耐心等待。到了近前才发现原来是连环车祸，十几部车撞在一起，前面很长一段路都封了。没有选择，每个人都要下去，然后绕行。

　　好不容易从高速公路上下来以后，裴云英跟着其他的车在旁边的一条路上开。因为知道不远了，她就在路上不紧不慢地开着。刚开始，前后都有一些从高速上下来的车。后来，所有的车都消失了。等到她觉察时，才发现整个路上只有她一部车。从前面的风窗玻璃望出去，上面的天和整个路都是黑的，唯一的光是车灯照亮的一小段路面。两边的车窗外都是树，看不到天。从后视镜望出去，黑麻麻的，什么都看不见。天早已黑透了，没有人烟，路灯自然是高不可攀的奢侈品，不知是云层太厚，还是月亮和星星太散漫，总之见不到它们的踪影。她的 MP3 里装了很多首歌，从来都没有听完过，但是此刻在放完《Interstate Love Song》后戛然而止。这首歌除掉前面的吉他，本来就很短，可能连两分半钟都不到。最后一句歌词是 All these things I said to you……正想听他说过什么时就没有下文了，似乎又在不该停的地方结束。她时常把 MP3 里的旧歌删掉，加些新歌，所以她不知道这是最后一首歌，还是 MP3 突然坏了。裴云英一个人在漆黑死寂的公路上，感受着无边的黑暗和深深的孤独，唯一的声音是车子开动时发出的噪音。如果不是坐在车里，她恐怕早已魂飞魄散。惊悸之余，她一边加速，一边努力地四处张望，当看到路旁一个暖色的麦当劳标志时，她赶快开过去找点人间气息。她刚把车停好，葛圣缓打来电话问她到哪里了。她说了路上的状况，告诉他应该快到了。在麦当劳喝了一杯热茶，吃了一个双层汉堡后，裴云英终于再次上了 75 号，开完了最后一段路。她把车子停到葛圣缓楼下的一个空车位，下车伸展一下僵直的身体，然后走到大门口。

葛圣缓住的地方是一个小型三层公寓，裴云英记得他曾经说过整栋楼只有二十多个住户。她站在楼下才发现确实不大，小楼静悄悄地立在夜色中。透过大厅和门口的灯，还有住户窗子里的灯光，她看到小楼是暗黄色的。葛圣缓在二楼租了个一室一厅，裴云英毫不费力地找到了他的号码。响了好几声，他才接，说要下来接她，裴云英说自己上去就行了。

裴云英只带了一个小包，里面有几件换洗衣服和简单的护肤品，她一身轻装地站到了葛圣缓的房门口。门虽然开着，她还是敲了敲，葛圣缓走了过来。他比视频中显得瘦小一些，戴着黑框眼镜，头发有些稀疏。葛圣缓也上下打量着裴云英，然后把她迎进门，热情地拥抱了一下说："开了这么长时间的车，辛苦了。我本来以为你七八点就能到呢，特地准备了牛排，等你到了以后烤。"

裴云英不久前才吃了一个热量很大的牛肉汉堡，一点都不饿，就说："我什么都吃不下，这么晚了，你赶快吃吧。"

"我也吃了一点东西，不太饿，那就明天烤牛排吧。要不你洗个澡，先休息吧。"

裴云英开了十几个小时的车，确实脖子僵硬，眼睛酸涩，腰酸背痛，挺累的。她很想躺下来，舒舒服服睡个觉，于是就拿着衣服去了卫生间。洗完澡后，她没有穿睡衣，依然穿了 T 恤和牛仔裤。因为头发湿漉漉的，葛圣缓拿了一个吹风机给她。她站在卫生间的镜子前把头发吹个半干，因为开车太久，手臂、肩膀和脖子都发紧，她不想一直举着吹风机，就坐在客厅的沙发上继续吹头发。葛圣缓坐在旁边有一搭没一搭地看着电视。吹风机的热气弄得她越发困倦，眼睛都快睁不开了。等到头发差不多干了时，她都懒得站起来，就把吹风机放到她和葛圣缓中间的沙发上。葛圣缓把吹风机放到一边，挪动了一下身体，紧靠着她，然后拉起了她的左手。裴云英一惊，本能的把手缩了回去。虽然在来之前，她也想过这个问题，但事到临头，还是想避免。葛圣缓静坐了两分钟，轻轻地说："你是不是看到我很失望，觉得和想象中的不一样，所以非常讨厌我？但我挺喜欢你的。"

裴云英没想到他说得如此直接，反而无所适从，只好说："你挺好的。"

这简单的四个字给了葛圣缓很大的鼓励，他把右手搭在她的肩上，左手从前面环抱着她，然后像个小男生一样喃喃地说着情话。裴云英被他搞得面红耳赤，她早已忘了怎么说情话，所以没有回应。然后葛圣缓一边抚摸着她的背部，一边吻着她的耳朵、眼睛、脸颊、嘴巴，然后到了胸部，左手也慢慢移到她的腰上，解开了她的牛仔裤扣子，拉开了拉链，把手伸了进去。最后他站起身来，半拉半抱地把她带进卧室，一边走一边脱衣服。一进卧室，葛圣缓就用火热的身体压住她，然后从床头柜的抽屉里拿了一个避孕套戴上。卧室里的窗帘拉着，没有灯光，黑暗中两个裸身男女纠缠在一起，做着不需要开灯的事情。除了最原始的欲望，没有其他。

不知葛圣缓是久旱无雨，还是一向勇猛，他在床上非常热烈，和他的体型和身高相去甚远。折腾一番后，他终于累了，沉沉地睡去。早晨醒来后，葛圣缓又贴着裴云英的耳朵呢喃般地说"你好漂亮，身材真好，柔软性感，皮肤光滑，我喜欢你"之类的话。裴云英平常头脑清醒冷静的时候，是有自知之明的。在如花似玉的年纪，她并没有自信，不过通过别人的语言和行为，知道自己有些姿色。等她对于容貌的事有了认知以后，已经失去了大多数男人在女人身上寻找的东西，那个让他们看重、着迷和垂涎的最好资本——青春。现在的她只能说是样貌中等，虽说没有和漂亮绝缘，但是缘分应该越来越淡了。而且她从来都不是丰满型的，说好听一点是苗条，刻薄的说法是没胸没屁股，离前凸后翘的好身材标准相差十万八千里。然而有几个女人听到这样的赞语，会无动于衷呢！谁会去想甜言蜜语的真实性？谁又会去管自己是否名不副实？所以，裴云英被他的几句话撩拨得蠢蠢欲动。葛圣缓也许是被自己感动了，下面早已英姿勃发。

战斗完以后，两个人都大汗淋漓。天早已大亮。窗帘是两块绿色的布，阳光透过不是特别厚的布把室内的一切照得清清楚楚，裴云英终于看到稀里糊涂睡了一个晚上的房间。一张双人床摆在中间，两边各有一个床头柜。靠窗的床头柜上放着一卷卫生纸和厨房用纸，另一个床头柜上有一盏白色灯罩的台灯。床尾的衣柜门开着，里面挂了好多衬衣和几件短袖，还有一些比西装裤随意一些的裤子。可以看出来，葛圣缓平时的着装是半正式的。

第五十一章　谁比谁庸俗

葛圣缓醒来的时候，两个人都饥肠辘辘，快速洗完澡后，就想着如何填肚子。他想起腌好的牛排，虽然天色已经不早，但裴云英从未在醒来不久之后吃牛排，实在没有胃口。葛圣缓说："那就吃麦片粥吧，很健康，我每天都吃的。"裴云英也常吃，就说好。葛圣缓说再煎两个鸡蛋，但他不吃蛋黄，就问裴云英吃不吃。裴云英不想浪费食物，所以什么都吃。他先把一个鸡蛋打到锅里煎个半熟，放到一个蓝花小盘里。然后打了另外一个蛋，先把蛋黄丢到垃圾桶，再把蛋壳里的一点蛋清流到锅里。她问为何不吃蛋黄，回答的理由无非是担心胆固醇高、血脂高之类的。裴云英忍不住说："蛋白也没什么营养，无非是蛋白质，很多食物里面都有。这个世界上还有好多人生活在水深火热之中，虽然我们衣食无忧，但是这么浪费不好吧？如果你不吃蛋黄，最好不要买鸡蛋，可以用其他食物代替。"

"鸡蛋不值钱，就算把蛋黄扔掉，都比其他食物便宜，所以没什么可惜。"

裴云英无话可说，打量着客厅和厨房的陈设。客厅里只有一个双人沙发，正对着一个笨重的电视柜，一台与之匹配的大块头老式电视机放在上面，旁边有一个 VCD 放映机。电视柜的上面和下面丢了一些碟片。靠着阳台的地方有一张餐桌、两把椅子，桌上有个笔记本电脑。厨房的柜台上放了一个电饭煲和一个微波炉。微波炉不是电子式的按钮，而是一个旋转钮，看起来有年头了。裴云英从来没有见过这么古老的微波炉，就问他何时买的，他说快十年了，挺好用的，所以就没有买新的。他的持家之道反射到现实中就是家具异常简单，整个房间没有一件多余的东西。

葛圣缓吃完麦片粥和一个蛋白后，说今天不能出门，要在家等公司的通知，如果有特殊情况，要立即去公司处理。他又说还有些工作没做完，让裴云英先看一会儿电视，然后他拿起桌上的笔记本电脑，在上面敲敲打打，写了些她看不懂的东西。一个多小时后，他说工作基本完成，但已经过了午饭时间，裴云英就让他把牛排烤了吃。

烤牛排的时候，葛圣缓放下电脑和裴云英聊天，但两个人闲聊几句就感觉无事可做。彼此的情况通过网络和电话早已了解清楚，见面的主要目的已经完成，剩下的事情就是考察一下彼此的性情。所以，他们不可能像小情侣那样有着说不完的话，但也不能像老夫老妻那样各做各的事，互不干扰。两个不太熟悉的人，如果纯粹以上床为目的，又有了亲密肉体关系的话，干坐着是很尴尬的，总要找点事情互动一下，室内的最好活动就是看电视或者电影。葛圣缓的电视没有几个频道，刚才他在电脑上工作的时候，裴云英已经把遥控器按了好几圈，不是新闻，就是类似菲尔博士之类的无聊脱口秀，偶尔有个什么什么频道放着模糊的老电影，还几分钟就是广告。既然电视看不下去，葛圣缓让裴云英在碟片里找一个想看的电影。她不抱希望地翻了一下，居然发现了《西雅图不眠夜》。这部电影是她读研究生的时候，和同宿舍的一个女生在录像厅看的，当时她们两个都被剧中的浪漫、纯情和唯美感动得一塌糊涂。男主角有种书卷气，这在白人男演员的身上比较少见，而且满脸真诚，一看就是可以托付终身的好男人；女主角甜美聪明，很有喜感，有着暖心的笑容。这两个人注定要在一起。看完电影很久以后，裴云英还记得汤姆·汉克斯迅捷地拉开地图对儿子说："从西雅图到巴尔的摩，中间隔了二十六个州，这个才是征兆。"每次想到这个场景，她都不自觉地会心一笑。即使隔了很多年，她依然喜欢这部电影。裴云英像捡到宝贝一样，欣喜地说："没想到你也爱看这个电影，我们重温一遍吧。"可是，葛圣缓说他没看过。裴云英有点失望地问他怎么会有这张碟片。他说是一个朋友留下来的。

葛圣缓把碟片放到机器里面播放，没有多久，裴云英就入戏了，他则无动于衷。放了十几分钟以后，葛圣缓说牛排可以吃了。他按下了暂停键，让裴云英坐在餐桌边。他从厨房的柜子里拿了两个盘子和两副刀叉，然后在盘子里各放了一块牛排。牛排的尺寸比餐厅的小，没有配土豆泥，放了几根四季豆，两块西兰花和几片沙拉叶子。裴云英刚才看电视时，让葛圣缓找了些坚果和薯片作为零食，又喝了两大杯水，所以不太饿。大概牛排腌久了，比较咸，所以裴云英只吃了蔬菜和一半的牛排。葛圣缓应该是真饿了，不但吃完了自己盘里的那份，而且把她剩下的全吃了。吃饱以后，两个人继续看电影。裴云英虽然知道所有的情节，但还是想找回当初令她动容的笑意，所以依然傻傻地盯着电视。可是一旁的葛圣缓和她不在一个世界，他的面部表情和肢体语言明显地在说他毫无兴趣，而且表现出越看越没劲的样子，让她不能够心无旁骛。勉为其难地坚持了十几分钟后，裴云英觉得再看下去，就等于逼迫葛圣缓去帝国大厦的顶端见一个他特别讨厌的女人。当她说不看了，葛圣缓显然是解脱了。裴云英没有想到这样一个承载着温馨回忆的电影，和一个不同的人再看的时候，居然味同嚼蜡。

放映机关掉以后，室内非常安静。所谓饱暖思淫欲，葛圣缓体内的荷尔蒙又开始躁动。他如法炮制，在裴云英的耳边吹着热气，说些让牙齿长虫的话。裴云英不是发情的母猫可以一天有数次需求，再加上电影的事让她不快，就推开葛圣缓，从沙发上站起身来走到阳台。外面有一片修剪整齐的草地，草地上有七叶树，红色的月季和康乃馨，树叶和花瓣在阳光下特别亮。一个人都没有，只有一只蓝色的小鸟无声地躲在阴凉处。外面和家里一样安静。葛圣缓跟在她身后说："你生气了？我确实应该陪你看那个电影，但是觉得太假了，所以看不下去。"

他这么一说，裴云英反而不好意思了，感觉不该把自己的喜好强加于人，就低声问："那你喜欢看什么类型的电影？"

"我不是很爱看电影，有时看看音乐剧。我有几个得托尼奖的碟，如果你愿意，我们可以看一下。如果你不喜欢，我们还是看你的电影。"

裴云英一听，立刻对他刮目相看。她虽然对托尼奖不大关注，但也知道得到这个奖项不容易。她转而想到得了托尼奖的那几张 VCD 肯定和其他碟片混在一起，碟片总共不到二十张，说不定葛圣缓就是想考验一下她是否能够从中挑出一张音乐剧，结果她选了一个俗气透顶的好莱坞电影，还在心里大言不惭地责怪人家没有品位，没想到是自己才是败絮其中的那个人。想到这里，她觉得矮了三分，就说："只怕我太庸俗，不但欣赏不了，还会扰了你的雅兴。"

"哪里的话，我相信你肯定会喜欢的，不用急着看，晚点再说。你来了以后，一直待在家里，连门都没出。很抱歉我今天有工作，必须原地待命。这样吧，我们在附近走走，如果公司有事，也可以马上回来处理。"

葛圣缓拉着裴云英的手以他住的小楼为中心，把前后左右的街道转了个遍。街道很干净，有很多七叶树。椭圆形的小叶子，整齐排列，像花瓣一样，有的五片，有的七片。大部分的叶子是绿色的，偶尔有些红色的。除了少数的小公寓外，大部分都是独立的小房子。一些小鸟在篱笆上或者院子里踱步，红色的羽毛鲜艳耀眼，歌声婉转嘹亮。

葛圣缓一边走，一边说哪条街道上的人比较有钱。有的房子外面被胡乱涂鸦，有的外墙上写着乱七八糟的字，看起来明显失修。走过这样的街道时，葛圣缓就说不安全，晚上不能从这里经过。正说着话时，他的电话响了。他看了一眼，按下绿色的通话键，电话里是一个年轻女孩的声音，两个人用英语对话。裴云英从通话内容判断出是他的女儿。两个人客气地问候了几句后，进入正题。等到女儿说完后，葛圣缓说："Definitely，I'll send you the card next Thursday. It's your birthday." 女儿不满地重复了一遍问题。葛圣缓吃惊地说："What？ You want a car？ Not a card？ You're too young to drive. Also，it's very dangerous." 女儿明显地表现出不耐烦，声音提高很多。葛圣缓只好说再打给她，然后匆匆挂断电话。裴云英好奇地问："你一直和女儿说英语？"

"对，她在美国出生，不会说中文。"

"那你们还是可以跟她说呀，她总会懂一些的。"

"我们怕她的英语说不好，所以从小就跟她讲英文。中文无所谓，反正她以后也不会在中国生活，把英语说地道才是最重要的。"

裴云英为了楚瑜的中文操碎了心，没想到还有中国父母不跟孩子说中文。她想跟葛圣缓说只有用母语才能充分地跟孩子表达父母的意思，而且多一门语言是技能，随着中国在国际上影响力的增强，中文以后肯定越来越重要，但是话到嘴边又咽了回去。她觉得自己像个到处说教的老太太，不讨人喜欢。再说，她也没必要强迫别人接受自己的想法。也许葛圣缓他们早已考虑过种种可能，认为只说英语的孩子有更强的身份认同感。

第五十二章　终于看到辛辛那提

由于出门的时候已经是下午，不知不觉间，太阳即将褪去最后的光辉，周围的天空是粉红色的。看着夕阳就知道已经到了晚饭时间，一日三餐可以让人在生活中有个念想。所以葛圣缓很自然地和裴云英讨论起晚餐，并且问她想吃什么。裴云英对吃没有特别的喜好，再说，她对这个城市一无所知，连一个餐厅的名字都叫不出来，就说随他。葛圣缓说："这里没有什么好的中餐，要不我们吃牛排吧？"

"你这么爱吃牛排？不是刚刚吃过吗？"

"也是，那就算了。外面的餐厅没有什么可吃的，我们回家吃。我做意大利面给你吃，这是我最拿手的。"

葛圣缓做饭很熟练，趁着煮面的工夫，用葱姜蒜炒了牛肉末，然后盛出来装到一个有黑花的盘子里，再把切成丁的番茄炒热后盖锅焖煮，等到番茄快要变成酱时，加入洋葱丁、绿色的甜椒丁和已经炒好的牛肉碎快速翻炒。最后把滤过水的面盛到两个盘子里，把锅里混合好的食材浇上去，再加上超市买的意大利面青酱拌匀。虽然葛圣缓出国多年，又爱说英语，但还是不能完全适应当地的食物，所以他用中西合璧的方式做意大利面。

吃完饭后，裴云英说起第二天离开的事情。葛圣缓说他周末两天都算上班，所以周一周二可以休息，让她多待几天，看到她犹豫就说："你的时间比较自由，早走晚走都无所谓。再说儿子也不在，你回去还不是一个人？不如在这里玩一玩。"他说的没错，裴云英想着大家多相处几天，可以增进了解，就决定留下来。

饮食男女，人之大欲。古人如此，今人也不能免俗。

早上起床后，除了吃饭，上厕所，裴云英把全部的时间都用来陶冶情操了。他们在家看了《歌剧魅影》《西城故事》《天使之城》。不管是什么作品，以什么形式出现，都脱离不了爱情，三部音乐剧也是如此。裴云英很早以前就看过同名的电影《天使之城》，虽然女主角和《西雅图不眠夜》是同一个，但她对这部《天使》的喜爱程度远不及《不眠夜》，不过《天使》的主题曲是她最爱的一首歌，听了不下几百遍。她不知道还有一部同名的音乐剧，而且有点喜剧色彩。如果葛圣缓喜欢《西雅图不眠夜》，裴云英肯定会跟他说《天使之城》的电影，女主角和主题曲。鉴于他之前的态度，她当然不想自找没趣，所以只字不提。

《西城故事》又是一出悲情的爱，男主角最后带着笑死在了女主角的怀里。相比较而言，裴云英最喜欢《歌剧魅影》，深邃黑暗的地宫，鬼魅又撼人心魄的音乐，尤其是同名的主题曲，更加扣人心弦。前奏的连续鼓点，立刻营造出神秘恐怖的氛围，连续的敲击让心脏剧烈跳动，加上交响乐队的强劲节奏，心都快要跳出来了，还好悠扬的女声缓解了阴暗紧张的情绪。结尾处女声连续升调，高亢激昂，在全曲的最高音处结束。看了《歌剧魅影》后，裴云英才知道莎拉·布莱曼是多么奇妙。这个讲话轻言细语的英国女人，看起来温柔羞涩，嗓音很细，但是无论多高的音，她都能毫不费力地唱上去。

在看这三部音乐剧之前，裴云英只在多伦多看过一部欢乐的《妈妈咪呀》，虽然音乐朗朗上口，广为传唱，但是由于充满喜气，她不知道是否可以归为音乐剧。因为世人的观点是歌剧最雅，音乐剧次之，电影最通俗。太流行的东西很难和高雅结缘，《妈妈咪呀》正是如此。由于听懂意大利歌剧的人远远少于流行歌曲，所以听歌剧的人就有一种高高在上的感觉。裴云英听不懂歌剧，只能自惭形秽，看个音乐剧就自以为提升层次了。

葛圣缓看音乐剧时比看《西雅图不眠夜》自在多了，看完三部音乐剧后意犹未尽，又在电脑上播放莎拉·布莱曼的歌。裴云英听多了才知道她不仅唱音乐剧和听不懂的歌剧，还唱经典的流行歌曲，其中居然有 Scarborough Fair，这首歌她闭着眼睛都能把歌词写出来。所以当歌声响起的时候，她不由自主地跟着唱了起来。葛圣缓听到裴云英准确地唱出歌词，挺惊讶的。

裴云英毕竟第一次到辛辛那提，不能总是躲在家里陶冶情操，做出高情远韵的姿态，所以星期二她和葛圣缓出去游览市容。葛圣缓开着他那辆枣红色的二手本田车带着她在大街小路上转悠，简单介绍一些街边的建筑物。当裴云英看到那个经常出现在牙膏和洗发水上的熟悉标志时，才知道大名鼎鼎的保洁公司把总部设在这里。中午，在街上吃了汉堡和薯条后，葛圣缓说要去买几本与工作有关的书。他们进了路边的一家书店，葛圣缓找他的专业书，裴云英随意乱看。她不想再看虚无缥缈的小说，就翻着几本人物传记，换书的时候，旁边书架上一本书的封面映入她的眼帘。封面一分为二，下面是黑底白字，写着最好的现代诗，上面是几个人的黑白照片，西尔维娅·普拉斯的小小照片在右下角，和几个男人的大照片混在一起。她长发披肩，眼神清澈沉静，微带笑意，不像是个忧郁症患者。裴云英以前不熟悉这位疯疯癫癫的女诗人，后来看了关于她的电影知道些皮毛。电影虽然拍得不尽如人意，但是女诗人哀怨不已的神经质，和另一位诗人休斯的感情纠葛，几次自杀未遂，终于在三十一岁的大好年华成功地说服死神收留了她，这一切都激发起了裴云英的好奇心，所以看完电影后，特意研究了一下她短暂而又精彩的人生，顺带读了她的诗。普拉斯虽然生如夏花般短暂，但确实非常绚烂，留下一堆耐人寻味的著作。裴云英翻开书之前，想着入选的诗里肯定有那首写父亲的，打开一看，果然如此。《父亲》写得太压抑了，她没有心思在书店读一首凝重的长诗，于是翻到弗兰克·奥哈拉的那页，不幸的是，这位诗人只比普拉斯多活了九年。除了那首广为人知的《我为何不是画家》，还有另外一首活泼清新的小诗《文学传记》。裴云英没想到这首俏皮小诗也入选了，尽管早就读过，她还是看了下去。诗的前面极力描写孩子的孤独，后面几句话突然变成"我在这里，一切美丽的中心！写诗！你想想看！"完全是大白话，和晦涩的象征主义形成鲜明对比。她正在为口语化的小诗发笑时，葛圣缓选好了他的书，准备去付钱，看到裴云英笑着读诗，就问她要不要买。裴云英说只喜欢其中几首，没必要买。葛圣缓说还是买了吧，很难找到都喜欢的。裴云英认为没必要讨论，就说好吧。付钱的时候，她准备自己拿钱，葛圣缓半开玩笑半认真地说她千里迢迢过来，就当是送她一个礼物。裴云英看了一下不到十块钱，就没有坚持，让他付了钱。

离书店不远的地方有一家连锁百货商店，葛圣缓说想看看是否有合适的衣服。逛街是大多数女人的爱好，所以裴云英一点都不反对。因为是上班的日子，偌大的店里空荡荡的，几乎没有顾客，几个店员百无聊赖地站着。商店里面卖的东西都是熟悉的牌子，价钱比多伦多便宜。不管在哪个店，女装总是摆在最显眼的地方，裴云英试了门口的几件衣服，但最小号穿在身上都偏大。他们往里走着，到了男装部，葛圣缓说夏装要打折了，如果便宜就买几件。他选了一些衣服，试过以后，决定买一件灰色衬衣、两件格子短袖、一条黑色西裤。他试衣服的时候，她去看内衣。透明的蕾丝，但是裴云英始终不理解为何有人爱穿丁字裤。出于好奇，她也曾买过两条，穿了不到三分钟就脱下来了。那两条细带子勒得她前后都不舒服，她不知道这种折磨人的发明，除了在床上展现一下情趣以外，还有什么用处。在网上进行一番搜索后，有人说另外一个最大的用处是穿紧身裤的时候没有内裤的痕迹。可是，如果外裤和内裤一起勒住身体的敏感部位，只能让人狂乱。葛圣缓看到裴云英对着丁字裤发呆，就让她买一条，她毫不犹豫地拒绝。葛圣缓看着边上的胸罩说："你买一个海绵厚一点的，可以让胸部变大。"

尽管四下无人，裴云英还是压低声音说："你是说我的胸太小？"

"那倒不是，你的很完美，刚好一手掌握。我的意思是海绵稍微多一点，穿上衣服以后又高又挺，看起来养眼。"

"你在街上一直盯着女人的胸部？看到高耸入云的，恨不得自己化身成托住那两朵云的手？"

"不要批评我，我只是说出了大多数男人的心里话。"

裴云英不喜欢厚厚的海绵胸罩，她连有钢圈的都不想要。钢圈紧贴着胸部，不但勒得疼，而且挤得难受。她的胸罩都是很薄的一层，穿上衣服，看不出胸部的波涛，不符合大多数男人的要求。但是无论穿什么，首先自己要觉得舒适，她不想委屈自己，什么都没买。葛圣缓把买的东西放到车上，问裴云英想去哪里，她说去俄亥俄河边走走。

《汤姆叔叔的小屋》里说俄亥俄河是个分界线，如果越过漂着大量浮冰的俄亥俄河，就脱离了奴隶制，奔向了自由。今天的美国，没有人需要冒着生命危险渡河，所以河边一片安详，连结队而行的斑头雁都大摇大摆地踱着漫步，看到人不躲不闪，依然保持着它们的小方队。俄亥俄河是密西西比河最大的一条支流，马克·吐温和密西西比河有着密不可分的关系，无论是自然风光还是象征意义，他对这条河的描写都到了极致。俄亥俄河虽然没有密西西比河那么出名，但是同样以丰富的水流、肥美的淤泥滋润着周边。河流经过的地方，让很多原本匆忙经过的路人驻足，从而变成居民沿河而住，安家乐业。河面上有很多私家游艇，还有缓慢移动的游船。河水比较黄，不知是一向如此，还是雨后的泥沙所致，或者是游艇和船开动的时候把水搅浑了。河边有很多房子，有的人家后院就是河。这样的人家都有个小码头，船就停在自家的后院。一只半个手掌大的小鸟站在一户人家门口细细的灌木上，不时拍打两下翅膀。它的整个身体是黄色的，头上的一点黑色跟翅膀和尾巴的黑色相配。另外一只鸟比它大两倍，灰色的翅膀盖住了上面的身体，挺着橘色的肚皮在绿色的草地上漫步。河对岸是苍翠的树林，树林上方是蓝色的天。随着太阳的移动，云层后面的落霞被染成了红色。红色的落霞静止不动，蓝白色和灰色的云在周围漂浮。落霞留在即将消失的蓝色上面，夕阳在云霞之间发出轻软的光，然后沉了下去，美丽的红霞很快变成了灰白色、浅灰色和灰黑色。圆盘一样的月亮缓缓在水面上出现，刚升起的月亮是娇嫩的粉红色，让人心生爱怜，恨不得轻轻地咬上一口。月亮越升越高，粉嫩的颜色逐渐变成柔和的黄色。夜色渐深，葛圣缓提议回家。一上车他就打开车窗，裴云英看着河边的厂房和公路边的月亮，在带着花香和青草气息的晚风中回到了葛圣缓的住处。

回去以后，两个人像总结陈词一样说了这次见面的感想。大概意思是受益匪浅，网上的三个月比不上现实世界的三天，不但完成了肉体上的仪式，而且还有精神交流，感觉亲密了很多。临睡前，葛圣缓让裴云英在刚买的书里挑一首诗读给他听。她避开长诗，选了一首汤姆·冈恩的短诗，题目是《拥抱》。

读完以后，葛圣缓说："没想到你发音还挺标准的。专门学过英语吗？

"说不上专门学吧，除了因为考试而学的英语，其他全是自学成才。你再夸两句，我就连话都不会说了。这首诗怎么样？"

"不是很明白，好像是生日时喝醉以后睡着了，迷糊中被一个拥抱弄醒了，然后详细地描写了这个拥抱，又写了当年二十二岁的激情没有让他们变成一家人，睡了一觉把以前所有的东西都抹掉了。最后一句太难懂，怎么解释'The stay of your secure firm dry embrace'？"

"他的诗确实有些难懂，这首算是写得比较明白的，描写了人对爱的渴望。最后一句我也不是很理解，大概是想摆脱孤独苦闷的呐喊。"

"写小说的人已经属于没事找事，诗人更是无病呻吟，全部都是废话。谁不想重新回到二十二岁？这还用说嘛。"

在即将进入梦乡的迷糊状态中，他们像诗人一样说了很多没有意义的废话，甚至讨论了结婚后到底住在哪里的问题。葛圣缓说不想待在辛辛那提，要去加州找工作，多伦多也可以。第二天早上，他们同时起床，因为一个要上班，一个要开长途回家。葛圣缓煮了麦片粥，裴云英拿出四片面包，抹了点花生酱和蓝莓果酱，吃完饭后一起出门。分别的时候，葛圣缓依依不舍地抱着她说："我很快就会去看你。"

早晨的天空是耀眼的宝石蓝，远处的雪白云朵飘在地平线上，低得好像垂手可得，火红的太阳已经发出了金色的光芒。裴云英上了高速公路后，因为不想让脚太累，就把车定速巡航。开了不到一半的路时，葛圣缓打来电话关切地问她到了哪里，让她注意安全，然后说："早上走得匆忙，都忘了问你是否有美元。其实，我给你准备了过路费，但忘了给你。"

"我换了美元的，这次没花什么钱，交过路费绰绰有余。"

第五十三章　你来我往

裴云英回家不到两个星期，葛圣缓就开车来多伦多看她。

她按照想好的菜谱，买了条鱼、冬笋、猪肉和芥蓝苗。在葛圣缓快要到达之前，裴云英在厨房把准备工作做好，等他到了就蒸鱼，炒菜。可是预计时间已经过了两个小时，葛圣缓还是不见踪影。裴云英给他打了两次电话都没人接，正在担心他出了什么事，就听到他在门口一边敲门一边叫她的名字。进门后，他一直道歉："对不起，对不起，迟到了这么久。路上还好，主要是多伦多堵车，看来大城市都是这样。"裴云英问他为什么不接电话。他说电话是公司配的，公司没有派他出差，所以不应该在加拿大境内使用电话。

葛圣缓在多伦多待了三天，他们没有窝在家里看电视，每天都开车在外面乱转，有时去公园，有时去湖边。多伦多的夏天是花的海洋。被当作杂草野花，但总是无法斩草除根的蒲公英，又开出了新的一拨，像金艳艳、黄灿灿的黄矢车菊，在草地上高昂着头，遍地都是，烂漫得不像话。只是它们的花期太短，几天以后，满地的黄花就会像花苞一样闭合，然后变成空心圆般的小白伞到处飞扬。很多人家把蒲公英视为大敌，整天在院子里忙活，但就是无法清除它们。长在野外的蒲公英无人干涉，所以成了草地的主人。小树一样高的木槿能够连续开好几个月，一点衰败的迹象都没有。成片的四季海棠、雏菊、大丽花、桔梗花让人挪不开眼睛。一盆盆、一丛丛到处放置，任意栽种的绣球、杜鹃不管不顾地自我陶醉。玫瑰、月季、蔷薇像比赛一样，旧花刚开败，新的又开始绽放。亮黄色和艳红色的美人蕉自诩俏丽，总是骄傲地昂首挺胸。有些人家后院里的罂粟花红彤彤的，无比醒目，唯恐路过的人看不见。角落里的紫罗兰、旱地金莲、蝴蝶花和占据显眼位置的花同样被阳光照耀着，所以一点都不比那些招摇妖媚的花逊色。还有到处疯长的鹿舌草，远远看去，也别有风情，可以被当作假冒伪劣的薰衣草。稍微远一点的公园里有很多木屑路，这些路都是树皮脱落或者树木死亡后留下来的。木屑都很小，最大的还不及小拇指的三分之一。这些全是天然形成的，没有人刻意在路上铺木屑或者把它们扫掉。多伦多周边的大小湖泊、河流和溪水不计其数，水边除了繁茂的野花，最多的就是看似柔弱，实则坚韧的芦苇。每根芦苇上都长着香肠一样的东西，等到"香肠"的外衣绽开，里面粉红色的绒状物便绽出来，就是一朵美丽的花。郁郁苍苍的芦苇终年优雅，即使冬天，傲然而立的姿态依旧不变。

葛圣缓到美国以后，一直在"大农村"生活。他先在一个小镇读书，毕业以后分别在三个很小的乡镇和城市工作，不得已之下，到了辛辛那提，这是他住过的最大城市。在多伦多的三天，他几乎每天都说大城市好，只有一次露出一些微词。那次，他们走在一个小峡谷，左边是一段废弃的铁路，锈迹斑斑，除了连天的衰草，还有丛生的杂草，触目之处，一片无人理睬的荒凉；右边是葱葱的树，郁郁的草，绚烂的花，清澈的河。葛圣缓刚好走在左边，嫌弃地说："多伦多也有这么烂的地方，比我以前住的地方好不了多少。"不过这没有影响到他对多伦多的总体观感，还不止一次说要搬过来住，并且真的上网看是否有适合他的工作。临走之前，他们约好了下次见面的时间。

暑假期间，他们你来我往，总共见了七次，前面六次两人各自分摊三次。第六次分别的时候，离假期结束还有一个多星期，裴云英说楚瑜回来以后不方便见面，要多等一段时间。葛圣缓说："那我们再见一次吧。这次你少开一点路，要不我们在大瀑布见面？我还没去过呢。"裴云英没有异议，葛圣缓在网上做了一番研究后，在离瀑布大概两公里的一个酒店预订了房间。裴云英去过几次大瀑布，但都是当天来回，从来没有住过。她和朋友去过那个旋转餐厅，第一次去的时候确实被美景震惊。透过玻璃可以清楚地看到一片水的海洋，丰富的水流让瀑布永不枯竭，因此垂直而下的瀑布什么都不用担心，只管一股脑儿地落下去就好，恐怕飞流三千尺和银河落九天也不过如此。她觉得住两个晚上也是不错的选择，所以就在预定的日子欣然前往。

瀑布边有无数的酒店和家庭旅馆，看起来没有多大差异。葛圣缓订的酒店是一个连锁店，小小的白色建筑物门口挂着红灯照亮的名字。他先到房间，裴云英一进门，他就递给她一张写满了绵绵情话的卡片。有些是即兴创作，说看着房间的灯光，焦灼地等她到来，就像等待命运的安排，心甘情愿，满怀喜悦。裴云英已经适应并且享受他的甜言蜜语，看得兴高采烈。

晚饭以后，他们走路去看瀑布夜景。夜色中的瀑布被红色、绿色和蓝色的彩灯照亮，透过灯光，可以看到弥漫的水汽在空中形成蒙蒙的水雾。由于风和水流的影响，水雾的形状一直在变化。有时像个巨人；有时像奔跑的高头大马；有时像只大熊；有时像个壮硕的美女，除了健壮的四肢，甚至连鼻子眼睛都清清楚楚。不同的形状缓慢地摆动，向四方飘散，新的水汽又源源不断地加入。这样的虚无缥缈可以经年累月地持续下去。

第二天中午，酒店送了一份牛排，说是包含在房费里。裴云英知道葛圣缓喜欢牛排，所以不奇怪他为什么订了这家酒店。她切了一小块，嚼了半天，直到耳朵生疼，都没咽下去。牛排像风干的肉一样硬，费了九牛二虎之力咀嚼后变成一团咽不下去的橡胶牛筋，她只好吐出来扔掉，并且说："从来没吃过这么难吃的牛排，难怪要免费赠送。"

葛圣缓正在努力咀嚼，脖子上的青筋都爆出来了，但还是要为牛排说话："还可以吧，就是烤得干了一点，火候没掌握好。再说，天下没有白送的东西，他们给房间定价时，肯定把这个钱算进去的。"

裴云英懒得和牛排爱好者辩论，于是耐心地等他吃完以后去尼亚加拉湖滨小镇。他们经过尼亚加拉公园路去小镇，这条路一边是树荫和草坪，一边是河。英国首相丘吉尔经过这条路时，曾发出"周日的下午，在世界上最美的路徜徉"的感叹。草坪修剪得干净整齐，但是走的人不多。大部分人在随着河流弯曲的路上做小小的探险。河边岩石耸立，由于风化，地上有些松散的碎片。有的岩石靠近底部的地方滴着水，还有的岩石下冒出一股细流，这些水汇成一条小溪，穿过铺满碎石和泥土的路面，流入河里。很多地方的路面都比河面高出很多，离河面也有些距离，走在上面，看不到河，只有通过一些小径才能下到河边。河面有时宽，有时窄，水流平静的时候，不疾不徐地向前，像一个款款而行的少妇。湍急的地方，只见碧玉色的水翻着雪白的浪花，义无反顾地冲下去。两岸有些巨大的岩石，像小山一样相对而出。苍翠的树木在岩石上扎根，在白云点缀的湛蓝天空下尽情舒展。葛圣缓和裴云英在河边走了两个多小时后，继续往小镇开去。小镇被称为最美的童话小镇，历史悠久，古典闲散。人们各行其是，做着自己感兴趣的事情。有人在街边的各种小店流连；有人坐在高大的马车上友好地跟下面的人挥手；有人在街上悠然漫步，顺手拍着随处可见的似锦繁花。街道两边有很多独具特色的建筑物，最著名的是街角的威尔士王子酒店，红白相间，赏心悦目，从任何一个角度看都非常醒目。

裴云英曾听一个朋友说可以在小镇湖边的某个地方看到电视塔，她来了两次，在湖边转了半天都没找到地方，打算这次一定要看到。于是她给朋友打电话详细地问清楚方位，就和葛圣缓朝着大湖的西南角走去。只要找对了路，原先踏破铁鞋无觅处的东西就变成得来全不费工夫。她在湖边公园的野餐桌旁边一站，果然看到湖对岸的那个电视塔。除了电视塔标志性的形状，还有几幢建筑物的影子清晰地立在地平线上。葛圣缓眯起眼睛越过湖面，努力地向对岸望过去，将信将疑地说："这么远怎么能看到？好像是有个影子，海市蜃楼吧。"

从小镇回瀑布的路上，葛圣缓和裴云英去了那个最多只能容纳六个人的小教堂。葛圣缓说："在这里结婚倒是省钱方便，牧师主持一下就好了。谁都不用请，因为地方太小，容纳不了别的人，连借口都不用找了。"

大瀑布再壮观，如果从早看到晚，也会让人腻歪。葛圣缓说从来没有去过水牛城，既然只有一桥之隔，不如过去看看。裴云英像很多住在多伦多的人一样，去水牛城买过东西，但是仅此而已。所以，她和葛圣缓一样怀着新奇之心在水牛城走街串巷，但无论街道还是建筑，都普通平凡，而且很多地方破旧败落，没有任何出彩的地方。城市规划和建设连瀑布边上的小镇都比不上，大概是美国最无趣的地方之一。难怪除了买东西、探亲访友或有特殊需求，住在附近的加拿大人不会专门去水牛城。最后，葛圣缓和裴云英还是去了购物中心。他们逛了半天，没看到什么特别想买的东西，就准备回去。由于走路和逛街都消耗体力，所以两个人都饿了。葛圣缓说他一路走过来注意到一家自助餐，看起来不错。等他们进了餐厅才发现，里面的菜品极为单调。说是自助餐，但是品种匮乏，连一般的餐厅都比不上。除了最具特色的巴法罗鸡翅，其他的就是充数的牛肉乱炖、腌肉、裹着厚厚面粉的炸鸡块、一堆生菜叶子、薯条、万能的番茄酱和摆在热狗摊上的常见调料。裴云英看到熟悉的奶油牡蛎汤，兴冲冲地舀了半碗，一尝居然是凉的。最令人叹为观止的是整颗花菜摆在菜盘里，完全不知如何下手。如果是西兰花，体积小一点，自己可以勉强切一下。可是那么大一颗既黄又白的花菜，直愣愣地立在那里，只能让人有心无力。因此，其他的菜都被人频繁拿走，唯独剩下一颗颗花菜。

因为第二天一早就要各回各家，回到酒店两个人都有些离愁别绪。裴云英旧话重提："楚瑜回来以后，我不知道怎么跟他说，所以我们可能很长时间不会见了。"

"他也不小了，肯定明白这些事情，你就实话实说，没必要一直瞒着他。"

"不能这么突然，要让他有个思想准备。这几年，我们都习惯了母子两个人的生活，如果现在跟他说我有男朋友，不知他是否能接受。让我想想怎么说吧。"

"你太在乎小孩了，他们长大以后才不会关心父母呢。你付出再多，也没有用。就像我女儿，因为没有给她买车，一直跟我生气，暑假都没过来。"

"父亲和母亲的角度不一样，母亲对孩子的心总会重一些。"

葛圣缓回去以后的第二天跟裴云英说加州有几个工作适合他，但是从来没有去过那个地方。他不想在没把握的时候贸然离开现在的单位，所以想在圣诞节时过去看看。但圣诞节时机票很贵，他想现在订票，让裴云英和楚瑜一起过去。裴云英想着三个多月的工夫，应该可以让楚瑜接受他。大家一起去加州游玩一次，不失为一个增进了解和感情的好方法，因此就答应了。

第五十四章　第一次激烈争吵

楚瑜在国内待了两个月，几乎玩遍了大半个中国，快开学时才回到多伦多。这段时间，他只跟裴云英联系过一次。那是在回加拿大之前，他找不到邮件里的机票信息，让她再发一遍。因为他和楚山一家住在一起，裴云英也很少主动打电话。以前，裴云英给楚山打电话问楚瑜的情况时，只要他太太在身边，他的口气都非常冷漠。所以，每次她都跟楚瑜说："你有时间或者方便的时候，用爸爸的电话打给我，或者给我发邮件。"楚瑜每次都满口答应，但是只要离开，他就很少跟裴云英联系。年纪小的时候，偶尔打个电话。随着年纪增长，如果没事，他几乎忘记了妈妈的存在。裴云英想他毕竟是个孩子，遇到好吃好玩的，哪里还能记得其他事情呢！

从楚瑜那里，裴云英得知楚山在北京买了四套房子。他们刚刚搬到一套装修完不久的房子里，说是离一个重点小学很近。楚山的继女不久前高中毕业，没有考上大学，他们正在商量送她去美国留学。小女儿上小学，买房子搬家就是为了她。

这几年，裴云英从楚媚那里陆陆续续听说楚山的公司越做越大，个人资产不知多少个零。裴云英和楚山隔着十万八千里，也没有看到他的任何一个零。就算看到，只要零前面没有数字，对她来说都是零。所以楚媚说的时候，她没有切身感受。而且，楚媚更多时候是发牢骚，说从来没有沾过楚山的光。楚山的太太方雅兰原来在机关上班，因为他们婚前都有自己的孩子，所以生了小女儿以后，违反了计划生育政策，被单位开除了。后来一直没有上过班，在家当全职太太。楚媚对于这点也相当不满，觉得自己在单位忍气吞声，一年到头赚不了几个钱。可是方雅兰什么都不做，还是可以去最贵的地方买东西。楚瑜以前回去的时候，也没听说楚山广置田产。因此裴云英以为楚媚是为了发泄心中不满，故意夸大其词。可是楚瑜这次回去看到的一切，证明楚媚所言不虚，裴云英心中别有滋味。别的倒也罢了，她最不能忍受的是方雅兰的女儿要去美国留学。既然楚山能够供养一个国际留学生，而且是价格不菲的国家，又是继女，为什么对自己的儿子如此吝啬？所以当楚瑜说这些事情的时候，裴云英心中不爽，难免跟楚瑜唠叨几句。

帮楚瑜整理箱子里的东西时，她看到几张光盘，上面写着时间、地点。裴云英问楚瑜里面装的是什么，他说是照片。她把一张写着"7月18—7月23，西安"的光盘放到电脑里，想看一下她熟悉的城市是否有变化。可是，看了几十张照片后，她忍不住火冒三丈。大部分的照片都是楚瑜和他的妹妹亲昵地在一起，有时牵手，有时抱着，有时背着，像个连体人一样，连一张正常地站在一起、有点距离的照片都没有。她从来不过问楚瑜如何跟楚山一家人相处，他们在一起的时间不多，既然难得相聚，她只希望大家都开心。以前也有楚瑜和姐姐、妹妹在一起的合影，除了少数几张手牵手的照片，大部分都是正常地站着或是坐着，从来没有像这次这样，无论怎么看，两个人都是不可分割的一体。这次带回来的照片，仿佛像在跟裴云英示威，加上想到方雅兰的女儿即将赴美留学，更不是滋味。所有的事情加在一起，让她心理失衡，因此忍不住把楚瑜骂了一顿，并且讽刺地说："没想到你和妹妹的感情这么好，我们都没照过这么多如此亲密的照片，难怪每次都把你妈忘到九霄云外去了，既然你这么爱她，就回去和她住在一起好了。"

她说的是气话，没想到楚瑜的反应非常激烈，大声地跟她顶嘴："我根本不知道有这些照片，这些光盘不是我刻的，也没有人告诉我里面装的是什么。"

"你不知道自己照过这些照片？难道全部是偷拍的？或者照片里的这个人不是你？"

不知是否裴云英一连串的发问让楚瑜无法回答，他暴怒，用拳头打门打墙。虽然他们之前也有过几次争吵，但这是楚瑜第一次如此狂躁。裴云英不是一个轻易示弱的人，看到他这样，更加生气。可又害怕他做出什么出格的事情，也担心再说下去会控制不住自己，于是她夺门而出，在外面游荡到怒气消减才回家。楚瑜看到她回来说："我把所有的照片都存到电脑里了，你来看我的电脑里面是否有那些照片。"

"算了，我不想看，跟谁照相和怎么照都是你的自由。"

"不行，你必须看。"

楚瑜说完，把电脑拿到裴云英面前，然后把国内的照片调出来给她看。她看到了光盘里的很多照片，但是之前看到的那些他和妹妹须臾不可分的连体人照片少了很多。裴云英不喜欢楚瑜如此强迫她，又看到之前看过的好多张照片都不见了，就顺嘴说："你把那些照片删掉了。"

没有想到，这句话让楚瑜再次暴怒，差点把电脑扔到地下。裴云英非常气愤，也无法理解他为何这么容易发火。这件事让母子两个冷战三天，也是有史以来最大的一次矛盾。虽然裴云英每天仍然正常地叫楚瑜吃饭睡觉，但除此以外，没有一句多余的话。冷静几天以后，她想也许是孩子的青春期到了，开始叛逆。所以，周末的时候，她决定和儿子好好谈谈。

星期六，楚瑜睡到很晚才起床，等他吃完早午饭后，裴云英开诚布公地说："我们都不要再生气了。我不该说你和妹妹照片的事情，但是也请你能够理解妈妈的心情。我不是圣人，也不够大度，有时受到刺激，难免表现得非常小气。"

"没有关系，你不喜欢那些照片，以后我不照了。"

"也不能这么说，我不想给你什么压力，你自己开心就好。"

母子两个谈了些其他的事情，就把这个不愉快放下了。因为已经报了一门 AP 课程，马上就要上课，裴云英说希望他认真学习，一门课挺贵的，不要浪费老妈辛苦赚来的钱之类的话。楚瑜满口答应。最后，裴云英说："为了庆祝你顺利成为一个高中生，妈妈带你去喝下午茶。"

不知从何时开始，对于任何没有去过的地方或者做过的事，楚瑜都要谷歌一下，但也只是浮光掠影地在网上浏览一下，并不仔细研究。所以，裴云英有时说："谷歌比你的老爸老妈还亲。"

听到说喝下午茶，楚瑜像往常一样在网上看了茶店的资料后，欣然答应。

第五十五章　下午茶

　　茶店在奥克维尔，不是商业门面房，也不在大街上，而是在一个安静的住宅小区。从外面看，就是一个普通的房子，而且非常古老。左边的一小部分是圆形的高塔，顶端很尖。弧形的窗户，上部是半圆的。右边的大部分是平的，但是大门的上方和屋顶有个小尖顶。外墙是深蓝色，两个车库的门都是红色，门的上方有白色的花饰。房子是典型的维多利亚式。墙上爬满了常春藤。门口有木头栅栏，房子里面也全是木头。进门的地方有几根长短不一、刻成菱形的木头，里面是木制桌椅、木制地板、木制吊顶和立在墙边的装饰木条。从餐厅、走廊到厕所都挂满了画。

　　店主是一个胖胖的英国老太太，20世纪60年代来加拿大。虽然已经在加拿大住了几十年，但她一开口，就是浓浓的英国腔。店里有三个服务员，一个加拿大老头儿两个英国老太太。只要有人提出问题，他们就像历史教科书那样从头说起。茶壶茶杯都不小巧，一杯顶妙玉所说的三杯。反正是炎炎夏日，不在乎是解渴，还是饮牛饮马。盘子、刀叉和勺子倒是格外精美。盘子有大中小三个，很有光泽，质感嫩滑，淡蓝色的盘边有白色的浮雕图案。刀叉和勺子也分大中小三套，最小的一套是银的，花纹细致，不过尺寸实在太小，拿在婴儿的手上都嫌大，也许只是用来观赏的，不适合吃饭。装茶点的三层托盘同样精致，不同的食物搭配不同的托盘。咖啡色和白色相间的提拉米苏放在鹅黄色的花纹盘子里；蓝白色的蓝莓蛋糕放在紫色雕花的托盘里；五彩的马卡龙放在纯白的托盘里。除了这些精致的甜品，还有各种派、松饼、布丁，不一而足。如果都是点心，肯定会倒胃口。所以，茶店还提供青椒、黄椒、樱桃番茄、黄瓜、意大利青瓜、荷兰豆、长豆角、四季豆，这些都是后院种的。前后一共上了五个托盘，三层高的盘子里，每一层都装满各色茶点。裴云英坐在窗边，看着后院生机勃勃的蔬菜、鲜花和苹果树。楚瑜的注意力放在眼花缭乱的小点心上面，每个托盘拿上来，他都把以前没吃过的点心尝一下，还饶有兴味地向端盘子的老太太请教茶点的名字和来历。大部分是甜点，有极少数是咸的，有的酥脆甘爽，难免需要以茶相佐。不知不觉，母子两个喝了四壶茶，去了几次雅致的卫生间。尽管把肚皮撑到最大，还是没能吃完点心。他们在茶店几乎消磨了整整一个下午，喝了名副其实的下午茶，最后把没吃完的点心打包，意犹未尽地离开。

由于实在太饱，他们去安大略湖边散步。蓝色的波光和天融在一起，水平如镜，望出去毫无遮拦，看不到边。远处的小艇快速闪过，荡起看不见的水波。大大小小的帆船在波澜不惊的水面且行且停，平行飞翔的海鸥和点点白帆动静相宜，互为映衬。大湖除了水是淡的，其他的跟海一样。裴云英把手伸到水里，温柔的水轻轻地把她的手包住，就像慈母拍着孩子的手。

楚瑜嫌裴云英走得太慢，拉着她疾走。没走多久，裴云英累了，又慢下来。楚瑜不再管她，自己挥动双臂来回跑。折腾了几圈后，他满头大汗地说渴了。裴云英想到钟石曾经说过密西沙加有个年轻人常去的珍珠奶茶店，又想起他的开店计划，虽然影子都没有，还是决定先去考察一下。周末的黄昏，交通顺畅，一路无阻。上车以后，十几分钟就到了。

奶茶店在一个小型的开放式购物中心里，门面一点都不起眼，再加上黑色字体的小小店名，就算专门去找，都很容易错过。店面不大，柜台占了三分之一，座位之间离得很近，前后左右的谈话听得清清楚楚。90%以上的客人年龄不超过三十岁，音乐声加上年轻人的肆无忌惮，店里显得热闹非凡。裴云英和楚瑜坐在门口唯一的空桌子上，看着满屋子风华正茂的脸庞，裴云英好像也青春焕发了。她跟楚瑜说："还好妈妈和你的平均年龄没有超过三十岁，如果是我一个人来，会把客人的平均年龄拉大，那就不好意思了。"

"你想来就来，管那么多做什么。"

"只是随便说说，但我一个人也不会来，这种地方本来就不属于我们这种年龄的人。"

楚瑜要了一杯芋香奶茶，另外加了珍珠和红豆，裴云英要了一杯冰绿茶。她想尝一下盐酥鸡，问楚瑜要不要。她说刚才跑步消耗了能量，可以少吃一点。母子两个在嘈杂的环境中大声地说话喝饮料，等到楚瑜吃完最后一块盐酥鸡以后离开。裴云英看到天快要黑了，就打算回家。楚瑜说还早，在外面逛逛再回去。她问他想去哪里。

"随便，都可以。"

"也行。我今天喝了好多茶，晚上肯定睡不着。那我们去你以前的小学看看吧？在你上高中之前回访一下小学，也算有点意义。"

"我不是很喜欢那个小学，但是没关系，走吧。"

"你的小学不算坏呀！是因为你刚来的时候不懂英语，还是因为以前有人欺负你，所以你不喜欢？想不到你还挺记仇的。"

"是有一点，有时候我都不想去上学。"

"无论怎样，都过去了。谁到了一个新环境都不容易，一定会有个适应过程。大家都是这样过的，你并不比别人艰难。"

等她下了 401 高速时，天已经黑了。她把车停在小学旁边，和楚瑜走过去。学校是个灰白色砖墙的二层小楼，虽然里面一个人都没有，但还是像以前一样，门口和走廊的灯都开着。楚瑜走到门口，往里看了一眼，又围着学校转了一圈，淡淡地说没有任何变化。然后他走到操场。操场没有灯，路灯和教学楼的灯都比较远，所以只有微弱的光照到操场。有几个孩子在玩双杠单杠，楚瑜的年龄明显比他们大了一截。他在操场走了几圈，说没有增加任何新设施。玩了一会吊环后，他好像有点兴味索然。裴云英看到旁边的央街灯火通明，就提议过去逛逛。

央街比以前更加热闹繁华，街道两边的高楼像比赛一样一幢一幢拔地而起，昔日的好几个停车场都变成了楼房。大部分是住宅，也有几幢办公楼。每幢楼里都透出灯光，再加上明亮的街灯，长长的央街从南到北都灯火通明，路面明显比旁边的街道敞亮，根本不像夜晚，比黄昏没有开灯的时候还要亮。街上的行人成群结队，餐厅、快餐店、甜品店里人来人往。他们走过以前住过的那幢楼时，裴云英说："你能找到我们的那个窗子吗？"

楚瑜抬起头来往上看，嘴里念着数字，伸出食指指着一扇亮着灯的窗说："找到了，窗子边上是我们的阳台，我以前曾经站在那里往楼下吐口水。"

"那你吐到别人身上了吗？"

"那么高，口水根本落不到地面。"

"所以你一直在阳台上练习，看是否能够成功？"

"开始是这么想的，试了以后发现不可能，口水都不知道飘到哪里去了。"

"住在我们楼下的人倒霉了，不知多少口水飘到了他们家。"

"不能这么说，有时口水往上飘。我们的楼上楼下肯定也有人吐口水，所以我们家也有好多别人的口水。"

"这些都无法求证。不过说了半天，口水都说干了。我们去喝点什么吧？"

"我一直在动，倒是有点饿了。"

"好吧，我们很久都没吃过夜宵了，你说吃什么？反正我们今天的主题就是吃喝玩乐。"

"下午茶有好多甜的东西，现在想吃点辣的。"

母子两个走过很多家人头涌动的餐厅，楚瑜都说不好。他们最后选了一个韩国店，吃了辛辣的泡菜煎饼和炒年糕，喝了微辣的猪骨汤。楚瑜一边说辣，一边说过瘾，又忙着喝冰水止辣。吃完以后，已经过了午夜。楚瑜说太饱了，无法睡觉，要在街上玩一会儿消食。裴云英平时喝了茶以后很难入睡，想着回到家也是睁着眼躺在床上，所以没有异议。大半夜的，没有什么可玩的，他们便在街上走路。裴云英问楚瑜这一天过得如何。楚瑜说非常好。裴云英说高中生活即将开始，希望他好好学习。楚瑜满口答应。不知不觉，他们已经走了好几个街口。楚瑜肚子里的食物消化一些后，又开始跑步，裴云英跟在他的后面快速地走，直到他折腾累了以后才回家。到家时，已经过了三点。

第五十六章　肚皮官司

　　大学生第一年可以住在学校的宿舍，在食堂吃饭，但是费用较高，所以愁余没有住校。他在学校附近租了一个房间，和三个男生同住。房子靠近一个超市，走路到学校十几分钟。愁余彻底搬出去以后，卫芝和卫心的关系更加恶劣。以前由于多少顾及愁余，卫心还有所收敛。只剩卫芝一个人时，卫心几乎每天催她还钱还房子，还威胁说要向移民局举报，取消他们母子的身份，把他们遣返回国。卫芝不胜其烦，不知道卫心到底会做什么。她自己被赶出加拿大就算了，但她非常担心愁余的身份保不住，所以就答应把自己名下的所有物业和卫心算清楚。由于过户的程序复杂，卫芝和卫心商量先私下写个协议，说明房子和钱的分配方式，具体的手续等她们两个都方便的时候一起回国办理。可是，在写协议时，她们产生了严重分歧。

　　卫心工作以后，只要有余钱，就交给卫芝。卫芝理财有方，把卫心零星给的钱都买了房子和铺面。其中，有的房产买的时候，是她的单位从开发公司那里拿的职工内部价，比市场价便宜很多。她买了好几套这样价格优惠的房子，后来因为市场火爆，单位再也拿不到这样的价钱。所以她认为卫心应该把差价补给她，因为她自己失去了购买便宜房子的机会。另外，她帮卫心管理房产多年，总该有些报酬。因为就算请人管理，也是要发工资的。可是，卫心说："你还好意思跟我说这些，这么多年，你早就把什么差价和工资都赚回去了，食亲财黑，根本就是得了便宜还卖乖。要不然你们的工资那么低，怎么能够有房有车、经常下馆子？你们在国内安逸舒适的生活，都是我提供的。我在外面辛苦打拼，舍不得吃穿，结果全被你们挥霍了。"

　　卫芝觉得被冤枉，生气地说："我们从来没有占过你的便宜，你给我的钱都有账可查。我们明面上的工资是不高，但我老公赚了不少外快。你从来没有给过我大钱，我帮你一点一点攒起来才有了现在的这些房产，而且一直在涨价。你的钱都翻好多倍了，还不满足？再说，你读了那么多年书，我一直都在资助你。"

"你们早就离婚了，还谈什么老公，强尼才是你的老公。我帮你和愁余都拿到了加拿大身份，这个事情你花几百万都办不到，我可从来没有收过你的钱。再说，你什么时候资助过我？我读书都是爸爸妈妈供的，跟你有什么关系？我给你的钱如果换成人民币，哪次不是大钱？英镑的汇率那么高，你还要多大的钱？"

姐妹俩为了钱吵得不可开交，以前是关起门来自己吵，怕家丑外扬。后来卫芝不再避讳，她跟卫心说不清楚，就把事情的前因后果跟家里人说了，而且逢人就说自己的委屈，甚至卫心在场的时候也是如此。但卫心只和非常熟的朋友说卫芝的不是，也从来不在公开场合分辩。卫芝则完全不同，就算当着卫心的面，她也会表达自己的不满。卫芝说得有理有据，而且大多数人在诉说有争议的事情时，都是从自己的立场出发。所以，家人和朋友们听完以后，基本上都站在卫芝一边，认为卫心财迷心窍，六亲不认，连卫心的毛根儿朋友司马丽都和卫芝同一条战线。有的朋友虽然用清官难断家务事作为托词，表面上不予置评，但心里的那杆秤是偏向卫芝的。一时之间，卫心陷入众叛亲离的境地。

一次，卫心和卫芝吵完架后实在气愤，就跟一个国内的朋友说起此事。朋友说："你和强尼的保险受益人都是卫芝和她儿子，小心他们谋财害命。"

朋友的话让卫心五雷轰顶，她认真地考虑了一下，结论是卫芝的智商不足以谋杀她和强尼，但是如果愁余参与，不要说消灭他们两个人，就算是让二十个人失踪，都不是难事。这样一想，她有些不寒而栗，于是打算更改保险受益人，同时尽快和卫芝把房产分割清楚。虽然两个人都不满意，但最终还是写好了一份协议，并且说好第二年暑假回去办手续。协议写好后，两个人都开始大肆诽谤对方。卫心跟朋友说如果哪天她突然消失，凶手一定是卫芝他们。卫芝跟朋友说卫心翻脸无情，除了钱，谁都不认。

司马丽一直没有明确跟卫心说明她的立场，卫心一直认为她是自己的朋友，所以在她面前数落卫芝，司马丽只能附和着。几年以来，司马丽的身体一直没有好转，她的内心也悄悄地发生了变化。她本来就有些相信命运和风水之类的东西，再加上体弱，所以就认为加拿大给她带来了坏运气，开始了各种各样的怨天尤人。她对理查德本来就没有感情，所以总是跟卫心说他固执蠢笨；

如果她可以自食其力，早就离开他了；又说自己不该把国内的工作辞了，否则的话，还有个退路。虽然司马丽没有明确说出来，但是谁都听得出她的言下之意，那就是对于卫心把她弄到加拿大是充满怪罪的。

卫心当然也感觉到了司马丽的不满，其他人听了司马丽的抱怨，最多像个应声虫一样，言不由衷地赞同几句，可是卫心做不到。她一直觉得自己费心费力让司马丽来到加拿大，是个莫大的功劳，司马丽不但应该感激涕零，而且要对她言听计从，绝不是为了落个一无是处。于是就说："就是因为理查德老实，没有歪脑筋，才会无怨无悔地养着你们母子，如果换一个人，肯定早就把你们赶出去了。"

司马丽自然不高兴听到卫心这样的言语，就说："谁要他养？还不是因为我到了这里身体不好，变成一个废人才这样的。再说，我天天帮他煮饭，做家务，我们两个还给他减了好多税，他根本没养我们。如果我国内还有工作，不用他赶，早就自己回去了。"

"如果你真的想回国，我在教育局有点关系，可以帮你恢复工作。"

司马丽没有表态，所以卫心也只是说说，没有真的去办，但是这曾经最要好的两个人对彼此都有些不满。卫心事情多，每天忙碌不停，没有过多地陷在和司马丽的不愉快之中。司马丽则不然，她无法上班，没有什么事情可以让她分心，朋友也不多，所以有大把的时间去想和卫心之间的各种关系。想得越多，失落就越多，宿命感也更强。她觉得自己孤身一人拖着病体，在一个陌生的国家苟活，实在是丧气，而这一切都是因为鬼使神差地到了加拿大以后发生的，如果她待在国内，就不会生这种奇怪的病。她甚至觉得卫心愿意帮她出国，只是因为想在帮卫芝办理出国之前，拿她做个试验品。如果她能够因为和理查德结婚成功移民，那么卫芝和强尼的事情也会顺风顺水。

很多人在不顺的时候，总是愿意寻找外部的原因，而不会反省自己。几年以来，司马丽的处境没有任何改变，她对于卫心的不满也由细小的沙粒，堆积成了一个城堡。同样，卫心一直认为自己有恩于司马丽和卫芝，在她们面前总是有些趾高气扬。面对卫芝，卫心完全是颐指气使。在司马丽面前，卫心不会那么盛气凌人，但是有优越感是难免的。所以，当卫芝跟她说和卫心之间的是非时，她完全相信卫芝。但是这些事情，都放在她的心里，一直没有和卫心挑明。

　　卫心不知道司马丽的内心变化，也不会去想这些事，依然是朋友兼恩人的态度，一点都不见外。理查德不会参与女人之间的家长里短，和强尼依然是朋友。所以，当强尼装修房子时，卫心经常叫司马丽和理查德过来帮忙。由于强尼熟悉机械，有时理查德的车子出了小问题，也让强尼修理一下。只要没有人挑破，他们的关系会这样一直维持下去。

第五十七章 逐渐接近真相

　　葛圣缓回去不到一个月，就说要来多伦多看裴云英。裴云英还没有跟楚瑜提过葛圣缓，所以有些犹豫，后来还是被他说服。但是她只跟楚瑜说有个朋友从美国过来，周末在家里住两天。因为以前也有过朋友在家里借宿，因此楚瑜没有多问。

　　周五的早上，葛圣缓像往常一样，在出发之前给裴云英打了一个电话。裴云英快中午的时候去公司和一个客人见面，谈买房子的事，打算结束以后去买菜。楚瑜放学回家后跟她说头痛，她以为是缺乏睡眠或者感冒，没有什么大碍，就让他先休息一下。在去买菜之前，裴云英发现月经来了。她的月经还算规律，但有时会提前或推后几天。她觉得应该跟葛圣缓说一声，但想到他早已走完一大半路程，此时大概已经在加拿大境内，况且他又不接电话，所以就打消了念头。她买完菜回到家里，看见楚瑜趴在床上睡觉。她习惯性地摸了一下他的额头，没有发烧，就让他继续睡，自己去做饭。

　　裴云英先炖莲藕排骨汤，然后洗菜，切菜，把所有的准备工作做好，只等葛圣缓来了以后炒菜。按照时间推算，他应该快到了。她怕楚瑜睡得太多，晚上睡不着，就去叫醒他。一碰他，觉得有点烫，她赶快去找体温计，可是给楚瑜量了两次，温度都正常。楚瑜真的像生病了一样闭着眼睛昏睡，裴云英怀疑温度计坏了，就想去买一个。正准备出门时，葛圣缓到了。她担心楚瑜突然醒来，身体本就不舒服，如果看到一个陌生人在家里会受到惊吓，就让葛圣缓跟她一起去买体温计。葛圣缓说开长途车太累，不想再出门。裴云英不愿意勉强，想着药店很近，来回不超过十分钟，就匆忙走了。她在药店没有多停留一分钟，买了体温计和一盒感冒药以后火速开车回家。

　　葛圣缓躺在客厅的沙发上闭目养神，楚瑜还在房间睡觉。裴云英为楚瑜量了体温，不到三十九度。这样的症状，送到医院等好几个小时都看不到医生，来回折腾楚瑜会更累，还不如在家休息。裴云英给他喝了两杯水，让他吃了两颗感冒药。过了一会儿，楚瑜醒来以后说不睡了，就从床上下来走到客厅，看到葛圣缓愣了一下。裴云英介绍："这是葛叔叔，妈妈前几天跟你说过的。他来多伦多玩，这个周末在我们家住两天。"

楚瑜感冒，又刚醒来，不知他是否想起这回事，就迷糊地叫了一声"葛叔叔"。

葛圣缓感叹说："你妈是怎么教你的？我女儿从来不叫人。叔叔给你带了一个礼物。"

葛圣缓一边说，一边从包里拿出两支笔和一个小册子。小册子的每一页有个体育明星，下面是几个体育运动的名称。他解释说用黄色的笔圈出明星对应的体育项目，如果错了，用白色的笔涂一下，黄色的圆圈就会消失，好像没选过一样。这样的话，随便怎么错都无所谓，直到找到对的为止。

裴云英听了这个游戏规则，忍不住说："错了连个印子都找不到，这不是欺骗吗？"

葛圣缓说："也不能这么说。应该说犯了错误没有关系，只要最后走对了路就行。对于孩子，鼓励为主，不能让他们一直受打击。"

楚瑜不大关注体育明星，他对两支笔产生了兴趣，拿着笔在小册子上画来画去。

裴云英让楚瑜不停地喝水，给他熬了一点稀饭，拌了黄瓜、莴笋和番茄，然后炒菜。但是因为心中一直想着楚瑜生病，她做菜的心思大减，稀里糊涂乱炒一气，不管味道如何就端上了桌。她把碗筷摆好，准备吃饭时，葛圣缓说楚瑜生病，大家应该把餐具分开，免得互相传染。裴云英也不想让他大老远跑到多伦多来捡个病带回去，于是把碗换成盘子，用干净的勺子把菜舀到盘子里，像西餐那样一人一盘吃。葛圣缓和楚瑜坐在餐桌的两头，裴云英坐在中间。楚瑜的胃口不好，吃了一点稀饭和凉拌菜，很快就下桌了。葛圣缓看到他离开餐桌，放松了很多，好像远离了细菌源，终于开始大口吃盘子里的食物。

楚瑜又研究了一会儿葛圣缓带来的两支笔，然后放到一边，拿起了电视的遥控器。不久以前，他迷上了《星际迷航》，只要有空就看，所以他像平时一样坐在沙发上看电视。

裴云英和葛圣缓吃完饭把厨房收拾干净，已经快九点了。裴云英让楚瑜再次量体温，烧退了下去，但还是接近三十八度。想到楚瑜身体不适，裴云英让他去睡觉。可是楚瑜说水喝得太多，需要不停地上厕所，到了床上也睡不好。再加上下午已经睡了一觉，现在睡不着。想到他生病，裴云英愿意更多地迁就。于是说："那你疲倦了再去睡吧，但是不能超过十一点。"

楚瑜不睡，大家都不能睡，裴云英坐在沙发上陪着儿子，葛圣缓说要洗澡。他洗完以后，坐在餐桌边看着电视机。快到十一点时，裴云英让楚瑜再吃一次药，催促他去睡觉。大概是之前的药发生了作用，楚瑜也说困了，上床以后很快就睡着了。

裴云英上完厕所刚回到房间，葛圣缓就关上房门，抱住了她耳鬓厮磨。裴云英才想到一直没有机会跟他说来月经的事，于是吻了一下他，负罪般地说："对不起，我今天来例假了，这个月突然提前。"

葛圣缓脸色一变："你怎么不早说？"

"下午才来的，那个时候你应该在加拿大境内了，说了也无济于事。而且，你也不接电话。"

"我以前不接电话，不代表每次都不接电话，你应该早点告诉我。"

"早点告诉你，你就不过来了，中途返回？"

"那也不一定，只是早点知道，有个思想准备。没有关系，我们睡觉吧。"

"我来月经不方便，再说楚瑜生病，谁知道他什么时候起来喝水上厕所，如果看到不好。你睡客房，行吧？"

葛圣缓虽然不情愿，还是接受了。临睡前，他说用消毒液把床擦一遍。裴云英说床单和被套都是干净的，他说可能有细菌，擦一下没有坏处。家里没有消毒液，他说出去买。于是裴云英和他去了刚才买体温计的二十四小时药店买了消毒液和消毒纸，回家后他把客房和客厅的沙发都擦了一遍。

葛圣缓千里迢迢过来，不管怎么说，很大一个驱动力是性。裴云英无法满足他，有种愧疚感。所以，趁着消毒液挥发的工夫，和他软语温存了一会儿。

第五十八章　到底谁在计较

第二天，楚瑜的体温反复不定。中午时分，他的体温突然升高，接近四十度，并且像打摆子一样发抖，一会儿说冷，一会儿说热。裴云英吓坏了，马上决定带他去医院看急诊。她本来想让葛圣缓开车，但是他说："那个床有点硬，我昨天晚上没睡好，开车的状态不好。再说多伦多的路我也不熟，万一碰到危险驾驶的司机，我怕反应不过来。而且，就算到了到了医院，我也帮不上忙，还不如你一个人带他去，免得我碍手碍脚的。"

裴云英情急之下让他开车，听他这么一说，也不是没有道理。再说，如果他不来，在这种情况下，还不是自己一个人带着楚瑜去。所以，她没有多言，急忙开车去医院。路上，楚瑜还是忽冷忽热。裴云英心急如焚，把车开得飞快。好在医院离家不远，十几分钟就到了。她停好车后，用最快的速度付了停车费，拉着楚瑜直奔急诊室。

值班的护士问了楚瑜的症状，填好表格后让他们坐着等。长廊两边的椅子上稀稀落落地坐了一些人，一看人不多，裴云英心稍微安稳了一些。医院的空调很足，楚瑜一直说冷，裴云英找护士要了一个毯子给他披着。楚瑜裹着毯子坐了一个多小时，起来走了几圈后说没那么冷了，并且说自己好了，要求回家。裴云英说既然已经来了，看完医生再说吧。两个多小时后，楚瑜被叫到里面的一个病房，又等了二十多分钟后，一个年轻的男医生进来为他做了检查，说问题不大，应该是病毒性感冒，吃点药，多休息几天就好了。不过为了确诊，还是让楚瑜抽血化验。抽完血后，楚瑜似乎彻底好了，一点都不抖了，体温降到三十八度，也不再说冷说热。虽然验血报告不能马上看到，但是楚瑜之前在家里的那些吓人症状都消失了，所以裴云英不再提心吊胆，就说这个医院来得值，把他的病全吓跑了。裴云英回家之前，再次去药店买了医生说的药。回家后，楚瑜又看了一会儿《星际迷航》，临睡前吃了药。

早上醒来以后，楚瑜的烧完全退了，不适的症状没有了，只是胃口不大好。裴云英依然给他煮了稀饭，炒了一个毛豆雪菜给他下饭。

吃完早饭，葛圣缓说："我先走了，这样的话，路上可以开慢一点，不用那么赶。"

因为楚瑜生病，这两天过得很不安宁，裴云英的整个身心都关注着儿子，基本忽略了家里还有一个远道而来的人。葛圣缓大老远地跑过来，本来是想让体内积攒多日的小蝌蚪们畅游一番，结果裴云英碰巧来了月经，小蝌蚪们只好继续憋着或者以自力更生的方式出来放风。什么事都凑在一起，吃饭也是瞎对付。想到这些，裴云英有些歉然，就说："吃了午饭再走吧。这两天都没怎么好好吃饭，我们中午出去吃，找个好点的餐馆，反正你那里也没什么像样的中餐。喔，可能不行，楚瑜还没有完全恢复，不适合在外面吃饭。算了，不好意思，我在家里给你做点好吃的。"葛圣缓只好摆出盛情难却的样子留了下来。

在加拿大生活多年，裴云英就像大多数出国的人一样，厨艺早已突飞猛进，只是刀工差一点。她把计划中的菜谱报给葛圣缓，他听了以后很满意，这次是真心想留下来。

裴云英按照菜谱开始做准备工作。她先把牛仔骨用韩式烧烤酱、胡椒粉和少许橄榄油腌上；接下来用花椒粉、生抽、黄酒、蒜末、盐、糖和淀粉调汁，把大虾泡在里面；泡好黄花木耳；最后把鲳鱼清洗干净，划几刀，撒了一点盐和姜丝。

早饭很简单，只烤了个薄煎饼，所以午餐提前，并且相当丰盛，把餐桌都摆满了，有香煎牛仔骨、椒盐大虾、红烧鲳鱼、木须肉、炝拌莲藕、素炒西芹荷兰豆、带子蘑菇汤。楚瑜说："妈妈，你好长时间都没有做这么多漂亮的菜了，还是有客人好。"

楚瑜毕竟没有痊愈，所以他们还是把菜放到盘子里分开吃。葛圣缓建议以后都这样吃饭，说拿着筷子一起吃的方式不文明，每个人都在吃别人的口水，而且容易传染疾病。不知是否满桌子的菜刺激了楚瑜的味蕾，他吃了一大盘菜，喝了两碗汤，不像一个病人。葛圣缓很久没有吃到像样的中餐了，一直埋头苦吃。裴云英本来预计晚上不用做饭了，没想到三个人的战斗力很强，等到葛圣缓下桌时，只剩了两只大虾、一点木须肉和汤。

葛圣缓的胃非常喜欢这么地道的中餐，吃完以后，一个劲儿地夸奖裴云英能干，也不急着走了。他站在客厅，慢悠悠地喝了三杯玄米茶，然后坐在沙发上说要和裴云英商量一件重大的事。

葛圣缓的妹妹在国内的一个县城工作，打算买套房子，但是自己的钱不够，所以想让他出一万美元，房子两个人联名。他拿不定主意，想听听裴云英的意见。裴云英听他说得那么郑重，以为是什么大不了的事情，没想到就是为了一万美元，而且出了这个钱，他还拥有一半的房子，根本没有任何损失，就问他犹豫什么。他说："如果以后房价跌了怎么办？虽然我妹说加上我的名字，但是我不在，谁知道她会不会加，要不我回去一趟把这个事情办了？"

"你想回就回吧，只是回国一趟说不定也要花掉一万美元。如果专门为了这件事，有点得不偿失，就当回去看看父母吧，顺便办房子的事。"

葛圣缓又提出了好多担心，裴云英无法解答，让他自己决定。他靠在沙发上小眯了一会儿，才心满意足地离开。

楚瑜每个星期上两次 AP 的课，离家较远，如果坐公共汽车，需要倒车。因为是晚上，公共汽车的班次不多，加上等车的时间，来回将近三个小时，很不方便，所以裴云英每次都接送他。上课的时间是两个多小时，她把楚瑜送到上课地点后，也懒得来回跑，就在附近的购物中心买东西或者读手机里的电子书。无论是买东西还是读书，时间都过得很快，她从来没有觉得等待是种煎熬。有时，她看书忘记了时间，楚瑜还要给她打电话。

AP 课程比学校的课难很多，所以刚开始上课时，裴云英总是问楚瑜是否听得懂。楚瑜说没有问题，还说很有意思。每次上完课后，老师都会发些资料。可是回家以后，他就扔到一边，从来没有翻过一次。资料越积越多，裴云英每次叫他看一下时，他都说老师上课讲过了，不需要看。裴云英说："就算都讲过了，你也应该复习一下。这么多内容，你不可能都会。"

刚开始，楚瑜还哼哼哈哈地应付她，多说几次后，楚瑜就冒火了。裴云英自己看了一下那些资料，确实有难度，不相信楚瑜都懂，就从中抽了几个问题让他回答，可他根本答不出来。这下轮到她火了，忍不住把楚瑜骂了一顿。可是，他一点都不接受批评，反而说她不了解情况，跟她吵架。

裴云英想到楚瑜正处在叛逆期，便努力地克制自己，但还是被他恶劣的态度激怒。所以，母子两个不停地争执，有时候一整天都不说话。很多时候，裴云英也想让自己住嘴，然而看到楚瑜整日浪费时间，又想到他有可能进麻省理工，还是忍不住跟他唠叨"好好学习，天天向上"的重要性。大部分时候，楚瑜都非常反感。裴云英就说："你不想上麻省理工就算了，我不会勉强你。但我希望你认真做事，起码把这次学的 AP 考好。"

"谁说我不想上麻省理工？这门课我也会考好的。"

虽然楚瑜口头上说自己的目标没变，但是实际行动相差太远。裴云英看着着急，只有不停催促，希望他能警醒。但楚瑜依然故我，裴云英做不到放任不管，所以母子两个的关系有点紧张。

葛圣缓回去以后不到半个月，就要求再次见面，让裴云英带楚瑜去美国，但她犹豫不决。葛圣缓的住处只有一个房间，如果裴云英带楚瑜过去，怎么住都是个问题。如果她跟楚瑜住在房间，葛圣缓不可能有机会跟她在一起，这显然不是他希望的。如果让楚瑜住在客厅，她和葛圣缓住在房间也不妥，因为楚瑜没有任何思想准备，无法预测会发生什么。她一直找不到合适的机会跟楚瑜说她和葛圣缓的关系，再加上学习问题和楚瑜的态度导致的争吵，她更没有办法说起这个敏感的事。裴云英跟葛圣缓说了自己的顾虑，他不以为然地说："你为什么一定要搞得这么复杂？直接告诉楚瑜我是你男朋友不就行了吗？你总要有自己的生活，不会永远跟他住在一起。"

"话是这么说，但总是难以启齿。而且你应该知道，这个年龄的孩子很难弄。想想你女儿的事，相信你能够理解。"

"我女儿很独立，不会干涉父母的这些事情，而且也没有这么早就进入叛逆期。你都在国外生活这么久了，为什么还是放不下传统的中国父母的那套？"

"女孩可能好一点吧。我比传统的中国父母好多了，但骨子里毕竟是中国人，不可能只考虑自己，肯定要为孩子考虑。要不然你过来吧？"

"我上次刚去过，这次该你过来了。而且我开的是旧车，长途不安全。"

虽然裴云英觉得葛圣缓不够大气，甚至有些斤斤计较，但是两个人不住在一起，所以没有特别深的矛盾。有时，她为了他说的某些话生气，但是过后他甜言蜜语一番，她就忘记了。再说，谁都不是十全十美，自己也有很多毛病，所以很多时候会忽略他的问题。不过裴云英最近为了楚瑜的事情特别烦，听了这样不入耳的话，马上反唇相讥："原来你早就在心里算好了你来我往，如果你多跑一趟，就是吃了天大的亏。你是不是每次都在计算花了多少汽油费？还有车子的磨损费？要不我全部给你？早知道这样，我又何必浪费那么多汽油费？你是旧车，难道我开的是新车？你担心自己路上不安全，我一个女人带着孩子，开着旧车长途跋涉，就会一路平安？"

"你的怎么是旧车？连半年都不到，等于是新车。算了，你现在不冷静，我不想跟你吵，晚点再说吧。"

"车子只要出厂就是旧的，再说，你也不是买不起新车，又没有人强迫你开老爷车……"

裴云英还没说完，葛圣缓横插一句："对不起，我挂电话了。"然后就真的挂断了电话。她很想打过去跟他吵架，但最终还是忍住了，就去外面跑了几圈消减怒气。晚上，她送楚瑜去培训机构上学，然后像往常一样去附近的购物中心，在里面闲逛半天，最后买了几个香肠、椰子和菠萝面包，作为第二天的早餐。直到他们都到家了，葛圣缓都没有打来电话，这是从来没有发生过的。以前，他们偶尔闹点小别扭时，葛圣缓都会在一个小时之内，打电话过来道歉和解。这次已经过了半天，他一点动静都没有。裴云英有点生气，但没放在心上。可是过了四天，葛圣缓都没有消息，她反而平和了。一个星期过去了，葛圣缓继续人间蒸发，她决定试探一次。于是她给他发了一个邮件说圣诞节不去加州，让他取消机票，并且特别强调她会支付取消费。信发出去后，石沉大海。

第五十九章　图穷匕首见——无所不知的楚瑜

　　裴云英的心情像加拿大天气一样，越来越冷，不过习惯以后，她由最初的气愤变成了气定神闲，并且平静地回顾了和葛圣缓交往的细节。那个经常说爱她、给她写情话的葛圣缓，就像消失了一样，既然他能够如此忽视她，证明他根本就口不对心。或者如他自己所言，该放下就放下。她进而又想，也许他根本就没有预订去加州的机票。因为自从第一次问了她以后，他再也没有提过。如果他真的订了机票，总要商讨一下时间和线路吧。这个念头一冒出来，就像刹不住的破车一样一路乱跑，到处冲撞。她开始逐步否定他们之间迅速发展的短暂关系。

　　裴云英记得第一次去辛辛那提时，早上出门的时候顺便看了一下炉子上的钟，时间是 10∶44。其实那天她打算早点走，可是接了两个电话耽误了。当时她心里确实嘀咕了一下怎么两个 4，也许不宜出门，然后又笑自己迷信。后来又堵在路上，几公里的路走了两个多小时，还要下去绕路。如此不顺利，她有些气馁，感觉兆头不好。但她自我安慰说本来对于和葛圣缓的关系就不抱希望，只是当作过来旅游一趟。后来，到了葛圣缓住的地方，在关掉引擎之前，她下意识地看了一下车上的时间是 11∶44。把路上的总时长加起来，竟然是十三个小时。裴云英不是一个宿命论者，也没有把 4 视为大敌，她的电话号码里面有两个 4，从来没有想过去更改。对于西方人忌讳的 13，也没有放在心上。可是，这些莫名其妙的巧合加在一起，难免让她犯嘀咕。只是见面以后，他们迅速地进入了正题，没有时间谈天说地。于是，她就把那些无法说出口的征兆埋在心底。

　　几个月后，她开始重新审视这段关系时，才发现她得到的只是那些泡在蜜罐里的话。在交往的整个过程中，葛圣缓完全是个吝啬鬼。虽然裴云英不想占男人的便宜，但男人是否愿意为女人花钱，是衡量男人真情实感的一个重要标准。她想到自己第一次去辛辛那提时，离开以后，葛圣缓说忘了给她美元交过路费。现在想来，他是多么小气虚伪。过路费连十块钱都不到，她根本不稀罕。就算他给，她都不会要。可是，她走了以后，他才打来那样一个电话，说着殷殷关切的话，最后的重点就是他忘了给她那点打发乞丐的零钱。而且，她在辛辛那提待了三个晚上，他若真的有心打发她，有很多机会的。也许他自己都觉得这点小钱不好意思拿出手，所以用了那样一种奇怪的方式来处理。只可惜她当时头脑发昏，关注点都在那些一文不值的花言巧语上。

裴云英从来都不是一个拖泥带水的人，更不会委曲求全。她想清楚葛圣缓的为人以后，很快做出了分手的决定。葛圣缓根本就不是一个愿意付出的人，无论在精神上还是物质上，她都不可能依靠他。她不需要一个男人搭伴过日子，也不想依靠谁。既然如此，她宁可单身。

葛圣缓虽然对裴云英还算满意，但是想到中间的距离，还是发愁。他是一个理智的人，下不了决心和裴云英结婚，让她带着儿子搬到美国。而且，以他对她的了解，她也不会轻易丢掉多伦多的一切，跑到美国靠他生活。所以他半真半假地说着去多伦多找工作，但是同样类型的工作，多伦多的工资没有美国高，而且工作机会很少。

现在裴云英跟他生气，他刚好可以冷静一下。葛圣缓没有想到裴云英的个性那么强，直接叫他取消加州的机票，而且还要给他取消费。虽然他一直犹豫着没有确定机票的事，但是她的做法着实让他吃了一惊。他沉着地过了一个多月，眼看着离圣诞节越来越近，终于熬不住了，决定给裴云英打电话和解。以前总是他打电话，这次他想等她妥协。可是除了那封邮件，裴云英安静得可怕，再也没有找过他，Skype 的头像跟他一样，一直离线。

打电话之前，葛圣缓期待着裴云英听到他声音时的兴奋，可是打了好几次，她都没接。他用的是电话卡，每次的电话显示都是乱七八糟的不同号码，而且他打电话的时间都是晚上十点以后，裴云英不知道是谁，也早已过了期待他电话的时候，所以一直懒得接。一天晚上，电话再次响起时，她终于接了起来。乍一听到葛圣缓的声音，她吃了一惊。她已经在两个星期前决定和这个人彻底分手，并且预计他再也不会联系她，没有想到他悄无声息地过了一个多月后，突然给她打电话，而且好像什么事情都没发生一样。

一听到葛圣缓的声音，裴云英只想到一句被用滥了的话：有些事一转身就是一辈子。她淡淡地问："你怎么会给我打电话？"言下之意是黄花菜早都凉了。如果他们是正常的恋人，葛圣缓会因为一点小事一个多月都不理她吗？可是，如果葛圣缓像从前一样，很快会给她打电话道歉，哄她开心，她还会分手吗？也许不会，说不定就稀里糊涂地和他走下去了。很多人不就是这样过了一辈子嘛！但是谁让他转身了呢！所以，不要考验感情，因为它比蛋白脆饼还脆，必须烤好以后就吃。否则的话，就算密封起来精心保存，时间稍微长一点，依然会回潮变软。脆饼变味以后，是无法修复的。如果再次放入烤箱，就焦了糊了，只能扔掉。

葛圣缓没有想到裴云英的语气那么平淡，计划好的蜜糖之语卡在喉咙里说不出来，尽管甜得发腻，他也必须咽下去，换成普通朋友之间的问候。说了几句后，他听出裴云英没有继续聊下去的愿望，只好勉强说："我们圣诞节去加州吧？"

裴云英想也没想地说圣诞节早就有安排了。这次葛圣缓是真的被噎住了，只好匆匆说再见。挂断电话后，他有着说不出的郁闷，她的反应让他始料不及。

自从离婚以后，葛圣缓也接触过一些女人，有些女人为了身份，什么事都愿意跟他做。裴云英合理合法地住在加拿大，当然不稀罕他的美国身份。但他认为她是一个单身母亲，总会想找个男人靠一靠。她如此决绝，固然让他有些下不来台，不过她的独立和自尊倒是让他刮目相看。两个人相处以来，他只给她买了一本十块钱不到的书，那还是为了考察一下她是否真的能够看懂那些诗。裴云英也从来没有问他要过一分钱，按照他的观察，连这个念头都不曾有过。开了那么远的车，汽油费和过路费都是她自己出的，并且毫无怨言。以前有些女人跟他上了一次床后，就理直气壮地要他买很贵的衣服和皮包。他自己的衣服都是打折的时候买的，怎么可能为了没有未来的女人花那么多钱呢！

分析了利弊以后，葛圣缓反而舍不得裴云英了。圣诞节期间，他一个人待在家里，又开始给她打电话，可是电话一直关机。他想到裴云英的冷淡，又想到她说的圣诞节早就安排好了，就认定她和别的男人出去度假了。这样的女人，当然不愁没有男人。但是她这么快就和别人情投意合，葛圣缓就真的放下了。

裴云英确实出去度假了，但只是带着楚瑜去了加州，并非像葛圣缓想象的那样，投入了另外一个男人的怀抱。自从她决定和葛圣缓分手以后，虽然没有痛哭流涕，但也不是像表面看起来那样风轻云淡。不管怎么说，她也想过和葛圣缓一直走下去，最后结婚，一起度过后半生。这么快就结束了，非她所愿。相爱和分手都不需要理由，不过当事情不成功时，人们总是喜欢为自己开脱。所以裴云英从自己的角度出发，把这次的失败归结为遇人不淑。

无论如何，裴云英还是想过好分手后的圣诞节。她本来打算和楚瑜去魁北克住冰雕酒店，可是大冬天的，她不想自己开车，就打算跟团。但旅行团都是提前预订的，圣诞新年又是旅游高峰，各个团的名额都满了。裴云英决定哪里都不去，跟楚瑜去朋友家玩玩就算了。可是，葛圣缓那个莫名其妙的电话搅翻了她表面的平静，心想不就是一个加州吗？又不是上火星，需要宇宙飞船，她负担不起。加州有什么了不起，她不用依靠任何人，自己随时能够带着楚瑜去那里，干吗非要跟一个不靠谱的男人去呢？所以裴云英毫不犹豫地买了去洛杉矶的机票。虽然她觉得自己不差去一趟加州的钱，但是真的订了机票和酒店以后，还是有些肉痛，因为圣诞节期间的价钱实在太高。

和冬天的多伦多相比，洛杉矶的天气实在太招人喜爱了，虽说不像夏天那样整日阳光灿烂，蓝天白云，但是一点都不冷，比冰天雪地的多伦多强多了。到了洛杉矶，自然要去好莱坞和迪士尼。裴云英和楚瑜在比弗利山庄和好莱坞大道胡乱转了几圈，一个明星都没见到。楚瑜本来就不崇拜任何明星，自然觉得此行毫无意义。对于迪士尼，他也持同样的观点，这并非他的个人看法。相信很多去过奥兰多迪士尼的人，都会感觉洛杉矶的迪士尼非常一般。尤其是环球影城，楚瑜说和奥兰多相去甚远。想到楚瑜喜欢乐高，裴云英带他去了乐高乐园，可他仍然说没意思。裴云英想儿子长大了，不喜欢小孩子玩的东西也情有可原，就让他自己选择去哪里。他说想去圣地亚哥看航空母舰。裴云英不禁对楚瑜刮目相看，她只知道圣地亚哥有个海洋公园，根本不知道航母的事。如果有人告诉她不了解的事，无论是谁，她一律心生敬意。

裴云英开着租来的车，吃完早饭就从洛杉矶出发，沿着五号公路开往圣地亚哥。天气虽然阴沉，但是海水在乌云下依然是蓝色的。路上很顺，两个小时就到了圣地亚哥。也许大海真的能够使人心胸开阔，母子两个心情都很好，楚瑜尤其开心。他们把东西放到酒店以后，就去了海事博物馆和军港。楚瑜对每个船和潜艇都看得非常仔细，并且说得出它们的长度、排水量、动力和续航力。他津津乐道，裴云英却如听天书。他目不转睛地盯着海上的巨轮和航母，不时说出黄蜂、里根号、尼米兹号、登陆舰、导弹舰、驱逐舰等等，裴云英完全不知所云。参观完军港后，他们下船去了旁边的中途岛航母博物馆。裴云英只知道中途岛战役，根本不知道这艘大船的存在。楚瑜跟她讲了这个航母的具体参数和历史，她才知道除了中途岛，这艘大船还参加过许多其他的战争。

　　楚瑜在各种庞大舰船上找到了巨大的乐趣，海洋公园都成了背景。裴云英虽然佩服，但是欣赏不了。她宁愿去看被困在海边水里的漂亮海星如何回到大海，甚至还捡了一只死在海滩上的红色海星带回来。

第六十章　迷途知返

　　冯菲在离开六年之后再次回到多伦多常住。这六年期间，尽管易亚明和甫律师想方设法地为难她，她依然和古振天在草原省份闷声发财。草原省份有自己的政策，工作机会不少，移民也相对容易。尤其是企业家移民，只要交点钱，买个五万或者十万的生意，雇佣几个当地人，一年多就可以解决身份问题。加拿大没有户口，没有身份证，对居住地没有要求。所以只要这些移民在草原省份登陆以后，他们可以选择留在当地继续做刚买的生意；或者把生意交给别人经营，他们随意选择自己喜欢的居住地。拿到身份以后，他们就把生意卖给下一个有此类需求的人，像接力棒一样。所谓的企业家或者企业高管的经验，都可以通过包装达到要求，再加上花钱不多，因此这个方式简单快捷，深受欢迎。古振天在国内本来就有很多关系，认识很多办公司、做企业的人，他回国一趟，就可以带来好多客户。所以，他们的生意像漫长冬季的雪球一样，越滚越大。华人们口口相传，只要动了移民的念头，几乎都会找他们的公司。最辉煌的时候，他们包揽了草原省份 70% 以上工签和移民的生意。

　　冯菲和古振天都是闲不住的人，刚过去的时候，为了拉生意，他们跑遍了草原省份。无论大公司、大酒店还是小餐馆，他们都会去问是否愿意招人。草原省份地广人稀，有时几十公里都看不到人烟。夏天他们经常在无人的旷野里解决生理问题，别有一番滋味。严冬的时候，一下车就成了冰棍，所以只有窝在车里。但是人有三急，寒冬腊月的时候，憋尿更加困难。古振天为此发明了一个在车上用的撒尿机，是用漏斗和矿泉水瓶做的。古振天很得意，开玩笑说要申请专利。后来市场上真的出现了类似的产品，古振天连声说可惜。他们这样不辞劳苦地跑下来，几乎认识了所有的潜在雇主。远离繁华都市的加拿大人很容易打交道，古振天和冯菲上门两三次以后，就和这些没有戒心的潜在雇主成了熟人。雇主们纷纷承诺以后招人会和他们合作。事实证明，这些人不是口头答复过后就忘了。当雇主需要人手时，真的联系了他们。就这样由小到大，他们的生意很快就上了规模。有一次，三个连锁酒店同时需要招人，总人数加起来超过一百，他们接了单以后，立刻回国招工。

三个酒店都是耳熟能详的名字，只要看到招牌，根本不用多做解释。而且工作环境不错，国内愿意出来的人很多。所以他们轻易地收取了每个人一万八加币的手续费，然后帮他们办理工作签证。移民公司的成本非常低，只需要办公室租金和少许广告费。光这一次招工，他们就赚了差不多两百万加币。

古振天早就从老九那里学到了资产转移法，像很多富人一样，他也在太平洋的某个小岛上开了公司，在那里存了大笔来历不明的钱。冯菲和古振天的大钱都是在国内赚的，收了钱以后，古振天通过他的途径，把一部分钱转到香港，大头转到岛上。所以虽然冯菲和古振天成了货真价实的富人，当然，古振天以前就是一个不折不扣的富人，这不过是锦上添花。如果把他们的钱加起来让一个人数，估计三四天都数不完。但他们在加拿大的收入都是一些零碎钱，用来支付办公费用。因此他们在加拿大开着一个不赚钱的公司，可以说还是穷人。

在遇到古振天之前，冯菲虽然也踏上了快速致富的道路，但是如果没有古振天的指引，她最多只能是个富甲一方的小地主，肯定不能和真正的大富豪平起平坐。有了古振天的帮助，她的财富才开始以几何级数增长。古振天从一个穿不起鞋子的穷孩子，成长为一个上市公司的老总，其中的一切绝不是幸运二字可以囊括的。无论他走的是蛇路鼠洞，还是康庄大道，他的出类拔萃是无法否认的。一路走来，他交游甚广，三教九流都有他的朋友。说到造富圈钱，股市创造出来的神话，无出其右。在广大民众还没有觉醒之前，没有比这更好的圈钱手段；等到全民参与时，就看谁跑得快，接到最后一棒的人只有自认倒霉。古振天这样的人，在两种情境下都可以游刃有余。他有很多资源，在各种圈子里进出自如。古振天经常炒些价位很低的股票，基本上都是不超过一块钱的小盘股，操作的就是他们圈子里的那些股票。当年，老九公司的股票也是被他们这样反复炒作的。他们总是在公司的利好消息公布之前，大量买下便宜的股票。消息一出，股价暴涨，他们就缓缓退出。冯菲在古振天的带领下，多次根据内部消息炒股，没有一次失手，数钱数到手软。

古振天不但跟老九学了资产转移术，也跟他学到了赌博的乐趣。老九成为加拿大的合法居民后，主业就是去世界各地的赌场逍遥。他是很多大赌场的贵宾，专门为他定制二十五万美元面值的筹码。他经常待在大户室，包下所有桌子，有时一次下注两三百万美金。大笔的钱财化成几个小小的筹码，输赢就在一眨眼之间，确实非常亢奋，老九喜欢这样的生活。

虽然老九在赌场做的都是大买卖，但却从来不让赌场占他的便宜。因为赌客经常不分白天黑夜地作战，处于昏头涨脑、不省人事的状态，所以赌场附近的宾馆会出现浑水摸鱼、乱收费的现象，很多租客也从来不看账单。老九则不然，当他自己出钱住酒店时，每次都会仔细核对账单。有一次，预订时收的是一百八十，但退房时多收了一百。老九看了半天发现，收了两顿餐费，他赌得忘乎所以，根本没时间吃饭，自然要把这钱讨回来。这个倒是无可厚非，毕竟是多收了他的钱，要回来也是合理的。不过，赌徒们对于老九的另一个爱好是叹为观止的。无论在多贵的酒店和餐厅，老九都会把最不值钱的卫生纸和餐巾纸当成宝贝装在包里。每次上飞机时，这些就是他的行李。他不光把这些不花钱的纸放在行李箱和背包里，还装满所有的口袋，口袋再也塞不下时，就揣在衣服里面，搞得全身上下鼓鼓囊囊的。每次过关都颇费周折，安检人员看了半天，没有发现可疑之处，只好问他为什么带这么多没有用的东西，他理直气壮地说："都是我花钱买的，当然要带走了。"

当然，老九对自己的各种财迷行为是一概否认的，自称非常大方。他说那些平时有头有脸的老板输了，会把给发牌员的二十块小费要回来作为赌资，而他从来没有这样做过。问题是他极少给小费，即使赢了几百万，也只会在心血来潮时给五块钱。旁观的人看不下去，嘀咕几句，他则理直气壮地回应："我输的早就不止几百万了。"这话倒也不假。

他平时有点小迷信，到了赌场就是除了迷信什么都不信，输钱的时候更是如此。在大户室里待腻了，他就出来"与民同乐"，可是如果赌桌上突然加入一个人或者走了一个人，他就不停地骂骂咧咧，直到赌运转好。除了骂人，他还会怪罪面前的一个杯子或者一张纸巾，把它们丢到另外一边，如果还是不能转运，又把它们拿回来，放到原来的位置。当然，赌场里面像他这样迷信的人远不止一个。

老九固然比很多人好赌，不过每个人的骨子里都有赌性，只是程度不同。冯菲和古振天都是赌性极浓的人，就算没有老九作为领路人，他们在财富暴涨，没有新目标时，也一定会走向赌场。自从迷上赌博后，两个人的生活变成了三件事：赌场、做爱和工作。虽然他们在一起好几年了，但两个人的"性趣"都没减。工作的事情已经上了正轨，不需要花费太多时间，公司请了人帮忙，只有重要的事情他们才会出面。所以他们的大事是赌博。冯菲为自己找了个拙劣的理由，那就是感情不幸，精神苦闷，所以沉迷赌场。古振天则简单直接，就说自己喜欢赌博带来的刺激。

他们像当初寻找雇主时一样，走遍了草原省份的赌场，连偏远的小赌场都没有放过。只要时间允许，他们就结伴去拉斯维加斯。老九早已赌到由赌场派飞机接送的程度，虽然冯菲和古振天还没到这个级别，但是这几年两个人在赌场已经输了五百多万加币。细算下来，冯菲觉得有点恐怖，就想戒赌。可是赌博跟毒品一样，不是想戒就能戒的。她用了最简单的方法，在赌场登记，让赌场禁止他们进入。赌场老板巴不得大赌客把钱全部送给他们，哪里会认真监督，所以这个方法形同虚设。偶尔碰到不准他们进入赌场的，两个人又用假证件混进去。后来冯菲把银行卡、信用卡剪烂无数次，去赌场只带少量现金，输完了取不出钱，只好离开。但这也不是个办法，他们还是需要卡，所以又要重新办理。次数多了以后，银行的人起了疑心，问他们为何一直丢卡，他们才不再剪卡了。

冯菲当然没有老九那么有钱，连古振天都比她富有，输了这么多钱当然心疼。她也不是一个完全没有理智的人，所以以下定决心戒赌。

由于和易亚明的官司遥遥无期，本杰明只是代理冯菲上庭，没有时间研究她的资料。所有的资料都是她自己看，然后跟他沟通，所以冯菲开始慢慢钻研婚姻法和家庭法。法律条款浩如烟海，一旦扎进去，就像溺水的人胡乱扑腾，除非游泳本领高强，才能游到岸上。于是，冯菲萌生了上法学院的想法。古振天一听就说："没想到你还有此雄心壮志。好样儿的，我全力支持你。当了律师以后先帮我离婚。"

冯菲找到新的目标后，开始全力投入。法学院的申请不容易，但是对于她来说并非高不可攀。由于草原省份没有什么好的法学院，她最终选择回多伦多读书。这六年，她偶尔回来，都是因为易亚明的官司需要上庭，来去匆匆。这一次，她作为一名法学院的学生光荣回归，比当年的胡汉三风光多了。

易亚明虽然不停地想从冯菲身上挖钱，但是由于古振天把钱藏得严严实实，连中加两国政府都没有察觉，易亚明更不可能找到任何证据。不过，甬律师虽然上庭辩护不行，打官司也是一个笑话，但是搞小阴谋、折腾人还是有一套的。

甬律师非常擅长搜集并制造各种文件，几年下来，冯菲打官司的材料已经累积了几大箱。任何人想看完这些材料，如果没有足够的时间，非得脱一层皮。甬律师的材料前后衔接，逻辑性很强，一个不小心，就会落入他的圈套。而且，他经常在开庭之前，发给冯菲一堆如山的材料。就算冯菲是个不吃不睡的神人，也不可能在短时间内看完那么多东西，所以她经常要求延期开庭。但是有时候甬律师不给她这样的机会，非要把她逼入死角，所以冯菲曾经创纪录地一个晚上看了半箱资料。因为律师不大用电子邮件，很多信息都是通过传真和邮局的信件送达，所以甬律师经常在规定回复的时间之前，把传真拔掉，让冯菲或者本杰明无法通知他。他的这些小手段确实给冯菲制造了很多麻烦。打官司讲究证据，各种材料是非常重要的东西。尽管材料比小山还高，极少有人能够看完，但是所有的材料都要像书一样写好目录，并且分门别类，中间插入索引和标签，以方便需要的时候迅速地找到出处。

冯菲对甬律师深恶痛绝，但是他没有违法，所以只有等待机会还击。后来，本杰明被折腾得都无心应战了，冯菲只好自己代理自己。既然易亚明他们一心挖她的钱，她就必须证实自己是一穷二白的。她在法庭上哭诉为了这场官司，多年以来居无定所，身无分文，很多时候都在朋友家借宿，过着非人的生活。法官听了她的悲鸣，又看了她的财务账单，每年的收入确实连基本的生活都不够，更不要说还要想方设法支付律师费和诉讼费。所以，很多时候，判决明显对她有利。但是由于甬律师和易亚明都不愿意放手，法官也不能强行判决结案。

第六十一章　谁是谁肚子里的蛔虫

　　自从冯菲决定去多伦多上学以后，古振天就开始嘀咕两人的关系。其实，古振天并不是一个随意寻欢或者到处留情的人。在国内时，虽然有很多投怀送抱的小姑娘，但他很清楚，那些漂亮的姑娘到底是为了什么。如果他还是一个只有一双鞋的穷小子，不要说水嫩的小姑娘，就连老大娘都会绕开他。所以，他除了业务需要，陪陪那些风流大老板外，不会主动去风月场所，也没有包过二奶三奶，而且没有在婚姻之外搞出孩子。如果不是古太太伤了他的自尊心，他还是会跟她过下去的。遇到冯菲以后，古振天改变了对女人的看法。这几年，他跟冯菲在生活和事业上，同休戚，共进退，早已结成了密不可分的一体。尽管他也算个富人，但是冯菲从来没有占过他任何便宜。公司是股份制，赚到钱后，按照之前的书面协议分配，冯菲从来没有因为和他的特殊关系，要求更多。而且，冯菲的钱也是由他处理，转到境外。冯菲除了在香港开了一个账户，里面有些钱以外，其他的钱都在他名下的离岸公司。他本来想为冯菲单独开设一个，但是一直没有办下来。虽然他从来没有想过侵吞她的钱，但那么大一笔钱放在他的名下，极少会有人不疑神疑鬼。不过，冯菲就是这个极少数人，她对他完全信任。所以，尽管她不是一个貌美如花的小姑娘，而且比他老婆的年纪还大，古振天居然真的对她用了心。这种情感对于古振天来说已经非常陌生了，上一次产生的时候还是在和老婆结婚以前好多年。

　　两个人并非没有矛盾，其中最大的问题是古振天的已婚身份。这几年，冯菲一直催促古振天离婚，但是他一直说等孩子成年以后再说。为此，冯菲和他吵了很多次。吵烦了以后，古振天说："你现在除了一张纸，跟我老婆有什么区别？再说，你也没离婚。就算我离了婚，我们两个也结不成婚。"

　　"当然有区别，心理感觉不一样。我没离婚，不是我的愿望。我一直都在为了离婚奋斗。你呢？从来就没想过离婚，性质完全不同。谁知道你是否还想着跟老婆复合。"

两个人在这个问题上一直无法达成一致。有一次，吵得非常激烈，刚好碰到赌场派直升机接老九去赌博，古振天一气之下跟着去了。他在赌场住了好几天，输了几十万美元才回来。冯菲讥讽地说："这趟免费的直升机可真是物有所值！"

古振天强行打趣说："好像是有点贵啊，不过这次的飞机是超豪华型，是首航，以后每年都要搞活动纪念的，你给钱都坐不上。"

其实，古振天也不知道自己为何要维持这样一个有名无实的婚姻。真是为了孩子吗？离了婚，他一样是孩子的父亲。而且，他常年都不回家，孩子们越来越大，应该早就猜到了他们的夫妻关系。也许，他一直用这个作为不肯再婚的挡箭牌。谁都不是谁肚子里的蛔虫，无法对他人的行为做出评判。古振天就算是自己肚子里的蛔虫，也不想在肠子里钻来钻去，深刻检查无法见人的内脏系统。

每个人都有或多或少的占有欲，而功成名就的男人，占有欲远远高于常人。正因为他们想拥有更多的东西，才会不停地奋进。想占有天下的人，就争取当皇帝；想占有财富的人，就拼命赚钱；想占有美女的人，就努力寻找华丽的外壳，把自己包装起来。古振天在国内是个有钱也有点小势力的人，按照世俗的标准，算是个成功的男人。所以，他的占有欲还是蛮强的。

眼看着冯菲要走了，古振天当然想把她留下，就琢磨着跟她一起去多伦多。冯菲以公司离不开人为由，让他留下。其实由于移民政策的改变和后来者的竞争，他们的生意已经大不如前，再加上甬律师和易亚明盯着公司不放，已经制造了无数的麻烦。虽然他们有严密的防范措施，古振天也不是个怕事的人，但是并不愿意整天像个消防队员一样。所以，他们已经开始讨论把公司关掉，这也是冯菲决定去上学的一个重要原因。现在，冯菲用这样一个理由让他留下，显然是个非常糟糕的借口。

古振天向来对事情洞若观火，闻听此言，就知道冯菲想跟他分手。以前穷的时候，古振天除了在心里暗恋过一个女同学，从来没有追求过任何女人。成为霸道总裁后，身边都是些飞蛾一样的女人，虽然令他厌烦，但也让他虚荣心爆棚，想当然地以为只要他不让那些女人离开，她们就会一直围着他。所以，冯菲竟然成了他生命中第一个主动跟他分手的女人，这让他深感受挫。但他是个自尊心极强的人，只是淡淡地问："你真的希望我离开？"

冯菲不容置疑地点了点头，古振天没有多说一句话，开始计划下一步。阿尔伯塔的公司已经没什么做头，如果和冯菲分手，他一个人待在加拿大毫无意义。虽然离开中国多年，很多关系都还在，回去以后再找个位置也不难。有人说狼走遍天下吃肉，狗走遍天下吃屎。但是狼必须在自己熟悉的地盘，成为强者才能吃到肉。如果跑到别的山头抢肉，必须经过恶战，打败其他狼群，才能有肉吃。如果被打败，不是成为同类的肉，就是落荒而逃。所以无论狼性多么十足，本人多么能干，离开了故土都很难雄风再现。

古振天非常清楚这一点，从来没有想过久居加拿大，之所以去国离乡多年，最重要的原因是遇到了冯菲这么一个不容易征服的女人，激起了他志在必得的欲望。另外，他和冯菲的公司也确实做得不错，就利润来说，不比在国内少，而且省了很多脑细胞，因此他才过了多年把他乡作故乡的生活。

古振天刚开始和冯菲在一起时，她的性欲和求知欲都令他吃惊。古振天一向好学上进，否则他一个来自山村的穷孩子不可能走上为官经商之路，所以在知识层面上他不怕挑战。但不知什么原因，他对床事的兴趣一直在下降，很多时候感觉索然无味，很久没有也不想。冯菲旺盛的需求激起了他的战斗力，心想如果床上都不能满足她，其他的就更免谈了。有了这股劲，古振天变得非常勇猛，时常让冯菲欲罢不能，飘飘欲仙，他为此非常骄傲。最初他担心冯菲会怀孕，一直戴套作战。但两年以后，他反而想和她生个孩子，完全无所顾忌。真的放开以后，古振天以为不出三个月就能见到成效，可是过了三年，冯菲的肚子依然平坦如初。在古振天的督促下，冯菲到处看医生，都没有成效，最后想到试管婴儿和代孕，然而冯菲动力不足，所以没有付诸实施。古振天感到非常奇怪，这样一个强悍的女人，居然做不了普通女人的事情。冯菲说以前避孕药吃多了，导致系统紊乱，很难调理。古振天替她惋惜做不了母亲，冯菲本人无所谓，坦然接受。她的生活总是被各种东西填满，找不到留给孩子的位置，所以孩子对她来说从来都不是必需品。她还反过来教育古振天说："不能生育的女人很多，难道个个都要唉声叹气、寻死觅活？你一个大男人，惦记着这点鸡毛蒜皮的事情做什么？"

古振天差点被噎死，不平地说："我是惦记你，又不是惦记满大街无法生育的女人。"

不知道是因为古振天做爱过多，子弹不够用了，还是冯菲的不育成了他的心病，在他们分手之前的大半年，他的性能力严重下降，有时一个月都尽不了人事。

冯菲在既定的日子到了多伦多，古振天处理完最后的事情以后回国。这两个自立自尊、经济完全独立的人，没有一句多余的话，就平静地结束了六年的感情。冯菲的钱依然放在古振天的离岸公司，需要的时候转给她。对于这样的方式，谁都没觉得有什么不妥。

第六十二章　终于租了个门面

钟石的创业大计，终于在两年多之后有了一点小进展，他看上了一个铺面，让裴云英帮他租下来。珍珠奶茶类的快餐店，主要客户群是年轻人和小白领，所以铺面离大学和办公楼很近。铺面的前身是个小卖店，后来附近开了一个大型超市，小卖店便无法再经营下去。小卖店在市场上出售好多次，都没有找到一个冤大头，因此只好关门了事。

铺面在一个高层公寓的下面，放在市场上已经一年多了，一直不降价。这样的情况，对于商业铺面来说很正常，很多商业铺面或者办公室放在市场上两三年都租不出去。裴云英和出租铺面的经纪爱希丽通过电话和邮件进行交流，然后跟钟石报告通话内容。爱希丽性格开朗，认真负责，比很多不敬业的地产经纪强几百倍。

经过爱希丽的介绍，裴云英搞清楚了拥有这个物业的是个大公司。公司在大多伦多地区拥有几十幢高层物业，同时又是开发商、建筑商。不同的是，他们修建的房子不卖，住宅和商铺都有，只用来出租。由于物业太多，总公司成立了几个物业公司来专门管理。爱希丽作为他们的地产经纪已经六七年了，但都是和物业公司或者建筑公司的人打交道，从来没有见过真正的幕后大老板。钟石认为大房东好打交道，没有那么多限制，只要价钱合适就行，于是让裴云英写租赁合同。

铺面作为快餐店有点大，而且没有厨房和抽风系统，所以也不能当正式的餐厅，钟石说主营珍珠奶茶和甜品。裴云英和爱希丽代表租客和房东讨论了数次，合同改来改去，最后定下十年租期，头三个月免租，租金分成三个段位：前三年；中间三年；最后四年。同时，每个月按照面积分担物业税和管理费。两项加起来，每个月的租金差不多八千。钟石算了一下账，觉得可以，就同意了。准备签字时，他提出十年之内房东不能拆除物业。这是个合理要求，如果房东在租约期间拆掉物业，会给租客带来很大损失，所以裴云英把这条加了上去。可是爱希丽说房东不同意这个条款，于是谈了一个多月的事情泡汤了。钟石说无所谓，另外再找。

因为是商铺，所以经纪写的合同只是简单的条例，最后要以房东的正式租约为准。爱希丽不甘心白忙半天，就让裴云英看了房东的租约再说。裴云英拿着厚厚的租约，里面的句子不是平常的书面语言，都是弯来拐去的，让人发晕。大房东的租约肯定是大律师写的，律师的工作就是玩文字游戏，有话不好好说，只要把对方搞糊涂就行，名头越大的律师越是如此。裴云英没有这个水平，钟石让她送给他相熟的一个律师看。几天以后，律师说租约写得基本合理，没有对租客特别不利的条款，也没说要把房子拆掉。钟石一听就说："我也觉得这么大一幢楼不可能随便拆掉，别说十年，就是二十年也不会拆。"

裴云英问爱希丽为什么房东不同意租约上根本就不存在的条款，爱希丽说她没有读过租约，不知道怎么回事。钟石的律师把裴云英写的合同做了简单的修改，然后由爱希丽转给房东的代理人。房东方面没有异议，签字同意。接下来爱希丽说房东那边要把合同里的条款放到租约里面，成为一个正式的租约。两个星期以后，爱希丽通知裴云英去其中的一个管理公司找经理凯瑟琳拿租约。

裴云英到了办公室以后，凯瑟琳的助理把装订成书本一样的租约拿给了她。出于谨慎，她把钟石的律师修改过的合同对照着看了一下，发现这份正式租约里的条款用的是她以前写的版本，一个字都没改，甚至连租客的名字都没改。

裴云英说明问题后，助理进去跟凯瑟琳汇报。良久，凯瑟琳才慵懒地走出来。她看起来三十出头，身材和脸蛋都不错，是标准的金发碧眼美女。裴云英问她谁负责这份租约，她不在意地说："我让助理做的。我们重新准备，你一周后来拿。"

裴云英只能在心里嘀咕，这点小事都做不好，工作能力实在不敢恭维，这种水平怎么当上经理的？看来无论在哪里，漂亮的女人都有优势。她不能指责凯瑟琳，只好跟爱希丽抱怨，并且问她既然没有见过大房东，租房子的时候跟谁打交道，租了以后有问题找谁。她说大房东成立了五个物业管理公司，五个公司的人分工合作，所以不同的物业找不同的人，都是些大大小小的经理。

裴云英问这个铺面谁负责。爱希丽说是凯瑟琳，来来往往的合同和改动都是她签字。既然如此，裴云英也没办法，只好一周后再次去拿租约。但是这次更让她吃惊，因为只把租客的名字改成了钟石新成立的数字公司，其他的跟原来一样。

其实，裴云英写的合同只有十页，需要改动的地方也不过十二处，并不是什么长句子，只是一些措辞问题。而且钟石的律师已经用红笔做了注释，一目了然。这么简单的事情，几分钟就可以做完。可是凯瑟琳和她的助理做了三个星期，还是等于什么都没做。裴云英只好说："我改好以后发给你，你复制粘贴就行了。"

可是凯瑟琳不同意，她说："我们必须遵照这份签过字的合同，不能采用你改好的版本。"

裴云英觉得是在对牛弹琴，但是如果凯瑟琳每次改一个地方，她岂不是跑断了腿。她提出另外一个方案，让钟石的律师改好发给凯瑟琳。凯瑟琳相信律师，出了问题也可以推卸责任，就同意了。律师改完发给他们一个星期后，凯瑟琳或者她的助理终于完成了复制粘贴的重大工作。虽然凯瑟琳漂亮的蓝眼睛让人有火发不出，但是裴云英仍然无法理解这种工作态度和方式怎么帮房东创造效益。想必凯瑟琳也管理了好几幢楼，如果真的出了事需要处理，这样的工作效率肯定会让租客抓狂的。也许房东财大气粗，不在乎什么效率。不管怎么说，钟石终于租下门面，迈出了第一步。

第六十三章　装修

商业铺面在出租的时候，基本上都是清水房。所以商业铺面的租客在搬离之前，房东都会要求他们把物业恢复到原始状态，钟石租下这个铺面时，里面也是空的，需要从头开始装修。商业铺面要有政府的建筑许可证才能装修。要想拿到这个证，就要有设计方案，画出图纸，跟政府申请，那么就必须有个设计师。

钟石找了两个设计师，但都不满意。有一天，他和裴云英去考察一个快餐店，他说喜欢这家的设计。裴云英看到门口墙上的玻璃框里贴了一张剪报，说快餐店的设计获了奖，并且介绍了设计师和他的公司。钟石让她去联系这个设计师。很快，便和设计师卡伯特预约了见面的时间。

卡伯特不到三十岁，是第二代移民，身材纤瘦，手指细长，衣服剪裁非常合身，甚至有点紧身，一看就是艺术圈的人。大学毕业后，他先后在两个设计公司工作过，后来自己开了公司，办公室在皇后大街，是个古色古香的老房子。钟石和卡伯特谈了一个小时，说了彼此的想法。临别时，钟石谦虚地说："我是外行，一切都交给你了。"

过了两天，卡伯特去看了铺面，然后报了价钱和他需要做的工作。他的设计费三万，主要是做方案、画各种图纸、申请许可证，政府的费用另算。钟石说有点贵，很多设计师只收一万，卡伯特不讲价。钟石考虑再三，还是和卡伯特签了合约。交了定金后，卡伯特开始工作。

卡伯特慢工出细活，钟石也不急不忙。等设计工作完成后，都过了两个月，免租期已经用完了，但装修还没开始。裴云英看着干着急，也没有办法。也许是卡伯特的准备工作细致，申请建筑许可证的材料交出去以后，不到两个星期就批准了。卡伯特早就预料到了这一点，所以等待许可证的时候，就和钟石商量选择装修公司的事情，钟石让他介绍。卡伯特介绍了两个，一个是意大利公司，一个是华人公司。意大利公司报价将近四十万，华人公司报价二十万出头。这么巨大的差价面前，钟石当然选择华人公司。

因为不知房东对装修有什么特殊限制，装修公司让钟石去核实。房东的五个物业管理公司分布在不同的地方，有一家公司在铺面后面的一幢楼，这幢大楼的名叫莱辛丝，物业管理公司的名字也叫莱辛丝。裴云英本着就近的原则，去莱辛丝公司询问，得到的答复是不归他们管，要找凯瑟琳。裴云英很纳闷，因为凯瑟琳所在的公司离这里最远，很不方便，而且一想到又要和凯瑟琳打交道，她头就大了。莱辛丝公司员工解释说，各管理公司名下的物业不是按照地域划分的，而是按照商业和住宅分配。凯瑟琳所在的公司管理商业物业，莱辛丝只管住宅。不知道是谁制定的措施，看似分得清清楚楚，实则一团乱。

裴云英没办法，只好硬着头皮找凯瑟琳，没想到她的态度非常好，居然笑笑说："没有特别的限制，只要不影响那幢楼的住户就行。早上七点以前，晚上八点以后，不要发出巨大的噪音。另外，你把装修图发给我，我发封信给你，就可以开始工作了。"

裴云英觉得她笑起来特别好看，湛蓝色的眼睛闪着沉静的光，心想公司有这样一个花瓶，男人们是幸福的。看到美人心情大好，裴云英当场就用手机把卡伯特画的装修图发给了她。凯瑟琳这次没有拖，第二天就给裴云英发了一封信。信是以房东的口吻写的，说装修的手续齐全，所有的事情都合乎程序，所以房东没有意见。装修公司看到这封信后马上进场，跟钟石说两个月可以完工。

可是，正打算开始装修时，凯瑟琳像大梦初醒一样，不停地索取各种资料，说收到所有资料之前，不能开工。裴云英按照她的要求，把水电、防火和各种大图、小图都发给她。可是，每隔两天，她又想出其他明目，就这样又拖了半个多月才开工。

装修开始以后，凯瑟琳变本加厉，三天两头发邮件说这个不行，那个不能做。每次都强调，没有她的允许，不得复工。当然，她总能找到各种理由。所以，只要接到她的邮件，就要停工等待她的下一步指示。裴云英住得离铺面比较近，只要装修中遇到问题，钟石就叫她去处理。

首先是噪音问题。离铺面不远的地方有个电影院，从中午开始放电影，他们说噪音影响生意，要求赔偿。这样一来，施工的时间减少，有时只好晚上干活。可是，又被楼上的居民投诉。只要凯瑟琳收到抱怨，从来不问青红皂白，就直接把信发给裴云英，而且每次都说要罚款。裴云英跟她沟通无果，钟石说去办公室跟她面谈。可是去了两次办公室，她都不在。钟石急得跳脚，来回的路上都在痛骂凯瑟琳，说不知道她跟谁睡了觉才得到了现在的位置，床上功夫一定了得。裴云英早就习惯了凯瑟琳帮倒忙，也知道就算跟她面谈也解决不了任何问题，只是因为钟石坚持她才同来。钟石离开以后，她决定自己去电影院碰碰运气。

中午时分，电影院一点都不忙，大厅和走道都空荡荡的，只有三个大学生模样的年轻人站在摆满饮料和小食品的柜台后面。他们听了裴云英的叙述后，让她去柜台旁边的一个小房间找经理。经理四十多岁的样子，看起来非常内向，甚至有点羞涩，不像是告恶状的人。裴云英有了信心，简单地自我介绍后，就直奔主题："我们现在装修，肯定会有噪音的，希望你们这段时间多多包涵。我们尽量在你们放电影之前做噪音非常大的活儿，但是不能保证完全避免。如果你们觉得无法忍受，麻烦你先告诉我，不要直接找凯瑟琳投诉。"

经理一听，非常通情达理地说："好的，我们以后不跟她投诉了。"

裴云英没想到事情这么容易就解决了，又跟经理聊了一会儿。最后，经理居然送了她几张电影票。她欢天喜地，赶快在隔壁的星巴克给他买了一杯咖啡，然后把电影票送给了做装修的人。

刚开始，裴云英是碰到问题才去铺面，后来慢慢上了心，只要有空就去看看进展，还时常跟钟石报告一下。钟石像个甩手掌柜，根本见不到人影，偶尔给裴云英打个电话问一下情况。

装修最麻烦、也最贵的地方是水和电。所以，做这两项工程时，又遇到了麻烦。做水的时候，水管工发现有根管道太细，容易引起堵塞，需要换掉。这个本来应该是房东的工作，但是凯瑟琳只回了一句"房东什么都不会做"。除了换管道，还要在地面打洞，因为要把店铺的水管接到下面的主管道。店铺的下面是地下停车场，虽然没有危险，但是停车场的顶部是自动喷水灭火管。所以打洞之前，必须算好位置，把洞口附近的灭火管移开。另外，还会有建筑垃圾掉下来，所以打洞的区域不能停车，而且还要围起来禁止通行。钟石不能自己随意移动灭火管，也无法不准人停车，所有的事情都需要房东去做。钟石一件都处理不了，又叫裴云英去找凯瑟琳。

　　裴云英一想到凯瑟琳就发怵，但没有办法，这个铺位归她管，只好明知山有虎，偏向虎山行。果然，凯瑟琳一听到要在地面打洞，马上说不安全，必须要另外派个工程师现场监督。装修只好停止，等她的消息。她倒是很快联系了一个工程师，费用是两千，当然是钟石出。听到要移动自动喷水灭火管，她更紧张，说要过来看一下才能决定。裴云英等了一个星期，凯瑟琳都没有消息，只好发邮件问她何时过来。她说忙，给了裴云英一个电话号码和人名，让她自己联系。裴云英打电话没人接，留言没人回，只好又去找凯瑟琳。凯瑟琳推不过，让她找莱辛丝公司的经理伊莎贝拉去看。裴云英说以前就找过莱辛丝的员工，但他们不管商业单位。凯瑟琳说这次没有问题，因为她已经跟伊莎贝拉打过招呼。

　　莱辛丝公司管理好多幢大楼，所以伊莎贝拉非常忙，很少在办公室，问她什么时候来，办公室的人都说不清楚，裴云英去了三次才找到她。跟她说明情况后，谁知伊莎贝拉和其他人的说法一样："我们不管这个，只负责住宅的问题，你去找凯瑟琳。"

　　裴云英整天跑来跑去，却被她们推三阻四，实在烦躁，但又耐心地重复了一遍："凯瑟琳说她把情况告诉你了，就是她让我来找你的。"

　　"她什么都没跟我说，这是她的事情，与我无关。"

　　伊莎贝拉虽然拒绝，但是口气并不严厉，不像凯瑟琳那样一开口就把人推到千里之外。伊莎贝拉四十多岁，身材保持得很好，栗色头发，眼睛是温柔的灰色。裴云英心急火燎，也非常委屈，她顾不得许多，把装修期间遇到的很多事情都跟伊莎贝拉说了。最后，她带着发泄和请求的口吻说："这个铺位的免租期早已过了，现在每天都要交租金，多耽误一天都是钱。说实话，我真的受够了凯瑟琳，她根本不在乎租客的利益。我们只希望赶快解决问题，可是毫无头绪，不知道找谁。麻烦你帮我们一下，可以吗？"

　　伊莎贝拉面露同情："不是我不帮你，凯瑟琳每次都这样，把她的事情推给我，我哪有那么多时间？灭火管是外包公司做的，我们都做不了。你不认识他们，也叫不动，我相信他们也不听凯瑟琳的，所以她让你来找我。算了，我帮你联系吧。"

　　伊莎贝拉第二天就联系好了移动灭火管的人，当然，所有费用还是由钟石出。可是，当裴云英了解到物业公司的运作方式后，才知道伊莎贝拉做的事多么重要。如果没有她，出钱都找不到人做。物业公司就像一个客服中心，只接待客人，记录问题和要求。其他的事情，无论大小，都是外包公司做的。比如，打扫卫生，是包给清洁公司的；大楼的冷暖设施，是包给专门做采暖通风与空调的公司。为这些外包公司干活儿的人，并不驯服，有时连物业公司的员工都叫不动。尤其是有点技术含量的工作，更是如此。如果是租客直接叫他们干活儿，根本是痴人说梦。估计凯瑟琳人缘太差，外包公司的人不理她，所以她才乱踢皮球，先让裴云英自己去找人，行不通又推给伊莎贝拉。如果伊莎贝拉也不帮忙的话，裴云英只有干瞪眼，或者一级一级向上投诉，可是不知多久才能引起重视。等到上级来过问时，估计钟石早就挺不住了。

通过对比，裴云英发现伊莎贝拉很愿意帮助租客，只是对凯瑟琳有意见，才找借口推脱。所谓商业和住宅的划分，也并不是那么严格，但是因为有分工，所以伊莎贝拉还是按照规矩，不管做什么事，都会同时给裴云英和凯瑟琳发邮件说明情况。装修本就令人头痛，而凯瑟琳是比装修还要大的一个障碍，裴云英一直想摆脱她，只是没摸清门道儿。自从发现伊莎贝拉是个热心人以后，裴云英简直把她当成了救世主。跟伊莎贝拉熟了以后才知道，莱辛丝的人对凯瑟琳都非常不满。在莱辛丝工作的全是女人，平常也爱说八卦，裴云英去办公室的次数多了，她们说话时也不再小心避讳，有时就当着她的面说凯瑟琳的种种劣迹，而且也在讨论她到底跟公司的哪个高层睡觉，这一点倒是和钟石的想法不谋而合。听她们的口气，办公室斗争还挺厉害。裴云英不想参与是非，但想到凯瑟琳的无能和刁难，也觉得她很讨厌。所以当她听到莱辛丝的员工编排凯瑟琳时，心里暗爽。

后来，电工布线的时候，需要移动消火栓的位置，找了伊莎贝拉以后，也是很快就解决了。

凯瑟琳看到裴云英撇开了她，什么事都找伊莎贝拉，就发来一封邮件说她和伊莎贝拉不但是朋友，而且是工作上的好伙伴，什么事都不能把她们分开，告诫裴云英不要挑拨离间。虽然裴云英看得哈哈大笑，但也明白自己得罪了凯瑟琳，不过心里还是恨不得立刻把信转给伊莎贝拉。

前期的装修，凯瑟琳从中作梗，耽误了时间。后来，装修公司的人员安排出现问题，完全接不上，有时一个星期什么都没做。裴云英看得着急，只好跟钟石说。钟石对付不了凯瑟琳，但修理华人的装修公司还是有一套的。他先是扣钱，后来限定了一个时间，如果做不完，要扣除最后的尾款。装修公司确实非常混乱，钟石出面时，装修已经从原先说好的两个月拖到四个多月了。虽然大的工作已经完成，但就是收不了尾。钟石这么一闹，装修公司很央派了一个能干的项目经理到店里监工。项目经理坐镇半个多月后，终于把所有的事情做完了。

由于装修的时间实在太长，凯瑟琳又发邮件来质问什么时候完工，理由是太多人抱怨有噪音。不过，早就没有人把她的话当回事了。

第六十四章　店总算开了

装修磕磕碰碰地搞完以后，铺面焕然一新，成了一个像模像样的快餐店。卡伯特是个很有才华的设计师，店面看起来既现代又雅致。他做了一道绿墙，店里显得生机勃勃。座位也很讲究，不但有绛紫色的舒适沙发，还有奶白色的桌椅。柜台用细薄的石条拼成错落有致的图案，费工费料，台面是纹理漂亮的白色大理石。所有来看过的人都发出一片赞叹，包括莱辛丝的员工。

钟石找人在店里装了摄像头和报警器，至此，店里的初期工作终于完了，接下来，就是开业。

快餐店还没开始装修的时候，钟石就一直念叨以后的招工、经营。裴云英很奇怪地问："这些事你不是在租房子之前就想好了吗？"

"哪有那么容易？找人可难了，不但要能干，还要可靠。"

"那你有合适的人选吗？"

"我弟有个同学，有丰富的餐饮经验，肯定合适，但他回国了。我正和他联系呢，想说服他过来跟我一起做。"

钟石想说服的人叫作满山星，和钟石的弟弟钟林是大学同学，也是室友。钟林毕业工作两年了，钟石买下连锁店以后，叫钟林辞职来这里帮忙。钟林一直负责店里的财务和人员招聘与培训。满山星在多伦多读完大学后，在一个连锁餐厅工作三年，但最终回国去了一家外企。当钟石萌生这个想法时，他不确定满山星是否愿意再回多伦多生活，一直发愁如果他不来该怎么办。

刚开始，满山星确实不想来，因为他正和一个从未谋面的瑞典网友热恋，网友在那里读博士，说毕业以后就回国跟他结婚。一天，他接到网恋女友的紧急信息，说是和父母在意大利旅游，但是钱和护照丢了，问他怎么办。通常情况下，满山星对这类事情肯定置之不理，但这是他心爱的女网友，而且意大利的小偷确实很有名，再待下去，说不定连人都被偷走了，他必须行动。满山星没有犹豫，立刻买了机票直奔意大利。离开之前，朋友们开玩笑说这肯定也是个漂亮的女骗子，希望他英雄救美成功。五天以后，满山星灰溜溜地从意大利回来，再次验证了网恋见光死的说法。他的年纪老大不小，对这段恋情抱了很大的希望，遭此打击后很颓废，就想换个环境。好在快餐店装修了五个多月，比满山星的网恋时间长了很多，钟石也有足够的时间给他描绘美好前景。所以装修快结束时，满山星辞掉了国内的工作，来多伦多追随钟石，而且说要投资十万当合作伙伴。钟石说："真是天助我也。"

有了满山星，钟石像是吃了定心丸。他为满山星做担保人，在快餐店的对面租了个一室一厅的公寓，房间和客厅各放了一张床垫。有时，他们一起讨论快餐店的未来直到半夜，钟石有时也不回家，就睡在客厅。

钟石也经常给裴云英画满是鲜花和果实的巨大蓝图，让她非常期待。而且，她参与了整个事情，亲眼见证了一个从无到有的过程，倾注了心血和感情。所以，当钟石说还差一点钱时，她毫不犹豫地说跟满山星一样出资十万。钟石说三角形最稳定，他们肯定会成为推动快餐店发展的三驾马车。裴云英用房子抵押贷款，借了十万。可是，等到真的出钱时，满山星说没有那么多钱，只拿了两万。裴云英有点吃惊，但还是投资十万。之所以这么做，主要有两个原因。第一，她不想食言，同时也希望快餐店照着预想的那样发展，她能够有个舞台做点事情。第二，虽然钟石从来没为地产公司做过任何事情，但当初他没有多问就投资三万，也不是个计较的人。不过由于钟石除了这三万块，对公司什么贡献都没有，完全是她一个人撑着，从收益上来说，也只能挣到她自己的生活费，所以不可能分什么钱给他。其实，她一直想把那三万块还他，但他从来没有问过，又担心自己提起来，会造成误会，所以就这么不明不白地拖着。无论如何，裴云英始终记得这个情分，因此毅然投资十万。

钟石把从台湾买的做奶茶的设备拉到店里，准备装好以后做饮料。可是，有的接口不对，有的接上后漏水，折腾半天，一个都不能用。他花了两万多块，漂洋过海运过来的东西变成了一堆破铜烂铁，只好在多伦多重新买。钟石带着满山星到处跑，买回来几个茶桶、搅拌机、制冰机、热水器、珍珠、椰果、糖浆等等。一个星期后，总算把开业需要的东西买了个八九不离十。然后，他和满山星经常去店里做各种奶茶饮料，请一些人过来试喝。同时开始招聘员工，招好以后，让钟林和满山星一起培训。培训很简单，两三天就完了。

这样又过了三个多星期，钟石还是在店里调试饮料，请人品尝。一天，督促装修的项目经理从门口路过，出于好奇，他进来问为什么这么久还不开业。钟石说没有准备好，不想贸然开业。项目经理说："还要怎么准备？也太精细了吧，造人都不用这么长时间。我经手过的店，基本上都是完工以后不到两三天就开业了，还真没见过你们这样不急不忙的。早知如此，我当初就不用那么着急帮你们赶工了，反正装修完了也是摆设。"

不光项目经理如此，裴云英也深有同感。从租下铺面到现在，都已经九个多月了，除了前两个月的免租，后面六个月的租金一分都不能少，已经白白交了好几万。当初，她为了加快进度，无端地被凯瑟琳折磨，像个小媳妇一样。找到伊莎贝拉以后，事情才顺利很多，但凯瑟琳肯定也恨上了她，要不然也不会发来那样一封邮件。现在看到钟石一副财大气粗、优哉游哉的模样，裴云英觉得自己的付出没有意义，完全是皇帝不急太监急。

后来，满山星也催促钟石开业。快餐店终于在装修完工以后的一个半月进行试营业。试营业静悄悄的，什么宣传都没有，根本没有人知道店里卖什么。不过无论如何，总算开业了。虽然这个店从说到做，历时三年多，但谋划已久的连锁店大业终于迈出了宝贵的第一步。

第六十五章　非一日之寒

楚瑜第一次的 AP 成绩很差，裴云英非常生气，自然是口不择言地把他骂了一通。楚瑜还是不服气，大言不惭地跟她争辩。裴云英让他再考一次，如果第二次考好了，她就不再提起此事，楚瑜同意了。

裴云英以为有了第一次的教训，楚瑜会认真学习。可是，他仍然不学。裴云英忍无可忍，不停地数落他，楚瑜几乎每次都跟她吵，让她大为光火。直到考试的前两天，楚瑜才开始做些例题，翻看一大堆落满灰尘的资料。可想而知，第二次的考试结果依然不理想。这一次，裴云英当然更愤怒。可是楚瑜依然不知悔改，还口口声声说不该这么早参加考试，应该十一或者十二年级再考。裴云英听了，气不打一处来："你都已经十一年级了，离十一或者十二年级还有多远？而且培训机构的人说最好从九年级开始，你已经晚了。"

"谁会九年级去学这些？我是说十一或者十二年纪，还早着呢。"

裴云英劝不动他，也不想争了，不管他是否听得懂，最后甩出"到那个时候，只怕是空悲切"这样一句话。楚瑜果然不懂，她也懒得解释。

无论如何，裴云英心里还是有个名校梦，希望儿子有个好前途，能够让她为之骄傲。可楚瑜在固执己见的路上越走越远，不但对她的话置若罔闻，还跟她针锋相对。她束手无策，有时实在气不过，叫他滚出去，说再也不想看见他。裴云英清楚只有楚瑜自己意识到问题才行，但她不知道如何让儿子觉醒。所有的道理从小讲到大，楚瑜肯定都明白，只是做不到。

冯菲不在多伦多期间，公司由凯特负责。因为韩国市场一直有生意，所以公司继续运转。冯菲由于离得远，很少过问细节，只要每年有钱收就行了。她回到多伦多以后，情形就不一样了，不管是不是存心盘查，她还是慢慢地掌握了公司的具体情况。粗略一查，精明的她就发现公司少了三十多万的利润。

冯菲不会允许员工在金钱上面糊弄她，因为这侮辱了她的智商。凯特不是存心欺骗，所以冯菲三下两下就搞清楚了事情的经过。

凯特在老公担任牧师的教堂认识了一个长得很像李秉宪的韩国男人，可是这个叫安智正的人空有一副好皮囊，但为人和他的名字完全相反，不安，不智，更不正。说穿了，他就是个披着华美外衣的流氓恶棍。

英俊帅气的男人和漂亮迷人的女人一样，很容易让人心动。所以，安智正能轻松赢得女人的好感和芳心，在勾搭凯特之前，他已经和无数女人谈过"恋爱"。凯特和老公的生活一直按部就班，没有任何激情。在安智正的撩拨下，她容光焕发，好像换了一个人。她可以和安智正亲吻一个小时，哪怕嘴唇都肿了，也不会厌倦。光亲吻肯定不行，必须要进一步发展。等两个人在床头床尾"谈心"时，安智正自豪地宣布凯特是他的第一百个女人，说很特别，非常有纪念意义，已经晕头转向的凯特根本没有考虑这个数字意味着什么。按照惯常的套路，他搞定了人，就开始搞钱。不知不觉，凯特就从公司转了一大笔钱给他。不但如此，他还冒充凯特的签名，签合同收钱，但是不办事，因为他不懂移民，根本办不了。等到凯特发现要他解释时，他花言巧语地打发她。可是后来闹事的客户越来越多，凯特摆不平，再找安智正时，他就撇下她一走了之，反正他不愁找不到下一个目标。凯特没有办法，只好退一部分钱给客人。这样一来，亏空就越来越大，而且还不能平复客人的情绪。负面的情绪一旦开始，传播的速度就会很快。所以，冯菲的公司已经摇摇欲坠。她理清账目后，彻底关掉了公司。

由于凯特和安智正的事情在他们生活的韩国社区闹得沸沸扬扬，她老公都没有办法在教堂任职了。无奈之下，他们举家搬到新布伦瑞克。

冯菲除了应对易亚明的离婚纠缠，没有其他牵挂。但她注定不是一池平静的春水，经常被带着桃花的风吹皱。自从和古振天友好分手后，一个叫作安东尼的男人把暗送秋波改成了明目张胆。

冯菲经常在各大赌场游走，结识了很多赌友，安东尼就是其中之一。这些赌友中，有不少人给冯菲的移民事业提供了必要的帮助。草原省份有个最大的赌场，所以冯菲和古振天去的次数最多。和很多各啬给小费的华人不同，冯菲不论输钱赢钱都会给数目不少的小费。安东尼也是这个赌场的常客，但不同的是，他真正的目的不是赌博，而是一个看客和观察家。他早就注意到冯菲这个专业赌徒，虽然当时有古振天在她身边，安东尼还是明里暗里地献殷勤。得知古振天离开后，他决定尽快把她追到手，可是她若即若离，而且去了多伦多。安东尼有一份勉强维持生活的工作，因为和冯菲的事情没有确定，也不敢毅然辞职追随过来。半年之内，安东尼来了多伦多三次，冯菲还是没有给他明确答复。他没有放弃，但是也无法更积极，就悬而未决地拖着。冯菲一心多用，上学实习，什么都没耽误。可以预见，在不远的将来，她会成为一个真正的律师。

卫芝和卫心一起回国，待了两个多月，按照协议，把她名下的房产转给了卫心。可是，卫心又提起她帮卫芝和愁余办移民的事："因为和你结婚，强尼非常不高兴，经常为了这件事跟我吵架。我为了保住你们的身份，一直忍气吞声。"

"结婚之前就说好的，我们都没有异议，他生什么气？这几年，我给你们打扫卫生、洗衣服、做饭，就像你们家的老妈子，还要怎么样？再说，我早就提出离婚了，是你不准我离。"

"如果我同意你离婚，你们早就被赶出加拿大了。"

"我们都拿到枫叶卡了，怎么会被赶出去？你不想让我离婚，无非是因为强尼的收入太高，而我和儿子作为应该被他养活的人，可以为他减好多税。我看过你们的报税单，因为我们母子，强尼每年可以少交一万多的税。"

"你就是一个白眼儿狼，我帮了你，你还反过来咬我，根本是农夫和蛇的翻版。早知道这样，我就让你们在路边冻死，才不会捡回来呢。"

"为了这个移民，我没少给你钱，还受了你无数的窝囊气，我回去就和强尼离婚。"

"你这辈子都不能和他离婚。除非我死了，否则你想都别想。"

姐妹两个都像乌眼儿鸡，没有回旋的余地，任何一件事都能让她们翻脸。从此以后，两个人基本上走向了互相诽谤的道路。卫心说卫芝还有几套房产没有给她。卫芝说不但把所有的房产给了她，还给了她一大笔现金，移民说起来没花钱，但实际上费用很大。如果把这些钱给别人，不但可以移民，还不用在别人家当牛做马。不管什么事情，她们从来没有一致的说法。但是无论谁说起来，都信誓旦旦地表明自己说的是实话。面对着天差地别的版本，真不知道该信谁的。难怪说不痴不聋，不做家翁。

第六十六章　世上没有永远的朋友

　　尽管卫心和卫芝互相不待见，矛盾白热化，但大部分朋友认为，无论如何这都是她们的家事。所以即使心里有想法，也是三缄其口。姐妹俩都认为自己有道理，也觉得自己的朋友都站在她们那边，形成各自的联盟。所以当司马丽说出她的真实想法时，卫心完全无法承受。

　　司马丽虽然早已变成卫芝联盟里面的一员，但她毕竟是卫心的朋友，碍于和她的交情，一直没有说破。卫心依然把司马丽当成自己的战友，时不时地跟她控诉卫芝。终于有一天，司马丽不小心说出是卫心在撒谎。卫心像老僧入定一样，当场石化。回过味来以后，她问司马丽为何如此。事已至此，司马丽不想再隐瞒什么，她说出了多年的积怨，并且直接把身体不好、松禾跟她作对等各种不如意，全部归结为移民，直言加拿大毁了她。言下之意，当然都是卫心造成的。而且，卫心就是一个虚伪小人，嘴上总是说帮她，要为她花各种钱，但从来没有付诸行动。尽管司马丽确实经济困难，卫心还是只打雷不下雨。

　　卫心被打了一个巨大的闷棍后，终于缓缓醒来说："这么多年，我到底做了多少对不起你的事情，让你如此记恨？"

　　"你对不起我的事情多了，说难听点，就是罄竹难书。"

　　"那你举几个例子吧。"

　　"好，那我就说三件事。第一，有一次我用人民币跟你换加币，你只给了我一半的钱，说另外一半的钱用来买你推荐的那个直销产品。我根本不想吃你说的那些产品，但你非要卖给我。我买了你一千多块的东西，实在无法再买下去。就这样，跟你说了好多次，你才把剩下的钱还给我。第二，去年理查德的公司要搬到温哥华，那边暖和，我非常想去，理查德也跟公司说好了要过去工作。可是后来他突然说不去了，非要留在多伦多。直到不久以前我才知道，是你坚决阻止他去温哥华的，说什么过去以后工作不稳定，房价又很高，还是这边的工作机会多，生活成本低。你们不愧是谈过恋爱的，我真是小看了你对他的影响力。第三，我每次回国和返回时，你都让我带东西。很多时候让我带烟，如果被查到，我要受到处罚，而你可以把烟卖了赚钱。上次卫芝从国内回来时，我想让她给我女儿带点东西，可是你说东西太多，不准她带。我当时没有找你，是让卫芝带的，而且是唯一一次，但由于你需要的东西太多就反对。"

类似这样声讨卫心的大事件，司马丽可以一口气说三十个。所以，她说了这三条以后不过瘾，就又加了两条小罪状："第一，有一次 Boxing Day 的时候我们去买衣服，我看上了一件羽绒服，只剩一件，可是你非要让卫芝买，我不想争，就让出去了。第二，我身体不好，一直怕冷，想穿棉毛裤，但这里不好买，这些你都知道。可是以前卫芝从国内带了好多条棉毛裤，你居然一条都没给过我。"

司马丽又说了一些事，处处都涉及卫心如何维护卫芝，根本不把她这个朋友当回事。所以，她最后的结论是，虽然她们姐妹俩看起来明显失和，但关键的时候，她们永远是一家人，自己这个外人纯粹是多管闲事。无论友情、亲情还是爱情，只要有了嫌隙，鸡毛蒜皮的不满就会被放大数倍，从而产生无穷无尽的恶感。

卫心和司马丽是几十年的朋友，她们的关系就这样走到了尽头。也许多年以后，当她们垂垂老矣，躺在病榻上的时候，都会有些后悔，但谁都无力修复了。

虽然卫芝的嘴巴比卫心厉害，但是如果卫心坚持某件事，卫芝还是会让步。就像和强尼离婚，因为卫心反对，卫芝就没去办理。但她无法继续住在卫心的房子里，就想另外找房子。自从产生了这个想法，卫芝开始为自己悲哀。她常常说来了多伦多好几年，上无片瓦遮头，下无立锥之地。不过她并非真的一穷二白，只是随遇而安。因为一直住在卫心家，她没有认真考虑过如何安身立命。当她和卫心的关系处于决裂边缘时，才开始计划下一步。

卫芝性格外向，能说会道，虽然年纪不轻，但是脸盘依然精致，身材也很苗条。男人总是容易对好看的女人产生好感，所以卫芝也认识了好几个对她有点意思的男人。佘益和杨火是其中最殷勤的两个人。

佘益移民加拿大不到两年，在国内的时候就和老婆矛盾不断。移民以后，生活环境发生了很大的改变，两个人的关系早已岌岌可危。经人指点，老婆发现单身母亲有很多福利，不需要像在国内时那样靠着佘益生活，于是很快和他离婚。佘益找不到和国内类似的白领工作，就做了技工。杨火移民多年，和老婆房玉珍也吵了很多年，但始终还是像鱼儿和水一样在一起。有一次，吵到兴头上，杨火顺手拿了一个切成几片的西红柿和一块西瓜瓢砸向房玉珍。房玉珍气不过报警。警察一看房玉珍满脸满身一片红，以为发生命案，立刻逮捕了杨火。房玉珍虽然后悔，但是无济于事。他们两个被隔离，必须通过第三方才能联系。杨火还要去上课，接受再教育。这么一折腾，杨火也不想回家了，一直在外面租房子住。他原来在厂里上班，因为效益不好，刚被辞退，领着失业救济金。他无心再找工作，就以打零工、做装修为生，混个温饱倒是没有问题。

卫芝把他们两个都当成好朋友，没有男女之情。她和张正宇虽然已没有夫妻之名，但只要回国，就像夫妻一样生活。况且，她和强尼有婚姻关系，在别人眼里，他们是真实的夫妻关系。所以她没有打算和其他男人擦枪走火。不过，多些朋友想来不会有坏处。

她没有车，有时会买很多东西去看愁余，可是提着一大堆东西坐长途车很不方便，她不能让卫心或者强尼送，只好找佘益或者杨火。两个人都很积极，只要有空，都会争相送她，一分钱油费都不要。佘益周末休息，送卫芝的时候比较多，卫芝觉得麻烦他太多，有时就给杨火打电话。有时杨火虽然手上有活儿，但仍会先送卫芝，再回来干活。作为回报，卫芝更多地从生活上照顾他们。两个男人都是独自租房子，不善于做家务。卫芝经常帮他们洗衣服，做饭，打扫卫生。每次卫芝过去，两个人住的地方都焕然一新。

第六十七章　合伙买房

自从卫芝打算搬出卫心家以后，就开始到处找房子。她原来想找一个房间，可是看到合租房脏乱差的现状她放弃了。如果租一套公寓，租金太贵，觉得每个月白白扔掉一千多块的租金不划算。而且想到自己一把年纪，还要拖着个行李租房子，实在不甘。正在左右为难之际，杨火鼓动她合伙买房子。这种话杨火以前也说过几次，卫芝没有放在心上，但是现在她开始认真考虑。杨火说他无法再和老婆住在一起，也不想一直租房子，但是以他自己的财力，供不起房子。卫芝权衡再三，又咨询了一些人，都认为可行。于是，她和杨火准备一起买房。因为卫芝的收入是现金，她是个懒得操心的人，报税什么的都由卫心代办。卫心把她当成家庭主妇，每年都报零收入。所以，她如果想买房的话，是不可能跟银行贷款的，只能合伙买房，靠别人贷款。

佘益一直租他姐姐的房子住，虽然也有买房的念头，但他知道自己一个人也买不起。现在听闻卫芝他们合伙买房，觉得不错，就想加入。他是新移民，银行有政策，只要首付35%，就可以贷款。卫芝第一次听说这个新移民政策，说早知道如此，她也贷款买房了，现在知道也没用，因为她已经过了新移民的期限，忍不住又把卫心埋怨一通。她认为卫心有意欺瞒，什么都不告诉她，也更加坚定了卫心利用她们母子两个没有收入，可以给强尼减税的想法。

卫芝完全同意佘益参加，因为有了他，买房才能变成一个切实可行的事情。然而，杨火坚决反对，说三个人太复杂。卫芝说："我们是一根藤上的苦瓜，不要窝里斗。"虽然杨火不同意，但架不住卫芝的软磨硬泡，只好妥协。不过银行给新移民的贷款政策有很多限制条件，比如买主的名字只能是佘益和他的家人，首付的钱最少在账户上放一个月，等等。杨火又开始反对，然而卫芝的想法非常坚定，她不想再纠结，就开始行动起来。

　　卫芝做主找裴云英做经纪。裴云英按照他们的要求找房子，然后等三个人有空的时候，凑在一起看房子。两个多月以后，他们看上了一个独立房，难得的是三个人都喜欢。房市正热，他们加了一点钱才买到。由于银行的贷款规定，买主只能是佘益一个人的名字。他的存款在国内，买房的定金由卫芝和杨火分担。然后，三个人就房子的各种事项写了一个详尽的合同，各自签名。

　　可是真的开始筹首付的钱时，杨火又不愿意了。他跟卫芝说："首付的钱是二十多万，而且必须放到佘益的账户，如果他卷款逃跑怎么办？而且，他到现在一分钱都没出，连定金都是我们给的，根本就是空手套白狼。"

　　"你怎么总是疑神疑鬼？他的父母、哥哥和姐姐都在这里，虽然离婚了，孩子也在这里。他为了这点钱，就什么都不要跑了？"

　　"那很难说，要不然他为什么连定金都不愿意出？"

　　卫芝无法说服杨火，只好叫佘益跟家里人借钱，先把定金补上。佘益的哥哥和姐姐从来不借钱给他，他只好跟父母借了点钱当作定金。可是杨火还是不同意，并且总是找茬儿和他吵架。

　　卫芝生怕他们吵翻，总是不停地劝解。因为主要是杨火挑事，她说："你要是把佘益气走了，咱们两个贷不了款，我们就买不了房子。"

　　"怕什么，我有公司，可以申请贷款的。"

　　虽然卫芝想留住佘益，但还是事与愿违。佘益的家庭关系复杂，所以买房的事情一直瞒着家里人。事情爆出来以后，果然如他所料，大家都反对。首先是他的姐姐，因为他搬出去以后，姐姐要重新找租客。她出租了多年的房子，当然知道弟弟是最好的租客。租给其他人，有时连租金都收不到，还要花钱才能把欠钱的租客赶走。另外，佘益的姐夫和哥哥都是地产经纪。两个地产经纪得知他找别的经纪买房以后，不依不饶，说他居然让外人赚了佣金，叫他退掉跟他们买。大家都在他父母面前说跟别人合伙买房不可靠，一定会被骗。父母年纪大了，搞不清楚外面的事情，听到女儿、儿子和女婿都这么说，也让佘益把房子退了。佘益是个急性子，不会坐下来跟人沟通。另外，杨火一直针对他不停地生事找茬儿，不管卫芝怎么调停都没用。这样的内外夹击之下，佘益只好退出。

　　卫芝很想买房子，佘益退出，她只好把杨火痛骂一顿，刚燃起的买房希望又破灭了。杨火说天无绝人之路，他逼走了佘益，就和卫芝商讨他们两个把房子买下来，并且信誓旦旦地说他可以贷款。可是，去银行问了以后才知道，他以前的工作有一部分薪酬是现金，所以报税的收入不高，而且现在没有工作，根本不具备贷款资格。他跟卫芝说的公司，完全是个空头。在多伦多，这样的公司遍地都是，花个一百多块就能成立一个公司。

卫芝一筹莫展，杨火又说他老婆的工作稳定，年薪六万多，肯定可以贷款。杨火和房玉珍本来有一个房子，贷款已基本还清。房玉珍不愿意再借钱买房子，但是杨火反复强调这个房子的所有费用都由他负担，只是用她的名字贷款，房玉珍才同意。做通房玉珍的思想工作后，杨火跟卫芝说："我老婆同意帮我们贷款，我们支付所有的费用，不过房子必须变成她的名字才行。"

卫芝有些疑虑，就去问裴云英如何处理。裴云英以前也办理过朋友合伙买房的案子，大家写清楚所占的股份和协议，没有产生过纠纷。不过，卫芝的这个事情让她拿不定主意，就让他们自己决定。但是按照规矩，如果撕毁合同退出的话，定金肯定拿不回来。卫芝不想丢了定金，又买不到房子。她认为只要杨火可靠，跟他买房是可行的，但现在半途杀出个程咬金，真不知道该如何处理。搜肠刮肚想了半天，卫芝认为事情的关键还是杨火，只要他没有坏心，就不会有问题。杨火平时对她千依百顺，卫芝认定他是可信的，但她要把自己的名字加上。可是，问了做贷款的人以后，答复是房玉珍的收入申请不到足够的贷款额度，必须用他们的房子抵押，从两个银行分别借钱才行。因为牵扯到他们自己的房子，杨火当然代表房玉珍说不同意。而且卫芝没有收入，加上她的名字不但对于申请贷款没有丝毫帮助，还可能导致贷款失败。

杨火看卫芝犹豫不决，开始加强攻势，跟她说买房的好处，并且说房玉珍听他的，保证不会损害她的利益。卫芝心心念念想买房，她非常相信佘益和杨火，所以才跟他们合伙，但是没想到佘益中途当了逃兵，把问题丢给她和杨火。她提出跟房玉珍面谈，杨火同意了。大家见面以后，卫芝说清楚事情的原委，房玉珍说只要杨火同意就没有问题。谈话的过程中，卫芝发现杨火可以主导房玉珍，而且房玉珍一直让他回家去住，但他坚决不同意。

这次见面让卫芝不再动摇，她接受了杨火的方案。杨火重新起草合同，把房子的付款方式，两人的股份，以后的买卖程序等写得一清二楚，然后签字画押，并且由杨火本人、他们的儿子，还有裴云英作为见证人。裴云英跟卖方经纪商量后，把买主的名字从佘益改成了房玉珍。卫芝从国内转了些钱过来，准备支付房子的费用。

房子按照正常的程序交接以后，杨火说想把地下室装修一下和卫芝住到地下室，把楼上全部出租，卫芝也想有点收入，就同意了。于是她和杨火一起买材料，干活儿，花了一个多月把地下室装修成两个房间，做了卫生间和厨房，她和杨火各自住一间。至此，卫芝和卫心扯断了关系，唯一的瓜葛是她和强尼的婚姻。

佘益听到他们解决了房子的事情，就来要他的定金。可是杨火坚决不给，说他当初毁约，差点让他们损失全部定金。卫芝主张把定金还给佘益，但是杨火说所有的钱都转到房玉珍的账户了。房玉珍不同意退钱，拿不出来。佘益当然不愿意白白损失一笔钱，说要去告杨火。杨火完全不在乎，说钱不在他那里，告也没用。卫芝没有办法，只好任他们吵。佘益虽然说要去小额法庭告杨火，但不知为何，迟迟没有行动，只是一味地乱吵一通。他们争执了好几个月，事情都没有结果，杨火总是让佘益去找房玉珍要钱。后来，佘益跟房玉珍交涉几次就偃旗息鼓了，大概是好男不和女斗，或者是认为自己确实有错，只好心不甘情不愿地吃了这个哑巴亏。

第六十八章 到处都是江湖

　　像很多新店一样，快餐店开了以后生意不好。照钟石的说法是月月赔钱，裴云英不明就里，因为钟石从来没有给她看过店里的账目。不过，按照常理推测，应该是真的，没有几个店一开门就赚钱。所以，对于小生意，税务局的政策是允许三年亏损。

　　一开始，裴云英鼓足干劲，想为店里做出贡献，但总是屡屡碰壁，甚至徒劳无获。店里的大小事情都由钟石做主，什么事都要他同意才行。他让满山星在店里上班。满山星兢兢业业，每天最早一个到店里，最晚一个离开。裴云英不可能在店里上班，只好找些别的事做。她观察以后发现，因为店名只有一个字，过路的人都不知道店是做什么的，不愿意进来，就提议在招牌下面写上快餐店或者珍珠奶茶。钟石说无所谓，这样可以有神秘感。可是神秘了几个月以后他也发现这是个问题，于是乖乖地把秘密暴露出来。然而，原来的招牌下面不容易写字，只好另外做了一个招牌放在侧面的墙上。

　　因为菜单总是有各种问题，所以开业以来一直不停地更改，但是每次印刷都要时间。裴云英建议在门口放个电子菜单，这样的话，可以随时更新。钟石也觉得不错，就让她去和做户外电子菜单的公司洽谈。裴云英联系了几个公司后，从中选了一家，谈好价钱，准备签合同。可是钟石又说先不弄了，以后再说。她只好跟菜单公司的业务员说同样的话，结果业务员是个很有毅力的人，隔三差五地问候她，搞得她实在不好意思。几个月以后，她只好说店里生意不好，拿不出钱。

　　诸如此类的事情多了，裴云英很恼火，很想跟钟石理论一番。但钟石每次都是长篇大论，振振有词的样子，其实仔细一想，他根本说不出个所以然，这让裴云英更加郁闷。她天生不善于跟人吵架，即使不高兴，也不会当面发作。有时冷静下来，她会给钟石发个短信表达一下自己的观点。不过她也不是个喜欢解释的人，所以大多数时候是沉默。

既然花钱的事情做不了，裴云英开始致力于免费的事情。任何一个生意都需要宣传，但是广告也要花钱，她只能在不需要花钱的社交媒体打主意。刚好店里的客户群是年轻人，通过社交媒体也是吸引他们的有力平台。虽然社交媒体很风行，但其实裴云英并不熟悉这些年轻人的东西，所以她向楚瑜请教。在楚瑜的指导和帮助下，她为店里注册了 Facebook，Instagram，Twitter，并且写了简介。虽然使用社交媒体不用花钱，但是必须经常发帖，否则没有人看。裴云英经常去店里拍照，坚持每个星期发新帖。客人有时会咨询一些问题，她有问必答。几个月后，问得最多的一个问题是店里的网站，可快餐店没有网站。她问过钟石多次，但他总说不着急，有没有网站无所谓。做网站需要花钱，裴云英解决不了，只好等钟石意识到应该有个网站再说。

裴云英从来没有跟钟石一起做过具体的事情，在做快餐店的过程中逐渐发觉他瞻前顾后，没有决断力，而且反复无常，非常拖沓。但大家都是成年人，说多了只会伤和气。所以，裴云英做自己力所能及的事，就算钟石是老牛拉破车，只要车还在走就行。

店里经常会出现各种问题，比如空调或者暖气不灵，楼上漏水等，这些事情都要和管理公司打交道。每当这个时候，钟石都让裴云英去应对。她早已跟钟石说过伊莎贝拉帮他们解决过的问题。钟石每次都把伊莎贝拉夸得像朵花一样，自然也把凯瑟琳狠狠地乱踩一气，并且让裴云英避开凯瑟琳，有事就找伊莎贝拉。话虽这么说，但快餐店毕竟是凯瑟琳所在公司管理的物业，很多事情必须找她。在装修期间，伊莎贝拉帮了很大的忙，多半是救人于危难。如果她一直插手不属于莱辛丝管理的物业，难免名不正言不顺。可是，裴云英每次找凯瑟琳，不是拖着不解决，就是碰一鼻子灰，她只好回过头找伊莎贝拉。慢慢地，她也搞清楚了办公室之间的人事斗争。

有人的地方就有江湖，凯瑟琳能力低下，落人口实也不奇怪。凯瑟琳和伊莎贝拉在公司的位置是一样的，但伊莎贝拉确实比凯瑟琳尽职尽责，综合能力更是不可同日而语，因此伊莎贝拉对凯瑟琳颇有微词。伊莎贝拉和总公司的副总关系很好，副总也想提拔她，但似乎凯瑟琳被晋升的可能性更大一些。伊莎贝拉当然不服气，她比凯瑟琳的年纪大，在公司的时间长，而且比她能干，无论怎么比，都应该是她升职，所以难免跟副总说公司这样做非常不公平。副总要伊莎贝拉提供一些材料，证明她比凯瑟琳强。

一天，裴云英又一次找凯瑟琳办事不果后，去莱辛丝找伊莎贝拉，并且忍不住连连抱怨。伊莎贝拉说："你是不是可以给副总写封信，把你说的情况反映一下？"

"怎么写呢？"

"实事求是吧。可以从装修或谈租约的时候写起，把你遇到的问题说一遍就行了。如果你愿意，可以明确要求我们作为你们的物业公司。这样的话，如果以后有什么事，我也不用多此一举，再跟凯瑟琳说了。"

裴云英有些犹豫，虽然她确实非常讨厌凯瑟琳，根本不想和她打交道，但她连个租客都算不上，不知道应该怎么做。虽然她算是快餐店的合伙人，但公司是钟石一个人的名字，股东也只有他一个人。如果认真追究起来，她只是一个帮钟石租房子的经纪，她的使命早就完成了。所以，伊莎贝拉提出这样的要求，让裴云英非常为难。一方面，她不想卷入办公室的纷争，也不知道以何种身份写这封信。另一方面，从人情上说，她确实应该感谢一下伊莎贝拉。伊莎贝拉也许不会因为一封信升职，但肯定对她有好处。如果她真的升职，也是理所当然的。

裴云英想了两天，还是不能决定，就跟钟石商量。钟石一听就说："你别写信，凯瑟琳的上面肯定有人，伊莎贝拉是把你当枪使。而且她也斗不过凯瑟琳，到时候凯瑟琳恨你，到处使绊子，对我们也不利。"

凯瑟琳和公司的某位上司关系暧昧不止是钟石一个人的想法，莱辛丝的员工也这么说。裴云英不在意凯瑟琳恨她，而且看来这个已经是既成事实，她只是不想作为一个不相干的人参与办公室的是非。

伊莎贝拉看裴云英没有动静，就侧面问了她一次。裴云英感到无法拒绝，就答应她尽快给副总写信。她不再问钟石的意见，以租客的名义给副总写了一封信。她列举了一些发生过的事情，说伊莎贝拉帮了大忙，凯瑟琳什么都不管，只知道坐在办公室发号施令、收租金，这种不考虑租客利益的做法，对房东也是损失。最后，她明确提出希望把快餐店划到莱辛丝名下管理。裴云英什么都没捏造，按照伊莎贝拉的说法是实事求是。副总很快给她回了信，感谢她指出问题，并且说要调查情况。没多久，副总又来信说快餐店离莱辛丝很近，交给他们管理起来比较方便，以后的事情不用再找凯瑟琳交涉。这个对于裴云英来说是最大的欣喜和胜利，尽管副总没有再提其他的事情，但只要能够摆脱凯瑟琳就行。

通过一个小小的快餐店，裴云英也算见识了人生百态。有人为了一点小权力费尽心思；有人为了蝇头小利打破头；有人从来不做对自己没有利益的事。

第六十九章　地产经纪

卫芝和杨火住在合伙买来的房子里，两人按照约定好的比例，支付房子的各种费用，倒也相安无事。卫芝有时说按摩太累，手指受伤。杨火做装修也很辛苦，就想找一个容易点的事情。可是，在加拿大，想找一个快速致富的途径很难。正烦恼时，他碰到一个叫封南嘉的女人，让他做平行车生意。封南嘉说这个生意可以快速轻松地赚大钱，杨火一听眼睛就亮了。他去了封南嘉的公司，看到几个人在那儿忙忙碌碌，就加入了她的公司，到处去买车，车卖了以后拿佣金。封南嘉说她是多伦多最早涉足这个行业的人，而且在国内有着吓死人的关系，所以才能把车卖到中国。刚开始，杨火没有经验，对她的话深信不疑。

杨火几乎跑遍多伦多附近的车行，到处比价，一旦找到价钱相对便宜、国内需求比较多的车，他就先预订。通常，订金只有一两千块，如果特别紧俏价位又比较高的车，订金差不多四五千。确定买家后，就把车提出来，先放到指定的仓库，然后装船运往国内。

按照合同，封南嘉出所有的费用，每卖掉一部车，杨火按照份额提成。封南嘉找了四个杨火这样的人为她处理车行、仓库和船运的事，是她的业务员。如果业务员认为有需要，可以另外找人帮忙，但这是他们自己的事，跟她的公司无关。由于几乎每天都要在各个车行转悠，找到车以后还要交订金，杨火一个人确实跑不过来，就理所当然地让卫芝辞掉工作过来帮他，从自己的提成里分一部分给她。卫芝觉得没什么损失，就同意和他一起做。

由于厂商没有授权某些型号的车出口，所以国内的需求特别多，只要有车，就不愁销路，因此杨火和卫芝的收入都不错。有点闲钱后，卫芝想到愁余毕业后应该会在金融街工作，就想在城里给他买一套小公寓。由于离毕业还有三年，她决定买个楼花。楼花的首付只有20%，而且不是一次付清，分四次支付。等到交房时，愁余已经工作，可以申请贷款，也不用担心房价上涨。和裴云英商量以后，卫芝看上了位于央街和大学街一个刚开始发售的楼盘。

开发商为了营造火热的气氛，还采用了一些小手段，比如宣布供不应求，让大家排队购买。关键是排队也不保证能够买到，所以不但要按照顺序拿号码，还要连排三天。为了考验大家的诚意，每隔三四个小时，就要叫一次号码，如果无人应答，号码就作废，或者重新拿号，从最后面排起。其实楼盘的位置很好，卖得不错，再加上开发商的营销策略，更加造成奇货可居的状况。

裴云英在现场看到很多地产经纪彻夜排队，出现了畏难情绪。一则她来得晚，就算排队，也不一定能拿到理想的单位；二则想到在冬日的夜晚站在寒风肆虐的街头，实在缺乏动力。她向不畏艰苦的同行们问了情况后，想到了一个偷懒的方法。

楼花买了以后，有十天的冷静期，在这十天之内，可以无条件退掉。地产经纪们排队拿到的单位，不一定保证能够卖出去，所以很多经纪转手给其他不愿排队，但是有买家的经纪，虽然要分大部分佣金出去，但总比白白排队，什么都捞不到好。裴云英和一个看起来比较诚实的经纪周铭达成了协议，让他拿个一室一厅的单位，然后转给她。杨火听卫芝说要买楼花，就说他也要给儿子买一套，于是裴云英让周铭买两套。

周铭排队买了房子后，裴云英带着卫芝和杨火去售楼处办理转让手续。卫芝很干脆，带齐了证件和支票，顺利办完手续。杨火不像前两天那么爽快，有很多疑问，但是在卫芝的催促下，也按照约定买了房子。

买完房子的第四天，卫芝跟裴云英说杨火要退掉，因为还没过十天，所以他可以无条件退房。裴云英跟杨火不熟，几乎所有的事情都是通过卫芝转述的。当初他说要买时，因为有冷静期，裴云英对他没报什么希望。现在他反悔，她也只当是街上捡来的，没有失望。周铭没有多言，帮杨火退了刚买几天的房子。

杨火退了房子后，开始生妖作怪，跟卫芝说："我原来的房东油凤也是地产经纪，她的手上好几个单位，肯定比你这个好，你退了跟她买。"

"我不认识你的房东，退了买不到怎么办？"

"你放心，她手上的单位任你挑。我要跟她买一套，已经约好明天去售楼处办理转让，你和我一起去。"

卫芝不想去，可第二天早上，油凤开着崭新的车子到门口接人。油凤的嘴唇涂得血红，穿着职业装，未言先笑。虽然卫芝一点都不想去，但经不住杨火的软磨硬泡，加上油凤的力邀，只好赶鸭子上架般和他们一起过去。

到了售楼处才发现，油凤手上并没有房子，也是其他经纪转让给她。周铭手上的房子还没卖完，所以他每天都在售楼处，希望可以找到买家。他以为杨火改变主意又想买了，就凑过来和他们说话。杨火支支吾吾，不知说什么。卫芝快人快语，说了他们来的原因，周铭一听很生气。正在这时，油凤和另外一个经纪商讨完了，要杨火去签字。周铭立刻谴责油凤不择手段抢客人，油凤不甘示弱，和他唇枪舌剑地吵了起来。周围很快聚了一群围观的人，在工作人员的制止下，两个人才安静下来。

油凤极力游说卫芝把房子退了，可是徒劳无功。本来信誓旦旦要买房子的杨火又说不喜欢油凤拿来的单位，说还是想买周铭手上的那个。油凤无奈，只好去跟周铭讲和。周铭说杨火是裴云英先带来的，油凤不能独吞佣金。为了做成生意，油凤只好说："那我分一个点给她。"

因为之前的事，周铭有些痛恨油凤，就说："你做的事最少，为什么拿钱最多？"

事已至此，油凤不得不妥协："我们先把这个单签好，再跟裴云英商量佣金的事。"

于是，杨火再一次买下了原先的那套房子，只是买房经纪换成了油凤。

杨火的事刚办完，另外一个在边上静观其变的男经纪凑到卫芝面前，递上名片。他的目的和油凤一样，劝说卫芝把房子退掉跟他买，并且说他手上的单位楼层比较高，在大街的背面，比面朝大街的单位安静。卫芝有些心动，可看了户型图后不满意。周铭实在厌恶同行的伎俩，就让卫芝赶快离开。男经纪不以为耻，依然坚持不懈，看卫芝要走，一直跟在后面，直到卫芝上车才转身回到售楼处，寻找下一个目标。在车上，卫芝跟杨火说："没想到经纪这个行业竞争如此白热化，真是前有狼，后有虎，防不胜防。"

卫芝回家后就给裴云英报告了在售楼处发生的事情，蒙在鼓里的裴云英连声说："好险，你差点被豺狼吞掉。"裴云英知道江湖险恶，但是为了一点佣金，卫芝在短短的时间内接连被两个寡廉鲜耻的经纪争抢，这样的龌龊行为，是可忍孰不可忍！她马上给油凤打电话找她理论，油凤没想到裴云英这么快打来电话，只能说跟周铭商量。周铭在售楼处被同行们折磨了大半天，不耐烦地说：“虽然我想主持公道，但没法强迫谁，你们自己提方案吧。”

杨火买或者不买，裴云英是无所谓的，对于不熟的客人，她从来不勉强。如果油凤只是撺掇杨火，也就罢了，可她连卫芝都要抢！这样明目张胆地挖墙脚真是可恶至极。裴云英打电话的主要目的是要油凤收敛一点，况且杨火可能还是会退掉，一切都是白折腾。所以，她责备油凤，出了气后，就同意了油凤提出的佣金分配比例。

没过两天，杨火又要求退房，卫芝说他们“机关算尽”。

第七十章　阳台风波

虽然裴云英一心想把快餐店做好，但是天不助人。开业不到一年，物业公司发信通知租客说由于大楼的某些阳台存在安全问题，需要维修。经过讨论以后，总公司决定把旧的水泥阳台全部砸掉，换成玻璃的。这样不但能够消除潜在的安全隐患，而且会给大楼增添现代感。工程将于三个月后开始，估计五个月之内完成。

钟石和裴云英都没把这封信当成一回事，认为修阳台对快餐店没有影响。可是，等到施工开始后，他们才发现这简直就是一场噩梦。

工程在过了预定时间一个月以后正式开始，全部承包给纳普特公司。纳普特也是一个有规模的公司，很多工地都能看到他们的标志和牌子。

纳普特公司先派人在大楼前搭脚手架。为了搭脚手架，工人们先搭了个临时的架子，等到脚手架建好以后，又把临时的架子拆了。光是这项工作，就花了三个月的时间。然后，工人将蓝色防护网围在脚手架外面。如果走在街对面，只能看到装修的样子，会以为所有的生意都关门了。快餐店的第二个招牌早已被工人拆除，门也已被挡住，只留下一个小小的入口，加上细密的蓝色防护网，就算从快餐店门口经过都看不到这小得可怜的快餐店，刚积累起来的一些客人以为快餐店关门了，经常过门而不入。这样一来，店里的生意直线下降。周末稍微好一点，有些老客人光顾。平时则非常惨淡，有时一整天都没有两个人。

纳普特的工人们按部就班，不急不忙。上午下午准点喝咖啡，中午按时吃饭，节假日一个都不少。由于是户外作业，天气太冷或者太热都没人工作。眼看着四个月过去了，工人们才刚开始切割旧阳台。照这个进度，再过四个月都不一定能完工。而且，由于切割阳台会有灰尘和建筑垃圾落下来，工人要在上面洒水，有时浑浊的水从上面流到过路的人身上，知道的人都避免从这里经过。阳台切割下来以后要运出去，这又是一件大事。纳普特公司害怕砸到路人，就在运垃圾的日子里，跟市政府申请封路。本来店里已经门可罗雀，封路的日子里，更是雪上加霜。

钟石看到这样，才开始着急了，让裴云英去跟房东交涉。她不认识房东，只能去找伊莎贝拉。伊莎贝拉说为了这个工程，总公司也要花很多钱，并不是说总公司愿意花这笔钱，而是因为必须这样做。裴云英说："店里几乎没有生意，每个月都亏钱，是否能够给我们减租金？"

"这个我做不了主，你可以给副总写封信试试，说起来是个正当要求，也许可以。"

裴云英给副总写了一封长信哭诉受施工的影响，生意艰难，再这样下去，马上就破产了。但是由于这个店花费了很多心血和钱财，所以不甘心付之东流，强烈要求减租。副总回信的速度很快，但是态度无比明确，减租是不可能的。不过为了表示总公司的诚意，他们可以印一些面值五块钱的购物券送给两幢大楼的租客，总金额两千，让他们来店里消费，有效期三个月。过了有效期后，店里把所有的购物券收集起来，去莱辛丝公司兑现。

钟石说每个月亏的钱远远超过两千，房东总共才赔这点，根本没有用，让裴云英继续交涉，并且让她联合其他的租客。

裴云英早就问过其他的租客，他们连两千块都没有。看来由于快餐店是新的生意，所以副总已经是格外开恩了。如果还想得到更多的实惠，希望渺茫。她没有什么高招，只好继续给副总写信诉苦，要求面谈。副总虽然有信必复，但是在减租的事情上从来不松口，并且拒绝面谈。裴云英束手无策，正在发愁时，她从伊莎贝拉那里找到了一个突破口。

一天，裴云英跟伊莎贝拉长吁短叹地说快餐店快要维持不下去了，这样关门，也挺可惜的。伊莎贝拉很同情地说："目前这种状况是谁都不想看到的，你们的损失本来应该是可以避免的。因为总公司这个工程早就决定了，你们在签租约之前提出来，才有可能减租。但现在总公司对所有的租客都是一样的，不可能为了你们开这个口子。目前不仅是商业铺面的生意受到影响，楼上的住户也抱怨施工影响了他们的生活。如果给了你们赔偿，那么多租客怎么赔？"

裴云英之前也想过这个工程不是一拍脑袋就决定的，肯定早就计划好了，但是凯瑟琳从来没有提过。现在听到伊莎贝拉这么说，立刻问："那么凯瑟琳是故意隐瞒了这个信息？如果她说出来，我们也许就不租了。租房之前，我们有权知道事情的真相，她必须透露出来，我们可以告她吗？"

伊莎贝拉警惕地说："我不知道，你们要咨询律师。而且我是总公司的人，不能支持你们。"

裴云英不管伊莎贝拉说什么，她像捡了个宝一样立刻跟钟石说了。钟石一听，眼睛也亮了，毫不犹豫地说"告她"。可仔细一想，"告她"没有用。因为打官司的目的就是获得赔偿，就算证明凯瑟琳有罪，她也没钱赔，必须告总公司才行。

裴云英想到凯瑟琳确实知情不报，这是个很大的漏洞，如果打官司，总公司占不到什么便宜。既然如此有利，她以为钟石肯定会告总公司，就等着他做决定。可是过了一个多月，钟石也没动静，她忍不住问他。钟石说："打官司是一件费时耗钱的事，根本不知道会发生什么。也许花了一堆钱，什么结果都没有。"

"有那种不收钱，打赢官司后从赔偿金里分成的律师，但不知道我们这种案子他们接不接。"

"那你找这种律师问问情况吧。"

"现在怎么办？就这样熬着？"

"先看看吧，如果挺不住，只好不交租金，一走了之。租约里没写让我私人担保吧？"

裴云英记得很清楚，就肯定地说"没有"。她打电话问了几个打赢官司后才收钱的律师，都说可以，但需要交咨询费面谈。她从中选了两个说话比较靠谱的，准备和钟石一起去咨询。可是像以前的很多事情一样，钟石口头答应了，然后一直说忙，定不下时间。过了一段时间，裴云英状告总公司的热情也被磨灭了。

施工已经进行了八个多月，早就超过了预计的时间。总公司只是发信通知说由于这样那样的不可抗力，不得已延长工期，又给出新的进度表。随着工期的延长，店里的生意已经到了生死存亡的关头。钟石真的打算放弃快餐店，但一直担心私人担保的问题。一天，他要裴云英把租约里写的这条找给他看。裴云英在厚厚的租约里找到："不管什么原因拖欠租金，都跟钟石本人无关，总公司不得以任何名义用钟石的个人财产抵债。"看到白纸黑字，写得一清二楚，钟石才如释重负。

可是为了一点租金，真的把快餐店关了，又得不偿失。而且施工虽然延迟，但确实在往前走。旧阳台已经拆完运走，新阳台几乎全部装完，接下来就是一些收尾工作。就算再拖，大概两个月也可以完工了。所以，钟石犹豫不决，想再等三个月看看情况。

大楼的租客有时会贴一些大字报，说施工严重影响了大家的生活，鼓动所有的人去有关部门投诉房东，要求赔偿。虽然诸如此类的大字报很快就被物业公司撕掉了，但是抱怨的声音是挡不住的。总公司不能总是掩耳盗铃，也许是已给纳普特公司施加了压力，要他们加快进度。因此一个多月以后，纳普特的工人们终于做完了所有的事情，然后开始拆脚手架，又是一个多月。等到大楼恢复如初时，已经过去将近一年。

钟石虽然没有弃店逃跑，但是面对一落千丈的生意，无计可施。施工的这段时间，不但没有新客人，还流失了很多老客人，想在短时间内把营业额提高是不可能的，于是他想把店卖了。裴云英觉得生意不好是有客观原因的，而且现在这种情况下卖店，能卖掉的可能性微乎其微。但钟石坚持要卖，说这个店没有前途，卖掉以后去华人聚集区重新开一个。通过这个小快餐店在这两年发生的事情，裴云英彻底认清他不是一个有远见、有担当的人，所谓的做连锁店，去美国上市之类的话，如同痴人说梦。所以，她也不想坚持，就把店放到网上去卖。

虽然多伦多的房价连年上涨，但店铺是很难卖的。人们需要一个住的地方，可店铺不是必需品。多伦多是个成熟的城市，各种法规和制度都很健全，十年前和十年后的差别不大。尽管由于移民的涌入，人口增加了很多，不过基础设施几十年没有变过。高速公路还是四十多年前修的那几条，地铁和公车依然如故。俗话说："马无夜草不肥。"但这样的地方，打着灯笼也很难找到夜草，更不要说一夜暴富了。所以，就算是想做生意的人，也要思虑再三。如果买到一个不赚钱的店铺，最后只能关门大吉。因为谁也不愿意每天一开门就交各种费用，月月赔本，所以多伦多 50% 的小生意，结局都不好。

快餐店放到网上两个多月都无人问津，钟石只好在菜单中多增加一些新品，希望借此吸引一些客人。

第七十一章　门萨俱乐部——楚瑜的女朋友

　　虽然楚瑜不停地挑战裴云英，但她还是不希望儿子浪费自己的潜力，所以一度希望他去参加一些国际竞赛，赢得一两个大奖。不过楚瑜没有获得什么大奖，后来也不参加竞赛了。刚开始，裴云英有点不死心，看到他信服谷歌，就鼓动他去参加谷歌的科学竞赛。楚瑜也是口头答应，迟迟没有行动。催得急了，他不是说自己没想好参赛的内容，就是跟她吵一架。她干着急，一直想帮楚瑜，但不知从何做起。一次偶然的机会，她看到有个门萨俱乐部，觉得是个机会，就写信把楚瑜的情况说了一遍，问是否有可能加入，俱乐部回信说需要认证。如果想成为门萨的成员，要通过他们的考试。因为楚瑜已经通过测试证明他的智商比较高，所以俱乐部的人说也许可以免试，然后要了楚瑜的材料，并且让裴云英交点评估费。两个多月后，门萨的人写信说楚瑜可以成为他们的成员。裴云英帮楚瑜交了会费，欣喜地告诉他找到了组织。虽然楚瑜没有她预想中的那么激动，但裴云英认为如果他和跟自己差不多的人在一起，应该会找到更多的共同点。

　　门萨俱乐部是个松散的组织，不过每个月都有活动，聚餐、做游戏、看电影之类的，目的是让大家凑在一起玩乐交流。裴云英拿着活动表问楚瑜想参加什么，他一眼扫过后，说都很无聊。裴云英耐着性子说："你去试一下吧，这些人肯定不会那么无聊。"

　　"我不想跟不认识的人吃饭看电影，那就去参加游戏活动吧，我想玩一些棋盘类的。"

　　游戏活动在一个门萨成员的家里举行，裴云英打算把楚瑜送过去，结束的时候再来接他。但是想想又不放心，所以就跟着他一起进去了。参加活动的人有二十多个，就像一个普通的聚会，大家吃着零食，喝着饮料，说着各自感兴趣的话题。熟悉的人彼此谈笑风生，新来的人借此机会了解其他成员。一番简单的寒暄后，开始分组玩游戏。楚瑜加入一个棋类游戏组，裴云英不会玩，在边上看了一会儿后，跟几个不玩游戏的人聊天去了。

活动持续了三个多小时，结束以后，裴云英问楚瑜好不好玩，他说还不错。可是，后来裴云英让他再去时，他总是找各种理由推迟或者拒绝。她不想强迫儿子，但想到自己折腾半天，他只参加了一次活动，感觉得不偿失。本来她以为自己智商不高，无法理解楚瑜，所以希望他找到同样的人群，在天马行空的交流中得到乐趣。同时，她也想借助这样的外力来改善一下亲子关系。可是，楚瑜把所有的机会都拒之门外。

他对自己该做的事不上心，却老是干涉裴云英。因为快餐店宣传的事情，她咨询过楚瑜年轻人感兴趣的问题，楚瑜给出了一些建议，并且经常强迫裴云英按照他说的做，像个控制狂一样。裴云英反复跟他强调，不要说这个店不是她开的，就算她是老板，也不可能接受他的所有想法。楚瑜为此生了好多气，说她什么都不懂，还固执己见。

虽然说楚瑜早已读了十一年级，但他再也没有提过考 AP 的事情，甚至连学校的正常考试成绩都不理想。裴云英自然也不再做藤校儿子的梦，只希望他上一个好点的大学，学个不错的专业，将来找工作的时候有点竞争力。然而，楚瑜总是漫不经心。裴云英一遍遍地跟他讲道理，讲到自己都厌烦了。楚瑜不是对她的话充耳不闻，就是跟她大吵，让她心力交瘁，她有时真的想把他赶出去，让他尝尝生活的艰辛。楚瑜已经到了合法打工的年龄，裴云英就让他出去找工作。街上有各种连锁快餐店、咖啡店，有时会在门口贴出招聘的通知，她让他去试一下，但他说不想找这样的工作。他发了几份简历到想去的地方，可是没有回应，就放弃了。裴云英确实非常希望他出去锻炼一下，就说：“你现在不是找正式工作，只是像别的孩子一样有个经验。”

“我对这类工作一点兴趣都没有。”

“可是你也没有认真寻找感兴趣的工作，像你这样没有任何经验的小孩，哪有发几个简历就能找到工作的。我知道很多孩子不但发简历，还要打电话或者上门去问。有的孩子发了一百多封简历都没有回音，他们还是坚持不懈。”

“你说的那些人我都不认识，我身边的朋友没有出去找工作的，再说我也没时间。”

“你说话到底过不过脑子？这里的孩子有几个不打工的？你身边的朋友都

是外星人？在我们快餐店打工的都是高中生和大学生，他们的时间肯定没有你多，学习可比你紧张多了。"

"你认识的人都很优秀，我永远都达不到你的要求。"

"我认识的孩子都很普通，我对你也没有过分的要求，只希望你把学习弄好，像别的孩子一样，走一条正常的路。"

"我的学习很好，也比大多数人的表现好，不用你操心。"

谈话总是不欢而散，楚瑜永远都振振有词。裴云英通过各种途径，查阅了大量如何跟叛逆孩子相处的书籍和资料，又去看亲子教育之类的网站、论坛和博客，学习各国父母的经验，希望能够找到合适的方法，度过这段艰难的时期。可是家家有本难念的经，她和楚瑜的关系没有实质性的改善，生气紧张变成了主旋律。两个人都说："如果是别人，我早就不理你了。"可他们是母子，不是别人。所以裴云英再生气，也不能一走了之，还是得想方设法和他交流。

楚瑜上了十一年级不久，开始喜欢一个和他同年级的女孩，并且说要正式追求她，问裴云英有什么建议。裴云英没有当真，高中生口中的喜欢就像一个不负责任的老板，朝令夕改。她记得以前看过的一本书，说父母不必把孩子的早恋视若洪水猛兽，因为小学生的恋爱是三天，初中生是三周，高中生是三个月。不过，楚瑜好像真的动了心思，又跟裴云英念叨了两次，她才认真地问了女孩的情况。

女孩叫妮可，也是天才班的，不但参加好几个俱乐部，而且还组建了一个摄影俱乐部。她的兴趣广泛，除了摄影，还喜欢唱歌、画画。学习也不耽误，平均成绩九十多分。像大多数孩子一样，妮可十六岁以后，就一直打工。

关于楚瑜的早恋，裴云英不支持，也不反对，但早就和他达成共识，上大学之前，不能有性关系。面对妮可这样一个德智体全面发展的好孩子，裴云英没有阻拦。而且她有个私心，希望楚瑜在妮可的激励下，改掉懒散不上进的毛病。当然也希望他通过恋爱学会关心体贴别人，从而能体谅自己的一片苦心。

楚瑜在电脑上为妮可精心设计了鲜花和巧克力，把他以前学的电脑艺术和绘画发挥到极致。隔着屏幕都能感受到玫瑰花鲜艳欲滴，巧克力丝滑细腻、入口即化，再配上妮可甜蜜动人的画像，楚瑜站在不远处深情凝望，让整个画面充满了爱意。

楚瑜的一幅画、一顿饭和一场电影就打动了妮可，而且看电影的费用还是妮可出的，因为她说楚瑜已经出了饭钱，电影票应该她买，他们就这样成了正式的男女朋友。所谓的男女朋友，也不过就是上课时尽量坐在一起，中午在学校一起吃饭，有时来家里聊天、看电影，或者关在房间里说些悄悄话。这样的恋爱，裴云英不但不反对，还挺支持的。

两个孩子的生日相差几天，眼看妮可的生日要到了，楚瑜为送妮可什么礼物而发愁。裴云英说："要不买个施华洛世奇水晶项链或者手镯？"

楚瑜上网看了一下价格说："太贵了，我买不起。"

"没多少钱，我帮你出。生日礼物应该贵一些，再说这是你送她的第一个生日礼物，具有纪念意义，总要拿得出手才行，否则妮可会不高兴的。"

"我不要你的钱。如果我送了她一百多块的东西，她也要送我一个这么贵的礼物。她也没有钱，所以她不会收的。"

最后，楚瑜买了两颗巧克力和一朵玫瑰花给妮可，和电脑上画的几十朵玫瑰和一大盒巧克力相比，属于严重的偷工减料。妮可高兴地收下，回送了楚瑜一张手绘的生日卡。卡片红白相映，金色的星星在红色的天空上发光，下面的黑色小字是甜甜的蜜语。虽然名牌水晶对他们来说是一个负担不起的数字，但是孩子的恋爱比任何水晶都要纯净。

楚瑜的空闲时间都给了妮可，不是一起出去闲逛，就是在家煲电话粥。裴云英看着高兴，但她的私心并没有如愿，楚瑜关心妮可，但是对自己的态度还是和以前一样。而且，楚瑜的懒散和不努力一点没变，成绩也没有提高，母子两个依然经常争吵。随着他和妮可交往的加深，他和裴云英之间也面临着一个新的矛盾。

以前，楚瑜带妮可回家玩时，不管裴云英是否在家，都会跟她说一声。可是后来，楚瑜带妮可到家里时，如果裴云英在家，他明显表现出要她回避的意思。

虽然裴云英已经跟楚瑜说过恋爱的规矩，但她担心两个小孩独自在一起，不能自控，所以她坚持待在家里。几次以后，楚瑜要她出去的话说得越来越露骨，母子两个又为了此事争吵。裴云英不想说出怕他们控制不了青春期荷尔蒙的话，只能生气地说："你为了女朋友，就要把我赶出去？这是我的家，我想出去就出去，想留下就留下。"

　　可是楚瑜根本不承认自己要裴云英离开："我没有叫你出去，只是问你要不要在家。你如果在家的话，我们会觉得尴尬。"

　　裴云英懒得反驳，只是讽刺地想："我的智商太低，理解不了天才的话。"

第七十二章　给楚山的信（1）

　　裴云英和楚瑜的关系始终处在一触即破的边缘，虽然绝望，但她每天都在祈祷有奇迹出现。如果可以当个缩头乌龟也就罢了，至少不用理会外界的喧嚣。都说有困难的时候要去寻求外界的帮助，可是也要有帮助才行啊！很多时候，人在困境的时候连根稻草都抓不住，所以任何一个小小的愿望都是奢侈。

　　通过各种渠道，楚山那边的消息不时传来，除了又买了新房子之类，他的继女已经去美国留学，小女儿也花了大价钱上了最好的一个学校。尽管裴云英从来不去打听，但是在这样的境遇下，楚山好像以炫耀的方式在宣战，而她不想再受到任何刺激。

　　人在脆弱的时候容易偏激，也会有很多戾气，所以裴云英决定向楚山发难。她不能打电话直接骂他，就想写一封信。她也不想瞒着楚瑜，就说了自己的打算，楚瑜不反对。信写好以后，她让楚瑜看。楚瑜说看不懂，让她读。裴云英对着电脑屏幕，一字不落地读了出来。

　　楚山，你好！这将会是一封冗长的信，犹豫多时，还是决定将心中所想付诸笔端。由于是断断续续写的，所以内容可能有些不连贯。也许辞不达意，但是这封信的目的很明确：掀开这些年来我有意无意蒙着的那块薄纱。

　　在开始之前，首先申明一点，写这封信是和楚瑜商量过的，写完后，会先给他看，就当是学中文吧。另外，希望你看完这封信后，能够有自己独立的判断能力，不要受到其他人或事的影响。从前，我认为你是一个具有独立思考和批判精神的人，但是这些年来发生的很多事，让我开始对此持怀疑态度。平心静气地想想，虽然有些难以接受，但你的变化还是有其内在的合理性。就像一个神志清明、有远大抱负的人，在打江山时，都是明察秋毫的；可是坐江山时，就会被一堆人众星捧月，像神一样供起来。无论当初心怀天下的时候目光多么如炬，到了拥有至高权力的时候，所有人性的弱点都会显现出来，犯普通人会犯的糊涂。毋庸置疑，当人身处高位时，他们的周围总是有很多用心险恶的小人，这些人为了给自己捞好处，不惜逢迎拍马、卑躬屈膝，奉上各种好听受用的话。人都喜欢被美化，即使像贾南风那样一个丑陋恶毒的人，当了皇后以后，如果有人恭维她貌比西施，也是受用的。所以人一旦占据了某个高一点的位置，要不了多久，就开始喜欢听信谗言了。

这些年来，我们是两条平行线，我无意和你有什么接触。所以，很多时候，你打电话来，都是楚瑜接的。他小的时候，只要你说想见他，我没有犹豫过，从来没有拒绝过你的这个合乎常理的要求。当楚瑜刚刚达到独自旅行的年纪，他就自己飞了。一个十二岁的孩子独自出门，而且没有托付给航空公司照看，无论在哪里，都不常见。我原本可以找理由让他不见你，但我从来没有这个念头。你毕竟是他的父亲，于情于理，你们都应该有正常的来往。

由于各种机遇，导致你的财富急剧增长。这点早已无须讳言，也完全可以从你的日常生活中流露出来。虽然我还是在原地踏步，但也有一份正常的生活。我一个女人在异国他乡能够以一种相对体面的方式自食其力，也非易事。很多移民，为了生存，还在各种各样的底层工作中挣扎，不知何时是尽头。我这个年纪在异国他乡重新开始生活，本质上和外地来京谋生的民工差不多，或者类似你们公司雇佣的清洁工。

无论在哪里，有了工作和收入，才能够保障基本的生活，也才能够有心思照顾孩子。如果整日为了生存到处奔波，天不亮出门，半夜才回家，哪里管得了孩子呢？楚瑜的同学中，有的父母就是这种状况。这些可怜的父母为了一日三餐奔波，跟为了多买一所豪宅而终日忙碌，是不可同日而语的。为了生存奔波不停的父母，根本没有精力也没有心情去管教孩子，在这种环境下长大的孩子，除了特别自律的，大部分孩子会终日沉湎于游戏，长大后也只能混迹于社会的底层。然而，如果父母奔忙的目标是为了拥有下一个直升机，那么在这种家庭生活的孩子，长大后无论是独当一面还是把祖业壮大，或者是躺在父母的巨额财富下睡觉，他们都不会为了温饱活着。他们从小到大都会过着衣食无忧、令人羡慕的奢侈生活。就像一句电影台词："法官的儿子永远是法官，小偷的儿子将会是小偷。"此话虽然有点极端，但确实反映了生活的实际状况。这就是为什么含着金汤匙出生的孩子，不需要付出多少努力，生活水准也远远超出绝大多数终生奋斗的人。很多穷人的孩子即使不停地劳碌，也还是在贫困线挣扎。

按照你现在的实力，楚瑜应该可以归类为"法官的儿子"，可是由于你这个"法官父亲"没有给予儿子应有的东西，他不能和其他"法官的儿子"一起玩，说得夸张一点，他还是像个"小偷的儿子"一样生活着。

一直以来，我都对楚瑜进行正面教育，告诉他你始终是他的父亲。关于这些，你完全可以从他对你的态度中看出来。即使你们没有多少往来，但每次他见到你，都没有距离和陌生感，可以和你笑，和你闹，像一对正常家庭的父子一样相处。正常说来，你应该觉得满意了。我们先不说在国内时，你把有限的时间都分给了新的家庭，对楚瑜谈不上真正的关心。楚瑜出国后，你对他来说，越来越像一个符号。可是，我从来没有在他面前说过这些。

我不要求你感谢我，但起码你应该理解我的良苦用心，可是连这一点起码的理解，都是奢求。稍有一点不顺你意，你就迅速地表现出来。我不是一个耿耿于怀的记仇小人，否则以你的表现，我早就让楚瑜像敌人一样对待你了。所以很多以前的事都不说了，只说今年三月你来美国的事。说句让你失望的话，其实每次你来美国时，楚瑜并没有特别强烈的愿望去见你，但每次我都鼓励他去。你应该清楚，如果我不让他见你，他是不会去的，但我从来没有这个想法，不管我们之间发生了什么，我不会把孩子作为工具。有些母亲离婚后，根本不让孩子和父亲有任何往来。更有甚者，会把孩子带走，让父亲找不到孩子的下落，但我从来没有这样的念头。

今年三月，你来美国，说要在几个城市走动，虽然你不是刻意安排，但刚好赶上楚瑜放春假，所以我毫不犹豫地决定让他一个星期都跟着你，并且让你工作的时候也带着他，你答应了。然后我明确告诉楚瑜这次的旅行不是玩和看风景，有点类似学生实习，还可以借这个机会了解一下你的工作和生活。其实楚瑜是个非常有主见的小孩，对于很多事情，都有明确的想法，让他做什么，都要和他商量。如果听起来不合心意，他就不做，这也是我和他产生矛盾的地方。

举一个简单的例子，想必你早就知道他喜欢一些高科技的电子产品。电脑不算高科技，是他的生活必需品。所以他要买电脑时，就一定要照他的要求买。如果为了省钱，按我的要求买一个电脑给他，那么等于是白白扔掉。他会整天说我买的电脑多差，根本不能用，最好我不胜其烦，重新买一个他想要的电脑。这些非原则的事情，我会尽量照他的意思去做。这里扯得太远了，下面还是回归正题。

我说了"实习计划"后，他自己分析了一下，觉得不错，所以就高兴地答应了。由于是春假，很多人都是提前买好机票，临到头来买，不但贵而且还难买。尽管你给的时间很紧张，但我还是用最快的速度查询了机票，结果是比平时的两倍还贵。跟你说了后，你说先不买，在美国问一下再说，结果当然也差不多。当天晚上我们讨论这件事时，你说不要楚瑜跟着你到处走，就在洛杉矶待两天，因为你最后从那里回国，你离开的时候他返回多伦多。当你说出这话的时候，我有些震惊。如果说你是为了机票的事这样做，你显然不会承认，可在当时的情境下，你说出这样的话，还能让人怎么理解呢？明明说好几个城市走走，难道就因为机票太贵而取消整个计划吗？重要的是，洛杉矶对楚瑜来说没有什么新意，我带他去过，你以前来的时候，他也去过。而且在说"实习计划"前，他就明确表达如果只去洛杉矶，他就不去了。为了说服他，我才想出了所谓的计划。因此当时你那样说的时候，我就自然地回了一句"如果这样，他就不去了"。你马上就开始发脾气，原话不记得了，大意是说，楚瑜之所以这样，都是我教唆的。而且辩称就算在洛杉矶，也有工作，开会什么的一样可以带着他。

　　说实话，当时我真的很想痛骂你一场，觉得你这个人真是不可理喻。我没有私心，只想让他对你有更多的了解，而且刻意安排这次让他跟着你的行程走。没想到就是为了一点机票的钱，你不光随意取消原计划，还反咬我一口。机票再贵，也就是多个几千块，这点钱对你来说，根本不值一提。而且，这是几年来你第一次过问楚瑜买票的事，以前都是我买的票。时间再紧张，票价再高，我都没有抱怨过。让他与你相见，在我看来，是他生命中非常重要的事。我没有什么钱，但我不计较这些机票的花费。如果我像你一样有钱，别说为他多花几千块，就是花个两百万、三百万我都不会眨眼。单就机票这件小事来说，他小的时候，如果买不到普通舱，我肯定会为他买头等舱，而且不会为了省钱让他转机。他毕竟是个独自旅行的小孩，我怎么能放心得下呢！如果没有钱，那当然不能这么做。可是，你的经济状况显然允许你为他做一切可以用钱摆平的事。所以我无法理解你竟然为了这样一件非我过错的小事怪罪我。如果照我以前的脾气，会绝对还击的。然而，当时楚瑜就在旁边听我们说话，我不能当着他的面和你大吵，这样的话，以后很难教育让他看重你。不管你是否愿意承认，我说话的态度，对他是有非常大的影响的。假如我当时跟你撕破脸皮，说的话肯定会很难听。我们吵完以后，楚瑜不但听到了所有的争论，盛怒之下，我恐怕也会在他的面前数落你的所有不是。毫无疑问，他肯定会站在我这边。然而，内心深处，我不觉得楚瑜和你对立，于他的身心健康有什么好处。正常说来，父子不应该是敌人，我们也不是敌人，所以不能把孩子作为自己的盟军去打击对方。这也是多年以来不管你怎么做，我始终坚守的大原则。因此在那样的情况下，即使我很生气，还是忍住了没有发作，依然心平气和地与你讨论问题。第二天我甚至主动提出给楚瑜买票，反正以前都是我买的，也不在乎多这一次。少了这几千块我们不会饿死，多了这几千块对我们的生活也没有实质性的帮助，但让他和你见面也许会成为他生活中的一个亮点。

　　每次见面，楚瑜都真的把你当作一个父亲，而不是一个在他的生活中几乎不存在的人。可是你从来没想过他为什么对你那么亲，反而一直说他疏远你。但凡有点小事不顺你的意，就马上变脸，极度不耐烦，不知你到底要求什么。如果你要求楚瑜对他的继母也很亲热，那么对不起，我的胸怀实在没有如此宽广，你去找个菩萨或者佛来教育他吧。虽然我没有教育楚瑜把方雅兰当成一个亲人（这也是不可能的），但我也没在他面前刻意诽谤过她，我们平时根本不谈论她。她对我来说是个陌生人，我跟她无冤无仇，犯不着在背后诋毁她，只是说到你的时候，偶尔提及她。其实，楚瑜小时候跟爷爷奶奶生活的时候，跟你们也有来往，小孩子很容易跟周围的人亲密。因为童真无邪，从小看到谁都当作亲人。很多由老人带大的小孩，到了父母家后，都像隔了一层，跟自己的亲生父母很长时间都亲热不起来。我几年都不在他身边，然而他对我并没有隔阂，但是楚瑜跟方雅兰没有任何感情。尽管这两年他非常叛逆，让我心烦，暂时影响感情，但我们始终是母子。我不是自诩多么伟大，可是你们从来没有反思过这个问题吗？楚瑜刚到加拿大时，偶尔会说，如果你在，方雅兰就对他很好；如果你不在，方雅兰根本不理他。可见这个被区别对待的心理阴影有多深！

　　已经写了三四天，都不知道到底要表达什么，也许已经偏离本意。过两天再写吧。

第七十三章　给楚山的信（2）

今天接着写，可能跟上面的内容已经没有太大关系，你就当成流水账看吧。

这个世界上，趋炎附势的人太多。你知道我的同学宗艾，以前跟我关系不错。她在两年前来了多伦多，刚开始很热情地来找我，兴致勃勃地说了很多你的事情，我不予置评，只是强调我们早就没有任何关系。后来她看我真的是个落魄的单身母亲，便不再来往了。这里的朋友不多，我为此难过了一段时间。

宗艾嫁了一个有权有势的老公，她全身名牌，动辄买几千块的包包。虽然这里的名牌价格并非高不可攀，但我不可能、也不愿意像宗艾那样随心所欲地买。就算花成千上万买个包，里面装的还是手机、几张卡、一支笔和卫生巾。宗艾认为经济地位决定社会地位，我什么地位都没有，她很自然地把我当作不值得来往的人，从她的圈子里划出去了。

想开了，也就那么回事。这些年，对于生活和人性有非常多的感触。这个世界上不止一个宗艾，只要有土壤，他们就可以苗壮成长。无论他们叫宗艾还是宗草，本质上都是一样的，无非是外强中干的势利小人。因为在宗艾那里受到打击，就以她这样见风使舵的女人为例来阐述一下，算是一个小报复吧。表面上看，这类女人可以让她们的老公服服帖帖，她们也可以为所欲为。可是，如果老公义正词严地说她们太过分了，不要再这样继续下去，那么不管她们内心是否愿意，起码表面上，她们都会立即改正的。虽然她们不时地威胁老公要离婚，但如果有一天有钱有权的老公决绝地要和她们离婚，她们都会费尽心机，不惜一切手段，挽留她们的婚姻。很多人就是这样，当你有利用价值时，他们会竭尽所能地讨好你。可当你没有用时，他们就把你当成一张用过的卫生纸，毫不留情地丢到马桶冲走。

虽然这些人善于伪装，但要洞悉他们的真面目也不难，只要观察他们的日常行为即可。比如，对于领导或者其他有权势的人，他们的脸上永远堆满笑意，态度一直谦卑。可是对于一个餐厅的服务员或者进城打工的农民，他们的嘴脸马上就变了。如果领导踩了他们的尾巴，他们不但趴在原地不动，还会说一点儿都不疼，让领导使劲踩。可是，如果是一个社会底层的人，即使没有踩到他们的尾巴，只是不小心碰了他们一下，他们都会大发雷霆的。他们把人分成三六九等，对于不同的人，反应大相径庭。在做任何事之前，他们都会权衡利弊。骂领导，只有弊，所以不做；骂不如他们的人，虽然没有利，可也没有弊，所以骂了也没关系。现在被领导骂，等以后爬到高位，或者从前的领导失势，他们会把领导和手下的人一起骂个狗血喷头，算是"雪耻"吧。

这就是人性，无论你在哪里，历史如此，现在这样，将来也不会改变，因为很多人都想借别人的高枝炫耀自己，而在高枝的人也需要众人的围观和恭维，否则太寂寞了。当一个人身处高枝时，难免有些飘飘然，觉得自己无论高度还是眼界，都超过芸芸众生。由于总是被各种赞美包围，一天不被称颂高瞻远瞩，就好像少了点什么，谁会去想一旦掉下来后会摔得头破血流呢。只有真正到了那一天，才能体会墙倒众人推的含义。所以这不是简单的昏君和奸臣的关系，而是类似鲁迅先生所说的"家道中落的时候，才知道世态炎凉"。

之所以说这么多风马牛不相及的话，是因为你现在也把自己放在高枝，不但失去了以前站在地上的宽容和理解，而且还需要被仰望。可是恭维和献媚是我最欠缺的，别无选择，我只能以这样一种方式和你交流。

你说在乎楚瑜，当然也说爱他，可你用什么行动表明呢？偶尔的电话问候？

以下的对话是根据你这几年的行动模拟出来的。

你：最近怎么样？还好吧？去哪里玩了？

楚瑜：我们不好，一直住在别人的地下室里，和另外一家人共用厨房，厕所。都待在家里，没有钱，哪里都不能去玩。

你：那好，没什么别的事，先这样吧。我有空再给你打电话。

上面的这段对话虽然是臆想，可没有任何夸张的成分。如果我们真的住在别人的地下室，和其他人共用厨房厕所，你也不会当成一回事的。

曾几何时，你变得和很多人一样嘴巴甜蜜蜜，心里冷冰冰了？既然你们都说钱无所谓，不必看重，那么你为什么不把钱给楚瑜呢？你为什么守着一堆无用的钱，也不肯帮助一下自己的儿子呢？如果你一直过着平平淡淡的生活，那么我永远都不会写这封信。可是，你的情况已经发生了巨大变化，现在的你，早已不同往日，真的是身处富豪圈了，否则不会有那么多人一而再再而三地跟我提起你。我从来都不追名逐利，但是希望楚瑜能够有一个宽松的成长环境，这是需要用钱来堆的。他现在有些爱好不能发展，就是受制于钱。如果你没有条件帮助儿子，我不会讲一个字，但是现在你完全有这个能力，可却坐视不管，所以我必须说出来。你可以供楚瑜上很好的私立学校，一年几万块，对你不是什么大数字。你也知道，经过测试，他的智商非常高，比98%的人聪明，做测试的心理学家对他印象非常深刻。他在普通的公立学校，总觉得浪费时间，因为笨蛋太多。他跟我抱怨过很多次，但是我没有钱供他上好的私立学校，因为那是一个圈子，不光是学费的问题，我只能劝他安于现状。虽然我觉得他的抱怨太多，也为此和他有很多摩擦，但也许在一个不同的环境下，他的心态会有所改变。不过时至今日，一切都太晚了，转学已经不可能，也没有任何必要了。

你明知道我的收入一般，只当作没看见。如果我不下定决心买房子，到现在我们还是租着一个家徒四壁的房子，而你可以在很好的区，随便买几套大房子，还精选昂贵的名牌进口家具来搭配。按照现在国内的房价，你住的地方远远比多伦多很多地段的房子贵。你每天过着花钱如流水的日子，是否想过我们的生活必须节衣缩食、精打细算？很多楚瑜想买的东西都只能在橱窗看看。你的小女儿像个公主，楚瑜就算不是王子，也不应该像你们的佣人一样生活吧？当然，我是一个没用的母亲，不能为他提供更好的生活。我非常希望楚瑜像个快乐的小王子一样无忧无虑地生活，可是只能望洋兴叹。我一个普通之极的女人，在完全陌生的环境，能够维持目前的生活，已经很不容易。既然你可以出一笔不菲的开支，供你的继女去美国留学，为什么对自己的儿子这么吝啬呢？我无意跟别人攀比，但确实心理不平衡。

我从来没有把钱看成最重要的东西，但是生活就是这么现实：没有钱，一天都活不下去。每天睁开眼睛做的第一件事，就是花钱。我每个月赚的钱，除了必要开销，其他的都用在楚瑜身上。之前他给自己设定的大学目标是麻省理工，你也知道这条路有多难走。不但之前的准备工作要耗费很多钱，就算真的老天有眼，他被录取了，大学的费用又去哪里筹措呢？我肯定出不起每年近十万的学费和生活费，那么他到底是去还是不去呢？从头到尾，你没有说过钱的事情。当然，现在不用考虑这些了，因为他确实上不了那样的学校。

我不再年轻了，不知道生命还剩下多少日子，但肯定是越来越少了。所有的荣华富贵对我来说都是云烟，套用国内的流行语：神马都是浮云。可是楚瑜的生活之路还很漫长，我希望他不要太艰辛。作为父亲，你有能力让他的生活少些磨难。你也不是二十岁了，在你的生命快到终点时，也许会把巨额财富散一小部分给他。可是到了那个时候，他应该不需要了，他也不会为了钱去探望你的。

当一个人离生命的终点越来越近时，就会开始反省很多事情，如何处理你和楚瑜的关系是其中之一。虽然我刻意在你们之间蒙上一层美化过的面纱，让你们能够无拘无束，如同正常的父子一样，但你还是不时地把我打入地狱。你应该知道，我绝对不是一个喜欢作秀的人，而且是一个非常拙劣的演员。所以为了维护这层面纱，我几乎用修炼成菩萨的标准要求自己。我永远都成不了菩萨，连个好尼姑的标准都达不到，所以修行的过程肯定更加艰苦。

既然你不是真的在乎楚瑜，又从来都不看重我刻意维护的那些东西，那么我有什么必要这么辛苦呢？楚瑜已慢慢长大，也应该知道事情的本来面目。如果我无法明了自己的态度，就没有办法教育他。这两年，楚瑜的性情大变，我一直寻找原因。虽然他不说，但离婚这件事，对他还是有很大的影响。他一直不承认，可行动证明他无法正确对待这件事。因为到现在为止，他还是跟朋友说他的爸爸暂时在中国，我们是没有离婚的。所以我决定把所有的事情全部说开，也许这样才能消除他的心理阴影，我不想他一直活在一个假想的世界中。

写这样一封莫名其妙的信，耗费太多的精力和心神，感觉实在疲惫。这么多年的遮遮掩掩，也累了厌了。就这样吧！

裴云英逐字逐句地读完了信，跟楚瑜说如果他同意，就发出去；如果不同意就算了。楚瑜听完后说可以，她不再犹豫，眼睛没有离开电脑，直接点了发送。信发出去以后，裴云英的怒气一下消减了很多。

第七十四章　一致对外的好妹妹

　　裴云英费心竭力写的信，让楚山震怒，他的回复很简短。中心思想是洋洋大篇，不知所云，希望以后不要再收到类似的骚扰信。

　　楚瑜问起时，裴云英像读自己的信一样，把楚山的回信读给他听。楚瑜一听就恼了，立刻写了几句中英文夹杂的信，口气非常不友好。裴云英试图阻止他发出去，但他一意孤行，马上点了发送键。她想这下楚山肯定更气，但事已至此，只好随它去了。意外的是，虽然楚山对楚瑜的挑衅沉默不语，楚媚倒是很快发了一封邮件过来。

　　云英，很久没有联系，希望你们一切都好！我哥把你和小瑜的信都转给我了，他非常生气。你说的事情，我有一点同感，但更多的是不赞成。

　　首先，我哥已经有了新家，你和小瑜有想法有看法可以放在心里。你们这样做，把他们夫妻俩都得罪了。不是说要去讨好他们，但至少表面上要让他们觉得不是你们的问题。其实我哥已经放弃了让小瑜和我嫂子欢处一堂的想法，他所做的只是让大家不要撕破脸皮，能过得去就行。小瑜自己说喜欢小妹妹，所以我哥倒是希望一对儿女能在一起玩玩。我也不要求你们对嫂子怎么好，只是觉得，心中怎么想无所谓，不必说得那么明白。这两年小瑜回来的时候，跟我说嫂子对他越来越好，我让他也要尊敬嫂子，毕竟她是我哥的家人。

　　我不是教孩子做表面功夫，其实这是一个处世哲学。为什么世上有些人没有能力却过得很好？为什么有些人能力强会做事，不但得不到应有的东西，反而受到不公正的待遇？其实也是处事是否圆滑造成的。我们不希望孩子们做第一种人，但也不希望他们徒劳无功吧！所以，很多东西装在心里就好，你骂他们一顿没有用，他们也没有损失，倒是会抓住你们的把柄。

其次，你觉得说开了之后，小瑜不会有阴影，我认为你想得太简单了。亲情是人一生中最重要的东西，要抛弃它也是非常痛苦的事，而且心中一定是充满怨恨才抛得掉。我知道你爱小瑜，你为了他可以做一切事情，小瑜也是看到这点才很在意你这个妈妈的感受，他会随着你情绪的波动而起伏。既然你为小瑜做了这么多牺牲，为什么不可以为他想远一点呢？现在情绪不好、在气愤中，可以，无所谓，你怎么知道这一辈子，他都会这么想呢？你怎么知道他今后不会怪你没有引导好他呢？他今后越是能干就越需要有正常的心态，如果心态和能力不能成正比的话，那才是非常可怕的事。而且离异家庭中的人长大以后，不是自己的家庭出问题就是在社会上出问题，仇视亲人的人往往会仇视整个社会。小瑜很聪明，所以我们更要给他的成长创造一个好一点的环境。今年他回来的一个多月，我明显地感觉到他不快乐。他也明确地告诉我他想快乐点，所以他在他爸那儿不想计较太多。我有时看着他这样，心中还是有点痛。他还是个孩子，可却像大人一样没有什么欢愉。

我知道他不如同龄的小孩快乐，所以才会非常仔细地问你们平时的生活，才会多次问到你的困苦。你是要强的，你说你没有我想的那么艰辛。小瑜多次很沉闷地告诉我，你的工作不好做，太多的竞争，长时间的守候，他觉得你很辛苦。我了解他，我心疼他，他这么小，脑子里装的是他这个年龄不应该装的，他欢乐的少年时光何在？我知道你不容易，但没法儿帮上你们，只能在心里默默祝愿你们能把日子过好。所以我对小瑜说，高中毕业，考上大学一定回来，如果没路费我会给，他说如果需要会向他爸要。你为了他的懂事，为了他对你的心疼，还有什么不可以为他牺牲呢？就是心中再苦也可化作甜。所以我希望你给他一个单纯的学习和生活环境，不要把你和他爸的关系拿给他做选择。不管怎么选择对他都是残忍的，等他高中毕业时再说。

我现在不赞成把事情搞得太僵，还有个很重要的原因，就是现在我们无法跟我哥比，他比我们强大多了。说不定什么时候他就有机会给小瑜今后的人生道路扫除一些障碍，或者为他的成长做一些贡献。以前我也和他闹得很不愉快，几乎反目成仇，可是我遇到困难时，他毫不计较地帮了我。世事难料，三十年河东三十年河西，别人没关系都要找关系。小瑜放着父子之间的感情为何要丢掉？

话说回来，就算我哥非常在乎小瑜，他也不可能不要家庭，而且那个家庭里也有了女儿，要了小瑜丢了女儿，他也不会做的。如果你要他在家庭和小瑜之间选择是不可能的，手心手背都是肉，哪儿都不能丢，如果他随便丢了，我也认为是错。你们骂了，也出了气，我嫂子也没吭声。不必耿耿于怀了，过好自己的日子就行。以后不要再和我哥说这些事，也要教育小瑜别计较。伸手不打笑脸人，这两年我嫂子对小瑜和亲生的一样。她对他笑，带他去买东西，小瑜如果没有好脸色，她怎么能想通呢！如果换作是你，一样会有意见的。

另外，我哥刚告诉我，你买房时，他瞒着我们所有人给了你一大笔钱。其实，你和我哥的财产在你们离婚的时候已经分割清楚，不应该再有争议。何况我哥过后又给了你那么多钱，你根本没理由再提起。再说，我哥给你钱需要我嫂子同意，因为这是他们的共同财产，如果你一直这样，肯定会影响他们的夫妻关系，说不定还会离婚的，而这是我们都不愿意看到的。

我说这些话不是要帮我哥，其实按你们的想法做，也得不到什么。我哥会觉得你们老是和他过不去而不理你们，损己之事不可做。

我只能说这些了，你们多想想。可能我的想法和你们有差距，但我确实是为了小瑜好。希望你们理解，至于要怎么处理只能是你们自己决定了。小瑜要快乐点，早点让学习和生活回归正常。

楚山的反应在裴云英的预料之中，她写信的时候就想到会是这样一种结果。她非常清楚如何跟他说话才能够达到目的。如果她真的是想要钱，不会选择这样一种方式。因为楚瑜带给她很大的压力，楚山完全不了解，或者说他选择了掩耳盗铃，而她也失去了独自承受的能力。所以，如果说那封信有什么目的，那就是心理失衡，需要发泄。倒是楚媚带有明显立场的信让她措手不及，她没想到楚山会把信转发给楚媚，也没想过总是把她当成亲人的楚媚写来了这样的一封信。自从他们兄妹俩闹翻后，楚媚没少说楚山的坏话。即使后来楚山帮了楚媚很大的一个忙，她还是怨言不断，很多时候都说就当没这个哥哥。她和裴云英曾经情同姐妹，可是楚媚的信根本就是在谴责裴云英，无条件地支持楚山，果真是血浓于水。

裴云英本来不想回复楚媚，因为这件事和她没有任何关系，没必要把她扯进来。但是楚媚非要来搅浑水，而且她的信让裴云英非常不舒服，所以就回了一封信。

楚媚，你好！

没想到楚山把我们的信发给你了，仔细一想，也不奇怪，他就是这样一个人。

写那封信，不是想要多少钱，更多的是觉得心理不平衡。这些年，只要跟楚山或方雅兰沾边的人都过着舒适的生活，楚山的继女就不说了，肯定比楚瑜花的钱多。这些年，单是你，就多次告诉我方雅兰给了她妈多少钱，她妈又给了她哥多少钱。方雅兰早已不上班，照你的说法，她嫁给楚山之前也没有钱，那么这些钱都是楚山赚的，既然这些人都可以心安理得地享用他的钱，楚瑜为什么不可以？楚山说他在乎楚瑜，怎么在乎？我们不是生活在真空世界，每天必须面对柴米油盐的现实生活。除了那些追求纯粹精神生活的风流人物，对于有着七情六欲的芸芸众生来说，有钱不一定幸福，但是没有钱，绝对不会幸福。如果他说他爱方雅兰，但是不给钱，她会跟着他吗？你不用跟我说从法律上说，他拿钱给楚瑜需要方雅兰同意。如果他态度明确，她绝对不敢阻拦，也绝对不会跟他离婚，说离婚只是手段，绝不是她的目的。也不要说我们离婚时签了协议，早就了断了。他的遗产楚瑜不能分吗？说得难听点，如果楚山明天被车撞死，楚瑜什么都分不到。所有的财产都会被转移，然后说楚山什么都没留下。我不会为了这个去打官司要钱，也不会让楚瑜这么做。其实，我一直教育楚瑜要自强自立，从来没有让他找楚山要钱。我也相信楚瑜不会沦落到靠争夺楚山遗产度日的地步。

我最近心情很差，又经常听到一些不想听的事情，就兴之所至地写了一大篇，现在觉得自己很无聊，以后不会再提了。但我不知道那封信如何伤害了楚山，更无法了解怎么触怒了你，导致你对我兴师问罪，口诛笔伐，就差把我置之死地而后快。楚瑜确实写了几句不中听的话，不过没有什么意义。这个年龄的小孩就是这样，他跟我说话也很随便。退一万步说，楚山真的有颗玻璃心，受到刺激，最多是玻璃碎了一地，又不是毁了价值连城的钻石，你不用跳这么高吧！亲情是很重要的东西，我完全同意。可是，亲人不是应该互相理解和关爱吗？如果说了一些让他不高兴的实话，就被深深地伤害了，可以叫作亲人吗？那么有谁想过我们所受到的伤害？不需要设身处地，只是理性地、不带偏见地思考一下，就应该有所体会。自己不付出，等着收获也可以。总不能等别人把一车打理好的粮食送到门口，你在里面找到一粒小石子就大发雷霆吧？不能因为他现在比我们强大，就让我们把舌头割掉，嘴巴缝上吧？真正的亲情，不能说固若金汤，但也不能薄如蝉翼吧？

一个人，只能为了爱，才可以把自己放得很低很低；如果为了其他目的，一直隐忍，做出奴颜媚骨的样子，最终都是自取其辱。如果为了楚山以后能够帮助楚瑜而百般委屈，就是卑鄙小人。这样的人，才会心态扭曲。你是一个教育工作者，想必应该会认同"渴不饮盗泉水，热不息恶木荫"。我不敢说百分百遵从，但起码是这样教育楚瑜的。他大学毕业，在这里找个工作，可以衣食无忧地生活，不需要像个可怜虫一样去乞求别人的施舍和恩赐。他会照顾好自己的，以后的事情不劳你们费心了。

说到底，你和楚山才是亲人，你们都是相亲相爱的正常家庭教育出来的好孩子。所以，你们理所当然地认为我这个非正常家庭出来的人，会教楚瑜仇视亲人和社会。楚山是个负责任的好爸爸，我是一个恶毒的妈妈，楚瑜出现的所有问题都是因为我搬弄是非、挑拨离间造成的。随便你们怎么想，我不在乎。整个事情到此为止，我不会再解释了。

最后的一段话，负气的成分居多，想必楚媚也会把信转发给楚山。本来他是一副老虎屁股摸不得的架势，结果裴云英不管不顾，不仅摸了屁股，而且把全身都摸完了，甚至还在虎头上敲了两下。毕竟她和楚山曾经有过情投意合的日子，因为这样的特殊关系，所以她可以任性一下。但她非常清楚，她已经把这点小特权用到极致。再纠缠下去，不要说楚山，她自己都会讨厌自己。如果按照楚媚之前的说法，强大的楚山看了这次的信，肯定被气得无以复加。楚媚又来信解释说裴云英误解了她。楚山没再来信，也不再跟楚瑜联系。看来，他真的有颗不堪一击的玻璃心。

第七十五章　楚山的回复

　　圣诞之前，楚瑜为了妮可的圣诞礼物动脑筋。大概是感情加深了，这一次不像生日时那样，楚瑜想送一个比较好的礼物。他不但在网上找，还去购物中心逛。妮可喜欢听音乐，楚瑜研究再三，决定送她一个 Beats 耳机。可是一个耳机二百多块，楚瑜拿不出来。裴云英每个月给他一百块零花钱，他全都用完了。楚瑜没办法，只好跟裴云英开口。

　　裴云英对耳机一窍不通，她买的耳机都是二十多块的，听到一个耳机二百多块，着实吃惊。她先在网上看了一些图片，又去店里看了实物。虽然明知道图标是 b，但怎么看都像 6 或者 9。因此，以她的拙劣眼神，实在看不出这些耳机有什么与众不同之处，当然也就不同意买。楚瑜很生气，不愿意多解释，只是两天不跟她说话。裴云英就想等他态度好点再给他买，但楚瑜就是一副裴云英必须要给他买的样子，所以她也跟他较劲，就是不买。

　　眼看着离圣诞越来越近，给妮可的礼物还没有着落，楚瑜的怒气也越发高涨。一天，他让裴云英给楚山打电话。楚瑜对待楚山的态度像对待裴云英一样，如果不在一起，又没有什么事的话，是不会想起来主动打个电话的。所以，平时都是楚山打过来，赶上楚瑜有事时，他只是被动地哼哼哈哈。楚瑜不存楚山的电话号码，也不用微信。因为信件问题触怒了楚山，他已经销声匿迹两个多月了，楚瑜也没提过。裴云英以为他要跟楚山缓解关系，连声说好。她把电话放到免提，拨了楚山的号码，然后直接递给楚瑜。

　　楚山很快接了电话，听到楚瑜的声音很高兴，像平常一样跟他说话。楚瑜敷衍了两句，直接开口问楚山要钱。裴云英疑惑地看着他，示意停止。楚瑜丝毫不理睬，非常不友善地说："你为什么一直不给我钱？"

　　楚山气结，在电话那头沉默。楚瑜翻来覆去地问他那么有钱，为什么不给他用。楚山终于恼怒地说："我的钱是我自己赚来的，跟你有什么关系？"

"我是你儿子，你应该养我。"

"我早就养过你了，你在中国时，所有的钱都是我出的。"

"我没有工作，是个学生，你必须养我。"

父子俩各不相让，楚瑜的中文程度有限，说不出有水平的话，那些听起来乱七八糟，完全像市井无赖的话更加激怒了楚山。裴云英试图挂断电话，但楚瑜的个头儿早就超过她了，而且他站到了桌子上，把电话举过头顶，她够不着。他不停地移动，躲着裴云英，阻止她靠近，最后楚山自己挂断了电话。

裴云英生气地责问："你这样做，让我非常难堪。你爸肯定认为是我让你打的电话。"

"我才不管他怎么想呢！为什么他们想买什么就买什么，我就不行？"

"如果你是因为耳机的事，我帮你买。不过，你的态度要好一点，而且以后再也不要跟你爸说这些了。"

"我不要你买。他们多贵的东西都能买，但你每次都给我买很便宜的。"

"我没有办法，只能量力而行，你一个男孩子也不应该把心思放在这方面。再说，你每次回国不是也买了很多贵得离谱、华而不实的东西吗？你爸也没说过半个不字。"

"我知道你买不起很贵的东西，我不是责怪你。姑妈说我回国是客人，买什么都是应该的。再说，我买那点东西，怎么能跟他们比？他们的什么东西都比我们贵。"

"那是他们有本事。"

"有什么本事？都是我爸的钱。"

裴云英忖度着如何缓解紧张的气氛，打算再说点什么轻松的话，但是想到自己写的信，感觉她是个罪魁祸首，只好暂时闭口不言。

楚瑜终究没有要裴云英的钱，也没有买 Beats。他买了一个憨头憨脑的棕色泰迪熊，两只漂亮的眼睛不知是塑料、玻璃还是珐琅，亮晶晶的，让小熊有了灵气。他在毛茸茸的胸前贴着妮可的照片，旁边写着"我爱你"，作为圣诞礼物送给妮可。妮可回送了一个式样简单的小军刀和一张有些蜜语的小卡片。

新年的第一天，裴云英意外地收到楚山的信，言简意赅。信是这样写的：

选择在新年的第一天回复，是想对陷入困境的父子关系表达面向未来的愿望，如果你们愿意这样善意理解的话。

首先，我愿意在法律责任之外，承担楚瑜读大学前每年四万美金的抚养费用，请提供账号，方雅兰会每个季度按时汇出；其次，我希望你们了解，这样做的目的是想为楚瑜的健康成长创造好的生活环境，既不是因为我歉疚了什么，也不是我想期待什么。

这个决定是我与雅兰共同商量决定的，但愿你们能够理解她的善意，如果不能理解至少请尊重她，如果你们连这点都无法做到，那我也实在无法履行前面的承诺。毕竟，这是用我们共同的财产所给予的支持。

楚山的信透出一种高高在上，裴云英本来决定置之不理，她不想再纠缠这些事，但还是不能完全放下，所以最终写了一封看似理智，实则有些怨气的信。她这样写道：

我现在越来越清晰地认为，这个世界上每个人都在自说自话，谁都不可能理解别人。几年以来，我们之间几乎没有交流，至于理解则更是奢谈。这封信的目的是客观地陈述三件事。如果你还认为还是个骚扰，我也无话可说，只是以后这种骚扰的概率将会是零了。

1. 楚瑜

楚瑜是个很有主见的孩子，个性倔强，他想做的事，我阻拦不了他。而且，我也不是用高压手段教育小孩的。所以，如果他说了什么让你觉得不入耳的话，我希望你戒掉口头禅："你妈就是这样教你的！"如果你坚持这么认为，我不会再辩解什么。

楚瑜对你来说，大概像个鸡肋。或许你现在非常后悔他来到这个世界，这样的话，我们就可以当作从来都没有遇见过。如果时光可以倒流，你肯定只会选择把你的小女儿生下来。不过，你现在也可以把楚瑜当成不存在，就像我前面说的，我们不会再骚扰你了。

2. 钱

我从来不是一个把钱看成至高无上的人，然而这个世界如此真实，如果一个月收到五封信，四封都是各种要付的账单，我必须面对现实。楚瑜这几年确实需要很多钱，以后他读大学，可以申请学生贷款，毕业后找了工作，完全可以自力更生，那个时候，他不会需要你的钱。如果你也是节衣缩食地生活，这个话题永远都不会提起。然而，现实的状况是每个与你相关或不相关的人都有一份舒适的生活，为什么你对自己的儿子如此吝啬？如果你后悔他是你的儿子，那么事情就到此为止吧。

3. 方雅兰

我从来没有刻意打听过她的事情，但很多人都具有生生不息的八卦精神，我无法完全杜绝他们的"善意"。我对她没有成见，只是不喜欢她对待楚瑜的方式。如果她以前善待过楚瑜，我对她自然会有"善意"。

信发出去以后，裴云英不关心楚山是否会给钱，也真的决定如果不是出了家破人亡的大事，她不会再跟他联系，所以踏踏实实地睡了个好觉。第二天，楚山回复了裴云英的邮件，但没提信中的任何内容，只是问她要银行账户和地址，说是汇钱的时候需要。

第七十六章　房子和车子

　　所谓的平行车生意，最主要的收入来源于退税，有时，卖车根本不赚钱甚至是亏本，必须等到年底退税才有钱进账。为此，卫芝必须申请一个税号，收入也要如实申报。强尼和卫芝是法律上的夫妻，但他不知道她在外面做些什么。他担心她做违法生意，从而连带影响到他，所以就说要离婚。卫芝早就想结束这个关系，完全没有意见。原本一心阻挠他们离婚的卫心听到强尼的隐忧，也终于松口同意。卫芝不知道离婚的程序，就找了一个律师代办。正式签字前，律师看到他们的婚姻关系很长，强尼的收入不菲，又有房产，就竭力劝说她要求抚养费和财产分割。卫芝不为所动，只说是协议离婚，什么都不要。律师劝了半天不见成效，就说："作为你的律师，我有责任把所有的情况告诉你。如果在五年之内改变主意，还是有权主张。"

　　卫芝说如果有问题再来咨询，然后在文件上签了字。协议离婚特别简单，强尼都不需要出面，只要他收到文件没有异议就行。

　　杨火和卫芝经常一起在外面跑车子的事情，加上住在一个房子里，几乎每时每刻都在一起。时间长了，杨火开始骚扰卫芝，经常半夜敲她的门。卫芝不得已，在门上加了铁链，并且像以前一样再三申明和他只是朋友，不会发展成男女关系，合伙买房是因为大家都有这个需求，不是临时夫妻搭伙过日子。不过，杨火不听她的这些理由，而且卫芝越是如此，他越有兴趣。有时他甚至想强迫卫芝，但每次都被卫芝骂得狗血喷头。一次他抱着卫芝非要亲她，卫芝情急之下，一脚踹了他的下体，剧痛之下他才放了手。但他仍然不屈不挠，非要把卫芝搞到手才甘心。一天半夜，他不断地敲卫芝的房门，持续十分钟之久。卫芝气得血往上涌，一下从床上跳起来，冲到杨火的房间，把他床上的东西全部搬到自己床上，然后用挑衅的口气说："从今天开始，我们正式同居，我让楼上的租客作证。既然我们同居了，养家糊口是你的责任，从今往后，我不会再支付这个房子的任何费用，而且我还要分你和你老婆的那个房子。你马上给房玉珍打电话，把话说清楚。你现在上床跟我一起睡，让房玉珍过来参观。如果她亲眼看到我们两个住在一起，就知道我有权力分你们的房子。"

卫芝一边说，一边把杨火往床上拉。杨火第一次看到卫芝这么泼辣，顿时傻眼了。卫芝说的事，他一件都不敢也不愿意做，只好讪讪地挣扎着，然后狼狈地抱着自己的东西退出了她的房间，还乖乖地关上了房门。

经过卫芝的大闹，杨火不敢随便造次了。有时为了刺激卫芝，就说："我去找小姐了。"卫芝根本不理他这一套，让他赶快出去，多找几个。杨火就真的出去找小姐，回来还跟卫芝描述各国小姐的身材和行事的体位。卫芝骂他"无耻下流"，他也不在意，依然时不时地享受小姐们的服务。虽然他没有年轻的身体，但不妨碍花钱寻欢作乐。

卫芝确实不关心杨火和小姐们的事情，只想有个自己的空间，再加上房子一直升值，住几年卖掉，也是不错的投资。到时候，愁余大学毕业，工作稳定。如果他不想住城里的小公寓，可以卖掉，加上这个房子的钱，二者合一，作为首付，母子俩能够买个稍微大点的房子。

卫芝买了房子以后，自然要告诉所有的亲友。然而，大家听了她的买房方式后，都说杨火和他老婆合伙骗她。如果房子不加她的名字，被偷偷卖掉她都不知道。正所谓众口铄金，卫芝听了这些言论后，心里开始不安，就和杨火提起加名字的事。杨火很恼火："既然协议已经写好了，大家照着协议走就行了。你现在中途生事，房玉珍肯定不会同意的。"

"你不用这样糊弄我，房玉珍同不同意是你说了算。"

"这话从何说起？我怎么能够强迫她呢？"

"买房前你可不是这么说的。"

卫芝吵了几次后，杨火只好说："那你去问律师，如果他说可以，我们就加名字。"

律师告诉卫芝只要房玉珍同意，就可以加她的名字，按照协议注明各自所占的股份。办理这个事情，律师费是一千多块。根据协议，这个房子产生的所有费用都按比例分摊。卫芝为了考验一下杨火，就说按比例出律师费。杨火立刻跳起来说："是你要加名字，跟我们一点关系都没有，所有的钱都应该你出。"卫芝本来就不想为了一点小钱争执，不再多言，就要跟律师约时间。杨火说房玉珍每天都上班，让卫芝跟房玉珍去商量。多接触几次后，卫芝发现房玉珍非常古怪，思维方式异于常人，拒绝沟通，根本说不到一起，所以她只能让杨火出面。杨火反反复复只有一句话："这事对我们没有好处，我老婆不同意的。"越是如此，卫芝的疑心越重，再加上旁观众人的揣测，让她觉得他们夫妻合谋，随时都会私下把房子卖掉。杨火被卫芝吵得不得安宁，只好去问房玉珍哪天有空。

卫芝按照杨火说的时间，和律师做了预约。到了那天，她带着证件和杨火夫妻一起到律师楼办手续。秘书把他们带到会议室，让他们坐下等律师。会议室里有张长条桌，两侧各有四把椅子。杨火夫妻自动坐在一起，卫芝坐在他们的对面。不久，律师进来坐在上首。当律师拿出文件准备让她们签字时，房玉珍明确表示她不同意加卫芝的名字，并且罗列了一大堆理由。她从当初买房贷款的状况说起，直到他们签署的合同，着重强调无论以什么为依据，这个条款从来都没有存在过。她说得有理有据，很明显是做了充分的准备。律师只是收钱办事，不是调解员，听到她的长篇大论，早就不耐烦了，说："既然你们意见不一致，到我这里来做什么？你们回去商量好以后再来，希望下次不要浪费我的时间"。

卫芝没想到是这样的结果，她看着坐在对面的杨火，希望他说今天来的目的就是加名字，大家都同意了才来的。可他闭着眼睛，好像在睡觉，从头到尾没有说过一句话。卫芝无奈，试着和房玉珍交流。房玉珍根本不理卫芝，只是顺着自己的思路一直往下说，最后律师让秘书把他们全部请了出去。房玉珍说还要上班，很快开车走了。卫芝问杨火为什么不说话。杨火一脸迷茫地说："我睡着了，不知道你们在说什么。"

"那么吵你都能睡着，真不愧是到处乱睡的人。"

经过这么一出戏，卫芝除了跟杨火吵架，就是想方设法让他加名字。杨火摆出无赖的嘴脸说："只要你跟我睡觉，我就给你加名字。"

卫芝软磨硬泡，杨火一直推脱说："我老婆不愿意，我也没办法。你要知道，这个房子是靠她的贷款才买到的，是用她几十年的信誉抵押的。现在加名字对她没有任何好处，而且还有风险，银行也不会同意的。你就安心供房吧，我们又不会把你那部分吞掉。"

卫芝除了有时咒骂杨火出气，也找不到别的办法，只能走一步看一步。

　　除了房子引起的不快，杨火和卫芝的平行车生意也变得不可行了。随着车子卖得越来越多，封南嘉不再履行合同中的付款方式，经常克扣杨火的钱。杨火一时想不到应对的方法，只好暂时隐忍。他拿不到应得的收入，卫芝自然跟着遭殃。

　　杨火锱铢必较，吃了封南嘉的亏，绝不会善罢甘休，暗下决心要报复她。他平时就很有心，自从决定和封南嘉抗衡后，更是不遗余力地搜集她的"罪证"。封南嘉平时一副黑道大姐大的做派，把公司当成她的地盘，说话出尔反尔，动不动就是"弄死你"之类的。虽然大家对她有很多不满，但是摸不清她的底细，没有一个人敢带头跳出来反对她。因为她的霸道和狂妄，留下很多把柄，所以杨火整治她并非难事。没有多久，他就找到很多对封南嘉不利的证据。他决定寻找一个合适的机会先把封南嘉欠他的钱捞回来，然后再起诉她。杨火不动声色地继续帮封南嘉做事，但接下来发生的一件事成了两人正式决裂的导火索。

　　奔驰有一款车特别好卖，而且车行没货。杨火和卫芝几乎跑遍每个车行，恳请车行只要有车就通知他们，为此还请好几个车行的销售员吃了饭。卫芝和其中两个销售员很熟，等到车来的时候，果然第一时间通知她。为了这部车，已经等了四个多月，封南嘉得知后当即豪气地宣布，这部车的利润是两万，她和杨火平分。鉴于之前的言而无信，杨火要她写下来，双方签字。封南嘉白纸黑字地写下承诺，杨火和卫芝立刻拿着定金去车行办手续。可是等到提车时，车行加了一个条款。因为车子不能出口，所以要求押金两万。如果一年之内发现车不在加拿大，押金就没收了。杨火第一次买这么贵的车，也是第一次遇到这种情况，就跟封南嘉请示，她毫不犹豫地说交钱。杨火没有这笔钱，就说回去拿钱。可车行的人说很多人在等这部车，如果不马上决定，就要卖给下一个人。虽然杨火卖了很多车，但是最高的一次提成是六千，大多数时候都是一两千块，有时只有几百块。说是提成，实际上，都是退税得来的钱。因为所有的买主都在海外，所以加拿大政府先收购物税，报税的时候再退。

　　因为在退税的时候出了点问题，又总是要交押金提车，钱接不上，所以封南嘉克扣了业务员的钱。杨火好长时间都没从她那里拿到三百块以上的收入了，他可不想丢掉这一万块，就想先垫上，不过又担心车行发现车子卖到中国，两万就泡汤了。封南嘉说车行查证车子去向的可能性为负数，让他赶快交钱办事，回公司就把钱还他。杨火犹豫再三，最终还是被一万块打动。可是，他把所有的信用卡刷爆，也只有四千块，就央告卫芝刷她的信用卡。卫芝不得已，只好照办。封南嘉没有抵赖定金，杨火一回到公司，她就写了张支票给他，备注是"还杨火的钱"。

车子很快就卖掉了，就在杨火翘首盼望一万块时，封南嘉却开始耍赖。她先说运费太高，还有很多额外的杂费，扣除所有费用后，这部车的利润只有五千。杨火望眼欲穿，却得来这样一个结果，当然不肯善罢甘休，几乎天天拿着那份利润两万对半分的协议跟封南嘉理论。封南嘉根本不吃这一套，而且找出各种名目，把利润越说越少。不知她是怎么计算的，反正最后只给了杨火七百四十八块。并且威胁说如果他再闹，就要跟车行举报他把车卖到中国的事情，因为提车人和最后卖车的签字人都是他，所以他要赔那两万。杨火劳心劳力，可不是为了这七百四十八，他和封南嘉大吵了一架。

当杨火胆大妄为地骂人时，很少有人能比得上他，连没皮没脸的泼妇都要甘拜下风，平常人觉得难听的骂娘，在他这里连开场白都算不上。他用各种和生殖器有关的话语侮辱封南嘉，从她的爷爷奶奶到外公外婆，把她的祖宗十八代问候了一个遍。封南嘉骂不过他，于是从斗嘴升级到动手。她拿起桌上的茶杯朝杨火砸过去，他侧身闪开。她又举起椅子抡出去，他急忙后退。椅子扔不了多远，所以没有碰到杨火。公司的两个女孩不停地劝架，封南嘉一直要杨火道歉，否则就开除他。如果杨火被开除，他的计划就会落空。于是他只好服软，封南嘉才平息了怒火。这次激烈冲突，并没有影响到封南嘉，她仍然像以前一样支配杨火，并且得意洋洋地说："我让你干什么，你就得干什么"。

第七十七章　每个人都可以有新生

　　冯菲从来就不是一个能够与孤独寂寞为伍的人，公司关掉以后，只有学校和易亚明分散她的精力。她马上就要毕业了，最紧张的学习生活接近尾声。易亚明的事情差不多也到了最后阶段，他要求多年的各种损失费和赔偿费都没兑现，但付给甬律师的费用接近索赔金额的五分之一，这些钱都是从冯菲那里搜刮来的。冯菲早就亲自上庭应对易亚明和甬律师，除了自己的时间，她一分钱都不用花。易亚明吃不消，但又不愿意到头来竹篮打水一场空，所以一直死撑着。可是眼看着希望确实非常渺茫，他终于决定收手，同意离婚，唯一的要求是按照冯菲以前说的把被法院扣押的房款全部给他。为了这一天，冯菲已经等了将近十年，她不愿意易亚明在最后时刻占便宜，所以她不同意，因为房子是她买的，易亚明没住多长时间，只能按比例分割。

　　纵然冯菲是一个战天斗地的人，也已经心力交瘁。易亚明阴损，甬律师诡诈，为了钱无底线，各种手段层出不穷，可以说是无所不用其极。有时冯菲精神上被折磨得受不了，就想从肉体上消灭易亚明，并且为此专门和她妹妹讨论过谋杀方案。妹妹很多次都义愤填膺地说："你的命比我值钱，我去把他杀了，反正我没什么负担，活着的意义也不大，每天就是上班、吃饭、睡觉，这辈子没做过什么惊天动地的事。杀这么一个恶棍就当是为民除害，我也没有白来人世一遭。果真如此，也算不枉此生。"

　　冯菲的妹妹高中没毕业就去珠三角打工，冯菲自己站稳脚跟后，花了大量的财力，找了很多人脉去帮助妹妹。在冯菲的不懈努力下，妹妹终于拿到硕士学位。当然，还是在冯菲的运作下，妹妹最后在深圳的一个公司站稳脚跟，做到高管。可以说，她们是真正的姐妹情深。冯菲不愿意以身试法，当然也不想把妹妹送到监狱，只盼望能拨云见日。

　　经过法庭的最后判决，易亚明只能从房款里面分到五万多块。尘埃落定，剩下的事情就是等那来之不易的离婚书。冯菲仰天长笑，只恨没有枕边人可以分享这个天大的好消息。古振天早已在国内重操旧业，在广阔的天地里撒欢儿，冯菲不可能和他再续前缘。于是，她给安东尼打了个电话，让他到多伦多来庆祝一下。安东尼立刻买了最早的一班飞机。这次见面，他们正式确立了关系。安东尼毫不犹豫地辞掉了那份让他厌倦的工作，搬到多伦多和冯菲开始同居生活。他多年的一厢情愿没有枉费，也算精诚所至，金石为开吧。

冯菲毕业以后，在一个律师楼实习了一段时间，就决定自己开业。她是个不折不扣的行动派，想到什么就做。很快，她就租下办公室，在很多报纸和网站都打了广告。她安心做自己的事，但是安东尼整天在家里晃荡，也让她烦心，就催促他去找工作。他总是把皮球踢回去："你说我能做什么？"

问的次数多了，冯菲就说："你不是对赌场很熟悉吗？就去那里找个工作吧。"

多伦多没有真正的赌场，只有一个赌马和老虎机合一的赌博小场所。安东尼对工作的态度向来是做一天和尚撞一天钟，现在不工作就能尽情享受生活，当然不愿意在这样的地方屈就。离多伦多最近的大瀑布赌场和华玛赌场都是一百多公里，就算不堵车，单程也要一个半小时，安东尼以太远为由，根本不考虑。冯菲叫他在多伦多随便找个什么工作都行。可是，安东尼一直没有具体行动。好在冯菲不缺钱，他可以安心做个家庭主夫。公司开张以后，安东尼过来帮忙。由于不懂中文，他只能做一些端茶送水、迎来送往、电脑维修之类的简单日常事务。

开业不久，冯菲就接了一个案子，客人的名字叫作莘水。

莘水和雷恒士折腾的时间已经超过冯菲和易亚明，他们的儿子雷迪早已成年。成年以前，雷迪在寄养家庭和莘水那里交替生活。高中的时候，他几乎已经不上学了，去学校的唯一目的是把大麻卖给同学们。成年以后，雷迪可以自己选择住所。他不想打工，也租不起房，只能和莘水住在一起。莘水依然每天出去工作，雷迪每天的工作就是打游戏和睡觉。

和莘水打过交道的人都知道她不是个省油的灯，可自从雷迪的身高超过她以后，她的脾气再也发不出来了。雷迪会把自己锁在房间，戴上耳机玩游戏，随她怎么叫；或者毫不客气地把她推倒在地，偶尔还会大打出手。几次下来，莘水完全收敛。这么看来，想要制止不可理喻的人也非常简单，置之不理或者迎头痛击即可，相信他们表现出来的肆无忌惮很快就会被偃旗息鼓替代。有人把自己搞得很沉重，不过是给别人的胡搅蛮缠提供了一个平台。

雷恒士已经和女友生了一个儿子，不在乎莘水是否离婚，只是雷迪的现状让他心痛。

这么多年，莘水的生活已经被高额的律师费压垮了。每个小时几百块，看文件、翻译费、复印费、发传真、打电话，什么都算钱，出一次庭最少几千块，日积月累，她实在受不了。然而，她的心态一直扭曲，并没有随着时间和金钱的流逝调整过来。她找到冯菲时，说起多年的血泪史，真的是委屈至极，希望冯菲帮她伸张正义。

冯菲仔细地分析了案情，又对雷恒士做了一番调查后，就劝莘水赶快离婚开始自己的生活。其实，莘水心疼律师费，不是没想过离婚，只是以前的律师都没这么跟她说，因为不打官司，就没钱收，至于结果如何，不是律师关心的。冯菲看着莘水脸上的皱纹，眼中的偏执，感觉她是一个女版易亚明，就说："你们早已没有感情，打官司的最终目的无非是为了钱，可雷恒士没有钱。他只是一个普通的打工族，到现在连个房子都没有，而且还要养孩子，你能从他那里得到什么？你花掉的律师费早已超过他能支付的赡养费。再这么折腾下去，你会减寿十年，实在没必要。"

冯菲几句话点醒梦中人，莘水认真地听了，终于决定离婚。因为是和平离婚，即刻交钱办理。这第一单生意刚好够支付办公室三分之一的租金。

虽然莘水走过了一段漫长的路，但是到了冯菲这里，一切都化繁就简，显示不出她的才干。第二个客人的情况就有趣多了。

客人名叫蔡坤面，要跟新婚的老婆离婚。但蔡坤面是旅游签证，没有身份，而他的老婆是公民，这个婚姻可以帮他留下来。冯菲感觉蹊跷，就问蔡坤面离婚的原因以及后面的打算。

一脸忠厚的蔡坤面说："我一点都不爱她，她骗我说是假结婚，为了帮我办身份。哪知结婚以后，她要跟我做真夫妻。"

"那你已经找到另外一个愿意和你结婚、帮你办身份、又是你喜欢的女人了？"

"是的，我离婚以后就跟她结婚。"

蔡坤面的情况可以做三次生意：离婚、结婚和移民，这些都是冯菲熟悉的业务。她说："你们结婚才两个月，不能够协议离婚，只能起诉离婚。"

"怎么才能起诉离婚呢？"

"外遇或者家暴。你的情况特殊，以后要移民，外遇的对象最好是未来的结婚对象。反正你已经有了新女友，就让你老婆起诉你有外遇，然后递交法院，申请离婚。"

"我跟她商量一下，不知道她是否同意。"

接下来，蔡坤面的"假老婆"和新女友纷纷登场。"假老婆"哭着说他婚前婚后都欺骗她，婚前对她甜言蜜语，说要给她买各种东西，婚后才发现他是个穷光蛋；并且一直和其他女人纠缠不清，结婚当晚，就在另外一个女人家里留宿。尽管如此，她还是爱他，表示不离婚。新女友说蔡坤面这么帅，很容易被别的女人抢走，让冯菲赶快帮他办离婚，一副迫不及待要嫁给他的样子。

蔡坤面跟这两个女人都说国内的老婆死了，可他只是为了某种原因离婚，国内的老婆健康地活在人世，并快乐地做着别人的老婆。他不能跟冯菲撒谎，还要她保守秘密。饶是冯菲见识了各种男人，还是不禁对蔡坤面多看了两眼，可是这个男人除了长得高一点，实在看不出哪里好，更谈不上帅。她不关心围绕着他的八卦，但也不能做慈善家，如果他的"假老婆"不离婚，就没有生意。所以她对蔡坤面的"假老婆"说蔡坤面朝三暮四，劝她离婚，还说要介绍一个律师给他当男朋友。冯菲的推波助澜，加上蔡坤面的软硬兼施，"假老婆"最终就范。冯菲如愿做到一石三鸟。

第三个客人是一个叫陈彦的年轻女人，她是结婚移民，老公刚把她从国内申请过来，并且还以两个人的名义买了房子。可是老公的父母对她横挑鼻子竖挑眼，坚决让他们离婚，还不准小两口在一起过夜。陈彦过来以后才发现，老公生性软弱，什么都要和父母商量。晚上，父母守在他们的新房里，看着两个人各睡一个房间，迟迟不走。其实，老公的那个东西好像没有发育好，跟小男孩的差不多，性生活根本是勉强。结婚前陈彦还安慰自己说只要人老实可靠就行，现在被老公的父母这么折磨，实在受不了。雪上加霜的是，老公也要和她离婚。

婚姻移民，规定是两年之内，不能离婚。陈彦刚到一个陌生的国家，没有工作，无依无靠，很想保住婚姻和身份。可是，老公对她越来越冷淡，几天都不和她说一句话，公婆的行为也越发嚣张，连家里的钥匙都被没收了。陈彦还想忍耐，但老公找的律师给她发来离婚信，并且要取消担保，让她失去身份。她万般无奈，打了无数个咨询电话，听冯菲说得比较靠谱，就来找她。

陈彦的情况看起来很可怕，只要离开老公，就会无处可去，流落街头。但加拿大有很多援助系统，避难所是其中之一。暂时没有地方可去的人只要到了避难所，吃住免费。对于受虐待的妇女，还有社工，指导人员和咨询员提供心理辅导和各种实际的生活帮助。

忧心忡忡的陈彦有了冯菲的鼓励，迈出了离婚的第一步，找了一个避难所住下来，开始打官司。她的案子不是一下子就能了结的，好在避难所的条件还不错，陈彦不再像以前那么惊慌了。况且，冯菲会帮她争取赡养费。房子虽然住的时间不长，但是按照法律，是婚姻居住房，她也可以得到一定的份额。

有了这三个客人作为良好的开端，冯菲不愁以后没有生意。实际上，冯菲以律师和移民专家的身份重出江湖后，通过以前的客人和朋友介绍，很多有疑难问题的人都抱着最后的希望来找她。钱光良正是其中之一。

第七十八章　什么恋都一样

自从钱光良和咸治的难民申请被拒后，就在多伦多黑了下来。他们找过大大小小的移民公司，都以失望告终。当他们找到冯菲说明情况时，她也觉得很棘手。虽然难度很大，但一来冯菲喜欢挑战，二来是老朋友宛溪托的人情，所以她还是想试一下。可就在她苦思良策，还没来得及实施时，他们被抓进了监狱。

由于没有身份，钱光良多年如一日地打着低廉的现金体力工。咸治说他在国内都没从事过体力劳动，出国更不会做，所以他一天工都没打过。刚好赶上国内对奶粉和名牌衣物有大量需求，他就做起了代购，其他时间则花在政府的免费英语班里。代购虽然容易做，但是由于没有门槛，竞争非常可怕，可以说只要人在国外，就可以做，所以想靠代购生存是不可能的。钱光良还是像在国内那样，一直养着咸治，对他也没有要求，只要他开心就好。尽管钱光良的收入不高，不过支付每个月的开销没有问题，加上以前的积蓄，解决温饱是绰绰有余的。然而，咸治厌倦了只是有饭吃、有衣穿的生活，而且多年如一日地住在出租屋，让他很没有面子。

在国内时，钱光良是光鲜的白领，是大公司的高管，早就买了房子。咸治没有正当职业，有时做点倒买倒卖、零敲碎打的小生意，不要说赚钱，不赔钱就是好的了。不过，有钱光良这样一个坚强后盾，钱根本不是咸治关心的问题。他像个女主人一样住在钱光良的海景房里，按照自己的心意布置房子，今天买两幅画，明天买些插花，后天换个窗帘，当然，淘汰家具也不在话下，不高兴时甚至还把房子重新装修一遍。如果说还有什么不满意，那就是他们住的不是别墅。

咸治长得很标志，长身玉立，又自带一种媚态，在他们那个圈子比较受欢迎，容易得到男人的欢心。在跟钱光良之前，也是一个多金的男人供养他。

男人每天都出去工作，咸治在家睡到自然醒。不高兴时，还发发小脾气，算是一种情趣。在国内时，他一向衣食无忧，住着舒适的大房子。所以，在咸治看来，买个房子就像吃饭喝水一样，是非常自然的事情。如果出国还不买别墅的话，那根本是一种耻辱。因为在多伦多，除了市中心，到处都是别墅，数量远远超过公寓。咸治认为在这样的地方买个别墅简直易如反掌，尤其是去了一些拥有大小别墅的人家后，他的信念更加坚定。刚开始，钱光良说拿到身份以后就买房子。于是，他们以"同性恋在中国受到严重歧视和迫害"为由申请留在加拿大，但看似自由民主的加拿大非常可恶地拒绝了他们。第一次被拒后，他们进行上诉，可结果还是一样。

出国之前，咸治看着照片上如诗如画的风光，对国外有很多憧憬。他认为生活中的主要事情就是去海边晒太阳度假；浪漫的烛光晚餐；玫瑰花和红酒；甚至空气都是甜的。哪知出国以后，完全不是这么回事。在美国时，是谋划如何成功偷渡加拿大，虽然去了花花世界两次，但连叶子都没碰到就迫不及待地离开了。到了多伦多以后，又为了一个身份殚精竭虑好几年，还是得不到说着古怪英语的法官的恩准。真是可恶，自从踏上这片土地，没有一件事让咸治满意。就算没有被害死，也快要把他气死了。

刚搬到出租房时，好多家具都是捡的，钱光良安慰他说，安顿好以后，就去买新家具，可他们始终安顿不好。咸治认为住在租来的房子里本来就不成体统，还要用别人淘汰的旧家具，而且这些家具比他在国内丢掉的那些差远了，这么一想，根本没脸见人。房子里面的什么东西都不能动。咸治一直嫌地板古老，墙面太旧，想换新地板，把所有的墙全部粉刷一遍，可是公寓管理员说不行。咸治无法理解，自己出钱把房子弄新一点，为什么不可以？他无法跟管理员沟通，就说钱光良骗他。总之，对于到处都不满意的出租公寓，咸治什么都做不了，像在国内时那样经常把房子变变花样的想法更是痴人说梦。住了好几年，连一件新家具都没买过，他都快憋屈死了。咸治每天环顾简陋的房子，就一直吵着买房子。然而，无论怎么吵，他们的状况都是不可能买房子的。

如果没有房子，就应该有强大的物质基础作为支撑，或者退而求其次，有挺拔的身躯和漂亮的皮相也行，毕竟财富、权力和美貌都可以作为春药。可是，自从出国以后，这一切都消失了，两人之间的年龄差也逐渐体现出来。一个人要承担生活的重负时，心身都会加速衰老，钱光良就在不知不觉间丢掉了春风得意的外表。而咸治由于一直养尊处优，笑起来时，还没有完全失去春风十里的样子。他看着钱光良老年人般的精神面貌和日益萎缩的生命力，实在没有好心情。就算钱光良再三忍让，还是无法避免争吵。一天，咸治又为了鸡毛蒜皮的事情找茬儿，像个女人一样百般挑钱光良的错，说倒了八辈子的霉才会跟他出国。钱光良正为了各种不顺心而情绪低落，实在受不了咸治的聒噪，就不再压抑自己，肆无忌惮地放开跟他吵。每次吵架都是咸治占上风，现在突然看到钱光良一副凶巴巴的样子，他怒不可遏，嗓门比平时更高，并且把桌子上的笔、纸、茶杯垫、鼠标等各种小物件扔了一地。两个人吵得热火朝天时，响起了敲门声。钱光良大声问："谁呀？"门外传来："警察，请开门。"

咸治不理会，还要吵，钱光良立刻示意他噤声。警察继续敲门，咸治忽然走过去开门。警察说他们吵架的声音惊扰了邻居，有人报警，让他们不要打扰住在同一栋楼里的人。钱光良说以后注意，咸治则像见到主持正义的人一样，用东拼西凑的英语和肢体语言表达了自己对钱光良的不满。警察发现咸治情绪激动，又看到满地的凌乱，就把两个人带回警察局问话。一进警察局，就要验明身份，这正是两个人没有的东西。按照程序，他们被送进了一个没有高墙电网，设防很松的监狱，等待遣返。

平心而论，监狱的条件不错，两个人一间，每天的伙食都变花样。早晨起床后自由活动，犯人之间随意交流，还可以学习或者去图书馆读书。如果没有其他追求，在这样的监狱生活一段时间未尝不可。

本来就是移民专家的冯菲成为律师后，更是如虎添翼。钱光良和咸治被送到监狱以后，她立刻找人保释他们。宛溪是最合适的担保人，但她正在担保另外一个朋友，所以不具备担保资格。卫心说她已经在租房时为他们做了担保，不想陷得更深。冯菲没办法，只有临时找了一个人帮忙，结果保释聆讯时，担保人回答问题出错，移民及难民委员会的官员拒绝释放他们。

冯菲打算尝试其他途径，无奈时间有限，钱光良和咸治在舒适的监狱里连一个月都没住满，就被送上了去中国的飞机。冯菲空有一身本事，却无法施展，只能望天兴叹。

第七十九章　官司

　　尽管杨火的内心已经和封南嘉彻底杠上了，但表面尽量不露声色。他像只蝙蝠，在暗中等待机会；又像一条冬眠的蛇，到苏醒的时候才张开毒牙。他悄悄地等着，伺机而动。如果是对付和他一样狡诈的人也许要等很长时间，但是对于封南嘉这样一个没有脑子的女人，报复的难度系数非常低。没有多久，封南嘉就把一个大好机会送到了杨火面前。

　　一天，杨火跟卫芝说："明天封南嘉给我两张本票，让我提两部车。我早已经想好了，要把车扣下来自己卖，买家在中国，等着要车。我早就把这里面的门道都摸清楚了，以后不用再陪那个疯女人玩了。她欠我的钱就用这两部车抵消，然后用这笔钱作为启动资金，自己做生意。"

　　卫芝大惊："这两部车十几万，她欠你的钱连一半都不到。你这么做，她不会放过你的。"

　　"她欠我的钱远远超过这个数，我以后跟她慢慢算。明天我要先把车开到指定的仓库，然后海运。车在两个车行，我一个人提不了两部，你帮我提一辆。"

　　"这是违法的，我不想参与。"

　　"她欠我钱难道不违法？要了那么长时间都不给，我能怎么办？"

　　"这是你跟她的事情，不要把我扯进去。"

　　"她不给我钱，你也别想拿到钱。这两部车卖了以后，欠你的钱我先给。"

　　卫芝有些犹豫，但毕竟怕承担责任，所以想了想，还是拒绝了。

　　杨火又用房子做诱饵："如果你明天帮我，我就让我老婆给你加名字。"

　　自从上次没有加成名字后，卫芝提出不想再支付房子的费用。但是杨火说如果她停止付费，就是违约，这个房子以后跟她都没有关系。因此她还是一直按时支付房子的各种费用，而只要提出加名字的事，杨火夫妻就坚决拒绝。

卫芝不是一个能够保守秘密的人，如果是战争年代，尽管不是有心要做叛徒，但她一定是率先出卖同志和组织的那个人。所以，房子的事情，被她宣扬得人尽皆知。首先是住在那条街上的左邻右舍，其次是杨火夫妻认识的人，再者是任何有过一面之缘的人。大家听了卫芝的说法，都觉得杨火夫妻合谋骗她。杨火迫于压力，有时也说要把卫芝的名字加上去，但都是说完就反悔。卫芝本来就疑虑重重，加上周围人的七嘴八舌，所以房子一直是她的心病。现在听到杨火这样说，她的态度明显软化："那你写个保证书给我。明天我帮你提车，弄完以后，你们给我加名字。"

杨火大笔一挥，照着卫芝的意思，在一张白纸上写下了她的要求，然后签名。

杨火和卫芝分别从两个车行把车开到一个仓库，然后装船运往中国。封南嘉得知杨火私自卖了她花钱买的车，勃然大怒，立刻报警，说杨火偷了她的车。警察问了情况以后，要杨火还车。杨火先是被唬住了，可是要他把到嘴的肥肉吐出来，是要颇费周折的。问了一个法律助理后，他拿出死猪不怕开水烫的精神对警察说："这里是警察局，不是法院，你们无权判案。如果要我还车，必须通过法律途径。"

警察语塞，只好作罢。封南嘉再次找警察时，警察说："这是民事纠纷，我们管不了，你们得去法院立案。"

封南嘉平时就非常嚣张，吃了这样一个大亏，心头的恨意不是语言所能描述的。她不停地发信息威胁杨火，说如果不还车，让他死无葬身之地。杨火把微信的内容截图，主动到警察局报案说自己有人身危险，需要保护。警察看了封南嘉各种要弄死杨火的语言暴力后，立刻打电话警告她如果再骚扰杨火，就要把她抓起来。

封南嘉不敢跟警察作对，只好在公司当着所有人的面大骂杨火，历数他的种种恶行，并且放言说那两部车根本不可能卖到中国去，因为车上有追踪系统，出不了海关。可是，当得知车子已经到了中国后，她又气急败坏地跟杨火说："如果你不还我钱，我要利用各种关系让你身败名裂，在哪儿都混不下去。"

杨火拿到钱后，不再理会封南嘉各种虚张声势的恐吓，反而理直气壮地说："你再骚扰，我就报警。"

封南嘉恶狠狠地回应："咱们走着瞧！我让你怎么吃进去，就怎么吐出来。"

杨火有钱在手，就如同吃了定心丸。他把欠卫芝的工资和应得的提成还给她以后，就开始讨论他们如何一起做平行车生意，但是不再提房子的事情。卫芝最关心的就是把她的名字加在房子上，看杨火又要反悔，自然不依不饶。可是无论怎么闹，他就是咬定青山不松口。

别说卫芝拿杨火没办法，就是封南嘉那样一个口口声声要置他于死地的人，在叫嚷半天后还是老老实实地走了传统老路：去法院告他。封南嘉声称就算自己一分钱拿不到，也要杨火倾家荡产。她找了一个很贵的律师，三天两头给他发律师信，但律师并不是越贵越好。

一天，杨火收到一封律师信说他伪造文件，吓了一跳，因为他的确在封南嘉没留心的时候，伪造过文件。每次提车之前，封南嘉都要和杨火签一个标准的协议，总共是九页。刚开始，签字之前，双方都会检查一下内容。次数多了，大家都不再看内容，直接签名。杨火决定偷卖车子之前，用一个盗版软件把那份标准协议的其中一条改成封南嘉欠他七十多万。但是由于心虚，他把车辆识别码写错了，不能用。他还以为自己不小心把这份文件发出去了，可是打开一看，完全相反，原来是封南嘉伪造了一份文件说杨火欠了她二十多万，并且复制粘贴了他的签名。原来律师根本不检查内容，只管照猫画虎表达意思，然后把封南嘉发来的文件作为证据转发出去。杨火看到封南嘉伪造的文件，感觉很拙劣。相比之下，他的水平高明多了，只是以后的文件要仔细检查，不能再次马失前蹄。杨火本来就没把封南嘉放在眼里，找到这个漏洞后，更加成竹在胸。但他没有掉以轻心，还是挖空心思埋头整理各种对她不利的材料。他按照自己的方式，算出来封南嘉欠他四十多万。虽然他英语不好，但除了出庭必须找律师，其他的事情都是他自己做。和封南嘉的大律师比起来，他的律师费可以忽略不计。

第一次上庭以后，封南嘉输得体无完肤。她的律师拿着薄薄的两页纸，说不出个所以然。杨火的律师对着三百多页的材料埋头苦读。最后法官把封南嘉和她的律师一顿斥责，让他们不要浪费法庭资源，下次开庭时，准备好以后再来。

杨火亲自准备第一手材料，远比封南嘉的律师尽心，又节约大把银子。他往常得意时，总认为自己具备统治世界的领袖之才，只是世人有眼无珠，认不得他这个金镶玉；在路上开车，认为所有的车都要给他让路；如果变道的时候，没有车让他，他就说车上的人是杀手，是其他国家的领导人派出来谋杀他的。因为杨火有这样得意忘形的狂想基因，受到胜利的鼓舞后，势必要和封南嘉斗到底。

自从正式对簿公堂后，杨火和封南嘉都恨不得把对方整死。杨火平时就很有心，自从决定和封南嘉对抗后，更是不遗余力地搜集她的"罪证"，而且因为她的霸道和狂妄，很多时候，"黑材料"会自动送上门，所以杨火整她易如反掌。封南嘉平时一副天不怕地不怕的样子，把所有为她工作的人当成马仔一样使唤，一不高兴，就把他们痛骂一顿。刚开始，杨火还以为她背后真有黑道大哥撑腰，等到搞清楚她就是一个装腔作势的普通人以后，再也没有任何顾虑。平时，封南嘉看不出杨火有什么特别的地方，就是一个窝囊的老男人，没想到他居然率先跟她作对，而且一交手还这么厉害，她异常郁闷。其实，杨火之所以能一战而胜，除了他的深沉心机，还有封南嘉的咋呼无能和说话不过脑子帮了他的大忙。

封南嘉输了以后狂怒，她掀翻两张桌子、撕碎一堆纸后换了律师。她不再像以前那样把万事委托给律师，开始坐下来和新的律师仔细讨论案情。再次开庭时，她的律师也说了个一二三出来。法官认为这是个小案子，不值得一再拖延，浪费纳税人的钱，于是做出了判决。

杨火看不懂法官手写的判决书，律师解释了半天，他还是没弄明白法官为什么让他转三万块钱到法庭。但是无论如何，他对判决结果没有异议。因为转了钱以后，这个案子就结了，他净赚好几万。他尝到了打官司的甜头，刚把钱转出去，就开始准备下一个状告封南嘉的案子。

第八十章　沉沦

　　楚瑜和妮可的恋爱时间虽然远远超过了三个月，但还是不能逃脱分手的命运。在十一年级快要结束时，两个孩子正式分道扬镳。楚瑜表面上看不出来悲伤，但是生气的时间比以前更多。暑假时，他不回中国，也不去打工。虽然他不是一个狂热的游戏爱好者，但晚上总是长时间地盯着手机或者坐在电脑前面。白天的大部分时间在家睡觉，有时甚至睡到下午。由于是暑假，裴云英没有刻意叫醒他，只是趁他心情尚好时，抓紧时间问了一下他和妮可分手的原因。楚瑜没好气地说："她就是个傻帽儿，自私自利，一点儿都不关心我。"

　　妮可可是跟他一样，经过心理学家的测试，属于人群中那稀罕的2%，这样的人也被楚瑜说成傻帽儿，不知道谁能入得了他的法眼。当然，因为分手而贬低对方，也情有可原。裴云英指望妮可是个好学校的愿望落空，只能希望楚瑜自己做个好学生，反复强调十二年级的成绩多么重要。每次说不了两句，楚瑜都不耐烦地说："你不用说了，我比你更了解情况。"可是了解情况的楚瑜在开学没多久就经常旷课。

　　自从楚瑜正式来多伦多读书，多年以来，裴云英每天早晨都在上课之前半个小时叫醒他。小时候虽然睡不醒，但总是叫一两遍就起床。上高中以后，按理说应该自己起床了，但由于睡得越来越晚，他得了起床困难症。每天早上，裴云英都要叫他好几遍才能醒，有时还会迟到。尽管如此，还没有发生过不上学的情况。然而，楚瑜上十二年级不到两个月，就差不多有一半的时间缺课。每天早上裴云英不停地叫他，可他睡得像个死人，怎么都叫不醒，有时睡到放学还没醒。就算裴云英费尽力气把他拖下床，他最多清醒两分钟，很快又睡着了。如果他连续几天睡觉不上课，就算按时起床，也没法去上课，因为跟不上学校的进度，就算到了学校也是如听天书，只能在家自学，希望补上错过的内容。但学校不会停下来等他，所以他顾头不顾尾。这样一来，变成了恶性循环。

有一次，裴云英连续四天叫不醒楚瑜，气得她每天去赌场消磨时间。在加拿大多年，她除了偶尔陪同国内来的朋友去赌场小玩几次，平时从来不去，对赌博没有半点兴趣。可是不上学的楚瑜让她度日如年，都说身在赌场会忘记时间，于是她就去麻痹自己。对于爱赌的人来说，赌场可以忘忧。不管把钱丢到老虎机，还是换成筹码，抑或盯着几张扑克牌，每次的输赢都感觉不到钱的存在，只像在玩游戏。赌场二十四小时开放，爱赌的人只要还能睁开眼睛，就浑浑噩噩地混迹其中，不管黑天白夜，输完身上的最后一片遮羞布才恋恋不舍地离开。等到手上有点钱后，又立刻返回赌场继续战斗。对于不爱赌的人来说，赌场的最大功能就是输钱，解决不了任何现实中存在的问题。裴云英在赌场输了好几千块，下午回家时，楚瑜仍然在蒙头大睡。输了钱有点窝火，但是她不心疼，毕竟有这么个地方可以帮她打发四天难熬的日子。

最后一天回家时，裴云英看到楚瑜仍然躺在床上不动，她怒火中烧，掀开他的被子，把他拖起来，打了他两个耳光，这是她第一次对楚瑜动手。楚瑜立刻醒了，一言不发地瞪着裴云英。裴云英血往上涌，目不转睛地瞪着他，口不择言，用能够想到的难听字眼儿骂他，说他还不如大便，因为大便可以用水冲走，而他只会臭烘烘地污染空气，把人熏死。楚瑜还击了几句，然后背对着她，打开电脑，戴上耳机听音乐。裴云英扯掉他的耳机，试图去抢电脑。楚瑜站起来把她推了出去，关上房门。裴云英用力去推门，但楚瑜顶在门背后，他的力气比她大，所以她根本推不动。她气得失去理智，找了一个铁锤，把门砸了个洞。楚瑜依然死死抵住门，一动不动。经过这么一通折腾，裴云英用完了最后一丝力气，坐在门口埋头痛哭。虽然她知道任凭她肝肠寸断，楚瑜也不会像小时候那样出来跟她认错，安慰她，但她仍然抱着渺茫的希望。她哭得口干舌燥，声音喑哑，只好起身走到厨房，打开水龙头灌了一大杯凉水。然后走到自己的房间，像死尸一样躺在床上。

第一次的成绩单下来后，楚瑜不给裴云英看，说是他的隐私，并且说成绩都很好。裴云英知道不会太好，但是心想也不会太差，加上两个人关系紧张，就没有逼迫他。直到有一天，楚瑜的化学老师打电话要裴云英去学校谈话，她才知道他的状况已经岌岌可危。

裴云英按照约定的时间到办公室找化学老师，刚好碰到楚瑜。楚瑜看到她吃了一惊，对她怒目而视了几秒钟就走了出去。化学老师给裴云英看了楚瑜每次的测验、考试和期中成绩，最高满分，最低三十多分，平均成绩刚及格，可是他有一个课题作业没交，所以这门课不及格，需要重修。裴云英像是被打了一闷棍，她以为楚瑜再差，也能考个七八十分，没想到居然是这样。她无言地看着老师，愣愣地坐在那里，想到像块顽石一样的楚瑜，以及两人之间的种种冲突，禁不住泪如雨下。她和楚瑜吵得再厉害，两个人都不约而同地恪守一个原则，那就是不跟任何人说一个字，这是她第一次在外人面前流露出真实的心情。伤心的闸门一旦打开，泪水就决堤而出。年轻的老师大概没有经历过太多的人生苦难，看到她泣不成声，蹲在她的面前安慰她，并忙不迭地拿了一堆纸巾递给她。哭过以后，裴云英慢慢恢复平静，跟老师说了和楚瑜非一日之寒的矛盾，并且问他有什么办法。老师非常为难地说："我只是一个任课老师，非常抱歉帮不了你。你们可以一起去找学校的辅导员或者社区的家庭辅导员谈谈，也许他们有办法。"

"楚瑜不会跟我去的，我一个人去有什么用呢。"

不知道是裴云英的伤感让老师动容，还是老师太善良，他说出了让裴云英难以置信的话："我相信，楚瑜只要努力，成绩就能赶上来。刚开学时，他没选上这门课，跟我说很想上。我说如果他找到理由说服我就行。结果，他准备了一份详细的材料，写了对课程的认知以及为什么要选这门课，让我印象非常深刻。可是，他缺课的次数太多，有时也在课堂上睡觉，所以成绩不好。他不是一个非常差劲的学生，我可以给他一个特例，他的成绩以期末考试为准，之前的都不算。"

裴云英有点不敢相信自己的耳朵，求证一般地问道："如果他期末能够考九十分，那么他最后的成绩就是九十分？"

老师肯定地点了点头。这个方案让裴云英欣喜若狂，连声道谢。老师接着说："你先不要说，让他这两天找个时间跟我谈，我来告诉他。"

裴云英对老师千恩万谢，恨不得马上回家让楚瑜跟老师约时间。可她迫不及待地回到家里时，楚瑜并不在，打电话也不接，直到九点多才回来。裴云英问他去了哪里，他没好气地说去参加一个活动，然后说饿了。裴云英一边为他准备饭菜，一边说："你明天去找化学老师谈一谈，他会帮助你。"

楚瑜用非常敌对的口气说："你今天为什么去学校？你跟他说了什么？"

"是老师打电话叫我去的，就是说说你的简单情况，没有什么特别的事情。"

"你不要干涉我的生活，以后不准再去学校，我的事情不要你管。"

裴云英压住怒火，依然和颜悦色地说："我从来都不是一个强势的妈妈，也没有干涉过你的生活。一直以来，我都跟你说要管理好自己，可是现在你没有管好自己。每个人都应该做好自己分内的事，作为一个学生，你是不合格的。"

"我怎么不合格？你知道什么？我想做的事，一定能够做到，不用你管。"

"这个世界上没有一个人能够想做什么，就做什么。"

"你懂什么？只会打击我，我做得再好，你都不会满意。"

楚瑜的蛮不讲理终于激怒了裴云英，两个人吵了一架后，像以往一样，各自关上房门，不再搭理对方。自从楚瑜患了"嗜睡症"后，裴云英几乎不再叫他起床。没想到第二天早上，楚瑜准时出门去上学了。中午的时候，裴云英给楚瑜发了一个短信，让他不要一再伤害爱他并且愿意帮助他的人，因为这样的人并非满世界都有。同时强调，希望他尽快找化学老师谈话。楚瑜回了一个"好"。裴云英怕他反感，就不敢再问。过了几天，她给化学老师打电话。老师发自肺腑的善意通过电话传出来："楚瑜找过我了，我说了我的想法，他说争取最后一次考个好分数，不浪费这次机会，希望他说到做到。"

楚瑜的"嗜睡症"没有好转，裴云英由生气转为担忧，怕他得了什么重病，催着他去看医生。医生看不出什么毛病，就做各种化验检查，得出一堆数据后说他大概是"肾上腺疲乏"，但是不能完全确定。裴云英从来没有听过这个病，就上网查了一下。这个不是器质性病变，病因是生气，长期疲劳，心理压力等，就楚瑜的情况看，好像是这么回事。没有什么特别的治疗方式，只是说增加营养，多休息。

楚瑜长期缺乏睡眠，有时遇到考试，需要喝能量饮料提神。如果他真的是"肾上腺疲乏"，也不奇怪。按照裴云英的想法，这也不算病，反正不管是什么，都要起一个名字，况且没有确诊，所以她没有特别重视。楚瑜说所有的症状都符合，肯定是这个病。他本来就是一个很会寻找借口的人，有了这个似是而非的理由，在家睡觉和不上学就成了常态。

学校几乎每天都打电话来说他缺课，然后隔三差五地寄来通知，把迟到、不上课的时间和次数写下来。由于不是每个老师都会点名考勤，所以他实际缺课的时间远远超过学校的通知。裴云英忧心如焚，和楚瑜说什么都不起作用。她反复告诫自己不要生气，找人把有个破洞的门换成了新的，希望有个良好的寓意，可是生活不像换门那么简单。第一学期结束时，楚瑜依然不给她看成绩单，于是她给化学老师打电话。虽然没抱什么希望，但楚瑜的期末成绩差得一塌糊涂，这门课必须重修。她找学校的辅导员复印了楚瑜的成绩单，其他的课都是刚及格。面对这样的结果，裴云英难以接受，但还是不想把楚瑜逼到死角，所以回家以后，没有展示他的成绩单，只是说他辜负了化学老师的期望。楚瑜丝毫没有悔改之意，反而跳起来指责她，像往常一样说些莫名其妙的话激怒她。盛怒之下的裴云英再也无法控制自己，第二次打了楚瑜两个耳光。并且说："你立刻搬出去，随便你考几分，怎么睡，我再也不会关心。我眼不见心不烦，哪怕你死在外面我都不会管，我们最好登报脱离母子关系。"

楚瑜像从前那样依然面不改色地说："这是我的房间，你不准在这里。"

"哪个房间是你的？你付了贷款还是租金？这个房子是我的，跟你没有丝毫关系。"

楚瑜戴上耳机，然后用力把她推出去，关上了门。裴云英用力推了几次都没开，虽然失望至极，但是心明神清。她知道就算再次把新门打烂，也不会起任何作用。她隔着门说："你马上滚出去，再也不要回来。"说完才想到楚瑜戴着耳机，根本听不到她说话，于是就发短信和邮件给他。很快，邮件就被退了回来，楚瑜把她放到了黑名单，手机短信肯定也是如此，只是看不到被退回的信息。尽管裴云英气得发抖，可只要楚瑜说一句"我错了，妈妈你不要生气"，她都会停下来。不过，她清楚地知道等不到这句话，哪怕她在门口坐上一夜，气绝身亡，也是如此。

第八十一章　到底应该怎样解决问题

　　楚瑜几乎不上学了，每天把自己关在房间里，除了吃饭和上厕所，根本不出门。裴云英只能认为他是破罐子破摔，房门也经常关着。一扇薄薄的门板很容易就把近在咫尺的人隔成互不相干的陌生个体，虽然朝夕都在同一个空间里，却比地球到太阳的距离更遥远。

　　母子俩开始了新一轮的冷战和斗争，只是这一次的程度和长度都比以往更甚。两个人要么不说话，要么就是吵架。楚瑜任何时候都说自己是对的，这一点早已让裴云英忍无可忍，她说得最多的话就是让楚瑜搬出去。对峙一段时间后，裴云英觉得不是办法，还是决定跟楚瑜好好谈谈。但是，谈话的基础已经没有了，所以她又想到在心中盘桓过千百遍的解决办法：和楚瑜一起看三部电影。第一部是《罗生门》，第二部是《爆裂鼓手》，第三部是《霸王别姬》。

　　同一件事，楚瑜和裴云英的描述和看法都不同，就像《罗生门》里面的几个人。通过这个电影，她想让楚瑜明白人性就是如此，没有对错，他们是母子，没有必要每件事上都争执。《霸王别姬》和《爆裂鼓手》中都有对于师道的诠释，并且说明师尊是不可挑战的。裴云英绝对不可能要求楚瑜像小豆子、段小楼和安德鲁那么顺从，只是希望他明白，无论东方还是西方，从前还是现代，都不应该肆无忌惮地冒犯长者或父母。她无法跟楚瑜讲伯俞泣杖，也不能说卧冰求鲤之类的二十四孝故事，实际上，她自己也不认同这样的愚孝。大冷的天，脱光衣服趴在冰上，非但化不了冰，还得把自己冻成冰，在冰上砸个窟窿岂不是更简单，更合理吗？所以她期望以一种两个人都能接受的方式来传递她的想法，从而进一步沟通。同样，这个计划也失败了，楚瑜一口回绝说没有时间。思前想后，裴云英决定给他写信。因为怕楚瑜不喜欢长篇大论，所以动笔之前，她反复斟酌，在半夜写了封短信，从房门下面塞到他的房间。

　　第二天，楚瑜看到地上有张纸，以为是裴云英写来骂他的，一个字都没看，把纸翻过来，空白面朝上，随手一扔，不再理会。裴云英看儿子没有动静，不确定他是否看过信，就又写了一行字塞到他的房间，是大大的黑粗体：请仔细读每一个字。楚瑜看到这个，好奇地在桌上找到那张准备扔掉的纸，只见这样写道：

亲爱的儿子：

生命短暂，相比之下，我们视对方为陌生人和恶语相向的时间太多了，日后想起这些事，肯定会充满遗憾和悔恨。因为我不能忍受你对自己的生活不负责任以及对待我的方式，所以我用了狠毒的话语咒骂你。我们的关系深深地困扰着我，既让我生气，也把我撕碎。但是内心深处，我是彻骨的悲凉。

我是你的妈妈，尽管你时常让我怒火万丈，但是由于母亲的天性，我不能像对待街上其他不认识的孩子那样，匆匆走过，不再回头。我仍然会毫无保留地关心你，爱你。我最大的心愿就是你能有一个好的生活。然而，现实世界是复杂残酷的，就算付出努力，都不一定能够实现愿望，更不要说什么都不做。也许你认为，我不能给你什么帮助。但无论你相信与否，如果没有我，你的生活将会更加艰难。

我们的问题由来已久，不过我依然愿意诚心诚意地修复。不管是什么文化背景，什么种族，什么样的价值观，父母和孩子的关系都是生活中最重要的东西。

让我们敞开心扉，平心静气地交谈，谁都不要乱发脾气，失去希望，再也不要彼此伤害。

永远爱你的妈妈

看完以后，楚瑜封闭多日、像石头一样硬的心有所触动。但他依然关着门，没有和裴云英说话。一天，他终于去上学时，给裴云英打了个电话，说他读了那封信，也理解她的心情。翘首盼望多日的裴云英，就像死刑犯得到特赦令一样激动兴奋，一路狂奔回到家里，希望能和楚瑜面谈。

家里静悄悄的，楚瑜的房门依然关着，她敲了一下无人应答。因为十几天没有进过楚瑜的房间，她就想开门看看。可是，房门只能推开一条缝，她侧着身子进去，看了一眼，吓了一跳。房间里放了几个纸箱，楚瑜把他的玩具和衣物都打包了，看起来是要搬家。她立刻给楚瑜打电话，楚瑜说他一个星期后搬走。裴云英大惊失色，没有想到是这样的结果。她心神不宁地等楚瑜回家，要问他详情。等到楚瑜终于姗姗回来时，她迫不及待地问了一连串问题。

楚瑜难得地没有生气，不紧不慢地回答："我们的关系太紧张了，不能再这样住下去。如果我不住在这里，也许我们的关系会慢慢缓和。我搬到学校附近的一个公寓，一个人住。租约签了一年，交了两个月的定金。"

"谁给你的钱？"

"我爸不是说一年给四万吗？我让他把钱直接转给我。"

"你跟你爸说了为什么要搬出去？而且你还没满十八岁，怎么签的租约？"

"我跟他说我们老是吵架，只有搬出去才能解决问题。租约是我爸找了一个朋友作担保签的。"

"你是否告诉了他我们为什么吵架？你不上学的事是怎么解释的？"

"没有，他也没问。"

"那你打算一直把你爸蒙在鼓里？他还做着你是一个好学生的梦。如果他知道你现在的样子，一定失望至极。"

"我不会跟他说什么，因为我不会一直这样下去，我需要时间。"

"算了，我不想追究这些事。你不要搬家，妈妈说的都是气话，不是真的要把你赶出去，主要是希望你每天上学，把落下的功课补起来。"

"我已经决定了，我想这样是最好的。"

裴云英竭尽全力也没能改变楚瑜搬出去住的想法，虽然有各种担心，但最后她也只好接受现实。也许楚瑜独自生活后，各种能力都可以很快提高。其实，就算没有这个插曲，按照正常的轨道，再过半年多，他上大学时，也是要搬出去的，现在只是把这个时间提前几个月。这么一想，裴云英平静了许多，就安然接受了楚瑜的做法。

到了搬家的那天，母子俩彻底和好，说了许多很久没有说过的互相关心的话。裴云英乘机再次强调"梅花香自苦寒来""枯木逢春犹再发，人无两度再少年""没有耕耘，就没有收获"的车轱辘话，又鼓励他每天早上去上学，晚上按时睡觉，不能长时间熬夜，以及犯了错误不可怕，只要吸取教训，能改正就行，等等，不一而足。楚瑜一一答应，没有流露出丝毫的不耐烦。有那么一瞬，裴云英觉得他搬出去住是一个很好的选择，似乎所有的问题都迎刃而解了。

可是，残酷的事实证明，裴云英再一次做了春秋大梦。

第八十二章　艰难的接机

　　楚瑜搬走后的一个星期，学校依然每天打电话说他不上课。裴云英问他为什么，他说搬家要收拾东西，下个星期去上课。可是，下个星期依然和从前一样，他又说早上起不来。于是，裴云英每天早上给他打好几次电话，叫他起床。每次他都说"好"，但是一点都不好，每周最多去一两天，或者又是连续一两周都不上课。裴云英多说两句，他马上挂电话。

　　裴云英急火攻心，但是不想再和楚瑜争执，她甚至开始怀疑他的精神状况是否正常，怕他真的得了所谓的青少年忧郁症。为此，她找遍了楚瑜的朋友打听他的情况。朋友们都说他没有问题，精神健全，头脑清楚。裴云英还是不放心，就去找妮可，毕竟他们曾经密切交往过，而且妮可看起来是个完全正常的乖孩子。妮可听了裴云英的担忧，笑着说："他没有精神病，就是不够努力。我们学校确实有些学生是你想象的样子，但楚瑜绝对不是。"

　　妮可的话让裴云英悬在天上的心落到了触手可及的高度，但是并没有完全打消她的疑虑，然后她又问他们为什么分手。妮可说她太忙，除了学校的功课，空余时间不是贡献给摄影或者辩论俱乐部，就是打工。再加上家里管得太严，每次出门前都要讲好几点回家，如果逾期不归，母亲一定要给她打电话问清楚原因，并再次规定好回家的时间。所以，妮可没有多少时间和楚瑜在一起。可是，不打工也不努力学习的楚瑜悠闲多了，总是希望妮可多陪陪他，等妮可好不容易挤出一点时间和他在一起，又被母亲再三盘问为何不回家。楚瑜让妮可不要每次都接母亲的电话，妮可说如果不接电话，母亲会非常生气。不过楚瑜更生气，因此两个孩子争执几次就分手了。

　　楚瑜搬走一个月以后，上课的时间加起来不到一个星期，不上课的时间越多，需要补的课自然也相应增多，所以变成了恶性循环。一天中午，裴云英给楚瑜打了无数个电话都没人接，她去他住的地方敲了很长时间的门才把他吵醒。裴云英认真地梳理了各种可能性，最后理智地跟楚瑜说："你缺课太多，今年肯定毕不了业。你现在的作息时间和学校不一样，估计短时间内也很难改过来。要不你晚一年毕业？先安心休息几个月，把生活习惯调整过来，九月再回学校重读一遍十二年级。这样的话，你可以放下包袱，好好休息，不用再考虑学校的事。有个好心态比什么都重要，否则什么事都做不好。"

裴云英说得入情入理，自认为楚瑜会接受或者认真考虑这个建议，没想到楚瑜火冒三丈："你是不是已经跟学校这样说了？我明天就去学校把所有的联系方式改成我自己的。我早就申请完大学了，肯定能够准时毕业，谁要你瞎操心。你凭什么替我做决定？"

楚瑜的一席话让裴云英张口结舌，她憋着一口恶气，自己吞了下去，闷闷不乐地离开。楚瑜嘴巴死硬，她早就见识过无数次。如果嘴硬能够解决实际问题，那么这个世界上就不会有问题了。裴云英早就黔驴技穷了，她决定把楚瑜的真实状况告诉楚山。自从上次写信把事情说破后，他们已经一年多没有联系了。她相信楚山对于那层面纱不是全无知觉，如果不拿开，他们起码可以维持一个表面的平和，揭开以后，就是谁都不想看到的窘态。所以，古人的看破不说破是有道理的。不过，裴云英还是像从前那样，时常敦促楚瑜跟楚山联系。楚山气过以后，当然不会真的跟楚瑜计较。他们的亲密程度下降了一些，不过基本的父子之情还是有的。

裴云英做了决定以后，为了让楚瑜有个思想准备，就给他发了个短信，说不想再隐瞒楚山，晚上会给他打电话。楚瑜很久都没有回复，大概又睡着了。裴云英去学校复印了楚瑜开学以来所有科目的成绩，发给了楚山。

傍晚时分，楚瑜给裴云英打电话，怒气冲冲地警告她："你不许给我爸打电话，这是我的事情，说什么不说什么由我自己决定，不准你搅乱我的生活。"

裴云英只能拿出韧如蒲苇的精神，淡淡地说："他是你爸，他有权知道你的真实状况，尤其是在你花着他的钱的情况下。"

楚瑜咆哮了几句，狠狠地挂断了电话。

晚上，裴云英给楚山打电话一五一十地说了楚瑜这几年的状况。楚山静静地听着，末了，好像是没睡醒的样子，无厘头般地问："他的这个成绩能上一个好大学吗？"

裴云英瞠目结舌，心想就算他看不懂英文，难道连阿拉伯数字都不认识吗？而且她明确地说楚瑜的化学课没过，需要重修。但是楚瑜忙着睡觉，连该上的课都没上，怎么能有时间重修呢！

裴云英早已失去和楚山发脾气的资格，只能平静地说："加拿大和中国的打分制度是一样的，一百分是满分，数字越少，证明成绩越低。"

楚山好像大梦初醒，立刻说："其实，楚瑜跟我说要搬出去时，我就想过来一趟了解情况，签证都办好了。后来，实在太忙，脱不开身。这样吧，我把手头的事情安排一下，尽快过来。"

听到他这样说，裴云英忍不住问了一句："楚瑜提出到外面去住，你怎么都没跟我说一声？"

"他不让我跟你说，而且你也没问过我。"

打完电话的第二天，楚山把他的机票信息发给了裴云英，他将在一个星期后来多伦多，她如实转告楚瑜。楚瑜的暴跳如雷在她的意料之中，所以冷处理两天。然后，她跟楚瑜说："你爸来的时候，我们一起去机场接他。"

"我很忙，没有时间，你也不准去接他。"

无论楚瑜如何抗拒，楚山来的前两天，裴云英仍反复告诉楚瑜时间，请他一起去机场。在楚山到达前两个小时，裴云英再次给楚瑜发短信，说晚点去接他。过了一会儿，楚瑜打来电话，没好气地说："你现在马上过来带我去剪头发，然后买菜。弄完以后，我跟你去机场。"

按照楚瑜的命令，裴云英立刻去了他的公寓，在停车场等了十几分钟，他才一脸怒气地现身。楚瑜指挥着裴云英到了理发店，一看好多人等，她用商量的口气说："你的头发也不是很长，下次再理吧。"

楚瑜一言不发，低着头看手机，安静地等着，裴云英只好闭嘴，老老实实回到车上。将近四十分钟时，楚瑜终于剪完头发，洗好头出来。然后，裴云英开车到超市，想跟楚瑜一起去买菜。楚瑜依然用命令的口气说："你在车上等，我自己去。"

她等了二十多分钟，楚山发短信说飞机落地了。裴云英马上给楚瑜打电话，他说快好了。十几分钟后，他提着两个塑料袋上车。到了住的地方，裴云英说："你爸差不多要出关了，你把菜放到冰箱就出来吧。"

"我出门之前洗了衣服，现在要把衣服晾起来。"

"要不把衣服放到烘干机？回来以后拿出来就行了。"

楚瑜没有回答，下车走了，裴云英只好继续等。没过多久，楚山发短信说已经出关，在外面等，问什么时候到。裴云英把接到楚瑜后的大致情形说了一遍，让他去里面等，快到的时候通知他，接着又给楚瑜打电话。又是十几分钟后，楚瑜才出来，一上车就命令她去买咖啡。裴云英不想直接抗命不遵，就说："你爸已经在等，我们接到他再买咖啡，行吗？"

"我昨天晚上没睡觉，现在头脑不清楚，但我必须打起精神对付我爸。都怪你，我本来好好的，谁让你给我找麻烦。现在必须去买咖啡。"

裴云英只好把车开到最近的一家星巴克，等楚瑜终于买了一杯强烈的意式浓缩咖啡后，她才开上去机场的高速公路。接到楚山后，楚瑜敛下了他的所有怒气，或者说已经把所有的怒气都发在裴云英身上了，所以父子两个有说有笑的。

第八十三章　楚山的多伦多感受

　　楚瑜和裴云英都没吃饭，自然地和楚山说要去吃饭。楚山说他每周断食两天，晚上吃不了什么。楚瑜饿了，坚持要去吃饭，楚山说无所谓。裴云英带着他们到了越南粉店，她和楚瑜都点了一大碗招牌米粉，楚山只喝了一小杯水和豆浆。吃完饭后，裴云英和楚瑜送楚山到他来之前订好的酒店。

　　第二天多伦多大学里面有个大学招生集会，楚瑜本来说好和楚山一起去了解情况，可楚瑜临时又改变主意说要和同学去，裴云英想到楚山来多伦多的目的是楚瑜，和她无关，所以早就安排好了自己的事情，早上和客户见面，下午约了人去快餐店照相。楚山说他先去博物馆看看，如果裴云英忙完了，就到快餐店和她碰面，到时候楚瑜那边也差不多结束了，刚好三个人一起吃饭。

　　裴云英没跟楚山提过快餐店的事情，他突然听她说起，只是简单地问了几句。下午楚山来到快餐店，说装修不错，并顺手用手机拍了几张照片。裴云英约的专业摄影师刚好照完相离开，楚瑜还没有消息，她决定和楚山好好聊聊楚瑜的事情。

　　她把这几年和楚瑜的冲突以及他的学习状况，或虚或实的"肾上腺疲乏"病一一告知。楚山没有太多评论，偶尔插一两句话。裴云英的汇报工作即将结束时，楚瑜终于来了，他们就在店里吃了顿饭。裴云英说希望楚瑜这几天跟楚山住在酒店，结果两个人都反对。楚山说要倒时差，没休息好，多一个人在房间，更会受到打扰，过两天再说，楚瑜说换了地方睡不着。所以，吃完饭后，三个人各自回到自己的那个小天地。

　　早上，楚瑜本来说去楚山的酒店，但他又找了个莫须有的理由临阵脱逃，说下午再过去，楚山问裴云英是否有空，她没什么事，于是就去接楚山在几条大街上转了几圈，从外面看了些大房子。楚山问了价钱，说比北京便宜。天气很好，阳光灿烂，不冷也不热，刚好酒店附近有个很大的公园，裴云英和楚山在里面信步游走。多伦多只要出太阳，不是永远的蓝天白云就是恒久的万里无云，今天属于前一种情况。云有成朵成片的，还有长条形和鱼鳞状的，无论什么样子，都是洁白的，天空也蓝得很均匀。这样的日子里，很多人都会出动，又正好是周末，所以公园里的人不算少。一条小河穿过整个公园，流到安大略湖，有三个华人小女孩在玩水，最小的七八岁，最大的十一二岁。楚山的眼睛跟着三个小女孩移动，满是柔情，像是慈父注视着女儿的一举一动。有个中年女人坐在椅子上吹一种看起来像埙的乐器，听起来像傣族的孔雀舞曲调，又仿佛是月光下的凤尾竹，悠扬婉约，就像清亮的水滴声，跟旁边小河淌水的声音浑然一体。

裴云英和楚山在公园里走了三个多小时，话题自然从楚瑜开始，只是两个人讨论了半天，谁都没有灵丹妙药，后来只好转向他的公司，从以前的困境，说到眼下遇到的问题。中午的阳光明显比上午猛烈，紫外线也强了很多，两个人的脸都被晒得有些红，也有些热，因此都脱了外套。最后两个人都在炫目的阳光下感觉到了肚子的抗议，但楚瑜还没打来电话。裴云英给楚瑜发短信，叫他一起吃饭。他说还在忙，让他们先吃，说晚点到餐厅找他们。楚山不断食的时候吃很多，大概是要把失去的损失补回来。吃饱以后本来就容易犯困，再加上时差和被太阳晒过以后晕乎乎的后遗症，楚山很快在餐厅的沙发上进入梦乡。楚山还在跟周公说话时，楚瑜说要过来。餐厅离他住的地方很远，于是裴云英让他回家等，然后她叫醒楚山上车。楚山在车上继续睡，裴云英把车开往楚瑜的公寓。

到了楚瑜的公寓，裴云英敲了半天门都无人应答，楚瑜的电话又打不通，她只好和楚山在咖啡馆继续等。楚山又打了一会儿瞌睡问："他总是这样没有时间观念吗？"

"是的，每次说好什么事，都是一拖再拖。"

裴云英反复拨打楚瑜的电话，最后终于打通，她问他到底什么时候回来。他说在地铁，大概二十多分钟到家。半个多小时后，日理万机的楚瑜接见了等待良久的楚山和裴云英。

楚山零零星星睡了好几觉，精神比较好，就说让楚瑜晚上跟他住酒店。楚瑜试图推脱没有成功，于是裴云英把他们送回酒店。

晚上，楚山给裴云英发短信说楚瑜篡改成绩单，这是他们讨论过的话题。

因为裴云英没有跟楚瑜说楚山已经知道他的成绩，她料到楚瑜会用电脑软件修改 PDF 文件，所以已经跟楚山交流过。但是接到楚山的短信，她还是连发了几个短信，叫他不要生气，有话慢慢说，孩子都会犯错误；楚瑜这样做，也是因为觉得分数不好看，面子上过不去，自尊心受挫。

裴云英想让妮可管理快餐店的社交媒体营销，在楚山来之前就约了她面谈。现在楚山来了，裴云英期望楚山和妮可交流一下，好让楚山从一个比较了解楚瑜的人那里得到更多的信息，所以就重新约了一个楚山可以一起去的时间。

楚瑜跟楚山一起住了两天，第三天中午，楚山给裴云英发短信说和楚瑜谈得比较深入，效果不错，约她见面细聊。裴云英和妮可确定时间后，下午去了楚山住的酒店，楚瑜已经离开，说又要去忙什么事，但晚上会和他们一起吃饭。裴云英和楚山面对面坐在酒店的大堂，听他和楚瑜的会谈结果。楚山说他对楚瑜很放心，这个孩子知道自己需要什么，并且盛赞他的眼界开阔，思维活跃，对社会和人生都有独到的见解和独立思考的能力。目前楚瑜面临的棘手难题是和她的关系，如果过了这个关口，他的很多问题都会迎刃而解。两天之间，事情迅速反转，楚山和楚瑜成了一对相亲相爱、无话不谈的父子；而裴云英和楚瑜的矛盾是个巨大的麻烦，阻碍了他的成长。裴云英听到这样的结论，心中不是滋味，但是想到只要楚瑜能够从青春的迷失中醒来，迅速走上正常的轨道，她这个前进路上的绊脚石完全可以让开。因为和妮可约定的时间就要到了，所以裴云英叫楚山上车，往咖啡馆开去。得知要去见楚瑜的前女友，楚山有点吃惊地问："楚瑜跟这个女孩的事，是你问的，还是他告诉你的？"

"基本上是他自己说的，我有时候问一下。"

快到咖啡馆时，楚山说："等一下你跟女孩单独说话，我坐另外一边。"

裴云英好奇地问："为什么？我就是想让你从多方面了解楚瑜。"

"我已经完全了解他了，而且这两天我们谈得很好，我不想让他知道我背着他见这个女孩，免得破坏我们的关系。"

妮可坐在靠窗的位置，看到裴云英进来，招了下手，楚山小声说："我在楚瑜的脸书上见过这个女孩的照片。"

楚山抱着不参与的态度，远远地坐着，裴云英约妮可面谈的重要目的已经不复存在。半个多小时后，楚山频频向她们张望，裴云英走过去问他有什么事。他说宗艾的老公刚好在多伦多，晚上约了他们一家人吃饭，并且明确表示不希望裴云英过去。裴云英和宗艾早就形同陌路，即使楚山不说，她也不会去凑这个热闹。但她没想到楚山居然和宗艾有联系，更没想到的是宗艾竟然是楚瑜租房子时的担保人。她知道自己和宗艾不是一个圈子的人，不过得知她和楚山如此密切时，还是有点非同小可的惊讶。

裴云英把楚山送到餐厅，楚瑜还没到。她问清楚瑜的位置，把他接到餐厅后，独自回家煮了几个韭菜鸡蛋的速冻饺子。

楚山和楚瑜又在酒店住了一天后，完成了他在多伦多的使命，第二天下午就要离开。楚山似乎有点不好意思，特意跟裴云英强调说走之前的中午一起吃饭，并且主动问她想吃什么。裴云英说无所谓，让他们决定，最后楚瑜选了一个日本料理自助餐。吃饭之前，裴云英有点赌气地说："吃自助餐花的时间太长，我们换一家吧。"说完，根本不征询他们的意见，直接把车开到一家常去的粥店门口停下来。

饭桌上，楚山和楚瑜讨论着美国的政治、脱口秀、流行的电视剧。楚瑜爱看《生活大爆炸》，楚山也看过几集，他们讨论了剧中几个傻得可爱的科学怪才，因为智商高达 187 的第一怪人是加州理工的，楚山就问楚瑜是否想去美国上大学，楚瑜坚定地说不去，美国一点儿都不好。楚山本来只是随便说说，楚瑜的果断拒绝让他情不自禁地反问："加拿大好吗？所有人都说除了落基山，加拿大什么都比不上美国。"

楚瑜仿佛是个政客，说加拿大比美国安全有保障，并且以全民医疗为例，甚至还提到要把美国的英制单位换算成公制既浪费时间，也令人迷惑。英制单位不是十进制，所以即使计算一个简单的题目，也会被一串带小数点的数字或者几英尺又几分之几英寸搞晕的。裴云英平时不会刻意说加拿大好，但也不喜欢别人说美国什么都比加拿大好，所以想反驳一下楚山，但是他们父子说得热闹，她插不上话，只好在心里说："除了落基山，尼亚加拉大瀑布也比美国的好，美国人还专门在对岸修了一个塔观看加拿大的瀑布呢。"

吃完饭后，她和楚瑜送楚山去机场。早上起来天就阴沉沉的，雨时下时停，开到半路雨越来越大，楚山说："多伦多的天气真差，我来了这几天，不是阴天，就是下雨，一个晴天都没有。"

到了机场，楚山要楚瑜陪他进去，裴云英开车在外面转了一圈回到他们下车的地方，刚好看到楚瑜从里面出来。回家的路上，雨停了。裴云英和楚瑜说了那些重复千遍的话，他没有发脾气，安安静静地下了车，回了他的公寓。

　　楚山在多伦多时，手机没有漫游，到哪里都先问上网的密码。裴云英的同学过来时，都买了漫游计划，手机像在国内一样随便用。这点漫游费，还不够楚山的女儿买一件衣服，太太做一次美容或者吃一顿饭。以他的身家，这种做法实在让人不解。裴云英回家后，说不清出于何种目的，怀着一种无法描述的阴暗心理，仔细地看了一下楚山的机票信息，发现他买的居然是经济舱。她先是讶异地张着嘴巴，继而感觉这个事就像他会和宗艾吃饭一样奇怪。

第八十四章　偷鸡不成蚀把米

　　杨火精心炮制了很多陷害封南嘉的黑材料，把过去的，未来的，凡是能够想象到的所有利润加起来，最后得出封南嘉欠她四十多万的结论。他自己去法院递交各种材料和表格立了案，等待开庭，依然像从前一样，准备上庭时才请律师。不过，这次一点儿都不好玩。一开庭法官就说杨火的计算方式有误，过去的事情已经通过上个案子结了，也不能够把未产生的利润作为依据，所以宣布此案无效。

　　杨火这边刚刚被迫撤案，封南嘉那边又在小额法庭起诉他，证据是她写给他的那张退还押金的支票。小额法庭只要花七十五块的手续费，追讨额的上限是两万五，押金是两万，所以封南嘉自以为是地选了一个对付杨火的省钱方法。上庭之前，她想得很简单，什么准备都没做，只请了一个翻译。杨火当然更不愿意花钱，他仗着已经有过几次大案子的上庭经验，根本没把这个小额法庭放在眼里，所以连翻译都没请，就用自己磕磕巴巴的英语上庭对质。

　　小额法庭的法官一天判好多个无厘头的案子，心情阴晴不定，听着杨火不明所以的英语，看到封南嘉开出的支票在备注中写着"还钱"，立刻让他们住口，说这个案子不成立，法庭不是儿戏，并且发出严厉的诘问，就差斥责他们浪费法庭资源，完全是一对蠢人的游戏。两个人灰溜溜地离开法庭，都在心中说以后不能随便打官司，上庭更要谨慎。

　　虽然杨火暂时不想打官司，但是却被卫芝告上了法庭。卫芝用尽了威逼利诱的手段后，杨火夫妻还是找各种不同意加名字的理由。比如，贷款是用了房玉珍几十年的信誉；卫芝的首付不够，是他们出于好心借给她的，占了这么大的便宜，不能再有要求；如果想加名字，卫芝必须把她那部分房款全部还清，而且不是还给银行，是还给房玉珍。

　　房子虽然是房玉珍的名字，但谁都知道，杨火才是真正的执行人，所以平常的日子里，他是全权代理人。然而，每当杨火和卫芝有冲突的时候，他总是转嫁责任，说房玉珍不同意，他没有办法。反正房子上没有他的名字，这是个很好的借口。

自从房子的事情摊到台面上以后，无论说什么，卫芝和杨火总是南辕北辙。这也很正常，因为他们站在各自的立场，而且目的也完全不同。就像首付的问题，他们来来回回说了几个月，还是没有定论。卫芝说她准备了足够的首付，但房玉珍从银行多借了一笔钱，不愿意还回去，所以就借给她一部分当作首付；杨火说卫芝从来没有把钱放在账上，无法证明她有钱；卫芝说杨火不让她拿钱出来，因为要收她的利息……总之，两个人仿佛拉锯战一样没完没了，当然也没结果。

这样的情况下，不但合作买房的基础破裂，而且也没有办法住在一个屋檐下了。于是卫芝又和另外一个朋友买了房子，搬了出去。杨火也回家和房玉珍一起住。整栋房子全部出租，租金由杨火代收，扣除每个月的水电费、保险和房产税后，如果还有剩余，就给卫芝，所有的费用都按照当初买房的比例分配。

买房的初衷是自住，可是现在变成了出租屋，卫芝就想赶快解决问题。她认识一个热心肠的律师肯尼斯，刚好是做地产的。他听了卫芝的陈述后，愿意帮忙，但他的主要领域是商业地产，而且不上庭。不过他说上庭只是一种手段，很多官司在上庭之前就和解了，因此他可以为卫芝做很多前期的事，而且不收费。

肯尼斯根据卫芝提供的资料和自己收集的材料，给杨火、房玉珍，还有知道这件事的律师分别写信，要求杨火夫妻在一个月之内先把卫芝的名字加到房子上，如果不做，就要去法庭申请强制执行拍卖房子。杨火根本不把律师信当回事，罗列了一堆为什么不加名字的车轱辘话。卫芝见此路不通，只能痛下决心请律师。虽然遍地都是律师，但是找一个好律师比大海捞针还难，肯尼斯帮她找了一个叫亚利克的律师，收费是五百多块一个小时。亚利克刚到中年，正是年富力强的时候，他跟卫芝说这个案子胜诉的把握很大。如果赢了，杨火他们要帮她支付一大半的律师费。卫芝听到这个，放心大胆地把两万块交给了亚利克的律师楼。

亚利克按照步骤先申请了一个案件审理证明，有了这个，杨火夫妻就不能私下把房子卖了，然后给杨火夫妻发信交涉，说要去法庭申请强制执行令。杨火不愿意花钱请律师，英语水平又非常有限，面对一大堆亚利克发来用专业术语写成的文件，搞不懂卫芝要做什么，还以为是要求加名字，于是又把以前发给肯尼斯的信重发一遍。上庭的时候，杨火和房玉珍请了一个翻译，才搞清楚是要卖房子。由于杨火他们没有律师，又一头雾水，所以法官很谨慎，不同意在当事人不明白的情况下强制卖房，判决双方回去重新准备资料，找到相应的案例，并且定下了第二次开庭的日期。所以第一次开庭，以杨火夫妻稀里糊涂地胜利结束。

亚利克本来说第一次肯定能拿到强制卖房的判决令，失败以后，又说第二次一定没问题。虽然没有打赢官司，但是亚利克公司发来的账单已经超过两万块。卫芝正在因为没有如愿以偿生气，看到这样一个天价账单，顿时像个小女孩一样号啕大哭。她当初决定用亚利克，是因为肯尼斯。现在感到被欺骗，自然要去找肯尼斯申诉委屈。可是肯尼斯的说法和亚利克一样："我相信下次上庭时可以解决。"

卫芝觉得亚利克就写了几封信，准备了一些材料，上了一次庭，就收了她这么大一笔钱，实在不忿。如果让他再上一次庭，不知又要给多少钱，于是跟肯尼斯说："我不想雇用亚利克了，要不然下次我让愁余上庭，你指导他一下？"

"我不上庭，也不做与此有关的事，而且我认为这个时候解雇你的律师不是一个聪明的决定。"

得不到肯尼斯的支持，卫芝也不敢贸然行事，只好安心等待下一个开庭日。虽然第二次上庭的结果也不美好，但是杨火再也无法得意了。

杨火向来抱着节约每一分钱的态度打官司，所以他能省则省，除了给翻译的一点钱，什么事都自己做。本来他就对正在发生的事情懵懵懂懂，自从第一次上庭知道法官要等他明白才判案后，决定以后就采取装傻诈呆的策略。而且他总是跟卫芝说要奉陪到底，并且坚定不移地以为他能够一直这样玩下去。谁知道第二次上庭时，见多识广的法官识破了他的伎俩，明确告诉他下次必须请律师，并且说这个官司会一直持续下去，十万都打不住，产生的所有费用由双方共同承担。杨火夫妻都是临死前还怕多点一盏灯费钱的主儿，他们一直固执地以为案子既然是卫芝挑起的，所有的费用都要她支付。所以，虽然他们没有律师，仍编造了一笔要卫芝赔偿的法律费用。现在一听到法官说出要他们和卫芝共同出这么大一笔钱，登时像霜打的茄子。他立刻改变态度，说愿意卖房子，请求法官当庭判决。法官根本不理他，给出了第三次开庭的日期。

杨火本来是想玩弄加拿大的司法体系，没想到把自己玩进去了。他给卫芝打电话说要私下和解，请求她不要再让亚利克上庭。卫芝也担心越来越高的律师费，并不想继续打官司，就去和肯尼斯商量。肯尼斯说："和解对双方都是最有利的，否则官司一直打下去，你们把房子卖了都不够付律师费。"

此话正合卫芝的心意，就说："那你让亚利克停下来，你代表我和杨火他们谈。"

"我可以代表你，但不会和杨火他们直接交涉，他们必须找个律师，我才帮你做。另外，和解的事情必须在下个开庭日之前达成协议，否则亚利克不能停下来。"

杨火一听还是要花钱请律师，感觉和上庭一样。既然占不到便宜，他就改变策略。他到处打听情况，有人说每次的法官都不一样，判决结果肯定不同，说不定第三次的法官会偏向他们。所以，杨火改变主意，不愿意和解，怀着侥幸心理和房玉珍一起第三次上庭。结果，法官判卫芝胜，要房玉珍执行她们之间的协议，因为卫芝也是屋主，有权利处置房子，同时房玉珍要负责卫芝60% 的律师费。

第八十五章　跳梁小丑

加拿大不是一个发展日新月异的国家，在很多方面不是蜗行牛步就是墨守成规，依然沿用古老的传统。在电子邮件满天飞的情况下，很多律师事务所还在用传真或者通过邮局寄信，一些老律师不会用电脑，甚至连手机的短信功能都不知道怎么用，或者他们的手机是丢在地上都没人捡的那种。少数律师做了多年以后才有可能成为法官，所以法院也是很难改变的，因此法官的判决是当庭书写的，而且法官的字像医生写的药方那样难以辨认。不要说杨火夫妻认不得几个字母，就是亚利克这样的律师也认不全。但是不管是否有人认得法官的字，都不妨碍他们的权威性，只要他们写下东西，签名以后，就要执行。

杨火原本以为卫芝的名字没有登记在房子上，他们私下的那份协议不会被承认，因此就想为所欲为。不过法官听惯了各种公说公有理，婆说婆有理的胡搅蛮缠，总是能够做出自己的判断。卫芝平时很有心，她提供了自己按照协议比例支付房子每项费用的所有证据，所以判她赢了也在意料之中，就像亚利克一直说的那样，她是胜券在握的。

无论怎样，一纸判决书让杨火的美梦彻底破灭，他不但无法占有卫芝的房屋股份，还要同意卫芝的卖房要求，再加上得负责卫芝那部分的律师费，真是赔了夫人又折兵。一想到这些，就像剜心割肉一样，他沉痛地对卫芝说："四川女人太厉害了，我以后再也不会招惹你们。"

卫芝遇到不公平的事情时，确实有些四川女人的泼辣。她和愁余考驾照的时候，卫心不准他们用自己的车，所以他们找了一个教练跟着练车。多伦多的华人教车师傅多如牛毛，卫芝看到报纸上的广告，随便找了一个，和愁余同时去学。愁余很快就开得很熟练，然后教练说帮他报名考试。报完名后，愁余始终没有收到考试的具体日期，问了教练好多次，都没有发给他。卫芝找另外一个人帮着查了一下，结果发现教练根本没替愁余报名。报名的费用是七十五块，她早就给过那个教练了，没想到他为了侵吞这点钱一直欺骗他们。她揭穿那个男人的丑陋面目后，他再也不接她的电话。卫芝被激怒，心想一定要把钱讨回来。

有一天，卫芝在路上遇到那个教练，大声叫他还钱，他装模作样地说："你认错人了。"卫芝说："你收我钱的时候，怎么不说这种话？"猥琐男为了七十五块，快步跑到自己的车前，完全忘了平时教车的安全规则。可是，老天就是不愿意给他这七十五块。卫芝自己去考驾照时，又在停车场碰到这个猥琐男，她马上叫他还钱。猥琐男故伎重施，说从来没有见过她，还说她是一个骗子。卫芝恶向胆边生，站在路上像讲演一样把事情说给所有的人听。猥琐男因为带着学车的人过来考试，不能像上次那样上车逃跑，不得已之下掏出一百块给卫芝。卫芝拿着钱说："你愿意给钱，证明确有其事。为了这点钱，你上次把车开那么快，如果被车撞死了，你值得吗？按理说，你霸占我的七十五块这么久，我还费力讨要，应该多收一点。但我不想跟你这个垃圾一般见识，所以找你二十五块。以后不要再出现在我面前，免得污染我的眼睛。"

世界上的人千千万，像这样不择手段强夺七十五块的肯定不止一个。也算卫芝运气好，找到对付猥琐男的办法，才有机会为自己讨回一点公道。

自从法官对房子做出正式的判决后，杨火只好上蹿下跳找经纪卖房。油凤听闻以后，仗着和杨火的一点交情胜出。屋主的名字虽然是房玉珍，但她本来就是一个傀儡，一切都听杨火的。所以，油凤顺利地签下了卖房协议。

卫芝对油凤和杨火都不信任，担心他们合伙骗她，不愿意找她做经纪。油凤搞不清楚状况，认为房子是房玉珍的，只要她签名就行，完全不理睬卫芝。杨火夫妻一知半解，以为他们可以卖完房子以后分钱，不需要卫芝参与卖房的过程。等到肯尼斯跟油凤解释以后，她才意识到想把房子卖掉，是无法绕过卫芝的，又转而讨好她，请求她同意。卫芝咨询了肯尼斯和裴云英的意见，他们都说只要是公平真实的交易，哪个经纪都一样。于是，卫芝让油凤写个保证书，说明如果在卖房过程中出现不诚实的行为，会受到什么样的惩罚。油凤遵照卫芝的指示，老老实实地写了一份保证书，罗列了一大堆"如果"之后的惩办，并且特意声明所写的一切完全是心甘情愿。卫芝无法判断油凤的保证书是否能够顺利执行，还是让肯尼斯和裴云英帮她定夺。

肯尼斯秉着对加拿大司法系统的信任，从一个律师的立场出发，认为油凤签字画押的东西是有法律效力的。如果她最后毁约，是无法逃脱责任的。裴云英从来没有给客人写过这种保证书，觉得很稀奇，就认真地读了一遍。油凤像个小学生一样，按照标准格式，规规矩矩地这样写着：

保证书

　　本人，油凤，作为卫芝和房玉珍的卖房经纪，在此特地向我的客户做出以下几点郑重保证：

　　1. 我会寻找所有潜在或者可能的买家，及时向你们汇报情况。

　　2. 如果有合同，我一定报告交易的每个细节。

　　3. 如果房子成交，我保证购房合同中的条款、价格全部真实，绝不偏袒其中一方，更不会欺诈。

　　4. 我会谨遵政府制定的地产经纪行为规范和职业操守，保护双方的利益。

　　5. 我本着公平公正的原则，用我的专业知识和多年经验，卖一个最好的价钱。

　　6. 如果整个卖房过程中有任何违规行为，我会全权负责。

　　7. 此协议终生有效，永不过期。

保证人：油凤
签名盖章
某年某月某日

　　裴云英看着油凤掏心扒肝的保证书，不由地笑出声来。据她所知，华人卖方的经纪费用通常是1%，有的人只给0.5%，杨火夫妻这样葛朗台式的人物，肯定只会给0.5%，算下来只有四千多。油凤不是一个穷人，她除了自己住的大房子，还有好几套小房子，每个月都有租金入账，而且她开着耗油量大的豪车。无论从哪方面来说，油凤都不等这点钱来买米下锅，按理说她实在没有必要为了这点蝇头小利如此蝇营狗苟。幸亏她像裴云英一样只是一个小小的地产经纪，不会在历史进程中起到丝毫作用。如果油凤是个手握重权的大人物，那就是国家和民族的灾难，因为她可以随时签下丧权辱国、割地赔款的不平等条约。

第八十六章　谁有资格得忧郁症

不出所料，楚瑜没有在既定的时间内完成十二年级的学业。他住在外面，极少跟裴云英联系，所以她不是很了解情况，直到学校给她打电话说楚瑜要想毕业的话，还差两门课，才知道点皮毛。学校说如果他已经在私立学校修完课，就传给学校，然后给他高中毕业证。

裴云英知道楚瑜在上私立学校，但不知道他上什么课，只能把学校说的话转给他。楚瑜问："你怎么知道这些的？"

"学校有人给我打电话。"

楚瑜虽然不高兴，但由于两人不常见面，所以他没有像以前那样怒气冲天，只是简单地说他已经在私立学校上完所有的课，随后会把成绩发过去。裴云英没话找话，随便问了一下他申请大学的事情，楚瑜说已经都弄好了。裴云英觉得奇怪，就问："你要上哪个大学？什么专业？"

楚瑜说了一个非常熟悉的学校名字和一个很好的专业，裴云英根本无法相信，就顺着自己的思路说："不可能吧，你还差两门课才毕业，大学怎么会录取你？而且这个专业的要求很高，各科成绩必须都九十分以上吧？"

楚瑜暴怒，在电话里跟她歇斯底里地大吼一通。裴云英等他发作了两分钟，试图打断他，跟他讲那些重复千遍的人生大道理，可楚瑜完全不让她插嘴，一直在不停地咆哮。裴云英终于厌倦地挂断了电话。

学期快结束时，裴云英怀着侥幸去学校问楚瑜是否能毕业，学校说还差两门课。虽然已经有了心理准备，她还是有些失望。曾经说要上麻省理工的楚瑜，现在连高中都没毕业。作为一个非常重视教育的母亲，她只有干着急，完全无能为力。面对这样的结果，她也束手无策。

自从上次楚瑜跟她无理取闹后，裴云英没有主动联系过他，已经快一个月了，当然楚瑜也不会找她。自从搬出去后，他只给裴云英打过三个电话，都是要钱。因为数目不大，所以她每次都给了。

从学校出来以后，裴云英没有开车，不自觉地往楚瑜的公寓走去。到了门口，她敲了半天门都没有人应。她不想打电话，生怕一言不合又吵起来。她默默地离开，在人行道上看着一辆辆飞驰而过的汽车，脑袋里面那些颠过来倒过去的问题就像车子一样凌乱。

这段时间，她无时无刻不在反省楚瑜的问题。其实，几年以来，她都在思考，只不过从前总是把原因归结于叛逆的青春期，认为过完就好了。她看了很多书，里面什么词汇都有，生理变化带来心理躁动、性幻想、青春期躁郁症、忧郁症……尽管问题不少，解决方法倒是大同小异，无非是开导疏通不强求，这些裴云英都做了无数遍，但是都不起作用。

有一次，她和楚瑜谈了好久，反复问他到底怎么样才能改变。楚瑜说很难，因为他有青少年抑郁症。当时她忍不住笑了，虽然早已从网上和书中知道了这个词汇，但是没有和楚瑜联系到一起，她宁可相信他精神暂时失常，引发出一系列症状。而且以楚瑜的成长环境来说，他有什么理由得抑郁症呢？除了裴云英和楚山离婚，楚瑜的生活中没有任何挫折。毫不夸张地说，他就是温室里的花朵，从小到大，什么苦都没受过。本来裴云英想让他去打工，体验一下谋生的艰难，可是他连这个都不愿意做。如果说父母离婚，会对孩子造成天大的伤害，她也无法认同。裴云英从来没有在精神上忽略楚瑜，一直很关心他。从物质上说，她确实无法像楚山那样为楚瑜提供很多奢华的东西。但是，她尽力满足他的要求，玩具不比别的孩子少，很早就给他买了手机和电脑。可以说，他的生活始终中等偏上。

不可否认，裴云英和楚山离婚，对楚瑜有一定的影响，但这绝对不是可以为他的现状开脱的主要理由。如果非要这么牵强的话，天底下很多孩子根本没办法活下去。所以，裴云英从来没有因为自己是个单身母亲而对楚瑜长吁短叹。相反，她还有点为自己骄傲。尤其是看到书里描述了单身父母的很多好处后，她更加淡化了这个标签。可惜，楚瑜完全无法理解她的良苦用心。

说到抑郁症，裴云英是最有资格得这个病的。她出生在一个"环堵萧然，箪瓢屡空"的家庭，举目四望，只有一片贫瘠。这样的环境和地方，就注定她的起点比很多人低，生活上的磨难比城里人多。当她在泥土路上走了十几年，第一次看到平坦的水泥马路时，心中的惊叹好像天上掉馅饼，她当时最大的愿望就是在没有烂泥巴的坚硬马路上走一辈子。可是，专科学校毕业后，她又回到了雨天打滑、晴天扬尘的黄泥路上。唯一的区别是，小时候她赤脚，现在她可以穿双雨鞋，但她的生活目标是在水泥马路上行走。所以她一到那个和家乡一样的小山村，就准备离开，而唯一的途径是考研究生。

裴云英到处寻找资料学习，可是在一个四周是山，只有一条泥巴路的地方，想有一本像样的书谈何容易。等她使尽吃奶的力气找了几本书，学完以后，准备去考试时，单位却不同意。她能攻克书本，但感化不了掌握她命运的领导。无论说什么，领导都跟她说要安心工作。裴云英无可奈何，除了伤心，就是绝望。

眼看着考研报名时间就要到了，但是没有单位人事部门开具的同意报考证明，裴云英连名都报不上。她没有办法，只好再次来到领导的办公室磨。领导笑眯眯地看着她说："小裴呀，看着你挺伶俐的一个人，怎么就是死脑筋，不明白呢？"

裴云英当然明白领导的企图，她早就知道这个五十多岁的秃顶胖男人想干什么。然而，她无法说服自己跟这样一个人在一起，更何况是第一次。她希望奇迹能够出现，但是像以前一样，她没有等到。作为一个谁都靠不上的无助女人，除了可以用年轻的身体换取一些梦寐以求的东西，她什么都没有，就像《天浴》里面的那个女孩文秀。不是每个出身卑微的女人都能够像尤三姐那样刚烈，面对权大势大的贾府，在暴怒之下，不顾后果地把贾琏和贾珍痛斥一顿；因为柳湘莲怀疑她不贞洁，她就拿着他的定情剑刎颈而亡。所以，裴云英只能把自己交出去。当领导解开皮带压住她时，她闭上眼睛，捂住耳朵，忍受那撕心裂肺的痛，直到完全麻木。胖男人折腾够以后，有点不屑地说："又不是第一次，何必装模作样这么长时间，不过还真紧，我差点放不进去，看来有日子没搞了。"

裴云英不知此话从何说起，但也不想讨论。她起身穿衣服，看到身下没有血，按照常理，处女应该是要出血的，所以这个刚离开她身体的男人认定她早已和其他男人"搞过了"。不管怎么说，她用自己的身体换来了一纸宝贵的同意报考证明。当然，胖男人搞了一次后，意犹未尽，又要求了很多次。理由很简单："已经搞过了，一次跟一百次是一样的。"裴云英再也无法接受这样的耻辱，坚决拒绝第二次被这个又老又胖的男人糟蹋，就由开始的躲避变成后来的大义凛然：

"你如果再不给我开证明，我就去告你强奸，大不了鱼死网破。"胖男人还想再往上爬一级，这个小女子誓死不从的态度也让他有所震慑，担心她真的去有关部门告状，跟他死磕到底，所以才放过了她。

到了北京以后，裴云英偶尔想起自己为何没有出血，因为她认定那就是她的第一次。可是，细思之下，那些没有记住或者刻意封存的记忆，就像潘多拉的盒子，打开以后，各种邪恶可怕的东西都跳了出来。以前为了应付考试，她常希望自己有照相机一样的记忆。可是如果真的什么都能记住的话，那是一件非常可怕的事情，因为除了无穷无尽的回忆，就是那些漫无边际的细节。如果可能，她想把其中的很多东西彻底摧毁，连一丝痕迹都不留，就像什么都没有发生过。所以有人说，选择性遗忘是一种自我保护。

她的"第一次"应该是四岁或者五岁的时候被一个四十多岁的堂哥拿走了。一天晚上，她不知道堂哥为什么和她睡在一张床上，第二天醒来时，堂哥侧身抱着她，两腿之间的那个东西还在她的身体里。她的"第二次"是五岁或者六岁的某一天，村长的儿子让她躺在山下的一块大石头上，然后做了和堂哥一样的事情。还有一次是企图没有得逞，那时她大概十岁，一个男老师伸出魔爪想摸她，出于本能，她立刻逃了。此后，她确实没有和任何男人"搞过"。那么和领导算是第三次，所以她真的不是处女。

根据书上或者城里人的说法，她的前两次都是被强奸了，而强奸幼女是犯法的，她应该去上告。可是，她在二十多年后才想起来，应该早就过了追诉期，也根本无法取证。如果上告，得到的只能是那个小山村里人们的白眼，甚至会说她从小就是个破鞋。像她这样遭遇的小女孩，绝不止她一个，她们自己不懂发生了什么，就算事后知道了，绝大多数也选择沉默。也许裴云英应该为了把坏人绳之以法而奋斗，但她只是一个默默耕耘自己小天地的普通女人，不是一个为了那些被侮辱和被损害者（虽然她自己就是其中一员）发声的勇士，更不是把公平正义送给每个人的圣人贤者。只有兼济天下的人才有这个资格，而她奋斗了半天，还是只能独善其身。

怎么解释第三次呢？强奸还是自愿？从心理上来说是强奸，从行为上来说是自愿，但是这次的伤害和耻辱是永远都无法抹去的。刚和楚山谈恋爱时，她坦诚自己不是处女。楚山笑笑说："你当我是从古墓里面爬出来的？就算我是古墓派的，我们的第三代掌门人小龙女也不是处女。"他以为那是她和前男友的事，所以一个字都没问。于是，这个第三次被她锁在了心里的一个阴暗角落，从来没有见过阳光。

裴云英从来不是一个窥镜自怜的人，小时候没有这个心情，长大了没有时间，即使明确无误地意识到了被强奸，她也在无数个夜不能寐中修复了自己。最无助的时候，她都没有因为孤苦伶仃可怜过自己。在将近五十年的生命中，前半辈子她都在为了能够走上一条马路而奔波。后半辈子，她终于可以放心大胆地走在宽阔的马路上。路面光亮，没有坑坑洼洼的积水，也不用担心摔倒。她再也不用赤脚或者穿雨鞋，不管下多大的雨，她都不用换鞋。无论什么天气，她都不怕。可是，有了马路的人生并不平坦，她总是很忙，不是学习，就是工作，然后是恋爱、婚姻、家庭和孩子，而且还要面对各种不时冒出来的问题，像个救火队员一样。有时，她也想停下来，吃点什么麻痹神经的药丸，整日发呆冥想；或者自杀未遂，多次被送到医院抢救。不过从始至终，她根本没有时间也没有心情得这个富贵奢侈的抑郁症。

在感情上，她是完全孤独的。父母在世的时候，一直重男轻女，把她当作两个哥哥的摇钱树，一心要把她榨干。但她并不怪罪他们，她尽最大努力满足父母提出的要求。出国以后，两个哥哥以为她大富大贵，要她把侄儿侄女当成自己的小孩。问题是她连自己的儿子都养不好，根本没有余力管别人的孩子。好在父母已经去世，她对两个哥哥和他们的家人都没有义务，所以就逐渐断了他们的念想。哥哥们看到无利可图，气得直跳脚，但是无可奈何。因为她不但离婚了，而且在一个遥远的地方，就算他们想闹事，也鞭长莫及，所以就把她视为一个不能重复使用的垃圾，毫不可惜地丢弃了。这样一个什么都没有的人，如果她真的自杀，只怕也不会有人发现，只能静静等死，那么她早在多年以前就去了黄泉。

虽然裴云英有理由愤世嫉俗，对自己充满同情，在做一个可怜人的同时，痛骂各种人，但是她没有变成这样的人。她依然恪守社会规则，勤勤恳恳地学习和工作，没有跨出大多数人遵守的圆圈，甚至偶尔会幻想一下等自己有条件的时候，她也像那些有爱心的大人物一样，去帮助弱者，为了社会的公道合理做出一点贡献。

第八十七章　疑心病

自从冯菲开了公司以后，总是找不到合适的员工，就让宛溪把工作辞掉，全职帮她。但是宛溪已经做了多年的中文老师，时间灵活，她完全习惯了不需要坐班的工作。而且她教过各个年龄段的孩子，总有一些新感受，觉得很有意思。如果重新给冯菲打工，又是朝九晚五的日常性事务，她没有动力。另外，她发现冯菲比以前更难相处。随着兜里的钱已经多到装不下的程度，冯菲的疑心越发严重，对谁都不放心。宛溪向来不喜欢揣度别人的心思，更不喜欢搅浑水。所以她跟冯菲说："我暂时没有辞职的打算，你如果太忙，我可以兼职帮你。"

冯菲不高兴地说："架子真大，你不来算了，有的是人要为我工作。"想帮她工作的人确实很多，但她看谁都有嫌疑，因此总是不停地换人。

因为宛溪明确表示不愿意辞职，冯菲好长时间都没理她。宛溪了解她的脾气，所以也不跟她多做解释。过了一段时间后，冯菲又像没事人一样，约宛溪吃饭，聊她工作和生活中的问题。

冯菲不在多伦多的那几年，移民的客户需要律师时，她依然和本杰明合作，再加上她自己离婚的事情也要听他的建议，请他出谋划策，所以他们的联系一直很密切。冯菲开公司时，本杰明已经离开原来的律师事务所。律师没有所谓的退休，可以一直工作到生命的最后一秒。本杰明之所以不想做了，一来是钱赚够了，二来年纪大了，不想每天劳神费力的。

冯菲还是需要一个白人老律师撑腰，所以有时遇到特别难缠的人或者大客户，都让本杰明出面谈。赚到的钱，冯菲和他按比例分成。她和安东尼在一起后，不敢告诉本杰明，因为当初她是用不找白人作为借口拒绝他的，可她居然有了一个白人男朋友，本杰明一定会生气的。但是安东尼也经常在办公室出现，所以这个事情根本瞒不住。本杰明知道后，说冯菲从一开始就欺骗他，两个多月没跟她说话。最后因为要一起做案子，他们才冰释前嫌。

本杰明和冯菲认识十几年，工作上有过无数次的合作。以前，易亚明怨恨本杰明帮冯菲打官司，还千方百计找他的麻烦。在甫律师的怂恿下，他投诉本杰明没有把客户的定金放到信托账户。虽然律师协会经过调查以后发现是诬告，但也给本杰明造成了很多不便。按理说，这样的关系，冯菲对本杰明应该是绝对放心的，可她怀疑他偷客户。

有一次，一个客户说冯菲计算时间的方法不对，谈话时间明明是四十九分钟，她算成一个小时。冯菲说："我们早就有协议，你来咨询的时候，不足一个小时按一个小时算。如果超过一个小时，还是算一个小时。"

客人说这样不公平，收费太多。冯菲说："以前超过时间没算时，你怎么不吭声？今天是第一次不足一个小时，况且怎么算时间，我们早就有言在先。你怎么好意思抱怨？"

客户不管那么多，只觉得自己吃亏了，还说冯菲的英语有口音，要求优惠。冯菲不让步，吵了起来，最后说不帮他做了。如果换律师，客户又要从头开始，不但多费钱，还要花时间，所以他不走，说要本杰明做他的律师。

本杰明接手这个客户后，一切顺利。因为他的白人面孔和纯正英语，客户服服帖帖的，哪怕把三十分钟算成一个小时也行。

这样的事情多了以后，冯菲就说本杰明背着她和客户私下联系。如果客户推荐新的客户，他就自己做，把所有的钱中饱私囊。公司的一切开销都是冯菲出的，比如租金、广告、员工的薪水等，本杰明从来没有出过一分钱的办公费用。所以，客户的钱都交给冯菲，如果本杰明参与了某个案子，她再分钱给他。本杰明的做法显然损害了她的利益。

宛溪不相信本杰明会这样做，就说："他又不是刚出道的小律师，犯得着这样吗？他在以前的律师楼时，赚的钱比你这儿多多了，怎么会搞这种偷鸡摸狗的事？"

"谁知道他为什么离开那个律师楼，说不定是被赶出来的。"

冯菲不信任本杰明已经算是无中生有，但她对安东尼更不放心。她跟安东尼在一起已经好几年了，房子、车子和所有生活费都是她出的。她早已把放在古振天名下离岸公司的钱转到自己的账户里，但仍然放在境外，所以在加拿大她不是个有钱人。应该说律师的收入都是明面上的，该交的税是不能少的。

不过，既然冯菲是中国人，她的大部分客户自然是讲汉语的华人。华人是出了名的喜欢用现金，因此交给冯菲的钱基本上都是现金。按理说，很多时候客户的钱是要放到律师的信托账户，不过现金无法查证，即使有人举报，归管律师行业的协会也查不出个所以然。刚开始，冯菲还不敢这么胆大包天，生怕丢了律师执照，可是跟几个白人律师深交以后，也就领略到了其中精髓。看来，逃税是人类的天性，全球都一样。尽管冯菲的财富是到加拿大以后暴涨的，但政府查无实据，因此多年以来她的交税金额微乎其微。如果根据交税的金额推算，她连个中产阶级都算不上，她跟安东尼也是这样反复强调的。不过，安东尼并没有领略到她话中的真意；或者即使领略到了，也不在意。

安东尼确实不是有钱人，但喜欢有钱人的生活。他用冯菲的副卡，负责采购家里的一切东西。吃的东西必须去健康有机食品连锁店买，别的菜市场的标价是多少钱一磅，这家店是以克为单位标价的。穿的自然也是名牌，一条看不出名堂的围巾要一千多块。这些积少成多的花费就不用说了，还买了一部十几万的车，开出去神气活现的。有了拉风的车子，又想花几十万买船。虽然冯菲可以负担比这更奢侈的生活方式，但她不敢在安东尼面前露富，怕他胃口大了以后太难治，就算切胃，也缩不回去。

她对安东尼充满矛盾心理，一会儿说他比易亚明好，没有那么看重钱；一会又举例推翻自己的话。冯菲每接一个案子，都会给安东尼一些钱作为红包，说这样可以带来更多的生意。大部分移民都交现金，如果接到移民的大客户，她也会拿出一两千块现金给安东尼。安东尼把现金锁在一个柜子里，成年累月积攒下来，数目也很可观。一次，冯菲急需五千块现金周转一下，就让安东尼把柜子里的钱拿出来用一下。安东尼立刻拒绝，说不能动他的钱。冯菲生气地说："你哪里有钱？都是我给你的。"两个人吵了半天，安东尼还是没开柜子的门。

当然，冯菲从来都不是个傻瓜。为了避免重蹈易亚明的覆辙，她对安东尼处处防范。安东尼肯定不会满足于从她那里得点私房钱，但就算他知道她是个富婆，也拿不出证据。这样的话，分手以后，即使他像易亚明那样狮子大开口，多半也是白折腾。

不知道是否拥有得越多，就越怕失去，家赀丰厚的冯菲也把她的钱袋子看得格外紧。失去古振天的指导后，她在股市上无往不胜的日子过去了，自然也不敢大资本运作，只是放点钱在里面小打小闹。尽管她可以无所事事地吃喝玩乐两辈子，但是仍然为了股市上亏的一点钱懊恼不已。工作之余，她的爱好就是清点各处的资产。她的个人财富比当年和易亚明结婚时不知道翻了多少倍，不过安东尼未必能够拿到和易亚明一样的钱。不要说安东尼，就连杨剑这样一个没给她惹过麻烦的好男人也没沾过她的光。虽然杨剑从来没跟冯菲要过钱，但她不止一次说过要给他首付，帮他买个房，再买个车送他。可冯菲已经买了好多房，换了几个车时，杨剑还是开着他那辆十几年的破车，住在出租房里。

不管是易亚明还是安东尼，都在追求冯菲的时候费尽心机。尤其是易亚明，追了冯菲十几年，为了她甚至跳楼自杀，摔断骨头。安东尼虽然没有自杀，但是在追求冯菲的过程中下的功夫也不比易亚明少。按照玛丽苏小说的描写，女主角身边总是有这样穷追不舍的男人，且对她永远死心塌地、不离不弃，但在现实中这根本就是黄粱一梦。易亚明和安东尼都符合穷追猛打的人物设定，这类男人的共同点是"小闲"，他们有无数的小心思和闲工夫。只有这种男人，才会厚着脸皮赖在有些家产的女人身边，在没达到目的前，踢都踢不出去。所以说玛丽苏害死人，不过还是有无数的女人宁可信其有。当然，自欺欺人地做梦不是女人的专利，所以男人也会写杰克苏式的小说。同样，在书中无所不能的男主角总是能够赢得漂亮富有、家世背景都非常好的女人的一片芳心。

其实，一个自尊自爱的男人是不会对女人死缠烂打的。如果表明心迹后被拒绝，他也许会努力一下，但绝不会没脸没皮，像个鼻涕虫一样黏在女人身上。可惜，天才的冯菲不但和很多女人一样有着不切实际的幻想，随着年纪渐长，钱也多到可以够下辈子用时，又增加了一个疑心病，而且越来越重，觉得谁都想从她兜里掏钱。身体的疾病可以治疗，但心病很难治，尤其是疑心病，再高明的医生都无能为力。另外，冯菲无论在家里还是公司，都说一不二。久而久之，像个一言九鼎、位高权重的独裁者。难怪说伴君如伴虎，冯菲还没成为武则天呢，女皇帝的毛病倒是不少。看来，她只能把生意经营好，感情世界不能有太多奢求，或者像女皇帝那样，养几个好看的面首也行。

第八十八章　经营的困境

　　快餐店的位置很好，客观的障碍清除以后，生意又开始逐渐恢复。除了目标客户群的回归，一段时间后，客户群体也扩大了，生意稳步上升，但钟石说还是不赚钱。裴云英在店里看了几次以后，发现了问题。

　　餐厅大部分时候都是维持一个不亏的水平，真正赚钱的时候就是每周的几个高峰期。可是，快餐店一直没有得力的人手，高峰期的时候一片混乱，客人点餐和等待的时间都很长，服务员没有先来后到、轻重缓急的基本意识，造成翻台率太低，有钱也赚不到。

　　裴云英把看到的问题说给钟石听，问他是否能解决，他说没办法，不容易找到合适的人，培训人也很难。裴云英本来也没抱什么希望，就开玩笑说："那只好剑走偏锋，多招一些丰乳肥臀的。"

　　"你肯定是个同性恋，我一直对你表示怀疑。"

　　裴云英被钟石这句莫名其妙的话吓了一跳，不知他从何说起。转念一想都怪莫言，谁让他写了《丰乳肥臀》这部代表作呢。她看完这本小说后，说这几个字时特别顺嘴。钟石不知道这本书，他能想到的就是如果这几个带着刺激意味的字眼从一个女人口中说出来，那么这个女人肯定是个同性恋。而且裴云英一直没有结婚，他一直奇怪一个女人为什么不结婚，今天总算证实了他的猜想。裴云英肯定不是同性恋，对这个群体也没有嫌恶之心，什么恋都是人的自由。可钟石不同，平常的言谈里充斥着对他们的歧视，觉得这些人都是妖孽，从头到脚都是肮脏不堪。然而，快餐店离同性恋社区不远，经常有同性恋人士光顾店里，钟石从来没有说不准他们进入。他对同性恋的态度表明他是干净的，有洁癖的，这样的人是不碰钱的，因为钱是最脏的，上面沾满了细菌病毒，不过他对这些印着头像的纸有着不同一般的感情。虽然他的嘴巴很恶毒，但从来没有说过钱的坏话。

　　钟石能够从"丰乳肥臀"四个字联想到同性恋，可见他的想象力还是很丰富的，就像鲁迅说的："一见到短袖子，立刻想到白臂膊，立刻想到全裸体，立刻想到生殖器，立刻想到性交，立刻想到杂交，立刻想到私生子。中国人的想象唯在这一层能够如此飞跃。"正因为这样的思维方式，所以钟石有个本事，无论什么话题，他都能扯到男女关系上面。一次，裴云英跟他说有两个亚洲女人总是大肆诽谤快餐店，想讨论一下怎么办。钟石先看了一下她们的姓，说肯定是香港人，因为香港人太穷，只能去很便宜的餐厅。稍微有一点不满意，就觉得吃了大亏。地域鉴定完毕后，又像往常一样挖掘私生活："她们俩没有男朋友吧？"

　　裴云英根本不认识这两个女人，所以无法回答他的问题。她们只来过快餐店一次，但是不满意，就说如何不好。没有一个店能够让所有客人喜欢，她们的反应也很正常。实际上，因为和钟石的理念相差太远，做什么都是吃力不讨好，所以裴云英早就不再回复客人的任何抱怨。不过这两个女人的行为实在太过分了，她们不但反复在各种平台造谣生事，而且还像疯狗一样，跟在裴云英发的帖子后面咬住不放。裴云英忍无可忍，想找律师写信警告一下。这样的人都是色厉内荏，一收到律师信就吓得屁滚尿流。然而像很多时候一样，一听钟石的话，裴云英就没有兴趣处理这件事了。难道有男朋友的女人就不会到处滋事了？

　　裴云英不理会两个捣乱的女人，但她们没完没了地到处说那些车轱辘话，确实让她深恶痛绝。一次，裴云英在快餐店的脸书上发了一张照片，这两个女人跟在后面说快餐店既贵又难吃，她们非常痛恨快餐店，号召大家都不要去，还说宁可死也不吃店里的饭。裴云英忍无可忍，就给她们写了一段话，一半是道歉，一半是希望她们就此停止胡说八道。既然不喜欢，就没必要枉费精神。外面的餐厅千千万，她们肯定可以找到一家十全十美的，何必在这里浪费时间呢！几个支持的客人说有道理，其中一个客人叫她们"亚洲公主"。裴云英感谢这几个客人帮她出了一口恶气，就留言请他们来店里吃饭，但这几个人都没有回复。两个女人安静了几天后，联合了一些不明真相的网友和职业的网络喷子，在各种社交媒体上排山倒海般地攻击这几个客人和快餐店，说他们是种族歧视，快餐店助纣为虐，不但接受种族歧视的言论，还要请他们吃饭，完全是借助一些客人打压另外一些客人。

群众的力量不可低估，尤其是上升到种族歧视这样的"高度"。裴云英仔细看了自己写的内容，她已经清楚地声明没有兴趣吸引那两个女人再次光临店里，所以她们不算客人，不存在所谓的"借助一些客人打压另外一些客人"。她又看了群情激愤的评论，除了一个客人用了一个F开头的脏字，别无其他，不知道他们是如何从"亚洲公主"这几个字中得出种族歧视的结论的。看来，只要存心找茬儿，什么都可以成为理由。欲加之罪，何患无辞，不是某个地方的特色。

两个到处生事的女人不但百无聊赖，而且心理相当脆弱，只许她们不停地给别人泼脏水，如果有人还击，她们便抓住一切蛛丝马迹，把手中准备好的无数顶大帽子随时扣下来，让无辜的人成为替罪羊。她们翻手为云，覆手为雨，再加上网络时代的暴力，让事件愈演愈烈。发表"亚洲公主"评论的白人终于被激怒，说了一些非常难听的话，然后在爆粗口的路上走了一阵子。要求一个意志不是特别坚定的人面对一群疯子时保持理智，是一个难于上青天的挑战。而且，也许这些人是伴装疯狂，是诱使对方落入陷阱的策略。他们从那个白人不管不顾的言论中找到坚实的把柄。于是，就像捅破马蜂窝一样，所有的火力都集中在这个白人身上。

当裴云英留言请这几个支持餐厅的客人吃饭时，根本没看他们的人种，但是后来就演变成了快餐店鼓吹种族歧视。她只好再次申明快餐店从来不赞成也没有参与过任何种族歧视，请人吃饭只是想表达一下快餐店对于支持者的谢意，而且这个邀请是基于第一条信息的基础上，那个时候，没有任何出格的言论（当然，她不认为"亚洲公主"有何不妥）。然而，没有人关心事情的真相，只看到白人在激愤之下说的那些言论，没想到他受到了什么样的不堪围攻，也不想搞清楚快餐店为何请他们吃饭，因此所有的关注点都是咒骂这个可怜的白人和设法摧毁快餐店。

在任何地方，小本生意都很艰难。在不是那么开放的国家，当小生意收到差评时，就会诚惶诚恐、低三下四地反复道歉。在到处打着公平、人权、民主旗号的加拿大，境况也差不多，甚至更糟，因为无论如何都能被找到漏洞。而且这些抽象的大词汇怎么解释都有道理，往哪个方向靠都行，这给唯恐天下不乱的人留下很大空间。人性在本质上是相通的，所以那些真正的上市公司和超级大的连锁店没有一家受到好评，如果光看评论，没有人会去这些地方消费。但大公司有资本不予理会，任凭那些不满的人到处叫嚣，如果言行实在过分，他们的律师会出面解决问题。

和亲人生气，是一种伤痛，而且很容易和解。就算真的和解不了，也会化悲痛为力量。但和不相干的人生气，只有戾气，除了躁怒凶暴，别无其他，尤其是对于那些躲在键盘后面的人来说，更是如此。同时，那些到处散布不实言论，不惜采取一切手段攻击别人的人也不会愉快，因为只要是人，在敲击键盘写下那些东西时，绝对不可能做到平心静气。同样，看到的人也是满腔怒火。如果可以，网络上的被凌辱者大概只能以暴制暴。

事情已经彻底失控，裴云英在脸书上写的几句话被妖魔化，她只好不再说话，因为说什么都是错，只有沉默。就算是非常著名的人受邀去某个重要场合，发表了一番宣扬爱心仁义大道理的演讲，跟在后面的评论也有很多是恶毒不堪的，连脸书的老板都不能幸免。她裴云英何德何能，不会妄想去堵住悠悠众口。她别无选择，只能等所有的战火慢慢消散，反正要不了几天大家就会忘记这些不攻自破的跟风评论，谁会真的在意一个无名小餐厅是否遭到差评呢。

尽管裴云英心里很清楚不应该和这些不会碰面的人生气，但看了那些莫名其妙的评论，还是像个正常人一样无法控制地生了两天气，然后决定不再回复，也不再看。她刚平复下来，钟石就打电话来谴责她在社交媒体上的行为，让她再也不要说一个字。裴云英早就知道是这种结果，所以从头到尾，没跟他提过此事。有个常去店里的吃瓜网友跟他说这件事带来很多差评，他当然要找她算账。裴云英受够了做好事没好评，有一点不满意就被他揪住不放的"高规格待遇"。他自己毫无担当，做什么都是前怕狼后怕虎，还自以为是，到处指手画脚，认为老子天下第一。裴云英反复责怪自己的愚蠢，当初怎么就信了他能做连锁店，还能上市的鬼话，真是被猪油蒙了心。

裴云英从来没指望在任何一件小事上得到钟石的支持，但是也不想刚受完网络上的闲气，又被他站在某个尴尬莫名的山坡上教训一番，而且她积累多时的怨气正好没处发作。所以，他刚开口，她就暴怒地打断他，吵了几句。钟石当然不会允许她发言，而且是这么重的火药味，所以立刻提高声音。裴云英受到网络人士的鼓舞，大声地说："你平时的毒舌到哪里去了？为什么不用在这两个女人身上？应该说话的时候，你连屁都不放一个！"

虽然裴云英越来越喜欢深入浅出的东西，但此刻特别渴望有人用不切实际的理论回击她，而不是网上的无聊谩骂和钟石的实用主义。她不期望钟石能够解决任何问题，只要他说出"一开始，问题就是要把纯粹而缄默的体验带入到其意义的纯粹表达之中"这样抽象的句子，她就会对他顶礼膜拜。不过她知道钟石除了继续指责她，说不出别的话。他们是两个世界的人。所以，她挂断电话，直接关机。

第八十九章　宽己苛人

由于裴云英不再看评论，所以不知道网上的混战乱局到了什么程度，但摧毁快餐店的行为富有成效，两天之内，收到了很多一颗星。这正是钟石最担心的地方，裴云英却不认为这件事会影响店里的生意。首先，快餐店已经有了大批忠实的客户，他们不会因为什么样的评论而不再光顾。即使总评变成一颗星也无所谓，反而会激发更多人过来看一下到底为什么这么差。其次，这件事持续发酵，未必是一件坏事，因为就像做广告一样，可以加强人们的印象。无论好坏，都是免费炒作的大好机会，如同明星的丑闻同样会上头条，增加曝光度。而且，哪怕是突然之间收到太多差评，也总会有好奇的人点开看一下，做出自己的判断。凡事一旦做过了头，都会令人反感。而且快餐店从来没做过一件大奸大恶的坏事，虽然裴云英不再关心那些恶意评论到底是怎么写的，但是猜想无非就是翻过来倒过去关于种族歧视的几句话。

第三天，钟石再次说裴云英毁了店里的生意，她本来懒得理睬，但听他说得很严重，就忍不住看了评论。这一看不得了，快餐店在各个社交媒体的总评是一夜回到解放前，很多人一言不发，但给了莫名其妙的一颗星评论。她没想到情况这么吓人，才开始正视，仔细研究了半天，觉得这是一次蓄谋已久、有组织的行为，是她低估了敌情。

首先，快餐店开业以来，第一次遇到这样不折不挠、一唱一和到处说坏话的两个女人。其次，从制造事端和反应速度看，她们等这一天很久了。裴云英只能想到这是竞争对手雇人做的，因为网上的两个女人肯定没有本领把事情搞这么大，在两天之内集结一大批对快餐店严重不满的人。

虽然裴云英意识到这是一个很大的危机，但是非常清楚地意识到，他无法处理此事。

快餐店还没开业时，裴云英就自觉自愿地管理社交媒体，那时候她想的是做连锁店需要大力宣传，因此热情满怀，在所有能够让快餐店露脸的地方都写上几句。等到她发现钟石是唐人街小店的做法时，也想过全部放弃，但又有些舍不得，所以就只花不多的时间在脸书、Instagram 和谷歌的搜索上。快餐店的评分一直很高，不要说报偿，钟石连一句好话都没跟她说过。如今出了这样的负面影响，钟石恨不得每天诅咒她千百遍。

面对网络上的口水大军，裴云英不可能一个人去战斗。实际上，作为一个生意，在遇到来自外界的挑衅时，肯定是要在适当的时候应对，快餐店没有这个能力出面，而且早就错过了处理危机的最佳时机。这个时候，她才知道自己多么自不量力。任何对外的形象工作，因为面对不同的人群，都会遇到很多问题，如何处理公关危机是对一个公司的严峻考验，好的公关团队可以为公司免除不必要的后患。裴云英的后面除了一堵阻止她逃出困境的死墙，别无其他，所有来自公司的帮助和增援都和她无缘。认清现实后，她才觉得自己有多么幸运。她一个孤家寡人，哪怕一个小小浪花，就能把她打得东倒西歪。可她居然在江湖上行走多年却没有翻船，只能用神灵保佑来解释。这次遇到小鬼，她只能灰溜溜地撤退，不敢再碰一着不慎，满盘皆输的东西。她没有金刚钻，所以根本就不该揽瓷器活，螳臂挡车肯定是自寻死路。她打算过几个月就把与快餐店有关的社交媒体全部删除，再也不会去想丢掉经营多年的东西是多么可惜。

其实，说快餐店什么不好都行，唯独种族歧视是最站不住脚的。店里的所有工作人员都来自两岸三地，这是招人的时候，钟石定下的明确规定。曾有很多白人投递简历，但即使他们的经验再丰富，也不能来店里工作。然而，没有一个发简历的白人说受到歧视，来店里消费的白人也很多。在钟石的领导下，快餐店是绝对不可能种族歧视的。所以，立论全是错的。也许他们取得了暂时的胜利，但是却埋下了仇恨的种子。所以，任何时候都应该适可而止，留有余地，不能把人逼到死角。绝地反弹的力量非常强大，轻易招架不住。

加拿大是显性歧视最轻微的一个国家，但实际上还是有不少白人对英语非常差或者不会说英语的移民当众叫嚷："滚回你们的国家去"。面对这样明目张胆的歧视，那些网络勇士才应该站出来，大声疾呼让种族歧视绝迹，传达他们维护社会公平正义的心声。可是每当这种事情发生时，这些人不知躲在哪里上网，除了说些无关痛痒的话，就是各种谩骂，没有一点用处。所以真正的种族歧视和不公正时有发生。每当这个时候，主流媒体会发个比豆腐块还小的文章，也没有人跟在后面大声叫嚣，几天以后，再无消息。那些从骨子里看不起其他族裔的白人完好无损，连根汗毛都没掉。

只要有不利的事情发生，钟石就想卖店，面对网络大军造成的生意萎缩，他又想把店卖了。然而，这场来势猛烈的暴风雨没有带来致命的伤害，半个月后，店里的生意恢复常态。生意好转以后，钟石不再提卖店的事情，裴云英倒是真的想把店卖了，她不在乎是否赚钱，只是不想和他再有什么瓜葛。钟石对别人苛刻，对自己宽容，特别喜欢对人评头论足，窥探别人的私生活，这些是她无法接受的。

钟石的英语很差，听说读写没有一样及格。不但说得颠三倒四，而且连个简单的词都写不出来，更不要说句子，像个文盲一样，所以很多事都仰仗裴云英。有一次，他们去和一个制造商谈为店里做食品包装盒的事情。那个销售员说话的速度很快，裴云英有点感冒，头脑发昏，好几次没有跟上他的话。离开以后，钟石不停地说她的英语不好，听不懂别人的话，这种水平没有办法出去谈判。裴云英听到他说了"谈判"这么大一个词，不禁失笑，心想这么个小店永远也到不了和厂商谈判的水平。而且她知道这次肯定也是浪费时间，因为钟石不想花设计费、排版费，想让厂家把别人多余的盒子便宜点卖给他。销售员说不可能，别人都付了设计费，有版权的，就算有多余的，都会销毁，不能卖。所以，快餐店不会有自己的食品包装盒，最终还是得在外面买。因为身体不适，裴云英懒得搭理他，后来听他没完没了，只好说："就算是说中文，我也不一定每句话都能明白，何况是外语。而且我以前都听懂了，你也没说过我一个好字。"钟石说对她高标准严要求，以后才能做大事，因为将来要做很多个连锁店，快餐店还要上市，那个时候是不能出错的。虽然钟石不再数落她，但又开始嘲笑某个开餐厅的朋友英语有多烂，客人点菜都听不懂。

但凡钟石让裴云英做点什么事，总是害怕上当受骗，哪怕已经是最便宜的价钱，还是让她反反复复地多问几家。裴云英有时很烦他，就说："每个人的劳动都是有价值的，再说这个收费也真的很低，你怎么一点都不尊重别人？"

钟石最讨厌这种言论，会立刻反过来教训她："哪里来的那么多尊重？你的面子思想太重，只有把钱装在自己口袋才是真的。只要是钱，哪怕被人踩在地上吐口水，我都会捡起来的。我才不会为了你所谓的尊重，把钱轻易花出去呢。"

满山星来了没多久，就被钟石贬得一塌糊涂。他做事确实很慢，也没有计划，缺乏条理，店里的客人一多他就乱。钟石总是像训儿子一样（实际上，他根本舍不得训自己的儿子）对他大呼小叫，可钟石骂得越厉害，满山星越是无所适从。有时，满山星让钟石买点什么东西或者订货，钟石总是忘记，直到店里断货，可是没有人敢教训他。

满山星是个四十多岁的光棍，自从上次的意大利之行没有收到预想的效果后，有点气馁，但还是高调宣称要结婚生孩子。到多伦多以后，也交往过两三个女人，却都没有修成正果。这种情况给钟石制造了无数的话题。总是说他一副熊样，找不到老婆；一把年纪，还没尝过女人的滋味，这辈子只能当个老处男。

钟石的弟弟钟林和满山星同年，也是孤家寡人。钟石总是说有无数条件很好的女孩或女人要争相嫁给钟林，但他都看不上，后来又说他根本不想结婚。不管怎么说，满山星身上没有赘肉，不像钟林那样身材臃肿。而且满山星的父母有套房子，又资助他买了一套。他的弟弟车祸离世，家里只剩下他一个孩子，父母的房子以后肯定也是他的。以北京节节高升的房价来看，谁都知道有两套房子的人是不差钱的。裴云英本来对钟林没有恶感，听到钟石这样抬举自己的弟弟，不遗余力地打压别人，实在厌烦。无论是钟林还是满山星，她都不了解，但是从最直观的外在条件来判断，她无法理解为何在钟石的嘴里，钟林成了香饽饽，而满山星是个满世界找不到女人的可怜虫。

同样，钟石对自己的外表有着迷之自信。虽然他的肚子可以和即将临产的孕妇媲美，但他总是嘲笑胖子和长相有缺陷的人。如果来店里应聘的人个子不高，他转身就会嘲讽他们够不着柜台，就差没说是武大郎了。

钟石对店里的员工经常碎碎念，对谁都不满意，搞得大家心神不定。本来大家就是凑合干，这么一来，更没有人专心干活了，人员的流动也成了常态，这么一个小店三天两头都要招人。

裴云英在快餐店里投入时间和金钱，几年以来，没有一点回报。虽然她根本不在乎是否赚钱，因为她早已意识到和钟石合作只能是做白功，但她的初衷肯定不是为了这样一种结果。更重要的是，她实在不想和这种人为伍。所以，她希望把账算清楚，大家从此以后一清二楚。然而，她和钟石之间从一开始就是一笔糊涂账，从他的三万到她的十万，从来就没有明确的说法。最初，她的想法是和钟石一起做地产；后来她满怀理想，想把快餐店做大。到头来发现，全都是她一厢情愿。

每个人都需要一个平台和机遇，才能发挥自己的所长。而要想有点小成就，做成一件像样的事，天时地利人和，缺一不可。如果不是秦穆公用五张黑羊皮换回已经七十多岁的百里奚，那么估计这个老头会一直在楚国放牛；孔子被后世尊为圣人，可一生奔波不得志，"累累若丧家之犬"；如果没有宋神宗的鼎力支持，王安石最多就是当个小官或者以做学问为主，不会在政治舞台上搞出那么大的动静。

裴云英无法和历史上任何一个杰出的人相比，连怀才不遇这样的词汇都是对她的最大褒奖，因为她没有什么特别才能，只是一个寻常女人。就算有个光彩绚烂的大舞台，她也未必能跳出一支可以让人喝彩的舞蹈，所以她格外需要机会。而且，年纪不饶人，就算有大好时机摆在眼前，她也蹦跶不了几年。没有几个人能像周文王和姜子牙那样，这两个本来应该安享晚年的七八十岁的老头，相遇之后，居然激情四射，在历史舞台上大展拳脚，留下让后人称颂的丰功伟绩。其实，从快餐店这几年的情况看，已经具备天时地利的因素，但就是没有人和，所以最终的结果一定是铩羽而归。

她想了很多次把钟石的三万还给他，然后拿回自己的十万，但凭着对钟石的了解，她知道他一定会对她的行为极尽侮辱。这么多年，她和钟石之所以还能维持一个表面的和睦，就是因为她对很多事情都不计较，默默做事，没有要求。如果她像满山星那样在店里上班领工资，早就被钟石骂得狗血喷头了。钟石不止一次说，满山星不但早就把投资的那两万块钱收回去了，而且还像高利贷一样继续拿利息。

裴云英不是一个性格强悍的人，缺乏偏向虎山行的魄力，也不想为了几个钱闹得乌烟瘴气，所以就一直拖着。她还是用老方法安慰自己：七万块不是良田万顷，也不是广厦千间。无论是否有这笔钱，她一样日食三升，夜眠八尺。

当钟石又一次决定把快餐店卖掉时，她根本不想问原因，只希望尽快成交。无奈，店铺实在难卖，也不知要在市场上放多久才能有买家。她也没办法，只能慢慢等吧。也不能怪钟石什么，不能要求一个英语很差的人在英语国家开连锁店。

第九十章　房子

在国外生活久了，大家自然会比较一下国内国外的不同之处。一天，冯菲、卫芝、卫心、宛溪和裴云英坐在一起搞起了"比较学"研究，可是比来比去，除去不同的制度和法律体系，具体到人性上面，无论在哪个国家，都大同小异。

俗话说，三个女人一台戏，五个女人更是不得了，就差把舞台拆了。大家争先恐后争取角色，生怕时间一到，幕布拉上以后，就失去了表演的机会。

冯菲说的是男人们都想着怎么从她的兜里掏钱，不过她早已想出了应对之策：充分发挥她的职业特长，写了一份天衣无缝的合同保护她的财产。说白了，就是一份包养男友的合同。

卫芝说的是律师里面好人太少。虽然她打赢了房子的官司，但是亚利克的公司七算八算，收了她四万多的律师费，虽然杨火夫妻要支付60%，卫芝还是很难接受这么高额的律师费。有些人（包括她自己）工作一年，都赚不到这么多钱，而且无论从哪个角度看，这个案子都并不复杂。整个过程中，亚利克只是读了卫芝提供的材料，代表她上了三次法庭。在法庭上，亚利克只是陈述案情，没有任何唇枪舌剑的辩论。杨火夫妻请的翻译是每小时八十块，三次上庭的费用加起来不到五百块。卫芝说如果让愁余上庭，连翻译都不用请，比杨火他们还省钱，最后的结果肯定也是一样的。律师除了收钱，也起不到什么作用。冯菲作为从业者，当然不同意她的看法，说亚利克收费还算低的，有的律师上一次庭的费用是一万五到两万。

卫心说的是在学校如何跟一个想方设法整治她的上司斗法。塞斯是个同性恋，和男朋友的关系不太好。两个人吵架以后，他就把这种情绪带到工作中。卫心在学校教家政和电脑，塞斯是两个部门的头儿。卫心到学校不久，塞斯就不断找茬儿。塞斯虽然是领导，但是对电脑一窍不通，却又什么都想管，卫心每次出的试卷题目都要他审查通过才行。问题是他根本不懂，怎么审查呢？塞斯有的是办法，说她的格式不对、两个标题没有对齐，或者是挑标点符号的毛病。卫心不想跟他正面冲突，就尽量按他的要求做，然而他经常在考试之前半个或一个小时让她把题目中的"问题"全部修改。卫心被他折磨得鼻歪眼斜，就想联合其他同事一起反击。可不幸的是，她是唯一一个受害者。另外一个教电脑的男老师虽然也是中国来的，但塞斯对他很好，也从来不为难其他的老师。既然如此，谁都不会出来支持卫心，她只好独自作战。可她还没去告状呢，塞斯就开始上蹿下跳，到处跟人说她不遵守学校的规章制度。

卫心忍无可忍，多次跟校长、工会和教育局反映情况，虽然有人来调查，但最后都不了了之。因为老师是最稳定的职业，只要没有犯罪记录，谁都不能把他们怎么样。就算卫心专业上访十年二十年，塞斯还是会安坐在他的岗位上，说不定还会升到更高的位置。好在卫心也可以享受作为老师的福利，她上班满五年之后，可以休息一年，拿80%的工资。所以，她如释重负地离开学校，心安理得地说："这个老男人现在控制不了我，又不敢惹别人，肯定很郁闷，希望我明年回去时他已经转移阵地或者一命呜呼。"

宛溪说了两件事，都与房子有关。

她结婚搬进新家后，看到小区里面有一幢废弃的小楼。那原来是个出租公寓，据邻居说，两年前一个家庭发生火灾，自己家和隔壁人家遭到部分损毁，从外面看，阳台有黑色的印记。火灾发生后，警车、消防车和急救车把路都排满了，一点小火很快就扑灭了，没有人员受伤，财物也完好无损。小楼里住的人不多，这场不过尔尔的火灾，给了租客机会。他们以此为由，要求更好的住所。因为要求合理，小楼里的人在几个月内全部搬空，从此这幢面貌尚可的小楼变成浪荡少年和无家可归人士的天堂。过了一年多，小区里的住户觉得不安全，就向议员和市政府反映问题，然后开发商来了。他们先用木板修了围墙，又做个木门上好锁。这样一来，闲杂人员要颇费功夫才能进入，减少了很多隐患。紧接着，开发商说要把小楼拆掉重新修房子。按照程序，修房子的第一步是要取得周围住户的同意。但是在讨论到底修什么样的房子时，开发商和住户产生了严重的分歧。

开发商本着利益最大化的原则，决定修一幢酒店公寓。这个小区中独立房和半独立房占了大多数，还有些联排别墅和几幢矮层酒店公寓。因为小区里没有高层建筑，所以开发商把层数定在被许可的最高范围内。这个方案遭到住户的一致反对，说公寓里人口太多，会造成小区的嘈杂拥挤。开发商和建筑商联名，开了好几次居民大会，试图说服大家，都以失败告终。最后，他们只好妥协，降低层数，减少户数，但还是未能通过。

宛溪搬来以后，经常收到和这幢楼有关的信件，也参加了无数的大会小会，但是已经十几年了，依然没有结果。开发商无奈，只好重新起草方案，说要建联排别墅，可居民还是不同意。看来，再讨论个十年也没结果。好在小楼质量不错，被烧毁的阳台已经拆掉，从外表看，完好无损，而且红白相间，还挺好看的。木板围墙里面的花草树木丰美茂盛，让无人居住的小楼周围显得生机勃勃。

一天，宛溪回家时，发现小区里住联排别墅的两家人，露台同时坍塌。刚开始，她像很多人一样过去问了一下情况，发现房子没有一点问题，只是外面的露台有问题，很快会复员。可是，为了重新修好露台，花了将近一年的时间。并非两家人不愿意花钱，而是因为房子是新的，为了完成这个"伟大"的任务，需要找开发商、建筑商、保险公司、新屋保证公司、市政府，还有工程师，论证露台的安全性问题。总之这一圈机构找下来，已经花了好几个月时间，再加上各部门互相推诿，快一年都解决不了问题。因为找不到责任人，所以落下来的水泥、沙子、泥土、石头、木板一直堆在院子里没有运走。市政府说这样不安全，又派人用防护栏围起来。直到围栏里面的废弃物上长满了小树和野花野草，还是没有动静。路面被围住一半，给小区里的人带来很多不便，但是大家耐心奇好，似乎没有人抱怨。直到有一天，大概小区的某些居民终于觉得这是个问题，就反映给了他们那个地区的议员。正值选举时期，小区里面很多人家的草坪上都插着写有此议员名字的牌子。所以，为了选票，议员也挺重视的，就通过他的渠道去建议必须尽快解决，这点一拖再拖的芝麻小事才有了点进展。又过了两个多月以后，才开始进入实质。真正重修露台时，来了五六个人，花了不到三天时间，就把一切恢复如初。

宛溪本来以为自己的故事能够拔得头筹，可热热闹闹地说了半天后，大家都觉得裴云英的故事最具代表性。俗话说，衣食住行是人生最重要的几件事，如果算上快餐店，裴云英涉足其中两件，所以最有发言权。不过，她说的是穿衣吃饭以后的大事，就是房子。

多伦多有三个顶尖富人区：森林山、玫瑰谷和跑马径，想在这三个地方买一个能够勉强住下去的房子，最便宜的也要四五百万。裴云英的客人绝大多数财务达不到，所以虽然做了多年的地产经纪，她还没看过这三个区的房子。一天，她接到一个女人的电话，开口就说要看千万以上的房子，并且指明非这三个区的房子不看。裴云英难辨真假，只好小心地问："我几乎不打广告，也没把手机公布出去，请问你是怎么知道我的？"

"是听闻凰说的。"

裴云英一听放下了心，向海和闻凰偶尔给她介绍客人，有时提前告诉她，有时不说。既然是闻凰介绍的，客人的真实性就不用怀疑了，但意外的是，居然买这么贵的，看来是个阔太太。

裴云英按照阔太太的要求找房子，约好以后，在豪宅门口和阔太太见面。阔太太看上去是很平常的一个人，没有三头六臂，只是穿着名牌，开了一部大概价值二十万的车子，带着两个十几岁的男孩儿一起过来。一见面，阔太太就问她退佣金的事，这让裴云英吃了一惊，没想到这么有钱的人还能看得上她一个小小地产经纪用来养家糊口的钱。她的原则一向很简单，如果大肆退佣金，就付出最少的努力。但是这种价位的房子，所有的过程都必须亲力亲为，不能偷工减料。她有点矛盾，快速思考了一下，决定按照一贯的原则行事。她为自己找了三个理由：第一，看看这样的房子长什么样子；第二，就算把房子全部看遍，最多二三十个，不会花费多少时间；第三，如果成交，佣金的数目很客观，就算退掉大部分，还是相当于好几个小房子加起来的总和。

裴云英第一次看这种价位的房子，也说不出个所以然。豪宅的标准肯定是大，所以虽然房子在城里，但占地都超过一英亩，面积将近一万五千尺（一千尺约等于九十平方米）。加拿大地广人稀，如果在偏远的郊外，这不算什么，不过在百物腾贵的大都市，情况完全不同。很多人家买个两三千尺的房子就很开心了，而这样的房子只有一个不大的前院，在马路上就能把外观看个清清楚楚。可是豪宅离马路很远，是隐藏起来的，从马路上看过去，只见庭院深深或者树木葱茏，难以看到房子的真容。虽然处于四通八达的地方，却听不到任何噪音，而闹中取静向来是富人们的爱好。

房子里外用的都是上好的材料，什么印第安纳的石头、柚木地板、大理石、花岗岩是最稀松平常的，家用电器也是市场上难得见到的牌子，据说是专为这些豪宅定制的，有些在室内修了个巨大的游泳池。豪宅的另外一个特点是卫生间的数量远远超过房间数，大部分时候是两倍或者更多。总之，吃瓜群众关于房子的梦想都能在这些大宅中看到。如果说有什么缺憾的话，就差用金子和宝石做成的浴缸和马桶了。

阔太太看了几个房子后，一直说小，不够住。可是，他们家只有两个儿子，加上她和老公，是个四口之家，而他们看的房子都在一万五千尺以上，最少有六个房间，裴云英无法理解为何房间数超过人口数量还不够住。实际上，对于普通的工薪阶层来说，豪宅里的客厅都足够住一家四口了。

既然客人不满意，裴云英就把市场上的所有房子都看了一遍，终于，阔太太看上了一套叫价一千六百多万的房子，在买之前，她要和亲戚朋友再看一次。不过去看房子时，这条街上另外一个一万多尺的豪宅冒烟了，但没看到火。不长的路上从头到尾停了十几部警车，几个警察在路上走来走去并封了路，车子开不进去。裴云英只好和客人把车停在附近的一条路上，走过去，可是两个白人男警察站在路口拦住他们，说须绕行。如果走到路的另一头，必须绕很大的一个圈，差不多要走二十分钟。一个亲戚抱着小孩，所以阔太太和亲戚朋友都不愿意，裴云英只好跟警察商量说："我们要看的房子离这儿连二百米都不到，而且这个房子也没有起火，看起来不会有什么危险，是否可以通融一下？"

警察还是劝他们从另外一头进去，裴云英又说了几句，一个警察有些松动，他正犹豫的时候，一个华人女警察冲了过来，对着裴云英他们一通狂喊乱叫，好像他们是罪犯。男警察立刻和女警察一条战线，口气严厉地让他们离开，没有丝毫余地。看完房子以后，大家都说房子不错，可以买。阔太太听取大家的意见，让裴云英准备购房合同，还说："火表示兴旺，我们碰到这个事，证明这个房子风水好，和我们有缘，肯定能买到。"听到她这样说，裴云英以为胜利在望。

可是谈到价钱时，裴云英马上底气全无，因为阔太太说出价八百多万。这个离目标价位太远，根本不可能买到。裴云英抱着顾客是上帝的心态，问卖家经纪是否具有可行性。卖家经纪说如果低个一两百万还可以讨论一下，这种砍价法太离谱了，又不是卖假珠宝的。然而，阔太太坚持让裴云英把合同送出去，她只好照办，卖家根本不理睬。后来又加了一百多万，但还是不到一千万，卖家仍然不回复。至此，这个最有钱的客人退出，裴云英卖出千万豪宅的梦想破灭。

　　四个女人都是第一次听裴云英讲这件事，开始还想着她做成这么大一单生意，准备敲她竹杠。听到最后，一片失望，罚她再讲一个不同的事。于是，她又讲了一件有趣的事。虽然内容不同，但是结局还是两手空空。

第九十一章　双向选择

如果从在范老板公司上班时算起，裴云英可谓是地产经纪界的老人了。多年以来，她见识了各种各样的经纪和客户。严格地说，超过一半的经纪都是不合格的。大部分经纪不管什么样的房子，只是叫客户买买买，唯一的目的就是成交以后拿佣金。还有的经纪强行在卖家没有完全同意的情况下，就把房子放到市场上卖。如果想看房，根本约不到。有一次，裴云英的客户很想看一个房子，可是约了多次都说屋主不方便。一天，她从那所房子门口路过时，试着敲了一下门。屋主刚好在家，她说明来意后，屋主一脸惊讶地说："我还没有决定是否要卖呢。"这样的事情发生过不止一次。有的经纪更差劲，如果想买他们代理的房子，其难无比。首先，人都找不到，打无数个电话，发一堆邮件，才会有回应。其次，真的买了以后，再找卖方经纪简直比登天还难。有一次，裴云英的客户想买一个房子，可是代理经纪经常几天都没有消息，想确认一件事情必须拿出上刀山、下火海的精神。不过客户就是喜欢这个房子，她没办法，只好锲而不舍地找买房经纪。等到房子终于买下来以后，她发誓以后再也不跟这个经纪打交道了。在交房之前，客户打算最后看一次房，这个要求完全合理。可是，她约了好多次，对方公司都说经纪没有确认，不能看房，她不得不给公司的老板打电话投诉这个代理经纪。结果，上午投诉，下午就可以看房了。这么多不靠谱的经纪，不知是否和客人太难伺候有关系。挑三拣四的主儿太多，提供服务的经纪会受到各种打击，热情大减，所以就用虚伪对待假意，敷衍塞责应对吹毛求疵，自然不会那么尽心。这也算是一种双向选择的结果吧。

买房对很多人来说都是一件大事，裴云英本着晚上能睡着觉的原则，从来不让客人乱买。刚开始，她以为自己尽心竭力，至少能够换回客户的一丝理解。日子久了她发现，无论怎么做，客人都很难满意。做经纪的时间长了，遇到不少奇葩客人，而朱冬夫妇是其中的"佼佼者"。

朱冬夫妇在移民前都是白领，移民后双双读书。取得学位以后，赶上计算机大热，所以都顺利找到薪水不错的工作。早年的房价不高，他们很快买了一个独立屋。几年以后，有了两个孩子，他们要上班，忙不过来，只好申请父母过来帮着带孩子。这样一来，房子就不够住了，他们决定换一个大房子。

朱冬通过另外一个跟裴云英买过房子的人，了解到她若不带着看房，可大肆退佣的政策。他跟老婆大人一商量，这正合了两人的心意。他们看好房子后，在星期天的早上给裴云英打电话，说准备买。她不能买没有看过的房子，所以按照惯例带着他们去看了一次，然后开始准备购房合同。她说先把周围的成交价发给他们再商量价钱，可他们说早就知道了。裴云英自己在电脑上看了周围的成交历史后，问他们想出什么价。朱冬说出价六十四万，裴云英大吃一惊。房子叫价七十六万，不用问都知道，这是根本不可能的。裴云英明白朱冬是想捡便宜，但市场是透明的，卖家也不是傻瓜。她委婉地告诉朱冬不要太离谱。朱冬很不高兴："你不试怎么知道不行？"

顾客是上帝，裴云英只好说："我先跟卖家的经纪沟通一下，如果他说可以，我就帮你准备合同。"她给卖方经纪艾贝尔打电话，对方明确地告诉她不要浪费时间。

裴云英把原话转给朱冬，他和老婆大人商量以后，说出价六十九万。虽然还是很低，但毕竟可以往下谈。经过几个回合后，最终的成交价是七十四万，双方都很满意。按照规矩，合同接受以后的第二天，朱冬夫妇交了三万块定金，然后约了验房师验房。验房师周五下午三点到达，快七点才离开。裴云英也陪着客人验过很多房子，通常都是两个小时结束。朱冬夫妻寸步不离地跟在验房师后面，问了一千零一个问题，连个肉眼很难看到的头发丝一样的小缝都没放过，最后验房师说一百分的房子不存在，能够买个八十分的房子就不错了。夫妻两个没有在验房中找到问题，就失去了砍价的最后理由，但是他们一直念叨房子太贵了。裴云英说如果嫌贵就不买了，可以用验房结果不满意推掉，可他们又不愿意放弃。交房日定在三个月以后，裴云英以为交房前带他们最后检查一下房子，事情就结束了。对于大肆退佣的房子，她都是这个套路。谁知道她的如意算盘破碎，好戏才刚开始。

买了房子一个星期以后，朱冬要求看平面图。因为艾贝尔在房子的信息中写了尺寸，朱冬说没有证据，不知真假。除了新房，不会有人保留平面图。房子转手以后，找到平面图的可能性是零。在裴云英经手过的二手房交易中，朱冬是第一个要求卖家提供平面图的人，而且是在买完房子以后。即便如此，也只能说他的要求很奇怪，而不能说他的要求无理，所以裴云英答应帮他去找卖家要。刚好房子比较新，卖家虽然是第二手业主，但是说有平面图，就是不知道丢在家中的哪个角落，需要掘地三尺去找，裴云英就想等找到以后回复。可是，第二天朱冬就来信催促。好在卖家一直在整理东西，所以第四天找到了图纸。裴云英想这下该安静了。然而，第五天朱冬发给裴云英一个平面图，说是问建筑商要的，和卖家提供的图纸不符。卖家的平面图显示房屋的面积是二千九百八十尺，建筑商提供的图纸是二千七百四十尺，并且写了一封义正词严的信说卖家提供不实信息，欺骗他们，要求赔偿。

既然朱冬提出疑问，并且貌似有证据，裴云英只能让卖家经纪艾贝尔去处理。艾贝尔代表卖方说建筑商提供的是另外一个房型的图纸，两个房子的外形和图纸都非常类似，很难分辨。朱冬不相信，说对方私自修改图纸，卖方当然不承认。吵了半天，还是无头案。裴云英让朱冬找建筑商核实，但他一直没有下文。卖家却提出如果他们不买，可以退掉，他们不愁卖。朱冬又说他们的房子已经卖了，如果退掉这个房子，他们没有地方住。裴云英说："你们不是一直嫌贵吗？退掉这个重新买个便宜的就行了，何必不开心呢！"

"我们还是挺喜欢这个房子的，各方面都满意，只是不想被欺骗。"

朱冬不但不退房，而且提出了索赔方案：第一，艾贝尔提供虚假信息，要求他赔付全额佣金；第二，命令裴云英五天之内解决这个问题，如果解决不了，就扣除双方的佣金，同时向地产协会和上级主管单位举报。

不要说五天，就是五个月，裴云英也解决不了这个问题，于是把球踢给艾贝尔。艾贝尔只回了"荒唐！贪婪！"，就不再搭茬儿了。

第九十二章　到底谁是骗子

朱冬夫妇的目的非常明显，就是要钱，他们一心打着佣金的主意，不管谁出都行，既然对付不了艾贝尔，就开始加大火力进攻裴云英，要她把所有的佣金退给他们。裴云英本来就已经要退大笔佣金给他们，能拿到手的不过五千多块，全部退给他们也没什么大不了。但他们一步一步地设计，让人非常不齿。其时，裴云英正在跟楚山较劲，从心里面鄙视所有爱钱如命之徒。楚山毕竟是楚瑜的父亲，而且他们夫妻一场，没有什么深仇大恨，所有的负面情绪都是一时的。对于朱冬夫妇的行为，她不光鄙视，更觉得恶心，并且有了严重的生理反应，一看到他们的名字和信件就开始吐。不由自主地念叨："我认识的人越多，就越喜欢狗。"裴云英觉得自己快要被这两个不如狗的人逼疯了，也不想再吐了。为了五千块钱，让自己身体不适，精神失常，完全得不偿失，于是说会把所有的佣金退给他们。朱冬如获至宝，紧追不舍让她写一份正式的协议给他们。裴云英立刻写了，以为可以就此打发这两个"乞丐"，但没想到事情离结束还早呢。

朱冬夫妇得到裴云英的保证后，消停了三个星期，又开始以退为进去搞艾贝尔。他们说就算卖家提供的图纸是真的，但是艾贝尔公布的房屋面积是三千尺，与实际面积相差二十尺，所以要求赔偿。艾贝尔理亏，同意赔偿五百块。朱冬夫妇说他们损失惨重，这点钱太少，坚持要艾贝尔把所有的佣金退给他们，并且以不交房作为威胁。他们故伎重施，说两天之内解决不了，就立刻找律师。佣金是交房以后才支付的，朱冬夫妇以为这个招数可以让艾贝尔妥协。离交房的日子越来越近，卖家的房子也找好了，而且卖家之前同意退房，是朱冬夫妇不愿意。事情到了这个地步才说不交房，是不会被接受的，所以艾贝尔根本不理这一套。他回复说如果他们不交房，首先三万定金会被没收。第二，卖家会找律师告他们，所有的损失费和律师费都由他们支付。

　　朱冬夫妇负隅顽抗，艾贝尔收不到肯定答复，就发了一个短信给裴云英。大意是说让她提供买家或者他们律师的地址，因为卖家律师要寄信给他们，但朱冬夫妇拒绝提供信息。因为朱冬上班的时候不能用私人信箱，所以他用单位的电子邮件。为了这点破事，他几乎每天都发好几封邮件给裴云英。后来，她根本不看，直接转给艾贝尔。所以，艾贝尔通过电子邮件找到他的单位地址，很快就写了一封正式的邮件说如果朱冬夫妇拒不提供家庭住址或者律师信息，那么卖家的律师信只能由执法人员送到他的单位。同时申明，他们并不希望这样做，因为果真如此的话，朱冬将会异常难堪。朱冬怕他们突然出现在单位，因此同意了艾贝尔的赔偿金额，接下来他们开始协商怎么给这五百块。艾贝尔提议从房价里扣除，说写个文件，把购房协议更改一下。

　　买下房子后的一个星期，朱冬夫妇就像两个多动症患者，因此大家都心烦。现在眼看房子要交接了，他们担心在交房之前，卖家会在房子里做手脚，比如剪断某根电线，或者在某个阴暗的角落放置易燃易爆物品，所以诚惶诚恐地发了一封邮件说，从头到尾，他们都没有想过打搅卖家。卖家是好同志，整个事情与他们无关。如果修改房价，就表明卖家少收五百块。朱冬夫妇一心维护卖家利益，设身处地为替他们着想，不同意这样做，就让艾贝尔写个正式的协议给他们，这钱由他出，注明交房两天以后给钱。当然，这封信的主要目的是希望卖家能够看到，不知艾贝尔是否转发，但是他回信说要拿到佣金以后才能给钱，佣金通常要交房以后一两个礼拜才有。事已至此，再争论下去，也没有多大意义，所以朱冬夫妇只好答应。

　　卖家和艾贝尔都是犹太人，朱冬夫妇千算万算，还是低估了犹太人的爱财之心，所以他们收到艾贝尔发来的文件时傻眼了。艾贝尔的文件确实非常正式，为了五百块钱，长篇大论地写了一堆，都是严谨的法律术语。因为这份正式文件是律师写的，所以要扣除二百五十块作为律师费，朱冬夫妇的实际所得是二百五十块。艾贝尔在信中申明，朱冬夫妇如果不同意，可以通过律师交涉；如果没有异议，请他们立即签字。这对精明过头的夫妻搬起石头砸了自己的脚，如果不是他们要求正式文件，艾贝尔发封邮件就能解决问题，也不用扣除二百五十了。

　　朱冬夫妇不甘心，收到艾贝尔的文件后，迟迟不回复。三天以后，艾贝尔如法炮制，又发来一封邮件，说如果第二天收不到签过字的文件，执法人员会把律师信直接送到朱冬的单位。这一招又奏效了，朱冬夫妇即刻签字，并且冠冕堂皇地说他们不想为了这点钱去找律师，更不想把卖家卷进来。

艾贝尔私下跟裴云英说这对夫妻是自私自利的胆小鬼和跳梁小丑，朱冬夫妇说交房以后再告艾贝尔。当然，这些话都是在电话中说的，连屁都不如。裴云英厌烦透了，谁都不想搭理。房子交接后，她写了一张支票，寄到新房子，把全部佣金退出去。这场闹剧历时三个月，至此终于落幕。

朱冬夫妇为此事浪费了好多时间，但是他们没有白忙。裴云英由于嫉恶如仇或者说一时冲动，把自己应得的钱给了他们，当然不可能怡然自得。事情过后，她还是意难平，心不甘，就跟朋友诉说了一番。朋友一听就说："说好听点，你是'不识庐山真面目，只缘身在此山中'；说难听点，你就是个傻帽儿，直肠子，被这两个不要脸的耍了。用脚想想都知道，他们在买房之前就谋划好了。"

"此话怎讲？请不吝赐教。"

"如果他们真的想知道房子面积，应该在买房之前确认。为什么买了房子之后才要平面图？卖家可以不给图，既然给了，根本没有必要给个假的。他们说卖家修改图纸，我看是他们自己改的。"

"他们发来的图纸是建筑商给的，怎么改？"

"要不怎么说你傻呢！他们说是建筑商给的，你就信了？除了一张平面图，谁看到建筑商给他们的回信了？他们俩都是学电脑的，修改一张 PDF 还不是小菜一碟！卖家或者艾贝尔如果真的提供的是假图纸，怎么敢如此强硬？他们不是口口声声要到处告吗？这么明显的证据怎么不告？"

"因为他们拿了钱，可能不想折腾了吧？"

"他们还怕折腾？如果真的差了二百多尺，他们怎么甘心只拿属于你的那五千四百四十四块？还不早就闹翻天了，要艾贝尔把佣金吐给他们。"

"能捞一点是一点，我的这点钱对他们这种人来说也不算少。或者主要原因是他们真的想买这个房子，又担心卖家在房子里面搞破坏，所以就收手了。"

"有点道理，但他们住进去以后可以慢慢告啊，他们当初不是口口声声说要到处告吗？怎么这么长时间还在当缩头乌龟？而且，最后为了讨好巴结卖家，他们说整个事情与卖家无关，真让人笑掉大牙。之前他们说图纸被更改时，脑袋是被驴踢了？图纸是卖家提供的，如果不是卖家改的，难道是艾贝尔改的？艾贝尔真是一个神助手，衷心维护卖家利益啊！我以后买房卖房肯定找他。"

"那你说艾贝尔或者卖家到底有没有找找律师写过要送到朱冬单位的信？"

"没有，根本就是威胁。有谁看到过那封信？如果真的写了，他可以先发个邮件给你。"

朋友也许是个阴谋论者，但是经过他的一番分析，裴云英再回想事情的原委，真觉得比一出大戏还精彩，人性的丑恶彰显无遗，每个人都在为了多捞一点钱虚张声势，鬼话连篇，到处团团转。朱冬甚至反复强调他这么做是因为每个人都要为自己的错误买单，如果他在单位没有把事情做好，同样会受到惩罚。裴云英不知道自己错在哪里，但她受到的惩罚最厉害。当然，她的五千多块起了决定性的作用，如果她坚持不退，这两个没有底线的小丑肯定会继续上蹿下跳。对于裴云英来说，虽然付出劳动没有回报，但是没有这五千多块，她一样可以活得很好。那对活宝夫妻本来也不缺钱，这五千多不过是块可以买回更多供他们糟蹋的食物，然后成为粪便，污染水资源。这就是人性，没有什么大不了。虽然说鱼龙混杂，但是死鱼烂虾从来就多过出水蛟龙。

第九十三章　她的生命中没有奇迹

　　无论钟石、阔太太的行为多么反复无常，朱冬夫妇这对来自鲍鱼之肆的浊臭之徒的行为多么荒唐怪诞、寡廉鲜耻，都不会在裴云英的心中掀起轩然大波。同样，就算裴云英气得七窍生烟，或者抑郁成疾，死期将至，他们也不会多看她一眼。他们做的事情永远都是一样的，那就是在自己的小天地里为了一本万利或者蝇头小利奔忙。裴云英不是一个德行高尚的人，所以会对这些人有怨念，但毕竟都是过眼云烟。对她来说，他们就像电脑里的垃圾文件，一段时间后，可以全部清理，就算电脑深度中毒，彻底格式化也能够修好。真正能够影响到她的是楚瑜。她不知道楚瑜在那个出租公寓里是怎么度过每一天的，但每当她想到和他有关的事情，就会寝食难安。

　　楚瑜没有完成公立学校的免费高中教育，所以花钱在私立学校报了高中毕业所需要的两门课，但还是没有上完课，因此无法按时高中毕业。裴云英早就跟他说过重新读一年高中的话，对于这种结果，也谈不上难过，她无法接受的依然是他死不悔改的态度。

　　正常说来，亲情可以在很大程度上软化一个执迷不悟的人。裴云英想让楚瑜回国待一段时间，那里有他的亲人。楚山也说与其在多伦多无所事事，不如回国好好学习中文，给他当翻译。可楚瑜哪里都不去，好像多伦多成了最可爱的地方。裴云英什么都不能说，楚瑜随时处在跟她一言不合、拔刀相见的状态，而他们总是言语不合，因此整个暑假都在这样剑拔弩张的情况下度过。对于楚瑜，裴云英把耐心和爱心都发挥到了极致，但完全是对牛弹琴，她终于决定慢慢放下。然而，母子和夫妻不同，不是法律上可以结束的关系。所以，虽然她不再主动联系楚瑜，但是把所有的空闲时间都用来反思问题到底出在哪里。

　　楚瑜小时候比较胆小，白天都不敢一个人待在家里。如果晚上看了有点恐怖的剧集或电影，或是剧中的人物画着奇怪的脸谱，他好长时间都不敢睡觉。有时，在路上经过某个从来没去过的地方，他像个开了天眼的人似的，说和梦里面见到的一样。除此之外，他还爱说些和鬼有关的故事，不知道是要吓自己还是吓别人。对于这些没有根据的言论，裴云英一律持否定态度。如果非要谈论怪力乱神，就像得抑郁症一样，她比很多人有资格，因为她是有亲身经历的。

不知道世上到底是否有鬼，但裴云英小时候仿佛真的见过两次。一次是半夜突然醒来，她看到已经去世的爷爷和另外两个面目模糊的人坐在房间里抽烟，烟头的火光忽明忽暗；另一次是正午的时候，她跟着大哥去打麦场，原本空荡荡的路上，突然出现一个人，背着口袋慢慢朝他们走过来，那是刚死去不久的三叔。她让大哥赶快看，可是大哥问她看什么。

第一次"见鬼"她以为是做梦，可是她睁着眼睛看了半天，脑袋非常清醒，没有恐惧感。不知过了多久，她又睡着了。第二天早晨醒来时，她依然清晰地记得爷爷和两个人抽烟的场景，而且再也没有忘记过，她知道那不是梦。第二次更真切，正午的阳光下，她和死去的三叔在窄窄的路上擦身而过，而走在旁边的大哥什么都没看见。

还有一件事也很没有道理。家里的一头猪死掉之前，她几乎每天晚上梦见这头猪从山上掉下来摔死。猪死了以后，父母都很奇怪，说好好的一只猪，也没得病，怎么就突然倒下去再也起不来了。她什么都不敢说，生怕父母骂她把猪咒死了。

鬼和猪的秘密一直深深地藏在她的心底，跟楚山结婚以后第一次说出来。他是坚定的唯物主义者，对于这两个压迫裴云英多年，让她有些窒息的秘密，楚山的反应是哈哈大笑，说她不是做梦就是眼花，或者是胡说八道。半夜突然惊醒，睡眼蒙眬的可能性很大，猪的事情确实是做梦，所以楚山也不算全错。此后，这又成了她一个人的秘密。裴云英一度以为自己有什么与众不同的怪异能力，因此才有这些独特的经历。在生活非常艰难时，她也曾希冀有鬼怪来拯救她，然而她的生命中从来没有奇迹。即便头顶三尺真的有神明，他们也只会站在上面观望。裴云英的生活经历证明，就算真的有鬼，他们对人世间的一切也无能为力，后来她连志怪小说都不读了。所以，她只能让楚瑜面对现实，不要沉溺在任何无谓的虚妄之中。

刚升格成父母的人会说，孩子都是天使；有耐心的教育工作者常说，孩子都是可爱的。楚瑜也不例外。小时候自然不必说，可以说是人见人爱。像很多家长一样，在楚瑜不会说话也不会走路时，裴云英就给他读唐诗。等到楚瑜会说话了，他有时会跟着重复那些完全不懂的句子。有一次，裴云英和几个朋友在餐厅吃饭，大家都坐在位子上大声说话，只有楚瑜静悄悄地走到鱼缸前站着，和平时的顽皮判若两人。裴云英叫他，他学着大人的样子，把手指放到嘴上，让她不要出声。她好奇地站在旁边，只见楚瑜像老僧入定一样。她试图拉着他的手离开，他踮着脚尖，走得极其小心，走远了以后嘴里开始念念有词。裴云英仔细一听，居然是"怕得鱼惊不应人"。那个时候，他还不到两岁，她根本没指望他能理解这句诗的意思。到他什么话都会说的时候，家人和朋友都会问他长大以后是否要给父母买个大房子。他坚定地说不但要给父母买，还要给爷爷、奶奶、姑妈、姑父以及其他经常见到的亲戚买大房子，听的人都说这孩子真乖。

正式出国读书以后，唐诗虽然都忘记了，也不再提给亲人买房子的事，但楚瑜还是一个纯洁天真、没有杂念的孩子。

刚到多伦多时，裴云英帮他申请了一个邮箱，问他想用什么密码，他慎重地说"1111"。裴云英忍住笑说需要六个数。他想了半天说："那就再加两个 1。"

看到好多人家养狗，楚瑜也想要一条，但是裴云英在加拿大生活久了，开始出现过敏现象。以前对花粉过敏，后来对猫毛、狗毛过敏，所以母子两个商量以后，决定把斗鱼作为宠物。可斗鱼繁殖的时候，如果对配偶不满意，会攻击对方，甚至会导致死亡，因此楚瑜说只养一条鱼，裴云英说他是个善良的好孩子。楚瑜定时给这条色彩斑斓的斗鱼喂食，换水，还买了仿造的海洋植物装饰鱼缸。在他的照顾下，这条小鱼居然活了五年多。死的时候，他和裴云英都哭了，他们在它生前居住的缸里装满水，特意埋在离家不远的湖边。楚瑜找了一块小石头，刻上斗鱼的名字，埋了半边在地里，作为墓碑，并且时常去看望它。

楚瑜也曾经是个爱科学，有好奇心，求知欲和上进心的好孩子。他对飞机特别感兴趣，裴云英为此带他去了两次华盛顿，目的就是去看那个航空航天博物馆。他最喜欢看的杂志是 Popular Science，裴云英大力支持，常年帮他订阅。他每看完一期，都会给裴云英灌输新的科技观念，比如：人造肉，细胞再生，用野草提炼石油等。裴云英是个文科生，不懂技术，只是和他讨论一些观念的问题。

有时，裴云英在家和炒股的朋友讨论股票的问题，楚瑜听到后，极力叫她买谷歌。可是谷歌已经世人皆知，而且股价很高，她说买不起，就开玩笑说让楚瑜帮她找下一个谷歌。后来他又让她买特斯拉，她说这个公司好像不赚钱，股价为什么两百多块？楚瑜不懂股价是怎么来的，所以回答不出来。没想到一段时间后，他真的向她推荐了一个生物制药公司，说是技术多么先进，肯定是下一个谷歌。出于好奇，裴云英查了一下这个公司，发现没有产品，但是理念很吸引人，评论都是正面的。不少人说五年或者十年以后，这个公司的轨迹将会和另外一个股价一百八十多块的知名公司一样。这个知名公司股票的发行价是五块多，中间的经历大起大落，最低的时候只有八九毛钱，好多人都说它会死，没想到居然峰回路转，雄风再现。裴云英刚帮客户买了一个不大不小的房子，手上有点闲钱，看到这种说法，就来了兴趣。她开始关注楚瑜说的新公司，刚上市一年，股价在十一块到十四块多之间波动。

裴云英观察了一段时间后，股价开始下跌，最低四块多。她经常去看公司的信息，都是利好，新产品正在研制阶段，还和很多知名大学和实验室合作。于是她断断续续地买了一些，成本价接近六块，和最高价相比，不到一半。她以为无论如何都不会亏损，只等新产品上市，股价暴涨。可是，自从她买了这只股票以后，股价就一直在三四块之间徘徊，最低的时候甚至不到两块。她想补仓，拉低平均价，但是手边没有可用的钱。等到第一个新产品出来后，她又像很多小股东一样满怀憧憬，因为大家都说没有产品的时候股价已经高达十三块多，现在有了新产品，股价最少翻一倍。然而，这些都是美梦。新产品上市一年多以后，股价没有丝毫起色，甚至到第二个产品面世的时候，股价还是静悄悄的。几年以来，股价再也没有突破五块大关。像从前一样，公司没有负面消息，而且经常在世界各地参加展览会、峰会，做各种技术分析，展示最新的研究报告和成果。但不管做什么，都不能让它的股票迈上一个新台阶。

裴云英的股票知识非常贫乏，不知道股价是由什么决定的。她当初买这只股票，自然是有一种投机心理，希望坐在桌前翘着脚，看着电脑上几个数字的变化，就把钱赚了。事实证明，这个公司应该非常有前景，他们从来没有食言，在既定的时间之内完成每一个设定的目标，可是股价没有闻风而动。公司依然不时发布消息，诸如和某个大企业合作，又和某个大学签订了什么协议等等，看起来前途一片光明，但股价就是上不了五块。有人说新产品的销售不理想，公司烧钱很多。即便如此，裴云英还是无法理解，她不知道为什么有人在公司还是一个概念的时候，愿意花十四块多买他们的股票，而眼看着在利好的情况下，却连四分之一的钱都不想出。既然搞不懂这些高深的事情，她只能面对股票被严重套牢，无论公司怎么做，股价好几年都没有进展的事实。

对于这个原本抱有极大希望的股票，裴云英由开始的豪情万丈转为后来的满不在乎。她不再经常跟踪公司动态，只是在公布业绩时看一下结果。反正那笔钱也不多，如果这只股票不能一飞冲天，那么无非就是不死不活或者灰飞烟灭。无论是什么，都不是她一个小股民能够左右的。

第九十四章　怎么成为大力金刚

　　表面上，裴云英不再关心楚瑜的事情，因为她改变不了什么。她偶尔给他打个电话，说几句不咸不淡的话。她不是一个冷酷的母亲，心肠也不够硬。不要说楚瑜，就算是书中境遇凄惨的人物，或者影视作品中的某些情节，她的情绪都会随之起伏。《放牛班的春天》不是悲情电影，但是当看到马修老师离开时，地上丢了一堆纸飞机，还有从窗口不停飞出来的纸飞机，每张纸上孩子们都用自己的方式写着祝福之语时，裴云英的眼眶一下就湿了；她不养宠物，不过听到受苦的小猫小狗，也会心生怜悯。

　　愁余有个室友叫夏墨，是个不折不扣的富二代。刚开始，他说不愿意跟别人住，所以父母给他买了一个独立房。没住多久，又受不了寂寞，于是像古代大富大贵的公子那样养食客。他不能像孟尝君那样食客三千，于是就养了三个，陪他聚会玩乐。但食客有自己的事，不能随叫随到，夏墨养了大半年，就把他们轰出去了。他一个人孤零零的，根本待不住，于是就任大房子长草，自己搬到学校附近，和大家挤在一起。他经常换女朋友，一是因为有钱，第二，和他的暴力倾向有关系。他有钱，所以不愁没有女朋友，但是过不了多久，就把女孩打得鼻青脸肿。喜欢受虐的，或者为了多买几个名牌包包的，就和他多待几天；受不了的，就赶快溜之大吉。

　　一天，夏墨花了两千多块买了一只卷耳猫带回宿舍。愁余非常热爱小动物，他的理想是当一名兽医，或者终生以收留流浪小动物为职业。看到这只小猫，宿舍里最高兴的人是他。可是没几天，夏墨就开始折磨小猫。他不给它东西吃，或者把猫粮放在高高的细木条上面，小猫好不容易跳上去，猫粮便被打翻在地。小猫想下来吃时，夏墨又踩得稀烂。有时，他把小猫硬塞进一个塑料箱或者铁盒子里，盖上盖子，用各种器具在外面击打。击打声很大，但也盖不过小猫在容器里发出的哀鸣。一次，夏墨把小猫的腿打断了，不准任何人治疗。愁余用书上学到的知识帮小猫疗伤，然后趁夏墨不在时，赶快把小猫带到兽医诊所。

每次愁余看到夏墨对待小猫的残忍行为，都请求他不要这样做。夏墨说猫是他花钱买的，他想怎么样都可以。愁余买不起他的猫，再说就算他不吃不喝凑够钱想买，夏墨也不会卖给他，因此他只能在夏墨出去时，偷偷照顾一下小猫。只要愁余在房间，小猫就一直围在他的身边。但是只要夏墨回来，小猫就如临大敌，倏地跳到某个黑暗的高处，无声无息地躲起来。

也许夏墨觉得对小猫施虐，没有那么过瘾，所以过了一段时间后，又把兴趣转向了女朋友。只要小猫不在他的视线范围内，就能躲过劫难，但是在这样的环境之中，小猫总是胆战心惊的。当裴云英听到卫芝讲述小猫的遭遇时，非常难过，就一直想为它找一个有爱心的人。等她找到一个特别爱猫的朋友愿意收养小猫时，夏墨已经不再过问此事，说随便送给谁都行。

裴云英不喜欢韩国电影，更不看韩剧。即使在韩剧霸屏，很多明星红得发紫，火到熊熊燃烧时，她也不为所动。自始至终，她连一集完整的韩剧都没看过。然而，《熔炉》和《素媛》这两部韩国电影，她认真地从头看到尾。以前如果有好的电影，她会不止一遍地看，《肖申克的救赎》起码看了十遍以上。但是唯有这两部韩国电影，她再也不敢看第二遍。

《熔炉》让她愤怒，法官、警察、校长、教授以及那些有点小权力的人，在面对他人的苦痛和生死时，冷血得像千年都无法分解的烂塑料，万年暴露在严寒之外的破铜烂铁。那种人性的阴暗，令人发指。看《素媛》的时候，她大半的时间都在哭。虽然是哭着看完的，但每个场景都刻在脑子里。影片没有大场面，没有酷炫镜头，全部是真实的场景设定，整部电影平实朴素。只要看到那条反复出现、几乎在每个地方都能见到的普通小巷子时，她的心就会颤抖。虽然结局没有直接拍出素媛的自杀，但是所有的暗示都指向她的决定。素媛坚强善良，一想到那个小女孩纯真的眼神，甜美的笑容，对父母的爱和理解，裴云英既揪心，又难过。素媛的妈妈说希望所有的孩子都遇到同样的事，裴云英也希望所有的父母都遇到楚瑜这样的儿子。果真如此，当孩子有问题时，他们就不会说都是因为单亲妈妈，她们是教育不好孩子的。当他们面临着同样的困境时，就能感同身受，从而不会随意评论不了解的事情，把别人的生活和悲伤拿来消遣，嘲讽嬉笑那些遭遇不幸的人。这样的话，就不会有看热闹的心态和围观者的冷漠，也不会有"孩子没有教育好是人生最大的失败，是父母的过错"这样不负责任的言论。

世界上确实有些孩子是无法教育的，就算父母拼尽全力，孩子依然执迷不悟。如果所有的人都能够被一种正常的手段教育好，那么世界上便不需要浩如烟海的法律条文，公检法的设置也没有意义，监狱这样的机构肯定会消亡。可惜的是，尽管很多时候父母反复告诫孩子再往前走就是深渊，但孩子还是会走过去。在这样的情况下，父母又能做什么呢？他们不可能二十四小时跟踪孩子或者永远把他们的双手双脚绑起来。倘若遇到这样的孩子，任何一个正常的父母都会心力交瘁，他们实在承受不起那些信口雌黄的闲言碎语。

尽管楚瑜让裴云英烦恼万端，但她还是坚信这只是暂时的，不过是他叛逆和迷失的时间长了一点。仔细想来，他们这几年的冲突除了楚瑜的学习是个原则性的问题外，其他的都是小事。比如，下雨不打伞，到点不吃饭，这些事情反复强调，不起作用后，只好搁置一边，转而关注稍微大一点的事。零下二十多度，他穿一件单衣出去，裴云英看着都冷，叫他穿好衣服，他则说只有几分钟，不会冷。裴云英担心他感冒，难免提高声音，楚瑜辩称感冒不是因为冷引起的，并且叫她去看谷歌，最后两个人都生气。楚瑜有一个怪毛病，洗完澡以后从来不擦头发，总是顶着一头水从卫生间出来，裴云英说了多年都没有用。尤其是晚上，裴云英看着他一头的水到处滴，都不再说瓷砖上有水会摔跤的话，只是加强语气跟他说湿头发睡觉会头痛，他却说没有科学根据。如果强行帮他擦了，又是一顿争吵。对于诸如此类的事情，裴云英总是凭着一个母亲的本能，担心他受冻挨饿，滑倒跌伤，絮叨着要他改正。刚开始还好，楚瑜虽然我行我素，但也没有多大反弹，两个人简单地吵几句就算了。也不知从哪一天开始，这些争执不断地上升到一个个新的高度。

在这样令人沮丧的关系中，裴云英经常反思原因。有时是她缺乏耐心，但大部分时候是楚瑜莫名其妙地大爆发，一句无关紧要的话就会让他火冒三丈。而且，他们再也找不到可以心平气和说上几句话的事情。当全世界都在痴迷 Pokémon Go 时，裴云英看着家里一堆《神奇宝贝》的 DVD，想到以前楚瑜看电视时曾经跟着音乐跳舞的情景，就打电话问他抓到了几个精灵。可是楚瑜不屑一顾地说："只有笨蛋才玩这种无聊的游戏。"

面对这种看不到曙光的情形，人们总是想方设法去推诿，这是很多人在面临问题时为了让自己好受一点的逃避方式。就像电影《死亡诗社》里的尼尔自杀以后，他的父亲没有想过是自己太强势，用不尽情理的方式逼迫儿子，使他走上不归路，反而怪罪那个让孩子们追求理想和自由并且打破常规的老师。有时，裴云英难免像电影中的那个父亲一样，也想找个替罪羊去谴责，把各种不相干的事情连在一起，甚至在三聚氰胺事件闹得沸沸扬扬时，她都能产生奇妙的联想。楚瑜小时候吃进口奶粉大便干燥，后来改成国产的就好转了，而且他确实吃过那个牌子的奶粉。可是她关注完整个事件后，也没发现楚瑜的问题和三聚氰胺有什么关系，而且那个时候的国产奶粉是没有任何问题的。无论裴云英怪天怪地，怪社会还是怪别人，都解决不了问题。所以，怪来怪去她只能怪自己运气不好，能力太差，智慧不够。

裴云英没有练就金刚不坏之身，所以有时候她也很绝望。每当此时，她就看比她更惨的人。从很早的时候起，裴云英就非常感谢鲁迅先生创造出阿Q这样一个艺术形象，正是这样一个虫豸般的悲剧小角色，让很多应该投井、上吊或者抹脖子的人有了苟活下去的理由。在和楚瑜矛盾不断的日子里，裴云英有针对性地爱上了《万箭穿心》，小说和电影都看了好几遍。李宝莉的遭遇让她心如刀绞，同时也从她身上寻找安慰。裴云英不需要卖苦力养活公公婆婆和儿子，儿子也没有把她赶出家门，而是自己搬了出去。虽然有很多争吵，但她深信楚瑜不会像李宝莉的儿子那样恨她入骨。如果说裴云英有什么地方比李宝莉更惨，那就是她没有"建建"。在满篇的苦难和绝望中，建建是李宝莉生活中唯一的亮点和希望。

第九十五章　离婚妇女的期待

　　自从和葛圣缓的短暂关系结束以后，裴云英也遇到过几个男人，如果仅仅以结婚为目的，他们都适合，然而他们都不是她的"建建"。虽然她没有设定目标去寻找男人，但还是有些期许，不过电视剧中那些泛滥成灾的高富帅，从来没有在她眼前出现。当然，她也见过富人，最独特的有两个：一个是拥有很多物业的生意人，一个是公司的副总。

　　生意人已经退休，虽然到处都是房产，但大部分时间住在一个占地一百多英亩的小庄园里，日常工作就是骑马或者开着电机摩托车在他芳草萋萋、长满果树和蘑菇的属地到处转悠。他从来没有打理过小庄园里的植物，任它们自生自灭中，成长得更加茁壮。熟透以后掉下来的梨、苹果、樱桃、蓝莓、红莓、桑椹等，厚厚地铺了满地，被马、车和人踩压，然后化成养分，等到下一年时，结出更多没人碰的果实。生意人偶尔从树上摘个苹果吃，其他的果子则连看都不看。裴云英经常对着满地的水果和无人采摘的蘑菇叹息，但他也只能看着它们烂在地里。这样的数量，开个超市都有足够的货源，他是绝对不可能吃得完的。除了完全浪费掉的植物，还有很多没有人碰的动物。鹿、獾猪、野兔、野火鸡等，都时常在他的小庄园里自由自在地出没。有条河从院子里流过，河上有座木头桥，河对岸是绿草茵茵。河里面是成群结队的鱼。在三文鱼产卵的季节，无数的三文鱼带着满肚子的鱼籽奋力逆流而上。由于路途实在漫长艰辛，很多三文鱼力有不逮，中途牺牲，在河边直挺挺地躺着，再也无法前行。为了帮助可怜的三文鱼省点力气，生意人会想办法缩小河流的落差，让翻腾的激流变缓一点。生意人不吃自家院子里天然生长的植物和动物，每个星期去超市买人工种植或者饲养的东西吃。院子的最后面是丛生的草地和大片的森林，那是野生小动物们的天堂。森林里有很多马道，生意人养了几匹马，他自己或者朋友们的一个主要消闲活动就是骑马在里面溜达，说嗒嗒的马蹄声和风吹树叶的沙沙声是最美妙的音响。

生意人无聊之极的时候，用照相机拍下了梅花鹿在院子里交配的场面，然后又佯装自责："我太坏了，怎么能这样侵犯它们的隐私呢。"

这个满是植物和动物的院子非常奇妙，裴云英只要到了这个地方，就能够静下心来，什么都不想。仿佛除了自己的心跳，什么都听不到。

副总正当年，生活方式自然和生意人不同。他有时坐在俯瞰电视塔和安大略湖的高层办公室里处理各种没完没了的公务；有时心血来潮坐着头等舱去另外一个国家看歌剧；有时开着劳斯莱斯或者保时捷到一个别人找不到的地方。当然，坐在他的游艇上喝酒晒太阳是夏天的常态。

因为副总说从他办公室的落地窗里能够看到尼亚加拉大瀑布，所以裴云英特地去过几次他的办公室，希望能够看到这个奇景，可是每次的愿望都落空。副总有时说云太多，挡住了。于是她专门选万里无云的时候过去，还是一样。副总又说水雾太大，那裴云英就没办法了，因为大瀑布的水雾从来就没有小过，哪天去副总的办公室都一样。裴云英在湖滨小镇看到过湖对岸的电视塔，所以对副总的话深信不疑。瀑布的面积、体积和规模都不小，电视塔的唯一优势是高度，想必隔着湖看瀑布也不难，但她就是看不到。

也许这样的两个人是许多女人心目中的理想人选，但裴云英食古不化。所以遇见他们的时候，她只能在原地踏步，多走一步都不可能。

生意人已经七十多岁，垂垂老矣。看着他，裴云英就想到《欲望都市》里萨曼莎说的那个屁股下垂松弛的有钱老头。生意人也确实很有钱，随便买几个岛都不在话下，不过裴云英对茫茫水域中的孤岛没有兴趣。而副总早年为了家族生意，不得已和一个女人结了婚。当他身陷带着某种目的性的围城时，并没有妨碍他和其他女人们眉来眼去。除此之外，他和太太定期参加换妻俱乐部。俱乐部的正常交换依然无法满足他们的渴望，所以两个人都有一些露水情人。当他们都不再需要对方时，就很自然地离了婚。其实，副总的骨子里是希望像《生命不能承受之轻》里面的托马斯那样轻飘飘地生活着，和不同的女人上床，说目的不是性欲，是为了体验每个人的独特反应。在街上遇到和他有过关系又不认不出来的女人时，也会像书里面写的那样，说不是自己对女人不好，而是记忆不好。裴云英无法忍受不负责任的托马斯，也受不了不止一个萨丽娜的存在，所以不能成为他的特丽莎。

裴云英终有一天也会变成一个全身都像枯树皮的老太太，不过她在皮肤紧致时，还是不想提前知道和那个已经是风烛残年的人以一种特别的关系同处一室是什么感受。最重要的是，在她的心中根本无法把他当成一个亲密的人。而副总虽然是高富帅，但她实在没有勇气接受那种新潮刺激的生活。所以，除了普通朋友，她不可能和这两个人有更深入的关系。

奇女子吕碧城说"不遇天人不目成"，裴云英不敢有这种奢望。但虚荣心作祟时，也会想如果有令人垂涎的完美男人和她情投意合，她大概也早已再次嫁作他人妇。什么是完美男人呢？无非是小说或者电视剧里那些有才多金、相貌堂堂、忠贞不二、关心备至、老婆每个月什么时候来大姨妈都谙熟于心的绝世好男人。这样的男人，绝大多数女人都会生扑上去。不过既然裴云英没有这个命，她也可以安然接受现实中的一切，不会长吁短叹。

一天，裴云英又为了楚瑜的未来烦恼时，再次躲在家里看《万箭穿心》，正看到小宝无情地斥责李宝莉害死他的爸爸时，电话突然响了起来。郁闷的裴云英也想跟人说说话，便随手按下通话键。当她听到电话那头传来一个不太熟悉的声音时，才看了一下来电显示，是个乱七八糟的数字，显然是个长途电话。她没有心情玩猜谜游戏，就直接问对方是谁。听到葛圣缓的名字，她以为电话打错了，因为几年以来，他们没有任何联系。

葛圣缓说他在一年多前结婚，但很快就提出离婚，主要是新婚太太欺骗他。原因有两个：一是结婚前，太太坚决不和他发生关系，因为她是处女；第二，无论穿什么衣服，太太胸前的两座山峰都是高高耸起，让人浮想联翩。然而，结婚当晚才发现她不但没有那层膜，而且胸前完全是紧贴地面的平原。以葛圣缓的年纪，也许没有处女情结，不过当有所期待时，还是有些在意"膜"去了哪里。他找不到"膜"的去向，只能狠狠地把厚厚的假胸罩扔到地上，并且不准她再戴。

裴云英感受到葛圣缓的义愤填膺，她无法置评。沉默了一会儿，她避重就轻地说："如果一个女人不是刻意修行，四十多岁还是处女的话，那不是一件值得庆幸的事吧？只能说真处女可悲，假处女可耻。"

葛圣缓接着她的最后一句话谴责了假处女的可恶性，裴云英赶快岔开话题，讲了一个刚看到的笑话："据说优秀的女人就跟成绩单一样，全部都是 A，所以胸部也不例外。"

"关键是她连 A 都没有，毫不夸张地说，还没我的大呢。其实我现在不关心罩杯和处女的事情，只想离婚，但她不同意，要我帮她办了身份才行。她本来就是个骗子，我才不会继续当傻瓜呢。"

裴云英不想掺和这些是非，就问他有什么事。葛圣缓七拼八凑地说想和她一起坐游轮到某个海岛度假，还给出了详尽的路线图，感觉比上次要去洛杉矶的事靠谱很多。然而，裴云英听着这些不着边际的话，已经猜到他打电话的目的。果然他话锋一转，很明显地表达了要和她重续前缘（如果他们有前缘的话）的意思。裴云英没有丝毫犹豫地说："我结婚了，我老公快回来了，现在准备做饭。"

"那你先忙，我再打给你。"

葛圣缓遵守诺言，又打了几次电话。裴云英连敷衍的心情都没有了，哼哈两句就说有事。她没有想过去钓金龟婿，也知道电视中那些令众多女人着迷的男人不会走进她的生活。她不知道会和什么样的男人两情相悦，但她明确地知道，葛圣缓不是她的"建建"。

其实，这个世界上很多所谓的剩男剩女，大部分时候都自得其乐。而且只要愿意，在男女比例均衡的情况下，谁都可以结婚，不存在娶不到老婆的男人和嫁不出去的女人。裴云英早已嫁过人，她不是剩女，是离婚妇女，所以她一点都不着急。况且她自食其力，嫁人不是为了穿衣吃饭，因此她无须妥协或者苟且。

葛圣缓不再打电话过来，裴云英几年以前就不再期待他的电话，所以对他的一切行为，都可以做到古井无波。不要说在事情结束的几年以后他打电话过来表示想复合，就算是几年以前他突然出现在面前，她也不会回心转意。

裴云英早已过了望穿秋水和望眼欲穿的年龄，但她依然在等一个电话。

第九十六章 真的有奇迹

松禾念了一个不是很有名气的大学，离家以后的几个月，她给司马丽打电话道歉，说自己以前一点都不体谅她。司马丽很快就原谅了女儿，或者说从来就没有记恨过她。她只有这一个孩子，不爱她又去爱谁呢！联想到松禾从前种种不可思议的行为，司马丽没料到她这么快就能改变。看来，很多孩子都有尽情伤害父母的阶段。而父母除了等待和给他们足够的时间，什么都做不了。

裴云英听到松禾成了一个乖孩子，替司马丽高兴的同时，有点小小的嫉妒，她希望楚瑜也能够在不久的将来转性。楚瑜在私立学校重新上课，裴云英无法了解情况，只能装聋作哑。几个月以来，母子间唯一一次愉快的互动是楚瑜的十八岁生日。裴云英为他写了一张满含爱意和祝福的生日卡片，带他去吃了一顿很贵的饭，还专门订制了一个生日蛋糕。吃完饭以后母子两个回到家里，楚瑜先去他空空如也的房间里看了一眼，说感觉好奇怪啊。

两个人都不饿，不过蛋糕还是要吃的，所以裴云英就说等到楚瑜出生的那个时间才吃。离楚瑜"出生"还有两个多小时，母子俩就开始闲聊。裴云英想了解楚瑜的情感问题，他说认识一个女孩，也许有可能，但现在不愿意多说。看到楚瑜比较冷静，她就问当初为什么和妮可分手，他说是妮可"抛弃"了他。裴云英想到妮可的说法，就对他如实相告。楚瑜不同意："她是比较忙，我们就约定过一个月再说。可是过了一个月，她还是说忙，没有时间和我单独在一起。"

裴云英无法得知哪个孩子的说法正确，但是看到楚瑜很平和，没有因为被"抛弃"而再次骂人，觉得他进步不小。他们太久没有愉快地谈话，所以两个多小时也显得很短。等到手机上的提示铃声响起时，楚瑜点上蜡烛，切开蛋糕，也许了愿。

十八岁是一个大日子，裴云英虽然不指望楚瑜过了这一天就能发生天翻地覆的变化，但希望这个日子有点寓意和暖意，可她等来的依然是寒意。不久以后的一天，楚瑜再次为了一点芝麻绿豆的小事跟她狂吼乱叫。裴云英关掉电话，茫然地往外走，很快就到了那幢熟悉的高层公寓门口。她跟着别人进去，习惯性地到了屋顶，怔怔地看着下面偶尔开过的车子和稀疏的行人发呆。那个无意识的声音像以往一样问她：要跳下去吗？答案还是否定的。如果真的到了那一步，她也不会选择这样的方式。她应该会像伍尔夫那样在口袋里装满石头，平静地走向水的深处。

在和楚瑜矛盾不断的这几年，有那么两次，裴云英在高速公路上开车时，真切地想过一了百了。

第一次是在一个飘泼大雨的下午，天空除了不停往下倾泻的水，什么都没有。她把雨刮器开到最大，挡风玻璃上依然是模糊的。虽然是下午，但是能见度比漆黑的晚上还低，连几十米外都看不到。很多人都放慢车速，盯着前面车子的尾灯。在这样的天气开车，一个不小心，就会撞到路上的隔离带，或者和别的车子发生没必要的亲密关系。可是也有少数行为异常的司机，他们在缓慢的车流中快速穿行，急匆匆地赶往什么地方。裴云英看着这些在大雨天勇敢前行的人和黑压压的天，也想加入他们的行列。死是一件很容易的事，如果真有此愿，猛踩一脚油门，车子往旁边歪过去可能就会达成。但她终究是个懦夫，还是放开油门，用脚慢慢地踩着刹车，小心翼翼地跟着前面的车子，和它们保持距离。

第二次是个大雪纷飞的早晨，小小的雪花密密麻麻地飘下来，如果不是亲眼所见，很难想象这样细密的雪花有能力把偌大的城市和郊外变成白茫茫的一片。它们没有一点分量，只是随着风的方向飞舞，很多时候还没落到地面就没了踪影。虽然高速公路上的车从来没有间断过，但这不妨碍积雪的形成。车开过后，旧雪变硬，新雪很快铺上，车很容易打滑，尤其是变道的时候，如果不掌握好刹车和方向盘，随便歪一下，车就会失控，有时简直像开船一样晃来晃去。裴云英跟着前面的车不紧不慢地开着，看到有辆车掉到路旁的沟里，她希望那是自己。可是掉下去也死不了，所以她的问题还是没有解决。最简单的方法是自己制造一个车祸，可是她还没想好往哪里撞，总不能无端去伤害别人吧。尽管自己满脑袋想的是结束生命，可是别人也许正在到处寻找长生不老的药丸呢。裴云英看了一路的雪泥，但是没有飞鸿，所以自然看不到鸿爪，因此她还要继续看下去。雪慢慢停了，铲雪车和撒盐车轮番上来工作。积雪被铲起来，堆在旁边。撒盐车开过以后，路面不再打滑。很快，路上的乌七八糟就被这几部车彻底清理干净，路面上清清爽爽。不知从什么时候开始，车的前方有一团白烟，并且始终不散。裴云英追着那团从路面上升起、云一样的白烟一直往前开，仿佛腾云驾雾似的。她追了两百多公里后，那团迷一样的飘渺烟雾突然不见了，就像它没有缘由地出现那样无法解释。裴云英看看四周，除了没有尽头，被白雪覆盖的大片岑寂荒地，什么都看不到。她失去目标，只好折回来，从应该回家的那个出口下了高速。

路口的那个乞丐，依然坐在那里。裴云英第一次开车经过时就看到他，那个时候他有一把椅子。十几年了，无论烈日当头还是天寒地冻，他始终待在原地，不同的是后来他的椅子不见了，有时坐在地上，有时站在那里。由于每次都是在车里匆匆地瞥一眼，裴云英从来没有看清他的样子。确切地说，不能叫他乞丐，应该是无家可归者。无论何时，不管什么媒体，都用 homeless 称呼这些人，不会用 beggar，因为他们不乞讨。这些人基本上都是白人，他们静静地坐在街道的某个角落，面前放个杯子或者帽子。大多数路人快速走过，不会看他们一眼。少数的人偶尔丢下一点钱，面值大部分在两毛五到一块之间。这些人常年露宿街头，夏天还好，冬天他们就睡在暖气口附近，可是那一点微弱的暖气还没吹到脸上就在寒风中飘散了。

流落街头的生活肯定不能用舒适来形容，但不管怎么样，这些人从来不会张口要钱，看起来很有尊严的样子。只有一次，裴云英走在市中心繁华的街道上，一个精瘦的无家可归者突然拦住她，然后双手合在一起，不停地请求她给些零钱。她给了两块钱，他居然要求更多。裴云英第一次遇到这样的人，就问他为什么不去收容站或者避难所，还有食物银行也可以帮助他。原本带着乞求神态的无家可归者突然生气地说："你知道住在那里多难受吗？最好你自己去体验一下再说这种莫名其妙话。"

裴云英无法体验这样的生活，只好把身上仅有的十几块钱给了他，然后做贼心虚般地逃离，那个人在后面祝她好运。虽然她不知道收容所的模样，但她有一次非常不愉快的看免费牙医的经历。

楚瑜刚来时，学校做常规的牙齿检查时说他的牙齿发黄，建议他去看牙医。裴云英没有牙医保险，又想到牙医比较贵，所以就想带他去看一次免费的牙医。她在网上查到一个离家不远的诊所，就带他过去。到诊所以后，她填了一堆表格，半个多小时后，楚瑜被带到一个女牙医面前。牙医很不耐烦地看了一下楚瑜的牙齿，然后找出一个塑料小刀片一样的东西，在楚瑜的牙齿上非常粗鲁地刮了几下，上面有一些附着物。她用手搓了一下刮下来的东西，直接送到楚瑜的鼻子前，并且嫌弃地说："你自己闻闻这个味道，能熏死人。你不会刷牙吗？牙齿从来就没有刷干净过。"楚瑜有些委屈，歪过头避开。裴云英既难堪又生气，丢下一句"你自己慢慢闻吧"，就拉着楚瑜走了。

加拿大的社会福利非常健全，免费牙医就是为低收入家庭和老年人提供的一项服务。因为范老板发现金工资给裴云英，所以她的收入不高，符合条件。然而她没想到牙医的态度如此恶劣，尽管看牙齿的人免费，但牙医并不是无偿提供服务的，他们是跟政府拿钱的，病人没有占到牙医的任何便宜。裴云英知道有些住着几百万房子的人，由于在加拿大没有收入，都来看免费牙医。因此她决定来的时候，并没觉得有什么不妥当，没想到遇到这样一个侮辱孩子的牙医。这是她唯一一次享受所谓的社会资源，也许她运气不好，第一次就撞上这样一个奇葩牙医，但她发誓再也不会找什么不花钱的东西。加拿大全民医保，这个福利人人都可以享受，不用愧疚。实际上，这个世界从来没有免费的午餐，后来裴云英的收入超过某个界限时，就开始交税，她看了一下所交的税项里就有医疗税，这个医疗税里大概也包括那些所谓的免费牙医服务吧。

加拿大的税收很高，所以有很多社会服务部门和机构，给穷人提供的帮助和各种免费的东西不算少，但仍然有人在街头流浪，其中的原因只有亲历者才能明白。在这个陌生的城市，裴云英没有沦为无家可归人士，确实也有点好运吧。死是容易的，生却很难，尤其是在一个举目无亲、死去多日都可能无人发现的地方，更是如此。婴儿生下来就哭，因为他们意识到离开温暖母体、来到冰凉世界求生的艰辛。裴云英从降生的第一天起，就知道在各种不如意中苟活是需要很大勇气的，所以她终究没有走上那条相对简单的不归之路。

楚瑜生日过后的好几个月，裴云英和他几乎没有联络。一个天朗气清的日子，楚瑜突然给她打电话说他已经被大学录取，是他喜欢的专业和学校，并且要和她好好"吹一下牛"。裴云英受宠若惊，赶快去和他"吹牛"。楚瑜说了很多忏悔的话，不停地道歉，泣不成声地说她是最好的妈妈。裴云英反过来安慰他，说自己是个没有经验的母亲，在教育他的时候，犯了很多错误。母子两个抱头痛哭，正式和解。

这次是真正的和解。从此之后，楚瑜再也没有说过一句让裴云英悲伤不已的话。他又变成了那个不是非常善解人意，但是很可爱的孩子。裴云英一度认为自己的生命中没有奇迹，现在看来，并不完全正确。

大学确定以后，楚瑜轻松了许多，回国玩了个痛快。回多伦多后，他开始找房子，准备搬到学校附近。裴云英本来想让他第一年在学校吃住，但他问了同学后，说学校的饭太难吃，一个月还可以凑合一下，八个月实在吃不下去。裴云英以为他会租一个房间，然而他说自己一个人住惯了，不想跟人合住。

年轻人住在一起，肯定有些矛盾，不过这也是一种成长的方式。所以，裴云英努力劝说楚瑜像绝大多数学生一样租个房间，可做了半天思想工作都说不通，她也没办法。一个房间六七百，一套公寓一千二三，反正楚山也不差这点钱，她只好随了楚瑜的心愿。

开学不久，楚瑜跟裴云英说有女朋友了，想让她认识一下。裴云英当然乐颠颠地去了。女孩叫西来丝汀，比楚瑜大一岁多，读大学二年级，看起来勤奋努力。这次见面以后，裴云英自然像每个喜欢八卦的母亲一样，打着关心的旗号问东问西。楚瑜什么都不隐瞒，一五一十地说了。当她听到西来丝汀周末经常在他的公寓过夜时，就叮嘱他做好避孕措施，不要在自己还是孩子时，就成为孩子的父亲。楚瑜大笑着说："我们没有性关系。"

裴云英不敢相信地问："你们住在一起，没有性关系？"

楚瑜还是笑着说："父母都这么想吗？谁说住在一起就一定要有性关系！"

"那你们为什么要住在一起？这不是互相折磨吗？"裴云英的迷惑越来越深，用接近胡说八道的口吻说，"难道你们是六十几岁，在一起过了很多年的老夫老妻？"

楚瑜反复解释他们住在一起不是为了性，但还是不能让裴云英信服。这个年纪的孩子可以相安无事地拥着彼此睡到天明，很多个晚上没有冲动，没有生理需求，说出去谁都不会相信，但楚瑜说的肯定是实话。裴云英实在想不通，一直追问楚瑜原因，甚至问他是否手淫太多导致阳痿。楚瑜总是不愿意说到底是为什么，后来大概被问烦了，就郑重其事地说："妈妈，我可以告诉你，但你以后不要再问了。"裴云英赶快支起耳朵听他的惊天秘密。可是听完以后，一片酸楚。

西来丝汀小时候被父亲的好朋友性侵，手段非常残忍，给她留下了深重的心理阴影。楚瑜没有说细节，裴云英也不敢问。她没有勇气听这样一个让心灵备受折磨的事情，只是艰难地说："那你们就这样一直持续下去？"

"我肯定不会强迫她的。如果她一直不愿意，我们可以这样相处下去。如果哪一天她想通了，我们也会做的。"

那一刻，裴云英觉得楚瑜是天使。

楚瑜上了一段时间的学后，说不想再花楚山的钱，打算自己申请学生贷款。裴云英听完他的一堆理由，还是很茫然。他的长篇大论总结起来无非就是想越过楚山这座大山，但是拿着他的钱，没有办法理直气壮地宣称独立。很多男孩都在和父亲的对抗中成长，憋着一股劲儿，先是口头上宣称要超越父亲，然后落实到具体行动上。楚瑜也是如此，思想坚定后，就要找方法。

可楚瑜不能自己申请学生贷款，一定要有个担保人，这个角色没有人愿意承担，因为如果他不还钱，担保人必须还，而且担保人要提交很多详尽的财务信息。实际上，等同是担保人借钱。裴云英只能当仁不让地接下这个重任。

楚瑜把贷款、奖学金和打工的所有收入加在一起，还是紧巴巴的，但他不留余地地拒绝楚山和裴云英的资助。裴云英觉得既可气，又可笑，只能用莫欺少年穷自我解嘲，何况这个少年是她的儿子。所以，尽管她无法完全理解楚瑜为什么如此执着固执，可是只能配合他的一切不合理但又不违法的要求。反正他总有让她出乎意料的地方，她也只能全盘接受这个特色鲜明的儿子。

第九十七章　红白喜事

　　宛溪坐在衡山路附近的一家咖啡馆，突然听到《好久不见》这首歌，顿时泪如雨下。她已经很久没有被一首歌感动了，也极少主动去找歌听。除了灌到耳朵里的《每周一歌》，令她动容的歌都是在十几岁和二十出头时听的，后来很难有一首让她感同身受、触动心弦的歌，更不要说落泪了。如果说有接近这种感情的，就是最能引起她共鸣的《越狱》里面的两首歌。其实两首歌都不是为电视剧写的，在电视剧之前就有了，只是被借用的，但她都是第一次听到。一首是第一季第五集的插曲《Orange Sky》，简单的吉他和鼓点，淡淡的忧伤中唱出亲人之间的情感。疲惫的时候想到亲人，因为那就是家。另一首是第三季结束的时候，只有人声，没有任何伴奏，而且一个字都听不懂。但是听着这首歌，看着男主角只身开着一部老旧的车，车里放着一把枪和以前送给女朋友并且已经被压扁的纸玫瑰，在空旷的海边公路上前行时，宛溪伤感到无以复加。她已经很多年没有听过清唱的歌曲，无论是现场演唱会还是电视，但凡有著名的歌手表演，都有庞大的乐队、伴舞、和声、伴唱，而且间奏也不是歌曲的旋律。对于她这样的音盲来说，不知道从哪里进入继续唱下去。然而，这首低沉缓慢的《好久不见》居然让她流泪，因为一切情境都让她想起那个下午在一个看起来像咖啡馆的酒吧，和南浦的久别重逢，董禹晗的不期而遇，以及接下来的只是寒暄。可是董禹晗已经在三年多前出差的时候，遇到山体滑坡，被洪流冲走，连尸体都没找到。不久以后，南浦削去青丝，脱下红裙，穿上灰衫，与青灯古佛相伴。虽然那个酒吧近在咫尺，但宛溪没有勇气进去，只能坐在旁边遥望。而且，她更怕看到外面的那条路。两年前，陆廷在那里遇到车祸，当场身亡。也许，他那同样原因先行逝去的太太受不了孤寂，召唤了他。宛溪喝着苦涩的咖啡，欣慰地想，虽然她还在人世苟活，但是陆廷和太太团聚是件值得庆贺的事。今天是陆廷的忌日，她端起咖啡杯，对着窗外说："希望你们在那边快乐。"

她已经很久没有回国了，以前是不想回，现在是不敢回，这次是被卫心硬拉回来的。临上飞机前，她还在犹豫。卫心说："你如果总是把自己关在家里，即使不疯，也会变成一个傻瓜。快两年了，你不能再这样下去。"

七年多前，宛溪突然收到宛怜的邮件，寥寥几句话说明用意。第一行说她刚从李平漠那里得到邮件地址；第二行说母亲年纪大了，想问一下宛溪的情况，要她打个电话回去；第三行是母亲和宛怜的手机号码。

对于这封天外飞来的邮件，宛溪没理会。出国快十年了，她和家里没有联系，当然家里也没有任何人想起过她。现代社会，如果想跟一个人联系，是易如反掌的。到温哥华以后，宛溪重新申请了一个电子信箱，和国内的那个邮箱一起使用，手机是到多伦多以后买的。这两个和外界交流的快捷方式，一直都没变过。不要说家人，就是一般的朋友，也能轻易从人海中找到她，而且对她的动向很清楚。就像当初和李平漠离婚，宛溪从来没有去广而告之，但不管是否认识的，很快就知道了这个消息。如果说有什么人能够不费吹灰之力就能把她从一堆看起来极为相似的豆子中扒拉出来，那么宛怜首当其冲。就算宛溪去了火星，宛怜不用搭梯子，也能把她拉回地球。虽然宛溪一度异常渴望亲情，但是无法乞求，因为爱是一种发自内心的真情实感，是求不来的。这不是学校的考试，努力一下就能考个高分。任凭她把万卷书读破，绕着地球转了大半圈，但家人是永远读不到的那一本，永远走不到的一片地。所以她早就横下心，不再去想这些事。就算是孤儿，一样可以有新生。

过了一段时间后，宛溪收到李平漠的信，意思和宛怜的一样，看来是奉命行事。宛溪仍然当作没看见。意外的是，两三个月以后，她收到一个电话，打电话的人叫着她以前的名字，并且自称"姐姐"。很多时候，理解和原谅意味着忘记。再说，记忆本来就是一个奇妙的事情，奇妙到你想有的时候，可以从别人那里接收，负担不了时就把它转移出去，就像多年以前她在宛怜家看过的那篇小文《莎士比亚的记忆》那样不可思议。所以，宛溪也忘记了自己有个姐姐，就以为是个骗子，但奇怪的是对方怎么会知道她以前的名字呢？自从改了名字后，她对后来认识的人从来没有提过她那带着某种印迹的原名，尤其是在多伦多，很多时候大家都以一个简单的英文名字相称，根本没有人知道她姓甚名谁，因此乍一听到自己都快忘了的原名时，就疑惑地重复了一遍"姐姐？"宛怜没想到是这种情况，只好报上名字。宛溪有一刹那的恍惚，但她不知该如何表达内心的狂涛，只能抬高拦水坝，波澜不惊地问："请问你有什么事？"

"你收到我的邮件了吗？"

"是。"

"你给妈妈打个电话，她说想你。"

宛溪说了一个"好"，就挂断了电话。

放下电话，宛溪看着窗外的飞雪和对面人家前院里五彩缤纷的圣诞灯，思绪混乱，不知悲欢。母爱对她而言是高不可攀的奢侈品，而她也早已过了渴望母爱的年龄。这是第一次听到母亲想她，她不知道该作何感想。

第二天晚上，宛溪打开李平漠的邮件，照着那几个阿拉伯数字，拨通了母亲的电话。电话响了良久，母亲才接起来问是谁。宛溪刚报出名字，就被母亲口气不善地指责了一通，说她良心被狗吃了，从来都不知道给家里打电话。宛溪只好闷哼哼地说："你们也从来没有人给我打电话。"

"国际长途那么贵，再说连你的电话都不知道，怎么打？。"

"我的电话从来没变过，你们如果想知道，可以随时问宛怜。"

"她一年到头都不给我打个电话，到哪儿去问？"

宛溪只有采取一以贯之的沉默方式，等母亲说话。她以为母亲还在成都，实际上早就回西安了。

宛频终于有了儿子，但夫妻两个很忙，每天都要守在店里，所以无法全方位顾及孩子的起居饮食和上学以后的接送。宛频和老婆商量以后，在他们住的附近为父母买了一套房子，让孩子住在那里，又请了一个保姆。于是，三个人的主要工作就是照顾这个来之不易的孩子。父母已经退休，两个人每个月的退休金加起来，数字不算小。搬到宛频那边后，所有的开销都由他们支付。父母就把原来家属院的房子租出去，每个月又多了一笔收入。房子是单位分的，一分钱都没花，所以他们不但没有房贷，还能收租金，算起来父母手中的钱早已超过宛溪。宛溪每个月花在房子上的钱差不多是收入的一半，剩下的钱付完其他账单后，没有出现负数就算好的了。母亲问了宛溪的婚姻状况和工作，要她过年的时候回去。宛溪说没有时间，需要提前安排。母亲让她尽快制订计划，暑假回去。宛溪没有否定，也没有肯定。和母亲的短暂通话，让她无惊无喜。她很快抛开这个插曲，回到自己一成不变的日常生活。

一段时间后，宛溪收到母亲发来的电话短信，还是要她回去。宛溪回复"看情况再说"。可是，没有多久，母亲又发短信让她打电话。她遵命和母亲通话。母亲说话向来单刀直入，她们也不像寻常母女那样，有着说不完的话。所以几句话说来说去，就是让她回去。

宛溪完全无法适应，几十年来，大家形同陌路，她不可能在几天之内变成母亲非常想看到的宝贝。母亲声若洪钟，身康体健，不是垂危之际要见她最后一面，怎么会突然之间如此频繁地提这种要求？虽然父母生活富足，比她过得还好，应该不会需要她的钱，但宛溪无法理解这种有悖常理的事情。根据多年的经验，她只能以最大的恶意来揣测。国家一直宣扬孝道，说子女不赡养父母要受到严厉处罚。刚好那段时间关于这类事情的各种报道特别多，虽然不了解这些政策，也不知道具体情况，但是宛溪有意无意中看到的这些题材让她感到后背发凉，生怕回去以后被父母举报到什么部门，然后把她扣押起来，暂时不准离境。这么一想，她就跟母亲说每次回去都生病，所以这几年没有回国的打算。母亲说了句"好吧"，就像以前一样消失了。即使后来有了微信，根本不用再打电话，但是像过去的很多年一样，家里再也没有人联系过她。就这样又过了七年多。

其实，如果上次母亲不是反复强调要她回去的话题，而且继续跟她联系的话，她的疑虑也就消除了。可是母亲的举动仿佛证实了宛溪心中的龌龊想法是对的。

对于家人，宛溪早已超脱，对他们无怨无恨。少不更事的时候，她一度以为自己是全世界受苦最多的人。后来经历了大大小小的坎坷，又听了很多人的苦难史，再加上真的见了不少世面后，宛溪非常唏嘘。殊不知世界上有无数个芳汀和田小娥，活在悲惨世界的人远不止她一个；《雾都孤儿》也不是纯粹的虚构。不用说这些书上的人物，就是和强尼相比，她也有小巫见大巫的感觉。虽然她出生在一个物质匮乏的年代，但是她几乎没有因为物质的欲望得不到满足而烦恼。在南涧时，由于大姑的资助，家里吃的东西没有少过，很多东西还是别人家没有的。在原乡，她在钱小瑛家和刘洁文妈妈的摊位上，吃过很多的美味。那些满街飘香的包子、烧饼、油条，也极少让她垂涎。唯一抱怨的是母亲拙劣的厨艺，家里各种日用品莫名其妙的短缺。不过，父母毕竟给了她饭吃。她不可能永远去吃别人家的饭，民以食为天是亘古不变的真理。虽然父母家怎么都不会落到没饭吃的地步，但是父母可以这么对待她，甚至强行把她赶出去。所以，父母给她一口饭吃显得尤其重要，她真心感谢父母没有让她饿死。更可贵的是，父母没有把她浸猪笼，或者把她卖到某个风月场所，逼迫她每个月给家里寄钱。再说，父母自己的生活也是一地鸡毛，她也不该要求更多。母亲那么沉迷于不用动脑筋的电视剧，是一种逃避现实的方式，因为只要傻傻地对着电视，一整天就可以在不知不觉中倏忽而过，不需要去想她和父亲到底是否相爱以及更深层次的烦忧。所以，宛溪多年以来对父母和家庭的各种藏怒宿怨早就在并不平坦的人生之路中得到了释怀。如果母亲不是以这样一种奇怪的方式出现，然后又把她当成不存在，那么她的确应该在和母亲通完电话后，就马上回去看看他们。

两年前，陆廷回上海解决房子的事情，不知怎么就到了这个酒吧附近，然后就被上帝带走了。宛溪匆匆赶回来处理他的后事，急火攻心，几乎一夜白头。除了必须做的事，她整日待在宾馆，连一句话都不说，然后就带着陆廷的部分骨灰仓皇逃离。从始至终，她一直处在游离状态。所以，严格说来，那一次根本不算回国。

这一次是卫心的父亲八十大寿，且老爷子又在一年前新婚，所有的亲朋好友都过来祝贺。卫心和卫芝作为女儿，就算住在月球，也是绝对不能缺席的。宛溪跟着她们，过了两天热闹无比的生活。欢快的氛围中，人们频频举杯祝福寿星松鹤长春。尽管夫妻二人都已是白头，但祝福他们白头到老的声音仍然不绝于耳。

不是每个人都能像卫心的父亲这样老当益壮，这边的热闹还没落幕，李平漠的父亲就在几天以后离世了。他不久以前才过完八十九岁的生日，也算高寿吧。

多年以来，国内房地产蓬勃发展，丝毫不逊于当年的证券业。李平漠入对了行，季老板看准商机，公司由小到大，除了房地产，还涉足好几个领域。季老板本人早已上了福布斯排行榜，关于他和公司的消息，经常见诸报端和网络。李平漠在几年以前就是公司的二号人物，并且还一度全权掌控公司，在成都大小算个名人。所以，他父亲去世的消息立刻传到宛溪的耳朵里。卫心和几个认识的朋友都要去出席葬礼，宛溪和老人家曾经是法律上的一家人，没有理由不去。

宛溪在葬礼上见到几个从海南时期延续下来的老面孔。郑湘妮多年前回到中国，终于带着儿子和侯祺过了几年一家三口的日子。据郑婷说，她跟黎强没有交代，几乎是不辞而别。唐路和赵姝的孩子刚刚大学毕业，继承他们的衣钵，在设计院工作。费左页是晚婚晚育的典范，从非洲回来后，才找了一个年轻女人结婚生子，孩子刚上小学。冷宗苟依然是丁克族的坚定捍卫者，她和老公都是人上人，生活无忧，精神富足，是高级知识分子之间的心心相印，从来不会去想谁来为他们养老送终的无聊问题。

葬礼相当热闹，不亚于卫心父亲的双喜临门，和李平漠母亲当年静悄悄的葬礼不可同日而语。灵堂里人来人往，没有停息的时候，每个人都鞠躬，送上白包。宛溪有点诧异地注视着一切，除了几个老朋友，来参加葬礼的人她基本上都没见过。李平漠在人际交往上是最大的弱项，她无法理解这个有点自闭倾向的人，在什么时候克服了心理障碍，又有了这么多朋友。

第九十八章　付之一笑的前事

　　葬礼结束以后没有几天，就是李平漠儿子的生日。他和边思早就生了一个儿子，虽然那个女儿一直跟着马小姐，但也算是儿女双全，当初宛溪对他嘲笑讽刺般的祝福已经成真。宛溪又跟着一群人，参加了盛况空前、高朋满座的生日宴会。无论葬礼还是生日，只要盛大，都必须有身外之物作为支撑。举办人要花钱出力组织一切，参加者自然要送上礼金。虽然有白包红包的差别，但里面的东西是一样的。

　　老人是最容易被遗忘的，所以他们孤独，希望子女光耀门楣。孩子是无助的，只有依靠出众超群的父母。很多时候，出席父母隆重葬礼或者孩子盛大生日宴会的人，和事件的主体没有任何交集，他们的到来无非是因为有出息的子女和能干的父母。李平漠恰恰两个身份都符合。

　　近年来，季老板的公司已经如日中天，不过中间也经历过磨难。季老板虽然有过人之处，但没有显赫背景，所以在公司发展的初期，不可避免地要找靠山。有了靠山，在买地、拿批文、项目竞标、贷款等一切与公司有关的事务上都很顺利，公司的发展壮大不言而喻。靠山倒了，大树没了，季老板无法再乘凉，也撇不清干系。他几次被传唤到北京，进行调查询问。过程很漫长，但是查来查去，都没找到季老板确凿证据，所以传唤结束以后，季老板看起来没有像大树那样轰然倒下。但是大树到底怎么处置，没有人知道，也许是卖出去做家具或者当成烧火的木柴。虽如此，季老板总是觉得头上有把剑悬着，无法安宁，因此躲到国外避风头去了。

　　季老板离开后，公司的日常运作交给李平漠，但很多事情还是由他遥控指挥。季老板一走好几年，李平漠成了公司的一把手。季老板在老家时就在商海摸爬滚打，在各种困境中鏖战不已，有很多跟随他的元老，不过成都是让他事业迈上一个新台阶的地方，因此中心就移到了成都。李平漠是他成都总公司的一个元老，深得信任。所以临走之前，他把公司的所有事宜委托给李平漠。尽管如此，这个一把手并不好当。季老板的公司经过多年发展，早已颇具规模，而且触角很广，他的家人、亲戚、旧臣和各种好友都想乘机插上一手，从中捞取好处，对于李平漠这样一个后来居上的外人很不服气。如果李平漠整日应付这些复杂的关系，那么什么事都做不了，也不是他擅长的，不过面对各种可大可小的挑衅和责难，他无法搪塞。李平漠不回避问题，就用开诚布公的方式处理错综复杂的关系网，不以私费公，因人废事。他采取这个以不变应万变的方式克服自身的短板，倒也成绩斐然。他顾全大局，不把一己私利凌驾于公司发展的大层面之上，再加上非常懂行，自身实力过硬，做事认真拼命，专业知识在公司内部无人能出其右，实际上在行业内都是拔尖的。对于这样一个临时老总，有些人还是心悦诚服的。而且这期间，公司遇到很多困难，差点难以为继，不过李平漠从未放弃。所以，尽管反对的声音很多，他还是扎扎实实地坐在那个位子上。

季老板在国外的那几年，并不清闲，一直密切关注国内的形势和公司的动态，可以说除了身体迫不得已离开，其他的一切都和在国内一样。他过着晨昏颠倒的日子，作息时间完全和国内同步。由于季老板的灵魂没有离开，所以公司的重大决策他不但全程参与，而且是最终的决策者。对于那些反对李平漠的声音，季老板根据情况，区别对待。如果是想浑水摸鱼的诽谤者，他一概置之不理；如果是愤愤不平的家人，他有理有据地进行驳斥。而且，他不时宣称如果不是李平漠尽心尽力，公司很可能早就陷入一团乱麻的境地，随时都会被自己人绞死或者被竞争对手勒死。季老板的话也不算夸张，面对巨大的诱惑，贪小便宜的人众多，想鸠占鹊巢的也不少。好在他知人善任，找到李平漠这样一个没有狼子野心的人。如果换了另外一个人，他的王国不是分崩离析，就是被暂时摄政的人据为己有。因此，他摒弃各种杂音，依然做李平漠的坚强后盾。

季老板从来都不是一个甩手掌柜，虽然身在国外，但没有一天不在和公司的高层交流沟通。说到底，只要不是走投无路，他根本无法放弃自己一手做大的企业王国，因此一刻都没有放松监管。不过，在国外遥控终究不是一件轻松的事。所以，他时刻盼望大人物们的事情能够尘埃落定。也算皇天不负苦心人，这一天终于来临。在激烈的震荡以后，政坛重新洗牌。等到一切归于平静时，季老板第一时间回归祖国。他不是国家通缉的要犯，也没有携款逃亡，只是一时之间看不清局势，不得已之下暂离是非之地。他不偷不抢，本质上是个正当的生意人，因此他本人和公司都没有受到影响。季老板卷土重来后，立刻掌控全局。李平漠安然退出，回归二把手的位置。

企业王国的争权夺利虽然没有抢占天下那么刀光剑影，但其复杂性也不可小觑。李平漠这样一个不愿意随波逐流的人，能够在各种排挤中不出局，且几乎丝毫不受牵连，继续在公司发挥重要作用，是季老板的明智起了决定作用。历史上的很多权臣由于功高震主，让君王起了猜忌之心，都不得善终。相比于各种如履薄冰、鸟尽弓藏的事，李平漠和季老板的关系倒是值得大书一笔。

季老板公司的内讧和外忧虽然激烈，但和官场相较，远不是一个重量级的。在这场政坛风云中，有人落马，自然就会有人上位，周发鑫是后者，并且成了最大的受益者之一。很多年前，他在成都的单位做到一把手以后，调回老家，后来在那里做了好几年的市委书记。所有人都说他不会有大的作为，政治生涯已经到头，将会在那个位子上退休。谁知道宦海浮沉，变幻无常，周发鑫重回成都，成了领导班子里举足轻重的人物。

周发鑫从政之初，高甫的公司还在草创阶段，随着周发鑫的升迁，高甫的确受益良多，他们有过一段亲密的合作期，算是互惠互利，但不证明他们做过什么伤天害理的事。有人说大多数人的成功和繁荣发达的城市都是贪婪堆积的，可更多的时候，说这种话的人只恨没有贪婪和肮脏的机会。周发鑫和高甫的关系远比这两者干净漂亮，每个在现实中辛辛苦苦地站着、跪着，无可奈何地坐着、躺着、睡着赚钱的人都心知肚明，不会跳出来指责他们。除非是那些生下来就终日躺在铺满钞票的床上睡大觉的人，或者嫉妒到两眼发红，只攫取不付出的心理扭曲者，才会站在道德制高点发言，夸大并且抨击他们之间所谓的丑恶勾当。

周发鑫调离成都时，高甫的公司已经像个威武的海东青一样茁壮成长，翅膀很硬，可以飞入云霄，独自猎食，不再需要谁的庇护。所以，周发鑫不在成都的日子，高甫照样把公司做得有声有色，利润连年增长，不停地招人，创造了更多的就业机会。实际上，季老板也是这样的轨迹，他只是刚到成都时找了一个捷径。后来有了人脉、经验和资金，就是凭自己的本事吃饭，无须仰人鼻息，一样繁荣兴旺。所以这两个人在风云变幻中，都可以平安无事。

高甫和李平漠这两个曾经为了钱一度断交的朋友，后来却一直在钱的海洋里翻滚，并且都成了行业翘楚。高甫不是高适，李平漠也不是李白，他们没有那种微妙复杂的关系，也没有和监狱打过交道，不存在谁不救谁的问题，犯不着老死不相往来。况且他们做的都是添砖加瓦的事情，不是能够一蹴而就的，就像罗马不是一天建成的，所以两人之间难免有些合作。虽然没有深厚的兄弟之情，但早已"相逢一笑泯恩仇"。和李平漠不同的是，高甫只做一把手，谁也别想夺权，如果想把他架空，只能是鸡蛋碰石头。两个人的共同点还是不高也不帅，而且变老了，但这丝毫都不妨碍他们成为女人们向往的霸道总裁。

这两个霸道总裁在各方面都已今非昔比。年轻的时候，他们非常想近女色，但可惜很多女人都想直奔绩优股，没有耐心等待潜力股，况且也怕拿到垃圾股，所以他们都不受女人的待见。等到功成名就，尤其是性欲大减时，女色对他们已是可有可无的事情。更何况，他们的心思都在工作上，分给女色的时间着实有限。在难得空闲的时候，就陪陪老婆孩子。在男人有钱就变坏的大前提下，应该说他们都是家庭里的好丈夫。不过，女人总是贪心的。一方面希望男人富可敌国，她们可以闭着眼睛当购物狂人；另一方面又盼着男人心细如发，事事关心。当两全不能其美时，她们就一边真心炫耀男人带来的财富，一边虚假抱怨守活寡，并且偶尔用离婚威胁一下。可是等到男人不胜其烦，动真格的时候，她们马上缴械投降。

第九十九章　白云苍狗

宛溪在成都看够人情世故后，就鼓足勇气，回到上海，坐在街角的咖啡馆。爱情刚萌芽的时候，街上没有咖啡屋，她也没喝过咖啡，却专门去听清丽嘹亮的《走过咖啡屋》，想象和他"揭开相悦的序幕"。在沧海还没变成桑田时，大街小巷都是咖啡店，想避都避不开，只有迎面走进去。她第一次喝咖啡时，苦得难以下咽，实在无法理解这种东西是怎么和甜蜜的爱情连在一起的。后来才意识到爱情不仅仅是让你快乐地飞升上天，当它面目全非，彻底变味的时候，可比咖啡苦多了，根本不是咽不咽得下去的问题，而是一剂毒药，让你饮鸩而亡，然后把你撕碎摧毁，再让你的残躯痛苦地坠入万丈深渊。她不再需要刻意走过某间咖啡屋，也不用跟谁变成陌路，她的思念没有人可以倾诉，所以在不经意之中听到如怨如慕的《好久不见》时，根本不知道和谁去寒暄。她生命中最重要的两个男人，都已经不相闻问。一个是有生之年，永无瓜葛；一个是肠断松冈，天人永隔。

她和李平漠早已化为别人笔端的题材："你我是两根无法真正触摸的平行琴弦——虽然在一架乐器，奏着相同的舞曲；以为我曾经触了你，或你触了我，那是个幻相。"这样的两个人，永远不会再相交。留在海南的记忆基本上是美好的，无论是心里的眷恋还是实际的东西，信手拈来都有很多。怀念不需要随身携带，会永远刻在某个地方，那些曾经的美丽的就在不经意中跳出来。可有的时候，人还是喜欢对着某个摸得到的东西遥想一下从前。宛溪不是恋物癖，但也愿意选一些带着情感和痕迹的实物，在大脑空白的时候，把它们握在手中，以便有个真切的感知。然而在众多的物品中，她偏偏选了一个漂亮的勺子作为纪念，而且还带到了加拿大。后来看了电影《一个勺子》后，才知道勺子有傻瓜的意思。既然如此，是否冥冥之中已经注定她和李平漠之间的一切就是一个瓜娃子自娱自乐的游戏。不过，那个勺子带到加拿大后，最终神秘地消失了。一天，她想为一盆玫瑰花松土，奇怪的是，花园里的所有工具都不见了，她找不到合适的东西为花盆松土，只好临时用了具有特别意义，长柄上刻着玫瑰花的勺子，但是忘记拿回来。过了几天，等她想起来时，发现那个经过多年都没有褪色，依然漂亮如新的勺子不见了。她在家里找了个遍，都没发现踪迹。

她和陆廷虽然在海上相遇，可是各有各的方向，所以过了很多年，依然隔着飞鸟和鱼的距离，他们也在各自熟悉的环境里怡然自得地生活着。直到有一天，空中乌云密布，深海泛起巨浪，他们必须逃离，最终在彼此都非常陌生的陆地相会。他们珍惜来之不易的机会，只顾携手向前，但忘记了什么是"水陆有伤残"。当她以为他们会像两根无法分离的常青藤一样，彼此缠绕着永远走下去时，却没想到常青藤会枯萎，永远的寒冬能够以出其不意的方式提前出现；当她以为生活中到处都是阳光时，从来没想过死亡是一片随时可以盖过太阳的厚黑云层；当她以为睁开眼就能看到一直陪在身边的那个人时，没想过有一天再也看不到他是多么残酷的事情；当她坐在沙发上，像个普通寻常的小女人一样，习惯性的把头歪过去时，那个随时可以依靠的肩膀突然不见了；当她伸出手等着被握住时，那只熟悉得像自己手掌一样的手消失了；当她把一切平常的幸福都视为理所当然时，没有料到上天随时都可以把它们拿走，终点就这样来临。

此时此刻，宛溪独自一人坐在咖啡店，没有人陪她聊天，以后也不会再有男人在她的生活中掀起轩然大波。虽然她没有了爱情，但庆幸的是，大部分朋友都安好。权浩健在山谷看够满天繁星后，去了一个光污染很严重，几乎看不到星星的城市。入夜，街上的任何一盏灯看起来都比星星大。有时，他还是情不自禁地抬头看天，但是一颗星都没有。他先在一家韩资企业打工，常在中韩之间往返，后来自己经营一家不大不小的企业。江军钢早已在美国娶妻生子，三个孩子两条狗，过着上中产的生活。凌波也在美国生活多年，顺理成章地做了春知促的太太。春知促博士毕业后，在大学谋得一份教职，凌波也在这个大学读了一个和她以前在专科学校时类似的专业，拿到了本科学位，不过没有用这张纸去谋生，她的全职工作是家庭主妇。大学在小镇，除了吃中餐不方便，其他都很好。空闲之余，他们造了两个小人儿，养了一条狗，住在一个前院宽约三十米，后院约六十米长，面积三百平方米的房子里。凌波和前夫生的儿子已经上大学了，两个小人儿也在慢慢长大。等到孩子们都离开家后，她会和春知促优哉游哉，把世界上最值得去的一百个地方看个遍；等孩子们成家立业后，大概也会延续着和他们一样的安稳生活。无论他们在美国还是中国，概莫能外。

似乎一说到出国，人们想的就是美国，好多人都想挤进来，但走过这条路的程玲璐总是与众不同。

她和斯坦利的婚姻磨合多年，但还是有不少冲突。很多白人喜欢户外运动，以把自己晒成古铜色为荣。程玲璐却不想把白嫩的皮肤放在穿透性极强的阳光下暴晒，所以和斯坦利玩不到一起。另外一件不和谐的事是吃不到一起。和很多誓死不碰中餐的美国人相比，斯坦利算是比较开放的，他会浅尝辄止，但还是钟爱牛排、汉堡和三明治。斯坦利最爱吃牛肉，但西餐的做法单一。他第一次吃了程玲璐做的西兰花炒牛肉后，觉得有所不同，就心血来潮问是怎么做的。程玲璐受宠若惊，赶快进行详尽教学。可是斯坦利听了不到一分钟，就打断她说："什么叫一点料酒，少许胡椒粉？难道不能说到底是多少？"

"中餐就是这样的，很难说多少，就是一个感觉，做多了就知道。"

"什么都不知道，做出来的东西能好吃吗？"

"我做的哪个菜不好吃？再说，玛莎不也总说这个一点、那个一点吗？"

"你怎么能和她比？而且她常说的是一汤匙、四分之一茶匙、半杯或者一杯的准确用量。"

对于被美国人奉为家政女王的玛莎，程玲璐是很不服气的。她不明白这个经常穿得像家庭妇女一样，在电视里教人做做菜、种种花的女人为何能够成为一个最大的富婆。程玲璐认为自己穿衣比她好看，做菜不比她差，如果愿意的话，也可以把家里装饰得很漂亮，如果玛莎能够靠这些跻身富贵阶层，她程玲璐一样可以。可惜，程玲璐没有这样的运气，而且玛莎并不是个穿衣邋遢随便的人，她曾经是个模特，只是程玲璐有意忽略了这些。因为斯坦利买了玛莎公司的股票，所以对她本人和公司都有所研究，他当然认为玛莎比程玲璐高明很多。可是程玲璐肯定不想听到这样的话，就把他和玛莎都抢白了一番。斯坦利要维护自己买的股票，因此极力抬高公司老板和她做的饭，无形中再次贬低中餐。

程玲璐不愿意听到自己从小吃到大的菜被这样糟蹋，就辩解说："中餐是兼容并包的，我们会把不同的食材合在一起，来个中西合璧。"

为了证明所言非虚，她炒了个西芹百合。然而，这并没有改变什么。斯坦利只知道百合是一种花，对于把同名的球茎一样的东西拿来吃，实在超出他的理解范围。

第一〇〇章　到底吃什么

在国内时，程玲璐就是不愿意受拘束的，出国以后，再也没有人管她怎么过，也极少有人对她的生活说三道四。尤其在纽约这样一个地方，再怪异的人和现象都是正常的。大街上，经常看到穿短裤拖鞋和裹着大衣、脚着长筒靴的人同时出现，而对于这种在同一时间、同一地点却是两个季节穿着打扮的人，谁都不会侧目。既然这样不合常规的现象都没人管，就不用说只有少数人了解的私生活了，所以程玲璐更加率性，可以说"坐睡船自流"就是她的生活方式。反正美国很大，有数不尽的河流、湖泊，还有大海，她的船怎么流都行。尽管如此，唯独对于吃她是顽固不化的，还是一个地道的中国人，坚守着一种根深蒂固的习惯。遍尝各国美食后，程玲璐对一个大盘子里装着少许食物的西餐兴趣大减，重新把焦点集中在她从小吃到大的那些菜。她看不上玛莎，可以说是羡慕嫉妒恨作祟，不过她也是真心不喜欢她做的那些食物，就像斯坦利永远不会把中餐当成主食，程玲璐在美国生活再久，也不会爱上美国人吃的那些东西。所以，每当程玲璐看着时常在电视上出现、兴致勃勃教学的玛莎时都觉得百无聊赖。她看了电影《朱莉与朱莉娅》后才知道，在美国，朱莉娅是个荣誉满身的年迈名厨。可是电影中的那些佳肴她实在欣赏不了，至于反复渲染的那道法国名菜勃艮第炖牛肉根本比不上中式的番茄炖牛肉或者牛肉乱炖，更不要说粉蒸排骨、腌笃鲜这样用料丰富、工序繁杂的菜了。

程玲璐原本就不是一个自觉自愿洗手做羹汤的人，再加上做了羹汤不但得不到老公的赞美，还要遭受说不清道不明的嘲弄，既然如此，费心费力做出来的菜肯定不会被一扫而尽，经常都是剩一大桌，因此她对这件对每个和睦家庭来说都很重要的事就更是兴味索然。家里吃不到中意的菜，也不能天天去中餐厅吃，所以她越发思念熟悉的味道。

纽约虽然是个花花世界，但只是针对那些常年在城里生活，对各种稀奇古怪司空见惯，眼界开阔的人。斯坦利是蒙大拿州一个农场主的孩子，读大学前，没有离开过家乡。到纽约后，他的所有生活习惯都已经成为定势，思维方式也差不多如此，而且由于工作关系，一直住在阿蒙克。除了和程玲璐谈恋爱的时候，频繁去过纽约外，其他时候的活动范围就是小镇周围。

圣诞节的时候，程玲璐经常要和斯坦利回他的老家。斯坦利的家人和很多没有离开过故土的美国人一样，如果离开黄油和奶酪，是不知道怎么做饭的。第一次回去时，程玲璐实在不习惯每天跟奶制品和大块的牛肉、腌肉为伍，就开了三个多小时的车，在一个小小的亚洲人超市里买了几个熟悉的菜回去。她亲自下厨，做了虾仁豆腐、尖椒土豆丝、白菜粉丝，但家里的人都把这几个菜视为洪水猛兽，连碰都不碰。他们不吃水里的生物，只是偶尔吃过像牛排一样厚、一根刺都没有的鱼肉，他们不明白那么小的虾仁怎么吃。豆腐更是闻所未闻，当程玲璐说出名字时，不知是不是发音的问题，他们误听成狗食，但他们的狗从来没有吃过这样的东西。在他们的观念里，土豆只能切成粗条油炸，炖肉，做浓汤，或者当成主食，整个儿煮好后抹上奶油吃，像程玲璐那样把土豆削皮切成细丝，加一点油和青辣椒放在一起炝炒，简直是毒药。当他们惊奇地看着程玲璐真的吞下粉丝时，还在纳闷中国人为什么吃尼龙线或者棉线，然后得出的结论是中国食物严重短缺，所以只能吃各种线和其他很多无法入口的东西填肚子。

虽然斯坦利父母和亲戚的很多观念让程玲璐恼火，但毕竟很少在一起，所以还是可以忍受的。不过，斯坦利的两个孩子就不是那么好对付了。对于这两个地道的美国小孩，程玲璐始终无法和他们相处。孩子平时跟母亲，周末和节假日都在斯坦利家，而且由于离得近，只要母亲有什么事，斯坦利也把他们接回来。但凡两个孩子过来，对程玲璐来说就是灾难。因为斯坦利跟孩子在一起的时间不多，所以对他们有求必应。各种垃圾食品堆满房子，电视开到半夜，为了打游戏，手机和电脑都买最贵的。随着孩子逐渐长大，不但开始抽烟，还要抽雪茄，而且总是抱着酒瓶子，就差买海洛因送给他们。两个孩子高中毕业后，有一搭没一搭地做着最低工资的工作，所以斯坦利总是要补贴他们。而两个孩子尝到甜头后，待在斯坦利家的时间越来越多。

程玲璐刚成为斯坦利家的女主人时，还曾想过笼络一下这两个孩子，可他们总是不领情。他们一点都不尊重她，嘲笑她的英语，对她做的中餐极尽鄙视侮辱之能事。一年半载以后，程玲璐只想把这两个孩子从家里彻底铲除出去，可惜事与愿违。对于斯坦利经常为两个孩子买东西的行为，程玲璐一直有意见，没想到成年以后，斯坦利还要在他们身上花钱，她更加不满，而且还要受他们的气，实在憋屈。她的个性中多少有些不能让天下人负她的成分，在这样的情况下，她肯定是要揭竿而起的。召集不到人马起义，她只好单枪匹马地战斗，提出要离婚的口号。

离婚是不能随便说的，说的次数多了，就有了行动力，所以程玲璐和斯坦利就真的讨论起离婚的事情。斯坦利也感受到两人的差距，同意分手。但是牵扯到财产问题，不容易处理。其中不光是两个房子的分配，还有股票、基金和一些现金。程玲璐认为房子应该是她和斯坦利平分，但斯坦利说不能只给她，孩子也要分。程玲璐当然反对，两个孩子也不同意，所以来回拉锯战，还是不知道怎么分。另外，斯坦利工作多年，手中有公司很多股票，他不想卖。但如果不卖，就拿不出钱分给程玲璐。所以说来说去，也没办手续，但两个人已经在一个房子里分居，程玲璐明显感到斯坦利在外面有女人。在男女关系上，程玲璐一向毫不含糊，宁可她负天下男人，也不能让男人占了先机。既然斯坦利已经开始新生活，她一秒都不愿等，立刻和一个长期的网友开始了实质性的关系。

网友在上海，是个金领。程玲璐早已听从上海各种亲戚的建议，在美元汇率大好时，换了大把的人民币，在淮海路附近买了房子。谁知赶上房价一路高歌的大好时机，她的房子已经翻了好多倍。因为她一直在美国，所以这个金贵的房子常年出租。和不可企及的房价相比，这点租金当然不算什么，但苍蝇腿儿也是肉，没人会嫌弃。房子早已全额付清，每一分钱都是纯收入。自从和网友由视频转入现实后，程玲璐就经常飞往上海，因为她的房子有租客，所以每次都可以堂而皇之地住在网友的大房子里，当然是不用给租金的，而且生活费用基本上都是网友支付。除了房子带来的收益和比较负责任的网友，程玲璐的婚姻也是有效益的。尽管她和斯坦利的婚姻关系已经名存实亡，但是由于没办离婚手续，斯坦利每个月仍然给她两千美金生活费。

在上海辛苦打拼，奔波劳碌的外地人得知程玲璐的生活状况时，无不心生羡慕，即便是她那些土生土长的上海亲戚也说同人不同命。当然，了解她的人也会说她就是一个包法利夫人，只不过目前运气尚好，讨债人还没上门。不过艾玛在离她这个年纪很远时，就已服毒自尽，在三副棺木中长眠。而且，也没有一个叫作夏尔的人，不明真相地傻爱着她，等到发现她不断偷情时，还是一副窝囊样子，也不管艾玛是否同意就追随着她去了地下。所以无论何时何地，都让人不得不佩服程玲璐把控生活的能力。

在上海，程玲璐可以每天变着法子吃小杨生煎、三鲜小馄饨、南翔小笼、蟹壳黄、糟田螺，再也不用问斯坦利是否喜欢，也不用跟他的家人解释这些更加稀奇的名字。吃，当然是人生大事，所以程玲璐值得为此大动干戈。她和金领网友的感情热度还没完全冷却，不过她难得发誓一般地说："无论这段感情是否持久，上海都将是我最后的归宿。"

第一〇一章　忘不了的家
——第一次追星得到的启示

　　程玲璐在历尽艰险去了美国，找到立足之地，并且生活多年以后，最终却要把记忆最浅的上海作为她的城市。然而，在衡山路徜徉良久的宛溪明确地知道，上海不是她的城市。走遍千山万水，她还是没有找到自己的城市。无论在哪里，人们总是愿意按地域划分，寻找老乡，但她不知道跟谁是老乡。小时候非常熟练的南涧话在离开以后就再也没有说过一句，说来也奇怪，在某一天她突然不知道怎么说了。因此在国内生活时，她只用普通话和别人交流。实际上，她的普通话在上小学以后就进展神速，刚学完拼音，她就把平舌音和卷舌音分得一清二楚，而绝大多数同学在她离开南涧时，都还不会说卷舌音，甚至不怎么会说普通话。从那以后，她的普通话一直非常熟练，她甚至可以像北方人那样说儿化音，但她平时不说，所以除了一点南方人的音调，根本听不出她是哪个地方的。

　　到了国外，因为一直在大城市活动，所以除了工作和必要的环境下讲英语，大部分时候，普通话依然是一个重要的工具。出国之前或刚出国时，如何融入主流是一个经常被提及的话题，生活多年后才幡然醒悟这是一个伪命题。在母国的时候，大家也是过自己的寻常生活，不知道何为融入主流。既然如此，在一个并不熟悉的地方奢谈什么融入主流呢！于是很多人就不再奉行只交白人朋友的原则，而是转过身来找同胞，还是觉得同胞的圈子有认同感。

　　生活在国外的华人，来自不同的国家和地区，讲方言的机会远远小于在母国的时候，因此普通话是不可或缺的。而且普通话在国外被称为国语，可见其具有很强的通用性。因为宛溪不会讲方言，所以任何方言都引不起她的共鸣，只在听到类似南涧的方言时，有种亲切感。其实，照她看来，既然语言是人类交流的工具，就不该用这种方式把大家隔绝开来，方言更没有存在的必要，像那种三五里之外就听不懂彼此话语的现象更加荒谬。人和人之间的界限、隔阂、误解和偏见已经非常多，不需要再多设置一个。也许，真的是因为人类太聪明，可以自己修建通天塔上天堂，上帝惊慌之下，就把语言作为障碍，让人类无法沟通，产生矛盾，任通天塔荒废。

宛溪少小离家，虽然做不到乡音无改，但是像程玲璐一样，中餐始终让她无法忘怀。

一日之计在于晨，睁开眼睛做完必要的事情就开始吃早饭，所以宛溪对早餐有着深刻的记忆。小时候，她最常吃的早餐是各种稀饭，有大米、糯米、小米和玉米。长大以后经常喝豆浆，吃油条，油饼和鸡蛋。出国之前，她像很多人一样认为喝牛奶，吃黄油面包、火腿鸡蛋或者香肠腌肉，是最好的早餐。刚出国时，恨不得把牛奶当水喝。可每天喝完牛奶后，肚子总是不舒服，经常胀气隐痛，后来才知道这个叫乳糖不耐受。既然喝不了正常的牛奶，她就买不含乳糖的牛奶。不过喝了几次后，并不喜欢淡淡的奶腥味，就又开始喝豆浆，曾经非常向往的黄油面包一年也吃不了两次。她又去华人餐厅或者超市买熟悉的肠粉、豆腐花、炒面、馒头、包子、葱油饼当早餐。

在加拿大生活一段时间后，宛溪听信健康达人的说法，以为吃橄榄油和意大利醋可以活一百岁。在长达两年的时间里，家里全是橄榄油和意大利醋。虽然橄榄油的味道有点酸涩，但她甘之如饴。蔬菜加点橄榄油用水煮一下，凉拌菜就用橄榄油和意大利醋拌一下，几乎没有炒过菜。有一天她终于受不了了，冲到超市买了芝麻油、镇江醋、山西老陈醋和老干妈。从此以后，她又开始和这熟悉的四种东西为伍。后来她又听说有人不吃盐，当然原因还是不健康。一直以来，都说盐为百味之首，而且在相当长的时间内，盐是由国家控制的，贩私盐是要受到严惩的，手中有盐引就是巨大的财富。当盐沦为最便宜的商品之一时，再也没有人珍视它曾经的可贵。所以宛溪也头脑发热，盲目跟风，过了一段不吃盐的日子。她每天梗着脖子强行吞下一切没滋没味的菜，然后郁闷地对着罐子里的盐发呆，差点把白花花的盐看成大把的银子。终于，她在自我折磨中开始顿悟，抛弃各种健康学的理论，回归自然主义，吃自己喜欢的食物，变成"吃嘛嘛香"。所以，每当她看到女明星说为了保持身材，好多年都没吃饱时，就替她们不值。有人因为吃不饱饭而拼命劳动，拿到钱后做的第一件事就是饱餐一顿。可是，女明星们忍饥挨饿，赚了大把的钱后，还是连饭都吃不饱。

宛溪本来以为自己有点作天作地，所以搞出一些健康问题这样的可笑事情，问了身边的朋友才知道，好多人都跟她一样。看来，世上没有新鲜事，同样的故事发生在不同的时间，不同的地点，不同的人身上。世事又是变幻无常的，昨天的阶下囚可能会成为今天的上宾，事情和人物总是在起点和终点之间相互转换。在很多人奉行吃素，吃粗粮，数着卡路里吃饭的今天，曾经令人诟病的中外历史上的经典笑话"何不食肉糜"和"为什么不吃蛋糕"已经变成再正常不过的问题；不吃主食的年轻女孩和社会精英越来越多，一度被视为珍宝的大米和白面，某一天也许会被人遗忘；以前把演员称为戏子，把他们归到下九流，现在则是偶像横行。

宛溪小时候不喜欢看电视连续剧，长大了也没这个爱好。有时她在朋友家里看几眼大热的连续剧，总是一肚子未解之谜。现在的电视都是高清大屏幕，什么都看得一清二楚。无论在什么情况下，不管男演员还是女演员，似乎都有一张拉过皮或者磨过皮的脸，皮肤总是紧绷着，像是吹胀的气球，而且脸色白得吓人。正常人没有这样的皮肤，大概是因为打在他们脸上的不是平光就是柔光，要不就是曝光过度，自然光成了稀罕物，再加上后期美白或者磨皮，因此不分男女老少，看起来都是一个表情。不管女演员病得要死要活还是睡眼惺忪，总是有几斤厚的粉，鲜亮的口红，又密又长的睫毛，眨个眼就能夹死蚊子或者苍蝇。可能是宛溪孤陋寡闻，反正她没有在现实中见过一个这样的女人。病快快的人应该憔悴不堪，嘴唇青灰或者苍白；刚睡醒的人总是头发蓬乱，没人有闲情去抹口红，戴假睫毛。不过，在粉丝疯狂的今天，她断然不敢公然说出这些想法。每当有比她胆大的人说出她的心声时，粉丝的攻击就像涨潮一样，不把持反对意见的淹死，誓不罢休。粉丝声称演员的帅气和美貌是第一位的，角色不重要，对于类似她这种领略不到表演精髓的井底之蛙，粉丝们总是轻蔑地说"夏虫不可以语冰"。还有一个她无法理解的事情是如果偶像的英语说得好，粉丝就会很骄傲，也为偶像加分。希望在某一天，好莱坞也制定一个以中文说得好为荣的标准。

在宛溪成长的过程中，不流行追星，她最多对着白色露天银幕或者电视里面的心仪人物花痴一段时间。裴云英小时候没见过电视，最大的一个娱乐活动是走到镇上看过几场露天电影，也不知道什么是明星。她们成年以后，才兴起了追星活动。对于这种年轻人热衷的行为，她们没有热情参与，也没有谁可以成为她们的偶像。看八卦新闻时，不明白粉丝之间吵来吵去是为了什么。然而，她们两个同时喜欢上了《越狱》的男主角，对他的关注从戏里延伸到戏外。确切地说，米勒不是明星，如果非要归类，那么他是一个有着独立思想和向往自由灵魂的人。不拍戏的时候从不露面，并且把他对人性的思考，理解和宽容化成文字。他在自己的脸书上写下这样一段话：

> Two things you can typically find on this page：Me sharing my opinions about myself。and me sharing other people's opinions about themselves.
>
> One thing you won't find（typically）：Me sharing my opinions about other people.
>
> It's not that I don't have them. I do. Of course. But I recognize they're not necessarily "true"．（True for me maybe. But not true-true.）
>
> 你们可以在这里发现最典型的两件事：我分享我对我自己的看法，分享别人对他们自己的看法。你很难找到的一件事是我对别人的看法。这并不是说我没有看法，我确实有自己的观点。但我认识到这些看法不是那么"真实"（也许对我是真实的，但不是真的准确）。

宛溪反复看他笔端表达出的所思所想，看他喜欢的书。裴云英第一次迷上一个演员，自己都有点奇怪。她如同一个小粉丝那般研究了一下发现，从孩提时代起，米勒就是个重度抑郁症患者，多次尝试自杀，度过数千个不眠之夜。成名以后，他公开自己的心路历程，多年以来的各种挣扎和自我救赎点点滴滴地展示出来，让那些在黑暗中独自哭泣的人找到勇气，受到启示。世上果然没有无缘无故的爱。

如果世人都像米勒一样，那么世界上的悲剧和苦难会减少很多。可惜的是，米勒就像弥勒一样难寻。很多人希望手中有只神笔，把讨厌的人全部戳死或者写死。如果这只是血气方刚的一种冲动，只要没有酿成难以补救的悲剧，还是可以理解的。因为当有了足够的生活经历或懂得了推己及人时，就能体会到理解和宽容多么重要。大部分人都有不得已的苦衷，都有可能陷入困境。如果秉着"己所不欲，勿施于人"的精神，大家就不会轻易得出结论，总是从上帝的视角出发，对于不了解的事情，一起去口诛笔伐。如果在发难之前，多想一下 Don't Judge，就不会给很多无辜的人造成无法挽回的困扰和伤害。就像六大派围攻光明顶，固然有成昆挑唆的原因，但这些人如果不是自诩为名门正派，把明教界定成邪教魔障，也不会借着"邪魔外道，人人得而诛之"的名义跑到明教总部大开杀戒，去维护所谓的正道。

第一〇二章　乌托邦

翻开流传下来的典籍名篇，字里行间讲的都是惩恶扬善，除暴安良，法不阿贵，可现实世界总是充斥着助纣为虐，以强凌弱，刑不上大夫。不要说在充满黑暗腐败的地方，即使在高唱人人生而平等的地方，也从衣食住行、肤色种族等各个方面，把人群隔离开来，到处都是等级。如果说有个在全世界都能用的通行证，那就是"我奋斗了十八年才和你坐在一起喝咖啡"这个普遍现象。对于出身在底层社会的人来说，要想拿到这个通行证也许不止十八年，而且很多人奋斗终生，都没到达咖啡馆的门口。

社会阶层之间历来都像楚河汉界一样分明，不过界限并非一成不变。俗话说，水往低处流。所以，上流成为下流比较容易，只要财富像水一样流走，原本在上层的那些人就会如同水的走势那样进入下层的行列，就像卡萨罗马古堡的主人，破产以后，他不得不离开自己一手打造的奢华之家。可是下层成为上层则难上加难，因为逆水行舟，不进则退。每年秋天，加拿大的很多地方都能看到可歌可泣的三文鱼拼尽全力洄游。由于路途遥远和中途无法预测的事情，死伤的三文鱼不计其数，能够成功产卵的实在只占很少的一部分。据说，一条三文鱼可以产下三四千颗鱼籽，但是能够完成这样一生循环的只有两条。等到少数勇士一样的鱼到达一个水流平缓的地方成功产卵后，就是它们生命的终结。人类阶层的流动不比慷慨悲歌的三文鱼容易，身处下层的人们在感喟三文鱼的同时，也在哀怜自己连到达终点的三文鱼都比不上。

在多伦多住了多年以后，宛溪才知道不远处，有个叫作乌托邦的地方。作为一个从小就受到"要建设完美社会"教育长大的孩子，她自然兴高采烈地冲过去。可是按照地图的指示兴冲冲地到了目的地后，才发现除了大片草地上稀稀落落的房子，什么都没有。路上空无一人，只好开到几里路之外的一个购物中心，问了几个人才知道乌托邦就是刚才路过的那个巴掌大的地方，于是又开车回去仔细观察半天，可还是看不出来任何独特之处。成片的麦子烂在地里，无人收割；无边的蔬菜地里是比麦子还高的花，无论菜叶还是菜帮子，肯定早已老得咬不动了；花草树木的数量远远超过居民和房子。不管从哪个方面衡量，这个地方都和其他埋没在树林里的乡村或者名不见经传的小镇一样，只不过它更小一点。失望之余，沿着周围转了一圈，只见一眼望不到头的森林和一个蔚蓝的湖，有的路面像波浪一样，全程上下坡，下坡时觉得两边和前方的森林就像长满绿色植物的山坡一直绵延不断。风景不错，但这只是加拿大的一个特色。如果这也算乌托邦，那么加拿大遍地都是。看来，乌托邦仍然只是一个幻想。

虽然没有现实中的乌托邦，但是很多巨无霸一样的大型商店的物品确实像传说中的盛世社会那样丰富，小到名目繁多的细碎调料，大到各种有用没用的电器，应有尽有，只要能想到的，大概都能在店里找到。以人人都离不开的水为例，就可见一斑。虽然自来水就可以直接饮用，不过商店里依然卖着各种各样的矿泉水、纯净水、山泉水，有不同的牌子和形形色色的瓶子，粗略看去也有十几种。如果初次进入这样的商店，一定是茫然的，不会明白为何常吃的蛋糕或者面包的品种能够超过几十个；看起来差不多的衣服挂满整层楼；鞋子包包成排成列地摆着；比仓库还大的空间里全是精妙绝伦或者浑厚敦实的工具。面对这样的场景，谁都不会去想，物品紧缺的年代，人们恨不得连蛋壳都能一起吃了；一件粗麻布衣服可以从冬穿到夏；鞋子永远露出脚趾头；或者是赤脚走在雨雪连天的冰冻路面上。然而，令人眼花缭乱的每样东西都不是随便发放或者供人领取的，它们全部明码标价，只能用钱买。如果买不起，那么每样物品都可望而不可即。所以，金银珠宝的价值惊人，拥有它们一点都不可耻，更不是用来"处罚奴隶，污辱罪犯，以及给儿童开心的"。很多人自然而然地"以为穿的衣服越高级，自己也就越高级"，粗毛线肯定不如细毛线。

尽管乡下和城里的某些地方都徒有乌托邦其名，不过这片土地上的农民倒是有点这个意思。在不明就里的人看来，加拿大的农民真的有点像乌托邦社会的人。准确地说，他们不是农民，是农场主或者地主，而且很多人是大地主。他们有半年的农闲时光，没有经济负担，可以随心所欲地旅游或者长天白日睡大觉。他们过得很舒服，绝对看不到一担一担挑水浇灌或者一垄一垄施肥的劳作现象。无论播种，除草，施肥还是收割，都是机械化作业。农场里都有水井和灌溉系统，由电脑控制自动浇灌。夏天时，农场主也不需要亲力亲为，农场都会雇季节工，重活累活都由他们完成。季节工以墨西哥人居多，因为他们比较容易拿到工签，此外还有少数学生。有的学生养尊处优，受不了苦，只干一天就跑了。

在多伦多，每年的五月到十月，农民会在城里摆摊卖自家农场的东西。摆摊的场所是指定好的，农民们把车停在宽敞的停车场，衣着整齐，笑容可掬地站在自己的摊位后面，和城里人没有两样，而且菜的价格一点都不便宜，很多时候比超市还贵。大概是菜品确实新鲜，偶尔会有一两只蜜蜂在不同的摊位上飞舞。

宛溪认识一个萨省农场主的孩子，他们家世代经营那个农场，面积不断扩大，到他出生时，已经一千五百多英亩，他从小就在完全属于自家的广阔土地上无拘无束地撒欢奔跑。刚到多伦多时，他实在不习惯满街的红绿灯和高楼大厦，对于街上来往的行人都有点恐惧。他常说："市中心大街上熙来攘往的人群让我眼晕头昏，在农场生活的十几年，见过的人加起来都没有这里一天见的人多。"在多伦多工作很多年以后，他才逐渐适应了拥挤的生活，不过依然经常回去。

虽然加拿大农民的生活看起来如此安逸闲适，但他们还是抱怨农忙的时候辛苦，就像刚进城的农场主的孩子讨厌人太多一样。农民们会说并非都是机械操作，也有需要手工劳作的时候，而且强度很大，每天都必须猫着腰干七八个小时，实在辛苦。碰到天灾人祸时，尽管有农业保险和政府补贴，但忙碌半年却收效甚微，也不是什么好玩的事。

世界上也许有乐土，但是一开始就身处其中的人浑然不觉，不光总是对这个已经非常完美的地方挑三拣四，还把一些原本不足道的缺点放大，加以延伸。有过不同经历，可以作出对比的人则不然，所以在裴云英的眼里，加拿大的农民就是生活在乌托邦的人。如果当初她可以在家乡过这样的生活，她应该不会背井离乡，一路逃离的。也许她会不悦地说："怎么太阳这么毒！简直要把人烤死了。"然而无论如何，她是会在那片土地上坚守的，就如同加拿大的农民虽然有所不满，但他们不会毅然离开，去另外一个陌生的地方，更不会去一个谁都不认识的国家。

第一〇三章　他乡还是故乡

在南涧的时候，大伯父和奶奶从来没有让宛溪干过农活，她只是旁观过农民的生活，自己没有当过真正意义上的农民，所以她不像裴云英那样感同身受。她在国外找不到乌托邦，却在国内看到曾经陪伴她长大的人和事以蓬勃热烈的态势发展着。

收音机里面那些抑扬顿挫的声音换成了每个星期在电视、电脑上定期或者随意出现的各色人等，惊堂木换成了摇来摆去、写着不同字体的扇子或者其他有形无声的道具，很多人面对摄像机，坐在那里一本正经地胡说八道，内容还是谈古论今；沉寂多年的女排风光重现，那些熟悉的队员都不见了，但是当年那个万众瞩目的铁榔头早已重新出山，活跃在前沿，还是女排的核心人物；齐秦不再留长发，也极少穿皮夹克，经常穿一件简单的 T 恤，忧郁和愤怒都不是他的常态，总是安安静静地站在那里唱歌；小虎队早就解散了，也不唱歌了，但是依然在娱乐圈里风生水起；电视剧里的人物脱下陈旧朴素的衣服，身着光鲜亮丽的大牌，每次出场都换一身不菲的行头，引起观众热议一阵子，但是不管穿什么，他们依然演着人世间的那点爱恨情仇。

表面上看来，什么都变了，但深入进去才发现什么都没变，不过南涧是个例外。各种无可争议的事实都表明，南涧确实和以前不一样了。

等宛溪终于回到多次在梦里出现的地方时，却发现心心念念的东西都消失了。奶奶的小院不在了，像镇上的很多人一样，凯哥他们也盖了一个两层的小楼房。荷塘和池塘已经被填平，上面立着模样相似的小楼。大礼堂被夷为平地，成了镇上最大的广场。幸好涧河够宽够长，即使让精卫来填，也要忙活好一阵子，而愚公移山也不容易，所以这一河一山还是像从前那样日夜相对，一个静静地流，一个默默地看。然而，涧河的水变得浑浊，南山也不再那般苍翠。宛溪深以为憾，但是无能为力。

　　以前总是出远门打工的三个男人都有了稳定的生活，不需要每年在春运的大潮里飘荡沉浮，想抓一根木头都很难。海涛开着一部小货车，在南涧和县城跑来跑去做装修。洪波在广东打工时，认识一个浙江姑娘，结婚后随着姑娘去了她的老家。小五继承三姑爷的遗志，在他工作过的法院任职。小六也秉承三姑爷的教导，做了一名军人，退伍以后在县城附近的一个中等城市安家，开了一个小公司做生意。小七在县城的工厂上班，儿子已经大学毕业，留在北京工作，无论何时说起来，都是他的骄傲。

　　小六在南山承包了一片山头，租期是五十年，主要目的是种树、卖木材。凯哥和芳姐帮他看着山上的那片地，同时养了大群的鸡和鸭。鸡鸭在暂时属于小六的山头到处跑，饿了就满地找食。凯哥和芳姐开垦出一片地，种点蔬菜和农作物，基本上是自己吃，山上的野食不够鸡鸭吃时，也用来喂养它们。如果收成实在太好，就拿到山下去卖。鸡鸭长大后，小六派人来收，然后以他居住的城市为中心，卖到县城和周边地区的大小餐厅。由于自然生长的家禽在餐桌上逐渐成了稀罕物种，所以他的生意还挺兴隆的。

　　一直操持家务的芳姐说："还是现在的生活好，想吃什么都行，再也不用考虑炒菜放多少油或者哪天可以吃肉的问题。"确实，除了饭桌上的不同，个人的生活方式也发生了翻天覆地的变化。大家都拿着手机，开着车，让宛溪看得眼花缭乱。不要说在南涧这个小地方，就是后来在生命中的第一个大城市——西安生活时，她也不敢奢望这两样东西。她第一次拥有手机和车子时，是在走遍大半个中国以后，而且多少还有点稀罕，不是每个人都有的，可现在它们都变成最平常不过的东西。父母身康体健，不吃橄榄油也能活一百岁。无论走到哪里，都是一片欣欣向荣的景象。然而，宛溪仍然怀想着记忆中的南涧，她固执地认为奶奶的小院应该留下来，从前的生活没有什么不好，如同那个九斤老太。

　　纵观人类历史，改变世界的人寥寥，不管宛溪怎么想，南涧的确是变了，而且她没有为这个心爱的地方出过一点力。所以有人说在发出改变世界的宏愿之前，请先把自己的床整理干净。虽然宛溪从小就整理床铺，长大后反而不管了，因此这个爱好没有持续下去。有了自己的房子以后，她任被子散乱一堆，还美其名曰"被翻红浪"，所以她绝对不可能去改变世界。

　　裴云英和宛溪一样，都是比沧海一粟还要微小的女人，她们的一生连半张纸都写不满。她们的生死，不会让任何人动容，顷刻间就会风流云散。冯菲和程玲璐的生活比她们多一些色彩，但是也写不满一张纸。冯菲的主要财富来自于古振天的帮助，基本上都是从股市套来的。不可否认，她资质上乘，有头脑，有能力，精力旺盛，记忆力非凡，前三代后五代的事情都记得，更不要说眼皮子下面的一点事，加上超强的行动力和进取心，混个上游的生活并非难事。如果在国内，由于赶上黄金十年，经济的高速成长和各种熟门熟路，她大概也能挣到一笔不小的身家。即便如此，她也亲口承认，如果没有古振天，她就是个普通的白领，也没有闲情去读法学院。她向来不是一个矜持谦虚的人，既然她这么说，就是比事实更可靠了。这一点也可以从其他和她职业类似的人身上得到旁证。有些移民苦读多年成了律师和医生，但这不代表什么，拿到这两个很难考的执照不意味着旱涝保收，更无法和巨额财富挂钩。大把的本地律师兢兢业业地做着几千一万的案子，挣着分内的那点钱，没有谁的腰包鼓到撑破的地步。何况对本地人来说，冯菲是一个外国人。和程玲璐一样，冯菲也是一个生活气息特别浓烈的人。她们是生活中的小强，不会被困难打败，所以很少考虑风花雪月的事，或者说风花雪月都是为了她们的某种目的服务，这是她们共同的生活态度。如果身为某国的显贵，她们可能也会说"在我死后，哪管洪水滔天"。无论怎么说，在很多时候，她们是幸福满足的，旁人的话都是多余。

张彤和范冷辉在各自早已形同虚设的婚姻中挣扎多年后，还是离婚了。张彤的老公看在儿子的份上，没有在钱财方面计较，所以离婚时把还没有大幅增值的三套房子都给了她。深圳房价的飙升有目共睹，而且她已经跻身单位的高层，光靠工资和奖金也可以维持水准较高的生活，两个因素加起来，财务自由对她来说早就不是梦想了。虽然如此，她从来没想过放弃工作。范冷辉是单位的二把手，熟悉她的人都说如果她是男人，早就是一把手了。她的婚姻早已千疮百孔，然而她一直畏首畏尾，不敢画上句号。可是丈夫公然出轨，再不离的话，她实在颜面无存。简芬的老公出狱以后，身体和心情都不好，没过多久就丢下人间的一切去了另一个世界。简芬一直自己带着孩子，变得异常孤僻，除了年樱，跟任何人都不来往。曾经住在一个同一个宿舍的四个女人，虽然外表和性格迥然不同，但一个共同点是婚姻全部失败。简芬虽然没离婚，但是以一种更残酷的方式终结，也算殊途同归。范冷辉多少有点小迷信，以一种玩笑般的认真口气说："看来是宿舍的风水不好。如果当初我们不计较是否有水的问题，每天去爬那些到寒烟楼的台阶，也许结果不一样。"

最晚结婚也最不想结婚的彭晓鸥和那个相亲认识的男人仍然住在围城里，谈不上幸福与否。不过到了这个年纪，很少有人再去考虑这种虚无缥缈、没有答案的问题。如果把离婚视为一件不值得大肆宣扬的事，那么彭晓鸥就应验了那个千年不变的法则：谁笑到最后，才笑得最好。由于结婚的时候，两个人都已老大不小，所以他们没有孩子。但做了几十年人民教师的彭晓鸥，在见识了无数冥顽不灵的学生后，不敢保证自己的孩子就是一个好学生，所以对于生个孩子这件事实在没兴趣。

在自己国家找不到的东西，在别的国家更会空手而归。当初因为种种不满，愤而出国的宋军拿到博士学位后，在加拿大和美国都找过工作，但始终不如意，只是一些短期的职位，最长的做不到一年。他出国前就是一个小有名气的学者，在美加两国都读过书，但即使读到博士，依然为了糊口东奔西忙，而像他这样的人在国外一抓一大把。最后还是祖国敞开胸怀，把他作为人才引进来。宋军在经历各种不顺遂的谋职后，只好乖乖回国从事一份收入不错，地位和名声俱佳，稳定又有保障的工作。实际上，很多离开母国的人都并非等闲之辈，但是到了国外以后，就犹如搁浅的船只，无法出航。不是每个人都有宋军那样的运气，能够被祖国重新延揽回去，所以更多的人在等待也许永远都不会到来的水。话说回来，就算在国外混个几十年，有点不大不小的成就，也并非表面上看起来那么风光，就像《冬夜》里的吴柱国。

既然无数胸怀大志、才高八斗的人离开熟悉的土壤和环境都无法施展远大抱负，那么宛溪和裴云英这样的寻常女人在异国他乡能够自食其力就很好了，根本谈不上什么事业。她们在国外按部就班地生活多年以后，看到身边的人由于各种原因回归祖国，也有些惶惑。

不管在哪里，宛溪向来没有归属感，不留恋任何城市，然而当她在多伦多展览馆门口看到拉客的黄色三轮车时，瞬间就想起了成都那满大街的三轮车，而且带着一种熟悉甚至亲切的感觉。裴云英虽然有些故土难忘的情结，但是并不真正思念那个依然贫瘠的小村庄，也不知道再次回到令无数人向往的大都市如何生活。

裴云英依然几十年如一日地整理床铺，某一天整理好床铺后，她做了一个决定，就跟宛溪说："我们以后回国去当乡村老师吧。"

"那不是又回到起点了吗？"

"还是不一样吧。"

几句话以后，两人一拍即合，决定结伴做这件事。尽管她们和国内联系的纽带非常脆弱，没有割舍不下的亲人和阻隔不断的亲情，但她们还是约定老了以后，回到国内某个青山妩媚，绿水妖娆，不被太多游人知晓的地方教孩子们识字读书。

常言道：爱祖国就像爱母亲一样。宛溪对母亲应该没有深厚的爱。裴云英的母亲只爱她的两个哥哥，留给她的伤害无法言说，所以她们母女之间也没有多少爱意。宛溪和裴云英都是平庸之辈，祖国也许没那么需要她们，母亲从来不在意她们。所以，这样的两个女人，并不了解这是一种什么样的情感。她们只是有种本能，就是要回到熟悉的地方，虽然不像三文鱼那样舍命追逐，但也有些执着，也许这就是人们反复提及的乡愁或者叶落归根吧。